中国现当代作家
研究资料丛书

主编 杨 扬

韩少功研究资料

（增补本）

廖述务 编

天津出版传媒集团

天津人民出版社

图书在版编目(CIP)数据

韩少功研究资料 / 廖述务编. -- 增订本. -- 天津：
天津人民出版社, 2017.6
（中国现当代作家研究资料 / 杨扬主编）
ISBN 978-7-201-11760-7

Ⅰ.①韩… Ⅱ.①廖… Ⅲ.①韩少功(1953-)-人
物研究 Ⅳ.①K825.6

中国版本图书馆 CIP 数据核字(2017)第 108795 号

韩少功研究资料(增补本)
HANSHAOGONG YANJIU ZILIAO(ZENG BU BEN)

出　　版　天津人民出版社
出 版 人　黄　沛
地　　址　天津市和平区西康路 35 号康岳大厦
邮政编码　300051
邮购电话　(022)23332469
网　　址　http://www.tjrmcbs.com
电子信箱　tjrmcbs@126.com

责任编辑　岳　勇
装帧设计　汤　磊

印　　刷　高教社(天津)印务有限公司
经　　销　新华书店
开　　本　787×1092 毫米　1/16
印　　张　39.75
插　　页　2
字　　数　850 千字
版次印次　2017 年 6 月第 1 版　2017 年 6 月第 1 次印刷
定　　价　128.00 元

"中国现当代作家研究资料丛书"总序

  凡研究中国现当代文学的研究者大概都知道,20世纪80年代,国内数家出版社曾陆续出版过一些现当代作家研究资料集。这些资料集是当时国内各大专院校的专家,花费了很大的力量搜集、整理,出版社也承担了相应的经济负担而共同完成的学术工程。这一工程的确造福于当时以及后来的研究者,可以说,一直到今天,这些资料集都是研究者和研究生们必备的参考书。但因为种种原因,90年代后,这一工作中断了。新世纪开始,很多有识之士重新呼吁应该将中国当代作家的研究资料搜集、出版工作继续下去。正是在这样的背景下,天津人民出版社本着延续自己出版传统的宗旨,重新启动了中国现当代作家研究资料的出版工作。

  从体例上考虑,丛书收录的对象,都应该是在中国现当代文学史上有过较大影响的作家。每一位作家编为一卷。尽管每一位作家的研究情况有些不同,总体上,每一卷资料集都包括以下这些内容:一是作家自己的生平和创作谈,二是有代表性的研究论文和观点辑录,三是主要作品梗概,四是作家作品总目,五是研究论文论著总目。

  本丛书由华东师范大学杨扬教授任主编,负责统筹,天津人民出版社给予协助。我们希望这项工作能够得到广大学者与读者的支持。

杨扬

2013年10月

《韩少功研究资料》序

韩少功是当代中国最重要的作家之一。

他是考察中国当代文学的标尺性作家。30年来中国文学发展历程每一重要阶段，韩少功作品均为其中不可或缺的重要组元：《西望茅草地》《飞越蓝天》之于"伤痕文学"，《爸爸爸》之于"寻根文学"，译作《生命中不能承受之轻》之于反思现代主义的"媚俗"风尚，《马桥词典》之于小说叙事艺术，直到近年新作《暗示》《山南水北》之于新世纪小说路向与散文创作，无不具标志性甚至里程碑式的重要意义。或可说，读韩少功，30年中国文学，知过半矣。

韩少功作品体现了中国当代文学所能达到的思想深度。20世纪80年代初，对文学创作二律背反的认识，1984年对文化寻根的意见，领先时贤。80年代后期对现代派与现代主义之反思，超迈同侪。90年代初对现代哲学与文学关系之认识，独发异响。90年代中后期对现代化、发展主义的重新思考，先声夺人。世纪之交，对中国现实问题的考察分析，颇中肯綮。从在城市专事文学与文化活动，到"隐退"乡居生活，每个历史时期，韩少功每一重大行动和重要著作，无不引起广泛关注，无不产生巨大反响。究其原因，乃在于他的行动与文字背后，均有深思熟虑的思想支撑。陆机《文赋》云："石韫玉而山辉，水怀珠而川媚。"以之论韩少功作品与其思想之关系，亦无不宜。

韩少功提出的公民写作主张，体现了作家与社会最合理的关系定位。他既不自外、孤立于社会，又不混同于社会，他与社会保持可贴近观察体验而又超然物外的微妙距离。他既是有坚定人生信念、具普世情怀与全球视野的"世界人"，又是蕴含强烈民族情感与国家意识的中国人；他是从内心深处超越了世俗羁绊，蔑视人生功利目标与物质实惠的彻底的自由主义者，又是循规蹈矩、遵纪守法，尽其所应尽、所能尽义务的优秀公民。他是怀疑人类终极价值之虚无主义者，又是珍重个体道德品质之理想主义者。

韩少功是真正的公共知识分子。他以创作业绩，在文学专业领域做出了突出贡献，同时，对社会始终保持高度关注与批判性思考。20世纪90年代以来，在诸如人文精神讨论、亚洲金融危机、中国加入世界贸易组织、环境与生态问题、"三农"问题、现代性、发展主义、恐怖主义、全球化与民族主义等当代世界和中国的这些重大问题上，韩少功都有自己的思考。他除了写作小说、随笔，还通过演讲、对话、接受媒体采访、策划选题编组文章、主持召开学术会议、组织系列读书讨论活动、出席国内外各种会议等方式，鲜明表达了自己的立场和态度，对思想文化界乃至全社会都产生了不容低估的影响。同行、朋友、读者公认他是一个智者，他把辩证思维内化成了一种思想的习惯，乃至思维的本能；他总是能自觉意识到事物

的两面乃至多面,意识到历史、社会发展的曲折和多样,意识到人性亦善亦恶、可善可恶、时善时恶的混沌和复杂。他也被尊为一个知行合一、言行统一、人如其文、文如其人、待人以宽、律己以严的君子。

韩少功曾经领导创办了当代中国最具社会影响的综合性新闻杂志《海南纪实》,该杂志在1988—1989年短暂存活期间创造的社会影响与发行量两项纪录,迄今国内同类杂志未有超越者。他曾经主持的新版《天涯》,是20世纪90年代后半期中国思想界一面灿烂夺目的旗帜,后起效仿者不乏其人,同样未有超越者。这些创作外的"事功",其意义尚有待认识与评价。

从20世纪70年代末登上文坛开始,韩少功一直是评论界最为关注的作家之一。尤其自《马桥词典》问世以来,他每有新作出版,必有评论家撰文评论。近年更出新现象,即媒体开始关注韩少功的创作与生活动态,他避居乡下,却总有关于他的消息见诸报端。韩少功无可奈何亦无可避免地正逐渐成为公众人物。但报道之热闹与评论之繁纷,并不意味韩少功评论与研究已趋成熟,已具相当深度,乃至丰富到令人餍足的程度。恰恰相反,以我之见,韩少功研究尚在起步阶段,现有多数评论局限于对具体作品之介绍分析。对韩少功创作整体、对其文学观念及超出文学范围的思考与建树,仍然缺乏深入研究与评价。迄今为止,尚未有一部能够反映韩少功创作和韩少功研究基本情况的资料集,这一简单事实足可说明,韩少功研究目前还处于"前学术"阶段。

正因如此,编辑一部能够反映基本情况的韩少功研究资料,就显得非常迫切而重要。述务经两年多辛苦努力,搜集了到2006年底为止韩少功的所有重要作品;又爬梳检索,排比筛选,择取学界重要的评论与研究论文。纵览全书,大体上能比较全面地反映韩少功本人创作与韩少功研究的概貌。相信本资料集对关注韩少功创作的读者、对文学批评者、对更广义的当代中国文化研究与批评领域的专家学者,都具重要参考价值。

当然,本资料集并非尽善尽美。就我了解,韩少功的早期创作,特别是他当知青时期最早写作、发表在汨罗和岳阳地方所办的非正式出版物上的文章,因为年代久远,地方文献缺失,现在已经很难找到;述务曾专程到汨罗探访,亦未能如愿。30年来,韩少功发表在不太有名的地方报刊上的零散文字、他给一些人著作所作序文,也没有搜集完备。此外,海外关于韩少功研究的文献,尤其是西文资料,限于条件,更无法全面掌握,目前只搜集到少数评论。特别值得一提的是,网络上有关韩少功的评论,数量惊人。最近检索发现,"百度"上关于韩少功的信息近二十万条,其中各种论坛上每条评论后还有数量不等的"跟帖",如果把每个"跟帖"算作一则评论,评论的总量就远不止二十万条。从这样一个庞大文字库中披沙拣金,挑出有价值的评论,工作量之浩大,绝非短期内少数人所能做到,述务权衡之下,未将网上评论部分纳入本资料集。这种缺憾,相信当代文学研究领域学者专家能予以"同情之理解"。

述务搜集编纂这本资料,原本是为他的韩少功研究做准备。两年多的努力证明,准备一个扎实的基本资料,其重要性在某种意义上已经超过了他的研究本身。因为,学界迫切需要这样一部资料集。即便是他自己的研究,若无扎实的基本资料准备,也将是流沙筑楼,鲜有价值。事实上当代文学研究中此类著述已经太多,比如当柳青为知青,误贾平凹为陕北人,

视韩少功为湘西崽,等等。最基本情况尚且含混不明,真正的研究自然无从谈起。

为编纂此书,近年来与述务多有切磋琢磨。如今书已编成,即将付梓,有感如上,是为序。

单正平

2007 年元月 12 日于海口

目　录

第二辑　国内韩少功研究论文选

第三辑　海外暨港台地区韩少功研究论文选

第四辑　韩少功研究论文、论著索引

第五辑　韩少功作品篇目

再版序

单正平

十年前,曾为述务编的《韩少功研究资料》作序,其中对韩少功创作的价值、意义的看法,至今未变,无须重复。今述务编《韩少功研究资料》(增补本)成,又嘱为序。无可推脱,缀数语以应命。

今日大学中学术研究的功利化登峰造极。类似这种研究资料的编纂,很少有人做。原因无他,资料的搜集、整理、选择、编纂、校订,甚至还有翻译,不能算正宗的研究成果,而成果关系到职称、收入乃至更远大的前程。故此类工作罕有人问津。

述务的专业是文学理论教学研究,他利用业余时间,坚持搜集有关韩少功的海内外资料,在此寂寞工作中找到了乐趣而不以为苦,同时写了不少研究韩少功的文章。十年过去,不敢说成绩斐然,至少小有所成。这本近八十万字的研究资料集,是从数百万字的资料中精心采择而来。在当代作家研究资料汇编这个领域中,大概可以傲视同侪了。他的韩少功研究达到怎样的深度,有多少独特见解,尚难判断;就对与韩少功相关的一切文献和情况的熟悉程度而言,我敢断定,海内外无出其右者。

述务熟悉中国思想界的基本状况和发展脉络,也熟悉当代各种文学理论,又有此充分的资料准备做后盾,加上日益提升的思想境界、逐渐清晰的价值立场,相信他在韩少功研究领域会做出更大成绩。

述务今日所作,总体上仍是"我注韩";未来的研究,当能逐渐提升到"韩注我"。如此,作为批评家、理论家的廖述务,或终能自成一家。

是所望焉。

2017 年 6 月 28 日于海口

第一辑

年谱与韩少功作品选

韩少功文学年谱

廖述务

1953 年 1 月 1 日,韩少功出生于湖南长沙一个教师家庭。在家中,他排行老四,于是有了个昵称"四毛"。家里还住着一个姑姑,以及一个从乡下来求学的亲戚的孩子。这个成员众多的家庭在生活上完全依赖韩父与姑姑的工资,其拮据程度可想而知。

在他成长的岁月里,这个家庭并不平静。长辈的坎坷人生直接影响了他的精神气质与创作。

父亲出身于地主家庭,其时已家道中落。他中学毕业曾当过教师,也当过地方报纸的记者。抗战爆发,国土沦陷,人心惶惶,他投笔从戎,考入中央军校第二分校(前身为黄埔军校武汉分校),结业后在第一兵团总司令汤恩伯身边任职,后转随汪浩(史上所谓中共旅苏"二十八个半布尔什维克"之一),先后任中校参谋、自卫独立大队长等,参加浙西、浙北的抗日游击战。抗战结束后,他回到家乡,身居长沙市政府财政科长,暗中却是共产党地下组织"进步军人民主促进社"的中坚。一些地下印刷品在他家集散。他还曾利用自己的公职身份掩护过一些地下中共党员。一位陈姓党员遭当局通缉,就曾以韩母弟弟的身份在他家藏身数月。1949 年,长沙解放。韩父又穿上戎装,参加西南地区的剿匪斗争。韩少功出生之时,他依旧在千里之外的广西参加艰苦卓绝的剿匪斗争。因战斗果敢勇猛,他成为解放军二十一兵团二一四师荣获一等功的战斗英模。[①]1954 年,他转业地方,先后在教育厅和省直属机关干部文化教育委员会任职。在教育委员会,韩父先后执教"辩证唯物主义""毛泽东选集""联共(布)党史"等课程。他教学兢兢业业,其教学经验还曾印成册子在各地推广。尽管韩父人生履历中有"革命"的成分,但异质的东西依旧难以抹去。面临"横扫一切"的时代风潮,其处境可想而知。1966 年 9 月底的一天,在"文革"铺天盖地的"大字报"中,他果决地以沉入湘江的方式撇清了与家人的关系。虽然韩少功说过:"父亲给我的印象不深,因为他死时,我才十三四岁。"但因父亲复杂的社会身份及其在传统家庭结构中的特殊地位,他的离世给予韩少功的刺激依旧很大,有丧亲的悲苦、无所依恃的惶恐,更有阶级区隔下隐形"高墙"强加的时代精神创伤。小说《鞋癖》就包孕着这种情绪体验:"我"断定父亲还活着,就在某个神秘的角落注视着自己的家人。

韩少功的母亲则是位贤淑、寡言而倔强的妇女。她出身于湖北公安县一个大户人家,在北京受过专科美术教育,一度担任过绘画与书法教员。由于接二连三的生育,加上繁重的家务劳动,她不得不放弃公职,成为家庭主妇。曾经的新女性,必须顽强面对的是丈夫的自舍

---

① 龚道育:《根深叶茂》(澧县文史资料第 21 册),湖南人民出版社,2014 年版。

与子女的嗷嗷待哺。这些苦难既练就她的倔强与刚毅，也磨砺、重创她的心灵。骆晓戈在回忆文章中说："他的母亲常常一整天不说话，只默默地走进走出，做家务也不带出一点声响。我们在扯淡，照例是海阔天空，他母亲静静地坐在暗处，我对这位作家的母亲油然而生敬意，后来一直十分敬重这位老人。"①

韩少功的童年时期，家庭尚未遭受极"左"革命风潮的冲击。韩家位于长沙武经路，紧挨古旧的城墙，城墙外侧是成片的棚户区。韩少功儿时的玩伴大多来自这个区域，他们的父母或是踩三轮的或是工厂临时工。与玩伴相比，韩少功的家境确实优越得多。但这些一点也不妨碍他们成为要好的朋友，成天疯玩在一起。

1959年，6岁。

9月，韩少功入长沙市乐道古巷小学读书。其时，正遭逢一场全国范围的大饥荒。韩少功后来回忆说，"很多人饿出水肿病，胖胖的肉没有色彩，父亲便是如此，他走起路来显得有些困难"，"得了水肿的父亲尽管气喘吁吁，经常头昏眼花，一坐下去就怎么也站不起来，还是把单位上照顾他的一点黄豆、白面，全都分给孩子们吃"②。

在劳动的间隙，韩母依旧会教幼子写写毛笔字。韩父要求孩子们看《三国》《水浒》，而不希望他们看《红楼梦》，觉得后者带有太多脂粉气。另外，他还要求子女学好数理化，今后凭专业技术在社会上立足。

韩少功在学校的表现相当不错，家里的墙壁上贴满了各种各样的奖状。他还是少先队的大队干部。1963年，全国推行阶级路线。韩父开始受到冲击。韩少功的职务也随之都被免去。

1965年，12岁。

9月，考入长沙市第七中学。

1966年，13岁。

6月，与同学们一起奉令停课，开始参与"文化大革命"。

9月，父亲死于政治迫害。

11月，加入红卫兵造反派组织，参加步行串连和下厂劳动。

尽管忙于"闹革命"，韩少功还是表现出了在数理方面的学习天分。刚进初一，他就自学完了初三的课程。凭借简单工具制作的晶体管收音机也有一定的技术含量。

与韩父敏感的嗅觉不同，韩家子女一开始都是"文革"的狂热参与者。大姐是当时湖南著名的"八一九"运动中造反的学生。韩父有一种预感，又一个"五七年"到来了，奉劝孩子们当心。大姐听后拍案而起，吵得天翻地覆。当他阻挠少功上街看大字报时，小儿子也立马翻脸，怒斥他压制"革命"。

尽管韩父在革命斗争中的表现无可挑剔，但他在国民党军中的任职经历永远也无法抹去。谨慎让他在多次运动中安然无忧。但到了1966年，机关最终还是出现了有关他的大字报浪潮。他知道，这一次已经无法躲过了。9月27日，韩父说要去理发，出门后就再也没有回来。在办公室抽屉里留有一份遗书，说自己是反党反社会主义的罪人，希望家人与他决裂，永远忠于党和人民。尽管人已失踪，但单位和公安局的人怀疑他已通敌叛国，去了美国、

---

① 骆晓戈：《韩少功印象》，《芙蓉》，1986年第5期。

② 韩少功：《我家养鸡》，《小作家选刊》，2003年第12期。

日本或其他什么地方,于是寻找尸体成为当务之急。母亲与姑姑历尽艰辛终于在湘江下游找到一具早已面目全非的男尸,由身上的穿着,韩母认定是自己的丈夫。

在寻找工作屡屡碰壁的情况下,年幼的韩少功鼓起勇气造访父亲生前所在单位的领导。领导对他相当客气。他谈了家里目前的困难情况,要求单位对父亲的死给一个明确结论,并按政策给予相应生活补助。后来,韩父的问题被定义为"人民内部矛盾",韩家可继续居住机关宿舍,还得到了一定数额的抚恤金。这大大缓解了一家人的生存危机。韩少功也得以继续学业。

回校后,韩少功发现学校里"革命浪潮"正日益高涨,老师大多已成为牛鬼蛇神。他属于红卫兵中的温和派,也是主流派。在斗争中,韩少功学会了投弹、打靶。作为兵团宣传部的主笔,他的主要工作还是负责起草各种论战文章,刷写标语,刻写蜡纸,编写油印小报等。应当说,这里成了韩少功最初崭露文学才华的地方。主流派控制了学校图书馆。他们破窗而入,有了饱读诗书的机会。巴尔扎克、巴金、杰克·伦敦、海明威、普希金、莫泊桑等就是这个时候进入到了韩少功的视野中。布哈林、托洛茨基、铁托等,也都开始成为他们讨论的话题。

1967 年,14 岁。

8 月的一天,韩少功回家时经过一片街区,遭遇一场"武斗"混战。一颗流弹穿透了他的大腿。在医院还曾莫名其妙地受到慰问。

其时,在学生当中,读马列蔚然成风。韩少功曾经从母亲那里要来 12 元钱,买下四卷本的《列宁选集》,通读并做了几本厚厚的笔记。

1968 年,15 岁。

12 月,未到政策规定年龄的韩少功主动报名下乡,落户湖南省汨罗县今汨罗市天井公社茶场。这是为了适应革命形势的需要。其时恰逢毛泽东下达了"知识青年到农村去,接受贫下中农的再教育,很有必要"的指示,韩少功的哥哥、二姐都已经在他之前下乡了。更重要的,长沙城里的革命已经退潮,原来"革命阵营"中的许多战友也都纷纷奔赴辽阔的农村。

天井公社秀美的风光无法掩盖生活的简陋、清贫。农民们早出晚归,依旧难以维持最基本的生活,有的甚至劳动一年还要赔钱,饥荒惨不忍睹。迎接知青的自然也是超负荷的劳动与清苦的生活。①

1969 年,16 岁。

5 月,一个知青读书小组在韩少功的倡导下成立,他们还办起了农民夜校。油印教材由韩少功编写,并自掏腰包印刷成册发放给农民。巴黎公社、十月革命、"反对资产阶级特权"等深奥内容成了授课的内容,但是教学效果不佳。因为农民只想认字,对各种思想毫无兴致。

1970 年,17 岁。

4 月,因涉嫌违禁政治活动,韩少功被公社拘押审查。据他回忆,"违禁政治活动"实是欲强加的"莫须有"罪名。当初读书小组发动农民给有腐败行为的干部贴大字报,但被农民出卖,反遭报复。一些干部借打击"反革命"运动的机会,查抄小组成员物品,抓住日记、书信中的只言片语,想把小组打成反革命小集团,最后因证据不足而罢手。从此,韩少功对所谓农民的"先进性"有了新的认知。不过,他仍旧尊重农民自己的逻辑:知青们说的在理,但闹

---

① 韩少功:《开荒第一天》,《山南水北》,作家出版社,2006 年版,第 35 页。

完之后可以拍拍屁股就走人,而他们祖祖辈辈要在那里生活下去,哪能把各种关系搞那么僵?①尽管如此,在一段有限的时间里,韩少功对农民失去了信心,相信知识分子才是历史的"火车头"。他较频繁地与靖县、沅江县(今沅江市)等地的青年同道往来,并且扩展范围,与广西等外省的"异端分子"也有交往。他们甚至打算组建一个地下团体。

而茶场的学习小组很快分崩离析了。1969年的第一次招工就已经极大地分化了知青队伍,一些人趋利的面目得到了最大限度的彰显。理想与俗世利益的剧烈分歧也在撕扯着韩少功的灵魂:他能坚持到最后吗?

1972年,19岁。

2月,韩少功与另外五位知青奉命转点至天井公社长岭大队,任务是带动那里的农村文艺宣传活动,使之成为地、县两级的基层文化工作典型。在这里,他认识了女知青梁预立,并很快发展成恋爱关系。两人在情感上相当克制。尽管居住地相隔不过几分钟的路程,但为了不影响读书写作,两人约定一周见一两次面。

这一年,韩少功开始了真正意义上的文学创作,有短篇小说《路》,但未公开发表。当时还有一些文章发表在没有正式刊号的内部刊物上,比如《汨罗文艺》、岳阳的《工农兵文艺》等。

虽然在穷乡僻壤,韩少功的阅读面并不狭窄。一些黄皮书、灰皮书对韩少功的影响甚大,比如吉拉斯的著作。长篇小说《落角》《你到底要什么》等,则成为知青们私下传阅的宝贝。赵树理、王汶石、杜鹏程、周立波、柯切托夫、高尔基、普希金、法捷耶夫、契诃夫、艾特玛托夫等文学上的启蒙导师,都曾令他内心潮涌,彻夜难眠。

创作上的初露锋芒,引起了人们的注意。韩少功被点名参加省城的创作培训班。随后,他成为公社文化站的半脱产辅导员,有了更多的读书与写作时间。他在这个时期结识了本地的知青作家黄新心、老牌大学生胡锡龙、农民作家甘征文等。文友间的交流扩充了韩少功的知识面。因影响的逐步扩大,到省城出差亦日趋频繁。交友圈子进一步延展。与莫应丰、张新奇、贺梦凡、贝兴亚等人的交往开始成为韩少功人生的一部分。这当中,莫应丰的影响尤大。

1974年,21岁。

12月,因创作的实绩,韩少功被汨罗文化馆录用,结束了六年知青生活。

这年韩少功开始公开发表作品,有短篇小说《红炉上山》(《湘江文艺》,第1期)、《一条胖鲤鱼》(《湘江文艺》,第1期),以及时论《"天马""独往"》(《湘江文艺》(批林批孔增刊)3月号)。

随后两年,创作有短篇小说《稻草问题》(《湘江文艺》,1975年第4期)、《对台戏》(《湘江文艺》,1976年第4期)、《开刀》(《湘江文艺》,1976年第5期)。另有时论《从三次排位看宋江投降主义的组织路线》(《湘江文艺》,1975年第5期)、《斥"雷同化的根源"》(与刘勇合作,《湘江文艺》,1976年第2期)。

对这一时段的创作,韩少功后来有过回顾与反思:"'文革'开始,我十三岁。父亲从不主张我搞文学,认为危险,要我念数学。后来下放到农村当知青,数理化一点也不管用,还是在宣传墙报写写材料、诗歌,自得其乐。一九七四年以后稍微松动,可私下读到一些优秀的文

---

① 韩少功、施叔青:《鸟的传人》,《在小说的后台》,山东文艺出版社,2001年版。

学作品。在这之前，看得到的只有马列、毛泽东文选，还有鲁迅一本薄薄的杂文，与梁实秋、林语堂辩论笔战的，政治色彩比较浓。当时没有其他的书可看，我自己抄了三大本唐诗宋词。第一篇作品就是这时写的。一九七七年以前，思想非常僵化。为了保住这支笔，只好与当时的政治形势挂钩，不得不妥协。"①

1977年，24岁。

2月，参加农村工作队。这为写作《月兰》准备了生活素材。经此，韩少功对农村的认识有了很大的变化。他在访谈中说："我当知青时的汨罗县，农村一年比一年贫困，在我下放的那个生产大队，有一个生产队的社员劳动一天只能得到人民币八分钱，有的甚至劳动一年还要赔钱，饥荒惨不忍睹。那时再违背良心讲假话，那就很卑鄙。我站在人道主义立场，为农民说话。这时又读了些19世纪批判性很浓的翻译作品，更刺激了我为民请命的意愿。"②

12月，韩少功参加高考。本来他填报的是武汉大学，并且按成绩单完全可以录取，但几位朋友成绩不理想。为了今后继续能与他们在岳麓山下一起励志探索，韩少功将志愿改为湖南师范学院。此前，韩少功曾参加过1973年的高考，但因那个交白卷的"反潮流"英雄，所有努力化为泡影。

年内，韩少功接受写作传记文学《任弼时》的任务，赴江西、四川、陕西、北京等地采访和调查，历时一年多。采访过的有王首道、王震、李维汉、胡乔木、萧三、罗章龙、刘英、帅孟奇、李贞等革命先辈。

1978年，25岁。

3月，就读湖南师范学院中文系。

才踏入湖南师院校门，韩少功的名声就传开了，因他的短篇小说《七月洪峰》刊登在了《人民文学》的最近一期上。在那个年代，每一期《人民文学》的面世就好比一次社会文化事件一样引人注目。一个大一学生在这样的刊物上露脸，其震撼程度可想而知。

9月，同莫应丰、张新奇、贺梦凡等人组织了"四五文学社"，并与社友共同倡导省会城市和大学内的"民主墙"，呼吁为"天安门事件"平反，反对极"左"教条主义，批评湖南省领导在"实践是检验真理的唯一标准"的大讨论中保持沉默。他主持的《新长征》壁报因尺度大招致学院领导不满。省委派人过来调查，政工干部出面忙着做思想工作。

12月，与梁预立结婚。梁预立是韩少功中学同学，"文革"与知青时期的同伴。韩少功结婚时的生活条件并不太好。在父亲所属机关为他家落实政策重新安排住房之前，他与母亲曾租住德雅村一间民房。

年内，有短篇小说《七月洪峰》(《人民文学》，第2期)、《笋妹》(《少年文艺》，第2期)、《夜宿青江铺》(《人民文学》，第12期)，散文《宝塔山下正气篇——记任弼时同志在"抢救"运动中与康生的斗争》(《湘江文艺》，第4期)等。

1979年，26岁。

3月，随"中国作家赴前线参观团"到广西和云南战争前线采访。

这次参访对韩少功刺激很大。骆晓戈这样写道："一九八〇年，他从中越边境回来，他是随中国作家赴前线参观团赴云南的。那一天，我在一间屋里见到他，想听他讲些什么的，没

---

① 韩少功、施叔青:《鸟的传人》,《在小说的后台》,山东文艺出版社,2001年版。
② 韩少功、施叔青:《鸟的传人》,《在小说的后台》,山东文艺出版社,2001年版。

想到他刚刚说了几句话:'看了,难过,山口都是坟,灰灰的墓碑,遍山遍岭……''哇'地,他痛哭了,小房里贴着的白窗纸被震得呜呜地响,我第一次见到男子汉流的眼泪。我们都沉默了。他也沉默,以至一段时间没写什么。他风尘仆仆,身上还带着硝烟弥漫的味儿。……他写人的变态、畸形,其实是他对人类具有一种博大的爱,对人性复归有着更强烈的愿望罢了。"[1]

5月,短篇小说《月兰》得到老诗人李季的决定性支持,在《人民文学》发表。但因揭露农村黑暗面,涉嫌"资产阶级自由化",引来较多争议和批评,有人认为是对当时正在召开的全国"农业学大寨"会议的直接对抗。为保护韩少功,时任湖南省文联主席的康濯亲自为小说加了一个"光明的尾巴",不过依旧无济于事。在后来的第一届全国优秀短篇小说评奖中,得票数非常高,但最终出局,理由是该作品受到前苏联和台湾地区的吹捧。令人欣慰的是,作家收到了几百封农民来信,对他为民请命的小说表示支持和感激。

10月,韩少功参加了全国第四届文代会,并经康濯介绍加入中国作家协会。其间,与刚出狱借调北京工作的杨曦光会面,并与广东作家孔捷生一道,探访北岛和芒克等人组织的《今天》杂志,参加了他们的集会和讨论。韩少功还自费买了一百本《今天》创刊号,带回长沙散发给朋友们。

年内,有短篇小说《战俘》(《湘江文艺》,第1—2合刊)、《月兰》(《人民文学》,第4期)。与甘征文合著的传记文学《任弼时》由湖南人民出版社出版。

1980年,27岁。

1月,女儿诞生。

9月,在群众的吁请下,韩少功同意以学生总代表名义介入因选举区人民代表而产生的学潮。但韩少功向学生提出一些要求:①不搞过激行为,不提过激口号;②不成立跨行业、跨地区组织;③停止绝食并尽快复课。在激进学生煽动下,韩少功的提议被学生认为是胆怯与妥协,并被各系代表以多数的名义加以否决。随后,韩少功进一步陷入被夹击的"窘境":批评校方的官僚主义为校方所不满;劝返了静坐绝食的学生,批评激进与违法行为同时又招致激进学生不满。学生的表现也让人失望,他们在"运动"中很快建立"准"官僚体制,并开始遥想未来的官位。这给韩少功上了一课,让他"看透"了一些所谓的"民主"。

这年,创作有短篇小说《起诉》(《芙蓉》,第2期)、《吴四老倌》(《湘江文艺》,第2期)、《火花亮在夜空》(《上海文学》,6月号)、《西望茅草地》(《人民文学》,第10期)、《癌》(《湘江文艺》,第11期),中篇小说《回声》(《小说季刊》,第2期),散文《人人都有记忆》(《湖南群众文艺》,第2期)。

《西望茅草地》引起了较大反响,获得该年度全国优秀短篇小说奖。"好人"张种田在乌托邦激情下办出了"坏事"。这种反思已经超出了简单的伤痕式反思,而是深入到了人性与革命伦理本身。这篇小说1980年得奖,不过争议很大,当时《人民文学》的编辑们还有"誓死捍卫《西望茅草地》"的呼声。[2]

1981年,28岁。

年内,创作有短篇小说《风吹唢呐声》(《人民文学》,第9期)、《飞过蓝天》(《中国青年》,

---

[1] 骆晓戈:《韩少功印象》,《芙蓉》,1986年第5期。

[2] 韩少功、施叔青:《鸟的传人》,《在小说的后台》,山东文艺出版社,2001年版。

第13期,当年《小说选刊》,第9期转载)、《晨笛》(《芳草》,第1期)、《谷雨茶》(《北京文学》,第12期)、《同志交响曲》(《芙蓉》,第2期)等,文论《留给"茅草地"的思索》(《小说选刊》,第6期)、《用思想的光芒照亮生活》(《中国青年》,第18期)。出版有短篇小说集《月兰》(广东人民出版社)。

《飞过蓝天》获中国"五四"青年文学奖,该年度全国优秀短篇小说奖。这篇小说值得关注,它描绘的鸽子"晶晶"更像是作家自身精魂的文学寓言。那种执拗与坚守可以穿越时空,展示永恒的未来性。

韩少功第一本中短篇小说集《月兰》收录了《七月洪峰》《夜宿青江铺》《战俘》《吴四老倌》《月兰》《火花亮在夜空》《雨纷纷》《西望茅草地》八个短篇,以及一部中篇小说《回声》。集子末尾所附《学步回顾——代跋》,是一篇韩少功总结既往创作的重要文章。

1982年,29岁。

2月,毕业离校。分配至湖南省总工会,并忙着筹办《主人翁》杂志。

3月,把短篇小说《风吹唢呐声》改编为电影剧本,后由凌子执导,潇湘电影制片厂拍摄上映。

年内,有短篇小说《反光镜里》(《青年文学》,第2期)、《那晨风,那柳岸》(《芙蓉》,第6期),文论《难在不诱于时利——致〈湘江文学〉编辑部》(《湘江文学》,第4期)、《文学创作的"二律背反"》(《上海文学》,第11期)等。

1983年,30岁。

4月,由于省文化界老前辈刘斐章等人的力荐,年仅30岁的韩少功当选湖南省政协常委。

年内,有中篇小说《远方的树》(《人民文学》,第5期),文论《学生腔》(《北方文学》,第1期,发表时原题为"克服小说语言中的'学生腔'")、《谈作家的功底》(《文艺研究》,第1期)、《从创作论到认识方法》(《上海文学》,8月号)等。出版有短篇小说集《飞过蓝天》(湖南人民出版社)。

《文学创作的"二律背反"》一文引起争议,因此再作《从创作论到认识方法》,对钱念孙等人的观点进行辩驳。王蒙也参与了这一场辩论,并与韩少功有多次书信交流。

1982、1983年左右,韩少功的小说转向了对现实庸常的关注。《风吹唢呐声》《飞过蓝天》《反光镜里》《近邻》《谷雨茶》等作品不再介入宏大的政治话题,也不再反思革命本身,而是投入到对日常的关注与叙述当中。这种近乎不痛不痒的人情小说显然需要某种突破。1984年,南帆就适时地指出了这种"成熟"后的停滞。他敏锐地发现,这"一系列小说好像都有些接近","对于种种题材的理解程度好像只能在某一个层次上徘徊",而且"艺术处理也往往是光滑得使人既抓不住缺陷也感觉不到好处"。①

1984年,31岁。

5月,任《主人翁》杂志社副主编。

12月,参加《上海文学》杂志社等单位主办的杭州会议,与阿城、郑万隆、陈建功、李杭育、陈村、李庆西、吴亮、程德培、鲁枢元、季红真、李陀、黄子平、南帆、徐俊西、宋耀良等人热烈聚议。

---

① 南帆:《人生的解剖与历史的解剖——韩少功小说漫评》,《上海文学》,1984年12月号。

尽管杭州会议后来被认为是推动全国"85新潮"和"寻根文学"运动的一次重要会议，但韩少功在回忆文章中认为，所谓"寻根"的话题，所谓研究传统文化的话题，在这次会议中充其量占据了百分之十左右的小小份额，仅仅是一个枝节性的话题。①

年内，创作有短篇小说《命运的五公分》(《文学月报》，第7期)、《前进中12-376》(《主人翁》，第7期)，文论《文学创作中的一般规律和特殊规律》(《求索》，第6期)、《欢迎爽直而有见地的批评——韩少功给陈达专的信》(《光明日报》，2月23日)等。

1985年，32岁。

1月，写作《文学的"根"》。

2月，调入湖南省作家协会，随后赴武汉大学英文系进修。

5月，缺席当选为湖南省青年联合会副主席，成为领导干部后备梯队的一员。不过，韩少功对官运仕途之类似乎提不起精神，青联主席团会议就一次也没有参与过。

11月，到湖南省湘西自治州团委挂职副书记，体验生活。

年内，创作有《归去来》(《上海文学》，6月号)、《蓝盖子》(《上海文学》，6月号)、《爸爸爸》(《人民文学》，第6期)、《空城》(《文学月报》，第11期)、《雷祸》(《文学月报》，第11期)等中短篇小说。除《文学的"根"》(《作家》杂志第4期，获《作家》理论奖)，另有文论作品《面对空阔和神秘的世界——致友人书简》(《当代文艺探索》，第3期)等。

这一年，韩少功在理论、创作两片领地上纵横驰骋、风姿尽显。《文学的"根"》是他在理论上的重大创获。韩少功一直在探寻楚文化的源头以及它在今天的诸般痕迹与遗留。但在他下乡的地方，只有个别方言词语中存有一丝气息。一次偶然的机会，一个诗人朋友告诉他，"她在湘西那苗、侗、瑶、土家所分布的崇山峻岭里找到了还活着的楚文化。那里的人惯于'制芰荷以为衣兮，集芙蓉以为裳'，披兰戴芷，佩饰纷繁，萦茅以占，结茝以信，能歌善舞，呼鬼呼神。只有在那里，你才能更好地体会到楚辞中那种神秘、奇丽、狂放、孤愤的境界。他们崇拜鸟，歌颂鸟，模仿鸟，作为'鸟的传人'，其文化与黄河流域'龙的传人'有明显的差别"②后来，韩少功对湘西特别注意，终有更多发现："史料记载：在公元三世纪以前，苗族人民就已劳动生息在洞庭湖附近(即苗歌中传说的'东海'附近，为古之楚地)，后来，由于受天灾人祸所逼，才沿五溪而上，向西南迁移(苗族传说中蚩尤为黄帝所败，蚩尤的子孙撤退到山中)。苗族迁徙史歌《爬山涉水》，就隐约反映了这段西迁的悲壮历史。看来，一部分楚文化流入湘西一说，是不无根据的。"③韩少功考察楚文化的流变自有其深意在，他认为："文学有'根'，文学之'根'应深植于民族传说文化的土壤里，根不深，则叶难茂。""近来，一个值得欣喜的现象是：作者们开始投出眼光，重新审视脚下的国土，回顾民族的昨天，有了新的文学觉悟。贾平凹的'商州'系列小说，带上了浓郁的秦汉文化色彩，体现了他对商州细心的地理、历史及民性的考察，自成格局，拓展新境；李杭育的'葛川江'系列小说，则颇得吴越文化的气韵。杭育曾对我说，他正在研究南方的幽默与南方的孤独。这都是极有兴趣的新题目。与此同时，远居大草原的乌热尔图，也用他的作品连接了鄂温克族文化源流的过去和未来，以不同凡响的篝火、马嘶与暴风雪，与关内的文学探索遥相呼应。他们都在寻'根'，都开始找到了'根'。这大概不是出于一种廉价的恋旧情绪和地方观念，不是对方言歇后语之类浅

---

① 韩少功：《杭州会议前后》，《人在江湖》，人民文学出版社，2008年版，第187—188页。

② 韩少功：《文学的"根"》，《作家》，1985年第4期。

③ 韩少功：《文学的"根"》，《作家》，1985年第4期。

薄的爱好;而是一种对民族的重新认识、一种审美意识中潜在历史因素的苏醒,一种追求和把握人世无限感和永恒感的对象化表现。"①文章说,寻"根""丝毫不意味着闭关自守,不是反对文化的对外开放,相反,只有找到异己的参照系,吸收和消化异己的因素,才能认清和充实自己。但有一点似应指出,我们读外国文学,多是读翻译作品,而被译的多是外国的经典作品、流行作品或获奖作品,即已入规范的东西。从人家的规范中来寻找自己的规范,模仿翻译作品来建立一个中国的'外国文学流派',想必前景黯淡"②。最后,文章说:"这里正在出现轰轰烈烈的改革和建设,在向西方'拿来'一切我们可用的科学和技术等等,正在走向现代化的生活方式。但阴阳相生,得失相成,新旧相因。万端变化中,中国还是中国,尤其是在文学艺术方面,在民族的深层精神和文化特质方面,我们有民族的自我。我们的责任是释放现代观念的热能,来重铸和镀亮这种自我。"③

骆晓戈的一段回忆文字则可视为韩少功有关"民族"与"现代"反思的形象注解:"而他(指韩少功——编者注)小感觉也好,一曲谭盾的《负·复·缚》,他有些失态了,上班时间,一个人堂堂皇皇坐在办公室放录音,把门紧紧反扣上,外面来访者穿梭一般,他却把自己关在音乐中,像一头沉睡的狮子,微微有些醉意醺醺的了。有人在窗外张望,他仍勾着头,沉重的庙乐、敲木鱼的响声、凄远的唢呐声,仿佛一声声咒语,正在唤醒他大脑沟纹底层的沉睡了几千年的集体无意识。'这完全是民族的也是现代的意识。'他说。他从音乐中悟到什么了,后来便有了《爸爸爸》《女女女》以及什么什么的。"④骆晓戈所言不虚。韩少功在对话中就说:"很自然,大家也都会谈到,文学中政治的人怎样变成文化的人。当时其他领域也出现了对文化传统的关注,比如诗歌,比如音乐。湖南作曲家谭盾的音乐,技巧是现代的,表现的气氛、精神又是很东方的,有种命运神秘感、历史的沧桑感。"⑤

下乡和挂职都激发了韩少功的"寻根"冲动。他说:"我曾在汨罗江边插队,发现当地有些风俗,特别是方言,还能与楚辞挂上钩的,比如当地人把'站立'或'栖立'说为'集',这与离骚中的'欲远集而无所止'极吻合。我想很多知青作家都积累了这一类的文化素材,这与他们的下乡经历有关系。"⑥"寻根"更深层的原因来自中西文化的碰撞。不过,在韩少功看来,评论界津津乐道的拉美魔幻主义,对他的"寻根"影响并不大:"所谓寻根文学出现之前,马尔克斯已经得奖,但还未译成中文,仅有参考消息上一则介绍《百年孤独》的文字,还有他和西德记者谈文学观念的文章。在拉美文学之前,我就想过东方的川端康成、泰戈尔,美国的黑色幽默,体会到它有一定的文化根基。当时中国青年面临一个向西方文学吸收的问题,大部分的是简单的复制,就引进新观念、技巧来说,自有它的意义:可以作为一种补课。但复制与引进是创造的条件,却不能代替创造。"⑦

《文学的"根"》随后引发"文化寻根"的大讨论。韩少功没有停留于理论的自我炫示,很快以创作的实绩呼应自己的倡导,集束抛出一批震荡文坛、风格独异的作品。这个时段创作

① 韩少功:《文学的"根"》,《作家》,1985年第4期。
② 韩少功:《文学的"根"》,《作家》,1985年第4期。
③ 韩少功:《文学的"根"》,《作家》,1985年第4期。
④ 骆晓戈:《韩少功印象》,《芙蓉》,1986年第5期。
⑤ 韩少功、施叔青:《鸟的传人》,《在小说的后台》,山东文艺出版社,2001年版。
⑥ 韩少功、施叔青:《鸟的传人》,《在小说的后台》,山东文艺出版社,2001年版。
⑦ 韩少功、施叔青:《鸟的传人》,《在小说的后台》,山东文艺出版社,2001年版。

的诸多作品中,影响最大的当属《爸爸爸》。这个作品具有很强的寓言特征,时空都处于模糊状态,但其创作素材又与现实有密切的关系。韩少功说:"《爸爸爸》的情况刚开始是一些局部素材使自己产生冲动,比如那个只会说两句话的丙崽,是我下乡时邻居的小孩。'文革'时,湖南道县的农村大开杀戒,杀了几万人,我把这一段也用到小说里,比如把人肉和猪肉混在一起,每个人都要吃。丙崽、道县杀人、古歌,使我产生了创作的欲念。构思之后,理性参与进来了,我特意把时代色彩完全抹去,成为一个任何时代都可能发生的故事,如'干部'写成'官'等。小说里的裁缝和儿子,一个是保守派,一个是改革派。"①在另一篇对话中,韩少功又说:"《爸爸爸》的着眼点是社会历史,是透视巫楚文化背景下一个种族的衰落,理性和非理性都成了荒诞,新党和旧党都无力救世。"②

1986年,33岁。

8月,韩少功应邀参加美国新闻署"国际访问者计划",这是他第一次出访国外。美国的现代化程度给韩少功很大的刺激:程控电话、286电脑、飞机、汽车、高楼大厦、环境卫生,把人震晕了!从飞机上往下看,美国几乎是一张五彩照片,中国则是一张黑白照片。不过,韩少功依旧有一种文化上的强烈自尊,这都体现在年内创作的纪实性散文《美国佬彼尔》与《重逢》中。在美国期间,一个中国台湾留学生听说韩少功曾经是红卫兵时,立时面露恐慌与疑惧。不过,在旧金山一影院门口,他们遭遇了一个在寒风中瑟瑟发抖的女孩,她正向人们散发着纪念"文革"20周年的传单。女孩不理解"文革"时中国的实际情形,但依旧对它满怀憧憬。传单上的"文革"式话语,在当时的大多数人看来,都有着滑稽的味道。但韩少功笑不起来,因为"任何深夜寒风中哆嗦着的理想,都是不应该嘲笑的——即便它们太值得嘲笑"③。

年内,小说创作有中篇小说《女女女》(《上海文学》,第5期)、《暂行条例》(《芙蓉》,第5期,发表时原题为"火宅")、短篇小说《诱惑(之一)》(《文学月报》,第1期)、《史遗三录》(包括《猎户》《秘书》《棋霸》三个短篇,载《青年文学》,第4期)、《申诉状》(《新创作》5—6月号)、《老梦》(《天津文学》,第5期),文论《东方的寻找和重造》(《文学月报》,第6期,发表时原题为"寻找东方文化的思维和审美优势")、《好作品主义》(《小说选刊》,第9期),对话《文学和人格——访作家韩少功》(《上海文学》,第11期)。出版有中短篇小说集《诱惑》(湖南文艺出版社)、随笔集《面对神秘而空阔的世界》(浙江文艺出版社)。

中篇小说《女女女》与《爸爸爸》一道成为"寻根文学"的扛鼎之作。韩少功说,《女女女》的着眼点"是个人行为,是善与恶互为表里,是禁锢与自由的双变质,对人类生存的威胁。我希望读者和我一起来自省和自新,建立审美化的人生信仰"④。

《东方的寻找和重造》延续了《文学的"根"》中的一些思考。韩少功说:"要对东方文化进行重造,在重造中寻找优势。这种优势,现在想说清楚还为时过早。但可以描述出几个模糊的坐标。比方说,思维方式的直觉方法。东方的思维传统是综合,是整体把握,是直接面对客体的感觉经验,庄子的文章就是对世界直觉的也可以说是形象的把握。这不同于西方式的条理分割和逻辑抽象。……还有思维的相对方法,以前叫作东方朴素的辩证法。所谓因是因

---

① 韩少功、施叔青:《鸟的传人》,《在小说的后台》,山东文艺出版社,2001年版。

② 韩少功、夏云:《答美洲〈华侨日报〉记者问》,《钟山》,1987年第5期。

③ 韩少功:《仍有人仰望星空》,《人在江湖》,人民文学出版社,2008年版,第4页。

④ 韩少功、夏云:《答美洲〈华侨日报〉记者问》,《钟山》,1987年第5期。

非,有无齐观,物我一体,这些在庄禅学说中特别明显。……至于审美方面,朱光潜、李泽厚都说过很多,认为东方偏重于主观情致说。说楚文化的特点是浪漫主义,其实就承认它是主观表现型的。……中国的现代小说,基本上是从西方舶来,很长一段(时间)与中国这个审美传统还有'隔':重情节,轻意绪;重物象,轻心态;重客观题材多样化,轻主观风格多样化。"①

1987年,34岁。

6月,韩少功到湖南省怀化地区,以林业局副局长的身份挂职体验生活。

年内,创作有短篇小说《故人》(《钟山》,第5期)、《人迹》(《钟山》,第5期)、《棋霸》(《新创作》,1987年2—3月号)、《猎户》(《新创作》,1987年2—3月号),散文《文学散步(三篇)》(《天津文学》,第11期)、《美国佬彼尔》(《湖南文学》,9月号)、《男性与无性的文学之后》(序,蒋子丹小说集《昨天已经古老》,作家出版社,1987年版),对话《答美洲〈华侨日报〉记者问》(《钟山》,第5期)等。出版有与韩刚合译的短篇小说集《命运五部曲》(上海文化出版社)、与韩刚合译的《生命中不能承受之轻》(作家出版社,内部出版,有删节)。

《仍有人仰望星空》与《生命中不能承受之轻》一书的前言(后作修改后以"米兰·昆德拉之轻"为篇名收入各种文集)表明,韩少功力避千部一腔的懒惰(如"伤痕""反思"之类的惯性遗存),孤身折返"政治"的重林,去探开一条曲曲折折的我思之路。而在对话《答美洲〈华侨日报〉记者问》中,韩少功明显意识到一个新的文学阶段已经开始:"国内所谓伤痕文学的时期已远远过去了。比题材,比胆量,比观念,比技巧的热闹也已经过去或将要过去了,冲锋陷阵和花拳绣腿已不足以为文坛输血了。国内这十年,匆匆补了人家几个世纪的课,现在正面临着一个疲劳期和成熟期。照我估计,大部分作者将滞留徘徊,有更多的作者会转向通俗文学和纪实文学,有少数作家可能建起自己的哲学世界和艺术世界,成为审美文学的大手笔。"②

1988年,35岁。

2月,调海南省文联,举家南迁。

其实,一年前,韩少功就参加过《钟山》杂志在海南组织的一次笔会。这个孤悬海外的岛屿,在那时已成为经济体制改革的试验田。它的躁动、偏远、神秘的未知性,都在召唤韩少功的到来:"海南地处中国最南方,孤悬海外,天远地偏,对于中国文化热闹而喧嚣的大陆中原来说,它从来就像一个后排观众,一颗似乎将要脱离引力坠入太空的流星,隐在远远的暗处。而这一点,正是我一九八八年渡海南行时心中的喜悦——尽管那时的海南街市破败,缺水缺电,空荡荡的道路上连一个像样的交通标志灯也找不到,但它仍然在水天深处诱惑着我。我喜欢绿色和独处,向往一个精神意义上的岛。"③

6月,第一次出访欧洲,与陆文夫、张贤亮、白烨、刘再复、高行健、北岛、张抗抗等人,组成中国作家最庞大的一个代表团访问法国。

8月,韩少功任《海南纪实》杂志主编,开始筹办杂志。同时筹办的还有《特区文摘报》与海南新闻文学函授学院。

当时文学刊物繁多,而新闻时政刊物只有《红旗》《瞭望》等党刊。韩少功等人敏锐地意

① 韩少功:《东方的寻找和重造》,《在后台的后台》,人民文学出版社,2008年版,第279—280页。

② 韩少功、夏云:《答美洲〈华侨日报〉记者问》,《钟山》,1987年第5期。

③ 韩少功:《南方的自由》,《海念》(随笔集)自跋,海南出版社,1994年版。

识到,若将杂志定位为纪实性和思想性相结合的新闻刊物,就可能在市场竞争中处于有利位置。他们最初设想的名字是《大参考》,因有"御用"之嫌,改名《真实中国》,但省一级刊物的名字不能出现"中国"二字,最后定名《海南纪实》。杂志挂靠海南省作协,但实际上没要作协一分钱拨款,一开始就是完全市场化的。启动资金源于向一家单位借的五千块钱,以及各人凑出的私房钱。韩少功出了三千块,其余人略少。①除韩少功,杂志编辑部成员有张新奇、蒋子丹、林刚、徐乃建、叶之臻、罗凌翮等二十余人。杂志社实行不同于老板制的劳动股份制,它以劳动付出的质量和数量而不是资本投入的多少来决定分配和收入。这样的分配制度,其制订得来不易,杂志社内部发生过激烈的争论,最终以韩少功为代表的一方占据了上风。其结果是,从主编到普通员工,享受同等的基本工资和福利,绩效工资则根据每个季度的全员打分结果而定。包括激光照排技术人员在内,普通员工和领导的工资比例大约为1:1.7,差距甚至小于原来预计的1:3。②在蒋子丹的一篇文章中,就侧面地反映了作为主编的韩少功也是以"劳动"来入股的:"行为过于标准的韩少功在主持《海南纪实》杂志社时,倒也对同事中的标榜个性的言行给予了理解,尽管他本人最富个性的事迹,只是在急躁的时候进出一两个粗字。可是他的有个性的同事们,在睡过懒觉之后来到办公室,面对的是韩氏兢兢业业伏案作业的场面,就无声胜有声地感受了谴责。而且韩少功身为主编,工作具体到为杂志赶写赶译时效性较强的文章,甚至校对清样及跑印刷厂,在不知不觉中破坏着人们将动口不动手的特权包装成潇洒个性的努力,使之不得不沦为躲躲闪闪的尴尬。于是韩氏的行动被一些人指责为'严重压抑个性',然这种指责绝不能阻止韩氏在有些人的个性表现为公款私吞、私活公做时拍案而起。"③

值得一提的是,韩少功还参考西方启蒙运动以来一些偏于公共正义的制度设计,制订了一份略具理想主义色彩的《海南纪实杂志社公约》。公约的一些条文引人注目,如:蔑视"大锅饭",所有成员必须辞去公职,或留职停薪,或将公薪全部上交杂志社,参加风险共担的集体承包,以利振奋精神专心致志,保证事业的成功;主编由民主选举产生;重大决策交由全员公决;杂志社创获的财富由全员共同管理和支配;按需分配与按劳分配相结合;杂志社对所有成员的生活保险负有完全的责任,等等。对此,蒋子丹曾如是评论:"另一件让韩少功感到无上光荣的事,是在杂志开创之初主持制订了杂志社公约。它诞生之后的遭遇,是被一些人首先言之凿凿赞同(杂志社一无所有,只有无数设想与无穷热情的时期),继而被这些人闪烁其词地怀疑(杂志的声誉鹊起,发行量大得令人始料不及的时期),最后被同一些人愤怒地指责为乌托邦式的大锅饭宣言(杂志社动产与不动产已经很可观,有可能让一小部分人率先暴富的时期)。面对变化多端的反映,韩氏以不变应万变,只用一句话来回答:假如杂志社成了一个只是以结伙求财为目标的团体,我就退出。"④

10月,《海南纪实》第一期出版,创下了发行六十万册的纪录。该期上的一篇关于时任国家领导人当年在四川搞改革的报道,引起了很大反响,中共四川省委也将其当作学习材料。编辑部还经人介绍,找到了解放军文艺出版社的编辑董保存。他认识张玉凤,遂请她出

---

① 杨敏:《1988:海南纪实》,《中国新闻周刊》,2013 年第 7 期。
② 杨敏:《1988:海南纪实》,《中国新闻周刊》,2013 年第 7 期。
③ 蒋子丹:《〈韩少功印象记〉及其延时注解》,《当代作家评论》,1994 年第 6 期。
④ 蒋子丹:《〈韩少功印象记〉及其延时注解》,《当代作家评论》,1994 年第 6 期。

面写了一篇文章《张玉凤谈毛泽东晚年二三事》，这是张玉凤第一次在国内公开披露毛泽东的生活。[①]杂志除了一些"解密"的热点稿，还注重对社会现实与历史的深度解读与分析，台湾地区局势、经济改革、"反右""大跃进"等都成为杂志话语介入的重要对象。杂志社成员工作上都十分卖命，以至于外人认为他们干的是个体户。为了保证大家的身体健康，杂志社不得不以强制的方式要求诸位成员不得加班，必须吃好睡好。

杂志影响越来越大，海南省委领导去北京开会，都会带一些《海南纪实》在身上。到第三期，杂志社成立了发行部，不再依赖发行商。这期杂志发行量破百万大关，杂志社有了二十多万元的进账。走上正轨后，杂志社成员月收入成倍增长，相当于国家事业单位的五六倍，同时他们还享受着新宅、电话、高额保险等集体福利。水果、饮料等则任由成员各取所需。杂志社还加大了固定资产投入，花费四十万元配备了整套激光照排系统，买了一台一万八千元的三菱传真机。在当时，如此高标准的配备对一般媒体而言都是可望而不可即的。

这年，创作有短篇小说《谋杀》（《作家》，第2期）、《无学历档案》（《湖南文学》，第4期）、散文《美不可译时的烦恼》（《文学角》，第1期）、《艰难旅程》（《特区文学》，第1期）、《老同学梁恒》（《湖南文学》，1月号）、《自由路上的摇滚——访美手记》（《小说界》，第2期）、《记曹进》（《湖南文学》，4月号）、《不谈文学——访美手记〈彼岸〉之六》（《钟山》，第2期）等。

年内，中短篇小说集《空城》的繁体字版由中国台湾林白出版社出版。

1989年，36岁。

8月，《特区文摘报》奉令停刊。

10月，发行量超过百万册的新闻类杂志《海南纪实》奉令停刊，韩少功身为负责人接受政治审查。

停刊之后，留下一些资产。在金钱面前，有些人开始提出修改公约的要求，主张在核心成员中进行再分配。韩少功则坚持按照公约和劳动股份制处理资产。矛盾日趋激化。最终，韩少功的方案得以执行：除了按制度给被遣散者预付了三年的工资以外，把价值两百多万元的财产、设备和现金上缴作家协会，近十万元捐献给残疾人福利基金会，还有数万元以奖金的形式发给函授学院的优秀学员。某些曾朝夕相处的文友，将匿名捐款一事歪曲为韩少功的个人贪污，并向上级官员举报。这无疑深深刺痛了韩少功的心。韩少功在后来的一篇文章中说："初上岛的两年时间没有写作，为了生存自救也为了别的一些原因，我主持了一本杂志的俗务。我不想说关于这个杂志一些有意思的事情，只说说我对它的结束，惋惜之余也如释重负。这不是因为别的什么，只是因为太累，因为它当时发行册数破百万，太赚钱。钱导致人们两种走向：有些人会更加把钱当成回事，有些人则更加有理由把钱看破。在经历了一系列越来越令人担心的成功以后，在一群忧世嫉俗者实际上也要靠利润来撑起话题和谈兴的时候，在环境迫使人们必须靠利欲遏制利欲靠权谋抵御权谋的时候，我突然明白了，我必须放弃，必须放弃自己完全不需要的胜利——不管有多少正当的理由可以说服你不应当放弃，不必要放弃。一个人并不能做所有的事。有些人经常需要甘认输地一次次回归到零，回归到除了思考之外的一无所有——只为了守卫心中一个无须告人的梦想。"[②]

12月，海南省作家协会成立，当选为副主席。

---

① 杨敏：《1988：海南纪实》，《中国新闻周刊》，2013年第7期。

② 韩少功：《南方的自由》，《海念》（随笔集）自跋，海南出版社，1994年版。

年内,创作有序文《记忆的价值》(序,《知青回忆录选》,湖南文艺出版社)。出版有《谋杀》(繁体字版,中国台湾远景出版公司)、译作《生命中不能承受之轻》(繁体字版,中国台湾中国时报出版公司)。短篇小说《谋杀》获中国台湾《联合报》第11届小说奖。

1990年,37岁。

年内,主要致力于散文创作,有《海念》《全球性、信息革命、综合化与文化之再造》〔《海南师范学院学报》(哲学社会科学版),第2期〕、《记忆的价值》(《文学自由谈》,第3期)等。

《海念》中的韩少功得以暂时从浊世逃逸出来,去海边默想人生的真谛。扎入"商海"一年多,浮浮沉沉,韩少功显然看透了许多人、事、物:那些贪嗔浮浪之徒,"他们是小人物,惹不起恶棍甚至还企盼着被侥幸地收买。真理一分钟没有与金钱结合,他们便一哄而散"①。面对沧海,自然有了"跳出三界外,不在五行中"的瞬时性解脱。韩少功陷入了对堕落、谣言、友情、公道、体面、雄心的思忖,只有在聆听大海的"谶言"时,他才神秘地笑了。经由这种历练与体悟,他对"佛"确乎有了一种神会。湖南开福寺的方丈就说他很有佛缘,还曾送过他一套《金刚经》。

1991年,38岁。

3月,出访法国,历时三月,为旅外时间最长的一次。

这是韩少功1988年后第二次出访法国。其间,他参加了创作交流、做演讲和出席法文版《诱惑》《爸爸爸》《女女女》的签名售书等活动。两次经历,以艺术的笔调反映在《访法散记》中。法国这个人文气息浓厚的国度,更"愿意生活在一只旧梦里",闲散地噬咬着它的经济,艺术也曾让它失去过风度与气节。即便如此,比之于太多"牛仔"气的美国,韩少功明显表现出更多的赞许。不过,旅法时虽"沉陷"在艺术的幻梦中,韩少功依旧固执地"我心归去"。他说,没有故乡的人身后一无所有。

大致从这年开始,迎来了韩少功创作的一个新动向,也成就了一个绵延数年的散文创作"高峰"。也就是所谓的想得清就写散文,想不清就写小说。甚至于这种边界常被打破,散文的笔调开始弥漫在小说中,倾向于向传统的"文史哲"合一的文体样式"缴械投降"。

年内,创作有短篇小说《会心一笑》(《收获》,第5期),中篇小说《鞋癖》(《上海文学》10月号),散文《然后》(《湖南文学》,1月号)、《灵魂的声音》(《海南日报》,11月23日)、《比喻的传说》(《文学自由谈》,第1期)、《阳光的文学——长篇小说〈十八园人家〉代序》(《海南日报》,1月16日)、《比喻的传统》(《文学自由谈》,第1期)、《作与协的希望》(《海南日报》,12月9日)等。日文版《空城》(〔日〕井口晃译)发表于《季刊中国现代小说》第19号。法文版《诱惑》《女女女》由 PHILIPPE PICQUIRR 出版社出版;法文版《爸爸爸》由 ALINEA 出版社出版。

1992年,39岁。

10月,开始用电脑写作。

年内,发表有散文《笑的遗产》(《中国作家》,第5期)、《近观三录》(《绿洲》,第6期)、《无价之人》(《海南日报》,1992年6月19日)、《小说似乎在逐渐死亡》(《四川文学》,第10期)。《雷祸》(〔日〕井口晃译)日文版发表于《季刊中国现代小说》第21号,《鞋癖》(〔日〕井口

---

① 韩少功:《海念》,《人在江湖》,人民文学出版社,2008年版,第121页。

晃译）日文版发表于《季刊中国现代小说》第23号,《归去来》英文版由 RESEARCH CENTRE FOR TRANSLATION 出版,《鞋癖》法文版由 ARCANE 出版,《爸爸爸》意大利文版由 EDIZIONE THEORIA 出版。《鞋癖》获本年度上海文学奖。

1993年,40岁。

2月,在海南省政协换届选举中再次当选为常委。

年内,发表有短篇小说《真要出事》(《作家》,2月号),中篇小说《昨天再会》(《小说界》,第5期),随笔《无价之人》(《文学评论》,第3期)、《夜行者梦语》(《读书》,第5期)、《作揖的好处》(《青年文学》,第8期)、《访法散记》(《湖南文学》,第3期)、《那年的高墙》(《光明日报》,8月7日)、《走亲戚》(《福建文学》,第12期),书信《旧笺拾零》(《作家》,6月号)等。

《夜行者梦语》为后来一系列长篇思想随笔的起始。这之后,韩少功的思索更具学理性、系统性。这些分量颇重的随笔主要有《性而上的迷失》《心想》《世界》《佛魔一念间》《完美的假定》《第二级历史》《熟悉的陌生人》《国境的这边与那边》等。这批随笔中的韩少功,介入思想界最前沿、最具"风险"的话题,结合灼人的现实与历代哲人的思想资源走"理论"的钢丝绳。

1994年,41岁。

《马桥词典》的创作起始于这一年年初。关于一部词典体长篇的构思让他兴奋不已。这一年,朋友圈子里的人都知道韩少功在谋划一部词典小说。为了避免外界干扰,电话一概不接,为此还特地买了一个寻呼机,号码仅告知为数不多的亲朋。后因母亲去世,写作才耽搁过一段时间。总体而言,小说写作非常顺利,1995年秋就完成了初稿。

这年,创作有散文《性而上的迷失》(《读书》,第1期)、《个狗主义》(《钟山》,第2期)、《佛魔一念间》(《读书》,第5期)《阳台上的遗憾》(《海南日报》,4月23日)、《世界》(《花城》,第6期)、《即此即彼》〔《海南师范学院学报》(人文社会科学版),第1期)〕、《致友人书》(《文艺争鸣》,第5期)、《从人身上可以读出书,从书里也可以读出人》(《中国青年报》,12月16日)、《平常心,平常文学》(《海南日报》,4月14日,为黄茵散文集《咸淡人生》序言)、《在小说的后台》〔《海南师范学院学报》(人文社会科学版)第2期,为林建法所编《作家编辑印象记选集》序言〕、《"我"者文之魂——〈豪屋——访泰闲笔〉序》(《海南日报》,4月21日、《无我之我》(《新民晚报》,1994年9月4日,为方方英文版小说集序言)、《圣战与游戏》(中国香港版散文集《圣战与游戏》序言)等。

年内,出版有中短篇小说集《鞋癖》(长江文艺出版社)、《北门口预言》(南海出版公司)、《夜行者梦语——韩少功随笔》(上海知识出版社)、《韩少功》(人民文学出版社),随笔集《海念》(海南出版社)、《圣战与游戏》(繁体字版,中国香港牛津大学出版公司),法文版《空屋》(中国文学出版社)。

1995年,42岁。

4月,母亲病逝。

韩少功在文字中极少白描母亲。在母亲去世前一个月,他写了篇深切地为母担忧的文字——《母亲的看》。岁月过多地折耗了母亲的心智,现在的她喜爱独处,对许多户外活动"怀有深深的疑惧",甚至于会把友善的医生、温和的护士一律斥为"驴肝肺"。韩少功不无忧伤地揣测:"她这一性格是不是源于一九六六年,我不知道。那一年,我的父亲正是被许多友善温和的面孔用大字报揭发,最后终于自杀。"年老的她终于逃遁到电视这一她总是"胡看

妄说"的虚幻世界中去了。但眼中的白内障在扩张,乃至把巧克力当成了猪。[①]这时,站在她身边的少功,她看得清么?看得清他眼中蓄满的泪水么?李少君曾谈及韩少功的拳拳孝心:"还有韩少功,我每次在他家都见到他母亲,老人家不言不语,但精神挺好,我也一直未太予注意,直到有一天,一个杂志社约我来访韩少功,本来太熟,不用问什么话,但一些程式性的东西令我随便问了一下他以后的打算,韩少功没有谈写作谈事业,他只说了一句:'送走老的,带大小的(指女儿)。'我一下子就愣在那儿,久久没有话说。"[②]

5月,韩少功在海南省作协换届中当选为主席,并出任《天涯》杂志社社长,开始作协机关的改革和杂志改版。

对这类职务,韩少功有清醒的认识。他是这样看待作协的,"由于体制以及其他方面的种种原因,这一类文学衙门在进入90年代以后已经活力渐失,更有少数在市场化的无情进程中败象层出、苟延残喘。有些在这类机构里混食的人与文学并没有什么关系,只不过是打着文学的旗号向政府和社会要点儿小钱然后把这点小钱不明不白地花掉。这类机构正当的前途,当然应该是业余化和民间化,但革命没法冒进,原因是现在人员得有个地方吃饭。这就是我也当不成改革英雄的处境"[③]。在这种情形下,他下定决心将精力投入到《天涯》的改版上。且来看看改版前《天涯》的情形,韩少功是这样描述的,"《天涯》是海南的一个老文学杂志,在80年代曾经还不错,在90年代的市场竞争中则人仰马翻丢盔弃甲。到后来,每期开印五百份,实际发行则只有赠寄作者的一百多份,但主管部门觉得你只要还出着就还行。因为卖刊号违规换钱,这个杂志已经吃过两次新闻出版局的黄牌,内部管理和债权债务也一团乱麻,每本定价四元的杂志光印刷成本就达到每本近十五元,杂志社的一桩凶多吉少的经济官司还正待开庭"[④]。这么一个要死不活的杂志,韩少功却用别样的眼光看待它,"治国去之,乱国就之,这是庄子的教诲,也是我的处事逻辑。我和一些朋友在80年代末曾经把一本《海南纪实》杂志办得发行超过百万份,靠的就是白手起家。以我狭隘的经验来看,白手起家就是背水作战,能迫使人们精打细算、齐心合力、广开思路、奋发图强,而这些团队素质的取得比几十万或者几百万投资其实重要得多"[⑤]。在另一篇文章中,韩少功也曾写到编辑群体"乱国就之"的豪情:"因为一些历史原因,前任交下来的只有一间八平方米的房子,两张旧桌子,一个摇头扇。这就是当时的全部家当。《天涯》改版的第一个会没地方开,椅子也不够坐,只好借了招待所的一间房,搞了个'飞行集会'。当时有蒋子丹、王雁翎、罗凌翩在座。我今天得对她们表示感谢,感谢她们在那样艰苦的条件下没有失去信心,大家有难共担。后来还有崽崽、张浩文、李少君、孔见、张昺等朋友陆续加入进来了。少君当时在海南日报社,有优厚得多的工资,但要死要活的要来《天涯》。我们怕他一时冲动,要他先兼职,一年以后再说。后来一年过去了,他初衷不改,没有嫌贫爱富,当普通编辑也高高兴兴。这是需要一点热情的。《天涯》就是集合了一批有热情的人。像单正平是《天涯》的家属,实际上是半个编辑。要编就编,要写就写,要译就译,我们要救场了就去找他。他还把他的朋友韩家英介绍

① 韩少功:《母亲的看》,《人在江湖》,人民文学出版社,2008年版,第254—256页。
② 李少君:《作家与母亲》,《海南师范学院学报》,1995年第3期。
③ 韩少功:《我与〈天涯〉》,《人在江湖》,人民文学出版社,2008年版,第161页。
④ 韩少功:《我与〈天涯〉》,《人在江湖》,人民文学出版社,2008年版,第161—162页。
⑤ 韩少功:《我与〈天涯〉》,《人在江湖》,人民文学出版社,2008年版,第162页。

来做设计……"①在这种干劲的引领下，韩少功大刀阔斧地进行"产品改型"，推出了"民间语文""作家立场""一图多议"等特色栏目，还维持了"文学""艺术""研究与批评"等一般栏目。如是改版，韩少功不觉得有何新鲜，"严格地说，在这个设计过程中，我们谈不上得到了什么，只不过是大体上知道了我们应该去掉一些什么，比如要去掉一些势利、浮躁、俗艳、张狂、偏执、封闭，等等，而这是一本期刊应有之义，不是什么超常的奉献。因此，我们觉得没有什么可说的，连短短的改刊词也不要，就把新的一期稿件送进了印刷厂"②。今天，我们随手翻开一本改刊后的《天涯》，就能体味到这些改革的理念。

　　《天涯》改版，蒋子丹是韩少功最重要的搭档。在她看来，文体上的突破是《天涯》改版成功至为重要的因素，并且这与韩少功的创作与学识有着直接的关系："韩少功首先提出要从文体上突破'纯文学'的框架，把《天涯》办成一本真正意义上的'杂'志，或者说'杂文学'刊物。他说，中国的文化传统从来是文、史、哲不分家，《史记》是历史也是文学，《孟子》是文学也是哲学。《天涯》如果能在恢复中国独有的大文化传统方面做点工作，应该是会很有意义的。这种设想的提出，跟韩少功本人的学养状况有密切关系。早在两年前，他就一直在考虑小说如何才能突破固有的叙事方式，找到一种新的跨文体写作样式，并正在努力将这种思考渗入到他的写作中去。与《天涯》改版同时进行的，是他对长篇小说《马桥词典》的创造性构想，这部著名小说，凝结了他对西方的言语哲学、中国明清笔记文学以及他自己多年的写作实践等多层次的积累和探究成果，后来一度被称之为'马桥事件'的构陷与反构陷诉讼弄得毁也至极誉也至极。《天涯》改版的定位，跟这部小说的构思其实是两位一体一脉相通的。"③蒋子丹说："现在回想起来，这种文体定位，很像开始写作某部作品时对语感的寻找。凡是有些写作经验的人都会体会到，寻找语感对一部作品的创作是多么重要，它与你想要表达的精神内涵有着血和肉一样的关联，找准了，作品还没下笔，已经成功了一半。我庆幸《天涯》在它的孕育期已经具备了后来使它在刊山报海之中脱颖而出的条件，就是它独特的文体气质，是这种气质决定了它的品位。也许跟所有其他杂志的设计不同，《天涯》的改版是以文体为酵母，启发了其他如题材、栏目、议题等等别的一直被认为是更重要更主要的方面，而不是相反。"④

　　这年，创作有短篇小说《余烬》(《上海文学》，第1期)、《山上的声音》(《作家》，第1期)、《暗香》(《作家》，第3期)，中篇小说《红苹果例外》(《芙蓉》，第1期)，散文《心想》(《读书》，第1期)、《什么是自由？》(《文学自由谈》，第4期)、《为什么写作》(《书屋》，第1期)、《远行者的回望》(《书屋》，第1期)、《听舒伯特的歌》(《作家》，第7期)，对话《多义的欧洲——答法国〈世界报辩论〉杂志编者问》(《文学自由谈》，第2期)、《关于精神的对话》(与鲁枢元，《东方艺术》，第3期)，书信《第一本书之后——致友人书简》(《扬子晚报》，10月29日)。

　　年内，日文版《昨天再会》([日]井口晃译)发表于《季刊中国现代小说》第32号。出版有中短篇小说与散文集《真要出事》(中共中央党校出版社)、散文集《韩少功散文》(海南出版社)，中短篇小说集《北门口预言》(南海出版公司)、《韩少功》(漓江出版社)、《韩少功》(太白文艺出版社)。

────────────

①　韩少功：《我们傻故我们在》，《天涯》，2006年第2期。

②　韩少功：《我与〈天涯〉》，《人在江湖》，人民文学出版社，2008年版，第168页。

③　蒋子丹：《结束时还忆起始》，《当代作家评论》，2003年第5期。

④　蒋子丹：《结束时还忆起始》，《当代作家评论》，2003年第5期。

1996 年,43 岁。

1 月,《天涯》改版号推出。

《天涯》反对拜金主义和提倡人文精神的立场受到一些读者欢迎,也引来批评和攻击,从"道德理想主义"到"红卫兵""新左派""法西斯""奥姆真理教"等,身负恶名越来越多。文坛争议出现情绪化升温。点名批评他的有张颐武、王干、刘心武等人。刘心武认为韩少功的见解值得考虑,因为韩认定"知识分子就应该站在俗世的对立面上,不管如何都应该按一种最高的标准来评价社会,应该给社会一些最高的原则"。张颐武附和说:"张承志、张炜、韩少功,绝对否定世界,而绝对肯定自己。"刘心武进一步发挥:"比如他们对崇高的追求,首先就是以对自己的肯定为前提,来否定他人。这很奇怪,这在现代世界很少见了。"①韩少功曾经去信《作家》杂志,声明刘心武所说并非自己的观点,不知他是从哪里得来的。现在回顾事件,韩少功的质询其实意义不大,这不是一场发生在同一思想层次的争论。这就不难理解随之而来的不是更理性的争辩,而是更加搅浑水的"马桥事件"。

这里需要提及《天涯》被判定为"新左派大本营"一事。这与韩少功不惜版面果敢发表汪晖的长文《论当代中国的思想状况以及现代性问题》有直接关系,它激起一个不算小的思想浪潮。当然文章也在很多方面呼应了韩少功的思考。不过,至少在主观意愿上,韩少功并不乐于促成一个左派的"大本营",他更期待刊物成为"兼容并包"的高端的思想交锋平台。韩少功描述过当时"笔战"的情形,"《天涯》也发表过很多与'新左派'相异或相斥的稿件:萧功秦、汪丁丁、李泽厚、秦晖、钱永祥、冯克利,等等,都各有建设性的辩难。其中任剑涛的长文《解读新左派》至今是有关网站上的保留节目,是全面批评汪晖的重头文字之一。朱学勤、刘军宁的文字也被我们多次摘要转载。有一篇检讨和讽刺美国左派群体的妙文《地下室里的西西弗斯同志》,还是我从外刊上找来专门请人译出发表的。可惜这样的文章还太少,更多的来稿往往是在把对手漫画化和弱智化以后来一个武松打猫,虚报战功,构不成真正的交锋。我一直睁大眼睛,注意各种回应汪晖、王晓明、陈燕谷、戴锦华、温铁军、许宝强等'新左派'的文字,想多找几只真正的大老虎来跟他们练一练。在做这些事情的时候,我们并不想和一把稀泥处处当好人,更没有挑动文人斗文人从而招徕看客坐地收银的机谋,我们只是想让各种思潮都在所谓'破坏性检验'之下加快自己的成熟,形成真正高质量的争鸣。这是我在编辑部经常说的话"②。有这么种"破坏性检验"的雄心,《天涯》成为思想重镇自不待言。

《天涯》杂志的成功有目共睹。它在改版的当年被《新民晚报》评为 1996 年国内文坛十件大事之一;1997 年被《书城》杂志评为十二种精品杂志之一;1998 年,作为央视"文化视点"栏目选评的文学期刊之一,杂志主编蒋子丹应邀在该栏目介绍《天涯》。《天涯》在国际上也产生了很大影响。英国左翼理论家佩里·安德森、法国汉学家安妮·居里安、荷兰汉学家林恪、法国新小说派作家罗伯·格里耶等都曾访问《天涯》编辑部。美国哈佛、耶鲁、斯坦福、芝加哥,日本早稻田,德国海德堡等名校的图书馆以及汉学机构都成为《天涯》的长期订户。

1 月,《马桥词典》定稿,发表于当年《小说界》第 2 期。接着,作家出版社发行了单行本。小说发表后,很快引起了学界的关注。海南大学社科中心和上海文艺出版社先后召开了作

---

① 刘心武、张颐武:《商业化与消费文化:文化空间的拓展》,《作家》,1996 年第 4 期。
② 韩少功:《我与〈天涯〉》,《人在江湖》,人民文学出版社,2008 年版,第 179 页。

品研讨会。在上海方面的一再邀请下,韩少功出席了上海文艺出版社举办的研讨会。在会上,韩少功提到词典体并非他的首创。

4月,韩少功回访当年下放劳动的汨罗市(县),为以后建房安居选址。

12月5日,北京《为您服务报》同时刊登了张颐武的《精神的匮乏》和王干的《看韩少功做广告》两篇文章。

12月15日,曹鹏在《服务导报》上发表署名文敬志的文章《文艺界频频出现剽窃外国作品的公案》,该文说:"张颐武指出……韩少功的词典全盘袭用了人家的形式和手法,甚至内容都照搬。"并由此认为,《马桥词典》剽窃外国作品"情况无可回护"。

12月16日,中国文联第五次全国代表大会和中国作协第四次全国代表大会在北京召开。文联与作协已经十二年未召开全国代表大会,可以想见其隆重与热烈程度。但会议的第二天,会议代表们就收到一份与会议无关的《文汇报》,报上有一行醒目的标题:《马桥词典》是抄袭之作吗?张颐武有此一说,韩少功断然否认。"《文汇报》的消息来源于两天前南京《服务导报》上文敬志的《文艺界频频出现剽窃外国作品的公案》一文。而后者的消息自然就来自前述张颐武的文章。指控者不太光明磊落的手段激起许多与会作家的愤怒。

12月20日,俞果在《劳动报》上发表《翻〈马桥词典〉,查抄袭条目》一文。该文散布和认定张颐武有关抄袭的言论。

"马桥事件"对韩少功创作影响不小。尽管如此,这年依旧有一定数量的散文创作,主要有《完美的假定》(《天涯》,第1期)、《中西各有其"甜"》(《天涯》,第2期)、《我们还没有今天的孔子和庄子》(《陕西社会主义学院学报》,第3期)、《我的词典》(《中华读书报》,5月8日版),对话《词语与世界——关于〈马桥词典〉的谈话及其他》(与李少君,《小说选刊》,第7期),译作《惶然录》(〔葡萄牙〕费尔南多·佩索阿著)发表于《天涯》第6期。

年内,出版有《马桥词典》(作家出版社,再版)、《韩少功自选集》(四卷)(作家出版社)、散文集《心想》(天津人民出版社)、《灵魂的声音》(吉林人民出版社)、《海念》(海南出版社)、《世界》(湖南文艺出版社)、《佛魔一念间》(北岳文艺出版社),小说集《韩少功小说精选》(太白文艺出版社出版)。荷兰文版《爸爸爸》(DE GEUS)。

1997年,44岁。

1月8日,《中华读书报》用整版的篇幅刊出题为"岁末年初的'马桥事件'"的一组文章,其中有韩少功的一篇答记者问:《他们终将向我道歉》。

1月26日,南帆在《羊城晚报》发表《令人失望的答辩》,对张颐武的相关观点进行反驳。

1月30日,《文艺报》刊载了张颐武的文章《我坚持认为——〈马桥词典〉模仿〈哈扎尔词典〉》。张颐武声称有八条依据证明《马桥词典》模仿了《哈扎尔词典》。这八条依据涉及小说形式、表现方法、整体风格、小说内容、语言观、时间观、具体的语言阐释、故事情节等方面。①

3月,韩少功终于对持续不止的谣言浪潮做出法律反应,对制造与传播谣言并且拒不道歉的六被告(张颐武、王干、北京《为您服务报》社、《经济日报》记者曹鹏、上海《劳动报》社、湖北《书刊文摘导报》社)提起诉讼,控告六方侵犯了自己的名誉权,要求被告赔礼道歉,

---

① 张颐武:《我坚持认为——〈马桥词典〉模仿〈哈扎尔词典〉》,《文艺报》,1997年1月30日。

挽回影响,并赔偿损失人民币三十万元。28 日,海口市中级人民法院正式受理此案。稍后,韩少功提起诉讼的动机:"对不大习惯讲道理的人,除了用法律迫使他们来讲道理以外,我想不出还有什么更好的办法。对分不清正常批评和名誉侵权的人,除了用一个案例让他们多一点法律知识之外,我也想不出什么更好的办法。"①

5 月,到海南省琼海市挂职体验生活,任市委副书记。

12 月 23 日,海口市中级人民法院开庭审理韩少功长篇小说《马桥词典》名誉侵权案,六被告中有五被告未到庭,韩少功与到庭的第六被告《书刊文摘导报》当场达成庭外和解协议。根据协议,《书刊文摘导报》于协议生效之日起十五日内刊登向韩少功致歉的声明,韩少功撤销对该报的起诉。

这年,创作有散文《遥远的自然》(《天涯》,第 4 期)、《阳台上的遗憾》(《美术观察》,第 9 期)、《强奸的学术》(《青年文学》,第 11 期)、《语言的节日》(《新创作》,第 2 期)、《哪一种"大众"》(《读书》,第 2 期)、《岁末恒河》(《作家》,第 4 期)、《批评者的"本土"》(《上海文学》,元月号)、《风流铁骑·序》(载植展鹏散文集《风流铁骑》,南海出版公司,1997 年第 1 版)等,另有对话《九十年代的文化追寻》(与萧元,《书屋》,第 3 期)。其中《强奸的学术》一文自然部分导因于"马桥事件"。此种情形下当然分外怀念《那一夜遥不可及》中昔日那种创作者与批评者的鱼水关系。

年内,出版有《韩少功作品自选集》(漓江出版社)、《余烬》(山东友谊出版社)、《马桥词典》(上海文艺出版社)、《马桥词典》(繁体字版,中国台湾中国时报出版公司,获《中国时报》该年度"最佳图书奖")、《马桥词典》〔(繁体字版,三联书店(中国香港)有限公司,获《联合报》该年度"最佳图书奖"〕。

1998 年,45 岁。

2 月,韩少功请辞海南省政协常委与省政协文史委员会主任,获准。

5 月 30 日,海口市中级人民法院做出一审判决:《马桥词典》与《哈扎尔辞典》是内容完全不同的两部作品;被告张颐武、《为您服务报》社、曹鹏、《劳动报》社应向《马桥词典》作者韩少功道歉并分别赔偿经济损失 1750 元。

8 月 23 日,海南省高级人民法院就有关韩少功长篇小说《马桥词典》的名誉侵权案下达了终审判决书。判决书除维持一审法院对张颐武、《为您服务报》、曹鹏(笔名文敬志)、《劳动报》四被告的侵权认定外,同时撤销一审法院有关王干的判决,判决王干须在接到判决书的二十日之内公开刊登经海口市中级人民法院认可的向韩少功道歉的声明,并赔偿韩少功经济和精神损失一千七百五十元。这样,"马桥诉讼"历时两年,经张颐武等被告两次管辖异议、一次回避申请、一次抗诉申请等周折,终于两审全部结束,有了最后的结果。出于重在教育、与同行和解的目的,韩少功没有申请执行处罚。

9 月 9 日,上海第四届"长中篇小说优秀作品大奖"宣布评选结果,《马桥词典》获长篇一等奖。

这年,创作有散文《第二级历史:"酷"的文化现代之一》(《读书》,第 2 期)、《第二级历史:"酷"的文化现代之二》(《读书》,第 3 期)、《熟悉的陌生人》(《天涯》,第 3 期)、《工具,有时也是价值》(《琼州大学学报》,第 4 期)、《公因数、临时建筑以及兔子》(《读书》,第 6 期)、

① 韩少功:《让我们节省一点时间和精力》,《文艺报》,1997 年 5 月 17 日。

《亚洲经济泡沫的破灭》(《天涯》,第1期)、《译后记》(译著《惶然录》,《书屋》,第5期)、《读梦者——序〈黑狼笔记〉》(《书屋》,第5期)、《作者的性格型智障》(《湘江文学》,第12期),对话《文学的追问与修养——韩少功访谈录》(与蓝白、黄丹,《东方艺术》,第5期)等。

年内,出版有《韩少功散文》(两卷)(中国广播电视出版社)、《真要出事》(中共中央党校出版社)、《故人》(湖南师范大学出版社)、散文小说集《精神的白天与黑夜》(泰山出版社)。日文版《爸爸爸》(〔日〕加藤三由纪译)收入藤井省三编《现代中国短编集》(平凡社,1998年3月)。

1999年,46岁。

10月下旬,在海南省三亚南山主持召开"生态与文学"国际研讨会。来自中国以及美、法、澳、韩等国的作家和学者张炜、李锐、苏童、叶兆言、格非、乌热尔图、方方、迟子建、蒋韵、黄灿然、蒋子丹等三十多人与会。25日晚,在三亚市南山生态文化苑,参加这次会议的部分学者在求同存异的原则下,就环境—生态问题又进行了进一步座谈。参加这次座谈的有黄平(《读书》杂志执行主编)、李陀(《当代大众文化批评丛书》主编)、陈燕谷(中国社会科学院文学所副研究员)、戴锦华(北京大学中文系教授)、王晓明(华东师范大学中文系教授、博士生导师)、陈思和(复旦大学人文学院教授、博士生导师)、南帆(福建省社科院文学所所长、研究员)、王鸿生(河南省文学院研究员)、耿占春(海南大学文学院副教授)等。会议产生总结性文件《南山纪要:我们为什么要谈环境—生态?》(后有英、日、法等多种译本)。与会者戴锦华后来追忆,这是她一辈子中参加过的最有成效和最有意思的会,以至于开了六天以后人们还恋恋不舍。

年内,创作有散文《乏味的真理》(《芙蓉》,第2期)、《自我机会高估》(《芙蓉》,第2期)、《国境的这边和那边》(《天涯》,第6期)、《感觉跟着什么走?》(《读书》,第6期),书信《韩少功致本刊的一封信》(《芙蓉》,第3期)等。出版有译作《惶然录》(上海文艺出版社)、中短篇小说集《韩少功》(繁体字版,中国香港明报出版社)。

2000年,47岁。

1月,韩少功辞海南省作协主席与《天涯》杂志社社长,获准。

5月,迁入湖南省汨罗市八景乡新居。

其实,早在"马桥诉讼"期间,韩少功与妻子就开始在乡村寻找落户之处。起初,他们考虑过海南农村,但因语言上的阻隔最终放弃了。最终他们选择了汨罗八景乡。此地是一水库区,风景如画,民风淳朴,而且与韩少功当年下乡之地很近。当地政府对他的再次插队相当欢迎,慷慨地打算拨一块地给他盖房。但韩少功坚持以两千块一亩的价格将八景峒水库旁边的一块荒地买了下来。之后,他就委托下乡时的农友老李监工,开始盖房。韩少功希望盖一座真正的"青砖"瓦房。因为在他看来,中国古代以木柴为烧砖的主要燃料,烟"呛"出来的青砖是秦代的颜色、汉代的颜色、唐宋的颜色、明清的颜色。这种颜色锁定了后人的意趣,预制了我们对中国文化的理解:似乎只有在青砖的背景下,竹桌竹椅才是协调的,瓷壶瓷盅才是合适的,一册诗词或一部经传才着有落,有根有底,与墙体得以神投气合。老李打电话说青砖烧好了,请韩少功过去一看。一到现场,让他大失所望,虽然近似青砖,但没几块方正的,而且窑温不到位,一捏就粉。砖色也深浅驳杂。老李尴尬地告知,烧青砖的老工艺几近失传,就是这些不达标砖也是四处托人才烧制出来的。最终用这些砖修了围墙。楼房的主体只能退而求其次,用机制红砖来修了。其实,"青砖"不是没有,而是已成为都市人建房的装饰材料,变得出奇的昂贵。韩少功感叹,怀旧是需要成本的,一旦成本高涨,传统就成了富人

的专利。①对砖的挑剔并不意味着韩少功要在乡间修一栋时髦的别墅。在他这里,对自然的热爱与素朴的生活习惯是合为一体的。农民们对他的到来甚为好奇,以为这个名人一定过着奢华的生活。但他们发现,这一家人竟然还穿着最是普通的布鞋出入,在下地的时候穿的则是早就过时了的军用胶鞋。家里不多的家具也多是农家常见的木制产品,尤其是那个笨重的梓木沙发,树皮也尚未剥去,带有一点匪气与粗犷味。这位大作家还挑起了粪桶,全然不顾其恶臭。他依旧在坚持最为传统的耕作方式,而且还是个做农活的老把式。农民在惊异之后,久而久之也就有了由衷的钦佩之情。

韩少功很快就成为乡村礼俗社会有机的一分子。他运用自己的能量尽可能改观乡村的政治人伦,在此意义上,他并不是卢梭意义上的对"自然""野蛮"的纯粹赞颂者,而是积极主动的介入者。他与农民一起斟酌诗词,与村干部一起商讨管理事务,还做过一些教师和乡村干部的培训工作。曾捐资给无学费者(取消义务教育阶段学费之前),救济过孤儿,给学校所有学生宿舍配置橱柜,给学生乐团购置乐器,给敬老院配置保暖床垫、修鱼池和围墙。曾捐资给大同村、智峰村修路、修便桥、修水渠等。还曾先后给大同、智峰、高华三个村牵线搭桥,分别引入政府和社会资金进行基本建设,总投入约三四百万元。这种介入为他赢得了"韩爹"的敬称。当然,从一个陌生的外来者到成为"韩爹",中间还是有些微妙的心理转换的,"正如城里人对韩少功回到农村的选择大惑不解,当地人也曾对他议论纷纷,有人认为他不知犯了什么错误,被处分遣送到这里来;有人怀疑他是个特务,到农村里探测些什么;甚至有人怀疑他脑袋有问题,当乡里的人都往城市跑时,他却住到农村里,莫不是有病?村民对他的种种怀疑,韩少功视之为好事,因为有疑问才会有进步。现在当然没问题了,城里人觉得韩少功很潇洒,八溪峒的村民呢,从怀疑他到接受他,甚至已把他当作自己人,韩少功笑道:'他们还要给我一块地,做我将来的坟墓,地点在山坡还是平地,都为我考虑周详。'所谓生死事大,八溪的原住民就是用同生共死,把他看作兄弟的这种热情表示欢迎他"②。

与乡野的近距离接触,为韩少功的创作增添了新的活力。随后几年,创作有短篇小说《老狼阿毛》《方案六号》《是吗》《土地》《801室故事》《月光两题》《白鹿子》《生离死别》,中篇小说《兄弟》《山歌天上来》《报告政府》等。

9月,在有关方面劝说之下,在海南省文联换届选举中出任主席,但获准适度超脱日常行政工作,半年在岗,半年下乡。

这年,创作有短篇小说《老李醉酒》(《民间故事选刊》,第9期),散文《依附与独立》(《中国新闻周刊》,第27期),对话《思想的声音——韩少功谈话录》(与何羽、郑菁华、陈博夫,《新作文》(高中版),第21期)、《关于〈马桥词典〉的对话》(与崔卫平,《作家》,第4期)、《韩少功访谈录》(与许风海,《博览群书》,第6期)等。

年内,出版有《心想》(西苑出版社)、法文版《山上的声音》(GALLIMARD)(在网上被评为该年度十本法国文学好书之一)。

《马桥词典》被海内外各方专家推荐为"中国二十世纪小说百部经典"之一。

2001年,48岁。

这年,创作有中篇小说《兄弟》(《山花》,第1期),散文《镜头的许诺》(《天涯》,第5期)、

---

①　韩少功:《山南水北》,人民文学出版社,2008年版,第29—30页。
②　李洛霞:《韩少功的田园生活与文化思考》,《城市文艺》(中国香港),2008年第4期。

《经济全球化:国家化的放大?》(《金融经济》,第10期)、《伪小人》(《领导文萃》,第10期)、《人情超级大国(一)》(《读书》,第12期)、《你好,加藤》(《天涯》,第2期)、《杭州会议前后》(《上海文学》,第2期)、《好"自我"而知其恶》(《上海文学》,第5期)、《后革命的中国》(《上海文学》,第6期),对话《返归乡村 坚守自己——韩少功近况访谈录》(与黄灯,《理论与创作》,第1期)等。

年内,出版有《爸爸爸》(时代文艺出版社)、中短篇小说集《领袖之死》(北岳文艺出版社)、《韩少功小说精选》(太白文艺出版社)、《韩少功文库》(十卷)(山东文艺出版社)。另有译作《惶然录》的繁体字版由中国台湾中国时报出版公司出版。

2002年,49岁。

4月,获法国文化部颁发的"法兰西文艺骑士勋章"。

这年,创作有长篇笔记小说《暗示》(《钟山》,第5期),散文《人情超级大国(二)》(《读书》,第1期)、《面容》(《中国文化报》,12月18日)、《山之想(三题)》(《天涯》,第5期)、《草原长调》(《天涯》,第6期)、《知识危机的突围者——〈穷人与富人的经济学〉代序》(《中国经济时报》,4月11日)、《进步的回退》(在法国国家图书馆的演讲)(《天涯》,第1期)、《我的写作是"公民写作"》(《南方周末》,10月24日)、《从幻想到理想——看电视剧〈没有冬天的海岛〉》(《人民日报》,8月4日)、《政治家的行为艺术》(《领导文萃》,第9期)、《数据掩盖了什么》(《金融经济》,第9期)、《笔》(《语文世界》,第1期)、《农民当网民》(《湖南农业》,第2期),对话《韩少功:不愿拘泥一法》(与萧文,《中国青年报》,11月6日)、《韩少功:我喜欢冒险的写作状态》(主持人舒晋瑜,《南方日报》,12月31日)。

年内,出版有演讲集《进步的回退》(春风文艺出版社),中短篇小说集《韩少功读本》(花山文艺出版社)、《蓝盖子:韩少功代表作》(春风文艺出版社)、《领袖之死》(北岳文艺出版社)、《暗示》(人民文学出版社)(后来获得该年度"华语传媒文学大奖"的小说奖)。另出版有荷兰文版《马桥词典》(DE GEUS),日文版《你好,加藤》(〔日〕古川典代译)发表于《蓝·BLUE》第6号。

《暗示》可以说与《马桥词典》遥相呼应。在与张均的对话中,韩少功说:"写完《马桥词典》之后,感觉有些东西没有写完,当时就想写另外一本书,但想法模糊,不知道怎样动手。《马桥词典》的关注点是生活怎样产生了词语,词语反过来怎样制约生活,制约我们对生活的理解与介入。但这一点显然不够,因为还有言外之意。绕开语言我们仍然可以得到意义,信息的传播不一定要依靠语言。这是成了我写《暗示》的聚焦点。我必须重新回到生活中来,看一看我们的回忆、感受、想象、情感、思想是怎么回事,看一看具象是如何隐藏在语言里,正如语言是如何隐藏在具象里。你知道,从英国到美国,文学研究往往是在人和语言的两元框架里思考,《暗示》考虑的则是人、语言、具象这样一种三边关系,差不多是我做了一件不自量力的事情。在文体上,这本书同样是打破小说与散文的界限,甚至走得更远。"①

不过有意思的是,在《暗示》中出现的大量的"象"并没有多少美感,甚至可以说主要是重重叠叠的恶象。这当中,社会生态的失衡、个人的沦陷、人间景象的衰败都分外醒目。毫无疑问,"言"(在《暗示》中可代指广义的符码)与"象"在《暗示》中表现出一种无可抗拒的紧张。

---

① 张均、韩少功:《用语言挑战语言——韩少功访谈录》,《小说评论》,2004年第6期。

2003 年,50 岁。

2 月,当选海南省人大代表。

这年,创作有散文《万泉河雨季》(《当代》,第 3 期)、《草原长调》(《中国民族》,第 1 期)、《我家养鸡》(《小作家选刊》,第 12 期)、《文体与精神分裂主义》(《天涯》,第 3 期)、《货殖两题》(《当代》,第 1 期)、《岁月》(《遵义晚报》,2003 年 5 月 15 日)、《重说南洋》(《新东方》,第 3 期)、《论白开水》(《南风窗》,第 3 期)、《民主的高烧与冷冻》(《南风窗》,第 4 期)、《〈进步的回退〉自序》(《当代作家评论》,第 1 期)、《〈暗示〉前言》(《青海日报》,3 月 28 日)、《心灵的再生和永生———序王厚宏〈感悟集〉》(《海南日报》,12 月 28 日)、《冷战后:文学写作新的处境——在苏州大学"小说家讲坛"上的讲演》(《当代作家评论》,第 3 期)、《八十年代:个人的解放与茫然》(《当代》,第 6 期),对话《文化的游击战或游乐场》(与王尧,《天涯》,第 5 期)、《在妖化与美化之外的历史》(与王尧,《当代作家评论》,第 3 期,后获该刊理论作品奖)、《坚持公民写作》(与杨柳,《中国国土资源报》,6 月 4 日)、《八十年代:个人的解放与茫然》(与王尧,《当代》,第 6 期)等。

年内,出版有理论集《韩少功王尧对话录》(苏州大学出版社)、中短篇小说集《北门口预言》(江苏文艺出版社)、随笔集《完美的假定》(昆仑出版社)、英文版《马桥词典》(COLUMBIA UNIVERSITY PRESS)、匈文版《爸爸爸》(EUROPA KONYUKIADO)、《暗示》(繁体字版,中国台湾联合文学出版社)。另有日文版《归去来》(〔日〕山本佳子译)发表于《螺旋》,第 9 号。

2004 年,51 岁。

5 月,参与修建的八景乡大同村十华里公路竣工,为村民们题写纪念碑文。

12 月,辞中国作家协会全委委员、主席团委员,未获批准。

这年,创作有中篇小说《山歌天上来》(《人民文学》,第 10 期),短篇小说《月下桨声》(《文汇报》,2004 年 7 月 14 日)、《月光两题》(《天涯》,第 5 期)、《是吗?》(《上海文学》,第 9 期)、《801 室故事》(《上海文学》,第 9 期),散文《个性》(《小说选刊》,第 1 期)、《生态的压力》(《羊城晚报》,9 月 7 日)、《技术》(《小说选刊》,第 3 期)、《中国当代作家面面观——灵魂与灵魂的对话 序》(《中国当代作家面面观——灵魂与灵魂的对话》,浙江文艺出版社,2004 年版)、《自述》(此文是韩少功先生 2000 年 3 月在法国举办的"中国文学周"上的发言,原题为"文学传统的现代再生",此处略有删节,载《小说评论》,第 6 期)、《一个作家眼中的全球化——韩少功在汨罗市乡镇干部会上的演讲》(《新民周刊》,第 9 期),对话《历史:现在与过去的双向激活》(与王尧,《小说界》,第 1 期)、《再启蒙:社会的破碎与重建》(与王尧,《当代》,第 1 期)、《语言:展开工具性与文化性的双翼》(与王尧,《钟山》,第 1 期)、《文学:文体开放的远望与近观》(与王尧,《当代》,第 2 期)、《小说,太多的叙事空转与失禁》(与王尧,《解放日报》,8 月 9 日)、《用语言挑战语言——韩少功访谈录》(与张均,《小说评论》,第 6 期)、《廿年前的刺,廿年后的根》(与鲁意,《中国图书商报》,6 月 25 日)等。

年内,出版有随笔集《阅读的年轮:〈米兰·昆德拉之轻〉及其他》(九州出版社)、《韩少功中篇小说选》(上海社会科学院出版社)、《韩少功自选集》(海南出版社)、《空院残月》(云南人民出版社)、《马桥词典》(人民文学出版社)、《韩少功中篇小说集》(繁体字版,中国台湾正中书局)、译作《惶然录》(〔葡萄牙〕费尔南多·佩索阿著,上海文艺出版社再版)、法文版《暗香》(GIBERT JOSEPH)、英文版《马桥词典》(澳大利亚 Harper Collins)。

2005年,52岁。

这年,创作有中篇小说《报告政府》（《当代》,第4期）,短篇小说《白麂子》（《山花》,第1期）,散文《土地》（《文学界》,第5期）、《浑身有戏》（《山花》,第1期）、《小说中的诗眼》（《天涯》,第4期）、《现代汉语再认识》（在清华大学的演讲,演讲时题为"现代汉语的写作",载《天涯》,第2期）等。

年内,出版有演讲对话集《大题小作》（湖南文艺出版社）,中短篇小说集《空院残月》（云南人民出版社）、《暗香》（中国社会出版社）、《报告政府》（作家出版社）,《爸爸爸——韩少功作品精选集》（中国台湾正中书局）、英文版《马桥词典》（由美国兰登书屋旗下的BANTAM DELL再出版）。

2006年,53岁。

这年,创作有短篇小说《生离死别》,长篇笔记《山南水北》,散文《"文革"为何结束？》（《开放时代》,第1期）、《山居心情》（《天涯》,第1期）、《山之想》（三题）（《绿叶》,第1期）、《我们傻故我们在》（《天涯》,第2期）、《语言的表情与命运》（《南方文坛》,第2期）、《情感的飞行》（《天涯》,第6期）、《展望一片明丽辽阔的水域》（为海南出版社出版的《海岸文丛》作总序,《海南日报》,2月19日）,访谈《"有一种身份是不能忘记的,那就是公民身份"》（与夏榆、马宁宁,《南方周末》,5月25日）。

年内,出版有短篇小说集《归去来》（春风文艺出版社）、《韩少功作品精选》（长江文艺出版社）、《韩少功精选集》（北京燕山出版社）、《爸爸爸》（人民文学出版社）、《归去来》（春风文艺出版社）、《马桥词典》（春风文艺出版社）、《然后》（中国社会出版社）、《山南水北》（作家出版社）。日文版《月光两题》（〔日〕加藤三由纪译）发表于《火锅子》第67号,日文版《暗香》（〔日〕加藤三由纪译）收入《ミステリー·イン·チャイナ——同时代的中国文学》由东方书店出版,西班牙文《马桥词典》由KAILAS EDITORIAL出版。

《山南水北》在韩少功的写作史上具有特别重要的地位。韩少功在世纪初写过《老狼阿毛》《方案六号》《801室故事》等以城市为背景的小说。毋庸置疑,这些文本展示出了叙事技巧的娴熟与老辣,但也显示了刻意求新的尴尬与困境。在多种场合,作者亦毫不避讳"小说越来越难写"的怨叹与隐衷。从历史总体性解脱出来的作家们,为形式而癫狂,完全没有意识到一种新的危机正日趋迫近。它比传媒的紧逼更可怕,因为危机来自作家自身。刚迈过90年代的门槛,他们惊诧地发觉,自己的写作与别人的如同出自一个铸模,真假难辨,高下难分。叙事的"空转"与"失禁"开始全面泛滥①,题材、方法,乃至于人物都似曾相识。韩少功显然也为这种局面所震惊,他在创作时必须逃逸出如是怪圈。这种重复的危机,在他看来源自作家生活的中产阶级化。试想当年知青作家,虽然都离不开农村题材,但每个人笔下的乡村形态各异、差别很大。这和乡村、城市间的不同有关。城市生活更容易出现同质化:"都市化背景下的生活方式,沙发是大同小异的,客厅是大同小异的,电梯是大同小异的,早上起来推开窗子打个哈欠也是大同小异的,作息时间表也可能是大同小异的。我们在遵守同一个时刻表,生活越来越雷同,然而我们试图在这样越来越雷同的生活里寻找独特的自我,这不是做梦吗？"②很明显,现代社会在造就一个越来越雷同的时空,从物件、生活方式,到每个

① 龚道育:《根深叶茂》（澧县文史资料第21册）,湖南人民出版社,2014年版。
② 韩少功:《作家的创作个性正在湮没》,《探索与争鸣》,2006年第8期。

个体的形貌、举止,都日愈一日地趋于同一。在都市背景下,作家面对的客体世界变成了电视墙似的景观,表面看来炫目灿烂,其实诗意全无。在这样的情形下,作家挖空心思地玩弄形式,也难以规避题材的趋一与雷同。《山南水北》的意义于是体现了出来。在当下乡村,许多事、物鲜活生动,还没有经过文化工业彻底的整编。据此创作出来的文本,自然避免了题材上雷同、撞车的危机。显然,《山南水北》是韩少功对创作大环境以及自身以往创作的回应。整个作品侧重乡村"写意"。其意图很明显,就是要规避都市生活的同质化,以此来恢复作家言说的活力。

2007 年,54 岁。

4 月,长篇散文《山南水北》获第五届华语文学传媒大奖"杰出作家奖"。

10 月,荷兰 Muziektheater De Helling 剧团将《爸爸爸》和《女女女》改编为音乐剧公演。

11 月,长篇散文《山南水北》获第四届鲁迅文学奖。

这年,创作有短篇小说《末日》(《山花》,第 10 期),散文《多"我"之界》(《南方文坛》,第 3 期)、《道的无名与专名》(《广东技术师范学院学报》,第 6 期)、《石太瑞与湘西神话》(《文学自由谈》,第 6 期)、《文学的四个旧梦》(《上海采风》,第 5 期)、《一个人本主义者的生态观》(《天涯》,第 1 期),对话《文学史中的寻根》(与李建立,《南方文坛》,第 4 期)、《关于〈山南水北〉》(与何志云,《西部》,第 5 期)。年内,出版了越文版《爸爸爸》(NHA NAM PCJC)、韩文版《马桥词典》(MINUMSA)。

2008 年,55 岁。

4 月,受邀在中国香港浸会大学任驻校作家,为期两个月。中国香港《城市文艺》杂志第 4 期刊登了"2008 浸会大学驻校作家韩少功特辑"。该特辑包括韩少功作品三篇:《故人》《人迹》《时间》,另有芳菲的《一次健康精神运动的肇始——读韩少功的〈暗示〉》(评论)、牛耕的《实践者的精神地平线——韩少功散文集〈山南水北〉阅读札记》(评论)、野莽的《派人去汨罗江寻找隐士韩少功》(散文)、李洛霞的《韩少功的田园生活与文化思考》(专访)、古剑的《韩少功的信》(书信)。

5 月,孔见著《韩少功评传》,由河南文艺出版社出版。

7 月,廖述务编《韩少功研究资料》,由天津人民出版社出版。

8 月,廖述务著《仍有人仰望星空——韩少功创作研究》,由新星出版社出版。

9 月,陈乐著《现代性的文学叙事——韩少功的小说与"文革"后中国的现代性》,由浙江大学出版社出版。

这年,创作有短篇小说《西江月》(《西部》,第 3 期)、《第四十三页》(《香港文学》,第 7 期),散文《民主:抒情诗与施工图》(《天涯》,第 1 期)、《穷溯其远仰止其山——在〈庄子奥义〉研讨会上的发言》(《社会科学论坛》,第 2 期)、《葛亮的感觉》(《天涯》,第 2 期)、《笛鸣香港》(《天涯》,第 5 期),对话《穿行在海岛和山乡之间——答记者、评论家王樽》(与王樽,《时代文学》,第 1 期)。

年内,出版有《韩少功散文》(人民文学出版社)、《山南水北》(作家出版社)、《韩少功系列作品集》(九卷)(人民文学出版社)、译作《惶然录》([葡萄牙]费尔南多·佩索阿著,上海文艺出版社再版)、《归去来》(中国香港明报月刊出版社)、《山南水北》(中国香港牛津大学出版公司)出版、韩文版《阅读的年轮》(CHUNGARAM MEDIA)、越文版《马桥词典》(NHA NAM PCJC)、西班牙文版《爸爸爸》(KAILAS EDITORIAL)。

2009 年,56 岁。

3 月,《蛮师傅》获《小说选刊》举办的首届蒲松龄微型小说奖。

4 月,短篇小说《第四十三页》入登中国小说学会的年度排行榜。

这年,创作有短篇小说《赶马的老三》(《人民文学》,第 11 期)、《生气》(《山花》,第 15 期)、《张家与李家的故事》(《天涯》,第 4 期)、《能不忆边关》(《中国作家》,第 17 期)、《怒目金刚》(《北京文学》,第 11 期),散文《寻根群体的条件》(《上海文化》,第 5 期)、《天数使然,可遇而不可求》(《山花》,第 15 期)、《重访旧楼》(《新闻天地》,第 9 期)、《扁平时代的写作》(《扬子江评论》,第 6 期)、《心灵之门》(《海南日报》,11 月 9 日)、《文学何为》(《人民日报》,12 月 3 日),对话《一个棋盘,多种棋子——关于中国文学与文化的对话》(与罗莎,《花城》,第 3 期)等。年内,出版有小说集珍藏本《爸爸爸》(作家出版社)、《马桥词典》(作家出版社)、《重现——韩少功读史笔记》(江苏文艺出版社)、《山川入梦》(中国青年出版社),越文版《报告政府》(NHA NAM PCJC)、韩文版《山南水北》(IRE PUBLISHING CO)、瑞典文版《马桥词典》(ALBERT BONNIERS FORLAG)、波兰文版《马桥词典》(BERTELSMANN MEDIA)。

2010 年,57 岁。

5 月,短篇小说《怒目金刚》获首届茅台杯《小说选刊》2009 年度奖。

10 月 5 日至 8 日,作为中方代表团成员之一,出访欧盟,参加首届中欧文化高峰论坛。此次论坛的中方代表有袭锡奎、徐冰、陆建德、赵汀阳等,欧方代表有安贝托·艾柯、朱丽亚·克里斯蒂娃、雷蒙·卢卡斯·库哈斯等。

11 月,以中篇小说《赶马的老三》获《人民文学》2010 年度优秀作品奖。

11 月,以长篇小说《马桥词典》获美国第二届纽曼华语文学奖。

12 月,以短篇小说《第四十三页》获郁达夫文学提名奖。

这年,创作有散文《上帝之死与人民之死》(《上海文化》,第 5 期)、《慎用洋词好说事》(《天涯》,第 2 期)、《重说道德》(《天涯》,第 6 期)、《寻找语言的灵魂》(《人民日报》,1 月 12 日)、《"扁平世界"呼唤精神高度——关于当前读书、写作的思考》(《人民日报》,2 月 2 日)。

年内,出版有随笔集《历史现场:韩少功读史笔记》〔三联书店(中国香港)有限公司〕、小说集《西望茅草地》(新华出版社)、《韩少功散文》(浙江文艺出版社)。

2011 年,58 岁。

2 月,获准卸任海南省文联主席,海南省文联、作协党组书记两职。韩少功任职期间注重人才引进与作风整改,完成二十多项建章立制,文联用房和设备等硬件也有大幅度改善,成绩有目共睹。韩少功为人亲和、以德服人,整个文联的风气为之一变。因此,在机关领导交接大会上,台下传来同事们的一片抽泣声,他们还以长时间的鼓掌向他送别致敬。

2 月,在美国俄克拉荷马大学参加纽曼华语文学奖颁奖仪式,并参加韩少功文学作品研讨会,有美、英、荷等多国专家参加。

4 月,中篇小说《赶马的老三》获首届萧红文学奖。

5 月,赴韩国参加外国语大学所举办的韩少功作品研讨会,有韩、日、中等多国专家参加。

9 月,短篇小说《怒目金刚》获《北京文学》优秀作品奖。

11 月 6 日,中国台湾社会研究杂志社在台北举办韩少功随笔研讨会。

12 月 7 日—8 日,海南大学人文学院、《天涯》杂志社、海南省文联召开"韩少功文学创

作与当代思潮研讨会"。与会的批评家有旷新年、安妮·居里安(法国)、彭明伟(中国台湾)、韩毓海、李云雷、敬文东、何吉贤、千野拓政(日本)、白池云(韩国)、卓今、孔见、单正平、刘复生、李少君、董之林、徐志伟、郝庆军、黄灯、廖述务等。

12月,短篇小说《怒目金刚》获《小说月报》第14届百花奖。

12月,短篇小说集《鞋癖》获评中国台湾《中国时报》社开卷周刊主办的开卷十大好书。

这年,创作有散文《他是中国文学的幸运》(《天涯》,第2期),对话《重建乡土中国的文学践行者》(与相宜,《上海文学》,第5期)

年内,出版有长篇小说《马桥词典》(作家出版社再版)、《马桥词典》(中国台湾联经出版事业股份有限公司),中篇小说集《红苹果例外》(中国台湾联经出版事业股份有限公司),短篇小说集《鞋癖》(中国台湾联经事业股份有限公司)、《韩少功随笔》(中国台湾社会研究杂志社)。

2012年,59岁。

3月,受邀为中山大学驻校作家,为期两月。

4月,受邀访问新加坡,在新加坡国立大学、《海峡时报》等机构演讲。

5月,刘复生、张硕果、石晓岩所著《另类视野与文学实践:韩少功文学创作研究》,由北京大学出版社出版。

11月,受邀至华中科技大学主持文学"秋讲"活动,为期两周。

11月,短篇小说《怒目金刚》获第三届蒲松龄短篇小说奖。

这年,创作有散文《"小感觉"与"大体检"》(《文艺报》,12月31日),对话《中国文学及东亚文学的可能性》(与白池云,《文学报》,4月19日)、《要捣乱,要狂飙,必是情理所逼》(与李晓虹、和歌,《黄河文学》,第3期)

年内,出版有《韩少功作品系列》(十卷)(上海文艺出版社)、《赶马的老三》(海豚出版社)、《韩少功汉语探索读本》(三卷)(四川文艺出版社)。

2013年,60岁。

3月,"韩少功文学创作与当代思潮研讨会"论文集《对一个人的阅读——韩少功与他的时代》(孔见主编,收录了洪子诚、旷新年、安妮·居里安等学者的论文)由江苏文艺出版社出版。

7月,以团长身份率海南两岸文化交流团访台湾,会见星云法师、余光中、龙应台等台湾各界人士。

8月,短篇小说《山那边的事》获《小说月报》第15届百花奖。

9月,湖南社会科学院文学所与海南文艺评论家协会组织的《日夜书》研讨会在长沙召开。

9月,率中国作家代表团访问俄罗斯。

11月,中国作协创研部与海南省作协主办的《日夜书》研讨会在北京召开。

11月,受中国台湾交通大学社文所邀请,任该校驻校作家一个月,并在台北、彰化、嘉义、南投等地大学讲学。

11月,"韩少功工作坊(即作品研讨会)"在中国台湾新竹召开。

12月,长篇思想随笔《革命后记》由中国香港牛津大学出版社出版繁体字版,简体字版则由李泽厚推荐,王蒙撰写推介意见,在生活·读书·新知三联出版社进入送审程序。

12月,《日夜书》成为富国高银2013南方周末文化原创榜年度图书(虚构)获奖作品。

这年,创作有长篇小说《日夜书》(《收获》,第2期),散文《牛桥故事》(《读书》,第11期)、《文学寻根与文化苏醒——在华中师范大学的演讲》(《新文学评论》,第1期),对话《时代与文学》(与荒林,《创作与评论》,第12期)、《一代人的安魂曲——韩少功长篇小说〈日夜书〉访谈录》(与吴越,《朔方》,第9期)、《数字化时代的文化生态与精神重构》(与龚曙光,《芙蓉》,第3期)、《几个50后的中国故事——关于〈日夜书〉的对话》(与刘复生,《南方文坛》,第6期)、《好小说都是"放血"之作》(与胡妍妍,《人民日报》,3月29日)。

年内,《马桥词典》《暗示》《韩少功小说选》《韩少功随笔选》由安徽文艺出版社出版插图精装本,《日夜书》由上海文艺出版社出版,《山南水北》增补版由湖南文艺出版社出版,《日夜书》繁体字版由中国台湾联经出版事业股份有限公司出版。俄文版《第四十三页》在彼得堡大学东亚文学院院刊发表。短篇小说《末日》由明珠影业有限公司改编拍摄成电影播出。

《日夜书》与《革命后记》两部书于同一年出版。一般来说,生理年龄与创作活跃程度间有一个负相关的铁律,韩少功似乎可能成为为数不多的例外。

《革命后记》是韩少功在思想领域的一次大胆掘进与突破,是中国思想界在新世纪的一次重要收获。从这部书的字里行间,也不难品读出韩少功的理论抱负。就韩少功的创作来说,这部书的地位一点也不逊色于《马桥词典》,因为只有它足以承负百年中国的历史重量。

2014年,61岁。

5月,《日夜书》获人民文学杂志社长篇小说双年奖。

9月,《山南水北》研讨会在台北市召开。

9月,《日夜书》获中国香港浸会大学文学院"红楼梦奖"的专家推荐奖。

10月,卓今等主编《解读韩少功的〈日夜书〉》(收录程德培、张翔、张柠、李遇春等学者的研究论文),由上海文艺出版社出版。

12月20日,作为主讲嘉宾之一参加"文汇讲堂·文学季"第五期活动。演讲内容以"顺变守恒,再造文学"之名发表在本年12月30日的《文汇报》第8版上。

这年,发表的作品有长篇思想随笔《革命后记》(《钟山》,第2期),对话《把权力关进笼子(访谈)》(《革命后记》一书附录,载《文化纵横》,第3期),散文《关于经典的加减法》(《名作欣赏》,第1期)、《刘舰平的诗歌修辞法》(《文艺报》,2月26日)、《镜头够不着的地方》(《文艺报》,10月15日)、《在幽怨与愤怒之外——读孔见新作〈谁来承担我们的不幸〉》(《文艺报》,11月28日)。

年内,出版有散文集《空院残月》(安徽文艺出版社)、《山南水北》(中国台湾人间出版社,再版),小说集《中国好小说/韩少功》(中国青年出版社)、《怒目金刚》(安徽文艺出版社)、《韩少功作品精选》(长江文艺出版社)、《很久以前》(武汉大学出版社)、《马桥词典》(湖南文艺出版社,再版)、韩文版短篇小说集《归去来》(创作与批评出版社),英文版《山歌天上来》入选美国俄克拉荷马大学出版社的《二十一世纪中国中篇小说选》。

2015年,62岁。

1月,《今天》杂志继张承志、李零、徐冰专辑之后,在2014年冬季号推出韩少功专辑。

2月,由上海文艺出版社出版的《日夜书》获中国出版协会主办的第五届中华优秀出版物奖,是获得该年双奖的两部长篇小说之一。

5月,散文《落花时节读旧笺》在《香港文学》发表,后载《上海文学》第7期。

年内,创作有散文《对于电视剧的"两喜一忧"》(《文艺理论与批评》,2015 年第 1 期)、《萤火虫的故事》(《名作欣赏》,第 1 期)、《想象一种批评》(《文艺报》,2015 年 5 月 6 日)等。

参考文献:

1. 孔见:《韩少功评传》,河南文艺出版社,2008 年版。

2. 廖述务:《韩少功文学年谱》,《东吴学术》,2012 年第 4 期。

3. 廖述务:《韩少功研究资料》,天津人民出版社,2008 年版。

4. 何言宏、杨霞:《坚持与抵抗:韩少功》,上海人民出版社,2005 年版。

学步回顾

——代跋

韩少功

一

一些偶然因素,使我学着写起小说来了。

读初中时,我怀着"学好数理化,走遍天下也不怕"的抱负,攒下伙食费,买了很多数理化的自学参考书,发愤攻读起来。但刚学到二元一次方程,批判"三家村"的喧嚣就把我卷进了毁灭科学的浪潮。

戴上红卫兵袖章的我对政治发生了兴趣。印完传单之余,我和一些同学就啃《毛选》四卷,讨论马克思、列宁、普列汉诺夫和托洛茨基。但在那个亿万人只准有一两个大脑的时代里,政治热情带来的只有危险。要想保存自己,又往往是痛苦的无所作为。

我到了农村。我开始写一些我并无很大兴趣的三句半、对口词、小演唱和小戏曲。这多半当然是不甘寂寞,但其中也不无找"饭碗"的动机。我很快达到这些目的了。一九七四年下半年,我由知识青年变为一个县文化馆的创作辅导员,但创作的苦恼几乎使我放下了笔。违心写出的东西,自己也觉得不真实、没意思。出路在哪里呢?幼芽在压抑下生长,不是死亡就是长成畸形。而要粉碎压力需要"社会"这个巨人的行动。眼前黑夜沉沉,曙光似乎还在遥远的地平线以下,我想我只能等待。

我终于等到了。令人振奋的"四五"事件,令人舒眉把酒的"十月"胜利,直至党的十一届三中全会,使曾经播发出极"左"喧嚣的文艺机器发出一片破碎肢解的"嘎嘎"声。无数文学青年和文艺前辈们一样,奔走相告,摩拳擦掌。坚冰已破,希望在望。探索和进击已成刻不容缓。于是,当我背着被包从"学大寨工作队"回来,准备进大学的时候,便下了决心:写"真正的文学"。

可惜我底子差,脑筋笨,手脚也慢,至今没有写出像样的"真正的文学",跟上同辈人还很吃力。

二

我还是赞成"文学需要思考"这句比较通俗的话,尽管文章不一定要"明道""载道",尽管一些讨厌理论和理性的作家,同样写出过一些令我折服的作品。

从《七月洪峰》起,我在 1978 年和 1979 年的那些幼稚之作,大多是激愤的不平之鸣,基本主题是"为民请命"。我想满怀热情喊出人民的苦难和意志。1980 年的创作相对来说冷静

35

了一些,似乎更多了些痛定泪干之后的思索。《回声》和《西望茅草地》,前者写一次政治动乱——"文化大革命";后者写一次经济动乱——"大跃进"。前者的主人公是一个"在野"的农民"造反派",后者的主人公是一个"在朝"的农民"当权派"。我力图写出农民这个中华民族主体身上的种种弱点,揭示封建意识是如何在贫穷、愚昧的土壤上得以生长的并毒害人民的,揭示封建专制主义和无政府主义是如何对立又如何统一的,追溯它们的社会根源。从某种意义上说,这是不再把个人"神圣化"和"理想化"之后,也不再把民族"神圣化"和"理想化"。这并不削弱我对民族的感情,只是这里有赤子的感情,也有疗救者的感情。

我还想通过小说剖析一些问题:人性和阶级性的关系;政治和超政治矛盾的关系;人在环境中被动性和自主性的关系;集体主义和个人主义的关系……

思想性往往破坏艺术性,文学形象有时也不足以表达这些思想性,这是我至今没有摆脱的苦恼。在我的"知识结构"和"社交结构"中,哲学和政治始终闪着诱人的光辉。关心理论已成嗜好,抽象剖析已成习惯。没有办法,这种状况制约着创作,当然有时效果自认是好的,有时却自认是很不好的。

三

我的创作手法基本上还是传统的"白描、叙事、写实"。这在有些同志看来比较陈旧和笨拙。所以然,可能与自己的题材选择,文学素养和处世态度有关。

我在农村生活了近十年。虽是个城市青年,但并不很熟悉工人、教授、舞蹈演员和归侨,创作素材暂时主要来源是农村。要表现泥土、山泉、草籽花、荷锄的"月兰"、卷喇叭筒的"张种田",传统手法有时用起来更方便,乡土语言有时更能传达生活气息。

我对上两个世纪的现实主义作品有较深的印象,湖南不少前辈作家的风格也给我很大影响。而那些非现实主义的"现代派"作品,我看得不多,看了也记不太牢。一些中国当代电影和小说中违反生活真实的洋腔洋调,使我疾首蹙额。这样,我在动笔时往往更多地想到庄重质朴的托尔斯泰和鲁迅,而不是奇诡凄迷的加缪、萨特、卡夫卡。

我总希望自己保持一种生活的积极,正视现实,面对客观而不沉溺于主观。肉眼所及的客观世界对于主观世界来说,就具有一种相对的时空常规性,存在稳定性,画面明晰性。因此,"现代派"作品中大量出现的反常、跳荡和隐晦,就往往被我排斥于稿纸之外。

记得普列汉诺夫说过一句话,大意是:内容与形式高度统一的东西就是最美的。我还没有找到一种满意的艺术形式,因此还得追踪前辈作家们去学习、试验、摸索。我很注意"现代派"。有些同志对这一流派的哲学观和艺术观全盘否定,我是不敢苟同的。前不久我还和湖南的中年乡土文学作家孙健忠讨论过这样的问题:怎样突破传统的局限?怎样使乡土文学更能满足现代青年的思维需求和美感需求?我想可以向"现代派"吸收一些长处,来增强自己认识和表现生活的能力——在《回声》等作品中曾做了这样的试验。随着生活中撞入更多的现代生活炫目光彩,我也可能会与某些传统东西告别。这也说不定。我想我还年轻,为什么要急急忙忙讲求和表现一种什么固定"风格"?

四

写好人物,把人物写活、写准,恐怕还是小说作者的一门基本功。诚然,"人"不等于就是"人物"。传达人的主观情绪、感觉、意识和潜意识,这都是很重要的。但任何流派的画家都不能离开素描的基础练习,不然就是图懒和胡来。

关于对人物的认识和描写,有些教科书上的论述,对创作实在没有很大的用处——

比如"歌颂"与"暴露",这个政治家常用的概念无疑是有道理的,但似乎简单了一些。对很多人物,是不好谈"歌颂"与"暴露"的。薛宝钗、玛丝洛娃、阿Q……这样的例子很多。

比如写"新的人物"。"新的人物"就是先进人物吗?鲁迅的《祝福》《孔乙己》也应该说是写了"新的人物"的,它们的艺术价值和教育作用,毫不低于《一件小事》。相反,《一件小事》倒似乎是被有些教科书捧得过高了。

又比如"人的阶级地位决定人的意识",这也没讲全面。宗教观、民族观等似乎就与阶级地位联系不大。同阶级地位的人也有不同的善恶观。地主中有刘文彩也有托尔斯泰,贫民中有芳汀也有德纳第。政治对立的人之间也能有相通的感情,于是我就写了张种田和小马,还有路大为和竹珠之间的爱和恨。

中国的传统文化与农民心理有缘,而农民作为一个阶级来说,思想方法往往有简单化的毛病。神仙妖孽,忠烈奸雄,红脸白脸,一切都如泾渭。这样爱憎诚然鲜明,然而认识欠科学。极"左"路线更把这种简单化推向了极端,制作了种种"样板人物"。今天,纠偏除弊,忠于生活,写出各色各样真实而复杂的人物,恐怕是小说作者们追求的重要目标。我的教训和经验提醒我今后注意这一点。

五

我现在正在大学进行"文学补课",业余时间继续练笔。越深入文学的海洋就越感到自己的渺小。但我愿在人民的哺育下,在前辈作家们的帮助下,坚持不懈,成为一个落后而不丧气的竞技者。

放下笔的时候,我感到羞愧不安。

1981 年元旦于长沙

留给"茅草地"[①]的思索

韩少功

  一段历史出现了停滞或倒退,人们就把责任归结于这段历史的直接主导者,归结于他们的个人品质德性,似乎只要他们的心肠好一点,人民就可以免除一场浩劫灾难。这样说当然是有道理的,但我以为原因不仅是如此,不完全是如此。

  从"四·五运动"到"三中全会",民族正在恢复生机。一场大手术之后,人们渐渐停止了痛楚的呻吟,恢复了平静的目光。人们想查一查环境,查一查病史,看那个毒瘤是怎么长出来的。

  青年朋友们都在思索,我是他们中间一个比较笨的劣等学生。

  环顾世界,我们当然首先把目光投向年长的一辈,投向那些曾经教诲过和领导过我们的人……前辈中"风流人物"各色各样,其中有一种引起了我的注意。

  我当过知识青年。在我落户地方不远,有一个国营农场。农场有个负责人,是部队转业干部,对手枪和绑腿有深厚的感情。他身先士卒,干劲冲天,大办农业,流下了辛勤的汗水,对亲人和下属也要求得十分严格。但他好几次晚上提枪出门,用"演习"的办法来考验下属的"阶级立场"。他看不惯青年男女的谈情说爱,有次为了追捕一个"违禁"幽会的小伙子,竟一气追了几里路远……结果很多干部,很多青年都怕他。

  我还访问过一些农场,足迹到了一个又一个"茅草地"。我发现很多农场都有一些老资格的革命战士。他们立志务农,比起那些贪恋沙发与卧车的人,他们是有朝气,有事业心的。但他们中间相当多的人曾经不懂得按客观经济规律办事。有个场长经常"剃着光头,打着赤膊"猛干,饿了就咬生红薯生萝卜,但他不善管理,结果地上草比苗高,仓里果实霉损。农场发寒衣,还得靠他"老红军"的面子四处募捐求援。还有个场长,有钱大家用,有烟大家抽,对供给制和"大锅饭"很有兴趣。结果正是这种平均主义,使职工们的积极性日趋低落……

  这些人就像代数中的"同类项",鲜明地显示出了共通点。当然,观察和联想还不仅于此,某位书记的一种习惯,某位司令的一段轶事,某位首长的一段讲话……都纷纷跳进了我的脑子。它们像一个个音符飞出来,但成了一个完整的旋律;像一个个散点,逐渐连成了一道明晰的轨迹——于是,我就有了笔下的"张种田"。

  我本来可以把"张种田"的优点挑出来,把他写成一个叱咤风云的英雄战士,写他身经百战艰难创业,写他与人民群众血肉情深,写他在反动帮派势力的淫威之下似青松挺且直。当然,为了让他更生动更显真实,可以写一写他性格上的小缺点,写一写他对任何事物都有

---

① 小说《西望茅草地》,见《人民文学》,1980年第10期。

一个曲折的认识过程……这样写当然是可以的，我也这样处理过一些素材。

我本来还可以把"张种田"的缺点都挑出来，把他写成一个蜕化变质的昏君骄臣，写他独断专行骄横自大，写他思想僵化、盲目无知，写他落后于形势最终被人民唾弃。当然，为了使他更丰富更令人可信，可以写一写他偶尔显露的"人性"光辉，写一写他历史上曾经确有过丰功伟绩……这样写恐怕也未尝不可，我也这样处理过一些素材。

但我撕掉几页草稿后，突然想道：为什么要回避生活的真实面目呢？为什么一定要把生活原型削足适履，以符合某种主观的框架呢？难道对笔下的人物非"歌颂"就要"暴露"吗？伟大和可悲，"虎气"和"猴气"，勋章和污点，就不能统一到一个人身上吗？我对自己原来的观念怀疑了。我想：也许小孩看电影才只有"坏人"与"好人"的观念，也许只有农业国的古典戏剧中，才把红白脸谱看得特别重要。也许，对于成熟深化的现实主义文学来说，对于希望了解四维空间和原子世界的当代人来说，人物的复杂性是更受重视的。何况我们是在回顾一段复杂的历史。

我担心我的想法是不是对头。但我抑制不住一种强烈的愿望：写出一个复杂的老干部形象。我可能错了，但是梁是椽，写出来总会有点益处吧。

为了更理解张种田，我凭借书本和讨论，把目光投向历史深处，我希望在动笔前搞清楚张种田的主要精神特质以及产生这种特质的原因。他是谁？他从哪里来？他往哪里去？

显然，不能说主观蛮干、简单粗暴是他最主要的弱点。这是次要的。这些弱点并没有妨碍他在以农民战争为主要形式的民主革命中大显身手。梁山好汉的前鉴，"山沟里的马列主义"，朴素的阶级仇恨等等，使张种田们在抗日驱蒋的斗争中力大无穷，聪敏无比，跟着党轰轰隆隆地建立了一个共和国。

那么为什么他在50年代后期扮演了悲剧角色呢？他仍然是忠诚的、热情苦干的，甚至并不缺乏智慧，摘了文盲帽子，打猎杀猪和估量估产还很有一手。但他越肯干，就越具有灾难性，就越增强了与青年人的隔膜。"好人"与"好人"之间也心不相通。人们发现他与科学矛盾着——拆掉了科研组，对城市文明蹙眉反感。发现他与民主矛盾着——一个人说了算，靠训话和禁闭室维护着家长式的权威；野心家在他的羽翼下生长着。他的"社会主义"离开这些之后还剩下一些什么呢？除了"供给衣""大锅饭"、烟酒"共产"的慷慨外，人们就只看到了一个"茅草地王国"。这个"王国"的土地上，徘徊着反科学社会主义的平均主义的幽灵。我想这才是他的主要精神特质。

农民战争被经济建设高潮代替，农业国将要成为现代化强国。因此张种田的落伍是必然的。但酌德功罪，似应正确评说。悲剧是历史和社会造成的，他不过是实现悲剧的工具。而且他的忠诚与无私，他的理想和气魄，是不是还值得我们依恋呢？我说不清楚。

说不清楚的我还是写了。我羡慕理论家的严谨准确，但并不想把一切都剖析得明明白白。除了传达思想，我更希望能抒发郁结于心中的复杂感情。

我采用"拼贴连缀式"的结构，想尽量接近生活原貌。结果很糟糕，由于角度没选好，"拼"成了一个中篇的架子，"缀"出了两万多字。怕写长了，又缩手缩脚，很多线索都没写好，没写充分。

我采用第一人称来写，"镜头"始终只对准主人公的外在形态，因为我担心自己太年轻，不能把张种田的内心活动写准，那么就绕开困难走吧。没想到这一写还带来意外的好处——便于抒发感情，便于剪削一些过渡性文字。

我想在语言文字上吸收传统派与现代派两家的长处。注意写实，也注意写虚。讲究对客观事物朴素的白描，又着力表现主观大脑对声、光、色的变态感觉。选择动词和形容词时试着运用"通感"，造句也不泥守于一般的语法规范。其实这种试验很多作者已经开始进行了，效果比我的好。

　　总之，我的这篇小说并不成功，很多读者已有中肯的批评。尤其是很多真正来自"茅草地"的朋友，一见到我，总是坦率地对小说表示可惜和遗憾。我是信服他们的。遥想茅草地，那里有丰富的矿藏，而我是一个蹩脚的开掘者，但愿今后会有所长进吧！但愿茅草地的白天和黑夜，能永远在我心中燃烧，鞭策我磨炼手中这支笔。

1981 年 2 月

（载《小说选刊》，1981 年第 6 期）

难在不诱于时利

——致《湘江文学》编辑部

韩少功

编辑同志：

来信收到了，谢谢你们的鼓励和鞭策。

昨天，我向学校交还了用过四年的学生证，领取了毕业证书。但我想，学不可以已——我今后还将是一个没有学生证的学生。而如果说少数作品也能得到部分读者欢迎，那只是极有限的进步，离人民的要求尚远。

分析自己进步不快的原因，当然可以列出好几条：天赋不高，勤奋不足，学不得法……而其中最重要的，我以为作品常败于自己缺乏端正的创作态度。"文格"不高而首先在于人格不高。急功近利，趋时附势，因此，作品自然大部分是廉价而短命的。且作一些回顾吧：

八年前，我刚开始发表小说的时候，极"左"文艺思潮大得时势。"高大全""三突出"一套货色很吃香。当时我并非毫无自己的看法，但一想到要通过发表作品来身跻"国家粮"者列，笔也就跟着风向转了。或歌颂英雄书记学大寨狠割"资本主义尾巴"，或宣扬革命小将顶"修风"保护新生事物……结结巴巴，尽管印成了铅字，但现在一概不能保留入集了。

"伤痕文学"伊始，批极"左"、批官僚主义呼声高涨。不少积极抗争、针砭时弊的作品，起了扫除旧习另辟新境的作用，但少数青年作者中也时兴比胆大，比手快，抢主题，"找"禁区，风气不正。我刚赶制一篇批帮派势力的小说，与人家"撞车"而报废，后悔之余，马上又赶写一个批特殊化的急就章，图谋抢观点以快以新制胜。笔下写的是不太熟悉的生活领域，结果生编硬凑，作品肤浅生硬，被编辑"砍"得肢体不全也是在所难免。读者反映比较糟糕。

又如，《月兰》发表以后，经转载评介，有了点影响。自己俨乎然想当个"作家"了，想多发点作品壮壮声势——朋友间戏称为"打排炮"计划。于是欠酝酿的构思也草草成篇，未成熟的作品也匆匆寄出。作品"四处开花"了：《人人都有记忆》《吴四老倌》《癌》《火花亮在夜空》等等。然而回头一看，粗制滥造，都是下品或中下品。浪费了素材，浪费了精力，反招来一些同志有理的嘲笑和指摘。

嘲笑和指摘，能使自己头脑清醒一些。要长久保持清醒，却是极困难的事。现在评奖成风，有时处理构思是否为方便夺奖所计呢？拉稿也成风，有时勉强下笔是否为编辑情面所迫呢？还有所谓政治变化的"晴雨"，评论家的好恶，发表位置的前后，乃至稿酬多寡……在动笔之前，是否都闪过自己的脑际呢？

人当然很难完全免俗。如韩愈说的"诱于势利""望其速成"，在一个青年作者的成长过程中，恐怕是难免的现象。但如果自己长久不警醒，如果不经常对自己的人生观创作观进行反省改造，总是胸无是非，缺乏严肃而执着的追求，这样即使呕心沥血奋斗几十年，会有什

么意义？有什么成绩？前鉴多矣。这种考虑足应使人大出一身冷汗！

"利"常与"时"联系在一起，与"时髦""热门""浪潮"等联系在一起，与时势、时论、时机、时务、时曲、时装等联系在一起——少数电影不就曾经靠展览"时装"来卖座？入时者当然不见得全无是处，要具体分析，不能一概否定，但有独创性的可贵贡献，常常不是赶时髦所能得到。文学与政治有关，有些"时髦"是政客造起来的。如"四人帮"统治文坛时，阴谋文艺昌，有些连文句都不通的作品，只因写"中心"，学"样板"，写了新贵功德，运动硕果，路线壮史，禁欲高风，于是能够发头条，出专集，连连转载，有评论捧场，甚至莫名其妙地编入了文科大学课本，"官价"看涨，其结果如何呢？文学也与商市结缘，有些"时髦"则是"商人"造起来的。前不久一段，有些刊物为了打开销路，投市民读者所好，为商业化文学大开绿灯。有些作者也就见利而往，你要什么他就给什么。选美秘闻、古寺奇案、西崽洋女、哀史惨闻，一时间充塞了刊物以及各种高价小报，"商价"看涨，其结果又如何呢？我以为真正不为时利所诱的作者，他应该坚定文学为社会主义服务为人民服务的立场，一心追求思想艺术的进步，深深扎根于生活，谦虚学习，勤奋工作，为中华民族及全人类精神进步的伟业做出一点实在的贡献。如果广义地讲"时势"讲"功利"的话，他应该趋科学民主发达的大时势，谋精神文明建设的大功利。这样的品质，常常表现为他在复杂的社会舆论中，不为宠幸而喜，不为冷落而愁——甘于寂寞。

深入生活，是需要甘于寂寞的。我曾在偏远农村当过几年社员和基层干部，默默务农，身无所长，自然不会得到旁人的格外尊重。但正是在那一段时间，我才结识和熟悉了"月兰""张种田"和哑巴"德琪"等普通人物，他们的性格和感情，至今还是我从事创作的"资本"。而这几年，我自觉离生活远了，观察生活不是那样专心细心了。出席各种会议多，构思赶稿子多，接触大文人小文人多，生活积累大有入不敷出的赤字。有时即使有心到基层去跑一跑，但总是带着"作者"的眼光，为某个既定的创作计划抓素材，找米下锅，走马观花，匆匆忙忙，其结果是"入"而不"深"——这就是急功近利所致吧？湖南的前辈作家们常说：文学之道是寂寞之道。我想深入生活的正确态度，应是放下作者架子，丢开急于创作的包袱，踏踏实实去做生活中的主人翁，真正与群众同忧乐共命运，把自己沉埋到"行外人"和"分外事"中去：犁耙碾，车钳刨铣，包括政谋兵术，童戏叟娱。这大概不会是浪费精力。试想，如果不是作家们在"文化大革命"中被赶到下面去了——尽管是受到不公正的迫害，如果不是他们扎扎实实长久"寂寞"于基层，那么会有这四年来的文学丰收吗？这里顺便说及一点，当前有些青年朋友强调"表现自我"，也算是"时论"之一吧。我以为这命题当然不错，针对以前某种全无作者个性的作品，还确有好的意义。但老是在客厅里声明要表现自我大概是不行的。自我是什么？如果一个对客观社会无甚兴趣无甚了解的青年学生，他的"自我"有什么可表现呢？即使是非马列主义者的日本大学哲学家西田几多郎也说："实现自我的真正人格，并不意味着要树立与客观相对立的主观，或使外界事物服从自我。而是意味着当自我主观空想消磨殆尽，完全与外物一致的时候，才能……看见真正的自我。"显然，捕捉"客观"与"外物"，找到熔铸积淀自我的感性材料，只能到社会实际斗争生活中去，长期与人民大众打成一片。这是毫无疑问的。

潜心攻读，也需要苦于寂寞。常见青年作者(包括我)，有一种功利色彩太浓的读书法：为了走捷径，解近渴，写诗的只读诗，写小说的只读小说，甚至只读几本文学期刊，靠期刊来启发构思，丰富语言，研究"行情"和所谓投稿"打靶"术。这样怎不导致视野狭窄和平庸浅薄？文学前辈都是读书的模范。鲁迅、茅盾、老舍、巴金、周立波、沈从文，其学识渊博功底深

厚,已为人们所共知。尽管时代不同,今天的青年作者大概不必与先师们有相同的知识结构,但优秀作者只能在深厚的学识土壤里成长起来,这恐怕是一条真理。理性思维的创造性,艺术感觉的敏锐性,绝不是几本文学期刊能培养出来的。学问无涯,我自知自己绝不可能学出好成绩,但我相信将来有出息的作者,一定也是有出息的学者。

创作求新,同样需要甘于寂寞。第一个吃螃蟹的人是最可贵的,也是可能感受过某种孤寂的,因为新探索不见得一开始就会被大多数人赞同。在文学的新内容或新形式面前,即使很多正派的好同志,有时也会表现出思想艺术观上的惰性,甚至对新事物没有应有的宽容态度,以求维持既定文学结构的稳定态。这样常造成的情况是:前途不大或没有前途的闯"新",难;真正的闯新,也难。当新路上行者渐多尘土蔽天"热"起来以后,要想走另外的新路又难。从"伤痕文学"到某些所谓"乡土文学",莫不是开始屡受指责或冷落,后来却一度成了模式,被竞相效法几近成"灾"!这一类很难绝迹的不正常(正常?)现象,有点类似赫胥黎所说:"一种科学理论通常的命运是:开始它被当作异端邪说,后来又成为一种迷信。"这是摆在创作者面前一种严峻的考验。诱于时利,势必左顾右盼,随俗钻营,而往往放弃自己的追求,忽视最宝贵的东西——自己真正的生活和思想艺术所长。我曾经放下自己所熟悉的青年生活与农村生活,去抢主题而走弯路,就是一例。我想应该像优秀的作家们那样,不要赶时髦,要有主心骨。不被头条小说、风行小说之类弄花眼睛。不要轻易放过不入时的题材、主题、手法、人物形象。冷静思索一下:这些天经地义的不能入文学吗?不见得!试试看!当然不是耍花枪地试形式主义地试,不是目空一切虚无主义地试,而是调动自己各方面之长,严肃认真地写人、写生活、写真情实感。不傍古人洋人名人"时髦"之人,自为生气,自开生面。尽管成绩有大小,但下笔前严肃的态度多几分,作品发表后自己的后悔也许就会少几分的。

"甘于寂寞",当然不应成为倨傲清高的孤芳自赏,不应成为掩饰无能的自我解嘲。"寂寞"者也不一定会有大成果,但埋头实干,却是应该提倡的一种好风气。

作文多艰,做人也多艰。有些青年作者(包括我),曾经不是真正想写作品,而是想当"作家",结果是真正的作家没当成的。而巴金同志说他从未想过要当作家,只是想记录下自己的思想感情,"人与文一",他却给中华民族贡献了真正的文学珍宝!再推想历史上那些安贫守志的辛勤劳动者:屈原、司马迁、陶潜、杜甫、曹雪芹……他们"夫唯不争,故天下莫能与之争"(老子语),正是不争于时利,才有了"天下莫能与之争"的独创性的实绩。今天哲人已远,革命的文学青年,更应提高社会主义思想境界,用批评与自我批评的武器扫除思想灰尘,志于民族精神文明建设的大业,为倡一代文学青年新风,从现在做起,从我做起。日益健全发展的社会主义制度,为我们提供了优越条件。有"二为"和"双百"方针,保护和鼓励各种文学流派自由竞赛,健康发展,使我们不再为"官价"所制;有作者的工资福利保障和对报刊商品化的限制,使我们也不必为"商价"所迫。那么剩下的事似乎就是:作者们加鞭猛策,真诚而踏实地工作起来。

我将尽力朝这个方向前进。

此致

敬礼!

1982 年 1 月 22 日

(载《湘江文学》,1982 年第 4 期)

谈作家的功底

韩少功

我和很多文学青年一样，曾经是非常自信的——也许还有点自大。那时候，读了一点鲁迅、契诃夫、曹雪芹和肖洛霍夫的作品，于是翻开《朝霞》和另外一些"样板"作品时，心里总有暗暗的冷笑。后来，党的十一届三中全会以后，文学园地出现生机，热闹起来，一颗颗文学新星令人目不暇接。自己受形势的推动，受责任的召唤，当然也怀着表现自我思想情感的某种欲望，跟着其他文学青年一道，拿起笔匆忙上阵了。碰得机运巧，意外的成功更增强了自信。《月兰》等作品的发表，竟获得了好评，甚至有的得了奖。参加几个座谈会后，发现有些作家的见解也未见得深刻高妙到哪里去。于是，头脑更容易热起来。朋友们聚会，抽着烟喝着茶，大家常常讨论起"打响"的问题，好像"天"已"降大任于斯人"——我们已有"打响"的实力，负有"打响"的使命。更有些朋友，宏论滔滔，引经据典，开始谈论这个"流派"或那个"流派"，谈起这个"主义"或那个"主义"……勇气和信心当然是可贵而必要的，某些独特的见识也确实闪烁光辉，对某些欠成熟的想法似也不必求全责备。但一切抱负的基础在哪里呢？过日子总该经常盘盘家底吧。

以我的浅薄见识，对文学青年常有两点忧虑。

一是文学功底问题。"五四"以后鲁迅等一代作家，一般来说旧学的功底都很好，通典籍，工经史，民族传统文学的营养溶化于血液骨髓。他们有了这个雄厚的基础，站稳了，再眼光四放，游历海外，拿来新学（西学），自然把外来的营养消化得很好。对中外文化的深刻了解和批判以及兼收并蓄，自然使他们活力无穷，一经革命思想的启发，就创造了一个民族文学的灿烂期。而国外很多有成就的大作家，如东方的川端康成和泰戈尔，也莫不是首先精通于本民族文学底蕴，然后才有自己独特性创造的。

战争环境中成长起来的中国后一辈作家，在熟悉马克思主义理论及联系群众方面可以说超过了前人，但文学功底由于种种条件限制，显然已经难以为继了。这个客观环境使然的一大缺陷，后来日渐显露其影响。

而"十年动乱"中艰难求生的文学青年们，经历着与父辈全然不同的生活道路和心灵历程，生存能力和体察社会诸方面可能自有长处，也有些独立思考精神，对当代科学、哲学和艺术十分敏感，但文学的基本建设却更为薄弱。求生辛劳，社会动荡，文化封禁，使他们从来没有很好地读书。只言片语、一知半解地懂了点汉魏唐宋的诗文，就凭着济世之心和聪敏之"气"，拿起笔当"作者"，进"作协"，一头扎进作者编辑圈子里去，虽能有一时成功，长此以往如何不捉襟见肘？营养贫乏，导致消化功能不强；消化功能不强，反过来又导致营养贫乏。于是"吃"什么就"拉"什么：创作诚然"丰富"了，"探索"也多而新了，然而东取一点，西凑一点，

立竿见影,现买现卖,缺乏对民族文化和民族精神的深刻理解,也就很难吸收外来文化,如此创作,岂不是在沙滩上建筑大厦?

二是思想功底问题。僵化教条的假马克思主义使青年们厌倦嫌恶之后,思想的饥饿,使青年们急迫地搜寻理论武器。于是类似"五四"时期的百家争鸣、众说纷纭的局面,又在某种程度上出现了。这当然是利于文学的大好事。但思想探索似不能离开学识的基础,不能离开社会责任感的指导,否则一时的标新立异,终可能失于生吞活剥或哗众取宠。在"拿来"武器的同时,也可能"拿来"鸦片、燕尾服、新约全书和"秘制膏丸"。

有的大讲人道主义,不讲阶级性、社会性,讲人的本性,讲善恶,讲自由平等博爱,讲天赋人权和天定人规。这种东西早就"舶来"中国,虽也是抗恶的一法,也是人类道德精神之光的一种折射,但它似乎从来没有多大力量,既没有扛住北洋军阀和蒋介石,也没扛住林彪"四人帮"。没有力量就证明它本身欠科学。慷慨激昂也无济于事。如果在文学作品中崇尚空洞虚飘的"本性",制作绝对的好人或坏人,以"人性胜利"的天国作廉价许诺,那不过是用一种新的简单化取代了"样板"文学的简单化罢了。

也有的大讲存在主义。强调自我价值,强调自我地位,把人导向内心自省自悟。作为一种个人行为哲学,对于战争威胁和资本强权压迫下的弱者可能不无意义。比传统人性论也现实真切一些。然而对客观世界和客观规律不恰当的怀疑,有悖于科学精神。脱离社会学的理论基础,脱离社会来反思个人存在,也就类似于道家的玄思和禅宗的顿悟,大概只能满足出世者的需要,不是一种积极的出路。至于中国市井青年版的存在主义——极端个人主义,以纵欲和胡闹为特征,那就更不值得多说了。

此外,还有"发牢骚"主义,有红卫兵式的"阶级斗争"理论,也有所谓"正统"的"左"倾教条……或入世或出世,或重社会或尚自我,或愤世嫉俗或寡欲无为,或是老调子或是新调子,都在影响着青年文学的发展,影响着作者认识生活的眼光。可惜,我国哲学和科学领域里的拨乱反正任务还很艰巨,很多文学青年对哲学与科学又太生疏。本是底肥不足,营养不良,再碰上狂风乱雨,能否长出壮苗当然就是问题。没有思想的常青大树,没有正确的世界观,能结出满园文学硕果吗?好谈"主义"而不懂"问题",只满足于谈论一些名人名言和新概念,只充当个"思想"贩子,其谈夸夸,其势咄咄,绝不是青年文学的吉兆。经历了长久的思想贫乏期之后,这个问题不是容易解决的。

以上可能全是杞忧。但近一两年来文场上"轰动"之声的消减,还有大量平庸的影剧和平庸期刊所带来的创作"徘徊"感,已使很多文学青年冷静些了。其实作者们并不懒,大多终日劳累挖空心思。有的承历代演义的传统,大写历史传奇,有的承古代闲适散文之风,大写田园风俗;有的以侠义公案小说为师,有志于现代的"探案推理";有的以鸳鸯蝴蝶派为师,热衷于现代的"才子佳人";有的化古代神魔小说而入今天的科幻故事;有的法古代的谴责小说而作今天的"伤痕展览",当然还有的另辟蹊径试验"心理结构"小说或象征主义诗歌……好作品出了不少,然大量的作品仍距人民的要求和时代的要求甚远。文学书刊销售量的直线下跌,读者对不少作品的冷淡和鄙弃,就是证明。是由于有些地方"横加干涉"现象太多吗?是由于期刊太多使作品滥而廉吗?……可能最大的原因还是在于作者自身吧?

当然在于作者素质不佳,首先又在于作者种种底功不足。由此想起韩愈的"膏沃而光晔"论,想起苏轼的"厚积而薄发"论,想起茅盾和夏衍多次呼吁青年加强学习,前人和老人的话确实是有些道理的。文学创作学而后工。

学识功底当然只是创作的因素之一,还要有生活,还要有才,还要有"气",等等。这些还似乎说不很清楚。诸多方面,于我自己来说,更令我忧虑了。有些缺陷也不是一下子能弥补起来的。因此自己越想跟上青年朋友们,越觉吃力。笨鸟弩马,今后只有尽力拼搏,能干点什么就干点什么。

(载《文艺研究》,1983 年第 1 期)

信息社会与文学

韩少功

　　人们越来越忙了。鸡犬相闻、男耕女织的田园生活已被现代立体交通网所分解。社会化生产使人们习惯于交际和奔走,走出县界、省界和国界,走出一个日益扩大的活动空间。从亚洲到非洲,从地球到月球,航天事业正在实现真正的"天涯比邻"和"天涯咫尺"。人们的另一个间接活动空间——精神空间,也由于现代信息工具的发达而得到高速拓展。邮路四通八达,电信瞬息万里。即使在祖辈相传的赵家庄或李家大屋,你仍可以从电视中饱览北京盛况,从报纸中领略中东风云,通过磁带和书本体会贝多芬的辉煌以及原子世界的奇妙。上下古今,万千气象,密集信息正越过"十年动乱"所造成的沉寂,突然涌到我们这些显得十分狭小的大脑中来。也许过不了多久,你就可以通过你家那个电视机,收到几十个频道的二十四小时全天播映;你可以拿起桌上那个电话机,直接拨号通话到地球上任何一个角落;你可以用你家那个电脑终端与中心图书馆取得联系,随时查阅图书馆任何公共资料……这一切迹象使人们朦朦胧胧产生一个描述未来的概念——信息社会。

　　活动空间越大,时间就越紧促。精神领域中空间与时间的函数关系,理所当然地使人们真正体会到一寸光阴一寸金。一切费时的信息传达方式已逐渐被人们疏远。开会要短,说话要短,作文要短,悠悠然的文学即文字之学,也在面临考验。古典戏曲的缓慢节奏,已使青年观众们远离剧院了;长篇叙事诗和长篇小说作为时间上的高耗品,其读者也在减少——只有极少的杰作能造成例外。与几年前人们较多闲暇的情状相比,现在人们忙得甚至没有太多时间来光顾短篇小说了。邮局统计,在报刊发行量暴涨的形势中,1983年全国竟有59%的文艺刊物发行量下跌。这里除了有文学本身的质量问题外,其他多种信息渠道的出现,很难说没有对文学形成压力和挑战。文学作者们眼睁睁地看着一批又一批非文学性报刊应运而生,更有一批又一批载有密集信息的文摘报刊为读者所欢迎。他们还眼睁睁地看到,尽管文学作者们使出了浑身解数,但下班后的人们往往更多地坐到电视机前去了。影视文学、声像艺术,正在使人们津津然陶陶然。一张广播电视节目报,眼看将成为文学报刊难以望其项背的洋洋大报。

　　文学正在汹涌而来的信息浪潮中黯然失色吗?

　　我们已经失去了恐龙,失去了甲骨文,失去了长袍马褂……没有理由认为任何事物都会万寿无疆。但我们也没有理由认为历史久远的事物都面临末日。人类还存在,还需要用符号来表达感情,那么被誉为"人学"的文学,理应无缘受到文物部门的垂顾。这是一个确实却稍嫌笼统的回答。也许,为了进一步讨论文学是否消亡,我们还须探明文学特有的价值,看

它对于人类是否具有其他事物所无法替代的长处——任何事物有所长就不会被淘汰，哪怕小如竹筷。

当我们清点文学之长时，也会冷静而惊愕地发现，随着电子声像手段的广泛运用，文学曾有的某些长处正在弱化或消失，某些职能正分让或转交给其他信息手段。这种动向虽然令人沮丧，却也是确实的。

文学无法在平面写实方面与影视竞争。远古时期没有什么文学，最早的"文学"大概算那些象形文字，像牛，像羊，像日月山川什么的。古希腊艺术家普遍认为"艺术摹仿自然"，主张文学照相似的反映生活。中国古人也首先提到"赋"，即强调铺陈直叙，摄万象、状万物。因为没有摄影，更无电影电视，文学义不容辞地要独负写实重任，作品中自然倚重面的白描。因此，你要知道云梦泽吗？请看司马相如的《子虚赋》："其东"如何，"其西"如何，"其高"如何，"其卑"如何。作者洋洋洒洒，把东西南北、山石草木写得无微不至。你要知道梁山好汉的出征英姿吗？那么可在《水浒》中随便挑出一首战场诗，作者用墨如泼，把天地人马刀枪剑戟写得面面俱到。作者对实写物象的这种劲头，还体现在巴尔扎克对一栋楼房或一条街道的数十次描写中，体现在雨果对一所修道院数万字的介绍中。人们通过这些作品可以看到自己未能看到的世界，观察到自己未能观察到的事物，从而开阔眼界，增长见识。然而，今天的人们如果要知道云梦风光，去看看摄影画报不是更简便吗？如果要知道沙场壮景，去看看宽银幕战争片不是更畅快吗？不仅省时，而且声像效果比文字效果更强烈。它能用直接的有声有色来取代文学描写间接的"有声有色"。屏幕上几个镜头，往往功盖大篇文字。

叙事诗越来越让位于抒情诗，而小说领域里，不仅大场面大事件的题材越来越多地分让给影视，不少小说家也不再热心于铺陈物象，艺术触须更多地伸向人物的情绪和感觉，伸向那些更能发挥文字优势的领域。这不是说不写实，不意味着作家沉湎于主观世界。以徐怀中的《西线轶事》为例，这部小说所描写的战争，其规模不会小于梁山好汉们所经历的任何一场征杀，但作者在战况交代和战场描写方面寥寥数笔带过，笔墨始终倾注于男女战士们的心态。不是从外形观照来再现战争，而是以内心窥探来表现战争。作者也写到红河、战车、木棉花等诸多物象，但显然不再是那种刀枪剑戟式的面面俱到了；不是全景式的，是特写式的；不是平面的，是曲面的或变形的——即收聚于作者主观审美焦点。不难看出"物象"型小说，更适宜改编为影视，而"心态"型小说，一旦搬上屏幕就会损耗掉大量内容和光彩。小说这种由"物象"型到"心态"型的转变，不仅仅是所谓中国情节小说受了外国心理小说的影响，这种转变是国际性的，是在现代信息手段日益发达的条件下，小说扬长避短参加竞争的自然转向，是它力图使自己有别于影视的自然趋附。

文学也很难在直接宣传方面与其他舆论工具争雄。古代不仅没有电子声像宣传，连报刊新闻也没有。奏疏和塘报仅为宫廷所用，对下宣传则靠文告和鸣锣，因此当时文学又兼有新闻报道的功用。古代的理论事业也极有限，鲜有专门的理论机关及机关刊物，故文、史、哲从不分家，多位一体。这样，儒家文论历来主张用文学来"明理""载道""讽谏""劝世"，即强调它的直接教化作用。《国语·周语》载："故天子所政，使公卿至于烈士献诗，瞽献曲，史献书……而后王斟酌焉，是以事行而不悖。"《荀子·赋》中也有这样的话："天下不治，请陈诗。"这样，就把诗当成公文报告了。文天祥的《正气歌》敷显仁义，颂扬忠烈，可算是当时的"哲理诗"；柳宗元的《捕蛇者说》抨击苛政，指斥贪赃，可算是当时的"问题小说"；至于司马迁在《史记》中常常于篇末来一段"太史公曰"，考究得失，评论是非，这都是把一些非文学因

素夹进小说中来了。如果说上述优秀作品多位一体现象在当时是难免的，或是必需的，那么后来情况就出现了变化。我们已经有了新闻之后，哪位长官还靠下属"献诗"来了解下情呢？我们要了解理论，还需要到小说当中去寻找各种"太史公曰"吗？

纵然文学很难在思想功能方面争雄，然而它可以在培育人的感情素质和性格素质方面来发挥自己的所长。可以发现，众多作者的兴趣侧重逐渐由"明理"转向"缘情"；由"言传"转向"意会"；由阐发事理以服人，转向表现情绪以感人；即由直接的宣传教化转向间接的陶冶感染。人们已经看到，中国古代那种"写中心、唱中心"式的诗歌，包括《雅》《颂》中的"歌德诗"和"讽谏诗"终于完成了自己的历史使命。继之而起的是唐宋以后大量描写征夫、思妇、游子、寒士等题材的抒情感怀诗。到今天，活跃诗坛的大量诗歌更以其情操、情趣、情致的独特性和多层次性赢得读者。代表小说创作高峰的已不再是思想功利较为直接的史传小说和黑幕小说——这些日益被传记作品和新闻作品代替。当代小说中，越来越多的作者更注意人物的微妙感情探究和复杂性格分析。随手举手头边王安忆的《流逝》为例，作者及笔下人物评议政治、评议人生、评议世间众相，仍然有不少"理"。主人公赵家媳妇那段关于生存意义的大段内心独白，全是理论，类似情形在《捕蛇者说》里根本没有。但《捕蛇者说》表面上不太说理，实际上以理念为纲，推出明确单一的主题；而《流逝》表面上不避理，实际上以情绪为纲，议论为传达情绪服务。两者的根本性指归不同。《流逝》的主题是什么？赵氏家族在运动中的家道衰落值得同情还是值得庆幸？赵家媳妇终于得到的"实惠精神"是朴素还是平庸？人生幸福是主观的还是客观的？是动态过程还是静态目标？据说编辑部当时对此都各执一说，说不清楚，说不清楚但又可感可悟，从这一点出发，我们大概可以预测未来文学以至方位的又一个坐标点——"感悟"型。

重心态甚于物象，重感悟甚于思想，发展中的文学正在趋长避短，弱化自己的某些特性而同时强化自己的某些特性。这当然是大体而言，不能概括个别。这当然也是相对而言，既说"侧重"就不是说"唯一"——心态离不开物象，感悟离不开思想，矛盾的双方面总是互相依存互相渗透的。问题只是：它们在什么样的层次中进行了什么样新的组合？在新的机制中，孰纲孰目？孰表孰里？

演变就是演变，并不意味着演变前后有什么高级和低级之别。各个历史阶段的文学各有价值，但随着传媒技术的发展，文学是必然有所演变的。这种演变过去就有。

我们已经历了口传文化、印刷文化、电子文化三个历史阶段。每一次信息手段的丰富和发展，都带来一次文学体裁门类的增加和分化。各门类间或有交叉，有叠合，有杂交品种。理论与文学结合可以生出文学宣传，包括活报剧、杂文、朗诵诗、哲理小说等等。新闻与文学结合可以产生非虚构文学，即报告文学、传记文学等等。

正由于门类越分越多，因此各门类就该有自己更确定的功能和更专擅的范围。不守本分，不务正业，不善于扬长避短而去越俎代庖，往往是费力不讨好的。近来有不少电影导演已经认识到，真正好的小说是难以改成电影的，好的小说题材往往不是好的电影题材。其实在小说与戏剧、小说与新闻之间的问题何尝不是如此？以前有过一段小说戏剧化，命不长。现在又有些作者热心于小说新闻化，靠匆忙采访抓素材，靠道听途说找热门，靠问题尖锐造影响，这样的小说既缺乏新闻的真实性魅力，又无小说艺术魅力，实在不足为训。

七十二行，各有长短；十八般武艺，各有利弊。任何事物都有自己的局限和用途，认识了这一切，就是大有作为的开始。两千多年来，一群土人在荒漠的黄河流域唱出"关关雎鸠，在

河之洲"时,绝没有想到今后还会有辞赋、小说、桐城派、浪漫主义和电视连续剧。今天,我们也很难预测未来文学的具体面貌,但我们至少应该指出:要使文学在"信息爆炸"中巩固和开拓自己的阵地,找到文学的独特价值是十分重要的。

1984 年 9 月

(载韩少功随笔集《面对神秘而空阔的世界》,
浙江文艺出版社,1986 年版)

文学的"根"

韩少功

我以前常常想一个问题:绚丽的楚文化流到哪里去了?我曾经在汨罗江边插队落户,住地离屈子祠二十来公里。细察当地风俗,当然还有些方言词能与楚辞挂上钩。如当地人说"站立"或"栖立"均为"集",与《离骚》中的"欲远集而无所止"相吻合,等等。除此之外,楚文化留下的痕迹就似乎不多见了。如果我们从洞庭湖沿湘江而上,可以发现很多与楚辞相关的地名:君山、白水、祝融峰、九嶷山……但众多寺庙楼阁却不是由"楚人"占据的:孔子与关公均来自北方,而释迦牟尼则来自印度。至于历史悠久的长沙,现在已成了一座革命城,除了能找到一些辛亥革命和土地革命的遗址之外,很难见到其他古迹。那么浩荡深广的楚文化源流,是什么时候在什么地方中断干涸的呢?

两年多以前,诗人骆晓戈去湘西通道县侗族地区参加了一次歌会,回来兴奋地告诉我:找到了!她在湘西那苗、侗、瑶、土家族所分布的崇山峻岭里找到了楚文化的流向。那里的人惯于"制芰荷以为衣兮,集芙蓉以为裳",披蓝戴藏,佩饰纷繁,索茅以占,结罗以信,能歌善舞,唤鬼呼神。只有在那里,你才能更好地体会到楚辞中那种神秘、奇丽、狂放、孤愤的境界。他们崇拜鸟,歌颂鸟,模仿鸟,作为"鸟的传人",其文化与黄河流域"龙的传人"有明显的差别,这也证实了李泽厚的有关推断。后来,我对湘西多加注意,果然有更多发现。史料记载:在公元3世纪以前,苗族人民就已劳动生息在洞庭湖附近(即苗歌中传说的"东海"附近,为古之楚地),后来,由于受天灾人祸所逼,才沿王溪而上,向西南迁移(苗族传说中是蚩尤为黄帝所败,蚩尤的子孙撤退到山中)。苗族迁徙史歌《爬山涉水》,就隐约反映了这段西迁的悲壮历史。看来楚文化流入湘西一说,是不无根据的。

文学有根,文学之根应深植于民族传统文化的土壤里,根不深,则叶难茂。故湖南的青年作家有一个寻"根"的问题。

这里还可说一南一北两个例子。

南是广东。人们常说香港是"文化沙漠",这恐怕与没有文化根基有关。你到临近香港的深圳,可以看到蓬勃兴旺的经济,有辉煌的宾馆,舒适的游乐场,雄伟的商贸大厦,但很难看到传统文化遗址。倒常能听到一些舶来词:的士、巴士、紧士(工装裤)、Well、OK以及"嗨(日语:是)"。岭南民间多天主教,且重商甚于重文。客家文化基本是由中原地区流入,湖南作家叶蔚林是粤籍客家人,自称老家就是河南的。明人王士性《广志绎》中说:"粤人分四:一曰客户,居城郭,解汉音,业商贾;二曰东人,杂处乡村,解闽语,业耕种;三曰俚人,深居远村,不解汉语,惟耕垦为活;四曰蜑户,舟居穴处,仅同水族,亦解汉音,以采海为生。"这介绍了分析广东传统文化的一个线索。现在广东作家们清理文化遗产,也许能在"俚人"和"蜑户"之

中发掘出不少特异的宝藏吧。

北是新疆。近年来新疆汉人中出了不少诗人,小说家却不多,当然可能是暂时现象。我到新疆时,遇到一些青年作家,他们说要出现真正繁荣的西部文学,就必须努力从传统文化中汲取营养。我对此深以为然。新疆文化的色彩非常丰富。俄罗斯族中相当一部分源于战败东迁的"归化军"及其家属,带来了欧洲的东正教文化;维吾尔、回等族的伊斯兰文化,则是沿丝绸之路来自波斯和阿拉伯世界等地域;汉文化及其儒教在这里也深有影响;而蒙、满族一部分作为西迁的军人后代,也带着各自的文化加入了这个新的民族大家庭。各种文化的交汇,加上各民族都有一部血淋淋的历史,是应该催育出一大批奇花异果的。19世纪的俄罗斯文学以及本世纪的日本文学,不就是得天独厚地得益于东、西方文化的双重双面影响吗?如果割断传统,失落气脉,只是从内地文学中"横移"一些主题和手法,势必是无源之水,很难有新的生机和生气。

几年前,不少作者眼盯着海外,如饥似渴,勇破禁区,大量引进。介绍一个萨特,介绍一个海明威,介绍一个艾特玛托夫,都引起轰动。连品位不怎么高的《教父》和《克莱默夫妇》,都会成为热烈的话题。作为一个过程,这是完全正常的。近来,一个值得欣喜的现象是:青年作者们开始投出眼光,重新审视脚下的国土,回顾民族的昨天,有了新的文学觉悟。贾平凹的"商州"系列小说,带上了浓郁的秦汉文化色彩,体现了他对商州的地理、历史及民性的细心考察,自成格局,拓展新境。李杭育的"葛川江"系列小说,则颇得吴越文化的气韵。如果说平凹的文化纵深感更多地体现在对"商州"的外部观察,那么杭育的文化纵深感则更多地体现在对"葛川江"内质的体味——他曾经对我说,他正在研究南方的幽默、南方的孤独,等等。这都是极有意味的新题目。与此同时,远居大草原的乌热尔图,也用他的作品连接了鄂温克族文化源流的过去和未来,以不同凡响的篝火、马嘶与暴风雪,与关内的文学探索遥相呼应。李陀对此曾有过估价和评论,我在这里就不多说。

他们都在寻"根",都开始找到了"根"。这大概不是出于一种廉价的恋旧情绪和地方观念,不是对歇后语之类浅薄地爱好,而是一种对民族的重新认识,一种审美意识中潜在历史因素的苏醒,一种追求和把握人世无限感和永恒感的对象化表现。丹纳在《艺术哲学》中认为:人的特征是有很多层次的。浮在表面上的是持续三四年的一些生活习惯与思想感情,比如一些时兴的名称和时兴的领带,不消几年就可全部换新。下面一层略为坚固些的特征,可以持续二十年、三十年或四十年,像大仲马《安东尼》等作品中的当今人物,郁闷而多幻想,热情汹涌,喜欢参加政治,喜欢反抗,又是人道主义者,又是改革家,很容易得肺病,神气老是痛苦不堪,穿着颜色刺激的背心……要等那一代过去以后,这些思想感情才会消失。往下第三层的特征,可以存在于一个完全的历史时期,虽经剧烈的摩擦与破坏还是屹然不动,比如说古典时代的法国人的习俗:礼貌周到,殷勤体贴,应付人的手段很高明,说话很漂亮,多少以凡尔赛的侍臣为榜样,谈吐和举动都守着君主时代的规矩。这个特征附带或引申出一大堆主义和思想感情,宗教、政治、哲学、爱情、家庭,都留着主要特征的痕迹。但这些无论如何顽固,也仍然是要消灭的。比这些观念和习俗更难被时间铲除的,是民族的某些本能和才具,如他们身上的某些哲学与社会倾向,某些对道德的看法,对自然的了解,表达思想的某种方式。要改变这个层次的特征,有时得靠异族地侵入,彻底地征服,种族地杂交,至少也得改变地理环境,移植他乡,受新的水土慢慢地感染,总之要使精神的气质与肉体的结构一齐改变才行……丹纳是个"地理环境决定论"者,其见解不见得十分明晰和高妙,但他至少从

某一侧面帮助我们领悟到了所谓生活的层次。

作家们写过住房问题、特权问题，写过很多牢骚和激动，目光开始投向更深的层次，希望在立足现实的同时又对现实世界进行超越，去揭示一些决定民族发展和人类生存的谜。他们很容易首先注意到乡土。乡土是城市的过去，是民族历史的博物馆，哪怕是农舍的一梁一栋，一檐一桷，都可能有汉魏或唐宋的投影。而城市呢，上海除了一角城隍庙，北京除了一片宫墙，那些林立的高楼，宽阔的沥青路，五彩的霓虹灯，南北一样，多少有点缺乏个性；而且历史短暂，太容易变幻。于是，一些表现城市生活的青年作家，如王安忆、陈建功、叶之蓁等等，想写出这种或那种"味"，便常常让笔触越过这表层的文化，深入到胡同、里弄、四合院或小阁楼里。有人说这是"写城市里的乡村"。我们不必要说这是最好的办法，但我们至少可以指出这是凝集城市和农村、历史和现实的手段之一。

更为重要的是，乡土中所凝结的传统文化，又更多地属于不规范之列。俚语、野史、传说、笑料、民歌、神怪故事、习惯风俗、性爱方式等等，其中大部分鲜见于经典，不入正宗。它仍有时可以被纳入规范，被经典加以肯定，像浙江南戏所经历的过程一样。反过来，有些规范的文化也可能由于某种原因，从经典上消逝而流入乡野，默默潜藏，默默演化。像楚辞的风采，现在闪烁于湘西的穷乡僻壤，像旧时极典雅的"咸服"和极通行的"净办"（安静意）等古词语，现在多见于湘北方言。这一切，像巨大无比、暧昧不明、炽热翻腾的大地深层，潜伏在地壳之下，承托着地壳——我们的规范文化。在一定的时候，规范的东西总是绝处逢生，依靠对不规范的东西进行批判地吸收，来获得营养，获得更新再生的契机。宋词、元曲、明清小说，都是前鉴。因此，从某种意义上说，不是地壳而是地下的岩浆，更值得作者们注意。

这丝毫不意味着闭关自锁，相反，只有找到异己的参照系，吸收和消化异己的因素，才能认清和充实自己。但有一点似应指出：我们读外国文学，多是读翻译作品，而被译的多是外国的经典作品、流行作品或获奖作品，即已入规范的东西。加上当今不少译者的文学水准未见得很高，像译海明威、斯坦培克、福克纳等人的美国小说，要基本译出地道的"美国味"，从中尽透出美国民族的文化色彩，是十分十分难的。因此，通过一些翻译作品，我们只看到了他们的"地壳"，很难看到"岩浆"，很难看到由岩浆到地壳的具体形成过程。从人家的规范中来寻找自己的规范，是局限十分浅薄的层次。如果模仿翻译作品来建立一个中国的"外国文学流派"，就更加前景黯淡了。毛泽东同志说过源与流的关系。我们说创造源于生活，一方面指源于劳动人民的社会实践；另一层意义，应该是指源于劳动人民中间丰富的文化成果，即大量的还未纳入规范的民间文化吧。

外国优秀作家与他们民族不规范的传统文化的复杂联系，我们对此缺乏材料以作描述。但至少可以指出，他们是有脉可承的。比方说，美国的"黑色幽默"，与美国人的幽默传说，与卓别林、马克·吐温、欧·亨利等是否有关呢？拉美的"魔幻现实主义"，与拉美光怪陆离的神话、寓言、传说、占卜迷信等文化现象是否有关呢？萨特、加缪的存在主义哲理小说和哲理戏剧，与欧洲大陆的思辨传统，甚至与旧时的经院哲学是否有关呢？日本的川端康成"新感觉派"，与佛教禅宗文化，与东方士大夫的闲适虚净传统是否有关呢？希腊诗人埃利蒂斯，他与希腊神话传说遗产的联系就更明显了。他的《俊杰》组诗甚至直接采用了拜占庭举行圣餐的形式，散文与韵文交替使用，参与了从荷马到当代整个希腊诗歌传统的创造。

另一个可以参照的例子来自艺术界。小说《月亮和六便士》中写了一个画家，属现代派，但他真诚地推崇提香等古典派画家，很少提及现代派的同事。他后来逃离了繁华都市，到土

著野民所在的丛林里,长年隐没,含辛茹苦,最终在原始文化中找到了现代艺术的营养,创造了杰作。这就是后来横空出世的高更。

"五四"以后,中国文学向外国学习,学西洋的、东洋的、俄国和苏联的;也曾向外国关门,夜郎自大地把一切"洋货"都封禁焚烧。结果带来民族文化的毁灭,还有民族自信心的低落——且看现在从外汇券到外国的香水,都在某些人那里成了时髦。但在这种彻底的清算和批判之中,萎缩和毁灭之中,中国文化也就可能涅槃再生了。西方大历史学家汤因比曾经对东方文明寄予厚望。他认为西方基督教文明已经衰落,而古老沉睡着的东方文明,可能在外来文明的"挑战"之下,隐退后而得"复出",光照整个地球。我们暂时不必追究汤氏的话是真知还是臆测,有意味的是,西方很多学者都抱有类似的观念。科学界的笛卡尔、莱布尼兹、爱因斯坦、海森堡,等等,文学界的托尔斯泰、萨特、博尔赫斯,都极有兴趣于东方文化,尤其推崇庄老,十分向往中国和尊敬中国人民。传说张大千去找毕加索学画,毕加索也说:你到巴黎来做什么?巴黎有什么艺术?在你们东方,在非洲,才会有艺术。……这一切都是偶然的巧合吗?在这些人注视着的长江、黄河两岸,到底会发生什么事情呢?

这里正在出现轰轰烈烈的经济体制改革和经济的、文化的建设,在向西方"拿来"一切我们可用的科学和技术等等,正在走向现代化的生活方式。但阴阳相生,得失相成,新旧相因,万端变化中,中国还是中国,尤其是在文学艺术方面,在民族的深层精神和文化物质方面,我们有民族的自我,我们的责任是释放现代观念的热能,来重铸和镀亮这种自我。

这是我们的安慰和希望。

在前不久一次座谈会上,我遇到了《棋王》的作者阿城,发现他对中国的民俗、字画、医道诸方面都颇有知识。他在会上谈了对苗族服装的精辟见解,最后说:"一个民族自己的过去,是很容易被忘记的,也是不那么容易被忘记的。"

他说完这句话之后,大家都沉默了,我也沉默了。

1985 年 1 月

(载《作家》,1985 年第 4 期)

文学和人格

——访作家韩少功

韩少功　林伟平

林伟平(以下简称林)：　现在大家都在谈中国文学走向世界这个问题。李陀公开声称他是乐观派，他有一整套理由。你却说你是悲观派。我很想听听你这个悲观派的见解。

韩少功(以下简称韩)：　从一层意义上说，我也是比较乐观的，因为从文学观念的更新，到中国这一代作家对文学认识的加深，对世界各种文学艺术成果，对整个人类文学艺术成果的关心、研究和探讨，这个势头是很好的。而且进展速度是很快的。从这层意义上说是令人鼓舞、令人乐观的。

我持悲观态度的根据是另外两个方面。总的来说，我们对于现代派的讨论，对于寻根的讨论和关于现代派与寻根的创作实践，都有一种早产现象，或说是早熟。这早产早熟便带来一种根基不扎实、先天不足那样的虚弱。中国开放的门突然一打开，就呈现出很饥渴的状态。对国外的东西表现出充分的饥渴和吸收，睁大着双眼来看世界，并且，马上就从外国现代派作品中横移过来一些手法、观念，并不是自己血肉的东西，弄了一阵就显得一些作品跟不上，后力不济。寻根也是这样。突然一下子大家都来谈传统文化，对中国文化的认识啊，对传统的分析啊，历史文化的积淀啊，名词很多，铺天盖地。但是对中国传统文化到底有多少研究，不管是学术上的理性的研究，还是感性的认识，都不足。但是口号却已经提到前面去了。这就形成了早产。而这种早产很可能带来很长一段时间的徘徊和曲折。这种不成熟现象反过来可以增强反对力量。因为你自身有弱点，就可能造成更大的阻力。所以这种很浩大的声势，既使我感到很鼓舞，又使我很担忧。

另一方面，是作家人格的问题。这是个非文学方面的问题。我有一个很顽固的认识，就是说，一种伟大的艺术必定是一种伟大的人格的表现。

林：我很有兴趣，你能否详细谈谈。

韩：这个问题一提起来好像与过去提的"要演革命戏，先做革命人"有点像吧。那个东西当然是为了当时的政治需要，是一种愚昧的表现。它找的不是真正的人格，而是对人格的一种践踏，一种歪曲。我觉得所谓人格就是作家独到的精神世界。现在文坛有些现象很令人担忧。比如李陀曾提到过作家贵族化。现在有相当一部分作家很会"当作家"，住房间一定要套间，出门一定要软卧……

一个民族的质量很大程度上取决于这个民族的知识分子的质量。我们这个民族一直挨打，一直落后，原因之一是我们这个民族的质量有毛病，中国知识分子质量上有毛病。这有很深的历史根源。中国知识分子以前有几种出路。一种是当小丑、御用文人。还有一种是当

隐士，完全回避矛盾，独善其身。其中有的是沽名钓誉，也有一部分是真正的隐士，人格上还比较高尚，但对社会的改造和推进不起很大作用。再有一种是当年鲁迅先生所说的二丑。二丑的形象就是当着老百姓面偷偷地说一下当官的坏话，当着当官的面又偷偷说一下老百姓的坏话，就是跳来跳去的人物。中国知识分子里也有这种人。进入本世纪以来，中国知识分子形象在鲁迅笔下、在钱钟书笔下、在老舍笔下都有很多表现。鲁迅先生当时感到痛心的甚至绝望的，一个是中国的农民，一个就是中国的知识分子。那么延续到现在，表现在这一代作家身上，有些人写了些作品出了名，到底在干什么？现在种种迹象表明，有一种贵族化倾向。比如争权夺利。这与我们的体制有关。文艺界有权，有名，有利，有衙门，有小汽车，有各种待遇，有各种各样的工资级别，这就产生一种诱惑机制，使作家就去争这个。

林：你有篇小说就叫《诱惑》。

韩：是诱惑……老的争得差不多了，中年作家开始争，青年作家可能到一定时候也会争。现在青年作家中好像清高之士比较多，这是因为还没有条件给他争，他也争不上，到一定时候是否也会来争？这是一种渺小的人格。这种人格与文学的关系很大。这是一个作家的思想素质、人格素质，与文学关系很大。任何一种好的文学观念如果在这种渺小的人格的土壤里生长，都会变质，都会腐烂。比如你说某种新观念好，是啊，但这新观念如果变成一种卖弄，变成一种哗众取宠，一种鹦鹉学舌，一种夸夸其谈呢？

林：就是你昨天说的，最坏的事情莫过于个别人口中的新观念了。

韩：是的。它也会变质。传统的观念也是这样，当然它并非就是可以完全否定的东西。但如果它与这样的人格结合在一起，就会产生怪胎，出现一种僵化，为了维护某种尊严而产生的狭隘，对任何新事物的仇视。所以不管是新观念还是老观念，新调子还是老调子，如果是在这种人格的影响下或制约下，它都不会成为好文学。

当然我们很多作家的基本素质有许多好的方面，我也遇到不少好的人。但与整个社会状况相联系，文坛的这些风气也是很令人担忧的。

一个是观念更新的早产性质，一个是人格素质的不理想状况。这两条是我觉得对中国是否能在短期内创造一个非常灿烂的文化不能持过分乐观态度的想法。

林：你能具体地谈一谈这两个因素对创作已经造成的影响吗？

韩：刘索拉的小说《你别无选择》，尽管我有一些看法，但还是觉得里面有真诚，有很真诚、很漂亮的宣泄。但另一位作者用类似手法写的小说，我就觉得有种虚情假意，故作姿态，装出一副高等华人、仰慕上流社会、仰慕洋人气派、拼命把自己打扮成一种半洋人的气味。而且貌似深刻地说些俏皮话，分量又很轻，没有沉甸甸的感觉，没有深刻，貌似深刻，作态。这种现代派作品我就不满意。我是真诚地希望我们的文学观念大步地更新，大步地发展，出现各种各样的主义都行。不管你是写洋也好写土也好，也不管是写城市还是写农村，是用现实主义还是现代主义，只要真诚，我觉得就是好的。

而现在有很多青年——文学青年和一部分青年作家，有这种虚情假意、矫情、作态，并以此为时髦，这就不好。像所谓"寻根"作品中也有这种情况。我一时举不出具体作品题目。但有人对土地对人民的热爱，不是他流出来的血。举一个画展的例子。有的作品，国外画一个轮胎，他也画一个轮胎；国外贴一个草席子，他也贴一个草席子；国外摆一个破椅子，他也摆一个破椅子。这不光是一种简单的模仿，缺乏创造性的问题，而且表现出他们的一种心态，是故作姿态，是哗众取宠。他们曾请我提意见。我说，第一个问题，在你们这个展览里我

看不到你们心灵的颤抖,看不到你们那种带泪带血的呐喊。从你们作品中我能知道你们懂多少外国的东西,在这一点上说是有意义的。但看不到你们对社会对人生对我们这一块土地是怎样一种感情。这种东西是很苍白的,不管自我标榜怎样现代。这些手段、技巧可说是很重要的,但说到底它不是文学艺术。这种矫情现象,这种虚情假意,在传统派和现代派中间不仅都存在,而且有泛滥的趋势。评奖啊、发稿啊、拉稿啊,等等,中间都有不正之风,还有文坛上的争权夺利,都诱惑了这种矫情的出现,虚情假意的出现。因为它可以得宠,不管是得哪方的宠,或者得某个圈子的宠,不管是怎么样得宠,反正是能得宠。它就不是自己心灵的解剖,不是真正把自己的心肝掏出来给大家看。所以我说这样干艺术是会变质的,而且绝对出不了真正伟大的艺术。当然我们这是很苛刻的挑剔。即使是程度不同带有虚情假意的作品,它也会在客观上起些作用,如介绍了某些新的手法,引进了某些新观念,多多少少对文艺发展有作用。我指的是用一种很高的标准来看这些作品,也就是从我们中国文学会不会出现那种鼎盛时期、我们所理想的那种在世界文坛上突然"爆炸"这个角度来看这些问题,所以感到有这样的担忧。

林:我很理解你的心。你最先举起了"寻根"的旗帜,又挖掘了楚文化这块创作资源,在文坛很有些误解。那么你自己当初是怎么想的呢,现在又是怎么想的?

韩:关于寻根,如果不了解它提出时的前提,确实会引起某些误解,也会出现意思上的偏差。

我的原意是针对创作界存在的一些问题而提出来的。现在正在写作品的主要是两代作家,中年作家和青年作家。中年作家是50年代成长起来的,受前苏联文艺的影响特别大,对前苏联文艺作品非常熟悉。有的作家提起契诃夫喜欢拉长音:契诃——夫,念得很有韵味。

林:表明非常懂契诃夫,非常了解契诃夫。

韩:而且一听到前苏联歌曲就情绪激动,能引起亲切的回忆。因为这与他们的青春旺盛时期是紧紧相连的,引起情绪激动是很自然的。文艺理论上也是别、车、杜的观念,"生活即美""现实主义精神""人民性""时代感",等等,成为整整一个系统。青年作者的情况不一样,50年代基本还不识字,"文化大革命"有个中断,以后出来到书店去,中苏关系又没有解冻,而且当时前苏联的书又介绍得很少。那时大量在新华书店出现的,能阅读到的而且感到比较新鲜的,是西方现代派的作品。在青年人中间问卡夫卡是谁,波特莱尔是谁是很熟悉的,而且超过了他们对巴尔扎克、果戈理的熟悉程度;写朦胧诗都能写上几首,而且写得可以以假乱真。他们的这种阅读经验、阅读范围影响了他们的文学观念——特别容易接受西方的文学作品。我觉得,这两种影响都是好的,而且对我们文学的成熟和发展来说都是非常重要非常必要的。因为从"五四"以后我们中国文学是需要开放、引进、吸收好的东西。但如果仅仅只有这种影响的话,那就会出现一个消化不良的问题。有的青年学海明威,可以学得很像海明威。吃什么东西拉什么东西。吃海明威拉出来也是海明威,吃艾特玛托夫就拉艾特玛托夫,吃卡夫卡就拉卡夫卡。这是不行的。中年作家也存在着这个问题。他吃了柯切托夫就拉出来柯切托夫,比如在一些改革文学和一些其他作品中,柯切托夫的影响和阴影到处出现、徘徊。

这个消化不良问题必须解决。它的解决必须是自身肌体的强健。我们吃牛肉长成人肉,吃猪肉长成人肉,长成自己的东西,所以我就想到了我们民族文化怎样重建,怎样找到自己的文化。这是第一个问题。第二个问题,对传统文化的认识,对东方文化的认识这是一个全

球性的课题。根据西方学者汤因比的观点,基督教文明的发展已经过了它的鼎盛时期,尽管它在世界上有广大的领地,但现在出现了文明危机。从经济、生产方式到文化,整个世界处于一种四分五裂的状况,人心惶惶,大家感到一种太阳陨落以后的无所适从。所以到处都是主义,到处都是流派,谁也不服谁,谁也不买谁的账,都是自立门户,我叫什么主义就是什么主义了。这实际上是一种好的现象,是将要进一步发展的吉兆。也是过去那种统一的太阳陨落的征兆,一种凶兆吧。但汤因比分析了世界上的二十六种文明以后,在他的晚期,对东方文化投入了特别大的关心。他认为东方大陆文明是一种非常有魅力的、非常有潜在能量的文明,这个文明沉睡了,但当它一旦苏醒过来,在外来文明挑战之下,促使它站起来应战的时候,这种文明就可能放射出光辉来照耀世界,而且可能照耀世界的下一个世纪。当然这可能是一种预测。但我后来又看到许多如科学界、哲学界、文学界等对东方文明的研究。有的时候,自己看自己是看不见的,我们从人家眼中反过来看自己,有时候反而能找到一种参照。这方面可以引证的很多,我只说一个科学界一个经济学界。

科学界曾有两大流派,一派是爱因斯坦,还有一派是哥本哈根学派,如海森堡、玻尔等。他们两派自己有矛盾,但有个共同的地方,就是对东方的哲学思想表示出一种令我们也难以理解的惊叹,尤其是对庄禅的哲学思想、庄禅的宇宙观。庄禅的哲学思想包含了相对主义观点,包含了直觉的思想方法,还有整体地把握世界的方法、相对的方法,等等,他们感觉到,这与他们科学研究成果在一定程度上有一种令人惊讶的契合。我后来也读了一些这方面的书,庄子、老子、禅宗的一些书,我确实叹服。我觉得这种宇宙观,这种处理世界的思想方法,给我以很大的智慧。它不是知识,西方从来是重知识,对知识注重的这种传统,使他们在工业、商业、科学技术尤其在技术方面得到很大发展。东方从来是重智慧,所以中国的科学从来没有很好发展,尤其是工科,但中国有一个庞大的哲学系统,尤其在庄禅思想中它处理世界是特别的智慧。当然这两种才能都是有毛病的,关键看你怎么用它,怎么适时适地地用它。

经济学方面的作用我刚才也说了一下。

东方现在有所谓"儒家资本主义",就是西方的资本主义生产方式和东方文化的一种结合,被西方学者称为儒家资本主义这么一种经济形态。它是以人际关系为中心内容的一种管理。与西方以物为中心的管理形成一种区别。而这种儒家资本主义实现了经济起飞的奇迹,在西方经济学界引起很大注意。这显示了一个什么问题呢?我很赞成这样的观点,就是一种文明它是不可能被绝对重复的,比如像资产阶级工业革命在我们国家会不会重复?我看不大可能。在这个意义上我是很拥护走中国式的社会主义道路的。我有种隐隐约约的感觉,论证不是很充分的,就是中国不可能绝对重复西方的道路,但它在自己发展道路上可能吸收许多西方的东西。而且一个落后的民族,第三世界国家要想重复西方的道路而达到强大是永远不可能的。这种重复和跟踪只能使自己越拉越远。在这中间就要找到自己的道路,既不同于西方的,又吸收适应自己的西方在管理方面的长处,然后形成自己的东西。从很远的历史阶段来看,这种想法可以得到印证。按马克思的分法,西方有一个发达的奴隶社会制度,但东方没有。东方一开始不能说是典型的奴隶制而是带有中央集权的封建农业社会。这个形态西方又没有。后来西方又有一个强大的发达的资本主义大工业社会,这个东方又没有。那么下一个阶段东方是否就失去了自己的这条腿,与西方完全同化?不一定。世界越来越变小了,以前那种文化隔断造成东西方两条轨道运行的状况可能不会再完全重复。世界

变小了,信息量和交通的发达,世界趋同的现象可能更多了,但完全重复西方工业革命不大可能。东方要在经济上找到自己的特点,日本的经济起飞给我们提供了一个开端,但要达到目标恐怕要经过一个充满曲折、矛盾甚至痛苦的过程。但最终总会走到这个目标的。

科学上、经济上是这样,不是全盘西化,而是学习西方为我所用。文化上也是这样。但中国文化有许多毛病,要打破中国文化的桎梏要花很大的力气,恐怕要借用西方的许多武器、先进思想来冲击它打碎它。有人以为我提出寻根就是全盘否定西方,不是。在提出寻根的同时本人就在努力学习外语,而且在武汉大学进修。现在湘西代职我尽量带着个收音机,每天坚持听广播,直接听。这一方面是保持自己的听力,另一方面是直接向他们学习,了解他们的发展动向。所以这个寻根绝对不是排外,而我对这种大量引进、介绍是极为赞成的。中国有些很好的思想,然而,它的机制上如果有毛病就会变成很坏的东西。比如庄子的相对思想,是一种很灿烂的思想成果,但在旧社会里又成了阿Q。阿Q和庄子是这种思想的两面,一个是很腐烂的一面,一个是很灿烂的一面。从某种意义上说,庄子是个很高级的阿Q,阿Q是个很低级的庄子。如果我们要使东方文化不成为阿Q,要庄子也不成为阿Q,那要花很大力气。中国传统文化有很大的弊病,对之进行改造有一个很大问题就是要引进西方科学。这种传统文化有好的一面。但如果离开了科学作为基石、支撑,玄学确实会成为一种无用的空谈,变成胡说八道,貌似高深、貌似中庸、貌似公允的胡说八道。所以需要用科学来改造中国玄学的传统。

西方是一种科学的传统,东方是一种玄学的传统;西方是知识的传统,东方是智慧的传统。寻根就是根据这两个问题:一个是创作实践状况,两代作家的成长道路,怎样继续提高一步;第二个就是怎样看待东方文化,东方文化的前途和现在面临的迫切需要改造的任务。

林:现在看来,当初提出这么个问题还是非常合时宜的。

韩:这是歪打正着。因为我写了文章发在一个刊物上,名叫《作家》,发行只有一万多份,而且是在东北一个角落里面。

这个观念当然也不是我一个人的,更早我们参加《上海文学》在杭州召开的会议,会上也有很多同志像阿城、李陀等,大家都讨论这个问题,所以也不是我一个人的事情。

这是会上大家讨论的,我后来把它写成文字。当然这以前我自己也想过这个问题。现在看来这是触及了一个比较敏感的区域,大家都在广泛议论。这个议论看来也有早产性质,所以寻根也有早产性质,这很可能使这些议论很难深入下去。你说你的,我说我的,谁也听不进谁,七嘴八舌。这没问题。大家开始在想这些问题,总有一天会想出些成果的。但还没有想透,就还要做很多工作。

林:"寻根"提出以后,出现了一批寻根小说,或者说文化小说。你觉得成绩如何?

李陀是这样分析的,归结为地域文化小说,把"寻根"提出前后的写文化的小说归在一起,比如汪曾祺的小说也包括在内,认为新时期文学中这种文化小说的创作出现了很好的势头。

韩:总的说是出现了一批好作品。

地域文化小说从创作上来看,它表现的色彩比较浓郁,所以首先引起了大家的兴趣和注意。大家提出"味"的问题,比如"北京味""陕西味""湖南味",等等。这是比较容易注意的。但它对地域文化来说并不是很重要的,也不是我特别关心的问题。当然我也注意这么做,比如为了写作品,我也考察过湖南的民情风俗啊,楚地文化的特征啊。但我觉得这还不是主要

的工作。文化可以分很多层次来谈,地域文化就可以分这样的层次来谈,有东方文化的问题,汉文化的问题,还有全球文化的问题。世界上人和人之间有很多共同的地方。比如不论中国人还是美国人,他都吃饭,都有男女,都有两只手两只脚两只眼睛,都是父母生出来的。这就决定了他们有共同的文化特征。所以有个全球文化问题。但是东方人有东方人的特点、个性,比如说他是黄种人,是从农业社会里长出来的,有小生产者的生产方式,他接受孔孟传统思想的影响,这就形成东方人的文化特征。具体说湖南人,他就有湖南人的特征,生活在山区,与大都市不一样,与大平原也不一样,山区人多幻想,稀奇古怪的人哪、山哪、水哪,而且山里的人比较懒。自然条件比较优越,靠山吃山,不大勤劳,因为总活得下去。他又很闭塞,不像大城市人口老在流动,他是祖祖辈辈都生活在山沟里面。这就有湖南人的文化特征了。所以我觉得考察寻根问题应该有不同的层次。

现在第一步,这些作品表现比较多的是对地域文化的直接观照、描写。我觉得这是一个很浅的层次。它的出现当然是值得欢迎和肯定的,但不是最主要的。

而且在对这种民族味,对这种传统的认识和开掘上有个问题,就是把这种文化的东西仅仅当作描写对象、创作客体来对待,"写文化现象",作为素材、材料、对象来处理。还有,创作主体的改变,怎样带上东方文化的特征。我觉得尽管是写洋人,也可带上东方文化的特征来写。我们能够在创作的感知方式、思维方式、审美方式上用东方的思维方式而不是西方的思维方式,这也有个文化问题。这便是创作主体问题。一个是写什么。现在许多人对文化的理解就是写文化。还有一个怎么写。这就有创作主体问题,就是你用什么文化就用什么审美方式来写,用什么感觉来把握世界和人生。所以现在对文化有两条渠道,值得注意。而有一部分作者有种误解。我比较倾向于后一种。感知方式和审美方式方面要真正成为东方式的,使东方式的这种感知方式、思维方式变成优势变成长处,使这种优势和长处既吸收西方当代哲学、科学的成果,审美的成果,又带上东方的特点。我自己的作品也写乡土,我觉得这是一个可以用的手段,给作品带上了色彩,但我更主要的是关心创作主体问题。创作主体问题对作者来说是更主要的问题。有的人以为写寻根就写成深山老林,写文化就写成深山老林,我不这样看。比如我的《女女女》就写了许多城市生活,而且我以后的一些作品可能不管它是城市还是农村,可能什么都写。但我找到了我自己的方法以后,我就能观照与表现我想表现的一切。

林:你这观点跟王安忆的观点很相似。王安忆最近有个高见,认为上海这个现代的远离大自然的大城市带给我们一系列现代化的东西,这些东西又带给我们现代的思维方式。她要用这种思维方式去写东西,或者是写城市的,或者是写城市农村接合部的,或者是写她那个安徽的、小鲍庄的。你们观点挺相像吧。

韩:对。主要就是一个创作主体的建设问题,即怎么写的问题。主体意识中的文化构成分成我刚才说的三个层次也可以,当然也可以分成四个、五个层次,这都无所谓。这中间有两个意识,一个是大文化,即全球意识、全局观念,整个人类文化的优秀成果都可吸收过来,充实我们自己。另一个小文化,比如说东方文化,再细一点说是楚文化。楚文化中的许多东西我是很感兴趣的。比如楚文化的主观浪漫主义精神,不拘泥于形式,主观的扩张、扩大。比如楚辞《离骚》吧,天上人间它没有过渡,就这么写过去,浑然一体,不分天上地下的那种狂放,那种大境界。这种浪漫主义精神我觉得我是可以吸收的。具体说到作品,地域文化是一个文化因子。这就使我的作品出现了一种不拘泥于实际的状态,比如《爸爸爸》,你说它是浪

漫主义还是现实主义这无所谓，主要是一种主观精神的体现，它并不是说这个世界是什么样，我们一定要真实地表现它，而是把许多事情凑在一块，历史的现实的，把时间空间打破，没有时间界限，没有空间界限。把历史的现实的混在一块，有意识地把时代背景模糊，把民族的界限模糊，有许多素材是少数民族的，但不写少数民族，小说中看不出是写哪个民族，甚至看不出是写哪个地方(当然可以知道是写湖南，但不知是湖南的哪个地方)，更看不出是写解放前还是解放后，当然要考证，可以说是写清末民国初，这也可以，但主要意图不是这个。我觉得这也可以打破，打破时空。我觉得这是整个人类超时间超空间的一种生存状态，一种生存精神，是对这种精神的一种思索。这种精神是一种主观浪漫主义精神，或说是一种主观的意向，都可以。在创作方法上它与写实主义是有区别的。这个问题在我们楚文化中是有传统的，是可以借鉴。这可以作为创作主体建设的一个例子来谈。

林：是否可以说，你的《爸爸爸》等作品，是从楚文化中吸收了不少营养，获得了创作灵感？那么你对楚文化是怎么认识的呢？

韩：我觉得楚文化有那么些特点：奇丽、神秘、狂放、幽默深广。至少是可以把这四个因子融入创作中去的。当然由于刚刚开始，我的功力也不足，这四个因子都体现不足。这是我的初衷。动机是这样的。

林：看来你还想继续下去。

韩：继续下去！

林：昨天郑万隆说，1985 年是"寻根"年，北京的一些作家都提出，寻根是去年的事，今年我们不寻了，别人爱寻让他们寻去，他们要干别的了。那么你是否觉得你的"寻根"还是刚刚开头？

韩：刚开头。一开始它有个隐蔽性，中间当然会有发展有变化。因为我是这样想象，大文化中还有更多值得研究的课题，更多可以接近的东西，那可以从整个人类文化中吸取营养，吸收许多新意识。就是说，一个寻根意识，一个全球意识，一个小文化，一个大文化，要使二者结合，慢慢变化发展。可能到后来无所谓寻根不寻根了，会变成这个样。但我们的"寻根"是有意义的，以后的变化是从这里走出来的。理论上有没有这个口号都无所谓。至少我觉得我对"寻根"的研究，是楚文化的研究、开掘和借鉴，还没有完。

林：你刚才说过，现在"寻根"小说的声势很浩大。这中间有真"寻根"的，貌似"寻根"的，作"寻根"状的。你比较欣赏哪些作家作品？

韩：作为一个欣赏者，我的口味很宽。不管是不是"寻根"的小说。比如对艺术探索性很强的小说，甚至社会政治功能很强的，艺术价值不是很大的，或者说是问题小说，尽管我不认为它在艺术上有很大价值，我自己也写过。但我对它也很宽容。社会需要各种各样作品，也需要各种各样作家，只要是好作家，不管是哪个流派，你是艺术上好，可以，你是思想性强，也可以。中青年作家在这几年创造了许多好作品。比如我比较喜欢王蒙、陆文夫、邓友梅、蒋子龙、谌容、徐怀中，等等，还有许多，一下子提不全；青年中如北京的张承志、莫言、阿城、史铁生；上海的王安忆、陈村；湖南的何立伟、徐晓鹤、叶之蓁、聂鑫森、蔡测海、王平，等等。这些人的路子都不一样，有的比较接近，但绝对一样的好像没有。

林：昨天你在会上说，一个作家要做到两点：一是要看透一切，一是要宽容、博爱。你大概就是从人格方面来看这个问题的？

韩：是的。这其实就是个做人的问题，可以说是个哲学问题，也可以说不是。生活中要是

碰上各种各样的人际关系,看不透,那也是一种愚蠢、肤浅。比如现代派的作品给我很大的启发,它帮我们看透这种现象。比如它认为人与人之间是地狱,说得很绝对,但它说出了人与人之间确实存在的不能沟通的地方。比如中国传统文化中有一种愚弄群众、很虚假的"善""心心相爱",这种墨家的东西在思想上没有穿透力,被表面的东西所障碍,实际上伪善、伪美、伪真。一个现代人,尤其是经过了20世纪,而20世纪的哲学成果、文学成果又给我们提供了这么多思想武器,我们还傻乎乎地没有看透,这就是一种可悲,这绝对不是作为一个现代人应有的品格。但看透了以后就绝望,朋友也失望,亲人也失望,生态也失望,心态也失望,那这个世界就没指望了,这也不行,也不符合客观事实。因为尽管有伪善、伪美、伪真,但人与人之间确实又有可以沟通的一面。通俗地说,有的人有很大缺点,但也总有些好的方面。接触人的时候,往往这人给我的印象特别好,这是初识,因为初次结识人,往往把最美好的东西表现出来。但接触多了有可能发现这个人很坏,自私自利。但还有第三层,这个人的内心又很可能有比较温暖一面。确确实实,按哲学范畴,每个人既有个体性一面又有社会性一面。人生活在社会群里以后就有一种天生的群体意识,他需要爱人也需要被人爱。这是一种本能。所以人有一种社会化的倾向。基于这一点,我们需要作为一个社会整体生活下去,靠什么?就靠博爱、友谊和温暖。友谊和温暖的具体落实就是宽容,也就是李陀说的那种"上帝的博爱精神"。比如我对我的亲人也曾有过失望的时候,但现在觉得还是应该有那种理解和宽容。一方面是决不理解决不宽容,对人的一举一动我都看透;另一方面就是理解和宽容。这是一种无为的状态。这个问题谈不出什么理论,但这是个很重要的问题。对于我们创造具有现代意识的文学尤其需要这种精神。比如前几年我们的一些作品,特别是写坎坷经历的,我觉得"看透"特别不足。作家看这种生活,有时不易抓准,容易被虚假现象迷惑,比如某些歌颂知识分子的作品,知识分子就那么先知先觉,就那么理解人啊?"文革"中知识分子搞三忠于、打小报告、背后整人就特别厉害,比工农群众还厉害。他没有把事物看透。一些写"四化"的作品,写到人为什么犯错误,他的分析往往搞错,分成一个是"改革派",一个是"反改革派","改革派"就是怎样崇高,"反改革派"就是怎样丑恶。他没有把"改革派"看透,他不知道这些搞改革的人的内心到底怎么样,是不是有弱点?某些人是不是也有见不得人的一面?作品对改革上的弱点、缺点问题往往估计很足,但对人的心灵中的问题却估计不足。一些青年作家对这个问题好像反而看得透一些。有些作品中的调侃,好像玩世不恭的笔调,越来越多地在青年作家笔下出现了。不仅对笔下"反面人物"进行鞭挞、嘲弄、调侃,对一些"正面人物"也进行调侃、嘲弄,甚至是毫不客气地一笔一勾,刻画出他们很可笑的内心和行动。然后对自己进行调侃、自嘲,把自己也看透。我觉得这是一个重要的区别。

说到宽容精神,我觉得在一部分青年作者作品中体现得还是不够。比如把这个世界写得很阴冷,一点希望也没有,似乎世上所有人都欠了他的账,愤世嫉俗。这个世界坏透了,他妈的,就是我有希望!可见他也是没把自己看透。我觉得这不是一种伟大的人格。真正伟大的人格就是既看透了这一切又充满着博爱,原谅一切、宽容一切、去爱、去同情一切。

林:你的宽容看来不是针对某一个具体的人和事。比如有人做了件恶事,杀了个人,也去宽容。这不是你说的宽容。你的宽容是对全人类的那种理解、同情、爱护。

韩:对。用毛主席的话说就是"解放全人类"。对全人类的每一个人我们都要解放啊!包括我们的敌人。对敌人我们也要理解他,更不要说对我们的朋友了。我举些例子可能更好理解。比如鲁迅先生,我理解他的心境,对许多事情他是知其不可为而为之。比如他对国民党

的失望那是没话说的。可他对左翼文艺后来也非常失望，但他没有办法，知其不可为后来还是去为。对青年也是，有些青年背后放暗箭，背后捅他一刀，可他还是去扶植、培养青年。我的理解，鲁迅先生的这种心境是一种很矛盾、很痛苦又很伟大的心境。他看透了许多事情，有时装糊涂，有些事情看起来没意思，可他还是去办。

这看起来与传统思想是有关的。比如庄子对事情看得很透，避世，对人世很厌恶。但儒家又有一套，孔子说是"道不远人"，不能离开人的，如果离开了我们还与谁为伍？与猪狗为伍了。不管人类是怎样的可恶，怎样令人失望，还是不能与猪狗为伍吧。这话说得很刻毒。当然也是有一定道理。道家的思想和儒家的思想结合起来体现在一个人身上，这是一种很美丽的东西。

林：这个境界很诱人。现在有不少作家对文体有一种自觉的有意识的追求，你觉得怎么样？

韩：文体的追求我觉得很有意义的，我很赞成。因为语言是文学的最基本工具，进行语言实验，是为了使语言功能能最大限度地释放。比如我们语言的最大僵化是在"文革"中，那种官腔，那种八股味，到处都是那种致敬电文学，没有生气。后来语言越来越活泼，现在又开始了实验，让语言能量释放。汉字能量的解放，我觉得还有很大潜力，可以作各种各样的实验。举个小例子。比如量词的使用，一个、一条、一座，说人就说"一个人"，老是"一个人"，这"一个"的概念就变得很抽象，对胖的人、瘦的人都是"一个人"。那么对瘦的人能不能说"一条人"？有"四条汉子"的说法。量词中实际上包括信息，"一条人"就有瘦的人的形象。"一颗脑袋"是一贯的说法。能不能说"一粒脑袋"？有的人脑袋很小。很胖的说"一团脑袋""一块脑袋"。"一块人"——这个人很横满，我说"一块人过来"行不行？这是我的瞎想。总之，对量词，我们为什么总保持陈规？是否可以打破这种陈规。这种打破当然不是胡来，得"胡来"得有道理。有时候它包含着更多的信息，更传神，造型的能力更强，为什么不可以实验一下？当然实验时还有许多问题像词序、节奏、词汇的色彩等要注意，但是很有必要的，因为它能使汉字的能量更大地解放。

（载《上海文学》，1986 年第 11 期）

鸟的传人

韩少功　施叔青

关于全球一体化

施叔青(以下简称施):"文革"改变了你一生,你本来志在数理化。

韩少功(以下简称韩):"文革"开始时,我十三岁。父亲从不主张我搞文学,认为危险,要我念数学。后来下放到农村当知青,数理化一点也不管用,还是喜欢搞宣传墙报,写写材料、诗歌,自得其乐。1974年以后稍微松动,可私下读到一些优秀的文学作品。在这之前,看得到的只有马列、毛泽东文选,还有鲁迅一本薄薄的杂文,与梁实秋、林语堂辩论笔战的,政治色彩比较浓。当时没有其他的书可看,我自己已抄了三大本唐诗宋词。

第一篇作品就是这时写的。1977年以前,思想非常僵化。为了保住这支笔,只好与当时的政治形势挂钩,不得不妥协。

施:你自承1978年、1979年的作品是你"激愤不平之鸣",已经摆脱"文革"时违心的歌功颂德。

韩:我当知青时的汨罗县,农村一年比一年贫困,在我下放的那个生产大队,有一个生产队的社员劳动一天只能得到人民币八分钱,有的甚至劳动一年还要赔钱,饥荒惨不忍睹。那时再违背良心讲假话,那就很卑鄙。我站在人道主义立场,为农民说话。这时又读了些19世纪批判性很浓的翻译作品,更刺激了我为民请命的意愿。

施:当了六年的知青,接触到农民,使你体会到"中国文化传统是怎样的与农民有缘"。可否谈谈对农民的看法?

韩:农民有可怜的一面,是善良的,也有他们的缺点,我曾经真心想为农民争利益,没想到他们向干部揭发我。我贴大字报,反对农村官僚权势,农民出卖了我。但苛求农民是不应该的,你可以跑,他们祖祖代代在那儿,跑不了。我也不恨他们,我在农村办农民夜校,普及文化知识和革命理论,希望他们有力量来主宰自己的命运,但成效很小。

施:《回声》里的知青路大为就是你自己吧?

韩:有一点影子。这篇小说把"文革"的矛盾作一些剖析,一方面"文革"是最专制的,一方面又最无政府,很乱,谁都有枪。当初我也很醉心政治,后来有了变化。1981年一次大学学潮,年轻人在学潮中争权夺利,民主队列内部迅速产生专制,使我对自己的政治兴趣有些新的反省。好些人红卫兵的政治梦还没做完,还以为革命可解决一切问题。

施:1979年4月号《人民文学》登了你早期精彩之作《月兰》,引起争论,不少人说这篇小说反动;台湾电台广播了,你接到几百封农民来信,因你仗义执言农村的贫困。月兰这农村妇女难为无米之炊的惨状,你写来凄婉动人。

韩:我只是写出真实情况,月兰真有其人。《西望茅草地》的农场场长张种田也是真实

的。农场有一些干部,文化水平不高,山沟沟里出来的马列主义,革命造就的权威使他们看不到自己的弱点,在和平建设时期显得很尴尬。

施:张种田这人物塑造的成功,在于你没把他平面化、简单化,不像早期的"伤痕文学"一样,你写出他个性的复杂,又可悲又可恨。

韩:后来评论者认为这篇小说在人物复杂性的探求上比较成功,也比较早,因此我对它有所珍惜。另一方面,《西望茅草地》毛病也挺多:语言夹生、过于戏剧化。青年导演吴子牛想把它拍成电影,剧本送到农垦部。领导看了,认为涉嫌丑化老干部形象,结果没通过。这是1982年的事,当时很多老干部复出。

施:剧本还得先给农垦部审查?

韩:我写农场,剧本必须先通过农垦部政治审查。现在不需要了。这篇小说1980年得奖,争议也很大,当时《人民文学》编辑们还有"誓死捍卫《西望茅草地》"的呼声。

施:早期由于题材限制,用现实写实主义的写法,配合你当时的文学观?

韩:那时以为文学是为政治服务,很功利、实用的创作动机,思维方式非常机械理性。

施:是否因你出道太早,使早期作品带有老右作家的习气,像个马列主义的小老头子?

韩:当时不止我一个,贾平凹、张抗抗、陈建功、刘心武……都在写问题小说,我算是很正常的。这些文学作品很粗糙,但作为一种政治行为,并不使我后悔。有时候,作家也有比文学更重要的东西。

施:由于什么样的契机,改变了你的创作理念?

韩:后来我对政治的兴趣有些新的反省,挞伐官僚主义、特权、揭露伤痕,这些政治表达固然重要,但政治、革命不能解决人性问题。进一步思索到人的本质、人的存在,考虑到文化的背景,需要我们对人性阴暗的一面有更为足够认识。加上西方翻译作品的刺激,眼光视觉大为开放,我对新的小说形态希望有所试验,写出来会是什么样子,则始料不及。

楚 文 化

施:1983、1984年,知青作家不约而同地关注自己的文化背景:贾平凹的《商州初录》搜寻陕西古老秦汉文化的色彩,李杭育的葛川江吴越风情小说、张承志的《北方的河》、阿城的《棋王》等,开始一片寻根声。你发表于1985年的《文学的"根"》,是最早自觉地阐述这种寻根意向的文章。

韩:我曾在汨罗江边插队,发现当地人有些风俗,特别是方言,还能与楚辞挂上钩的,比如当地人把"站立"或"栖立"说为"集",这与离骚中的"欲远集而无所止"极吻合。我想很多知青作家都积累了这一类的文化素材,这与他们的下乡经历有关系。

施:听说"寻根"是你和叶蔚林一些湖南作家聊天聊出来的,能否谈谈酝酿的过程、当时的时间空间,以及你的心态?

韩:除了我们省的作家,外省的李陀、陈建功,还有一些搞理论的,当时都有同样的感觉,怀疑"问题小说"写到那种程度以后,再往下怎么写?很自然,大家也都会谈到,文学中政治的人怎样变成文化的人。当时其他领域也出现了对文化传统的关注,比如诗歌,比如音乐。湖南作曲家谭盾的音乐,技巧是现代的,表现的气氛、精神又是很东方的,有种命运的神秘感、历史的沧桑感。

施：有一种看法，寻根热的崛起，是受了美国黑人作家《根》这部作品，以及马尔克斯《百年孤独》的影响？

韩：《根》我一直没看。所谓寻根文学出现之前，马尔克斯已经得奖，但还未译成中文，仅有参考消息上一则介绍《百年孤独》的文字，还有他和德国记者谈文学观念的文章。在拉美文学之前，我就想过东方的川端康成、泰戈尔，美国的黑色幽默，体会到它有一定的文化根基。当时中国青年面临一个向西方文学吸收的问题，大部分是简单的复制，就引进新观念、技巧来说，自有它的意义：可以作为一种补课。但复制与引进是创造的条件，却不能代替创造。

施：广义的来说，确实是西方现代文学的引入，才触发了大陆作家的寻根热。

韩：可以这样说。但中西文化的碰撞与融合，是迟早要发生的事情，迟早要成为作家们的焦点之一。文化一定要有参照、对比才能显现，引进外面的东西才有所比较。1981 年、1982 年王蒙写意识流，北岛的《波动》更早，1980 年已经印在油印册子上了。但即便没有西方的意识流，对潜意识的开掘也迟早会引起中国作家们的兴趣。有一段时间，作者的着眼点是什么是国内没有的，我就写。随着时代不断开放，作者们眼界更宽，才考虑到什么东西是世界上没有的，我才写。

施：身为楚人，你重新审视你文学的根，它是深植于楚地的，对楚文化历史的回顾是你回归的第一步吧？

韩：湖南民性强悍，历史上来说是失败的民族，上古传说黄帝战胜炎帝，炎帝逃到湘西、黔东。楚文化曾被孔孟的中原文化所吸收，又受到排斥，是一种非正统非规范的文化，至今主要藏于民间。湘西的苗、侗、瑶、土家族还保存了楚文化，那里的人披兰戴芷，佩饰纷繁，能歌善舞，唤鬼呼神，我在文章里说过，人们至今还能从民间活动中体会到楚辞中那种神秘、奇丽、狂放、孤愤的境界。楚人崇拜鸟，是鸟的传人，和黄河流域的龙的传人有明显的差别。

施：据苗族迁徙史歌《爬山涉水》，他们的祖先——蚩尤为黄帝所败，蚩尤的子孙向西南迁移，楚文化流入湘西是有根据的。礼失求诸野，反而少数民族还遗留了楚文化的祭祀、风俗信仰。

韩："少数民族"在孙中山的国民党时期才只有五个，1949 年以后，分出了五十几个少数民族。像我们湖南人，古时为"蛮"，也是少数民族。土家族是 50 年代才得到确认的一个"少数民族"。没有文字，整个历史的记忆就是靠舞蹈来表现，可跳上几天几夜，从开天辟地到大迁徙、战胜野兽、生儿育女……侗族在 50 年代以前只是苗族的一部分，至今保留了对生殖器的崇拜。他们的文化特征包含一种野性的美，又有一种神性的美、神圣的气氛。

施：你想找寻一种原始的粗犷之美？

韩：我以为，一切原始或半原始的文化都值得作家深思。文学思维是一种直觉思维，随着人类进入科学和工业时代，直觉或者说是非理性的思维，被忙碌的人类排斥了，进入潜意识。艺术与潜意识密不可分。文学艺术是对科学的逆向补充。

施：你以湘西为背景，写了一系列颇有风土色彩的作品，你是如何将楚地文化的因子融入你的小说？

韩：1985 年的作品，表面上看来，带有浓厚的地域色彩，不过，写楚地民俗风情、楚人特殊情态，这只是一种表层外壳。最让我感兴趣的，还是找寻楚文学的精神，而不是将其仅仅当成写作的对象、材料，只限于外在的描绘。

寻根文学

施：发出寻根口号的第一篇小说，是1985年写的《归去来》，小说的语言、气氛与以前批判现实的问题小说完完全全两样。你是如何走入《归去来》的神秘、犹豫气氛的？

韩：我也说不太清楚，去过几次湘西，读了庄子、禅宗的书，还看了外国现代派的作品，这就是写作前全部的准备。《归去来》写人的相对性，到底黄治先是我、还是别人，像庄周梦蝶，感到自我的丧失、自我的怀疑，这些意识像雾一样迷蒙，比较符合我当时创作的理想。当然，有些评论家说情节太弱，只有背景细节的点缀，和主题没有关系，我觉得主题不是那么狭窄，氛围情调也是传达主题的。《归去来》是否有楚文化的因子，这很难说，楚文化和汉文明也不能完全割断，几千年来早已经混合了。

施：你提到庄周梦蝶的启发，有篇评论却认为《归去来》对自我的游离，是在国内开"魔幻主义的先河"；究竟得自庄周还是马尔克斯的营养，是土是洋？

韩：如果说神话是拉美文学的专利品，我不同意，中国也有很多神话，迷蒙幻觉的形态遍地皆是，我无非在作品当中吸收了神幻的因素。在现实生活中比如有个乡下人去过一个地方，他觉得特别熟悉，好像上辈子去过似的。我常常到一个地方，也觉得熟悉，好像来过似的。这些感觉也是来自拉美？也是"洋"？西医胃病理论、心脏病理论是"洋货"，但不能说中国人以前就没有胃病和心脏病。

施：《归去来》注重氛围的营造，感性浓，比起理性很强的《爸爸爸》，极为不同。后者像是以文学形式来演绎一种哲学思想或是文化观。你自己说《爸爸爸》的主题是要"透视巫楚文化背景下，一个种族的衰弱"，构思过程中是否主题先行，然后以题材、细节套进去？

韩：我的创作两种情况都有，一种先有意念主题，为了表现它，再找适当的材料、舞台。另一种比较直觉，说不清楚的、零碎凑起来的。我自觉理性在很多时候帮倒忙，但也不否认有时候从理性思维中受益。《爸爸爸》的情况最开始是一些局部素材使自己产生冲动，比如那个只会说两句话的丙崽，是我下乡时邻居的小孩。"文革"时期，湖南道县的农民闹出了大事，我把这一段也用到小说里，比如把人肉和猪肉混在一起，每个人都要吃。丙崽、道县杀人、古歌，使我产生了创作的欲念。构思之后，理性参与进来了，我特意把时代色彩完全抹去，成为一个任何时代都可能发生的故事，如"干部"写成"官"等。小说里的裁缝和儿子，一个是保守派，一个是改革派。

施：《爸爸爸》主题的多义性，比起你早期《月兰》一类单义的小说，其深刻、多面性相差很大。"文革"时期的主题先行、主题鲜明、人物单面，其实是很违反真实人性的。刚才你提到构思过程有理性的干预，动笔创作的时候呢？是一种含混的说不清的情绪，还是步步为营、理性的设计不时涌现？

韩：我以前是写问题小说出身的，不能完全排斥理性，既然理性存在，只好把自己推到理性不能解决的地步，迫使理性停止功能。写着写着，发现我的理性思路，常被某种气氛所淹没，被某种意象所摆脱，被某种突如其来的情绪所背叛。我说过，作家对自己小说材料的掌握认识，应该说是成功的，同时也是失败的。如果了解得清清楚楚，那不是一种艺术，在创作中，同时要感到一种艰难，一种无法摆脱的困境。他认识这种生活，同时又没认识这种生活。

施：你好像不耐烦重复自己，每一篇作品都希望有新的突破，可以到面目全非的地步。

韩：有些作家用一种模式一股劲写下去，我不行，老觉心慌。我每写一篇，希望有新的发现，有新的惊讶。但这种新的尝试也不一定比以前的更好，实际上很难，往往力不从心。但我愿意新的失败，不愿意旧的成功。

施：你谈到语言陌生化，以达到令人耳目一新的效果，题材是否决定所用的语言？

韩：题材与语言有关系，但语体意识很强的作家，可用一种语言来处理任何题材，像法国新小说派。有的则是写农村一套笔墨、写都市又是另一套。我很羡慕语体意识强的作家，语言形式本身是内容，语言就是足够的信息，但我反对过分雕琢，反对太强调文字打磨。其实，艺术达到最高境界，形式的追求消失了，入了化境。

作家的素质危机

施：吴亮认为在你的感性世界里，作品中可看出恋母、恋妹情节，如《空城》等，但《女女女》对幺姑的否定，使你超越这种弗洛伊德式的情结。

韩：我毫无自觉。

施：《爸爸爸》是关于人类社会历史的思考。以一个部落来象征，气势磅礴，凝视整个民族的文化；《女女女》焦点凝聚在一个女人幺姑身上，是否有意识地从整体缩小到个人？

韩：我没有设计过。写《爸爸爸》时，要在《女女女》表现的感受、情绪都已存在，只是没找到一个借口，后来觉得可以通过她来表达，就写了。

施：大陆作家以精神病为题材的作品不多，在那极端压抑的社会，不发神经病才令人不可思议，你的《老梦》《蓝盖子》两篇作品都触到神经末梢，读来令人发抖。

韩：精神病是个很好的窗口，可透视人的内心深处，常人掩盖的部分被打开了，可看到很多东西。但《老梦》没写好，我并不满意。

施：近作《故人》，衣锦荣归的华侨，回来要求看他以前的仇人，好像你又走回批判的路子。

韩：我写的是人的复仇心理。一个人从海外回来，和仇人相见，没有任何动作，也不说话，就是看一眼。刚写完的《谋杀》有梦幻色彩。一个女人去参加不知是谁的追悼会，住旅馆，感觉有人跟踪她……我想表现中国人被窥伺、监视的不安心理，老觉得周围的人要谋害他。为什么会产生幻觉？有很深的社会根源。《谋杀》里，我把人与人之间的防范强化成血腥，真正见血。

施：你自称中篇《火宅》（后改名为《暂行条例》，下同）为改革文学，风格的确与寻根这一类作品迥异，以你写《月兰》时期颇有微词的现代主义手法，特别是荒诞、荒谬感来反映大陆的官场。

韩：我最早接触文学，是鲁迅、托尔斯泰那一类，后来读外国现代派小说，但也不是都喜欢。法国新小说的西蒙，我就看不下去，太晦涩难读了。我觉得实验性的小说最好是短篇，顶多中篇，长篇则完全没有必要，作家想要玩的那套观念技法，前面十几页就完全表现了，没必要写那么长一本书来重复。卡夫卡的两个长篇我是跳着看的。倒是爱读一些尤奈斯库的荒诞派的剧本。写《火宅》的动机是出于社会责任感，采取离奇、荒诞的方式，在假定的大前提下让所有的故事发生，但假中有真，《火宅》在本质上是写实主义的作品。

施：刘晓波批评"寻根派"，主张全盘西化，"中国传统文化全是糟粕"，是理性本位，必须彻底抛弃，你当然不同意他……

韩：理性本位充其量只适于儒家。老庄和禅学则是非理性的。中国没有纯粹的宗教，以美学来代替宗教。我在文章中说过庄禅哲学的相对、直觉、整体观念至今是人类思想的财富，可惜所知者不多。我们要做的，是研究这种智慧何以在近代中国变成空洞无用的精神鸦片，庄子如何变成鲁迅笔下的阿 Q，但你不必要因阿 Q 而连庄子、连中国的一切都自惭形秽。

施：比较起来，中国作家似乎没写出重要的大作品，像"文革"那么大的劫难，反映这人类悲剧的作品，实在太微不足道了。

韩：中国作家写不出大作品，不是政治环境的束缚，主要是作家本人素质还存在很多问题。"文革"时右派作家受了苦，其中一部分至今停留在表面的控诉批判，超越不了伤痕，如张承志所说的一动笔就"抹鼻涕"。其实知识分子在"文革"时相互揭发打小报告，比工农兵还厉害，如果他们真像某些作家塑造的那么先知先觉、忧国忧民的话，就不会有"文革"了。我们这一代知青作家也有危机，主要是年轻的时候学养不够，心灵受到扭曲，很多毛病与上一代作家是一样的。我们继承的文学遗产大体上来说是两部分：一是前苏联文学，二是中国的戏剧与通俗文学。我们的思维视野和文学创造力因此都受到了极大的限制。我相信中国的当代文学能长出大树，相信会有这样的一天。但为了实现这个目标，中国的几代作家还有很多很多的事情要做。我最近翻译了捷克流亡作家昆德拉的一部小说。东欧体制与中国类似，有共同的问题，但昆德拉不停留在表面的伤痕，而站在更高的层次对人性作无情的剖析，对迫害者与被迫害者都能够找出共通的心理阴暗，抓到了人类普遍的问题。我希望这本书对中国的作家能有所启发。

（最初发表于 1987 年中国香港版《施叔青访谈集》，
后载《在小说的后台》《大题小作》等韩少功作品集）

答美洲《华侨日报》记者问（代创作谈）
（摘录）

韩少功　夏　云

文化传统

夏云：(美洲《华侨日报》记者，以下简称夏)：你能不能谈一下"寻根派"？

韩少功（以下简称韩）：有一种"寻根"的意向，但恐怕不好说什么"派"。一谈派就有点阵营感、运动感，而真正的文学有点像自言自语，与热热闹闹的事没有多大关系。赞成"寻根"的作家也是千差万别的，合戴一顶帽子有点别扭。"寻根"也只是我们考虑的很多问题中的一个，我们谈了根，也谈了叶子，谈了枝干(以下谈所谓"寻根"由来及作家异同，略)。

夏：你对刘晓波评论"寻根派"的说法，有什么感想？同意他吗？

韩：刘晓波批判中国封建传统的急迫心情和叛逆精神，包括他的某些具体意见，我们也很赞同。问题在于，批判东方封建就否定东方文化，那么批判西方封建是否就要否定西方文化？批判宗教对人性的压迫，是否就要把宗教艺术一笔勾销？这样就太简单了。题材后瞻和精神倒退好像也不是一回事。欧洲文艺复兴时期的艺术多是取材于希腊、罗马神话，但很难说那是一场倒退的运动。而且谈文学也能用"进步"和"倒退"这样一些词吗？不懂得功利观和审美观是两种不同的尺度，要求文学附庸于功利，用一种即便是十分现代的功利观，来统一所有的文学，这本身就不"现代"，与现代多元思维方式相去甚远了。他的另一个缺陷是对哲学，尤其是东方哲学缺乏了解，他说中国传统文化是"理性本位"，因此必须彻底抛弃。这种对理性的偏激程度暂且不说，而且他的判断其实只适合于儒家。中国的庄禅哲学从来就是以非理性为本位的。中国传统文化以孔孟为表，以庄禅为里；以孔孟治世，以庄禅修身。庄禅哲学中所包含的相对观念、直觉观念、整体观念，至今是人类思想的一大笔财富。中国人对此知道的不多，西方人能理解的更少，仅有爱因斯坦、莱布尼兹、玻尔、普理高津、海德格尔等学界大智者，才诚心地惊叹东方文化的智慧。我们要做的事，是要研究这种智慧在中国近代以来怎样变成了一样空洞无用的精神鸦片，研究庄子怎样变成了鲁迅笔下的阿Q，进而解决这个问题，使它的负面效应转化为正面效应。但我觉得没有必要因为中国出了阿Q，就连坐庄子，对什么都觉得自惭形秽。刘晓波把要求社会政治现代化的情绪，扩展为文化上全盘西化的主张，这是一种思维越位、一种走火入魔。说"中国传统文化全是糟粕"，这个命题的范围界限在哪里？让十亿中国人都戒中文用外语、禁绝中医独尊西药？我怀疑这不是刘晓波的本意，他只是借助偏激来增强自己声音的响亮度而已。我们跟他不必过分认真。

困境和悖论

夏：你的《女女女》《爸爸爸》都很瞩目，但也有人说看不懂你在这两篇小说里企图表现什么主题。你在创作中是如何对待主题的？

韩：我以为，主题可以是思想，是线条的；也可以是情绪，是块面的。当然也可以线面结合，又清晰又朦胧。《爸爸爸》的着眼点是社会历史，是透视巫楚文化背景下一个种族的衰落，理性和非理性都成了荒诞，新党和旧党都无力救世。《女女女》的着眼点则是个人行为，是善与恶互为表里，是禁锢与自由的双变质，对人类生存的威胁。我希望读者和我一起来自省和自新，建立审美化的人生信仰。但这些主题不是一些定论，是一些因是因非的悖论。因此不仅是读者，我自己也觉得难以把握。当然，也有些新派的作者和读者还说我的主题太明显了。这些小说是我的一些困境。道家有"齐物论"，佛家有"不起分别"说，也是困境。我有一次在上海说，作者对描写对象的认识过程，在创作中应该是一次成功，也应该是一次失败。于是发现自己迷失了，把读者也引入了一种迷失。但这种迷失是新的寻求的起点和动力，未见得都是坏事。哲学、科学、文学，最终总是发现自己对着一个奇诡难测的悖论。悖论是逻辑和知识的终结，却是情绪和直觉的解放，通向新的逻辑和知识。康德是这样，玻尔是这样，曹雪芹和昆德拉也是这样。我并不偏好眼下某种被视为"新潮"风范的晦涩沉闷，有时为了把思想情绪表现得更强烈，不得已牺牲一点明朗，私心也十分遗憾。但我尽力做到把故事写得明白。要是读者读懂了故事却不解其含义，又预感到这些含义还有些价值和趣味，那就来与我一起自找苦吃吧。当然，很多读者恐怕没有费这种气力的必要，他们还有很多重要的事要干，时间很宝贵。

夏：国内读者一般怎样看待这两篇小说？他们一般喜欢你的哪篇小说？

韩：我没有作过调查，只知道《爸爸爸》引起的议论和争议要多些，先是在青年评论圈子里，慢慢才扩展到文学界和一般读者中。也许《爸爸爸》的社会性强一些，中国公众对社会问题有更多的兴趣。《女女女》的反应较为冷落，我想大部分人是不喜欢的。

直觉思维

夏：前面你提到了"巫楚文化"，能不能谈一谈这方面的情况？

韩：巫楚文化主要分布在中国西南以及东南亚的少数民族中间；历史上随着南方民族的屡屡战败，曾经被以孔孟为核心的中原文化所吸收，又受其排斥，因此是一种非正统非规范的文化，至今也没有典籍化和学者化，主要蓄藏于民间。这是一种半原始文化，宗教、哲学、科学、文艺还没有充分化，理性与非理性基本上混沌一体。屈原写《离骚》《天问》《九歌》等等，其中神秘、狂放、奇丽、忧愤深广的创作元素，那种人神合一、时空错杂的特点，就与这种文化的影响有关。这是东方文化的一部分。由于地域关系，一部分南方作家对它的开掘比较关心。

夏：这种文化对于今天的文学创作有什么关系呢？

韩：我以为，一切原始或半原始的文化都是值得作家和艺术家注意的。文学思维是一种直觉思维——我不是指具体的文学作品，具体作品中总是有理性渗透的；而是指作品中的

文学,好比酒中的酒精——这种文学的元素和基质是直觉的,原始或半原始文化是这种直觉思维的标本。随着人类进入科学和工业的时代,整个人类精神发生了向理性的倾斜,直觉思维,或者说非理性的思维,被忙忙碌碌的人类排拒了,进入了隐秘的潜意识的领域,在那里沉睡。只有在酒后,在梦中,在疯癫状态下,在幼儿时期,总之在理性薄弱或理性失控的情况下,人们才零零碎碎地捕捉到这种思维的迹象。古人早就悟到了文学与酒、文学与梦、文学与"痴狂"、文学与"童心"的某种密切关系,但没有深入地探究。列维·布留尔研究原始思维,皮亚杰研究儿童思维,弗洛伊德研究意识思维,都有卓著的成果,但没有注意到或没有强调它们与艺术思维的关系。其实,有一条线可以把它们统统贯串起来,这就是直觉。原始时期就是人类的幼年时期,而幼年时期就是一个人的原始时期。它们并没有消逝,而是潜入了人类现在的潜意识里。在这个意义上,开掘原始或半原始文化,也就是开掘人类的童心和潜意识。这正是艺术要做的事。我感觉到,人类在科学与工业社会里普遍的惶惑不安,正是基于自我的分裂和偏失。人被条理分割了,变成了某种职业、身份、性别、利益、年龄、观念,因此需要一种逆向的回复和整合。人在白天看得太清楚了,需要夜晚的朦胧和混沌。人作为成年人太劳苦了,需要重温童年的好梦。艺术就是这样产生的。艺术是对科学的逆向补充。

错位的结构

夏:这样说,你是否提倡非理性主义?

韩:国内有些同行确实在高扬非理性主义,但是谈"主义"比较容易简单化,容易造成思维越位。其实我也极赞成提倡理性。问题是过去理性和非理性常常用错了地方。比如说从事常规的经济和科学,是很需要理性的,但"人有多大胆、地有多高产""万寿无疆""在险峰""追穷寇"什么的,像写诗歌和宗教迷信,很不理性。而那时从事文学艺术却要紧跟社论文件,图解政治理论,弄得很概念化和公式化,毫无非理性思维的一席之地。这叫寒火不清,阴差阳错。又有人说中国人公共意识太强,习惯于公天下和大一统,私我意识太小,因此得提倡个人主义。我对此也有很多疑惑。中国国民中是个人主义太少吗?那种人整人、窝里斗的劲头,那种在公共场所大吵大嚷横冲直撞的现象叫什么主义? 问题是私不私、公不公,私我生活太公共化,公共生活太私我化,也是黑白倒置,阴差阳错。所以我认为中国文化心理问题不是一个本体的问题,不是一个要批儒家、批理性、批所谓社会意识的问题,而是一个改变结构的问题。文学中也是这样。经过十年"文革",中国作家现在既需要强化理性又需要强化非理性,滋阴也要壮阳。而且特别要注意的是,不要用错地方。

夏:文学与生活当然有关系,但文学绝非简单地再现生活,你能谈谈你对文学中"真实"与生活中"真实"的看法吗?

韩:绝对客观的真实大概不会有的,这已被物理学证明了。我赞成谈真实的时候注意层次,用不同的尺度,比如区分一下客观的真实和主观的真实,这样巴尔扎克和马尔克斯都可以说写得真实,史传和神话都真实。不然就谈不清楚了。我在写作时有时把陌生的生活熟悉化,有时把熟悉的生活陌生化,《爸爸爸》就是一例。变假为真,化真入假。《红楼梦》中"假作真来真亦假",有"甄""贾"二公。这都是从另一个层次来谈真假,与文学中的虚假造作无关。

夏:请谈一下你自己是怎样走上文学道路的。

韩:我当过三年的红卫兵、六年知识青年,在乡下时,半是为了饭碗生计,半是为了精神

自由和救国济世,开始写了点东西。后来在大学里读了四年中文,又进修了一年外文,这一辈子就好像不可能做别的什么了,只能"爬格子"。

夏:"文革"是一件大事,你们碰上了"文革",这对你的生命注入了什么意义?是否这段生活激发你写作的?

韩:"文革"是灾难,也是一道闪电,使我看清了很多东西。中国新时期作家,都是"文革"孕生出来的。

当代文学的发展

夏:你觉得我们当代文学的发展前景会怎样?

韩:国内所谓伤痕文学的时期已远远过去了。比题材,比胆量,比观念,比技巧的热闹也已经过去或将要过去了,冲锋陷阵和花拳绣腿已不足以为文坛输血了。国内这十年,匆匆补了人家几个世纪的课,现在正面临着一个疲劳期和成熟期。照我估计,大部分作者将滞留徘徊,有更多的作者会转向通俗文学和纪实文学,有少数作者可能建起自己的哲学世界和艺术世界,成为审美文学的大手笔。我不能过分乐观。但中西文化的激烈碰撞和磨砺,中国人民族强盛和个性发展的强烈愿望,加上具有深远历史意义的"文革"以及现在的社会主义改革,这些都是中国当代文学走向繁荣的条件。大众传播,或者说电磁文化,将对文学产生极其深刻的影响。文字的地盘大大收缩了。电磁文化更具有全球性、综合性、大众性、简约性等等。人们见多识广而一知半解,可能出现一批批速成的观念、速成的技巧、速成的作者和读者。太速成也就可能浅薄,容易速朽。这对文学将亦祸亦福。当然,这不光是文学的问题,也不仅仅是中国的问题。我有一个感觉,人类文化正面临一次根本性的嬗变,一次意义完全不同的"文化大革命"。好在我们不必为未来算命。我说过,文学有点像自言自语,我们管不了那么多。

(载《钟山》,1987 年第 5 期)

灵魂的声音

韩少功

　　小说似乎在逐渐死亡。除了一些小说作者和小说批评者肩负着阅读小说的职业性义务之外，小说杂志是越来越少有人去光顾了——虽然小说家们的知名度还是不小，虽然他们的名字以及家中失窃或新作获奖之类的消息更多地成为小报花边新闻。小说理论也不太有出息，甚至给自己命名的能力都已基本丧失，于是只好从政治和经济那里借来"改革小说"之类的名字，从摄影和建筑艺术那里借来"后现代主义"之类的名字，借了邻居的帽子出动招摇过市，以示自己也如邻家阔绰或显赫。

　　小说的苦恼是越来越受到新闻、电视以及通俗读物的压迫排挤，小说家们曾经虔诚捍卫和竭力唤醒的人民，似乎一夜之间变成了庸众，忘恩负义，人阔脸变。他们无情地抛弃了小说家，居然转过背去朝搔首弄姿的三四流歌星热烈鼓掌。但小说更大的苦恼是怎么写也多是重复，已很难再使我们惊讶。惊讶是小说的内动力。对人性惊讶的发现，曾推动小说掀起了一个又一个潮涌的浪峰。如果说"现实主义"小说曾以昭示人的尊严和道义而使我们惊讶，"现代主义"小说曾以剖析人的荒谬和孤绝而使我们惊讶，那么，这片叶子两面都被我们仔仔细细审视过后，我们还能指望发现什么？小说家们能不能说出比前辈经典作家们更聪明的一些话来？小说的真理是不是已经穷尽？

　　可以玩一玩技术。对于一个发展中国家来说，技术引进在汽车、饮料、小说行业都是十分重要的。尽管技术引进的初级阶段往往有点混乱，比方用制作燕尾服的技术来生产蜡染布，用黑色幽默的小说技术来颂扬农村责任制。但这都没什么要紧，除开那些永远不懂得形式即内容的艺术盲，除开那些感悟力远不及某位村妇或某个孩童的文匠，技术引进的过程总是能使多数作者和读者受益。问题在于技术不是小说，新观念不是小说。小说远比汽车或饮料要复杂得多，小说不是靠读几本洋书或游几个外国就能技术更新产值增升的。技术一旦廉价地"主义"起来，一旦失去了人的真情实感这个灵魂，一旦渗漏流失了鲜活的感觉、生动的具象、智慧的思索，便只能批量生产出各种新款式的行尸走肉。比方说用存在主义的假大空代替庸俗马克思主义的假大空，用性解放的概念化代替劳动模范的概念化。前不久我翻阅几本小说杂志，吃惊地发现某些技术能手实在活得无聊，如果挤干他们作品中聪明的水分，如果伸出指头查地图般地剔出作品中真正有感受的几句话，那么就可以发现它们无论怎样怪诞怎样蛮荒怎样随意性怎样散装英语怎样能指和所指，差不多绝大多数作品的内容（——我很不时髦地使用"内容"这个词），都可以一言以蔽之：乏味的偷情。因为偷情，所以大倡人性解放；因为乏味，所以怨天尤人满面悲容。这当然是文学颇为重要的当代主题之一。但历经了极"左"专制又历经了商品经济大潮的国民们，在精神的大劫难大熔冶之后，最高水准的精神收获倘若只是一部关于乏味的偷情的百科全书，这种文坛实在太没能耐。

技术主义竞赛的归宿是技术虚无主义。用装疯傻邪胡说八道信口开河来欺世，往往是技术主义葬礼上的热闹，是很不怎么难的事。聪明的造句技术员们突然藐视文体藐视叙述模式藐视包括自己昨天所为的一切技术，但他们除了给纯技术批评家们包销一点点次等的新谈资外，不会比华丽的陈词滥调更多说一点什么。

今天小说的难点是真情实感的问题，是小说能否重新获得灵魂的问题。

我们身处一个没有上帝的时代，一个不相信灵魂的时代。周围的情感正在沙化。博士生在小奸商面前点头哈腰争相献媚。女中学生登上歌台便如已经谈过上百次恋爱一样要死要活。白天造反的斗士晚上偷偷给官僚送礼。满嘴庄禅的高人盯着豪华别墅眼红。先锋派先锋地盘剥童工。自由派自由地争官。耻言理想，理想只是在上街民主表演或向海外华侨要钱时的面具。蔑视道德，道德的最后利用价值只是用来指责抛弃自己的情妇或情夫。什么都敢干，但又全都向往着不做事而多捞钱。到处可见浮躁不宁面容紧张的精神流氓。

尼采早就宣布西方的上帝已经死亡，但西方的上帝还不及在中国死得这么彻底。多数西方人在金钱统治下有时还多少恪守一点残留的天经地义，连嬉皮士们有时也有信守诺言的自尊，有少数服从多数的规则和风度。而中国很多奢谈民主的人什么时候少数服从过多数？穿小鞋，设圈套，搞蚕食，动不动投封匿名信告哪个对立面有作风问题。权势和无耻是他们的憎恶所在更是他们的羡慕所在。灵魂纷纷熄灭的"痞子运动"正在成为我们的一部分现实。

这种价值真空的状态，当然只会生长出空洞无聊的文学。幸好还有技术主义的整容，虽未治本，但多少遮掩了它的衰亡。

当然，一个文化大国的灵魂之声是不那么容易消失的。张承志离开了他的边地，奔赴他的圣都西海固，在贫困而坚强的同胞血亲们那里，在他的精神导师马志文们那里，他获得了惊讶的发现，勃发了真正的激情。他狂怒而粗野地反叛入伙，发誓要献身于一场精神圣战，用文字为哲合忍耶征讨历史和实现大预言。我们是他既需要又不需要的读者，这不要紧。我们可以注意到他最终还是离开了西海固而踏上了现代旅途，异族读者可以尊重但也可以不去热烈拥护他稍稍穆斯林化的孤傲，甚至可以提请他注意当代更为普遍更为持久和更为现实的事件——至少每天死掉数万乃至数十万人的交通事故和环境污染——来补充张承志的人性观察视角，但对小说来说，这些也不是最要紧的。超越人类自我认识的局限还有很多事可做，可以由其他的作品来做，其他的人来做，要紧的是张承志获得了他的激情，他发现的惊讶，已经有了赖以为文为人的高贵灵魂。他的赤子血性与全人类相通。一个小说家可以是张承志，也可以是曹雪芹或鲁迅，可以偏执一些也可以放达一些，可以后顾也可以前瞻，但小说家至少不是纸人。

史铁生当然与张承志有很多的不同。他躺在轮椅上望着窗外的屋角，少一些流浪而多一些静思，少一些宣谕而多一些自语。他的精神圣战没有民族史的大背景，而是以个体的生命力为路标，孤军深入，默默探测全人类永恒的纯静和辉煌。史铁生的笔下是较少有丑恶相与残酷相的，显示出他出于通透的一种拒绝和一种对人世至宥至慈的宽厚，他是一尊微笑着的菩萨。他发现了磨难正是幸运，虚幻便是实在，他从墙基、石阶、秋树、夕阳中发现了人的生命可以无限，万物其实与我一体。我以为1991年的小说即使只有他的一篇《我与地坛》，也完全可说是丰年。

张、史二位当然不是小说的全部，不是好小说的全部。他们的意义在于反抗精神叛变的

黑暗,并被黑暗衬托得更为灿烂。他的光辉不是因为满身披挂,而是因为非常简单非常简单的心诚则灵,立地成佛,说出一些对这个世界诚实的体会。这些圣战者单兵作战,独特的精神空间不可能被跟踪被模仿并且形成所谓文学运动。他们无须靠人多势众来壮胆,无须靠评奖来升值,他们已经走向了世界并且在最尖端的话题上与古今优秀的人们展开了对话。他们常常无法被现实主义或现代主义来认领,因为他们笔下的种种惊讶发现已道破天机,具有神谕的品质,与"主义"没什么关系。

这样的世界完全自足。

当新闻从文学中分离出来并且日益发达之后,小说其实就只能干这样的事。小说不能创汇发财。小说只意味着一种精神自由,为现代人提供和保护着精神的多种可能性空间,包括小说在内的文学能使人接近神。如此而已。

1991 年 9 月

(载《海南日报》,1991 年 11 月 23 日第七版"文艺副刊")

南方的自由

韩少功

几年前我移居海南。海南地处中国最南方,孤悬海外,天远地偏,对于中国文化热闹而喧嚣的大陆中原来说,它从来就像一个后排观众,一颗似乎将要脱离引力堕入太空的流星,隐在远远的暗处。而这一点,正是我1988年渡海南行时心中的喜悦——尽管那时的海南街市破败,缺水缺电,空荡荡的道路上连一个像样的交通标志灯也找不到,但它仍然在水天深处诱惑着我。

我喜欢绿色和独处,向往一个精神意义上的岛。

事实上,这个海岛很快也不那么安静了,因为建立经济特区,因为一个时代的机遇,它云集商贾,吞纳资财,霓虹彻夜,高楼竞起,成了中国市场经济一个新的生长点,聚散着现代化的热能和民族的自信。但是,作为一种代价,在很多地方,这种经济高热似乎总是以某种文化的低俗化为其代价。公众的目光投向了金钱,无暇投向心灵。港式明星挂历和野鸡小报成了精神沦陷区的降旗纷纷飘扬。炒热的流行话题灼干了拜金者们的闲暇和判断力,甚至起码的正义感。很多文化同行对此不能不感到慌乱,不能不开始内心深处高精度的算计和权衡。

我倒想看一看,在一片情感失血的沙漠里,我还有多少使自己免于渴毙的生力。我讨厌大势所趋之类的托辞。我相信一个人即使置身四面楚歌弹尽粮绝的文化困境,他也还能做点什么,也完全可以保持从容——何况事情还没有这么糟,还不需要预付悲壮。

初上岛的两年时间没有写作,为了生存自救也为了别的一些原因,我主持了一本杂志的俗务。我不想说关于这本杂志一些有意思的事情,只说说我对它的结束,惋惜之余也如释重负。这不是因为别的什么,只是因为太累,因为它当时发行册数破百万册,太赚钱。钱导致人们的两种走向:有些人会更加把钱当回事,有些人则更加有理由把钱看破。在经历了一系列越来越令人担心的成功以后,在一群忧世嫉俗者实际上也要靠利润来撑起话题和谈兴的时候,在环境迫使人们必须靠利欲遏制利欲靠权谋抵御权谋的时候,我突然明白了,我必须放弃,必须放弃自己完全不需要的胜利——不管有多少正当的理由可以说服你不应当放弃,不必要放弃。一个人并不能做所有的事。有些人经常需要自甘认输地一次次回归到零,回归到除了思考之外的一无所有——只为了守卫心中一个无须告人的梦想。

为了这个梦想,人们有时候需要走向人。为了这个梦想,人们有时候也需要离开人。

我回到了家中,回到了自己的书桌前。我拔掉了电话线把自己锁入书页上第一个词。事情其实就这么简单。一念之间,寂静降临了,曾经倾注热情寄寓心血的一切就可以与你完全没有关系。

断断续续的文章就是这样写出来的。这些文章不是美文，也没有什么高深，尤其在时下的文化淡市，甚至连标题也很难招引什么读者。我完全知道。因为种种原因，严肃的写作在当前差不多确实已经成了一种夕阳产业，甚至是气喘吁吁的挣扎。我也完全知道。但这些丝毫也不妨碍一个人在遥远的海岛上继续思考，继续凭一支笔对自己的愚笨作战，对任何强大的潮流及时录下斥伪的证词。

这是我在南方的自由。

什么是自由呢？在相同的条件下做出相同的选择，是限定而不是自由。只有在相同的条件下做出不同的选择，在一切条件都驱使你这样而你偏偏可以那样，在你敢于蔑视一切似乎不可抗拒的法则，在你可以违背自己的生理和心理常规逆势而动不可而为的时候，人才确证自己的选择权利，才有了自由。今天，大街上的自由都有太多的口香糖味而引人生疑。比如"免费"，比如"闲暇"，比如"奢侈"，比如"不负责任"……这些乐事在英文中确实都与"free（自由）"同名，都分享着"自由"的含义。这个词条中恰恰没有诸如"独立思索"之类的地位。但人们终将会在未来的某一天认识到这个英语词的浅薄。人的自由是这些，但不只是这些，更重要的不是这些。正好相反，自由常常表现为把自己逼入绝境，表现为对这些词义的熠熠利诱无动于衷。

自由也许意味着：做聪明人不屑一顾的事——如果心灵在旅途上召唤我们。

1993 年 10 月

〔本文为《海念》（随笔集）自跋，海南出版社，1994 年版〕

鞋癖·跋

韩少功

写作显然不是一种最好的消遣。我们不能否认钓鱼、跳舞、下棋、旅游、保龄球也可以娱人，而且比写作更有益于身体健康。事实上，除了极少数的天才，写作者的日子常常有些孤独，甚至把自己逼得焦灼不宁、心力交瘁，苦恼的时间多于喜悦的时间。

如果把写作视为一种职业，那也没有非持守不可的理由。各行各业都可以通向成功，尤其在时下的商品消费社会里，比写作具有更高回报率的从业空间正在展开，有更多的机遇和捷径正在广阔市场里不时闪耀着诱人的光辉。一个人可以做很多事情。一个世界也需要人们做文学以外的很多事情。以我平庸的资质，也曾当过数学高才生，当过生产队长，当过杂志主编，这些都足以支撑我改变职业的自信。

那么为什么还要写作？

有很多作家以及很多大作家回答过这个问题。他们说写作是为了开心，是为了谋生，是为了出人头地，或者是因为不能干别的什么事情，如此等等。这些说法如果不是搪塞也不是戏言，如果事实果真是他们说的这样，那么这些作家在我的心目中只能被一刻也不耽误地除名。从根本上说，文学不是什么实用术，不是一件可以随时更换的大衣。把文学当成一件大衣暂时穿一穿的人，大衣下面必定没有文学，也不会有多少人气。

台湾有一位作家说，可以把人们分成男人和女人、富人与穷人、东方人和西方人，但还有一种很重要的分法，就是把人分成诗人与非诗人。这是我十分赞同的说法。前不久，我在旅途中与一位知青时代的老朋友邂逅相逢，在一个招待所里对床夜谈。这位朋友家境清贫，事业无成，虽然爱好小说却差不多没有写过什么作品。但他关注文学的视野之广，很让我吃惊。更重要的是，他的阅读篇篇入心，文学兴趣与人生信念融为一体，与其说是读作品，不如说是总是在对自己的生命作执着的意义追究和审美追索。一切优秀的作品，我是指那些让人读了以后觉得自己不再是从前的我的作品，只能属于这样的读者。因为生计的困扰，他可能一辈子也写不了书，但比起他来，我的某些作家同行只是一些操作感很强的卖客，文场上屡屡得手却骨血里从来没有文学，就像在情场上屡屡得手却从来没有爱情——他们眼中的情侣永远只有大衣的味道。

在这位木讷的朋友面前，我再一次确认，选择文学实际上就是选择一种精神方向，选择一种生存的方式和态度——这与一个人能否成为作家，能否成为名作家实在没有什么关系。当这个世界已经成为了一个语言的世界，当人们的思想和情感主要靠语言来养育和呈现，语言的写作和解读就已经超越了一切职业。只有苏醒的灵魂，才不会失去对语言的渴求和敏感，才总是力图去语言的大海里洁净自己的某一个雨夜或某一片星空。

我不想说，我往后不会干文学之外的事情。我也怀疑自己是否具有从事文学所需要的

足够才情和功力。我与那位知青时代的朋友一样，可能一辈子也当不了作家，当不了好作家。但这没有什么关系。作为职业的文学可以失败，但语言是我已经找到了的皈依，是我将一次次奔赴的精神家园。因为只有美丽的语言可能做到这一点：一旦找到它，一切便正在重新开始。

1994 年 6 月

（载中短篇小说集《鞋癖》，长江文艺出版社，1994 年 8 月第 1 版）

90 年代的文化追寻

萧　元　韩少功

关于"世俗化"

萧　元："腐败不可避免"论在一部分作家、评论家中很有市场,有的人甚至认为一定程度的腐败可以推动改革开放,因此是必要的。还有的人认为,即使是在西方,对"世俗化"的批判也是西方社会"世俗化"与现代化进程"业已经过四百余年长足发展之后出现的";而中国"世俗化才十多年的历史,过分强调它的消极面是不公正的"。这种宏论若不是装痴卖傻,就是极度的无知。"世俗化"或"世俗精神",本是一个模糊可疑的概念,"世俗"一词除了它与宗教相对立的含义,一般的解释是"当时社会的风俗习惯"。姑且不论用"世俗化"一词指称"大众文化"的概念失误,又姑且不论"不顾中国社会文化的特殊语境",用所谓"西方社会世俗化与现代化的进程"来证明中国"世俗化才十多年的历史"的合理性,其以西证中的简单做法在方法论上是否合理,仅就所谓"针对着世俗化的文化批判话语"是在四百余年之后才出现一说来看,也是十分荒谬的,因为不仅仅只有所谓"话语/权力"的批判才是真正的文化批判。如果说"世俗化"或"世俗精神"的含义模糊可疑,那么伴随着"西方社会……现代化进程"而起的反现代化思潮(这绝不是一个贬义词),其对功利个人主义,对庸俗的商业化人生,对一切违背自然、违背人性的"现代化"弊病的批判,几百年来不绝于耳,我们果真能够充耳不闻么? 要是对中国社会才十多年历史的"世俗化"消极面放任自流,今天谈精神文明建设岂不是成了多此一举。

韩少功:针对神权的"世俗化",是结束一种压抑人性的权利关系,而趋炎附势、嫖娼卖淫、恃强凌弱、坑蒙拐骗、贪赃枉法、车匪路霸一类现象如果都在"世俗化"的口号下得到宽容甚至暗暗追慕,如果知识群体的基本精神尺度都被"世俗化"视为大敌,那么这种"世俗化"恰恰是在建立一种压抑人性的权利关系。谁可以从中获益呢? 当然只是少数人。掠夺者的"世俗化"和劳动者的"世俗化",不是一回事。在法律的尺度下谈"世俗化"和在审美尺度下谈"世俗化",也不是一回事。关切劳动者的世俗生存,恰恰是道义的应有之义,是包括审美活动在内的一切精神活动的重要价值支点。现在的问题在于,有些人的"世俗化"只有一己的"世俗",没有他人的"世俗";只有"世俗"的肉体欲望,没有"世俗"的精神需求。这样的"世俗化"才有可能、也才有必要把最基本的道义原则视为宗教狂热,视为"左"。也许要不了多久,人们就会从匆忙纷乱的利益追逐之中,渐渐获得一种较为长远的眼光:这种恶质的"世俗化"恰恰具有"反天下之心"。也就是说,大多数人的世俗生存恰恰需要在一种社会的精神尺度制约之下才能得到有效的保护。

关于理论的实践品格

萧　元：你在与荷兰籍汉学家雷马克的对话中，提出来"中国迫切需要恢复理论的实践品格"，能将这一问题说得具体一点吗？因为据我所知，中国文化从来强调实践、强调知行合一，中国是一个实用理性极为发达的国家，古代的诸子百家大多具有重践履(尽管更侧重于道德方面)而轻思辨的倾向，而自晚清以来，更有将理论庸俗化，急功近利，片面强调理论的可操作性，最终完全丧失了理论的惨痛教训。你曾有"文化空白"一说，而我尤为深切地感受到了"理论的空白"。现在的理论家"失语"，不光只是由于浮躁，同时也是一种历史遗留下来的病症。

韩少功：理论是"问题"的产物，都应该面对"问题"，即面对社会和人生的问题，面对本土和本人的问题，否则再精美和再高深的学理，都可能成为热热闹闹的文化时装表演，成为一种时下常见的夸夸其谈或者职称参评材料。我的"实践品格"一说，就是针对这种情况的。你说的中国文化传统中轻思辨而重术用的倾向，理论经常庸俗化和功利化的现象，也许刚好是我们应该面对、深究并且相对解决的"问题"之一。把学问变成夸夸其谈或者职称参评材料，也恰恰是这种庸俗化和功利化的一种现代形式。我同意你的说法，一般来说，中国因为没有严格意义上的宗教传统，也缺乏成熟的形而上学术传统，所以是一个讲求实利和实惠的民族。中国古人有"四大发明"但没有成熟的数理逻辑，就是例证之一。但这个问题的解决，不是说一说，或者拼凑几本教授著作，就完成了的。这需要一大批人有超越俗用实利的眼界和勇气，真正践履自己对真理的热爱、向往以及追求，将其化作自己的生命，化作自己的某种生存方式和生活态度。我们常常并不缺少想法，要命的是我们常常不愿意，也不敢把这些想法变成活法，也就是说，不敢把这些想法付诸生命的实践。

关于全球文化一体化

萧　元：我们现在已经进入了一个言必称"文化"的时代，也许不久连吃饭也不要叫作吃饭，而要叫作"吃文化"了。随着全球经济一体化趋势的出现，全球文化一体化的倾向似乎也正在增强，完全相同的时装、娱乐和音乐甚至包括饮食(如麦当劳、可口可乐)的世界市场，已初步形成。最近看到一个资料，说是在今后的五十年里，由于信息的环球性传播，必将导致全球文化的单一性，很多文化和哲学将消失。现在的国际互联网络、直播卫星等现代化的通信设施，虽然极大地促进了文明的发展，给人们的生活带来了许多便利，但同时也应该看到它的负面价值。发达国家的一些有识之士，有人文知识分子也有科学家，意识到这种历史进步的二律背反，已在大声呼吁保护文化的多样性，就像我们今天保护环境、保护全球生态平衡一样。在我看到的同一个资料中，对未来文化的前景也做出了乐观的估计，说有可能出现全球文化的再生现象，到那时文化的多样性、差异性有可能变得比一个国家的国民生产总值还重要，当然，那时世界上许多地区与发达国家相比还是很贫穷，贫富悬殊仍像今天一样巨大并得不到根本解决。

韩少功：文化这个题目太大，谈起来很危险。文化的全球一体化到底是什么意思？恐怕也需要细心的界定。有一些文化是有普适性的，比方物理、化学、数学以及其他各种科学等等。电话比信使更有效率，飞机比牛车更有效率，以我狭窄的见识，我看不出有什么力量可

以阻挡电话和飞机的全球性征服。或许这就叫全球一体化？但有些文化因素是不一定有普适性的。比方说，可口可乐就一定比盖碗茶更"进步"？以我狭窄的见识，我也看不出有什么理由可以把盖碗茶等同于低劣文化或者没落文化。当然，那些可口可乐一类产品的生产商和出口商，出于自身利益的需要，正在努力通过广告、影视等传媒给全世界的人们构造一种文化观念：只有可口可乐这一类产品才与"进步的""现代的""文明的"生活方式相联系。比方说你喝了可口可乐，你就与游泳池、别墅、绅士派头、美丽女郎乃至民主政体有了暧昧瓜葛。这当然是一种虚构。这种可口可乐牌的全球文化"一体化"可以有助于某些利益集团的权利扩张，但最终不可能使人们在文化上完全整齐划一。就像生物界必须有物种的多样化原则，人类在文化上的多样化，是继续生长的必要前提。这种多样化当然体现为不同个人之间的差异。但若就群类差异而论，这种差异在以前也许更多体现在不同种族和地域之间，而往后可能更多体现在不同年龄、不同行业之间——比方说体现在网民和非网民之间。尽管如此，我们能不能把那时候的文化叫作"全球一体化"呢？"一体化"这个词是否准确和合适，我表示怀疑。

关于民族文化

萧　元：你在十多年前即发起"文化寻根"，身体力行，近十多年来仍一直守护着自己顽强的表达。十多年过去了，不知你是否已经通过自己的创作找到了"文学的根"，即新的民族文化的生长点，还是仍在继续寻找，或者仍处于新的、不断的"迷失"之中——迷失在寻求之路。有这样一种诘难，即先提出一个假设的"纯而又纯的民族文化本体"和"纯而又纯的国学"，不等你对这个假设进行审视和界定，也就是说，不管你承不承认是否真的存在这么一个"纯而又纯的民族文化本体"及其他，然后便推导出"当你使用白话文去写作的时候，你已经不可能有那个纯净的国学的文化和自我了"。这是不是在说，你我只要仍在用白话文写作，就已经不是一个"纯而又纯"的中国人，而我们的写作统统都成了曾经受到你严厉斥责的"汉奸文学"？据说"我们文化的命运"已沦落到如此地步："现在中国的文化它是完全失掉了自己的合法性。""我们的文化并不仅是被动地被西方发达资本主义渗透，而且在很大程度上是被重新指认，被命名，甚至它是在主动渴求被命名。对西方文化霸权积极而自觉认同。"中国知识分子的命运同样如此："在当今时代，中国知识分子要获得话语权力，要成为中国文化的象征之物，就有必要得到西方发达国家的文化权威包括海外汉学家的指认和命名，"而这还是"最好的出路"。难怪你虽然指出下跪的姿态很刺目，并认为人不能低下高贵的头，可还是有不少的"破落者"，不少"经济和精神双重困窘的族类"，争先恐后地跪在那里哀哀乞求。

韩少功：80年代的"文化寻根"与我有一点关系，但我从来不用这个口号。我已经多次说过，"寻根"只是我考虑的问题之一，并不是问题的全部。任何一个简单化的概念，即便有些道理，也不过是一些思维的"方便"，是应该"随说随扫"的，一旦僵固下来就可能形成遮蔽，就可能危害思维。对民族文化传统的关注，并不意味着我们可能有"纯而又纯的民族文化本体"。不，至少在有了丝绸之路以后，在鸦片战争以后，这个民族的文化已经明显地不"纯"了，已经被"胡文化"和"洋文化"好好杂交过了，这正像英国、法国、美国的文化也被一些异质文化杂交过一样。但从来不纯的中国文化，与从来不纯的英国文化，还是有差别的，

这是事实,不是什么杜撰。关注和研究这些差异性或者独特性,也不是出于一种对古人的特别好奇和责任感,因为这些东西并没有成为历史,而是深深渗透在我们的现实生活和现实人性之中,是我们必须面对的当前。一个住在中国的作家,不能去写英国人,只能写中国人,他为什么不应该关注中国人的文化呢?作为这个世界重要的文化资源之一,中国文化曾经滋养过很多西方的思想家、科学家、艺术家,为什么一个中国人倒应该放弃或拒绝这种资源?如果放弃或拒绝了这种资源,一个中国人是否有可能真正了解西方的文化?当然,这种文化在将来会表现为一种更加不纯的状态,将伴随着一个更加对外开放和汲收的过程。但可以肯定,将来不管有多少杂而又杂的文化品种,它们仍然不可能是一回事,它们仍然有无穷的差异性和独特性要求我们去了解。

关于怀疑论

萧　元:你在"寻根文学"时期,即十多年以前对传统文化负面价值的批判、对历史中的落后因子和非理性的批判,现在似乎更多地转化成了对现实的批判、对商品大潮中的精神叛卖者的批判。近年来,你一直对所谓中国式的"后现代"策略持批评态度,特别是在去年6月与荷兰莱登大学的汉学家雷马克的对话中,对"怎么都行"的中国式"后现代理论"及其"世俗关怀",对这种"理论"竭力鼓吹的"唯利益论"和"唯个人利益论",包括他们对福科的歪曲,都做了严厉批评。以前你似乎是一个宗教上的怀疑论者,仅仅对禅宗还保留着几许好感,有的论者因此而把你作为一个"怀疑论者"来描述。我认为这其实只说对了一部分。我知道,你还是确信世间的某些价值、追求和人格具有恒久魅力的,那些曾经激励过,至今仍在激励着你的人,有一个长长的名单……

韩少功:任何真理都有局限性,都是可以怀疑的。20世纪各种怀疑主义的文化思潮,把决定论的世界模式冲击得摇摇欲坠、分崩离析,这是一次严格的文化检疫运动,也确实是一次彻底的渎神和毁神。当然,对于很多人来说,没有决定论,就失去了价值标准,失去了精神秩序,人性就有动物化的可能。在一般的意义上来说,我当然不赞成动物化,不赞成"怎样都行",但摆脱这种最虚无同时又是最实利的生存状态,我以为出路不是重新回到神学——无论是旧神学还是新神学,无论我们把领袖还是人民当作神,把家园还是艺术当作神,因为任何神学终归是脆弱而虚伪的。从这一点出发,我们重建真理和理想,不是要重返一些独断的结论。一些临时的决定论,或者局部的决定论,也许是必不可少的,正像港口对于航行来说是必不可少的。但港口并不是航行。当港口并不能成为圣地的时候,当港口仅仅只是一个航行过程的支助和凭借的时候,航程上的无限风光仍然令我们神往,仍然与"怎样都行"有绝对的价值区别。也许,我们可以把这种说法叫作"过程价值论"。真理和理想正是体现在这种心智求索的过程当中,而不是某个目的性的结论里。我在《完美的假定》一文里说过一段话:"我讨厌无聊的同道,敬仰优美的敌手,蔑视贫乏的正确,同情天真而热情的错误。"在这里,我已经不大在乎任何结论的可靠性。但你也可以看出,在这里,我对过程的价值呈现给予了更多的关注,甚至是有绝对信仰的。也许这是一种不成信仰的信仰。

关于方言

萧　元：《马桥词典》以方言土语入手，通过对方言土语的文化发掘展示一个地域的文明演变过程，其开创性和艺术探索之功不可抹杀，可以说是极大地丰富和拓展了词典这一小说体裁的表现力。随着全球一体化趋势的日益增加，区域化、民族化的趋势也成正比例增强。你在近年来却似乎对民族感的日渐淡化、蜕变和消失感到忧虑。其实民族性或民族感包括语言，从来都在不断地蜕变和演化。比如我们这一代长沙人所说的长沙方言，与我们的父辈、祖父辈所说的长沙方言，就已经有了很大区别。谁能知道在古老的长沙郡乃至长沙国时代，当时的长沙人操什么样的方言呢？书面的语言尚可以从残留下来的帛书或简书上看到一二，可当时的口语化石又从何去发掘、寻找？还不是丢掉了就丢掉了，消失了就消失了。由此看来，你把语言作为一种"保持着区位的恒定""不会溃散和动摇"的"民族最后的指纹，最后的遗产"，恐怕也是靠不住的。"文化寻根"及对方言土语的浓厚兴趣，我认为只是你个人的一种文学、美学趣味和主张，似乎也并不具有普适性。

韩少功：方言往往是语言的具体存在方式，就像白菜和萝卜是蔬菜的具体存在方式。我们什么时候吃过一种抽象的"蔬菜"？那么我们怎么能够离开方言来研究"语言"？当然，像你说的，在现代交通和通信条件日渐发达的情况之下，方言的特征也正在被磨损和侵蚀，不可能永世长存。我在《世界》一文中对方言特征恒久性的描述，也只是相对而言。相对服装、建筑、制度、观念，等等易变的文化因素来说，方言当然是顽强和稳固得多了。正因为如此，方言有时候就像文化的"活化石"，只要我们稍加考察，就可以从中破译很多文化遗传密码，获取一些人性的历史知识。做这种工作，并不意味着我们要拒绝普通话，不意味着我们要拒绝文化的交流和融汇。我早就说过，我反对民族文化的守成姿态。乡土也好，传统也好，民间文化也好，任何基于守成原则的相关研究都是没有前途的，都是文化"辫子军"；而只有把它们当作一种创造的资源时，它们才有意义。在这个意义上来说，文化民族主义这个概念必须慎用。是守成的民族主义呢？还是创造的民族主义呢？如果是后者的话，它必然是开放而不是封闭的，是鲜活而不是僵死的，最终，它必然是国际主义的但又同时具有鲜明族类个性的。

关于《马桥词典》的争议风波

萧　元：十多年以前，你在写《文学的根》《也说美不可译》等文时，就对语言的文化意蕴和审美意趣进行了发掘，并对"方言词"发生了浓厚兴趣，后来还写了《词语新解》《词的对义》等文章，在其他一些随笔中也对语言问题做了多方探讨。在你出任《天涯》杂志社社长后，又专门开辟了"民间语文"的栏目。这一切都表明了你对语言非同一般的、持久不衰的浓厚兴趣。因此你终于采用词典的体裁来进行你的长篇处女作的尝试、试验和创新，我认为这是你创作发展的必然。用你自己的话来说，这可能就是一种美的选择、文化的选择。你很早就反对"模仿翻译作品来建立一个中国的'外国文学流派'"，因此而有"文化寻根"的主张和持之以恒的艺术实践。当我听说有人横空出世地指责你"拙劣的模仿""无论形式或内容都……完全照搬"亦即完全抄袭外国翻译作品时，不禁哑然失笑。

韩少功：以事实编造和人身攻击来代替学理论争，是"话语权争夺"的恶性爆发，是一次

让人失望的学术失足和学术自杀。如果整个文学批评生态因此而发生倾斜和失衡,那么受害者不光是这次事故的肇事者本人,也是大家。本人的意思是说,如果我们没有遇上真正高质量的批评对手,我们的思想也可能会变得粗糙和平庸,这不是什么好事。这只能说明,由于我们缺少必要的精神资源和文化秩序,我们离文化多样化的格局、离真正的文化成熟,还有很遥远的距离,还有很长的路要走。

（载《书屋》,1997 年第 3 期）

感觉跟着什么走？

韩少功

"跟着感觉走"是80年代的流行语之一。当时计划集权体制以及各种"假大空"的伪学受到广泛怀疑，个人感觉在"蓝蚂蚁"般的人海那里纷纷苏醒，继而使文学写作的笔触突然间左右逢源天高地广。传统理论已经不大灵了。"理性"一类累人的词黯然失色，甚至成了"守旧"或者"愚笨"的别号，不读书和低学历倒常常成为才子特征——至少在文学圈里是如此。感觉暴动分子们轻装上阵，任性而为，恣睢无忌，天马行空，不仅有效恢复了瞬间视觉、听觉、触觉等等在文学中应有的活力，而且使整个80年代以前建构起来的意识形态大统遭遇了一次激烈的文学起义。

"跟着感觉走"意味着认识的旅途编队终于解散，每个人都可以向感觉的无边荒原任意抛射自己的探险足迹。每个人也都以准上帝的身份获得了文字的创世权，各自编绘自己的世界图景。但这次感觉解放运动的副产品之一，则是"感觉"与"理性"的二元对立，成了一种隐形的元叙述在我们的知识活动中悄然定型，带来了一种以反理性为特征的崇拜。人们在这一点上倒是特别愿意相信公共规则。

一般而言，文学确属一种感觉主导下的符号编织，感觉崇拜有什么不好吗？跟着感觉走，如果能够持续收获感觉的活跃、丰富、机敏、特异、天然以及原创，那么我们就这样一路幸福地跟下去和走下去吧。问题在于，也才走了十几年，感觉的潮流真有点让人摸不着头脑。当一位青年投稿者来到我所在的编辑部，仅凭"感觉"就断言美国读者一定都喜欢现代派，就断言法国姑娘绝不会表现出性保守，就断言中国最大的不幸就是当年没有被"先进"而"文明"的八国联军一路殖民下来，这种"感觉"的过于自信不能不让我略略奇怪。在这样的感觉生物面前，当你指出西方文明的殖民扩张曾使非洲人口锐减三亿，曾使印第安人饮弹五千万，比历史上众多宗教法庭和封建帝王更为血债累累，这些毫不冷僻和隐秘的史实，都会一一遇到他"感觉"或者"直觉"的及时拒绝，嗅一下就可能嗤之以鼻：骗什么人呢！他即算勉强接受这些事实，但用不了多久也会情不自禁地一笔勾销将其遗忘——他的"感觉"或者"直觉"已决定他接受什么事实，同时不接受什么事实。这种感觉的本能性反应就算拿到西方的编辑部大概也只能让人深感迷惑。

这一类感觉专家现在不愿行万里路（搓麻与调情已经够忙的了），更不想读万卷书（能翻翻报纸就已经不错），他们确实超经验也超理性了。但双超之后的感觉并没有更宽广，倒像是更狭窄；不是更敏锐，倒像是更迟钝。至少可以说，他们心灵的胶片可以对晚清政府的腐败感光，对非洲和美洲的血迹却已不再感光。在这个时候，感觉崇拜已越来越像它原来所反对的理性霸权，因为后者的危害也不过如此：让人们在现实世界面前偏视或者干脆盲目。

眼下关于文学的消息和讨论，越来越多于文学。包括圈外一些人在不断宣布文学的死亡，好像文学死过多次以后还需要再死。包括圈内一些人则忙着折腾红利预分方案，比如

计较着省与省之间，或者代与代之间的文学团体赛结果，或者在争当"经典""大师"以及开始探讨瑞典文学院那里的申报程序和策略。与此同时，冠以"文学"名义的各种研讨会上恰恰很少有人来思考文学本身了，尤其没有人愿意对我们的感觉偶尔恢复一下理性反省的态度——谁还会做这种中学生才做的傻事？

其实，90年代很难说是一片感觉高产的沃土，如果我们稍稍放开一下眼界，倒会发现我们的一些重要感觉正在悄悄消失。俄国人对草原与河流的触抚，印度人对幽林与飞鸟的咏叹，日本人对冰雪和草叶的凝眸，还有中国古人对松间明月、大漠孤烟、野渡横舟、小桥流水的深度感动，在进入90年代以后在很多作家那里已很快就被星级宾馆里夺目的豪华场面所置换，被白领阶层的写字楼和都市所取代：对自然已越来越找不到感觉。如果说"自然"还在的话，那也只能到闹哄哄旅游地的太阳伞下面去寻找，只能在透着香水味的太太散文里保存。这是一个只有都市、时装以及信用卡的世界。即便在一些以乡土为题材的作品里，也多见怨恨和焦灼中对都市的心理远眺，多见土特产收购者们对土地的疏远和冷漠。它们想必也都是有现实根据的，但对于这种现实的原因和这种现实的前景，不知作者为何大多都保持可疑的沉默。不仅如此，尽管宾馆与中国多数老百姓的生活还相距遥远，甚至与相关作者的日常生活也不大能拉上什么关系，但作为一种"现代化"的物质符号，它们正在大举占领文学的视野，正在成为很多人感觉解放的主要归宿。似乎现代化便是都市化，而都市化就是宾馆化。也许宾馆这家伙很奇怪也很舒适，确实值得好好书写一番，"天人合一""万物有灵"之类古训也不必小心奉领时时照办，但人与自然环境的交流，至今仍然是生命中不可或缺的物质和精神内容，何况阳光、空气和水显然是比宾馆更重要得多的生存物质条件，为什么我们的感觉器官偏偏会对这方面的信息大举关闭？

在很多来稿里，对弱者的感觉似乎也越来越少。"成功者"的神话从小报上开始蔓延，席卷传记写作领域，最终进入电视剧与小说——包括各种有偿的捉刀。在电视台"老百姓的故事"等节目面前，文学不知何时开始比新闻还要势利，于是改革常常成了官员和富商的改革，幸福常常只剩下名流和美女的幸福。成功者如果不是满身优秀事迹，像革命样板戏里特殊材料做成的党委书记，就是频遭隐私窥探，在起哄声中大量收入着人们恋恋不舍的嫉恨。而曾经被两个多世纪以来作家们牵挂、敬重并从中发现生命之美的贫贱者，似乎已经淡出文学，即便出场也只能充当不光彩的降级生，常常需要向救世的某一投资商叩谢主恩。在这个时候，当有些作家在中国大地上坚持寻访最底层的人性和文明的时候，竟然有时髦的批评家们斥之为"民粹主义"，斥之为"回避现实""拒绝世俗"。这里的逻辑显然是：人民既然不应该被神化那就应该删除。黑压压的底层生命已经被这些批评家理所当然地排除在"现实"和"世俗"之外，只有那些朱门应酬、大腕谋略、名车迎送以及由这些图景暗示的社会等级体制，才是他们心目中一个民主和人道主义时代的堂皇全景，大多数成功者的不凡价值和模范作用，恰好是因为他们有意或无意地造福于人类多数，而不是因为他们幸为社会"丛林规则"的竞胜者，可以独尊于历史聚光灯下，垄断文学对生命和情感的解释。

最后，关于个性的感觉似乎也开始在好些来稿中稀释。如果说，玩世不恭的反抗在80年代曾经是勇敢的个性，那么在90年代的今天已成为诸多娱乐化作品中"贫嘴雷锋"们的共同形象，已经朝野兼容并不幸蔚为普遍时尚，就像摇滚、麻将、呼啦圈、牛仔裤、电子宠物、Hi、泰坦尼克号、去西藏或者去纽约，一转眼几乎成为追随潮流而不是坚守个性的标志。卡拉OK取代了语录歌，国标舞取代了忠字舞，弃学下海成了新一轮知青下乡，你不参与其中

简直就是自绝于时代。市场体制确实提供了个性竞出的自由空间,但在另一方面,一切向钱看的利欲专制又切堵了个性生成的很多可能性方向,全球经济一体化对地域、民族、宗教等诸多界限的迅速铲除,也毁灭着个性生成的某些传统资源,与法西斯主义和革命造神运动的文化扫荡没有什么两样,只是更具有隐形特点和"自由"的合法性。于是,对于很多人来说,坚守个性倒是一件更难而不是更易的事情了,获得感觉也是一件更难而不是更易的事情了。昆德拉曾经宣称,性爱是最能展现个性的禁域。但恰恰是性爱最早在文学作品里千篇一律起来:每三五行就来一句粗疮话,每三五页就上一次床,而且每次都是用"白白的""圆圆的"一类陈旧套话以表心曲,这居然是有些人自作惊讶的"隐私"。《上海文学》上的一篇评论还发现:恰恰是有些"个人化写作"口号下的作品,不仅文风、情节、人物上彼此相似,连开头和结尾都惊人地雷同,这到底是更个人化还是更公共化? 也许,相比之下,倒是鲁迅、沈从文、老舍、赵树理那些不怎么"个人化"的作家,与张爱玲、废名等等确实较为"个人化"的作家一样,其笔下的文体、意象、人物性格更容易从历史中面目清晰地浮现,使我们得以辨认个性的所在。对于这个时代个性化大潮来说,那些平平常常的历史背影日益构成了尖锐的反讽。

我们可以抹甘油以冒充眼泪,也可以闹点文字癫痫症来冒充千愁百怨,但我们没法掩盖在很多方面的感觉歉收甚至绝收——除了颓废的往日禁区算人气旺盛。颓废在这里不是贬义词。颓废可以成为大泻伪善的猛药,也是人性多变的真实底线。但自然、弱者、个性乃至更多的东西的流失,正在使批评家们关于文学失重和文学失血的惊呼四起,起码在使我们空空灵魂不时在窗前发呆,连颓废也可能多了几分夸饰叫卖的实用心机。也许,时代已经大变,我们在足以敷用的宣传品和娱乐品之外已经不再需要文学,至少不再需要旧式的文学经典标尺。比如说我们的视野里正在不断升起高墙和大厦,而"自然"正在成为一种书本上的概念,不再是我们可以呼吸和朝夕与共的家园。我们无法感觉日常生活中似乎不再重要的东西,也不必对这些东西负有感觉的义务。更进一步说,在某种现代思潮的标尺之下,我们看似"感觉残疾"的状态,也许正好是新人类的标准形象。人类中心的世界观,正在鼓励人们弱化对自然的珍重和敬畏,充其量只会将自然作为一种开发和征服的目标。功利至上的人生观,正在鼓励人们削减对弱者的关注和亲近,充其量只会将弱者作为一种教育和怜悯的对象。而直线进步和普遍主义的文明史观,正在强制人们对一切社会新潮表示臣服和膜拜,把"时尚"与"个性"两个概念悄悄嫁接和兑换,从而让人们在一个又一个潮流的裹挟之下,在程程追赶"进步"和"更进步"的忙碌不堪中,对生活中诸多异类和另类的个别反倒视而不见。这就是说,文学跟着感觉走,而感觉却没有信马由缰畅行天下的独立和自由,在更常见的情况下,它只是在意识形态的隐形河床里定向流淌。大而言之,它被一种有关"现代化"的宏大叙事所引领,在自由化资本主义与集权型社会主义的协同推动下,正在进入一种我们颇感陌生的感觉新区。

这里当然还会有感觉,还会有感觉的大量生产和大量消费,只是似乎很难再有感动。

当红顶儒商一批批从心狠手辣的"剥削者"形象转换为救世济民的"投资家"形象,当近代民族战争一次次从"爱国主义"的英雄故事转换为"抵抗文明"的愚顽笑料,意识形态霸权的新老变更轨迹在这里已不难指认,而作者的感觉已很难说是纯洁无瑕。意识形态当然不值得大惊小怪。应该说,文学并没有远离偏见的洁癖,神圣或者世俗的偏见,从来不妨碍历史上众多作家写出伟大或者比较伟大的作品,也不妨碍作家们今后写出伟大或者比较伟大的作品。只是偏见一旦成为模式并被争相仿造的时候,意识形态才会成为一种强制和压迫,

人与社会才会受到习惯性的简化和曲解,人的视觉、听觉、触觉等方面的深度受害才会危及艺术和人生,包括危及现代社会的市场经济和民主宪政。在这里,以为感觉永远是"个人化"的从而永远安全可靠的说法,至少是对这种残害不加设防的一种轻浮自夸。稍有常识的人都知道,世界上从来没有纯属天然的感觉:幼儿与成人的感觉不可能是一回事,原始人与现代人的感觉也不可能是一回事,石匠对布料可能没有感觉而水手对草原可能没有感觉。把感觉当作与生俱来的个人天赋或者丹田之气,只是一个不折不扣的自恋者神话。更重要的是,超越理性以回归个人感觉之道也从来各个相异。当年庄子是用"见素抱朴""少私寡欲"之法来求得"涤除玄览"之功,禅宗是用"六根清净""无念无为"之法来通达"直契妙悟"之境;与此相反,我们这些非理性大业的继承人,这些现代庄禅,却把感觉仅仅当作身体欲望到场的产物,通常是兴高采烈地奔赴声色犬马万丈红尘,用绝不亏待自己的享乐主义,来寻求破除理性屏障的通灵法眼——这一种多放任而少节制、多执迷而少超脱、多私欲而少公欲的社会实践,当然也会留下很多感觉,只是这些花花感觉可能会多一些市井味、流行歌曲味,与众多文化石匠和文化水手的感觉空间相去甚远。那么把这两者混为一谈,是我们感觉崇拜论的无意疏忽,还是商业消费主义体制对我们设局诱导的大获成功?

凭借着科学技术,很多文化商家甚至在预告感觉工业化时代正在到来,似乎有了电子网络、人工智能、克隆技术一类以后,人们的任何感觉可以在工作室里直接地虚拟、复制、输入以及启动运作,每一个人只要怀揣某种消费卡,都可以超越实践成为无所不能的感觉富翁。我并不怀疑技术的神力,正像我相信石器、铜器、印刷、舟船、飞机、电视的发明早已大大改变了我们的感觉机能,已经有效介入了人性的演进。然而技术手段能否弥补人的感觉缺失,仍是大可怀疑的问题。任何技术都是人的技术,虚拟感觉仍然来源于制作者们的感觉经验,因此只可能是一种有限的第二级替代品;特别是这种替代品供给仍被市场与利润主导的时候,它势必逢迎主要购买力,大概很难对所有的心灵公平服务。至少到目前为止,"虚拟技术已经在飞机驾驶训练、商店购物乃至个人性爱情境方面得到了运用,但设计专家们并没有考虑设计软件模拟老鼠打洞的声音,再现麻雀飞过稻田的景象,或者让人们体验握住一把沙子的感觉"(引自南帆:《电子时代的文学命运》,1998年)。即便有那么一天,现代科技已经可以虚拟死囚家属向警察交送五分钱子弹费的感觉,可以虚拟穷家孩子抱着一块砖头当洋娃娃百般呵护的感觉,可以虚拟抗恶者被所有受益人士偷偷出卖的感觉,可以虚拟写字室里一片荒原的感觉以及故乡在血管里流动的感觉……即便这一切感觉替代品假可乱真,问题是:那时候的人们有多少还会愿意来选择这些感觉?

如果人们不再愿意接纳这些感觉,是因为这些事件已不再存在于现实,还是人们的感官已被文化工业批量改造从而对这些事件已冷冷地绝缘?这样的感官将使历史向何处滑落?

感觉是一种可以熄灭的东西,可以封闭和沉睡的东西。从严格的意义上来说,感觉与理智时时刻刻在互相缠绕,将其机械两分只意味着我们无法摆脱语言的粗糙。正因为如此,当感觉与理性的简单对立被虚构出来的时候,当感觉崇拜成为一种潮流并且开始鼓励思想懒惰的时候,感觉的蜕变就可能开始了。一个前门拒虎后门进狼的过程,即感觉特定意识形态重新开始恶性互动的过程就可能正在到来。在这种情况下,文学如果还是一种有意义的行为的话,它面对这种恶性互动的危机,是否需要再一次踏上起义之途?

（载《读书》,1999 年第 6 期）

关于《马桥词典》的对话

韩少功　崔卫平

崔卫平(以下简称崔)：坦率地说，我对诸如"方言""地方性""地域色彩"这一种东西有一种不知所措的感觉，实际上我们关心的还是普遍性的问题。如果一个东西据说仅仅是有关"方言"或"地方性"，那我为什么要阅读它？但我看了《马桥词典》之后，感到那种由"方言""地方性"所代表的物质性（卡尔维诺语）已经得到了转化。如果说那种物质性的东西是"重"，那么"重"的东西已经分解离析为"轻"。

韩少功(以下简称韩)：我从80年代初开始注意方言，这种注意是为了了解我们的文化，了解我们有普遍意义的人性。如果没有这样的目标，"方言""地方性"就很可能成为奇装异服、奇风异俗、异国主义或东方主义的猎奇，那正是我不以为然的东西。这本小说中有一个词条"梦婆"，如果我们懂点外语，比如把"梦婆"与英文的"lunatic"联系起来，隐藏在方言中的普遍人性，或者说人类的普遍文化经验就浮现出来了。马桥人用"梦"描述精神病，英美人用"月(luna)"作精神病一词的词根，都是注意夜晚与精神状态的联系，这是偶然的巧合么？再比如"火焰"，在马桥方言中是非常抽象的概念，说你"火焰"高，说我"火焰"低；说读了书的"火焰"高，说得了病的"火焰"低，等等。这些说法是什么意思？

崔：小说中那个部分扑朔迷离，很精彩。将"火焰"这个十分抽象的概念用于口语，是马桥人思维中古老而又活跃的一面，几乎是不受限制地从人性的"外部"一下子跳到了人性的"内部"，表达了一个很深入的视角。

韩：这是我们共同语中的一块空白。至少"五四"以后西方化了的汉语还没有一个特别合适的概念来对译这个"火焰"，来描述这个词所指的一种非常抽象的状态。在这个意义上，方言虽然是有地域性的，但常常是我们认识人类的切入口，有时甚至是很宝贵的化石标本。当然，方言也是各个有别的，其中没有多大意思的一部分肯定会逐步消亡。

崔：这样一种隐伏和连带着生活更为内在和普遍意义的方言，也是我们更为通用的语言的一个意义来源，也就是说，它们会将某些意义源源不断地带到我们的共同语中来，照亮生活或人性的某个侧面。

韩：对待方言和共同语的问题，我没有特别的偏见。共同语中也有糟粕，也有精华，方言中同样是如此。我唯一的取舍标准，是看它们对探索和表达我们的人生有没有帮助。

崔：马桥这种方言与你出生地长沙所使用的语言差别大不大？

韩：应该说差别相当大。我在大学上语音课的时候，看全国方言图，发现就湖南这一块的色标特别复杂和零碎，不像西南官话覆盖了云贵川陕一大片，北方话也覆盖了华北、东北一大片，闽南语和粤语各据一方其势力范围也不小。湖南"十里有三音"，这可能与地理、历史的诸多条件有关，比如人的流动和交往在湖南那个多山的地区有太多障碍。

崔：你对语音很敏感。这么多的发音差异在中文的书写形式中被大大地抹杀了。比较起北方话和南方话如闽南话来，统一的中文书写形式似乎有些"文不对题"，难以覆盖幅员辽阔的众多人的生活方式、思维方式以及环境特色，也难以传达它们之间的差异。

韩：语音是先于文字的，是比文字出现和使用更早的物质载体，是不是更深地介入了语义的积累和实现，这至少是一个可以研究的问题。长沙方言中的"吃"音 qia，是两千多年前的上古音，而中古才有 qi，即《水浒》一类小说里的"喫"，至于读 chi 的"吃"出现已经是很晚近的时候了。qia 和 qi 为什么在各种方言中保留得这么顽固？虽然我们的书写"吃"早已统一这么多年了。从另一方面看，语音似乎更有人民性，而文字总是受文人和官府干预太多。秦始皇说要统一文字，很快就统一了。中国政府要说推行简化字，很快就推行了。但这些运动没办法消灭闽南语音或粤语音。有些专家还证明：在语言传播中，声音记忆是比字形记忆更重要的记忆手段，我们自己大概都有过这种体会：字忘了，音还记得。

崔：从想象力的方面来说，启动小说灵感的可能是视觉想象力，也可能是听觉想象力。有些小说家可能对声音及其差别更有天赋，声音更能触发他们的联想。定居于加拿大的捷克语小说家可沃莱斯基用英语在加拿大或美国的大学里讲福克纳，却始终用捷克语写他的小说。在他看来，比较起捷克语来，英语是一种"令人无望的缺乏性感的语言"，他自己也"从来没有一个说英语的情人"。他列举了 mary 或 maria 这一类词的捷克语发音，有十几二十个吧，弄得很复杂，其中每一个都表达了不同的亲密状态，不同的心情，不同的柔情蜜意。所有这些东西在译成英语的时候，都可能丢失了。

韩：马桥语言中也有这样的现象。比如"他"与"渠"在马桥语言中是有很大差别的，但在普通话中就都成了"他"，没有差别了。另一方面，中文表意而不表音，其实声音不光是载体和形式，本身也是很重要的内容。用书面文字写出来的"你这个东西"，在不同的语音表达下，可以表达完全是愤怒或蔑视的情绪，也可以表达很亲切友爱的情绪："你这个东西呀。"经过书面文字的过滤，这个短语中的大量情绪内容就损耗了。

崔：回到《马桥词典》上来。这部小说并不是用方言语音写成的，马桥人的发音仅仅提供了一个想象力的起点。你是在用更为通用的当然也是文学的语言钩沉出不为人知的马桥语音，尤其是揭示出其中包含的人性内涵、人类生活的某个侧面。换句话说，是让被通用语言"遮蔽"的另一种沉默的语言发出声响，当然也是一种沉默的生活得到展现。

韩：当然，写小说得用文字，而用文字来描述声音还是有很大的局限性，但这还是可以尝试的。正像用声音来描述景象也是可以尝试的。《高山流水》就是一例。的确，语音背后所隐藏着的社会、历史、文化，所沉淀的思想、情感、故事、想象，都需要人们将其挖掘出来。做这个事就得像当侦探，从蛛丝马迹中发现故事、命运、社会历史。

崔：说到挖掘，我好奇地再问一个"庸俗"的问题：这里面的事情以及所收集的词语是不是都是真的？我一边阅读一边不停地想：这些东西是真还是假？我当然知道有关小说的起码常识，但无法消除自己的迷惑，因为它看上去的确"亦真亦幻"。

韩：真真假假吧。也有些煞有介事的词是我瞎编出来的，比如"晕街"。不过这种虚构得有一定的现实生活根据，也大体符合语言学规律，读者才可能接受。中文中有"晕车""晕船""思乡病"，对应着英文中的 carsick,boatsick,homesick，这样，不管是根据中文还是英文的造词规律，杜撰一个"晕街"大概也是合理的。

崔：这样听起来更让人放心。否则那么多好玩的说法和事情都被你撞上了，会让人感到

嫉妒的。

韩：这个新词也出自生活经验。我见过好些农民不愿进城，不敢坐汽车，闻汽油味就呕吐，见到汽车站就绕着走。一个小农社会很容易有这种生理现象，长期的社会生活方式可以改变一个人的生理机能。

崔：被"改变"的其实是我们，是我们适应城市了。

韩：对，是我们克服"晕街"了。

崔：有个英国人说过："小说就是以道听途说的方式传播知识。"你这本小说里确实有很多知识性的东西，那种特定生活、地理环境、历史遗存，包括人们的劳动和生活用具，尤其是那些光怪陆离的人性表现，至少部分满足了人们与知识有关的好奇心。

韩：在我的理解中，小说也是创造知识，只是这种知识与我们平时理解的知识不大一样。小说的功能之一就是要挑战我们从小学、中学开始接受的很多知识规范，要叛离或超越这些所谓科学的规范。我以前说过，把女人比作鲜花，其实女人与鲜花有什么关系？一个是动物，一个是植物，这种比喻不是瞎搅和吗？但文学就是这样，每一个比喻都是挑战现存的知识定规，而且最精彩的比喻，往往构成了对知识定规最剧烈的破坏。这也就是钱钟书先生说的：本体与喻体的关系越远越好。为什么要远？这不光是修辞技术的问题，还是知识哲学的问题。小说不接受科学的世界图景，而要创造另一种世界图景，包括在女人和鲜花之间，在什么与什么之间，重新编定逻辑关系。

崔：这是另一种知识，"伪知识"，艺术的知识。我感觉到《马桥词典》对现存知识破坏最大的，是对人们头脑中时间概念、是对人们通常的时间概念的质疑。刚开始几页，读到摆渡老人追那几个不付钱的知青，"不觉得快慢是个什么问题"，令人感到存在着一种异样的眼光。还有马"鸣"，用我们的话来说是一个完全没有"现实感"的人，土改、清匪反霸、互助组、合作社、人民公社、"四清""文革"这一切对他都无效，都不是他的"历史"；而马桥的其他人也都有自己奇特的、令外人无比困惑的"现实感"，这一点在"马疤子（以及1948年）"和"1948年（续）"表现得更为清楚。马桥人用"长沙大会战那年""茂公当维持会长那年""张家坊竹子开花那年""光复在龙家滩发蒙那年"等不同说法来表明公元纪年1948，时间是在人们破碎的感知中的片断记忆。尤其是刚刚平反的光复回到家中，与十三岁的儿子为一个瓶盖而打架，对于老子来说特别重要而漫长的半辈子，在儿子看来完全是虚无和空白。这个细节极为深入地揭示了"时间的歧义性"，时间的断裂和变形。哪有匀质和匀速以供人们共存共享的统一的时间？不过是一种脆弱而幻觉的时间感觉罢了。

韩：所谓统一的时间，客观的时间，对物质世界有效；而人们对时间的感觉是千差万别和变幻不定的，这可以说是我们主观的时间。这种时间总是与人的感受联系在一起。农民对时间最强烈的感受可能来自于季节，春夏秋冬四季循环，这可以解释为什么农民比较容易接受佛家、儒家那些或多或少的"生命循环"和"历史循环"说。"元（初始）"和"完（结束）"作为两个完全不同的时间概念，在马桥人的发音和书写上的统一，也暗示了这种时间观。相反，在现代城市里，我们更多地会感到时间是一条直线，昨天是脚踏车，今天是摩托车，明天是汽车，这是不能回头的，一直在进步。

崔：其实不光是马桥人，我们自己也都有对时间各自的把握，回头看，有些时间是有意义的，有些时间则毫无意义，时间并不像它表面上呈现给你的那个模样。你在书中说了一句非常像现象学经典的话："时间只是感知力的猎物。"

韩：时间是我们能够感受到的时间，因此也就是我们对生活的感受，所以我们很难说植物人有时间，虽然他还没有死。

崔：如果从这个角度去看时间，看人生，我们就可以从时间中获得解放，摆脱它一分一秒的压力，并且从时间中解放出来的，不仅仅是我们，还包括所有的事物，包括你那些描写对象。你"企图雄心勃勃地给马桥的每一件东西立传"，你说："起码，我应该写一棵树。在我的想象里，马桥不应该没有一棵大树，我必须让一棵树，不，两棵吧——让两棵大树在我的稿纸上生长，并立在马桥下村罗伯家的后坡上。"这样的表述读起来既迷人又令人困惑，有不止一种的互相缠绕在内，我指的是你"编撰者序"中谈到的"语言与事实"之间的缠绕。到底是树顺着你的笔尖一直长到了罗伯家的后坡上，还是罗伯家后坡上的树一不小心长到了你的稿纸上呢？而且从此就在稿纸上继续生长，期望着与罗伯家后坡上的树在另外一个时空里重新相逢？请谈谈你所理解的"语言与事实"的关系这个永远令人头痛的问题。

韩：语言与事实的关系是一个非常危险的游戏，也是一个非常美丽的游戏。小说的长与短，成与败，都在这里。严格地说，任何事实用语言来描述之后，就已经离开了事实。事实到底在何处？你可以逼近，但没办法最终抵达。既然如此，那我们就没有"事实"，而只有对事实的表达。或者说，各种对事实的表达，也就是我们能够有的"事实"。长在稿纸上的树，就是小说家眼里实际上有的树。皮兰德娄早就让他的剧中人物寻找他们的作者，语言界面与事实界面给打通了。

崔：对于虚构的小说来说，事实本身甚至并不重要，重要的在于它提供了一个话题，可以从不同的角度展开谈话，借此可以打开不同的人身上不同的侧面。

韩：对，提供了一个借口。现在新闻媒体每天都报道大量的事实，所谓记录事实已经不是小说的优势。我们看到，现在更多的小说不再是事实在前台，而是作者站到了前台，像主持人一样接替了演员的角色。这是强迫读者把注意力从事实转向对事实的表达，从"说什么"转向"怎么说"。当然，这是小说形式的一种调整，也会带来新的问题，比方说作者老是站在前台抢风头，是不是也会令人生厌？你就那么中看？

崔：在作者身后，总是应该有一些类似"硬件"的支持。对写作者来说，更靠近的事实是自己写下来的句子，句子是真实的。而这些句子一方面借助于和一般所说的"事实"的关系，另一方面是句子和句子之间、正在写下的句子和以前写下的句子以及未来将要写下的句子之间若显若隐的关系。你在使用语言的时候，这两方面的"度"都把握得很有分寸，非常讲究克制或者自律。

韩：其实，积二十年写作的经验，我现在充其量只知道什么是坏的语言，所谓好的语言却常常短缺。这里有两种倾向我比较警惕：一种是语言与事实之间只有机械僵硬的关系，语言没有独立而自由的地位；另一种是语言与事实之间完全没有关系，语言独立和自由得太离谱，泡沫化的膨胀和扩张，一句话可以说清楚的事用三句话来说，用八句话甚至八十句话来说，甚至把矫揉造作胡说八道当作语言天才……

崔：变成能指的无限滑动。

韩：很对，就是这个意思。我曾经称之为"语言空转"，就是说这种语言没有任何负荷，没有任何情感、经验、事实的信息的携带。德里达曾经有个著名的公式：The sigh is that thing。他在 is 上打了一个×，在 thing 上打了一个×，表示他的怀疑。这当然是对的，任何语言或符号都不是事实本身，都是可以质疑的，可以"另择"的，但可不可以因此就把 thing 取消掉？如

果取消掉了,我们凭什么辨别什么是有效的语言而什么是无效的语言?靠什么尺度来判别这种语言好而那一种语言不好呢?有的作家说:没有这种尺度。这当然是自欺欺人。读者手里还是有一把尺子的,他们随时可以判断出哪种语言是"空转",是华而不实。

崔:无论如何,小说提供直观的对象。在有些人那里,对象被取消了,只剩下"直观"直观,失去了来自对象的控制。

韩:语言自我繁殖,从语言中产生语言,像是摆脱了地心引力的飞扬,这其实不可能。既不能抵达事实又无法摆脱事实,就是小说的命运和小说必须面对的挑战。没有地心引力,跳高有什么意思?正是因为有了地心引力,跳高才是一件有意思的冒险。大家都可以一步跳到月球上去,那就不算什么本事了,也没有奥运会了。

崔:卡尔维诺另外用了一个词是"确切",以无限的耐心达到最为精确的曲线,即最为精确的形象的出现。他称有一种危害语言的时代瘟疫,表现为认识能力和相关性的丧失,表现为随意下笔。

韩:如果说小说有道德的话,"确切""精确"、逼近真实等等就是小说的道德要求。现在一谈道德似乎就是谈为民请命或者"五讲四美",其实世俗道德和审美道德并不是一回事,很多图解化的道德说教小说实际上是缺乏小说道德的,甚至是虚伪和恶劣的。鲁迅先生描写阿Q入木三分,这就是小说道德的经典体现。比较而言,他笔下的赵太爷、钱太爷、假洋鬼子倒有点理念化和卡通化,虽然鲜明表达了鲁迅在社会生活中的道德立场和道德批判,但得分不可能太高。如果这些串串场的角色成了小说的主要人物和主体部分,小说的道德品级就会大成问题了。幸好鲁迅没有这样做。他很懂得在小说中节制自己的道德义愤,恪守和保护艺术的道德。

崔:还有文体呢。谈谈文体吧。《马桥词典》最能引发人兴趣及引起争论的是它作为小说文体的耳目一新。完全可以说,一个小说家在文体上的布新是他能够对小说所做的最大贡献了。

韩:这太高抬我了,而且很危险。我有一次说"尝试"都曾被几个批评明星痛斥为贪天之功,罪不可赦,因为据说我这本书是"抄袭""剽窃",是"无论形式或内容完全照搬了"别人的东西,我没有权说"尝试"。为此轰轰烈烈闹了两年多。而你还敢说"耳目一新"?这不是又是在韩某人操纵下做"广告"?所以你最好说"耳目一旧",因为这本书的文体也可以说十分"旧",至少可以"旧"到古代笔记小说那里去。

崔:坦率地说,在我眼里,说某件作品是好的,如果它不包含已有的好作品的某些特点,则是不可能的,不可依赖的。关于中国的笔记小说你怎么看?

韩:古代笔记小说都是这样的,一段趣事、一个人物、一则风俗的记录、一个词语的考究,可长可短,东拼西凑,有点像《清明上河图》的散点透视,没有西方小说那种焦点透视,没有主导性的情节和严密的因果逻辑关系。我从80年代起就渐渐对现有的小说形式不满意,总觉得模式化,不自由,情节的起承转合玩下来,作者只能跟着跑,很多感受和想象放不进去。我一直想把小说因素与非小说因素作一点搅和,把小说写得不像小说。我看有些中国作家最近也在这样做。当然,别的方法同样能写出好小说,小说不可能有什么最好的方法。不过散文化常常能提供一种方便,使小说传达更多的信息。说实话,我现在看小说常有"吃不饱"的感觉,读下几十页还觉得脑子"饿"得慌,有一种信息饥饿。这是我个人的问题,对别人可能无效。

崔："信息"和"信息量"是你常用的词。《马桥词典》给人的印象的确不是"全景式"的而是"全息式"的，"全景"是人为地把全部事物连成一片，放到一个所谓的"统一整体"之中去。而"全息"是允许事物与事物之间有裂缝，允许有些事物消失，从此断了线索，但这并不排除它继续对全文产生一种隐蔽和潜在的影响。

韩：这至少可以成为小说的多种样式之一吧。小说没有天经地义一成不变的文体，俄国文学就不把小说与散文分得很清楚，体裁区分通常只作"散文"与"韵文"的大分类，小说与散文都叫作散文。我觉得还可以分粗一点，都叫"叙事"行不行？都叫"读物"行不行？这样，至少可以方便作者汲收更多非小说的因素，得到更多随心所欲的自由。远景、中景、特写随时切换，随时可以停止和开始。

崔：当然是你本人从这种文体中得到了享受和解放，读者也才能从中得到相应的享受和解放。像那种长长短短的条目，结尾处说掐就掐，欲言又止，有一种很有力的感觉。然后又在下面的什么地方又出现了同一个人物的这条线索，也有一种复调旋律的效果。人物出场也很奇特，没有什么铺垫，比如"复查"这个人物，直到第二次出现他的名字时，我才到前面去找他第一次是如何出现的，你说得轻描淡写，好像叙事者"我"认得这个人，我们也就都必须天然相识似的。

韩：哦，这是小孩子们很普通的方式。他们以为别人跟他们一样，因此说什么大多没头没脑，不讲前因后果。小胖的妈妈你们怎么可能不认识呢？我经常在小孩子那里受教育。

崔：诸如此类叙述上的"小动作"在这部小说里经常遇到。说着自己独特方言的马桥人对外界事物有他们独特的反应和视角，比方他们统统用着"碘酊"这种城里人都不用的医学术语；小人物复查居然要推翻圆周率，修改举世公认的 π；支部书记本义的话中时不时夹杂着"本质""现象"一类官话，而且用得莫名其妙，令人喷饭。我想说的是，尽管你看上去抱着一种严谨的修典或"田野调查"的兴趣，但叙述的语体仍然有一点"疯癫"的味道，说说停停，东岔西岔，从马桥人的"甜"字说到美国、西欧、日本以及瑞典等北欧国家的资本主义，今天飞速发展或花花绿绿的外部世界仍然作为马桥人的参照，对小说家来说，是这两者之间的互相参照，造就了语言、语体上许多奇特的和喜剧性的效果。说是一本"词典"，在我读来也像一部游记，而且是 18 世纪英国小说家斯特恩《多情客游记》的那种，有点轻松，浪漫而且五光十色。当然，如果说"疯癫"，你是我看到的做得最为克制的，最不露声色的。这其中还有许多闪光的诗意片断，有时忽然像划一根火柴那样照亮古老而暧昧的生活，但这种"火焰"转瞬而逝。"入声的江不是平声的江，沿着入声的江走了一阵，一下走进了水的喧哗，一下走进水的宁静，一下又重入喧哗，身体也有忽散忽聚的感觉，不断地失而复得。"这已经是不经意的诗意的流露，而进入一种优美的境界。但你做得那么隐蔽，像偶然"现身"一样。

韩：应该说，诗是小说的灵魂，一本小说可能就是靠一个诗意片断启动出来的。小说家们写顺了，"发力"了，都会有你说的"疯癫"和"诗意"，大概也就是尼采说的"酒神"状态。小说家像乒乓球运动员一样，有的远台发力，有的近台发力，有的左边发力，有的右边发力，路数不一样。但发力以得分为目的，没有球了还张牙舞爪花拳绣腿势不可挡，就可能"疯癫"过头了，让人讨厌了，因此小说还是要讲究艺术的节制，作者要低调，要平常心。以前说"过犹不及"，其实我很同意一位前辈作家的说法：小说里宁可"不及"，不可"过"，我在这方面有过深刻的教训。这不光是技术问题，更是对读者的诚实问题。

崔：你小说中的议论与散文中的议论风格也不一样，后者是在路面上走，脚踏实地，据

理辨析,感性和理性之间有一种恰当的平衡;前者是在水面上走,脚下没有现存的路,时时得应付意想不到的局面,有一种眼花缭乱的效果。

韩:有这样大的差别么?这对我的心理打击很大。当然,理论性的随笔在本质上确实离文学比较远,而小说更多面对着一些说不清的问题,即文学的问题,用一位朋友的批评来说,是面对"自相矛盾""不知所云"的困境。我这位朋友把这两个词用作贬义词,而我觉得这种批评简直是对小说家难得的奖赏。小说天然地反对独断论,这也是小说的道德。不"自相矛盾"天理不容,如果"确知所云"就一定完蛋。曹雪芹又要拆天又要补天,苏轼又要出世又要入世,都是自己同自己过不去。

崔:总之,集合了这么多不同的风格元素,而它们之间的比例搭配也十分和谐,《马桥词典》的文体已经非常成熟。无论如何,这是 20 世纪中国现代小说的最重要收获之一,并且它很难被他人模仿,这从另一方面说明了它的独特性。唯一不利的是,它对你自己的下一部小说构成了挑战,能说说你下一步的打算吗?

韩:谈自己以前的小说,谈自己以后的小说,都是使我十分为难的事情。谈以前的小说,像是吃过了的东西又呕出来观赏把玩;谈以后的小说,像是起床后还没有梳妆,衣冠不整就要见客。这样说吧,下一部小说我想研究一下"象"的问题,就是 image 的问题。比如人们在办公室谈话与在卧室里的谈话效果大不一样,比如沙发与太师椅怎样成为意识形态的符号。我觉得这里面有小说,或者说有一些以前小说家们重视得不够的东西。

崔:听上去很精彩。对 image 的研究也代表了你所说的"小说家具有侦探般的兴趣和野心"。非常想早点读到这部新作,也预祝它的成功。

(载《作家》,2000 年第 4 期)

文学传统的现代再生

韩少功

对于一个文学作品来说,最重要的不在于它是否新,而在于它是否好。因为求新之作大多数并不好,正如袭旧之作大多数也是糟粕。但这样一个观点不容易被当代的人们所接受。在 20 世纪的一百年里,中国的作家和读者大多习惯于一种对"新"的崇拜:从世纪初的"新"文艺,"新"生活,"新"潮流,到 90 年代的"新"感觉,"新"写实,"新"体验,这些文学口号及其文学活动总是以"新"来标榜自身的价值,来确认自己进步和开放的文明姿态。在很多时候,新不新,已经成了好不好的另一种表述。很多作家一直在呕心沥血地跟踪或创造最"新"的文字。于是一位中国批评家黄子平曾经说过:创新这条狗,追赶得作家们喘不过气来。

正是在这样一种情况下,"传统"总是被确定为"现代"的对立之物,是必须蔑视和摒弃的。我在 1985 年发表的一篇文章《文学的"根"》因涉及传统便曾引起各方面的批评。在朝的左派批评家们认为:文学的"根"应该在本世纪的革命圣地"延安"而不应该在两千年前的"楚国"或者"秦国",因此"寻根"之说违背了社会主义现实主义的优良传统。在野的右派批评家们则认为:中国的文化传统已经完全腐朽,中国的文学只有靠"全盘西化"才可能获得救赎,因此"寻根"之说完全是一种对抗现代化的保守主义和民族主义。可以看出,这两种批评虽然有不同的政治和文化背景,但拥有共同的文化激进主义逻辑,是中国五四新文化运动两个血缘相连的儿子。这两个儿子都痛恨传统,都急切地要遗忘和远离 20 世纪以前的中国,区别只在于:一个以策划社会主义的延安为"新"世界,而另一个以资本主义的纽约或巴黎为更"新"的世界。事实上,社会主义如同资本主义一样,在中国都曾披戴"现代"的光环,"新"的光环,都曾令一代代青年男女激动不已。

从 1985 年以来,我对这些批评基本上一言不发不作回应。因为我对传统并没有特别的热爱,如果历史真是在作直线进步的话,如果中国人过上好日子必须以否定传统为前提的话,那么否定就否定吧,我们并不需要像文化守灵人一样为古人而活着。问题在于,十多年后的中国文学并没有与所谓传统一刀两断,中国文学新潮十多年来从"现实主义"到"现代主义"、从"现代主义"再到"后现代主义",并且在一种"后现代主义就是世俗化和商业化"的解释之下,最终实现了与金钱的拥抱。无论前卫还是保守,似乎一夜之间都商业化了。妓女、麻将、命相、贵族制度等都作为"新"事物广泛出现在中国社会生活里,进而成为很多文学家的兴奋点。有一位知名"后现代主义"作家,竟用半本诗集来描述和回味他在深圳和广州享受色情服务的感觉。这当然只能使人困惑:难道金钱有什么"新"意可言?难道妓女、麻将、命相、贵族制度等不是中国最为传统的东西?文化激进主义的叛逆者们,什么时候悄悄完成了他们从生活方式到道德观念最为迅速和不折不扣的复"旧"?

在这里,我对这种命名为"进步"的复旧不作评价,即使做出价值评价也不会视"旧"为

恶名。我只是想指出：完全脱离传统的宣言，常常不过是有些人扯着自己的头发要脱离地球的姿态。事情只能是这样，新中有旧，旧中有新，"传统"与"现代"在很多时候是一种互相渗透、互相缠绕的关系。正如阅世已深的成年人才能欣赏儿童的天真，任何一次对"传统"的回望，都恰恰证明人们有了某种"现代"的立场和视角，都离不开现代的解释、现代的选择、现代的重构、现代的需要。因此任何历史都是现在时的，而任何"传统"事实上都不可能恢复而只能再生，一位生物技术专家告诉我，为了寻找和利用最优的植物基因，他们常常需要寻找几百年前或几千年前的"原生种"，必须排除那些在当今农业生产环境中已经种性退化了的常用劣种。显然，这种似乎"厚古薄今"的工作，这种寻找和利用"原生种"的工作，不是一种古代而是一种现代的行为——如果不是因为有了现代生物技术，我们连"原生种"这个概念也断不会有。正是基于与此类似的逻辑，如果我们不是面对现代资本主义文明全球化的和一体化的复杂现实，如果我们不是受到各种现代文学和文化新思潮的激发，"传统"这个话题也断不会有。

一个中国评论家单正平曾经在文章中用了一个词"创旧"。这个词在中国语法规则之下是有语病的，读者会觉得很不习惯。因为"创（造）"从来只可能与"新"联系在一起，所以中国词汇中从来只有"守旧""复旧""怀旧"等等而没有"创旧"的说法。但我需要感谢这位评论家，因为他对我们习以为常的时间观念来了一次深刻的怀疑，把"新"与"旧""传统"与"现代"的二元对立模式从语言上来了一次颠覆和瓦解。"新"出于创造，"旧"也只能出于创造，因为所有的"旧"都是今天人们理解中的"旧"，"创旧"的过程就是"旧获新解""旧为新用"的过程。

这个评论家在使用"创旧"这个词时，是面对中国当今的这样的一些文学作品：相对于都市里的"新"生活，这些作品更多关注乡村里的"旧"生活，比如张炜、李锐、莫言等作家的小说；相对于"五四"以来纯文学的各种"新"文体，它们更像是中国古代杂文学的"旧"文体，包括体现着一种文、史、哲重新融为一体的趋向，比如汪曾祺、史铁生、张承志等作家的写作。当然，更重要的，中国现代文学的"创旧"还在于人文价值方面的薪火承传。中国正在迅速卷入资本主义全球化和一体化的过程，正在经历实现现代化和反思现代性这双重的挤压，正在承受经济、政治、文化、社会习俗各方面的变化和震荡。每个人在这个大旋涡里寻求精神的救助。在这种情况下，全球各种"新"思想"新"文化大举进入中国是必然的，而这种进入如果是一种创造性的汲收而不是机械性的搬用，那么各种传统思想文化资源被重新激活并且被纳入作家们的视野也就是必然的。正像张炜先生指出过的：儒家在五四运动以后曾遭到来自官方和民间的全面的批判，但儒家"天人合一"的世界观，"重义轻利"的人生观，在物质主义、技术主义的商业流行文化的全境压进之下，正在成为一些中国人重建生活诗学的"新"支点。我相信，皈依伊斯兰教的张承志、信奉佛教的何士光、投身基督教的北村，这些作家也是在各种"旧"的思想文化遗存中，寻找他们对现代生活"新"的精神回应。

正像我不会把"新"当作某种文学价值的标准，我当然也不会把"旧"当作这样的标准。特别是在文学正在全球范围内高度商业化的当前，"怀旧""复旧""守旧"也完全可以成为一种最"新"的文化工业，产生太多华丽而空洞的泡沫和垃圾。在这个意义上，一切崇拜——包括"新"的崇拜和"旧"的崇拜都很有些可疑，都可能成为文学创造的陷阱。在另一方面，我更不愿意把文化的"旧""新"两分，等同于"中""西"两分，而很多中外学者常常就是这么做的。在这些人眼里，中国文化的时间问题也就是空间问题，"传统"就是"中国"，而"现代"就是

"西方"。但上述中国作家的伊斯兰教、佛教、基督教从严格的意义上来说都并非原产于中国，而且同样也并非原产于"西方"一词所指的西欧和北美。这只是随手举出的一个小例子，不能不让我们的西方崇拜论者或中国崇拜论者谨慎行事。

一百多年来，中国确实受到西方文化的极大冲击和影响，无论城乡都充斥着仿英、仿法、仿俄、仿美的复制品，从建筑到服装，从电器到观念，都很难找到高纯度的本土文化样品。即便在我曾经下乡当知青的那个偏僻山村，现在的青年人也大多穿上了牛仔裤，唱起了摇滚乐。即便是中国人在种族溯源时最常用的开场套语："自从盘古开天地"云云，也完全经不起清查。盘古是谁？先秦两汉的诸多典籍无一字提到这个人，直到本世纪初，中、日史家们才考证出盘古尸体化生世界的神话模式是由印度传入中土，于是我们尊奉已久的祖先之神原来也有外国籍贯，只能让我们某些国粹派人士深感遗憾。

当然，这种"文化杂交"也是所谓"西方"的实际情形。在源于中东的基督教和伊斯兰教大规模进入西方之后，在阿拉伯数字成为西方数学的基本计算语言之后，在中国的政教分离、文官制度等等曾经被热情地介绍到西方并进入拿破仑大法典一类文本之后，我们还有纯而又纯的"西方"吗？

这样说，不是说"中国"或"西方"不可谈，或者不必谈。也许，我们没有纯而又纯的本土文化，但并不妨碍各个民族各自拥有不那么纯的本土文化，包括这种不纯本身，受制于一方水土的滋养，也与他者的不纯多有异趣。在中国落户的盘古，不会与在日本落户的盘古一样。在中国生长的基督教，与在法国生长的基督教也肯定不完全是一回事。至少，在迄今为止的漫长岁月里，在全球文化一体化的神话实现之前，人性与文化的形成，还是与特定的历史源脉、地理位置、政治体制区划等等条件密切相关的。作家一旦进入现实的体验，一旦运用现实的体验作为写作的材料，就无法摆脱本土文化对自己骨血的渗透——这种文化表现为本土社会、本土人生、本土语言的总和，也表现为本土文化与非本土文化在漫长历史中相互交流相互影响的成果总和。有些拉美作家用西班牙语写作，有些非洲作家用英语写作，他们尚且带有母土文化的明显胎记，诸多只能使用汉语的中国作家，现在居然也畅谈对本土文化的完全超越，当然还为时太早，也有点不自量力。他们兴致勃勃的国际化追求即"脱色"的追求，总给人一种要在桃树上长出香蕉的感觉。

但是除非是作一般化的文化讨论，我还是不大喜欢谈"本土"——尤其是在空白稿纸上寻找自己的小说或散文的时候。在我看来，一种健康的写作，是心灵的自然表达，是心中千言万语在稿纸上的流淌和奔腾，是无须刻意追求什么文化包装的。一个作品是否"本土"，出于批评者的感受和评价，而不宜成为作者预谋的目标。这就像一个人是否漂亮，只能由旁人来看，而不能成为本人的机心所在。再漂亮的大美人，一旦有了美的自我预谋自我操作自我感觉，就必定作姿作态，甚至挤眉弄眼，必定把自己的美给砸了。因此，"中国"也好，"西方"也好，"传统"也好，"现代"也好，这一类概念从严格的意义上来说，都是事后批评的概念，事后研究的概念，而不是创作的概念；是批评者的用语，而不是作者的用语。倾吐心血的作家关切着人类的处境和个人的命运，其文化特征是从血管里自然流出来的。他们没有工夫来充当文化贩子，既不需要对自己本土的出产奇货可居，也不需要对他人本土的出产垂涎三尺。一味"脱色"，把中国写成洋味十足的美国，当然十分可笑；一味"求色"，把中国写得土味十足然后给美国看，大概也属心术不正。世界上评估文学的最重要尺度只有一个，就是好与不好，动人与不动人。离开了这一点来从事"传统"或"×现代"文化资料的收集，来从事"中

国"或"西方"的文化资料展示,是各种现代商业旅游公司的业务,而不是文学。

文化的生命取决于创造,而不取决于守成。一个有创造力的民族,用不着担心自己的文化传统绝灭,正像一个有创造力的人,用不着担心自己失去个性。作为一个作家,她或者他视古今中外的各种文化成果为自己可资利用的资源,是一次次文学传统获得再生的推动者。她或者他甚至完全可以不关心也不研究自己的文化"年龄"或文化"肤色"问题,因为对于一个作家来说,刻骨铭心的往事和想象能否燃烧起来,创造力能否战胜自己的愚笨,这样的挑战,已足以使其他的事情都变得不值一谈——说到这里,我不得不为自己上述这些没有多少意思的废话表示惭愧和抱歉。

(此文为 2000 年 3 月韩少功在法国"中国文学周"上的发言。后稍作删节题名"自述",发表于《小说评论》,2004 年第 6 期"韩少功专辑"栏)

我与《天涯》

韩少功

1995 年底,海南省作家协会的前主席早已退休,在整个机关经过将近一年的无政府状态之后,我终于接受领导部门的劝说,同意出来当主席候选人。说心里话,我对作协这一类机构是抱有怀疑的。由于体制以及其他方面的种种原因,这一类文学衙门在进入 90 年代以后已经活力渐失,更有少数在市场化的无情进程中败象层出,苟延残喘。有些在这类机构里混食的人与文学并没有什么关系,只不过是打着文学的旗号向政府和社会要点儿小钱,然后把这点小钱不明不白地花掉。这类机构正当的前途,当然应该是业余化和民间化,但革命没法冒进,原因是现在人员得有个地方吃饭。这就是我也当不成改革英雄的处境。

我明白,我只能暂时接受这样一个体制,在这个体制下无法大破大立,充其量也只能上一点保守疗法,当一个还过得去的"维持会长"。"大局维持,小项得分",这是我当时给自己暗暗设定的工作目标。而协会下属的《天涯》就是我决心投入精力的"小项"之一。在我看来,作协其实并没有太多正经事情可干,比如作家从来不是什么作协培养出来的,开餐馆、拍广告等"以副养文"又有不务正业和自我糟践之嫌,算来算去,别把杂志社的编制和经费浪费了,也算是件事吧。

《天涯》是海南的一个老文学杂志,在 80 年代曾经还不错,在 90 年代的市场竞争中则人仰马翻丢盔弃甲。到后来,每期开印五百份,实际发行则只有赠寄作者的一百多份,但主管部门觉得你只要还出着就还行。因为卖刊号违规换钱,这个杂志已经吃过两次新闻出版局的黄牌,内部管理和债权债务也一团乱麻,每本定价四元的杂志光印刷成本就达到每本近十五元,杂志社的一桩凶多吉少的经济官司还正待开庭。但这种困境并没有使我感到绝望,倒是使我暗暗满意和高兴。原因很简单:要办成一件事情关键是要带出一支队伍,而优越和富足的条件对锻炼队伍来说应该说利少弊多。几年前曾经有一个香港投资者以出资两百万为条件,动员我的一位朋友为他主编一本杂志,我一听就摇头,说这两百万纯粹是坑人,因为那些一听两百万就双眼发亮摩拳擦掌趋之若鹜的人,肯定都是一些想来坐进口车的人,来住高档房的人,来蹭吃蹭喝的人,我这位朋友能依靠这些消费分子编什么杂志?治国去之,乱国就之,这是庄子的教诲,也是我的处事逻辑。我和一些朋友在 80 年代末曾经把一本《海南纪实》杂志办得发行超过百万份,靠的就是白手起家。以我狭隘的经验来看,白手起家就是背水作战,能迫使人们精打细算、齐心合力、广开思路、奋发图强,而这些团队素质的取得比几十万或者几百万投资其实重要得多。

正如我的所料,《天涯》的山穷水尽使某些趋利者失望而去,正好使杂志社的调整获得空间。这就是劣势中的优势。编辑部只剩下了几员女将:罗凌翾是我在《海南纪实》的老同

事,虽然没有高学历文凭,却有丰富的编辑经验和博闻强记的本领,可以充当百科知识竞赛中的抢答高手。王雁翎,离校还不太久的硕研,虽然如多数女性一样喜好到花花商店里汲取精神营养,但办事诚恳、细致、随和以及不失公道,后来成了编辑部的内当家。蒋子丹当然更是一台难得的实干机器,小说和散文创作使她积累了成熟的文学经验,在《芙蓉》和《海南纪实》编辑部供职时挖稿和抢稿的战绩,还使她获得了当时全国编辑行里所谓"北周南蒋"的口碑。在我看来,她能否出任主编实是《天涯》能够起死回生的关键之一。正如她后来在一篇文章里写的,我没有估计错,她终于在我强词夺理的鼓动下同意伸出援手,暂时中断她的小说和散文的写作,接下这一个烂摊子。她在文章中是这样写的:

　　我从1976年开始在湖南人民出版社当编辑,前前后后已经办过好几本杂志。可以说深知其中甘苦,尤其在当今刊物数量膨胀,竞争激烈,许多纯文学杂志朝不保夕的情形下,接手这样一本地处边远省且毫无知名度的刊物,何尝不是一捧烫手的栗子?从另一方面说,本人的人生原则,向来是宁为凤尾不为鸡头,在此之前不久发表的一篇文学自传中,我还非常潇洒地写道,我这一辈子担任的最高职务是少先队中队长,而且肯定要在这方面不改初衷。可是当时我面临的情况,是要为一捧烫手的栗子改写人生。

　　不能否认,每个人都是有弱点的。我的一个显而易见的弱点,是不会对朋友说不。我曾经开玩笑说,幸好我的朋友中间没有不法之徒,要不然我将是最容易成为窝藏或窝赃犯的人选,这时要把这一捧烫手栗子塞给我的上司,恰是朋友韩少功。他对我说,你不觉得纳税人的钱浪费了太可惜吗?这句话击中了我的另一个弱点,那就是我对社会还残存了一分令某些现代人不屑的责任心和义务感。《天涯》那时每年享受工资在外的十五万元财政补贴,每期却只印五百份,寄赠交换之后就放在仓库里,等着年底一次性处理,看着也的确让人觉得不太对劲。于是,考虑了几天之后,我答应"友情出演",但条件是韩少功本人必须担任杂志社社长。

　　事情就这样开始了,我们召开了第一次编辑部的会议。因为当时整个机关的房产都被穷急了眼的前领导层租给了一家公司,编辑部连一间办公室都没有,开会只能借用外单位的一间房子,简直像地下工作者的"飞行集会"。我在会上谈到了杂志改刊的想法,但是我发现我的同事们大多数眼里一片茫然,并没有我所期待的兴奋。我也与一位身为文学理论家的朋友在茶馆里深谈了很久,鼓动他来出任杂志社的兼职编辑或者兼职副主编,但他对此基本上没有兴趣,在以后的电话里可以与我东拉西扯、问寒问暖但从来不谈到杂志。我知道,他的怀疑或冷淡并没有错,他没有理由和义务要把自己的精力搭进这个已经死到临头的《天涯》,并且对我的远景描绘信以为真。

产品改型

　　编杂志就是一种生产,需要有良好的管理和技术,需要产、供、销环环流畅。作为一本文学杂志,《天涯》首先面临着原料不足的障碍。进入90年代的中国文学已经进入了一个黯淡的低谷,不再有来自国外的文学观念刺激之后,很多作家突然都显得有点手足无措、六神无主;而商业大潮的冲击又使很多作家对爬格子的苦差很快打不起精神,他们中的相当一部分像当年投入土改或"文革"一样纷纷投入到各种生财的门道上去了,扎钱运动已经成为

"跟上时代"的前卫和崇高之举。在这种情况下,真正有意思的文学正在明显减产,即便还有一些好作家和好作品在冒出来,但供小于求,稀缺原料已被《收获》《钟山》《小说界》《花城》等老牌刊物瓜分一尽,其他刊物都面临着无米之炊的深重危机。显然,在这个时候的《天涯》若要活下去,决不能再去参加各路编辑对稿件的白热化争夺,不能再干那种四处买单请客四处敲门赔笑然后等着一流作家恩赐三流稿件的蠢事。这就是说,虽然有史铁生等一些优秀作家的鼎力支持,但《天涯》仍生不逢时,必须励精图治,必须另外获取资源和空间。一位个体户曾经对我说过:"最有力的竞争,就是无人与你竞争。"这句话事隔多年后在我的脑子里冒了出来。

"民间语文"的栏目就是这样产生的。这个栏目使刊物的供稿者范围扩大到作家之外的所有的老百姓,让他们日常的语言作品,包括日记、书信、民谣等等都登上大雅之堂,不仅记录民间的语言创造活动,而且也可使有心人从中读取各种社会和人生的信息,从而对当代中国有更深入的语言勘察。后来的事实证明,这个被戏称为"严禁文人(与狗)入内"的栏目以其"亲历性""原生性""民间性"受到了读者最为广泛的欢迎,其中《患血癌少女日记》的艺术力量为很多著名小说所不及,曾经使我和很多人读后久久不能平静;而《火灾受难打工妹家书》《下岗女工日记》《"文革"支左日记》,等等,对中国的"文革"和市场化进程提供了必要的深度披露,被很多社会科学家所重视。我在美国、法国、意大利等地访问时,一些汉学家即便与文学毫无关系,也会对《天涯》的这个栏目中的很多文本如数家珍赞不绝口。他们都注意到了编辑的特殊做法:比如对原稿中的错字病句只标注但不更正,以保持各种资料的真实原貌。

"作家立场"的栏目也是这样产生的。这个栏目按照英文 writer 的含义来定义"作家",即把一切动笔写作人都纳入"作家"的范围,当然就使很多学者都有了参与《天涯》或者说与文学会师《天涯》的机会,《天涯》也有可能从大批三流文学来稿中突围出来,得以开发和吸纳文学家之外的广阔文化资源。这就是"东方不亮西方亮""堤外损失堤内补""作家少了学者上"的策略。我和蒋子丹都预感到这个策略行之有效,因为 80 年代的思想启蒙大潮渐退之后,经过国际冷战的结束和中国的市场化转型,新的社会矛盾正在浮现,人们对现实新的感受和新的思考正呼之欲出,90 年代初期关于"后现代主义"和"重振人文精神"的讨论已经呈现出一次新的再启蒙即将到来的征兆。相对于 90 年代文学创作的疲惫和空洞,这一次轮到理论这只脚迈到前面来了,于是再启蒙首先是在思想界发动,理论而不是文学成了这个时候更为重要的文化生长点。后来的事实也证明,这次再启蒙使这个 90 年代的中国知识界再一次有了自己的眼光和头脑,完全改写了中国思想文化的版图,在很多方面刷新了中国思想文化的纪录。关于市场化问题、全球化问题、环境与生态问题、民主与宪政问题、大众文化问题、道德与人文精神问题、后殖民问题、女权问题、教育问题、传媒问题,等等,腐败问题、农村与贫困问题、民族主义问题,等等,后来都逐一成为《天涯》的聚焦点。《天涯》参与或发动了这一系列问题的讨论,是这一再启蒙的推动者,也是这一再启蒙的受益者。一批作家化的学者和一批学者型的作家在我们的预期中走上了文化前台,释放了挑战感觉和思维定规的巨大能量。作为这一过程的另一面,这些写作也在一定程度上再生了中国古代文、史、哲三位一体的"杂文学"大传统,大大拓展了汉语写作的文体空间。

由于《天涯》所受到的市场压力,我不得不经常警告编辑们不要把刊物办成一般的学报,不要搞成"概念空转"和"逻辑气功"。那些事情也不错,但不是我们应该做的。《天涯》应

该让思想尽量实践化和感性化，"特别报道"栏目就是根据这一要求进入设计。它应该是每期一盘的专题性信息大餐，雅事俗说，俗事雅说，较能接近一般读者的兴趣和理解力，相当于思想理论中的大众版本。严格地说，它与常见的所谓报告文学没有什么关系，它的作者不仅应就某一重大主题有思想理论上的全景观察，而且还应有翔实的事实例证和尽可能生动的表达。作为1997年这个栏目开办时抛砖引玉式的引导，第一篇特别报道以亚洲金融风暴为题，只好由我来试着偷偷炮制。整整一个星期，书房里满地剪报，我从几大堆搜寻来的境内外报刊当中提取了近两万字的精粹，力图给读者提供一个现代经济学的惊险故事和旅游地图。笔名"雷斯"就是"累死"的意思，"范闻彰"则是"（示）范文章"的意思，是一句办公室里的自夸戏言。有趣的是，这篇文章发表后竟被好几家报纸连载，国家财政部的官员还打来电话要找"范闻彰同志"切磋和探讨，吓得我让编辑赶紧回话称范同志已经"出国访学"以作遮掩。我原来以为，有了这一口大大的砖，一块块宝玉跟上来大概不成问题，因为刊物发什么作者就跟着写什么，这是编辑工作中的常见现象。但这一次我们估计错了，并不是所有的人都愿意做信息大餐的。学者不热心叙事的絮叨，作家不习惯理论的艰深，而有些记者写来的稿件不是有质无文的"干"，就是有事无理的"浅"，这个栏目的理想作者队伍始终没有真正形成。好几次无米下锅之际，我们只好让后来调入的编辑张浩文、李少君也冲上前台直接出手，还拖出王雁翎的丈夫单正平来紧急"救球"，逼着他又写又译，充当这个栏目的主打。好在他是一位模范家属，受点委屈也忍着。

"一图多议"则是一个列于卷首的小栏目，其功能相当于餐前的开味酒或者小冷盘，调动读者往下读的胃口。它必须有一张富有视觉冲击力的照片，配以两三则观点相异甚至对立的短论，构成正反相攻、阴阳互补、见仁见智的思想张力和辩证视野。这些短论有的是特邀作者写来的，有的是从报刊文章中摘来的，实在没有合用的文字了，编辑们就一人分配一个观点也临时对练起来。事实上，编辑们在很多问题上常常观点各异，差不多每天都在多议甚至多吵，整个办公楼里就这间房子里的高声争吵最爆。

至于其他一些栏目如"文学""艺术""研究与批评"，等等，虽然都是大板块，却没有什么特别了，连栏目的名称也直白无奇。也许，一个刊物需要创意，需要变化，但其实并不需要处处特别，相反在很多方面倒更需要一些沉稳、笨重、木讷甚至保守，正像每个餐桌上都需要一些并不特别的面包或者米饭来充当主食。我曾经毫无道理地说过，中年人办刊物尤其应该这样。处处特别的要求只合适奇装异服，只合适挤眉弄眼，不是中年人心目中的文学。正是基于这一考虑，我们选定牛皮纸做封面，选定汉简隶书做刊名用字，选定五号正宋作为刊物的当家字体，是一副不合潮流的姿态，决不使用消闲杂志或者青年杂志常用的那些花哨字体。1999年，蒋子丹兴高采烈地从自来稿中发现了新疆作家刘亮程的散文，这些散文中的沉静、忍耐、同情、奇思妙想、大大方方，就体现了《天涯》的文学理想，就是不适合用花哨字体印刷的。以致后来刘亮程的散文在另一张畅销大报中出现，被各种时文和一些花哨字体包围，我的第一感觉是：刘亮程这回算是"误入不正当场所"。

《天涯》的产品改型就这样渐渐有了一个轮廓，并且在大家努力之下日臻完善。这样的刊物有什么新鲜吗？细想一下，其实也没有什么新鲜。严格地说，在这个设计过程中，我们谈不上得到了什么，只不过是大体上知道了我们应该去掉一些什么，比如要去掉一些势利、浮躁、俗艳、张狂、偏执、封闭，等等，而这是一本期刊应有之义，不是什么超常的奉献。因此，我们觉得没有什么可说的，连短短的改刊词也不要，就把新的一期稿件送进了印刷厂。

管理改制

蒋子丹为改版开始了全方位的劳碌。审稿是她的主业,组稿是她的强项,一过晚上9点就是长途电话半费的时间了,她的电话打击点总是从中国最北边的地区开始,逐次南移,最后落向广州,使早睡的北方人和晚睡的南方人在睡前都能听到她的声音,完成有关约稿、改稿或者退稿的商议。现在,排版设计也必须成为她的强项:在杂志社决定自己排版出片后,最初几期都是她守着电脑员折腾出来的,办公室的灯光总是亮到深夜,让两家来接人的丈夫都哈欠连天地一等再等。发行也必须成为她的强项:为了弥补订阅数量的不足,她开始习惯与全国数十家零售书店老板讨价还价,在一切经营圈套面前明攻暗守,有时几十个电话才能追回一笔小小的书款。到后来,她还必须开车,接送编辑们上下班,这是因为整个机关没有专职司机;她还必须看病,为大家当好医疗顾问,这是因为好几次医生的误诊都被她及时纠正。有人已经建议在她的办公桌上摆一个牌子:蒋半仙,门诊费每次十元。《白银资本》一书的作者兖特·弗兰克(G.Frank)老头访问海南,住了三天以后曾经说,蒋子丹是他在全世界所有见到的作家中最没有作家毛病的人。这当然是因为她的一些作家毛病在实干和行动中被大大地打磨掉了。行动是摘除性格毛病的伽马刀。行动者大概总是比旁观清议者少一些生成毛病的闲工夫,也总是容易比旁观清议者多一些理解他人和尊重团体的本能。

但蒋子丹一旦把团体赛当作个人赛来打,也显露出一个团体的机能失调。这并不是主编的光荣,更不是我这个社长的光荣。在后来的几年里,为了减缓压力充实力量,编辑部陆续增加了一些人手:郑国琳是最早加入进来的,一位小说家,已经戴上了老花眼镜却老是为自己的青春身材而自鸣得意,号称当过公司的经理却老是在计算页码和字数时一错再错,最大的长处就是善于自我批评从而人缘极好。张浩文也是一位小说家,是热心推广电脑和网络的"张工",其实调来前的身份是大学中文系的副教授,因此自从他调入,编辑部里多了好些盗版软件和现代主义教条,也多了好些关于语法和标点符号的争吵马拉松,让人先喜而后烦。李少君则是最年轻的一位,面若大学一年级新生从而被蒋子丹取名"李大一"。他本职工作在报社,算是《天涯》的兼职编辑,后来成为刊物组稿和思想文化批评方面的快枪手,与新生代的作家和学者们有较广泛的交往,刚好弥补了编辑部在这一方面的不足。他身上还有一种眼下已经不太多见的急公好义,如郑国琳瞪大眼睛说的:碰上公家有事要联络,他拔出私人手机就给中国香港或者美国打电话,这种豪气你也有?

这些人都算得上我们在海南这地面上淘来的金子,但显而易见,他们刚来时都还较为缺乏刊物编辑的经验,每人一天得退上几个博士或者教授的稿件,作为审读者他们也还有学养的不足。编辑部订阅了《哈泼斯》《纽约时报书评》《批评探索》等数种英文期刊,但能够读懂外刊大要的编辑为数不多。我们只能面对现实。中国在报刊图书出版这一块到90年代还是官营计划式的管理,刊物是不可以随便拿到什么地方去办的,也不是什么人都可以随便调来任职的,光是户口、住房、编制、职称等等因素,就足以使远在边地的《天涯》无法自由和广泛地利用全国人才资源。这使《天涯》在承受产品销售市场化的压力的同时,还没有享受人才流动市场化的好处。为了对这一点做出弥补,我们尝试着聘请编外客座编辑,其中有两名特聘编审:李陀和南帆。关于这两位,蒋子丹后来在一篇文章中曾有过描述:

李陀一直是文坛上公认的忙人,可是这次我见到他的时候,大约是他80年代末出国后第一次回来,正闲着,是一个真正的社会闲(贤)达。李陀这个人的最大特点也是优点,是对公益事务永远充满热情,并非以自己的利益为转移。听说我和韩少功又在张罗一本杂志,他的反应差不多到了兴高采烈的程度。出国之前李陀是《北京文学》的副主编,对办刊物有过一些想法却没有机会实现。那天下午我们在北京的三味书屋茶座里一直谈到天黑,还意犹未尽,又一块吃了晚饭才算完。跟李陀谈编辑业务,是一件让人愉快的事情。记得80年代初,我在湖南文艺出版社的《芙蓉》杂志当编辑,每次进京组稿,都会先到李陀那儿报个到。毫不夸张地说,李陀是一个非常称职的组稿向导。他几乎知道每个活跃着的北京作家近来正在写什么,眼下在不在家。更要紧的是,他一直以优秀批评家的独到眼光关注着正如雨后春笋般一茬茬冒出来的文学新人,为他们的成果摇旗呐喊,促成文坛对他们的接纳,这个名单可以排出长长的一串,凡是那时候的文学圈里人都会有印象。我曾跟他开玩笑说,他差不多是一个文学"星探"。

我突然想到,假如让李陀担任《天涯》特约编审,将是一个不错的人选,因为这样一个刊物,太功利太实际的人,太以自己的遭际论事的人,太没热情太消沉的人,都是不合适的。于是分手的时候,我把我的想法告诉了李陀,他也欣然应邀。这是我接手主编以后第一次单独而且是即兴决定的一件大事,但我觉得对此韩少功也肯定不会有异议。回到海口后,我把这件事向韩少功汇报,他果然非常赞成。

杂志的另一个特约编审是身居福州的评论家南帆。他是一个在当今文坛上很少能见到的朴实、诚恳,学问做得踏踏实实却不乏自己的见解,同时又从来不事张扬很具平常心的人。1995年底,韩少功到上海去开会,与南帆同住一室,几个晚上的谈话,让他对这个以前并不太熟识的同仁产生了极大的好感,随后便也产生了邀请他担任特约编审的想法。韩少功对我说,他感觉南帆不光读书读得很扎实、头脑清楚、悟性不错,是一个很有实力的作者,更重要的是他的为人为文的心状非常健康,与文坛上那些到处拉帮结派,以评论做人际交易谋取虚荣实利的人相比,是《天涯》的一位难得的同道。

两位外援可以在业务上参与,但并不能取代编辑部这一母体的改造。在这一点上我提醒自己不能有书生气。我很明白,现行人事体制的积弊,主要是"铁饭碗"和"大锅饭"总是诱发人的情性以及社会上常见的内部摩擦,即便是一群铁哥们儿或者大好人纠合在一起也总是难免其衰。一般的情况是这样:只要一个人没有严重的违法犯纪,是不可能被扫地出门的;而只要有一个人好吃懒做而不受到处罚,其他努力工作者的情绪就要大受挫伤,整个团体的向上风气就会掉头而下,到一定的时候,连好些初衷不算太坏的领导和群众都会有大势难违于是不如自己捞一把走人的恶念。1995年底我接手时的海南省作协就处在这种危机的边缘,坐轿子的比抬轿子的多,坐轿子的比抬轿子的更有权说三道四,于是大家都比着看谁更有本领不做事。

当然,我在失望于这种体制的时候,对完全市场化或者自由化的另一种状况并没有浪漫幻想。我曾经目睹甚至亲历过一些所谓体制外的民营企业,那里既没有"大锅饭"也没有"铁饭碗",竞争的压力确实使人们不敢懈怠。但那里的现实问题是太缺少刚性的体制约束,因此要么是"暴君"式的管理之下员工权益无法得到保障,剥削和压迫令人心寒;要么是"暴

民"式的内讧之下频繁政变、连连休克,多数短命的企业最终都可能心肌梗死式地暴死。这就是说,如果说体制内多见腐败慢性病的话,那么体制外就多见腐败急性病,各有各的成本和代价。我曾经主持过的《海南纪实》杂志社是一个梁山聚义式的团伙,在海南建省之初的体制空白中,就遭遇过这种急性病。一旦发生危机,在体制外那个自由的天地里,没有暴力的权力简直一钱不值,遏制腐败的权力往往软弱,依托腐败的权力往往强大。我听说好些民营企业竟然纷纷抢戴"国有"的红帽子,甚至顽强地申请成立企业"党委",其中的原因之一:有些人是否也在无奈之下想回过头来借助一些体制的遗产来维系企业的内部秩序呢?这种"城内的人想出去而城外的人想进来"的现象,使热热闹闹的体制改革中透出了怎样的尴尬?

不管是慢性病,还是急性病,《天涯》都须防疫在先,须兵马未动体改先行。这种改制是保守疗法中的激进,就是把企业民主这个往日革命化(书记专权)和当今市场化(老板专权)都遗弃了的东西,真正引入到日常生活中来。工资这一块不好动,就先从别的方面下手。整个机关以及《天涯》杂志社开始实行一种季度民主考评制,相当于每个季度来一次民选并且加上"生产队记工"。其内容是每个人的表现按"德、能、勤、绩"四个项目接受全体员工的无记名投票打分,然后每个人的得分结果与奖金发放和职务升降挂钩。当然,这个制度主体还有一些配套措施,比如为了削弱个人关系和情绪的因素,每次统计平均分时都去掉最高分和最低分;为了体现对岗位责任的合理报酬,每个人的得分还辅以岗位系数,即重要岗位人员的得分自增百分之三十或百分之十五。还比如,为了照顾中国人十分要紧的脸面等,得分情况并不公示,但每个人都有查分的权利,以确保考评的公正和透明,等等。我在事前的模拟测试中已经算出,根据这种新法,一个优秀的普通员工完全可以比一个慵懒的领导多拿到两倍多的奖金,可以有可靠的升迁机会。这种奖优惩劣的力度可能已经差不多了。

在《天涯》后来所有的制度实验里,这个考评制可能要算最重要的一部根本大法。可以想见,现在人人都有一票,所有员工都握有打分权,任何不良行为都暴露在群众的监督之下,都会直接带来自己利益的减损和体面的丧失。果然,少数坐惯了轿子的党员干部只经过了一两次打分,就灰头土脸混不下去了,最后自动提出要求调走,或要求提早退休,再不就转过来要求抬轿子,为了得高分而争着抱群众这条大粗腿。这真是民主起义带来的意外收获:机构的减磅瘦身居然轻易实现,省了好些手脚,杂志社的周邻环境也大大改善。连我自己也好几次品尝了这种民主的沉重打击,只是因为我有时候窝在家里写东西,我在这些季度的出"勤"得分就敏感地唰唰往下掉。在这个时候,我一边不无委屈,一边又高兴大家动了真格,连老韩的面子也不给了。我想起了当年丘吉尔的求仁得仁。当议会根据他设计的规则用选票把他轰下台时,他闻讯从浴缸里跳了起来,说:这就是我们的民主呵!好吧,我现在也只能挺着肚子尽力模仿着老丘的风度。

我们在选票上开始一步步学习运用民主和法制。我们逐渐发现,民主程序设计是必须悉心讲究的。比如投票者是强势时,就必须制约投票者,只能实行有记名投票并公示有关情况,由评委们票决青年文学大奖就采用过这种办法。相反,投票者是弱势时,就必须保护投票者,应实行无记名投票,推举协会各位负责人等活动中则采用这种办法。2000 年,海南省作家协会再一次换届,新一届班子成员的候选人,也是按理事会民意测验时得票多少来择优确定的。根据现行体制的规定,这些候选人还须经省组织部门"考察",但这些部门后来考察了几个月,觉得民选的候选人没有什么不好。他们觉得在文艺界各个协会中作协的换届

最顺,没有什么人敢去说情要官。

这里也得说一说,民主这一帖药也非万能。比如杂志社有了一些收入,比如这些收入可以用来投入社会公益事业也可以分作员工奖金,那么在资金如何使用这个问题上能不能民主?可以想见,我们要花几万元召开一个重要的会议,或者要花几万元来从事一项社会公益活动,或者要花几万元投入编辑工作的电脑网络建设,只要说用投票来决策,虽然有些人不会计较自己的奖金损失,但肯定也有些人会神秘兮兮的,肥水不流外人田么,不劳者不获食么,吃光分光的主张最终很可能感染成革命群众的主流意见。你能让大家都像上帝一样都想到全人类和千秋万代?在这个时候,民主可能就会有些丑陋了,而"独裁"和"集权"势必就是遏制丑陋的权变之策。事实上,每碰到这种挠头的事,我就只好像个专横的恶霸,暂时充当民主的叛徒。我后来在一篇文章里谈到民主很可能助长而不是遏制极端民族主义狂热,就是基于这种日常经验。我还相信,真正成熟的民主体制一定要授权什么人,在群体利益形成对外侵害的时候,能够实行特殊议题上的一票否决。民主不意味着民众崇拜,而需要理智的民主给自己装上一个安全制动闸。

这一类民主"治内不治外""治近不治远"的折腾,走一步看一步,终于使《天涯》走出了危险期,元气多少得到了滋养。《天涯》后来在激烈的市场竞争和文化冲突中得以自强,我想都得益于这些安内然后攘外。《天涯》当然无意成为教会,磕磕碰碰的情况也不会少,但无论中外客人,凡是访问过《天涯》的都对编辑部的效率和气氛留下了较为深刻的印象。有的编辑在家里深夜读稿或校对,让他老婆觉得太阳从西边出来了:现在还有这样为公家干活的?我也觉得一些同事好过了头:怎么少君半夜十二点还来电话说稿件?有一个客户甚至觉得《天涯》的员工都颇有个体户黑汗水流的劲头,曾迷惑不解地问过:你们到底是私营企业还是公家单位?也许在他看来,一个来自公家单位的人不要点回扣不拖拖拉拉实在是情理不容。

从这位个体户羡慕的目光里,我看出并不是私有制才意味着效率,私有化的宣扬者们在这一点上往往说过了头。其实我非常赞成把国家管不好的很多事情交给私有者们去办,对公有制度下的懒惰和贪婪深有感触,但同时也对那种"私有化一抓就灵"的简单化不以为然。我相信,那些"公有化"或"私有化"的崇拜者从没有都是身着吊带西裤在书斋里推算效率定律的,他们应该知道这个世界的丰富多样。

"新左派"及其他

"新左派"是《天涯》这些年被人贴上的最大一个标签。蒋子丹曾在文章里写道:

> 1998年5月,在北京风入松书店的座谈会上。北京大学哲学系的陈嘉映先生带我去,好心要让我认识更多学者,到了那儿一看,其实在座的大都与我有过联系,或者书信,或者电话,也有的以前就认识,其中有些人在《天涯》发过稿,有些人被《天涯》退过稿。当时《天涯》在北京读书界已颇有些影响,这一点大家都不否认。不过,在交谈中我才得知,《天涯》已被指定为"新左派"的阵地,这是我始料未及的。以那时刊物登过的文章看,作者名单实在是分不出厚此薄彼的,直到2000年6月,"新左"和"自由"两派爆发空前激烈的论战时,女作家方方问我,"自由派"到底是哪些人,我数了几个大名鼎鼎

109

的代表人物,方方还奇怪地说,有没有搞错,这不都是《天涯》的作者吗?虽然事实如此,《天涯》在某些圈子里还是被判定为"新左大本营"。

其实,"新左派"这个标签至少有两代的历史。早一代,是出现于90年代初北京文坛某些圈子里若隐若现的流言中,当时是指张承志、张炜以及我,当然还有别的一些作家和批评家。这些作家和批评家因为从各自角度对文化拜金大潮予以批评,被有些人视为"阻挡国际化和现代化"的人民公敌。当时的市场经济已经给部分都市(与大部分乡村关系不大)的部分阶层(与城市下岗群体等关系甚少)带来了繁荣,联结东京、汉城(今首尔)和新加坡的中国东南沿海发展带已经卷入了经济全球化的进程。于是在某些人看来,历史已经终结了,流行的作家形象似乎应该是这样了:男作家在麻将桌和三陪小姐那里开发幽默,女作家在名牌精品屋和阳刚老外面前操练感觉,市场时代的诗情应该在欧陆风情的酒吧里一个劲的孤独,市场时代的先锋应该动不动就要跑到西藏去原始一番或者要挎个性性伴侣撒野以示自己决不向官僚政治屈服。据说有些人正在"解构一切宏大叙事",但他们在清算革命时代的罪错之余却在精心纺织另一个更为宏大的叙事:全球资本主义的乌托邦。似乎山姆大叔都是雷锋,五星宾馆都是延安,只要有了大把港币和美元就成了高人一等的"红五类"。在一段时间之内,中国的文学对这种新意识形态的大军压境竟然无能做出有力反应,拜金专家们却被一些老作家赏识和追捧,被文学新人们央求作序,被刊物请去当策划主持,被报纸请去作专题采访。张承志是最先对这一切表现警觉和抵抗的作家。他从日本回国,"祖国的江山扑面而来",这样的句子让我心动。他走访穷人,捍卫弱族,痛斥新一代权贵和"西崽",其偏激处和不太偏激处都让很多人不快。见我还在四处乐呵呵地滥用宽容,他好几次批评我的思想"灰色",似乎恨不得在我屁股上踢一脚从而让我冲到更前面一些。

这时候被指为"新左派"的人,其实还只是在道德层面表现出仓促的拒绝,多数人甚至与自己的论敌还是自家人,还共享着许多逻辑和想象,比如大家都对市场和资本的扩张充满着乐观主义的情绪,都多多少少深藏着一个美国式的现代化梦想。这个梦想是80年代的果实。从80年代过来的读书人,都比较容易把"现代"等同"西方"再等同"市场"再等同"资本主义"再等同"美国幸福生活",等等,剩下的事情似乎也很简单,那就是把"传统"等同"中国"再等同"国家"再等同"社会主义"再等同"'文革'灾难",等等,所谓思想解放,所谓开放改革,无非就是把后一个等式链删除干净,如此而已。在很长一段时间内,我也是这样一种启蒙主义公式的操执者,是一个典型的右派。像很多同道一样,我们从当时各种触目惊心的极"左"恶行那里获得了自己叛逆的信心。

回想起来,是实际生活经验让我的头脑里多出了一些问号。我在1988年来到海南,亲历这个海岛市场发育和资本扩张的潮起潮落,从亲人、朋友、同事、邻居以及其他人那里积累印象和体会,寻找着思考的切入点。在我的身边,三陪女冒出来了,旅游化的假民俗冒出来了,这是"传统"还是"现代"?警察兼任了发廊的业主,老板与局长攀成了把兄弟,这是"国家"还是"市场"?准脱衣舞在官营剧团的《红色娘子军》乐曲里进行,"文革"歌碟在个体商人那里违法盗录,还有为港台歌星"四大天王"发烧的大学生们齐刷刷地递交入党申请书,这是"革命文化"还是"消费文化"?……80年代留下的上述一大堆二元对立,曾经是我们诊断生活的一个个随身量具,眼下都在我面前的复杂性面前完全失灵,至少是不够用了。在印度、越南、韩国、新加坡等周边国家之旅,更使我的一些启蒙公式出现了断裂。"私有制"似乎

不再自动等于"市场经济"了，因为休克疗法以后的俄罗斯正在以实物充工资，正在各自开荒种土豆，恰恰是退向自然经济。而"多党制"也似乎不再自动等于"廉洁政府"了，因为在世界上最大的民主国家印度，官员索贿之普遍连我这个中国人也得瞠目结舌。正是在这种情况下，当汪晖的长文《论当代中国的思想状况以及现代性问题》拿到编辑部来时，我觉得眼睛一亮，立即建议主编破例一次，不惜版面发表这篇长文。据说汪晖本人一直犹豫是否应该更晚一些在国内发表这篇文章，李陀也建议他暂时不要发表，他们对《天涯》的果断可能都有些感到意外。就像很多人后来所知道的，正是这一篇长文成了后来思想文化界长达数年一场大讨论的引爆点，引来了所谓"新左"对阵"新右"或"新自由主义"的风风雨雨经久不息。由于俄罗斯经济发展的严重受挫，由于亚洲金融风暴的发生，还由于从美国西雅图开始的抗议和骚乱，这场讨论又与全球性的反思大潮汇合，向下一个千年延伸而去。

这个时候的"新左派"可算是第二代，与90年代初期那个文学"新左派"其实已经很不相同。比如曾被指为"新左派"的很多人对汪晖的很多看法并不赞同，在很多问题上先左而后右，或者此左而彼右。作家李锐就是其中一个。李锐与我相识多年，被蒋子丹称为"热血中年"，似乎是一种高温反应材料，不激动就不能出洞见，不激动就不能妙语连珠，在公众场合总是热血得让夫人蒋韵大惊失色并连连扯他的衣袖。他写小说在境内外都有盛名，而且所谓"马桥风波"的一场思想报复事件中，在我被打成"文坛窃贼"满身污水的时候，他愤而操笔，仗义执言，完全不顾及自己将要承受的压力和代价。有很长一段时间，我们频繁地交换电子邮件，争论着由汪晖提出的一些话题。我赞成李锐对革命体制下种种悲剧的清算，但怀疑这种清算是否必须导向对西方市场化体制的全面拥抱。这种非此即彼的二元论会使我们产生哪些盲视？正如他在一篇关于知青的文章中说的，知青是复杂的，将其妖魔化是一种对历史的遮蔽。我接过他的思路往下说，己所不欲勿施于人，革命也是复杂的，将其妖魔化是否也是一种对历史的歪曲？我知道自己在很多方面不能完全说服他。

我们的争论一直延续到在法国和意大利的旅途中，同行的张炜和苏童也参加进来。当时《天涯》在欧洲已经因"新左派"的名声远播而在很多圈子里被人们议论纷纷，以致很多旅外华人与我相见，都不谈我的小说而只问《天涯》，真使我为自己的小说家身份感到悲哀。我不得不一次次向好奇者解释，以我褊狭的理解，中国人在90年代最忧心的倾向就是"权力与资本的结合"而不是这两者的对抗，老左派把守权力，新右派崇拜资本，而我们必须像李锐说的那样"左右开弓"，对权力和资本都保持一种批评性距离，以促成人民的市场和人民的民主，促成"中国的人民的现代化"——这是我为温铁军一篇好文章改拟的标题，以取代他的原题"现代化问题笔记"。如果硬说神圣的"资本"碰不得，一碰就是"新左派"，那我们就"新左派"一次吧，被人家派定一顶有点别扭的帽子，多大件事呢。在另一方面，我也如实相告：我一直认为"新左派"里面鱼龙混杂，有的人不仅有问题，问题还大着哩。尤其是有些人再一次开出"阶级斗争""计划经济"等救世药方的时候，我为他们想象力的缺乏和生活经验的贫乏感到遗憾。当有些高调人士在强国逻辑之下把中国1957年、1966年等人权灾难当作"必要代价"时，我觉得这些红色英雄其实越来越像他们的对手：当年资本主义的十字军同样是在"必要代价"的逻辑下屠杀着印第安人和各国左翼反抗群体。左派接过右派的逻辑来批判右派，这种儿子不认老子的事情怎么想也荒唐。

正是基于这一担忧，《天涯》也发表过很多与"新左派"相异或相斥的稿件：萧功秦、汪丁丁、李泽厚、秦晖、钱永祥、冯克利，等等，都各有建设性的辩难。其中任剑涛的长文《解读新

左派》至今是有关网站上的保留节目,是全面批评汪晖的重头文字之一。朱学勤、刘军宁的文字也被我们多次摘要转载。有一篇检讨和讽刺美国左派群体的妙文《地下室里的西西弗斯同志》,还是我从外刊上找来专门请人译出发表的。可惜这样的文章还太少,更多的来稿往往是在把对手漫画化和弱智化以后来一个武松打猫,虚报战功,构不成真正的交锋。我一直睁大眼睛,注意各种回应汪晖、王晓明、陈燕谷、戴锦华、温铁军、许宝强等"新左派"的文字,想多找几只真正的大老虎来跟他们练一练。在做这些事情的时候,我们并不想和一把稀泥处处当好人,更没有挑动文人斗文人从而招徕看客坐地收银的机谋,我们只是想让各种思潮都在所谓"破坏性检验"之下加快自己的成熟,形成真正高质量的争鸣。这是我在编辑部经常说的话。我在编辑部里还说过,人的认识都是瞎子摸象,都不是绝对真理,因此无论左右都可能有肤浅之处;但只有一种肤浅的"一言堂"肯定更糟糕,而两种或多种肤浅之间形成的对抗,才有可能使大家往后都少一点肤浅。这就是为什么《天涯》的版面更多地提供给"新左派"的原因。看一看周围,在全国百分之九十以上的类似媒体都向资本体制暗送秋波或者热烈致敬的时候,《天涯》必须发出不同的声音,否则我们就可能只剩下一种肤浅,即最危险的肤浅。

我想我能够以此说服编辑部内的思想异己者。与很多局外人的想象相反,《天涯》编辑部里倾向"新左派"观点的人其实并不占多数。郑国琳几乎每每都要跳起来与主编争辩一番,防止刊物犯路线错误。这与国内外文化界的情况大致相仿。连诗人北岛在巴黎批评美国式的全球化和消费主义之后,也在会后差点受到围攻,人们不能容许朦胧诗居然有国际歌的气味。

当少数并不是受勋得奖,但多数派的人多势众千部一腔更值得提防。我想象将来的某个时候,一旦全国百分之九十以上的文化媒体都活跃着"新左派"的时候,"新左派"的衰败和危机也可能就不远了。如果《天涯》在那个时候还在,肯定又要发出另外一种声音。

我的幸运在于,我的想法得到蒋子丹及同事们的宽容和支持,包括他们毫无不客气地挑剔和质疑,都尽可能迫我兼听,打掉我的一些片面。蒋子丹以前并不太关心理论,有时被陈嘉映或者李陀关切出一颗理论雄心,大张旗鼓地搬几本理论去读,要么是无精打采地不了了之,要么是记住几个有趣的句子然后就心满意足,无异于断章取义见木不见林。她在学究们的理论面前打了一个哈欠之后,不大像是用思想来思想,而是用感觉来通达思想,是靠实践经验和生活感受之舟在思想的大海里航行。奇怪的是,她后来在理论判断和理论表达上也常有高招出手。对于她所熟悉的人,她有时似乎更愿意用对人的感觉来决定对这个人思想的好恶。她说南帆的思想很诚恳,这是因为南帆给她的印象很诚恳,比如处处想着别人的难处,到海口来开会只要能省钱坐不上直飞班机也不要紧。她说黄平的理论很朴实,这是因为黄平给她的印象很朴实,比如身为洋博士并且刚刚被美国财长约见,但马上像搬运工一样给编辑部从北京随身携来两大箱书,见会议缺了口译员便自动顶上一直译到喉干舌燥,绝不会在见过财长以后就绝不屈居译员身份更不能流臭汗。相反,一个盛气凌人指令编辑们"安排版面赶快发表"的"新左派",和一个出过一趟国就此后数年之里每文必称"我在巴黎时"的"新右派",在她看来都是一路货色,其思想在她看来也差不多是一路货色,肯定都过不了她的终审。她多次狡辩道:主义是人的主义,她认人不认主义的做法没有什么不对,婆娘们就是这么搞的!

其实,细想一下,这也差不多是我这个非婆娘的原则。我也总是更愿意读出稿件后面的

人。在几年前的一篇文章里，我还说过："我景仰美的敌手，厌恶平庸的同道，蔑视贫乏的正确，同情那些热情而天真的错误。"在同一篇文章里，我曾经对"左"如格瓦拉和"右"如吉拉斯等一些优秀的前人表示了赞美。这是汪晖不大赞同的。

他当时来海口参加一个长篇小说的讨论会，坐在角落里几乎始终一言不发，那是我与他的第一次见面。他看了我的文章以后淡淡地说："你似乎认为世界上只有好人而没有好的主义，这恐怕有问题。"

事隔很久以后，我才大致揣摩出他当时正在思考和筹划什么，并愿意有所理解。但我不会收回我的话，这大概是出于一种文学专业的顽症。从文学的角度来看，主义易改，本性难移。嚣张的左派和嚣张的右派都是嚣张，正直的保守和正直的激进都是正直，而且一个认为大款嫖娼是经济繁荣"必要代价"的人，当年很可能就是认为红卫兵暴殴是革命必要成本的人；一个当年见人家都戴绿军帽于是自己就非戴不可的人，很可能就是今天见人家都染红发于是自己就要非染不可的人。古今中外一切真理所反对的东西，其实是很简单的东西，甚至是同一种东西，比方说势利。古今中外一切真理所提倡的东西，其实也是很简单的东西，甚至是同一种东西，比方说同情心。这一类本性不是天上掉下来的，而是人在社会日常实践中形成的各种性格特征和心理趋向，它创造或消解着主义，滋养或腐蚀着主义，它使各种主义最终沉淀成一种日常的神色面容，让我们喜好或者厌恶。

在这个意义上，《天涯》力求矜而不争，群而不党，不属于任何派。这个"派"字怎么听也有抱团打架或者穿制服喊万岁的味道，有大活人被压制成纸质标签的味道。

翻过一页页空白

《天涯》改版后五年了，应该做的很多事情还没有做，或者说没有能力做。我们一次次把深藏于心的想法移交明天。《天涯》甚至至今也还没有实现我最初的一个渺小目标：发行三万份。每年年底邮局报来的征订数字虽然略有增加，虽然已经令有些同行羡慕，但都让我们沮丧。想起当年办《海南纪实》每期都是三个大印刷厂同时开印，真是好汉不提当年勇了。

这是没有办法的事。为了使发行量至少不低于亏损临界点，我们在开始那两年曾经背尽心机，斯文扫地，向公司经理和解放军首长游说，向各大学文科院系发信，出国开会都背着样刊找书店，甚至厚着脸皮一次次给报纸写文章，文章中千方百计把《天涯》的名字捎带上。干这种事的时候真是来不得什么清高。南京的王干先生后来说我在文章中给《天涯》做广告，这个基本事实其实并没有错，他要讥讽要追究当然只能由他。至于他说有关《马桥词典》的评论也是我和《天涯》用"广告套路"鼓捣出来的，那是另外一回事，那是恶意搅水的小伎俩，在每一次思想冲突中都不会少见。

《天涯》从来没有轻松过。用单正平的话来说：几乎把每期都当创刊号来编。用郑国琳的话来说：每天都是考试。这本杂志在今天虽然已经走出了最困难的阶段，但是在我的心目中还只是有了个开局。它的理论部分仍然不够活泼诱人，我们没办法苛求理论家们在对真理负责的同时还对我们的利润负责。它的文学部分也还很薄弱，艺术栏目更是一直没让我们找到感觉。在缺稿的时候幸好还有蒋子丹的一些朋友来帮着撑住：方方、张欣、蒋韵、迟子建、张洁、王安忆、范小青、林白、铁凝、王小妮、翟永明、陈染、徐晓斌、徐坤、张抗抗、毕淑敏等等，但一代新的文学先锋仍在我们的等待之中。只有行内人才知道，书刊市场的竞争更趋

惊心动魄,思想文化的旅程前面仍是山重水复。我已经感觉到自己的脑子不够用了。在我从事编辑工作近二十年以后,我觉得社长这个职位应该让给更年轻的人了。

当然,达到三万份的发行量又怎么样?发行三十万份或者三百万份又怎么样?以我有限的历史知识,我也知道人类有了几千年的灿烂文学之后,酷爱贝多芬的纳粹军官要杀人还是杀人,熟读苏东坡的政客要祸民还是祸民,20世纪的坏事并不会比几百年前或几千年前更少。文学也好,思想也好,并不能阻止战争、专制、动乱等各种社会悲剧一再重演。那么一种杂志,无论发行量大还是小,质量高还是低,最终能于世何益?人类几千年来的文字生产出来,只不过是像一些石子投向湖面,虽然会激起大小不同的一些浪花,但很快就会消失无痕,人性和社会的浩瀚大海仍然会一次次证明它最终不可变易。《天涯》这颗小小的石子能溅起多大的浪花?我十分害怕面对这样的冥想,特别害怕在夏夜的星空下来回答有关意义的难题。星空总是使我们哆嗦而且心境空茫。于是让我们还是回到阳光投照的办公室来吧。在我的面前, 一篇等着要发的文稿终于在第八遍或者第九遍调整润色之后完成了编定,终于在我翻乱一大堆书之后完成了一段重要引文出处的校正。在这个时候,我只能认定这个大多数读者根本不会注意的出处本身就是价值,我的滚滚哈欠本身就是快乐。这篇文稿是《南山纪要:我们为什么要谈生态与环境?》,这是《天涯》在世纪之交一次重要笔会的产物。

各种主义在历史上的理论和实践都存在着生态环境方面的盲区,并且直接导致世纪末一些人口密集国家的触目灾难。因此生态与环境是一个向前走的话题,是一个思想可能创新的出发点。编辑部就是在这种想法下于1999年底邀请境内外四十来位关心生态环境问题的新老朋友来到海南各抒己见。很多人多年不见,面容已经悄悄走形。比如几年前我在北京看到的格非还是个毛头小子,一晃就成了面色发暗的沧桑中年。我猜想他看见我的白发肯定也吃了一惊,只是不一定把这种吃惊残酷地向我通告。

那几天真是把会开疯了。除了正式的议程,人们意犹未尽, 邀请阿里夫·德里克(A. Derrik)教授加开讲座介绍美国思想学术动态,邀请黄平也加开讲座介绍三峡工程和农村乡镇企业现状,大会生出了无数自发性的小会,以致最后一天从三亚回到海口以后,有人见别人纷纷在整理行装便着急:"怎么就不开会了?"

入夜,他们在海滩上久久地散步。循着沙滩上一行行足迹看去,暗夜中不见他们的身影,只有说笑声在腥咸海风中远远地飘来。

我在一棵椰树下听着这些声音。

我想起不久前在美国哈佛大学李欧凡教授的家里,看到一本英文杂志上面有英国著名学者佩利·安德森(P.Anderson)谈他家庭以及谈他父亲在中国生活的长文,使我感到亲切。因为安德森两年前访问海南岛时,是我陪着他去寻访他父亲的遗迹,在海口市面德胜沙老城区一带转悠,还因为开车误入单行道而被警察罚了一次款。当时他无意中问起我现在的编辑工作,得知《天涯》讨论过的种种话题,表现出特别惊讶。他说这些都是当前世界最重要的问题,他很想知道中国人在这些方面怎么感觉和思考。

他留下地址,希望我们可能的话以后给他邮寄刊物。但他并不懂中文,让我觉得他的要求有点奇怪也有点滑稽。

我想象他在离海南岛很远的地方打开一本《天涯》,翻过一页页他根本不认识的字。也许那正是一个象征,而且可能是一个人阅读最为正确的方式:任何字与词都是过眼烟云,都是雪泥鸿爪,都是不怎么重要的。一个人只需要轻轻抚过这些空白的纸页,只需要在触抚中

感受到来自远方的另一双手的体温。

那么我和同事们五年来也只不过是编出了一本本空白无字的《天涯》，五年来向读者说了很多的同时又什么也没说。《天涯》将来还要一年年说下去，但同时一年年又什么也不会说。连绵无际的空白是一切努力的伪证：空白在法庭上从来不足为凭。

我们只是交出了我们的体温。好了，同事们已经一致同意把我的名字从杂志版权页的社长一栏里撤下来了。我祝他们下一步干得更好，而且留下一个私人茶杯在编辑部的办公室里，说以后来串门时可能用得着。

2000 年 9 月

（载散文集《然后》，山东文艺出版社，2001 年版）

文学:文体开放的远望与近观
——韩少功、王尧对话录(之三)

韩少功　王　尧

为什么很多作家把目光投向散文

王　尧:在中国丰厚的文化遗产中,有一个优秀的传统,就是文史哲不分家。读你的《暗示》,我突然想到文史哲不分家的传统。在这个传统中,中国文学的文体,其实是很特别的,譬如散文,还有章回体小说。

韩少功:中国最大的文体遗产,我觉得是散文。

王　尧:我赞成这一说法。现代散文和古代散文的概念是不同的。

韩少功:古代散文是"大散文",也可说是"杂文学",不光是文学,也是历史和哲学甚至是科学。中国是一个农耕民族,古人对植物材料运用得比较多,在西汉早期发明了草木造纸,比蔡伦造纸其实更早。甘肃敦煌等地的文物出土可以证明这一点。有了这个纸,所思所感可以写下来。有啥说啥,有叙有议,也就形成了古代散文。没有农业就没有纸张,没有纸张就没有散文,差不多是这样一个过程。这使中国的文艺与其他民族走上了不同的发展道路,至少在 16 世纪以前是这样。比如在古代欧洲,主要的文艺形式,先是史诗,后是戏剧,都以口传为主要手段。为什么会这样?主要原因是造纸技术直到 12 世纪由阿拉伯人传入欧洲,与中国西汉有一千多年的时间差。我在乡下插队的时候,知道地方艺人们演"乔仔戏",没有什么剧本,只有一些剧情梗概,由艺人们口口相传,与欧洲古代艺人的情况可能有些近似。

王　尧:古代欧洲也有纸,但主要是羊皮纸。

韩少功:下埃及人发明过一种"纸草",以草叶为纸,也传入到欧洲,但为什么没有后续的改进,也没有大面积传播,原因不明。羊皮纸是动物纸,又昂贵又笨重,用起来不方便,限制了欧洲古代文字的运用。严格地说,他们那时缺少"文学"而较多"剧艺",缺少"文人"而较多"艺人"。出于同样的原因,欧洲与中国的诗歌也走着两条路。他们以歌当家,中国以诗当家。歌是唱出来的诗,诗是写下来的歌。歌很自然引导出戏剧,诗很自然催生出散文。我们看《诗经》,大部分作品都是录歌为诗,后来的汉乐府也是这样。到唐诗和宋词,便进一步文人化了,书面化了。中国除了西藏和蒙古这样一些游牧地区,一直没有出现过史诗,其实是一直没有出现过史歌,那是因为中国的历史都写在纸上,成了《史记》或者《汉书》,不需要歌手们用脑子来记,然后用口舌来唱。我到湖南苗族地区听歌手唱史,觉得倒是与史诗有点相似。但这在中国不是主流现象。

王　尧:现代散文的源流既有英国随笔也有中国的古代散文。以前周作人比较多的是强调了晚明小品的影响,也就是言志派散文的影响。

韩少功：到了20世纪，中国从西方学来了一些文艺样式，比如话剧、电影、欧式小说、阶梯诗等等，文艺品种目录有爆炸式的扩充，但西方的散文没有给人们太多陌生感。因为类似的东西中国从来就不缺，而且多得车载斗量。中国几乎每张报纸上都设有文学副刊，主要是发表散文，成了一大特色。欧美的报上一般就有个书评版，然后就是娱乐版，很少见到副刊散文。

王　尧：现代散文的发生、发展始终是和报纸副刊的兴起联系在一起的。当代也是这样。

韩少功：最近这些年，像张承志、史铁生这样一些作家，以前都写过现实主义和现代主义的小说，玩得算是得心应手，但突然都金盆洗手，改弦易辙，纷纷转向散文。张承志还对我说过：小说是一种堕落的形式。我不知道当年鲁迅是不是有过这种感想，因为鲁迅除了早期写一点小说，后期作品也多是散文。我当然不会相信小说这种形式就会灭亡，更愿意相信小说今后还大有作为。但我感兴趣的是：为什么我心目中的这些优秀作家都把目光投向散文？这其中是不是有什么道理？中国的散文遗产里包含了丰富的写作经验，包含了特殊的人文传统，我们不能随意地把它抛弃。这不仅是对中国文化遗产，也是对世界文化遗产的一种不负责任的态度。但这样说，恐怕只能是说了一个方面的理由。除此之外还有没有别的理由？甚至更重要的理由？

王　尧：我曾经提出一个看法，散文是知识分子情感与思想最为自由、最为朴实的一种表达方式。现在许多作家写散文，与他们的知识分子身份有关，在目前这样一种情形下，知识分子总要对公共领域的思想问题表达自己的思考，因此选择散文这样一个文体是必然的。俄国的知识分子也曾有这样一个阶段。所以我一直坚持认为，散文创作不能职业化。

散文与戏剧是中西方不同的传统依托

韩少功：我同意"最自由"和"最朴实"的说法。我在一篇文章里说过：散文像散步，是日常的、朴素的、甚至是赤裸裸的，小说和戏剧像芭蕾步和太空步，相对来说要技术化一些。这里说的小说，其实是指欧洲式小说。这个小说的前身是戏剧。亚里士多德写过一本《诗学》，应该更名为《剧学》，译者似乎不知道当时的"诗"就是指戏剧，尤其是指悲剧。亚里士多德给这些"诗"规定了六个要素：人物、情节、主题、台词、场景、歌曲，你看看，哪里还是"诗"呢？明明就是剧。这六要素，差不多也就是后来欧洲小说的要素，体现了他们的小说是戏剧的嫡传儿子，是一种"后戏剧文体"。古希腊人是很讲规则的，讲公理的，所以亚里士多德在书中总结戏剧规则，像要制订一本操作手册。比如一出戏只能有多长，一个作品应该有多少伴唱和序曲，一个舞台上最多只能有三个人讲话等等，他都做了说明。他还说，坏人做坏事，不会让观众惊奇，所以应该让坏人做好事。好人做好事，也不会让观众惊奇，所以应该让好人做错事。他认为，最好的悲剧，一般是在亲人关系中产生仇恨，或在仇人关系中产生友爱，这样才能激起观众们的"怜悯"和"恐惧"。他的这些规定，很容易让我们想起莎士比亚、易卜生以及高乃依，也很容易让人想起巴尔扎克、雨果、狄更斯、大仲马，还有五四运动以后中国的一些仿制品。这些小说家都是古希腊悲剧的接班人，是亚里士多德的好学生，继承了一种感受和表达生活的"后戏剧"方式。

王　尧：你的《马桥词典》与《暗示》作为小说出现在文坛，总是引起很多争议。这两本书显然与你说的欧化小说有相当距离。

韩少功：《暗示》在中国内地出版时，被出版社定性为"小说"；在台湾出版时，被出版社定性为"笔记体小说"。我没有表示反对。有人指出这样的文体根本算不上小说，我同样没有表示反对。因为小说的概念本来就不曾统一。如果说欧洲传统小说是"后戏剧"的，那么中国传统小说是"后散文"的，两者来路不一，概念也不一。中国古代是散文超级大国，而且古人大多信奉"文无定规""文无定法"，偏重于应顺自然，信马由缰，随心所欲。从这种散文中脱胎出来，小说一开始叫笔记，叫话本，后来叫章回小说，是一个把散文故事化、口语化、大众传播化的走向。《三国演义》就脱胎于《三国志》。这样的小说一开始也有些散文面孔，比如《太平广记》一类从唐代开始的大量传奇话本，几乎无法让人分清散文与小说的界线。明、清两代的古典长篇小说中，除了《红楼梦》较为接近欧式的焦点结构，其他都多少有些信天游，十八扯，长藤结瓜，说到哪里算哪里，有一种散漫无拘的明显痕迹。《镜花缘》《官场现形记》都是这样，是"清明上河图"式的散点透视。胡适采用欧洲小说的标准，所以叹惜中国虽然有这么多长篇小说，但没有一部真正像样的长篇小说。

王　尧：把小说分成"后戏剧"与"后散文"两个传统，是一个有趣的提法。这两种不同的传统里，包含着不同的写作经验和写作心态。

韩少功：写戏剧与写散文是不一样的。戏剧只能在人口集中的地方产生，必须通过创作集体的合作才能搬上舞台；散文则可以在偏僻之地产生，一般是由作者单独和寂寞地完成。戏剧是一种现场交流，直接面对着近前的观众；写散文通常是孤灯一盏，独自面壁，读者只是往后的一种可能，有没有，有多少，实在说不定。戏剧的观众里有读书人，也有文盲和半文盲，趣味的公共性必须被作者顾及；而散文的读者只可能是读书人，甚至只是作者所指定的"知音"，趣味的特异性可以由作者充分地坚守，哪怕准备承受"藏之名山"的长期埋没。这些都是很重要的区别。从某个意义上来说，中、西方不同文艺传统的区别，差不多就是根源于散文与戏剧的区别。雅典、罗马有那么多剧场，连一个小小的庞贝古城也有好几个，对于中国文人来说是陌生的。

王　尧：实践者的处境、体会等方面都各有侧重。

韩少功：对文艺功能的认识也就不大相同。亚里士多德强调一是"娱乐"，二是"教育"，用中国话来说叫作"寓教于乐"。剧艺家们面对满场观众时，恐怕自然会有这种服务型的想法。中国古人所强调的，一是"诗言志"，二是"歌咏情"，最像是文学家们孤灯将尽独自徘徊时的想法，是一种表现型的创作主张。前者是以观众为本位，后者是以作者为本位。

王　尧：很多人说过，西方艺术以模仿为本，中国艺术以比兴为本。王元化先生也是这个观点。

韩少功：其实，模仿就是舞台演剧的基本套路，比兴就是纸上写诗的主要方法，后来也是散文方法的一部分。

王　尧：那你如何看待中国传统的戏剧？

韩少功：中国的戏剧出现较晚，而且来源于曲与调，比如徽剧就来源于徽调。戏曲戏曲，戏与曲是亲戚。这种戏曲一般来说有很强的地方性、民间性、市井性、游戏性，不像欧洲戏剧是文艺的主流和正统，也不擅长表现"诸神"和"英雄"这样的重大题材。老百姓说"书真戏假"，"书雅戏俗"，戏是闹着玩的，在文人眼里地位比较低。《四库全书》七万多卷，什么都收录，就是不收录戏剧。晚清以后出现"文人剧""文明戏"，直到60年代以京剧为代表的现代戏剧改革，才是用欧洲戏剧观来改造中国戏曲。

我撞上了一个作品稀缺的年代

王　尧：在《暗示》没有发表前，我听说你在写一部长篇小说。李锐当时对我说，你对文体的要求很高。从《爸爸爸》到《马桥词典》再到《暗示》，你的创新意识是非常自觉的。近二十年来，你一直处于一个比较好的状态，是一个不断突破自己也突破别人的作家。我们俩已经谈了许多问题，今天是不是一起回顾一下你的创作道路。前几次也零星谈到这方面的内容。

韩少功：谈不上文体自觉，这些年不过就是写写看看，看看写写。我的创作大部分时候也不是处于好状态。

王　尧：你的创作开始于知青后期。

韩少功：当时在农村，既不能考大学，也不能进工厂，理工科知识没有什么用，就只好读点文学。除了浩然、赵树理、周立波以外，高尔基、普希金、法捷耶夫、契诃夫、艾特玛托夫，还有一个柯切托夫，写过《茹尔宾一家》和《叶尔绍夫兄弟》的，是我最早接触的外国作家。海明威和杰克·伦敦的书读过，但没记住他们的名字，直到多少年后兴冲冲买了他们的书，一翻开才发现，怎么这样眼熟呢？那时候写过一些戏曲节目，写一些通讯报道和公文材料，是上面安排的任务。但如何通过文学表达自己的思想感受，问题已经渐渐进入视线。"文革"结束以后，伤痕文学、反思文学，都有一股苏俄文学的味。作家们向往伤感的英雄主义，加上一点冰清玉洁的爱情，加上一点土地和河流，常常用奔驰火车或者工厂区的灯海，给故事一个现代化的尾巴。我当时觉得这是最美的文学。

王　尧：新时期初期，有些作家甚至是延续当年的惯性。这在一个历史转折期是很正常的。"解冻文学"是前苏联的一种提法，中国的新时期也可以说是个"解冻时期"。

韩少功：我撞上了一个作品稀缺的时代，一个较为空旷的文坛，所以起步比较容易。那时候写作的人不是很多，文化生活又比较单调，没有电视，没有足球，没有卡拉 OK 也没有国标舞，全国人民除了看党报就只能看几本文学杂志，十亿人八小时以外的时间，全等着文学去占领。《人民文学》可以发行到一百七十万份，在今天看来是天文数字。我发表一个短篇小说《月兰》，居然收到上千封读者来信，在今天看来也是天文数字。有一个农民在来信中说：我给全村人读你的小说，读得大家都哭了。你想想：那是一番什么样的情景？现在还可能有这种全村人坐在一起读小说的事情吗？当时文学确实起到了思想解放排头兵的作用，从总体上来说，比新闻、理论及其他方面表现得更勇敢和更敏锐，所以差不多每个月都有热点，每个月都有轰动，攻城略地，摧枯拉朽，思想禁区一个个被文学攻破。我想，这样一种文学黄金时期在历史上肯定并不多见。中国在"五四"以后有过这么一段。这种情况下的文学不仅仅是文学，文学后面有一个全新社会思潮的强力推动，有一只看不见的历史之手。我们可能只是写了几块瓦片，但历史的五彩灯光，使它们在那一刻像钻石一样耀眼。

我想把小说做成一个公园

王　尧：80 年代中期你和一些作家的变化，改变了整个新时期文学的创作路向。当时读《爸爸爸》，觉得不像你以前的作品那样好懂了。原来的现实主义小说中非常注意情节的大起大落，大开大合，写大场面，到了《归去来》《爸爸爸》，有变化。艺术上的新变化应该也跟

当时思想的变化有一定的关系吧?

韩少功:到一定的时候,文学的政治和思想能量逐步释放完毕,或者说能量开始向其他层面转移。到 80 年代中期,新闻、理论、教育等方面的解冻陆续实现,文化生态趋于平衡,文学一马当先孤军深入的局面大体结束。在当时启蒙主义的框架之下,科学、民主、人道主义等等,这些节目已经基本出尽,思想井喷的压力逐步减弱。往下还能怎么写?很多人说:写性吧。事实就是这样。性解放成了人道主义最后和最高的一个叙事主题,文学开始进卧房,解裤带了。但一次能量巨大的思想解放,不光会触及文学的内容,肯定也会触及文学的形式,不光会触及"写什么"的问题,肯定也会要触及"怎么写"的问题。在西方现代主义文学大举进入中国的情况下,很多作家受到刺激和启发,转向文学自身的反省,不满意现实主义的创作方法,不满意"人物"加"情节"再加"主题"这样的小说配方。当时有过关于内容与形式的争论。一些激进的作家认为形式就是一切,呼吁一场形式的革命。如果我们留意一下当时的作品,就可以看出很多实验小说那里,情节破碎了,人物稀薄了,主题模糊了,亚里士多德说过的这"要素"那"要素"都不灵了。倒是有些新的要素成了实验作家们的兴趣焦点,比如说意象,比如说氛围。我记得有一本介绍梵·高的书说过:画家们突然发现空气不是透明的,空气里很丰富的东西,应该把它们画出来,这一点几乎就成了欧洲印象主义绘画运动的起点。可以说,意象、氛围这样一些东西,就是 80 年代中期部分小说家突然发现的"空气"。

王　尧:对于一般读者大众来说,这些新冒出来的小说不容易读懂了。

韩少功:人们总是想读懂小说,似乎抱着一种对理论和新闻的期待。老作家康濯说他在国外参观画展,没看懂一幅印象派的画,问讲解员:这是画的什么东西?讲解员回答:先生,这不是什么东西,这是一种情绪。我们看王羲之的字,听贝多芬的音乐,其实也不一定"懂",但仍会有情绪上的感受。当时很多作家就是要用小说来实现绘画、音乐的效果,至少使小说增添这样的效果。内容退到后台,形式进到前台。理解退到后台,感觉进到前台。陈村写过一篇小说,叫《一天》,或者是《张三的一天》,我记不太清。小说是这样写的:张三这个人看到了第一盏路灯,看到了第二盏路灯,看到了第三盏路灯……在车间里做了第一个零件,做了第二个零件,做了第三个零件……通篇都是这样,简直单调沉闷得不得了,读起来烦。好,你烦就对了,你觉得单调沉闷就对了。作者要的就是这个情绪,张三这个人物的生活就是这么单调沉闷的。作者把小说的内容变成了形式本身,"写什么"变成了"怎么写"本身,但读者可能不大习惯,觉得这篇小说里什么也没有。

王尧:《爸爸爸》有寓言的风格,但传统的寓言一般是要引出教训、启示,但《爸爸爸》没有这样单一的主题。

韩少功:我想把小说做成一个公园,有很多出口和入口,读者可以从任何一个门口进来,也可以从任何一个门口出去。你经历和感受了这个公园,这就够了。

王尧:一些评论家把这篇小说当作"寻根文学"的代表作之一,其实就思想的多义性来说,它似乎更接近西方现代哲学的怀疑主义、相对主义、解构主义,作者对生活与历史抱着一种"测不准"的知识态度。这种东西在中国文学传统中倒是不太多。

韩少功:所以也有人说这篇小说是"现代主义"的。当时他们对这种风格很偏爱,鼓动我上一条流水线,说接着往下写吧,写十个这样的中篇或者长篇。

王尧:我想,你自己肯定会犹豫。

韩少功:自我重复不是一件能让人打起精神的事情。更重要的是,先锋小说很快也进入

了形式化和模式化,让我有点始料未及。这种小说破了人物、情节、主题三大法统,远离戏剧然后接近绘画、音乐、书法,展现出一个"怎么写都行"的大解放。但这个挑战很快就空心化了。新技术像旧技术一样,再次淹没和封闭作家的心智。仿卡夫卡,仿博尔霍斯,仿加西亚·马尔克斯,不仅在中国而且在世界泛滥成灾。到80年代末期,几乎任何一个大学生,都可以从衣袋里掏出几首朦胧诗,掏出一篇意识流小说,恭恭敬敬地呈送到编辑面前,无不可以达到以假乱真的程度,实在让人难分高下。荒诞成了一个模式,谁都可以玩一把。冷漠和孤绝成了一个模式,什么鸟都可以玩一把。这反而让我感到深深的困惑。

技术无罪,技术化才不一定是好事

王　尧:当时"内容""思想"等几乎成了文学圈内的贬义词,写作者们对形式的迷恋到了空前的程度。

韩少功:重形式和重技术是欧洲传统。他们的"艺术"一开始就是指"技术"。在欧洲很长一段时间里,"艺术家"artist 与"工匠"artisan、craftsman,是可以互换使用的同义词,在中国人看来很奇怪。如果中国人说哪个艺术家是"匠人",有"匠气",简直就是骂人。

王　尧:中国的文化人一般来说比较鄙薄技术。

韩少功:技术不是坏事。李陀一直呼吁作家们重视技术,尤其是一些通俗文学作家不重视技术,在他看来是很奇怪的。我们太容易把自己看作天才,而不看成工匠。我们的文学理论体系算是西方化了,但缺少西方的技术教育和训练,谈技术羞羞答答,不敢往深里和细里讲。你看现在一些西方的电影理论,过了几分钟该干什么,过了十几分钟该干什么,都有成套的规定。在这一传统的惯性推动下,西方的现代派艺术也很快技术化了。法国作家罗布格里耶到海南,与我们谈他的小说与电影,只谈物体发出的声音,说他的成功完全依赖于对声音的关注。听他一席话,你会觉得他是一个录音师。

王　尧:现代派拒绝了旧的技术,但发明了一套套新的技术。

韩少功:技术无罪,技术化才不一定是好事。看有些人的作品,我和一些朋友当时觉得可以写出一本技术手册。比方过了几分钟该荒诞一下,过了十几分钟该朦胧一下,过几分钟该野性一下,或者该绘画感或音乐感一下,可以列出方程式。那时候我们开过玩笑,说可以编一本《现代派诗歌常用两百句》,老百姓读了,都可以出口成诗。

王　尧:你曾经在《夜行者梦语》中,讽刺很多现代派文人成了"技术员"。

韩少功:相比较而言,中国人缺乏对技术的执着和细心,从来都有一种内容主义的倾向。古人说"文以载道",是道德挂帅的。孔子说"诗无邪",强调"尽善"高于"尽美",都是把思想评价摆在艺术评价之前。我们可以看到,从80年代到90年代前期,新技术开发运动很快在中国结束,王蒙、李锐、莫言、余华、格非、林白、蒋韵这一些先锋作家也告别形式迷宫,不那么奇奇诡诡折腾人了,陆续返回现实生活。《许三观卖血》《北京有个金太阳》这一类作品,大体上又有了平实的面貌,内容重新走向前台。

王　尧:当时出现了"新写实"的概念。

韩少功:大多数先锋作家其实都是广义的"新写实",现代主义精神融入了一种朴素、冷静、平实的描写风格,不那么张牙舞爪咄咄逼人。但这时候的"实"是市场化的"实",带来了另外的问题。一部分文学家迅速世俗化和利欲化,精神逆子们的大举还俗,以声色犬马和灯

红酒绿打底。有一篇号称十分"前卫"的小说，居然只是把北京五星级宾馆里的豪华景象写了个遍，字里行间充满着穷国穷人透骨的势利和贪欲，流着长长的哈喇子。还有一本十分"前卫"的诗集，大约有一半的篇幅，是写作者如何在广州和深圳嫖娼，差不多就是把西门庆请入了诗坛。这些作品还得到很多评论家的叫好。连方方、张欣这些最会写"实"和写"俗"的作家，当时也表现出困惑，连一些港台作家也大跌眼镜。

王　尧:你在《夜行者梦语》一文中说，虚无主义与实惠主义在中国组成了精神同盟。

韩少功:在我的感受中，小说不好读了，不解饥渴了，十几页黑压压的字翻过去，脑子里可能还是空的。自己的好些小说也是这样不咸不淡，不痛不痒。读小说成了一件需要强打精神不屈不挠的苦差事，比读理论和读新闻还要累人，岂不奇怪？不管是传统还是先锋的小说，不论什么流派和风格的小说，这时候都出现了两个较为普遍的问题。第一，没有信息，或者说信息稀薄。我这里指现实生活的信息，也指审美和思想的信息。小说里鸡零狗碎，家长里短，吃喝拉撒，衣食住行，再加点男盗女娼，无非就是这些东西。人们通过日常交往和新闻报道，对这一切其实已经耳熟能详司空见惯，小说不过是挤眉弄眼绘声绘色再来炒一把剩饭。但一百〇一个贪官还是贪官，一百〇一次调情还是调情，你还能让我知道一点什么？这就是"叙事的空转"。第二，劣质信息和病毒信息爆发，也可以说是"叙事的失禁"。小说成了精神上的随地大小便，成了某些恶劣思想和情绪的垃圾场，成了一种看谁肚子里坏水多的升级竞赛。自恋、冷漠、偏执、贪婪、淫邪……越来越多地排泄在小说里。有一些戴着红帽子的"主旋律"小说，其实也脏得很，改革家总是在豪华宾馆讲着格言，在美女记者的崇拜之下走进暴风雨沉思祖国的明天。一种对腐败既愤怒又渴望的心态，形成了各种文字窥视和文字按摩。我即便不从道德上来展开质疑，也可以怀疑小说为什么突然变得如此单调贫乏。

王　尧:90年代以来这一类审美的困惑和道德的困惑在作家中是比较普遍的，不是说作家现在不会写小说了。

韩少功:这不是才华的问题，或者方法的问题。很多小说家的内心似乎无法再激动起来，文坛"心不在焉"。以前有一段时间，文学成了政治宣传和道德宣传，是文学的自杀。现在有些作家自诩"纯文学"，好像遗世独立，与政治和道德了无干系，其实也很可疑。一个叫单正平的朋友曾经对我说：否定作品的道德性似乎形成了一种很荒唐的成见：据说《金瓶梅》如果是淫书，那绝对是因为读者心术不正；你要是高尚的读者，就读不到其中的淫秽，只能感受到艺术之美。这个假话一直没有人敢正面驳斥。托尔斯泰当年对莎士比亚的指责也许不对，但他评价文学的精神性尺度，值得我们重新思考。

王　尧:需要有一种新的力量来打动心灵。

韩少功:读者也"心不在焉"。我们叙事环境和受众市场在发生变化。当年鲁迅写阿Q，是"哀其不幸怒其不争"，但在很多现代青年看来，阿Q可能纯粹是一个搞笑的料，没有什么"怒"，更没有什么可"哀"的。罗中立一幅《父亲》的油画，在80年代还能激起人们的敬重和感动，但在90年代的很多观众看来，什么糟老头子？纯粹是一个失败者，可怜虫，倒霉蛋，充其量只能成为怜悯对象。我不知道你是否注意过这一类反映。在我看来，一个新的解读系统正在十面埋伏，主流受众对作品的解读已经流行化了、格式化了，使我们的写作常常变得尴尬可笑。以前说"仁者见仁，智者见智"，但现在的很多读者只能"见利"和"见欲"，任何信号都会被他们的脑子自动翻译成一个东西：利欲。利欲就是一切。你就是呕出了一腔鲜血，他们也可能把它当作作秀的红油彩。这是一种什么情况呢？这也许就是美国那个杰姆

逊说的"无意识领域的殖民化"。意识形态不光是一种思想了,它开始向感觉和本能的层面渗透,毒化着社会潜意识。当然,我得说明一下,我这里不是指所有的读者和观众——我们对受众的丰富性还可以抱有期待。

思想与感觉是两条腿

王　尧: 那个时候你断断续续地写过一些短篇中篇,但是成形的还是一些随笔,那些思想随笔在读者中开始有影响。

韩少功: 我是个笨人,没法用小说来实施抵抗,只好逃到散文里去。我发现随笔的好处是可以直言,可以用直言来搅乱受众的感觉流行化和格式化。

王　尧: 很多人认为你是一个思想型作家。

韩少功: 我原以为这是一个很让人委屈的说法,现在觉得是个很光荣的帽子,有点受宠若惊,担待不起。我曾经以为,感觉是接近文学的,思想是接近理论的。一个作家应该以感觉为本,防止自己越位并尽可能远离思想。所谓"人们一思考,上帝就发笑",曾经是一个很流行的观点,我也算是马马虎虎地接受了。但是90年代的精神文化生态使我对这个问题有所怀疑。我们很多作家在唾弃思想以后,是感觉更丰富了,还是感觉更贫乏了?是感觉更鲜活了,还是感觉更麻木了?翻翻现在的某些小说,人们对自然的感觉,对弱者的感觉,对劳动的感觉,对尊严和自由的感觉,在越来越多的小说里熄灭。连写酒吧泡妞都是一些千篇一律的套路,每隔十页上一次床,每隔三十行来一句"白白的""丰满的",所谓个人的、原真的、鲜活的感觉在哪里?我在家门前见到过一出交通事故,一个老板模样的人开车把一个打工仔撞倒在地。我惊讶的是围观者们的反应。有人说这老板要倒霉了,得赔个八千一万吧?有人说这个打工仔要倒霉了,自己违规骑车撞死了也白撞……但在场的围观者们,没有谁急着要救人,好像对血迹已经没有感觉。或者说,大家对血迹是有感觉的,但感觉不是指向生命,只是指向钱,已经被锁定。

王　尧: 除此而外,也有鲁迅写的那种看客心理。

韩少功: 在这一地鲜血面前,你分明可以感受到感觉的封闭。你用再多的鲜血,也无法打破这种封闭。一只鸡,看到鸡血也要发抖的;一只羊,看到羊血也要腿软的。但人看到人血的时候只计较钱,这正常吗?这是"回到感觉"吗?在这种情况下,你必须操起思想的快刀,才能杀开一条感觉通道,使人们恢复对鲜血的正常感觉。

王　尧: 你的《感觉跟着什么走》发表在《读书》上,对感觉与思想的关系做过一些清理。从那篇文章里,可以多少感觉到你写作随笔的动机,还有写作《马桥词典》和《暗示》的思想源流。从《马桥词典》到《暗示》,你在小说化叙事中加进了很多思想随笔的因素。从手法上看是这样,实际上你是把很多思想和思考发挥了出来,造成这样一种新的文体功能。这不意味着你要做出一篇论文写一篇论著,实际上还是为文学服务,像前面说的那样,是为了拯救感觉,解放感觉,寻找某种新的感觉通道。《暗示》虽然议论很多,但感觉还是那样细致、绵密,被语言遮蔽的许多具象重见天日。

韩少功: 那正是我想达到的目标。如果说我在写作中运用了思想,更多的时候只是为了给感觉清障、打假、防事故,是以感觉和感动为落脚点的。我并没有当思想家或理论家的野心。

王　尧：并不在学术迷宫里纠缠，这就是韩少功的聪明之处。

韩少功：我有时候想起古人的一些说法。为什么某种对文艺的怀疑浪潮似乎总是周期性地出现？墨子就不喜欢文艺，说"凡善不美"，认为善与美总是对立的。柏拉图也认为文艺与哲学永远是对头，被钱钟书先生译成"旧仇宿怨"。这样一些"卑艺文"的观念，后来在历史上多次再现，比如在宋明理学那里还达到新的高峰，连大诗人陆游都不好意思写诗了，一写诗便有点犯罪感，觉得自己不务正业。我们可能不宜简单地以为，那只是几个呆老头子的刻板和迂腐。

王　尧：需要看看他们所针对的是什么样的文艺，什么时代的文艺。

韩少功：对于人的精神来说，思想与感觉是两条腿，有时左腿走在前面，有时右腿走在前面。如果我们把整个人类社会想象成一个人，恐怕也是这样。思想僵化的时候，需要用感觉来激活。感觉毒化的时候，需要思想来疗救。此一时也，彼一时也。在漫长的历史中，每个时代都有文艺，但并不是每个时代的文艺都是人类精神的增长点。我猜想古人们有时会碰上一个文艺繁华但又平庸的时代，一个文艺活跃但又堕落的时代，才有了上述一些怀疑。"卑艺文"之所以成为历史上周期性的出现，原因很可能是文艺本身在周期性地患病，正如思想理论也会周期性地患病。俄国有个思想家叫别尔嘉耶夫，有幸遇到了一个文艺生机勃勃的时代。他说文学家对 19 世纪俄罗斯思想的贡献高于哲学家，他在《俄罗斯思想》一书中引用的文学成果远远多于哲学成果。

叙事方式从来就是多种多样的

王　尧：因此文体应该永远是敞开的，或是文学向理论敞开，或是理论向文学敞开，边界在不断打破中重新确立，结构在不断瓦解中获得再造。从你的文体实验来看，散文和小说也是可以融和的。我也和方方讨论过这一问题，她说《暗示》只有韩少功能够写，这是小说的一种写法。

韩少功：一种文体的能量如果出现衰竭，文体就自然会发生变化。我看南帆、蔡翔与我也差不多，也在尝试理论的文学化，或是文学的理论化，与有些作家的尝试殊途同归。把理论与文学截然分开是欧洲理性主义的产物，并不是什么天经地义的东西，中国的散文传统就长期在这个规则之外，《圣经》《古兰经》也在这个规则之外。但跨文体只是文体的一种。叙事方式从来就是多种多样的。你深入进去了，知道每种方式都有长有短。世上没有完美的方式，须因时、因地、因题材对象而异。汉赋、唐诗、宋词、元曲，都有盛有衰，有起有落，不会永远是一个丰收的园子，也不会永远是一个荒芜的园子。

王　尧：某些传统小说的因素在你的新作里仍然存在，比如人物和情节。但似乎你并不时时把它们当成写作的重点，相反，某一个方言词语，某一个具象细节，甚至某一段历史，会占据作品里很大的篇幅。你是否觉得人物与情节已经不足以胜任你的表达，因此你必须经常跳到人物与情节之外来展开叙事？甚至展开了思考与议论？

韩少功：人物与情节一直是小说的要件，今后恐怕还将是小说的要件，将继续承担作家们对生活的感受和表现。但叙事的对象不会一成不变。以前作家眼里只有人物，还有人物的情节，下笔就一场一场往前赶，其余的都成了"闲笔"，甚至根本装不进去，这是受制于我们日常肉眼的观察，受制于我们戏剧和小说对生活的传统性理解，无非是把"个人"当作了人

的基本单元。在20世纪科学与哲学的各种新成果产生之前，我们看人也只能有这样的单元。随着人的认知和感受范围的扩展，叙事单元其实可以大于"人物"，比方说叙人群之事：王安忆在《长恨歌》的前几章写到"王琦瑶们"，把一群人当成一个角色，有点社会学和民族志的笔法。叙事单元也可以小于"人物"，比方说叙琐屑细节之事：我在《暗示》中讲过一个动作或者一顶帽子的故事，至于"人物"则暂时搁置。这正像牛顿的世界是以米为测量单元的，是一个肉眼所及的常规物质世界。当更加宏观和更加微观的科学体系诞生，光年和纳米同样成了重要的测量单元，我们的世界就不仅仅是牛顿眼中的世界了。在这样一个新的世界中，大于"人物"和小于"人物"的认知和感受纷纷涌现，我们的叙事会不会有变化？肯定会有的。王安忆写"王琦瑶们"，就是超人物和超情节的写作，事实上，也是她书中最为散文化的部分。

王　尧：跨文体本身也不会拘泥于一式一法，在作家那里有不同的尝试。

韩少功：一般来说，小说有点像日常性的中景摄影，机位已经固定，看人总是不远也不近。散文呢，没有固定机位，镜头可以忽远忽近，叙事单元可以忽大忽小。蒋子丹最近写一本《边城凤凰》，也发现了这个好处。

王　尧：把散文因素带进小说，作为叙事方法的一种，我想一部分读者对此是可以接受的。俄国人以前就不怎么区分小说与散文，只区分"散文"和"韵文"。

韩少功：我发现，没有怎么接受过正统文学理论训练的人，倒是比较容易接受这种不三不四的写法。有一位退休老太太对我说，我的《归去来》《爸爸爸》那一类她都看不懂，也不喜欢，倒是《暗示》能让她读得开心。我问她难不难懂，她说太容易懂了。

王　尧：文体不仅仅是一个形式的问题，文体变化表现出作家眼中世界的变化，表现出作家们知识角度和知识方式的变化。中国的大众太大，需要多种多样的小说。我注意到，经过从80年代到90年代的文学潮流，像你这样的一部分中年作家，对社会和政治的关注似乎在重新苏醒，与80年代作家们急于回到个人的情形构成了一个对比。

韩少功：文学有社会和政治的功能，在某些局部的、短暂的环境里特别是这样。但从一个较长的时间和一个较大的空间来看，文学的具体功利作用又非常有限。世界上已经有几千年的文学累积，但是世界大战要打还是打，歌德和但丁都无法阻止；专制暴君要出现还是出现，《红楼梦》也无法阻止。烦恼、忧郁、堕落、自杀这些东西决不会比几千年前少。我们的文学似乎没有使人心或者人性变得更好一些。当然，这种遗憾，对于哲学和社会科学来说同样适用。但是反过来说，文学的社会功能很有限，不应该成为作家们漠视社会的理由。哪怕是一个个人主义者，若没有深远和广阔的社会关怀，"个人"就只是一具空洞的皮囊。关心个人，是关心社会中的个人。海德格尔说过：冷漠相处也是一种共处，与互不相关是绝不相同的。尼采是一个个人主义者吧？但他若不是焦虑于社会现实，会为自己的一条领带或一次性交突然在大街上发疯吗？现在很多人想当尼采，但心底里只惦记着自己的领带和性交，所以一时半刻恐怕当不成。

王　尧：文学家不能最终改造社会，文学家又不得不关注社会。这好像是一个悖论。

韩少功：是一个悖论。好的文学一定是关怀社会的文学，但好的文学不一定能改造社会——至少不可能把社会改造成文学所指向的完美。一个石子确实能在水面激起水花，但过了一阵水面就会恢复平静。这样说可能过于悲观，可能忽略了激起水花的意义。

中西方文化交流是不对称的

王　尧：你在国外有过一些访问，根据你的体会，西方的汉学界对中国的这些问题有一些什么反映？

韩少功：我了解的情况不太多。大体印象，是中国当代文学翻译到国外的还是比较多的，至少比理论的出口要多得多。国外读者关注中国的历史传统和现实变化，一些汉学家热心地推波助澜，成了中外文学交流的桥梁。但林子大了，什么鸟都有。有些汉学家很正派，也很聪明，你同他们打交道会觉得很舒服，交流一个眼色也很会心。人同此心，心同此理。但也有些人热情万丈，却总让你找不到什么话题，不知如何开口。比方说，他们把这个作家命名为"中国的卡夫卡"，把那个作家命名为"中国的福克纳"，把你们都评选为欧美文学的优秀学生，就高兴了、满意了。另外有些人，可能真心地热爱着中国，不惜把这个细节说成是"道家"，把那个造句说成"禅宗"，时时都想在你身上找出什么国粹，恨不得你给他们变成一个文学兵马俑，这样他们就高兴了、满意了。

王　尧：所以东西方对话仍很困难，人家不跟我们对话。

韩少功：从晚清以来，中国关注和研究西学的，大多是中国的一流人才。鲁迅、胡适、郭沫若、周作人、茅盾、傅雷、萧乾、巴金，等等，都从事西方文学的翻译和介绍。梁实秋还说过，希望每个优秀作家都来翻译一本西方著作。我们是在焚香沐浴、五体投地、恭恭敬敬地来学习西方呵。中国文化在西方哪有这种地位？你能想象哈贝马斯或者华勒斯坦这样的大学者来学习汉语？能想象君特·格拉斯或者米兰·昆德拉这样的当红作家来翻译中国小说？汉学界只是西方知识界的一个支流，甚至只是一个小小的支流，就像尼泊尔学或者孟加拉学在我们这里的情况，不像西学已经在中国的知识格局里成了主流。在这种情况下，交流是不对称的，即便看似对称了，两端也各有信号的增放或损耗。

王　尧：对于弱势文化而言，国际文化交流基本上是单向的。国外可能没有像中国这样有一支庞大的翻译队伍，体制也不一样。现代文学史上的许多中国著名作家也是很优秀的翻译家。谈到这个话题，我知道你翻译过威廉·毛姆、多丽丝·莱辛、雷蒙德·卡弗等人的小说，还翻译过散文集。我想请你介绍自己翻译米兰·昆德拉《生命中不能承受之轻》的情况。

韩少功：翻译只是我读书的副产品。这个作品是1986年我第一次出国访问的时候，一个美国作家送给我的。后来我向几个出版社推荐过这本书，可能当时昆德拉的名气还不够大，一般的翻译者不大知道他的名字，出版社说没人愿意接手。这样，我只好自己动手，请我的一位姐姐帮忙，她是在大学里面教英文的。这本书在当时的捷克还是禁书，出版社拿到我们的译稿以后，专门请示了外交部有关部门。对方说不宜出版，担心会影响外交关系。后来出版社变通一下，作为内部出版物处理，又让我们把书中一些比较敏感的词语或段落作了些删除。比如"共产党"常常被改成"当局"，文字上不那么刺眼。

王　尧：这叫技术处理。翻译界和读者对这些情况并不清楚，后来有人提出一些意见，误解了你们。

韩少功：有些误译是应该由译者承担责任的，没有什么误解，出手匆忙也不成为理由。但有一些是属于特定历史条件下的变通和妥协，译者没办法承担责任。后来我们这本书在台湾中国时报出版公司出版了一个比较完整的版本，但修订版在内地始终没有面世，因为

内地出版社没有拿到版权。好多家出版社都去找昆德拉谈过,据说最后是译文出版社谈成了。有一个叫许均的教授准备依据法文版再译这本书。不久前,他和我有过一次笔谈,发表在《南方周末》上。

王 尧:和中国的伤痕文学比,你觉得昆德拉的小说有什么不同?

韩少功:中国的伤痕文学大多是政治批判,昆德拉多了一条:人性批判。中国伤痕文学大多是讲故事,昆德拉也多了一条:随笔笔法,比如书中《误解小词典》那一章,就是随笔式的。但他的人物造型能力不是很强,托马斯、特丽莎都是些模模糊糊的影子。

王 尧:中国文学界一直有些人在关注"诺贝尔文学奖",似乎有一个诺贝尔情结,经常炒作出一些新闻,不知你对这个问题如何看。

韩少功:这是中国文学界缺乏自信心的表现。诺贝尔奖确实奖励过很多优秀作家,但也不是没有过错漏。崇拜这个奖,咒骂这个奖,都是太把它当回事。世界上有这么多奖,热闹一点也好,算是一种阅读代理和作品推荐,但任何奖都不意味着奥林匹克冠军。文学不是体育,也不需要这样的冠军。瑞典是个不大的国家,相当于中国的一个小省。假如青海或者宁夏的十几个教授,占据最高裁判的地位,要评全国性文学大奖,北京和上海的人就那么服气?就不会说三道四评头品足?包括中国文学在内的世界文学,并不会因为这些评奖而发生什么变化,倒是评奖机构的声誉会因为评奖而发生变化,所以评奖不是什么好玩的事,劳累了一番,还承担风险。不久前一个大老板对我说,他准备拿出一大笔钱,折腾一个由中国人主持的世界性文学大奖,奖金要超过诺贝尔奖。我说拉倒吧,你得慎重,别自找苦吃。

王 尧:中国作家可以平常心地看待这个奖。

韩少功:该关心的事太多了,犯不着来操这个心。

(载《当代》,2004 年第 2 期)

进步的回退

韩少功

当很多富裕起来的中国农民从乡村进入城市的时候,我算是一个逆行者,两年前开始阶段性地离开城市,大半时间定居在中国南方一个偏僻山区——我在上一个世纪 60 年代当知识青年的地方,曾经进入过我的长篇小说《马桥词典》及其他作品。我在那里栽树、种菜、喂鸡,收获的瓜果和鸡蛋如果吃不完,就用来馈赠城市里的亲戚和朋友。这是一种中国古代读书人"晴耕雨读"的生活方式,我觉得没有什么不好。有一位报纸记者跑到这个地方找我,对我的选择表示了怀疑:你这是不是回避现实?我说什么是现实?难道只有都市的高楼里才有"现实"?而占中国人口百分之六十九的农民和占中国土地百分之九十五的乡村就不是"现实"?记者的另一个问题是:你这是不是要对抗现代化?我问什么是"现代化"?我在这里比你在都市呼吸着更清新的空气,饮用更洁净的水,吃着品质更优良的粮食和瓜果,还享受着更多的闲适和自由,为什么这不是"现代化"而你被废气、脏水以及某些有害食品困扰并且在都市的大楼、地铁、公寓里一天天公式化地疲于奔命倒成了"现代化"?

问题很明显:这里有对"现代化"不同的理解和定义。回顾我们刚刚告别的 20 世纪,从欧洲推向全球的资本主义和共产主义两大浪潮,都以"现代化"为目标,甚至都曾用经济和技术的指标,甚至单纯用 GDP 的数量,来衡量一个地区所谓"现代化"的程度。可惜的是,经济和技术是我们生活内容的一部分而不是全部;事实上,经济和技术的活动也并不都体现为 GDP,如法国历史学家布罗代尔曾经谈到过的家务劳动,等等。在我这两年中的乡下生活里,优质的阳光、空气、水,这些生命体最重要的三大基本元素都不构成 GDP。自产自给的各种绿色食品因为不进入市场交换,也无法进入 GDP 的统计。我所得到的心境的宁静、劳动的乐趣、人际关系的和睦、时间的自由安排等等,与 GDP 更没有什么关系。因此在我那位记者朋友看来,我是一个 GDP 竞赛中的落后者,一定生活得很痛苦,甚至已经脱离了"现实"。在中国当代主流媒体的话语中,一个作家是不应该这样自绝于"现实"的,而"现实""幸福""发展""文明",等等,都是繁华都市的代名词,仅仅与车水马龙和灯红酒绿相联系。显而易见,"现代"在这里不再是一个单纯的时间概念,而是发达经济和发达技术的代用符号。于是很多人以美国的曼哈顿为"现代"的国标,而把仅仅离都市十公里或二十公里之外的生活排除在"现代"之外,通常是耸耸肩,将这些明明是现代的事物、明明就存在于他们身边的事物,斥之为"传统"或者"古老",并且在思想视野里予以完全的删除。

在一般语境之下,"现代"在中国是指 19 世纪以后的岁月,在欧洲则是指 16 世纪以后的岁月,可见这个概念不过是意指工业化、市场化、科学化乃至西方化的进程。这一进程带来了经济和技术的长足发展,无疑是人类极其值得自豪的伟大进步。依托这种伟大进步,我在乡下也可以用卫星天线和电脑网络来与外部世界沟通,可以获得抵抗洪水、干旱、野兽、

疾病等自然灾害的有效技术手段。这就是说，我的生活和我的写作，都受益于经济和技术的进步，因此我毫无理由对"进步"心存偏见。需要指出的只是：经济和技术的进步在历史上并没有常胜的纪录，曾经"进步"的苏美尔文明、埃及文明、米诺斯文明就是公元前3000年至1000年间被所谓的蛮族摧毁，同样代表着"进步"的希腊、罗马、印度、中国大文明在公元3世纪以后也一一被所谓蛮族践踏，包括中国的长城也无法阻挡北方游牧强敌，朝廷一次次南迁乃至覆灭。那时候并没有中国现在的流行说法："落后就要挨打。"人们惨痛的教训恰恰可说是"进步就要挨打"甚至"进步就要灭亡"。一直到冷兵器时代的结束，一直到工业革命和信息革命的出现，世界历史的这一法则才得到改写。即使是这样，"进步"仍然只是国家强盛和个人幸福的条件之一而不是全部条件。最近发生在美国的"9·11"恐怖主义袭击事件，就充分证明经济的技术的进步仍有极大局限性：全世界拥有最大GDP的国家仍然无法保护自己三千多位居民的安全。而且如果不消除这个世界很多地区日益严重的贫困、环境破坏、教育危机等等积弊，即使我们有十个或二十个美国，恐怕也无法真正靠高科技战争来铲除恐怖主义，来铲除所有的本·拉登。事情很清楚，就在"9·11"这一天，这个世界的不发达地区有远远超过三千的儿童死于贫困下的饥饿和疾病，但没有人为他们点上蜡烛，没有人为他们献上鲜花，更没有人为他们组成国际战争同盟，没收了我们视线的现代传媒甚至使我们根本不知道有这种死亡的存在。这难道不也是一种暴力和恐怖？这种隐形的暴力与恐怖难道不是"9·11"袭击最为重要的全球性背景？

可以相信，很多不发达地区的这种被传媒漠视的绝望，正在演变成下一颗投向繁华都市的炸弹。一项调查表明，阿富汗极端势力的出现与该国的教育状况有直接联系。由于世俗的、西方化的学校收费太高，大部分青少年无法去这样的学校学习，而只能进入各种免费的伊斯兰教学校，接受一些极端宗教主义和极端民族主义的思想灌输。这正是本·拉登的重要社会基础之一。值得注意的是，这种学费日益增高从而使贫困家庭子弟无法上学的现象，在阿富汗以外同样广泛存在。作为一个发展中国家，中国这些年的教育事业得到了很大的发展。但由于某种向美国式教育市场化的"国际惯例"急切接轨，由于很多地方管理部门官员腐败性的"搭车收费"，加上教育、出版等部门疯狂追求垄断性利润，中国的很多社会公益性事业也在受到损害，很多乡村学校的收费在二十年来也猛增了五十倍，甚至一百倍，迫使很多孩子辍学。在我居住的乡村，初中辍学比例竟一度高达百分之四十。知识的阶层分化正在比经济的阶层分化更为急剧和尖锐地出现。可以想象，如果这种趋向得不到制止和纠正，当这么多青少年被抛出所谓现代化的进程之外，当他们有朝一日发现自己永远无望分享所谓现代化成果，接受各种极端思潮难道是一件很难的事情吗？包括恐怖主义袭击在内的各种犯罪难道是一件不可想象的事情吗？当我们谴责这些本·拉登这种"反现代化"逆流的时候，那个"现代化"的市场利润狂热追求，那个受益于贫富差距扩大并且由官员、商人、知识精英等等组成的社会主流，是否正在为自己埋下恐怖主义一类的隐患？是否知道一切"反现代化"的骚动正是所谓"现代化"进程直接或间接的后果？

GDP不能解决这个问题，而且GDP至上的新意识形态正在掩盖这一类问题。包括很多欧洲知识分子左派，他们能够看到跨国资本对发达国家内部弱势阶层带来的损害，却很难看到跨国资本正在对很多发展中国家带来的损害，很难看到现代化繁荣与广大非受益地区各种极端思潮、专制暴君、宗教的原教旨化乃至邪教化之间的共生关系。利益正在使人与人之间相互盲视，正在使阶层与阶层、民族与民族之间相互盲视。因此，我们需要高GDP，

更需要社会公正,需要理解的智慧和仁慈的胸怀,来促成旨在缓解现代性危机的思想创新和制度创新。而所谓公正等,无疑是一些古老和永恒的话题,没有什么进步可言。这就是我欢迎进步但怀疑"进步主义"的原因,是我热爱现代但怀疑"现代主义"的原因。因为无论有什么伟大的现代进步,也只是改变了生活的某些形态和结构,却并不能取消生活中任何一个古老的道德难题或政治难题。现代的杀人与原始的杀人都是杀人,难道有什么区别吗?现代的绝望与孤独同样是原始的绝望与孤独,难道有什么区别吗?中国古代一个大智者老子在《道德经》中说过:"为学者日益,为道者日损。"就是说在学习知识方面要做加法,在道德精神方面要做减法;也就是说,不断的物质进步与不断的精神回退是两个并行不悖的过程,可靠的进步必须也同时是回退的。这种回退,需要我们经常减除物质欲望,减除对知识、技术的依赖和迷信,需要我们一次次回归到原始的赤子状态,直接面对一座高山或一片树林来理解生命的意义。有幸的是,我们的文学一直承担着这样的使命,相对于经济的技术的不断进步,文学不会像电脑286、386、486那样的换代升级,恰恰相反,文学永远像是一个回归者、一个逆行者、一个反动者,总是把任何时代都变成同一个时代,总是把我们的目光锁定于一些永恒的主题:比如良知,比如同情,比如知识的公共交流。莫言先生的长篇小说《檀香刑》,用他自己的话来说,是一本"大踏步地向民间文学后退"的书,其戏曲唱词般的叙事语言,使我们感受到无形的锣鼓节奏,感受到古代舞台上的温情和激情。余华先生的长篇小说《活着》、李锐先生的长篇小说《无风之树》,让我们关切一些中国当代下层贫民的伤痛,延续了中国从屈原到杜甫、到鲁迅的人道主义悲怀。我在这里还没有提到张承志先生的《心灵史》和张炜先生的《九月寓言》,这两部长篇小说在更早的时候,在中国90年代卷入经济全球化的初期,就坚守着文学的民间品格和批判精神,构成了中国现代文学在一个迷茫时期最早的思想闪电和美学突围。优秀的作品当然还不只这些。作为"向下看"而不是"向上看"的作品,它们与中国某种现代流行心理构成了紧张与对抗。对于很多中国的评论家来说,对于很多读过西方现代主义文学理论的批评家来说,这些作品都是"现代主义"的,应该贴上一个286、386、486之类的现代标签。他们没有看到,这些作品无论在形式上还是在内容上,都是在实现一种进步的回退,不过是古代《诗经》和《离骚》在今天的精神复活。在这个意义上,"现代主义"这顶流行的小帽子,无法恰当解释这些作品的功能和意义。

我一直是文学"现代主义"的拥护者,包括对法国尤奈斯库、普鲁斯特、加缪、罗伯·葛里叶等等诸多现代作家的激进探索充满崇敬和感谢——感谢他们拓展了文学领域里想象、技巧、文体风格的广阔空间,并且率先开始了对现代性的清理和批判。但他们被戴上一顶"现代主义"的小帽子,同样是出于一种程度不同的误解。我相信,一个真正成熟的现代主义者,同时也必定是一个古典主义者,因为他或者她知道:生活是不断变化的,而从另一个角度来看,又是没有什么变化的。生活不过是个永恒的谜底在不断更新着它的谜面,文学也不过是一个永恒的谜底在不断更新着它的谜面,如此而已。因此当一个现代主义者还是当一个古典主义者,完全取决于我们从哪一个角度来看生活,比方取决于我们观察一次屠杀,是观察它的技术手段如飞机、炸弹、卫星定位系统呢?还是观察这些技术手段之下我们已经在历史上无数次重逢的鲜血、眼泪以及深夜的烛光?

在离纽约十分遥远的一个中国南方乡村里,面对全世界悼念"9·11"遇难者的闪闪烛光,我深深地相信:把我们从灾难中拯救出来的伟大力量,与GDP所代表的经济和技术进步没有什么关系,而是潜藏在几千年历史中永远不会熄灭的良知和同情,是我们读到一首

诗或一篇小说时瞬间的感动。为了传承这样的感动，"现代主义"文学与历史上所有的文学一样，在做着同样的事情。明白这一点，是现代主义的死亡，也是现代主义的永生。

2000 年 12 月

（本文为韩少功在法国国家图书馆的演讲，收入《韩少功自选集》，
海南出版社，2004 年 5 月第 1 版）

用语言挑战语言

——韩少功访谈录

张　均　韩少功

张　均：韩老师,您好！评论界一般将您的创作划分为三个阶段,1980 年到 1982 年是为伤痕阶段,1985 年至 1987 年是为寻根阶段,90 年代以后的《马桥词典》和《暗示》则开创了一个新的阶段。在 80 年代您可谓"潮流中人",到 90 年代您却创造着潮流。不知您是否认同这种划分及评价？

韩少功：每种划分都只是为了讨论方便,不可避免地有所简化。对此我们不必苛求。

张　均：您是以对极"左"的批判登上文坛的。您早期的控诉叙事极富诗意,《飞过蓝天》《风吹唢呐声》都异常凄美,但经过 1983、1984 两年短暂的"沉默"之后,评论界却感觉到您似乎放弃了这种可贵的元素。南帆就察觉到《爸爸爸》《女女女》等小说中抒情排比句少了而粗陋的字眼多了。是否存在这种转变呢？

韩少功：一个作者根据题材的不同,以及当时心境的不同,确实会有不一样的表达。诗意是我始终非常关注的一个问题。我觉得写作有两种,一种是用脑子写的,一种是用心写的。诗意就是动心的美。但诗意又有多种表达方式,就像同样是画家表现爱情,有的画一个大大的红嘴唇,有的可能画一张忧郁的风景画。你可以说它们都有诗意,都是美,但它们又是很不一样的东西。所以我主张宽泛地理解诗意,不仅仅把诗意理解为多愁善感,甚至理解为催泪弹式的煽情。一般来说,凡是动心的写作都含有诗意,包括一些看似冷静甚至冷峻的作品。我在 1985 年以后的写作,大概由于年龄的关系,显得比以前要冷静一些,要心狠一些,但自己觉得还不是心如枯井。《归去来》对一个陌生山村和知青岁月的感怀,比如《爸爸爸》对山民顽强生存力的同情和赞美,包括最后写到老人们的自杀,写到白茫茫的云海中山民们唱着歌谣的迁徙,其实有一种高音美声颂歌的劲头。也许是一种有些哀伤的颂歌。很多评论家认为《爸爸爸》是一幅揭露性的漫画,但有个评论家李庆西写文章,觉得这里面有崇高。还有一个法国批评家,认为我的批判里其实有温暖,并不像有些同行那样阴冷。我为此感到很欣慰。这并不是说我是一个够格的诗意传达者和创造者,只是说我从不把揭露丑恶看成唯一目标。

张　均：您是寻根文学的发起人之一,但您似乎不太愿意别人把您归为寻根作家？

韩少功：寻根关注的只是一点,而创作作为一个整体是由很多因素决定的,不可能因为一个观念就产生一系列作品。"寻根文学"的提法把事情简单化了。其实当时我关注的问题不限于寻根,比方说"85 新潮"一个很大的内容就是关注现代主义,关注确定性、独断论以及理性主义本身的弊端。在 1985 年以前,我们的作品中的因果关系很明晰,世界是由好人和坏人、进步和落后组成的。1985 年新潮就是要打破这种因果链。当时出现了那么多不合逻辑的句子,从某种意义上说,是在语言形式上对逻辑霸权的怀疑与挑战。我在新潮之前还

写过一篇借用"二律背反"的文章,还与一位评论家发生过争论。我认为二律乃至多律是正常现象,是辩证法的应有之义。当时王蒙先生也介入争论,表现得比较开明,说有规律但也允许有例外。我比他激进,认为例外就是律外之律,就是我们还未认识的规律而已。《爸爸爸》这一类作品的主题多义化,就与这种认识观的变化有关。很多评论家从寻根的角度谈论这些作品,当然没什么不对,但主题多义化并不是中国文化传统的专利,在外国文学中也很多见。所以寻根的话题之外,还有其他的元素,有其他的资源和动力,没法都归结到"寻根"这顶帽子下来。同样观念下的作家其实有很多不同,不同观念下的作家其实有很多相通,这是文学的正常现象。如果我们把某个观念当作唯一标准,并以此去划分流派和阵营,可能就会产生很多勉强。我们使用概念的时候必须明白,概念只是一个临时性的约定,而不是事实本身。事实要比概念丰富得多。

张　均:丙崽是迄今为止您的创作中最受重视的人物形象,他与其他诗意象征物似乎不太一样。而且,小说结尾时寨中老人服毒死去,青壮年含痛远走他乡,唯独丙崽被遗留在山寨里。他显然未能参与山寨的将来。不知您当时是怎么考虑他的性质和将来命运的?

韩少功:丙崽这个人物是有生活原型的。我在乡下时,有一个邻居的孩子就叫丙崽。我只是把他的形象搬到虚构的背景,但他的一些细节和行为逻辑又来自写实。我对他有一种复杂的态度,觉得可叹又可怜。他在村子里是一个永远受人欺辱受人蔑视的孩子,使我一想起就感到同情和绝望。我没有让他去死,可能是出于我的同情,也可能是出于我的绝望。我不知道类似的人类悲剧会不会有结束的一天,不知道丙崽是不是我们永远要背负的一个劫数。你可能注意到了,我写这个小说的时候,尽力抹去了时间与空间的痕迹,因此我的主人公不死是很自然的。他是我们需要时时面对的东西。

张　均:看来史家对您是有所误读的。丙崽这一形象受到高度评价的原因是在于他对阿Q形象的复活,但您的理解与国民性概念其实不太一样。您写丙崽包含有从丙崽自身出发的意图,而国民性批判写作的一个很大特点是不太让对方发言,比如我来表现你,你就不能发言,鲁迅表现阿Q,阿Q是不能发言的。

韩少功:有些评论家是从国民劣根性、民族文化弊端这方面来讨论《爸爸爸》的。他们的关切和思考不能说没有道理,但我对有些概念一直比较犹疑。比如说"国民性"吧。你说非黑即白的两极化思维是"国民性",但能说其他民族文化里没有这种东西?为什么只说它是"国民性"而不说它也有"全球性"和"人类性"?丙崽说的那两句话,确实是刘再复分析的"两极思维"。中国在好长一段时间里确实是这样的,不是好人就是坏人,不是无产阶级就是资产阶级。但放开来看,这种思维病态是普遍存在的。比如布什总统眼下讲邪恶轴心和自由世界,有些恐怖主义者讲圣战与魔鬼,不管是这些说法有《旧约》的色彩还是用《古兰经》的语言,也都是两极化的。那么这仅仅是中国人的国民性吗?

张　均:《马桥词典》完全摆脱了国民性批判的写作经验。如果说丙崽尚未摆脱被"观看"的处境,《马桥词典》则完全呈现了马桥人独立自在的主体世界。为什么会发生这么大的改变?

韩少功:一个作者发生变化的原因,无外乎几种。比如说生活本身的推动。1988年我到海南,生活变化很大,开始忙于一些报纸、杂志和学校的工作,包括想着怎么维持几十个人的生存,在生存的前沿摸爬滚打,有了一些新的感受和观察。又比如说知识和观念的推动。从80年代后期到90年代,我因为工作的关系,也因为个人的兴趣,涉猎了历史、哲学等方

面一些新的知识成果,知识配置发生了变化,对社会与人生当然也可能产生新的视角。此外,审美疲劳也常常是作者们求变的原因。常常是没有什么道理好讲,写到一定的时候就不想写了,不想照老一套写了。有人说你的《爸爸爸》不错,但再写十篇《爸爸爸》又有什么意思?这样,由各种因缘推动,90年代中期就出现了《马桥词典》。应该说,从这本书开始,形式主义的试验已经降温,象征、神秘、野性之类的审美冲动也可能有些减弱,但小说与非小说的文体杂交,使自己突然有一种豁然开朗的自由感,有一种甩掉现代主义这根拐杖的冲动。现代主义在中国是有功绩的,但依我看,也害惨了不少盲从者。形式玩过了头,就成了一些有滋有味讲废话的人,成了一些不装弹的F16,刷刷刷倒是飞得让人目眩,但只是一些高科技风筝,在读者心里没有炸点。学我者生,似我者死。我们必须从死路上走出来。

张　均:《马桥词典》给人的突出印象,是您对人生变得非常宽容,兼容并包,不再认为自己与真理相伴,不再批判,而尽量让生活以原生面目出现,其实马桥世界里的那些人生,在以前《飞过蓝天》《风吹唢呐声》等作品中,您是很有信心给予批判的。

韩少功:作者的价值判断也不是完全没有,即使不表现为直抒胸臆,但也可能深深隐藏在对材料的选择和安排之中。只是作者对这个价值判断要非常谨慎,要敢于怀疑和放弃各种先入之见,严防它们在写作中的抢步和误导。这有点接近昆德拉的意思:道德在小说中总是迟到的。所谓伤痕文学和改革文学中,其社会政治批判自有它的功能,自有它的功绩,但光有那个是不够的,因为它完全没有办法涵盖生活的复杂性,就像一把尺子可以量长度,但没法量温度,没法量出重量和色彩。我们需要很多把尺子,或者说很多价值判断的坐标。比如《马桥词典》里那个懒汉马鸣,如果光用社会政治批判这把尺子,他就只能永远留在评价之外。你说他是值得肯定还是需要否定?恐怕是很难说的。但不少读者觉得这个人物很有味道。"味道"是什么意思?"味道"是不是隐含着意义?如果我们一时说不清这个意义的所在,只能说明我们已有的意义系统有缺陷,有问题,不能说明别的什么,尤其不能证明我们可以有理由对这个人物视而不见。你说这里表现了一种包容性,但严格地说,包容不是糊涂,不是来者不拒,不是放弃隐含着价值判断的选择和加工。"包容"常常只是价值坐标发生变化的通俗说法。

张　均:您对当代文学新的贡献在此开始凸显出来,实际上它包含一种"用语言来反抗语言"的卓越努力。

韩少功:广义地说,作者们追求言外之意,意外之象,都是在"用语言来反抗语言",只是没有理论的申明罢了。

张　均:您挑战了以前革命时代那种讲故事的方法和价值论,不赞成对与错、好人与坏人的简单两分,其本身又是具有革命性。但"用语言反抗语言",是不是也针对着"五四"传统?

韩少功:"五四"已经成了一个传统,当然是一个很复杂和丰富的传统,甚至是一个有内在矛盾性的传统。全盘西化是"五四"的传统之一,民族自强也是"五四"的传统之一,两者之间有交集也有对抗,这就要看你怎么谈。好像是艾略特说过一段话,大意是:最好的创造顶多体现于作品的40%,另外60%必定是继承前人。我们对于"五四"传统恐怕也是这样。我们从"五四"传统受益,但儿子肯定不会重复老子,也不应该重复老子。比如"五四"新文学的初期,无论内容还是形式都相当欧化,我的《马桥词典》是力图走一个相反的方向,努力寻找不那么欧化,或者说比较接近中国传统的方式。文史哲三合一的跨文体写作,小说与散文不

那么分隔的写作,就是中国文化的老本行。这次《马桥词典》在美国出版,有些英语读者觉得很新奇:小说可以这样写吗?有评论家说:如果你对西方小说产生了厌倦的话,那么就应该读一读《马桥词典》。可见,现代小说从西方进入中国以后,我们也可以让中国的文体遗产重新复活,甚至向西方逆向流动。如果"五四"新文学开启了一个有创造力的传统,那它就不可能永远是一条单行道。

张 均:在对人的理解与对人性的关注上,当然是有继承,但《马桥词典》可以说是第一次,至少是第一次这么成功地用中国语言讲述了中国故事,革命与启蒙用的都是西方语言。

韩少功:第一次说不上。现代汉语在晚清以后有一个逐步成熟的过程,这个过程到现在还在继续,远远没有结束。启蒙主义的"革命"也好,启蒙主义的"发展"也好,都是源于西方话语体系。这一过程的另一面,就是现代汉语受到西方语言的强度影响,其中包括我们接受了很多外来语,也接受了它们的语法体系。但这个体系是否适合我们的汉语,有时是需要打个问号的。陈寅恪就说过:《马氏文通》其实不通。他觉得很多汉语现象,没法用英语语法来解释和规范。我们当然不需要排斥西方的语言成果,拿来主义的开放态度应继续坚持。但我觉得在这个"向外看"之外,还有一个更重要的任务是"向下看",就是要进一步向底层人民大众学习语言,汲收他们的语言成果。这同样是"五四"新文学的一个经验,也是现代汉语继续发展和丰富的重要条件。人民大众的语言是非常有生命力和表现力的,是一种语言的资源宝库。就说最近那本胡兰成的《今生今世》吧,很明显,如果说他的境界可疑但语言还不俗,那么他的写作完全得益于吴语。吴语资源支撑了他的语言创新,形成了他的特点。这正像鲁迅、沈从文、老舍等作家,正像明清时期的四大文学名著和其他很多小说,也都是借助了很多方言资源,丰富了汉语写作。比较而言,"五四"以后有些洋腔、学生腔、党八股的写作,是无根之木,是"五四"新文学中的糟粕。

张 均:《马桥词典》语言看似简单,却特别纯熟、地道、有味,《爸爸爸》就多少有些学习痕迹。但这涉及的还只是"用语言反抗语言"的语法、句子层面。如果把语言泛化一点理解,它也可以指一种语言系统和一套叙事方式。您更有意义的挑战应该是在叙事方式方面。我想《马桥词典》会因此在 90 年代文学中占有一个非常重要的位置。

韩少功:你的过奖让我有些晕头了。你提到的"语言泛化"倒是一个可以深入的话题。我读过一本英文书。它讲的是英语语法。有意思的是,这本书居然把叙事方式,包括现实主义、浪漫主义、自然主义、现代主义什么的,包括主题、体裁、风格、虚构什么的,都当作自己的研究对象,都列为阐释的条目。这会让我们的很多教授愤怒。在我们的教育和研究体系里,文学与语言是分得很开的,语法和修辞也是井水不犯河水。讲修辞的老师决不讲语法,讲语法的老师决不讲修辞。其实,我倒是觉得那本英文书更有道理。从本质上说,语法与修辞能分得开吗?语言与文学能分得开吗?比如从文言文到白话文,比如从"文革"诗到朦胧诗,你的思想感情变了,叙事方式变了,语言肯定会跟着变,新的语法与修辞现象就会随之而来。这个过程反过来说也是一样。

张 均:《马桥词典》前后一批作品,还大量写到了走鬼亲、飘魂、石磨子打架一类的事情,使小说显得生气勃勃,您希望读者以怎样的方式接受这类描写?

韩少功:什么是荒诞?什么是正常?往往因人而异,取决于我们头脑中的观念。我们理解中的荒诞,在另外一些人看来可能完全正常。比如说一个精神病人去读《狂人日记》,可能会觉得狂人并不狂,倒是我们这些正常人疯傻无比。以前有很多人,觉得中国山水画是写

意，但亲身体验过中国乡下云雾山水的人，可能觉得这种画完全是写实，几乎就是照相。以前还有很多人，觉得卡夫卡是玩荒诞，但李陀告诉我，他到过捷克以后，碰到很多让人哭笑不得的事情，进而了解到那里杂乱的法律制度遗产以及很多人奇特的行为方式，才发现卡夫卡并没有太多的虚构，很多时候不过是原原本本的纪实。这就是说，我们常常被洗脑了，被一种生活经验和观念意识洗脑了，就容不下多种多样的"真实"和"正常"了，动不动就用"荒诞""神话"来打发理解之外的事物。你说到了马桥的石磨子打架，可能觉得这不过是荒诞神话。但这只是你的看法。马桥人会怎么看呢？他们长期以来就生活在这样的传说里，长期以来就相信这种传说，这就是他们认定的"真实"和"正常"。你若是把这些东西都抽掉了，他们的心态和感受倒是不真实和不正常了。人类中心主义、理性主义、科学主义、进步主义是一些有色眼镜，把很多丰富的生活现象过滤到盲区中，值得我们小心对待。很多时候，文学就是要使很多不可理解的东西变得可以理解，使多无声和失语的东西进入言说。这就是发现的责任。

张　均：《马桥词典》还有一个迹象，是"人"变小了，知识分子变得更小了，变成了一双眼睛。而在您早期的作品中，知识分子叙述者的控制力量很强大，但现在这双眼睛退出了，除非碰到底线的东西才予以评价。您为何将知识分子声音削弱，压到一个最低的限度？

韩少功：我觉得中国现代知识分子一直有两个意识形态的包袱，一个"革命"的意识形态，一个"发展"的意识形态，分别从法俄和英美两条路线而来。它们在"五四"以后对知识分子世界观形成起了一些建构性的作用，对中国文化传统的改造与重建也发挥了重要的功能，但它们也常常成为一种束缚，在文学上，明显表现为那种对生活充满自信的、说教的、真理在握、普救众生的姿态。这类意识形态对生活的解释往往失误。有些伤痕文学作品为什么缺乏生命力？不能说作者不真诚，无体验，或者不敢讲真话。不，问题是他们的真话也一讲就错，真话也一讲就假，以致中国经历了"文化大革命"这样一个大事件，却没有很多好作品来表现。原因不是别的，就在于中国的作家们把意识形态的包袱背得太重。不管是要为"文革"辩解，还是要彻底否定"文革"，一写就简单化，就概念化和模式化，无法让读者心服口服。我们说，一个人完全跳出意识形态是不可能的，但我们要尽量把它的负面效应降低到最低限度。对各种流行的和强势的观念要敢于怀疑，即使是面对真理，也要"好而知其恶"，所谓"知水之害才能用水之利"。一个人的知识是非常有限的，他把知识用得最好的时候，往往是他对知识充满警惕的时候。

张均：这也可能是有些朋友对您还不够满意的地方，比如张承志和南帆，南帆曾希望您不要仅仅停留在平常心、包容心上，而要有更多肯定性的、建构性的精神。我想他是看到了我们正处在一个重建信仰的时代，需要一些好的作家走到前面去，对时代有所回答。

韩少功：应该是这样。我愿意为此努力。当然，信仰重建不仅仅是写几个正面人物和英雄人物，给读者树立一个道德样板。事情没有这么简单。用道德样板来重建信仰，容易变成重新造神，包括造英雄之神和造人民之神。我们不能回到这条老路上去。至于新路该怎么走，还得靠实践来回答，很难由我们坐在这里来规划。张承志写荆轲，写黑人领袖×，写各路精神英雄好汉，是一种很值得注意的尝试。但我现在还只能写一些比较复杂的人格。比如《暗示》里的那个老木，几乎是个混蛋，但他一喝醉酒就变得非常纯真和热情，酒后真言倒是一句也不混蛋。这种复杂人格也传达了道德信息。说实话，我非常想结结实实地写出一些感动读者的英雄，但我不知道自己的能力够不够，不知道生活能否成全我。

张　均:《暗示》出来之后,评论界感觉到解释的困难。有人认为它是《马桥词典》的延续,因为《马桥词典》探讨的是词语与词语在交换中的转变,《暗示》探讨的是具象与具象在社会、人生中的传递,两者有自然的延续。但也有人认为是否定和超越的关系,因为具象具有消解语言的倾向。不论怎样,《暗示》都是部非常丰富的作品,您是否可以解释一下?

　　韩少功:写完《马桥词典》之后,感觉有些东西没有写完,当时就想写另外一本书,但想法模糊,不知道怎样动手。《马桥词典》的关注点是生活怎样产生了词语,词语反过来怎样制约生活,制约我们对生活的理解与介入。但这一点显然不够,因为还有言外之意。绕开语言我们仍然可以得到意义,信息的传播不一定要依靠语言。这是成了我写《暗示》的聚焦点。我必须重新回到生活中来,看一看我们的回忆、感受、想象、情感、思想是怎么回事,看一看具象是如何隐藏在语言里,正如语言是如何隐藏在具象里。你知道,从英国到美国,文学研究往往是在人和语言的两元框架里思考,《暗示》考虑的则是人、语言、具象这样一种三边关系,差不多是我做了一件不自量力的事情。在文体上,这本书同样是打破小说与散文的界限,甚至走得更远。说实话,我也对这本书的体裁定位十分困惑,不知道它是什么东西。也许就是"一本书"吧。闲着的时候,给自己写"一本书"看看,大概也很不错。从发行以后的情况来看,许多读惯了小说的人,包括对我的创作有所了解的人,说对这种文体完全不适应,说读不懂你本书里的意思。但也有一些低学历的人,包括一些退休老太太,一些青年学生,说这本书完全不难懂,甚至非常好懂。这让我想起一个作曲家的朋友,他写了一首儿歌,里面有很多半音,同行很不理解,觉得很难唱。后来他让小孩儿来唱,只带唱了三四遍,小孩儿就全唱会了。道理很简单:小孩儿们没受过多少音阶训练,脑子里没有全音、半音这些陈见,反而很容易接受他的曲子。

　　张　均:《暗示》的启示意义不仅在文学中,而且在学术研究中也会存在。讨论一个关键词、一个形象的生成与转换,将是现代文学研究一个新的生发点。

　　今天我们暂时到这里。非常感谢您的支持,非常感谢您这十年来的作品带给读者的快乐和思考!

　　　　　　　　　　　　　　　　　　　　　　　　(载《小说评论》,2004年第6期)

现代汉语再认识

韩少功

时间:2004 年 3 月
地点:北京,清华大学人文学院

今天讲演的题目,是格非老师给我出的。我在这方面其实没有特别专深的研究,只有拉拉杂杂的一些感想与同学们交流。我想分三点来谈这个问题,讲得不对,请同学们批评。

走出弱势的汉语

来这里之前,我和很多作家在法国参加书展,看到很多中国文学在法国出版。我没有详细统计,但估计有一两百种之多。这是一个相当大的数量。我们很多中国作家在那里出书,一本、两本、三本、四本法文的书。这个翻译量,完全可以与法国文学在中国的翻译量相比。虽然在翻译质量上,在读者以及评论界对作品的接受程度上,中法双向交流可能还不够对等,但就翻译量而言,中国不一定有赤字。这已经是一个惊人的现实。以前我多次去过法国,知道这种情况来之不易。以前在法国书店的角落里,可能有一个小小的亚洲书柜。在这个书柜里有个更小的角落,可能放置了一些中国书,里面可能有格非也可能有韩少功,等等。很边缘啊。但现在出现了变化。这次书展足以证明,中国文学已开始引起世界瞩目。有些法国朋友告诉我,一般来说,这样的专题书展一过,相关出版就会有个落潮。但他们估计,这次中国书展以后,中国文学可能还会持续升温。

所谓中国文学,就是用中国文字写成的文学。中国文学在法国以及在西方的影响,也是中国文字在世界范围内重新确立重要地位的过程。汉语,在这里指的是汉文、华文或者中文,是中国最主要的文字。

大家如果没有忘记的话,在不久以前,汉语是一个被很多人不看好的语种。在我们东边,日本以前也是用汉语的,后来他们语言独立了,与汉语分道扬镳。在座的王中忱老师是日语专家,一定清楚这方面的情况。同学们读日文,没有学过的大概也可以读懂一半,因为日文里大约一半是汉字。另一半呢,是假名,包括平假名和片假名,是一种拼音文字。平假名的历史长一些,是对他们本土语的拼音和记录。片假名则是对西语的拼音,里面可能有荷兰语的成分,也有后来英语、法语的音译。在有些中国人看来,日文就是一锅杂生饭,一半是中文,一半是西文(众笑)。当然,日本朋友曾告诉我:你不要以为日本的汉字就是你们中国的汉字,不对,有时候用字虽然一样,但在意义方面和用法方面,有很多细微而重要的差异。我相信这种说法是真实的。但他们借用了很多汉字却是一个事实。日语逐渐与汉语分家也是

一个不争的事实。

我们再看韩文。韩国人在古代也是大量借用汉字,全面禁用汉字才一百多年的历史,是甲午战争以后的事。在那以前,他们在 15 世纪发明了韩文,叫"训民正音",但推广得很慢,实际运用时也总是与汉语夹杂不清。我在北京参加过一个中韩双方的学者对话,发现我能听懂韩国朋友的一些话。比方韩国有一个很著名的出版社,叫"创作与批评",发音差不多是 chong zhuo ga pei peng(众笑)。你看,你们也都听懂了。还有"30 年代""40 年代""50 年代"等等,我不用翻译也能听个八九不离十。韩文也是拼音化的,是表音的,不过书写形式还用方块字,没有拉丁化。对于我们中国人来说,日文是有一部分的字好认,但发音完全是外文;韩文相反,有一部分的音易懂,但书写完全是外文。这就是说,它们或是在发音方面或是在书写方面,与汉语还保持着或多或少的联系。

我们环视中国的四周,像日本、韩国、越南这些民族国家,以前都大量借用汉字,从某种意义上来说,构成了汉语文化圈的一部分,更准确地说,是汉字文化圈的一部分,正如他们在政治上构成了中央帝国朝贡体系的一部分。但后来随着现代化运动的推进,随着民族国家的独立浪潮,他们都觉得汉语不方便,甚至很落后,纷纷走上了欧化或半欧化的道路。其中越南人经历了法国殖民时期,吃了法国面包,喝了法国咖啡,革命最先锋,一步实现了书写的拉丁化。日语和韩语的欧化多少还有点拖泥带水和左右为难。这是一种偶然的巧合吗?当然不是。其实,不要说别人,我们中国人自己不久以前对汉语也是充满怀疑的,甚至完全丧失了自信心。早在民国时期,国民党政府就成立了文字改革委员会,提出了拼音化与拉丁化的改革方向。到上个世纪的 50 年代,国共两党在政治上、在意识形态上多么不同和对立,也同样坚持这个文字改革的方向,只是没有做成而已。你们也许都知道,改来改去的最大成果,只是公布和推广了两批简体字。第三批简体字公布以后受到的非议太多,很快就收回,算是胎死腹中。

汉语到底应不应该拼音化和拉丁化?汉语这种方块字是不是落后和腐朽得非要废除不可?这是一个问题。我们这里先不要下结论,还是先看一看具体的事实。

学英语的同学可能知道,英语的词汇量相当大,把全世界各种英语的单词加起来,大约五十万。刚才徐葆耕老师说我英语好,只能使我大大的惭愧。五十万单词!谁还敢吹牛皮说自己的英语好?你们考 TOEFL,考 GRE,也就是两三万单词吧?《纽约时报》统计,最近每年都有一到两万英语新单词出现,每年都可以编出一本新增词典。你学得过来吗?记得过来吗?相比之下,汉语的用字非常俭省。联合国用五种文字印制文件,中文本一定是其中最薄的。中国扫盲标准是认一千五百个字。一个中学生掌握两千多字,读四大古典文学名著不成问题。像我这样的作家写了十几本书,也就是掌握三千多字。但一个人若是不记住三万英语单词,《时代》周刊就读不顺,更不要说去读文学作品了。汉语的长处是可以以字组词,创造一个新概念,一般不用创造新字。"激光",台湾译成"镭射",就是旧字组新词。"基因","基本的"因",也是旧字组新词,对于英文 gene 来说,既是音译又是意译,译得非常好,小学生也可猜个大意。英语当然也能以旧组新,high-tech,high-way,就是这样的。但是比较而言,汉语以旧字组新词的能力非常强,为很多其他语种所不及,构成了一种独特优势。同学们想一想,如果汉语也闹出个五十万的用字量,你们上大学可能要比现在辛苦好几倍。

第二点,说说输入的速度。因特网刚出现的时候,有人说汉语的末日来临,因为汉语的键盘输入速度比不上英语。在更早的电报时代,否定汉语的一个重要理由,也是说西语字母

比较适合电报机的编码,而汉语这么多字,要先转换成数字编码,再转换成机器的语言,实在是太麻烦,太消耗人力和时间。在当时,很多人认为:现代化就是机器化,一切不能机器化的东西都是落后的东西,都应该淘汰掉。我们先不说这一点有没有道理。我们即便接受这个逻辑前提,也不需要急着给汉语判死刑。不久前,很多软件公司,包括美国的微软,做各种语言键盘输入速度的测试,最后发现汉语输入不但不比英语输入慢,反而更快。据说现在还有更好的输入软件,就是你们清华大学发明的,什么智能码,比五笔字型软件还好,使汉语输入效率根本不再是一个问题。

第三点,说说理解的方便。西语基本上都是表音文字,刚才说到的日语假名、韩语、越语等等也是向表音文字靠拢,但汉语至今是另走一路。这种表意文字的好处,是人们不一定一见就能开口,但一见就能明白。所谓"望文生义",如果不作贬义的解释,很多时候不是什么坏事。有日本朋友同我说,日语中"电脑"有两个词,一个是汉字"电脑",发音大致是 den no;另一个是片假名,是用英语 computer 的音译。这个日本朋友说,他们现在越来越愿意用"电脑",因为"电脑"一望便知,电的脑么,很聪明的机器么,还能是别的什么东西?至于computer,你只能"望文生音",读出来倒是方便,但一个没有受到有关教育和训练的人,如何知道这个声音的意思?有一个长期生活在美国的教师还说过,有一次,他让几个教授和大学生用英语说出"长方体",结果大家都蒙了,没人说得出来。在美国,你要一般老百姓说出"四环素""变阻器""碳酸钙""高血压""肾结石""七边形",更是强人所难。奇怪吗?不奇怪。表音文字就是容易读但不容易理解,不理解也就不容易记住,日子长了,一些专业用词就出现生僻化和神秘化的趋向。西方人为什么最崇拜专家?为什么最容易出现专家主义?不光是因为专家有知识,而且很多词语只有专家能说。你连开口说话都没门,不崇拜行吗?

第四点,说说语种的规模。汉语是一个大语种,即便在美国,第一英语,第二西班牙语,第三就是汉语了。我曾到过蒙古。我们的内蒙古用老蒙文,竖着写的。蒙古用新蒙文了,是用俄文字母拼写。你看他们的思路同我们也一样,西方好,我们都西化吧,至少也得傍上一个俄国。在他们的书店里,要找一本维特根斯坦的哲学(书),要找一本普鲁斯特的《追忆似水年华》,难啦。蒙古总共两百多万人,首都乌兰巴托就住了一百万,是全国人口的一半。你们想一想,在一个只有两百万人的语种市场,出版者能干什么?他们的文学书架上最多的是诗歌,因为牧人很热情,很浪漫,喜欢唱歌。诗歌中最多的又是儿歌,因为儿歌是一个少有的做得上去的市场。他们的作家都很高产,一见面,说他出了五十多或者八十多本书,让我吓了一跳,惭愧万分。但我后来一看,那些书大多是薄薄的,印几首儿歌(众笑)。但不这样又能怎么样?你要是出版《追忆似水年华》,一套就一大堆,卖个几十本几百本,出版者不亏死了?谁会做这种傻事?这里就有语种规模对文化生产和文化积累的严重制约。同学们生活在一个大语种国家里,对这一点不会有感觉,你们必须去一些小语种国家才会有比较。我还到过一个更小的国家冰岛,三十多万人口。他们有很强的语言自尊,不但有冰岛语,而且冰岛语拒绝任何外来词。bank 是"银行",差不多是个国际通用符号了,但冰岛人就是顶住不用,要造出一个冰岛词来取而代之。我们必须尊重他们对自己语言的热爱。但想一想,在这样一个小语种里,怎么写作?怎么出版?绝大多数冰岛作家都得接受国家补贴,不是他们不改革,不是他们贪恋大锅饭,是实在没有办法。相比之下,我们身处汉语世界应该感到幸福和幸运。世界上大语种本来就不多,而汉语至少有十三亿人使用。打算其中百分之一的人读书,也是个天文数字。再打算其中百分之一的人读好书,也是天文数字。这个出版条件不是每一个国

家都有的。

综上所述，从用字的俭省、输入的速度、理解的方便、语种的规模这四个方面来看，汉语至少不是一无是处，或者我们还可以说，汉语是很有潜力甚至很有优势的语言。我记得西方有一个语言学家说过，衡量一个语种的地位和能量有三个量的指标：首先是人口，即使用这种语言的人口数量。在这一点上，我们中国比较牛，至少有十多亿。第二个指标是典籍，即使用这种语言所产生的典籍数量。在这一点上我们的汉语也还不错。近百年来我们的翻译界和出版界干了天大的好事，翻译了国外的很多典籍，以至没有多少重要的著作从我们的眼界里漏掉，非常有利于我们向外学习。这更不谈汉语本身所拥有的典籍数量，一直受到其他民族羡慕。远在汉代，中国的司马迁、班固、董仲舒、扬雄他们，用的是文言文，但动笔就是几十万言，乃至数百万言，以至于我们作家今天用电脑都赶不上古人，惭愧呵。第三个指标：经济实力，即这种语言使用者的物质财富数量。我们在这第三点上还牛不起来。中国在两百年前开始衰落，至今还是一个发展中国家。正因为如此，汉语在很多方面还可能受到挤压，有时候被人瞧不起。英美人购买力强，所以软件都用英文写。这就是钱在起作用。香港比较富，所以以前粤语很时髦，发了财的商人们都可能说几句粤式普通话。后来香港有经济危机了，需要大陆"表叔"送银子来，开放旅游，开放购物，于是普通话又在香港开始吃香。这种时尚潮流的变化后面，也是钱在起作用。

以上这三个量的指标，在我来看有一定的道理。正是从这三个指标综合来看，汉语正由弱到强，正在重新崛起的势头上。我们对汉语最丧失自信心的一天已经过去了，提倡拼音化和拉丁化的改革，作为一次盲目的文化自卑和自虐，应该打上句号了。

来自文言的汉语

前面我们是展开汉语外部的比较角度，下面我们进入汉语内部的分析，着重回顾一下汉语的发展过程。

我们常常说，现代汉语是白话文。其实，这样说是不够准确的。要说白话文，要说平白如话或者以话为文，世界上最大的白话文是西文，比如说英文。英文是语言中心主义，文字跟着语言走，书写跟着读音走，那才够得上所谓"以话为文"的标准定义。从这一点看，现代汉语顶多是半个白话文。

我们的老祖宗是文字中心主义：语言跟着文字走。那时候四川人、广东人、山东人等等各说各的方言，互相听不懂，怎么办？只好写字，以字为主要交流工具。秦始皇搞了个"书同文"，没有搞"话同音"。一个字的发音可能五花八门，但字是稳定的，统一的，起主导作用的。你们看过电视剧《孙中山》吗？孙中山跑到日本，不会说日本话，但同日本人可以用写字来交谈。不是言谈，是笔谈。那就是文字中心主义的遗留现象。

古代汉语叫"文言文"，"文"在"言"之前，主从关系表达得很清楚。从全世界来看，这种以文字为中心的特点并不多见。为什么会是这样？我猜想，这与中国的造纸有关系。一般的说法是，公元105年，东汉的蔡伦改进了造纸术。现在有敦煌等地的出土文物，证明公元前西汉初期就有了纸的运用，比蔡伦还早了几百年。有了纸，就可以写字。写字多了，字就成了信息活动的中心。欧洲的情况不一样。他们直到13世纪，经过阿拉伯人的传播，才学到了中国的造纸技术，与我们有一千多年的时间差。在那以前，他们也有纸，但主要是羊皮纸。我们

现在到他们的博物馆去看看，看他们的《圣经》，他们的希腊哲学和几何学，都写在羊皮纸上，这么大一摞一摞的，翻动起来都很困难，也过于昂贵。据说下埃及人发明过一种纸草，以草叶为纸，也传到过欧洲，但为什么没有传播开来，为什么没有后续的技术改进，至今还是一个谜。

我们可以设身处地地想一想，如果没有纸，人们怎么交流思想和情感呢？如果文字在生活中不能方便地运用，那些古代欧洲的游牧民族骑在马背上到处跑，怎么可能保证文字的稳定、统一和主导性呢？正是在这种情况下，欧洲的语言不是以纸为凭和以字为凭，大多只能随嘴而变：这可能就是语言中心主义产生的背景，也是他们语言大分裂的重要原因。你们看看地图：他们北边是日耳曼语系，包括丹麦语、瑞典语、荷兰语、爱沙尼亚语、德语，等等，原来是一家，随着人口的流动，你到了这里，我到了那里，说话的语音有变化，文字也跟着变化，互相就不认识字了，就成为不同的语种了。他们南边是拉丁语系，包括意大利语、西班牙语、葡萄牙语、法语，等等，原来也是一家，但一旦扩散开来，在没有录音和通讯等技术设备的条件下，要保持大范围内读音的统一是不可能的，要让他们的表音文字保持统一也是不可能的，于是也只好闹分家。

有一个专家对我说过，阿拉伯语在这一点上类似汉语。比如伊拉克人与沙特阿拉伯人，使用同一个字时可能有不同的发音，但含义上相通。我在这方面只是听说。

中国有个研究历史的老先生叫钱穆，十多年前在台湾去世。前几年马英九还主持了一个仪式，说以前我们对钱老先生不大公道，现在应该给他落实政策——大概是这个意思。钱老先生号称国学大师，在谈到中国为何没有像欧洲那样分裂的时候，谈了很多原因，文字就是重要的一条。在他看来，正因为有了"书同文"的汉语，中央王朝和各地之间才有了稳定的信息网络，才保证了政治、军事以及经济的联系，尽管幅员广阔交通不便，但国土统一可以用文字来予以维系。欧洲就没有这个条件。语言一旦四分五裂，政治上相应的分崩离析也就难免。现在他们成立欧盟，就是来还这一笔历史欠账。

汉语不但有利于共同体的统一，还有利于文化的历史传承。我们现在读先秦和两汉的作品，还能读懂，没有太大障碍，靠的就是文字几千年不变。一个"吃"字，上古音读qia，中古音读qi，现代音读chi，读音多次变化，但文字没有变化，所以我们现在还能读懂这个"吃"。如果我们换上一种表音文字，就不会有几千年不变的"吃"。同学们可能知道，莎士比亚时代的英语、乔叟时代的英语，现在的欧美人都读不懂，说是古英语，其实不过是16世纪和14世纪的事，在我们看来并不太古。这更不要说作为英语前身的那些盖尔语、凯尔特语、威尔士语，等等，今天的广大欧美人民就更没法懂了。这是因为表音文字有一种多变的特征，不仅有跨空间的多变，还有跨时间的多变，使古今难以沟通。

当然，中国人不能永远生活在古代，不能永远生活在农业文明的历史里。随着生活的变化，尤其是随着18世纪以后的现代工业文明浪潮的到来，汉语也表现出僵化、残缺、不够用的一面。以文字为中心的语言，可能有利于继承，但可能不利于创新和追新；可能有利于掌握文字的贵族阶层，但一定不利于疏远文字的大众，不利于这个社会中、下层释放出文化创造的能量。这样，从晚清到五四运动，一些中国知识分子正是痛感文言文的弊端，发出了改革的呼声。

那时候发生了什么情况呢？第一，当时很多西方的事物传到了中国，同时也就带来了很多外来语，这些外来语不适合用文言文来表达。文言文的词，一般是单音节或者双音节，所

以我们以前有五言诗、七言诗，就是方便这种音节的组合。但外来语常常是三音节、四音节乃至更多音节。"拿破仑""马克思"，你还可勉强压缩成"拿氏"和"马翁"，但"资本主义"和"社会主义"，你不好缩写成"资义"和"社义"吧？碰上"二氧化碳"和"社会达尔文主义"，碰上"弗拉基米尔乌里扬诺夫依里奇"，你怎么缩写？能把它写进五言诗或者七言诗吗（众笑）？想想当年，鲁迅留学日本，胡适留学美国。这些海归派带回来很多洋学问，肯定觉得文言文不方便表达自己的思想和情感，语言文字的改革势在必行。

第二，文言文也不大利于社会阶级结构的变化。大家知道，白话文并不是现代才有的。宋代大量的"话本"，就是白话进入书面形式的开始，与当时市民文化的空前活跃有密切关系。活字印刷所带来的印刷成本大大降低，也可能发挥了作用。那么在宋代以前，白话作为一种人民大众的口语，同样可能存在，只是不一定被书写和记录。我们现在看一些古典戏曲，知道戏台上的老爷、太太、小姐、相公，讲话就是用文言，而一些下人，包括丫鬟、农夫、士卒、盗贼，都是说白话。这很可能是古代中国语言生态的真实图景，就是说：白话是一种下等人的日常语言。到了晚清以后，中国处在巨大社会变革的关头，阶级结构必须改变。新的阶级要出现，老的阶级要退出舞台。像袁世凯、孙中山这种没有科举功名的人物，不会写八股文的人物，要成为社会领袖，岂能容忍文言文的霸权？在这个时候，一种下等人的语言要登上大雅之堂，多数人的口语要挑战少数人的文字，当然也在所难免。

所以从某种意义上来说，"五四"前后出现的白话文运动，一方面是外来语运动，另一方面是民间语运动。外来语与民间语，构成了那一场革命的两大动力。现代文学也依托了这两大动力。比如我们有一些作家写得"洋腔洋调"，徐志摩先生、郭沫若先生、巴金先生、茅盾先生，笔下有很多欧化和半欧化的句子。当时生活在都市的新派人物说起话来可能也真是这个样子，作者写都市题材，不这样"洋"可能还不行。另有一些作家写得"土腔土调"，像赵树理先生、老舍先生、沈从文先生、周立波先生，还有其他从解放区出来的一些工农作家。他们从老百姓的口语中汲取营养，运用了很多方言和俗语，更多地依托了民间资源。这两种作家都写出了当时令人耳目一新的作品，给白话文增添了虎虎生气和勃勃生机。鲁迅是亦土亦洋，外来语和民间语兼而有之，笔下既有吴方言的明显痕迹，又有日语和西语的影响。

外来语运动与民间语运动，构成了白话文革命的大体方位，使汉语由此获得了一次新生，表达功能有了扩充和加强。我们以前没有"她"这个字，"她"是从英语中的 she 学来的。当时还出现过"妳"，但用了一段时间以后，有人可能觉得，英语第二人称不分性别，那么我们也不用了吧（众笑）。当时就是这么亦步亦趋跟着西方走。包括很多词汇、语法、语气、句型结构等，都脱胎于西文。"观点"，point of view；"立场"，position；都是外来语。"一方面……又一方面"，来自 on this side...on other side；"一般地说"，"坦率地说"，"预备……走"，等等，也都来自直译。同学们现在说这些习以为常：这没有什么，这就是我们中国话么。但我们中国古人不是这样说的，这些话原本都是洋话。如果我们现在突然取消这些移植到汉语里的洋话，现代汉语至少要瘫痪一半，大部分的研究、教学、新闻、文学都可能无法进行。

当然，大规模的群体运动都会出现病变，没有百分之百的功德圆满。外来语丰富了汉语，但也带来一些毛病，其中有一种，我称之为"学生腔"或者"书生腔"。这种语言脱离现实生活，是从书本上搬来的，尤其是从洋书本上搬来的，对外来语不是去粗取精，而是生吞活剥，半生不熟，甚至去精取粗，不成人话。刚才徐老师说我现在每年有半年生活在农村。这是事实。我在农村，觉得很多农民的语言真是很生动，也很准确，真是很有意思。今天时间有

限,没法给大家举很多例子。同学们可能有很多是从农村来的,或者是去过农村的,肯定有这种体验。同农民相比,很多知识分子说话真是没意思,听起来头痛、烦人。中国现代社会有两大思想病毒,一是极"左"思潮,二是极右思潮。它们都是洋教条,其共同的语言特点就是"书生腔",与现实生活格格不入,与工人农民格格不入。因为这些"洋腔"或者"书生腔",是从我们一味崇俄或者一味崇美的知识体制中产生的,是图书馆的产物,不是生活的产物。中文系请李陀先生来讲过课,是吧?"文革"时期的"党八股",就是一种红色的"洋腔"和"书生腔",一种极权时代的陈词滥调。"……在全国人民深入开展革命大批判的热潮之中,在大江南北各条战线捷报频传凯歌高奏的大好时刻,我们清华大学今天开学了!"(众笑)这种绕来绕去的语言垃圾,就是当时常见的套话。

在"文革"前后那一段,我们经历了一个白话文非常黯淡的时期。有人可能说,那一个时期离我们比较远了,我们同学们都是新一代,说话也不会是"党八股"了,但是这个问题其实并没有完全解决,甚至会以新的形式出现恶化。这些年,我常常听到一些大人物说话,发现他们还是满嘴废话,哪怕是谈一个厕所卫生的问题,也要搭建一个"平台",建立一个"机制",来一个"系统工程",完成一个"动态模型",还要与WTO或者CEPA挂起钩来。这些大话都说完了,厕所问题还是不知道从何着手,让听众如何不着急?这是不是一种新八股?

我们再来看看民间语运动可能发生的病变。老百姓并不都是语言天才,因此民间语里有精华,也会有糟粕,甚至有大量糟粕。口语入文一旦搞过了头,完全无视和破坏文字规范的积累性成果,就可能造成语言的粗放、简陋、混乱以及贫乏。在这方面不能有语言的群众专政和民主迷信。比方说,我们古人说打仗,是非常有讲究的。打仗首先要师出有名,要知道打得有没有道理。打得有道理的,叫法不一样。打得没道理的,叫法又不一样。皇帝出来打仗,国与国之间的开战,叫"征",皇上御驾亲"征"呵。打土匪,那个土匪太低级了,对他们不能叫"征",只能叫"荡",有本书不是叫《荡寇志》吗?就是这个用法。"征""伐""讨""平""荡",是有等级的,如何用,是要讲究资格和身份的。孔子修《春秋》,每一个字都用得很用心,注入了很多意义和感觉的含量,微言大义呵。但现在的白话文粗糙了。打台湾,是"打";打美国,也是"打"。这是不对的(众笑)。站在中央政府官史的角度,打美国应该叫"征";打台独只能叫"平",顶多只能叫"伐",对不对(众笑)?又比如说,打仗打得轻松,叫作"取"。打得很艰难,叫作"克"。力克轻取么。虽然只是两个动词,但动词里隐含了形容词。但现在白话文经常不注意这个区别,一律都"打"。打石家庄打得艰难,打天津打得轻松,都是"打"。这同样是不对的。与"打"相类似的万能动词还有"搞":"搞"革命、"搞"生产、"搞"教学、"搞"卫生,还有其他的"搞",不说了(众笑)。总而言之,汉语中的很多动词正在失传,汉语固有的一些语法特色,包括名词、动词、形容词互相隐含和互相包容的传统,也正在失传。这不是一件好事。

口语入文搞过了头,汉语还可能分裂。这个情况在广东和香港已经出现了。香港有些报纸,开辟了粤语专页,一个版或者两个版,用的是粤语文,是记录粤语发音的汉字,包括很多生造汉字,我们一看就傻眼,基本上看不懂。但他们可以看懂。如果我们确立了以话为文的原则,文字跟语言走的原则,为什么不能承认他们这种粤语书面化的合法性呢?没有这种合法性,粤语中很多精神财富就可能无法表达和记录,普通话霸权可能就压抑了粤语文化特色。但如果承认了这种合法性,那么福建话、上海话、四川话、湖南话、江西话等等是不是也要书面化?是不是也要形成不同的文字?中国是不是也应该像古代欧洲一样来个语言的大分家?闹出几十个独立的语种?这确实是一个很难办的事,事关语言学原理,也事关政治和

社会的公共管理。有一个英国的语言学家对我说过：mandarin is the language of army，意思是："普通话是军队的语言。"确实，所有的普通话都具有暴力性、压迫性、统制性，不过是因偶然的机缘，把某一种方言上升为法定的官方语言，甚至变成了国语——而且它一定首先在军队中使用。普通话剥夺了很多方言书面化的权利，使很多方言词语有音无字。这就是很多粤语人士深感不满的原因，是他们忍不住要生造汉字的原因。但从另一方面看，如果所有的方言都造反有理，如果所有的口语都书面化有理，世界上所有的大语种都要分崩离析。即便有表面上的统一，也没有什么实际意义。英语就是这样的。有人估计：再过三十年，英语单词量可能是一百万。到那个时候，任何人学英语都只能学到沧海之一粟，各个地方的英语互不沟通或只有少许沟通，那还叫英语吗？再想一想，如果英语、汉语、西班牙语等这些大语种解体了，人类公共生活是不是也要出现新的困难？

看来，语言主导文字，或者文字主导语言，各有各的好处，也各有各的问题。最可行的方案可能是语言与文字的两元并举，是两者的相互补充与相互制约。这是我们以前一味向表音文字看齐时的理论盲区。

创造优质的汉语

希腊语中有一个词：barbro，既指野蛮人，也指不会说话的结巴。在希腊人眼里，语言是文明的标志——我们如果没有优质的汉语，就根本谈不上中华文明。那么什么是优质的汉语？在我看来，一种优质语言并不等于强势语言，并不等于流行语言。优质语言一是要有很强的解析能力，二是要有很强的形容能力。前者支持人的智性活动，后者支持人的感性活动。一个人平时说话要"入情入理"，就是智性与感性的统一。

我当过多年的编辑，最不喜欢编辑们在稿签上写大话和空话。"这一篇写得很好"，"这一篇写得很有时代感"，"这一篇写得很有先锋性"。什么意思？什么是"好"？什么叫"时代感"或者"先锋性"？写这些大话的人，可能心有所思，但解析不出来；可能心有所感，但形容不出来，只好随便找些大话来敷衍。一旦这样敷衍惯了，他的思想和感觉就会粗糙和混乱，就会钝化和退化。一旦某个民族这样敷衍惯了，这个民族的文明就会衰竭。我对一些编辑朋友说过：你们不是最讨厌某些官僚在台上讲空话吗？如果你们自己也习惯于讲空话，你们与官僚就没有什么区别。我们可以原谅一个小孩讲话时大而化之笼而统之：不是"好"就是"坏"，不是"好人"就是"坏人"，因为小孩没有什么文明可言，还只是半个动物。但一个文明成熟的人，一个文明成熟的民族，应该善于表达自己最真切和最精微的心理。语言就是承担这个职能的。

我们不能要求所有的人都说得既准确又生动。陈词滥调无处不在，应该说是一个社会的正常状况。但知识分子代表着社会文明的品级高度，应该承担一个责任，使汉语的解析能力和形容能力不断增强。正是在这一点上，我们不能说白话文已经大功告成。白话文发展到今天，也许只是走完了第一步。

至少，我们很多人眼下还缺少语言的自觉。我们对汉语的理性认识还笼罩在盲目欧化的阴影之下，没有自己的面目，更缺乏自己的创造。现代汉语语法奠基于《马氏文通》，而《马氏文通》基本上是照搬英语语法。这个照搬不能说没有功劳。汉语确实从英语中学到了不少东西，不但学会了我们前面说到的"她"，还学会了时态表达方式，比如广泛使用"着""了"

"过"："着"就是进行时，"了"就是完成时，"过"就是过去时。这样一用，弥补了汉语的逻辑规制的不足，把英语的一些优点有限地吸收和消化了。这方面的例子还很多。但汉语这只脚，并不完全适用英语语法这只鞋。我们现在的大多数汉语研究还在削足适履的状态。我们看看报纸上的体育报道："中国队大胜美国队"，意思是中国队胜了；"中国队大败美国队"，意思也是中国队胜了。这一定让老外犯糊涂："胜"与"败"明明是一对反义词，在你们这里怎么成了同义词(众笑)？其实，这种非语法、反语法、超语法的现象，在汉语里很多见。汉语常常是重语感而轻语法，或者说，是以语感代替语法。比如在这里，"大"一下，情绪上来了，语感上来了，那么不管是"胜"是"败"，都是胜了(众笑)，意思不会被误解。

又比方说，用汉语最容易出现排比和对偶。你们到农村去看，全中国最大的文学活动就是写对联，应该说是世界一绝。有些对联写得好哇，你不得不佩服。但英语理论肯定不会特别重视对偶，因为英语单词的音节参差不齐，不容易形成对偶。英语只有所谓重音和轻音的排序，也没有汉语的四声变化。据说粤语里还有十三声的变化，对我们耳朵形成了可怕的考验。朦胧诗有一位代表性诗人多多。有一次他对我说：他曾经在英国伦敦图书馆朗诵诗，一位老先生不懂中文，但听得非常激动，事后对他说，没想到世界上有这么美妙的语言。这位老先生是被汉语的声调变化迷住了，觉得汉语的抑扬顿挫简直就是音乐。由此我们不难理解，西方语言理论不会对音节对称和声律变化有足够的关心，不会有这些方面的理论成果。如果我们鹦鹉学舌，在很多方面就会抱着金饭碗讨饭吃。

还有成语典故。我曾经写过一篇文章，说成语典故之多是汉语的一大传统。一个农民也能出口成章言必有典，但是要口译员把这些成语典故译成外语，他们一听，脑袋就大了(众笑)，根本没法译。应该说，其他语种也有成语，但汉语因为以文字为中心，绵延几千年没有中断，所以形成了成语典故的巨大储存量，其他语种无法与之比肩。每一个典故是一个故事，有完整的语境，有完整的人物和情节，基本上就是一个文学作品的浓缩。"邻人偷斧""掩耳盗铃""刻舟求剑""削足适履""拔苗助长"……这些成语几乎都是讽刺主观主义的，但汉语不看重什么主义，不看重抽象的规定，总是引导言说者避开概念体系，只是用一个个实践案例，甚至一个个生动有趣的故事，来推动思想和感觉。这样说是不是有点啰唆？是不是过于文学化？也许是。但这样说照顾了生活实践的多样性和具体语境的差异性，不断把抽象还原为具象，把一般引向个别。在这一点上，汉语倒像是最有"后现代"哲学风格的一种语言、一种特别时髦的前卫语言。

今天晚上，我们对汉语特性的讨论挂一漏万。但粗粗地想一下，也可以知道汉语不同于英语，不可能同于英语。因此，汉语迫切需要一种合身的理论描述，需要用一种新的理论创新来解放自己和发展自己。其实，《马氏文通》也只是取了英语语法的一部分。我读过一本英文版的语法书，是一本小辞典。我特别奇怪的是：在这本专业辞典里面，"象征主义""浪漫主义""现实主义""典型环境和典型性格"，等等，都列为词条。这也是一些语法概念吗？为什么不应该是呢？在语言活动中，语法、修辞、文体，三者之间是无法完全割裂的，是融为一体的。语法就是修辞，就是文体，甚至是语言经验的总和。这种说法离我们的很多教科书的定义距离太远，可能让我们绝望，让很多恪守陈规的语法专家们绝望：这浩如烟海的语言经验总和从何说起？但我更愿意相信：要创造更适合汉语的语法理论，一定要打倒语法霸权，尤其要打倒既有的洋语法霸权，解放我们语言实践中各种活的经验。中国历史上浩如烟海的诗论、词论、文论，其实包含了很多有中国特色的语言理论，但这些宝贵资源一直被我们忽视。

瑞士有个著名的语言学家索绪尔(Saussure)，写了一本《普通语言学教程》，对西方现代语言学有开创性贡献，包括创造了很多新的概念。他不懂汉语，虽然提到过汉语，但搁置不论，留有余地，所以在谈到语言和文字的时候，他着重谈语言；在谈到语言的共时性和历时性的时候，他主要是谈共时性。他认为"语言易变，文字守恒"。那么世界上最守恒的语言是什么？当然是汉语。如果汉语不能进入他的视野，不能成为他的研究素材，他就只能留下一块空白。有意思的是：我们很多人说起索绪尔的时候，常常不注意这个空白。在他的《普通语言学教程》以后，中国人最应该写一本《普通文字学教程》，但至今这个任务没有完成。索绪尔有个特点，在文章中很会打比方。比如他用棋盘来比喻语境。他认为每一个词本身并没有什么意义，这个意义是由棋盘上其他的棋子决定的，是由棋子之间的关系总和来决定的。"他"在"它"出现之前，指代一切事物，但在"它"出现之后，就只能指代人。同样，"他"在"她"出现之前，指代一切人，但在"她"出现之后，就只能指代男人。如此等等。这就是棋子随着其他棋子的增减而发生意义和功能的改变。在这里，棋局体现共时性关系，棋局的不断变化则体现历时性关系。这是个非常精彩的比喻，让我们印象深刻。那么汉语眼下处于一个什么样的棋局？外来语、民间语以及古汉语这三大块资源，在白话文运动以来发生了怎样的变化？在白话文运动以后，在经过了近一个多世纪文化的冲突和融合以后，这三种资源是否有可能得到更优化的组合与利用？包括文言文的资源是否需要走出冷宫从而重新进入我们的视野？这些都是问题。眼下，电视、广播、手机、因特网、报刊图书，各种语言载体都在实现爆炸式的规模扩张，使人们的语言活动空前频繁和猛烈。有人说这是一个语言狂欢的时代，其实在我看来也是一个语言危机的时代，是语言垃圾到处泛滥的时代。我们丝毫不能掉以轻心。我昨天听到有人说："我好好开心呵"，"我好好感动呵"。这是从台湾电视片里学来的话吧？甚至是一些大学生也在说的话吧？实在是糟粕。"好好"是什么意思？"好好"有什么好？还有什么"开开心心"，完全是病句。"第一时间"，比"尽快""从速""立刻"更有道理吗？"做爱"眼下也流行很广，实在让我不以为然，这还不如文言文中的"云雨"(众笑)。做工作，做销售，做物流，做面包，"爱"也是这样揣着上岗证忙忙碌碌 make 出来的(众笑)？

　　我有一个朋友，中年男人，是个有钱的老板。他不久前告诉我：他有一天中午读了报上一篇平淡无奇的忆旧性短文，突然在办公室里哇哇大哭了一场。他事后根本无法解释自己的哭，不但没有合适的语言来描述自己的感情，而且一开始就没有语言来思考自己到底怎么了，思绪纷纷之际，只有一哭了之。我想，他已经成了一个新时代的 barbro，一天天不停地说话，但节骨眼上倒成了个哑巴。就是说，他对自己最重要、最入心、最动情的事，反而哑口无言。事实上，我们都要警惕：我们不要成为文明时代的野蛮人，不要成为胡言乱语或有口难言的人。

　　今天就讲到这里，谢谢大家。

（载《天涯》，2005 年第 2 期。原题为"现代汉语的写作"）

我算是公民写作

韩少功

有些记者问我：你是不是知识分子写作？我说我算是公民写作吧，因为我不知道知识分子如何定义。据说对知识分子有两种理解，一种是法国式的理解，一种是美国式的理解。法国式的理解强调知识分子要关注公共事务，常常要超越自己的专业范围充当社会良知，大概是从左拉开始的传统。美国式的理解则强调知识分子应谨守自己的知识本职，即便关注社会也只能说点专业话题，甚至应该去掉道德感和价值取向，保持一种纯客观和纯技术的态度，要 no heart。其实中国也有这种类似的区分。在清代，学者们开始做小学，专心训诂，专心考证，一个比一个做得专业，其中很多人其实是为了规避政治风险，不得已而为之。到后来，很多人转向经学和实学，主张经世致用，关心安邦治国的大事，顾炎武、戴震、魏源、龚自珍，等等，是一个长长的名单，有点像左拉、索尔仁尼琴、哈贝马斯以及乔姆斯基这样的公共知识分子了。

这两种态度本身都无可厚非，关键是看用在什么地方，关键是不要用错地方。更进一步说，有效的公共关怀，需要扎实的术业专攻；有效的术业专攻，也需要深切的公共关怀，两者不是不可以有机统一的。现在我们的现实问题不是在这两者之间做出选择，而是这两方面都做得非常不够。我有一个外甥，先后在中国和德国学物理，最看不起文科生，说"同他们谈话最没有意思：他们知道的我都知道，我知道的他们都不知道"。我在一个大学讲课时介绍了他的猖狂，希望能以此引起文科生的警觉，注意到人文知识分子这个称号的信誉危机。

《天涯》前几年的经验就很奇怪。那些在我看来知识含量较高的文章，在很多教授博士那里得不到反应，说它们太高深了，看不懂。但这些文章却能在一些小人物那里找到知音，一个县城里的工人，或者一个退休的小学教师，写来的读后感却有感觉，有思想，深得其中滋味。这是怎么回事？那些没有高学历的思考者该叫什么？叫不叫知识分子？

我更愿意区别什么是优质的出世和入世，什么是劣质的出世和入世。我有时觉得很奇怪：中国有如此特殊的传统文化资源，在当前又在如此特殊的条件下进入了现代化的建设，具有西方学者们所不可能有的经验，其实也就面临着知识创新的大好机遇，得天独厚。很多读书人为什么觉得没有什么可干呢？你看一本《我向总理说实话》，是一个前乡党委书记写的，里面就有很多知识创新的题目和素材。我们注意到了吗？

（节选自韩少功随笔集《大题小作》第 51 节，湖南文艺出版社，2005 年 5 月第 1 版）

韩少功:语言的表情与命运

韩少功

《马桥词典》英文版由美国 Columbia University Press 出版以前,以及由 Bantam Dell 再次推向商业出版市场以前,它的中文版首次面世于中国的 1996 年。可能有必要提到的是,从一开始,这本书的小说形式就在中国文学圈引起争议。一些中国的读者和批评家无法接受这种奇怪的文体,认为它根本不是小说。认为它写得极其枯燥、混乱以及缺乏创造性等等,则构成了批评的另一方面。

我不认为世界上存在着一种恒定的、普适的以及独尊的文体。如果我们稍稍回顾历史,就可以看到小说的形式五花八门。巴尔扎克笔下有一种小说。乔伊斯笔下有另一种小说。在中国古代很多作家的笔下,小说与散文常常混为一体,甚至文、史、哲之间的区别界线难以辨认。显然,人类的生活总是变化不定和丰富多样的,那么作为对生活的反映与表现,文学及其形式其实从来也无法定于一格。

采用词典体首先出于我对语言的兴趣。大约三十多年前,在中国的"文化大革命"期间,我作为一名中学毕业生落户乡下从事艰苦的农业劳动,力图实现革命当局灌输给我们青年一代的红色理想。我在书中那个叫"马桥"的村子里开始新的生活,包括开始接触当地农民嘴里新的语言。在座的某些听众可能知道,中国的语音地图十分复杂,特别是在我当年下放劳动的湖南省,方音板块尤其显得散乱而零碎,以至当地人有一句俗语:十里有三音。意思是:你在五公里的范围内至少可以听到三种方言。

我很惊奇地发现,我几乎走进了一个巨大的方言博物馆。我不得不竖起双耳来注意这些新的语言,不得不了解很多词语的用法和来源,进而比较不同方言系统之间的差别。在这一过程中,我注意到不同语言之间的词汇常常是不那么对应的。比如说,马桥人用一个"甜"字指称一切好的味道,不像都市人对各种美味有用语上的精细区分。但是在另一方面,马桥人描述农事的词汇,包括描述草木和动物的词汇,又比都市人要精细得多和丰富得多。其原因显而易见:生活是语言之母。言说者的生存经验产生或消灭了很多词语,在时间进程中扭曲或改变了很多词语。

一个世界就是我们所知道的世界,只能是我们思考和感觉中的世界。我们几乎不可能离开语言去思考与感受这个世界。这意味着,对于我们来说,一个靠词语造就的世界几乎就是世界本身。本着这一点,我把语言当作了我这部长篇小说的主角,一如很多小说家把人物当作他们的主角。在这本仿词典的小说里,每一个词条就是一扇门,一个入口,通向生活与历史,通向隐藏在每一个词语后面的故事。有时候我感觉自己差不多是一个侦探,把一个个词条详加调查,似乎它们一个个是活物,是人物。我很想知道它们的表情和命运:它们是谁?从何处来?又将往何处去?它们是怎样诞生又是怎样死亡?是怎样结婚又是怎样染病?毫

无疑问,在这一过程中,我不会对所谓语言暴力的现象视而不见。这种语言暴力代表着政治、经济或者道德的强权,曾经得到过民族国家或其他政治权威机构的支持,压制乃至消灭着另一些词语,包括建立言说和写作中的各种禁忌,就像在中国"文化大革命"发生的各种禁语现象那样。

我尽自己最大所能来记录和描述在马桥发生的这一切。当我在制作一本词典的时候,这本词典反过来也在改变着我。我的意思是说,词典体这种形式迫使我采用一些新的手法和结构来展开叙事,甚至来重组我的思绪。这包括把小说因素与非小说元素结合起来,把小说与散文甚至与理论的元素结合起来。就像我在这本书里写道的:"动手写这本书之前,我野心勃勃地企图给马桥的每一件东西立传。我写了十多年的小说,但越来越不爱读小说,不爱编写小说——当然是指那种情节性很强的小说。那种小说里,主导性人物、主导性情节、主导性情绪,一手遮天地独霸了作者和读者们的视野,让人们无法旁顾。即便有一些偶作的闲笔,也只不过是对主线的零星点缀,是专制下的一点君恩。"我很高兴的是,在这本书的写作过程中,我享受了写作的自由,从传统的刻板形式中解放了出来,从"人物加情节"的欧洲小说模式里解放了出来,几乎是怎么方便就怎么写。或叙或议,或详或略,或进或出,都可以在词典体这个宽阔的舞台上恣意妄为。

到最后,我写的当然不是一部严格意义下的小说了。它可能是一部仿小说、一部半小说,或者你干脆就说它是一本书,一本广义的读物。正是在这一点上,它也许更接近中国古人对文学的定义,接近中国古人那种文、史、哲三位一本的写作——就像我演讲之初提到过的那种情况。

在另一方面,这本书也不是一部真正的词典,因为有些词条完全出于我的想象和杜撰,在真实的生活中并不存在。"晕街"就是其中一例。英语中有"晕车""晕船""晕机"等词语,其共有的"晕"就是"病(sick)"。当我笔下的一个马桥人物无法忍受城市生活,一进入城市就心烦意乱全身不适的时候,我就立即想到了有些人对船行、车行以及飞行的生理反应,Street-sickness(晕街)这个新造之词也就闪现在脑际。我相信,城市对于这位马桥人来说有一种快速行进的感觉,他不能不感到头昏眼花,不能不"病"。

有意思的是,至今还没有读者对这一类词语表示拒绝,其中一些人甚至觉得它们适得其所,在生活中必然存在过,或将来一定会存在。也许,这些词语虽然只是一种文本性的纸上虚构,但它们的虚构者在马桥度过了漫长而难忘的时光,已经成为马桥的一部分,因此他完全有权利来创造一些词语,献给身后那个遥远的村庄。

谢谢各位。

(本文为韩少功在 2004 年 3 月中国香港国际英语文学节上的英文演讲。
发表于《南方文坛》,2006 年第 2 期)

我们傻故我们在

韩少功

　　这次作协想搞个活动，请些朋友来见见面，走一走。搞活动总得有个由头。有人提议总结一下《天涯》十年。这当然算个由头。我也赞成。前面的发言只算了好账，没有算不好的账。其实《天涯》这十年里有很多缺点。如果说《天涯》做了些事情，放在大局里看也没什么。有很多人和很多刊物也都在做。

　　说起来挺吓人的，十年了。我记得十年前海南省作协换届。因为一些历史原因，前任交下来的只有一间八平方米的房子，两张旧桌子，一个摇头扇。这就是当时的全部家当。《天涯》改版的第一个会没地方开，椅子也不够坐，只好借了招待所的一间房，搞了个"飞行集会"。当时有蒋子丹、王雁翎、罗凌翮在座。我今天得对她们表示感谢，感谢她们在那样艰苦的条件下没有失去信心，大家有难共担。后来还有崽崽、张浩文、李少君、孔见、张舸等朋友陆续加入进来了。少君当时在海南日报社，有优厚得多的工资，但要死要活地要来《天涯》。我们怕他一时冲动，要他先兼职，一年以后再说。后来一年过去了，他初衷不改，没有嫌贫爱富，当普通编辑也高高兴兴。这是需要一点热情的。《天涯》就是集合了一批有热情的人。像单正平是《天涯》的家属，实际上是半个编辑。要编就编，要写就写，要译就译，我们要救场了就去找他。他还把他的朋友韩家英介绍来做设计。韩家英很牛呵。客户来谈生意，先交二十万，然后再开谈。但这样一个很牛的设计师，这么多年来常常免费给《天涯》干活。我作为前任社长，对他们都心怀感动和心存敬意。

　　《天涯》内部其实有很多争论，也有些不开心的事情，但我们合作得不错，能够互相体谅和互相信任。《天涯》在外面也是众说纷纭。有人说我们是"新左派"，有社会主义的色彩。这种说法应该说言之有据，因为我们确实一直关注社会公正的问题。从就业问题，到三农问题、生态问题、权力腐败问题、国际新秩序问题，等等，我们有意识地做过很多专辑，一直强调弱者的权利和强者的责任，强调社会和谐共存的原则。我个人也一直以为，照搬欧美资本主义发展模式是一种右的教条主义，不但会毁掉中国，还会危及欧美。还有人说，《天涯》具有自由主义的色彩。这种说法也应该说言之成理。因为我们一直倡导民主与自由，呼吁人权保护，注意各种边缘的声音。李泽厚、刘再复、北岛、杨炼、严力、多多等，算是一些敏感人物吧，但都在《天涯》发表文章，而且大部分是多年来在国内第一次公开亮相，带来了宽松自由的讨论气氛。一个政治文明的国家就应该有这种气氛，应该有这种包容性。秦晖与何清涟，较早提出权力经济和国有资产流失问题，尽管我并不赞成他们全盘私有化的主张，但觉得他们提出的问题很重要，《天涯》就大胆提供版面。何清涟在当时还不大出名，只在香港发表些文章。是我们想办法把她"挖"出来的。还有个王力雄，公开退出中国作协，但很早关注资源与生态的问题，反思现代化的模式。我们照样给他提供发言的机会，不会因为他犯上，就

封杀他,或者躲开他。

在我看来,个人自由应该是社会主义的应有之义,社会公正也应该是自由主义的应有之义。我们反对的只是那些打着社会主义或自由主义的旗号来巧取豪夺的少数人。20世纪90年代以来的重要问题之一,就是贫富分化很严重。这是国际上大体一致的看法。但有人偏要说:中国的主要问题还是平均主义。这是一个大名人说的。还有人说谈公正、谈平等太"矫情"了。这也是一位名人说的。他们不是最热心与国际接轨吗?为什么一碰上这个"轨"就偏偏不接了?巧取豪夺者,最大的特点就是大言欺世,不认真研究问题,只会卖弄几个标签。《天涯》编辑部内部经常吵架,有时吵得天翻地覆,但我们约定了一条:一篇文章要发表,一定要言之有据和言之成理,这就是六十分及格。六十分以下不能发表。在六十分以上就可以有各种观点,那没问题。

中国的作家在20世纪80年代是一个重要的群体。1978年我参加第四次文代会,发现开会的时候,作协的会场爆满。剧协、音协、美协的会差点没法开了,因为很多人都跑到作协这个会上来了。那时候作家们打破禁区,解放思想,一句话就是一枚炸弹,一句话就是一阵掌声。当时人道主义的提出,民主政治与市场经济的提出,作家们走在最前列。有关现代派的讨论引出一些哲学深层次的问题,比方说主观和客观、理性和非理性的问题等等,作协也是领风气之先。作家们简直成了全国思想的破土机和播种机,新观念的批发商,比理论、新闻、教育各界都更活跃和更敏感。但一到20世纪90年代,这种情况不再有了。科学发展,和谐社会,这些当前最重要的命题,其意义不亚于拨乱反正,我们的作家考虑过吗?考虑过多少?为此付出过多少努力?有些人说,他们最关心民主。悠悠万事,民主为大。我愿意相信这些说法。但有意思的是,有些民主斗士一旦听到人民群众要求社会公正的强烈呼声,就打棍子,扣帽子,视之为洪水猛兽,说是"仇富心理"和"'文革'思维"。这说明有些人的民主是一种贵族老爷式的民主。

作家们在20世纪90年代做了不少贡献,但与20世纪80年代大不同的是,眼下有不少作家只剩下嘴头上几个标签,丧失了思考和发言的能力,在思想创新的持续进程中贡献率很低,甚至完全缺席。民众关心的,他们不关心。民众高兴的,他们不高兴。民众都看明白了的,他们还看不明白,总是别扭着。他们很少出国,但与那些在西方生活了十年、二十年的大多数同胞也别扭着,谈西方,谈不到一起去。以致现在,最平庸的人没法在公司里干,但可以在作家协会里混。最愚蠢的话不是出自文盲的口,但可能出自作家之口。这是一个非常奇怪的现象,也是《天涯》同仁们忍不住要折腾一下的原因。

《天涯》不是一本畅销的杂志,按照某种流行的成功标准,我们没有暴得大利和大名,是不成功的。但这不要紧。人一辈子不能光做聪明的事,有时也要做些傻事。如果我们以后回想这一辈子,这个风险我躲过了,那个苦头我也躲过了,这个人我没有得罪,那个人我也一直拉拉扯扯,我们的这一辈子就十分令人满意吗?人生要有意思,恐怕还需要做点傻事。笛卡尔说:我思故我在。在我们这个大家都特别聪明的时代,我想说的是:我傻故我在,我们傻故我们在。

（根据会议发言整理）

（载《天涯》,2006年第2期）

作家的创作个性正在湮没

韩少功

文学曾经是发现个人、表达自我的一种体裁。上个世纪 80 年代以来,有一个使用频率最高的词叫作"自我",很多人都会用,作家们用得最多,几乎百分之八九十的作家都强调文学是表达"自我"的。其实,在"自我"成为最时尚时髦的词以前,作家的个人风格、个性化也是受到高度关注的,上世纪 40 年代,作家都有不同的个人经验,有不同的个人阅历和不同的个人知识结构,所以他们表现出来的风格各种各样。赵树理写的作品绝对不会和张爱玲的混同起来,鲁迅的也绝对不会和沈从文的混同起来。按说,那是一个没有个性、没有自我表达的时代,但是实际上那时的作家却是非常具有个人风格。

到 80 年代以后包括我在内的很多人,也都是个人主义的信徒、个人主义狂热的支持者。因为作家不是法官也不是记者,也不是社会工作者,他确实是从个人的经验来表现、来传达他的思想和情感,所以说作家是一个广义的个人主义者。但是有意思的是,到了一个个人越来越受重视的时代,个人化越来越成为热潮的时代,文学却出现了许多让人意想不到的情况。首先是抄袭案越来越多,据那些被指控的人的辩白,那不是抄袭而只是近似和撞车,一个不经意的类同。在这里,我是情愿相信他们的说法,我想更多的可能是不经意的类同撞车。但是为什么在一个个人化越来越受到重视的时代,类同、近似、撞车这种现象反而越来越多呢? 以致造成抄袭案越来越多,让法官们忙个不停呢?

这是值得怀疑的事,追溯个中原因,可能有很多,在这里我想到了现在的作家都开始中产阶级化,过着美轮美奂的小日子,而且都是住在都市。都市化背景下的生活方式,沙发是大同小异的,客厅是大同小异的,电梯是大同小异的,早上起来推开窗子打个哈欠也是大同小异的,作息时间表也可能是大同小异的。我们在遵守同一个时刻表,生活越来越雷同,然而我们试图在这样越来越雷同的生活里寻找独特的自我,这不是做梦吗?

作家的个人化、自我表现,到底有多少是属于我们个人独特的东西呢?这是需要打上问号的。另一方面,全球化带来的不光是中国的问题,也是全球的问题。我们现在到了世界上任何一个城市,都分不清楚是到了亚洲,还是到了欧洲,还是到了非洲,这些城市建筑的风格也是大同小异。洋建筑师现在在狂炒中国的建筑市场,带来了许多欧洲风格的建筑,所谓张牙舞爪、冷冰冰的后现代主义建筑,搞得全世界都差不多。

也许从另外一个角度看这也挺好,全球的差距在缩小,大家过上大体相近的生活,有什么不好呢?但是作为一个崇尚个性、表现自我的作家来说,是一件很悲哀的事情。在"文革"以后,很多作家出现了一个小小的高峰时期,那时对作家有一些叫法,比如延安作家、"右派"作家、知青作家,其实这些名称背后都带有一种特殊的时代背景;或者叫乡村作家、工人作家、军旅作家,这些名称后面都有他们的个人经历和背景。但是现在的作家都住在趋同的

都市里,过着同质化的生活,怎样能突破这种类同化的生活处境呢?

同质化的生活对作家构成了极大的挑战,现在许多作家像挤牙膏一样除了挤掉自己以前的一些记忆之外,他们新的生活经验只能来自报纸,来自于影碟这样的二手资源。现在艺术家太容易当了,翻翻报纸,看看影碟,就可以写出小说来。但我认为这是不可能的事情,想用这种方式当艺术家是不可能的。

其实作家的中产阶级化并不可怕,文学从来都带有广义的中产阶级烙印。因为不是这种人,肯定不是文学的参与者,它既不是读者更不是作者。这个群体,都有广义的中产阶级烙印,包括农业社会的中产阶级在内。像小说《红与黑》,其表现的个人奋斗正好代表了欧洲中产阶级上升的人生轨迹;像《简·爱》所描述的,一个女人碰到一个白马王子式的好贵族,最后终成眷属的爱情故事,也寄托着中产阶级普遍的梦想;像中国的那些才子佳人戏,读书人最大的梦想就是当官,讨一个漂亮老婆,这显然不是当时农民的理想,也不是当时工匠的理想、市民的理想,那是一些家里有钱读了一些书的人的理想。这些确实是中产阶级的一种意识形态,烙上了中产阶级的痕迹。当然,不是说它就不好,我毫无贬低这些文学作品的意思,它们在艺术上还是有高下之分的,在成就上有大小之分的,只是说不管是好的还是不是好的,它们都有一定的广义的中产阶级烙印。

当中产阶级地位在下或者说地位趋下的时候,它是一个很活跃的阶级,是感觉和情感非常开放的一个阶级,也就是说它们日子过得不太好的时候反而是思想比较活跃的时候。像加西亚·马尔克斯,他写《百年孤独》,我们 80 年代都是把它当作小说的现代派接受的,他的《百年孤独》实际上就是写拉丁美洲在百年殖民主义、资本主义新自由主义下的悲苦历史,混乱的社会现实和焦虑的中产阶级。他们那个时候的中产阶级肯定是衣食生计、婚姻爱情都有种种危机感的中产阶级,但是刚好在那个时代拉美文学爆炸了,出现了以马尔克斯为代表的大批作家,他们的感觉是非常开放的,而且是强烈的,所以不要说中产阶级好或者不好,我觉得要看中产阶级处于什么样的情况,地位是在上升还是在下降,他是更接近于贵族权贵还是更接近于底层。

现在有些作家,之所以有些创作不大让人满意,我觉得是他感觉的幅度越来越狭窄,最后变成了完全的自恋,成天照镜子,对着镜子化妆,这样的作家有时让我们觉得有些腻味,没有新的东西、新的信息量,而且强度也是不够的;也有的作家说要表现底层,要表现人民,但是读了他的作品后,有一点假惺惺的感觉,就是他的人民底层的感觉是从概念出发的,不是真正亲身投入进去的,那种细腻强烈的东西没有。所以有些概念化的左翼写作让我存有保留态度,我觉得这是强度不够,他们可能想了解人民,想了解底层,但他们没有办法去真正了解,有很多很多的障碍,比方说没办法真正到那些棚户区或者类似的地方去,没有办法和他想表现的对象真正心意相通。我们不能说左翼、右翼哪个绝对的好,左翼文学有些在艺术上也是很粗糙的,在艺术上是有毛病的。作家可能有一个良好的愿望,然而他产生不了好的作品,这既有艺术感觉的问题,也有文化修养的问题。有时候一个民族受了很多苦,但没有出现什么好文学,因为文化资源不够。不能说一个民族受苦,某一个作家受苦,它就一定出好文学。关键要看资源的占有利用消化的情况。

(载《探索与争鸣》,2006 年第 8 期)

一个人本主义者的生态观

韩少功

生态与生命的关系

2000年,我到一个村子里面盖了一栋房子,阶段性地去住一住。在座的有些朋友去过那里,也欢迎其他朋友们以后去,去那里"农家乐",那里具体的环境确实是山之南水之北,林木丰茂——至少现在还丰茂。记得我刚去的时候,一位记者朋友跑到乡下找我,说:这个地方确实不错,但是你这样是不是同现代化背道而驰了?当时我笑了,我说:你在广州当记者,呼吸着比我这里糟糕得多的空气,喝着比我这里糟糕得多的水,为什么你那里就一定是现代化?而我享受着好水、好空气、好蔬菜和好瓜果,还享受着比较自在和安宁的生活,为什么倒不是现代化?你先回答这个问题吧。

这一问,把他问住了。可见有一个逻辑前提我们需要澄清:金钱与经济是不是生活的全部?广州是中国发展非常快的城市,珠三角、长三角、渤海湾也都成了中国重要的经济发展地带。它们确实正在进行着现代化,但也有一些数据让我们触目惊心。比如在广州市的血液检查中,人们发现中小学生血液中的含铅量大大超标。而那里的空气污染也很严重,以致很多广州的朋友都知道,早晨参加户外健身活动反而危险。这些都是经济发展带来的一些弊端。

这就有了我们常常面临的选择。我也经常向农民提这个问题:你要命还是要钱?你首先得想清楚。这个提问的背景是:我们那片乡村眼下也出现了一些小造纸厂,都是年产量不到三万吨、完全应该关停的那种。这种小纸厂一出现就是十几家,污染非常厉害。刚开始我劝农民抵制这种项目,但他们不以为然,说小纸厂能提供税收、能提供就业机会。但两年过去以后,他们的鸭子和鱼死光了,凡下田的人都得了皮肤病,其中很多人还得了怪病,人到中年就夭折。农民们开始恐慌,又是闹事又是上访,要求关停这些工厂——事情就是这样,不撞南墙不回头,农民们吃到苦头才有所醒悟,他们说:还是命重要。即使只算经济账,在眼下医药费居高不下的情况下,一进医院就是几千几万,身体健康本身就是一笔大钱啊。

这些农民暂时想清楚了,但我们好多官员、商人、知识精英还经常犯迷糊。他们常说"以人为本",但做起事来多是"以资为本"。"资本"这个中文词很好,用来翻译capital可对应"人本",对得还很工整,简洁顺口。"以人为本"是什么?就是要命;"以资为本"是什么?就是要钱,这是最通俗的解释。资本主义在很多时候不把人看作生命,至少不把大部分下层劳动者看作生命,而看作什么"人力资源"、什么"生产要素",很多企业和政府不是都有"人力资源开发部"吗?这里隐含着一种看法,即人只是资本增值的工具,只是生产过程中的一种要素,是有价格的,是进入成本的。当然,人确实是劳动者和消费者,具有重要的经济性能,经

155

济学家偶尔把人不太当人，不必被我们过多指责。但人命关天，金钱不关天，人的无价性质和无价地位，是不能完全用金钱来界定的。

"以资为本"，才会把人分成购买力强和购买力弱的三六九等，并由此建立森严的社会等级制度。"以资为本"，才会把生态环境当作一种有价或无价的资源，只要这种利用有助于资本扩张和经济发展，就不顾社会后果地进行利用。其实，作为一种生命体，人首先需要空气、水以及阳光，这是生命最基本的物质需求，也是大自然平等赐给每个人的财富。但我们的某些理论表述和官方政策常常无视这一条，只考虑 GDP，有些权贵人物甚至只考虑几个非法所得的小钱。他们往往会说，有"资本"才有"人本"，钱多才能幸福，这种观念已通过大众传媒给大家一次次洗脑。但事情真是这样吗？不，不是这样。至少在很多时候，GDP 与人的幸福并不是必然相关，倒是生态环境破坏得很厉害的时候，GDP 可能反会相应升高——比方说空气坏了，我们就建氧吧，一建氧吧，GDP 就上升了；比如说我们的水不行了，我们就喝瓶装矿泉水，一喝上这个，GDP 肯定又上升了；再比如人居环境恶化以后，人们就要千方百计往外跑，去旅游区度假，于是航空业、宾馆业、餐饮业、汽车业、旅游业等的 GDP 肯定更上升了。由此可见，"资本"活跃的时候，"人本"反而可能会受到威胁；GDP 升高的时候，我们的生活质量反而可能在下降。这种高消费但低质量的生活，被当作现代化的生活，是一件很荒谬的事。

这里还只说到人的生理状况，没说到心理层面。为什么以前中国很多寺庙都盖在环境优美的地方？所谓"天下名山僧占多"？因为在那些地方，便于排解我们的心理垃圾，调适我们的心态。为什么大家都愿意到山清水秀的乡间去度假？因为"山能平心，水可涤妄"，穿一条牛仔裤去骑骑马，拿条鞭子去放放羊，可以帮助都市的上班族实现心理修复，让他们从星期一到星期五积累下来的怒火或焦虑，在周末得到排解，好好地喘上一口气。古人说见景生情，又说山水怡情，都暗含着良好生态有利于心理健康的经验。我曾看到一个统计资料，是西方一些科学家自己做出来的。他们说美国人的心理障碍出现比率占人口总数的 23%，而这个比率在印度是 5%，在非洲是 2%。美国不是最有钱吗？不是 GDP 最高吗？不是最为都市化吗？为什么心理问题反而更多？这里面有很多原因，而都市化以后过于拥挤和紧张的生活，由钢筋水泥扭曲了正常生态的生活，应该是其中之一。

当然，有了雄厚的资本，可以改良生态，这也是人类的有效经验之一。我们并不是一看到钱就神经紧张，不过在很多情况下，所谓的改良只是转移，只是生态代价的不平等再分配——比如洋垃圾从发达国家向发展中国家转移，比如富裕地区的森林保护是以贫穷地区的森林滥伐作为消耗替代。因此从总的方面来看，要保护我们的生命，真正从每个细节上来落实"以人为本"，我们应该构建节约型社会，建设低消费、但高质量的生活，即上世纪 60 年代初"罗马俱乐部"提倡的"低物耗现代化"。中国人从国情和传统出发，在这方面应该大有所为。换句话说，中国实现人均 GDP 超过美国，充其量只是对世界的一个小贡献，如果中国能找到一种低物耗现代化之路以区别于美国，那才是对世界的一个大贡献。

生态与文化的关系

人不是一般的生命，是有文化的生命。文化是怎么来的？似乎是一些学者、作家、艺术家、宗教家折腾出来的，其实这一看法过于肤浅。往深层次看，所有文化形态后面都有某种

生态的条件和诱因,广义的生态元素——包括地理、气候、物种,等等——总是参与了对文化形成的制约和推动。

比如说我们眼下正迎接 2008 年的北京奥林匹克运动会。奥林匹克运动会源于古代欧洲,后面就有生态原因,有游牧群体崇拜身体和争强斗勇的一些习俗特征。田径、射箭、赛马等,练出男人的一身肌肉疙瘩,这与游牧民族的战争、迁徙、娱乐等密不可分。比较而言,中国人在这方面是"先天不足"的,因为古代中国人享受着宜农宜耕的自然条件,以农耕生活状态为主,不会像欧洲人那么好动和好斗,而是喜欢坐下来扎堆,喜欢喝茶聊天、吟诗作对,投枪、铁饼、击剑、马拉松,等等,中国古人玩不了,也不会感兴趣。

有一本书里曾经说到法国皇帝在凡尔赛宫前与臣民们一起跳舞,于是作者赞叹法国的皇帝,说他多么高雅、多么亲民,比中国的皇帝好多了。当时我看到这一段就想笑,觉得这个作者知其一不知其二。跳舞是游牧文化的遗产,是欧洲人的传统,你想呵,游牧人到处漂泊,野营的夜晚特别冷,烧起一堆篝火之后,能有一些什么娱乐活动?无非就是唱歌跳舞了。中国西北、西南、内蒙古的少数民族,尤其是没有定居条件的牧民,也是能歌善舞的,没什么奇怪。这与政治的清明或腐败有多大的关系?中国皇帝有毛病,但会画画、会写字、会作诗、会著书的不少,乾隆下江南的雅事还多着呢。法国人不必为此大惊小怪,然后说中国的皇帝一定比法国的好。跳舞还得有个物质条件:皮鞋。跳芭蕾、跳探戈、跳踢踏舞,没皮鞋就没效果。中国农耕群体习惯穿草鞋和布鞋,没有游牧人那么多皮革制品,起码在行头上就不占优势。

我在这里不是主张地理决定论和生态决定论,但考察文化如果不关注生态,肯定是一种盲目。什么土壤里长什么苗,什么生态里长什么文化,从这个角度出发才能更好地揭示文化的成因和动力。中国人使用纸张比欧洲人早了约一千多年,因为中国的农耕群体习惯于同草木打交道,那么发明草木造纸就有最大发生概率。有了这一步,较发达的出版、较发达的教育、较发达的儒生阶层以及科举制,随之而来也有了最大发生概率。这是一个重要的因果链,虽然不构成因果链的全部。同样,因为中国人习惯于同草木打交道,那么产生以植物药为主的中医也就不难理解,《本草纲目》这样的中医宝典才有可能出现在中国。我们可以比较一下中医与藏医的区别——藏族地处高寒地带,植物品种相对较少,所以藏药多用矿物和动物入药,形成了它的特色。与之相关的另一现象是:藏民在地广人稀的雪域高原,连求医问药都十分困难,人在恶劣的自然环境里更觉得命运不可捉摸,人的无知感、无力感、无常感沉重压在心头,在这种情况下,宗教也许就会应运而生、应运而强。汉族游客去西藏参观,常常会觉得很多藏民的宗教意识顽强得不可思议,其实,如果我们设身处地细心体会一下他们的生态与生活,也许就不会简单化地指责他们"蒙昧"。

不仅传统文化后面常有生态原因,现代文化也是如此。美国人特别擅长发明机器,科技和工业特别发达,生态就是诸多幕后原因中的一个。往远里说,欧洲人到达北美洲的时候,一是打仗,杀了不少人;二是带去传染病,病死了不少人,五千万印第安人从北美洲消失,整个大陆有点空空如也。作为生态重要一环的人口,出现了锐减,那么有活儿谁来干?没办法,他们就买奴隶,买了奴隶以后还不够,就得自己干。过去连美国总统很多都是自己盖房子,自己当木匠。以致现在很多美国人还是特别勤劳,节假日里都自己修整草坪。我们常说中国人勤劳,其实中国人总体上来说比不上美国人勤劳,比如富人大多不会去修整自己的草坪。这里的前提条件之一,是美国的人手少,人工贵;中国的人手多,人工廉。欧美新教主张"劳动是最好的祈祷",其生态根据也是他们人口不够多,比如欧洲进入工业革命时,总人口还

不到一亿。接下来,发明机器当然是解决人手不够这一难题的更好办法。美国人因此发明了很多机器,连开瓶盖和削苹果都有机器,福特汽车、波音飞机等等更是顺理成章。欧洲人喜欢听歌剧,美国人折腾出一个电影——电影就是艺术的机器化;欧洲人喜欢泡酒吧,美国人折腾出一个麦当劳——麦当劳就是饮食业的机械化。在这一方面,好些欧洲人还有文化抵触,觉得美国佬是一些机器狂。

麦当劳也好,好莱坞也好,是美国机器文化的一种特产,因全球化而扩展到全世界。凭借现代交通和传播技术,这种文化横移现象在当代特别多、特别快,构成强大的潮流。因此,就当代都市文化而言,生态与文化的关系相对来说变得比较模糊。不是吗?我们不是牧民也可以跳舞,不在西藏也可以信奉活佛,不在美国也可以吃麦当劳,我们似乎有理由忘记生态这一档子事。但值得注意的是,赖以生长文化的某些生态条件虽已瓦解,但现代都市文化的复制化、潮流化、泡沫化、快餐化,并不总是使人满意,正在引起各种各样的抵制和反抗。在这个时候,人们不难发现,这种多样性和原生性的减退,与全球性都市生态单一化是同一个过程,与高楼、高速路、立交桥等人工环境千篇一律密切相关。生态与文化的有机关系,在这里也许恰恰可得到一个反向的证明。在另一方面,当我们看到很多文化创造者坚持多样性和原生性,用独特来对抗复制潮流,用深度来对抗快餐泡沫,他们总是会把目光更多地投向自己的土地、自己特有的生态与生活、自己特有的文化传统资源。一些被都市从自然生态中连根拔起的人,似乎正在重新伸展出寻找水土的根须。

他们会成功吗?我们还可以观察。逐渐趋同和失重的现代都市文化,会不会是我们人类文化的终点? 我们也需要继续观察。

环保从心灵开始

1999 年《天涯》杂志在海南召开了一个相当规模的座谈会,产生了一个针对生态环境问题的《南山纪要》,后来有了英文、日文、法文等各种译本,在人文学界有一定影响。当时我们就在会上提出,环保不仅仅是一个技术问题,首先是一个利益分配的问题。我们要问的是:是谁在破坏环境? 谁在从这种破坏中获利? 是什么样的体制和思潮在保护这种破坏?

解决环境问题确实需要技术,也需要资金。问题在于,全世界现有的资金和技术已足以解决人类喝水的问题、呼吸空气的问题、食品安全的问题、土质恶化的问题,等等,但是没有解决,为什么?美国那么有钱,但退出《京都协议书》,为这一点还同英国盟友闹矛盾。几年前美国国防部有一个秘密研究报告被泄密,这个报告说,全球温室效应继续加剧,可能在不久的将来导致大西洋暖流停止,一旦出现这种情况,全球气候激变,雪线大步南移,英国可能成为另一个西伯利亚,荷兰可能全部沉没,如此等等。我看过地图,发现雪线将抵达中国的武汉,长江以北将一片冰天雪地。美国这个报告使很多人震惊。那一年我在青岛见到几位中科院地质科学方面的院士,据说温家宝总理曾把他们找去,问南水北调工程还搞不搞。英国首相布莱尔看来也很关切这个报告,从英国的国家利益出发,他一直向美国总统布什施压,希望美国回到《京都协议书》,采取行动降低二氧化硫和二氧化碳的排放。

美国觉得自己反正不会变成西伯利亚,所以不着急。这也是现在很多中国人的行事逻辑:自己的利益最大化高于一切。我在乡下时看到有些农民对林木乱砍滥伐,感到十分无奈。因为木材的行市一涨再涨,于是任何劝说和禁止都没有用。在这一过程中,农民卖原料,

赚了小头;政府有关部门收费,赚了中头;商人倒卖牟利,赚了大头。大家组成了破坏环境的利益联盟,至于造成的恶果,谁都没去想。其实,如果我们把眼光放得更开阔一点,就会发现我们这些局外人,包括很多对此深感痛心的人士,也可能是这一恶行的帮凶,甚至是隐秘的元凶,比他们过错责任更大。

为什么这样说?我得解释一下木材价格居高不下的原因。据我的了解,村里农民砍下来的木材,一部分拿去给小煤窑做坑木,这个我暂时不去说;木材的另一个用途就是送去造纸。中国眼下的纸张需求太大了,一个月饼可以有六七层的包装,要不要纸?一份报纸可以上百个版面,要不要纸?……纸张需求就是这么强旺起来的,木材的高价位就是这样出现的,农民的砍伐狂潮就是这么拉动起来的。

我记得台湾地区在 20 世纪 80 年代还有个规定,每份报纸的版面不能超过十六版,超过了就要受罚。这是一个很不错的规定,但他们顺应所谓历史潮流,把这个很好的禁令给废了。其实,现在每份报纸的新闻内容并不太多,大部分版面是商业广告,广告同包装一样,是一种促销的商业手段,从某种意义上来说,是一种利用人类的愚昧和虚荣的促销手段。比如说我想吃一个月饼,但我缺乏必要的判断能力,就只好去看广告,相信那些广告上的花言巧语;我也想把中秋节过得很体面,于是专买那些豪华包装的月饼,自己吃也好,送给别人也好,都能体现某种不凡的身价。这样,月饼还是那个月饼,我们并没有多吃一点什么,但我们的愚昧和虚荣,支撑了广告业和包装业的畸形扩张,使千吨万吨的纸浆因为一个中秋节而被无谓消费,对森林构成了巨大威胁。

在此,我强烈呼吁社会各界来推动立法,就像台湾地区曾经限制报纸版面一样,就像政府前不久限制月饼包装一样,在更大范围内来限制广告业与包装业,尤其要限制那些严重耗物和耗能的非必需产业,保护我们的稀缺资源。市场自由还要不要?当然还要。但市场自由只能在保护人类共同利益的限度之内。

当然,如果大家都少一些愚昧和虚荣,少一些贪欲,这些非必需的产业就不攻自破,不限自消。从这个意义上来看,我们建设绿色的生态环境,实现一种绿色的消费,首先要有绿色的心理,尽可能克服我们人类自身的某些精神弱点。

在这一方面,我们很多传统的文化思想资源其实是很宝贵的。佛家戒杀生,说出家人不能吃肉,客观上就有一种环保作用。因为摄取同样的热量,所需要的谷物如果是1,那么通过饲养动物所消耗的谷物大约就是14,两者差别非常大。我们不是在提倡佛家的素食,但没有必要的大鱼大肉海吃海喝,既不利于身体健康,也无谓增加了生态压力,这是一定的。古代儒家思想也很注意节省资源,《礼记》里就规定不能伤青苗,不能伤幼畜,还规定不招待客人不杀鸡,不祭祖宗不宰羊。孔子在《论语》里还说:可以钓鱼但不要下网打鱼,可以打鸟但要保护母鸟产卵孵化,所谓"钓而不纲,弋不射宿"。这些都是着眼于经济的可持续发展。更值得一提的是,老祖宗们还非常注意克制人的贪欲,宋代儒家说"存天理灭人欲",被当代主流知识界理解为禁欲主义,其实是制造了一大假案。我查过宋人的原著。程颐是这样说的:什么是"天理"?"天理"就是"奉养",就是建宫室、谋饮食等等人的正当需求;那么什么是"人欲"?"人欲"就是"人欲之过",是人为制造的欲望。"欲"在他们的语境里其实是贪欲的代名词,所以他们主张一举铲除之。这与孔子的"惠而不费"一脉相承。孔子的意思是说:我们要实惠,但不要浪费,要尊重人的正当需求,但限制人的过分贪欲。

这种对"惠"与"费"的区分,对"天理"与"人欲"的区分,相当于西方人对 needs 与 wants

的区分,即对需求与欲求的区分。但西方人很晚才关注这种区别,比如由 19 世纪到 20 世纪的英国社会学家吉登斯(A.Giddens)来加以强调。在这一点上,中国古人们错了吗?不,没有错,而且对得特别光荣,因为他们很早就区分了 needs 与 wants,很早就提出了健康的生活态度。

五四运动以来的中国主流知识界很急切,一心追求强国富民的大跃进,所以戴上有色眼镜,把本土文化传统不分青红皂白地妖魔化,一篙子打翻一船人。他们以为这样做才能"人道主义"或"人本主义",大家才能幸福。其实,前人不是傻子,也在追求幸福,并没有愚蠢地否定"人本",之所以反对贪欲,其宗旨正是朴素的人本主义,他们指出"欲以害生",就是指出贪欲将危害生命和生存。这有什么不对呢?看看我们的周围,过分的饮食,过分的男女,不正在损害很多人的健康吗?把环境破坏完了,把资源消耗光了,人类还能活到其他星球上去?

只有共同的幸福,可持续的幸福,才是真正的幸福。当越来越多的人接受了这一核心观念,我们生态的保护和建设才有希望。

(载《天涯》,2007 年第 1 期)

民主:抒情诗与施工图

韩少功

　　"民主"仍是一个敏感的词,被有些人说得吞吞吐吐——只有美国总统布什这样的人才把"民主价值"和"民主联盟"当一碗饭,走到哪里就说到哪里。

　　这也难怪,民主的概念与体制本是西方所产,从游牧时代一直延伸到工业化和信息化时代。那里的民主虽一度与古代的奴隶制相配套,一度与现代的殖民主义相组合,但毒副作用大多由民主圈之外的弱势阶级(如奴隶)或弱势民族(如殖民地人民)消化,圈内很多人感受不会太强烈。他们即便也痛苦过、危机过、反抗过,但堤内损失堤外补,圈外收益多少可有助于减灾止损。就一般情况而言,他们更多的印象来自官吏廉能、言论自由、社会稳定、经济发展等圈内的民主红利,有足够理由为民主而骄傲。有机构宣布:世界上前十位最廉政国家中有九个实行民主制。仅此一条,就不难使民主成为很多人的终极信仰乃至圣战目标——十字军刀剑入库以后,民主义军的炸弹不时倾泻于外。

　　后发展国家似乎有点不一样。它们移植民主既缺乏传统依托,也没有役奴和殖民等外部收益以作冲突的回旋余地,各方一较上劲就只能死磕。一旦法制秩序、道德风尚、财政支持、教育基础等条件不到位,民主大跃进很可能加剧争夺而不是促进分享。小魔头纷起取代大魔头,持久的部落屠杀、军阀割据、政党恶斗、国家解体和管治崩溃,成了这些地方的常见景观。迄今为止,20世纪一百多个"民主转型"国家中的绝大多数,一直在民选制和军政府之间来回折腾,在稳定与民主面前难以两全,前景仍不明朗。自以为民主了的俄罗斯、新加坡等不入西方政界法眼,蒙受一次次打假声讨。靠全民直选上台的巴勒斯坦哈马斯政府更被视为恐怖主义。中国1911年至1913年的民主,引发了旷日持久的混乱与分裂,后来靠多年铁血征战才得以恢复稳定和统一国家。……毫无疑问,很多过来人对此心存余悸,对民主化的性价比暗自生疑。民主教练们虽然硬在一张嘴,硬在台面上,实际上也经常无所适从。美国就支持过皮诺切特(智利)、苏哈托(印尼)、马科斯(菲律宾)、佛朗哥(西班牙)、索莫查(尼加拉瓜)等多个独裁者。据前不久《国际先驱导报》报道:当伊拉克的爆炸此起彼伏,美国纽约大学全球事务中心的智囊们立刻向政府建言:必须在伊拉克建立独裁。

　　大多后发展国家似乎一直是民主培训班的劣等生和留级生。是这些地方的专制势力过于强大和顽固吗?是这些地方缺少足够的物质资源和杰出的民主领袖?抑或这些野蛮人从来就缺少民主的文化遗传乃至生理基因?……

　　这些问题都提出过的,是可以讨论的,然而误解民主也可能是原因之一。

　　误解源自无知,源自操作经验太少,源自很多人只是在影视、报纸、教科书、道听途说中遥望梦中天国,对具体实践十分隔膜。这些误解者最可能把民主当成一首抒情诗而不是一张施工图,缺乏施工者的务实态度、审慎研究、精确权衡,不断总结经验的能力,还有因地制

宜除弊兴利的创造性思考。一般来说,抒情诗多发生在大街和广场,具有爆发力和观赏性,最合适拍电视片,但诗情冷却之后可能一切如旧。与此不同,施工图没有多少大众美学价值,不能给媒体提供什么猛料,让三流演艺明星和半吊子记者使不上什么劲。它当然意味着勇敢和顽强的战斗,但更意味着点点滴滴和不屈不挠的工作,牵涉繁多工序、材料以及手艺活,任何一个细节都不容人们马虎——否则某根大梁的倾斜,一批钢材或水泥的伪劣,可能导致整个工程前功尽弃。

成熟施工者们还必须明白物性万殊和物各有长的道理,不会用电锯来紧固螺丝,不会将水泥当作油漆,更不会在沙滩上坐想高楼。这就是说,他们知道民主应该干什么,能够干什么,知其短故能用其长。

作为管理公共事务的现有民主,其实也有力所不及之处,有一用就可能出错的地方:

涉外事务——用民主治理内部事务大多有效,反腐除贪、擢贤选能、伸张民意等是人们常见的好处。但一个企业决议产品涨价,民主时往往不顾及顾客的钱包。一个地区决议建水坝,民主时往往不顾及邻区的航运和灌溉。一个国家的民选议会还经常支持不义的对外扩张和战争。对印第安人的种族灭绝就曾打上入侵者或宗主国的民主烙印。20世纪的两次世界大战也曾得到民主声浪的催产:一旦议员们乃至公民们群情激奋,本国利益最大化顺理成章,一些绥靖主义或扩张主义的议案就得以顺利通过民主程序,让国际正义原则一再削弱,为战争机器发动引擎。其实,这一切并非偶然事故,与其归因于小人操纵民意,毋宁说是制度缺陷的常例。民主者,民众做主也,意指利益相关者平等参与公共事务的管理。如果这一界定大体不错,那么以企业、地区、民族国家等为单元的民主,在处理涉外事务方面从一开始就违这个原则:外部民众是明显的利益相关者,却无缘参与决策,毫无发言权与表决权。这算什么民主?或者说这种民主是否有重大设计缺陷?即便在最好的情况下,这种半聋半瞎的民主是否也可能内善而外恶?

涉远事务——群体如个人,追求自身利益最大化,经常表现于追求现时利益最大化,对远期利益不一定顾得上,也不一定看得明白。俄国的休克疗法方案,印度的锁国经济政策,都曾是民主的一时利益近视,所谓远得不如现得,锅里有不如碗里有,只是时间长了才显现为令人遗憾的自伤疤痕。美国1997年拒签联合国《京都协议书》,就是以为气候灾难与生态危机还十分遥远,至少离美国还十分遥远。美国长期以来鼓励高能耗生活消费,也就是以为全球能源枯竭不过是明日的滔天洪水。较之这些远事,现时的经济繁荣似乎更重要,支持社会福利的税收增长似乎更重要。但这个民主国家的政府、议会以及主流民众考虑到十年、二十年、三十年以后的美国了吗?——那时候的美国民意于此刻尚待初孕。考虑到美国的子孙后代了吗?——那时候的美国人在眼下更不可能到场。于是,又是一大批利益相关者缺席,接下来却无辜承担另一些人短期行为的代价,再次暴露出民主与民本并不是准确对接。正是为了抗议这一点,一些生态环境保护会议的组织者最喜欢找一些儿童来诵诗、唱歌、发表宣言、制定决议。从某种意义上说,这种象征性的儿童参政不过是预报未来民意的存在,警示民主重近而轻远的功能偏失。

涉专事务——民众常有利益判断盲区,就算是民意代表都高学历化了,要看懂几本财政预算书也并非易事,更遑论其他。真理常常掌握在少数人手里,远见卓识者在选票上并不占有优势,特别是在一些涉及专业知识的话题上。如果不辅以知识教育与宣传的强力机制,那么民主决策就是听凭一群外行来打印象分,摸脑袋拍板,跟着感觉走。由广场民众来决定

哲学家苏格拉底的功罪,由苏维埃代表来决定沙皇和地主的生死,由议会来决定是否修一座水坝或是否大规模开发生物能源,这样的决策无多少理性可言,不过是独裁者瞎整的音量放大。不久前,中国一次"超女"选秀大赛引起轰动,被一些外国观察家誉为"中国民主的预演"。有意思的是,能花钱和愿花钱的投票者能否代表民众,在多大程度上代表民众,并非不成为一个问题。更重要的是,对文艺实行"海选"式大民主,很可能降低社会审美标准,错乱甚至倒置文明的追求方向。文艺如同学术、教育、金融、法律、水利或能源的技术,有很强的专业性,虽然也要适度民主,但民主的范围和方式应有所变通。对业内很多重大事务(自娱性群众文艺活动一类除外)的机构集权似不可少——由专家委员会而不是由群众来评奖、评职称、评审项目,就是通常的做法;用对话协商而不是投票方式来处理某些专业问题,也是必要的选项。专家诚然应尊重群众意见,应接受民众监督机制,但如果放弃对民众必要的引导和教育,人民就可能异变为"庸众"(鲁迅语),民意就不是时时值得信任。否则孔子就会不敌超女,《红楼梦》就会被变形金刚覆盖,色情和迷信网站就可能呼风唤雨为害天下。也许经历过不少痛苦经验,柏拉图一直主张"哲学家治国",在《理想国》一书中认定民主只会带来大众腐败,带来彻底的价值虚无"(no one of any value left)。《论语》中的孔子强调"上智下愚",与商鞅"民不可与虑始而可与乐成"一说相近,把希望仅仅寄托于贤儒圣主。他们的精英傲慢令人反感,天真构想不无可疑,但他们承认民众弱点的态度却不失几分片面的诚实,至少在涉专事务范围内可资参考。人们在"文革"期间质疑工宣队和农宣队全面接管上层建筑,在市场化时代质疑用市场(包括部分工农兵在内的消费者)来决定一切,特别是决定人文与科学的价值选择。他们只是受制于某种时代思想风尚,不敢像古人那样把零散心得做成理论,说得那么生猛和刺耳。

照现代的某种标准,柏拉图和孔子是严重的"政治不正确"。新加坡李光耀先生主张"精英加权制"(一人五票或十票)同样是严重的"政治不正确"。这样私下想一想尚可,说出口就是愚蠢,就是自绝于时代——不拍民众的马屁,岂不是自己制造票箱毒药?一个公众人物的政治表态如何能这样业余和菜鸟?贵族统治时代早已成为过去,思维与言说的安全标准须随之改变。眼下无论左翼或右翼的现代领袖,无论他们是高喊"人民万岁"还是高喊"民主万岁",其实都是挑人多的地方站,自居民众公仆角色,确证自己权力的合法性。这当然没错。民众利益确实是不可动摇的普世价值基点,是文明政治的宗旨所系,是一切恶政和暴政终遭天怨人怒的裁判标尺。但有一些他们经常含糊其词的话题还需要提出:

民众利益与民众意见是不是一回事?

民主所释放的民众意见又是不是可靠的民众意见?或者怎样才能成为可靠的民众意见?

这是一些基础性的哲学问题,民主的施工者们无法止步绕行。

美国前副总统戈尔算得上一个政坛老手。在不久前出版的《对理性的侵犯》一书中,他指出"铅字共和国"正在被"电视帝国"侵略和占领,电子媒体已可以成功对民众洗脑,"被统治者的同意"正逐渐成为一种商品,谁出价最高,谁就可以购买。据他回忆,他的竞选班子曾建议投放一批电视政治广告,并预计这笔钱花出去以后,他的支持率可以提高几个百分点。他开始根本不相信这种计算,但叫人大跌眼镜的是,有钱能使鬼推磨,后来的事实完全证明了他是错的而助手们是对的——一张张支票开出去以后,支持率不多不少,果然准确上升到了预估点位,民众的理性竟然如期被逐一套购。人们不难看出,这个时代已用电视取代了

竹简,已用光缆取代了驿道,很多人的大脑不过是一些电子声色容器,民意的原生性和独立性易遭削弱,民意的依附性与可塑性却正在增强。在很多时候,政治就是媒体政治,民意可以强加给民众,由权力和金钱支配的媒体正在成为庞大的民意制造机,"可以在两周之内改变政治潮流"(戈尔语)。不仅如此,组织集会造势是要花钱的,雇请公关公司是要花钱的,"涮楼"拜票是要花钱的,延揽高人来设计候选人的语言、服装、动作、政策卖点等也是要花钱的……美国总统竞选人都必须是抓钱能手,必须得到财团、权贵、部分中产阶级等有效出资者的支持,手里若没有一亿美元的竞选资金,就只能死在预选门槛之外。一个中国的贪官也看懂了其中门道,因此贪污千万却一直省吃俭用家贫如洗。据他向检察机构交代:他积攒巨资的目的就是为了有朝一日投入竞选(见海南省戚火贵案相关报道)。可以想象,如此高瞻远瞩的贪官在中国何止一二?他们都已明白:只要大家都爱钱,烧钱就是购买民主的硬道理。在一个社会资源分配不均的情况下,在专制者几乎都转型为资产者的情况下,"一人一票"的民主原教旨已变成"N元一票"的民主新工艺。

政教合一结束以后,不幸有金权合一来暗中补位。选民们放弃投票的无奈和冷漠流行病一般蔓延,是这一事态的自然结果。

人们就不能采取更积极一些的反抗吗?比方说用立法来限制各种政治、资本、宗教势力对媒体的控制?比方说限制主流媒体的股权结构和收入结构,从而确保它们尽可能摆脱金钱支配,尽可能体现出公共性和公平性?……再不济,用古希腊亚里士多德最为赞赏的"抽签制"(某些基层社区已经用这种方式来产生维权民意代表)来替代选举制,是否也能多少稀释和避开一点劣质民主之害?

遗憾的是,现代社会殚精竭虑与时俱进,不断改进着对金融、贸易、生态、交通、玩具、化妆品、宠物食品的管理,MBA大师满街走,法规文本车载斗量,但不论是民主行家还是民主新手,在政治制度创新方面都经常裹足不前和麻木不仁。一般来说,找一个万能的道德解释,视结果顺心的民主为"真民主",视结果不顺心的民主为"假民主",成为很多人最懒惰也最便利的流行判断,差不多是一脑子糨糊的忽热忽冷。权势者更不愿意展开相关的制度反思和政治辩论——因为这只能使貌似合理的现存秩序破绽毕露,使权力合法性动摇,危及他们的控制。他们更愿意在"民众神圣"一类慰问甜点大派送之下,继续各种熟练的黑箱游戏。

民众并不是神,并无天生的大爱无私和全知全能。因此理性的民意需要培育和保护,需要反误导、反遮蔽、反压制、反滥用的综合制度保障,才能使民主不被扭曲,从而表现出相对于专制的效益优势:贪腐更少而不是更多,社会更安而不是更乱,经济更旺而不是更衰,人权更能得到保护而不是暴力横行性命难保……特别是在涉外、涉远、涉专等上述事故多发地带,原版民主的制度修补不容轻忽。从更高标准来看,一个企业光有董事会民主和股东会民主是远远不够的。更合格的企业民主一定还包括员工民主(工会和职工代表大会)、顾客民主(价格听证与监管制度)、社区民主(环境听证与监管制度)等各个层面,包括这个丰富民主构架下所有利益相关者权力与责任的合理分配,以防"血泪企业""霸王企业""毒魔企业"在民主名下合法化。《公司法》等法规在这方面还过于粗陋。一个民族国家光有内部民主也是有隐患的。考虑到经贸、技术、信息、生态安全等方面的全球化现实,更充分的民主一定要照顾到"他者",要包括睦邻和利他的制度设计——就像欧盟的试验一样,把涉外的一部分外交、国防、金融、财政权力从民族国家剥离,交给一个超国家的民主机构,以兼顾和协

调各方利益,消除民族主义的利益盲区,减少国与国之间冲突的可能性。至于欧盟与"X盟"之间更高层级的民主共营构架,虽然面临着宗教、文化、经济等令人头痛的鸿沟,但只要当事各方有足够的诚愿和理性,也不是不可以进入想象。

可以预见,如果人类有出息的话,新的民主经验还将层出不穷。一种以分类立制、多重主体、统分结合为特点的创新型民主,一种参与面与受益面更广大的复合式民主,不管在基层还是全球的范围内都可以期待。作为一项远未完成的事业,民主面临着新的探索旅程。

中国是一个集权专制传统深厚的国家,百年来在体制变革方面寻寻觅觅进退两难,既受过专制僵化症之祸,又吃过民主幼稚病的亏——后者用民主之短不少,用民主之长不多,有时未得民主之利,先得民主之弊,最终结果是损害民主的声誉,动摇人们的民主信心,窒息人们对民主的深度思考,为集权专制的复位铺垫了舆论压力。中国1911年至1913年的民主,就是这样分别使军人铁腕成了当时的民心所向。从这一点看,专制僵化症与民主幼稚病是一体两面,共同阻滞了政治改革,使各种山大王和家长制至今积习难除。

丘吉尔有句名言:民主是"坏体制中的最好体制"。尽管集权乃至专制也能带来社会稳定,也能支持经济发展(很多资本主义国家或地区在新兴时期或困难时期都曾借助集权或威权管制手段,如20世纪后半期的"亚洲四小虎",又如克伦威尔时期的英国,拿破仑时期的法国,俾斯麦时期的普鲁士等),但至少在现代社会条件下,没有民主的繁荣如同白血球不足的肌体,缺乏发展的可持续性。现代社会的复杂程度和管理量与日俱增,需要更灵便、更周密的信息传感系统和调控反应系统。一个官吏体系掌控着越来越多的国家财富和财政资源,如无民众全方位的监督和制约,必滋生很多自肥性利益集团,无异于定时炸弹遍布各处,造成"矿难恐怖主义""药价恐怖主义""污染恐怖主义"一类让人应接不暇,也使体制内忙碌的消防队成为杯水车薪。另一方面,身处一个因特网和高速公路的时代,民众的知情触角已无所不及,根本不需要什么黑客手段,就能轻易穿透任何铁幕,其相应的参与、分享、当家做主等要求如未及时导入建设性的政治管网,不满情绪一旦积聚为心理高压,就可能酿成破坏性的政治风暴。事实多次证明,任何一个再成功的现代君王也总是危险四伏。当年发展经济和改善福利并不算太差劲的罗马尼亚齐奥塞斯库君,刚被英国女王授了勋章,刚被国际社会誉为改革模范,马上就死在本国同胞的乱枪之下,不能不令人深思。

只是丘吉尔的名言还可补充,即民主不仅是"坏体制中的最好体制",而且民主本身还可以更好,还需要换代升级,在一个动态过程中实现民主功能的更完善,在一个复杂世界里实现民主形态的更多样。以民主进程中后来者的身份,后发展国家缺乏传统依托,却也没有传统负担,完全可以利用后发优势,不仅参考借鉴西方的普选制、代议制、多党制、三权制等管理经验,还可以博采本土的一切制度资源,比如君权时代的"禅让"制、"谏官"制、"揭贴"制、"封驳"权等,比如革命时代的"群众路线""多党参议""民主生活会""职工代表大会"等,比如改革时代的"法案公议""问卷民调""网上论坛""NGO参与""消费者维权"等。这一切或多或少含有民主元素的做法,一切曾有助于善政的举措,都可以通过去芜存菁而得到整合与汲收,从而让人们真正放开眼界解放思想,培育出民主的本土根系,解决所谓民主"水土不服"的难题;同时也丰富和扩展民主内涵,走出有中国特色和开拓意义的民主道路,为人类政治文明建设做出独特贡献—— 一个文明复兴大国在追求富强的进程中理应有此抱负和责任,不可缺失制度创新的智慧。

几年前,笔者遇到一位瑞典籍学者兼欧盟官员。他说民主不仅仅是一种政体,更是一种

交往习俗和生活方式。他引导笔者走进一座旧楼,参观他们主办的妇女手工活培训班、职工读书沙龙,还有社区青年的环保画展,说这都是很重要的民主。因为分裂而孤独的个人"原子"状态就正是专制的理想条件,人们只有经常在一个共同体内交流、参与以及分享,才可能增强民主的意识与能力,才可能有民意的形成、成熟以及表达,包括尽可能消解某些误导性宣传。在他看来,欧盟民主的希望与其说在于电视里某些政治秀,不如说更在于这些老百姓脸上越来越开朗而且自信的表情——他和他的同道正为此争取更多的预算、义工以及跨国性讨论。

这是一个满头银发的长者。

可惜我的几个中国同行者听不懂他的话,对劳什子手工活一类完全不感兴趣,一个个东张西望哈欠滚滚,只想早一点返回宾馆。连译员也把"民主"一词译得犹犹豫豫,好像老头说跑了题,好像自己耳朵听错了话——这些鸡毛蒜皮与伟大的 democracy 能有什么关系呢?也许在他们看来,只有大街和广场上的激情才够得上民主的劲道。

我也曾举着标语牌走向中国和他国的大街广场,但我知道,民主要比这多得多,要繁重得多、深广得多。

此时的银发长者有点沮丧,已不知道该说什么好。

正是这尴尬一刻,成了本文的缘起。

2007 年 9 月

(载《天涯》,2008 年第 1 期)

重说道德

韩少功

一

很长一段时间里，"道德"一词似已不合时宜，遇到实在不好回避的时候，以"文化"或"心理"来含糊其词，便是时下很多理论家的行规。在他们看来，道德是一件锈痕斑驳的旧物，一张过于严肃的面孔，只能使人联想到赎罪门槛、贞节牌坊、督战队的枪口、批斗会上事关几颗土豆的狂怒声浪。因此，道德无异于压迫人性的苛税与酷刑，"文以载道"之类纯属胡扯。与之相反，文学告别道德，加上哲学、史学、经济学、自然科学等纷纷感情零度地 no heart（无心肝），才是现代人自由解放的正途。

柏拉图说过：强者无须道德（语出《理想国》）。现代人应该永远是强者吧？永远在自由竞争中胜券在握吧？现代人似乎永远不会衰老、不会病倒、不会被抛弃、不会受欺压而且是终身持卡定做的 VIP。因此谁在现代人面前说教道德，那他不是伪君子，就是神经病，甚至是精神恐怖主义嫌犯，应立即拿下并向公众举报。上个世纪 90 年代针对"道德理想主义"的舆论围剿，不就在中国不少官方报刊上热闹一时？

奇怪的是，这种"去道德化"大潮之后，道德指控非但没有减少，反而成了流行口水。道德并没有退役，不过是悄悄换岗，比如解脱了自我却仍在严管他人，特别是敌人。美国白宫创造的"邪恶国家"概念，就出自一种主教的口吻，具有强烈的道德意味。很多过来人把"文革"总结为"疯狂十年"，更是摆出了审判者和小羔羊的姿态，不但把政治问题道德化，而且将道德问题黑箱化。在他们看来，邪恶者和疯狂者，一群魔头而已，天生为恶和一心作恶之徒而已，不是什么理性的常人。如果把他们视为常人，视为我们可能的邻居、亲友乃至自己，同样施以政治、经济、文化、资源等方面的条件分析和原因梳理，那几乎是令人惊骇的无耻辩护，让正人君子无法容忍。在这里，"去道德化"遭遇禁行，在现实和历史的重大事务面前失效——哪怕它正广泛运用于对贪欲、诈骗、吸毒、性变态、杀人狂的行为分析，让文科才子们忙个不停。在一种双重标准下，"邪恶国家"和"疯狂十年"（——更不要说希特勒）这一类议题似乎必须道德化，甚至极端道德化。很多人相信：把敌人妖魔化就是批判的前提，甚至就是够劲儿的批判本身。

这种看似省事和快意的口水是否伏下了危险？是否会使我们的批判变得空洞、混乱、粗糙、弱智从而失去真正的力量？倒越来越像"邪恶国家"和"疯狂十年"那里不时入耳的嘶吼？

二

敌人是一回事,主顾当然是另一回事。当很多理论家面对权力、资本以及媒体受众,话不要说得太刺耳,就是必要的服务规则了。道德问题被软化为文化学或心理学的问题,绕开了善恶这种痛点以及责任这种难事;如果可能的话,不妨进一步纳入医学事务,从而让烦心事躺入病床去接受仁慈的治疗。一个美国人曾告诉我:在他们那里,一个阔太太如果也想要个文凭,最常见的就是心理学文凭了。心理门诊正成为火爆产业,几乎接管了此前牧师和政委的职能,正在流行"情商"或"逆商"一类时鲜话题,通常是大众不大明白的话题。

据说中国未成年人的精神障碍患病率高达 21.6%—32%(2008 年 10 月 7 日《文汇报》),而最近十二年里,中国抑郁症和焦虑症的患者数分别翻了一番多和近一番(2009 年 9 月 22 日《文汇报》)。如此惊人趋势面前,人们不大去追究这后面的深层原因,比方说分析一下,"情商"或"逆商"到底是怎么回事,到底有多少精神病属实如常,而另一些不过是"社会病",是制度扭曲、文化误导、道德定力丧失的病理表现。病情似乎只能这样处理:道德已让人难以启齿,社会什么的又庞大和复杂得让人望而却步,那么在一个高技术时代,让现代的牧师和政委都穿上白大褂,开一点药方,摆弄一些仪表,也许更能赢得大家的信任,当然也更让不少当权大人物宽心:他们是很关爱你们的,但他们毕竟不是医生,因此对你们的抑郁、焦虑、狂躁、强迫、自闭之类无权干预,对写字楼综合征、中年综合征、电脑综合征、长假综合征、手机依赖综合征、移民综合征、注意力缺乏综合征、阿斯伯格综合征等爱莫能助。你们是病人,对不起,请为自己的病情付费。

并非二十四小时以内的一切都相关道德,都需要拉长一张脸来讨论。很多牧师和政委架上道德有色眼镜,其越位和专制不但无助于新民,反而构成了社会生活中腐败和混乱的一部分,也一直在诱发"去道德化"的民意反弹。对同性恋的歧视,把心理甚至生理差异当作正邪之争,就是历史上众多假案之一例。此类例子不胜枚举。不过,颁布精神大赦,取消道德戒严,广泛解放异端,让很多无辜或大体无辜的同性恋者、堕胎者、抹口红者、语多怪诞者、离婚再嫁者、非礼犯上者、斗鸡走狗者、当众响亮打嗝者或喝汤者都享受自由阳光,并不意味着这个世界不再有恶,不意味着所有的精神事故都像小肠炎,可以回避价值判断,只有物质化、技术化、医案化的解决之法。最近,已有专家在研究"道德的基因密码",宣称至少有20%的个人品德是由基因决定(2010 年 6 月 14 日俄罗斯《火星》周刊)。如果让上述文章中那些俄国人、美国人、瑞典人、以色列人研究下去,我们也许还能发现极权主义的单细胞,或民主主义的神经元?能发明让人一吃就忠诚的药丸,一打就勇敢的针剂,一练就慷慨的气功,一插就热情万丈的生物芯片?能发明克服华尔街贪欲之患的化学方程式?……即便这些研究不无道理,与古代术士们对血型、体液、面相、骨骼的人生解读不可同日而语,但人们仍有理由怀疑:无论科技发展到哪一步,实验室都无法冒充上帝。否则,制毒犯也可获一小份科技进步奖了——他们也是一伙发明家,也是一些现代术士,也在寻找快乐和幸福的秘方,只是苦于项目经费不足,技术进步不够,药物的毒副作用未获足够的控制,可卡因和 K 粉就过早推向了市场。

三

道德的核心内容是价值观,是义与利的关系。其实,义也是利,没有那么虚玄,不过是受惠范围稍大的利。弟弟帮哥哥与邻居打架,在邻居看来是争利,在老哥看来是可歌可泣的仗义。民族冲突时的举国奋争,对国族之外是争利,在国族之内是慷慨悲歌的义举。义与利是一回事,也不是一回事,只是取决于不同的观察视角。

一个高尚者还可能大爱无疆,爱及人类之外的动物、植物、微生物以及整个银河星系,把小资听众感动得热泪盈眶。但从另一角度看,如此大爱其实也是放大了的自利,无非是把天下万物视为人类家园,打理家园是确保主人的安乐。如果有人爱到了这种地步:主张人类都死光算了,以此阻止海王星地质结构恶化,那他肯定被视为神经病,比邪教还邪教,其高尚一文不值且不可思议。正是在这个意义上,道德其实很世俗,充满人间烟火味,不过是一种福利分配方案,一种让更多人活下去或活得好的较大方案。一个人有饭吃了,也让父母吃一口,也让儿女吃一口,就算得上一位符合最低纲领的道德义士——虽然在一个网络、飞机、比基尼、语言哲学、联合国维和警察所组成的时代,并非每个人都能做好这一点。

作为历史上宏伟的道德工程之一,犹太—基督教曾提交了最为普惠性的福利分配方案。"爱你的邻居!"《旧约》这样训诲。耶和华在《以赛亚书》里把"穷人"视若宠儿,一心让陌生人受到欢迎,让饥民吃饱肚子。他在同一本书里还讨厌燔祭和集会,却要求信奉者"寻求公平,解放受欺压者,给孤儿申冤,为寡妇辨屈"。圣保罗在《哥林多书》中也强调:"世上的神,选择了最软弱的,叫那强壮的羞愧。"这种视天下受苦人为自家骨肉的情怀,以及相应的慈善制度,既是一种伦理,差不多也是一种政纲。这与儒家常有的圣王一体,与亚里士多德将伦理与政治混为一谈,都甚为接近;与后来某些宗教更醉心于永恒(道教)、智慧(佛教)、成功(福音派)等等,则形成了侧重点的差别。

在这一方面,中国古代也不乏西哲的同道。《尚书》称:"天视自我民视,天听自我民听。"《管子》称:"王者以民为天。"《左传》称:"夫民,神之主也。"而《孟子》的"民贵君轻"说也明显含有关切民众的天道观。稍有区别的是,中国先贤们不语"怪力乱神",不大习惯人格化、传奇化、神话化的赎救故事,因此最终没有走向神学。虽然也有"不愧屋漏"或"举头神明"(见《诗经》等)之类玄语,但对人们头顶上的天意、天命、天道一直语焉不详,或搁置不论。在这里,如果说西方的"天赋人权"具有神学背景,是宗教化的;中国的"奉民若天"则是玄学话语,具有半宗教、软宗教的品格。但不管怎么样,它们都有一个共同点,即置最广大人民群众的利益于道德核心,其"上帝"也好,"天道"也好,与"人民"均为一体两面,不过是道德的神学符号或玄学符号,是精神工程的形象标识,一种方便于流传和教化的代指。

想想看,在没有现代科学和教育普及的时代,他们的大众传播事业又能有什么招?

四

"上帝死了",是尼采在19世纪的判断。但上帝这一符号所聚含的人民情怀,在神学动摇之后并未立即断流,而是进入一种隐形的延续。如果人们注意到早期空想社会主义者多出自僧侣群体,然后从卢梭的"公民宗教"中体会出宗教的世俗化转向,再从马克思的"共产

主义"构想中听到"天国"的意味,从"无产阶级"礼赞中读到"弥赛亚""特选子民"的意味,甚至从"各尽所能、按需分配"的制度蓝图,嗅出教堂里平均分配的面包香和菜汤香,嗅出土地和商社的教产公有制,大概都不足为怪。这与毛泽东强调"为人民服务",宣称"这个上帝不是别人,就是全中国的人民大众"(见《毛泽东选集》),同样具有历史性——毛泽东及其同辈志士不过是"奉民若天"这一古老道统的现代传人。

这样,尼采说的上帝之死,其实只死了一半。换句话说,只要"人民"未死,只要"人民""穷人""无产者"这些概念还闪耀神圣光辉,世界上就仍有潜在的大价值和大理想,传统道德就保住了基本盘,至多是改换了一下包装,比方由一种前科学的"上帝"或"天道",通过一系列语词转换,蜕变为后神学或后玄学的共产主义理论。事实上,共产主义早期事业一直是充满道德激情,甚至是宗教感的,曾展现出一幅幅圣战的图景。团结起来投入"最后的斗争",《国际歌》里的这一句相当于《圣经》里 Last Day(最后的日子),迸放着大同世界已近在咫尺的感觉,苦难史将一去不复返的感觉。很多后人难以想象的那些赴汤蹈火、舍身就义、出生入死、同甘共苦、先人后己、道不拾遗,并非完全来自虚构,而是一两代人入骨的亲历性记忆。他们内心中燃烧的道德理想,来自几千年历史深处的雅典、耶路撒冷以及丰镐和洛邑,曾经一度沉寂和蓄藏,但凭借现代人对理性和科学的自信,居然复活为一种政治狂飙,从 19 世纪到 20 世纪呼啸了百多年,大概是历史上少见的一幕。

问题是:"人民"是否也会走下神坛?或者说,人民之死是否才是上帝之死的最终完成?或者说,人民之死是否才是福柯"人之死(Man is dead)"一语所不曾揭破和说透的最重要真相?冷战结束,标举"人民"利益的社会主义阵营遭遇重挫,柏林墙后面的残暴、虚伪、贫穷、混乱等内情震惊世人,使 19 世纪以来流行的 "人民""人民性""人民民主" 一类词蒙上阴影——上帝的红色代用品开始贬值。"为人民服务"变成"为人民币服务",是后来的一种粗俗说法。温雅的理论家们却也有权质疑"人民"这种大词,这种整体性、本质性、神圣性、政治性的概念,是否真有依据?就拿工人阶级来说,家居别墅的高级技工与出入棚户的码头苦力是一回事?摩门教的银行金领与什叶派的山区奴工很像同一个"阶级"?特别在革命退潮之后,当行业冲突、地区冲突、民族冲突、宗教冲突升温,工人与工人之间几乎可以不共戴天。一旦遇上全球化,全世界的资产阶级富得一个样,全世界的无产阶级穷得不一个样;全世界的资产阶级无国界地发财,全世界的无产阶级有国界地打工;于是发达国家与后发展国家的工会组织,更容易为争夺饭碗而怒目相向,隔空交战,成为国际对抗的重要推手。在这种情况下,你说的"人民""穷人""无产者"到底是哪一伙或者是哪几伙?前不久,澳大利亚总理陆克文也遭遇一次尴尬:他力主向大矿业主加税,相信这种保护社会中下层利益的义举,肯定获得选民的支持。让他大跌眼镜的是,恰好是选民通过民调结果把他轰下了台,其主要原因,是很多中下层人士即便不靠矿业取薪,也通过股票等等与大矿业主发生了利益关联,或通过媒体煽动与大矿业主发生了虚幻的利益关联,足以使工党的传统政治算式出错。

"人民"正在被"股民""基民""彩民""纳税人""消费群体""劳力资源""利益关联圈"等概念取代。除了战争或灾害等特殊时期,在一个过分崇拜私有化、市场化、金钱化的竞争社会,群体不过是沙化个体的临时相加和局部聚合。换句话说,人民已经开始解体。特别是对于人文工作者来说,这些越来越丧失群体情感、共同目标、利益共享机制的人民也大大变质,迥异于启蒙和革命小说里的形象,比方说托尔斯泰笔下的形象。你不得不承认:在眼下,极端民族主义的喧嚣比理性外交更火爆。地摊上的色情和暴力比经典作品更畅销。在很多

时候和很多地方，不知是大众文化给大众洗了脑，还是大众使大众文化失了身，用遥控器一路按下去，很少有几个电视台不再油腔滑调、胡言乱语、拜金纵欲、附势趋炎，靠文化露阴癖打天下。在所谓人民付出的人民币面前，在收视率、票房额、排行榜、人气指数的压力之下，文化的总体品质一步步下行，正在与"芙蓉姐姐"（中国）或"脱衣大赛"（日本）拉近距离。身逢此时，一个心理脆弱的文化精英，夹着两本哲学或艺术史，看到贫民区里太多挺着大肚腩、说着粗痞话、吃着垃圾食品、看着八卦新闻、随时可能犯罪和吸毒的冷漠男女，联想到苏格拉底是再自然不过的：如果赋予民众司法权，一阵广场上的吆喝之下，哲人们都会小命不保吧？

这当然是一个严重的时刻。

上帝死了，是一个现代的事件。

人民死了，是一个后现代的事件。

至少对很多人来说是这样。

五

上帝退场以后仍然不乏道德支撑。比如有一种低阶道德，即以私利为出发点的道德布局，意在维持公共生活的安全运转，使无家可归的心灵暂得栖居。商人们和长官们不是愤青，不会永远把"自我"或者"叛逆"当饭吃。相反，他们必须交际和组织，到了一定的时候，就不能没有社会视野和声誉意识，因此会把公共关系做得十分温馨，把合作共赢讲得十分动人，甚至在环保、慈善等方面一掷千金，成为频频出镜的爱心模范，不时在粉色小散文或烫金大宝典那里想象自己的人格增高术——可见道德还是人见人爱的可心之物。应运而生的大众文化明星或民间神婆巫汉，也会热情推出"心灵鸡汤（包括心灵野鸡汤）"，炖上四书五经或雷公电母，说不定再加一点好莱坞温情大片的甜料，让人们喝得浑身冒汗气血通畅茅塞顿开，明白利他才能利己的大道理，差不多是吃小亏才能占大便宜的算计——也可以说是理性。

不否定自私，但自私必须君子化。不否定贪欲，但贪欲必须绅士化。理性的个人主义，或者说可持续、更有效、特文明的高级个人主义，就是善于交易和互惠的无利不起早。这有什么不好吗？考虑到"上帝"和"人民"的联手远去，放低一点身段，把减法做成了加法，把道义从目的变为手段，不也能及时给社会补充温暖，不也能缓释一些社会矛盾，而且是一种最便于民众接受的心理疏导？当一些人士因此而慈眉善目，和颜悦色，道德发情能力大增，包括对小天鹅深情献诗或对小兰花音乐慰问，我们没有理由不为之感动。起码一条，相对于流氓和酷吏的要横，相对于很多文化精英在道德问题上的逃离弃守和自废武功，包括后现代主义才子们精神追求的神秘化（诗化哲学）、碎片化（文化研究）、技术化（语言分析）、虚无化（解构主义等），文化明星与神汉巫婆还算务实有为，至少是差强人意的替补吧。他们多拿几个钱于理不亏。

很多高薪的才子并没有成天闲着。他们对道德的失语，其实出自一种真实的苦恼——或者说更多是逻辑和义理上的苦恼。说善心不一定出善行，这当然很对。说善行不一定结善果，这当然也很对。说恶是文明动力，说道德的历史化演变，再说到善恶相生和善恶难辨因此道德无定规，这在某一角度和某一层面来看，无疑是大智慧，比"心灵鸡汤"更有学术含

量和精英品位(坦白地说,我也受益不少)。不过,用诗化哲学、文化研究、语言分析、解构主义等把道德讨论搅成一盆糨糊以后,才子们总还是要走出书房的,还是要吃饭穿衣的。书房里的神驰万里,无法代替现实生存的每分每秒。比方说,一位才子喝下毒奶粉,会觉得这是善还是恶?会不会把毒奶粉照例解构成好奶粉?会不会把奶粉写入论文然后宣称道德仍是假命题?会不会重申幸福不过是一种纯粹主观的意见和叙事法,因此喝下毒奶粉也同样可以怡然自得?……书本上被他们争相禁用的二元独断论,在此时此刻却变得无法回避。套用莎士比亚的话来说:

喝,还是不喝,是一个问题。

生气,还是不生气,是后现代主义无法绕过的学术大考。

独断论确实应予慎用。人间事千差万别,一把非此即彼的二元尺子显然量不过来。稍有生活经验的人都知道,面子对有些人而言是利益,对另一些人而言不是利益。交响乐是有些人生命的所在,在另一些人那里却不值一提。由己推人不等于认可一厢情愿,有些人对宗教徒的关怀也实属形善实恶:把寺庙改成超市,说面纱不如露背装,强迫斋戒者赴饕餮大宴,都可能引起强烈仇恨,构成文化误解的重大事故。在特定情况下,有些人还完全可以把豪宅当作地狱,把自由视为灾难,把女士优先看成男性霸权的阴谋……但是,无论利益可以怎样多样化、主观化以及感觉化,无论文化可以怎样五花八门千奇百怪,只要人还是人,还需要基本的生存权和尊严权,酷刑和饿毙在任何语境里也不会成为美事,鲁迅笔下的阿Q把挨打当胜利,也永远不会有合法性。这就是说,"由己推人"向文化的多样性开放,却向自然的同一性聚结;向善行方式的多样性开放,却向善愿动力的同一性聚结——多样性中寓含着同一性。对当代哲学深为不满的法国人阿兰·巴丢,将这种道德必不可少的普世标准和客观通则,称之为"一个做出决定的固定点"和"无条件的原则"(见《哲学与欲望》)。他必定痛切地知道:离开了这一点,世界上的所有利他行为统统失去前提,于是任何仁慈都涉嫌强加于人的胡来,而任何卑劣也都疑似不无可能的恩惠。同样,离开了这一点,本能的恻隐,宗教的信仰,理性规划和统计的公益,都成了无事生非。

事情若真到了这种糨糊状态,毒奶粉也就不妨亦善亦恶了——不过这就是某些哲学书虫要干的事?就是他们忙着戴方帽、写专著、大皱眉头的职责所系?就是他们飞来飞去衣冠楚楚投入各种学术研讨会和评审会的专业成果?他们专司"差异"擅长"多元",发誓要与普遍性、本质性、客观性过不去,诚然干出了一些漂亮活儿,包括冲着各种意识形态一路下来去魅毁神。但如果他们从过敏和多疑滑向道德虚无论,在一袋毒奶粉面前居然不敢生气,或生气之前必先冻结满脑子学术,那么这些限于书房专用的宝贝,离社会现实也实在太远。学术的好处,一定是使问题更容易发现和解决,而不是使问题更难以发现和解决;一定是使人更善于行动,而不使人在行动时更迟钝、更累赘、更茫然、更心虚胆怯,否则就只能活活印证"多方丧生"这一中国成语了:理论家的药方太多,无一不是妙方,最终倒让患者无所适从,只能眼睁睁地死去。

不用说,现代主流哲学自己倒是应接受重症监护了。

六

一种低阶、低调、低难度的道德,或者说以私利为圆心的关切半径,往往是承平之世的

寻常,不见得是坏事。俗话说,乱世出英雄,国家不幸英雄幸,这已经道出了历史真相:崇高英雄辈出之日,一定是天灾、战祸、社会危机深重之时,必有饿殍遍地、血流成河、官贪匪悍、山河破碎的惨状,有人民群众承担的巨大代价。当年耶稣肯定面对过这样的情景,肯定经历太多精神煎熬,才走上了政治犯和布道者的长途——这种履历几乎用不着去考证。大勇,大智,大悲,大美,不过是危机社会的自我修补手段。耶稣(以及准耶稣们)只可能是苦难的产物,就像医生只可能是病患的产物,医术之高与病例之多往往成正比。

为了培养名医,不惜让更多人患病,这是否有些残忍?为了唤回小说和电影里的崇高,暗暗希望社会早点溃乱和多点溃乱,是否纯属缺德?与其这样,人们倒不妨庆幸一下英雄稀缺的时代了。就总体而言,英雄的职能就是要打造安康;然而社会安康总是会令人遗憾地造成社会平庸——这没有办法,几乎没有办法。我们没法让丰衣足食甚至灯红酒绿的男女天天绷紧英雄的神经,争相申请去卧薪尝胆,过上英雄们赢来的好日子又心怀惭愧地拒绝这种日子,享受英雄们缔造的安乐窝又百般厌恶地诅咒这种安乐。这与寒带居民大举栽培热带植物,几乎是同样困难,也不大合乎情理。

至于下面的话,当然是可说也可不说的:事情当然不会止于平庸。如果没有遇上神迹天佑,平庸将几无例外地滋生和加剧危机,而危机无可避免地将再次批量造就英雄……如此西西弗斯似的循环故事不免乏味。

高级的个人主义,差不多是初级的群体主义——两相交集不易区分的状态,不仅是承平之世的寻常,对于中国人来说还有熟悉之便。这话的意思是:源自雅典和耶路撒冷的道德是理想化、法理化、均等化的,不爱则已,一爱便遍及陌生人,就可远渡重洋千辛万苦地去异国他乡济困扶危。Idealism,欧式理想主义或者说理念主义,常伴随这种刚性划一的行事风格。这种爱,接近中国古代墨家的"兼爱",是儒家颇有保留的高调伦理。与此相区别,中国古人大多习惯于社会的"差序格局"(见费孝通的《乡土中国》),分亲疏,别远近,划等级,是一种重现实、重人情、重差序的爱,其道德半径由多个同心圆组成,波纹式地渐次推广和渐次酌减(后一点小声说说也罢)。《孟子》称:"墨氏兼爱,是无父也"(见《滕文公下》)。还指出:如果同屋人斗殴,你应该去制止,即便弄得披头散发衣冠不整也可在所不惜;如果街坊邻居在门外斗殴,你同样披头散发衣冠不整地去干预,那就是个糊涂人了。关上门户,其实也就够了(见《离娄下》)。后人若要理解何谓"差序格局",不妨注意一下这个小故事。

中国人深谙人情或说人之常情,因此一般不习惯走极端。除非特殊的情况,儒家说"成己成物",佛家说"自渡渡他",常常是公中有私,群中有己,有随机进退的弹性,讲一份圆融和若干分寸,既少见"爱你的敌人"(基督教名言)那种高强度博爱,也没有"他人即地狱"(存在主义名言)那种绝对化孤怨,避免了西方式的心理宽辐震荡。这一种"中和之道"相对缺少激情,不怎么亮眼和传奇,却有一种多功能:往正面说是较为经久耐用,总是给人际交往留几分暖色;往负面说却是便于各取所需,很容易成为苟且营私的伪装。这样的多义性被更多引入当代国人的道德观也不难理解——大家眼下似乎都落在一个犹疑不定的暧昧里,说不清自己到底想要什么。

不过,有一点不同的是,中国先贤在圆滑(通)之外也有不圆滑(通),在放行大众的庸常之外,对社会精英人士另有一套明确的精神纪律,几乎断然剥夺了他们的部分权益。《论语》称:"小人喻于利,君子喻于义";又说君子"谋道不谋食""忧道不忧贫"。《孟子》强调"为仁不富",提倡"富贵不能淫,贫贱不能移,威武不能屈"的"大丈夫"品格,指出君子须承担重大责

任义务,如果只是谋食,那当然也可以,但只能去做"抱关击柝"(打更)的小吏(见《万章下》等)。柏拉图在《理想国》中似乎更为苛刻,颇有侵犯人权之嫌,其主张是一般大众不妨去谋财,但哲学家就是哲学家,不得有房子、土地及任何财物,连儿女也不得家养私有,还应天天吃在"公共食堂(all eat together)"——这差不多是派苦差和上大刑吧,肯定会吓垮当今世界所有的哲学系。哪个哲学系真要这么干,师生们肯定会愤愤联想到纳粹集中营和中国"文革"的"改造思想",然后一哄而散,甚至喷泪狂逃。

显然,中外先贤的经验是"抓小放大"和"抓上放下",营构一种平衡的精神生态结构。他们差一点说明白了的是:道德责任不应平均分配,精英们既享受良好教育资源,就不可将自己等同于一般老百姓,因此必须克己,必须节欲,必须先忧后乐,办事时必取道德同心圆中的相对外圆直至最大圆——此为社会等级制的重要一义。这个最大圆叫"人民"或"天下"或"大家伙"都行,叫什么并不重要,重要的是得有部分人,哪怕是少数人,来承担导向性的高阶道德,与低阶道德形成配套和互补,以尽可能平衡社会的堕落势能,延缓危机的到来。不无讽刺的是,一直追求平等目标的现代人类,历经多次启蒙和革命,至今未能实际上取消权力和资本的等级制,却首先打掉了道德责任等级制。一直勤奋好学酷爱文明的现代人类,在百般崇敬中外先贤之后,对他们的重要忠告却悄悄闪过。对自我道德要求的狂踩和群殴,首先来自政治、经济、文化的精英领域而不是底层民间,成为不太久之前媒体上的一时之盛。法制也使精英们更多受惠。在法律面前人人平等的口号下,他们终于得见天日,解除了柏拉图、孔子那一类糟老头强加的额外义务,"砖(专)家"和"教兽(授)"——特别是戴上官帽和握有股权的一窝蜂抢先致富,而且更有条件去调动司法资源,为自己的恶行免责;也有更多的话语资源,把自己的恶行洗白。

这才是人们忧心于道德重建的主要现实背景。

七

利己是动物学的一条硬道理——承认这一点无须太多智慧。同样需要一点智慧的提醒是:人类是一种特殊动物,一旦有了文化和文明,就有了个体和群体的双重性。拉丁词persona(人),其字面原义是"传声""声向",已标注了人的互联特征,甚至半社会主义的倾向。离群索居的成长对于乌龟或狗熊或有可能,对于人却不可能。这用不着危机下团结奋争的场景来证明,想一想无时不在的语言文字就够了——没有这一公共成果,一个野人更接近于猴子。

个体——这东西有形、易见、好懂,而群体性则有点抽象,就像砖瓦什么的好懂,房屋结构原理却不大好懂。但如果世界上没有房子,砖瓦就只会是泥土,永远不会成为砖瓦。这里有一个整体大于部分之和的道理,整体使 n 形部分(比如泥土)演变为 N 型部分(比如砖瓦)的道理。人们总是太依赖直观,容易看到有形物而忽略其他,因此惦记一下群体关系,惦记一下义,并非特别容易。把中东人肉炸弹和贵州失学少年想象成自己的家事,更是让很多人觉得不可思议。历史上一次次出现的价值观迷茫,即荀子说的"利克义者为乱世",差不多就是一种人类紧急解散的状态,一种砖瓦们齐刷刷要求从房屋退回泥土的冲动,每个人从 N 型部分退回 n 形部分的冲动。

有些问题很朴素:为什么不能当犹大?为什么不能当希特勒?为什么当权者不能家天

下？为什么不能弱肉强食欺男霸女？为什么需要人权、公正、自由、平等以及社会福利？为什么不能做假药、毒酒、细菌弹、文凭工厂、人肉馒头以及儿童色情片？……如果利己成为唯一兴奋点，如果"利益最大化"无所限制，那么这一切其实不值得大惊小怪，在某个夜深人静之时，击破很多人的难为情或者脑缺弦，是迟早的事。并没有特别坚实的理由来支持否定性结论，来推论你必须这样而不能那样——这是理性主义的最大系统漏洞，逻辑帮不上忙的地方。接下来的事情是，考虑到法治体系并非由机器人组成，心乱势必带来世乱，一旦精神自净装置弃用，社会凝结机能减弱，每个人对每个人的隐形世界大战就开始了，直至官贪民刁而且越来越多的身份高危化——从矿工到乘客，从食客到医生，从裁判到交警，从乞丐到富翁，从税务局到幼儿园。同时发生的事情，是左派或右派的政策主张也不是由火星人来推行的，大家一同陷入道德泥沼的结果，只能是轮番登台后轮番失灵，与民众的政治"闪婚"频破，没几个不灰头土脸。有时候，即便经济形势还不错，比三百年、五百年前更是强多了，但官民矛盾、劳资纠纷、民族或宗教冲突等仍然四处冒烟地高压化，一再滑向极端主义和暴力主义。人们很难找到一种精神的最大公约数，来超越不同的利益，给这个易爆的世界降温。

文明发育动力的减弱也难以避免。理解这一点，需要知道科学和艺术虽贵为社会公器，却也常常靠逐利行为来推动，与个人名望、王室赏赐、公司利润、绝色佳人等密切相关，于是"包荒含秽"（程颐语）是为人道，对恶也需要具体分说。这都没有错。不过，某些清高者一事无成，不意味着成事者都是掘金佬，一个比一个更会掐指算钱。特别是在实用技术领域以外，在探求真理最高端而又最基础的某些前沿，很多伟大艺术是"没有用"的——想一想那么多差一点饿死的画家和诗人；很多科学也是"没有用"的——想一想那些尚未转化或无望转化为产业技术的重大发现，比如大数学家希尔伯特所公布的二十三个难题，还有陈景润那迷宫和绝路般的(1+1)。公元前500年左右的文明大爆炸，至今让后人受惠和妒羡的思想界群星灿烂，包括古希腊和古中国的百家并起，恰恰是无利或微利的作为，以致苏格拉底子然就戮，孔子形如"丧家犬"。16世纪以后的又一次全球性文明大跨越，时值欧洲大学尚未脱胎于神学经院，距后来的世俗化运动还十分遥远。出入这里的牛顿、莱布尼兹、伽利略等西方现代科学奠基人，恪守诫命，习惯于祈祷和忏悔，从未享受过发明专利，不过是醉心于寒窗之下的胡思乱想，追求一种思维美学和发现快感而已，堪称"正其宜而不谋其利，明其道而不急其功"（董仲舒语）的西方版。

人类史上一座座宏伟的文明高峰已多次证明：小真理是"术"，多为常人所求；大真理涉"道"，多为高士所赴。大真理如阳光和空气，几乎惠及世界上所有的人，惠及人类至大、至深、至广、至久却是无形无迹的方面，乃至在常人眼里显得可有可无，因此并无特定的受益对象，难以产生交换与权益，至少不是在俗利意义上的"有用"。不难理解，寻求这种大真理往往更需要苦行、勇敢、诚恳、虚怀从善等人格条件，需要价值观的暖暖血温。高处不胜寒，当事人不但少利而且多苦，只能是非淡泊者不入，非担当者不谋，非献身者不恒，差不多是一些不擅逐利的呆子。

一个呆子太少的时代，一个术盛而道衰的时代，我们对如火如荼的知识经济又能抱多大希望？"为什么没有出现大师？"不久前一位著名物理学家临终前的悬问，是提给中国的，也不仅仅是提给中国的吧？

（载《天涯》，2010 年第 6 期）

他是中国文学的幸运

韩少功

铁生的离去令人痛惜、伤感,久久地茫然失语。我想很多朋友都是这样。这证明了他在我们心目中沉甸甸的分量和地位。非常偶然的是,他刚好在我生日的前一天离去,这使我以后所有的生日都非同寻常,会让我想到更多的东西。比如他选择这一天,是否要对我交代什么?

我们从上世纪 80 年代开始交往。虽然不忍过多打扰他,消耗他的体力与时间,但以前每次去北京,只要他身体状况不是太糟,总是设法去看望他,并力求见面时间不要太长。有时候他兴致高,我们也会在他家附近的小饭店吃饭喝酒。直到近年来他身体更弱了,我才克制自己不再去敲他的家门,也尽量减少他接电话或者回邮件的负担。但从朋友那里,从作品的字里行间,我想我们都知道彼此在干什么,在想什么,在继续着相互的支持和鼓励,还有讨论甚至争辩。

他支持我迁居海南。那是 1987 年的《钟山》杂志笔会,一些作家来到海南岛,我与何立伟、苏童、陈建功、范小天等人轮流推着他,走遍天涯海角,甚至把他背进了潜艇。后来当他知道我想在这里长居,觉得这是个很好的主意。海岛的地广人稀、天蓝沙白、林木蔽日,肯定是我们当时共同的向往。

他也赞成我重返乡村。大约是 2000 年,当他得知我在当年插队的地方建了个房子,阶段性定居下来,便托朋友捎来话,说他原来也有重返"清平湾"的梦想,要不是身体不便,他也会这样做的。他很高兴我做了一件他想做的事。

还有一些故事,我们过去不向外人说,今后更不会说了。

他是一个坚强的人。一个人在飞机上待坐几小时尚且浑身酸痛,而铁生在近四十年的轮椅生涯中与多种病痛抗争,在每周几乎只有一两天病痛稍减的情况下,承担艰深的思考和浩繁的工作,需要何等超人般的意志和毅力?他是一个慈悲的人,虽然做事讲分寸,有原则,不苟且,但以上帝般的爱和微笑,宽容和爱怜所有的人,乃至天下的一切弱小,包括草木和尘土,直到把自己的身体器官尽可能捐献给需要者。他当然也是一个极智慧的人,悟透生死,洞悉人生,一次次刷新思想的标高,不断逼近真理的彼岸,其简洁、通透、漂亮、深刻的言说,肯定会穿过各种文化泡沫的潮起潮落,进入今后人们恒久的记忆。

他是中国文学的幸运,是上天给我们不可再得的一笔宝贵财富。

(载《天涯》,2011 年第 2 期)

关住权力的笼子

韩少功

时间：2012年10月
地点：湖南省汨罗市八景乡
对话者：韩少功（下面简称"韩"），来访客人（下面简称"客"）

客：应该说，这回到乡下来，是专程来感谢你的。

韩：谢从何来？

客：上次朋友们聚会，大家聊到"文革"。你用"全民圣徒化""全民警察化""圣徒化X警察化"这类的社会心理学的描述，把这团乱麻里的线头扯出来，理顺了。"文革"中的很多杂乱现象不光贯通了、活跃了，还有了统一的逻辑。可谓四两拨千斤……

韩：你大老远地来了，该不是就为了当面说好话的吧？我那也是一些零星感想，不过是想尽可能展示一个"权力社会"发生、发展、恶变，直到崩溃的大体过程，并从中引出教训。一段历史过去了，应该弄明白哪些是应该抛弃的，哪些是应该坚守的。这段历史毕竟属于这一代人，几乎是我们的全部。把人云亦云或者把似是而非留给后人，都是对苦难的辜负，不是求知者的光荣。

客：（笑）当然。我还有重要的问题要请教。如你所说，"文革"是权力高度集中后的恶变过程。你也多次提到"权力社会"。那么"权力"是不是一个负面的概念？

韩：不，无论何时，社会都需要管理，管理都需要权力，哪怕小至一个家庭，权力的明规则和潜规则也是有的，因此无政府主义的童话不必当真。"权力社会"在这里是指官权独大，公权力独大，形成了一个单质和全能的体制。

客：这可能不也是"文革"独有的现象吧。就说眼下，中国人活得不太爽。美国人和欧洲人也上火。"阿拉伯之春"好像咱们民国初期的水平，村村点火处处冒烟，个个要革命又不知道如何革，闹起来再说。

韩：哪里有权力，哪里就有权力之病如影随形，特别是在资源、技术、文化等发生巨大变化的情况下，管理不容易跟上，就可能出现权力病灶的扩展。新病菌出现了，产生相应的抗体需要一个过程。新物种出现了，实现新的生态平衡也需要一个过程。拿经济来说，西方把工业化折腾几百年，反暴利、反垄断、反倾销、反欺诈、反剽窃、反恶意收购等，逐步形成一套相对有效的制度。但眼下的网络、金融、全球化，带来了不少管理空白。身体再一次长到了心智的前面，一种大娃娃现象。

客：你说集权制带来了"大跃进""文革"一类悲剧，但另一方面，民主的失败国家也不少，那怎么办？总不能什么都不要吧？在这个问题上，我们听到过太多的这不行那不行，却很少听到怎么才行。破除容易建设难，我很想听听，在把"权力关进笼子"这样的关键问题上，

你能有什么高招？

韩：权力这东西不容易说清。你知道，权力不像煤炭和粮食，不像物质、资本、国民总产值——总收入，不太容易量化，也就不容易进入清晰的思考和讨论。大家开一个神仙会，各说各话，摸脑袋说话，权力就成了一个传说。设想如果能把这东西也量化一下，情况可能会好得多。

客：你是说要把权力量化？这个设想太也出格了，全世界无论东西方，好像从来没有哪个国家这样做过，没有哪个政治家这样提过。

韩：其实也没什么出格的。从道理上说，一个气象局要是说不出雨量和风速，这样的气象局有什么用？一个医生要是验不出血糖和血压，见人就开药打针下刀子，会把你吓出一身汗吧？

客：经济学家最喜欢量化，很擅长量化，但2008年的金融危机，好像没几个经济学家预测到了。现在你设想要把权力量化，更让人没信心了。

韩：量化无罪，迷信量化才是错。仔细分析一下，其实所谓权力，都有相应的管理量。比方说一个长官管五万人，另一个长官管五十人，就有量的不同。一个长官支配五百亿的预算，另一个长官只经手五十万，也有量的不同。有的官员位高但权小，有的官员位低但权大。古人就知道"官"与"僚"的区别。

客：这个好懂。官场中人都知道，财政厅、发改厅、组织部的长官下来了，接待就会殷勤得多。同样级别的长官，比如妇联、政协、机关工委的来了，可能是另一番景象。这里有潜规则，有一把尺子。

韩：尺子就意味着量化，至少是一种模糊的量化。当年中国共产党从延安到北京，管理量呈几何级数爆炸，本身就是风险所在——这不仅仅是毛泽东在西柏坡说的"糖衣炮弹"。我看过一些回忆录，发现老一辈之间的摩擦，常常与制度空白有关。一些武人进了城，突然管那么宽，政策粗放不说，连文件怎么发也不知道。文件没送给我，就觉得对方在搞独立王国。文件送给我了，又觉得屁大的事也来烦人。不少政治恩怨居然从这一类细节开始。毛泽东也常生气，批评一些人大事不汇报，小事天天报。可什么是大事，什么是小事？可能很多人并不明白。有的会一开几个月，还有七千人的工作会，创吉尼斯纪录了。做过企业的都知道，一个企业要是靠频频开会来救急，肯定是管理出了问题，制度不到位。

客：现在有为数众多企业管理者，还都陷在这摊烂泥里。

韩：不管是哪一类国家，都有管理量激增后，如何给予制度性消化的难题。相对来说，越是发展快，越有增量消化的难度。倒是低增长时期，比如农耕社会，一晃悠几百年或上千年，可能风平浪静，当官的游山玩水，吟诗作赋，到处喝酒，误不了什么事。现代人可没那么幸运。西方发达国家的管理比较成熟吧？但这些年的金融业，又是虚拟，又是衍生，又是跨国化，又是电子化，相当于金融大爆炸和"大跃进"。据说全球每天的实业贸易量是三百亿美元，但外汇交易量哗啦一下蹿升至二万亿①，构成了一大块陌生水域。在这种情况下，哪些是大事，哪些是小事，哪些该管，哪些该放，一开始也没几个人能看明白。你说的金融危机就是一种制度空白的产物。

客：管理量之外还有什么？

韩：第二个概念是支配度，指长官的个人权重，或者说自由裁量权。

---

① 见2003年3月11日《上海经济报》报道。

客：相当于运动员的自选动作吧？

韩：没错。如果说全部动作都是自选，那就是无制约，可以家天下，一言堂，为所欲为，当山大王。如果全部动作都是规定动作，那就是一种超强制约，当权者只是照章办事，相当于一台柜员机。柜员机可以有很大的管理量，经手千万巨款却也永不滥权，永不贪污，一切由软件程序处理，客户和主管都可充分放心。

客：让公务员们成为一台台肉质的柜员机，是不是太苛刻了？公务员也是人，是人就会有欲望。优秀公仆一辈子两袖清风，可能只是个别标兵的形象，或者是人民大众一个永远的理想。

韩：现在很多窗口服务机器化，不仅是省人工，也是降低支配度，防止滥权，防止混乱和腐败。当然，很多复杂事务还没法交给机器。即使机器化了，也还得有人应付突发情况，就像飞机可以电脑控制，可以盲航，但飞行员还得有。

客：不过真要那样，什么都被严密规定了和制约了，连"小钱柜"都没人敢设了，公务员考试肯定不会像今天这样挤破门框打破头。

韩：说起"小钱柜"，它还真就是公权力中支配度最高的一块，所以成为贪官们的最爱。说得更彻底些，凡制度模糊、管理粗放、监管缺位的资源，国家的大钱柜也都程度不同地成了贪官们的"小钱柜"。很多人都明白，权与权是不一样的。一个长官审批工资，是人人都盯着的事，法规管着的事，支配度几乎为零，有权等于没权。审批一些专项拨款呢，也不能太乱来，买醋的只能买醋，买酱的只能买酱，都有上面的指标和文件管着。不过这一块与上一块不大一样了，醋摊给谁，酱摊给谁，还有自由裁量的空间，因此支配度在这一块就悄悄升高。一些企业到处打点，四处烧香，就是瞄准这一块，一心要赚政府的钱。你还不能说那些官爷违法，因为他们醋也买了，酱也买了，只是在哪里都是买，可以待价而沽，可以暗中谋私。红包就是炸药包，接待就是生产力，"口袋预算""条子额度"……都是这样来的。

客：是呀。活水养活鱼，想管都管不住呵。你有什么好主意？

韩：其实只要稍做调查，就可以把公权力分解成强制约、弱制约、无制约的各种板块，把用权方式分解为督导权、终决权、建议权等各种类别，然后大致估算出支配度。

客：让我想想。要是列出一个公式就是管理量×支配度＝权力。是这样的吧？

韩：差不多吧。这是一个基本公式，是对权力本质大体的描述。

客：柜员机就是支配度为零。

韩：我们可以把最高支配度可设为1，其乘积得数就是"权力"，也可以叫作"危权量"——我们暂且约定这个说法。管理量大，支配度高，确实就是危险的权力。好，举个例子算一算吧。在某个企业大事是两个人说了算，每人各摊0.5左右的支配度。土地和厂房无权处置，去掉一块。工资总额比较刚性，再去掉一块。剩下也就是百(十)来万现金流，那么这两个人的危权量可能都只在五十万元上下。这就是说，即便其中一个人要违法乱纪，危害再大也只在这个范围里。可是他还有点人事权，招个工什么的，可以一并算上去。

客：算一算……小梅姐的。

韩：她有什么？一个教书匠，给论文和考卷判分，对特好和特差的学生都不容易灵活，因此只对中间学生有一点自由裁量权，有一点支配度。即便参照社会上文凭黑市的价码，她几个硕士带下来，掐头去尾，危权量也没多少。做得再黑，充其量是有些官员自嘲的"茶叶水果干部"。或许还能捞一个什么Ipad？我估计总数额在3万以内。

客:有些教授怎么那样肥?

韩:课题费这一块水很浑,至少在不久前还是弱制约的状态。还有些人在办学校、评职称、滥发文凭、卖教辅书刊、知识股份造假那些事上下其手……俗话叫"越权"。这就像一个科长可以架空处长,一个厅长可以冷冻副厅长,一个机构可以插手另一个机构的事务,都属于支配度一种违规性的提升。

客:可是我们谁都知道,阎王好见,小鬼难缠。在一家银行里,一个信贷员可能比行长更黑。信贷员虽然管理量小,但越权有术,就把支配度提升了。"文革"中就流行过"秤杆子""刀把子"掌天下一类的说法,说的就是在制度缺位的情况下,一个供销社营业员,一个卖肉的屠夫,也可以把自己做成大奶或者大爷,更别说在今天这样的多元化社会,乱纷纷烂糟糟的"越权"现象无处不在,该如何量化?如何采集信息?

韩:一些经济学家曾经认为,家务劳动的价值是不好量化的。但如果参照市场上的家政服务价格,也就有了一个评估依据——虽然不一定是最好的依据。不妨想一想,如果在每个官员的工作关联圈里,定期做一些民主测评,是不是也能测出有关权力的一些数据,包括违规越权状况的数据?现在移动互联技术这样发达,人人都有手机。有关部门开发一款软件,建立各种QQ群,随时采集信息,应该是不难。

客:关键是愿不愿意这样做。

韩:对产品有大数据,对身体有大数据,对地质和气象更有大数据,对官员的权力为什么不能有大数据?为什么只是消极被动地等待民众举报?

客:民众举报当然重要,可是要让下级举报上级,圈外的举报圈内的,还得由举报者取证,实在难上加难。怪不得人们都说,反腐的主力总是遭弃的老婆、反目的二奶、得手的窃贼之类。总是在大事故发生后,兜不住了,再来兴师动众地查缺补漏,给监狱里添了几张吃牢饭的嘴,还是晚了呀。

韩:有了相关的大数据,将来的保险公司也许还可以开办"廉政险",测算各种职位的风险,测算相应的保额和保费。从政者可以买保险,免得东窗事发后自己落一个倾家荡产。政府也可以买,到时候黑钱万一追不回来,可以去找保险公司理赔。

客:这个主意好是好,只怕贪腐之风继续如眼下这样盛行,哪个保险公司敢开这样的险种,可能会赔得卖裤子。

韩:当然前提得有科学的大数据支撑。这种数据,就像心理学里的"智商""情商""逆商"什么的,不一定特别可靠,但可以成为辅助工具。否则,人们就只能空对空,打口水仗,以其昏昏使人昭昭,不是夸大问题就是疏忽问题,更重要的是不便务实操作。在这一点上,反贪局最好要向保险公司学习,比如从每个客户的支配度抓起,从基础数据抓起。

客:听我爸爸说过,当年他转业去当厂长,上级领导只给一句话:"除了不能杀人,随你怎么搞,把工作搞上去就行。"他就是这样走马上任的,有点雷人吧?他有句口头禅:"一定要把工作做通,做不通就戳通,戳不通就撬通。"根据你这一说,他的支配度是不是太高了?

韩:可不是吗?他要是去买"廉政险",肯定是保险公司的劣等客户,风险CCC级,保费必须加倍上浮。

客:说不定压根儿没人给他办保险。

韩:"文革"前,全国除了《婚姻法》和《土地法》,外加一个"惩治反革命条例",就只有一些红头文件了,只有一些运动了。法制体系处于粗放、残缺、空白的状态。很多战争年代过来

的人，以军事方式抓经济、抓文化、抓政治，大多是你爸这种独裁风格，吐一口沫子就是法纪，拍一下桌子就是天条。这种高支配度，乘以当时的管理增量，当然会造成权力风险急升。"大跃进"是怎么发生的？"文革"是怎么发生的？后人也许可以做出一个比较数字化的解释，提供另一个认识角度。

客：毛主席号召群众贴大字报，炮打司令部，火烧当权派，是不是想对权力有所遏制？

韩：应急性的运动，不能代替制度管理。从表面上看，当时官员专权和民众造反大不一样，但往深层里看，只要制度系统缺失，危权量在官员和民众之间转手，一没有降低支配度，二没有削减管理量，不过是以险易险，以患易患。当时一放就乱，一收就死，反复折腾的原因，大民主和大集权都不灵的原因，大概就在这里。

"换脸"还是"换血"

客：制度意味着秩序。"文革"中我家对面就是公检法大院，群众组织这帮去了那帮来，轮流攻打。到了夜晚曳光弹拖着尾巴在窗户外边飞来飞去，吓得家家大人孩子都趴在地板上睡觉。后来一宣布全面军管，大家那个欢呼雀跃哟，谁也不会去纠缠这是不是违背了民主的原则，是不是专制的最高形式，每个人都只知道自己不再会被冷枪流弹所伤，可以放心出门安心睡觉了。那时候要搞个民意测验，结果很可就像什么人说过的：人们宁可没自由，但不能没秩序。

韩：一些失败国家的民主也是这样，没有制度系统的精编细织，只有权力台面的洗牌；没有社会总体的换血，只有政治高层的换脸。他们的民主也就是"文革"水平，乌合之众，占山为王，一群民主的小帝王。

客：我去过阿根廷、墨西哥、智利，在那里听到街上的枪声，就像在国内过年听鞭炮，贼正常。在阿根廷那条大街，相当于北京的长安街，有一次我在那里就遇到有人持冲锋枪打劫，当时我真是给彻底吓傻了。我的妈，国内小混蛋们群殴，也只是拍拍板砖，他们怎么冲锋枪在大街上抢？这个党，那个党，都改名"风雷战团"算了。

韩：法制比民主更重要，或者说，民主只是法制的一个环节。"文革"以后的新政，比较有意义的是两条。一是初建法制，降低官员们的支配度，比如恢复高考制度，让分数说话，权力插不上手。采用电脑阅卷和电脑录取后，权力更插不上手了。第二是放开市场，即削减官员们的管理量，把管不好或不必管的事务交给市场，交给社会，一大批资源转移到政府的掌控边界之外。这样，支配度降低了，管理量也削减了，双管齐下，权力风险自然减仓和下行。有报告称现在民营经济已占全国经济总量的七成[①]，脱离政府的直接行政管理，算是割去了官权的一大块。有了这样的釜底抽薪，"文革"的概率当然大大降低。哪怕全国的广播电视都唱红歌，红卫兵上街的可能性也不大。

客：不对呵，新政以后，怎么贪官越来越多？照你的公式，法制降低了支配度，市场削减了管理量，怎么反而是一批批贪官"茁壮成长""前仆后继"？

韩："降低"和"削减"都是相对而言。绝对量却是另外一回事。2008 年的国家财政收入

---

① 据 2006 年由中华全国工商联主持编创、国家统计局、国家发改委等部门参与的《中国民营经济发展报告》称，全国城镇就业人口中 75% 以上在民营企业工作，预计未来 5 年间民营经济占全国 GDP 的比重可达 75%.

八万多亿元①,是"文革"后期的一百多倍,管理量反而是一路狂增。即便70%的企业民营化,但资产总额、财政收入、银行信贷、基建投资、社保覆盖、污染防治、国企收益等无一不是体量疯长,如果得不到制度性消化,腐败肯定是防不胜防。这并不奇怪。就说交通部门吧,在很多地方都是厅长、副厅长、处长、副处长排着队进法院,原因之一就是公路大发展,资金多得让有些人冒汗,让有些人腿软,冒出了一大块管理量和支配度,至少是没来得及关进制度的"笼子"。

客:还真是的。去年我们驾车经过H省,发现他们那儿高速公路修得特宽特好,但再一打听,在交通系统得以善终的头头脑脑没几个。

韩:政府掌控资源太多,管理又跟不上,好多机构都高危化,一些"清水衙门"也今非昔比。我知道的宣传部长,也就省一级的,前前任手里只有百万级,前任有了千万级,现任有了亿级……一届就上几个台阶。这么多钱怎么花?我曾经给他们一个顺口溜:"说客靠忽悠圈钱,长官凭印象拍板,事前没有专业评审,事后没有审计问责。"一个财政厅长听说这个顺口溜后来找我,说你说得太对了,宣传文化口这么多钱我都不知是怎么花掉的。

客:政府变得这么肥,苍蝇和臭虫还少得了?还不把那些官员叮得臭烘烘?

韩:每一种新技术、新行业、新组织、新财富的出现,都会造成管理增量,面临制度相对空白,造成一些人的支配度急剧攀升。像宣传部管的那些钱,在很长一段时间内,连个粗糙的"笼子"也没有,连个立项和审计也没有,指标、配额、"招、拍、挂"②的套路都没有,全凭部长摸脑袋,一支笔撒钱。

客:中国人似乎是天性的野猴子,贪官们更是制度天敌。别说没制度,就算有制度,也没几个愿意循规蹈矩。你到街上看一看,连落实一个交通规则都难,好像谁犯规谁就大爷。装傻、充愣、做手脚、绕个弯,办法有的是。依我看,在中国搞制度建设的确特别难。

韩:中国人不是没有制度建设能力。以前的祠堂、部落、青洪帮、晋商银号……不也有很多能管得有模有样和章法分明?问题在于进入一个快速发展的工商社会以后,一头撞入现代化和全球化,在西方发达国家的强势笼罩下,制度创新的心劲儿可能反而弱了。集权制度下的顺民当得太久,什么都不用想,想也没用,想了还危险,心劲儿可能就更弱了。学苏俄,学欧美,都学在浅表一层。像土地承包、考公务员、合股经营、定期巡视、朝官外放……这一些还是吃传统老本,把老祖宗的成法拿过来凑合。"一改改到解放前",甚至"一改改到唐宋前"。

客:学西方可能更多些。中国人一直在当学生,如饥似渴地学。

韩:当然,从会计法规,到交通法规,到诉讼法规……在这里,你还不能不羡慕西方自启蒙时代以来的制度创造活力。美国那些建国元老,居然想出什么三权分立、席位双比例,改选分步走、联邦与地方分权……都是用心很深,设计很精,考虑周全的手艺活。罗斯福对付危机也是天马行空,想前人之未想,想前人之不敢想。作为一个资本主义国家,有如此活跃的制度生产,有两轮制度创新高峰,不盛极一时,也说不过去。

客:西方国家在历史上制度多得让人眼花,可眼下最热门的非"民主"莫属。不管是左的右的、富的穷的,大家都是心往一处想,劲往一处使,就奔着民主去了。这该是制度中最大制

---

① 指2010年统计数,见国家财政部官网。
② 指公开招标、公开拍卖、挂牌公示的土地转让制度。

度吧？

韩：民主是现代制度建设中的大头，但不是全部。成熟的民主总是依托一个制度体系，既要制约元首，也要想办法制约选民、议员、媒体、政党、意见领袖；既要制约政客，也要想办法制约资本、宗教、地方宗法势力。无所不在的约束，才能促成社会总体的理性最大化——否则民主的风险就会升高。这是一个需要深耕的制度体系，也就是人们常说的"法制"，是一张制度的大网，一系列制度的组合与配套。但有些人眼下想的，不过是在官场建立人脉，再加上谋划收购媒体，结交地方势力……

客：很多贪腐案中的交代材料都透露出这样的信息。只要闭眼一想，就可以知道他们要的是什么样的"民主"。

韩：有些人在"资本主义"与"民主"之间画等号，在制度细节上倒是不用心，不下力。其实，一个老板，企业所有人，在他的企业里讲民主吗？除非他本身是一个明君圣主，《企业法》一类并没有规定他必须民主。他不是员工投票选出来的，不是消费者投票可以撤换的，是由股权决定的，与民主毫无关系。相反，员工如同机器和厂房，只是他买来的一些生产成本。在这个意义上，他掌管公司里的一切，既立法、又执法，个人支配度极高；如果碰上管理量也大，两条上行线，形成巨额的权力，完全可以与一个国王相比。"微软帝国""通用帝国""沃尔玛帝国"几乎都富可敌国，(是)国中之国。西方人说，可以出门骂总统，不能进门骂老板。中国人以前听不大懂，现在也开始明这个理了。Boss 就是爷，就是王，就是老大。

客：不过资本家对自家资产的管理责任心似乎强一些，一般不应该乱来。而且企业管理无关社会公共事务，就算他们天天坐专机上厕所，也不花老百姓的钱。"危权量"这种概念可能不合用他们——逻辑上是这样吧？

韩：你别忘了企业不是存在于真空中。消费者、贷款方、股民散户、所在社区、内部员工等，无一不是企业所涉的公共事务。从这一点看，这些企业帝国的私权力，差不多是一种次级公权力，至少有公权与私权交叉重叠的部分。

客：那当然。如果他们卖假货、违规排污、走私偷税、操纵股市……那就是砸大家的饭碗了。雷曼兄弟公司就是例子。

韩：这么多的公共事务，任由一些帝王插手，潜在风险还是很大。他们如有恶行，大多情况下必是以公权力的配合为条件。这就是权力"寻租"，一种私权力的越界扩张，与公权力实现有价兑换。

客：只有他们才"租"得起，又送别墅，又送名车，又送女明星……老百姓出不了这些银子。

韩：更进一步，他们调动自己的各种资源，控制媒体，操纵选票，雇用精英说客，砸下政治献金，问鼎国家最高权力。在这一过程中，权力的风险降低了吗？没有。相反，一个企业帝王可能变成社会帝王，一种企业专制可能放大为社会专制——只是可能多了一些"民主"的验证认可程序。2010 年，美国联邦最高法院有一个法律裁定，取消政治选举献金的金额上限[①]，为资本控股国家敞开了大门，为"一人一票"转型为"N 元一票"提供了方便。这样，他们的反腐败是堵小门，开大门；堵了违法的小门，开了合法的大门，对资本特权一步步撤防。听

---

① 2010 年 1 月 21 日，美国联邦最高法院的 9 名大法官，以 5 比 4 的优势通过了一项法律裁定，废除六十多年来对公司在美国选举中政治献金的金额上限。

说有些美国人吃饭时听到这条新闻,吓得刀叉都掉到地上。

客:资本与资本就不会打架?如果他们不是铁板一块,他们之间的博弈,说不定可以让权力风险相互抵消一些。

韩:资本的规则是大鱼吃小鱼。现在的趋势是兼并活跃,资本垄断化,大鱼越来越大了[1]。

客:你提到的"旋转门",就是权力可以通向金钱,金钱也可以通向权力,两者都是民主之敌,或者说两者都该被笼子关起来。

韩:因此,"小政府"的说法还应加上"小资本",形成"小政府/小资本/大社会"这样一个三角形。政府直接掌控的资源宜少,资本垄断的范围和程度也不能大。除非有国计民生的特别需要,无论是国企还是私企,兼并规模应有上限,超限者必须拆分,串通垄断者必须严打,避免中、小型社团和企业的边缘化。

客:前一个"小",像是共和党的话。后一个"小",像是社会党或共产党的话。

韩:看到资本弊端的时候,"左派"容易受到"大政府"的诱惑。看到官权弊端的时候,右派容易在"大资本"面前犯晕。其实这两种方案都可能升高权力风险,造成国家和社会管理的问题化,再下一步就是垃圾化。一旦走到这一步,改变所有制有多少意义?经营铁路的国企可能出人祸,换上私企同样可能出人祸。消费者去买一张火车票,进一家产科医院,喝一瓶牛奶或矿泉水,决不会只看对方由谁控股,是什么所有制。事实上,一个民企若有严规善制,社会责任感强,私中就有公了。一个国企若无严规善制,社会责任感弱,公中就有私了。理论家可能不知道这一点,但消费者们心里明镜儿似的。

客:全球几十年冷战打来打去,看起来打的是所有制,打的是姓"社"还是姓"资",其结果却让人哭笑不得。

韩:所有制是可以淘空的,可以变味的,可以有名无实的,就像结婚证并不能保证爱情。冷战是所有制主义的产物。

客:西方国家刚刚庆祝过冷战胜利,喜事还没办完,闹心的事就没完没了,可见私有制并不能解决一切问题。

韩:迷信或仇视私有制,都是一种偏见。私有制也许合适大多数行业和大多数人,接近一般人性的道德水准。但优秀的私有制,比如有些百年老店,都能在制度细节下见功夫的。

客:那是,一家老店能开百年而不衰,肯定是弄出了一套行之有效的规章,能够克制贪婪和混乱。

韩:大学那几年,我和同学们也闹民主,又是游行,又是静坐的。但学生组织很快出现内讧,起因于募款账目不清,结果互相泼粪,把自己给搅黄了。后来我发现一些海外政治团体,常见的矛盾起点也是财务。你说我黑了钱,我说你做假账。你想想,连几笔募款都管不好,民主英雄们还能有多少戏?找一个会计,找一个出纳,定几条死规矩,这样简单的事情,民主派也做不好?可见民主是换人易,建制难。当年红军的三大纪律,其中"不拿群众一针一线"是管外,"一切缴获要归公"是管内,就是最基本的制度起步。这是一个最低门槛。如果别的军队做不到这一点,那些从德国、日本学成回国的将星们都做不到这一点,那天下就只能是红

---

[1] 据2000年8月号英国《焦点》杂志报道,500家大型跨国公司的生产总值已占世界GDP总量的1/4,其贸易量占世界总量的70%,研发活动占世界总量的75%—80%,资本垄断化趋势明显。

军的。你不服气也没办法。

道德也是个笼子

客：制度重要这不用说，可是制度不是天上掉下来的，总是由人来制订的吧？都得由人来理解、判断、操作、执行吧？再好的制度，遇上专攻"上有政策下有对策"之道的执行者，碰上信奉"不管白老鼠黑老鼠，不被猫捉就是好老鼠"铁律的硕鼠们，肯定能给你用邪用歪，整得你没脾气。

韩：这是制度之外的另一个问题。即便按照我们刚才说的，降低支配度，但它不会是零。削减管理量，但它也不会是零。只要大家不是柜员机，社会就永远无法摆脱人性弱点的局限。因此人们可以减少但不可能消除权力风险。好制度也总是从无到有，从粗到精，从弱到强，从老化到创新，不是一蹴而就的。

客：那么制度空白或半空白，不就成了常态？一个革命领袖走出家门，邀几个哥们儿起事，哪有那么多制度等着他们？但他们有时不也做成了大事？

韩：制度之外，还得说道德。

客：道德这东西更虚，更无形无迹，更不好量化。

韩：曾经有一个组织，选十个城市，在每个城市撒下三十个钱包，在钱包里留下失者的地址和电话号码。然后，他们根据钱包回收率，测定出这些城市的市民道德状况。这不完全是胡闹吧？还有，犯罪率、信用记录、慈善捐赠统计、有关抽样民调……也可以提供很多数据。至少可以作为一种参考。我相信道德是一个特别复杂的东西，因时而异，因地而异，因人而异，因各种特定条件而异。但如果设定范围和约定标准，对大体和大势做一些描述应该还是可能的。

客：好或坏，较好或较坏，只能有一个大致判断。

韩：善德可以制约权力，形成安全网和防火墙。世界上既有暴君也有明君，既有好民主也有烂民主，道德可能就是幕后的一大推手，升高或降低了权力风险。

客：这就是说，你那个公式还得加上一个道德系数？

韩：对，加上一个 M 值。保险公司加上这一项测评，可以调整客户的保额和保费。当下这个社会，肯定不是道德变化曲线的高位区，如参照同口径的犯罪率记录，肯定是一条大阴线。根据法律部门提供的数据，说权力风险在 2000 年较之"文革"前升高 6 倍[①]，大概不让人奇怪。

客：有远见的大商人，其实都特别重视后人的道德培养，把这事当成了创业之基、守业之本。

韩：资本主义的理论鼻祖是亚当·斯密。他就非常看重这一条，专门写过一本《道德情操论》。他们可能都知道，企业主在他们那一亩三分地里是独裁者，或准独裁者，用我们的话来说，就是危权量极大。因此，如果没有律己修身的功夫，经常是家业越大，风险越大，甚至最后闹个众叛亲离，小命难保，不得善终。其实，培养一个合格的酋长、将军、教主、皇帝也都是

---

① 据联合国国际犯罪防范中心数据库（http://www.uncjin.org/Statistics/WCTS/wcts.html）：20 世纪 50 年代至 60 年代，中国年均犯罪率为 5 件/万人口，而 2000 年达到 36 件/万人口，同比增加约 6 倍。

这样。他们都是乾坤独断、一言九鼎。

客：是呀。不用仁义道德一类捆住他们，那肯定都是社会公害。

韩：孟子强调小吏可以"谋食"，但大官一定要"谋道①。明明是双重标准，有什么道理吗？现在看来还真有道理。治下以法，治上以德。治远以法，治近以德。小吏的管理量小、支配度低，比较容易被制度管住，就像管住一个警察、一个出纳、一个服务员，不是太难的事。但大官一般来说管理量大、支配度高，特别是在制度几近空白的时代，不靠道德来管，靠什么？古人所推崇的圣德、大德、美德，都是制度的代用品。由此产生的所谓领袖魅力，无非是一种道德吸引力、道德影响力、道德动员力。

客：西方那些总统就职，不是《宪法》就是《圣经》，你总得手按住一样来宣誓。制度或道德，你总得来一样。硬笼子或软笼子，你总得来一个。

韩：还有一种情况。有时候不是没制度，是制度成本太高，再好的制度也就只能摆一摆，换上道德约束这个低成本办法。比如文明司法，需要养法官、盖监狱、雇警察、供牢饭、安装电子监视系统……都是一笔笔财政开支。如果负担不起，就只能靠官员去相机处置，自由裁量，依赖官员的个人道德素质。鞭刑或者杖刑，是古代低成本的司法，可能打错了，也可能打对了，全凭县太爷一张嘴。

客：我弟是警察，前些年财政困难的时候，能按时领到工资就不错，汽车没油喝，差旅费不报销，连电话都没钱打，怎么文明办案？监狱人满为患的时候，对小蟊贼又不能不管。他说，他们的土办法，就是让小偷挂着赃物游街，让聚赌的蹲在地坪里暴晒，让打架伤人的每天交罚款——不能一次交完，得每天交两三角钱，不怕不累死你。这些办法特不尊重人权，但好处是减少犯罪，没什么大花费。

韩：物质条件的确是制度保障的基础，试想，如果眼下没有巨型计算机，像中国这样一个大国，全国的海关、税务、银行联网监控也是做不到的。如果没有卫星盯着，土地监控也很难落实。如果没有 GPS 或北斗系统，要管住公车私用也很困难。这些都需要成本。

客：这就是说，制度成本如果超过支付能力，人治或德治，有时是无奈的选择。

韩：对呀。孔子、老子都认为"刑政"不如"德礼"②，不一定是他们不懂法，不重视法，也许是他们认为德治更有效，更省事，成本更低廉，更符合当时的国情实际。只有到了道德崩坏之时，法治才是无奈选择。

客：德治也是有成本的吧？

韩：当然，一个品德端正的人，在成长过程中要受多少委屈、多少磨难、多少历练和修养。一种社会道德正气的形成，需要多少灾难的启示，多少牺牲的激发，多少仁人志士的奋斗和追求。我们只要看一眼基督教、伊斯兰教、犹太教、印度教、佛教诞生之时的社会苦难背景，看一看孔子、墨子、老子诞生之时的战祸延绵和血流成河，就能明白道德也不是天上掉下来的，不是什么奇迹。一般来说，道德是人类大痛、大悲、大怜之后的一种精神反应，也有一种生成机制和成本投入。

客：那么在你看来道德风险可以有效管理吗？

韩：小管理是有的，比如建设家庭文化、企业文化、机关文化、社区文化、民族文化与精

---

① 见《孟子·万章下》，载《四书章句集注》，中华书局，1983 年版。

② 见孔子《论语·为政》中"道之以政，齐之以刑，民免而无耻。道之以德，齐之以礼，有耻且格"。另见《老子·第五十七章》中"法令滋彰，盗贼多有"。

神……文化就是道德的载体。优秀管理者在这一方面的用心，绝不会亚于对制度的用心，肯定是"扶正"与"祛邪"并举，长效药与速效药兼施，软约束与硬约束相得益彰。很多时候，哪怕单从经济着眼，一个团队的氛围、情绪、表情、心态这些东西也都是生产力，相当于用道德红利省掉了制度成本。

客：你只说了"小管理"，什么是"大管理"呢？

韩：全社会的道德生态和道德周期变化，受制于资源供给、技术条件、文化潮流、危机推动等太多因素，是一个综合发酵的长期过程，对于管理者来说可能有点鞭长莫及。就像一个农业公司，可以调控水、肥、种子，但对于全球地质变化和气候变化，没法绝对地"人定胜天"。晚清没法变成盛唐。保罗没法再版耶稣。古人强调"时"和"运"，意味着全口径的社会条件变化，包括了总体道德态势的潮起潮落。遇上道德严寒，就扎一个温室大棚好了。没法"胜天"，"顺天"就是出路。扎棚子就是顺天而为。

客：古人说修身、齐家、治国、平天下，都是从小局做起，从小事做起，能做多少算多少就是这个道理。

韩：仁人志士一旦投入实践，特别是要谋大事，涉及"治国平天下"，面对巨大的管理量，就不能仅仅依靠道德了。所谓"内圣外王"和"内儒外法"，就是前人一手抓"法治"一手抓"德治"的经验。在这里，道德既是辅佐制度之器，也是制度创造之源。优秀人物通常是制度创新的高手。中国的汉唐之所以强盛，既依托了儒家的伦理道德教化，但与郡县制、科举制、两税制、府兵制、谏官制等也密不可分，无非是人们想象、设计、推广、检验、完善各种制度的结果。在当时的有关制度下，有时候连皇帝也没法独裁，比如唐代门下省有权"封驳"敕令，行使副署权与否决权①，相当于监审机构。

客：你上次就说到过这事。

韩：你可以看看《唐律》和《宋律》，当时的律法并不是豆腐渣。比如鞭刑、杖刑、徒刑、流刑、死刑……司法权五级分解，以致"人命关天"，唯中央朝廷才有死刑批准权，对杀人慎之又慎。很多人以为那时候没有"法治"，以为权贵们都是为所欲为一手遮天，大概是从一些文艺作品得来的印象。正像欧美在工业时代创造出制度比较优势，中国也曾在农业时代一度创造过这种优势——只是有些人忘记了这一点。长辈说"家法严肃，内外斩然"，乡村里行家法，也不会是乱出牌的。

客：我们这些前"文青"，读多了黑幕小说，对那些人物和故事印象太深了。

韩：当然，古代中国植根于农耕定居文化，人情传统深厚，制度容易被软化和磨损，也许是法治易损易碎的重要原因。再加上中国幅员广阔，多民族混居，地域差异性大，任何一种制度也难普适天下，得留下各种变通的余地——这也为道德化的人治提供了合理性②，鼓励当权者适度地自由裁量，所谓法无定法，道无常道。"权"的中文意思是权衡和权变，不是英文中的 power。"当权者"的中文原意是会权衡和权变的人，不是英文中的 ruler，一个拿尺子到处比量的人。

客：我爸爸最喜欢说"原则性"与"灵活性"相结合，说人不能被尿憋死。他当年跟着工作队去矿山办案子，不讲国法，不讲党纪，天天讲什么恶有恶报，什么雷公电母，什么阎王小

① 见钱穆：《中国历代政治得失》，生活·读书·新知三联书店，2001 年版。

② 参见 *The Origins of Political Order* by Francis Fukuyama（福山），Farrar, Straus and Giroux, 2011。书中提到中国儒教的治国传统是"道德为主、法律为辅"。

鬼,整个一个宣传反动迷信。他说,那些粗人就信这个,你不这样讲还没法把案子查出来。

韩:那叫调动人们的心理存量,好比一个女孩骂粗话,你说当公主是不骂人的,她就可能不骂了。"公主"是她的心理存量,你调动起来就容易说服她。

客:人们有各不相同的心理存量,因此"灵活"就是因人而异,维护制度要有情操作,柔性操作。

韩:合情、合理、合法,中国人总是把"法"摆在最后面。这与西方文化传统形成了较大差异。西方人当然也讲人情,也讲灵活,莎士比亚《威尼斯商人》里的一句警句:"以同情调配公义"①,就有这个意思。不过,中国人通常对事物特殊性有更多照顾,更不习惯"一刀切",更不喜欢"一根筋"。就像中医的理念,习惯于"同病异方"和"异病同方",从根子上不觉得世界上,有什么完全相同的病,适用完全相同的方。

客:有一个美国教授到我侄儿的学校参观,看见墙上那些励志教育的一套名人画像,吓了一跳。马克思、斯大林、邓小平、爱因斯坦、孔子、华盛顿、甘地、孙中山、胡适、雷锋……全挂在那里。她觉得这哪儿跟哪儿,有这样不靠谱的大拼盘吗?

韩:她可能不知道,把所有这些东西煮成一锅,就是中国。

客:什么都想要有,也可能最后什么都没有。

韩:当然有这种可能。这取决于中国人的肠胃。肠胃好的话,道德和智慧的力量都强,把祖宗版的旧制度、山寨版的洋制度、江湖版的土制度,统统吃下了,都消化好了,然后形成一种丰富的、复合的、周密的、灵敏的制度系统,促成善政良治。胃口不好的话,就吃坏肚子,集百毒于一身,把自己变成一个化粪池。

客:什么规矩都没有了。

韩:一个无法无天的乱世。

客:从这本书来看,你似乎不相信一个完美的世界。

韩:可能是这样的,人类社会永远都是带病运转,动态平衡,有限浮动。人们努力的意义,不在于争取理想中最好的,在于争取现实中最不坏的——这就是现实的理想,行动者的梦。有一位勇敢者说过:"世界上没有勇敢的人,只有怯懦少一点的人。"我们也许可以说:"世界上没有完美的社会,只有丑恶少一些的社会。"

客:好像有人说过,这叫次优主义。

韩:就理想与现实的结合而言,这也算是一种"最优"吧?

客:我觉得你这些想法都很有意思,你还是把它们写出来吧。要不说话一阵风,以后就可能忘了。

韩:最近我可能要动手,算是把这些年的想法理一理,也包括朋友们的想法。

客:书名想好了吗?

韩:暂定名"革命后记"。

客:听上去不错。好,我等着。

(由杨鑫录音并整理)

(摘自《革命后记》,中国香港牛津大学出版社,2013年版)

---

① 即剧中扮演律师的鲍西艾所说:mercy seasons justice。

第二辑

国内韩少功研究论文选

韩少功及其创作

蒋守谦

　　读韩少功的作品,看他所选取的"文化大革命"当中或建国以后,乃至第二次国内战争时期红军生活的题材,看他在处理这些题材时所表现出来的比较深沉的思想,看他在艺术上不满足于浮泛的描摹,注意吸取一些现代外国艺术流派的长处,但又不搞洋腔洋调,力求在继承现实主义传统的基础上又有所创新的努力,我们或许会以为这是一位中年以上的颇具生活经历的作者。其实韩少功很年轻。"文化大革命"开始时,他只有十三岁,在长沙的一个中学里读初中;1969 年,他去湖南汨罗县农村插队;1974 年,调该县文化馆工作;1978年,考入湖南师范学院中文系,现在读三年级。

　　韩少功是从 1973 年才开始学习创作的。1974 年起在省级报刊上发表过一些小说和诗歌,但数量有限。发表在《人民文学》1978 年 2 月号上的短篇小说《七月洪峰》,刻画了一个在洪水泛滥的严重时刻,坚决顶住"四人帮"所谓"反击右倾翻案风"的倒行逆施,奋不顾身地保卫人民生命财产的市委书记形象,情节紧张,笔墨泼辣,初步显示了作者刻画人物、结构故事的才华,但同时也存在着气势渲染有余、形象描绘不足的情况。作品的主题似乎还受制于当时流行的政治概念,并非完全是作者生活感受的结晶。就是说,此时作者离严格的革命现实主义还有一个明显的距离。待到我们读《战俘》(《湘江文艺》,1979 年 1 月号)、《月兰》(《人民文学》,1979 年 4 月号),特别是荣获 1980 年全国优秀短篇小说奖的《西望茅草地》(《人民文学》,1980 年 11 月号)和中篇小说《回声》(《小说季刊》,1980 年第二期)等,情况就大为改观了。那么是什么原因造成韩少功在创作上发生如此迅速而长足的进步呢?

　　原因当然是多方面的。就其主观方面来说,我觉得他参加并执笔传记文学《任弼时》(与甘征文合作),是他在创作上真正走向革命现实主义的一次带有打基础性质的活动。为了写好这本书,他在中共汨罗县委的领导和帮助下,进行了广泛的社会调查,走访革命前辈,大量阅读、搜集、整理革命历史资料。这不仅使《任弼时》这本长达二十二万字的作品成了记事翔实、情文并茂、引人入胜的好书,而且更重要的是,对于韩少功这样一个青年作者来说,这种了解历史、熟悉老一辈无产阶级革命家光辉业绩和崇高品格的工作,更是他提高觉悟、开阔视野、陶冶品质,把自己的创作活动牢牢地建立在比较深刻地理解中国历史和中国革命的基础之上的一次基本功训练。他的几篇比较有分量的作品,都发表在写完《任弼时》之后,绝非偶然。正是在这几篇优秀作品中,我们看到了他笔下的现实生活和历史生活的内在联系,看到了他所着重揭露和批判的极"左"思潮的社会历史根源,以及他在这种揭露和批判中所表现出来的政治分寸感,他对光明未来的信心和热烈的憧憬。

　　在反映生活时,韩少功很善于组织尖锐的矛盾冲突。但是这种矛盾冲突,不是靠离奇怪诞的情节或刺激人们感官的那种血淋淋的描写造成的,而是来自他对生活底蕴的探索,来

自他对人物的性格、命运的真实描绘。比如《月兰》，工作队员"我"为了贯彻"大批促大干的原理""割资本主义尾巴"，用农药毒死月兰家的四只母鸡，并责令其做"深刻检查"。这种情况，在"十年浩劫"时期的农村中可以说是屡见不鲜的。作者通过对月兰性格以及她同"我"之间关系的真实描写，揭示出来的农民群众和"四人帮"极"左"路线之间的矛盾，简直尖锐到了你死我活的地步。四只母鸡事件在月兰家里引起了轩然大波。月兰为此受到婆婆的抱怨，挨了丈夫的打。这个勤劳、善良而又刚强的青年妇女，竟然一时想不开，投水自尽了！值得注意的是，作者并没有把"我"写成一个青面獠牙式的人物。相反，恰恰是"我"在月兰挨打出走时，心情焦急地参加了寻找她的活动；月兰死后，"我"又怀着极其愧疚的心情，前去探望她的孩子，表示愿意承担孩子读书的费用。而月兰对"我"也毫无怨恨，自杀之前，还把"我"丢在她家里的一件衣服洗净、补好、叠得整整齐齐地放在那里。这种按照生活本来面貌组织矛盾冲突的现实主义方法，不仅避免了重新"挑动"农民群众和原来工作队员个人之间对立关系的不好的社会效果，而且作者愈是真实地写出月兰和"我"之间那种本来就存在着的共同热爱社会主义的同志关系；我们也就愈益感到"四人帮"那条左倾路线的害人本质。作品在读者心中激起的沉痛感是强烈的，但它只是促使人们去思考清算那条"左"倾路线，而决不会造成意志上的消极颓唐。

这种通过人物性格和人与人之间关系的真实描写，组织起尖锐的矛盾冲突，揭示社会生活某些本质方面的特色，在中篇《回声》里表现得尤为充分。作品里武斗流血事件的肇事者、"孙大圣战斗队"坏头头、后来被判处死刑的刘根满，他的身上虽然较多地保留着小私有者那种自私、狭隘、愚昧、投机取巧心理和个人报复情绪等劣根性，历史上却也并无重大劣迹。这种人，在农业合作化以后的中国农村，本来已经没有多少市场。但是"文化大革命"一起，社会生活中的善恶、美丑关系统统都在"造反有理"的鼓噪声中被颠倒过来了。骤然间，刘根满产生了自己比谁都"革命"的误会。于是他就从原先只想利用"揪走资派"的机会搞一下个人报复，到身不由己地变成了一个"夺权""掌权"的风云人物；从惊讶、慑服"语录"的神威，到自己"创作""语录"，蛊惑人心，兴风作浪，而又自鸣得意；从对启发、支持他"造反""夺权"的"红卫兵"路大为感激不尽，到发生纷争，痛骂其为"臭知识分子"，以至于要杀害他……水库武斗事件，使刘根满在犯罪道路上走完了最后一步。蓦然看来，其缘由也不过是刘根满为了捞几筐鱼吃而同另一派群众组织争持不下所使然。但是当他驱使自己那一派群众，开赴现场，泼朱砂水，"拜关胜帝"，重演这个地方清朝和国民党统治时期曾屡屡发生过的宗族械斗悲剧时，人们痛心地看到，这种似属偶发性的武斗事件，对于刘根满这类"造反"上台的人物来说，实在是他性格发展的必然归宿，是他身上小私有者劣根性在特定气候下的一次大发作。刘根满们和他们先辈们的区别，就在于多了一个"红袖章"！

韩少功揭发、批判极"左"思潮的作品，往往都带有浓郁的悲剧色彩，但同时又总是伴随着他对革命品德、崇高境界、美好前景的热烈歌唱和诗意向往。在《回声》里，刘根满们的罪恶固然使人触目惊心，但像农村姑娘竹珠那样心地纯洁、与社会主义共命运的青年一代；像公社书记丁德胜那样历尽磨难，始终坚贞不屈，最后请人把自己背到水库上去制止刘根满炸坝的老干部，像"红卫兵"路大为那样虽受极"左"思潮和现代迷信思想污染，误入歧途，但终于有所悔悟的大学生……却又使人感到欣慰。作者在揭露我们民族肌体上正在恶性发作起来的"积疾"的同时，也是注意到并表现出这个肌体上所具有的足以抗御那种"积疾"的内在生命力。这种情况，以不同的方式表现在他的另外一些作品如《吴四老倌》《癌》（《湘江文

艺》,1980年第二、十一期)、《晨笛》(《芳草》,1981年第一期),特别是表现在《西望茅草地》之中。

《西望茅草地》里的主人公张种田1958年领导开荒失败的经历,可以说是一幕震撼人心的悲剧。这是一位饱经战争年代烽火洗礼的工农干部。我们的五星红旗上,有他慷慨洒下的青春热血,革命练就了他对党的事业的无比忠诚。大概也就是他具有那样一种特殊经历的缘故吧,他没有文化,那粗犷、豪爽的性格中,革命热情有余而科学精神不足。在我们党的路线正确而又取得了节节胜利的民主革命时期,像他这样的干部,其弱点往往不易暴露,而那种基于对革命忠诚所激发出来的巨大的主观能动性,却容易得到比较充分的发挥。到了"大跃进"时期,党的路线偏离了马克思主义轨道,他仍以那种愿为人民事业赴汤蹈火的忠诚,带着实现美好理想的急躁情绪,经验主义地崇尚主观能动作用,不假思索而又全力以赴地贯彻来自上级的那些"苦战""深耕""广种"之类的"左"倾蛮干的方针,历尽艰辛而又事与愿违地办了许多错事、蠢事,严重地挫伤了群众的积极性,以失败告终。作者在刻画这个人物的时候,对他思想和行为中那些"左"倾蛮干错误,进行了尖锐地揭露和批判,而对他几乎体现在同一言论行动中那种良好的主观愿望,身先士卒、勇于赴汤蹈火的热情,不计个人得失荣辱、对同志的赤胆忠诚的可贵品格,则进行了热烈的歌颂:批判和歌颂、讥诮和赞美,泾渭分明而又浑然一体。对中国历史和中国革命的比较深刻的理解,革命现实主义的创作方法,使青年作家看到了,在革命战火中熔炼出来的像张种田这样的革命品质,也难免不带杂质。而且,由于条件的变化,这些杂质竟转化成了一种巨大的破坏力量,作者所要惨淡经营的,就是在揭露和批判这种破坏力量的时候,审慎地区别、保护那些属于革命传统的东西。这里特别需要毛泽东同志曾谆谆告诫过我们的那种"真正站在人民的立场上,用保护人民、教育人民的满腔热情来说话"的态度,需要宽阔的眼界、高瞻远瞩的襟怀。任何不顾社会效果,只图一时痛快的笔墨,都是不利于人们去正确认识我们所走过来的道路,从中吸取正反两方面的经验教训的。这篇小说的结尾处,农场被迫宣告解散,队伍撤退,张种田和他领导下的那些在垦荒过程中挥洒过血汗的人们,心情异常沉重。唯独绰号叫"猴子"和"大炮"的两个青年在笑,而且笑声"特别响"。"他们笑什么呢?"作者通过"我"的思想活动,作了这样一段意味深长的抒情议论:"……可能,是该笑笑了,但现在的一切都该笑吗?茅草地的事业,只配用笑声来埋葬吗?幼稚的理想带来了伤痛,但理想本身、旗帜和马蹄,也应该从现实中狠狠地抹去吗?——你们到底笑什么?"是呀,在开辟茅草地农场的过程中,张种田和他领导下的人们,他们的理想、干劲、友谊,以及由于思想路线不端正而犯下的错误,不正是像这块古老土地曾经收纳的"枝叶、花瓣、阳光、尸骨和歌声"一样,经过历史的消化,"也许会变成黑色的煤,在明天燃烧"吗?这种革命的辩证法,是一切旁观者和轻薄儿所无法理解的。正是从这种对生活的深入思考和忠实描写,对光明未来的热烈憧憬中,我们看到了韩少功正在形成着的深沉、热烈而又明朗的艺术风格。

当然,韩少功创作上也还有些值得研究的问题。通观他近四年的作品,我觉得,他对粉碎"四人帮"以后新生活的描写,总没有他对"文化大革命"当中或以前生活的描写来得得心应手。这两部分作品的数量和质量都悬殊甚大。我不是强求作者写这写那,鼓吹"题材决定"论。而是因为,他在描写昨天或前天生活时所心向往之的那些美好的东西,今天正在到来或已经到来。那"黑色的煤",已经开始燃烧,发出了越来越强烈的光和热。作家应该敏锐地感受到这一点。韩少功在《夜宿青江铺》(《人民文学》,1978年第十二期)、《志愿军指挥员》

（《湖南日报》,1979 年 5 月 20 日）等一些为数不多的作品中,也是想表现这种"光"和"热"的。但从客观效果上看,概念的东西总是胜过形象的东西。这是否说明韩少功对生机勃勃的现实生活缺乏足够的体察和强烈的感受呢？如果真是这样的话,就很值得注意了。这不仅是因为我们今天的作家,特别是像韩少功这样的青年作家,有责任为奔忙在"四化"征途上的人民群众唱出嘹亮的赞歌,而且如果对现实生活中正在不断涌现的新人物、新思想、新风尚缺乏足够的敏感,那么他在描写昨天或前天斗争生活时所激发起来的那种强烈的热情和诗意的憧憬,也会受到影响,甚至可能逐步暗淡下去的。他新近发表的《同志交响曲》（《芙蓉》,1981 年第二期）和《飞过蓝天》（《中国青年》,1981 年第十五期）已经传出了新的信息,但愿以上这些考虑是我的杞忧。

1983 年 3 月初稿,8 月修改

（载《文艺报》,1981 年第 19 期）

生活·思考·追求

——评韩少功近几年的小说创作

王福湘

在举国瞩目的湖南文坛的灿烂群星中，韩少功以他内在的充沛热力，发出了特有的光芒。几年来，他在重新畅通的革命现实主义的广阔道路上，迈着坚实的步伐，行进在崛起的一代青年作家的前列。

1977年、1978年两年中，他在采访和撰写革命领袖传记《任弼时》的同时，在小说创作方面取得了不小的成绩。《七月洪峰》在塑造市委书记邹玉峰的高大形象上，虽然还没有完全跳出"三突出"的框框，存在公式化的痕迹，但是它表现了党和人民同"四人帮"的尖锐斗争，政治方向是端正了的。以此为起点，他的笔触越来越深入社会的底层，反映生活的真实性迅速增强。党的十一届三中全会的春风雨露，培育出《月兰》这颗短篇小说的硕果，这是他的现实主义思想和艺术走向成熟的标志。韩少功为遭受极"左"路线迫害的广大农民，喊出了蕴蓄已久的心声，赢得了读者的热烈赞扬。其后两年多来，他发表了十几个短篇和一部中篇，《西望茅草地》和《同志交响曲》分别在全国和本省获奖，但《月兰》仍是他影响最大的代表作。他的第一部小说集就以此篇命名。

作者忠于生活，坚持写自己熟悉的东西。他的创作题材是比较广泛的，但他的主要作品是反映解放后特别是"文革"时期的农村生活，描写下乡回乡知识青年和农民的命运。他当过六年知识青年和两年工作队员，在这个领域里打下了比较厚实的生活底子。而敢于正视本来千姿百态的人类社会，努力探求和揭示生活的全部复杂性，尤其是人的灵魂的全部复杂性，则是韩少功小说的特点之一。

例如写作时间相距很近的《吴四老倌》和《月兰》，同是反映"十年浩劫"中极"左"路线对农民的危害，故事发生的地点也同是一个吴冲，但主人公的身世、性格和结局却又迥异：吴四老倌当过多年队长，见过大小世面，他嬉笑怒骂，无所畏惧，把"左"得出奇、作风不正的办点干部斗得狼狈不堪；月兰乃女流之辈，既不识字，又没出过山村，她沉默寡言，忍气吞声，终于在被逼得走投无路时跳水自杀。《雨纷纷》《西望茅草地》《道上人匆匆》《飞过蓝天》等篇，都刻画了下乡的、回乡的或下过乡又回城的知识青年的形象，有埋头苦干的，有消极懒惰的；有奋发向上的，有彷徨苦闷的；有偷鸡摸狗、醉生梦死的"联合游击队"，也有马克思或爱因斯坦的崇拜者，形形色色，各如其面，一篇之内，各篇之间，人物绝不雷同。容量较大的中篇小说《回声》，描绘了"文革"初期一个偏僻山村的动乱情景，里面的每个人物及相互关系都是复杂的。已经有不少文章分析过反面的"造反"典型刘根满并非遍身邪恶，那么正气凛然的硬骨头书记丁德胜是不是就完美无缺呢？不然，他在受冲击被打伤以后，也曾感到委屈，有过怨气，退缩一旁，是经过一番思想斗争才重新挺起腰板，带领群众冲上阶级斗争的

前线。竹珠,是山里人"共有的珠宝",外貌与心灵和谐统一的美,使根满也觉得神圣不可侵犯,然而,她对路大为的如醉如痴的单相思是多么复杂啊!从春心萌动到舍身救护,在炽热忠贞的爱里,同时或先后包含着好奇、羞涩、钦慕、怜惜、怨恨、绝望,小说把如此错综细腻的内心活动写得入情入理,真实地绘出了这个有文化的农村姑娘的感情世界。《西望茅草地》里的农场场长张种田,是另一种具有复杂性格的典型。他珍视革命战争年代的传统,对党忠心耿耿,和群众同甘共苦,以身作则,慷慨豪爽,可是他简单生硬,只知蛮干,不信科学,不讲民主,甚至不准谈恋爱,众多的优点和缺点汇聚于一身。韩少功不仅写出了现实生活和人物本身的复杂性,而且在其中渗透了自己复杂的感情。仍以张种田为例,对这个优劣参半的人物,既颂扬其光荣的历史功绩,肯定其真诚的革命信仰,又揭露批判他的落后、无知、错误和失败,除此以外,还流露出同情、惋惜、遗憾和依恋等诸般心情,绝不是只用"歌颂"或"暴露"一词或"二者兼而有之"能够概括得了的。客观社会的复杂多样性和主观感情的复杂多样性,在作品中化合而为复杂多样的艺术形象,血肉丰满,栩栩如生。

前几年,伴随思想解放运动的兴起,并且作为一个重要的方面军,作家们勇敢地冲破了重重禁区,在长期荒芜的田野上辛勤地开垦、耕耘和收获。他们自然而然地把眼光投向昨天和前天,记录极"左"路线带来的苦难,总结血泪凝成的经验教训,以为今天和明天的鉴戒。这股现实主义的文学潮流席卷全国,使文艺创作迅速呈现出空前繁荣的局面。韩少功就是一个熟谙水性的弄潮儿。在采取同类题材的同辈作家中,他突出的特点是思想的深刻性。《月兰》《西望茅草地》《回声》以及《战俘》《火花亮在夜空》《癌》《道上人匆匆》《晨笛》等,都真实反映了历史和现实生活中的悲剧,不仅再现皮相,而且深入骨髓,比较准确地揭示了产生悲剧的社会基础和历史根源,并没有把悲剧简单地归结为个人品质上的原因。《月兰》写了农民和工作队的矛盾,实质上反映了人民群众和左倾路线的矛盾,当事双方都是好人,毒死月兰家四只鸡的工作队员"我",和月兰无冤无仇,不过是极"左"路线制造悲剧的工具。把病弱的月兰压在社会的最底层以致逼上绝路的,还有农村中浓厚的夫权思想。月兰和她的丈夫、婆婆以及队长和社员们在极"左"路线淫威之下逆来顺受、欺软怕硬的精神状态,又打上了鲁迅着力批判过的国民性弱点的历史烙印。月兰形象和命运的思想内涵是十分丰富和深刻的。又如"茅草地王国的酋长"张种田,从前可以在战场上冲锋陷阵,为什么解放后却在农场上一败涂地呢?他丝毫没有蜕化变质,恰恰相反,他顽强地保持着自己的本色。问题正是出在这个"本色"上,他本是半封建半殖民地中国的农民小生产者。他把蒙昧禁欲、独断专行和平均主义等固有的落后面误认为社会主义,违背经济建设的规律和时代进步的潮流,窒息着知识青年的蓬勃朝气,打击了他们的社会主义积极性,使政治投机分子得以乘虚而入,窃据权势,结果纵有先进的机械也无法挽救失败的命运。韩少功通过这些成功的艺术典型,解剖了历史和社会,提出了根本性的问题,因而大大加强了小说的时代感、历史感和思想的深度。

这些作品的人物、事件和主题都侧重于政治方面。在此基础上,1981年明显地转向了哲理的内容,《风吹唢呐声》可以作为代表。在韩少功的小说中,这是时间跨度最长的一篇,从强制"割尾巴"到实行责任制,经历了两个截然不同的历史时期。他不像以往那样正面铺叙政治事件,在政治的矛盾斗争中塑造人物,而是把这些东西仅仅作为时代背景,倾注全力描写哑巴德琪、哥哥德成和嫂子二香对待物质生活的各行其是、不因环境而转移的不同态度,刻画三个人物之间的复杂的变化着的感情关系,从他们的灵魂深处提炼出人生的哲理。

其意不在于对具体政治的褒贬,而在对生活态度的臧否,目的是帮助人们"理解贫穷和富足",贫贱不移,富贵不淫,能够"好好地生活"。这篇小说仍然写悲剧,但这悲剧不由政治直接造成,它别有一番揭发病苦、指导人生的深刻意义。

正因为扎扎实实地看取社会和人生,比较全面地认识到生活的复杂性,讲究思想的科学性,所以韩少功对人类的未来和中国的光明前途满怀信心,他的小说固然多写悲剧,却不使人悲观,严峻中时而透出高昂或轻快的格调,字里行间燃烧着激情和希望,执着的追求和美好的理想,既发人深思,促其猛醒,又催人振奋,令其前进。作品显出的鲜明的亮色,不来自凭空添续的廉价乐观的尾巴,而是历史的规律和主观的热力闪耀的光辉。他痛恨极"左"路线和封建意识在人与人的关系上布下了"比癌还可怕"的阴影(《癌》),呼唤人们抛弃猜疑、隔阂和冷漠,享受互相理解、信任、温暖和友爱而给生活带来的欢乐。在儿童题材小说《火花亮在夜空》和《晨笛》里,他通过小主人公和父母的矛盾,讴歌了"人类希望的种子"——充满着纯净的爱,没有被世俗污染的赤子之心。他以亲切饱满的笔墨,描写劳动人民勤劳朴实的品德和真挚善良的感情,尤其对于具有美好心灵的农村女性,更倾吐了由衷的敬爱与同情。《月兰》的结尾写道:"支撑着我们伟大的社会主义祖国赖以生存和发展下去的千千万万像海伢子妈那样的劳动妇女,她们是不应该遭受那样不幸的命运的!"这是"我"醒悟后的自白,也代表了少功的思想。从吴四老倌那个天真幼稚的荷花开始,任劳任怨、沉默谦恭的月兰,情深意厚、不辞艰辛的桂芳(《雨纷纷》),温柔文静、忠厚老实的小雨,纯洁无瑕、爱憎分明的竹珠,到灵巧贤惠、热心本分的二香,这些农村姑娘媳妇的形象,简直一个比一个美。不仅如此,他笔下的人物,包括男女老少、干部群众,甚至矛盾双方,好人总占绝大多数,都是爱国、爱党、爱社会主义的。少功精心塑造了人民的好干部邹玉峰、常青山(《夜宿青江铺》)、丁德胜的形象,他们在群众中的崇高威信和如鱼得水的情谊,说明了党和社会主义不可战胜的力量。1981年写的《同志交响曲》,再现了50年代将军视察垦区的几个场面,最集中地抒发了对老一辈革命家的尊敬和爱戴,对党的优良传统的赞扬和向往。四项基本原则在他的作品中得到了生动的体现。

韩少功在挖掘古老民族的病根的同时,强烈地感受到它不可摧毁的无限生机和即将焕发的青春活力,在小说中的重要表现,就是青年一代在大风大浪里的锻炼和成长。这里凝聚了他和自己的亲友们的丰富的切身体验。他正确地抒写了知识青年们投入动乱时的虔诚和圣洁,上山下乡前的理想和狂热,被欺受挫后的沉思和觉醒。大学生路大为、中专生"我"、中学生小马(《西望茅草地》和"他"(《飞过蓝天》),都经历了这个从幼稚到逐渐成熟的思想转变过程,而无论在什么样的环境里,他们都不丧失信念和停止追求。他们代表了中国青年的大多数,是推陈出新、大有希望的一代。如果说他们的觉悟还只是新人素质的萌芽,那么《雨纷纷》里的曹正根、《道上人匆匆》里的秦国路,就已经克服了巨大的困难,在"四化"建设的新长征路上艰苦奋斗、发愤图强,前者不求名利,专心农业科学试验,后者珍惜上电视大学的机会,要"为救国安邦作一代脊梁",并且都用自己的模范行为,影响和带动了周围的青年伙伴。应该承认他们是当之无愧的社会主义新人。

韩少功基本上属于乡土作家。他继承了"五四"以来中国新文学的现实主义传统,扎根在现实生活的土壤里,受益于鲁迅、周立波等前辈作家的熏陶,博采众长,不拘一格,进行着创造性的劳动。他的坚持不懈的追求,表现在思想内容方面固然是引人注目的,而艺术形式方面同样值得重视。从已发表的作品看,虽然水平还不整齐,还有波动,还在提高,但已经初

步显示出个人的艺术特色,在以白描为主叙事写人的同时,加强环境气氛的烘托特别是人物心理的刻画,深沉明快,朴实自然。除个别军事题材小说《战俘》和《同志交响曲》外,他描写的大都是普通的人物和平凡的事件,运用的是经过选择加工的乡土语言,通俗、干净,稍带幽默感,富有湖南农村的地方色泽和浓郁的生活气息,散发着泥土的芬芳。韩少功的小说感情热烈,倾向鲜明,他喜欢运用明白晓畅的语言,且常有袒露胸襟的抒情,从而升华出诗情与哲理交融的思想艺术境界,《月兰》《西望茅草地》《癌》和《风吹唢呐声》,等等,都是如此。他不依靠巧合的手段编织离奇的情节,不以矫揉造作和过分偶然的惊险紧张引人入胜,而是老老实实地严格地沿着生活和人物性格自身的逻辑展开矛盾并逐步激化,旨在揭示现象内部的社会本质和规律,以严峻深刻的必然性动人心弦。人物之间不乏正面的戏剧性的冲突,如"我"与张种田关系的波澜起伏就相当精彩,但更重要的却是描写在特定情境中人物的个性化行动和内心的矛盾,也有表面的性格渲染,更多纵深的灵魂剖析。根据不同题材、体裁和人物的需要和可能,侧重点又有所不同。为了避免与人重复,我没有分析刘根满的形象,只想指出他和阿 Q 实乃一脉相承,他就是 60 年代的阿 Q,这个典型的塑造,最清楚地表明了韩少功继承与创新相结合的艺术追求。

1981 年发表的作品,在现实主义的基础上吸收别种方法的长处以为补充,作了多方面的艺术探索。《道上人匆匆》借鉴了现代电影的手段,用一组连续的镜头摄取了主人公的生活片断。《飞过蓝天》把现实主义和象征主义相调和,交替描写鸽子与人,前者象征,后者写实,表现不畏艰难困苦、至死不渝地追求真理的精神,而仍不失其现实性。《风吹唢呐声》的人物的特征,故事的格局,美与丑、闹与静、外形与内心、温情与冷酷的夸张强烈的对比,似可溯源于浪漫主义的大师雨果。和前几年比较,韩少功的创作路子开拓得宽了,技巧日臻圆熟,结构灵活多变,语言渐趋华赡,写景抒情各具风采,艺术特色有所发展变化。

韩少功是一名正在成长中的文学新兵,已有的成就不过像万里长征才走完了第一站。他的作品在思想和艺术方面都还存在一些不足。例如《道上人匆匆》和《风吹唢呐声》里主人公或伤或死的结局的安排,就不如《月兰》和《西望茅草地》那样处理得顺理成章,而给人比较生硬勉强的感觉。我们不欣赏许多虚假的"大团圆"的结尾,但也不赞成作者人为地编制悲剧,"好人命不长"并不是客观规律,矫枉过正就有失真之嫌了。在新近的作品中,作者从哲理的角度探讨物质生活和精神道德的内在联系,当然是有益于人世的。然而应该警惕,切莫南辕北辙,忘记存在决定意识的历史唯物主义观点,不知不觉地被吸进历史唯心论的旋涡里去。韩少功的生活、思想和形象三者之间并不总是能够很好地统一,艺术形象有时还不足以体现他对生活的思考。有的作品在学习运用中外名著的艺术构思和表现手法时,借鉴的痕迹似乎重了一些。他的叙述语言特色还不十分鲜明。人物语言的个性化程度也嫌不足。这些都需要作者继续努力,以扬长补短,精益求精,求得思想内容的充实与形式技巧的丰富,二者和谐并进。

今天,悲剧的时代已经过去,党和社会主义的阳光正普照中国大地,四个现代化的锦绣前程鼓舞着全民族奋发图强。新人新事将会发展壮大成为生活的主流。大势所趋,人心所向,作家应该和生活一同前进。我们期待韩少功的创作出现新的突破,适应新时代的潮流,在塑造"四化"建设中的高度文明的社会主义新人形象方面做出他应有的成绩。

(载《湘江文学》,1982 年第 3 期)

哀月兰

岑 桑

月兰死了。

月兰死于 1974 年一个雨后的晴天。那天,这个肝肠寸断的女人,不动声息,把家里的一切都擦洗得干干净净,衣服都洗好补好,给孩子穿了件新衣裳,借米给婆婆做了一餐好吃的糯米饭……总之,给这个一直过分地薄待了她的人世间,留下了最后一分悲凉却又深情的余暖,她便到水库去了。后来人们到处找她不见,只在水库边寻着她遗落的一双布鞋……

我才不相信月兰只是个虚构的人物呢!月兰才不是说故事人随心所欲地杜撰出来的悲剧主人公呢!我毫不疑心月兰真有其人,尽管我只不过是从《人民文学》去年四月号那篇与她同名的小说里,才知道有这么一个可怜人的——月兰她,三十多岁,身子瘦弱,皮肤黑黑的,长辫子,脸相老带着点忧愁,不大好看……是的,这就是月兰了。我们与月兰都似曾相识,好像在哪个地方的阡陌之间、林荫之下,一度与她邂逅相逢,看见她谦卑地低头走过。月兰是千千万万胼手胝足而不得温饱的农家妇女当中的一个, 长年累月地付出的太多太多,而自己得到的却太少太少,以致她死后遗下来的,恐怕就只有整整齐齐地摆在水库边上那么一双粗布鞋了。

故事简直就像是在我们身边发生过似的:

月兰是长顺的女人。故事一开头就说,长顺家的灾祸,是由四只鸡引起的……月兰没日没夜地干粗重的农活之外,还照管着家里的四只鸡婆,这是她家的油盐罐子;孩子上学,买课本什么的,还得指望这几只鸡婆慷慨为怀,多下几个蛋。不幸的是:这些苦命的鸡,竟被三令五申严禁鸡鸭下田的下乡工作队放毒药毒死了。这就可悲地导致了月兰的毁灭。

《月兰》没有奇情,也无巧合,事件细小而平凡,悲剧的前因后果竟是如此简单,然而它倒是真正打动了人心的。当你掩卷沉思,久久还能感觉到自己心灵的余震。这篇故事本身,就像是月兰遗落在水库边上那双简朴不过的鞋子似的,是可以让苦主拿到诉苦会上的一件证物;这是林彪、"四人帮"一伙在农村推行极"左"路线,造成了严重恶果的一份赖不掉的罪证。睹物思人,为月兰的屈死而潸然泪下的读者,一定会在心头加重了对林彪、"四人帮"一伙憎恨的分量。

《月兰》一开头,便为我们揭示了一个狂悖反常的典型环境。作者用第一人称开门见山地叙述的那几句话,早就把那个特定的历史时期几近荒唐的某些政治现象,简练地勾勒出来了。"这件事发生在 1974 年。"作者这样写道:"那一年我参加农村工作队,在一个叫吴冲的生产队办点。我是刚从中专学校毕业不久的城里伢子,在机关里属'小'字辈,可上头居然要我去指挥一个队,而那里的很多社员居然也对我这个'长官'唯唯诺诺。事情就是这么

怪！"

是呀,事情就是这么怪！在那主观唯心主义猖獗的年代,这一类怪现象是无处不在的。那时候,"城里伢子"们被赋予"天才"的灵光和近乎神圣的权力,这是因为那条谈之令人恶心的极"左"路线,是需要通过这一类至少是以无知为其特征的"伢子"们,才得以更加顺利地推行的。在那些乌云滚荡、沉渣泛起的日子里,莽莽神州,何处不见政治"伢子"们颐指气使地造成的祸害！那条极"左"路线,正是通过各种各样一旦权力在握的政治"伢子"们之手,而益加扩大了它本来已经十分可怕的破坏能量的。在吴冲生产队,极"左"路线本已把这里糟蹋得一片荒凉,十八户人家,只剩下资金账上的三角八分钱存款,和猪栏里的两头瘦得像豺狗似的老猪婆,然而灾难并没有到此为止,在那位天真的"城里伢子"的积极努力下,社员们经济生活中仅余的涓滴泉孔也给堵死了。这样一种荒诞的典型环境,也就成了月兰式的悲剧赖以生长的土壤。

然而这毕竟仅属"土壤"而已。光有这"土壤",是决定不了月兰之死的。也就是说,如果仅仅写出极"左"路线在农村肆虐,造成了经济崩溃的严重局面,甚至连社员家里的几只家禽也活不下去,因而造成了月兰投水自尽的悲剧,是缺乏足够的逻辑力量,因而是不可能真正打动人心的。不能设想作品中不完整的因果关系,可以产生实实在在的艺术效果。月兰悲剧之所以感人肺腑和发人深思,在于作者在描绘了所谓"土壤"的同时,还写出了月兰终于不得不赴死的诸因素;正是那几股为脆弱的月兰所难以抗拒的压力,最终地把她驱迫到水库的深处去的。月兰之死,是这一悲剧赖以萌发的"土壤"以及有关诸因素所共同促成的,是这个伤心的女人的性格发展合乎逻辑的结果。——在那山穷水尽的时光,连最后的几只鸡婆也死了,家里的油盐罐子碎了(但是这还不止);工作队逼着她写检讨,贴遍全公社,"经不得咯号风浪"的月兰为此急得病了两天(但是这还不止);婆婆埋怨媳妇丢了全家面子,悔恨早不该娶回来月兰这个"药罐子",不懂事的孩子偏偏又在这揪心的时刻向妈妈闹着要书读(但是这还不止);狠抓"两条道路斗争"的工作队杨副队长来了,这位一贯主张对农民"一要吓,二要蛮",认为"平平和和斗不倒资本主义"的"钦差大臣",勒令"当事人在写检讨之外,还得科罚款"(但是这还不止);一筹莫展的月兰唉声叹气,埋怨丈夫人憨口笨,家里缺油少盐,孩子没钱买课本,而他还想不出个办法;在邻居喝了点闷酒的长顺听得心躁,酒性发作,竟给自己一向疼爱的妻子打了一巴掌,这叫月兰心都碎了,于是,她忍气吞声,扭头出了门……够了！这接连不断的对月兰的冲击,难道还不足以使我们看到形成这一悲剧冲突高潮不可逆转的趋势吗？是的,至此我们遂不能不确信月兰之死的并非偶然,正是基于这种确信,我们才会不期而然地为这个女人的悲惨命运而伤心酸足的。一系列真实可信的生活细节,层复一层,顺理成章地把悲剧冲突逐步推向高潮,长顺的一巴掌,构成了月兰悲剧从渐变到突变的契机。月兰哪里还能忍受那令她无限心伤的一击呢？作为读者的我们,又有谁还能怀疑月兰悲惨命运的不可挽回呢？所以我认为,《月兰》的艺术魅力,在很大程度上是附丽于形成这一高潮的可信性,也就是这一悲剧从发生、发展到最后完成的必然性之上的。月兰悲剧的可信性来自生活的真实,我们确曾从这篇作品朴素无华的笔墨中,看到了为我们所熟知的生活的真实:那所过之处民不聊生的政治寒流,那破败的农舍里牛衣对泣的贫贱夫妻,那"一要吓,二要蛮"的行之有效的统治手段……这一切都是我们曾经身临其境和有目共睹的,完完全全是可信的真实。月兰悲剧的可信性还来自生活逻辑的本身,我们确曾从这篇作品波澜迭起的情节中,看到了这一终于归海的悲剧急流,显然是不可遏止的。月兰好比

是一只折了帆樯、毁了舵橹的孤舟,她的悲剧性格,使自己在那不断汹涌扑来的浪涛中不可避免地沉没了……

美好事物的毁灭,总是叫人为之唏嘘的。月兰之死,正是一种美好事物可悲的毁灭。月兰美吗?不。月兰不是月亮,也不是花朵;她并不美,甚至浑身都带有为困苦生活啮噬而成的缺陷。然而她心中有一团火,虽然微弱,但毕竟是如此光明美丽的一团火呵!月兰常爱用这样一团火去烛照人间,总是想让别人从自己身上得到一点点哪怕是微不足道的暖意。——听说丈夫想吃荞麦粑粑,她就跑七八十里路回娘家去找荞麦;为了攒钱给孩子买书纸笔墨,她病床上也舍不得吃,拿个鸡蛋给她打汤她都不让;在大伙围着一堆柴薪在开会的场合里,等到火塘上吊壶里的水一开,她不用人吩咐就会主动起来给大家筛茶;队上的牛乏了力,睡在田里,她一家伙拿出十几个鸡蛋和两斤甜酒给牛吃,怎么也不肯要队里的钱……还记得她死前的一天做过什么吗?——那一天,她心中那团火在不安地跳跃着,显得比什么时候还来得光明美丽。她让孩子穿上新衣、婆婆吃上糯米饭,把家里都打点得干干净净之后,她还把那位"城里伢子"遗落在她家里的一件灰上衣洗净、晒干、补好。我觉得这最后一个细节,好比是月兰心中那团火焰的白光,使得她美好的内心世界更觉通明透亮了。是呀,这灰上衣上的补丁,岂止体现了月兰那颗暖融融的心而已!月兰具有的,分明是那种对党、对社会主义一往情深、死而无怨的心怀!要不,就无从解释她为什么还要用细针密线,去为那位"城里伢子"缝补衣服了,须知他对月兰的悲惨命运并非是毫无责任的。月兰善良的心怀,宽广得甚至可以包含得下那曾经参与折磨过自己的人;这不因为别的什么,只因为那位"城里伢子"毕竟是党派来的工作队员,而月兰她对党从来都是别无二心的,哪怕她含辛茹苦、胼手胝足,最终也竟无活路也罢,她也是一心向着共产党的。这灰上衣上的补丁,为月兰添上了一层奇光异彩,使这个悲剧主人公的精神境界一下子升华到了新的高度,最大限度地完成了这个人物性格的造型。我们完全有理由相信:月兰并不是怀着对整个社会制度的怨恨死去的;她只不过是死于忧伤,死于羞愤,死于对生活的绝望。至于什么是她悲惨命运的根由,她是既不会理解,也不予深究的。她根本不知道:她本能地热爱着的那个社会制度,竟还有着严重缺陷的一面;而且正是这阴暗的一面将她置于绝望的境地的。她是不明不白地死去了。这正是月兰悲剧的核心所在。

月兰死了!你记得那个说故事的"城里伢子"含泪的忏悔吗?他是这样说的:

"哦哦,月兰,我来迟了!你现在无可挽回地永远睡着了,而我刚刚醒过来!我无意推脱我身上的罪责,也不敢祈求你对我宽恕。可这是怎么回事呢?你热爱社会主义,我们工作队员也热爱社会主义,我绝不相信逼得你走上绝路的是你我都热爱的社会主义。可我怎么会成为杀害你的工具之一?到底是谁吃掉了你?这是怎么一回事呵?月兰……"

不知有多少个月兰在冻土中长眠了,也不知道有多少个"城里伢子"带着负疚的心情睁开了惺忪的睡眼。死者和生者原都是有着共同信念的一家人,这是有死者缀在灰上衣的补丁和生者那含泪的忏悔为证的。

月兰死了!她宽容了一切,撒手而去。让我们用她遗落在水库边上的一双鞋,去控诉那个荒诞的年代吧!那些噩梦般的日子竟是可悲到这般田地:有的人终于屈死而无从知道自己应该诅咒的是些什么;有的人怀着近乎圣洁的心情去参与犯罪,成了帮凶却还自以为从事英雄的事业。

让月兰遗下的布鞋和"城里伢子"灰上衣上的补丁,时常在我们心中唤起那过去年月的

沉痛教训吧！——当人和权力被神化以后，连最丑恶的事物也会由于折射了神祇的灵光而具有了难以抗拒的威严；于是人们生活在迷茫和困惑之中，自己折磨自己，以及自己人折磨自己人，也就难免成为层出不穷的事情。

月兰死了。月兰是在神圣灵光的折射之下死去的。唉，月兰！

1980 年春

（载岑桑评论集《美的追寻》，花城出版社，1983 年 9 月第 1 版）

人生的解剖与历史的解剖
——韩少功小说漫评

南　帆

　　不管"为艺术而艺术"这个口号的历史渊源如何,如今已经不太有人从理论上信奉它了。切实地认识到艺术在整个社会结构中的位置和作用,这反而将使艺术更为自觉地发挥它所独具的社会功能。因此,一旦将"思考的文学"概括为前一阶段文学所呈现的特征时,人们不能不随之注意到一种倾向:这种思考的文学正渐渐成为一种文学的思考。很少作家仍然将自己对于生活的见解铸炼为一些哲理式的警句,然后假借人物之口加以明朗的发抒。相反,多数作家却是将这些见解融化到了审美理想、艺术追求乃至艺术感觉之中——具体地说,融化到他们的题材选择和题材处理之中。

　　韩少功的小说大体上也有类似的发展进程。他自 1977 年开始发表小说。同整个文学背景相吻合,他起初那些小说也确像他自己所形容的那样,更多地属于一种"为民请命"之作。虽然这些小说中不乏令人心中一颤的细节,但人物形象却不够圆满。小说在总体上常常显出一种观念化的僵硬。这种现象对于一个作家的成长乃至一种文学潮流的演变来说,都是正常的,同时也是短暂的。随后,当文学经过了破闸而出的汹涌而渗透到广阔的生活领域之际,当小说从最触目的事件和最明朗的形式转向了不同的个性和风格时,许多作家都不约而同地经历了一种美学上的成熟。正是这时,韩少功又陆续地发表了一些以农村生活为内容的小说。当然,这些小说在各方面都很难说已经圆满无疵了,但它们却渐渐显出了韩少功那独特的眼光。韩少功在小说《回声》中曾经借路大为之口说出了一个颇有寓意的奇思异想:他仿佛觉得山乡那些重重叠叠的山岭中埋藏着一个民族的痛苦、不屈、欢乐和希望。而韩少功这些小说也正像从这些山岭中拾起一片片岩石叩打着,努力查访着冻结于其中的种种秘密。

　　如果说贾平凹的许多小说给我们展现了农村那种淳朴而富于诗意的田园风光,那么韩少功的小说却更多地给人带来一种沉重之感——尽管有时他还喜欢在小说中采取一些轻松幽默的笔调。固然这些小说也不过展现了某个角落的一时一事,而不是纵观农村生活的变化,但是这一时一事中却或显或隐地流露出历史的缘由。这些小说中时常显示出两方面的因素:一方面是现实的种种事实所由以产生的直接契机,一方面是农村生活中长期形成的人情世故——小说的情节往往是这两方面相互作用的结果。当韩少功在一些小说中尽可能地将这两方面的因素有机地统一起来时,他那平实的叙述中所展示的画面往往就会由于现实与历史的交汇而不同程度地产生实在感与纵深感。

　　《月兰》叙述了这么一个故事:由于月兰看管不周,她家的四只鸡被"工作队"毒死了。这件事引起了家庭不和,夫妻反目。于是,这位贤惠的农家主妇不声不响地跳入水库而自杀身亡。人们可以从"工作队"小张的痛苦忏悔中看出对极"左"政策的谴责。但是我们还需要特

别指点出的是,在小说的情节过程中,月兰之死并非由于阴错阳差的巧合,而是一个必然的发展结局。四只鸡使月兰背上了如此沉重的包袱,四只鸡使月兰的丈夫长顺不顾夫妻之情而大为光火,四只鸡使他们的孩子海伢子再也无法上学,四只鸡使月兰婆婆的埋怨叨叨不绝,四只鸡——这在庄稼人的生活中竟有如此的分量!尽管长期待在城里的"工作队"小张对此感到狭隘得难以理解,然而这却是农民的价值观念的反映。当贫穷像一片阴影罩定他们时,这种价值观念将不知不觉地形成于他们那摆脱贫穷的种种努力之中,从而具体呈现为他们的所作所为所围绕的动机。简括地说,这种动机也不过是:但愿温饱,别无奢求。

我们甚至可以在一些十分复杂的事件后面,曲曲折折地寻找出这种动机。《那晨风,那柳岸》中,吴仲阳抛弃了他那已经怀孕的情人银枝而换取到了干部的位置。小说的情节告诉人们,这种交换最终不仅使他失去了情人,而且也使他失去了妻子——区委书记的女儿。但是吴仲阳谋求这个干部的位置却不是为了找到一个继续上升的台阶,他所向往的主要不过是国家粮。这意味着生计问题获得了保证,也意味着可以脱离汗爬水流的田里活计,在政策越来越紧的时候,可以不必跟着牛屁股挣那几粒工分粮——这正是促使他割断与银枝关系的最根本原因。所以尽管吴仲阳的负心与月兰之死是两个迥然相异的故事,但是小说中各种人物的生活态度后面,我们却可以感到一个共同的生活背景:贫穷落后。

当然,这种贫穷落后在很大程度上是由于历史的原因——农村生产力水平的原始低下。但是韩少功的《回声》却在这个基础上侧重展示了造成这个状况的现实原因:十年的政治动乱如何摧毁了农村生产的逐步发展。在这篇小说中,韩少功努力把这个过程凝缩到了根满的发迹和倒霉这个人生道路中。根满在青龙洞是个喜欢偷懒,有些小小的狡黠,同时也不乏热心和虚荣的人物。当"文化大革命"的飓风席卷到这个小山村时,他也兴冲冲地加入了"造反"的行列。几经曲折,根满曾跃上了"孙大圣"造反队领导人的座位,然而最终却因为一场七条人命的械斗而不无冤枉地被判处了死刑。这一切都带上了当时那风云变幻的特点。可是只要留心比较一下便可发现,不同于路大为那帮青年学生的满嘴政治术语,根满既不懂也无心懂得政治。根满的目标现实多了:吃、喝。他满怀着对别人财产的嫉恨高呼"横扫四旧"时仍然不忘拾起一个铝热水瓶盖子换酒喝,他在这场"横扫"中的最切实收获是事后的两碗猪油葱花面,而且这两碗面甚至诱惑他重新去发动了一场"横扫"。这不免令人迅速地——就艺术而言,过于迅速也许未必是件好事——联想到阿Q的悲剧。不过,也正是在这里,人们必须做出一个细致的区分。《阿Q正传》中,阿Q的经济地位与小D、王胡等一批人相去不远,他们的劳作无法从根本上改变他们的困顿。而根满的经济地位在青龙洞却绝无仅有,他的潦倒主要是由于自己的懒惰与过失。在这个区分中我们看到了历史的演进。但是,这场意外的机遇却把根满那盼望不劳而获的心理诱发出来,堂而皇之地嫁接到了路大为那滔滔不绝的政治动员中,从而结下了一个古怪的果实。将农村的生产发展作为资本主义加以批判,将根满这种人当成了革命的主力军,这反映了路大为——实际上当然不仅他一个人——对于农村现状与历史的错误判断。然而,小说的情节发展可悲地显示出,最后对于根满的处决并不意味着对这种错误判断的纠正,而不过是归结那场械斗的责任而已。这种错误的判断本身却仍然源源地转化成了一系列农村政策,于是有了《月兰》,有了《那晨风,那柳岸》……

韩少功在《回声》的每一小节的前面都安置了一段意味深长的提示。就通篇小说而言,这未免有些失之过繁,但有些提示却给人留下了一个鲜明的历史性对照。譬如,1969年当

"阿波罗 11 号"顺利着陆月球之际,青龙洞的根满正根据他那报私仇的逻辑理解斗"走资派";1968 年当前苏联与捷克斯洛伐克爆发战争时,青龙洞正为了几条鱼而发生着一场残酷的械斗。一方面是历史的最新信息,一方面在重复着古老的愚昧。但是这两者却都是历史,它们都值得我们深思。

这种贫穷落后的生活背景必然要在农民的恋爱婚姻上留下投影。在农活以外的精神生活中,如果说听听文件是吴仲阳、彭世恩、彭三爹这些干部的事、而读读齐桓公、程咬金和平平仄仄又是那个麻子会计的事,那么农民最为自觉地关注的问题恐怕就是恋爱婚姻了。韩少功在《癌》这篇小说中,描绘了一个剧团女演员因为被医院误诊为癌症,从而引起了她与她那被定为"漏划地主"的母亲之间的一段感情波澜。但是在庄稼人那劳碌的生活里,这种意外的感情波澜却很少,而他们最为复杂微妙的人事处理往往也就是他们的恋爱婚姻。

当然,他们的爱情方式也同样是丰富多彩的。尽管他们很少是在人生观的书信讨论中建立爱情,尽管他们的感情传达可能也并不像"眼角眉梢都是恨"那般细腻,但他们也有自己那富于乡土气的浪漫。《回声》中竹珠的爱情是通过织毛衣、做布鞋以及临死之前咬住路大为的手指而表现出来;《那晨风,那柳岸》中银枝是在砍柴伤了自己的脚时泄漏了心中的秘密;《远方的树》中小豆子是在送杨梅酱时呈上了一片心意;而《风吹唢呐声》中的哑巴甚至是在一件杏花点子的布衫面前透露出一丝隐衷。可是人们注意到,韩少功小说的这些爱情往往却没有以现实为婚姻。细究起来,这种情形的很大一部分原因是这些相爱同农村婚姻观念中的一个潜在的模式发生了冲突。

人们记得,赵树理在《登记》这篇小说中曾经描绘过农村结婚登记的情景:"自愿吗?""自愿。""为什么愿嫁他?"或者"为什么愿娶她?""因为他能劳动。"虽然赵树理在小说中对这种千篇一律的"官样文章"表示了讽刺,但是与农村的生活相适应,"因为他能劳动"却在人们的婚姻观念中成了一个坚固的模式。而且这种劳动并非像艺术或数学那样不能直接看到实际效益,它指的是挑粪、砍柴、割稻这样在经济上立竿见影的劳动。这个模式在农村生活中具有两个意义:它一方面是衡量青年品质的一个标准;另一方面则标志着相爱的双方具有足够的维持家庭生存的能力。当然,我们并不是说任何婚姻都是这个模式的标准翻版,但成功的农村婚姻中却至少包含了这个模式中的某一方面意义。假如年轻人的相爱完全不符合这个模式,那他们的爱情成为婚姻则十分渺茫了——在韩少功的小说中我们便看到了因为这个模式而引起的不同类型的爱情破灭。

《那晨风,那柳岸》中吴仲阳是如何埋葬他的爱情的?——这在韩少功的小说中属于第一种类型。古往今来,没有人能估计出相貌在爱情中究竟具有多大的意义,尽管爱情应该具有比相貌远为丰富的内容。吴仲阳与银枝的相互钟情在很大程度上便是由于他们的相貌。无论如何,这总比由于财礼嫁妆或媒妁之言的结合更为高尚一些。不幸的是,也正是因为另一个女子彭细丹那诱人的变相"嫁妆"——她父亲的权势——拆散了他们。当吴仲阳对此表示犹豫时,他的堂哥如此开导他:女人不外是生孩子做家务,美貌有什么用?只要当上了书记的贵婿,不就是爬出了"井眼"?于是,那个模式中的两方面意义发生了这样的变化:无须辛苦劳作便能过上舒服日子——吴仲阳与银枝之间的关系无法经受这种前景的冲击而终于分道扬镳了。

在韩少功的小说中,年轻人爱情破灭的第二种类型似乎更为普遍些。这种破灭主要是由于相爱的年轻人之间有一方的思想感情直接与这种模式发生了冲突。在《回声》中,竹珠

对于路大为的爱被他们之间的一场政治争论——公社社长兼党委书记老丁是否是"走资派"——打断了。竹珠并不懂得多少高深的政治理论,她更多的是由于自己对农村生活的质朴理解而感到路大为他们斗争老丁并不对头。这场争论的意义当然并不仅仅是为了爱情,但是,假如生活观念无法统一,那么"为什么愿嫁他"这个问题便无法落实——"因为他能劳动",是的,路大为帮助队里插秧、出粪、榨油甚至连工分也不要,可是不也正是他把老丁的抓生产当作资本主义加以批判吗?的确,在那场残酷的械斗中,当一支毒箭射向路大为时,竹珠刹那间忘记了一切前嫌而舍身保护了他。在这里人们看到了埋藏在竹珠心底的爱情的喷发。但是一旦他们要成为那种现实的、朝夕相伴的夫妻,"为什么愿嫁他"这个问题却不能不解决。

如果说竹珠与路大为的爱情多少还有些"理论化"的色彩,那么韩少功在《远方的树》中则是更为细腻地捕到了小豆子与田家驹之间感情上的微妙曲折。小豆子是个十分羞涩腼腆的姑娘,她也正是在这种腼腆羞涩中表现出了对田家驹的依恋;而田家驹则是一个热心机灵、敢于也善于反抗的知识青年。但是他身上总是流露着一股大咧咧的贵族气味——一个教授的儿子。他与小豆子的分手并不是因为某一次直接的事件冲突,而是因为一种气质上的冲突。于是,他们之间结合的可能性仿佛也就是在一连串的小事中如水一般地流逝了——当田家驹轻松地说出他"不要牵挂"的时候,当田家驹气恼于小豆子对他绘画构思干扰的时候,或者当田家驹收到小豆子的杨梅酱却不到车站送送她的时候。这不免给人留下了一丝深远的情感遗憾。可是假如人们设想一下他们结合为一个家庭,那么我们必将能够栩栩如生地设想他们之间的一切现实矛盾:挑水、砍柴、挑粪乃至带孩子,这一切日常琐碎的农村家务都是田家驹所无法胜任的,但是这一切却又实际得令人无法回避——这时,人们又看见了那个潜在模式。

过日子——这在农村的夫妻生活中是个十分重要的内容。可以举出韩少功的一篇反映这方面茅盾的小说《雨纷纷》。这是一场富有喜剧色彩的夫妻纠纷,科学迷曹正根由于热衷于治虫害而无暇顾及家务,这终于使他的妻子桂芳大为发火。一场吵闹之后,双方决定到公社打离婚。在半途中,由于桂芳无意中听到了人们对于曹正根的赞扬,于是她又改变了主意,夫妻重归于好了。我们不必指责桂芳的狭隘吧。对于一个农村家庭说来,她对于丈夫的要求并不过分。或者说,这种要求正是许多农村家庭得以成立的一个重要支架。于是,这个事实便很清楚了:正是农村的生活水准铸成了人们婚姻观念中的那个潜在模式。

对于农村那些既没有吴仲阳的门路而又鄙视于根满品行的农民说来,他们总是默默地承担着贫穷落后的现实。毫无疑问,我们应当直接地指出这种忍受中所包含的狭隘与保守。譬如,《那晨风,那柳岸》中,尽管众人对上头的"围垦造田"满腹意见,但谁也不愿出头反对,而且还争先规劝持不同意见的知识青年袁昌华忍耐。但是从这种默默的承担中,我们还应看到一种克己耐劳,一种宽厚待人,一种不求偿还的热心——这一切都毫不造作地洋溢在他们那碌碌的人生之中。不过,也正是因为贫穷,他们这些美德往往也只能很不起眼地表露出来:像月兰为"工作队"小张所打的补丁,像小豆子所送的杨梅酱,或者像《飞过蓝天》中队长为"麻雀"所编织的斗笠……而且有时这种表露甚至曲折笨拙得令人误解。

《谷雨茶》中的莲子嫂便是如此。当私摘私卖的风刮来时,林家茅屋的妇女晚上潜入公社茶园偷摘茶叶,然后将这些茶叶在私贩子处卖得了好价钱。这对于连给女儿买一双塑料鞋都无能为力的莲子嫂说来,无疑是一种有力的诱惑。经过一番激烈的内心波动,她也混入

了偷采茶叶的妇女群中。小说情节发展至此产生了第一个转折之后，一系列接连不断的转折随之发生了；当莲子嫂发现大家摘茶的方法已经伤害了茶树时，她就忍不住到了公社喊干部加以阻止；当她再度经过茶园时又忍不住将自己的"告状"说了出来，从而招来一阵打骂，而最后干部赶到之后，她又无法洗刷自己而终于被两个青年人不分青红皂白地没收了篮子和头巾。当我们看到莲子嫂坐在茶树下晕乎乎地哭了一场之后起身回家喂孩子时，不由得感到了一种被净化了的纯朴美。没有堂皇的说教，没有慷慨陈词，一切情操上的高尚都在胆怯、不得已和委屈中呈现出来了——她并不意识到这是高尚。

有多少纯洁善良的内心世界掩盖在农民那平凡的、质朴的甚至有些木讷的外表后面呀！——这便是人们从《风吹唢呐声》中所得到的最深的感受，或者可以说，这也正是这篇小说在形象后面所隐含的象征意义。

小说给人留下的也许未必是完全的故事轮廓，而是一连串关于哑巴德琪的印象：他对于奖状的可笑的欢喜；他对嫂子二香的尊敬和隐隐的爱慕，以及他那笨拙而有力的保护；他对于那些惹人讨厌的干部公然竖起小拇指并用指甲将他们的名字从光荣榜上剐去，他对他那迫害嫂子的哥哥举起了沉重的土车……不过，这一切总是同那一只唢呐的声音连在一起的。当然，他那已经失去辨音力的耳朵不可能帮助他吹奏出一首流畅完整的曲子，人们只能从唢呐声的嘹亮中感受他的欢悦，从唢呐声的低沉中理解他内心的悲苦。于是，人们便无论如何也忘不了这么一个画面：那天当二香与他哥哥离婚走后，"傍晚，他背着一捆木柴从山上回来，在屋里吹响唢呐。窗口正对着那口荷花塘。他吹啊吹，断断续续，口吹干了，唇吹肿了，声音也没有了，只有嘴窝还在微微鼓动——也许他以为唢呐还在响吧……"一切封闭在内心的爱憎喜怒都只能通过唢呐吹奏出来，现在连唢呐也无声无息了。然而也只是在这时，这种无声的吹奏向人们最强烈地反衬出了哑巴内心涌动的深沉感情——推而广之，我们也可以说这种反衬是《风吹唢呐声》这篇小说的主要成功之处。

贯穿于韩少功全部作品中的另一条线索是关于知识青年题材的小说。对于这个题材本身，人们有许多可以思考之处，而韩少功的小说也为人们提供了许多思考之处。但是我们在这里只想侧重提到韩少功如何描绘知识青年对于农村生活和农民的认识。

理解农民，这并非易事。只有摆脱了旁观者的身份而汇入了他们的人生时，人们才可能发现许多平素不屑一顾的事件中所蕴含的意义。路大为并不理解农民，他不明白老丁的措施给青龙洞农民带来的好处，也不明白他们何以为了几条鱼竟结下如此冤仇；袁昌华也不完全理解农民，他无法看到顶撞干部将给农民带来多少切身损害。不过他总算发现了自己的不理解，这毕竟比路大为多走了一步。

按照韩少功自己的说法，《西望茅草地》意在于写出"大跃进"这场经济动乱。但是在小说的结尾，他悄悄地，然而也是深深地提出了一个问题：幼稚的理想带来了伤痛，可是理想本身、追求本身难道也应当从生活中抹掉？——这个问题一直延续到了《飞过蓝天》之中。这篇小说象征与写实交错地写出了知识青年"麻雀"失而复得的人生追求。小说间充满了诗意的情绪。而且重要的是"麻雀"继续将这种追求树立在农村大地上。他所饲养的鸽子"晶晶"千里迢迢地从北方飞了回来，却被他用气枪打死了。这件事引起了他内心的一系列触动。触动了什么？很难说清。当他感动于"晶晶"的顽强不懈时，他是否还记起了人生中一些更为坚实的东西？譬如，记起了老队长到山里寻他的火把，记起了丢失了牛所引起的责备以及老队长的埋怨和咳嗽，记起了自己是个"业余气象员"却让暴雨打湿了油菜籽和山洪冲走

了化肥……当他对这一切具有一种实实在在的、而不是带有浪漫憧憬的感情时,他便开始理解农民、理解土地了。

当然,更多的知青却是像《远方的树》中田家驹那样离开了农村。但离开了并不等于没有人生的收获,而且有时收获也正是在离开之后、比较之后才格外显出沉甸甸来。这一切也许无法整理为逻辑清晰的几条,而只能整个地消融到田家驹的感情里,熔铸在他的绘画作品中。他想画小豆子家门前那棵杨梅树——"一棵五月杨梅树。树的枝干是狂怒的呼啸,树的叶片是热烈的歌唱,所有的线条和色块,都像大鼓声中的舞蹈。"这是一个富于象征的画面。象征什么呢? 还是不要以有限的理解去限制它吧。只要人们知道这是田家驹从农村所吸收的一切人情世故的艺术升华,这也就够了。

韩少功有自己的艺术追求。当然这种追求并非无可挑剔——在丰富博大的现实面前,哪个艺术家可以自诩已经无可挑剔了? 因此,当然我们也愿意说出所感到的某些艺术上的不满——

譬如,韩少功小说中某些片断的文字给人造作之感。当小说的内容发展显出苍白的一面时,韩少功往往喜欢用文字的功力加以弥补。可是这种时候语言上的整齐——诸如一段排比句、一串诗一般的议论——反而更容易透出组装的痕迹,透出学生腔,而这往往与那些小说内容的基调不统一。

又譬如,韩少功小说在人物情感的表现中有时显出了过犹不及之处。假如他在情感爆发点的表现上更为聚敛一些,也许留给人们回味的余地也就更多一些。《月兰》中,月兰死后长顺哭诉的内容未免过于繁杂一些,因之给人留下了"诉"多于"哭"的感觉;即便像《风吹唢呐声》这样力图追求含蓄深沉的小说中,二香临走之前的告别也因为说得太多而冲淡了效果。

但是这一切对于一个富有创作经验的作家又算得了什么呢? 我们相信,假如韩少功觉得必要,那么他在这些枝节问题上留心一下至少不是件困难的事。所以相对地说远为重要的,我们也更愿意提出的是一种伴随着优点而出现的倾向:成熟的停顿——尽管我们目前并不能说这个倾向已经发生于韩少功的小说之中,而只能说韩少功小说中存在着发生这种倾向的可能性,并且这种可能性实际上是存在于相当多的作家之中。

这种倾向的发生往往是难以察觉的:成熟总是令人欣喜地出现,而停顿却是不知不觉地滋长。因而当两者纠缠在一起时,前者往往掩盖了后者。一条山涧变成大河时,它将由于宽阔和深沉而显出了平稳,然而一条山涧注入死水潭时所产生的平稳,却也能使人误解为由于宽阔和深沉。一些小说家在从生涩板滞到灵活圆熟,从只懂得故事的串联到懂得了结构、视点、交错叙述这个过程中,往往也失落了内容上、形式上的强烈色彩。不知道什么时候开始,他们的一系列小说好像都有些接近。这并不是小说具体题材的接近,而是他们对于种种题材的理解程度好像只能在某一个层次上徘徊,他们的艺术处理也往往是光滑得使人既抓不住缺陷也感觉不到好处。这类小说在刊物上既不逊色却也不突出。于是,这种成熟给作者带来的有时却是遗忘。当然,我们指出成熟的停顿并非意在于鼓励作者心安理得地停留于艺术上的牙牙学语阶段,而是希望看到一种成熟之后仍然存在的富有生气的跃动,从牙牙学语到成熟,这是第一关;而成熟之后的飞跃则是第二关。要成为一个小说作者,主要在于闯过第一关;然而要成为一个至少是独具特色的小说家,第二关却是更为重大的障碍。至于如何跨越这重障碍,这是包括韩少功在内的许多作家所应当反省深思的课题,同时也是

具体得评论者的事先插手或饶舌往往难以贴切解决的课题——既然如此，我们不妨就此告辞了。

1984 年 5 月

（载《上海文学》，1984 年 12 月号）

我是不是个上了年纪的丙崽？

——致韩少功

严文井

少功兄：

你 7 月 8 日的信很快就收到了，11 日我就找齐了三篇小说，并立即开读，印象颇佳。为了证实我不存偏见，我发动老伴也来阅读它们。她的勇敢的称赞使我信心加强，我决心再一次阅读，目的是为了仔细品味，大约在 17、18 日这两天里，全部工程俱已完成。回信则晚了几天，这是不得已。说不出个所以然来的"无事"之"忙"把我捆住了。

确实，近年来，我也有了些不合乎我性格的交际应酬，但这个界限很不好定。对于和朋友们的互相探讨，我从来没有列入"应酬"范围。和朋友交谈，兴之所至，天南地北，海阔天空，不知晚之将至，也不知晨之将至，我不大想到掌握时间，因此老伴又颇以为我是喜欢谈和听废话，喜欢浪费光阴，说而不能行（未抓紧写）的，给了我不少好心的埋怨。扯得这么远，不过是想说明，我本来还可以，还应该早个几天给你写信的。

话又说回来，拖几天再动笔也许有些好处，让我可以肯定地回答自己，我下面的话，是用近于极端冷静的态度来说的。

近年来，你的一些有关美学的议论，只要能碰到，我都看了。我的印象，你和另外一批年轻朋友，不约而同地在思考一些严肃问题，不人云亦云，不自卑自贱，也不自高自大。你们各有所得。我认为你的一些想法，已在这三篇新作中得到了体现。这是功有应得。

下面，我只以一个读者的身份来谈自己的感受。这样做，对我说来，也许比较省力。

我是一个苛刻的读者，不喜欢阅读任何变相的抄袭（哪怕是抄袭自己）之作。我听了一辈子训斥，也不喜欢任何人在作品里继续训斥我，尤其接受不了那些浅薄之辈引用自己并未读懂的中外圣人的片言只语来吓唬人或讨好人，我很怀疑他们这样做的动机。丙崽如果也写作品，他那种不是称人为"爸爸"，就是骂"×妈妈"的白痴式的简单态度，给予即使是另一个白痴，可能也接受不了。

我欣赏你这三篇新作，认为都超过了我所读过的你那些值得称赞的旧作。你逐渐变成了你自己，实现了你自己；不多不少，正是你自己。前人给过你不少东西，那些东西现在只是你脑内构成新的意识的一些正面、反面或中性的材料和符号。你编成了自己的软件，运算了复杂生活的某些难题，用自己独特的方式给予表现。这种从习见常闻的事物中化出的独特并不悖于生活，而是作者接触生活层次的提高或深入的结果。因此，作者敢于能于见人之所未见，表人之所未表，而且十分精细（这个"精细"决非指"烦琐"），结果使有些读者不免大吃一惊，使有些读者不免瞠目结舌。前一部分读者可能借光，从那些"独特"的"新"里得到启发。什么启发？多半不会是某种新闻报道所企图达到的"目的"，而有些像听一个好的交响乐对人精神上以致情感上、情绪上引起的一种"兴奋"（所有引起欢乐、悲壮、哀愁、沉思等心境

这一些可以说是相似但又不同的精神上的真正反应,我一律简称之为"兴奋";因为我不承认艺术的效果是为了引起"抑制")。我不准备猜测那后一部分人的内心。但我想,如果你这三篇新作被斥责为晦涩难懂,如何如何不好等,那也是意料中的事,更重要的是前一部分读者。这也是无可奈何的事,鸡头寨的人尽管都是刑天氏之后,到底也能分得出几大类来,多数都比丙崽要强一些。

我相信凡是耐咀嚼的东西都要经过很多人长期的咀嚼才能品出味来。你这三篇作品,特别是《爸爸爸》还禁得起下几代人的咀嚼。我这样说,好像在算命,有些可笑。其实我是乐观的,悲观里的乐观。

你有些令人害怕,因为你"发现"了那个早已存在但很少人谈到的刑天氏的后代。更叫人震惊的是你发现了丙崽。你描画的这个白痴现在一直在威吓我,令我不断反省我是不是一个上了年纪的丙崽。这个毒不死的废物,一直用两句简单的语言(态度)在处世混世,被人嘲弄,而他们存在却又嘲弄了整个鸡头寨以致鸡尾寨,我仿佛嗅到了那股发臭的空气。悲哉!

你画出了丙崽,帮我提高了警惕,首先是警惕我自己。你这个丙崽和阿Q似乎有某种血缘关系。凡中国的土特产,自然有些共同点,我们不必为此去做什么考证。丙崽当然不是阿Q。这个怪物更可怕,他看来最容易对付,实际你无法对付他。即使那次天不打雷,拿他的脑袋祭了神,他的鬼魂仍然会在山林间徘徊。

"爸爸,爸爸!""×妈妈,×妈妈!"

一卑一亢,一个乞怜一个蔑视,态度倒是鲜明,却再也没有别的语言,别的态度。不被别人欺负便欺负人,只是短缺平等,这也算是一种华夏文化吗?

正是:真事荒诞得十分出奇,怪事又真实得十分确凿,我越来越感觉在真实与荒诞之间难以画出界限。

你的寻根,得到了成果,你对根并未预先决定褒或贬,而是找出来让大家思考,这比简单地进行褒贬有意义得多。这种中国的历史产物永远也不能从地球上悄悄抹掉;相反,从人类多元的文化结构看,中国作家有责任把自己的根挖掘出来,正视它们的特色,既不迷信瞎吹,也不盲目护短。长就是长,短就是短。我赞成你严格冷峻的对待事物的态度。

《爸爸爸》的分量很大,可以说它是神话或史诗。如果给它戴帽子,说它是现实主义或象征主义,或二者的结合,都无不可。它里面包括了好几个几乎都不是"正面"的因而难以赞扬的典型,的确又都是典型。丙崽那个怪物,它会引起一些什么样的议论,我无法猜想。我只知道,谁也无法取消他的存在,可怕的就是这一点,他还要存在下去,至少还要存在一个时期。

《归去来》和《蓝盖子》都是独具眼光独具风格的艺术珍品,我的玩味不能在这里细说了。

极希望有一个时间能见面详谈。我没公开写文章,其实,几年来,我的着力点之一,也是在寻根。可怜得很,我不能像你那样,直接去研究生活。我只能倚仗书,可是,书也没有你读得多。可能只有这一点,对我们自己的问题在没(弄)清楚之前不服输,是和你一样的。

专问近好。

1985 年 7 月 22 日

(原载《文艺报》,1985 年 8 月 24 日)

黑色的魂与蓝色的梦

——读韩少功的三篇近作

曾镇南

也许，熟悉韩少功过去的作品的读者会惊异于他的新作《爸爸爸》(《人民文学》,1985年第6期)、《归去来》《蓝盖子》(《上海文学》,1985年第7期)所显示的艺术作风的丕变:

那个在作品中透着楚人特有的激烈、敏感、明快、绚丽的韩少功,那个写到墨酣情浓处就不能自已地袒露他忧济元元的胸怀的韩少功,把身影隐没在湘西的深山里了。从山寨的土路上走过来的韩少功,带着悠远的神情,给我们讲着不知何年何世的鸡头寨打冤的故事,讲着不知是真是幻的黄治先进山的感觉,讲着不知是醒是梦的陈梦桃对蓝盖子的苦寻……在沉郁滞重、惝恍迷离的氛围的渗透下,甚至连文字也像那崖壁上的苔痕、老树上的枯枝、山民自制的药酒那样,变得古朴、苍劲、瘦硬、浓醇了。

韩少功拓出的这一块新的艺术天地,的确不那么容易进入。但它是耐人琢磨的,它是值得进入的。那里头不见得遍地华彩,但却有真的人间世——交织着黑色的魂和蓝色的梦的人间世。

读《爸爸爸》,我不禁想起了韩少功的第一个中篇《回声》。《爸爸爸》在题材和立意上,与《回声》无疑有一种隐蔽的血缘联系。

《回声》表现了作家对"文化大革命"的荒谬性与虚妄性的直觉。小说描写了这场罩着"革命"的灵光圈的社会动乱在深山里的诡怪的"回声",从根满等被卷入动乱的山村人物的小动机、小欲望入手,撕开了"革命"的神圣华严的外壳,嘲笑了它的妄诞的本相。作家把这场十分漫画化的闹剧结束在鸡公岭旁周、刘两姓在"文攻武卫"旗号下的一场血腥的械斗里。他似乎觉出了:在这种原始的械斗里,在踞伏沉默的远山中,埋藏着一种比政治动乱的走马灯更真实、更稳定、更深层的东西,这是决定民族生存和命运的谜。路大为怅望群山时心中升起的疑问,好像是作家对自己匆促画出的粗疏的世态图的疑问。他保留着进一步探寻生活之谜的权利。而《爸爸爸》,可以视为时隔四年之后作家对他自己提出的疑问的回答:他在湘西山民的生活形态和心理形态中,在刑天氏后裔们的口碑和古歌中,在楚文化的猥滞与瑰奇中,发现了把"文化革命"这样的怪物牵引出来的民族古老的幽灵,也发现了穿过一次次天灾人祸、踏着荆棘、唱着史诗前行的民族自我更新的生力。

于是,他把一场与鸡公岭相联系的宗族械斗做了崭新的处理。如果说,在《回声》里,他仅仅对"革命"竟然搅起了这样的沉渣表示惊愕;那么在《爸爸爸》里,他的视点已从那个"革命"移开,"希望在立足现实的同时又对现实世界进行超越,去揭示一些决定民族发展和人类生存的谜",鸡头寨与鸡尾寨的打冤及其后果,不再被仅仅当作一种愚昧野蛮的现象,用来"透"冠冕堂皇的"革命"的"底";而是被精细地展开为湘西山民悠久历史的一环,用来揭

示国民心理的病态和民族深层的生力。

贯串《爸爸爸》的中心人物丙崽，是一个纯粹的白痴。在这个白痴思维和表意的简单里，在他忽而被祭谷忽而被占卜的奇特遭遇中，在他毒而不死的顽强活力里，也许作家确实放进了某些象征或讽世的意思了吧，阅世深广的读者由此生发种种感触和联想，这也是很自然的。但我觉得，丙崽实在是一个纯粹的白痴，孤立地看他，所得的仅仅是他白痴的生理本质，很难说这个形象本身，具有多少社会内涵。丙崽不像鲁迅笔下的狂人阿Q，能够自觉或不自觉地进入某种人际关系或历史情势之中。借用阿城在小说《傻子》里论傻子的精彩意见来说，丙崽不过是鸡头寨的人们打出的一杆标示他们的人化程度和道德水准的旗帜而已。他的只会叫"爸爸爸"和"×妈妈"的简单的思维及表意方式，并不是他固有的，而是鸡头寨的人们教给他的，因而恰恰是鸡头寨人的思维及表意方式。他的屡屡被打表明鸡头寨离人的世界还很远；他的突然成"仙"表明鸡头寨离鬼的世界却很近；他不为表现他自身的人性而存在，他只为映现仁宝、丙崽娘、仲裁缝以及一切鸡头寨人的人性而存在。

在这里，真正有点阿Q味的人物是那个和土地没有牢固联系却和鸡头寨外的世界有某种联系的浮浪农民仁宝。这个性格的艺术光彩在小说中是独拔的。他的报复性的残忍、故作悲壮的投机、对山外世界的向往和对山寨生活的保守沉滞的牢骚，都在具体的人际关系和生活情势中得到有血有肉的表现。这个人物实际上是活跃在《回声》中的那个浮浪农民根满的血缘兄弟。这种满脑袋旧意识和小欲望而又大言欺世的俨然新党人物，实在是我们民族出产最多的一种典型。他们往往从一个特殊的、不可替代的角度反映出民族生活变革的深浅。

《爸爸爸》在揭露国民心理病态方面，深入伦理传统、民风民俗、世态人情等文化积淀中，捕捉到某些一直纠缠国人头脑的黑色的鬼魂，把鸡头寨人生活圈子的狭小和精神世界的荒漠惊心动魄地表现出来。同时，作家又从丙崽娘的慈爱、仲裁缝的义勇、"过山"前后的悲壮、古歌的有力和灿烂等人性和文化中的积极因素入手（这些积极因素往往与消极因素相杂糅而存在），力图把鸡头寨人突破旧有的生活圈子的努力和提升自己的精神世界的愿望也表达出来，从而形象地画出一个有沉重负累的民族怎样穿越天灾人祸而向着美好未来行进。这个严肃的创作意图由于渗透在楚文化的土层中而得到了血肉丰盈的细腻表现，但也由于局限在文化积淀的层次中未能得到血脉强旺的有力表现。

人类心理中的文化积淀固然是人性中较深、较稳定的层次，但对于具体的人性而言，文化背景并不是决定人的心态的唯一稳定的因素。在人生搏战中裸露出来的人的社会关系和人在具体历史情势和生活情势中受到的碰撞、刺激，更是决定人的具体心态的恒常因素。追求人性深度、心灵深度的作家，在注意表现人的性格中静态的文化积淀的同时，也应注意表现人的性格中动态的社会斗争、人生搏战的冲击。把人与环境中除文化因素之外的各种社会因素、时代因素过多地"净化"，未必有利于写出丰富复杂的人的心灵史和族类的命运史。从这个角度去看《爸爸爸》，我感到作家既有新的开拓，也有新的自囿。

在韩少功的新作中，我更喜爱《蓝盖子》。在一种轻淡而悠远的谈说之中，作家讲述了善良而多情的陈梦桃的灵魂怎样被残虐、被压裂的经过。这个可怕的看不见的心理过程，完全是借着对具体的历史情势和生活情势、对特殊的人际关系、对心魂的悸动的精细观察才把握住的。那个黑暗年代摧残人性，绞杀人的灵魂的全部可怕力量，几乎都浓缩在这个沉郁的短篇中了。比起作家早期那篇具有猛烈控诉力和撼动力的名篇《月兰》来，《蓝盖子》在艺术

上确是圆熟老辣多了。这种艺术上圆熟老辣实际上反映着作家社会批判精神的深化和成熟。详细描绘了月兰的肉体生命被吞噬的原因和经过的《月兰》，是血痕鲜稼的悲剧；而有些闪烁地描绘着陈梦桃的精神生命被吞噬的缘由和经过的《蓝盖子》，则是血痕淡淡的悲剧。前者读后触目而动容，想到的是政策的失误；后者读后入心而郁结，想到的是人性的沦丧。同时批判"文化大革命"，确然深了一层。

在使读者的心沉重到极点的同时，韩少功也在他眺望烟村集镇的屋顶引发的遐想中，给了读者"扬起风帆"，"去形成新的世界"的希望，给了读者一种"淡蓝色的平静和轻松"的慰安。

蓝色是韩少功特别喜欢的颜色。在他的很多小说中，我们发现，蓝天、蓝雾、蓝水、蓝花……往往是韩少功寄托理想、寄托爱心、寄托柔情的对象。蓝色的梦，该是他对人类未来、对民族前途、对人生至境的一种追求吧。陈梦桃失落了它，苦苦地寻找那个蓝盖子，他是没有希望找着了。但韩少功充满信心地说："我会找到的。"蓝色的梦，在他的前头闪烁着，牵引着他前行。他的文学寻根，同时也是对这蓝色的梦的追寻吧？

《归去来》，正是集中地描绘作家寻梦的心路历程的。这篇写得有些扑朔迷离的小说，是对作家旧作中出现过的工作队员（《月兰》）、小马（《西望茅草地》）、路大为（《回声》）、"我"（《风吹唢呐声》）、袁昌华（《那晨风，那柳岸》）、田家驹（《远方的树》）等等知青形象的心态综合；也是对带着新的疑问和思索与无声的历史、渊默的远山对话的当年的知青黄治先的心境的穿掘。

黄治先第一次到某个山寨去，大概是想向山民买一点香米或鸦片之类，原无什么怀旧或寻根的意绪。但是他却被山民们误认为是曾经在寨子里住过很久，与村寨生活发生过很多纠葛的知青"马眼镜"了。这种不由分说的误认既使他尴尬，也迅速地把他推进村寨生活、推进历史，唤起了他"归去来"的幻觉和愿望。以"马眼镜"的身份，他窥见了很多他虽陌生却又熟悉的往事；与欺压乡亲的两脚蛇阳矮子的冲突，和慈祥、通达的三阿公的来往，无意中被搅动的四妹子姐姐的情意……这些闪烁而没有展开的故事，我们在田家驹们的命运中已经知道得够多的了；而那种"深沉而豪迈地来寻访旧地"的情怀，在作家看来，也是和古老、淳朴、虽有发展但仍沉滞、虽稍温饱但仍贫穷、虽似熟知但仍渊深如谜的村寨生态、心态隔着一层。因此，他着重剖析黄治先那种惶惑感和自我发现感。

在澡桶蒸汽中发出的一团团淡蓝色的光雾的涂抹下，黄治先异样地感觉到一个的"蓝色的我"，想到"我也是连接无数偶然的一个蓝色受精卵子"。在这里，蓝色是作家发现的生命的原色。把世界暂时关在门外，脱去"生存外观"，就只有赤裸裸的自己了。村寨的淳朴，唤起了生命摆脱外物钳束回归自然的冲动。

面对山壁，地近天远，黄治先感到"似乎自己就要被一股莫名的力量拉住，就要往这地缝深处沉下去再沉下去"。他"望着雷电，像在对无声的历史问话"。在这里，村寨的古老和神秘，唤起了个体摆脱世俗浮器沉入历史的冲动。

从村寨中逃出的黄治先这样讲述他的梦："我做了个梦，梦见我还在皱巴巴的山路上走着和走着，土路被山水冲洗得像剜去了皮肉，留下一束束筋骨和一块块干枯了的内脏，来承受山民们的草鞋。这条路总也走不到头……甚至后来我不管到哪里，都做这同样一个梦。"

蓝色的"我"沉入深山，蓝色的梦沉入土路。做着土路的梦的"我"，化为民族的巨根上的根须的"我"，大概就是黄治先所惊叹的那个他永远也走不出的"巨大的我"吧？每一个"我"，

不是都应该汇入这个"巨大的我"吗？"归去来兮,胡不归"？

这些鉴赏中的联想,当然不那么轻松,需要费些思量。想出了一点,也许还是痴人猜梦。忽地我也有些怅然、憾然了——"我累了"。

1985 年 8 月

(载《文艺报》,1985 年 9 月 21 日)

严峻深沉的文化反思

——浅谈韩少功的中篇《爸爸爸》及当前的"文化热"流

基 亮

这像是一块历史的活化石。不是吗? 这一片民族文化的遗迹,超越了时间的风化,悄无声息地存留下来,就像一只昆虫凝缩在透明的松脂里,最后变成了一块琥珀。

这就是读韩少功的中篇给我的一种印象似的感觉。

不过作品的内在意蕴并不仅仅如此。当作家把这一切如此淋漓尽致地表现出来,它更确乎是一种理性的自觉的采掘和淘洗;前提是文化的觉醒与自觉,人的觉醒与自觉,由此袒露了民族文化深藏的矿层。这同样是一个文学的觉醒与自觉的时代,于此通过文学表现出深刻的文化反思——在当代历史变革时期对民族文化传统的再认识。经过此前的几个发展阶段:政治、经济文化(大文化系统中的子系统)层面的反思,个体人生层面的反思,由此萌发出文化的主体性意识,而到整个文化的反思。我们的文学获得了真正充满恢宏开阔的历史感和时代感的眼界和胸襟。

最有意义的是作家创作主体心态的变化。在这种重组的心理结构中,那些属于创作主体中具有久远的民族烙印的思维定式和情感定式,如感伤心理、"大团圆"愿望、道德化的情感等心态特征正趋变异。没有喟叹和悲悯,既非悼史怀古,亦不伤时怨世,前有古人,后有来者,面对浩瀚无尽的历史文化,只有严峻深沉的思考和指向未来的选择。同样也是在这种意义上,具有特定阶段性的狭隘的伦理规范和审美观念在宏观的视野中自然也失去了它们衡常的稳态。

如果从表象上看,这篇小说似乎不加掩饰地描写了人性的丑恶和愚昧,但作品中描写的内容被当作一种文化现象予以表现出来, 仅仅使用上述概念来进行解释就显得简单化了,更不用说只是给以道德化的判定和纯审美观照。比如愚昧,作为愚昧的对立面的文明虽有其程度之分,文明本身意味着社会的进步,但同时在任何时代,它又表现为一种局限和限制。文明与愚昧,互相对立着,斗争着,但常常又交织在一起。再如丑,在同一种意义上,作品中的丙崽不同于罗丹的《欧米哀尔》和委拉士凯兹的《赛巴斯提恩》。艺术家创作的老妓的造型和宫廷侏儒的画像,目的是要揭示丑中隐含的美,剥露出丑陋的皮囊中属人的情感,让一颗真实的灵魂跳脱出来,从人生的象征角度表现出外在的生理畸形和内在心灵的对立。丙崽的形象是另一种范围和层次的象征,一种文化的畸形产物,其中涵映的是愚昧与文明的对立。我们从丙崽所由产生的文化环境中反思历史,发掘民族文化的"根",一种文化形态的胚胎和原型。不是单纯为着审美的静观,而是包含着审美的层面,但又为了更加深沉更加宽广的文化思考、选择和进取;通过对"一种原始的、直接式样中的历史"(卢卡契)的再现,"揭示一些决定民族发展和人类生存的谜"(韩少功:《文化的"根"》)。因而这种眼界和胸襟实是得之于深沉而阔大的文化意识。

由这种眼界和胸襟所萌生的创作意向，给韩少功的作品带来一种深沉而旷远的境界。在这部中篇中，值得注意的是由动态和静态的交织所形成的内在结构。

鸡头寨确乎像一块活化石，时间似乎在这里凝冻住了，似乎世世代代这里的一切都毫无变化：人们的生活方式，观念情感、民风俚俗，包括极其低下的耕作方式，寨子之间无休无止的打冤家、鬼神崇拜、占卜仪式、禁忌法规，从远古到如今，好像从来如此，代代相传。就连人也是这样，那个一辈子只能发出两种声音(一是"爸爸"，二是"×妈妈"。两种音响符号表示一喜一怒两种最简单的生理性反应)的丙崽，不就老是长不大、自生至死都是一个"睚眦大的用也没有"的"奶崽"吗？——此为静态。

从长沙到湘西，从平原到深山，从现代文明的大城市到苗、侗、瑶、土家族所分布的寨子，留下了作家有意识考察楚文化源流的足迹，而沿着这条路似乎又无意识地探寻到了另一条文化失落的线索——

> 奶奶离东方兮队伍长，
> 公公离东方兮队伍长。
> 走走又走走兮高山头，
> 回头看家乡兮白云后。
> 行行又行行兮天坳口，
> 奶奶和公公兮真难受。
> 抬头望西方兮万重山，
> 越走路越远兮哪是头？
> …………

鸡头寨由于打冤家(以及其他无尽的天灾人祸的自然为害和自我戕毁)直接引发的威胁整个寨子生存的危机，于是人们"赶着牛、带上犁耙、棉花、锅盆，木鼓，错错落落，筐筐篓篓"地"过山"了。唱着这支流传久远的满含民族痛苦的歌，这属于"凤的传人"的一支就这样从"东海"到"西山"，不断地迁徙，不断地"向更深远的山林里去了"。这也是一个象征，表现了一种文化逐渐衰敝、退化和销匿的行程——一条只遵循单向不可逆的"文化隔离"规律的行程——此为动态。这使人想起本世纪人类学考古中的那些惊奇的发现：隐匿在非洲、亚洲、大洋洲的崇山峻岭、热带雨林和蛮荒海岛中的稀罕的部落，自然地理环境保护了它们，却又限制、封闭了它们，隔断了它们文化交流和进步的道路。

静态的文化原型和动态的历史演化的交汇，标示出文化反思的坐标点，这对着眼于现实和未来的选择和发展具有十分重要的意义。这一点，韩少功的《爸爸爸》是能给予我们某种启示的。

当前文学创作中出现的"文化热"流，包括有两个方面的倾向。一个姑妄称之为"文化人类学"派，主要致力于民族文化传统的追思、考察。这中间包括汪曾祺、韩少功、郑万隆等作家。另一类姑妄称之为"社会心理学"派，偏重从当代人的生活方式、行为习惯、情感态度中去反映积淀在现实人生和个体心灵中的民族心理情感的底蕴。这方面的作家有陈建功、叶之蓁、张承志、阿城等。也有在创作中兼及两者而得之的作家，如贾平凹、郑义、李杭育、乌热尔图等。这样划分比较简单粗略，事实上，不少作家是常常致力于两个方面的思考，并力求

在创作中获得综合的把握。

饶有意味的是,以马克思主义哲学为指导,综合文化人类学、社会心理学和普通社会学,可能是今天社会人文科学研究的方向之一,这确实值得思考。

总的来说,处于历史转折时期的文化反思应视为十分重要的文化和文学现象。这种思考并不是社会生活前进的附属物,恰恰相反,它正是使历史向前迈进的前提。但我们的着眼点毕竟要落在现实的土地上。因此,以民族文化为基石,以新的大文化意识——即文化不仅是归属于意识形态的精神现象,而且是表现在人类社会的一切结构构成中,是人类社会各种领域的最本质的特征——为指针,从更宏观更开放的角度,把当代人的情感心理当作一个整体(其中也包括以一定的地理环境、语言环境为范围的区域),从较长的时间跨度上进行把握,这可能是我们文学的重要的历史使命。

(载《当代文坛》,1985 年第 10 期)

韩少功创作论

吴秉杰

　　仿佛一股山泉，从善良人们的心底流出，它带着人心的温热；从远山深处流出，带着野花的色彩与泥土的清香；从历史的皱折处流出，又带出苦难与沉重的过去。几多曲折，光影变幻，是历史的阻遏抑或是人心的脆弱？它在流淌中常遇到生命的逆折，在善与美的追求中不免带着一种悲剧的色彩；是激情的撞击还是理性的沉潜？它映照出湖南僻远农村普通人的日常生活形态，却又与我们民族凝恒厚重的传统、时代的要求勾连了起来。于是，我们认识了它——韩少功的小说艺术。

悲剧形象——韩少功小说艺术锻造的核心

　　我们首先想到的自然是月兰：一个贤良、勤快、本分的农村女性。灾祸似乎仅是由四只鸡被毒死而引起的。脆弱的生命力由于生活之弦绷得过紧，再加以挤压便不堪忍受，导致生命的毁灭。它带有浓重的时代的阴影，反映了在"四人帮"肆虐的年代人们艰辛的存在。而由于和当时"左"的农村政策直接相连，它更可以说是一出社会、政治的悲剧。由此开始，韩少功的作品向我们展现了一系列悲剧性的艺术形象。《西望茅草地》中的小雨，温柔、沉静、单纯、善良，未能挣脱专制而又愚昧，却又伴随着巨大政治热情的氛围，生命的烛光随之熄灭。《回声》中的竹珠，如同一棵挂满清翠露珠的山林嫩竹，在时代风云的夹击下瑟缩彷徨，最终也只能怀着痛苦与迷惘离开人间。《那晨风，那柳岸》中的乔银枝，虽有秀美山林赋予的灵秀和追求美好生活的愿望，付出的却是青春、爱情的沉痛代价。过分的单纯！过分的善良！她们像一注山泉一般的清澈、甜润，又像山泉那样清浅和易于流失。这些形象都是月兰的补充与发展。如果说在《月兰》中作者过于注重政治运动本身，因而它所留给读者的"沉思"的空间相对比较狭小，那么在随后的创作中，韩少功便开始注意表现那久远的笼罩着的历史氛围中"月兰们"自身孵化与催熟的内在悲剧的种子。在她们善良贤淑的性格的另一面，有一种顺时应命的依顺；在勤勉与本分的生活中，不免狭隘与短视的囚锁。这并不是一时的风暴强加于她们的，而是代代沿袭的生活留下的心理基因。在激荡的生活与巨大的历史运动面前，她们往往茫然无能，缺乏主动性，无法抵抗生活中"恶"的袭击，善良便成为一种不设防的软弱的象征。在这儿，传统道德的"完美"竟和严峻历史的要求发生了悲剧性的冲突。因为这种"传统"毕竟不能摆脱民族几千年封建主义的土壤。韩少功无疑同情乃至偏爱这些具有传统美德的青年女性，他赋予她们娇好的容貌和纯真的心灵，但他几乎都赋予她们不幸的命运。这并不是偶然的。马克思说，农民阶级"他们不能代表自己，一定要别人来代表他们。他们的代表一定同时是他们的主宰，是高高站在他们上面的权威"。这是指小农阶级精神

的陨落,而它在陨落时的闪亮同时也照出了我们所说的这些农村女性悲剧形象心灵上的弱点。她们必须依附于什么,而一旦失去这种生命的依托,便难免悲剧的结果。即使如《那晨风,那柳岸》中看似耍泼逞蛮的黑丹子,在勇悍的外表背后仍然有着一种天性的软弱与依从,以至于最后失去希望时只能投水以殁,以实现自己到另一个世界去侍奉丈夫的心愿。

韩少功用理性的力量开凿历史的岩层,已经接触到了悲剧形象的文化心理素质这一内在的原因,这便使深层历史学转化成了深层的心理学。它启示我们的悲剧意义难道仅限于这些农村女性吗?

《月兰》是对"四人帮"极"左"路线的控诉。《回声》作为"文革"狂澜的轰鸣在一个偏僻山区激起的回响,留给人印象较深的是这场运动本身所具有的荒诞与悲剧性。"十年动乱"在历史上的荒谬、悖理的本质与实际生活中悲剧后果,使作品构图上带有一种漫画的性质,有警世醒目的力量,却较少细微深入的楔进。《那晨风,那柳岸》则远远超出了历史的表象,乔银枝的不幸与坎坷的生涯并非是政治运动的一个简单注解,她的命运不是浮在历史事变浪涌上并随之起伏的浮筒,而是有了她自身内在的动力和内心的逻辑,它反映了作者历史意识的深化。从表面上看,人物的悲剧和时代的步伐并不完全合拍,然而主宰人物命运的不是表面上的浪涛波涌,而是水面下的激流,是历史的沉积在人物心灵上的投影。在作品中便表现为一股逐渐加强的悲剧氛围。这篇小说语言上有一种诗的旋律,情节发展有一种内在的紧张和尖锐性。它不同于《月兰》以"事件"为契机的结构方式,而是把它沉入生活的深处,在一切以概率形式表现出来的偶然性因素的背后,是我们民族历史的悲剧性的土壤。可惜的是,在乔银枝多难与不幸命运的复杂联系中,吴仲阳真实可信,袁昌华却未免有些"虚飘",袁昌华那棱角峥嵘的性格和超出一般的"怪癖",固然在生活中完全可能存在,但在艺术作品中的说服力却嫌不够。因为这一形象还没有还原到生活的细部中去,以进一步显露其内心的律动,这多少使乔银枝的厄运显得不够切实,使人感到仿佛是一次心灵创伤留给她一生的后遗症。同样,黑丹子的心理基调与思想情感虽可触可摸,投河一节也未免仓促,损害了悲剧的力量。

悲剧形象在韩少功的创作中自然不限于那些美丽而又薄命的女性。《西望茅草地》中的张种田,《风吹唢呐声》中的德琪,乃至《回声》中武斗伤人的刘根满,在某种意义上都是作者提供的悲剧形象。即使《飞过蓝天》这一浸透着不懈追求的哲理含义的作品,鸽子晶晶作为一种拟人的对位表现,仍然具有悲剧的色彩。而《远方的树》虽充满着勃郁不宁的生命的活力与进取精神,依然寄寓着一种怅惘的思绪,反映了那已逝时代缠绕不息的阴影。比较起来,我觉得《西望茅草地》与《风吹唢呐声》是韩少功这一阶段创作中最有分量的两篇作品。张种田这一悲剧形象是韩少功独特的创造:战争年代的英雄与茅草地"王国"的"酋长";豪爽、坦诚、忘我的品格与封建、狭隘、愚昧的小生产意识攀缠一体。他看来是我们时代生活的主导者,却又与那些作为"弱者"的悲剧女性形象有着一种精神上的一致和联系。他以"善"为出发点,结出的却是苦果,亲手葬送了自己爱女的生命,又断送了投入他全部心血的垦荒事业,自己也落到了一种孤独、凄苦、软弱、无能的境地。于是,道德的评价让位给了历史的评价,它给予人物丰富的内涵,又给予读者深沉的思考,使人物的悲剧性格上升到了历史哲学的高度。思想的深邃,感情的凝重,人物的丰满,也许只有《风吹唢呐声》能与《西望茅草地》相颉颃。而就表现人物内心蕴含的丰富,生活基础的厚实,风格的和谐动人而言,《风吹唢呐声》则独占鳌头。哑巴德琪的人性的光辉尽在不言之中。丑陋的德琪与雪肤花貌、娴静

善良的嫂子二香感情的交流是一种心灵的感应。它征服了读者，又给我们留下一种莫以名状的哀愁。德琪的悲剧对应着二香的不幸，便衬出了那种非个人的、历史和时代所铸就的人生局限，同时，更衬出了人们对善与美永恒的追求。

韩少功的创作中有着一种深刻的社会主义人道主义精神。他充满善意，在他的作品中似乎从来没有写过一个纯粹的"恶人"，也没有不可理喻、不可思议的暴虐。即使如吴仲阳的卑微、渺小，作者仍注意到他悟性中时时萌发的愧疚和隐伏着的正直之心；即使如刘根满的卑琐、愚妄，他在对竹珠美的崇拜中仍照出了尚未泯灭的良知；更不用说在对于张种田的批判中，作者饱蘸着爱与同情、无限惋惜及切肤之痛种种复杂的情感。他把人物放在历史的天平上衡量，便分别称出了他们悲剧的分量。历史的眼光和人道的追求使作品中充满了博大的爱，由此涌出了激情——那如闸门开拔后的诗意的语言；升起了哲理——那在理性的照耀下迸溅出的醒悟和希望的火光。

再前进一步——民族文化意识的加强

"为了更多地得到一些东西，只有更多地失去一些东西。"把《远方的树》中这句话移植为对韩少功1985年创作的评价是恰当的。民族文化意识的强化不仅表现于作家艺术视角的改变，同时反映了韩少功审美意识的发展与变化，它无疑地要影响到作品的风格形态，这就是为什么他的近作《归去来》《蓝盖子》《爸爸爸》给人一种与前作"面貌迥异"的感觉的原因。

但果真是"面貌迥异"吗？

对于民族文化和民族心理的探讨，在韩少功成熟的创作中早已开始。从《西望茅草地》《风吹唢呐声》《那晨风，那柳岸》中，都能见出对潜在地制约着人物性格行为的文化心理结构的开掘，只是它与政治、经济、爱情生活等渗透在一起，借当代生活的起伏显示载驮着的民族文化心理的晦涩积淀。同样，在《飞过蓝天》或《远方的树》中，我们也分明感觉到作者努力把艺术形象上升到哲理的意向。这双重努力在韩少功的近作中都获得了强烈的表现，它目的是为了揭示水下坚实的岩石，追踪悲剧力量到民族生存与发展的本源，锻炼出一种整体的观念，这才使上述作品对民族文化的反映带上了抽象与象征的色彩。

《归去来》看来似一个荒诞故事、谲怪事件。它表现"是我、非我"的困惑。当年的知识青年黄治先来到一个从未涉足的乡村，却恍如一切似曾相识。它反转来又引出这山村的大嫂、乡民们把黄治先当作马眼镜的误解。毫无疑问，实际生活在这段时间中已经发生了不可小视的变化，但在这一切变化中却有着一种不变的共性，这不仅是呈现于外的风俗民情，更是隐藏其内的精神世界。它表明一种根深蒂固的民族生存方式和心理禀性不易更改。这是一种民族文化的普遍张力。正是它造成了现实与历史的沟通，消融了时间、地点、人物的差别，实现了黄治先与马眼镜的心理转换。以至于单个的"我"（黄治先）似乎"永远也走不出那个巨大的我了"。从空间与时间两方面对民族文化意识的强调，反映了作者抽象的哲理概括。

《蓝盖子》同样充满着隐喻和象征。陈梦桃虽然走出了"苦役场"这样一个"黑暗隧道"，却没有能走出心灵的"黑暗隧道"。他疯了，只是因为他未能揭开那"心头的盖子"。他要"找那个永远也找不到的盖子"。这似乎是一个历史之谜，沉积在我们民族的深处。作者用"黄盖子"象征这样一种笼罩在我们头上的阴云，革命人道主义的精神便转化为对于我们民族历

史、民族文化的深沉思考。

集中表现韩少功思想与艺术追求的可说是他的中篇《爸爸爸》。《爸爸爸》旨远意深,篇名便是一种提示,它写的是一种可以追溯到远古的历史。正因为如此,尽管《爸爸爸》和《回声》一样写了宗族械斗,却隐去了它确切的时代与社会背景的成分。因为它只构成作品所表现的民族生活的一环,并不具有《回声》那样结构整体的显赫意义。相反,挈领整体的是丙崽的父亲德龙所唱的那首古歌,以及这首古歌所传达的历史与文化氛围,而丙崽这个畸形文化的产儿则赋予了丰富的象征意义。他可鄙、可憎、可怜、可悲,长不大,又死不了,毕生只能用"爸爸爸"与"×妈妈"两句话来表达一切,这一长不大的"小老头"形象及其毒不死的顽强的孳根具有一种警策的意义,构成了民族悲剧中含义无穷的一笔。作者暗示他即使在经历了一场民族的劫难与迁移之后仍然留存了下来,并无死期,更是动人心魄。《爸爸爸》虽是切下生活的几个断面,却有着如《诗经·生民》《公刘》那样史诗般的内容。它力图把一种统一的文化色调融入一个山寨(民族)的历史,这并不仅指语言、习俗、礼仪、风情这些文化载体,更重要的仍是人——并只有通过人才集中地体现出文化,即民族心灵存在的根底。仁宝、丙崽娘、仲裁缝等人物便从不同角度丰富了这种文化的表现。由于意识到民族历史与文化沉重的负荷,一切主观情思的流露、澎沛的诗情相比之下都显得微弱与不足道,韩少功这三篇作品才一改过去那种热烈的、抒情的笔调,透出了冷峻与客观的色彩。使我感兴趣的是,韩少功的三篇近作并没有表现出如他自己在《文学的根》中所表达的,要对"楚文化"或民间文化中的浪漫激情与生命活力加以热情的肯定和开掘,而是仍然表现出了与前一贯的批判精神。只是这种批判精神更放大并进一步理性化,把人道的追求扩大为对于民族历史和文化的反省,使一种地域性文化的意义扩大到了我们整个的民族文化。

有得亦有失。

韩少功用历史的大尺度概括生活,便难免失去了一些时代生活的具体性;他有意表现抽象的哲理时,又无意中忽略了一些个性心理的特征。韩少功以一种抽象的深入换取了过去作品中人物性格的丰富性、矛盾性;他的作品极大地加强了哲理的智慧,却多少削弱了于生活的现实借鉴意义。

这大约是不可避免的。

但我总觉得,韩少功的创作在寻"根"的过程中,未必一定要偏嗜于俚语、野史、传说、笑料、民歌、神怪故事、习惯风俗,等等,一种富有历史感和洞察力的目光同样可以从当代生活形态、社会心理中把握到民族文化的具有整体意义的脉搏。既然人们在完成对象性活动过程中,自己就创造了自己的文化世界,产生了自己的关系、交往形式、思维等等,从而创造了自己的历史和作为社会特定个体的自身,那么从"社会特定个体"出发的创作,当同样可以追溯到民族既有"文化世界"的投影。作为韩少功作品数年一贯的读者,我认为他在探索"新路"的时候,仍可以拓宽"老路"。生活之树常青。使历史的光和影融于实际生活的波峰浪谷之中,文化的关注便转向深邃而又多变、稳恒而又常新的精神世界。如此浅见,不知韩少功以为然否?

(载《湖南日报》,1985 年 12 月 11 日)

说《爸爸爸》

李庆西

> 且夫风雅有正变……惟正有渐衰，故变能启盛。如建安之诗，正矣，盛矣；相沿久而流于衰。后之人力大者大变，力小者小变。
>
> ——叶燮《原诗·内篇上》

一

若干年以后，我们回顾 1985 年，也许会认为这是新时期小说发生转折的重要时刻。观念的变化自然来得更早一些，这不像政治运动和经济改革具有那般轰轰烈烈的声势，而是一点一点地从作家们的笔端渗化出来。变嬗的因素积累既多，便造成一种新的局面。韩少功的中篇小说《爸爸爸》就是这个阶段上的一部颇有代表性的作品。1985 年的中篇小说里边，近乎《爸爸爸》那种美学风范的至少有王安忆的《小鲍庄》和莫言的《透明的红萝卜》，一些短篇作品也做出相应的开拓。看来，这条新的路子一开始就比较宽敞。

关于《爸爸爸》，我的感觉颇为复杂。事情或如克莱夫·贝尔在《艺术》那本书里所说："在19 世纪，当那些有教养的人发现，像济慈和彭斯这样的痞子竟然是伟大的诗人时，他们感到十分惊奇，但又不得不承认他们。"不知是否有人会把韩少功看作"痞子"，他这部作品倒是多少有些"痞"相。不只是取材鄙野，用语粗俗，而且写得怪诞，公然藐视一切小说做法和文学章程，看上去就不大正经。小说从头到尾写了一个不视人事的痴呆儿，端量过来不知是一具怪物，还是一尊偶像。其实这个叫作丙崽的人物与小说中的一切事变皆无关碍，因为他没有思想，不会行动。既是如此，按文学教科书上的定义，很难说这是一个"人物"，自然更不配做"主人公"了，然而，这是一个人。把这样一个人摆进作品，且又做出许多文章，这是否算得对于人类的一种嘲弄呢？这算得一个问题。

小说行文间确乎透出一些调侃的意思。譬如写到丙崽的娘，也说她像丙崽那样，"间或也翻一个白眼"。这女人似乎也犯傻，跟自己那傻儿子聊天，也竟有滋有味、其乐融融。小说前后两次写到她跟丙崽的"对话"。不过后一次却另有一番滋味，那是她离别人世前留下的"遗嘱"：要丙崽去找他爸爸，那个抛别她的男人——"你要杀了他！"（原文用粗体排出）这是向"过去"表示的仇恨。这个做接生婆的女人，生平大略几乎就在一把剪刀上边。而那把剪刀，作者特别指明它用途广泛："剪鞋样，剪酸菜，剪指甲，也剪出山寨一代人，一个未来。"这番不成条理的排比，无疑包含着日常生活的丰富性与荒诞性。不过可想而知，这把剪刀剪出的"未来"会是怎样一个天地。

"过去"的黯淡，"未来"的渺茫，正是人类处于某种历史困扰中的实际境遇。尤其当一个

民族以自我封闭的心理状态去理解自身命运，无可避免地出现了某种残酷意味。所有这些，在《爸爸爸》中被用一种不三不四的口吻叙述出来，表面上看去纯乎扯淡，实质上包含着真正的理性。这情形颇像在乡村小酒店听人用粗哑的嗓门、漫不经意的神气——夹杂着鄙俗不堪的俏皮话——讲述一桩悲惨的故事。

中国的老百姓惯于在自我调侃、自我嘲弄中观照自身。诚然是一种心理局限，倒不失其深刻之处。

这是民间形态的老庄幽默。其实，老庄哲学气质并不只是某些智者的禀赋，亦非士大夫文人的乖张习癖。它来自先秦生民的自我解脱的人生意识，两千年来已沉淀在民族心理之中。

二

在丙崽平淡无奇的一生中间，世界上不知有多少大事变，鸡头寨也闹过许多名堂。人世间充满喧哗与骚动，一切尽在更迭、嬗替之中。逝者如斯，而丙崽一如既往。

从某种意义上说，丙崽不啻是一具历史的活化石。此人的存在，似乎就是一个生活之谜。感觉提醒我们：这里有一种意象，或如说是一种人生的象征。

于是便发生一个令人感兴趣的话题：丙崽象征什么？是一个具体对象还是某种观念的东西？

恐怕很难采取一个简单的说法。对于丙崽的审美判断可以联系到鸡头寨村民的心态——人们闲来无事拿丙崽取乐，大难临头之际将他作为顶礼膜拜的神祇，事物本身含有不确定性。"野崽"可以为"丙仙"，大约在于世界的含混，也足以说明人们对自我缺乏信心。"爸爸"，"×妈妈"——"莫非是阴阳二卦？"村民们琢磨着丙崽仅所能言的两句话，以为有所暗示，却不得其解。

在人们一般理解中，象征就是一种隐喻，是以甲喻乙的关系。比如在基督教艺术中，百合花象征着马利亚的童贞，羊羔象征着信徒，池边饮水的鹿象征着信徒们的娱乐，等等；又如在东方，佛教的字和道教的太极图指示整个世界。此般象征关系，诚如美学家鲁道夫·阿恩海姆所说，须靠理智或学识去弄清作品的题材，找到原型，否则其中的象征意义就不可能直接从作品中把握到。看起来这要多绕几个弯子，但就审美关系而言，这还是一种简单的符号对应。《爸爸爸》的象征显然不同于此者，丙崽之于这个世界，不像百合花跟马利亚之间那种约定俗成的关系，这里须凭借对于生活的直接印象，须更多地诉诸感觉。阿恩海姆绕过百合花、羊羔和鹿，进而指出："那些伟大作品就不同了，在这些作品中，它所要揭示的深刻含义是由作品本身的知觉特征直接传送到眼睛中的。"①

这个说法很有一些道理。既然丙崽从这条路上走来，我们不妨迎面找去，抓住他的"知觉特征"。于是，过去的若干年间我们的感觉变得麻木和迟钝了，我们学会了富于理智的夸夸其谈，并为使这种夸夸其谈更有内容而想方设法补充大脑储存。对于丙崽，我们大概首先想到的是，检查一下他胸口是否有字，背上是否有太极图……这是自找麻烦，也是枉然。韩少功的恶作剧在于，偏生把一个不上名堂的傻子领到我们这儿，叫人不知如何摆弄是好。

---

① 《艺术与视知觉》，中国社会科学出版社，1983 年版。

当然，在文学批评中，感觉终须跟理性思维配合起来，由此及彼，取得认识。那么反过来，我们是否也可以通过理智去寻找感觉，在反思中咀嚼那些有味儿的东西呢？

撇开那些微言大义的假想，这里确能滤出几分实在的感觉。尽管丙崽不曾意识到人生的几多苦难，但这般块肉余生的命运本身即是生存的挂碍。就像你脖颈上长出一块疥疮，你不想把它当一回事儿，却还不能置之不顾；你讨厌它吧，却只能小心抚弄；那滋味怪难受的，搔一把倒是有些痒痒的快感……这里有一种生理的也是心理的障碍。用伦理的观点来看，丙崽确乎带来一个难题：我们是对他寄予人道主义的悲悯呢，还是宣告价值的否定？看起来，人性在这部作品中沉默了，消遁了。但是，我想提醒人们注意，韩少功笔下出现生理缺陷者这并不是第一次，有心的读者一定记忆犹新：几年前在《风吹唢呐声》中，作家对那个哑巴青年倾注了何等深情！从《月兰》到《那晨风，那岸柳》，在那个阶段上，韩少功对于农民，对于妇女，对于生理缺陷者，对于一切弱者，几乎表现出雨果对于芳汀和珂赛特那般眷顾。然而今天看来，那种多少有点布尔乔亚气味的人道主义感情毕竟是单薄的，仅仅是对弱者的同情，并非对人生困境的真正理解，因为它缺乏当代哲学意识。在眼下这部作品中，作家感情的焦距作了大幅度调整。这一次他不再以传统的典型化手法从个人命运中引申出现实悲剧，而是通过象征直接上升到对整个人类命运的观照。确实，人的价值已在丙崽身上宣告毁灭，个人的一切不再引起我们的沉思。这样就产生了另一种效果：一种恶作剧式的审美表述引起我们对人（作为类的概念）本身的痛惜，丙崽这块"疥疮"（作为人类的疴痹）使我们深感不安。这种感情倒置和价值反思，在某种意义上有如巴尔扎克对自己所钟爱的贵族们所做的无情嘲弄。

从丙崽那儿获得的知觉的结构式样，跟人类自身的某种境遇有很大的相似性。按阿恩海姆的理论，这里有一个必然的联感过程，即审美对象在我们的神经系统中唤起一种与它的结构相同形的式样，转而过渡到对那些普遍性的情势的理解上面。我们确乎想到，人类几乎在一个时代都经历过那种被扭曲的、不尴不尬的状态。在人类漫长的历史中，并不一直贯穿着合乎理性与人道的发展精神，鸡公岭下的"打冤"，村民之间的冷漠与敌视，只不过是人类社会的一个缩影罢了。人类的自我观照的能力，有时也竟退化到丙崽的地步——在一个封闭、凝固的历史社会中，人的智能是不可能正常发展的。正如年岁增长之于丙崽只是毫无意义一样，这永远是一个穿开裆裤的小老头。

文明的毁灭、精神的窒息，曾经一次次使人类濒临绝境，成为永远值得追究和反省的事件；而这种追究和反省则又成为世界文学的一个永久性主题。我不知道是否可以这样说：丙崽的象征意义实在是人类命运的某种畸形状态，一个触目惊心的悲惨境遇。

丙崽的"知觉特征"，一部分是自身显示的，一部分则通过作品中其他人物——鸡头寨的芸芸众生——的感知传递到我们这儿。后者是更重要的。丙崽本身只是一个不完全的人，无以通过行为和动作的暗示来完成所谓的"知觉特征"，这就需要由他者的观照给这个躯体补充某些特征，并赋予形象的意义。应当指出，人物之间或人物与特定对象之间的这种感知关系，在目前的文学批评中往往为人忽视。当然在一般作品中，某甲对某乙的看法如何也许并不重要，评论家完全可以根据这一人物自身的行状直接把握它。但是在对《爸爸爸》的分析中，我们无法撇开这层关系，丙崽首先是鸡头寨人们眼里的丙崽，离开了人们对他的种种摆弄（或鄙视，或崇拜），便只剩下生理学的特征了。说到底，鸡头寨村民对丙崽的观照，乃是人的自我观照。我们面前的这个丙崽，恰如对象化的世态人心。

三

这部作品有些幽默,也有些荒诞,这都不遑细论。更为引人注意的是,它字里行间流荡着一股神秘气息。这种质感的造成,一方面是对"夷蛮山地"奇异的自然景象以及风物、习俗的大胆描述,而描述中又糅进了某些神话传说;另一方面则是背景的模糊和某些细节处理上的语焉不详。譬如——

年代不详,首先是一个大问题。

山寨的来历不明。人物的去处更无从说起。

丙崽的爸爸,据说是那个叫德龙的汉子,会唱山歌。又据说他不满意这儿的生活,出山贩鸦片去了,终而一去不返。然而关于此人的种种说法又都不能凿实,这位"爸爸"究竟是否存在,弄不清楚。

德龙的那首古歌也唱得怪,唱祖宗世代,唱氏族大迁徙——"抬头望西方兮万重山,越走路越远兮哪是头?"但祖宗从何处而过,歌里的说法似与史实不合。

山里的灾禳异变,据说都是兆头。丙崽娘从鸡尾寨带来消息,说那边的三阿公被一条大蜈蚣咬死了。又有人说,三阿公还上山扳笋哩,亲眼见的。于是这也发生了问题。

当然,最不可思议的还是丙崽。小说结尾的一章里,全寨的老弱病残喝了仲裁缝提供殉道的"雀芋"毒汁,独是丙崽没死。也许是有什么道理,不说起了。

这些不明不白的地方,很容易使人产生某方面的联想。越是不可思议的东西越是发人深思,此般情形犹如光线之于视觉,当你蹚入暗处势必努力掰开眼睛。

神秘感作为一种审美范畴,不在于故弄玄虚,或无端的装神弄鬼,而必须符合审美的目的。在《爸爸爸》这部作品中,虚实相间、扑朔迷离的造境至少体现了如下两层含义:

其一,它打破了传统小说的全知观点。关于这一点应加以说明的是,韩少功并非从角度、视点的意义上否定艺术世界的主体性,即是说,他考虑的并非表现的功能,而是强调主体认识的有限性。这一点,至少比法国"新小说"派和其他一些西方现代作家来得高明。韩作采用的手法是叙述中的舍弃交代,他以审美感觉掌握叙述的分寸,在能够唤起情绪的地方打住,而不是给自己规定一个或几个固定的视角。实际上,采用视角固定的办法,只是容易获得某种"纯真"的效果,如若不能根据具体情境调动氛围的积极功能(顺便说一句,这并不是韩少功的拿手好戏)是无法造成神秘感的。关于神秘的审美价值,以往我们在理论上探讨甚少,在人类理性思维高度发展的今天,神秘的质感如何依然闪烁着艺术想象的魅力,这是耐人寻味的。我以为,这里具有认识论的探讨价值。神秘意味着认识的有限,同时表达了认识欲望的无限,本身包含着对彼岸世界的憧憬。慨乎而言,这是对人的思维能力的一种自省和重新估量。

其二,神秘造成背景的飘移与延伸,借此使小说的时空含义及其整个美学精神超越它自身的天地。毫无疑问,《爸爸爸》完全有着实际的生活场景,取之真正的人间烟火。根据这里的细节描写和涉猎的某些民俗材料、神话传说,以及其中的方言语汇等等,可以推断,小说写的是湘西山民的生活。这一点还可以从作家本人那篇著名的"寻根"宣言《文学的根》中得到印证。然而,作家却将现实的写境作了虚化的处理,由上述"舍弃"手法带来的神秘使得小说的叙事不再是那么有条有理、有根有据的了。时空界限变得模糊了,鸡头寨这个小小的

村子成了无限世界。很明显，韩少功的意图不只是揭示一个偏僻山区的贫困落后，反倒是一种由神秘激发的主体精神，一种艺术的力量，使他颇有信心地向整个世界张开双臂。尽管落到手里的总比期望的要少。人生多舛，岁月恍惚，这是世界之谜。韩少功并非什么都懂，他或许正是这样想的：既然直面惨淡的人生，何不将眼光洒得更开一些？他从鸡头寨人们的生存状态中看到了人类的普遍境遇。

可以作一番比较的是，五年前韩少功在他的第一个中篇小说《回声》中，也写过鸡公岭下的宗族械斗，那是民间的"打冤"与"文革"的武斗的合流。当然可以看出，作家追溯这一悲剧根源，并不满足于当时"伤痕文学"的一般概括，而是力图站到认识的高处，完成形而上的思考。①最明显的例子是，小说别出心裁地引述了当代生活中某些全球性事件，作为这个山村故事的对比或反衬，如：1968年的"布拉格事件"和1969年美国"阿波罗"飞船登月的新闻报道，等等。但是尽管如此，当时的韩少功并没有获得真正的超越，这些横向的联系多少给人一种生拉硬扯的感觉。过于胶着，过于凿实，使之丧失了想象的力量。《回声》试图探寻人的种种弱点（包括鲁迅所说的"国民性"），那是需要做一番历史的观照的，需要一套纵向开掘的手段，问题是作家那时尚不善于在暗处寻觅。如今我们拿《爸爸爸》跟《回声》做比，则不难理解彼者何故未能达到他所企望的高度，以及目前的这一步具有何等意义。

迈出这一步确实不容易。由实境入，以虚境出，此乃艺术的至境。看似前后只差一步，却是境界不同。中国美学讲究虚实、出入，讲究起落、开合，讲究神理相取、远合近离，等等。所有这些，表面上看是艺术的分寸感问题，说到底还是一种价值态度，一种对于世界的仰观俯察的认识方法。

重要的事实在于，当韩少功的"寻根"之说引起人们一片絮聒的时候，他的小说创作通过神秘的造境向我们展示一个本体的世界。

四

近来有人在呼吁"崇高"，并将这一美学范畴与作家的社会责任感连同"英雄主义"绑在一起，视为三位一体。②卖猪肉搭售味精，总能叫人噎住。

我们的文学究竟有无"崇高"，本来是一个审美问题。基于这一严肃立场，黄子平等人恰恰提出：20世纪中国文学作品中很难找到古典的"崇高"，③因为基本的美感特征是"悲凉"而非"悲壮"。这是一个大胆而颇有见地的说法。但是，他们写那篇文章时未必读过《爸爸爸》，我以为，起码有这样一个重要例外。

这部小说固然写了人的种种磨难，显现历史沉重而蹒跚的步履，但这一切并不构成哀伤的感怀。透过林间的迷雾和袅袅炊烟，悲壮、激越的歌声从山那边传来。

诚然是一些愚昧的山民，做出一些悖谬的事情，而其中精神的东西却未能如此轻易否定。精神自有精神的价值。祭神、打冤、殉古……山里人做事，不管三七二十一，充满义无反顾的好汉气概。

---

① 参见韩少功：《学步回顾》，小说集《月兰》代跋，广东人民出版社，1981年版。
② 见何新：《当代文学中的荒谬感与多余者》，《读书》，1985年第十一期。
③ 见黄子平、陈平原、钱理群：《论"二十世纪中国文学"》，《文学评论》，1985年第五期。

做裁缝的仲满最有一些壮烈之举。他为寨子的破败而痛心疾首，痛心至极就去死，就去寻找自己的归宿。小说此处有这样一段冷峻的文字：

> 公鸡正在叫午，寨里静得像没有人，像死了。对面是鸡公岭，鸡头峰下一片狰狞的石壁，斑斓石纹有的像刀枪，有的像旗鼓，有的像兜鍪铠甲，有的像战马长车，还有些石脉不知含了什么东西，呈棕红色，如淋漓鲜血，劈头劈脑地从山顶泻下来，一片惨烈的兵家气象。仲裁缝觉得，那是先人们在召唤自己。

他知道，先人有所谓"坐桩"一说。坐桩而死，死得慷慨，死得惨烈，虽死而不能倒威。读到这里，我们心里不觉怦然而跳。仲裁缝这一回倒是没有死成，被人救了。不成功，却已成仁。自然最后他还是殉了古道，完成了自我崇尚的人格。

由炸鸡头峰引起的"打冤"，虽属荒谬，但战事本身却不乏悲壮色彩。小说没有正面描写战斗过程，而是着意刻画了鸡头寨祠堂里的一个场面。说不上那是一种什么仪式，只见人堆里架起一口大锅，里边煮着一头猪，还有冤家的一具尸体——

> ……都切成一块块，混成一锅。由一个汉子走上粗重的梯架，抄起长过扁担的大竹钎，往看不见的锅里去戳，戳到什么就是什么，再分发给男女老幼。人人都无须知道吃的是什么，都得吃……

这段文字连同前后关于整个过程的气氛描写，每一句都包含着令人毛骨悚然的力量。这般情形很容易使人联想到古希腊悲剧中那些惊心动魄的严峻场面，大有索福克勒斯笔下那种残酷意味。然而，命运的残酷并没有使鸡头寨的人们丧失生的信念。在最后一章里，经历过战争与灾害的人们，决意"过山"，迁徙他乡，去寻找新的世界。他们唱着先人传下的古歌，赶着牛帮越岭而去。这是何等庄严的时刻！仿佛一切苦难都在这歌声中超度了：

> 男女们都认真地唱，或者说是卖力地喊。声音不太整齐，很干，很直，很尖厉，没有颤音，一直喊得引颈塌腰，气绝了才留下一个向下的小小滑音，落下音来，再接下一句。这种歌能使你联想到山中险壁、林间大竹，还有毫无必要那样粗重的门槛。这种水土才会渗出这种声音。
>
> 还加花，还加"嘿哟嘿"。当然是一首明亮灿烂的歌，像他们的眼睛，像女人的耳环和赤脚，像赤脚边笑眯眯的小花。毫无对战争和灾害的记叙，一丝血腥气也没有。
>
> 一丝也没有。

不消说，鸡头寨的天灾人祸已使人们付出了沉重的代价。村民中的老小残弱在仲裁缝倡导下做了自我牺牲——殉了古道。历史的前进往往借以某种残酷方式，而未来终究是美好的。从"打冤"到"过山"，精神的崇高一如既往，却也包含着文明与愚昧的冲突。小说两处出现丙崽指视祠堂檐角的细节，倒是一种对比。前一次被人理解为"打冤"须用火攻（檐、炎同音），结果使战事更不堪收拾；后一次，则预示着一个艰难而美好的前程——

檐角确实没有什么奇怪,像伤痕累累的一只老凤。瓦是寨子里烧的,用山里的树,山里的泥,烧出这凤的羽毛。也许一片片羽毛太沉重了,它就飞不起来了,只能听着山里的斑鸠、鹧鸪、画眉、乌鸦,听着静静的早晨和夜晚,于是听老了。但它还是昂着头,盯着一颗星星或一朵云。它还想拖起整个屋顶腾空而去,像当年引导鸡头寨的祖先们一样,飞向一个美好的地方。

　　翘起的檐角像"伤痕累累的一只老凤",这是一个蕴藉丰富的意象。作为鸟的传人的楚人后裔,鸡头寨的人们终而领悟了凤凰指示的意义,要去实现人性的复归。

　　令人惊讶的是,这部小说的悲壮、凝重色彩竟出自一种幽默、调侃甚至有些不三不四的笔调。作品将截然不同的两种情致糅于一处,在对立中达到深刻的和谐,显示出艺术独创性。也许,正是这种亦庄亦谐的叙事形态,使作品理应具有的民族的"焦灼感"和"危机感"(黄子平等人采用的术语)被湮没在一幅混沌、自然的生活图景之中。作家以叙述语态的变化把握着"哀而不伤"的分寸,时而放达,时而峻严,时而轻描淡写,时而玩点恶作剧的花样……

　　小说固然写到鸡头寨人们在事变来临之际的惊惶与骚动,但这里的陈述风格却带来另一番情趣。它从容、达观、嬉皮笑脸,使人觉得天下没有什么大不了的事情,苦难与忧患,仿佛只是为了衬托人生的伟岸,作家不消替他的人物倾诉悲悯或伸张正义,而鸡头寨的芸芸众生确乎不曾产生对于命运的自觉意识。唯有对现实不满的是仲家父子,但裁缝老爹对世风日下的感叹与痛心,也还不同于现代知识分子常有的苦闷与彷徨;而至于他那位趋赴时尚的宝贝儿子,终未投入变革现实的求索。鸡头寨人们的心态实质上是泰然自若的。这正是作家对于人类以往历史及其主体精神的概括。世界的多灾多难,在历史的主人公面前不成其"危机"与"失落"。

　　这里呈现的美感特征,用"悲凉"二字加以概括未必准确。黄子平等人关于前述立论的阐发,实际上见诸对文学作品中的个体忧患意识的考察。他们的着眼点是先觉者的个性解放热情以及由个性解放带来的反思的痛苦;他们根据一个时代的思想、文化状况,指出中国知识分子矛盾的复杂心态——"一方面,历史目标的明确和迫切常常激起巨大的热情和不顾一切的投入;另一方面,历史障碍的模糊('无物之阵')和顽强又常常使得这一热情和投入毫无效果……"[①]这确乎是抓住了新文学发展的内在精神,由此统观全局,不能说是以偏概全。但是问题在于:中国文学恰恰在眼前这个时候发生了一个重要转折,《爸爸爸》及其代表的一部分作品,一改旧制,以更加深沉、雄健的美感意识导引着20世纪中国文学的崭新走向。这个变化意味着,小说创作开始从诉诸知识分子的个体意识转向表现民族的集体意识和集体无意识。

　　换言之,用艺术的观点来看,这一步就是从"有我之境"转向"无我之境"。

　　以上论述可以从两个方面加以说明:

　　其一,审美对象的群体化。跟以往的叙事作品不同,这部小说所揭示或者说表现的不是某种个人命运。在情势发展中,个人的行动不再具有举足轻重的意义。这不仅是情节淡化的结果,从根本上说,是叙事原则的改变。在生活的向心状态下,任何个人追求和个人恩怨统

---

　　① 《文学评论》,1985年第五期。

统显得那样微不足道。无论是新派人物仁拐子的想入非非，还是老一辈之间的仇隙，都只被纳入日常化的描述之中，而不是用来大做文章，酿成戏剧性事件。而最具有否定意味的是，作为对象的主体的丙崽，恰恰丧失了主体性！在鸡头寨，人们面对共同的劫难，承担着共同的命运。

其二，就审美主体而言，完全是局外人的态度，对一切都保持着老于世故的缄默。这倒并非自以为是的冷眼观照，而是一种宽宏、旷达的心境。所以不奇怪，这里没有鲁迅那种"哀其不幸，怒其不争"的感慨，更没有郁达夫式的愤世嫉俗、忧国忧己。小说提供了生活的某种轨迹，留给读者去思索。而叙述者的意向，实际上是对传统文化和民族性格的认同。在嘲示中有所扬厉，在肯定中不无批判。不过这一切似乎并不见诸作品本身，大率产生于审美接受者的阅读、欣赏之余。

主体的隐遁实际是"我"的超越。王国维对"有我""无我"两种境界作如是辩说：前者"以我观物，故物皆着我之色彩"；后者"以物观物，故不知何者为我，何者为物"(《人间词话》)。由"观物"的角度不同，可见出"我"之不同胸臆。其实，"无我"的背后依然有一个"我"在，只是这个主体已经超然物外，包诸所有，空诸所有，与世界浑然一致了。就审美价值而言，我们不能就"有我""无我"二者判定孰优孰劣。王国维认为，一者是"优美"，一者是"宏壮"。自是格局不同，气象不同。

不过，一个明显的事实是，"无我"自古而来比较难得，古曲诗词中已属少见，近世小说更不逮此境。真正的困难依然在于：文学的本体如何接近世界的本体？这一艺术的原始命题至今尚令人困惑。当然不仅仅是细节与表象上的把握。"乾坤入望眼，容我谢羁束。"审美的自由即是主体的选择。但是天地万象既入"我"眼，出乎"我"之呻吟或呐喊，这个世界已恐非其本体存在。

韩少功很懂得艺术思辨中的"二律背反"，在审美的两难困境中开拓了自己的道路，这不简单。他所创造的正是个体的批判意识所未能消化的世界。或者用他的话来说，这是一个"空阔而神秘的世界"。这里没有先觉者的焦灼和思虑，完全表现着生活本身的亦忧亦乐。生活本身也是一种哲理，一种信念。这既是本体的存在，也存在于作为对象主体的人民群众的生命历程和累世积淀的心理意识之中。面对这种"无我"的存在，这般阔大的境界，我们感到个人情怀的局狭与渺小，一种油然而生的崇高之感迫向我们整个心灵……我敢说，知识分子的个体忧患意识难以达到这样的高度。

五

我不知道为什么韩少功没有将《爸爸爸》搞成一个长篇。如果有人问，这部作品缺点何在，我以为这是最大的问题。

作家似乎没有珍视自己手里的这块材料("材料"一词，在许多作家言谈中除了指客体形态的材料本身，还包含对这些事物的审美思考)，不肯在此投入最多的艺术劳动。其实，从本文上述分析来看，这部作品的主题思维的丰富性和复杂程度足以支撑一部结构宏大的鸿篇巨制。因而就这个意义上说，目前的写法自有粗疏之处，虽说时至如今韩少功的文字功夫已炉火纯青。

也许，这并不妨碍《爸爸爸》成为新时期的经典作品。类如此等篇幅的小说而被人视为

经典的,在中国有《阿 Q 正传》,在外国有《老人与海》,大概还有别的。

但是不能否认这样一个事实:成为经典作品的小说,绝大多数都是长篇小说。

(载《读书》,1986 年第 3 期)

韩少功近作和拉美魔幻技巧

陈达专

对接受美学的注重,必然迫使作家们在创作手法上要不断创新。而创新,又离不开继承和借鉴。近几十年异峰突起的拉美作家,在借鉴欧洲现代派文学的写作技巧上,思想比较解放,眼光比较长远,其成功经验,很为国内一些优秀作家所取。作为技巧领域的拓新,拉美魔幻现实主义以其与我国当代发展中的文学的许多同一性,而渗透在国内一些优秀作家的创作中。韩少功近作中亦可看到这种"渗透"。

鸡头寨由于打冤家(以及其他无尽的天灾人祸的自然为害和自我戕毁)直接引发的威胁整个寨子生存的危机,于是人们"赶着牛、带上犁耙、棉花、锅盆、木鼓,错错落落,筐筐篓篓"地"过山"了。唱着这支流传久远的满含民族痛苦的歌,这属于"凤的传人"的一支就这样从"东海"到"西山",不断地迁徙,不断地"向更深远的山林里去了"。这也是一个象征,表现了一种文化逐渐衰敝、退化和销匿的行程——一条只遵循单向不可逆的"文化隔离"规律的行程——此为动态。这使人想起本世纪人类学考古中的那些惊奇的发现:隐匿在非洲、亚洲、大洋洲的崇山峻岭、热带雨林和蛮荒海岛中的稀罕的部落,自然地理环境保护了它们,却又限制、封闭了它们,隔断了它们文化交流和进步的道路。

静态的文化原型和动态的历史演化的交汇,标示出文化反思的坐标点,这对着眼于现实和未来的选择和发展具有十分重要的意义。这一点,韩少功的《爸爸爸》是能给予我们某种启示的。

当前文学创作中出现的"文化热"流,包括有两个方面的倾向。一个姑妄称之为"文化人类学"派,主要致力于民族文化传统的追思、考察。这中间包括汪曾祺、韩少功、郑万隆等作家。另一类姑妄称之为"社会心理学"派,偏重从当代人的生活方式、行为习惯、情感态度中去反映积淀在现实人生和个体心灵中的民族心理情感的底蕴。这方面的作家有陈建功、叶之蓁、张承志、阿城等。也有在创作中兼及两者而得之的作家,如贾平凹、郑义、李杭育、乌热尔图等。这样划分比较简单粗略,事实上,不少作家是常常致力于两个方面的思考,并力求在创作中获得综合的把握。

饶有意味的是,以马克思主义哲学为指导,综合文化人类学、社会心理学和普通社会学,可能是今天社会人文科学研究的方向之一,这确实值得思考。

总的来说,处于历史转折时期的文化反思应视为十分重要的文化和文学现象。这种思考并不是社会生活前进的附属物,恰恰相反,它正是使历史向前迈进的前提。但我们的着眼点毕竟要落在现实的土地上。因此,以民族文化为基石,以新的大文化意识——即文化不仅是归属于意识形态的精神现象,而且是表现在人类社会的一切结构构成中,是人类社会各种领域的最本质的特征——为指针,从更宏观更开放的角度,把当代人的情感心理当作一

个整体(其中也包括以一定的地理环境、语言环境为范围的区域),从较长的时间跨度上进行把握,这可能是我们文学的重要的历史使命)。

1.以各种非常心态(如梦态、醉态、疯态、病态、错觉、幻觉等)来构成观察和描述人物事件的特殊视点或视角

《爸爸爸》中有许多构图都是以病态疯态的丙崽来做视点的。于是乎,杀牛、卜卦、打冤家等惊心动魄的场面都被描画得越益出奇与荒诞。粗蛮的原始野性与丙崽的病态疯态构成和谐。《归去来》不让真主人公"马眼镜"出场,而让一位素不相干的采购员黄治先来"顶替",造成黄治先的错觉心态,从而开拓了人物刻画的猜测、联想、模拟等新的领域。黄治先的似梦非梦、似醉非醉,以及由误会而生的种种莫名感觉,给小说罩上了神秘外衣。《蓝盖子》也用了一个"醉态"楔子,与全篇所叙的一个正常人在非正常的生活环境逼迫下终致精神分裂的悲剧似乎无大干系,但前面的"醉"与后面的"疯"形成一个富于魅力的心理态势总体。

借非常心态构成视点(角),特殊意义何在?世事多趣:以正常心态审世,所得印象往往失于谬伪;而以非常心态审世,所得印象却往往更近于真实或本质。"在我们与世界、与他、与自己之中有多少鬼蜮啊!"(〔法〕米·比托尔)为了越过"鬼蜮"而求得文学对生活的本质真实的反映,世界上有许多作家在努力探索。爱尔兰的乔伊斯、美国的福克纳,以及拉美的彼特里、阿里图斯亚斯、马尔克斯等,皆得可喜成功。乔伊斯和福克纳的"探求内在真实"的意识流小说,曾对中国的一些作家产生重要影响,而"变现实为魔态与幻想而又不失其真"的拉美魔幻现实主义也给我国一些作家以重要启示。把触目惊心的现实和迷离恍惚的各种非常心态结合在一起,通过极端夸张和虚实交错的艺术笔触来网罗人事,编织情节,酿成一种似是而非、似非而是的氛围,正是魔幻现实主义的得意手法。

2.取得时空结构的更大自由

我国传统小说的时空结构的特点一般是整块的和有序的,无论顺叙、倒叙、插叙,皆有序。无论写人物、写情节或写环境,其空间结构总是保持单位性整体。打破小说中时空的整块和有序状态而从结构上获得更大自由,这不仅是魔幻现实主义的特色,而且是表现主义、印象主义、荒诞派、新小说派和超现实主义等现代派文学的共同特色,亦是当代小说区别于传统小说的重要标志之一。《归去来》虽只写黄治先到一个山寨的一天一晚的经历和见闻,但在现实的感受与对话中,通过非现实的错觉、幻觉以及想象等,用了一些既荒诞又真实、既象征又具体的人物意识和联想的潜流,将过去的生活与现实的生活不断交织和穿插在一起,写出了令人惊异而又引人入胜的人物深层意识中的一些不定流程。时空界限的突破,较之囿于有序时空的传统小说,在审美情趣上大大加强了。

3.以象征手段来拉紧历史和现实的联系

象征是魔幻现实主义的重要手段,其最大作用为二:①让人能透过魔幻看到真质;②导致模糊性。韩少功近作充分运用了象征。

《爸爸爸》里,丙崽的形象似乎是蛮荒的不健全的民族文化意识的一个象征。仁宝父子的形象则对立地象征着那种蛮荒的、不健全的民族文化意识的延续和解体。

象征导致模糊,造成作品内涵的多义和蕴藉。韩少功近作多用象征,但非颓废的象征主义形式,而是具有充实的内容和深沉激越的情绪。象征,拉近了作品中历史与现实的距离。

人们对韩少功近作的种种不同认识,产生自"模糊性"。严文井从他的作品中发现了丙崽与阿Q的某种血缘关系,且觉其更可怕。曾镇南却说丙崽不像阿Q那样"能够自觉或不

自觉地进入某种人际关系或历史情势之中"。

笔者认为,象征在韩少功近作中的最大意义在于,它让作品中蕴含的对民族历史文化的探寻与批判,无时无处不与对现实的观照相结合。

(来稿原题"试论韩少功近作对于我国当代文学的价值和意义",此为原文第三部分的选摘。作者在湖南株洲市艺术馆工作。)

(载《求索》,2014 年第 9 期)

韩少功论

曾镇南

诚实的劳动者总要承受巨大的精神重荷。

——韩少功:《远方的树》

在长江以南的青年作家中,韩少功可以说是最善于对生活进行思索,也最勇于对艺术进行探索的一位了。读完他迄今为止的两本中短篇小说集《月兰》《飞向蓝天》;以及近作中篇《爸爸爸》、短篇《归去来》《蓝盖子》,在我的脑子里出现了一个苦苦地、执着地向大地、向群山叩问着生活和艺术的秘密的跋涉者的身影。牵引着他前行的是一个蓝色的梦——那是湘中明瑟的山水、迷蒙的雾岚、淳厚的村情、悠远的蓝天交织成的美丽而神秘的梦;但是他在大地和群山中留下的足迹却是黑色的、沉重的。他开始的步伐也不免有些趔趄、凌乱,但后来就渐渐坚实、果决了。虽然我们的眼力有点跟不上他那在幽深奇崛的山谷中渐行渐远的背影,但是我们理解他那寻找楚文化的信念和热情,相信他不会失落那浸透着湘人的时代敏感和明丽的诗心的梦——韩少功特别喜欢的蓝色的梦。

因此,尽管孤陋和愚钝,还是让我和这位"诚实的劳动者"一起,走进他的艺术世界,去承受他在这样一个时代、这样一片国土上所感受到的一切精神负荷吧!毕竟,他的时代也是我的时代,他的蓝天也是我的蓝天,他的土壤也是我的土壤,他的哀乐也是我的,不,我们这一代人的哀乐啊!

一

如果把韩少功最早的稚拙生硬的习作《七月洪峰》当作一个起点,把他最近的圆熟古怪的中篇《爸爸爸》、短篇《蓝盖子》当作一个暂时的终点,那么在起点与终点之间,可以说横亘着一个漫长而曲折的对人的认识深化的过程。这个过程其实也是作家对社会、对历史认识深化的过程。因为对于像韩少功这样具有社会批判精神和历史探索精神的作家来说,人始终不是单个人的抽象物,而是具体社会、具体历史的聚焦点。只有当韩少功把他天性中喜好的对社会、对历史的理性的思索投注在对具体的人、具体的人性的开掘的时候,他的小说才能获得引人注目的长进。

在这方面,最值得细加剖析的是韩少功笔下的农民形象。这是怎样一群杂然并陈、声态并作的人物啊。在这些农民群像中,寄寓着作家对民族性格、心灵的透视与解剖。

我是在读完《爸爸爸》《蓝盖子》之后才回过头读韩少功最初的习作的。起点与暂时的终点之间落差之大给我极为讶异的一个强烈印象。对他的近作我也并不是完全满意,下面的分析也许将表明我是并不太在行的吹毛求疵者。但是这些近作在技巧上的圆熟,特别是在

文学语言的个性化方面达到的较高较难的水准使我惊叹不已，也使我简直很难相信这位作家是从《七月洪峰》等起步的。韩少功的这种惊人的艺术进步，对于我们的青年创作界来说，是有某种普遍性的。这是整个青年作家群的进步，是整个文学时代在艰苦地"换代"。

在《七月洪峰》《吴四老倌》里，简直可以说看不到尔后为读者熟知的韩少功的影子。或者可以说，在这些习作中，作家韩少功尚未问世。如果说我们现在还需要提到这些作品的话，那也是因为这些作品说明，韩少功在创作生涯开始的时候，也有一段承动乱年月的创作思想、创作风尚的余绪的短暂的日子。虽然他流露了巨大的政治热情，在作品的某些细部也有才能的征兆在闪烁；但总的来说，驱使人物去观念化地演绎主题的痕迹太重了。《七月洪峰》中顶逆风，排浊浪，忘我抗洪的市委书记邹玉峰与阴险毒辣的市委副书记张明的对立，主要的并不表现为活生生的人物的性格的碰击，而是表现为两种政治信念、情操的尖锐冲突——关心群众安危疾苦与只顾自己升迁利禄的对立。虽然这种思想冲突也是从特定的政治漩流和特定的生活情势中触发、汲取的，但作者的着眼点，还没有集中放在对处于这种思想冲突中的人物的性格（行为与心理）的探究与表现上，而更多的是放在对丑恶现象、丑恶思想的愤慨上。灼然的社会义愤的直露表达，使这类作品对人的刻画还停留在较浅的层次上。对立的人物之间是非昚德，了了分明，色调简单，很少余味。

即使是在性格刻画显得幽默可喜的《吴四老倌》里，把吴"党委"吴伟昌整治得哭笑不得的吴四老倌，他的那些带着湖南乡音的泼辣的口语里，也包含了太多的教训的味道。作者写得痛快淋漓，大有借吴四老倌之口一吐积郁的味道；这就使他无暇更深入地去探寻这一类老农民的心态及社会背景，把人物的言行处理得过于浅易了。——虽然这一篇小说第一次显示了作者驾驭乡音的才能，在语言上颇有神气。

《战俘》虽然不是写农村人物的，但这个短篇却是韩少功追求人物性格的丰富性、复杂性的审美意识在创作实践中的第一次觉醒。小说以一种完全新的眼光去观察、处理一位当了战俘的国民党军官赵汉笙，对他的复杂性格作了较深的发掘。这位赵汉笙，从被俘之初坚守忠于党国的匹夫之志，发展到临终高呼"红军万岁"，成为一名皈依真理的红军战士，他的性格，表现为一个曲折、生动的发展过程。他是由于事实的教训，轰毁了原先的思路，才毅然走向真理的。对信念的严肃态度，即使他顽固于当初，也使他坚定于尔后；即使他幻想说服同监的红军连长一起"反水"，也使他在起义失败后面对旧友的说降冷言拒绝、义无反顾。这是一种对生活、对信念特别认真的人。他念诵的"哲人日已远，典型在夙昔"，反映了他的精神支柱乃是中国儒家文化中重节操、重修身的积极传统。由于现实的触动，才注入了新的真理内容。由于小说采用了从一位粗豪爽直的红军连长的眼光进行观照的视角，多少有些限制了对赵汉笙的气质、心理及灵魂的内在搏斗的表现，影响了人物性格的深度。但是，我们必须记住，小说写于1978年5月，其时创作界的板滞、僵硬局面尚未打破，人物塑造上"左"的因袭还相当沉重。在这样的情况下，《战俘》是具有一定的率先冲击的作用的。它属于《班主任》《伤痕》等作品造成的潮流之列，在题材性质上，与《内奸》更为相类。虽然笔法没有《内奸》成熟，但同样开启了用一种更为真实的眼光去表现那些在政治上被贬斥的人物的内涵人性的新的创作思想。

不过，在那样一个文学刚刚睁开眼直面"文化大革命"的血迹伤痕，猛然爆发战叫的特定时期，《战俘》这种与现实较少勾连的作品不若《内奸》那样引人注意，这也是很自然的。倒是那一篇浸透着善良的中国农村妇女在浩劫年月的血泪、具有猛烈的控诉性的《月兰》，第

一次为韩少功赢得了全国性的文学声誉。

《月兰》写于 1979 年 3 月，可以说是在党的十一届三中全会之后，率先触及"十年浩劫"中我国农村的愁惨现实的力作之一。小说以一个知识青年出身的农村工作队员对往事的沉思，展开了月兰的惨剧。这个涉世很浅的善良的青年，带着对当时极"左"的农村政策的盲信和改变农村贫困面貌的好心，竟然铸成了逼使月兰自杀的悲剧。由四只鸡被药死所逐步酿成的长顺家的灾祸，是小说中的"我"始料不及的。当"我"被月兰家里的赤贫状况所震惊，开始为月兰说情时，情势已经无可挽回了。以他稚弱的善良，根本无法改变那种"对付农民一要吓，二要蛮"的已成习惯和定则的做法；以他有限的人生经验，也无法洞察一个因为疾病成为家累，又受着婆婆的冷眼和唠叨的农村弱女子的哀戚无告的心理——她只能靠老实的丈夫的温存和疼爱支撑着生存，一旦这种温存和疼爱被粗重的一巴掌打碎之后，她就失去生存的支柱了。于是，"我"和乡亲们虽然在深夜的油茶林里找到了她，但她的生命之魂已远逝了，没有什么力量能唤回这一缕柔弱的哀魂，大家只能眼睁睁地看着她走上轻生的路。

就这样，韩少功在一种内心风暴的袭击中，以真诚的忏悔和痛定思痛的深哀，把月兰的形象推到一切尚未泯灭社会良知的读者之前，哭吐了这样震撼人心的质问："可我怎么会成为杀害你的工具之一？到底是谁吃了你？这是怎么回事呵？月兰！……"这质问实际上是一个伟大的民族在经历了可怕的历史动乱之后对自己提出的质问，它当然会在千千万万读者中卷起同等强度的内心风暴！由于凝聚了历史的心音，《月兰》产生了巨大的撼动力。这种巨大的撼动力固然是由于主题的激切和行文的真挚造成的，但月兰这个农村妇女形象塑造的成功，也是一个重要的因素。

在月兰的命运中，作家综合了相当丰富的社会政治、经济因素，也综合了某些极为动人的心理因素，而且这一切都是用精心选择的典型性较高的细节，饱满地表现出来的。现实的月兰，在"我"的心目中，一再违反禁令放鸡下田，似乎是自私的；但月兰家墙上十几张陈旧的奖状，六叔讲的那件春插时献鸡蛋、甜酒给牛吃的往事，却画出了一个历史上无私的月兰。历史和现实的比照，使月兰的性格变得深邃了。她的品质并没有改变，改变了的是政治环境和经济状况！离开农民所身受的生活压力特别是经济压力去奢谈农民的道德水准，把改变农村的贫困面貌和提高农民的精神素质的希望放在完全脱离实际的"斗私批修""割资本主义尾巴"上，这是一种最愚妄的历史唯心主义。月兰的形象，以她纯朴的默默的存在，把这种气势汹汹、光怪陆离的历史唯心主义击了个粉碎！她临死前为"我"洗净补缀的那件灰上衣，凝聚着她对人——哪怕是伤害过她的人——的温爱善良的心意，从心理上更强化了对那种历史唯心主义的控诉力量。

但是月兰的形象在心理深度上显然也存在着限制。作家在创造这个形象时，对中国农村妇女几千年来形成的传统心理因素综合得不够。依我看，导致月兰的惨死，更深沉的原因是几千年来陈旧的社会生活、风俗习惯所造成的中国农村妇女的自卑和忍从，以及精神世界的狭小。婆婆的那种后悔不该收这个"药罐子"媳妇的唠叨，以及丈夫在酒后心躁时的发作，无疑是促使她走绝路的具体的动因。在这里，有着使她在心里"苦到极处"的复杂的传统心理因素，这种传统心理因素与现实的政治、经济压力想扭结，终于碾碎了一个善良的、自卑的、忍从的灵魂。在这方面，小说的开掘还是不够深的。

《月兰》之后，韩少功对生活的思索更深沉更开阔了。他写出了反思 1958 年"大跃进"时期农场生活的力作《西望茅草地》。这部作品和茹志鹃的《剪辑错了的故事》、刘真的《黑旗》、

张一弓的《犯人李铜钟的故事》、高晓声的《"漏斗户主"陈奂生》等,共同为那场经济蛮干及其灾难性的后果留下了历史的真实影像。

《西望茅草地》以粗犷有力的笔触,塑造了茅草地"王国"的"酋长"张种田的形象。这个形象体现了作家在塑造人物上新的自觉的探索。他力图突破那种反现实主义的"叙好人完全是好,叙坏人完全是坏"的简单化的类型描写,努力按照社会生活本身的丰富性和复杂性进行典型创造。他笔下的张种田的形象虽然缺乏一种浑和完整的风貌,但这个性格呈现的"杂色"却凝聚了多方面的足供思索的历史内容。——甚至从他名字的由来到他被解职后的新的任命,都渗透着我们共和国在那一段历史生活中的整个气氛。如果说,张种田的某些极端不近人情的举动应该归咎于他那多少有些特殊性的个人性格弱点,那么,他那些用来治理茅草地"王国"的基本思想却是带有普遍性的。农民式的狭隘和固执使他无师自通地在政治生活中走向带着浓厚封建色彩的独断和专制,而这种独断和专制因为需要心理支援必然为袁科长之流的野心家造成滋荣的土壤;农民式的只注重下苦力的传统经营习惯和生产规模狭小造成的经营思想的板滞,又使他排斥农业大生产所需要的科学技术;农民式的辨别忠奸、美丑、是非的简单化的思维习惯被提升为一丝不苟的"原则性"之后,又成了他那种荒唐的、超级"左"的锻炼、考验青年的方法的思想依据;最后,战争年代养成的那种农民式的军事共产主义作风和游击习气,在1958年那种跑步进入共产主义的荒谬宣传的蛊惑下,顺理成章地变成了经济生活中的绝对平均主义和精神生活中的抹平一切个性表现的苦行僧式的禁欲主义。这一切成功地综合成了一个"革命"而愚妄的农民当权派张种田。他在茅草地这个历史舞台上淋漓尽致的表演是以一种外观荒诞而粗陋的形式进行的,但却隐括了存在于我们辽阔的国土上的那种骨子相通,但层次更高、更具有精致的理论伪饰的治国之道,也悲惨地预示了后来发生在"文化大革命"中的民族灾难的某些因由。例如,张种田那种本能地认为"城市是腐化蜕变的发源地",主张"以后最好把机关学校都迁下乡来"的想法中,不就含有后来"十年动乱"时某些极端而荒唐的举措的萌蘖吗?

张种田这个人物的典型意义可以说是双重的:第一,他以一个联系着传统生产方式和传统思维习惯的、没有文化、眼界狭小、素质很差的农民当权派的身份,去指挥内含着现代化要求的生产活动、社会生活乃至精神生活,自然处处枘凿不合,扮演了背时的堂吉诃德的悲剧角色。第二,他以一个从革命烽火中闯出来的老战友的舍身忘我的劲儿,来演出他的带闹剧色彩的历史场面。他的革命信念、热情、献身精神,总之,他身上那些"我"认为不应该只用嘲笑声来埋葬的一切好的东西,难道不都是和他的愚妄胶合在一起并加强着这种愚妄吗?而他的愚妄,难道不都在主观上的革命幻觉支配下进行,并加强着当时社会与人群的所谓"革命化"(这种"革命化"的历史结果就是"文化大革命")的趋势吗?历史老人的嘲笑比"猴子"和"大炮"们的嘲笑更严厉无情。

韩少功自己在谈到张种田时曾经说:"这个'王国'的土地上,徘徊着违反科学社会主义的平均主义的幽灵。我想这才是他的主要精神特质。"这种解释,大概是着眼于他经营方式的悲惨的经济后果而发的吧?但实际上,在《西望茅草地》中,张种田虐杀小雨和小马的爱情是一条浓重的主线,他作为青春和爱情的虐杀者的特征,几乎压过了他的其他一切特征。说小说几乎是一曲爱和生命毁灭的悲歌,其实也未尝不可。

细察张种田压制青年人谈恋爱的方式,我不禁想起当年被鲁迅痛斥过的杨荫榆式的治校办法。虽然两者在政治素质上绝不相类,但在处理精神现象上却不谋而合。张种田在青年

们的私生活领域中的专制是骇人听闻的。如果在这样一个领域里都不允许任何个性和人情的流露,那么,这位酋长的治理方式在别的领域里给人造成的压抑也就可想而知了。作家在无意中为青年们喊出了他们要求作为人正常地生活的呼声,这似乎成了小说的主旋律。

于是我们就看到了张种田这个形象塑造上稍嫌支离生硬的地方。作家由于沉思历史、解剖民族病态而生发的种种思想,都想综合到张种田身上,也都有相应的某些生活细节的支撑。但是建构张种田主要性格特征的情节主干,却是他与小雨、小马的爱情追求的冲突。他作为无意的精神虐杀者的身影浓重地浮现在小说的屏幕上,而他作为一个革命而愚妄的农业王国酋长的其他特征只是作为一些闪烁的黑点出现。人物是杂色的、丰富复杂的。但缺乏一种混合的统一,一种丰富所酿成的单纯。

这种人物塑造上追求复杂性但又未能达到具有混合的神韵的状况,在中篇小说《回声》中,表现得更加明显。这部写得有点头绪纷繁的小说描写了“文化大革命”这场政治动乱在青龙洞山区的诡怪的“回声”,详细展开了所谓“革命”的发动、推进、高潮以致最后演成一场血腥的宗族械斗的过程,广泛触及“革命”所造成的各种世态人心,带有辛辣的讽刺意味。贯穿小说始终的,是一个颇具阿Q相的农家浮浪子根满的形象。作家在塑造根满的形象时,大概是有意以他在社会狂涛中的各种琐屑卑微的小动机、小欲望、小算计为参照物,照出“文化大革命”的荒谬性和怪诞性。把这场充满豪言壮语和神圣幻觉的政治动乱放在一个封闭、贫困的农业小王国里来考察,更加可以看出“文化大革命”与任何社会进步风马牛不相及的主观虚妄性。在这个意义上,小说提供了否定“文化大革命”的一个独特的视角,为我们艺术地留下了那个动乱年代的某些耐人寻味的史影。

仿佛是有意和那个“革命”开玩笑似的,被“革命”的形势造成的造反“英雄”根满,却以他的最为卑俗和实际的欲望,使那些“革命行动”的灵光黯然失色。在他喊出的“横扫四旧”的口号背后,是对家底殷实的玉堂老倌的妒忌;而他决心带头闹“革命”的念头,却起于“老子何时不也去赚两碗面呢?”那胡牵八扯的“语录创作法”,是为偷富农婆的南瓜和强“借”公款找护法神而发明的……到公社去夺权进驻,最惬意的是过了几天当干部的美日子……总之,“光焰无际”的“革命”,在山村一搞就变成了根满这一类浮浪农民满足小私利、小私欲的闹剧。这真是有着某种典型意义的。实际上,在农村,人们对“文化大革命”这样一件怪事的态度真是各怀心思的。他们从自己的经济地位、实际需要出发,各取所需,毫不顾及“革命”的“神圣意义”。那个听说山外搞“红海洋”使漆匠们都赚了大钱的油漆匠,就总埋怨青龙洞“宣传毛泽东思想”不够;而爱上路大为的竹珠之所以准备积极参加“文化大革命”,主要是因为她认定“只要是路大为要她做的,是跟他做的,什么都统统行!”……这种社会现象大概是很普遍的。韩少功的另一部中篇小说《远方的树》中也写到类似的社会现象:例如有一位农民老爹认为“毛主席福气大,画了他的像可以避邪”;还有一位矮汉子农民则说:“农民干社会主义,工人吃社会主义,下次搞运动,我要背着锄头进城去,造工人的反。”像这些地方,可以说是把“文化大革命”中农村的世相人心写到骨子里去了。

所以作家塑造根满这样一位浮浮沉沉,终于稀里糊涂变成罪犯的农民造反派形象,可以说从生活的底层,提炼了农村“文化大革命”的“精华”的结果。

当然,根满也不是打根上坏得出奇的人物,他并未完全泯灭农民朴素的爱憎和是非。他不理解为什么说丁德胜抓副业也是错,心里一直保留着当年跟着丁德胜去岳州搞副业“吃了两个月的好伙食”的美好回忆,因此在去揪斗丁德胜时他终于溜了号。他对竹珠的单恋也

不乏真挚的成分,他在械斗中带头发疯似的冲杀,竹珠的惨死显然是直接的刺激。总之根满这个形象也显出了某种"杂色",他的性格的复杂性为人们提供了研究那个动乱年代的农村现实以及剖析民族的某些病态的活生生的材料。

但是由于作家想综合到根满形象里去的思想过于繁复丰富,环绕着根满的各种人物也各个综合着很多思想,而所有这些思想又缺乏一个贯穿、统一的东西,往往随着根满及其"战友"们的东奔西突而随时触发,所以根满的性格尚未能完全构成混合的有机体,倒是长成多叉的珊瑚枝的模样。我理解人物性格的杂色并不是诸多色调的简单拼凑,而是诸多色素的均匀混合形成的一种自然色。一如自然光在光谱仪的析解下含有诸多色调,但在大自然中实际表现为均匀混合的自然光一样。张种田、根满这类形象,在向这一较高的美学境界的进发上,可以说"已升堂矣,尚未入室"。

二

稍稍"入室"的人物形象,当然应该首推《风吹唢呐声》中的哑巴德琪和他的哥哥德成。特别是哑巴德琪的形象塑造,充分显示了韩少功在思想、艺术上的独拔和超绝,我以为可以和屠格涅夫的短篇小说《木木》中塑造的哑巴木木的形象相较而无愧色(这也可以说明我国新时期文学要获得与世界当代文学对话的资格,并不像某些同志所说的那么困难)。

德琪是不会说话的哑巴,刻画他的性格无法借助他的语言。作家完全凭借对他的动作、神态,"嗷嗷"的叫声和他吹出的唢呐声的描写,把这个性格内在的东西异常深沉、异常鲜明地刻画出来了。要是没有深厚的写实功力,是不能达到这种境界的。

和张种田、根满这些处于或被卷入社会政治、经济活动中心的农村人物不同,德琪这个人物,几乎是一块被遗忘在生活河床边上的沉默的石头。在他身上,没有张种田、根满那种触目的政治、思想色彩,那种与历史事件的明显的联系,但是,作家通过他高度个性化的描写,仍然在德琪身上综合了多量的社会历史因素和民族心理传统。就其性格隐括的生活内容而言,他也是一个"杂色"的人;虽然他的性格的自然外观和内在气质呈现为比张种田、根满更为匀和的、统一的艺术结晶体。

在这个艺术结晶体的某些侧面中,也可以说结晶着我国几十年农村社会生活变迁史遗留下来的某些积极和消极的东西。比如说,在他对各类奖状的嗜好中,就积淀着解放后新生活在农民中培养成的上进心和荣誉感,也积淀着这种上进心和荣誉感中包含的盲目和轻信。又比如说在他对集体利益的维护和公共事务的热心中,既积淀着党对农民长期进行思想教育的痕迹,也积淀着含在这种维护和热心中的偏执和过分(他把小孩砍的生树丫也得意扬扬地拖到猪场去了,惹得孩子们骂他"假积极")。在他因为被哥哥夺了饭碗,不得已走进猪场翻出两个红薯被孩子们发现、围攻的那个沉重的场面中,我们不是可以清晰地感到极"左"政策下的乱批乱斗给农民造成的心理压力吗?甚至像德琪这样一个好社员,当他被孩子们威胁着要"吊块牌,像万玉一样"时,他那说不出来的灵魂也簌簌发抖了,一串串表示恳求的手势和取悦孩子的唢呐声,使作家听出了哑巴心里流出的鲜血。这在嬉笑中浸着血泪的一幕所具有的社会概括性是惊人的,中国农民在那"斗斗斗""割尾巴"盛行的年月里的命运和心理,似乎都浓缩在这一幕中了。

尽管这样,作家在这个艺术结晶体中,更加着意的却是表现中国农民中长期形成的劳

动者的善良，力图开掘出民族性格中固有的美。德琪对上面来的干部原来是有着一种天然的尊崇的。但是在办点干部搞"破产还超支"时，他却从沉默的人群中挺身而出，为平时与他积怨甚多的三老倌求情、抗议。当他未能挽回事态的发展反而因此遭到厄运时，他就把小指头向办队干部愤愤地竖起以表示他的憎恶了。这是他所能表现出来的最伟大的社会愤怒，而点燃这怒火的，恰恰是他天性中那种浓厚的人类同情。

如果说在社会生活中，德琪由于生活范围、社会交往的狭小，不能完全展现他富于人类同情的心灵的话，那么在家庭生活里，德琪却在与善良贤淑的嫂子二香的特殊关系中，找到了倾注其人类同情与爱心的精神空间。德琪的生活中是没有温爱的，二香的出现，第一次为他的生活带来了温暖和同情。作家大胆而又严谨的艺术处理使我们看到德琪以畸形的方式

表现出的对异性的兴趣，虽然丰富了这个人物的人性内容，但这在他与二香的关系中，并不占主要的成分。善良而又处于弱者地位的劳动者之间的相互维护和同情，才是他们精神联系中的主要内容。面对德成的恶，被侮辱与被损害的善连成了一气。特别是二香的存在，几乎成了德琪的生命支柱。他的肉体生命，虽然是在二香走后才在一次偶然事故中失去的；其实他的精神生命，早在二香噙泪离去时就已经熄灭了。在这里，德琪的性格显示了震撼读者良知的伦理深度：在农村的新生活刚刚展开，德琪本来可能享有较好的命运的情况下，财富所带来的新的邪恶，却把他吞噬了。在德琪的生命终止的地方，一个新的人类伦理课题在这样一个改革的时代里被作家敏锐地抓住，并有力地提出来了。

就这样，韩少功把人物性格的社会深度和伦理深度融汇在一起，在高度个性化的描绘中，完成了对德琪性格的塑造，并使自己跨过了创作历程中的一个难得的高度。

显示韩少功在人物性格创造中的新的进展和新的遗憾（即使是艺术珍品有时也会留下一点遗憾，艺术探索的得与失往往互相依存）的，是他的引人注目的近作《爸爸爸》和《蓝盖子》。

在写了《远方的树》之后，韩少功停笔休整了一段时间。这种休整，当然是一种"休养生息"，是作家沉入民族生活的底层获取新的养分，准备生息出新的文学花叶。他的近作，在艺术作风上，一变过去作品的激切、强烈、明朗、贴近时事，走入沉郁含蓄、幽深奇峭、似幻似真、若今若昔、迷离恍惚一途。这种巨变，是他的文学寻"根"理论的艺术实践。表面看去，似乎是他的创作道路的一次断裂，前后难寻相续的端倪；但细心寻绎，仍然不难发现旧作与近作之间的联系。

在某种意义上，可以说《爸爸爸》是《回声》中描写到的那一场"文化大革命"中的宗族械斗——"鸡"头下的刘姓人与"鸡"尾下的周姓人的械斗——的深掘与生发。这两篇作品可以说反映了民族生活的两个层次：现实的充满激浪和浮沫的表层（《回声》）与历史的积淀着腐泥和烂叶的深层（《爸爸爸》）。把这两个层次相互映照，也许《爸爸爸》中描写的那些鸡头寨的人物就不会那么难以索解了吧？

在《回声》中，造反派中的知青路大为简直不能理解为什么神圣的"文化大革命"会蜕变为无知愚昧的械斗？他认为这是"道道地地"的农民意识！即使是土产的根满，也鄙视参加械斗的乡民们在革命的口号下所进行的荒唐的迷信活动，肃然正色道："革命造反派何时搞起四旧来了？"这些剧中人对着他们自己演出的戏发怔，觉得这是一个谜。韩少功在当时看出了这出戏的荒唐，他就来极写这种荒唐以讽刺世相、烛照政治动乱之主观虚妄；但是他还没有来得及想到去解开这个谜。只是到了写《爸爸爸》的时候，他才企图"在立足现实的同时又

对现实世界进行超越，去揭示一些决定民族发展和人类生存的谜"。从这个角度去理解《爸爸爸》，在这篇笼罩着历史烟云的远古神话、山中古歌、民族史影中，确乎隐隐有一种作家释放出来的"现代观念的热能"向我们辐射过来。

关于韩少功寻"根"艺术探索的得失，过早地进行评说未必有益。我们还是来看看《爸爸爸》中的四个人物吧。

最引人注目的当然是丙崽。这个白痴见了人不是叫"爸爸爸"就是骂"×妈妈"，这是他唯一的两句话，其中一句重复拖长了，就成了小说的标题，这也可见丙崽这一形象在作家心目中的重要。就这个形象的自身而言，作家大概是想强调他那简单低能的思维方式、处世态度、语言习惯所含有的象征意义的。对于这象征意义，人们尽可以根据自己的生活经验、具体心境去作淋漓尽致、求索甚深的发挥。但我觉得，就这种白痴特征或生理病态而论，它本身并没有多少社会生活内容、社会关系沉淀于其中。倒是这个人物的遭遇所烛照出的别人的嘴脸和社会的心理更引起了我的兴趣。

丙崽的"爸爸爸"和"×妈妈"这两句话，并不是这个白痴的头脑里固有的，而是在他"被寨子里的人逗来逗去，学着怎样做人"时学会的。这两句话与其说是丙崽的思维方式、处世态度、语言习惯，不如说是属于寨子里的人的，人群的。鸡头寨打冤家时居然借用丙崽这两句话来占吉凶，以为可以代表"吉凶二卦"，更是这两句话属于众人、反映了闭塞的山民们的简单思维方式的证明。

把"爸爸爸"和"×妈妈"这两句话教给丙崽的山民们，却又因为这两句话屡屡取笑他、毒打他。对这样一个白痴、一个无力自卫的弱者的态度，说明了鸡头寨离人的世界还多么远。阿城写过一篇《傻子》，说走在街上的傻子，就是他的家庭在外面蠹起的一杆旗帜(道德的旗帜)。又说，傻子是个常量，而对待傻子怎样的他的家人则是个变量。因此以傻子推知其家人道德的短长也就很容易了。这真是极明达圆通的看法，移用于丙崽与鸡头寨人亦然。事实上，丙崽娘对于她的傻儿子和山寨人的关系，对于鸡头寨人的人的水准，是有清醒的估计的。你听她怎么哭诉："你天天被人打，吾天天被人欺，大户人家的哪个愿意朝我们看一眼？"既是在同宗同族的鸡头寨，社会的分野映在丙崽这面旗上，也照样是严峻的。可惜这方面开掘太少。也许是作家更经意于把丙崽作为一个象征的意象来表现吧，这个人物作为一个社会典型的形象相对比较弱，所以它在审美价值上离阿Q或狂人就还比较远。

真正有点阿Q味的不是丙崽，倒是那个性格刻画相当丰满的仁宝。在这个人物的刻画上，韩少功充分显示了他那种创造单纯的、透明的"杂色的人"的本领。他笔下的仁宝，真正是把生理本能、社会特征、思维习惯、情感反应乃至潜意识，等等，全部向我们呈露了。这位俨然乎山寨的新派人物、宗族的拼死英雄，其实是很有点乖巧滑头的。他对打冤家的正义性的解释以及他那些心情沉重、语义哀戚的遗嘱，其实是他心造出来的英雄幻觉，实在使人忍俊不禁而又玩味不舍。这种包藏着自己的小欲望在场面上混的人物，更是民族生活病态的结晶体。他会生存很多世代。《回声》中的根满，不就有几分仁宝气吗？这一对"活宝"，时代不同，病根则一。他们的存在，提示着改造民族性的课题的长效性。

另外两个人物，丙崽娘虽然有神神乎乎的一面，仲裁缝也有作古正经的一面，但他们的内里，却是人性的善和勇。丙崽娘的慈祥的、自为、自得、自足的母爱，使这一对母子在泥途中挣扎地生活，略有了一点人的温馨；而仲裁缝在丙崽成了孤儿受到"祭刀"的威胁时伸出的援手，他在山寨迁徙时留青壮不留老弱的决定，显得那样悲壮、沉勇而有气度。他是把民

族送到新的生路上去的一个自我牺牲的勇者。也许,正因为有丙崽娘、仲裁缝们的存在,有那些从容饮下毒汁的老少们的存在,记录民族迁徙的古歌才"毫无对战争和灾害的记叙,一丝血腥气也没有",才成为"一首明亮灿烂的歌"吧?

丙崽、仁宝、丙崽娘、仲裁缝,这都是一些生活在旧社会的人物,却也是一些缀连在民族的生存链上的人物。在他们身上,沉积着几千年的过去,也预示着后来。这些性格的病态和古风里,确实揭示着某些"决定民族发展和人类生存的谜"。在这方面,韩少功的探索是有成效的。但是,我觉得作家在进行这一类探索时,过分隐藏自己"立足现实"的脚印,过于追求"对现实世界进行超越",多少有些把鸡头寨孤立起来浸在单纯的神话、传说中的味道,无形中失落了民族发展和人类生存的一个个具体的社会阶段、社会形态的某些实在的内容。这不能不有些削弱《爸爸爸》中的那些艺术上刻画得活灵活现的人物的典型意义。民族发展和人类生存的谜,并不能借这些人物的烛照而完全地霍然解开。这就是我觉得略有遗憾的地方吧!

在韩少功的三篇近作中,比较起来,我最欣赏的是《蓝盖子》。这篇小说语气极为平淡,但所叙之事、所写之人,却使我们感到沉重和刺痛。这是在一个可怕可诅咒的时代,发生在一个可怕可诅咒的苦役场里的一个可怕可诅咒的故事。主人公陈梦桃原是个有点罗曼蒂克的人,恋爱时因为女方名字中带了个"桃"字,于是改名梦桃,表示对爱情的忠贞。这样一个感情纤细的人被扔进苦役场去做埋死人的差事,最后终于发疯了。这是一个生活的折磨怎样使人变疯的故事,它使我想起《月兰》,那是一个生活的压力怎样使人蹋死的故事。这个故事和那个故事,都是那个愁惨的年代的真实图画,都是作家的沉痛控诉。然而,《蓝盖子》的故事,写得多么成熟、凝重、平静啊!它没有《月兰》里的那种直接闪露的社会正义的怒火,人类良知的呼号,但是,在作家有点轻淡而悠远的不经意的谈说里,那个摧残人性、吞噬生命的人类的苦役场受到了致命的、艺术的一击。在极为严谨、精细、内涵丰富的笔触下,我们几乎可以清晰地看到一个善良的灵魂怎样被压裂的心理过程。

陈梦桃大约是有一点知识分子的柔弱的,苦役场的苦役使他累得尿湿了裤子,"呜呜地哭起来"。他"每次集体受训到得最早,头也低出了最大限度",终于得到了优待,领了埋死尸的差事。他强忍着恐惧,开始了这种可怕的"工作",也开始了精神上的分裂过程。一方面,他在埋人这一特殊的差事中,"陶陶然体会到肩头没有抬石的杠棒,身后没有愣头愣脑的枪口"的快活;另一方面,他的灵魂还是免不了在冷冰冰的死人面前发抖。这种"快快活活的恐惧"就这样煎熬、挤裂着他的精神。待到他对面床上的人也需要他去处理时,他终于瘫下去了。也许还能意识到灵魂沉沦的危险,他也挣扎着要救出自己。他开始热心地做好事,尤其对几个完成定额有困难,"被墙角那捆稻草(用来搓捆死人用的草绳的稻草)弄得心惊肉跳"的人极为关切。但是,这种异常的关切,却招来异常的反感和恐惧,因为他似乎变成死神附体的不祥之物了。"他越来越莫名其妙地内疚,而越做好事就越遭更多的咒骂。"死神的威胁和压力,以直接和间接的方式,使他的精神终于崩溃了。从寻找那个永远也找不到的蓝盖子开始,他疯了。他是罪恶的时代逼疯的。即使是在他恢复自由以后,他也找不回过去那个正常的(善良而又有点浪漫)的自己了。

在冷漠地写出这个沉重的故事之后,韩少功这样写道:

事情既是被谈着,也就有点轻淡而悠远了。我们马上可以谈别的,谈姓氏学,谈吃

猪脚,谈核裁军谈判,谈谈而已。

　　我脑子突然显得很笨,半天还没有想到一个话题,甚至没想出一句话,一个字。

　　至哀无语!"文化大革命"的结束,已经快十年了。血痕或洗去,或冲淡了。很多人对自己做过的事或经历过的事,都已忘却。韩少功的《蓝盖子》,是一次为了忘却的回忆,抑或是一支为了未来的晨曲?两者可能都是。

　　画出了我们国人的这个被残虐的灵魂,韩少功也许会感到自己灵魂里的精神负荷稍稍减轻一些了吧?他把自己写过的像《月兰》那样的伤痕文学在一个新的历史阶梯和文学水平上升华了。

三

　　心理学告诉我们:一个人对颜色的感受、爱好,有时是能反映他的气质、他的情绪、他的精神追求的。我们已经说过,韩少功喜爱蓝色。牵引着他在人生和文学的长途上不懈地前行的,是一个蓝色的梦。

　　那么考察一下韩少功小说中的知青形象——这也是一些喜欢做蓝色的梦的人——潜入他们的蓝色的梦里头去探寻诗、探寻哲学,也是更深入地认识韩少功的一个途径吧?

　　几乎所有韩少功的重要作品——除了《爸爸爸》之外——都有一个知识青年形象存在,这一事实再清楚不过地向我们提示着韩少功的小说创作的特殊的生活基础。也就是说,作家本人的生活足迹,作家自己对生活的沉思、感慨、追求,是那样清晰地留在他创造的艺术世界里。在这个意义上,也可以说韩少功的小说是知青文学在南方的一个重要的分支。不过这是非常独特的分支。

　　独特就独特在,韩少功一般说并不独立地描写知青的命运(《远方的树》大概是个例外)。他笔下的知青形象,当然也参与生活,但更多的时候是作为生活的观察者、解释者和沉思者出现。这些知青形象组成了一个既独立又与农民世界相通的特殊世界。这一特殊世界在韩少功的小说中存在,主要并不是为了显示和说明自身,倒是为了显示和说明那个我们已经详尽分析过的农民世界;为了不那么黏滞于农民世界;为了能够从这个农民世界中提摄出某些苍茫悠远的诗和哲学,获得小说艺术的神韵。

　　韩少功的蓝色的梦,大概是从童年就开始做的。《晨笛》写的可能就是他的童年感受。《晨笛》描写一个感情丰富、善于想象的农家孩子与大黑牛的友谊,写了农村生产活动、经济生活中发生的那些孩子不理解的变化,写了由这些变化导致的大黑牛的被宰。在大黑牛已经无可挽回地要被杀的时候,孩子流泪了。"他咬着牙,似乎想到一个很难解答的问题:……为了生活就要伤害朋友吗?……就要会骂、打、讥笑、冷淡、想诡计,甚至吃朋友吗?"在孩子的这个幼稚的然而伟大的疑问中,就包含着小说家韩少功的最基本的伦理态度。这种伦理态度随着他对生活、对人与人关系了解的加深也不断加深、丰富,但最基本的元素,却在孩子悼念大黑牛的清泪中闪烁了。作家写道:

　　　　鲜红鲜红的太阳昂起了头。孩子还在吹着,吹着,笛声融进了朝霞,融进了永恒的蓝天。孩子的泪珠也许是幼稚可笑的,但泪珠培育了他的心,一颗种子——那是人类希

望的种子,那是头顶上的星星。

《火花亮在夜空》中的小芸,不理解爸爸妈妈为什么不敢接慈爱而孤单的姑妈回家过年,难道因为姑妈曾经被迫当过资本家的老婆就应该受到这样的歧视吗?小芸从这件事"窥视到了一片陌生的天地",人与人互相防范和躲避,用复杂的"生存外观"来掩盖自己的真实内心的"陌生的天地"。她喊出"美好的生活,人类的心灵,该用爱和善来滋养",勇敢地独自找到姑妈那儿去了,给她带去一个孩子所能给的爱和温馨。小芸的朦胧的伦理意识与《晨笛》中的男孩的心声是相通的。被除夕夜的花炮的火花所映亮的夜空与融进了晨笛的"永恒的蓝天",都是充满了纯真的爱与善的美好世界的象征。

这同一主题在《癌》里得到了更有力的表现。郑星星因为被误诊为癌症,在绝望中有了脱下自己的"生存外观"的勇气,决心在生命的最后时光里和被迫划清界限的妈妈厮守在一起。在她静等着妈妈到来时,"她梦见了蓝蓝的天"。但是,当她知道了是误诊时,她和关心着她的"大家"都陷入了一种尴尬的处境,那种政治压力下的利害计较好像比癌还可怕,阴影又把她笼罩住了,这时,"她梦见一片灰色的海浪"。在这里,"蓝蓝的天"和"灰色的海浪"是作为两种对立的人间境界而出现的。

这种对立也出现在"蓝色的茅草地"中。知青小马和场长的女儿小雨的恋爱,是茅草地这个精神沙漠里开出的唯一的人类美好情感之花。当作家的笔写到这一对小儿女的柔情时,就流泻出了诗的辉光:

> 隐隐约约的甘溪像一抹水银,发出蓝宝石的光芒,像童话中的生命之湖,像一个紫色的梦境。天地间一片无边的、神秘的、柔软的蓝,好像有支蓝色的歌在天边飘,融入草丛,飘向星空。

这使我们想起,在那篇相对较少诗意的《回声》里,当路大为凭吊为他而惨死在毒箭下的竹珠时,留在他记忆中的,是一个蓝色的夜:"那个夜晚,满垄蓝色的雾气又沉又凉,月光洒下一片银色的雾。"在小说冷峻、暗淡、滑稽的画面中,这蓝色的雾是唯一凝聚着温情和美的东西。

这也使我们想起,在那篇可以称为农村青年的命运之歌的《那晨风、那柳岸》里,伴随着乔银枝的生活道路弯弯曲曲地向前流淌的,是那条蓝蓝的青龙溪:"天蓝蓝的,江水像镀了蓝色的锌,上了蓝色的釉,光滑滑,沉甸甸。"而心里怀着爱的乔银枝,在为倔强的袁昌华洗衣服时,甚至产生了这样的美好幻觉:"手里这几件衣,是在蓝天中偷偷地洗吗?洗出了片片阳光吗?"

可见,当韩少功的笔触及青年们的爱情生活时,蓝色,是他心目中的爱的柔和色,是纯净的人之诗的色调。

蓝色也是韩少功所向往和追求的理想和信念的颜色。《飞过蓝天》就是作家吟唱出来的一曲最动人心弦的理想和信念之歌。而这支歌的基本色调恰恰是蓝色的。那只叫晶晶的鸽子,为了寻找主人、寻找故乡,飞过了多么艰险的万里云程啊!"对于晶晶来说,寻找成了性格格和习惯,成了生命的寄托和生活的目的。为了寻找不能忘怀的一切,它穿过了白天和黑夜,从远方飞向远方,那响彻长天的鸽哨,把信念刻进了蓝天。"由于晶晶的启示,外号叫麻

雀的知青从酒醋昏睡中醒来了。他相信:"晶晶死后一定变成了那淡蓝色的小花,有金色的花芯。它在黎明时生长出来,像钻石一样闪烁着光芒。它在说:'我爱你。'"他"望着蓝天",望着刻着不懈的追求和寻找的蓝天。可以相信,他将会走上一条新的生活道路。

最后,蓝色还是韩少功发现的生命的原色。《归去来》中那个被山寨人误认为是"马眼镜"的黄治先,不是在山寨洗澡时,才发现了自我的生命的原色吗?"头上那盏野猪油的灯壳子,在蒸汽中发出一团团淡蓝色的光雾,给肉体也抹上一层蓝。穿鞋之前,我望着这个蓝色的我,突然有种异样的感觉,好像这身体很陌生、很怪。……我也是连接无数偶然的一个蓝色的受精卵子。"看,蓝色几乎渗入韩少功关于人类的起源和本性的哲学沉思里去了。那个被折磨得失去精神生命的陈梦桃,他所苦苦寻找的失去的瓶盖子,不也是蓝色的吗?

总之,我们抓住了足够的证据,证明了蓝色是和韩少功的精神气质、伦理态度、理想信念以及他对爱情与生命的独特感受和理解相联系的一种大自然的色调。这当然仅仅是描述。要探究韩少功的蓝色的诗、蓝色的梦的精蕴,还需要结合韩少功讲述给我们听的人生故事进行分析。

我们已经说过,几乎从童年开始,韩少功就确定了他追求人类相互关系中的爱与善的基本的伦理态度。这大概是他的蓝色的诗、蓝色的梦的基本的情感质地。人们往往容易注意韩少功小说中的严峻的人生内容,被他冷峻有力的透视力所撼动。其实韩少功的小说中,还有更重要的一面,那就是他小说中强烈的情感内容,那种把读者引入纯洁崇高的境界的拥抱人生的热力。这使他不黏滞在摄取到的沉重的现实图景里,而能升华出一种悲悯人类、渴望光明的博大的人道主义的感情,推出一种鉴古思今、叩问历史与自然、把握人世无限感和永恒感的哲学世界观。对于我来说,这是他的那些最好的小说中最迷人的部分。在有深度、有力度的小说里,绝不仅仅只有形象才有魅力;那些附丽于形象而且优美机智地抒写出来的关于人生、社会、自然等等的思想,同样是构成小说魅力的不可缺少的因素。

如果说,在韩少功早期的代表作《月兰》里,被月兰的惨死所震动的那个年轻人的内心波涛,虽然也有力地叩打着我们的心弦,但我们仍然能够感到作家的人生的沉思,还没有达到深沉的境地;那么到了写作《风吹唢呐声》的时候,作家从德琪的命运中触发的那些人生感慨,却已经具有一种深邃的风貌,能够久久地搅动读者绵远空阔的遐想了:

> 他化入青山,似乎与我无关了。我并不很熟悉他。我们被命运分隔在两个生活领域。但我想我是会记得那些白天和黑夜的。在我人生的旅途中,它们帮助我理解贫穷和富足,理解人在种种物质压迫面前应有的坚定。它们将使我在每个黎明想起:那善与美永恒的星光,怎样照耀着人类世世代代的漫漫长征,穿过黑暗,指向完美……
>
> 我越过空明月色,又想起了远方。那也是在这个星球上吗?那霓虹灯下驰过闪亮的轿车,比肩接踵的人流浮卷着喧闹。到处是人和人……
>
> 我要好好地生活。

记得第一次读《风吹唢呐声》,读到德琪死去时,我的心情沉重到了极点,一团巨大的郁结,压得我喘不过气来。这时,作家的深沉而又饱浸感情的人生议论,舒解了我的郁结,使我得到了一种净化。最后那一句"我要好好地生活",几乎是从我自己的嘴里喃喃地说出来的声音了。

如果说,在韩少功过去的作品《西望茅草地》和《回声》中,那对"像一座座坟墓,像一个个乳房,像一排排历史丰碑"的远山的秘密的叩问,那对重叠的群山的想象和思索——"这些山,是神话中的怪兽,躲在这个世界的角落里歇息;或者,是巨大的坟墓,埋葬着一个民族过去几千年的痛苦和不屈,欢乐和希望;或者,是大地生命波涛的突然凝结。"——多少还有些嵌入形象画面的感觉;那么到了写《爸爸爸》和《蓝盖子》的时候,这种对民族发展和人类生存之谜的叩问和探求,已经和小说的形象画面混合地汇成一体,并成为提升小说的意蕴的诗化的神来之笔了。

《爸爸爸》的生活画面是相当沉滞、阴暗苍凉的。作家把民族生存的老根周围的腐殖土全翻开来了。在一场血腥、愚昧的宗族械斗之后,在老弱病残饮毒汁死去后,青壮年开始迁移到祖先所来的东方去。这时,作家暗暗地把他的祝福,送到开始悲壮地迁徙的山民的行列中去。他不但描绘了祠堂檐角那用山树山泥烧出的伤痕累累的老凤,想象它"还想拖起整个屋顶腾空而去,像当年引导鸡头寨的祖先们一样,飞向一个美好的地方"。而且他描绘了唱着"简"的一群,描绘了"这种水土才会渗出这种声音"的古歌:

> 这种歌能使你联想到山中险壁,林间大竹,还有毫无必要那样粗重的门槛。……
> 还加花,还加"嘿哟嘿"。当然是一首明亮灿烂的歌,像他们的眼睛,像女人的耳环和赤脚,像赤脚边笑眯眯的小花。毫无对战争和灾害的记叙,一丝血腥气也没有。
> 一丝也没有。

民族的向上向光的生命力,跨过了惨剧的遗痕,踏着人生的铁蒺藜,高唱着前进。这是怎样富有诗意和哲理的描写啊!

而那篇浓缩了一个时代的悲剧的《蓝盖子》的结尾则是这样的:

> 我又看见前面那一片炊烟浮托着的屋顶,那屋顶下面是千家万户。穿过漫长的岁月,这些屋顶不知从什么地方驶来,停泊在这里,形成了集镇。也许,哪一天它们又会分头驶去,去形成新的世界。静悄悄地来了,又静悄悄地去。暂时寄托在这小小的港湾,停棹息桨,进入淡蓝色的平静和轻松。明天早晨,它们就会扬起风帆吗?——我仔细地看着他们。是的,那里没有一个字。
> 像没有了盖子。但我会找到的。

那种由于陈梦桃的悲剧所带来的压抑情绪和脑意识空白,就这样被这种平静中的希望驱散、填满了。贯穿在韩少功全部作品中的那种理想信念、伦理热情,在他的近作中取了一种沉实凝定的风貌。人们不太容易看见它的流露,但是它存在着,发展着……

这是一个在动乱的年代里走过来的知识青年对生活、对社会、对民族、对历史的绵长的沉思。韩少功的这种沉思,几乎渗透在他笔下所有被卷入社会漩涡中去的知识青年的一个共同特征。《月兰》中充满负疚和忏悔之情的"我"在沉思;《回声》中扮演了不光彩的角色的路大为在沉思;《西望茅草地》中受伤害的小马在沉思;《那晨风、那柳岸》中那位倔强、激烈的袁昌华也在沉思。这种沉思在《远方的树》和《归去来》中发展得最为充分。

《远方的树》比较深切地剖露了知识青年田家驹的内心世界,把这个有才能、有力量、有

见解、不满足于温饱而渴望着发展的知识青年在那个"晃荡的变形的世界"里的苦闷描写得淋漓尽致。他的形象，和老实呆板的刘力、纯朴深情的小豆子，形成了鲜明的对照。对于田家驹来说，在逼仄的世路中走出发展自己的潜能、释放自己的才智的道路，这个人生的信念是高于一切的，超越了一切传统的善和美。所以他毫不客气地请求刘力让出了上大学的名额；也毫不犹豫地告别了深情邈邈的小豆子。他的性格是冒险的，勇于自我选择、自我设计的性格。他何尝不珍惜小豆子的感情，但他知道，按照自己的天性，他"永远也不会画她的"。他用来斩断情丝的是"我要轻松，不要牵挂"。这和《那晨风、那柳岸》中袁昌华婉拒乔银枝的心理状态几乎是一模一样的。只不过在人生的挫折中成熟起来的乔银枝已经"懂得了生活中更重要的一些东西"，已经有了自己的精神追求，她其实并不奢望得到爱情，甚至愿意帮助对方来打掉自己的奢望；而小豆子的精神发展则尚未到达这种具有新质的阶段，因此更难堪于这失恋的隐痛。田家驹是清醒地把爱情置于人生第二义的位置的。他认为："爱情死了，在非情爱的爱河中变得更深广、更纯净、更浩荡永恒。需要抛弃什么，就抛弃吧。人要斗争和前进，不能把好事都占全。不要奢望完美。"所以他并不太怀念小豆子家门前的那棵远方的树，而要画一棵经过他炽热的主观情绪浸润过的树——带着"狂怒的呼啸"，"热烈的歌唱"，"刻记着大地的苦难和欢乐"，"燃烧着大地的血液和思绪"的舞蹈着的树。

和《远方的树》中的田家驹那种对乡村的邈远而又略带怀疑的沉思不同，《归去来》中的黄治先对山村的沉思却是切近而又略带梦幻的。在他的沉思展开的山村斑驳的风情画中，也有一个黄治先"不敢舔破"的爱情故事——"马眼镜"和四妹子的姐姐的爱情悲剧，绝类田家驹与小豆子的爱情悲剧，——但这个故事被淡化为一缕怨望，并没有成为《归去来》的主要情绪。这篇写得有些费解的小说的主要情绪，我以为是年轻的生命在民族的古老传统和旺盛活力的震撼下对自己的新的观照和发现。黄治先被误认为是"马眼镜"，于是阴差阳错地窥见了"马眼镜"和山民们在那个愁惨的年代里所经历的一些可悲可叹的往事，也窥见了"马眼镜"离去后山村的一些可喜可泣的新事。所有这一切使黄治先深深地震动了。在这深山中的古老而又新鲜的人情世态面前，他感到困惑和迷醉。他觉得："似乎自己就要被一股莫名的力量拉住，就要往这地缝深处沉下去再沉下去。"《归去来》，整个的就是一个探求民族生活底蕴的知识青年在山村古老、朴野而又有生气的生活面前的困惑和震动。

因此，与其说《归去来》是韩少功艺术思索的终点，不如说是他探求民族发展和生存之谜的起点。

他正在向前走去。那个蓝色的梦，始终在他前头闪烁着。

1985 年 8 月 25 日夜写毕

（载《芙蓉》,1986 年第 5 期）

韩少功印象

骆晓戈

记得《主人翁》杂志社刚刚筹办时，征求刊物名启事已见报，每天，墙边、桌上堆着大札大札的信件。那时，我跟少功刚刚从湖南师范学院中文系毕业，分配到湖南省总工会筹办杂志社，他在桌子的那一面忙着，我在这一面忙乎，他桌子上那个烟灰缸常常堆满烟头，风将烟灰洒满这两张窄窄的写字台，这是借用一套宿舍临时办公用的，窗外有阳台，上上下下的阳台张开无数的花。

他正襟危坐，一支狼毫小毫正醮墨畅书。

一看，在写"请柬""通知"之类。

"这么认真。"我说。

我没有想到他会这么认真的，他即将第二次获全国短篇小说奖了，继《西望茅草地》之后，《飞过蓝天》很快要在北京发奖。

这是 1982 年 2 月。

"练练字也好，再说修身养性。"

他头也不抬，说。

第一次认识他，是在一次全校性的集会，每个人都拿着方凳，待队伍稍稍成形，就稀里哗啦进会场。他身穿一件旧圆领汗衫，也提着一张方凳，凳面贴一把大蒲扇，活像上哪个农家小院歇凉的，胡子拉碴儿，大概有好些时不剃，我想笑。

"你上课还带蒲扇？"

这里是湖南最高学府，周围的人，谁个不是衣冠楚楚，摇着花鸟鱼虫的纸折扇呢？

"嗨，路上挡在头上遮太阳，当草帽子。坐着，扇风，用惯了。"

他不在乎地笑了笑。

大概的 1979 年春节吧，大年初二，我到长沙德雅村一个朋友家玩，记起少功也住在德雅村，便和那个女友一块去看他。

一片草畦，几幢农家住宅，红泥墙、黑屋檐，路十分泥泞，进堂屋往左一折身，是他家租借的一间农民屋子。

那是第一次到他家，房子破旧不堪，且十分拥挤，不足十二平方米的空间开了三张床，床都是窄得不能再窄的，甚至用竹凉板架成，他说只有这样才摆得下三张。他哥哥、姐姐，回长沙都住这里。还挤出一方摆他的书桌和书架。

书桌摆在一个钉了窗格子的窗户下，他请我吃糖。

我最为惊奇的是少功的头发梳得真光，平日那乱糟糟的后脑勺突然地光洁，以后的这么多年中，我只见过那一回，少功是从不讲究理发的。我所以对那次印象特别深。

我很惊讶他在这种环境中写作。《月兰》就在这里写的,他告诉我,不碍事,他的母亲常常一整天不说话,只默默地走进走出,做家务也不带出一点声响。

　　我们在扯淡,照例是海阔天空,他母亲静静地坐在暗处,我对这位作家的母亲油然而生敬意,后来一直十分敬重这位老人。

　　开了学,大家闹着要吃糖,我才知道少功燕尔新婚,我去他家那天,他正当新郎哩。我吃了喜糖,他请我吃的,可是居然不知道是吃喜糖,这才记起那天他头上梳理出的那些光泽,顿时大彻大悟。

　　他是思辨型的,谁都会得出这个结论。他具有一种很强的向心力,使他成为湖南有一群青年作家的内核,他常常毫不吝惜地"输送"他的文艺观点。北京、上海,有人说到湖南作家群中找理论,指的就是找少功。这位以创作中短篇小说著称的青年作家,近年居然要出理论专集:《面对空阔而神秘的世界》。

　　我到湘西通道县侗族地区参加一次赶歌场,回来只会说体味到了《楚辞》中那种神秘、绮丽、狂放的气氛。而他,就能升华为文学的根以及楚文化流入湘西等等理论,他的抽象思维能力和对历史的宏观把握,常使我惊叹不已。

　　而他小感觉也好,一曲谭盾的《负·复·缚》,他有些失态了,上班时间,一个人堂堂皇皇坐在办公室放录音,把门紧紧反扣上,外面来访者穿梭一般,他却把自己关在音乐中,像一头沉睡的狮子,微微有些醉意醺醺的了,有人在窗外张望,他仍勾着头,沉重的庙乐,敲木鱼的响声,凄远的唢呐声,仿佛一声声咒语,正在唤醒他大脑沟纹底层的沉睡了几千年的集体无意识。

　　"这完全是民族的也是现代的意识。"他说。

　　他从音乐中悟到什么了,后来便有了《爸爸爸》《女女女》以及什么什么的。

　　就连何立伟也说,才发现少功不光大感觉好,小感觉也好(我们通常说大感觉是指理性思维和宏观地历史地把握事物,小感觉是指直觉、潜意识)。

　　当他理性的大闸稍为放松,可以感触到他情感在奔涌,他很有楚人的狂放、浪漫情绪。1980年,他从中越边境回来,他是随中国作家赴前线参观团赴云南的。

　　那一天,我在一间屋里见到他,想听他讲些什么的,没想到他刚刚说了几句话:"看了,难过,山口都是坟,灰灰的墓碑,遍山遍岭……"

　　"哇"地,他痛哭了,小房里贴着的白窗纸被震得呜呜地响,我第一次见到男子汉流的眼泪。

　　我们都沉默了。他也沉默,以致一段时间没写什么。

　　他风尘仆仆,身上还带着硝烟弥漫的味儿。

　　后来我又听说,他曾路过一地,见一个男人殴打老婆,他挺身而上,救下那个遍体鳞伤的女人。

　　他写人的变态、畸形,其实是他对人类具有一种博大的爱,对人性复归有着更强烈的愿望罢了。

　　他的作品愈是出世的愈是入世,读来使人沉重。

　　在他家客厅的墙上,大书着"禅定"二字,我认为这是他生命的真谛,他是个戴发修行的苦行僧。

　　在《诱惑》这篇小说结尾处,少功有这样一段文字:

感到在这次瞬刻而又永远的寻找中,我懂得了这座山,因此也更不懂了。

我只得沿用这句话作为少功印象记的结束语,他以他燃烧的生命作一次瞬刻而又永远的寻找,也许,这也是一种人生。

(载《芙蓉》,1986 年第 5 期)

韩少功近作三思

胡宗健

艺术如同人生，一切都在动荡，一切都在蜕变。韩少功的小说从 1985 年开始，显然是变化了，超越了，到了一个使我们难以辨认的位置上。

我们确实无法穷尽这位作家超越的一般历程。即便是心理科学还不能为我们系统地弄清构成一个作家才能的全部因素提供周详的条件，何况囿于自己域限的本批评。因此，这里的探测是极其有限的，绝对的沟通是无法做到的，隔阂将仍然是不可避免的。我们根据韩少功小说与其自白，只能说他才情中的很大成分，来自他对哲学意识和文化意识的渴望、把握，来自审美意识的升华力、渗透力和解剖力，来自他从客观的写实到主观的写意、从具象透视到抽象覆盖的突变力，也来自他不再满足文学简单地摹写生活，而是在历史文化向现代文化跃变的过程中，深入人们的意识深层，挖掘人类在认识和改造世界活动中积淀起来的内在心理结构，以探讨人们的心灵世界在时代生活沿革中的流变，从较深的层次上把握现实社会的历史走向。

韩少功这两年来的创作，真正使他笔下的生活具有了一种综合化的情势，与他过去在生活的平面上描摹生活自不可同日而语。当然，对社会改造有直接功利的作品是我们时代所需要的、欢迎的，但艺术的探索也是很宝贵的。用韩少功的话说："可以让人写西医式的作品，也可以让人写中医式的作品。我写过西医式的，也准备写中医式的。目的是一个，养身治病。"（《寻找东方文化的思维和审美优势》，《文学月报》，1986 年第 6 期）这里的陈述，可视为他对自己不断变化着的创作的一个简单而又形象的描述。他眼下的"中医式"作品，即通过一种综合的超时空的思索，把触目惊心的现实和人类的历史沉积，以及源于神话、传说的幻想结合起来，构成色彩斑斓、风格迥异的图画，使读者在似是而非、似非而是的形象中，获得一种似曾相识又觉陌生的感觉，从而激起人们寻根溯源去追索作者创作真谛的欲望。

一位美国著名文学评论家说，文学评论应该选择值得评论的作品，重点特别应该放在新近问世、讨论不多或者广泛被人误解的作品上。对韩少功近作的讨论算是够多的了，但它们被人误解却时有所闻。我丝毫不敢说我可以在这里消除或淡漠人家的误解，我只是有意稍为调整一下理解和楔入的视点，看看能不能说明点什么。

我曾经以《浅论韩少功小说的哲理探索》（《文学月报》，1985 年第 10 期）为题，指出他在 1984 年以前的小说在强化哲学意识方面的突出成就，那么他 1985 年以后的小说的面貌又是如何？我也企盼着说明——不过仅仅是企盼罢了。

一、布莱希特式的"间离"和作者的"寻根"

表现派戏剧大师布莱希特,处心积虑地调动一切形式来制造"间离"效果。他在《谈实验戏剧》一文中说:

> 放弃感情交融对戏剧来说是具有决定意义的大事。在一切可以想到的实验当中,这也许要算是最为重大的一种。(引自《外国戏剧》,1984 年第 2 期)

这是布莱希特的艺术主张。他要求不要在戏剧本身寻找娱乐和艺术享受,到哪里去寻找呢?他回答:"科学时代的戏剧能把辩证法变为娱乐。"(《戏剧小工具篇》,转引《外国现代剧作家论剧作》第 119 页)因此,他着力让观众欣赏戏剧时保持冷静的思考和清醒的头脑,以打破感情的交融。要做到这样,一个基本手段就是制造"间离"效果,以此拉开作品(戏剧)与读者(观众)的距离。这样,就可以使读者或观众不会沉没于情感之中,而让理性的思考取代于情感的交融。

我想,这就是韩少功近期小说的理性精神所独具的传达方式,当然也是他近期小说的全般风貌和特色。他近来小说的可读性已经明显减弱,其情节的动人力和情境的美感力似乎丧失殆尽,已经消尽了《月兰》《风吹唢呐声》《西望茅草地》等早期小说那种雍雍陶陶的气息了。人们对此已有不少抱怨。这确是他近作的不幸,但又恰恰是他近作的荣耀——哲学的荣耀。虽然哲学一直是他小说的中心,几乎在他往昔的每一篇作品里,他都在寻找哲学和文学得以统一的契机。然而,他近期小说用以升华为哲学沉思的形式变换了。即说,他不像过去那样使他的哲学思想仅仅驻留于其本身显而易见的意义之上,也不单纯地在语言中设施警句箴言以及在文体叙述中去渗透或直抒哲理,他摒弃了这种简单化的提炼方式,而是调动起新的手段来制造"间离"效果,"很少让人只就它本身来看,而更多地使人想起一种本来外在于它的内容意义"(黑格尔语),也就是作品中的理性让读者在冷静的思考中去获取。那么韩少功是怎样设置这种间离效果的呢?

第一,体现在作品情节的淡化和静态的叙述上。作者不仅以一种近似凝思和参悟的平和心态来面对作品,冷静地调整艺术感受与形象体系间若即若离的状态,而且有意打破情节的逻辑性和行动的整一性,这就自动形成了审美主体和客体的特殊的距离。例如《爸爸爸》之写丙崽、丙崽娘、仲裁缝以及鸡头寨的芸芸众生,又如《女女女》之写幺姑、珍姑、老黑,分明觉得作者的感情并没有像盐溶入水那样渗透到他描写的对象上去,完全显出一种超然气派和极冷的俯瞰气味。不仅如此,而且以一种反逻辑的方式进行材料的组合,以此冲淡情节联系,造成形象间隙。比如《女女女》中幺姑的宽厚和勤俭,幺姑的苛求和贪欲,珍姑的仁慈和珍姑的歹意,遍地多得令人插足不进的老鼠,突如其来的地震,毫无瓜葛的女人的洗澡,作品中的事件常常互不相衔,没有严密的组织,不像传统小说那样把动人的故事组织得和谐完整,讫有交代,起有悬念。这种令人索昧的散碎的故事结构方式,与布莱希特的戏剧构思遥遥相应、如合符契。仔细思忖,其用心不外是为了阻隔欣赏者情感的涌动与交融,以便让理性的思索单刀直入。

第二,部分地舍弃真实感和生活感的同时,把小说表现的生活内容有意"陌生化"和"深

奥化"。传统小说固守高度真实性的美学原则,要求人物事件真切地逼近生活,让读者在"生活化"的情境氛围中置身并陶醉其间,而达到一种心物冥合的境界。而韩少功的近期小说,似乎打破了这一不可更变的文学法则,而与布莱希特有意让观众知道舞台上是在做戏而自己是在看戏的总体构思原则取同一步调,于是,他小说中陌生化的人物出现了,陌生化的场景出现了。《诱惑》中的妹妹,《归去来》中的黄治先,《蓝盖子》中的陈梦桃,《空城·雷祸》中的四姐和梓成老倌,《女女女》和《爸爸爸》中的幺姑、丙崽及他们周围的所有人物,以及这些小说中许许多多恍若隔世之感的场面,都对我们板着陌生的面孔,在我们的实际生活中似难找着。由于小说画面的生活幻觉被打破,我们也是因此而困惑起来。但是,困惑之余,却也少不了困惑中思索的乐趣。原来我们在思索中领悟到,这是作者对他的人物所做的抽象的处理,由于写出了他们身后的历史文化环境,这些形象的意义也是被放大得如同历史本身一般。

第三,环境背景的淡化与本体象征的强化。这两者有互制的因果关系。美国作家福克纳和海明威的本体象征方式,成就他们小说对环境和背景的成功的淡化处理,使小说进入了宽阔的河床,涵盖了深厚的历史内容。韩少功的近期小说,已经表明了他对这一象征方式的加倍喜爱,无论是丙崽还是幺姑,无论是《爸爸爸》中鸡头寨与鸡尾寨山民的械斗,还是《女女女》中人物踩着鼠浪前行的环境,都显然不是为着直指某一现实,那种模糊不清的超时地的社会存在的外观,实是对包括纵向和横向的更为开阔的生活所进行的象征性模拟,通过创造和现实相当的对应物,造成深切的寓意,来间接暗示作家所要着重表现的隐蔽的思想情绪和抽象的人生哲理。不论是他笔下的人,或是他笔下的事,都在这里形成了一个静态的错合点,比如丙崽和幺姑,既是丙崽、幺姑自身,又是自身的象征,读者可沿着这两方面追索,而获得对传统历史文化的一个侧面的认识。因此,这是现代意义上的优秀的象征艺术,这种优秀,正在于它的超越——对象征形象本身的超越。虽然这种超越,有赖于作家在精心赋予象征的总体形象以逼真的生命的基础上,不露痕迹地去点染它和象征意义之间某种异中见同的本质联系而得以实现。韩少功的近作正是在这一点上实现了这一超越,因而使他作品的此岸世界从时空上被永恒化了,抽象化了。这样,此岸世界的现实性又具有了超现实性,因而作品的价值既包含本体而又大于本体,构成了使时空得以延伸的超越本体的象征。

象征的强化与背景的淡化之所以被视为一种距离,乃是由于它的复杂性、模糊性、暧昧性和多义性所造成。审美主体和客体的距离由此被拉开了,但却为不同审美感受和人生经验出发的读者提供了一种捕捉欲和思索欲。所谓本体的超越便是沉思(包括哲学的文化的沉思)的发端,此之谓也。

以上,是韩少功小说间离效果设施上的几个特征。显然,这种间离效果直接拓展了欣赏空间,打破了传统小说所保持的主体与客体间稳定、正常的心理距离状态,而使欣赏重心与形象表层保持着若即若离的关系。这对审美主体来说是一种特殊的心理距离。它一方面使人不拘泥于实际事物,把书中的事物推向一定的焦距之下,将主观经验经过一番客观化的蒸馏,作为恩格斯所说的"精神沉入物质之中"的第二自然,进行远距离的观赏;另一方面又不掐断实用的羁绊,使我们在把历史经验作为参照之后,由第一项"实际呈现出的事物"找到第二项"所暗示的事物,更深远的思想、感情,或被唤起的形象、被表现的东西",从而使第二项的价值合并在第一项之中(桑塔耶纳:《美感》),以期捕捉到深远的哲学意识和文化意识。

我们曾经为韩少功提出的文学"寻根"而困惑过。其实,他的"寻根"意识和文化意识负载着一个巨大的思辨哲学的圆圈。他的"寻根",不是由于根断了,源竭了。他的小说自身,也不像美国作家寻找自己家族根源的小说,所俘虏的是萌生出强烈孤独感和难以排遣的失落感的"失根的人"。他的寻根恰恰在于寻找东方文化的优势。然而,这一意向在他的小说里又是不明显的,于是我们又感到了困惑。但是这里有深刻的辩证法的颖悟。韩少功对这层意思作了这样的表述:"东方文化自然有很落后的一面,不然的话,东方怎么老是挨打?因此寻根不能弄成新国粹主义、地方主义。要对东方文化进行重造,在重造中寻找优势。"他又说:"现在是东方精神文明的大重建时期。我们不光看到建设小康社会的这十几年,还要为更长远的目标,建树一种东方的新人格、新心态、新精神、新思维和审美的体系,影响社会意识和社会潜意识,为中华民族的发达腾飞做出贡献。"(《文学月报》,1986 年第 6 期)

这是这位青年作家的宏阔的眼光,又是他小说里的艺术事实,即他把主体文化意识总是镶嵌在画面沉郁的民族危机深重的历史背景之上的一个缘由。韩少功有着强烈的民族自尊心,但这种自尊,不但没有迫使他在落后愚昧的民族心理背景下高唱中国文化优越的豪歌,反而使他执着于民族深层心理结构之中,不自觉地攻击表面文化现象背后的深层文化原则,如变态心理、非科学思想,历史的实质性的停滞,等等,而透露出一种极度自卑的阿 Q 心理。这是对传统文化的深层反省意识。他近期小说这种文化反省的广度和深度,是否有助于在重造中寻找东方文化的优势?一代作家对传统文化的批判,是否能够卸掉历史的古旧沉重的包袱而建树一种东方的新人格和新精神?最后的答案也许只有在广阔的世界性背景和较长历史跨度的考察中才能得知。但是鲁迅先生在这方面的巨大贡献,可以使我们有足够的信心。

这就是韩少功关于"寻根"意识和文化意识的哲学观。事实上,哲学本身就是文化的一种具有特殊能力的表现形式,而从一个时代的两种文化来看,人类的各种观念、行为规范、生产方式、生活方式,往往更能表露人类的心理,也更能升华为哲学的氛围和内涵。

二、艺术的抽象和形式的美感

读《爸爸爸》《归去来》《蓝盖子》,我们深深感受到一种非形象的观念。最近读过的《女女女》,我们更感到作者从自然的人生中,逐渐进入了抽象。

《女女女》的故事很简单:幺姑原本克勤克俭又宽厚仁慈,比如,曾给她买过一个助听器,她却扭着眉头埋怨:"毛它,没得用的。人都老了,还有几年?空花这些钱做什么?"然而助听器究竟买来了,可是她不是没有打开开关,就是音量被她扭到最小的刻度上,其理由是"费电油(池)"。她对"我"一家好,对她的干女儿老黑也好,虽然老黑是一个常常半夜午时叼上一根香烟随意叫上一个人陪她去散步的女人。从好些迹象看,看得出她是一个学了焦裕禄的好幺姑。然而,她似乎从那团团的水蒸气中出来以后,变成了另外一个人,从此要求"我"买这买那,且挑剔又苛刻,目光中常常透出一种凶狠来。不但心变了,而且形状也变了,开始变得像猴,以后又觉得她像鱼,最后成了一个既笑又哭的活物、怪物。

不但是幺姑,而且珍姑(是幺姑结拜的一个妹妹)也似乎有若干类似的变化。至于幺姑的干女儿老黑倒是无变化可言,她原本是一个恶习尽染的人物。在这些人物——特别在幺姑这一形象上,作者显然在痛切地思索了人生之后,将人性中某些带本质的问题反刍出来

重新咀嚼,加入许多经验和观念的总和中去,并把代表这些经验和观念的图像简化——这无疑就是抽象能力逐渐增长的体现。幺姑的人而猴,猴而鱼而活物——这一图像的简化过程,也就是由写实逐渐变为抽象化、符号化的过程。

抽象的概念,有广狭两层意思。广义的抽象,包括日常术语中的不定性、空洞、脱离具体事物观察和对待问题的意思。而狭义的抽象,才是指在对感性具体材料的比较、分析的基础上舍去非本质的属性,抽出一般的属性。这也就是马克思所说的从具体的感性材料中抛掉那些偶然的非本质的东西,从而取得一些单纯的规定。这就是《〈政治经济学批判〉导言》所说的"完整的表象蒸发为抽象的规定"。比如,在古代绘画上,商周钟鼎彝器沉雄浑穆的直线所体现的贪婪饕餮的奴隶主气质,就是一代生命情绪在抽象的形式上的体现;当代小说中,《我是谁》中的人变虫的变态,是人类生存状态中一种超经验的抽象方式。因此,这种抽象不同于社会科学和自然科学中的抽象,它是用艺术中的基本要素构成的"抽象形式"所达到的表情性的结果,所以它具有抽象美的素质。当然,这种美必须有下述必要的条件:第一是某种感性具体材料的完整性和比较性;第二是形式具有意味;第三是由鲜明的色调所描绘出来的称得上美的那种明晰性。而《女女女》虽然用假设性的手法制造了一种与真实生活的远距离,即人们怀疑:人怎么变成鱼呢? 然而这种绝妙的距离感,在我们的感觉中又不是为了超离实际生活,而是贴近了生活的本质的——请注意,本质就是人类生活和事物的矛盾,我们不能把构成本质的矛盾的另一面排除于本质之外。人类生活中人的进化,即由低级动物向高级动物进化,固乃是人的重要本质。但从另一个角度来说,人的退化以致向动物还原,我们虽不能说这是人的本质的回归,但它却是特定时期的本质生活现象。在任何时期,它也不是生活中鲜见的事。韩少功并非是怀着历史和现实的偏见来看待人生,他在历史的长河中赋予了历史的感觉,也赋予了历史的理性。感觉中积淀着理性。韩少功的艺术感觉极好,理性思考极强。《女女女》这部小说,正是他在人类的感觉之中,蕴含着进化与退化、必然与偶然的统一。如果说,他过去的小说常常在具体的人物描绘中,不时撞击出哲理的火花,那么他在这两年的创作中,则是用一种宏观的手段,即在具体题材的展开之中,提炼出一种超乎具体的人与事之外、凌越纷纭的人生之上的更富哲理性的感悟。

这种哲理性的感悟,在他的短篇《史遗三录》中也是显著的。例如第一个短章《猎户》,写年过六旬的猎户杨某不仅见虎类可辨出虎之大小,虎之行期,而且谙熟医道,若遇蛇伤,连呼三声伤者姓名,对方倘能应答,必定救活无恙。此人料事如神,村民皆惊服。一次,队里因原会计贪污,村民欲举一青皮后生接任。杨某断然拒斥。其理由是:原会计"已吃有八成饱,如换一个饿的来接着从头吃起,众人如何负担得了?"这是超越于实际状况之上的超现实的经验吗?然而它又是实际人生的一个实在领域,一个相对于真善美而存在的互照形式。当人们面对世界思索人生的含义时,人性善和人性恶总是相伴而行的。既然这是一个严峻的现实,那么对这种人性恶的忧虑——作者并有意强化这一忧虑,不正是为着使恶受到控制而走向善良的人生吗?

正是从这里,我们看到了抽象形式背后的感性具体材料的比较性和完整性,以及由鲜明的人性色调所描绘出来的称得上美的明晰性。这种抽象的形式之所以美和有意味,正在于它是作为具象和写实艺术的一种参照形式。艺术是一个广阔的领域,具象和抽象常常因艺术品种的不同而有别,有的具象因素多于抽象,有的抽象因素多于具象。有的重于写形,有的重于写神,有的重于写实,有的重于写意。重于具象和写实的艺术品,固然是好,但如果

没有抽象因素的介入，没有人物和环境的取舍、集中，没有时空的重新组合等抽象形式因素的运用，在某种情况下，艺术效果就不一定好。比如，写在芦苇深处和屋檐下一对男女赤裸裸的肉欲感、性吸引和性渴求，假如它是不表示任何意义的纯形式，虽为具象，但会产生怎样的艺术效果？然而，一旦为张贤亮把这一场景设计为一个灭绝人性的时代的人的属性的扭曲，就赋予它以不同凡响的意义，它的思想容量，它的理性精神，便可以变得非常巨大而又非常深远。这是《男人的一半是女人》的理性抽象。而韩少功近期的小说，不论是《女女女》，还是《爸爸爸》，或是其他一些短篇，均有意不拘泥于具象的逼真，有意摆脱形似的约束，即"采奇于象外"，不局限于具体的物质，把主观的东西迁升到了主导的地位。

但是这主观由于是对客观的注释，这抽象由于是对具象的归纳，所以这种主观的抽象也有如诗的含蓄吟咏。诗论强调"妙在酸咸之外"，在蕴藉冲淡、藏而不露的境界中撩人心绪，而小说中的抽象正好在这一点上与它有一种天然的妙谛。这种小说因为不囿于生活中寻常的事物和实际的人生，常以反常切入寻常，以特殊介入普通，像在哈哈境前引起人们迥异于那种习以为常的美感，自可在审美主体的心灵中涌动起一种特殊的心理状态。《女女女》中的幺姑、《史遗三录》中杨某的果断行事，所给予我们的就是如此这般的特殊感受。读着它们，不得不逼着我们去思考和想象，逼着我们把视点转向不同的角度，去寻找抽象与具象的契合点。所以"抽象"也是一个有待开拓的审美领域。

抽象的运用，也存在于生活的万事万物之中。结婚喜庆，用一小块红纸予以点缀，死人殡葬，用白色渲染，都是利用抽象的例子。最初的汉字，具象成分多于抽象，今日的汉字，具象成分渐渐消去，而带有显著的抽象形式了。具象的成分少了，但指事、形声、会意、转注、假借的意义可能多了。既然万事万物都不乏这种抽象，作为表现生活的文学当然可以取法其上，使人们在一个奇特的心理距离下谛视到特殊的美。

三、审美意识、经验和手段的全面超越

韩少功在 1985 年和 1986 年的小说创作，煞似他在他的短篇《诱惑（之一）》里所状写的那种自带形状的雾、冷森森的飞瀑、忽隐忽现的野马群，让人扑朔迷离而难以辨认，把原来他创作中已有的清晰框架弄得面目全非。

这使得不少欣赏者甚至批评者都谴责这种骤然而至的突变。这不仅因为他近期小说中那种莫测高深的迷茫意象和表象，已不能装进已有的理论模式，也由于他的一些"寻根"之作，未能以一种历史沿袭因素和成分，参与汇合到当代农村社会关系之中，同所有现实性的东西产生联系和胶结，以共同构成当代中国农村社会现实的整体。

对于类似这样的怪罪，很难说都是公道的。譬如说吧，批评也同创作一样，其进程总应伴随着多样的选择和淘漉，总应随着创作的嬗替而更换批评模式。这样，对于文学创作的河道上涌现出的新潮，才不至于张皇失措，而能表现出应有的适应能力。因此，面对《爸爸爸》《女女女》《归去来》《蓝盖子》《诱惑》《空城·雷祸》《史遗三录》这些丰富繁杂的文学现象，决定的需要的是批评者在殚思竭虑中嬗变，以调拨起批评之弦的不同音响，用兼收并蓄的批评动机去迎合这些并没有提供普泛意义的客体。单一的公式、单一的尺度、单一的模套已远远无法应付了。仅仅用韩少功所顶礼膜拜的传统文化的审美优势的角度去考察行吗？抑或是用传统文化加上有些批评者所指出的黑色幽默和魔幻现实主义的外来文化的角度去阐

析行吗?到此为止,我以为批评的"杂"还不能适应这位作家创作胃口的"杂"。单从民族文化观念来看,如《爸爸爸》的楚地的风情习俗、神话传说、语言文字、杀牛祭神的礼仪,陈陈相因的原始性生产方式和生活方式,由石壁上的鸟兽、地图、蝌蚪文的线条所昭示的远古图腾活动所简化的纹饰的旧迹……都毫无例外地寄寓着作者历史的诗情。对于这些纹饰和线条,韩少功在小说里虽然秘而不宣地声称不知是怎么一回事,但它们作为象征的神秘符号,起码渲染着楚文化及其空间地域的独特色调,再加上那洞中的白骨,因而使这一画面,不仅暗示着一种原始的活力,也显露出一种神秘恐怖的色彩。显然,它与所要表现的人物事件的氛围是互为默契的。

再从作家用以熔铸生活的现代审美意识来看,诸如荒诞派戏剧的荒诞,象征主义的象征和暗示,超现实主义和魔幻现实主义的梦幻与幻觉,表现主义的神秘和漫画手法,未来主义的标新立异,存在主义的哲学思辨,都互制互补和为我所用,形成了一个极其开阔的综合化的审美体态。所谓荒诞,《爸爸爸》中的丙崽则集中体现了荒诞派作家笔下的"非人化"的人的形象。他是这样一个被挤扁了的可怜虫:语言不清,思维混乱,猥琐卑贱,奇形怪状,失去了理性,他是世界上第一个满口"×妈妈"的白痴。然而,他的"爸爸"和"×妈妈"竟被乡亲们视为阴阳二卦,不但免除了杀祭谷神之灾,而且被尊为"丙相公""丙大爷""丙仙",这样,展示在我们面前的"大家"也成了"一群非人"。丙崽和他的乡亲们,就是这样一群无可理解的陌生人,他们对世界显露出冷淡、陌生的面孔。这是作者把人物事件真实生活的情境超离出来而形成的强震荡,也是他以特殊的视角和手段,开掘出我们民族沉积中的畸形的病态斑驳的根。挖掘并唤起人们医治这一民族的沉病,乃是在荒诞与真实之间凝聚着的作者心灵中理性世界的警醒与升华。

所谓象征主义,其宗旨把人们的视线从外部物质世界引向内部的精神世界,实际上类似于艾略特所说的"客观对应物"。《爸爸爸》将丙崽,《女女女》将幺姑当作这样的"对应物",从而构成具有象征意义的反题,使之成为人类命运或作家已有观念的特殊体现。所谓"魔幻"如丙崽、幺姑这些主观超验的幻象,《归去来》中黄治先的梦态,因误会而生的幻觉感,即他扮演的"马眼睛",成了"我非我"的幻象。所谓表现主义的神秘和漫画手法,像《诱惑》中的妹妹,以及丙崽、黄治先等,都类似于表现主义作家卡夫卡作品中的主人公,类似于那种隐藏在主人公背后的不可思议的神秘力量,始终被一种莫名其妙的情绪所缠绕着。所谓未来主义的标新立异和存在主义的抽象思辨,则更是韩少功的明摆着的优势。可见,各派艺术之所长,都蓄滴于作家的笔端了。

然而,这又不能仅仅视为是作家对西方艺术表现方法的吸收。因为众所周知的是,现代主义并不是单纯的文学现象,而更是一种文化运动和文化意识,即西方文明的危机意识、生命的荒谬意识与忧患意识。就这些而言,它是不值得追求和模仿的。但是,这里有其思想的背景。韩少功曾在《〈月兰〉代跋》中说,他要"写出农民这个中华民族主体身上的种种弱点,揭示封建意识是如何在贫穷、愚昧的土壤上得以生长并毒害人民的"。读《爸爸爸》《女女女》这类作品,我们所领略的虽不是明显的危机意识,但我们看到了一个爱国爱民、忧国忧民的作家所植根于内心的愤世嫉俗、忧心忡忡的、沉重的思想负荷。"长太息以掩涕兮!"这不是回响在他前后整个作品中的吟唱吗?这是他在主题要旨上所不曾变化的。当然,他在他的近作中,他给自己界定了一条难度很大的艺术道路,即不是用某一种单一的审美方式和某一两种流派的艺术表现手法,而是由于他对社会人生认识的深化和审美意识的深化,而带来

了具有东西方文化大交流的综合性和多向性的思维方式和审美方式。这样做,当然为文学提供了观察世界和体现主体意向的新的特殊的视角以及认识生活和把握生活的特殊手段。

他这种用以认识生活和把握生活的特殊手段和特殊视角,还表现在他近期创作中有意利用时间的落差和人物的背离趋向以及两重性的错位形式来进行对客观世界的描述。例如《归去来》中那古老的村寨对"我"来说既亲切又陌生,那陌生而遥远的情境,当然是时间的错位了。人物也用这种错位方式来进行背离:不让应该领受村寨盛情款待的"马眼镜"出面,却让素昧平生的黄治先来消受一切。《诱惑》也是这样,小说中的妹妹看似一个遥远的人,但又是眼前的,无论是时间或是环境气氛上,都使我们感受到一种迷惘的落差。这种两重性或二元论的对立模态,一方面超脱了实际的牵绊,另方面又不斩断实用的牵绊,既避免把距离拉得太远,又避免距离过分贴近或疏离而不能引起审美经验。重要的,是作家运用这一美学上的错位意识,有意打破人和现实、精神世界和物质世界的同一状态,摒弃那种简单化的、直线浅近地表现生活的创作途径和方法,而付诸以逆向的情感,包孕以复杂的意味,以焕然显示出复杂生活的图景,而给予我们迥异于那种单纯的审美冲动。像《归去来》和《诱惑》那种有意的错差和背离,就如同一幅大写意的图画,托情于幽邃远渺之中,引我们心游万仞、上下求索,把更宽阔的思索留给了大家。

老作家严文井说:"不能凝固,凝固意味着死亡。"(《普通女工·代序》)韩少功的艺术追求不仅不是凝固的,而且风神高蹈,思考独辟,格调殊异。虽然他的一些近作与今天的时代生活有某种游离与规避,没有那种庞大而切实的契合,但是一如他所说,这种中医式的作品也是养身治病的需要。因此,这丝毫不妨碍他成为今日文坛为数不多的具有戛戛独创风貌的作家之一。他在 1986 年和 1986 年的小说创作,确乎给我们划下了一个有为青年作家前进的轨迹。

1986 年 7 月 1 日

(载《文学评论》,1987 年第 2 期)

论韩少功近作的嬗变

田中阳

1985 年伊始,韩少功的创作出现了一种令人惊异莫辨的嬗变,从《月兰》《西望茅草地》《风吹唢呐声》等沉稳厚实的现实主义创作转到《归去来》《爸爸爸》《女女女》等虚渺深邃的所谓"寻根"文学的创作上来。这一嬗变,引起了人们莫衷一是的评论。韩少功说过:"文学之妙,就在于可说和说不清之间,在于说得清和不可完全说清之间。"①虽然他早就在追求这种"文学之妙",但真正达到了这种境界的,恐怕还是嬗变后的新作。要想"说清"这些作品,确非易事,拙文仅拟通过韩少功 1985 年前后作品的比较,见出他嬗变后新作的若干特点,并对这种嬗变的原因作些粗浅的说明。

一

通览他 1985 年前后的作品,一个明显的变化是从理性向非理性的嬗变。1985 年以前,韩少功作品绝大多数的篇什主题都是非常清楚的,人物大多成为某些思想、理念的载体,是一些配合当时形势直接冲刺的作品。例如《七月洪峰》《夜宿青江铺》等作品是针对"四人帮"所谓"走资派"理论而塑造革命领导干部形象的作品,《月兰》《吴四老倌》《火花亮在夜空》《西望茅草地》《回声》等作品则是"拨乱反正"的典型的"伤痕文学"和"反思文学"。为了表达思想,作品常常通过人物形象或作者自己出来直接抒情和议论,好像非如此,不能吐尽胸中之块垒,不能得到精神之解脱。

近作则完全蜕变成另外一种面貌,表现出迷离恍惚的非理性特点。

他爱写直觉,特别喜欢写通感。他的感觉敏锐,善于抓住对事物最初一刹那的感受,写出那种真实而又奇异的感觉来。而这种感觉大多渗透着一种强烈的哲学意识和历史意识,他的感觉既是第一印象或第一声撞击,也负载着深厚丰富的理性内涵。如《归去来》里描写山路,"像剜去了皮肉,暴露出一束束筋骨,一块块干枯了的内脏";描写炮楼,"墙壁特别黑暗……像凝结了很多夜晚",是被"呜吗—呜吗"的唤牛声"喊黑的";描写寨口死于雷电的老树,"伸展的枯枝,像痉挛的手指";描写门槛,像"凝成了一截化石";等等。这些感觉是第一印象,第一声撞击,但又是哲学的历史的象征性写照,构成那千年古村的环境氛围,寄托着作者对我们民族滞重少变历史的叹惜、郁闷和反思。更使我们产生痛感的是,这些物体透视出的深刻的民族文化心理积淀不是在那封闭、落后、愚昧、保守的村寨里,哪会有如此的山

---

① 韩少功:《面向空阔而神秘的世界》,浙江文艺出版社,1986 年 5 月版,第 128—129 页。

路,如此的炮楼,如此的老树,如此的门槛呀!事在人为,睹物思人,物人一体,"物"在韩少功的笔下成了民族文化心理的传导物和凝结体。

韩少功的近作里也充满了梦境和幻觉的描写。他把梦写成了一面照见社会照见历史的镜子。如《老梦》通过对民兵干部勤保潜意识和显在意识矛盾的描写,照出了"十年动乱"那灭绝人欲、荒谬畸形的时代。食欲和性欲是人的两种最基本的需要,而勤保恰恰在这两种需要方面,处于十分饥渴而又十分压抑的状态,这种状态就表现为他的潜意识和显在意识的矛盾。他讳谈女人,有人开此类玩笑,他"必定羞得走投无路",但说起曹会计的满妹子时,"一身都骚动着"。他的潜意识通过梦境充分地表现出来。他在梦游中,竟一次次地把农场食堂蒸饭的钵子埋到山里去。不是穷极、饿极,不是由于吃饭问题成为他和他的一家生死攸关的大问题,焉有此举?韩少功还善写幻觉,甚至把幻觉作为作品的整体构思。如《归去来》就是这样。作品写"我"到一个从没去过的山村,却被村子里的男女老幼都误认为是一个叫"马眼镜"的知识青年,而"我"在幻觉中也好像自觉就是"马眼镜"。是还是不是,干了还是没干,走还是不走,作品中的"我"始终就捆在这样一种形似梦幻的疑惑和困惑之中。最后,"我"像"潜逃"般离开村寨后,还时时梦见在那"走不到头"的、"皱巴巴的山路上走着和走着……已经走了一小时、一天、一个星期了……可脚下还是这条路"。结尾写道:"我累了,永远也走不出那个巨大的我了。"那条"山路",可视为我们民族曾经跋涉了几千年并且还将继续跋涉下去的路的象征,那个"巨大的我"当然是包括"我"在内的民族的"大我"。"我"和民族的兴衰成败、荣辱得失、肉体精神都千丝万缕地联系在一起,欲走走不出,想断断不了,作品非现实的构思实质上就表现了一个渴望民族腾飞的赤子,在世界性的挑战面前,面对如此贫穷落后积淀深重的现实而产生的梦幻般的疑惑和困惑。

把丧失理智的痴呆疯癫者作为构思的中心人物,这也是韩少功近作"非理性"一个显著的特点。根据传统理论观照,把这些没有正常人理智的形象写得再好又有什么意义?鲁迅也写过狂人、疯子,但他的这些形象毕竟会说话,会思想,如狂人的象征形象正是倚仗他特有的心理活动刻画出来的。而韩少功笔下的非理智形象,有的一生下来就是白痴,连话也不会说,如丙崽;有的则是中风以后的疯瘫病人,如幺姑。他们都彻底丧失了思维能力和表达能力。那么如何理解这种构思呢?我认为他们的意义首先在于他们是一面镜子,是一台测量器,从别人对他们的言行举止中,测量出人们的精神世界和道德水准。如在《爸爸爸》中,韩少功通过丙崽,将鸡头寨鸡尾寨人们的精神劣根性裸露无遗。丙崽生下来就是白痴,却曾被鸡头寨人当"活卦"顶礼膜拜,可见人们愚昧的程度;对这样一个毫无自卫能力的弱者,鸡头寨的长者、后生甚至娃崽们更多的是欺侮他,可见他们欺弱、野蛮的性情;……丙崽这个木头般的痴呆的存在,倒像一面立于鸡头寨中心的 X 光透视镜,一台确诊鸡头寨人精神病根的医疗仪器,而且他越是丑陋白痴,他这种作用就越大,越是非理性就越能显现出理性的内涵来。韩少功笔下的这类形象同时又是一种比较体和象征体。还是以丙崽为例。丙崽的特性是愚昧得不能再愚昧,麻木得不能再麻木,健忘得不能再健忘。乍一看去,鸡头寨的芸芸众生没有一个不比丙崽高明、清醒,但其实他们亦是愚昧、麻木、健忘到极点的一群。而且他们越是聪明就越干愚昧的事,带来的灾难就越多。鸡头寨祭谷神、请巫师、炸鸡头峰、指挥械斗等等大事无不是那些"有话份的"高明之士策划指挥的,然而恰恰是这些荒唐透顶的事把鸡头寨弄得寨毁人亡。由此可见,没有被科学武装的人们,再高明,再清醒,也如丙崽,和行尸走肉无异。从这种角度来看,丙崽也就成为鸡头寨人文化精神劣根性集结的象征体。

韩少功用他的创作实践说明了,他的非理性表现,是高度理性化的"佯态",是通过非理性的艺术手法,来寓含更深刻博大的哲学和历史的理性内涵。

1985年前后,韩少功作品的另一个明显变化是从"再现现实"向"超越现实"的嬗变。1985年以前,韩少功尽力遵循现实主义的创作原则,去再现典型环境中的典型人物。他在谈到《月兰》的创作时说:"真实的生活逻辑是应该严格遵守的,在这一点上来不得随心所欲。人物的一言一行,甚至有关人物的一景一物,都应该拿到'生活中是否可能'的天平秤上去细心衡量衡量。"①在同篇文章中,他还谈到在《月兰》第一稿中,他把月兰的肖像写得很美,似乎女主人公貌美命薄,更可以引人怜悯,但后来发现同生活原型相去甚远,同生活逻辑发生了矛盾。于是第二稿就改过来了。这体现了他早期创作的基本路子。他那时的创作也有很强的哲学和历史的概括力,如月兰、《西望茅草地》中的张种田、《回声》中的根满、《风吹唢呐声》中的德琪等,都堪称典型人物,但他们身上体现的概括力基本没有超出他们所处的时代和作者所处的时代的时空拘囿。

近作则力图"在立足现实的同时,又对现实进行超越,去揭示一些决定民族发展和人类生存的谜"②,呈现与早期创作迥然不同的面貌。

为了"超越",近作就出现了虚化的趋势。这是为"超越"现实的艺术目的决定的。因为要从整个民族的发展和人类生存的宏观去作某种把握,就势必要弱化具体时代和环境及具体个性的影响。在这类作品中,首先背景是虚化的。表现在有的作品时代背景是很模糊的;不知是发生在何年何月的故事,如《爸爸爸》;有的作品时代背景虽基本能确定,但时代氛围是淡化了,如《女女女》。其次人物是虚化的。有的人物是生活中不可能存在的,如《女女女》中成为"活物"的幺姑;有的人物在作品中仅是一个影子,没有具体的实写,只是随意撷来的虚化了的抒情寓体,如《诱惑》中的妹妹。再次情节也常常是虚化的。如《归去来》中"我"被误认为是"马眼镜"的情节,《女女女》结尾写的那场地震,那蔚为壮观的鼠河,也毫无现实根据。韩少功的这种"虚化",是从哲学和历史的高度来做一种象征的艺术处理,启迪人们作一种深邃而抽象的思考,是一种"感悟"型文学的艺术。如《爸爸爸》就是这样,作者之所以在艺术上作某些虚化处理,是要从更长远的历史过程来寻找我们民族滞沉、落后的基因,特别是从精神文化层面去寻找它。这样,这个作品就从历史的角度更深地入了现实,使读者把现实和历史作一个整体来观照、来思考。

"超越",也给韩少功的近作带来高度凝缩化的特点。因要"超越"现实,"去揭示一些决定民族发展和人类生存的谜",就必然要从整个民族的发展过程和整个人类的发展过程去概括出一些带有普遍意义的规律,使作品变成一种高度凝缩的、纯化的、散发性很强的晶体。这就是他的"寻根"文学的主张。在主题和题材上,他的"寻根"文学大致可分两类,一类是寻民族历史的"根",一类是寻人类人生的"根"(它们常常交叉表现)。《爸爸爸》和《归去来》等作品是寻民族历史的"根"的,作者多层面地刻画了一个小生产者代代相承的社会,尤其是打开了他们的心理世界。我们可以在鸡头寨找到《西望茅草地》那个"酋长国"的"根",找到《回声》那场械斗的"根",找到《火宅》那没有民主气息、关系学盛行、各自设围的语管局的"根",历史宏观的眼力和现实的穿透力都是很强的。《诱惑》和《女女女》则是寻人类人生

① 韩少功:《面向空阔而神秘的世界》,浙江文艺出版社,1986年5月版,第106—107页。
② 韩少功:《面向空阔而神秘的世界》,浙江文艺出版社,1986年5月版,第7页。

的"根"的。《诱惑》中把"尘世"——"十年动乱"中的一个知青点和山中的"净地"形成一种哲学意义上的对比。"尘世"间的贫穷痛苦、万千俗念在永恒的自然界中融解了,忘却了,一切人间的名利角逐显得荒唐可笑,只有宇宙才是永恒的。作品就是着力寻找、捕捉"永恒"二字。在通向大瀑布的一路上,知青们好像穿越了几百万年的历史,感到了"这里已没有了生与死的界限"。小说结尾说:"感到在这次瞬刻而又永远的寻找中,我懂得了这座山,因此也更不懂了。"更不懂的是什么?是山外的世界,是作为他们生息之地的知青点,是人生。在这里表现了作者一种超人生、超时空而不可得的困惑。《女女女》则是从更广远的角度来探讨人类和人生的本质的。幺姑这样一个极慈善克己的人在某种条件下(如疯瘫)也会变成一个极可厌自私多疑的累赘,作者通过她来探讨人性善恶的两面,幺姑人性中恶的一面原是被善的一面极力压抑着,正因为此,所以恶的一面一旦转化过来,就更恶更害人。幺姑成为折磨人的累赘后,人们也就不能以正常人的感情和伦理道德去对待她,哪怕她对那些人曾经恩重如山。可见人的伦理道德也不能制约一切,高于一切,它的存在是有条件的(倘若幺姑不去珍姑家而继续留在"我"家,"我"对她也不会比珍姑好)。从幺姑的结局作者产生了困惑:幺姑的不幸怪罪谁呢?从一个人的命运的困惑又深化到对人类起源、发展和最终归宿的困惑,发出了"隆隆人类之声你将向哪里"的迷茫而痛苦的寻问。

韩少功这种"超越现实"的创作,并不是那种不食人间烟火的脱离现实之作。他是通过"超越"的艺术手段从文化的角度对历史、对人类作更宏观的观照,对现实、对人生作更深刻的穿透。它可以看作是一种新的文学发展阶段的问题小说。但这种问题小说已不是以现实人生问题为题材的五四运动时期的那种问题小说,而是一种力图立足现实同时又超越现实的问题小说,它比较高远,又较易脱离现实生活。但从韩少功的创作实践看,这类作品还是能争得生存的一席之地的。

二

那么什么是导致韩少功近作嬗变的原因呢?

首先,最根本的还是时代的原因。普列汉诺夫说:"文学——民族的精神本性的反映——是那些创造这个本性的历史条件的产物。"①韩少功近作的嬗变,也离不开这个最根本规律的制约。

十年来的改革实践,使人们对中国历史、中国社会和中华民族自身的认识不断深化,不断地贴近客观实际本身,也不断地整体化、多维化。改革之初,人们陶醉在狂飙扫落叶般的政治斗争的胜利声中,对改革也寄予快刀斩乱麻的热望。在这种"历史条件"下就产生了"伤痕文学"和"反思文学"。随着农村和城市经济改革的展开,又出现了"改革文学"。但当现代化的历史车轮再向前推时,人们又愈来愈感觉到作为历史沉淀物的中国封建传统文化的心理层面和其他层面严重地阻挠着现代化的进展。千百万人具有的因循守旧、狭隘盲从、自大自卑、各立门限、隔膜短视等一系列"劣根性",就像看不见、抓不住的幽灵,拖着现代化的巨轮,"枪打出头鸟"的悲剧时有发生。人们这才切身体味到文化巨人鲁迅半个多世纪以前对中国改革艰难性的认识,他说:"可惜中国太难改变了,即使搬动一张桌子,改装一个火炉,

---

① 〔俄〕普列汉诺夫著:《论艺术》,曹葆华译,生活·读书·新知三联书店,1973年版,第42—43页。

几乎也要血，而且即使有了血，也未必一定能搬动，能改装。"①只有这时，人们对中国现代化才有了多维的立体的认识，认识到这是一个政治的、经济的、精神文化的同步改革及相互制约的过程，而且精神文化层面的变革更艰难更持久。也只有此时，人们的思维空间才扩展到"上下五千年"，不再把什么都归咎于"文化大革命"了，也不再把"文化大革命"简单地归咎于党和毛泽东同志的失误了，而是到更深远的历史中去寻"根"，去解"谜"。文学作为时代最敏感的触觉，它的"空间"这时就迅速有了两方面的纵深推移。一方面它向外扩展到几千年的民族历史文化乃至"全球文化"的领域，一方面它向内深入人的心理层面、潜意识领域。这两个"空间"又相互打通，互为表里，"寻根"文学就在它们的交叉地带安营扎寨、生存和发展起来。文学思想内容的突破，带来艺术表现形式的突破，原来一直处于"独尊"地位的传统现实主义的一系列手法已远远不够用了，现代主义被大量地引进，它弥补了现实主义的不足，担负起了现实主义难以担负的另一部分反映生活的任务，为人们打开了另一个艺术世界（现实主义传统不能因此否定，但它只是人类认识生活、感受生活的一个角度）。韩少功说，"寻根"作家们是在"扩大文学的空间……这个前提下，才有了有关现代主义的讨论，以及后来关于寻根的讨论"②。这个连锁反应，正是在中国改革进入政治、经济、精神文化同步改革格局的"历史条件"下才发生的。

韩少功的创作道路也是沿着这条轨迹走过来的。他的创作生涯基本上是在新时期开始的，最初几年，他创作了《月兰》《西望茅草地》等在全国产生过较深刻影响的作品，因为拘囿于政治需要，难免有一些概念化的苍白之作。当改革继续深入，现代化遇到传统观念、"习惯势力"的严重挑战时，韩少功深感他原来那条路不应再走下去了，他那路已与深化了的触及亿万人心理层面和切身利益而迫使人们必须弃旧图新的改革潮流不相谐。这时他停笔休整了一个时期，1984年整整一年不见他有多少作品问世，而这一年正是思想文化界最活跃的一年，他的嬗变正是在这一年酝酿的。1985年1月，他就以他的"寻根"文学再度崛起于文坛，由直接面对现实、再现现实转向探讨现实之所以如此的更深远的历史原因，特别是转向精神文化层面的探讨。由这种思想内容、创作动机的转变，就带来他的艺术风格和艺术表现形式的转变。他把现实主义传统中厚重深沉的历史感和强烈的社会责任感与现代主义幽深奇秒的哲学内蕴结合在一起，把对具体人物、场景进行细节刻画、白描、强调故事线索等现实主义的传统手法与对作品进行非理性的整体意象构思的现代主义艺术结合在一起，这种充满"真诚与智慧"③的结合，就使近作发生了我们前面所论述过的两大嬗变。

决定韩少功近作发生嬗变的主观原因也可以总结出许多方面。

首先和他的哲学观密切相关。现代派的非理性哲学对他颇有影响，他曾经说过，青年作者的"阅读经验、阅读范围影响了他们的文学观念"，因为"十年动乱"结束时，当时"大量在新华书店出现的，能阅读到的而且感到比较新鲜的，是西方现代派的作品"，因此，"在青年人中间问卡夫卡是谁，波特莱尔是谁是很熟悉的"。④这番话无疑也包括了他自己的经验在内。而东方文化的庄、禅哲学对他创作嬗变的影响就更大更深了。他说："庄子、老子、禅宗的

---

① 《鲁迅全集》第一卷，人民文学出版社，1981年版，第164页。
② 夏云：《直面悖论的韩少功——听他谈文学与创作》，《华侨日报》，1987年2月27日"海洋副刊"。
③ 韩少功：《好作品主义》，见《小说选刊》，1986年第9期。
④ 林伟平：《文学和人格——访作家韩少功》，《上海文学》，1986年第11期。

一些书，我确实叹服。我觉得这种宇宙观，这种处理世界的思想方法，给我以很大的智慧。"①他认为"中国的庄禅哲学从来就是以非理性为本位的"②。而正是在"非理性"这一点上，他将庄、禅哲学和现代派哲学沟通起来，融为一体。他用"直觉"这一根线把列维·布留尔研究原始思维、皮亚杰研究儿童思维、弗洛伊德研究潜意识思维的诸学说"统统贯串起来"③。可以说，他的文学是他的哲学的产物。庄、禅哲学的"非理性"观念(包括相对观念、直觉观念和整体观念等)给他遨游太极、鸟瞰古今的本领，而现代派的"非理性"哲学则给他探寻潜意识奥秘的钥匙。两种哲学互补短长，形成他特有的感知方式和审美方式。他通过"非理性"来表现理性，就见出现代派哲学的影响，他通过"超越"来做更宏观的观照和更深的楔入，则显现出庄、禅哲学给他的智慧。两种哲学的触合，也使近作的两大基本特色你中有我，我中有你，形成近作最基本的面貌。

其次，他的嬗变也是他忧患意识自觉化的结果，这直接体现着他强烈的社会责任感和民族责任感。在近两年文艺界高谈"中国文学走向世界"的时候，他却公开表示深切担忧的一面，理由就是："一个是观念更新的早产性质，一个是人格素质的不理想状况。"④他说："一个民族的质量很大程度上取决于这个民族的知识分子的质量。我们这个民族一直挨打、一直落后，原因之一是我们这个民族的质量有毛病，中国知识分子质量上有毛病。"⑤这都见出他忧患意识深广和自觉的程度。忧患意识的深广和自觉也影响着创作的整体面貌。近作中人物活动的主要舞台是类如《空城》中描写的"有一圈矮矮墩墩的沙土城墙围着，像小人国"那样封闭、停滞、落后、保守的小生产社会环境，这样的社会环境和传统文化的心理层面互为因果，吞噬新的，固守旧的，使维新改革的悲剧频频发生。与这种环境血肉相连着，近作中出现最多的也是小生产者的形象。他们是鲁迅笔下阿Q、祥林嫂、闰土们繁衍的后代，成为今天韩少功作品中的主角。如《雷祸》里的梓成老倌，《老梦》里的勤保，《爸爸爸》里的仲裁缝、丙崽娘，《女女女》里的幺姑、珍姑等都属此类。特别值得注意的是，近作通过描写小生产者的群象，来造成作品最基本的艺术氛围，形成一种底色。如《归去来》里叽叽喳喳的女人们；《空城》中的芸芸众生；《雷祸》中被"雷神"惊破胆的"小脚老太婆"；《史遗三录》中"一律照行拐脚马"的老幼，等等，都起到了这种"底色"的作用。这种艺术构思体现着作者的忧患心境，对民族历史、现状和未来的深沉思索，对现代化艰难度的深刻认识。韩少功的创作在走向成熟，而忧患意识的自觉和深广，也是他成熟的重要标志。

(载《求索》，1988 年第 1 期)

————————

① 林伟平：《文学和人格——访作家韩少功》，《上海文学》，1986 年第 11 期。

② 夏云：《直面悖论的韩少功——听他谈文学与创作》，《华侨日报》，1987 年 2 月 27 日"海洋副刊"。

③ 夏云：《直面悖论的韩少功——听他谈文学与创作》，《华侨日报》，1987 年 2 月 27 日"海洋副刊"。

④ 林伟平：《文学和人格——访作家韩少功》，《上海文学》，1986 年第 11 期。

⑤ 林伟平：《文学和人格——访作家韩少功》，《上海文学》，1986 年第 11 期。

论 丙 崽

刘再复

两年前,我读了韩少功的小说《爸爸爸》之后,曾产生一种冲动:想写一篇题目叫做《论丙崽》的文章。但是由于许多意外的原因,一直拖到了今天。

"丙崽"在中国的文坛中已经有些名气了,但远不如"阿Q"。然而,我相信,丙崽的名气还会愈来愈大,人们将会认识到,韩少功发现了丙崽,是一个很重要的艺术发现。

丙崽,是《爸爸爸》的主人公。他是一个苟活在湘山鄂水中的村民,一个浑浑噩噩、总是长不大的小老头。这个畸形儿,最大的特点是他只会说一正一反的两句话,即"爸爸爸"和"×妈妈",他用这两句话囊括一切,表明一切,对付一切,可谓一句顶一万句。关于丙崽的精神特征,《爸爸爸》一开始就做了介绍:

> 他生下来时,闭着眼睛睡了两天两夜,不吃不喝,一副死人相,把亲人们吓坏了,直到第三天才哇地哭出一声来。能在地上爬来爬去的时候,就被寨子里的人逗来逗去,学着怎样做人。很快学会了两句话,一是"爸爸爸",二是"×妈妈"。后一句粗野,但出自儿童,并无实在意义,完全可以把它当作一个符号,比方当作"×吗吗"也是可以的。三五年过去了,七八年也过去了,他还是只能说这两句话,而且眼睛无神,行动呆滞,畸形的脑袋倒很大,像个倒竖的青皮葫芦,以脑袋自居,装着些古怪的物质。吃饱了的时候,他嘴角沾着一两颗残饭,胸前油水光光的一片,摇摇晃晃地四处访问,见人不分男女老幼,亲切地喊一声"爸爸"。要是你冲他瞪一眼,他也懂,朝你头顶上的某个位置眼皮一轮,翻上一个慢腾腾的白眼,咕噜一声"×妈妈",调头颠颠地跑开去。

这就是说,这个畸形儿人生的全部感情、全部态度就凝聚在这两句话上。换句话说,他人生的全部符号就是在"爸爸爸—×妈妈"这一正一负、一阳一阴上。在丙崽的大脑袋里,世界就是对立的两大块,人群就是对立的两大营垒。凡是他凭着知觉认定这是正的,是好的,他就加以膜拜,尊之为"爸爸爸";凡是他认定是负的,是坏的,他就加以排斥,斥之为"×妈妈"。这可以说是泾渭分明、爱憎分明,甚至可以说是旗帜鲜明,立场鲜明。

然而他的这种思维方式却是极其简单,极其丑陋的。他的思维系在一种非常简陋、非常粗鄙的两极之间。这两极决不能相互沟通,相互渗透,相互组合。两极之间,没有任何中间值,绝对对立,各自我封闭,"老死不相往来"。我们可以把这种思维方式概括为非此即彼的"二值判断"。而不管是正值还是负值都贫乏到极点。

总之,丙崽的思维方式,乃是一种畸形的、病态的思维方式。

但是这种畸形的、病态的思维方式,并不只属于鸡头寨的这个长不大的小老头,它也属

于鸡头寨的村民们。丙崽的故乡——鸡头寨的父老兄弟的思维,也只是维系在非常粗鄙的阴阳两卦之间。他们在危难之中,甚至把希望寄托于丙崽的判断,把丙崽视为解救危难的神祇。他们对待丙崽,也是极端性的二值判断:平常时,他们瞧不起他,称他为"野崽",想把他按之入地,甚至想杀死他以当祭品;危难时(想利用他时)则把他捧之上天,以致称他为"丙相公""丙大爷""丙仙"。他们的思维方式是丙崽思维方式的翻版和伸延。他们也是把世界划分为对立的两大块,除了他们所在的"鸡头寨"之外,他们只知道还有一个与他们结仇的、不共戴天的"鸡尾寨"(被他们恶毒地称之为"鸡尾寨")。鸡尾寨的村民们,虽属邻人,但也决不能相容,决不能并存与共生。

不难看到,鸡头寨的村民们常常取笑丙崽,其实他们就是丙崽。他们取笑的正是他们自己。因为自丙崽降临人世后,正是"被寨子里的人逗来逗去,学着怎样做人",而且"很快学会了两句话"——"爸爸爸"和"×妈妈"。也就是说,丙崽畸形的、病态的思维方式正是在鸡头寨的特定文化环境中孕育形成的,是这种文化的产物。这种思维方式不仅是一种文化的积淀,而且始终固存并困扰着鸡头寨里的所有的人。在"丙崽"身上,时间已失去原有的意义,即使"他的相明显地老了,额上隐隐有了皱纹","丙崽还是只有背篓高,仍然穿着开裆的红花裤",于是相对于流动与变化着的历史时间观念而言,丙崽的停滞和不变正说明这种思维方式在漫长的历史推移过程中却始终保持不变,而且它一直停留在难以走向成熟的幼稚原始状态。诚如小说中所指出的,体现丙崽的思维方式的那"两句话","完全可以把它当作一个符号",进一步说,丙崽正是一种符号,既是历史的,又是现实的;既是民族的,又是个人的一个荒谬却又真实的象征符号,这种非此即彼的"二值判断"的思维方式是普遍性的文化现象,它蕴含着一种深刻的悲剧性。

韩少功不仅发现了丙崽"二值判断"的思维方式,而且发现这种思维方式中隐藏着一种心理暴力。例如,丙崽受到对方的压抑时,就会"特别恼怒","眼睛翻成全白,额上青筋一根根暴出来,咬自己的手,揪自己的头发,疯了一样"。当他斗不过娃崽们的时候,也先积恨在心,待他们走后,才"阴险地把一个小娃崽的斗笠狠狠踩上几脚"。当丙崽把自己的心理能量外化为社会暴力时并没有什么可怕,因为他是一个弱者。如果是强者,而且是强者的群体,其后果就不堪设想了。例如,鸡头寨的汉子们一旦把心理暴力转化为社会暴力,就演变成残酷的杀戮,他们既被杀,也杀人;既被吃,也吃人。他们无端地发动对邻寨的战争,而且发动战争的理由也是绝对荒谬的。这种群体无知的愚昧与野蛮是更可怕的。试看鸡头寨村民们那种变态的仇恨就可明白:他们把对方的尸体切成肉块,然后和着猪肉炒着吃,而且强迫大家都吃,不吃就是数典忘祖,罪不容诛。非此即彼的二值判断,导致"一个吃掉一个"的结论,这种结论如果仅止于思维层次,也无可厚非(也不失为一种思维方式,有时也是需要的),而一旦与盲目的暴力结合,就会派生出非常残酷的后果。《爸爸爸》通过人吃人肉和狗吃人肉等艺术描写,非常成功地展示了这种残酷的后果。

丙崽式的病态思维方式,其心理基础是卑怯,是恐惧。他们的价值尺度是狭隘的卑怯的自我。他们以我画线,凡有利于自己的,他们就划入"爸爸爸"的行列;凡是不利于自己的,就划入"×妈妈"的队伍。以丙崽的乡亲们来说,他们的心态就十分胆怯而极不正常,当他们决定要杀丙崽以祭奠谷神时,听见一声响雷,就觉得不妙,赶快放弃杀戮的计划。他们自己愚昧、保守、落后,却迁怒于人,认定是鸡尾寨碍了他们的前程。他们贫穷到极点,也脆弱到极点。他们内心敌视别人,也觉得别人在敌视他们。于是,他们假想一个敌人,然后又把假想当

作现实,莫名其妙地展开一场残暴的战争。他们的悲壮,其实正是虚弱、胆怯的表现。

更可悲的是,丙崽和他的乡亲们,具有这种设置一个"假想敌"的、病态的思维方式而不自知。他们习惯于生长在一个处于文明潮流之外的山寨里,一代又一代自我封闭地苟活。他们生活在文明圈之外,是完完全全的"化外之民",但他们又自尊、自恋、自大。他们当中如果出现一个与山寨传统相悖或对山寨社会有所怀疑的人,就一定要被诅咒,被视为异端,自然就被列入"x妈妈"的行列。丙崽的父亲德龙,是一个会唱山歌会讲故事的人,他难以忍受在鸡头寨的蒙昧中葬送一生,于是他出走了,试图转化为"化内"之民。但是,他的一切都被鸡头寨的村民们视为异己,他是化外之民们最瞧不起的人。丙崽的母亲临终前嘱咐丙崽要"杀掉他",这除了泄私愤之外,也反映了鸡头寨村民们的共同心态。用无知去杀掉有知,用野蛮去杀掉文明,是丙崽们必然的选择。

这是十分耐人寻味的。从表层的语义看,丙崽的父亲应属"爸爸爸"之列,丙崽的母亲自然应归属"妈妈"之列,然而在小说中丙崽的父亲恰恰被鸡头寨的村民们所诅咒,所拒斥,视为负值,将其划入"x妈妈"的范围,而丙崽的母亲因是鸡头寨文化的顽固维护者,甚至念念不忘要杀掉丙崽的父亲,反倒成了"爸爸爸"队伍中的一名忠实成员。这里,小说正是用一种强烈的反讽,辛辣地指出这种极其简单粗鄙的"二值判断"是名实不符的,是颠倒黑白与混淆是非的。同样,鸡头寨村民们对丙崽的态度,或拿他占卦,祈灵于他;或肆意侮辱他,对他嗤之以鼻,这种以"二值判断"来评判"二值判断",正说明这种思维方式是无法自身确证的,而且它总是引导人们陷入一种荒诞且悖谬的怪圈中。

奇妙的是,读了《爸爸爸》,老是要想到自己,老是要想到自己的过去。我觉得韩少功帮助我们发现了人生,发现了自己。

我发现自己曾经是丙崽。我想,许多正直的读者也都会发现自己曾经是丙崽。我们不仅曾有丙崽式的某些影子,甚至可以说,从思维方式的角度上说,我们的人生,曾经是丙崽式的简单的、粗鄙的人生。

我们不是曾经把非常丰富的、复杂的人,非此即彼地划分为君子与小人、善人与恶人、好人与坏人、左派与右派、革命与反革命、敌我矛盾与人民内部矛盾,然后分别对待,确定他是属于打击对象还是团结对象吗? 好人完全的好,坏人完全的坏,左派绝对的左,右派绝对的右。

在这种思维方法下,常常派生出"一个吃掉一个"的哲学观念,动不动就"你死我活",动不动就宣称"不是东风压倒西风,就是西风压倒东风"。最后,我们判定是非的唯一标准,就是看我们是否被敌方所反对,即所谓敌人反对的我们便拥护,敌人拥护的我们便反对。而所谓敌人,通常又是假想敌,即根本就不存在的敌人。天天叨念的以阶级斗争为纲,实际上大半是以幻觉为纲。

"爸爸爸—x妈妈"这种思维方式,是一种粗鄙的原始思维方式。李泽厚在《中国古代思想史论》中曾指出:"文化人类学的材料说明,在任何原始社会的神话里都可以分析出其中主要结构是以正负两种因素、力量作为基本动力、方向或面貌。中国远古关于昼夜、日月、男女等等的原始对立观念大概是在最后阶段才概括为阴阳范畴的。但阴阳始终没有取得如今天我们所说的'矛盾'那种抽象性格,阴阳始终保留着相当实在的具体现实性和经验性,并没有完全被抽象为纯粹思辨的逻辑范畴。"丙崽的思维结构还只是原始性质的正负的二值判断。丙崽的乡亲们顿悟到丙崽的这种正负判断"莫非是阴阳二卦",比丙崽虽然先进一些,

但也属于原始思维的范围("最后阶段"而已),与"矛盾"的纯粹思辨相去仍然甚远。

丙崽所以是一个"长不大的小老头",就因为他的思维老是停留在原始的状态,也就是停留在未成年的状态。丙崽的思维病态,不能说只是生理病态,它根本上是一种文化病态,一种文化上的原始愚昧状态。这种状态是带有普遍性的状态(丙崽形象的深刻意义与此相关),而且完全是我国传统文化所造成的状态。在我国传统文化的总格局中,传统政治实际上是教化政治,这种政治其实是爸爸式的政治,即治国与治家惊人的一致,国法就是家法的伸延,国家的官员就是"父母官"。我国的国民在教化政治的长期熏陶下,未能掌握自己的生命,不能自我组织。他们按"名分"办事,就像孩子按父母给规定的范围活动一样,因此,他们的个体主体性就丧失,就像未成年的孩子一样,总是不断地听取父母的叮嘱、训诫、规劝、诱导,自己无法成熟起来,对社会人群的看法也始终停留在未成年的水平,所以,在某种程度上,都可以算是长不大的小老头。

人的不能成熟,除了政治教化的原因外,还有道德教化的原因,而我国的道德教化又与丙崽式的思维结构紧密相关。我们的古圣极注重道德教化,以致相信道德至上,道德万能。而道德的要义在于分清善恶,褒扬善行,惩罚恶行,所以从孔子起儒学道德教训一直严于君子小人之辨。复杂的人群只被划分为两类,即君子类与小人类。《论语·为政》云:"君子周而不比,小人比而不周。"《仁里》云:"君子怀德,小人怀土;君子怀刑,小人怀惠。""君子喻于义,小人喻于利。"这种君子小人之辨一直影响到后来的文化观念,只是后来的思想家们还进一步把这种粗鄙的划分和一套严密刑法结合起来,以强力推行封建伦理道德,结果反而有利于造成一套"吃人"的礼治秩序。我和林岗合著的《传统与中国人》一书,曾经批判过这种"君子—小人"的二分法以及强制性地推行这种思维方法和道德教化产生的道德代替了法律的后果。我们在书中说:"道德在正常情况下,只是一种不带有强制性的舆论力量,它只教人分辨善恶,不强迫人做选择,因而它是人类良心的体现。但是,把善恶作为社会生活、国家组织的基本准则,它就马上脱去了温文尔雅的外衣。这时的善恶,不是诉诸良心,而且诉诸权力。道理并不复杂:在道德只是社会正常的舆论力量的场合下,人们都能把恶行,即违反道德行为看成人性的弱点,只加以舆论的谴责,而在把道德如忠、孝、义、廉、耻等规范当作社会生活、国家组织的'纲''常'的场合,恶行就是善的死敌,同时也是威胁善的生存死亡的唯一不安分的力量,必须要由严刑峻法加以彻底消灭。"中国的仁义道德,鲁迅所以深恶痛绝,并把它斥之为"吃人"之物,就在于它们在中国被普遍化为强制性的统治力量,以致侵吞了应有的法律。这里可看出,"君子—小人"之辨这种二分法,如果停留在思辨的层次上还不算什么,一旦和权力或者社会暴力结合,就会造成很大的灾难。丙崽的"爸爸爸—×妈妈"也就是"君子—小人"之辨,只是丙崽没有学问,表达得更世俗化罢了。

我国封建社会中,把"君子—小人"善恶的二分法作为社会生活、国家组织的基本法则,结果就形成一种毫无法律观念的"可恶"罪,即违反儒家的某种道德教训,便视为对国家纲纪的触犯,便划入恶人的行列,便永世不得翻身。对于这种精神压迫,五四运动一开始,鲁迅先生在《狂人日记》中就加以揭露。狂人踹了古久先生的陈年流水簿,就预知到将要被罩上个大逆不道的罪名,然后再名正言顺地被吃掉。狂人深明此道,他说:"我又懂得了一件他们的巧妙了……预备下一个疯子的名目罩上我,将来吃了,不但太平无事,怕还会有人见情。佃户说的大家吃了一个恶人,正是这方法。"狂人由此看出所谓好坏善恶完全是吃人者以意为之,"他们一翻脸便说人是恶人","无论怎样的好人翻他几句"便成了坏人、恶人。欲加之

罪,何患无辞,这本是吃人者的老谱。鲁迅对此是深有所知的:"我以前总以为人是有罪,所以枪毙或坐监的。现在才知道其中的许多,是先因为被认为'可恶'这才终于犯了罪。"(《而已集·可恶罪》)并曾慨乎言之:"中国究竟是文明最古的地方,也是素重人道的国度,对于人,是一向非常重视的。至于偶有凌辱诛戮,那是因为这些东西并不是人的缘故。黄帝所诛者,'逆'也,官军所'剿'者,'匪'也,刽子手所杀者,'犯'也。"(《准风月谈·"抄靶子"》)这是对"罩上恶名"的最好解释。鲁迅很深刻地发现:在中国,不仅把人简单地分为好人坏人、善人恶人,而且更糟的还有两条:(1)划分好人坏人是吃人者以意为之的,善恶的尺度是权势者制造的;(2)被划分为"恶人"者就要被"吃掉",他们既是恶人,就不是人,因此随意加以凌辱诛戮,也是符合圣人之道的。鲁迅所揭露的封建罪恶,使我们联想到丙崽的"爸爸爸—×妈妈"之辨,一旦和专制主义结合,一旦和社会盲流结合,就要造成人为的浩劫。韩少功不仅发现了丙崽,而且发现了丙崽式的思维产生的严重后果。

发现丙崽,是为了改造丙崽,正如发现阿Q,是为了改造阿Q。

发现丙崽的思维方式,是为了摈弃丙崽的思维方式。发现丙崽的哲学,自然也是为了否定丙崽的哲学。阿Q的种子连绵不断,难道丙崽的种子也会连续不断?我想,我们是不应当悲观的。既然我们能发现阿Q和丙崽,我们就会有杜绝阿Q与丙崽的能力。只要我们愿意反省,不再以阿Q的思维模式和丙崽的思维模式为荣,而是正视其简陋,正视其粗鄙,总是有希望的。

(载《光明日报》,1988 年 11 月 4 日)

个人记忆与历史布景

——关于韩少功和寻根的断想

陈晓明

在 90 年代这个最暧昧的历史阶段,回过头去看 80 年代,能看到什么东西呢?一眼就能看到韩少功吗?他站立在一个巨大的布景面前——寻根——它是当代中国文学一个不断被放大和涂抹的布景。他一定感到庆幸,或许有那么一点眷恋。现在,他在南方一个蓬勃的地方做着蓬勃的事业,我们把他拉回到这个已经有些发黄的布景前,这是不是有点无聊?我想是的。在南方那个遍地黄金的地方,韩少功难免不会这样认为。而在 80 年代那些庞大的布景和道具面前,我们当然会感到无聊。

确实,"寻根"已经是当代文学史上一个巨大的无法逾越的神话,去解开这个巨大的神话已无必要,也不可能,因为它是当代中国文学的一个难能可贵的灵光圈,况且这个灵光圈还牢牢戴在一些希望人们永远记住这段历史的人的头上。韩少功可能是唯一淡漠这段历史的人——我是说淡漠,不是背叛——在 1994 年的盛夏,我与韩少功有过一次短暂的电话交谈,我感觉到他的一些淡漠、一些超然。我知道他现在置身于一个完全不同的时空,但我也知道他的心愿——他根植于那远方土地上的生命和文学——依然如故。这个朴实坚韧的湘西汉子,身上还是有某种一如既往的东西,他一直面向绝对和纯粹说话,尽管他一度进入某些现实事务。这使他可以超越某些具体的历史形式,超出一些文学术语和概念。因此,韩少功是唯一可以从寻根的布景中剥离出来的寻根派作家。韩少功的写作,他的那些作品文本,并不仅仅属于"寻根文学",这个人从偏远的湘西走出来,他本身是一个纯粹的当代文学史事实;一份新时期的历史清单;一部打开又合上的新时期文学史大纲。

1.被理性折叠的个人记忆

他是典型的时代之子,一个过早思考的文学青年。他很早就戴上红卫兵袖章,印过传单,啃《毛选》四卷,讨论马克思、列宁、普列汉诺夫和托洛夫茨基。在那些思想禁锢的岁月,他苦闷而有所期待,终于他等到了一个好时代。于是"探索和进击已成刻不容缓"。新时期对于他们这代人来说,无疑是一个黄金时代,炼狱之门已经打开,他们怀着由来已久的梦想,一种祈求和感激,走上文学的街头。新时期之初的文学写作就是文学集会,大家浩浩荡荡走在一起,走向明确而并不遥远的目标。被现实洗礼的时代之子,我们的主角当然没有忘乎所以,他是一个诚实而质朴的人,他对文学一开始就怀着那样的虔敬,"至今没能写出像样的'真正的文学'",他在努力写作,老老实实写作,他开始很认真回到个人的经验中,在他的生活中写作。

这个人在乡村待了近十年,他从那里走出来,他的写作又不得不回到那里。那是他的生

命和文学扎根的地方，他如此深信不疑。他"不很熟悉工人、教授、舞蹈演员和归侨"，他早期的创作素材主要来源于农村。"要表现泥土、山泉、草籽花、荷锄的'月兰'、卷叭筒的'张种田'"，他是一个尊重生活的人，实事求是；或者说他迷恋个人记忆，他的写作当然是从他的个人经验出发，在那里他才感到自由和踏实。当然，他的最显著特征是关注现实，翻开他的第一本小说集《月兰》，那上面无疑是为现实所做的"不平之鸣"，基本主题是"为民请命"。他想"满怀热情喊出人民的苦难和意志"。他开始引人注目的《月兰》(1979)，这个以第一人称"我"来叙述的故事，并不仅仅是为了表示某种真实感，他以"个人记忆"为抵押，这是他写作的根本立足之地。这个充满了个人自责和忏悔的故事，有力地烘托反衬出一个普通劳动妇女的悲剧命运。四只鸡逼死一条人命，"我"(一个小知识分子)的自责，却又蕴含着对那个时期的路线、方针和政策的谴责。那个曾经无私奉献鸡蛋和甜酒的妇女，现在却一意孤行无视政策法规。贫困、疾病、沉重的生活负担，这一切都可以归咎于极"左"路线，那些个人记忆，对乡土生活的追忆，向着历史理性批判方向转化。他的自责和善良的本性，同时也是一个同情和悲悯的视角，这个视点迅速沟通了那个时期关怀悲剧和伤痕的人道主义信念。

韩少功当然不会仅仅停留在"个人记忆"中，在他的写作中，总是有某种理性的冲动，这使他在每一个历史时期都不是一个闲置的个体，又总是一个急于结束现在的改良主义者。在个人和历史之间，在经验和理论之间，韩少功一直在走一条中间道路，这条道路走着他们一伙人——整整一个知青群体。韩少功是一个在历史中的人物，我说他可能从寻根的布景中解脱出来，不是说他超然于历史之外，而是说他在整个历史之中。在每一个历史阶段，他都表达了那个时期的历史愿望。他是一个"嗜好理论"的人，"想通过小说剖析一些问题"，对于他来说，"哲学和政治始终闪着诱人的光辉……"而在他最初动笔时，总是"更多地想到庄重质朴的托尔斯泰和鲁迅"。我们的主人公在新时期之初的历史前沿，他站在那驾思想解放的马车一侧，你可以看到他年轻的面容上已经刻下些许的悲伤，一些现实主义的激情鼓动着他，人性、人啊人——这些80年代的宏大主题，也是毫无保留地渗透进他的早期全部作品。

发掘个人记忆，从而对这个时代进行书写，这是韩少功的叙事法则。他是用记忆和思想双重写作的人，典型的现实主义的辩证法，回到生活实际，而又紧扣时代脉搏，在独特性中发现历史的普遍性。80年代是崇尚理性的年代，人们需要批判，需要寻求真理，需要解决现实难题。"文学需要思考"，这是我们的主人公信奉的格言，他的目光投向那片奇诡厚实的茅草地："茅草地，蓝色的茅草在哪里？在那朵紫红色的云彩之下？在地平线的那一边？在层层的岁月层土之中？多少往事都被时光的流水冲洗，它却一直在我记忆和思索的深处，像我的家乡、母校和摇篮——广阔的茅草地。"又是一个"我"叙述的故事，一个深挚的个人记忆。这个"我"的故事在叙述中向着老场长的故事变异，个人记忆再次变成情感抵押，它不过是历史理性批判必要的铺垫。"老场长"——这个制度的象征，他被定义为一个好人，一个具有高度责任感的硬汉子。他的观念陈旧僵化，过分保守，一个绝对的集体主义者，他不允许任何个人的情感存在。大公无私，毫无保留奉献给党的事业。事实上，除了他的一意孤行和他落后的管理方法，这个老场长是现实主义文学由来已久的典型形象，一个在经典叙事中不断被重复的正面人物。然而，韩少功轻微的改动就具有了惊天动地的效果，他不过撕开了窗户的一角，指出了那么一点谬误，《西望茅草地》就获得了现实主义的伟大胜利，向时代提交了一份为民"请愿书"。

历史理性批判在这里再次诉诸人性的力量，"我"与小雨的恋情以悲剧告终，这与老场长的极"左"观念也不无关系。这个老革命是如此疼爱他的养女，以他的革命化的标准要求青年人的交往方式。这是一个苦行僧，他甚至没有婚娶(?)，他处处以身作则，在这方面也不例外。他在自虐的同时下意识地进行他虐，作为一个个体，他的内在本质在这里被有节制地揭示出来："力图写出农民这个中华民族主体身上的种种弱点，揭示封建意识是如何在贫穷、愚昧的土壤上得以生长的并毒害人民的，揭示封建专制主义和无政府主义是如何对立又如何统一的，追溯它们的社会根源。"理性批判的力量把这个个人悲剧推导为时代的悲剧，个人记忆总是一个出发点，它引向历史、政治和哲理的深度。一种关于民族命运的"寓言性"叙事，击穿了那些温馨或感伤的个人记忆。它有力地揭示了一个不断重复的历史谬误，在80年代初期，这篇小说以它对现实的严峻批判而发人深省。它在叙事方面的那种情韵，朴实而舒畅，那种深挚的个人记忆、痛楚和创伤，在人生与时代政治的冲突方面，都营造了特殊的氛围，它使理性批判能够返回到人的心灵深处。这就是叙事的力量，现实主义叙事的辩证法。

他的写法是有某种非同凡响的力量，他总是一如既往去发掘那些苦难，那些不公正的命运。在他的个人记忆的深处，始终包裹着一个精神内核，那就是"知青情结"。《飞过蓝天》(1981)正面写到一个知青，一个被命运抛弃的苦难之子。"他是一个人，但有鸟的名字，外号叫'麻雀'"；"它是一只鸽子，但有人的名字，叫晶晶"。这种绝望的对照，鸽子的命运与他的遭遇互为隐喻，在某种意义上，鸽子又是他的梦想，他跨越现实的希望。现实逼迫得他走投无路，看不到希望的生活，只有笑骂、扑克牌和空酒瓶。而那只鸽子在倔强地飞过蓝天，然而它也死了，它历经磨难，飞回它的家园却被他打死。这里面的寓意和象征并不十分清晰，但对绝望的知青生活，对一种无可摆脱的命运的表现却肯定有相当的震撼力。

在多数情况下，那个叙述人"我"的视点投向了农民，投向农村妇女，那个"我"是个为民请命的独立个体，他站在历史的临界线上，揭示了历史的本质——它的悲剧和谬误。批判和清理历史，使写作主体处在启蒙的现实位置上。那个不断出现的叙述人，似乎游离于历史事实之外，他只是观看者，一些事件的局部当事者；他只是叙述、反映和表现，他本人则从历史中剥离出来，而超然于历史的苦难之外。这与其说是叙述人的片面隐瞒；不如说是启蒙者下意识的叙事策略。在新时期的文学规范内，文学写作事先被假定了特殊的历史位置，那个"我"当然不仅仅是个全知全能的超然于故事之上的叙述人，他立足于被叙述的历史之上，他要反省和思考，批判和清理历史的本质规律。

在他的个人记忆中总是保存着一些美好的、理想化的东西。对美的寻求乃是历史理性批判的必要补充，那些人物和生活，即使处在艰难困境，人性的光辉总是随时闪烁于他的朴实明晰的叙事中。那个老场长不管多么固执，他身上保留太多共产党人的优秀品质；《飞过蓝天》那个"麻雀"还偶尔反省自己的所作所为，这就是老队长善良品质起到的警醒作用。一旦回到乡村生活，一旦保持比较纯粹的个人记忆，韩少功讲述的农村就呈现出恬淡秀丽的田园情调，这主要是通过那些农村妇女形象折射出来。在那些悲剧的空隙，或是暂时脱离悲剧的部分作品，韩少功总是以他擅长的白描勾勒泥土、山泉、草籽花和荷锄的"月兰"。他热爱乡土，对那个地方保留有美好的记忆，他的那些回忆性的叙事，对个人记忆加以温习的叙述，只要偏离出历史轨迹，总是表现出一些理想化的美感。

这个扎根于个人记忆的写作者，他又力图进入历史理性的深处，在历史之恶与人性之

善之间,他的个人记忆携带着特有的美感抹平了二者的沟壑。在某种意义上,你阅读这个人"寻根"前的作品,你会发现它是一部真善美的文学大全,一部哀而不伤,怨而不怒的当代"尔雅"。《那晨风,那柳岸》,一个十分诗意的篇名,遮蔽着一个美丽忧伤的故事。一个始乱终弃的故事,被注入新的时代内容,银枝的坚强和吴仲阳的生活期望,使这个故事不再是在道德的水平上纠缠,它揭示了那个年月人生命运的有限性——它被政治和权力所规定。袁昌华的加入又一次表现知青情结中固有的理想主义情愫,这个形象乃是期待已久的自我指认,这个成熟的知青,也是一个成熟的知青形象,它也恰如其分地表明知青意识在这个历史时刻趋于成熟。那个黑丹子死了,像韩少功所有的小说一样,死亡是必要的,它是诉诸历史悲剧的基本前提。一种定位在人道主义意义上的对生活的本质内容的思考,击穿了那些历史的和政治的谬误,在这里完成了深厚有力的理性批判。而那些人性之美和芬芳的泥土气息,却也使那些悲剧有更多感伤的诗情。

2.暂时的过渡:现代意识的诱惑

尽管那些个人记忆具有超历史的感伤和理想化的诗情。然而,他(们)是不能长久地沉浸于个人记忆,那不过是进入历史的必要的起点,现在,他们已经成熟,他们要面对现实说话。对于韩少功来说,他从个人记忆走向历史理性批判,他的那种现实主义式的白描手法还恰如其分,他对自己的生活经验,对自己选用的艺术方法还有相当的信心,他对那些现代派似乎很不以为然。他的思考,他在艺术上的寻求,使他却又不得不摆脱知青情结。这个追求庄重质朴的人,也一度闯入现代派的区域。他要突破过去,突破群体经验,他一直在思考这个时代迫切而尖锐的理论问题,在知青的经验中抽绎出现代派的主题,韩少功在这方面可以说是独树一帜。《归去来》设想了一个冒名顶替的"我",那个真实的我在哪里呢?这里当然也可以看到韩少功过去的故事,善良的农民、知青的一些琐事,叙述人力图去捕捉的是那些似是而非的生存感觉。对自我本身,对历史经验的怀疑,使韩少功的叙事向着形而上的玄奥区域倾斜。在1985年以后的写作中,那样一些现代派的观念进入韩少功的小说。在那些苦难的故事中注入那种生存困惑(《蓝盖子》),韩少功的现代主义浅尝辄止,却也有厚实的生活底蕴。把那些现代派的观念糅进对现实的尖锐批判,《火宅》对于韩少功来说是一次异乎寻常的实验,它所预示的创作前景,它所面临的困难,它那吃力不讨好的社会效果,都促使韩少功作更彻底的思索。

80年代中期,中国文坛到处在讨论现代意识,文学方面的现代意识,不过是中国社会的经济现代化的合理延伸和呼应,现代化的历史大潮强有力地拖着文学界走,现代性的规划是如此深刻而有效地渗透进这个时代的精神意识,那些19世纪的古典人道主义,那些启蒙主义的主体姿态,脱去"反'文革'"的历史外衣,而迅速跨进现代意识的前列,关于现代人、关于现代主义的叙事乃是文学界急于攀登的思想高峰,从"意识流"到现代派,中国当代文学终于有理由庆幸它与西方文学思潮只有一步之遥。然而,现代派、现代主义叙事,对于大多数人来说,那是一个怪物、一个全新而神奇的不祥之物。80年代的中国在文化方面有过种种激进的奢望,但实际的迈进却十分有限,这不仅仅是现实形势使它只能以波浪式的方式运行,事实上,人们的既定经验也决定了它不能有什么惊人之举。与所谓"全盘西化"相对,重新认识传统迅速酿成气候,海外新儒学复兴长驱直入,各种文化讲座遍及祖国的名城古镇和旅游胜地(例如当时在青岛和杭州都有文化讲习班),一些耄耋之年的文坛宿将坐镇讲坛,莘莘学子于敬畏和虔诚中洗耳恭听。新儒学同时引进一股世界范围内的文化认同,而

拉美第三世界作家频频在发达资本主义国家获取各种奖项，这对中国作家无疑是一个提示、一种警醒、一种诱惑和怂恿。

对于我们的主角韩少功来说——"对这个正困在苦恼之坑中的人来说，'文化'这个词就犹如从天而降的绳梯，他当然要高兴地大叫起来"（王晓明语）。从知青的经验中走出来，从粗略的现代派的探索中走出来，韩少功在文化这里找到一个新天地。与其说这是一次进步，不如说是一次调和，现代意识和知青经验在"文化寻根"这里达到密切的结合和恰当的重叠。"寻根"当然不是简单的复古，不是保守的，它站立在现代性的高度，在世界文化的格局中来思考中国文化的命运，来解决现代化进程中的精神价值标向。它比那单纯的现代意识显得更加高瞻远瞩，更加符合中国国情和现实需要。对于文学来说，已有拉美魔幻现实主义做出示范，它们恰恰是在回归本土，在重新思考现代化给发展中国家带来的诸多难题的前提下，而写出了令西方第一世界惊叹的不朽之作，他们甚至因此摘走诺贝尔文学奖的桂冠。在某种意义上，这是真正"现代"的文学意识。

在这样的历史前提下，有这样的历史参照系，我们的作家还有什么犹豫的呢？从现代派立即就回到本土，转向民族之根，原来这里是一脉相承的东西。这也就是为什么那时的评论居然把"寻根文学"称为"85 新潮"；它与刘索拉、徐星的现代派相提并论而平分秋色。它们共同构成 80 年代中期中国文学最前卫的文学潮流。

3.寻根:疯狂的石榴树

寻根，不管当事者还是目击者，都乐于把它想象成一个伟大而神奇的事件，它有秘密的聚会、精心的酿造。重新回想起来，那真是在拉开厚重的历史帷幕。一些当事者是这样开始叙述的:1984 年 12 月在杭州西湖边一所疗养院里，一群评论家和作家进行了长达一周的对话。那地方静谧、幽闭，烹茗清谈最好。"一些记者闻讯赶来，被拒之门外。上海一家报纸的记者抱怨说:他多年的文坛采访活动中还未碰过这种钉子。处于当时的社会气氛，与会者很不愿意让新闻界人士掺和进来。事实上，关于这次会议的情况，以后也一直没有做过详细报道。所以对会中的关键性内容及其对此后中国文坛产生的实际影响，至今仍鲜为人知。"我们感谢这位当事人给我们披露了这段珍贵的历史故事。一切有关文学的会议，通常都唯恐不能产生新闻效果而徒劳无功，这次会议有魄力"拒绝记者"，足可见主持者和参与者所达到的境界。西湖边上，疗养院，静谧幽闭的所在，拒绝新闻……作为寻根的直接契机，这次聚会在叙事中已经具有了寻根的基本特征和氛围，寻根当然有理由看成是这次聚会的直接成果。这种叙事的意义指向在于，把寻根看作一次明确而有理论准备的集体行为，它当然也就可以作为一种叙事的起点，构造那个完整有序的博大精深的"寻根神话"。

确实，关于寻根文学，人们已经谈得太多，这是一个众说纷纭的故事。从一开始就是一个故事，它被叙述出来，激动人心，庞大而辉煌。它使人想起一些著名的作家写过的一些著名的书，"疯狂的石榴树"，或"番石榴飘香的季节"。那个历史现场已经无法概括，无法重现，它留下一些意象、一些庞大的外表，我们想起那些激动的场面，那些热烈的言辞，那些不断膨胀扩张的意义。它是一棵树，一棵巨大的、疯狂的神话树。

在这样一座丰碑面前，在这棵树下，我们还能说些什么？

"寻根"——到底要寻什么之根？为什么要寻根？这一切并不仅仅是现在才令人感到奇怪和含混。对于我来说，去深究它的真实含义已无必要，它一开始就是一种借口，一个托词，一个期待已久的象征。传统、民族、本土、寻根……在这里不过是一种包装，一块必要的历史

布景，它给早已失去新鲜感的个人记忆，给难以花样翻新的知青经验以新的形式，一种在现代性的紧迫感敦促之下的应急措施，一次对"现代主义"的瞒天过海或自欺欺人的跨越。传统、民族性、本土化……这种陈词滥调，在"被创新的狗追得满街跑"(黄子平语)的80年代中期的中国文坛，居然具革命性的意义，这显然是一件不可思议的事情。一切都因为特殊的时代潮流和崭新的历史布景——现代化、世界范围内的文化寻根。

现在，我们的作家变得理直气壮而信心十足："我们民族的传统，民族的生命，民族的感受，表达方式与审美方式在我血肉深处荡起神秘的回音。"(郑义语)从这里可以找到文学厚实的根基，这样一种认知前提也清理出一代作家置身于其中的现实，个人经验与文学面对的现实在这里统一："不光光因为自觉对城市生活的审美把握还有点吃力和幼稚，更重要的是觉得中国乃农业大国，对很多历史现象都可以在乡土深处寻出源端。"(韩少功语)民族性、乡土乃至本土化，这本身就是一种话语，一种叙事。对于80年代的中国作家来说，"民族""本土"一直就是一个假想的家园，一个逃离的出发地和失败的暂时归宿；一个无所作为的借口，一个勉为其难的托词，一个随时准备背叛的过时的情人。80年代，一个瑰丽的神话的时代，人们充满了各种超越现实的幻想，而那些文化英雄，他们都是一些狂奔的现代性之马，他们要到哪里去呢？他们随时都准备跨越和遗弃"本土"，当然，只要无处可去，他们随时又会眷恋这块"生我养我"的"本土"。

诚实的韩少功还是透露了一些奥秘："自觉对城市生活……"整整一代知青群体，对城市都怀有奇怪的陌生感，疏远这个一度拒绝他们而后勉强收留他们的狂妄之徒，回到那片"神奇的土地"，回到"我那遥远的清平湾"，这才是这代人的明智选择。然而，如何处在历史的潮流前列呢？那些已经在"现实主义"名下，在"人性论""大写的人"的纲领之下反复倾诉过的往事，又如何适应这个日新月异的变革时代呢？这当然需要新的历史布景。过去是把个人记忆投射在历史布景之上，现在则要用历史布景包裹个人记忆。对于一种寓言性的写作，对于新时期不断扩张的历史冲动来说，这种反复变换的重叠是必然的和必要的。个人和历史构成的二元对位，它们之间不断的投射和移位，构成新时期文学实践最内在的动力。那些个人记忆隐匿到布景后面，"我"的故事现在变成文化的故事，变成关于文化的叙事。那些过去作为背景起到映衬作用的人伦风习、自然景观、志怪传奇，现在推到前景，作为叙事的主体部分，它抹去了个人记忆的那种单一性和个别性，现在它具有了更为深远和厚重的意义。

对于韩少功来说，这一切如期而至且顺理成章，楚文化迅速从他的个人记忆中复活过来，这些荒诞杂乱而神奇的巨型代码，它们轻而易举就超越了知青这个令人尴尬的时空，而意指着一个无穷深远的过去，并喻示着一个暧昧的无法言说的现在。《爸爸爸》是一个超级的寓言性文本，他那大量的寓言性代码和寓言性叙事方式，却也只能意指着一个寓言性的历史/现实，一个关于隐喻的隐喻，一种关于寓言的寓言。那些古语古歌，那些仪式和杀戮，那些愚蠢的自虐和他虐、麻木和绝望，当然有某种隐喻(现实的)意义，但是，在纯粹理性的意义上，没有任何必要以如此乖戾的符号去行使它的意指功能；而在纯粹文学的意义上，它就只有叙事学的价值了。对于"寻根"如此怀有历史冲动和现实抱负的文学行为来说，它的经典之作只有形式主义的意义，这不能不说是具有反讽意味的事情。它的主角是一个白痴，一个拒绝语言的侏儒，无可否认它具有某些象征意义，但是，它那怪模怪样的面目不过是一个纯粹的怪诞奇特的代码，它的存在构成了一个怪诞的叙事视点，一个神奇而充斥着叙事诡辩论的"文化考古学"文本，一个任意而疯狂生长的巨型神话树。这样的叙事并不能指望

它对历史/现实具有什么双重穿透力，但是它开启了一种新的叙事法则，一种发掘素材的新途径。后来韩少功在《女女女》中再次重演了他的手法，那些"文化"又一次变成一些怪诞而丑陋的存在物，事实上，除了这种符号才能勉强证明"文化"的存在，还有什么能够视为"文化"呢？文化在这里其实没有任何对历史/现实的意指功能，它不过是文学叙事不得不以古怪的面目花样翻新而已，那条疯狂的"创新之狗"，追得文学探索者满街乱跑，那块巨大的历史布景是他们的超度之筏，结果也就只能剩下一些古怪而无用的碎片了。

尽管"寻根文学"的动机与效果未必相符，那些"文化之根"其实转化为叙事风格和审美效果，一个文学讲述的历史神话结果变成文学本身的神话。一个关于文学创新的美学动机，被改造为重建历史的冲动。但是，它的文学意义并没有完全迷失于虚幻的历史布景之内，因为文化的意义最终为审美效果所消解，它实际完成了一次文学观念和审美风格的变异。"寻根文学"还是创造了一种新型的文学经验，并且群体效应并没有淹没个人化的风格。那些被命名为寻根派的作家，气味相投而各有特点：贾平凹刻画秦地文化的雄奇粗粝而显示出冷峻孤傲的气质；李杭育沉迷于放浪自在的吴越文化而颇有些天人品性；楚地文化的奇谲瑰丽有效地强调了韩少功的浪漫锐利；郑万隆乐于探寻鄂伦春人的原始人性，他那心灵的激情与自然蛮力相交融而动人心魄；而扎西达娃这个搭上"寻根"末班车的藏族人，在西藏那隐秘的岁月里寻觅陌生的死魂灵，它的叙述如同一条通往地狱的永远之路……"寻根文学"乃至被命名为"新时期"的文学，最后以莫言粗粝的《红高粱家族》(1986)来完成它的最后结局并不奇怪。那些所谓的人伦风情、神话寓言不过是些必要而暂时的历史布景，并不能支撑起幻想的主体，因此，不如从原始的自然本性中去掠夺人的本质力量，以一股不可抗拒的生命强力改写历史文化的印记，以原始的粗野的自然本性冒充历史文化之根。与其说莫言的寻根是一次进步，不如说是一次粗暴的损毁，它给"寻根"注入个人化的生命愿望，他把沉迷于虚假的文化深处的历史主体被拉到一片充溢着自然生命强力的高粱地里，完成一次生命的狂欢仪式。对于找不到象征之物的幻想主体来说，这次粗野的生命放浪却预示着随后的语言放纵。

总之，不管是韩少功或是其他寻根派作家，在那样的历史时期有意而无意组合成那样的一个文学群体，创造了当代文学少有的一个大型的文学景观，它无疑是一个难得的历史事件，作为一座无法企及的丰碑，它不得不变成一座坟墓，它不但埋葬了自己，也埋葬了当代中国最后所具有的巨大的历史冲动。随后的文学写作，不过是些极端个人化的语言祈祷；闲暇中出游和白日梦的满足；一些随意观望和窥视；在没有历史布景的光秃秃的街头进行的即兴表演。

（载《文艺争鸣》，1994 年第 5 期）

庸常年代的思想风暴

——韩少功 90 年代论要

孟繁华

一

这是一个也许已让任何人都感到烦躁和焦虑的年代,无论是穷人还是富人,无论是思想者还是守望者,无论是貌似从容的高士还是装傻充愣的俗人。一场商品经济大潮漫过了所有心的堤岸,往日的平衡在潮水中经久不息地摇荡不止。现实残酷地滤过所有的人,检视着无可逃避和掩饰的镇静或慌乱、自信或卑微。在这个意义上说,现实的无情和人的有限性又一次获得了证实。现实孕育了一种失魂的文学,神圣与尊严既遇"瞪眼"又遭"冷嘲",一切还来不及解构主义操刀。释来的人的各种欲望,如洪水泄闸,足以涤毁久经营建的人文堤坎。事实证实了这一切绝非耸人听闻。

但是这并不是 90 年代思想文化的全部,我隐约感到,在失魂落魄、随波逐流或争相向大众文化市场献媚的潮流中,在簇拥明星或大款为时尚的年代里,新的思想风暴同时顽强地孕育于时代的边缘。它被金钱攫取力驱动的人们所忽略或无视是可以预料的,但它却在文学界一些朋友中默默流传和被谈论。这场思想风暴不是人为的策动,不是揭竿而起的偶然冲动,面对虚假的世界,它是来自"灵魂的声音",是决不同流合污,决不妥协屈服的新理想主义精神的示谕;面对失魂的文坛,它是一场"精神的圣战",是对在感性的谎言中狂欢奔突的城市漂浮物们决斗的战书。精神领域,不在于蜂拥起哄的人多势众,有几个清醒而顽强的头脑便足以让堕落倾向者提心吊胆、心惊肉跳。

我感到的这场思想风暴来自于文学界有素养,有准备并敢于承担风险的一些作家和学人。作为思想潜流,它们不曾中断过,但市场喧嚣的叫卖声时常将其淹没。当"先锋"们已经颓然下场,绝望幻灭、丑态百出的无聊文人逐一被淘汰出局之后,他们才逐渐浮出了"历史地表",并以特立独行的思索和人格尊严引起了人们的关注。这当然也是一种危险的、极易遭到曲解和利用的思想潮流。他们站在时尚的对面,在迷茫的世纪末,以自己认定的理想人格和价值目标坚守在精神的高地。他们的形式和态度不尽相同,但有一点则是一致的,这就是他们共同源于中国文人深入骨髓的忧患意识和传统。张承志以极端的方式 "放浪于幻路",断了退路也绝不肯"入乡随俗",更不要说屈服或妥协了。在幻路上,他与鲁迅先生对话,以他心灵的体悟和感知诉说着鲁迅,也诉说着此时他个人内心的深刻苦痛和义无反顾的坚持。于是,在《无援的思想》[①]或其他作品中,我们仍能感到他一以贯之的对于祖国和山川大地的一往情深,感到他作为儿子对母亲的依恋、关注和责任。那不是传教士虚假的布道,那是一个敢于献上自己血肉之躯的虔诚信徒的庄重独白。也正是源于这份诚实,他才敢

---

① 见《花城》,1994 年第 1 期。

于愤怒地指斥文坛的混浊和堕落："一个像母亲一样的文明发展了几千年,最后竟让这样一批人充当文化主体,肆意糟蹋,这真是极具讽刺和悲哀的事。我不承认这些人是什么作家,他们本质上都不过是一些名利之徒。他们抗拒不了金钱和名声的诱惑,是因为他们根本没有抗拒的愿望和要求。其中一些人甚至没有起码的荣辱感、是非观,只要能捞到利益,哪怕民族被侵略,祖国被瓜分也不会在意。"①因此他认为最需要的是鲁迅那样的文化重镇,树立起精神的旗帜,使无耻者有所忌惮。②张承志很可能被认为是偏执和激进的,但在中国,弘扬中和之美是无济于事的。没有偏执便不足以引起混世者应有的警觉,那即将幻灭的良知和起码的正义感就不能被重新唤醒。

与张承志不同的是史铁生的方式。史铁生是静默者而不是静观者,在静默中我们同样能够感到他深刻的厌恶和拒绝的意志。他生活在自己的圣洁之地,绝不让浊流涌进心灵的门槛。他走在"使灵魂有路可走,有家可归"③的漫漫长途只身孤影体味着"与命运之神对话"④的艰难与欢愉。

韩少功被他的这些同行深深地感动着,在"灵魂纷纷熄灭的'痞子运动'正成为我们的一部分现实"⑤的时代,他热情地赞赏了张、史二位作家的另一种声音。这是《灵魂的声音》。在这篇言辞激烈、态度坚决的文章里,韩少功又一次宣言式地发表了他对时代与文坛的看法。它似乎没有多少"新意",毫无惊人之语,大都是老生常谈式的旧话重提。但是,在一个缺乏灵魂的文坛,在一个"耻言理想""蔑视道德""情感正在沙化"的文坛,他发现了张承志、史铁生们的意义"在于反抗精神叛卖的黑暗","说出了一些对这个世界诚实的体会"。⑥这当然不是搔首弄姿取悦于看客的姿态,这是看够了新既得利益者的圆滑善变之后,回身四顾越过各式"痞子"而听到的一个文化大国的灵魂之声。在他们的作品里人们看到的是绝不逃三避四的批判力量和有虔诚信仰的当代文人情怀。显然,韩少功以自己的方式加入了这场持久的"精神圣战"。

二

80 年代,韩少功是最有影响的小说家之一,他的《月兰》《西望茅草地》《飞过蓝天》《风吹唢呐声》《爸爸爸》《女女女》《归去来》等作品,曾被评论界反复提及讨论,有的作品甚至可以列入当代文学的经典,他和朋友们领导的"寻根文学"至今仍是当代文学研究的重要对象。他的作品是新文学介入生活,改造"国民性"的一路,因此,理性的批判是其一大特征。当然,毋庸讳言的是,80 年代的韩少功是"潮流中人",他的作品的影响力显然也无可避免地借助了艺术之外的社会文化思想潮流的推动与举荐,在潮流之中显得更有分量和醒目。但韩少功的作品经受住了时间的滤及,得以存留下来并不断地被新的话语激活,被赋予新的意义。这是庸常之作无法作比方的。

① 见邵燕君:《张承志抨击文坛堕落》,《法制与新闻》,1994 年第 4 期。
② 见邵燕君:《张承志抨击文坛堕落》,《法制与新闻》,1994 年第 4 期。
③ 史铁生:《随想与反省》,见《自言自语》,广东旅游出版社,1992 年 4 月版,第 187 页。
④ 史铁生:《随想与反省》,见《自言自语》,广东旅游出版社,1992 年 4 月版,第 195 页。
⑤ 韩少功:《灵魂的声音》,见《小说界》,1992 年 1 期。
⑥ 韩少功:《灵魂的声音》,见《小说界》,1992 年 1 期。

在文学被其他力量过分干预的时代，文学界曾为摆脱这一干预付出了极大的代价，为的是争取文学能够拥有更广阔的自由和精神空间。但是能否拥有这份自由，不仅取决于外在干预力量的隐退，同时还取决于文学家是否拥有足够的精神自立的能力。事实证明，争取从政治干预下解放出来的努力和目标实现之后，精神自由是否也随之实现仍是值得怀疑的问题。更多的人却又自觉地投入了"金钱专制"的怀抱。那貌似开放的拳头枕头、色厉内荏的暴力奇观等，似乎已自由到了天马行空般的无所顾忌，但透过这伪饰的勇敢同样可以发现另外一种奴颜媚骨，一种为利益的诱惑而欲火中烧的种种心计。这时那些"陈旧"话题的重提就不是可有可无。

时代的变化使严肃的小说家处于相当尴尬的地位，"小说家们曾虔诚捍卫和竭力唤醒的人民，似乎一夜之间变成了庸众，忘恩负义，人阔脸变"①。但对小说家来说，昨日大众拥戴的辉煌业绩已成为过眼云烟，他们已从中心滑向了边缘，他们失去了原有的影响，对80年代的明星作家说来尤其如此。另一方面，90年代以来作为小说家的韩少功似乎处于"失语"的状态，时代的大变化使他似乎尚未将他的感性世界调整过来，尚未找到以小说把握这一时代的有效方式和角度，他强烈的排拒和勉强的理解好像使他犹疑不决迟迟下不了手。因此，就我有限的阅读来看，他勉强写下的为数不多的几篇小说，仍沿着他过去的写作惯性在缓慢滑行，但它们并没有超出甚至没有达到他80年代的水平。

《鞋癖》很像是一篇自传体的小说、一篇不堪回首的往日家世悲惨境遇的沉痛自语。但不是饱蘸血泪或痛不欲生的愤怒指控，不是一个成功者反观历史时的伟大叙事，也不是以民族寓言的形式讲述的"我们"共同的故事。在《鞋癖》里，"文革"宏大的历史背景已隐退到了次要地位。小说叙述的是二十多年前的往事，一个少年的"文革"经历。自那一年起，"父亲没有了"的阴影，在叙事人的生活中便成为一个奇怪而迷离的存在，它是一个无可更改的事实，它真实地改变了一个少年和家庭的命运。也正是这一事实的存在，主人公才经历了人间人情的残忍。世道轻易改变了人的心态和情感方式，无论是邻居们居心叵测的潜在阴暗心理，还是二姐面对孤儿寡母时的断然举措，或是在舆论压力下的"我"思忖的"父亲可千万别活着呵"的奇怪念头，这些荒谬的生活情景只有投射于"文革"的历史背景上才会让人感到真实和被理解。"文革"的荒诞，韩少功是通过人的心态和情感方式的荒诞来表现的。这大概又是韩少功写得最为动情的一篇小说，他对父亲、母亲的追忆，很容易让人想到朱自清的《背影》、老舍的《母亲》等篇章。一切全无编造之痕，亲切的细节和永远明晰的记忆足以唤起每一个儿子共同的情感。"今天小说的难点是真情实感的问题，是小说能否重新获得灵魂的问题。"②理论上的自觉使韩少功确实是用"心"写了他的这篇小说。

《鞋癖》和作者"寻根"时代的小说有许多共同之处，多有拉美文学诡异怪诞之风。母亲的"鞋癖"既联系着布满灰尘的县志上的历史，又联系着荒诞不经的不远的现实，那不断爆裂的器皿、生者与死者的对话等，都使小说充满了神秘和宿命的色彩。这是难解的生活的一部分。

《昨天再见》③也是一篇忆旧式的小说。知青小说已越过了雕琢的英雄浪漫和自塑悲壮的阶段，《昨天再见》很像是往日漫话，在不连贯的往日回忆中透出的是一种散淡平常的意

---

① 韩少功：《灵魂的声音》，见《小说界》，1992年第1期。

② 韩少功：《灵魂的声音》，见《小说界》，1992年第1期。

③ 见《小说界》，1994年第3期。

绪,那些平常的年轻人曾有过那段日子,在那些日子里每个人都是值得同情的,包括他们的苦闷、无聊以及由此铸成的诸多轻率之举。小说最传神的是邢立这个人物,她是一个仍然活在知青记忆中的人物,她的所有苦闷和忧愁都是纯粹知青式的。

《真要出事》[①]则写得滑稽俏皮,在松弛的、漫不经心的叙述中,生动地画出了一个卑微者的魂灵。只剩下"副科长"或"前副科长"作名号的主人公是我们非常熟悉的前未庄名人性格的现代传人,而周围的人大都同"副科长"相差无几,无论是官长一级的处长还是属下的职员们,都在琐屑无聊的日子中活得有滋有味、兴致盎然。这是一幅当代都市最常见的生活画面;生存没有任何目标或方位,没有任何让人感到鼓舞的力量,既无希望也无绝望,一片混沌庸散的人群散发着千百年来经久不散的惰性遗传。在这样的生存图景中,无论是被期待还是被批判的现代社会,其实距我们还相当遥远。

韩少功90年代为数不多的小说仍着力于现代启蒙和批判的传统,尤其对人性的关注延续了他80年代以来长期探索的命题。不同的是,他80年代的作品大都有宏大的民族文化背景,力图在历史传承中发掘破译人性的秘密。90年代他的小说多切入了当代人的魂灵,在平实中揭示出人性的文化构成。无疑韩少功为自己设定的是一个相当艰难的目标追求,这是一个有恒久意义的,自新文学以来不断有人加盟探索的重大目标。在时下这样的时代,在所有严肃的探讨普遍遭到冷嘲,在不承担使命和责任为时尚的时代,韩少功的努力将会倍加艰难。另一方面,韩少功90年代的小说在艺术上似乎招数不多,这也是这些小说失去了他以往的冲击力的原因之一。真情实感或灵魂的问题已成为今天小说的难点,这大概没有异议,但仅仅拥有了这些是否就一定会有好小说,怕也未必。

三

也正是由于上述看法,我觉得韩少功90年代的文学活动已不再是以小说家名世,他更引起人们关注的是他一些散论式的文字。比如《灵魂的声音》《夜行者梦语》《无价之人》《性而上的迷失》《佛魔一念间》,等等。这些散论在文体上已很难命名,说是理论小品、论说散文或评论都无不可,当然这并不重要,重要的是,在这些思辨和批判力量的文章中,你可以看到一个严肃作家清醒而明晰的判断力,一个有信仰的作家面对纷乱文坛慷慨陈白中的深切忧患,在需要有人说话的时候,他敢于毫不犹豫地站起来发言,将刀锋锐利地指向痼疾,——割将开来,毫不手软地使其全部丑陋暴露无遗。中国文坛现在确实需要几个"真正的猛士"。

无疑韩少功的这些散论是针对今天文坛上的大是大非的,面对灵魂四散毫无自尊可言的文坛,他作为中国文人的恐慌和焦虑自然不难理解。但韩少功绝不是道貌岸然的教师爷。我们今天所有的话题大概都离不开眼下这个开放的商品经济背景,文化人在这一时代的"百无一用"已越发证实,但作为职业做梦的人是否能守住自己的梦境,能否认清自己的职业性质还真值得议论一番。韩少功显然不反对赚钱,"不能赚钱,当儿女当父母的资格都没有,不具人籍,何言作家"[②]。现在几乎没有人会愚蠢地轻视金钱的作用。更不会有人去鼓吹

---

① 见《作家》,1993年,第2期。

② 韩少功:《无价之人》,《文学评论》,1993年第3期。

"穷过渡""穷光荣",韩少功自然不会干涉别人赚钱的自由。当年的鲁迅、郁达夫以及其他年轻的作家都曾为生计所累,想办法活下去,这原本是人生的第一要义。但鲁迅和他那一代作家是为了"生存"而奔波,不是为了"金钱"而忧虑,他们都曾患过"贫困症",但这并不妨碍他们的人格和尊严,就像今天谁也不能轻视张承志、史铁生们。钱能缓解文人的生存紧张换取更多的写作自由。但对于拜金者来说,提请他们注意:"金钱也能生成一种专制主义,决不会比政治专制主义宽厚和温柔。这种专制主义可以轻而易举地统治舆论和习俗,给不太贫困者强加贫困感,给不太财迷者强加发财欲,使一切有头脑的人放弃自己的思想去大街上瞎起哄,使一切有尊严的人贱卖自己的人格去摧眉折腰"①的告诫就不是多余的。

与钱联系的就是性。性与钱在道理上大体一致,既是天使又是魔鬼。过去的文学耻言性,甚至爱情也滤及得仅仅是一象征性的行为,以至于后来戏里的男人女人除了寡妇就是光棍,这自然不足为训。但如果以性的全面开放作为报复方式,只在性上毫无羞耻地呈现"勃勃生机",所能达到的期许也实在难以指望。"性而上的迷失"大概也正源出于此。

韩少功和张承志曾不约而同地谈到了能力问题。在张承志那里,"能力"意味着"身具真知灼见",②他力排时贤,弃招嫌于不顾,认为唯独鲁迅先生具有这份"能力"。而韩少功的"能力"则指破译关注"世界上更多刺心的难题"。③两人的所指和意味不同,但显然都以极度蔑视的心志看穿了时下心浮气躁的写手。这些写手与过去即进应景的卑怯文人并无本质上的差别,那无法潜藏的仍是对于利益的热情。能力的缺乏是他们致命的病灶。这使他们命定与人类的精神关怀无缘,永远无法走向人类的精神高地同最优秀的人物作令人尊重的对话。韩少功把这些写手通称为"夜行者"或"文化逆子"。④当然,他做了剥离性的工作,那些属于"诗人型"的"后现代"画家、作家、歌手、批评家并不在此列。

中国文化人在20世纪有了两次分化的可能,一是上世纪之交拥挤不堪的仕途道路的崩解,使文化人有了更多的生路和出路,职业的自由使中国知识分子的心态焕然一新,他们大可不必再去依附什么人,成为卑微的请客。"五四"时代的鲁迅、周作人、茅盾、郁达夫等,往来自由,全凭个人本事吃饭。因此那一时造就过中国现代知识分子可贵的独立精神。时下的改革开放,为知识分子的多向选择又一次提供了机遇,应该说这是值得庆幸的历史机遇。遗憾的是这一机遇为知识分子更多地提供了惊慌失措和六神无主,吴亮曾说过一个笑话:一个冒失鬼总是半夜回家,他扔下的大皮靴闹得楼下的老头无法入睡,老头恳请他以后轻放靴。可有一天他忘了,扔下了一只后才突然想起,于是他轻放了第二只,结果老头提心吊胆地等了一个晚上。而如今的文人只听到一只经济开放的靴子掉下来,另一只更重要的却迟迟掉不下来,于是他们无法入睡。⑤

韩少功站立在海南边地、以散论作为鞭子无情地抽打了那些垂死的灵魂,同张承志们一起不时地刮起思想的风暴,洗涤文坛的空前污浊,从而使他们这类作品有了一种醍醐灌顶的冲击力。一个作家是否一辈子都有好小说问世并不重要,那是可遇而不可求的。重要的是,他能以站立的姿态,示谕着人类仍有不灭的精神存在,这就是一个作家特立独行的风

---

① 韩少功:《无价之人》,《文学评论》,1993年第3期。

② 张承志:《致先生书》,见《中国作家》,1993年3期。

③ 韩少功:《性面上的迷失》,见《读书》,1994年第1期。

④ 韩少功:《夜行者梦语》,见《读书》,1993年第5期。

⑤ 吴亮,《说笑话》,见《人间指南》,1994年。

采,自然,韩少功的论说也未必周全,同样,周全也未必是我们的期待,那些周而全的文章我们仍然随时可见。但我们宁愿在这些"片面"的文字中感受一个作家真实的、发自灵魂的正义之声,甚至他的谬误和偏执也将给我们以启示。

　　谁也不会想到,维护"精神"的重任迅速地落到了这一代人的肩上,这一代人也迅速地成了"传统"。但我仍然隐约地感到,这是一代不会轻易改变的人,让我们拭目以待。

(载《文艺争鸣》,1994 年第 5 期)

历史的警觉
——读韩少功 1985 年之后作品

南 帆

诗意的中断

不论文学史如何表述中国文学的 1985 年，这个年份都曾是韩少功文学生涯的一块重要界石，韩少功在这个年份集束抛出了《爸爸爸》《归去来》《蓝盖子》等一系列小说，并且在声势浩大的"寻根运动"之中领衔主演。1985 年是韩少功的一次文学复出。此前，他有意沉默了一段。没有人知道韩少功在幕后想了些什么，但他的小说立即让人感到：这是一个充实的沉默。

我曾经不无夸张地向韩少功提出一个警告：成熟的停顿。一些作家可能在成熟之中不知不觉地徘徊不前。他们的小说变得光滑流畅，但却渐渐丧失了勃勃生气，仿佛闷在一个透明而又无形的壳子里面。韩少功的复出表明，他一举挣破了这样的壳子，开始纵横自如。对于一个作家，这是精神量级的提高，而不仅仅是技术的完善。

从《月兰》《西望茅草地》到《远方的树》《飞过蓝天》，这些沉默之前的小说已经与今日的韩少功拉开了不小的距离。于是，这将成为一个有趣的追溯：这一段沉默为韩少功带来了什么？

我首先惊异地看到，韩少功果断地抛弃了诗意。《远方的树》或者《飞过蓝天》之间曾经有过的抒情爱好中止于 1985 年——《爸爸爸》的出现恶作剧地毁掉了种种诗意的语境。

沉默之前的小说之中，韩少功不时喜爱嵌入一些排比句。这是叙事为诗的句式留下的席位。至少在某一段时间内，作家与批评家有意无意地将诗意视为小说的至高之境。这是诗的古老传统所具有的余威。作为一种文类，诗意味着崇高、圣洁、优雅、美、温情；但是，这一切突然在 1985 年前后遭到了有力的拒绝。一阵粗鄙之风耀武扬威地席卷而来。诗的内部出现了哗变。小说将"诗意"作为廉价的"小布尔乔亚"情调拒之门外。这一场美学起义的原因有待于详细考证，但是可以肯定，当时不少重要的作家不约而同地加入了这场起义。这时，诗意成为一种令人害羞的品质。韩少功小说里的排比句一下子销声匿迹了。如果他偶尔还装模作样地重温这种句式，读者就会见到一段令人发噱的陈述。《爸爸爸》之中的丙崽娘是一个业余接生婆。她经常跟某些妇女喊喊喳喳地咬耳朵，然后带上剪刀出了门："那把剪刀剪鞋样，剪酸菜，剪指甲，也剪出山寨一代人，一个未来"——这种不伦不类的排比与其说是诗意，不如说是调侃。

相同的意义上，人们将察觉另一个迹象：韩少功小说之中的秽物骤然增多了。蚯蚓、蛇、蝙蝠、拳头大的蜘蛛、鸡粪、粪凼、鼻涕、尿桶、体臭、汗味、月经、阴沟、大肠里面混浊的泡沫

和腐臭的渣滓,如此等等。尽管韩少功的乡党——诸如残雪,或者徐晓鹤——体现出了共同的嗜好,但我不想在这里卷入任何地域文化的难题。在我看来,这是韩少功的视域转换,无论如何,秽物始终坚定地存在,从不躲闪回避;但文明教养通常有意地对秽物忽略不计。经过文明的训练,人们的眼光视而不见地掠过种种秽物,驻留在旗帜、徽章、鲜花、格言、伟人的手势、美女的仪容或者上司的脸色之上,然而,韩少功看来,秽物是现实所不可删除的部分。人们没有必要隐藏秽物,然后矫情地对现实发出夜莺一样的吟唱。

秽物的存在理所当然地抑制了抒情的兴致。1985年之后的小说里面,韩少功坚决地摈弃了温情脉脉的爱情故事。这多少有些奇怪。爱情曾经而且仍然使许多作家趋之若鹜。韩少功为什么显出了异常的冷漠?或许,他已不习惯这种过分抒情的题材。《昨日再会》之中有一个可笑的插曲:主人公"我"在即将拥吻之际夺门而逃,原因是他突然回忆起女主人公在茅房里的动静——乡村的茅房十分朴素,隔壁的任何声响都将分毫不爽地传过来。这显然近于戏谑,但《昨日再会》是这批小说之中唯一的爱情故事。当然,严格地说,这里并没有爱情,读者看到的是,一个女人如何在爱情的形式下面表演她的诡计、骗术、利诱、征服异性。《昨日再会》之中始终没有心旌摇荡的爱意出现。一切可供抒情的场面都被犀利的揭露及时地败坏了胃口。

韩少功再也不能放纵地动情了吗?他的双眼再也察觉不到诗意的景象了吗?作为一种否证,我迅速地想到了《诱惑》对于山间水潭的描写:

> ……向潭中游出几步,水下就只有一片绿色了,绿得越来越浓,是一种油腻的绿,凝重的绿,轰隆隆的绿。你也许会觉得,这一片绿完全可以敲碎,可以一块一块地拿起来;也许还会觉得,一定是千万座青山的翠色,在冬天一瞬间崩塌摔碎了,碎片全部倾注在这个深潭,长年郁积和沉埋,才生出这个碧透的童话。

这是一种由衷的赞叹。同样,《海念》之中的海也不逊色。这里有潮湿的风,钢蓝色的海腥味,海鸥的哇哇声从梦里惊逃,海满身皱纹,水平线上的白帆如同千年沉默的巨耳。涨潮的时候,千万匹阳光前赴后继地登陆——这时的韩少功已经变得单纯而又充盈。

可是一旦返回人丛,韩少功的神情立即变了,他迅速地警觉起来。也许,韩少功在人丛中见到了过多的精神秽物——虚伪和造作。人丛远没有大自然那样可爱,他无法继续为人丛抒情。韩少功不仅发现过许多伪君子——他不仅曾经为红袖章、红旗、灼人的口号、革命理论、友谊、堂皇的诺言所欺骗,而且韩少功还发现了"伪小人"。"小人的身份几乎是反叛伪道学的无形勋章,而且可以成为一切享受免费权。"所以,"伪小人"是相当实惠的。他可以"以小人这张超级信用卡来结算一切账单,了却一切责任和指摘"。将虚伪背后的面目剥落出来,这隐含一种快意;但韩少功也因此付出了代价:警觉使他无法再对什么人信赖地纵声赞颂。

人们很快就会在韩少功的小说之中察觉一种特殊的口吻:一些俏皮的形容词,一种冷冷的嘲讽,几句硌人的挖苦之辞。这种特殊的口吻尤其经常出现于人物描写之中。在我看来,这是一个意味深长的修辞策略。俏皮、嘲讽或者挖苦将有效地阻止滥情的倾向,阻止读者对于这些人物产生过分的亲密感和崇拜感。换言之,这种修辞策略同样体现了韩少功的警觉。

当然，如同许多作家一样，韩少功也珍藏了某些难忘的东西，譬如"一段用油灯温暖着的岁月"——"知青"的岁月。"历史已经在他们记忆的底片上，在他们的身后多垫了一抹黄土地，或是一面危崖。""这一切常常突破遗忘的岩层，冷不防潜入某位中年男人或女人的睡梦，使他们惊醒，然后久久地难以入眠，看窗外疏星残月，听时间在这个空阔无际的清夜里无声地流逝。"叙述这种梦境的时候，韩少功放弃了他的惯用口吻，变得严肃而认真。但是，韩少功并没有忘记提醒人们，这仅仅是他自己的梦境，他并不想炫耀这些苦难，他并不介意别人遗忘"知青"这个名词。这同样是警觉——警觉自己。韩少功不想让自己落入矫饰的陷阱，不知不觉地扮演训诫者，将自己的梦境强加于人。他同样不想听到别人为他的梦境抒情。

平 常 心

警觉是一种挑剔和不驯的姿态。从种种嘲讽、怀疑、抨击、贬抑、拒绝、攻讦之中，读者逐渐看到了韩少功所否定的一切。许多场合，韩少功锋芒毕露，这使他成为一个批判型作家。

但是韩少功想肯定什么？这远不如他的否定对象明晰。当然，我指的是那种生存能够赖以支撑的肯定。这种肯定凝聚了人们的信仰和崇拜，并且以第一大前提的名义派生一系列信念。质言之，只有这种肯定才是诗意和抒情的最终根源。尽管否定同时也反衬出了肯定，

但反衬出来的肯定往往闪烁不定、隐约其词，甚至彼此矛盾。它缺少一种正面的强烈之感。第一大前提的模糊使韩少功无法成为一个捍卫型作家。韩少功偶尔也喜欢"圣战"这个字眼，但他的"圣战"更多的是出击，而不是坚守。

韩少功并没有站在虚无主义的立场上讥笑一切肯定。相反，他激赏张承志。张承志已经认出了自己归宿的高地，并且公开地亮出了旗帜。于是，张承志具备了一种义无反顾的气概。他激动地奔赴圣都，并且对途中形形色色的障碍物放胆詈骂。换言之，那种神圣的肯定已经使张承志完全地将自己交了出去。所以，韩少功赞许他说："要紧的是张承志获得了他的激情，他发现的惊讶，已经有了赖以为文为人的高贵灵魂。"尽管如此，韩少功却没有自己的偶像。他对偶像以及种种偶像的替代物疑心重重！这决定了他没有诗意的眼光和抒情的歌喉。

但是肯定的匮乏是一个令人苦恼的空洞。作为这个空洞的补偿，韩少功多次提到了"平常心"。"平常心"是一种洞悟：许多真理寓于平凡的日常现实之中，一如"吃了饭就去洗碗"那么简单。"平常心"包含着对于人类智慧的怀疑。生活的真谛是什么？许多饱学之士的弄巧成拙，他们忘记了眼前伸手可触的现实，骑着马找马。"平常心"即是返回平常，大隐隐于市。这不仅使韩少功不厌其烦地记述了打蚊子、吸烟、喝茶、上茅厕或者收水费这些琐事；更为重要的是，他坦然地接受了一些庸常之辈，并且从艾八、三阿公、四姐、梓成老倌、游、珠布寨后生们身上看到了现实的基本纹路。这些庸常之辈至少是韩少功精神的一个依托。然而，即便如此，韩少功仍然无法像汪曾祺那样彻底地散淡或随俗。他的警觉又一次不屈不挠地浮现了。这种警觉指向了可亲的庸常之辈。

"吃了饭，就去洗碗。"这是《女女女》结束时的一句话。我无法肯定，这句话是否承担了《女女女》的全部重量。《女女女》是一部令人生畏的小说。幺姑是一个驯良而又克己的女人；然而，中风致瘫却使她有权利堂皇地展览内心和身体所有的自私和丑陋。另一方面，幺姑的

难堪存在犹如一个漫长的检验,周围的善良和同情终于都暴露出脆弱和可疑,甚至幺姑之死也可能成为一个不太重要的谜团,这一下子打破了文学为庸常之辈所制造的幻觉。"我"、幺姑、珍婴以及珍婴的孩子不存在某种特殊的人性,庸常之辈不过是机会和胆量匮乏而已。这样的发现无疑使"平常心"遭到一些挫折。日常现实的深部并没有奇异的启示,"平常心"只能退缩为一种个人的操守,一帖修身养性的良方。对于韩少功来说,如果操守或者修身养性不是精神的终极目标,那么,生存的第一大前提仍然未曾出现。

深　度

　　韩少功没有对"后现代"这个概念表示出足够的热情。他还不够时髦。这不奇怪。韩少功的主要背景并非超级商场、信息高速公路、卡拉 OK 或者电脑,存在于他记忆屏幕的毋宁说是曲折明晰的小路、背负柴捆的白发老妪、湘西山寨之中的瘴气,世界革命的理论、口号与旗帜的游行,或稀或稠的苞谷糊,还有一系列正经而又奸猾的面容。这些记忆的根源蜿蜒植入历史的纵深,这样的历史深度顽强地抗拒着后现代主义的巨大碾盘,抗拒将精神压成一张浅薄的平面。

　　这使韩少功具有追索深度的爱好。韩少功小说之中的多种修辞均是这种爱好的体现。即使不提《爸爸爸》《女女女》《诱惑》《火宅》《归去来》《鞋癖》之中大有深意的象征,读者还能从一批奇警的比喻之中发现韩少功对于世界的专注凝视。

　　……墙壁特别黑暗,像被烟熏火燎过,像凝结了很多夜晚。

——《归去来》

　　我又看见前面那一片炊烟浮托着的屋顶,那屋顶下面是千家万户。穿过漫长的岁月,这些屋顶不知从什么地方驶来,停泊在这里,形成了集镇。也许,哪一天它们又会分头驶去,去形成新的世界。静悄悄地来了,又静悄悄地去。暂时寄托在这小小的港湾,停棹息桨,进入淡蓝色的平静和轻松。明天早晨,它们就会扬起风帆吗?

——《蓝盖子》

　　但山壁断裂处往往已复生土层和厚厚的草木,似伤口已经结疤,已长出新肉,难辨那次惨痛的断裂究竟是如何的久远。

——《诱惑》

　　树……又都弯弯曲曲,扭手扭足的。大概山中无比寂寞,以至于它们都被憋得疯狂了,痉挛出这些奇怪的模样,这些痛苦而粗犷的线索。

——《诱惑》

　　韩少功那里似乎隐藏了一双灼灼的眼睛,这双眼睛时时企图窥破这个世界。这双眼睛看来,许许多多的物象仿佛都衔含着什么秘密,封存着什么含义,有待于揭示。这种凝视所带来的联想或者感慨并不是故事线索之上的一环。这些联想和感慨密集地植布于故事之

287

间,以至于常常将故事时间阻断,使故事的节奏显得缓重。读者不仅进入了故事,同时还进入了一系列物象意义的美学破译:

> ……那是祠堂一个尖尖的檐角,向上弯弯地翘起。瓦上生了几根青草,檐板已经腐朽苍黑,像一只伤痕累累的老凤,拖着长长的大翼,凝望着天空。
>
> ——《爸爸爸》

> 城市是个模糊而遥远的概念……难道它不仅仅只是太阳那金灿灿的肛门拉出的一堆粪便——还晒出了硬硬的壳儿——如此而已吗?
>
> ——《女女女》

> 看着她趴着去抹地板,我想一定有许多秘密,被她擦进黄澄澄的木纹里去了。
>
> ——《空城》

韩少功的深度追索表明了一种形而上的指向,一种穿透物象的努力,仿佛这些物象背后隐藏着特殊的意义通道。但是——

惊　惧

但是令我深为惊讶的是,韩少功的深度追索常常流露出一种不可掩抑的惊惧。他的许多比喻来自一种令人不安的想象力。阴险、可疑、警觉、含糊、惊恐、慌乱——这些不怀好意的形容词异常频繁地出现在韩少功的小说中。韩少功为比喻所选择的喻体时常具有诡异的风格:

> 回头看了看,又见寨口那棵死于雷电的老树,伸展的枯枝,像痉挛的手指。手的主人在一次战斗中倒下,变成了山,但它还挣扎着举起这只手,要抓住什么。
>
> ——《归去来》

> 土路一段段被水冲洗得很坏,留下一棱棱土埂和一窝窝卵石,像剜去了皮肉,暴露出一束束筋骨,一块块干枯了的内脏。
>
> ——《归去来》

> 几块披着褐色枯苔的砖石,像生了锈,不怀好意地悄悄蹲伏,被割手割脸的茅草淹没。
>
> ——《女女女》

> 朽树根处还有个半埋在土里的破瓦罐,圆溜溜的,鬼鬼祟祟,像一只硕大的眼球——想必它曾目睹了太多的旧事,才有了破口里可怕的黑暗。

——《诱惑》

竖枝上也裹覆着长长的苔须,不经意就会误认为那是绿森森的长臂,而长臂的主人一定藏在蔽日的树冠里,盯着我们暗暗地狞笑罢。

——《诱惑》

除了这些诡异的比喻,韩少功还十分乐于制造某种异样的气氛。韩少功的一部小说标题为《真要出事》——他的许多小说总是为人们带来即要出事的感觉。《北门口预言》一开始就通过缄默的乌鸦和陡峭的城楼向读者暗示,这里一定发生过什么大事——只是无从打听而已。《空城》描写了夜色之中令人心惊的墟场,肉案如同蹲伏的十几只巨兽,守住黑沉沉的夜,肉案上钉着一把钢刀偷偷地瞥来一眼,而身后咣当一声巨响让人以为什么大事即要在今夜发生。《爸爸爸》的仁宝仿佛时时嗅到了某种特别的气息,他忙碌地进进出出,不断地说"就要开始了",或者"你等着吧,可能就在明天";《归去来》的整个故事陷入一个奇怪的谜团,一个无意形成的冒名顶替造成了一个疑神疑鬼的客居之夜;《鞋癖》的心惊肉跳源于日常景象之中的种种异兆,父亲失踪以后,父亲坐过的藤椅常常无端地咯啦一响,瓷碗或者灯泡、玻璃、镜子莫名其妙地炸裂,父亲身上的肥皂味和汗味悄悄地弥漫,走道上来过一个沙哑难辨的电话,墙上一片水渍酷肖父亲的正面剪影……父亲似乎随时可能在这些异兆之中返回——当然他终于没有返回。韩少功小说中的气氛很快将读者抛入忐忑之中,让读者的内心暗暗涌动若明若暗的惊惧。

某些时候,韩少功终于让这种惊惧得到了豁然的正面印证——终于出事了。《真要出事》之中的副科长是一个谨小慎微的人。他恐惧一切潜藏的危险:他担忧坐汽车撞车,担忧火车可能翻下铁路桥,担忧家里的高压锅可能爆炸,担忧意大利进口的鲜草莓遭受过核污染。他的上下班必须途经一个建筑工地——他总是害怕那幢未竣工的大楼上会丢下什么东西来。他在某一日按捺不住登上大楼,企图告诫工地负责人警惕事故,不幸的是,一场事故恰恰被他触发了——他碰下的一截钢筋砸伤了路人,于是,他作为肇事者被收审。

惊惧的印证是情绪的松弛。大祸即将临头的恐慌消失了。人们知道了谜底,从而安下心来应付事变。显然,这使韩少功感到不"过瘾"。韩少功更为兴趣的是,持续的惊惧如何折磨人——一种达摩克利斯剑即要落下的感觉。这样,读者就遇到了《谋杀》与《会心一笑》。这两部小说的主人公都想象或者梦见了杀人,但想象或梦境的情节却不着痕迹地延续到现实之中。《谋杀》的女主人公龟缩在小旅馆的一个黑暗屋子里,她想象用水果刀自卫,向一个柚子脑袋汉子的背上扎了一刀,然而,次日清晨她目睹了一场车祸,车轮底下的死者恰是柚子脑袋的汉子,而他的背上赫然出现一个伤口,伤口之中流出了些许胶状的血液。《会心一笑》的主人公做梦有人到值班室杀他;第二天,他发现了值班室里的异样,而且公司里的一个同事颇多疑点,他的外观与梦境中的凶手十分接近。主人公对于这个同事的疑心得到了仿仿佛佛的证实,而这个同事的失踪成为小说的结局,这部小说不仅出现了异样的气氛,而且,这种气氛最终却酿成了某种事件,这时,真假莫辨将带来一种精神紊乱,它可能使人们将可疑的眼光投向一切异常的景象和事物,在这里,惊惧的体验就是将人们抛入一个鬼鬼祟祟的世界,一片危机起伏的丛林,这就是人的精神家园吗?

韩少功曾经大气磅礴地设问:绚烂的楚文化流到哪里去了?这里,韩少功体现了一种纵

观历史的气度。然而从历史走到今天,从论文走到小说,惊惧之意日渐稠密,甚至呼之欲出。这些惊惧是从哪一个洞穴里面涌出来的呢?

猥琐与畸形

惊惧即是一种焦虑。焦虑在许多时刻原因不明。精神分析学经常将焦虑追溯到了父亲的权威。父亲的权威阻止了儿子的乱伦倾向,阉割的恐惧转变成儿子的焦虑。惊惧,这是儿子在父亲权威之下的不安体验。

如果仅仅从这样的立场上考察韩少功小说,显然过于生硬。《鞋癖》具有某种自传性——韩少功在少年时代失去了父亲。可以猜测,父权对于韩少功的精神压抑程度有限,这种压抑很难产生持久的惊惧,致使儿子如同惊弓之鸟。事实上,读者从《鞋癖》之中看到的是怀念父亲,看到的是儿子对于温暖父爱的顽固寻找。

韩少功的少年并非一个父权时代,而是一个政治时代。父权仅仅限于家庭内部,而外部的政治权力远比父权威严和强大,一旦父权与政治权力之间出现冲突,前者几乎不堪一击——即使在家庭内部,政治动机导致了大量的儿子反叛父亲,政治为这种行为提供了一个时髦的字眼:"决裂"。这时,家庭已徒具形式,家庭的外壳已挡不住政治洪流的冲击,政治权力无可非议地接管了父权。儿子在政治权力的号召之下四面奔波,父亲被挤到了边缘的角落里面。换一句话说,儿子景仰的是政治之父;用精神分析学的术语表述,控制儿子的"超我"不再来自父亲,而是本自社会政治组织。不言而喻,这种政治权力同样为儿子带来了隐蔽的精神创伤,违背政治权力的悲惨结局是惊心动魄的。这种精神创伤具有持久的效果。可以将韩少功小说之中的惊惧追溯到这一点:儿子们被威严的政治之父吓着了。政治的恐惧如同噩梦潜伏在他们的记忆深处,并且在日常现实之中表现为一种莫名的惊惧体验。韩少功小说的对话和叙述经常巧妙地穿插六七十年代的政治辞令或者大字报用语,这显然可以看作政治无意识的浮现——这种特征在更为年轻的作家那里已十分罕见。

我想将韩少功小说之中的惊惧定义为:时代的精神创伤所留下的后遗症。这样,惊惧亦即警觉。但是在另一方面,过分的惊惧却可能摧毁一个人的基本自信,使他的精神产生畸变。现代人的精神状态是韩少功持续关注的题材。显然,韩少功并不乐观。读者可以发现,韩少功在1985年之后几乎写不出那种豪迈而又高贵的性格了——甚至连张种田或者路大为那种失败英雄的悲剧性格也销声匿迹。作为一种性格类别,英雄气概已经很难进入韩少功的小说,韩少功小说中的人物多半叽叽咕咕,交头接耳,目光躲闪,谨小慎微,畏首畏尾。从《鞋癖》之中的父亲、《真要出事》之中的副科长、《会心一笑》之中的"我"到《爸爸爸》之中的丙崽娘、《女女女》之中的"我",这批性格一言以蔽之:猥琐。气宇轩昂或者高视阔步已经与这批性格无缘,他们仿佛总是躲在某些阴影之处,贴着墙根窜来窜去。当然,韩少功的小说也曾出现另一类型的性格,例如老黑。可是韩少功显然对这种伪饰的"现代人"十分反感。这不仅表现于《女女女》对于老黑的不恭之辞,而且,《昨天再会》甚至可以看作老黑这一类性格的溯源——刑立活像是下乡年代的老黑。这并非韩少功厌恶英雄气概的证明;相反,韩少功在许多散文随笔之中都对伟岸的人格表示了向往。然而,这种人格如今十分罕见,英雄气概之中兑入了太多的装腔作势和骗局。所以韩少功总是忍不住要将眼光转到英雄气概背后,看一看隐藏在英雄气概后面的猥琐。《北门口预言》难得地出现了一个刽子手周老二,他

杀人不眨眼，手起刀落干脆利索，威风凛凛。然而，韩少功不想放过周老二的老相——年迈的刽子手也只能衰弱地呆坐在小酒馆里面，任凭三两只苍蝇叮立在鼻尖和眼角。《昨天再会》之中也曾出现一个富有激情的革命者孟海。然而，多年以后，孟海从牢狱里面练出来的精确记忆产生了可疑的偏移；孟海将他欠别人的钱物一概记成了别人欠他的钱物。韩少功的眼光搜索到了形形色色的猥琐，猥琐似乎成了芸芸众生的基本性格。这种基本性格使韩少功感到了失望——理想之中人的高贵楷模破碎了。

韩少功的失望还体现为畸形人的形象改变。《风吹唢呐声》之中，韩少功从哑巴身上找到了正常的人性。这个加西莫多式的残疾人拥有一颗善良的心。然而，《蓝盖子》和《老梦》中的陈梦桃与勤保陷入了精神残疾。特殊年代形成巨大的精神压力使人性防线开始崩溃，他们可悲地成了牺牲者。《爸爸爸》之中的丙崽属于先天的精神残疾，他的病因似乎与社会无关。然而，这个白痴却如同一个疖子长在山寨的脸上。除了"爸爸爸"和"×妈妈"，丙崽的意识是一个解不开的死结。但是丙崽所得到的待遇镜子似的映出了山寨的精神水平。这样，无论丙崽是卜卦时的神谕还是可怜的出气筒，他的精神畸变恰恰暗示了公众在另一种意义上的精神畸变。这就是韩少功从这个白痴身上观察到的人性。

人与小说

人的质量正在衰退，这是韩少功所担忧的问题。韩少功不仅从丙崽们身上察觉到这一点，而且他还从法国男人的风度翩翩，或者中国士大夫的飘逸闲适之中察觉到这一点。这决定了韩少功批判的锋芒指向——精神的陷落。

韩少功首先挑选了欲望作为打击对象。例如金钱的欲望。在他看来，文人不必耻言赚钱，但文人也不必通过鄙薄文学来表示对于金钱的拥护和忠诚。在文学那里，"轻度的贫困是盛产精神的沃土"。而且文人必须同时警觉，"金钱也能生成一种专制主义，决不会比政治专制主义宽容和温柔"。"中国文人曾经在政治专制面前纷纷趴下，但愿今后能稳稳地站住"。也许，这不仅是文人的操行，也是一个人——一个现代人——的基本姿态。许多人已经失去了真正的自信，他们只能躲在不断变换的名牌衬衫里面，脸上摆出一副用钱赂肢出来的假笑。如果真理一分钟没有和金钱结合，他们便会一哄而散。在他们那里，金钱欲望是不是正在成为一切精神领域的至高原则？

其次是性欲。韩少功觉得，性吸引不过是新肾上腺素、多巴胺、苯乙胺这些化学物质所实现的自然预谋。没有必要将性解放当成最高和最后的深刻，为性加上种种神圣的意义。性解放不能降低男女的孤独指数和苦闷指数，并且缓解文明病。韩少功正色警告人们，人的解放并非就是性解放，人们应当关注世界上更多刺心的难题。

欲望是人的权利，是人抛开禁忌和束缚之后的身体狂欢。所以许多时候，欲望成为解放的代名词，后现代之日到来了，上帝已死，人"怎样都行"。一切文明守则均成为累赘，身体的快乐上升到首位。这时，韩少功发现，许多人不是将上帝的责任揽到自己身上，相反，他们认为从此不再承担任何责任。这看来是一种解放，但思想的龙种却可能收获现实的跳蚤，一批流氓会不会在"怎样都行"的口号下面招摇过市，并且以先锋自居？放弃一切准则，是不是为无耻地追求实惠洞开方便之门？后现代为个人选择提供了最大的自由，这是反叛一切权威，还是放纵一切人性的弱点？在这里，韩少功再度对失去了上帝的个人表示了怀疑。显然，韩

少功不同意将欲望作为解放的唯一主题。他时时警觉着问题的另一面：人会不会成为欲望的奴仆？

当然，怀疑仍属批判范畴，韩少功还是没有正式给出理想人格。韩少功曾多次提到佛与禅，并且以此作为欲念的破除。但是至少在目前，韩少功并未表示皈依佛与禅，他的文学锋芒也否认了这种可能。于是，这种批判作为一种重大的理论兴趣挽留住韩少功，使得韩少功在小说之外写出一批富有杀伤力的文化随笔。

显而易见，这种理论兴趣可能影响韩少功的小说写作。理论可能产生短兵相接的快意。一些人甚至猜测，鲁迅曾经因为这种快意而放弃了许多小说，转向了杂文。也许，韩少功曾经详细考虑过理论与小说的结合，昆德拉——韩少功译过他的《生命不能承受之轻》——无疑是一个相当成功的范例。然而在另一方面，恰恰由于昆德拉的成功，韩少功决不会继续如法炮制。因此，在韩少功那里，小说仍然是一种"未完成"的文体。

韩少功定居在一个海岛上——海南岛。那里有椰子树、海滩和无数名目繁多的绿色植物。用韩少功的话说，这个海岛孤悬海外，天远地偏，如同大陆文化的一个后排观众。然而，韩少功却在这里找到了自己的精神岛屿。一旦一个作家已决定站立起来，其他区别就不太重要了——无论是随笔还是小说，海岛还是大陆。站起来就意味着抖落一身俗念，得到精神上的从容和自由。什么叫自由？韩少功回答说："自由也许意味着：做聪明人不屑一顾的事——如果心灵在旅途上召唤我们。"

1994 年 9 月

（载《当代作家评论》，1994 年第 6 期）

《韩少功印象》及其延时的注解

蒋子丹

大凡漫画家最忌讳画那种五官过于端正的人物,因为无论强调哪一部分都会失掉其夸张的准确,于是要么画不出来要么画得平庸。至于写家尤其是不想把文章写成八股式颂歌的写家,遇上一个行为过于标准(注1)的人物,自然同样不知要如何下笔,其结果无外乎写不出来或写得平庸。我以为韩少功正是此等人物,故而敬请各位不必对这篇印象记抱什么希望。

若以中国人世代相袭的道德观念做准绳,韩少功无疑是极符规范的一个。诸如治学则博闻强识学贯中西,为文则金相玉质不落窠臼,出言则持之有故崇论宏议,处世则思深忧远宠辱不惊,居家则不丰不杀,待客则不卑不亢,以及和谐于伉俪之间睦处于四邻之内尊其长恤其幼之类的优点,简直罄竹难书。然而好比一个社会生产过剩就要发生经济危机一样,一个人优点过剩的后果是重如泰山的信誉负担(注2),这对韩少功来说,似乎已成为无可逃遁的定局。此生此世,他非要背着这副辉煌的十字架艰苦跋涉了。

新时期以来的文学舞台大浪淘沙般地筛选着各路精英,从当年的伤痕文学到而今的探索小说,乱哄哄你方唱罢我登场各领风骚三五年。人们都会记得,彼一时韩少功曾经披挂了《月兰》《西望茅草地》的现实主义行头亮过一通相,博得满堂彩,而后便随着伤痕文学之声的销匿有过两年的沉寂。倘若从此如是,那他后来的日子倒也轻松了,新时期文学史的聚义堂一百〇八将终归有他一席之地。谁知冷不防,此一时他又忽然举出一面寻根的旗去弄探索的潮,并以《归去来》《爸爸爸》等一系列轰动文坛的小说去实践自己并不完善的理论。这一来,韩少功声名大噪,几乎成为什么什么流派的领袖人物被众口说是论非评头品足多时。尽管韩少功一再声明,他当时发表在《作家》杂志上的那篇不满五千字的小文章《文学的"根"》,不过是为了给一本集子的印张凑数的信手涂鸦之作,并非深思熟虑的倡议或宣言,无须大张旗鼓讨论,更烦花样百出的引申。可叹是浮起来由你沉下去则由不得你,说是者希望他将既成事实的理论进一步完善, 论非者提醒他既然你弄出了一种主张你就得负责到底。批评家不问皂白青红把韩记新作一概拿来肢解,指出其根所在,舆论界又确乎要论证韩少功天生就是一个善变的作家,他在完成了这一次脱胎换骨的嬗变之后,定然还要一如既往地变下去再次独辟蹊径。固然韩少功是个有智慧有主见且极善思辨的主儿,路要怎么走文要怎么做皆有他自个儿的章法,但面对这一切他也不由得格外地警惕起来,让落在稿纸上的方块字尽可能别出心裁。他原本不是以高产取胜的作家,不写则已写一篇就算一篇的严肃,业已塑成了他作品的形象。于是,文路在他笔下就更加的崎岖坎坷了,一部长篇小说在案头把玩了近一年工夫,还只积攒了七八万字。以他素有的功夫和名气,假若仅仅以出版后引起一点小小大大的波澜为目的,大约不必这么苦心经营的。这么干除去他对文学的真

诚,余下的只好引用古人的一句话来说明——高处不胜寒。至于这种心境是否还笼罩了韩少功文学生涯之外的一切生活,毋庸置疑,在他不是一个作家而只是一个常人的时候,他的所作所为已经作了回答。

我曾不止一次听外地同仁说起韩少功时异口同声断言他很忠厚。我以为这是一种错觉。产生这种错觉的原因,不光在于时空的阻隔,更在于韩某大智若愚的伎俩。看他态度的平和,看他衣着的素朴,看他老老实实听人说而不说人的谦让,看他嘿嘿一笑不了了之的宽容,你一定认为这就是忠厚的具象了。其实不然。鲁迅先生说忠厚是无用的别名,一个在事业上有所成就特别是在以窥探人生暨生命奥秘为己任的文学事业上有所成就的人,是绝不可能把忠厚作为其实质的性格特征的。既然韩氏的作品已经验证了他的有为而不是无用,那么以浅来形容他与忠厚的缘分似乎比用深来描写更为恰当。这还只是就必然所做的推断。辩证法一贯亲切教导人们,必然只有通过偶然才能表现出来,只要你细心观察一下韩氏谈笑时黑眼珠子间或的一轮,言语中须臾片刻的迟疑和停顿,就可知道他的锋芒和精明是怎样含而不露地显现了。我们多数人常犯的一个错误乃是在交往中让人感到"我比你高明",即便你的确高明,一旦被张扬殆尽也就了无高明可言了。韩少功大约是深得其要领,所以很少犯这一类的错误。他几乎从来不在别人发表见解哪怕是误解的时候当面指出破绽,甚至不因为你说的事他已经知道或你已经跟他说过一遍却又第二次重新说起而打断你的话。不管这个旧故事多么冗长,他也像听新故事似的听你说完。倘若听完之后,他又漫不经心地说一句"我早就知道"或"我已经听你说过一遍",那个喋喋不休的叙述者自会难堪而韩少功的精明也还没有到家。关键是他很少这样失误,因为大约还没有一个人因高度健忘或者恶作剧地来次试验,把已经讲过两遍三遍的故事再对他讲上若干遍,直到他终于忍无可忍说出那两句话为止。这种到家的精明乃是西方人的礼貌与东方人的狡猾之混合。作为一个地道的东方人,韩少功没有必要也不大可能时时事事去兼顾西方人的礼貌。记得去年全国青年创作会议前夕,韩少功置湖南代表团领队的责任于不顾,突然决定不去北京开会,理由是他女儿的腿受了伤需要护理。据知情人言说,他女儿摔伤了腿也是事实,不过那小女孩已近康复了。于是韩氏此举就平添了几分蹊跷。直至会议开幕那天晚上,我们在首都体育馆高远的座席上,看各位客串演员的著名作家,穿梭于音乐与灯影之中,数着《我们与你们》晚会节目单上缺勤演员的姓名,方才恍然大悟,韩氏虚晃一枪,原来醉翁之意在此。倘若照直说出不愿参加演出,自然不合他平素的随和;倘若去到北京再图临阵脱逃,难免多费许多口舌。好在中国幅员辽阔,不妨因地制宜回避则个。事情的结果证明了韩少功骨子里处处充盈着东方人含蓄柔软的狡猾(注3)。

人们对韩少功所存的另一种错觉,在于他的年龄。素昧平生者观其思想之深邃,文笔之老辣,相识而并非交厚者察其谈吐之沉着,行事之持重,无不以为他年逾不惑。去年某个时候,我听说韩氏乃1953年出生,也毫无例外地吃了一惊。就韩少功十三岁遭父亲自舍之难,十四岁受流弹戮伤之苦,十六岁离家插队,十八岁恋爱有成,以致二十五岁始结秦晋之好,二十六岁初尝人父之乐的经历而言,他确比一般人超前。加上文学创作早早成就了高屋建瓴之势,使得他在年长者面前有举足轻重的影响,在同辈人中间有运筹帷幄的位置,如此等等都让人误以为他当然应该笑得慈祥(注4)。

不知是否由于经历的超前导致了思维的超前,韩少功常常做一些别人尚或还没想到尚或想到了还没有行动的事情。例如说,四五年前他曾不惜从文坛上隐退转去攻读英文,有些

人便以为他不过假学外语之名掩江郎才尽之实。不期只两年又半载的工夫,他不光操熟了英语,还东山再起占了文学新潮的鳌头。时至今日,他已经翻译出版了两部英文小说,出国访问或接待外宾,则不要翻译或充当翻译。与其说他是看准了中外文化交流的势才去投学习外语的机,不如听信他自己所言:小说总有写尽的时候,还得多一条谋生之路。比起所谓横观文坛纵览世界的玄说,这个解释也许更真实也更能体现一个人的超群拔萃。韩少功的明智,恰在于他正值春风得意还想灯火阑珊(注5),所以才能在伤痕文学强弩之末趋势未显的时候就开始现代主义的探索,而在探索文学方兴未艾不知天高地远的当儿,看到中国文学的前景艰难:伤痕文学完成了人道主义的补课,探索文学完成了现代主义的补课,这两次变化都是远远跟在世界潮流后边学步,从人类意义上说没有任何创新可言。现在中国作家和外国作家已经坐进同一考场按同一只秒表开始答卷了,要取得一席之地须得有前无古人的创造。他这么说。如若不是援引之辞,这番宏论自然称得上是目光深远的先见之明了。

　　韩记小说向来是以理性见长的,小说以外的文章就更充满了理性。与一般现身说法的作家不同,韩少功公之于众的文字(包括创作谈),特别是《爸爸爸》之后冷峻沉郁的文学,已经最大限度地淹没了作者本人的形象,以致人们完全无法下一个简单的结论说文如其人或不如其人。若果真如前文所述,韩少功无论从行为上或从观念上都毫无选择地接受了汉民族文化的传统,他的众多从意识到技法统统为现代色彩所覆盖的小说,又如何能炮制得这般天衣无缝呢?当然不能。不管是《爸爸爸》对国民劣根性痛心疾首的关注,还是《女女女》对生命存在意义的审视,抑或《归去来》对人生世事飘忽不定的感觉,无一不浸透着对传统精神传统道德传统思维方式的悖反情绪,且此种情绪之强烈概为一般造作的现代小说所不及。一点不难判断的是,这种悖反情绪正是现代人心理特征的集中表现,那么也就不妨冒着自相矛盾的风险认定:韩少功本质上仍是一个清醒的现代人(注6)。这么说,并不意味着要否定韩少功符合传统规范的行为种种,平心而论,那一切不过是一个正常人为使自己适应于环境进而成为环境的主人所必须进行的一种个人与社会环境之间的交易,是一种自我功能的良好发挥。其实我们每一个人都在与社会环境作着这类交易,仅是由于智力心力的差异而不能像韩少功那样把自我功能发挥到极致罢了。不幸的是自我功能发挥得越好,现实对意识产生的压抑也就越深重,于是可以自圆其说,深重的压抑表现在小说里,就是强烈的批判精神与反叛情绪。

　　按照我们祖祖辈辈约定俗成的循因究果方式,既已自圆其说文章便该就此打住,偏又想起还剩下几句有关这位作家近况的话需要交代。韩少功正在苦心经营着他的第一部长篇小说。我觉得很难写。难就难在已经找不到一种可以推动写作的情绪,哪怕是一种偏激落后的情绪。除去可数的两三个作家,现今的中国文坛面临着普遍的情绪危机。他说。我好像成了一个怀疑论者,连怀疑也怀疑(注7)。我认为怀疑也是一种信仰。他还说。我听他复述了他新近抛出的短篇小说《谋杀》,那里面充满了有因无果无因有果非因非果因果倒置的错乱关联,充满了对命运乃至生命的不可知的恐怖、神秘和荒诞。我以为这正应了他怀疑的信仰,这种怀疑已经超越了世俗,深入生命的本体中去了。至于这个在写作长篇的间隙中插入的短篇,跟那部尚未问世的长篇或者有什么相干,或者完全不相干,倒不必枉费猜度。韩少功总是不到火候不开锅的,一俟开锅自有绝活示人。

1987 年 12 月 21 日写于长沙

延时的注解

一点说明

《韩少功印象》写于 1987 年,当时我跟他并不太熟悉,虽然同在湖南省作家协会这一个大锅中谋饭,但私人间的交往,仅仅是我请他为我的第一本小说集写过一篇序。他把写好的序送到我家,我不在,便留下一张条子说,借你的序说我的话,所谓借尸还魂,大家分一点稿费赚。说实话,这篇借尸还魂的序言,让我不怎么满意,因为韩先生在那篇文章里,大谈女人的思维与女作家创作之特点,用他的话来说,是希望好女不与男斗。但在我看来,却处处流露出好男不与女论的优越感。于是在此后半年时间里,我数次遇到韩先生,并不跟他谈及序言的事,他也自然明白了我的感想。所以当我接受上海《文学角》的委托,为写印象记去采访韩先生的时候,他就说,随你写,给你一个机会报序言的一箭之仇。

其实我也未必真有报复之心,只不过朦胧想到,要在纸面上找回一种平等而已。大约正是基于他这个不失大度的允诺,我在写这篇印象时了无禁忌不讳调侃,使文章不至于成为好人好事大全。或者更确切地说,这篇貌似好人好事大全的印象记,仍然暗藏了我的某些怀疑与讥讽。韩先生是一个聪明人,不会读不懂,但他只是一笑了之,没有作什么辩解。

以上这些话说出来,是为了表明我在七年前写《韩少功印象》的背景。这一次《当代作家评论》多次函与电话,要求我再写一篇韩氏印象记。说实话,我并没有追踪报道的兴趣与义务,但在过去的七八年时间里,由于在韩少功主编的《海南纪实》杂志社与之共事,渐渐感到上一篇根据采访写出的印象记多有语焉不详之处,自觉有必要作一些解析和补充。

1.行为过于标准

"行为过于标准"这个评语,在当前崇尚个性的时代不一定表示贬义,但至少算不上褒义。即使是在过去不那么崇尚个性的时代,人们也还是喜欢张飞、关羽胜过喜欢刘备,喜欢李逵、武松胜过喜欢宋江。行为过于标准的韩少功在主持《海南纪实》杂志社时,倒也对同事中的标榜个性的言行给予了理解,尽管他本人最富个性的事迹,只是在急躁的时候迸出一两个粗字。可是他的有个性的同事们,在睡过懒觉之后来到办公室,面对的是韩氏兢兢业业伏案作业的场面,就无声胜有声地感受了谴责。而且韩少功身为主编,工作具体到为杂志赶写赶译时效性较强的文章,甚至校对清样及跑印刷厂,在不知不觉中破坏着人们将动口不动手的特权包装成潇洒个性的努力,使之不得不沦为躲躲闪闪的尴尬。于是韩氏的行动被一些人指责为"严重压抑个性",然这种指责绝不能阻止韩氏在有些人的个性表现为公款私吞、私活公做时拍案而起。韩少功说,压抑这种藏污纳垢的个性,我无上光荣。

另一件让韩少功感到无上光荣的事,是在杂志社开创之初主持制订了杂志社公约。按韩氏自己的说法是,该文件熔资本主义、共产主义、绿党思潮和联合国人权宣言精神以及会道门式行帮义气于一炉。它诞生之后的遭遇,是被一些人首先言之凿凿赞同(杂志社一无所有,只有无数设想与无穷热情的时期),继而被这些人闪烁其词地怀疑(杂志社的声誉鹊起,发行量大得令人始料不及的时期),最后被同一些人愤怒地指责为乌托邦式的大锅饭宣言

（杂志社动产与不动产已经很可观，有可能让一小部分人率先暴富的时期）。面对变化多端的反映，韩氏以不变应万变，只用一句话来回答：假如杂志社成了一个只是以结伙求财为目标的团体，我就退出。说来说去，韩氏的确是一个有自己的标准并且按标准行事的人，褒也好贬也好全都奈何他不得。

2.信誉负担

韩少功于1988年春节迁居海南，最初住在几家共同租用的一排旧兵营里，饭食用柴火烹制而成。旧营房没有天花板，亚热带的阳光和雨露从青瓦的缝隙里漏进来，一些老鼠在屋梁上跑，扫下成分不明的灰屑。那年正是十万人才下海南的涨潮期，韩少功在这个没有天花板的集体户里，接待过各地前往海口闯荡的文学爱好者以及其他爱好者。有时候，流水席从中午开到了晚上，电饭锅的电线煮得发烫，买一桶花生油，两三天就吃得一滴不剩。最后韩先生终于招架不住，只好在门口贴出一张启事，内容简单明了一共三条：不谈生意，不言招聘，不管食宿。可见信誉随时可能遇到危机，乐善好施者也有善不了施不出，关起门来拒客的时候。

3.狡猾

韩少功与同行者们相约南迁，动身时口袋里揣着他的辞职报告，他太太的工作关系（没有接收单位，尚不知转往何处），女儿的转学证明和全部存款（其中包括变卖长沙的家私电器所得款项），还有被褥脸盆热水瓶等家常用品。韩少功按事先约定的破釜沉舟方式，干脆利落办理了所有行前事宜，把自己的房子也让给了别人，到了火车上他才忽然发现，只有他一家人粮草这么充足辎重如此丰富，同行只带着皮箱手袋，全然旅游装束。当然我和更多的人则属于下海的第二梯队，还站在岸上，处于进退两可的优越地带。韩氏一直被人视为处事持重老谋深算甚至不乏狡猾之人，可见狡猾者也有本分的时候。

1990年，小说家韩少功在某天忽然想到要以诗言志。他在一首至今尚未发表或许根本不打算发表的诗里写道：哪怕世界上所有的面孔都变成谎言，我还有权利闭上眼睛。与韩先生初来海南时的破釜沉舟行为一脉相承，这首诗表现了湖南人的某种一条道走到黑，走到黑也不回头的犟气。把犟气和狡猾糅合在一起，肯定会形成一种有趣的气质。

4.慈祥

韩少功在很年轻的时候，就已经满脸慈祥的笑容，那么步入中年之后，理当更加慈祥才是，但实际上，韩氏的慈祥与年龄并无关系。萍水相逢泛泛交道，韩氏待人总是慈祥有余（具体表现为礼让、宽容、大度或者成全对方的利益），然一经被其视为同道与同志，不那么慈祥的一面也就要时常领教一二（具体表现为严格、急躁，甚至苛求或者难说对方一句好话）。曾经在沙龙中与他过从甚密的朋友，在跟他共事后宣布与之割席，原因在于当他的朋友常要牺牲个人的利益，比如在一个团体中事要多做利要少得。韩少功在非慈祥的时候，其表情用冷若冰霜一词形容绝不过分。

5.灯火阑珊

去年某个时候，韩少功坚决地谢绝了中央电视台"东方时空——东方之子"记者的采访，理由是本人生性木讷不擅言谈，尤其不擅在镜头前言谈。结果让这些通行全国无阻的国家电视台记者大为不满也大为不解。

这几年，曾经高朋满座的文学殿堂，渐渐冷落下来，真有了一点灯火阑珊的况味。于是引得不少领风骚一度的作家望凋零而兴叹，为文学的潦倒不平不安。文学界的有志之士不

甘寂寞,推出了各种将文学加温炒热的方法,并自我解嘲地称之为玩文学。具体说来有玩通俗,玩讨论,玩流派命名,玩群体效应,玩电视电影,玩采访出镜,等等。好玩的事情都玩过了,却少见韩氏露面。他好像并不太想到聚光灯下去当演员,倒很安心在中国最南方天偏地远的海岛上,当这些热闹喜剧的后排观众。他对时髦似乎有一种天然的免疫力,有点像某则民间故事中的人物——热闹的地方不去。也许在韩少功看来灯火阑珊自有清静的妙处。

6.现代人

按时下通常的理解,现代人意味着开明、新潮、高学历,有嬉皮或雅皮风度,观念与生活方式统统跟西方文明接轨。韩少功的表现似乎与此大相径庭,尽管他也溜溜地玩电脑,玩摩托,玩汽车,每天早上还听听英语新闻,还是时不时便要奚落"现代风尚",想方设法躲避如港语中的"派对"之类的"现代交际活动",怕穿西装,对跳舞毫无兴趣,抓住一切可能的机会在谈话与写作中运用他的湖南方言,同时肆意攻击可口可乐和汉堡包而盛情赞美辣椒和豆腐干,对吃喝不出声音的餐桌文明每每心怀不满,一碰到洋人表现文化优越感就忍不住要当面还击以倡"国粹"。他还用美术字定些诸如"请勿乱扔乱吐"一类的爱国卫生运动标语贴在公用的楼梯上,然后周期性地担任楼梯的清扫工作,用马王堆汉墓出土的汉帛字写下"四季平安"的吉祥话贴在自家门扉,表达他的良好愿望。他的蛰居生活的内容大约是,读书看报,写散文或者小说(近一两年写序业务大增居高不下,迫使韩先生提前进入老作家行列,令他十分头痛),跟女儿下象棋或者解答她感兴趣的一切问题,当太太工作很忙的时候买菜做饭(据他女儿揭发,妈妈出差期间,爸爸三天才开一次洗衣机,一星期才拖一次地,炒菜从来不洗锅),每周游一两次泳,三五天跑一回步,一天抽一盒半烟卷,伺候母亲起居,到银行或邮局取稿费,看中央电视台新闻联播,陪上门的文学爱好者谈天说地,复信。当然还有些不属日常活动的事务,比如穿 T 恤衫去开省政协常委会,在供大学生理发的小理发店,花三块钱理一个二十岁的头,再以这样发式出国访问,等等。

7.连怀疑也怀疑

说起来,韩少功的确是一个怀疑论者,很少有什么事尤其是时髦的事儿不被他怀疑,但在怀疑之后他又如何呢?

韩少功怀疑钱(总是恶毒攻击拜金论与拜金者,同时拒受嗟来之钱),但又领着一伙人赚过大钱,并且继续鼓励他人赚钱;怀疑文学(称之为花言巧语),但仍一篇篇写着文章并且为之绞尽脑汁一改再改;怀疑科学(认为科学可以使人的心灵变得狭隘),但又特别爱读通俗自然科学读物,谈起概率论或者量子力学的皮毛就掩不住得意之态;怀疑宗教(认为任何宗教一旦制度化或者组织化,就一定会蜕变为新的专制或者实用经济手段),但又坚持说,真正的人是需要保持宗教感的,尤其文化人艺术人丧失了宗教感就丧失了根本;怀疑善德(称之为贵族自我拯救的心理减肥操),但又向来苛求亲人与朋友须有善心善德,并且对公益慈善活动不乏热心;怀疑自由(认为今天大街上的自由都有太多的口香糖味儿,只代表"免费""闲暇""不负责"……这些词义的熠熠利诱),但又把他自己独立思索与逆潮流而动的自由看得高于一切。

诸如此类的矛盾现象,充斥于韩少功的言行,我们只能将其理解为对怀疑的怀疑。也许到了这一步,怀疑反而会变成进取的动力,用韩少功自己的话说即是——悲观进取。

1994 年 9 月 24 日写于海口

(载《当代作家评论》,1994 年第 6 期)

韩少功小说的精神性存在

鲁枢元　　王春煜

　　面对现代社会,韩少功曾发出这样的慨叹:"小说意味着一种精神自由,为现代人提供和保护着精神的多种可能性空间",然而,在现代人的日常生活中,已经出现了精神的塌方,文学创作中的"精神之光"也正在日渐暗淡下去,"小说似乎在逐渐死亡"①。

　　何谓小说的精神性存在?

　　罗曼·英伽登认为,在小说的文字、符号、结构、文本之上,存在着一个悬浮在上的"精神层面",它不是对象物的特性,也不只是文字的功能,它是作品的"形而上品质",是文学的"变幻无定的天空",是一些洞然大开而又捉摸不定的东西。它可以体现为"崇高与光明",可以体现为"超俗与神圣",体现为"宁静"或"悲怆",体现为"敬畏"或"迷蒙"。②由此推论,所谓"小说的精神",不是小说中实实在在的题材,而是弥漫在作品中的意蕴和气韵;不是那些预制或外在的结构框架、权威话语,而是渗透在作品内的心灵与人格;甚至也不是那些抽象与概括出来的主题和思想,而是生长于作品之中的憧憬与信仰。小说的精神,是灌注于作品之中的生命之气,是涌动于作品之内的意识之流,是辉耀于作品之上的理想之光。

　　在谈论小说的精神时,韩少功曾谈到史铁生,谈到张承志,把他们誉为"精神圣战"的勇士。张承志背负着民族的希望,以献身真理的激情,以他赤子的血性和穆斯林化的孤傲,在他的《心灵史》上展示出"文人为人"的高贵灵魂;史铁生则以个体的生命为路标,孤军深入,默默探测着全人类永恒的纯净和辉煌,他在《我与地坛》中发现了"磨难正是幸运","虚幻便是真实",他从地坛公园的墙基、石级、秋树、夕阳中参悟到人的生命的无限,个体生命与自然万物的一体,如果说史铁生的"立地成佛"是由于他身遭残疾的折磨、直面死亡的玄览、仰望宇宙的参化,那么张承志"心灵的支柱"该是虔诚得近于狂热的伊斯兰宗教信仰,执着得近于顽固的"红卫兵"情绪,浪漫得近于缥缈的审美理想主义。

　　这里,我们要探寻的则是韩少功小说中的精神性存在。

　　韩少功说过:"那些圣战者单兵作战,独特的精神空间不可能被任何人跟踪模仿","他们无须靠人多势众来壮胆","他们已经走向了世界并且在最尖端的话题上与古今优秀的人们展开对话","这样的世界完全自足"。③韩少功无疑也是这样一位进行单兵作战的圣战者。因而我们多了一些担心:我们的这篇文章能否进入韩少功小说创作的精神层面,甚或文学批评在多大程度上能够进入文学的精神层面。我们愿意把我们的这篇文章作为一次批评的

---

① 韩少功:《灵魂的声音》,见《夜行者梦语》,知识出版社,1994年版。
② 参见鲁枢元:《超越语言》第5章第4节"英伽登的天空",中国社会科学出版社,1990年版。
③ 韩少功:《灵魂的声音》,见《夜行者梦语》,知识出版社,1994年版。

实验。

韩少功还曾说过：精神圣战者将无法被任何"主义"来认领。他可能是对的。但我们也可以说：任何从事文学艺术创造的人将都不可能逃遁某些"主义"的熏陶与浸染。我们也可能是对的。这也许就是韩少功自己立下的游戏规则："文学的二律背反。"因此，我们故且把他小说的精神性存在标示为以下四个方面。

庄禅意味的怀疑哲学

《文学创作中的"二律背反"》是韩少功在 80 年代初应《上海文学》之邀写的一篇类似创作谈的理论文章，文章讲到在文学创作中每一个正确的命题之下都有一个同样正确的相反命题存在着，一正一反，文学创作的真义就在这正反两极游移着、运动着、变化着。少功当时的立论，目的是反对长期禁锢中国当代文学的"机械论""固定论"与"专断论"。其实此时此处就已经显露了韩少功"怀疑主义"的偏好。

在德文中，"怀疑"（Zwefel）便是从"二"（Zwei）一词衍化而来的。"怀疑"其实就是游移二元对立之间的一种状态，"怀疑论"总是与"二"结下不解之缘。"有无相生""难易相成""长短相形""高下相倾""前后相随""祸福相倚""曲则全""枉则直""敝则新""洼则盈"。黑格尔在其《哲学史讲演录》中说："怀疑论是一切确定的东西的辩证法。"①它的力量在于它的否定性与变化性。深为韩少功所喜爱的捷克小说家米兰·昆德拉，曾坚定地把"怀疑"认作小说精神的可贵属性，"专制的真理排除相对性、怀疑、疑问，因而它永远不能与我所称为的小说的精神相调和"②。而在韩少功的小说中，尤其是 1985 年以来创作的小说中，越来越浓郁地弥漫着一种疑惑的、游移的艺术氛围与审美情调。《归去来》中的扑朔迷离、惶惑疑虑、似是而非、似非而是，那"黄治先"与"马眼镜"的难分难辨、莫衷一是，已被许多论家指出颇得"庄子梦蝶"的精义；而《蓝盖子》中的聚散无定，来去无踪，噩梦连清梦，大梦终不醒，充分表现了作者在人生苦旅上的苦苦追寻；《诱惑》中的万古洪荒、瞬息永恒、物我两化、混沌葱茂，作者对生存意义的寻找，已再度跌入雨雾迷蒙之中。在这些小说的结尾，作者一再忍不住地慨叹："我懂得了这座山，因此也更不懂了"，"我永远也走不出那个巨大的我了"。这是典型的"怀疑论"话语。

当年，韩少功谈论"二律背反"的文章发表后，曾被文评家钱念孙拖进一场辩论，他们二人谈因果，论是非，争论得似乎并不怎么高明，有点像一曲蹩脚的"探戈"。不过，从那以后，在韩少功的小说创作中，尤其是晚近的一些作品中，这种"怀疑论"的哲学内核，却达到了几近圆熟的表现。

"正常"恰恰是"反常"。《会心一笑》中那个梦中向"我"高高举起凶器的"杀手"，恰恰并不是"我"曾经整治过、打击过、伤害过，并在伺机报复的秦某，也不是在文坛上结下宿怨后又扬言勒索巨款的 C 作家——按照常理该是他们。然而"杀手"却是一位"我"曾经施恩于他，"绝不可能对我有歹心"，连名字都念不出血腥味的"大好人"周中十，这就是"反常"。接下去小说又否定了这一"反常"。正是由于"我"的扶危济困、廉洁清明，力求争上进，刻意做

---

① 〔德〕黑格尔：《哲学史讲演录》第三卷，商务印书馆，1959 年版，第 107 页。

② 〔捷克〕米兰·昆德拉：《小说的艺术》，读书·生活·新知三联书店，1992 年版，第 13 页。

好人,才使周中十沦为奴隶,陷入贫困,受尽屈辱,"一将功名万骨枯",甚至使整个单位的人都陷入屈辱和贫困,如此,周中十向"我"举起菜刀反而是"正常"的义举了。而"我"的种种善行在作者纵深挖掘下,又现出种种"真诚的伪善"与"清廉的贪嗔",弄到最后,连"我"自己也感到自己该杀了。"反常"的再度否定,即"反反常",似乎又成了"正常",只是后来的这个"正常"已不再是原先定位的那个"正常"了。

"反者道之动"①,"否定","否定之否定","否定之否定之否定"……这一持续否定的循环,可能比那铁定无疑的真理更接近真理,审美与艺术创造中更是如此。

短篇小说《领袖之死》,便生动地呈现了"肯定"与"否定"之间奇妙的运演轨迹:领袖死了,照常理常情应该悲痛,这是"正题",是"肯定"。然而,长科突然觉得自己"悲痛不起来",这是"反题""否定"。不能悲痛的长科在追悼会上不能不强作悲痛;强作悲痛的长科由于触及自己的隐痛而大放悲声;当长科大感悲痛时,这悲痛已不是那悲痛;当这悲痛已不是那悲痛时,干部和村民却又把长科树为忠于领袖的典型去到处"悲痛";当长科不再悲痛时他却不得不由人支配着去"时常悲痛";当长科悲痛得有声有色、切实而有用的时候,长科自己也已经弄不清自己是悲痛还是不悲痛,是真悲痛还是假悲痛……"悲痛"以及"哭泣"本来也是人的本质属性,但"人的本质属性"绝不是心理学抽象出来的几个概念或文论家归纳出的几个侧面,"花非花,雾非雾","道之为物,唯恍唯惚",真实的人性,真实的文学,应该是从生命存在的浑沦迷蒙中透射出的光亮。至于中篇小说《昨天再会》,且不说那位爱得刻骨铭心与背叛得酷烈果决的怪女人邢立是那么的难以捉摸;也不说那个心怀世界的"政治家"在日常生活中又怀揣着一颗多么自私猥琐的心;仅只看一看小说中那个性情孤傲自命清高的"我"在二十年后如何把一个"脏兮兮的粪样塑杯"可怜巴巴地呈现给自己所不齿的求爱者面前,就可以使我们领悟到人心的莫测,命运的莫测。小说的最后一章留下一个个疑团,无人探究,无法探究。小说作者韩少功似乎在努力逃避着立意的确定性,化解着性格的明确性,肢解着生活的习惯性。他说,如果不是这样,"我很可能要从头说起,说出一个与上面所说大不一样的故事,让我自己吓一跳"②。

在西方,哲学怀疑论的代表人物是古希腊的皮罗和赫拉克利特;在中国则是老子与庄子。心理美学家滕守尧在他的《中国怀疑论传统》一书中,把老子的"反者道之动"看作怀疑论的精髓。

韩少功在他的小说创作中就像一位怀疑论哲学家一样,一再操持着"否定"的法轮。他自己说过,那就像剥一个"洋葱头"。而"洋葱头"在剥去一层又一层后,最终将剩下什么呢?看来,只能是"空"。不过,宇宙人生这个硕大无比的"洋葱头"几乎是无限的,"无限"之后的"无",该是一个虚悬的"无",无无。那终极意义上的"空"亦即"空空"。

韩少功有一句口头禅,叫"把看透也看透",透在何处,透无止境。如此层层剖析,节节求进,不驻于有,不居于无,终将迈进"空无一有而又涵盖万有"的真如之境。由此推之,韩少功的怀疑论最终落入禅宗的莲花台上也就毫无足怪了。小说《女女女》在描述了两代女人的坎坷人生,在探究了两代女人的幽晦心理,在涂抹了一层层文学语言的斑斓色彩之后,结尾竟是这样几句话:

---

① 老子:《道德经》第46章。

② 韩少功:《昨天再会》,《小说界》,1993年第5期。

记得幺姑临死前咕哝过一碗什么芋头,似乎在探究某种疑难。这句话在我胸中梗塞多时,而现在我总算豁然彻悟,可以回答她了:吃了饭,就去洗碗。

就这样。①

悄然无声。

几乎就是禅家公案。

道济和尚曰:"一声啼鸟破幽寂,正是山横落照边。"鸟啼于此,日落于彼,言外之意,微妙法门,只有靠读者自己去领悟了。

梦幻化的乡土情结

评论家李庆西在 1987 年的一篇文章中说:"出现在韩少功笔下的,一直就是湖南的一小块地方,大约是潇、湘、沅、芷流经的那些田野和村落,他的人物,除了农民,便是知青。这些颇能使人联想到福克纳的世界:密西西比河畔的一个县,黑人和穷白人。"②从那时到现在,八年过去,虽然韩少功后来举家迁往海南特区,并且大张旗鼓地创办过一份《海南纪实》,但从他近年来写下的《鞋癖》《北门口预言》《会心一笑》《昨天再会》《领袖之死》《人迹》《故人》等一批中篇或短篇来看,他的"题材"仍然大致没有越出那一"潇湘沅芷"流域。那便是他的"乡土"。

"乡土"是什么?当韩少功远离乡土旅居法国时,曾在一篇题为《我心归去》的散文中写道:"乡土"意味着故乡的小路,故乡的月夜,月夜下草坡泛起的银色光泽,意味着田野上的金麦穗和蓝天下的赶车谣,意味着一只日落未归的小羊,一只歇息在地边的犁头,意味着二胡演奏出的略带悲怆哀婉的《良宵》《二泉映月》,意味着童年和亲情,意味着母亲与妻子、女儿熟睡的模样,甚至也还意味着浮粪四溢的墟场。故乡当然有时也叫人失望,但那失望也将是泣血的杜鹃。故乡比任何国外的旅游点都多了一些东西:你的血、泪,还有汗水。在这里,所谓"乡土"远不仅仅是一个词语,它已经成了韩少功的肌肤和血肉,成了他的精神和灵魂。他说:"没有故乡的人身后一无所有",连任何"声音"和"光影"都没有。

然而,韩少功并不是一般意义上的"乡土作家",他的小说也并非一般意义上的"乡土文学"。从最显见的意义上讲,韩少功在"乡土"之上的笔耕是为了"文学的寻根"。他的那篇《文学的"根"》曾在 1985 年的中国文坛激起浩波荡漾,引发出一股"寻根文学"的风景。这篇文章讲得很明白:寻根即探寻文学在乡土文化历史土壤中的根须。他的寻根理论显然受到过丹纳与泰勒的理论的影响。的确,韩少功在发布了"寻根"宣言之后,在《爸爸爸》《女女女》《空城》《雷祸》等一系列小说中令人瞩目地描述了湘西形胜、僻壤风情、神话传说、方言俚语,展现了湘楚文化的神采与风韵,揭示了湘楚地区传统的生活习惯、思维方式,从而对于"旧邦维新"起到促进作用。台湾的蔡源煌先生曾结合丹纳与泰勒的理论对《爸爸爸》《女女女》进行过艺术的理学、文化人类学意义上的分析,北京的季红真女士曾运用斯特劳斯文化

①　韩少功:《诱惑》,湖南文艺出版社,1986 年版,第 258 页。

②　李庆西:《他在寻找什么》,《小说评论》,1987 年第 1 期。

结构主义与巴特符号学批评的方法对《爸爸爸》做过堪为精彩的阐发。这些批评文字也许更合乎韩少功以及"寻根派"的"寻根"的初衷。然而，在我们看来，韩少功"寻根"的文学实绩，并不能仅仅作为艺术实证美学、文化人类学、结构主义批评学的例证。《爸爸爸》《女女女》的意义也并不只在文化学、民俗学、考古学、符号学的层面上。文学之根，还应该深扎在人类古老幽远的精神层面上，那是一片"梦幻中的乡土"，那是他精神的家园。文学寻根，最终还必将探寻到人类茫茫无际的精神地层中。

瑞士心理学家 C.C.荣格曾经从文学创作心理学的角度把小说创作分为这样两个类型：一类是"心理学式"的(Psychological)；另一类是"幻觉式"的(Visionary)。在他看来，前者取材于现实生活与意识领域，如自然环境、生活事件、情感历程、地域的习俗风情、命运的悲欢离合、人生的喜怒哀乐。按照荣格的说法这类作品主要取材于"人生中最生动的前景部分"，始终在作家的意识层面之上，作家凭自己的创作能力将生活素材与心灵同化融合，将原本的日常事件组合提升为诗的经验，从而给人以"明察世事道理，洞悉人生真谛"的感觉。后一类小说却不同，它不再取材于人们亲切明了秩序井然的现实场景，而是取材于人类潜意识中的"原始经验"，那是一个"世外桃源的幻景"，一个"朦胧化的灵魂幻象"，一个"混沌初开的景象"，一个"仍未降临的未来的梦想"，"它来自无限，令人感到陌生，冷峻魔幻，无边无际，光怪陆离"，甚至"罪恶""混乱""狰狞""荒谬"，[①]人类的价值常识与基本的体裁标准在这里已被撕扯得支离破碎。

荣格所讲小说创作的第一种类型，很容易在我国现当代文学史中许多著名的"乡土小说家"那里得到印证。韩少功前期创作的一些小说，如《吴四老倌》《月兰》《西望茅草地》，基本上也属于这一类型，并且曾经拥有过广泛的读者，产生过切实的社会效应。1985年以后，韩少功的小说创作出现了重大转折，这"转折"其实是"转型"，即从荣格所说的"心理型"转向"幻觉型"。于是，在韩少功后来的小说中，对于"乡土"的描绘便常常写下如此幻化如梦的文字：

> 水下就只有一片绿色了，绿得越来越浓，是一种油腻的绿，凝重的绿，轰隆隆的绿。你也许会觉得，这一片绿完全可以敲碎，可以一块一块地拿起来，也许还会觉得，一道道千万座青山的翠色在冬天一瞬间崩塌摔碎了，碎片全部倾注在这个深潭，长年郁积和沉埋，才生成出这个碧透的童话。
>
> ——《诱惑》

> 寨子落在大山里，白云上，常常出门就一脚踏进云里。你一走，前边的云就退，后面的云就跟，白茫茫的云海总是不远不近地团团围着你，留给你脚下一块永远也走不完的小小孤岛，任你浮游。小岛上并不寂寞，有时可见树上一些铁甲子鸟，黑如焦炭，小如拇指，叫得特别清脆洪亮，有金属的共鸣。它们好像从远古一直活到现在，从未变什么样。有时还可能见白云上飘来一片硕大的黑影，像打开了的两页书，粗看是鹰，细看是蝶，粗看是灰色的，细看才发现黑翅上有绿色、黄色、橘红色的纹路斑点，隐隐约约，似有非有，如同不能理解的文字。
>
> ——《爸爸爸》

---

① 〔瑞士〕荣格：《现代灵魂的自我拯救》，黄奇铭译，工人出版社，1987年版，第236、297页。

在韩少功梦幻化的"乡土"里,时间在浓缩在膨胀,空间在放大在疏远,生命变得溟漫不清,动物和植物失掉了截然的差异,活着与死去泯灭了绝对的界限,人与自然化为一体,万物化作混沌一片。所有这些怎么能只以"湘楚风物"名之呢,这里的乡土已超越出湘楚,超出秦晋,超出江淮,也超越出河汉,这里的"乡土"给我们的感觉并不能使我们联想到哪一块生活过熟悉过的地方,相反,它只能使我们"回忆起我们做过的梦,黑夜的恐怖以及那些时常令我们忧心如焚的疑虑"(荣格语),这里的"乡土"已经是一种原始意象中的乡土,一片关于"乡土"的梦幻。这样的"乡土"对于现代人类的生存而言,可能具有"更纯真""更人性"的意义。韩少功在这块梦幻化的乡土之上的寻根,最终寻到的并不是几根条理清楚的文化脉络,而是一片历史的迷雾。所谓"文化的"寻根,最终寻到了"文化之外",寻到了理论文化诞生之前的蛮荒,寻到了力图超脱现实文化的苦闷。由此观照《爸爸爸》或《女女女》,那近乎白痴的丙崽与常年卧病的幺姑,无疑都是一些徘徊挣扎于现实理性文化壁垒之外的"病态人"。

关于丙崽,谈论的人已经很多,有人说他是"封建原始愚昧生活方式的象征",有人说他是"民族劣根性的代表",有人说他是"传统文化的活化石",还有人说他是"一个社会意义与现实意义都不足的文学典型",等等。比较起来,我们倒是倾向于李庆西的分析:"此人的存在,似乎就是一个生活之谜","一种人生的象征","是人类命运的某种畸形状态,一个触目惊心的悲惨境遇","对象化的世态人心"。[1]症结可能在这里:在丙崽身上,虽然继承了先辈的原始落后、愚昧蛮荒,却又失却了先辈的威武雄壮、古道热肠;在仁宝身上,虽然打破了生活中的固置封闭、保守陈旧,却又陷入更为人们不齿的贪嗔淫邪、矫饰浮浪。

鸡头寨人的生活被凝滞了,被扭曲了,后路是悬崖峭壁,是丙崽式的"原始浑朴";前程,是烈火熊熊,是仁宝式的"现代文明"。鸡头寨人往何处去?是逃往更幽深的山林或是迁入更发达的城邦,如何才能逃出被封闭被凝滞被异化被扭曲的困厄,这恐怕不只是鸡头寨人面临的问题,同样也是每一个有良知的现代人所面临的问题。由此观之,德高望重、清明智慧的严文井先生在读了《爸爸爸》之后,发生了"我是不是个上了年纪的丙崽"的怀疑,也就不奇怪了。

在《女女女》中,终生勤俭助人克己奉公的幺姑,到了晚年突然变得自私贪婪,忮刻任性起来,就连她的身子也在萎缩颓败下去,似乎要变回一条"鱼"。与"返祖归'鱼'"的幺姑相共生的,是她那"现代派"干女儿老黑。小说在行文中突然揭露:这个在歌舞厅放浪形骸的年轻女人与那个在病榻上苟延残喘的年迈女人,都像是一条"鱼"。鱼,可能是人类更早的祖先。可惜的是,"今鱼"亦非"昔鱼",这些"返祖"之鱼再也不是初始天然的那些生龙活虎的鱼,而是一些染上种种怪癖与污垢的"病鱼"。幺姑的"返祖",归程暗淡;老黑的"开拓"则前途渺茫。现实中的人们依然处于进退两难的境地中。"寻根"的同时,也在"问路"。韩少功的朝着亘古蛮荒的"探寻",总是同时伴随着对于现代生活的"审视"。当然,无论是"寻根"还是"问路",都离不开他赖以立足的这块"乡土",这块"梦幻化的乡土"。在这块梦幻化的"乡土"上,韩少功最终寻查到的仍然只是一片"精神上的困顿"。"一方面是与日俱增的绝望,另一方面是与日俱增的信心",这一颇似"二律背反"的命题,被 G.R.豪克命名为"世纪末的情结"。韩少功的这一"世纪末情结"则深深地纠缠在他那梦幻化的乡土上。韩少功以他的小说艺术宣

---

① 李庆西:《说〈爸爸爸〉》,《读书》,1986 年第 3 期。

泄了这一情绪,并彰示人们:解救精神困顿的出路,只能是精神的探寻。

文化保守主义的社会理想

"人是从海里爬上岸的鱼,迟早应该回到海里去。"这是韩少功在一篇题为《海念》的散文中发出的呼唤,也可以看作韩少功理想精神不意中的袒露。

韩少功写下的这句话,似有"复古主义"的嫌疑。但荣格早已说过:在这个有许许多多人自称现代派的年头,"真正的现代人往往只有在那些自称为老古董者当中才能找到"①。看来,"传统"与"现代"、"保守"与"发展"之间的关系并不是那么黑白分明,简单易辨的。

按照人类文化学界权威人士的说法,"文化"就是"传统","是人类以往行为模式的博物馆""是人类赖以生存的根基"(博阿兹语),"文化是民族的精神"(本尼迪克语),"文化是一个超机体因素,人类的适应主要是靠文化的方式来达成的"(斯图尔德语),"文化决定人类行为","文化是种族持续的保证","文化怀抱每一代刚出生的成员并将他们塑造成人,提供他们信仰、行为模式、情感与态度"(怀特语)②这些论述,归结一句话,差不多等于说:"文化就是人。"韩少功大约是同意这种立论的,因为他在《文学的"根"》一文中就曾经说过:"文学之根应深植于民族传统文化的土壤里","文学不能没有传统文化的骨血","割断传统,便失落气脉"。以及后来他在回答美洲《华侨日报》记者的提问时,对刘晓波全盘否定中国民族文化的宏阔之论所表露出的轻蔑与嘲讪,都似乎证明了他的"文化保守主义"倾向。据美国哈佛大学博士、汉学家 G.S.艾恺的释义:"文化保守主义"(Cultural Conservative),也可译为"文化守成主义",这里的"保守",并不带通常使用中的贬义。G.S.艾恺自己就充满激情地说自己是一个"文化保守主义",誓为"保守人性的尊严"而英勇作战。③

韩少功的"文化保守主义"倾向大约表现在以下几个方面:

(1)对东方文化传统的维护。他附和汤因比的论断:西方文明已经衰落,古老沉睡的东方文明,有可能在外来文明的挑战之下隐而复出,光照整个地球;他赞赏川端康成与东山魁夷,认为他们都是以"东方文化传统为依托",尽管发表了诸多反感现代化的言辞,颇有落伍者之嫌,"却仍然成了日本精神现代化的一部分,成了现代日本国民的骄傲"。

(2)对原始思维方式的推重。他认为,文学思维是一种直觉思维。一切原始或半原始的思维方式以及儿童的思维方式,都是值得作家和艺术家注意的。禅宗"作为一种知识观和人生观,饱含着东方民族智慧和人格的丰富遗存,至今使我们惊羡"。

(3)对科学技术的责难。他时时不忘指出:"科学与理论总是有局限的,有时还会使我们心胸十分狭窄,性灵十分呆滞。"世上的事情一旦全都"科学"了,那么"美就没有了,生命的丰富性就没有了","艺术是对科学的逆向补充"。

(4)对工业社会、商品社会的批判。他切身感觉到了人类在工业和商品社会里普遍的惶惶不安,"人被条理分割了,变成了某种职业身份、性别、利益、年龄、观念","物化的消费社会"使人际关系冷淡而脆弱,认钱不认人,利己主义乃至"利狗主义",腰缠万贯的流氓与狗

① 〔瑞士〕荣格:《现代灵魂的自我拯救》,黄奇铭译,工人出版社,1987 版,第 236、297 页。

② 参见〔美〕E.哈奇:《人与文化的理论》,黄应贵等译,黑龙江教育出版社,1988 版。

③ 〔美〕艾恺:《世界范围内的反现代化思潮》前言,贵州人民出版社,1991 版。

胆包天的贪官。

(5)对"社会发展"的质疑。他讥讽"很多社会学者几乎有'发展癖'",无论左翼右翼都一齐奉"发展"为圣谕,力图让人们相信,"似乎只要经济发展了即物质条件改善了,人们就会幸福的","奇怪的现象是:有时幸福愈多,幸福感却愈少……大工业使幸福的有效性递减,幸福的有效期大为缩短"。

(6)对都市的厌倦与对乡村的怀恋。韩少功喜欢说:"我是个乡下人。"在他看来,乡村,才是生命的处所、文学的根。他甚至不无偏见地说,乡村才是丰富多彩的,都市作为现代文明的象征,"多少有点缺乏个性",王安忆、陈建功力图表现城市,也只能写一写城市里的里弄、胡同、小阁楼、四合院,这仍然不过是城市的过去,"城市里的乡村"。如果说乡村是天然杂陈、人文荟萃的渊薮,而城市是什么呢?他在小说里调侃说:那只是从太阳那金灿灿的肛门里排出的一堆晒出硬壳的粪便。

(7)对物欲的抑制与对精神的崇尚。现代社会中的一个致命的症结,是急剧增长的物质财富与迅速颓败的人文精神日益扩大的落差。在中国"富有特色的现代化"进程中,所谓"一手硬、一手软"也成了一个臻于不治的顽症。韩少功当然看到了这个矛盾,他指出:"没有人能阻止经济这一列失去了制动闸的狂奔的列车。幸福的物质硬件不断丰足和升级,将更加反衬出精神软件的稀缺,暴露出某种贫气和尴尬。上帝正在与人类开一个严酷的玩笑,也是给出一种考验。"他相当尖锐地指出:"欧洲的现代精神危机不是产生于贫穷,而是产生于富有。"当西方现代社会的先知们已经对金钱表示失望的时候,刚刚跨入现代化门槛的中国人尚在为"没有金钱"失望。他说:"有钱是好事,"但也要把钱"看透","世界上最灿烂的光辉,能够燃烧起情感和生命的光辉,不是来自金币而是源自人心"。[①]

自欧洲启蒙运动始,随着人类社会现代化步伐的加快,人们对工业社会,商品社会的批判日益增多。而在这一批判队伍中最引人注目的是文学艺术。我们不妨翻一翻近二百年的世界文学史,从巴尔扎克、司汤达、福楼拜,到托尔斯泰、雨果、艾略特,到福克纳、昆德拉、毛姆、黑塞,以及川端康成、泰戈尔,甚至还有那个被韩少功认为一身贱毛病的艾特玛托夫,无一不对现代社会保持着对抗与批判的姿态。一向心平气和的印度诗人泰戈尔,一提起"现代化"就动气,他说:"现代进步的笨重结构,以效率的铰钉结合在一块,架在野心之轮上,也是维持不长的","人们是繁荣了,然而他们的根却腐烂了"。似乎已经又出现了这样一种悖谬的景象:不批判现代社会的文人不是真文人,不被批到的现代社会不是真现代!于是,文学艺术界的一些"反现代",反而使自己成了"超现代"。

以上我们援引的,多是韩少功散文随笔中的一些言论,随着《夜行者梦语》《性而上的迷失》的发表,这些散文随笔越来越成了韩少功文学业绩中不容忽视的组成部分。但韩少功的文化保守主义倾向,更深刻丰富地表现在他的小说创作中。韩少功讲,他是个理性色彩很强的人,总是竭力想把一些问题说清楚。能够说清楚的,就写在散文随笔里,实在说不清的,就写在小说里。"道可道,非常道",那些说也说不清的,大约才是更为深刻丰蕴的。

从韩少功的小说创作看,他的"文化保守主义"又是矛盾重重的。

有人说,初始的传统文化真好,"从整个世界历史看起来,还没有哪一个时代可以拿来同人类在纪元前6世纪的时代相比"(方东美语),那时节,在希腊诞生了苏格拉底、柏拉图,

---

① 以上七点的引文,均出自韩少功随笔集:《夜行者梦语》。

在中国则诞生了老子与孔子。从韩少功对于湘楚文化的偏爱来看,他很可能是同意这一说法的。然而,在他的最成功的小说人物身上,传统文化无一不上演着停滞、扭曲、变态、崩溃、泯灭的悲剧。"丙崽"的痴愚,"幺姑"的乖戾,以及《空城》中那位诚挚、贞烈、善良、智慧的"四姐"的销声匿迹,《人迹》中那位老实、厚道、憨朴、节俭的"大脑壳"的死于非命,无不宣告了传统文化的穷途末路以及返归传统的无计可施。另一方面,现代化无论如何又是一个不可逆转的历史进程,或曰"社会发展的客观规律"。然而,在韩少功的小说中,一些所谓的披挂着"现代社会"时代光芒的人物,如那位浑身洋货,满口哲理,冷漠自私,忘恩负义的"老黑",那位鸡头寨里反对保守力倡维新"穿皮鞋壳子""行帽檐礼",热衷于"松紧带""破马灯""玻璃瓶子"等科技文明的仁宝,又不过是一个淫邪、浮浪、怯弱、卑劣的无赖之徒;还有韩少功笔下的那些热心于现代政治改革的"民主斗士",如《昨天再会》中的孟海、《重逢》中的梁恒,都不过是些偏狭矫情、投机钻营的伪君子,更不要说《火宅》中进入"信息社会"的那些"语言监察总署"的现代官吏了,在他们那里,"现代知识""现代意识""现代科学""现代设施""现代管理"反倒都成了现代社会的肿瘤与癌症。韩少功小说中的这些"现代化人物"无不显露了现代文化的丑恶、畸零、堕落、颓败。韩少功小说中对于人类文化生态情景的描述竟如此悲观绝望。

人类这条已被搁浅在现代社会滩涂上的鱼,暴晒在现代科技与物欲文明的阳光下固然不是滋味,而返回大海的渠道又早已淤塞,那么前程的命运如何?当韩少功理智清明时,则又满怀信心地宣告,那前途便是:重建人文精神,重铸民族自我。也许,鱼儿无须再反身大海,它或者会努力使自己生出羽翼和翅膀,从而摆脱污泥浊水"飞向蓝天",飞向理想的精神的天空。

神秘主义的审美境界

关于韩少功小说的艺术风格,时常有人把它与哥伦比亚小说家马尔克斯的小说相提并论,认为具有"魔幻现实主义"的色彩,这种比较我们认为是可以成立的。

韩少功在 1985 年以后的小说中,写了许多"魔幻"的或"神秘"的现象,比如:《归去来》中那不可解知的"陌生的熟悉";《诱惑》中那空溟中对着"妹妹"的呼喊,《爸爸爸》中绿眼赤体的蜘蛛、好淫丧身的毒蛇、偷吃胭脂的老鼠、大如书页的蝴蝶;《女女女》中天人感应的地震与所向披靡的鼠流;《会心一笑》中睡梦中的杀人凶手与受命复仇的红头蜥蜴;《鞋癖》中惨遭横死而复现于闹市、显迹于墙壁的父亲,三百年前失去双足的众冤魂与母亲无可救药的嗜鞋癖,以及家庭中器物无端发出的声响与破裂;《北门口预言》中"土里出金,河里流血"的昭示;《人迹》中好吃辣椒的岩匠的儿子如何变成了爱笑的熊黑。在马尔克斯的《百年孤独》与《家长的没落》中可以看到许多类似的描写,如穿堂入室食总统尸体的兀鹰,吃去布恩地亚家族最后一个传人的蚂蚁,乌苏拉姑妈生下的长着猪尾巴的孩子,拉着床单被大风刮上天空的美女等等。论者指出,马尔克斯的"魔幻"与拉丁美洲的原始思维密切相关,韩少功的"神秘"则与湘楚文化的神话系统有直接联系,这些大概也都是不错的。我们想提出的问题是,韩少功这类颇带神秘主义色彩的小说创作,其文学的价值与意义究竟何在?在我们看来,与其说是为了"重建楚文学的神话系统",不如说是为了"揭示现实人生的真实存在"。在韩少功的小说创作中,"神秘"并不只是一种神奇古怪的题材,也不只是一种营造氛围的方

法,甚至也并不总是一种寓意象征的符号或先验共存的结构,"神秘"往往就是"现实",就是现下生活中真实存在着的状态。当有人问及马尔克斯《百年孤独》中那些美女飞天、孩子变猪的情节是否全为虚幻时,马尔克斯斩钉截铁地说:"没有一行文字不真实。""魔幻"而"真实",是马尔克斯小说的特色,"神秘"而"现实",该是韩少功小说的风格。或许可以把它叫作"神秘现实主义"。

《会心一笑》可作为典型的一例。

这篇小说是以海南岛为背景的,自然也就与"楚文化的神话系统"没有了什么干系。通篇也并没有借助于什么民间传说、原始神话,除了那群"红头蜥蜴"(而这种小动物在海南岛是极常见的),绝无神神鬼鬼的东西,然而我们依然从那些平白写实的文字中处处感觉到那切实存在的"神秘"。

比如小说结尾的一章,"小周"不知何故地失踪了,到处寻找不到,这看似离奇倒并不神秘,因为像海口这样的移民城市,走进任何一个人都可以无声无息,走出任何一个人也都可以无形无迹。接着"我"在寻找的路上与一位汉子撞了个满怀,没有争吵,只是相对一笑,这看似极为普通的一个场面都又充满了神秘,因为那"会心的一笑",那轻轻的一句"你走错了",仿佛是受"小周"之托向"我"传达的一句忠告,一句谶语。当"我"已经反省到自己该杀而没有被杀的时候,"小周"反倒对女友承认自己杀人未遂却又不知道为什么要杀;"嫩萝卜警察"在最不该相信小周是杀人凶手时反倒认定他是杀人凶手。小周没有杀人,只是在暴怒中杀害了一群"红头蜥蜴",然而小周失踪了,小周豢养的小黄猫却死去了。一群密密匝匝的"红头蜥蜴"在拱食小黄猫的尸体,小黄猫代替小周偿还了欠下"红头蜥蜴"们的那笔血债。小说中句句都是大白话,处处又无不泄透出幽溟之中的神秘。现下真实的日常生活,人生真切的现象世界,似有逻辑,则无逻辑;似可理喻,又无可理喻;似满有意义,又似全无意义。小说中写道:生活就像"象棋围棋军棋跳棋多个棋种的棋子混在一张白纸上,权当一盘棋玩起来再说。各路棋法不通用但还是在照常下,卧槽马在紧气或刨地雷,一着着居然也都勉强走下去"。生活就像这样一盘"混成棋阵大串赛",人们就这样进行着"生命的时限赛",没法"统一记忆",没法"揣测逻辑"。只得慢慢地寻找着法则或规律。①韩少功笔下的这团"日常生活"或"生命世界"果真能寻到严格意义上的"法则""规律""意义""逻辑"吗?在逻辑实证主义的哲学大师维特根斯坦看来,那是不可能的。维特根斯坦对于哲学的贡献在于他看清楚了"可以被实证、被思考、被言说的东西"与"不能被实证、被思考、被言说的东西"之间的界限,这是一道"阴阳界",前者即"科学",后者,维坦根斯坦干脆称作"神秘"。他说:"确实有不可言说的东西。它自我显示出来,这就是神秘的东西。"②人生问题就是这样一个神秘的东西,"生命在空间和时间中的谜之解答,是在空间和时间之外"的。③人生之意义的问题并不是一个真正的问题,原因是对此并不存在科学的解答。

然而,它真实地存在着。当科学实证把一切能够解决的问题都解决完了之后,人们发现还遗留下那么多不能解决的东西,这些东西,就是"神秘"。维特根斯坦十分聪明的是,他不再用他的逻辑哲学去咀嚼这团迷雾,而是把它交给了文学艺术,他说:"宇宙没有什么秘密,艺术则有一些神秘。"

① 韩少功:《会心一笑》,《收获》,1991 年第 5 期。

② 〔奥〕维特根斯坦:《逻辑哲学论》,商务印书馆,1956 年版,第 96 页。

③ 〔奥〕维特根斯坦:《逻辑哲学论》,商务印书馆,1956 年版,第 96 页。

存在主义哲学家雅斯贝尔斯附和了维特根斯坦的这一看法,同时也修正补充了这一看法。在他看来,"神秘的东西"虽然不能够运用日常语言进行表述,却可以运用"暗码"的方式进行"隐秘"而"间接"的表达,在其"自我显明"的意义上被表达。真正的文学艺术就是对"某种不可表达之物"的顽强的表达,这就是"发现",这就是"超越","发现"与"超越"即对于"神秘性"的展示。①"释迦拈花,迦叶微笑","不立文字,教外别传",看来,不只是西方现代哲学家,在佛家禅宗,在印度瑜伽,在东方神秘主义的传统中对"神秘"之物在时间与空间之外的表达,已经摸索到了一套行之有效的方法。人类只有在不懈地对于"神秘之物"的探寻与展示中,才有可能使自己向着"神圣"靠拢。

我们并不排除韩少功在《爸爸爸》与《女女女》中曾经借助过马尔克斯的创作手法。但是到了《会心一笑》《鞋癖》,韩少功作品中的"神秘主义"色彩并未削减,但他的这种"神秘"已经愈来愈不同于马尔克斯的"魔幻"。显然,这种"神秘"距离所谓"楚文化神话系统的重建"也愈来愈远了。

"神秘"并不等于"神话"。因为有些神话,比如《西游记》《封神榜》《天仙配》《白蛇传》,似乎并不神秘,反而多是些条理清晰、意义明白的故事;而《鞋癖》《会心一笑》中的人生之谜又很难说是什么"神话"。"神秘"也不同于"魔幻","魔幻"更多借助于创作手法上的想象与变形,而"神秘"更多凭仗的是创作主体对人生世事的直觉与感悟。韩少功近年来小说创作中表现的"神秘",是一种本体论意义上的"神秘",是一种形而上层面上的"神秘",这是对人生意义的执着叩问,对人生价值的深入探寻。在这个可被称作"艺术精神"的层面上,杰出的文学艺术家都是一致的。普鲁斯特从心理写实的角度说过:只有那从我们自身内部的黑暗中取得的,才有可能进入"美妙的神秘";罗丹则从理想主义的视野看出:那灵魂向往着的虚幻的王国,就是使我感动不已的神秘。神秘,不只是手法,也不只是风格,更不只是题材。神秘,更重要的是一种境界、一种探寻,是对生活的烛幽洞微,是"像空气一样"弥漫于艺术作品整体之中的美学精神。

关于韩少功小说中的精神性存在,我们分析了以上四个方面。应当看到这四个方面在韩少功的文学创作中又是相互关联、结为整体的。怀疑论哲学或许正是神秘主义的审美境界的认识论源头,而梦幻化的乡土情结或许正是文化保守主义的心理基础,文化保守主义的倾向又给他的怀疑论哲学披上庄禅的色彩,神秘主义的审美境界使他笔下的乡土更富于梦幻的情调。先前,韩少功在展望中国当代文学的发展前景时曾经说过:有少数作者,可能建立起自己的哲学世界和艺术世界,从而使自己成为审美文学的大手笔。通过以上我们对于韩少功小说中精神性存在的分析,韩少功已经建立起自己的哲学世界和艺术世界了吗?回答应当是肯定的。法国汉学家安妮·克琳女士在论及这位颇具"中国特色"的小说家时就曾说过:韩少功的小说"既是地方性的,又是世界性的",他以湘西"为背景带出大量的民风俚俗和方言土语,另一方面他的主题如生与死,无人性、探寻真实等又会使全世界每一个可能的读者感到共鸣"。②安妮的话无外乎是说,韩少功无愧为中国当代文坛上审美文学的大手笔。

如果说人的存在大体上仍然可以划分为"灵"与"肉"两个部分,如果说人作为宇宙间生物链上的一环仍然在不断进化,那么自从人类拥有自己的文化历史以来,机体的进化几乎

---

① 〔荷兰〕C.A.范坡伊森:《维特根斯坦哲学导论》,刘东、谢维和译,四川人民出版社,1988 年版,第 106 页。

② 〔法〕安妮·克琳:《诘问和想象在韩少功小说中》,《上海文学》,1991 年第 4 期。

是微不足道的,至关重要的则是心灵的进化、精神的进化,以及由于人类自身的精神进化而引发的周围世界的精神化。然而,精神在进化的道路上并不一帆风顺,目前也许正在经历着前所未有的坎坷和困顿。如何解除现代社会中精神生态的危机,如何着手现代人类精神家园的重建,文学艺术肩负着重任。

在即将结束这篇文章时,我们愿借评论韩少功小说中精神性存在的机会,再次向文学艺术家们呼吁:归去来兮　精神!

1994年仲夏,海口——郑州。

(载《文学评论》,1994年第6期)

韩少功的感性视域

吴　亮

　　我想收缩我的评论范围,这已经可以从我设下的标题中看出。确实,韩少功的小说是极易被哲学式地感受并予以理论阐发的,不过,这次我暂时抵制了来自这方面的诱惑,宁肯先在其他较为冷僻的领域作一点冒险。这一冒险的企图由来已久,只是近来在仔细地读了他1985年前后写作的一系列小说后才开始明朗起来,并促使我终于踏上了这块陌生的土地。

　　检视一遍韩少功小说中相继出现的女人形象是耐人寻思的。他似乎总是忘不了那些萦绕在他脑际久久不去的老年女人,即便是十多年前相识的年轻女子(如《归去来》中的四妹子和《老梦》中的满妹子)或中年女子(如《空城》里的四姐),他也要在时隔十年之后再来重提她们,并感慨时间的流逝使她们苍老,使她们神秘地不知所踪。韩少功对女人显然是怀有眷依之情的,那是一种母性温柔与抚爱的象征。在他早几年的小说里对善弱女子(比如《月兰》中的月兰,《风吹唢呐声》中的二香)的外在同情现在已十分显豁地成为主体眷恋了。

　　在关于女人的最初记忆里,韩少功一定存蓄着一种柔情而又沉默寡言的妇女原型。也许,这是经验加上幻想的产物,特别是幻想,它伴随着许许多多敏感、多思和内向的男子度过了他们朦胧的童年期和危机四伏的青春期。在韩少功的这些小说里,我们可能会辨察到他几乎无意识的同时流露出两种并行的心理动因,一是"恋妹"情结,一是"恋母"情结。在他的《归去来》《诱惑》和《老梦》中,不难或显或隐地觉识到此种"恋妹"情结,尽管它们都被韩少功杰出的理智所竭力掩盖和予以了抒情化的改装,也仍然在那种动人而恬淡的文字中将它委婉地泄露出来了。此种"恋妹"情结,通常都和一段遥远的乡村生活有关,我们可以从中测度到韩少功内心深处时时有一种在艰难之际欲为人兄的冲动,如果这一猜想能够得到成立,就能够理解这一心态的反复流露体现出一个男人的心理成熟或渴望着心理成熟。当韩少功在他小说的另一些场合不断显示出某种局外人的带有若干调侃意味的旁观倾向时,也许正是他希望摆脱这一缠绵的情感纠结,力图获得男人独立品格和坚韧意志的证明企图,不过这一企图恰恰又从反面证实了他曾多少次地受到恋妹情节的暗中引导与扰惑,使他在温情的幻想中暂时地安憩然后便努力卓然而出。

　　与此相并行的是"恋母"情结。这一点在《空城》里表现得较为明了,四姐其实只是韩少功母性崇敬心理外投的一个外在对象而已。当然,文字的哀婉和细腻使我们对四姐的来历怀有某种不尽的想象,可是在我看来,这篇小说的一个潜在冲动便是唤起和保持对一位善良女性的记忆,并予以理想化的重温。可以推断韩少功本人在当时曾一度渴求母性的保护,在他过早地投身于乡村社会之时,这种保护被无情地中止了。不论事实上有无这一段有关四姐的邂逅,但是作为一种刻骨铭心的梦念,母性般的抚慰、默然和无言的心心相通,却始

终盘桓在韩少功的胸际而不能逝忘。

接下来我们就要接触到一个困难的曾使我踌躇的事例，即韩少功在他晚近的《女女女》里异乎寻常地对老年女人表现出空前的超然和冷漠，理智的距离使他和女人之间不复有稠密的情感联系。那种委婉的情致似乎不再存在，早先对女性的眷依倾向，一下子断裂开来，被另一种近乎残酷的纯观察态度所代替。

我把这一情况的出现解释为理智的统领，这统领建立在早年记忆和幻想业已获得某种泄放的基础之上，它是知性对恋妹和恋母情结的执意反叛与逆行。无疑地，从表面看，《女女女》含有厌女倾向，而且是明显地带有切身的利害关系的。一种隐忍的、若即若离的、看透的、冷眼的、不满的和烦倦的情绪充塞在自我叙述中，由空间的逼仄、世事的喧嚣和神经受到慢性磨损所引起的坏心绪，严重地影响到韩少功此刻对待女人的态度。《女女女》中出现的几位女人——幺姑、珍姑和老黑，都处于一种理智的审察之下，显露了女人的原态；或者说，被赋予了冷漠无情的解释和判断。在每时每刻，强烈的分析欲和不受情感偏见干扰的洞察意识都那样不可收遏，那简直是接近医学解剖的眼光，森冷地透穿她们的身形面容，直达躯体内部。我们不妨将这一对待女人态度的突转看作是韩少功的一次自我剖示，也许仰仗于此，他的热情才会再度点燃，重返情感世界。当他试图把周围的一切均无可闪避地看透的时候，他是不会跳开那些他内心始终眷依着的女人形象的。可是这一无情的跨越，必使他在看见人性真相的同时也借以审视了自己的内在灵魂——因为他亦是需要将自己也一视同仁地看透的。于是，当他把女人们推向了客观呈现的极致，推向了人性的彻底裸露，他就在悬崖边上站定了，只把思想中的虚无阴影掷进了前面的深渊。韩少功一定在此得到一种悟性：人生即是存在着，幺姑的求生本能和老黑的现代理想是等值的，在反对愚昧和庸俗的时刻，人也需反对这种冷漠的反对本身。最后，在对女人们作了尖锐的审视和辨察后，一种真正的博爱就可能诞生在日常生活中了。

精神变异者或精神失常者是韩少功小说的另一种人物肖像。如果说韩少功早几年的小说里还对残疾人（如《风吹唢呐声》中的哑巴）注入了深厚的人道感与同情心的话，那么近来的情况则有所不同了。生理的障碍和残疾已被心理的和精神的畸变所代替，《蓝盖子》里的陈梦桃与《老梦》里的勤保，都是性格有缺陷的正常人走向精神失常的令人心怵的实例。有意思的不只是韩少功如实地描写了这一精神崩溃的过程，而是隐藏其后的态度，一般地说，我们极易从陈梦桃和勤保的精神失常史中窥见一个时代的病态，比如一个非人的环境如何摧垮一位软弱者的精神防线，使之变得惶惶然可笑而可悲；一个极端政治化的环境又如何把另一位自我压抑甚深的小人物弄成行为乖谬的夜游症患者。不过，这些都不能说是最重要的。这两篇描写了荒谬生活的小说，都是平静地被陈述出来，对人易于畸变的素质所抱有的内在痛惜，让一种对乖谬和反常的冷漠口吻不动声色地掩盖了，甚至不忘记掺有一些幽默。我以为，它们的重点乃在于把外部世界的错妄与压力看作一个因素，是它迫诱和遣送了脆弱不堪的陈梦桃和勤保一步一步走向令人悲悯的毁灭之路。换句话说，揭露所谓那段历史中的冤案错断并非是《蓝盖子》的主旨，揭露极端政治化的环境也并非是《老梦》的主旨。这两篇小说的内在意图是超越了一般社会意识的，它隐含着对人性的一种无泪的痛切静思。

然而，另一个问题却不应该因此而受到忽视，韩少功对性情乖张、行为上有怪癖、不为凡人所解的人有着特别的兴趣。这里定和韩少功的个人经验有某种不可解脱的勾连。《史遗

三录》以方志笔记的短小体例分别记录了三位屑琐而又有警世性的异人,让人欲笑又止;到了《雷祸》和《爸爸爸》,此种情况尤为甚烈。这一现象的屡次出现,告诉了我们关于韩少功的生活阅历中的一项重要内容——在平时,他既比一般人更留意生活中的反常现象,也更留意异常的人。他好像对这一类事和人总怀有追踪与了解底细的意愿,他不会轻易地忘记它们和他们。也许,生活的实质和人性的实质在这类现象和人身上可以得到最充分最完备的显露。在若干年以前,韩少功对性情乖张者和精神失常者的注意仅仅是出自本能和古怪的兴趣,不过这里已经包含着一种试图突破常规的敏慧眼力,关于这一点我想已经是毋庸置疑了。

在韩少功小说的众多人物形象中,最让我吃惊和费琢磨的便是《爸爸爸》里的丙崽了。我曾经将这位毒不死的小老头归入白痴或低智能者的行列,在小说中仅仅作一个承担着象征符号职能的傀儡。确实,丙崽彻头彻尾地是一具木偶,根据那现代神话剧的推演轮番扮演不同的角色,时而成为道具,成为台词,成为布景中的一个图案,时而又成为主角,成为悬念,成为全部情节的枢纽及尾声。丙崽就其自身而言,那最为简单的两句发声无非是婴儿智力受阻停滞不前的征兆,这一形象孤立地看丝毫不带有意义。可是,正是那么一个无意义的病理形象,在《爸爸爸》中却承受了大量的文化信码和形形色色的神奇解释。于是在一个特定的语言环境里,丙崽的意义就变得举足轻重、不容忽视了。我们如果暂时离开上述文化哲学方面的思索意向,并且也不据此追究民族根性或心态的演示与警训,那么我们就必然会注意到如下的事实:为什么恰恰是丙崽而不是别的什么人在此承担了一个极为重要的角色呢?为什么围聚着丙崽的村民们会不约而同地将他视为一个隐藏着祸殃、神启、占卜、滑稽、领袖、灾变、病根、预言等几乎全部人类群落社会的文化信息呢?我们若细为审辨,就不能不将这一切归结为韩少功本人在其中所做的操纵——正是韩少功而不是别的什么人在丙崽身上发觉了关于人类形上问题的秘密钥孔,正是韩少功而不是别的什么人赋予了白痴丙崽以超量的信息与深奥的含义;而这种选择,归结到最后,又不能不和韩少功经验视域中的白痴形象的突出地位有着关联。韩少功的理性已经发达到这样的程度:他完全可以通过一些没有理性者的描绘来达成他的理性意图,他事实上确实也如期完成了他的任务——《爸爸爸》和丙崽已经被人们理性地读解了。我们看到,韩少功在《爸爸爸》中将他的理性作了诡秘而玄奥的感觉化处理,以混沌错杂的方式,向人们浓缩了一幅关于人类和民族生存的斑斓而阴沉的图像,所有明确的意见和结论都悄然隐匿,被融解在他这幅难以测度和描述的宏大场面中。那种物我不分,主客不分,混沌一体的原始思维图式在以丙崽为中心的人群里得到了生动的再现。诚然,打冤、分食人肉圣餐、祭谷神以及大迁徙,都是某种原始文化的再演,它们的一个重要来源是历史文献和穷乡僻壤的遗存,这里当然也暴露了韩少功的阅读兴趣和部分阅历;然而,无可回避的却是这么一个情况:唯有丙崽身上存留的那些原始思维和行为残痕,明显地接续了原始文化与现代生活的关系,而这种经数千年的文明改造长期潜抑下来的人类习性和民族素质非但得不到彻底的变更,反而以现代的方式强化了原始的痼疾。因而,丙崽这个不死的不祥之物,作为一个无灵的同时又在文化背景下有灵的白痴,就使韩少功过目不忘,处心积虑地要以他为核心为我们绘出如此冷峻无情而又扣人心魂的画面。至此,我就当然得出如下判断:丙崽的原型肯定是有过的,这个白痴并非是纯粹的杜撰与虚构。这个翻着一对白眼的白痴留给了韩少功抹不去的印象,只是当他写作《爸爸爸》之际,他才以丙崽的姓名出现,开始得到一种全新的存在价值。换言之,若没有韩少功先前

对这类人物的特殊关注，丙崽的完成是不可设想的。现在，我们可以明了，韩少功对精神变异者、精神失常者和白痴的铭记，很可能出于经验视域的巧合，但更大程度则是出于他理性过甚的癖好与好奇。普通理性支配下的注意力往往自然地投向那些同样是拥有普通理性的人们，这样他们之间才会获得认同与沟通，可是，唯有那些理性过甚者，才想到（也许是无意地）返身去审视非理性的异常人，而这样做的后果，就是不断从中捕取超越普通理性的深在意义，这些意义只能显现和领悟，却不能用普通语汇说出，因此这些意义的神秘性又总是一般知识所不能抵达的。

韩少功1985年前后的小说里十分显眼触目地频繁列示了许多日常生活中的杂物、琐物乃至秽物，对此我也一度陷于不解与迷惑。我们可以很方便地从这一重复呈现的现象联想到某种和"审丑"有关的范畴，但是在此我宁愿暂时不采用这个联想，寻找另外的解答途径。当然，我承认留存着乃至强调着杂物、琐物与秽物的生活图像是具有一种反优雅性质的，不过这是否出于韩少功的某种故意呢？在我考虑到韩少功小说中的这一粗鄙兴趣和俚俗特征时，往往更倾向于将它划入无意识的领域，它是属于韩少功经验视域的——我以为这和他的日常视界以及因此而难以祛除的图像记忆有关，由此还可以进一步追究到韩少功的生活阅历、注意力范围、某种善于从杂物琐物与秽物里领略到印象背后的象征概念、获得神启的能力。这种能力只有在摆脱了功利效用原则后方能得到强化，成为一种冷静的、不介入的喻启性观照，也成为一种公允的对日常世界所有物象和物态的等价观照。

就此而论，我难免要认定它是对优雅的亵渎与冒犯，它公然地涌现在韩少功小说的某些精彩段落里，令人咋舌不止。《归去来》中曾写到一条粗重的门槛，黄黄的木纹似乎已凝成一截化石，不知有多少人踩踏而过。这种把时间意识固化在一条门槛里的陈述方式，此后又在《诱惑》里出现。不过这一次是一只半埋土里的破瓦罐，这瓦罐居然像一只鬼鬼祟祟的硕大眼球仿佛目睹了太多的历史，并且还把那些历史吞噬在它黑暗的破口之中。我们还在某些被遗弃的杂物里，看到了只有具备丰富想象力和理性概念的人才会发觉的预告，《空城》一开始，便描绘了露置市场的两排整齐蹲伏的肉案，案板上钉着的屠刀好像暗示着什么大事要发生；至于城楼下绿锈斑驳的风铃则更是明明白白地咕哝着某种预言。韩少功的这种和物象的神秘交流已经达到入魔的境地，他坚信街上紧闭的门声一定怯怯地紧咬着外人不能知晓的秘密，他坚信被宰下的猪首已经安然入睡不再对世事感兴趣，他坚信四姐擦地板时一定同时把许多秘密永久地擦进了木纹，他坚信几块披着枯苔的砖石不怀好意，他坚信溪边的青石似乎有什么来历，他甚至还坚信被风雨磨得浑圆的土墩简直就是老牙脱落的牙龈。很显然，韩少功不但非常留意身边的物象和物态，而且往往就从这些粗鄙杂乱的物象及物态里看出某种意思，看出某种警示，直到它们纷纷成为一个个有灵的物体，印证了韩少功的奇想后便在那里再次哑默了。

此种将物象和物态有神化的倾向，无疑透露出韩少功平时即有凝神俯首观物的习惯，这一习惯的养成又与他喜爱独处或一人独行有关。在他的小说里，我经常感受到这么一种独处或独行的氛围，在此氛围中，一个思维不止想入非非的人就有可能和身边的某种物体发生感应。人与物的沟通从知性上来说只不过是人的精神外移，可是就人的一种特殊心灵状态而言，它却拥有着一般人难以体验到的心物契合的霎刻。一般人，仅仅是在和某物发生功利关系时才对某物做出反应，从实用世界的立场来看这当然是极为正常的。但是，过于偏重功利的心物关系必然会把人排除在大千世界之外，因为任何人只能和极其微不足道的一

小部分物有那种关联。当然,在文明的长期熏陶下,一般人也开始学会了所谓的"审美",但是文明的矫饰性却只把那些精致的人工制成品向人们展示,让他们愉悦或是为他们廉价地奉上一枚盖有教养印戳的证章。我之所以说韩少功的物象描绘是对优雅的亵渎就是出于这个理由。在他的《女女女》中,几坛酸菜、床褥下的旧纸和门后用线拴着晃荡不已的筷子,都分别成为财产、文字收集和历史遗物的朴实象征,人类的某些形上问题均在平凡的日常琐物里得到暗示。与此相对应的是《爸爸爸》中的仁宝从山下带来的玻璃瓶子、松紧带、照片和旧报纸,同样在把视线推向日常琐物的时候顺带地隐喻人类的文明,这里很可能流露出韩少功关于等贵贱的观念,他总是从最不入眼的物象中窥破人类的最高范畴。至此,我还想提一提《空城》前半部分中有一大段对琐城集市污秽景象的描写,在此我们亦不难立即感受到一种"溃疡"的预兆。若不是韩少功本人总是怀着不祥的预感,怀着忧虑,怀着某种神秘而无力的忐忑。他自然是不会从那些污秽之物中感到这种溃疡的。正是过分的敏感和怀有危机感的想象,才在这幅不堪久留的景象前将它们和一些深刻的概念连缀起来。

对物象和物态的独特感觉和奇异联想构成了韩少功小说中一个不容忽视的部分。在他的视域里,物并不仅仅作为一个道具或背景形象出现的,它们常常拥有独立的含义。物的有神化、物是人世的沉默观察者、物是历史过程的见证、物收藏着世界的各种秘密和物与人的奇妙沟通,这五个方面合成了韩少功小说物体描写的全部价值。

很少有别的小说家像韩少功那样对各种爬行动物、昆虫、飞禽和家畜表示出如此极端的热衷。仅以《爸爸爸》为例,就先后出现了蜘蛛、蚯蚓、挑生虫、鸡、鸭、铁甲子鸟、猫、老鼠、山猪、青蛇、白牛、黑牯牛、狗、蝙蝠、麻雀、蜈蚣、苍蝇、蚊虫、石蛙、蚂蚁、蜻蜓、蜜蜂、蝴蝶等数十种动物。这些乡村动物们和山寨的村民同属一个文化环境,它们和他们息息相关。我们看到这些动物或是成了祭品,或是成了巫咒,或是成了战争预言:蜘蛛是不可冒犯的神明,蛇是好淫的象征,老鼠则成了媚妖;最后,在老弱者升天族人大迁徙之际,从云端飞下的金黄色大蝴蝶仿佛带来了一种莫可名状的神授之意,目送他们远行。这种对乡村动物的泛神化想象和描绘,并不仅仅为了简单地表达乡村的落后与愚昧。当然,《爸爸爸》的一个理性立足点,确实是建立在对人类弱点和民族禀性的批判之上的。不过,动物的有灵现象,绝非是韩少功假借村民之眼才看到的,而更多的正出于他本人的一种感觉积习。因为这里的情况和上述我们已论及的物象和物态的有神化非常近似,我完全可以断言,在韩少功过甚理性的最下层,一定保持着他童年期对动物的幻想,这种幻想又一定在他后来的乡村生活中受到了知性的贬抑,成为他日后获得的科学头脑所要反对的东西。可是,这一感觉积习是不可能得到根本改变的,当他把此种所谓动物有灵的原始联想方式移植到他的小说里的村民身上时,我已经很难辨明这究竟包含着多少童年幻想的恢复,又包含有多少意识的象征。至少,其中的泛神意识是于客观地描写原始文化和宗教巫术的过程里无意地泄露了。我们除了以上的例证,还可以从《归去来》和《诱惑》里找到同类的事实。《归去来》中有一小段十分随意地写到几头小牛的文字,说这些小牛有皱纹,有胡须,生下来就苍老了。这幅使人怵目的图像很明显的是用观人的眼光去观牛的,结果就产生了奇异的人畜对峙的效果。和这里的拟人倾向不同的是,在《诱惑》里,那些昆虫和爬行动物在体积上都不可思议地放大了:一只高傲地迈步而来的蜘蛛有拳头般大小的身躯,一条蚯蚓有数尺长,一尾蝌蚪足有核桃一般大,凡此种种,均向我们表现出韩少功对这些小动物的近距立场,这些迹象都意味着韩少功与乡村自然在血缘上和经验视域上的亲近。但是,假如据此以为韩少功是个泛爱一切动

物的人,那就大谬不然了。在他的许多小说里都曾写到用火箱或是木棍捅捣鼠穴,即已流露出他的厌鼠心理。在《女女女》的末尾,他把鼠的描写扩展成一幅颇为壮观的鼠流景象,这种恣意的想象究竟埋伏着什么用意呢?也许我们可以推测韩少功的厌鼠心理和老鼠的过量繁殖有关,用它来暗指人类历史和前途的某些形上忧虑,这是说得通的。不过,在此我还更愿意将这一现象和韩少功的个人经验联系起来:在他以往的日常生活中,他肯定是受到过鼠的侵犯和骚扰的。

韩少功对动物的不可忘怀是一目了然的,这里隐含着他对动物和人具有自然哲学性质的思考。当《女女女》中的幺姑在生命的最后时光脱形为猴,又萎缩成鱼的时候,韩少功显然试图暗示出他的这么一个设想:人在走向他的未来归宿——即死亡时,同时也正在向他的来源地和发祥处返身而去。尽管由鱼演化为猴,复又由猴演化为人只是一种生物进化史的理论描述,在此沿用带有一点概念的意味;但是,在此我更愿意将这一理性化的想象看作是韩少功对人类处境的严峻思索,他在这里想到了人与自然的同一,这真是所谓人猴鱼之形同存局面的一个残酷象征。也许在终极意义上,自然乃是不可越渡的。

分析至此,我已甚感和人们习惯了的主题思想辨析相距太远了。事实正是如此。我一开始就申明了,本文仅想在一块一般人很少踩踏的陌生大地上冒险,上述对韩少功本人过分的测想也许是不适当的——纵然这样,我还是抵挡不住这种测想对我的巨大引诱。当我无所顾忌地将我的某些想法公之于世之后,所有的谬僭之处就只好留给人们去裁定了。不过,我还想在此作一个预告,本文只是我对韩少功的评论序曲,我还准备写另一篇同样是关于韩少功的奇文,它的题目是"韩少功的理性范畴",我相信那篇文章一旦问世,将更使人们惊异。

(载《鞋癖》,长江文艺出版社,1995 年版)

韩少功的理性范畴

吴 亮

　　说韩少功是一位很理性的小说家，似乎在文学圈内已经成为一个毋庸置辩的定论，但人们在作了这一归类之后却又很少再对此予以深究。偶尔会有人问起，韩少功到底是怎样一位很理性的小说家呢？这时候问题就不是三言两语所能说清楚的了。前不久有几个朋友都问起我，理性给韩少功的小说写作带来的是帮助还是障碍？他的小说要是能够抵制理性的干预或是减弱其中过甚的理性因素，又会是怎样一个面貌？韩少功是否在自己的小说里有意无意地载负了过重的理性意念，因而总让人觉得艰涩、刻意和诡奥？他的写作过程是否贯穿着某种清醒而自觉的意图，以致使那些善于捕捉微言大义的人们怀疑他在每一行字背后几乎都有相应的隐语、象征或哲学寓言在作秘密操纵？诸如此类的提问一度使我难以作答，我觉得在这些问题前作是或非的选择性回答不仅是危险的，而且也是十足愚蠢的。不过，相类似的疑问其实在我的脑际也徘徊良久。尤其在写完了《韩少功的感性视域》一文之后，依然感到言犹未尽（当时我已经预告了我将再续写一篇），看来遗漏的正是这么一些问题没有做出令我自己满意的解释而被暂时悬挂起来了。为此，在回答我朋友的问题的同时，我也算对未完成的工作有一个说得过去的交代，不然我肯定会寝食难安。我把以下将要撰写的散漫无际的文字作为答卷交给曾向我提问的朋友们，并借以向他们表明，我并非是一个说说而已的评论家。此外，敏感的朋友还会从我下面的文字中发现缺乏十分具体的例证，因而会有独断和臆测之嫌，不过凡熟读韩少功的朋友一定会在我的文字背后看到相应的所指，它们不是游离在外的。

　　对于时间观念的理解和表达，是韩少功小说中引人注目的一项理性内容。在他的某些关涉到故地重游这一母题的作品里，常常会闯入对时间的议论和感叹。时间显然是韩少功所特别意识到的一个存在形，他几乎是毫不掩饰地在小说里穿插进与之有关的想法，即便偏离出了原先的故事叙述他也完全不在乎。《诱惑》中的相关段落原本可说是一个非同寻常的插语，仅仅是某次野游时离了神的感触，不过这一难得的瞬间无疑是对自己"正在消逝"又"正在和已逝物相遇"的时间错叠的敏悟。这种面对无限时间逝去又涌现的恐惧和坦然很快就被其他意识所冲淡，可是仍然是韩少功在一个片刻的间隙里忍不住要予以表达与强调的，而在它们背后显然和韩少功的哲学思考癖和经常的走神有关。《归去来》好像在试图拉回逝去的时间，它通过重合的方式来完成时间凝固与空间经验重复的梦想。一种本质上并无先后的时间顺序，通过扑朔迷离的叙述被召唤与复制了出来，达到了无起讫的循环。在此我不追究韩少功安置在小说中的社会性主题，因为我现在更关心时间观念在韩少功的心目中是怎样的，这一点他事实上已经无意识地流露了——他是一个善忆旧事的人，他总是目

送着现实慢慢地退入到过去的阴影深处,并盼望着过去了的一切能以未来式的寓言方式出现,或涌现在此刻的幻觉中。他一定会为了时间的逝去而恐惧,像所有思考过时间问题的哲学家一样。对时间无形的催老力量和催生力量所具有的特殊敏感和幻觉都加深了他对时间不可逆性的疑惑和欣慰。在对时间的无情退去作了沉重的诅咒之后,韩少功就开始看重时间的此刻性了。毕竟,逝去的时间再多,我们仍在时间之中,它是不会增损的。时间依然一如既往地拥簇着我们,环绕着我们,追随着我们,这一点足以使韩少功的感慨得到补偿。于是,在他的小说里就透露出如下的观念暗示——时间,特别是在时间中曾经存在过的一切,都是不会完全丧失的,它保留在记忆中,保留在语言陈述中,连同着一堆遗物、一堆符号、一堆生活方式、一堆习惯风俗、顽强地延续至今。但恰恰因为如此,传统和历史的拉长了的阴影也就一起随之而来了。在悟察到时间的完整连续而获得暂时的精神松弛之后,一种关于传统不死的意识便悄然地溜出,历史同样没有随时间的飘散而瓦解,它坚固地活在现时的许多领域,直接构成实体存在,使我们欲摆脱而不能。

历史永远以这样或那样的形态伴随着韩少功笔下的人物,这已经是昭然若揭了。历史的种种片断活在这些人物乖戾、混沌、质朴、淡然的日常行为中,深烙在他们杂乱无章的记忆里。《归去来》中的村民们尽管智能低下与世隔绝,仍然不断地为"我"恢复记忆,他们似乎就是为此目的而存在着的。不管"我"的经历如何的混淆不清,也不管"我"如何想从既成的历史中逃逸出来进入到另一个时间序列中,这些善良村民作为恢复记忆的催眠术士,频频向"我"出示历史的见证并反复讲说着令人半信半疑的证言,表明历史的不可抹去。《归去来》完全可以看作是关于遗忘和恢复记忆这一心理冲突的情绪化变体,它的理性意图在一般人眼中已被某些不重要的社会细节和具象所掩盖了起来。韩少功仿佛跌落在一个怀疑论的陷阱里而不能自拔,表面上他在陈述一段既朦胧不清又历历在目的往事,骨子里他却接触到了一个经常困扰着他的抽象命题,只不过他已经将它充分地感觉化了和经验化了而已。

对时间不可逆性的抵抗,看来只好经由文字来给予精神上的保持——唯有文字记叙可以凝化一段过去了的时间,以及在这段时间中发生过的事件。当韩少功不能自禁地在他的小说中直接喊出了对时间的想法时,问题就愈加明显了。这一难以祛除的想法在更多的时候就转化为对历史和传统的描述,因为无疑地,历史和传统这两个范畴都是紧紧地依附在时间这个基本概念之上的。但是耐人寻味的是,韩少功一般很少在处理历史和传统这两个范畴时仅仅将它们作为完全过去了的东西来对待,在更多情况下,他是将这两个范畴压缩在今天的空间之中以理解和陈述,他是将它们转化为现在时态之后才对它们发生浓烈兴趣的。

显然,韩少功对历史的重提包含着两个方面的内容—— 一个是他个人直接或间接的早年经历和耳闻目睹;另一个是越出个人经验范围的对宏观历史和种族文化的知性把握。在这两方面,韩少功都暴露出一种自相矛盾的立场,他的背反式思维使他的小说图式在此变得不那么一目了然,甚至显得有些晦涩混乱。韩少功总是在那里竖起敏感的耳朵倾听历史亡灵的呼唤,他的理性辨别力是显然和他容纳各种彼此矛盾的事物的感性态度互为抵触的。在关系到个人的历史记忆中,韩少功通常陷于双重的情感态度:诅咒那曾经令人怵目的梦魇般的往事,或是眷恋那段虽然贫苦却又有人间真情极少都市烦嚣的乡村之旅,这分别可以由《蓝盖子》《老梦》和《诱惑》《归去来》作为证明,《空城》则是两者兼而有之的。在问题

关系到越出个人经验范围跨入民族或种族的历史形态中的时候,韩少功一边无比透彻地看到了历史的噩梦里潜藏着关于人类种族无力性的某些令人不安的事实——如迷信、昏睡、愚昧无知、自相残杀和无效的乞灵术——一边又因怀着一种中国当代知识分子特具的早熟的忧虑,世纪性地对这段滞留不前的历史作了若干情绪上的纯化和抒情化改造,以此来抵挡现代社会危机四伏可能走向寂灭的悲观预感,这又可以分别由《爸爸爸》和《女女女》来提供旁证。这些欲哭无泪欲笑无声的陈述,充分地传达出韩少功对历史的一种痛切否定和超然静观的混合。若干年之前,韩少功在反省了直接为民请命的写作原则后并没有立即拜伏在完全和民众生活相脱离的纯艺术旗帜下。当他疏远其他作家仍然一如既往地持续地发生兴趣的某些题材时,他遭遇上了一个带有形上性质的主题,即揭示人的根本处境,而不仅仅是揭示人当前面临的具体处境。《爸爸爸》无可辩驳地是这一主题的典范之作。丙崽用自己无所不包的傀儡形象把性格化角色断然替换了下来,通过这么个十足符号化的面具化人物,韩少功塞入了他大量的想法,游刃有余地把极大的种族世界和畸态的文化模式迁移到他的笔下,纳进了一个小小的由语词构成的叙述空间里,这不能不说是个奇迹。在《爸爸爸》中韩少功以民间故事、寓言、族谱、传说和荒诞剧的方式,和被他建立起的那个世界之间造成了冷漠与无动于衷的间距,好像是一个真正的旁观者仅仅在旁观从来未曾想到会介入。确实,一个虚构的世界我们是无从介入的。韩少功对这一虚构村落和氏族悲天悯人的记载,预示了他明确的否定性立场,理性批判在此表面上似乎是隐匿起来了。但是,通过这一系列近乎荒诞不经的描述,还是可以察识到其中的历史批判意识是经过了一番粗鄙民俗和陋习的伪装。这一隐匿起来的历史批判意识之所以沉得住气,恰恰在于它本质上是自信的,它根本无须大张旗鼓地炫耀,因为它要予以否定的东西在它是如此地确认,没有半点的犹疑不定。但是逆转悄然而至——此后不久面世的《女女女》发生了某种较为暧昧的观念转变。他先是以辛辣而又粗鲁的方式贯彻了他对现代社会的信仰与思想的迷乱和苍白所进行的拐弯抹角的批评,在给了老黑这位十足脸谱化的时代新女性以刻薄的嘲讽以表明他对她所体现的时尚的高度不满之后,又在一种宽容精神的诱引之下期期艾艾地对她的价值观表现出温和而大度的理解。应当说,老黑真是一副让人沮丧的现代女性图像,她完全成了一张图表上的上升而又下降的曲线:单纯、虔诚、看透与玩世,就足以勾勒出她的前半生了。韩少功对现代观念及价值的首肯看来不是轻率而鲁莽的,他愿意持一种谨慎态度,宁可触犯他的同辈人,也不能原谅各种时髦的寄生者。不过,由于他的挑剔,当他回头再次对历史、传统、种族和固有文化做出价值取舍之际,就开始对先前的全面否决有所让步了。不难观察到在韩少功的小说里有着某种近似乡村乌托邦的构型冲动,在《归去来》《诱惑》和《空城》里已有微弱萌芽的乡村抒情化的倾向,在《女女女》中有所抬头。《女女女》的尾声无疑是在一连串的紧张思索之后的幡然省悟,它中止了非实践的玄思,平静地皈依日常生活并将它和哲学命题不声不响地并列起来的等价图式,是这篇充满了自我怀疑精神的小说一个最后场面。它是理性思考的结果也是理性思考的消遁——它最终被一种悟性调和到普通的生活行为和对之的自慰式辩解里。这也许是韩少功为自己悄悄开启的一扇边门,随时准备在理性的压力之下脱身而出,再返感性的和自然的生活之中,免受思虑过甚带来的精神疲乏。

韩少功的《女女女》标出了他理性思考的一个最近点。他在此呈献出了他的疑惑、不自信和对自我无力性的认可。当小说中的"我"勉励自己扎实而具体地投身琐碎的生活时,其实业已窥破了自己的渺不足道。在对待诸如时间、历史、传统和现代价值论等问题时,韩少

功把握住的事物和从他指缝间溜走的事物几乎同样的多。确实，韩少功通过《女女女》抵抗着文明矫饰倾向的侵蚀和形形色色轻薄主义的恣意挑战——正如他两年前通过《爸爸爸》的虚构全面地反省了一个民族的心理顽症一样——他自然而然地回归到某些乌托邦式的乡村和理想家园，那里其实还在产生出新的愚昧。但他已经能对付它了，它没有构成异己力量，它至少是熟悉的，容易贴近和亲近的。他是那样轻视所有和他格格不入的时髦，那样不能容忍一切的不负责任者，不管他们是老于世故还是涉世不深。反对伪饰和漂浮无根的个性，这些倾向都明显地贯穿在他的《女女女》中。它无可掩饰地表明韩少功的某种严肃，甚至是过分严肃了——因为他实在无法把人生观和他心目中的艺术作截然的隔离，他还是坚持视它们为同一者，这未免有点儿老式了。

　　韩少功是入世的，同时他又是脱俗的；他是充分现实的，同时他又是真正地虚无的。他的悲观主义和博爱精神有着一种奇特的混合，他会残酷的透视人性中的病态刻毒地攻讦人的时髦仿效，也会热忱而通达地原谅人的各种现代过失。但他究竟是如何看自己的呢？迄今为止我尚未看到他的自我解剖，他是在观照他人时显露自己的内在意向的。从个人经历和气质上来说，韩少功原本是一个情感型的偏爱幻想的人，正是后来习惯的理性（或经他自己发掘然后予以强化的理性）使他的情感变得深沉有力，幻想变得广阔诡奥。理性不可能也没有彻底改变他的基本人格类型，只是使它们在表现出来的时候形成了一种独特的陈述。在他的冷漠底下仍流着炽热的人情，在他的超人道之下仍有着宽厚的人道，在他的虚无里仍包含着对世俗事务的执着看法，在他的静观中依旧透出他难以更改的是非好恶标准。

　　理性并非是一匹外来的烈马那样冲进韩少功的内心世界的。他喜好理性有着他个人特殊的理由，小说家无需理性不能成为铁律，只有教条才是于小说家有害的，即便是无理性的教条和浅薄的情感化教条，同样是糟糕透顶的东西。韩少功的理性意识已经内化为一种感觉和语言组织结构中的驱力和模型，绝非是人们想当然地认为那样是一堆附着在作品中的抽象术语。韩少功近期的小说当然都承受着过多的有意识的含义，也许可以据此断定他的小说太带有目的性。的确，即使是他的《史遗三录》，看起来似乎仅仅是三个令人不安的笑话，可是令人不安本身就把人们引向了笑话之外。《火宅》也是一出严肃的夸张得厉害的当代滑稽剧，同样含有警训的意谋。不过，又有什么理由把目的视为不可容纳的东西呢？再说，我个人从来不去消极地解释小说家在他小说中事先埋设的目的，那应该由小说家自己去说，况且我从来不以他们的自我申明作为我评论的根据。我在韩少功的小说里看到的也是这么一幅景象：过多的理性用意，过多的隐语，过多的象征，过多的议论，不过它们已凝聚成一团密不透风的复杂难解的谜团，我的目的是想解开它，并加入我的想象和解释。我根本不认为理性给韩少功的小说带来丝毫的损害，相反，它为韩少功赢得了别人所不能享有的声誉。在当代的小说家里，没有一个人能在哲学意识上如他那样走在前列，也没有一个人能在自己的小说中渗露出复杂矛盾的时间观念和历史态度。韩少功的理性范畴是深刻而紊乱的，这两个特性终于使他和职业哲学家区分了开来。他的理性紊乱表现在他熔相对主义和现实主义于一炉，融民粹思想和世界主义于一炉，融人道精神和虚无精神于一炉。他批判农业文明又返归乡村，他批判工业文明又尊崇民主，他一直处于那种背反的价值游移之中，在精神信仰的边缘进退维谷。

　　现在，我想可以向我的朋友们陈述我的最后意见了。至少，这些朋友的提问都是不恰当的，因为理性并非是纯粹外在的东西，可以随意加入或减去。我们只是为了图省事才把这个

词从人的精神中抽取出来予以单独讨论。韩少功近期的小说在当代是独步的,它的价值不用等到将来的追认。在两个世纪行将交替之际,韩少功的小说恰如其分地表达了当代的思想困境,它是前后无援的。如果我们一意诘问某些并不重要的教科书一般乏味的疑题,那不是没有读懂韩少功,就是我们为某些要命的"理性"纠缠住了,至今尚未解脱。

我再说一遍,韩少功的理性范畴是充满了矛盾的,不可能没有无法解除的矛盾,因为这是我们目前的时代精神的一个必然缩影。

(载《鞋癖》,长江文艺出版社,1995年版)

《马桥词典》：敞开和囚禁

南　帆

词　典

"如果可能的话,每个人都需要自己特有的词典"——马桥也需要一本自己的词典。马桥,全称马桥弓,它的隐秘历史被一个叫作韩少功的作家分解为一个个词条,张榜公布,集而成书——这就是《马桥词典》的来历。

不知道什么时候开始, 表现某一个地域的山川人文已经成为许多作家经久不灭的梦想。巴尔扎克在《人间喜剧》的前言里面自诩为法国社会的书记;福克纳尽心尽意地描绘"邮票般"大小的约克纳帕塔法县;那个称之为马孔多的小镇子则是马尔克斯梦魂萦绕的地方。这些作家凭空创造出一个个独立王国,并且有声有色地为这些王国撰写历史。我时常想了解,作家为什么如此痴迷呢——他们想分享上帝的光荣吗?

当然,这个梦想设置了一个叙事的难题——什么是组织历史的最好形式?这时,每个作家都必须调集全部的知识和想象,殚精竭虑,尽可能交出一份圆满的答卷。可以从过往的美学角逐之中发现, 众多小说——尤其是长篇小说——积极提交了种种不同的历史叙事形式。通过这些小说,人们可能结识一批过目难忘的性格,每一个性格都衔含不同的历史故事片断;人们还可能看到种种奇异的风情、建筑和地貌,这喻示了某一个时代不褪的烙印;当然,还有神话、传说以及种种庆典仪式,这一切曾经就是历史的记载。然而,《马桥词典》利用一个个词条组织历史,树碑立传,这显然是一个罕见的实验。不难想到,在词典与文学之间抛出一条联结的索道,这需要不拘成规的想象力。

可以肯定,韩少功在《马桥词典》的写作之中获得了自如的舒展。这里包含了考证、解释、征引、比较、小小的叙事、场景、人物素描,如此等等。词典形式为韩少功的多方面才能提供了足够的活动空间。他的理论兴趣和表述思想的爱好得到了这种形式的宽容接纳。当然,这种形式还可以看作一种怀疑的产物。韩少功对于传统小说所习用的表意单位——诸如故事、情节、因果、人物、事件——颇有保留。在他心目中,这些表意单位的人为分割可能遗漏历史的某些重要方面。《马桥词典》毁弃了传统小说所依循的时间秩序、空间秩序和因果逻辑,宁可将历史的排列托付给词典的编写惯例——按照词条首字的笔画决定词条的先后顺序。这是将偶然还给历史,还是证明历史的排列本来就是一种符号的任性规定?

一部完整的词典是历史精华的压缩。词典是民族文化的标准贮存方式。按照结构主义者的奇妙构思,所有的思想都无法走出词典的牢笼。可以设想,一个人遇到了陌生的词汇之

后,他将通过词典的查阅寻求解释;词典的解释是由更多的词汇组成,于是,新的查阅又接踵而来。这样,一个人的知识体系在词典之中穿梭交织,经过不断的查阅一步步后退着展开。在这个意义上,如果彻底摧毁——从书籍的物质形式到人类的记忆——词典,那么所有的文化和传统都将陷于灭顶之灾。

马桥藏匿在一部《马桥词典》里面。不翻开这部词典,人们无法进入马桥的历史。马桥人将远处的任何地方都称之为"夷边"——"无论是指平江县、长沙、武汉还是美国,没有什么区别。弹棉花的,收皮子的,下放崽和下放干部,都是'夷边'来的人"。按照韩少功的考证,"夷边"这个词包含了马桥人"位居中心"的自我感觉。这里"夷边"与"中心"的差别体现于一批独异的词条——这批词条喻示了一个独异的世界。可以从《马桥词典》之中看到,许多词条的根须扎入马桥的历史,蜿蜒分布于马桥生活的每一个局部,在适宜的土壤里面壮大、繁衍;当然,也有另一些词条则可能在未来拔地而出,风干、枯死。人们可以经由那条"官道"进入马桥的地界,走上大街小巷,看到马桥的生活外观;可是,只有《马桥词典》才意味着马桥的文化生态学。这部词典保存着马桥人的一系列生活观念,诸如他们想象之中的政治、性、情爱、吃、社会,如此等等。换言之,这部词典是马桥人的精神地平线。词典里面的词条敞开了马桥生活的纵深,同时也成为马桥生活的囚禁之所。

也许人们要问,《马桥词典》是不是一部严格意义上的小说?在我看来,这个问题可以暂时悬搁——目前为止,这个问题至少不是那么重要。

语言的魔力

词典里面密密匝匝的词条纵横编织成一个庞大无比的网络。这个网络千变万化,伸缩自如。这不仅承载了现实的重量,并且决定了现实的结构。人们常常觉得,所有的词汇只是一些待命的工具;它们驯顺地隐藏在书籍里面,或者侍候在人们的口吻旁边,随时恭听主人的召唤。人们通常没有察觉到这些词汇的巨大魔力。人们不知道,这些词汇正不动声色地修剪他们的所有认识,为他们的意识整容。某些时候,这些词汇可能成为种种陷阱,等待人们的陷落;另一些时候,这些词汇甚至会一跃而起,牢牢地攫住可怜的猎物。《马桥词典》之中曾经出现过一个例子:一个电台播音员在现场直播中误将共产党要员"安子文"误读成国民党要人"宋子文",这导致了十五年的徒刑。一个字眼足以吞噬一条生命,这是一种可怕的功能。是的,这些词汇究竟有多大的能量呢?韩少功不由地发出了一系列疑问:"历史只是一场词语之间的战争吗? 是词义碰撞着火花? 是词性在泥泞里挣扎? 是语法被砍断了手臂和头颅? 是句型流出的鲜血养肥了草原上的骆驼草,凝固成落日下一抹一抹的闪光? ……"

20世纪是一个破除神话的时代。一切神秘的气氛正在烟消云散。经过诸多符号学家的破译拆解, 种种的神话仪式均显出了符号的本质—— 一切强大的感召力和令人激动的迷幻无一不是符号的运作结果。这些运作是可以分析、可以摹仿、可以复制的。所有的神话都将在这样的分析、摹仿和复制之中暴露出人为的框架。然而,人们有没有能力将这样的框架弃置不顾? 恰恰在这个过程,一个新的神话又不知不觉地出现——语言充当了这一神话的主人公。在结构主义符号学家的心目中,语言是一个不可突破的巨大结构。"不是人说话而是话说人"成为一个著名的结论。韩少功继续感叹地说:"这个世纪还喷涌出无数的传媒和语言:电视、报纸、交互网络,每天数以万计的图书,每周都在出产和翻新着的哲学和流行

语,正在推动着语言的疯长和语言的爆炸,形成地球表面厚厚积重的覆盖。谁能担保这些语言中的一部分不会成为新的伤害？"

其实,马桥人同样知道词汇的巨大魔力——他们有时称之为"嘴煞"。马桥人复查在某一天被太阳晒昏了头,咒了罗伯一句——"这个翻脚板的！"结果,罗伯次日就被疯狗咬死。从此,复查再也逃脱不了罪恶感。在科学主义者看来,这是明显的无稽之谈;然而,这恰恰是语言魔力所残留的痕迹。尽管每一个词汇在分析、摹仿和复制的过程如同平凡无奇的机械零件,但是词汇聚合之后却出其不意地显出了难以抗拒的威力。这是荒诞的,同时也是神圣的。对待语言的时候,科学主义同样不可能完全取代信仰主义。没有必要否认马桥人的语言崇拜,《马桥词典》里面的许多词条确实居高临下地制定了马桥的现实。

如果马桥人所说的"嘴煞"多少有些难以置信,那么,"晕街"是一个更为生动同时也更为现实的例子。"晕街"是马桥人的特殊病症。它的症状与"晕船"相仿,只不过是由于街市引起的。马桥人无法接受城市,城市让他们感到了不可遏止的晕眩。但是,"晕街"并不是事实之后的命名,反之,这是一个由杜撰的命名所创造出来的二级事实。由于"晕街"这一词汇的暗示,马桥人的前庭器自觉地在城市的环境之中开始过敏。可以说,如果没有这一词汇,"晕街"的感觉将由于没有名称而无法凝聚——亦即不再存在。的确,人类创造了语言;但是人们还必须看到,语言随后又继续创造了人类。语言为人类的感觉和思想指定了不可逾越的界面,同时,语言也窒息了语言之外的一切可能。由于粗糙的饮食,马桥人将所有可口的东西均形容为"甜",无论是米饭、辣椒、苦瓜还是猪肉。这是单调的味觉造成的词汇贫乏,也可以反过来说是词汇贫乏造成了味觉的单调。在这样的意义上,韩少功深刻地意识到了语言的意义:"语言差不多就是神咒,一本词典差不多就是可能放出十万种神魔的盒子。就像'晕街'一词的发明者,一个我不知道的人,竟造就了马桥一代代人特殊的心理,造就了他们对城市长久的远避。"如同韩少功所追问的那样,这个社会之中的一些关键词——诸如"革命""知识""故乡""代沟"——已经创造出哪些相对的事实了呢？另一方面,某些领域的语言空白同样将成为一种意识的阙如。除了下流的谩骂,马桥人没有完善的性话语。这限制了他们对于性的认识水平。由于只有"打车子"这一类粗糙而又简陋的性词汇,马桥人只能将性当成一个可笑的、下流的、不安全的同时又充满乐趣的活动。

语言的魔力还在于,马桥所拥有的这些词汇还将同声相应,互相攀缘,形成特定的语言共同体。生活于马桥的人不可能蔑视乃至反抗这部词典。如果为马桥的语言共同体所抛弃,一个人的社会地位将十分可疑——例如形同哑巴的盐早。韩少功还注意到,马桥的女性是这一语言的共同体之中的卑贱者。马桥的流行语之中缺乏女性的亲系称谓,称呼女性多半是在男性称谓之前冠以一个"小"字,例如"小哥"指姐姐,"小弟"指妹妹,"小叔"和"小伯"指姑姑,"小舅"指姨妈,如此等等。女人总是和"小"联系在一起。女性的无名化毋宁说是女性的男名化。这"让人不难了解到这里女人们的地位和处境,不难理解她们为何总是把胸束得平平的,把腿夹得紧紧的,目光总是怯怯低垂落向檐阶或小草,对女人的身份深感恐慌或惭愧"。

差异与背景

不言而喻,《马桥词典》是相对于通常的"普通话"而存在。"普通话"是一个权威称谓,它

代表了一个标准而规范的语言体系,全面负责公共领域的语言交流。目前,这个体系不仅得到了政治和文化中心的完全肯定,并且在语言学领域象征了这两者。普通话拥有多种版本的词典,每一版本的重复和修订都意味着正统和威信。相对于数百万字的普通话词典,相对于这些词典所赢得的普遍认可,相对于这些词典端庄而厚重的外部装帧,《马桥词典》显出了渺小和单薄。

渺小和单薄时常成为人们忽略不计的理由。在普通话的强烈光芒之下,马桥人的词汇不可能走到前台,充当主角。如同许多方言一样,马桥人的语言只能蜷伏在多数人"无法进入的语言屏障之后,深藏在中文普通话无法照亮的暗夜里。他们接受了这种暗夜"。这个意义上,普通话的语言霸权主义——不论是有意还是无意——同时无形地将马桥的生活排除到中心之外,使之成为无名的存在。这时,《马桥词典》的出现不仅是一种语言的反抗,而且同时是马桥人进入公共生活的权利伸张。

人们不能仅仅将这一切看得过于简单——似乎这就是让马桥人在公共生活领域注册留名。《马桥词典》提交了一批马桥人的词汇,这立即隐藏了分裂和冲突的紧张。种种符号并不是中立的、公正不倚的;特定的价值体系、判断尺度潜在地凝固在符号之中,因此,符号的命名同时也包含了价值的定位。这个意义上,马桥的词汇与普通话之间的歧义并不是通过规范发音或者统一书写所能解决的。这毋宁说是两种生活观念的分歧。

也许,韩少功最初是从某些不太重要的经历之中察觉这样的分歧。例如,一些知青过渡罗江的时候想赖账。他们觉得自己腿快,下船之后不付钱转身就跑。不料摆渡的老倌不觉得快慢是个什么问题,他扛上长桨慢慢地追来,三里、四里决不停下脚步,直至这批跑得东倒西歪的知青乖乖交了钱。"他一点也没有我们聪明,根本不打算算账,不会觉得他丢下船,丢下河边一大群待渡的客人,有什么可惜。"显而易见,这与其说是智力的差异,不如说是处世原则的差异。

这样的分歧可能在某些重要的词汇上面突然暴露出来。譬如"科学"或者"模范"。在马桥人的心目中,"科学"也就是"学懒"。马桥人观察了村子里的一些懒汉之后得出了这样的结论——这些懒汉曾经用"科学"一词为自己的懒惰辩护;可是马桥人却将这样的结论远远扩张到这些懒汉之外。他们从此不相信任何科学,并且用扁担将公路上的大客车——科学的产物——敲瘪。这是一个词汇的误读所造成的普遍后果。不过,马桥人对于"模范"的解释却是一个精彩的讽刺。见识了形形色色的模范之后,马桥人将"模范"当成了一个工种,生产队的领导分配一个体弱而不能劳动的人去充当模范。马桥人更相信亲历的经验,于是,他们用马桥词汇对普通话进行了一次词义的置换。

《马桥词典》显出,马桥词汇更富于直观性。这些词汇主要源于直接的经验,而没有多少抽象的理论含量。这可以在马桥人的纪年方式之中看出来。马桥人弄不清楚公元纪年,他们心目中的 1948 年被分解为几个具体事件:长沙大会战那年;茂公当维持会长那年;张家坊竹子开花那年;光复在龙家发蒙的那年;马文杰招安那年。但是进入特定的年代之后,仅仅依赖于直观的语言可能引致严重的后果。马疤子——也就是马文杰——不了解国民党内部派系之间的明争暗斗。他欣然接受了一纸委任状和八十条枪,从而进入一个可怕的圈套。他仅仅凭经验认定"穿制服的就是官军,都被他打怕了,不得不向他求和"。此后,在主持各路杆子的劝降工作中,他的直观经验仍然招架不住各种阴招、暗劲,辨不清各种各样来自不同立场的证词。在怀疑的目光、言不由衷的客套、女人和孩子的泪眼、兄弟们的抱怨中间,马疤

子选择了自杀作为逃避的手段。自杀之前，马疤子已经急聋了耳朵——这仿佛是一个象征：他已经听不懂这个时代的话语了。

许多迹象表明，马桥词汇与普通话之间已经出现了两套相异的修辞。于是，这就成为一个问题：哪一种语言拥有扩张和征服另一种语言的权力——依据是什么？

话语权力

话语权力的基本含义是，话语主体的身份、地位、权力、声誉可能投射到他的话语之中，成为语义之外的附加因素。许多时候，这些附加因素的分量甚至超过语义的作用，从而使话语产生一种超额的影响。在这个意义上，话语权力同样是一个众目睽睽的争夺对象。当然，上述的解释多少有些通俗化——这些解释力图靠近一个马桥词汇："话份"。对于"话份"，《马桥词典》做出如下的阐述：

> "话份"……是马桥词汇中特别紧要的词之一，意指语言权利，或者说在语言总量中占有一定份额的权利。有话份的人，没有特殊的身份，但作为语言的主导者，谁都可以感觉得到他们的存在，感觉得到来自他们隐隐威权的压力。他们一开口，或者咳一声，或者甩一个眼色，旁人便住嘴，便洗耳恭听。即使反对也不敢随便打断话头。这种安静，是话份最通常的显示，也是人们对语言集权最为默契最为协同的甘心服从。相反，一个没有话份的人，所谓人微言轻，说什么都是白说，人们不会在乎他说什么，甚至不会在乎他是否有机会把话说出来。他的言语总是消散在冷漠的荒原，永远得不到回应。……握有话份的人，他们操纵的话题被众人追随，他们的词语、句式、语气等被众人习用，权利正是在这种语言的繁殖中得以形成，在这种语言的扩张和辐射过程中得以确证和实现。"话份"一词，道破了权利的语言品格。

这是一个相当透彻的阐述。它的意义远远不限于马桥。然而，人们首先可以想到的是，马桥词汇和普通话之间，谁握有"话份"？这样，两种话语体系都将携带着它的所有背景材料——例如它与特定时代的政治、经济、文化、国防力量乃至领袖人物籍贯之间的关系——加入竞争。通常，一个论断的宣布，一条语录的解说，一份鉴定的发表，这一切并不仅仅是真理的考辨，同时——某些时候应当说在更大程度上——还是话语权力的较量。这是谁、使用何种语言体系予以表述？这个问题上，语言与社会之间呈现出特殊的联系，两个领域之间出现了种种复杂的权力抗衡和权力兑换。这样的形势下，马桥词汇与普通话之间一旦产生分裂，前者将处于不利的位置上。的确，人们都承认真理是唯一的尺度，可是，此前人们还有意无意地考虑过一个问题：谁更有资格说出真理？在马桥词汇与普通话之间，能有多少人更尊重马桥人的资格？

事实上，马桥词汇正在普通话的巨大声威之下节节败退。人们可以看到的一个显著的修辞学特征是，普通话词汇已经大面积地覆盖马桥词汇。这是一个不可逆转的演变。韩少功发现，90年代的马桥出现了许多新词，诸如"电视""涂料""减肥""操作""国道""生猛""劲舞"等等。面对这些新词，马桥词汇黯然失色。马桥词汇源自古老的罗家蛮，亦即所谓的罗子国，源自罗人与巴人的久远合作，源自那些已经粉化的青铜器。这些词汇遥遥地传下一个不

变的马桥弓。然而，如今这些新词却挟带着巨大的现实迫力，它们伴随着经济和文化的输入蜂拥而来，难以阻挡。难道"蛮人三家"这样的说法和"下里巴人"这样的古歌能够阻止"电视"或者"国道"这样的词汇驾临吗？

不过，从《马桥词典》之中看到，扭转马桥语言史的重大事件是政治话语的强制性进驻。在如火如荼的政治局面之中，马桥更像一叶飘摇的小舟等待着掌舵人；这时，来自政治中心的声音具有不可抗拒的威望。政治话语中的大字眼气势如虹，这些大字眼镶嵌在马桥人的话语之中，剥蚀刻镂，渗透改造，繁殖发展，并且逐渐取代了许多马桥词汇的位置。不知不觉之间，马桥人所喜爱的发歌被宣传队挤掉了，杨子荣或者大抓春耕的歌词赶走了马桥人听得津津有味的情歌。马桥人曾经习惯于用"同锅"作为社会群体的划分标准，这表明了吃在马桥人心目中的分量；然而，这样的标准如今已经改为"阶级"——人的政治成分同样在马桥上升为首位。马桥词汇之中有"公地"或"母田"之说，性、生殖崇拜和农业生产、丰收之间构成了古老的暗喻关系；可是，在"抓革命、促生产"的口号面前，这样的暗喻还能维持多久？这种气氛之下，马桥人也很快地学会了利用政治话语的权威，例如杜撰毛主席语录吓唬人。久而久之，这些政治话语成为一种不可避免的堂皇套式，真实的马桥词汇只能在这样的套式下面悄悄地活动。于是，如同许多地方一样，马桥人语言中的大量政治词汇仅仅是一种点缀辞令。人们没有必要认真对待他们所说的"革命群众""全国形势大好，越来越好""在上级的英明领导和亲切关怀下""讲出了我们的心里话"，等等，在某个颇为隆重的追悼会上，党支部代表如此发言：

> 金猴奋起千钧棒，玉宇澄清万里埃。四海翻腾云水怒，五洲震荡风雷激。在全县人民大学毛泽东哲学思想的热潮中，在全国革命生产一片大好形势下，在上级党组织的英明领导和亲切关怀下，在我们大队全面落实公社党代会的一系列战略部署的热潮中，我们的罗玉兴同志被疯狗咬了……

如果人们置身其中，那么这幅语言漫画并不可笑。这幅语言漫画所显出的分裂表明，马桥人正被迫从他们所熟知的词汇之中出走，进入一个他们十分无知的文化空间。他们在这样的文化空间里面成为一群边缘人。更为深刻地说，这是另一种生活的强行介入。马桥人无法坚守他们的词汇，这首先追溯到话语权力的剥夺。当然，这个语言学事件后面积聚了无数重大的社会学事件。事实上，马桥人放弃自己词汇之时，也就是开放自己生活之日。这是"话份"丧失之后的必然结局。从话语权力的转让到交出主宰自己生活的权力，这是一个不可避免的过渡。

编 纂 者

"我"在这本《马桥词典》之中屡屡出现。"我"是何许人也？

"我"是《马桥词典》的编纂者，这似乎是个不言自明的事实。然而，这个编纂者不同于通常的词典作者。通常的词典编纂依托于相应的知识结构，例如辞书编委会；同时，这些词典还将由特定的知识机构审定，例如辞书出版社。这同样涉及话语权力——知识话语的权力。只有那些权威的知识机构才享有公正、全面和客观的信誉。这恰恰是一般的词典所标

榜的。

《马桥词典》的编纂者是一个作家。作家的一个不成文的特权在于,他们天然是个体经验的写作者。显而易见,《马桥词典》充满了个人的智慧、体验和感触。某些词条似乎还保留着作家的体温,譬如"嗯",或者"渠"。其实,"嗯"并不是马桥的公用词汇,这个字眼仅仅是经过某一个女性的使用从而对编纂者的耳朵显出了丰富的意义。这个女性曾经目睹过编纂者生命之中最为难堪的时刻,她只能用"嗯"表达她的全部心意:"她的'嗯'有各种声调和强度,于是可以表达疑问,也可以表达应允,还可以表达焦急或者拒绝。'嗯'是她全部语言的浓缩,也是她变幻无穷的修辞,也是一个无法穷尽的意义之海。"的确,除了这个编纂者,还有谁能够如此准确地注释这个"嗯"字呢?"渠"在马桥词汇里面是"他"的近义词。"渠"与"他"的区别在于,前者指的是近处的他,而后者指的是远处的他。然而,这个词条的注释无疑和盐早这个人物分不开。如果没有深深钉入编纂者记忆的那一颗闪耀的泪珠,这个词条的注释又怎么能如此撼人呢?

事实上,《马桥词典》的成书是一个个性化过程。编纂者曾经深深地扎入马桥,他不仅逐渐通晓了马桥话语,并且用全部心血感知拖曳在这种话语背后的马桥生活。因此,这些词条的注释不是来自严谨的考据,而是来自内心久久的感动。当然,不管怎么说,韩少功是作为一个外来的他者编纂这部词典。"他者"的标志是,韩少功是一个普通话的写作者——"我已经普通话化了"。不仅如此,《马桥词典》的编纂还不时参照了英文或者法文,力图使马桥的面貌获得一个纵横交错的国际坐标。当然,韩少功并不是充当一个翻译,他的目的不是将马桥词汇翻译成普通话,并且顺便站在后者的立场上嘲笑或者讥诮马桥。相反,韩少功恰恰是将马桥词汇从普通话之中剥离出来,提示马桥话语的特殊之处,指出马桥如何隐藏在普通话的帷幕后面,不可化约。于是,马桥的生活通过这一部词典成为一种不可磨灭的永存。

这是一部重要的著作。这部著作流露出不可掩抑的智慧和洞察力,流露出丰富的思想和对于马桥的久久眷恋。这部著作制造了许多话题,批评家和理论家将有许多话可说:从人类学、历史学、社会学到语言学。当然,同样可以预料,肯定有人不喜欢这部著作:一些人会觉得这部著作趣味不够,缺乏他们所热爱的悬念和曲折;另一些人恰恰不喜欢这部著作所制造的话题,他们更向往那种动人心魄的著作,那种让人有了千言万语但是又临纸难言的著作。

我想必须承认,《马桥词典》是一部独一无二的著作。但是,我仍然无法说明,《马桥词典》是一部严格意义上的小说吗?现在,这个问题已经逐渐显出了迫力——它将迫使人们全面地追问小说的形态、定义和功能。

(载《当代作家评论》,1996 年第 5 期)

《马桥词典》随笔

张新颖

《马桥词典》让我想起帕斯捷尔纳克的话,出自他早年的论文《几个原理》:"任何真正的书,都是没有首页的,它像树叶的喧闹声一样,只有上帝知道她诞生于何处,她伸延开来,滚动过去,犹如在有宝藏的密林中,在最黑暗的、令人震惊和失措的瞬间,滚动着,一下子通过所有的顶端发出声来。"

《马桥词典》出自于韩少功之手,但韩少功并没有自命为一个世界的创造者,这是使这部作品的内涵有可能趋向无限丰富的一个必要的保证,因为任何个人创造的世界都是极其有限的,那种曾经时髦的文学创造世界的狂妄说词不会一直时髦下去大概可以算是一个明证。词典这种形式,暗含了韩少功的态度:他放弃了那种以一己的观念去统摄一个世界的做法,他不想把这个世界修理得整整齐齐,在每一个地方都打上自己的烙印,以此来显示个人的存在和能力——不仅小说家习惯于此,日常生活中我们每个人又何尝不是如此呢——他选择了词典这种形式,也就是选择了一种对世界的谦恭的态度。在这种态度下,世界才会尽可能地完整呈现出来,世界的枝枝蔓蔓才可能不遭受刀砍斧削之刑被保留下来,世界的暗角才有希望透进些微的光亮。

一个词语的捕捉者,一个词典的编纂者,在保持对历史文化必要的谦恭品质的同时,能够有什么样的作为呢?也许我们这样说不能算夸大:韩少功通过《马桥词典》,使一种处于普通视野之外的,安于黑暗、边缘、孤绝状态的,民间的,无声的词语,发出了声音。韩少功不能不借助于规范的、普通的语言进行诠释,这种无可奈何的做法也正是一条主动进取的途径:如果我们不说是向规范和普通的语言的挑战,平静地说,也是交流吧;马桥的词语多少有些以屈就的方式向处于中心和主导的言语系统显示了自己的存在,但你必须同时注意到,它的存在的独特性和不可全然化解的顽固。任何的诠释都有诠释不尽的地方,都会有诠释的"余数",平常我们把这些"余数"不经意地忽略掉了,但面对《马桥词典》,我们却必须注意这样的"余数",注意规范的语言无能为力的地方;即使词典的编纂者小心翼翼地保护着马桥的词语不被一种处于有利地位的强势语词所扭曲和损伤,我们也需留意二者之间的摩擦痕迹,否则便等于否认了马桥词语的存在。

有时候我们发现韩少功的思绪一下子飘离了马桥,中国环境的马桥一下子被置换成世界环境的中国。这使我们有理由把《马桥词典》首先看成《马桥词典》之外,也不妨把它看成一部隐喻性的作品:它探讨的是处于不利地位的语言和文化的问题,特别是这种语言和文化的表述和被表述的问题。在世界文化环境中,中国有时就是马桥。

一种处于边缘地位的语言和文化所遭受的不公正待遇,并非只是一味地排斥,在今天

所谓的后现代文化环境中,它面临的往往是另外一种屈辱:脱离原先的语境,使它变质。在我们的电视综艺节目中,我们常常会看到方言土语被变成了调笑的作料,同时,方言土语本身也就是可笑的了。当中国的苦难在一个西方同情者眼中变得"精彩"起来的时候,它就被当成了"审美对象",而不是具有表述功能的言语事件。文化研究提醒审美化的危险,强调作品、言语、文化不仅只有在其语境中才能被最好地理解,而且,也只有在与具体的,与地域群体相关的语境中,才能体现出其最独特的价值和在世界上应有的位置。这也就是反对使一个言语事件审美化和滥情化的理由。在对《马桥词典》的阅读中,不要使它成为猎奇的对象,不要使阅读变成一种文化消费行为才好。

韩少功说:"不是地域而是时代,不是空间而是时间,正在造就出各种新的语言群落。"但是《马桥词典》处理的主要是一定时间跨度内的地域语言现象,它的突出特征主要是由相对隔绝的空间造成的,虽然我们不能把时代性的因素排除,作者强调的却是隐身在规范的普通用语之外的一个言语暗角。是不是可以说,《马桥词典》记录的,主要还是一个相对静止的世界中的,不是处在剧烈变化过程中的词语的相对稳定的意义或相对缓慢的延迁?韩少功的话提示了我们,使我们感觉到,语言群落的形成,应该在时间和空间之间,在时代和地域之间,有一场搏斗,甚至是战争。譬如说,地域在时代的压力下,它的语言怎样进行抵抗,怎样妥协,怎样接受和消化时代强力的?它怎样在它的语言里记下了自己最终的失败和沮丧?它是怎样藏匿起又时不时会闪现出自己的隐痛的?

在这样一部基本上是平静叙述的词典中,我们仍然能够感觉到韩少功对马桥的感情。马桥和马桥的词语,是已逝青春岁月的模糊证据,韩少功以词典这种坚实的形式,使这份模糊的证据确定下来。它写的是马桥而不是"我"在马桥的生活,所以它不是知青小说,它藏起了那份情绪,却又会在不经意间流露出来。本来在"懒"等少数几个词条里,我们已经看到了当今时代对词语的改造,但韩少功显然对此难以接受,这些变化往往只会引发他的忧愤。"从他们多少有些夸张的自我介绍里,我发现了词义的蜕变,一场语言的重新定义运动早已开始而我还蒙在鼓里。我所憎恶的'懒'字,在他们那里早已成为一枚勋章,被他们抢夺,争着往自己胸前佩戴。"韩少功似乎失去了词典编纂者的耐心,情绪激动地一下子罗列了诸多词汇,"懒是如此,那么欺骗、剥削、强霸、凶恶、奸诈、无赖、偷盗、投机、媚俗、腐败、下流、拍马屁,等等,都可能或者已经成为男人最新词典里的赞辞和奖辞——至少在相当一部分男人那里是这样"。这也正是时代和时间正在造就的新的语言群落,但韩少功在他这部"个人的"词典里不想多花力气。90年代重访马桥,所闻所见也多半不会唤起一种平静的好心情。

不管怎样,马桥的词语仍然在变化,而且像马桥之外的其他地方一样,以加速度趋变。韩少功没有人为地把马桥封闭起来,所以我们不可能考索马桥词语的最初源头,也就是说,我们找不到《马桥词典》的第一页,同样我们也找不到《马桥词典》的最后一页,在超出"个人的"意义上,《马桥词典》是一部无限的书,我们不知道词语的变化、增生、消亡的最终会到哪一步,这是不是一件令人忧虑的事呢?如果它朝向"懒"的方向发展,这部无限的书就会叫我们寝食难安。

博尔赫斯曾经设想,一本无限的书,如果烧起来,它的火也就是无限的。

1996 年 7 月 5 日

(载《当代作家评论》,1996 年第 5 期)

我读《马桥词典》

朱向前

在 80 年代引领过中国文坛风骚的那一批新锐作家当中，韩少功大概是最后一个在长篇舞台上出场亮相的重量级选手。从短篇成名作《月兰》到长篇处女作《马桥词典》(《小说界》,1996 年 2 期),其中间隔了长长的十数年光阴。在这期间,尤其是进入 90 年代以后,长篇写作几乎成了名家专利或衡量名家实力的准绳,他的前辈、同辈甚至晚辈作家都竞相在长篇领域中一展身手,少则一两部,多则三五部,大都显示了下笔万言倚马可待的快捷与才情。相形之下,韩氏的第一部长篇是不是显得有点儿姗姗来迟?

当然,迟与早也许都不能说明任何问题,迟自有迟的道理。但是,迟也有迟的好处和难处。好处是作者的厚积薄发后发制人,难处是读者的期望增值标准提高。更何况我们面对的是韩少功。因为《西望茅草地》,因为《爸爸爸》和《女女女》,因为《性而上的迷失》《佛魔一念间》《世界》《夜行者梦语》等一系列沉郁冷峻犀利透辟的漂亮随笔,人们总望见韩少功在新时期以来跌宕连绵的文学潮头上从容镇定踏歌而行。据此,人们有充足的理由把他认定为一位潜力深厚目光邈远的文学跳高健将,相信他决不会满足于已有的成绩和超越平庸的对手,他的目光始终瞄准着最高纪录,人们期待着他又一次惊人地腾空一跃……

《马桥词典》果然不负众望吗?

坦率地说,现在要我在这样一篇短文中对其做出全面准确地把握与评断无异于是一种苛求。我只能是粗略地谈一下我的直观感受。首先,我强烈地感觉到这是一部刺激或挑战当下中国作家的作品,或者换一种说法,它的价值指向不是大众而是精英。它至少在两个层面上为当下中国的长篇小说创作提供了具有某种警醒意味的启示。其一,它具有一种明晰深邃的理性精神;其二,它具有一种新颖别致的结构形态。第一点,我们可以概括为韩少功的"语言哲学",诚如《马桥词典·编辑者序》中所指出的"本书的作者,把目光投向词语后面的人,清理一些词在实际生活中的地位和性能,更愿意强调语言与事实存在的密切关系,感受语言中的生命内蕴。从某种意义上说,较之语言,作者更重视言语,较之概括义,作者更重视具体义。这是一种非公共化或逆公共化的语言总结,对于公共化的语言整合与规范来说,也许是不可或缺的一种补充"。韩少功自己也多次表示:"对语言的问题,我一直感兴趣。……不同的人,不同的文化背景。对词有不同的理解。"(见《词语与世界》,《小说选刊》,1996 年第 7 期)甚至不无悲观地认为:"从严格的意义上说,所谓'共同的语言',永远是人类一个遥远的目标。如果我们不希望交流成为一种互相抵消,互相磨灭,我们就必须对交流保持警觉和抗拒,在妥协中守护自己某种顽强的表达——这正是一种良性交流的前提。"(见《马桥词典·后记》)以上多少有点索绪尔意味的"语言哲学"观,正是韩氏创作《马桥词典》的第一推动力。第二点,我们不妨归功于韩少功的"形式意识"。能否在艺术形式上不断探索与创

新,始终关涉一个真正的艺术家的纯度和品级。韩少功深明此理也恪守此道,自《归去来》等一组作品发表之后,他毫不妥协地坚守在当代中国小说革命的前沿位置。一时找不到恰当的有新意的表述形式,他宁可坚忍地沉默,甚至将其真正的第一个长篇"写完后就搁在电脑里没有拿出来",使其"胎死机中"(参见《词语与世界》)。他强烈地感受到"叙事艺术的危机"反复表白:"我的小说兴趣是继续打破现有的叙事模式。""但我不喜欢重复。"(均见《词语与世界》文)他在形式艺术的交叉小径上千回百转寻寻觅觅,"后来突然冒出一个想法,以词目贯穿小说和统领小说,也可以是一种尝试,说不准对小说本身也是一种新的试验"(《词语与世界》)。对于小说形式的不倦追求和创新意识,正是韩氏创作《马桥词典》的第二推动力。二力合一,这才推出了不同凡俗的《马桥词典》。

虽然,我不能说韩少功是用词典形式结构小说的始作俑者(据我所知,1993年的《世界文学》译介过塞尔维亚作家帕维奇·戴聪于1984年发表的中篇小说《哈扎尔词典》,1995年6月由时代文艺出版社出版单行本),但是这并不重要。重要的是,韩少功运用释条的表述方式实现了对某些的定词语的人生和文体底蕴的挖掘与清理,并借此传达了作家独特的对世界的触摸与叩问。内容和形式在这里表现出了高度的默契,试问,对语言问题的强调还有比"词典"更恰切的方式吗?而且还不仅止于此,它另一方面的意义还在于,词典的形式本身轻而易举地就把中国长篇小说的传统结构打破了。加上作家的蓄意为之,它对传统小说的经典定义譬如线性叙述、时间顺序、因果关系、典型人物、故事化、情节性等诸多方面都进行了程度不同的颠覆和消解。理性的光芒和形式的艳丽照亮了《马桥词典》,《马桥词典》的出现,对当前长篇创作中忽视理性精神和形式意识的平庸化趋向实行了一次无声的狙击。

《马桥词典》是这样一部小说——

它全书二十八万字,由一百一十三个词条连缀而成。它没有中心事件,没有中心人物,没有完整的故事,没有高潮,也没有悬念……要说它的中心,那就是南方一个僻远的叫作马桥的山村,一切的词条均与马桥有关,围绕着马桥向四面八方发散辐射。涉及马桥的历史、地理、物产、风俗、民情以及居住其间的芸芸众生。一个词条可能是一个人物小传、一幅场景素描、一幕抒情小品、一篇怀旧散文、一页哲学札记、一段文化随笔,或者干脆就是一个规范的词条。这是文史哲的打通,是散文、论文、随笔、札记和短篇小说的集合。沿着每一个词条开辟的通幽小径,我们从不同方位、不同角度、不同层面接近马桥,飘忽游移地进入它暧昧漫漶的历史,身临其境地抵达它记忆犹新的特殊年代。韩少功借着这部"词典",将"文革"期间中国南部的一个小小山村的人文记忆复活了……

这是一部长篇小说吗?怎么说呢。一个新生事物的出现总不免遇到这样那样的诘问甚至责难,比如我们在讨论张承志的《心灵史》的时候,就常常被类似的提问所缠夹所困扰。我的看法是,以传统小说的评判尺度来对这类作品进行削足适履式的把握总是不够聪明的做法。《马桥词典》保留了小说的基本要素如人物、情节、氛围等,但也加进了近"五分之二"的非小说因素,如议论、辨析、驳难、随笔语言,等等。正是因为后者的摒入才使它刷新了面目,显示出了创新与突破的幅度。关于这一方面的积极意义,我已在前面给予了充分的估价。同时我也还想指出,它为此所付出的代价也是显而易见的,譬如它的可读性,人物性格的饱满程度和深层心理的揭示,不同文体的统一与整合,等等,是否都要因此而打上折扣?好了,这种责难已经近乎"削足适履"式的愚蠢了,打住。

我的真正的疑惑还在后面。现在我换一个角度,尽可能地站在作家自己的立场上来提

出问题:《马桥词典》是不是表现出了韩少功的最佳状态和最高水准?

不妨(可以)这么看,《马桥词典》是韩少功十年来文学积蓄(从 1985 年"寻根文学"的文化意识到近年随笔的语言造型能力等等)的一次喷发和集中展示。但是令我感到遗憾的是,它的平均值并未达到韩少功单篇作品的最高值。也即是说,《马桥词典》中只有少数词条达到了他的单篇随笔和小说的高度或者勉强能打一个平手(如"甜""白话""亏元""打车子"以及部分关于人物的词条),而多数词条则不能望其单篇作品的项背。这到底是为什么?我这样提问并非是以短篇标准来苛求长篇(何况《马桥词典》就是短篇和随笔的集荟),而是我觉得这其中关涉到一个重大问题值得加以讨论,即一部长篇小说最佳的原动力究竟是什么?

如前文所指出,在我看来,"理性精神"和"形式意识"是发动《马桥词典》的两个推力。尽管这两点对多数中国作家来说具有示范意义,但以更高更广的要求来衡量,是不是还缺点什么?对此,韩少功本人已隐隐约约有所察觉。借用蒋子丹转述韩少功的话是这样说的:"我觉得很难写。难就难在已经找不到一种可以推动写作的情绪,哪怕是一种偏激落后的情绪。"(见《韩少功印象》,《小说界》,1996 年第 2 期)这种"情绪"其实就是一种激情,一种生命本体的冲动,一种艺术创造的原动力。韩少功向以理性见长(这也是他高质低产的主要原因),他的冷峻深邃为诸多同仁所不及,但过于强大的理念精神也常常压抑了来自生命本能的原始魄力。因此,他也就没有了张承志式的岩浆地火,贾平凹式的春潮拔阐,莫言式的汪洋恣肆,王安忆式的酣畅淋漓……当然,这几者之间各逞擅场,原本是难分轩轾。也许是我个人的一种偏好吧,在重理性的昆德拉、萨特、加缪和重感性的普鲁斯特、福克纳、西蒙之间,我更亲和后者。但是优秀作家不必也不可能是一样的。韩少功就是韩少功。

1996 年发表《马桥词典》,是韩少功的前定。

(载《小说选刊》,1996 年第 11 期。收入 2003 年人民文学出版社出版的《朱向前文学理论批评选》时,改题为"理性的张扬与遮蔽——读韩少功《马桥词典》")

道是词典还小说

王　蒙

在韩少功的引人注目的新作《马桥词典》中,他说:"动笔写这本书以前,我野心勃勃地企图给马桥的每一件东西立传……"(见词条"枫鬼")单是这一宣言也算得上惊天动地。例如,我作为一个写了四十多年小说的人,就从来没有这样写过和想过。我未免有些可惜。我想到过将一些有趣的或可爱可怜的人物写出来,想到过写人们的悲欢离合、恩怨情仇,想到过写人的内心体验,写人的激情和智慧、恶毒和愚蠢、直觉、意识流、瞬间感受,写时间与空间的形象,写人间的特别是我国的沧桑沉浮,而这种沧桑沉浮的背后自然是、无法不是一些政治风云政治事件。我也曾不满于自己的作品里有着太多的政治事件的背景,包括政治熟语,我曾经努力想少写一点政治,多写一点个人,但是我在这方面并没有取得所期待的成功。

我却从来没有想过为"每一件东西"立传。倒不是由于韩少功接着论述的意义传统与主线霸权(这一段发挥远不如起初的宣言精彩,反而有一种用新的所谓意义同格与纷纭网络观念规范自己的味儿,一种从传统的观念性的画地为牢变成自己的无边的画地为牢的味儿。对于小说艺术来说,有边与无边的观念当然低于小说本体。强调意义的同格其真理性未必会大于意义的绝不同格)。更难能可贵的是韩少功的无所不包的视野,这是一种将小说逼近宇宙的努力,这里似乎还有一点格物致知的功夫。所以确是野心勃勃。这是一种观念,更是一种气象。因为"每一件东西"虽非一定是意义同格的,却都可能是小说性的——这也叫天生我材(包括人才和物质的材即材料)必有用。比如"江",比如"枫鬼(树)",比如"豺猛子(鱼)",比如"满天红(灯)",比如"黄皮(狗)",比如"黑相公(野猪后转义为人的绰号)",比如"清明雨"……这着实令人欢呼,天上地下,东西南北,阴阳五行,"春城"无处不飞小说,处处物物无不是小说的契机,小说的因子。我们多少次失之交臂,只是由于我们的闭塞与狭隘。如果我们有韩少功的这个视野和气魄,也许我们的文学风景会敞亮得多,我们的头脑会敞亮得多。

韩少功的宣言石破天惊。他的每一件东西的切入点是他们的"名",无名,万物之始;有名,万物之母。名就是万物。长篇小说居然以词典的形式,以词条及其解释的形式结构,令人耳目一新,令人赞叹作者的创造魄力,令人佩服作者把他的长于理性思考的特点干脆运用到了极致。但这并不是最重要的。因为单单是形式上的创举带有一次性的性质,韩少功的《马桥词典》之后,无论是别人还是他自己,大概难于再写第二部词典状的长篇小说了。再说毕竟在韩以前已经有外国人与中国人用类似的方法结构过较小的文章,包括韩喜爱的昆德拉,还有在《小说界》上紧随其后的蒋子丹的关于韩少功的文章,用了准字典式。韩少功的新作的可贵处在于他的角度:语言、命名、文化、生活在语言、命名、文化中的人与物。这就比单纯强烈的意识形态思考更宽泛更能以涵盖也更加稳定,更富有普遍性与永久性了。

近百年的中国历史,近百年的中国人的命运是高度政治化意识形态化了的,近百年的中国人的命运主宰之神,差不多就是政治。有一位德高望重的作家在他的一篇文章中乃大谈文化是一种意识形态。然而,这只能说是一种可悲的偏狭。文化的内涵包括人类的所有创造,物质文明与精神文明,经济基础与上层建筑,科学技术、民俗、生活方式、信仰,特别是语言文字,它的内涵比意识形态要宽泛和稳定得多。

这里特别要提到的是语言,语言里包容着那么多文化观念、习惯规范、集体无意识,以至西方有论者认为人类并不是语言的主宰,恰恰相反,语言才是人类的主宰,他们认为语言才是人类的上帝或者恶魔,是人类的异化的最根本的来源。韩书中也有类似的观点阐发,独辟蹊径,很透彻很发人深省也多少有些骇人听闻。这种论点来自已经不十分新鲜的西方语言学新理论。韩书使这种理论与马桥的生活经验相结合,倒也有新意。我个人并不完全同意这种说法,我觉得它有点因果倒置,危言耸听,深刻与片面都十分了得。例如韩书中关于无名与女权的议论,它是有趣的却不是绝对的和一定经得住推敲的。中国乃至人类文化传统对自己特别敬畏的东西也是不敢命名的。如称上帝为"他",称领袖为"老人家",称总经理总工程师为"总儿",称高官为"座"。避"讳",是一种共有的同时又是中国特有的文化传统。再如韩书中议论中国人善于给吃的行为的方方面面命名而不善于给性行为命名,留下了人类自我认识的一个黑洞,甚至以"云雨"为不善命名的例子。这值得深思,却也难以令人全部信服。不论是古典文学还是民间文学,对于性事所使用的词汇之丰富,恐怕是难于否定的,隐蔽一些的名词,如云雨,如狎("聊斋"上喜用这个词,而有些译本将"与之狎"译之为"与她性交",令人难受),如欢或男欢女爱,如鱼水,如破瓜,如胶漆,如春情,如恩爱,如生米成了熟饭,如周立波激赏过的"作一个吕字"……尤其是云雨,怎么能说"云雨"是语言的贫乏而不是语言的丰富和美丽呢? 这些含蓄的词恐怕不是减少了而是增加了性事的乐趣与美丽。何况中国也有大量的涉性的直露、野性乃至粗暴的语词。为了清洁和不污染,这里就不列举了。

上一段可能暴露了我的"好辩"的毛病。但我无意与韩老弟故意抬杠以自我显摆与多赚稿费。韩书从语言的文化的角度切入给人以登高望远气象恢宏的感觉。选择词典形式,读者感到的是意识形态的包容与小说角度的拓展,是近百年政治斗争掀起的风浪后面或下面还有一条文化的大江大河在不息地奔腾流泻。少功前些年主张过寻根,也许历史的根或根系的一部分正是在这些以语词为代表的文化里? 我愈来愈相信汉语汉字是中国文化的基石(但不是主宰)。历史与自然创造着文化,而文化(包括异域与异质文化)与自然也创造着历史。也许把政治的风云放在这样一个大背景大根系里摹写会让人更不被偏见所囿限? 反过来更得到某些启发? 例如在"民主仓"词条里,那种对于"民主"的解释,能不令人大惊失色,然后反省再三吗?

例如在"乡气"词条中作者叙述的外乡人希大杆子的故事。看来,希某人懂一点现代科学医学,救死扶伤,为马桥人做过不少好事。马桥人称这样的人为乡气实乃语词的颠倒。语词的颠倒反映了(不是主宰了)观念的乃至文化的颠倒,类似的颠倒还有醒、科学等一大堆词。韩书的一大任务似乎是着意发掘与揭示这种颠倒,这是一种取笑,更是普泛的反思,不是光让自己不喜欢的人动不动反思而自己永远正确。令人震惊的是这样一个希大杆子,终于还是受到了马桥人的拒斥。土改中,农民硬是坚决要把他揪出来清除出去,工作组不这么办硬是不行。值得好好想一想。这样以文化解释某些政治事件,就比以政治解释政治、以编

狭解释褊狭、以情绪解释情绪、以成见解释成见更能给人以启发——不仅是结论上的不同，而且是方法论上的拓展。

《马桥词典》里其实也不乏政治事件。但是它的好处是作者并非完全着意于以政治来发抒政治见解，无意反左反右，歌颂先进或暴露落后，无意于在没有获得足够的认知以前先急于进行价值判断乃至于道德煽情。显然作品里也不乏尖锐的嘲讽与深沉的同情，但那嘲讽与同情后边都有一份理解和宽容。作者的立意在于将政治沧桑作为文化生活的源远流长与偶尔变异的表现之一来写。它显得更从容也更客观，更理性也更具有一种好学深思的魅力。这也区分了韩书与其他一些以煽情或黑色幽默为特点，或者是以"隔"（想象的与狂放的）与涂抹的主观随意性为特点的写百年农村或当代农村的书——这一类的书已经有很多很多，它们也有各自的长处。与之相比，显得韩书写得更加知识气学理气却也老乡气泥土气。乃至于，我要说是写得尖刻而不失厚道，优越却又亲切善意。这个度很好很妙。如果再往前走一步，我们或者可以说韩书的思考成果，有可能使人们对于自己的语言文化，对于自己的历史国情的认识加深那么一些些。哪怕在某些具体判断上我们与作者不相一致也罢。

令人叫绝的语言感觉与语言想象直至语言臆测比比皆是，到处闪光。例如关于"江"——韩少功对于一条河的感觉使你如临川上。关于"嬲"——好可爱的发音，它也许可以改变国人的男权中心的丑陋下流的性观念：把性看成男人糟踏女人发泄兽性而不是男女的进入审美境界的交欢快乐。关于"散发"——看来马桥人早已有了"耗散结构"的发现——一笑。关于"流逝"——我甚至于觉得北京人也说"liushi"，但肯定是"溜势"，以形容"马上""立即"，而不会是韩少功代拟的"流逝"的知识分子的酸腔。关于"肯"——其实河北省人也说"肯"，如说这孩子不肯长，或者这锅包子不肯熟之类，可惜鄙人没有像少功那样体贴入微地去体察和遐想它。比如说"贱"——不用"健"而用"贱"来表达身体健康，这里有少功的独特发现，有少功的幽默感，说不定还有韩某的一点手脚——叫作小说家言。换一个古古板板的作者他一定会在写到一个没有地位的人虎都不吃不咬的时候用"贱"，而写到健康的时候用"健"。但那样一来，也就没有了此词条的许多趣味、自嘲和感触。

语言特别是文字，对于作家来说是活生生的东西。它有声音，有调门，有语气口气，有形体，有相貌，有暗示，乃至还有性格有生命有冲动有滋味。语言文字在作家面前，宛如一个原子反应堆，它正在释放出巨大的有时是可畏的有时是迷人醉人的能量。正是这样一个反应堆，吸引了多少语言艺术家把全部身心投入到它的高温高压的反应过程里。它唤起的不仅有本义，也有反义转义联想推论直至幻觉和欲望，再直至迷乱、狂欢和疯狂。例如我曾著文提到过，老舍先生讲他不懂什么叫作"潺潺"；但是我似乎懂了：问题不在于潺潺本身的含义，对于我来说，"潺潺"的说服力在于字形中放在一堆的六个"子"字，它们使我立即想起了流水上的丝绸般的波纹。从上小学，我一读到"潺潺"二字就恍如看到了水波。我的解释可能令真正的文字学家发噱，但是如果对于语言文字连这么一点感觉都没有，又如何能咬一辈子文嚼一辈子字，如何会"为人性僻耽佳句"呢？再如饕餮，幼时很久很久我未能正确地读出这两个字的音，但是一看这两个字我就感到了那种如狼似虎的吞咽贪婪。我们还可以举"很""极其""最"这样的程度副词作例子：从语法上说，"我爱你""我很爱你""我极其爱你"与"我最最爱你"是递进关系，而任何一个作家大概都会知道"我爱你"才是最爱。爱伦堡早就举过类似的例子，这并不是王某的发现。至于最红最红最红……则绝不是红的最高级形容而是一种疯狂，这也不能用语法学词义学解释。再比如"我走了"三个字，这是极简单极普

通的一个完整例句,语言学对它再无别的解释。但是王某作为一个小说作者,十分偏爱这句话。一男一女分手时如果男的说了这句话,我觉得表现的是无限体贴和依恋、珍重,深情却又不敢造次。如果是女的说了这句话,我甚至于会感到幽怨和惆怅,也许还有永别的意思。紧接着"我走了",可能是急转直下的拥抱与热吻,也可能是"此恨绵绵无绝期"的遗憾。当然,富有考证的过硬本领的语言学家不可能认同这种过度的发挥。他们见到这种发挥只能愤慨于小说家的信口开河与不学无术。那么作家们又该怎么想呢?

同样,少功此书的"语言学"在不乏特异的光彩的同时(特别是在挖掘方言方面),容或有自出心裁望风捕影以意为之之处。但我们最好不要从严格的语言学意义上去进行考究。如果那样,倒有点上了作者的当的味道。作者就是要有意地把它包装成一部真正的词典,连"编者按"说什么本是按词条首字笔画多少为顺序编选的……明眼人一看也知道是作者的招子。所以我说的是对于语言的感觉与想象、臆测,而感觉想象云云,是相当主观的,是充满灵气却又不能完全排除随意性的,遇到考据式的语言学家的商榷反驳,那是难以沟通的。当真把它作为语言学著作来解读,大概也是"只知其一,未知其二其三"。虽然我不否认韩书有语言学内容。

那么为什么韩书要将小说当词典来写呢?第一这是一种解构,对于传统的小说结构的消解,不仅是创新、是刺激,是避开了长篇小说结构的难题,更是对于传统线性因果论决定论的一种破除,是一种更富有包容性的文化观与历史观的实现。第二是一种建设,作者与其他小说家或文学家的一大区别在于他的思辨兴趣与理论造诣,而用词典的形式可以最大限度地使之扬长避短,尽才尽意,叫作有所发明有所贡献。第三是一种开拓,这来自如他自叙的那种野心:词典云云,果然具有一种百科全书式的大气。第四也是一种巧妙,这种形式有利于保持雍容自若,而非心焦气促。还有第五第六,少功一石多鸟。当然,语言学者从中发现语言学,小说作者从中感受小说,民俗学社会学从中寻找真的与虚构的民俗,评论家从中共鸣或质疑于韩氏社会评论与文艺评论,这只能说是小说的成就,是韩书具有大信息量的表现。

而我的视点来到了小说上,来到了语言后边的故事上。比起议论来,我相信韩书的故事更富有原创性。书里的精彩的故事如此众多如此沁人心脾或感人肺腑,使我感到与其说是韩书舍弃了故事不如说是集锦了故事,亦即把单线条的故事变成了多线条的故事集锦。铁香的爱情罗曼史,本身就够一部惊天动地的传奇长篇。希大杆子的遭遇,奇特强烈,内涵丰富,令人嗟叹,复令人深思。韩书的可贵之处在于他并不急于通过这些故事告诉你什么,如同类题材的其他作品。少功的叙述十分立体,不求立意而含义自在。韩书横看成岭侧成峰,足见其对生活对社会的理解的过人之处。再如被人割去了"龙根"的万玉的故事,曲折跌宕,寓"雅"于(通)"俗"。人们自然会因之想起文艺问题艺术良心问题之类,但又更突出了普通人的悲喜剧。(貌似)无意为之给人的启示常常超过着意为之,文学常常是"吃力不讨好"这一俚语的证明。读了万玉的故事说不定令我们的一些同行愧死。在这些故事当中,流露着作者对于普通劳动人的爱恋与对于人生的肯定, 即使到处仍有愚昧野蛮荒谬残忍隔膜也罢。韩书丝毫没有避开生活中那令人痛苦的一面,但全书仍然洋溢着一种宽容和理解,一种明智的乐观,一种中国式的怨而不怒乃至乐天知命与和光同尘。它令人想起斯宾诺沙的名言:"对于这个世界,不哭,不笑,而要理解。"它也使我想起我自造的一句话:"智慧是一种美。"

韩书的结构令我想起《儒林外史》。它把许多个各自独立却又味道一致的故事编到一起。他的这种小说结构艺术,战略上是藐视传统的——他居然把小说写成了词典。战术上却

又是重视传统的,因为他的许多词条都写得极富故事性,趣味盎然,富有人间性、烟火气,不回避食色,性也,乃至带几分刺激和悬念。他的小说的形式虽然吓人,其实蛮好读的。读完全书我们会感到,与其说作者在此书里搞了现代法兰西式反小说反故事颠覆阅读,不如说是他采取了一种东方式的中庸、平衡、韩少功式的少年老成与恰到佳处。

当然,世间万物有得有失,此得彼失,作家的创作的思想性思考性理念价值,毕竟与纯学术性的学理性的著作所追求者不同。韩书的议论虽然多有精彩,但有些说法失之一般,如关于潜意识之论。又有些说法可能失之轻易,更有些说法给人以舶来引入转手时鲜之感。韩书的一些故事也因简略而使人不无遗憾。如果他更多一点艺术感觉与艺术生发多好!但也许那样又不是这一个韩少功这一个马桥了。即使如此,即使以一种挑剔的苛刻加潜意识中的嫉妒的眼光来衡量,韩书是1996年小说创作上的一大奇葩,可喜可贺,可圈可点。我们理应给以更多的注意探讨。

(载《读书》,1997年第1期)

旷日持久的煎熬

李　锐

　　最近，因为一个出人意料也颇为可笑的原因，我把曾经读过的《马桥词典》和《哈扎尔辞典》又仔细地再读了一遍。对照之下，那个被想过很长时间的问题，再一次地逼到眼前：我们中国文学，我们中国作家，我们每一个还想从事文学的人，在当今这样一个新的世界文化格局所限定的人类处境中，到底还有没有可能深刻地创造性地表达自己？这个问题很简单，简单到你根本无法绕开和回避。

　　自丧权辱国的鸦片战争以来已有一百五十多年了。一个半世纪以来已经有不知多少亿的生命在中国的土地上生下来又消失；活过，又死了。但是，古老的中华文明对于自己的古老的突围仍然遥遥无期。一个在外力和内力的合击之下解体了的文化传统，仍然在艰难地一砖一石地尝试着自己的重建和塌陷。

　　当人们以这样的眼光和尺度看待历史的时候，几乎可以，也完全可以对于一个叫作马桥的村子忽略不计。因为它实在是太微不足道了。它除了一些"不知有汉，无论魏晋"的村民和村口那两棵最终还是被砍倒的老枫树而外，实在乏善可陈。但是马桥人并不在乎别人的眼光和尺度，照样在罗江的岸边，照样在没有了枫树的村子里生生不息。

　　一个半世纪以来我们这个星球靠着科学技术、市场经济、法律章典、民主制度、世界大战、核武器、环境污染和种族歧视，已经从一个殖民主义的星球演变成一个全世界现代化和全球市场化的星球，而且据说是已经进入了"后现代"。

　　当人们以这样的眼光和尺度看待地球的时候，几乎可以，也完全可以对于一个叫作中国的国家忽略不计。因为它实在是太陈旧了，太落后了，它从来就没有赶上这股潮流，它死跟活跟还是跟不上，跟了一百五十多年，不过才从一个"半殖民地半封建国家"变成了一个"第三世界"的"发展中国家"。它既没有领导过这股潮流，也没有给这潮流输出过什么可资借鉴和使用的"文化"。虽然有人在用亚洲"四小龙"的经济奇迹，来印证"儒家文化的新的兴起"。但是小龙毕竟不是老龙和大龙。邻居和亲戚的阔气，并不能说明自己的繁荣昌盛。因而就有人充满危机感地喊出，如果我们中国人再不赶上这"第三次浪潮"，就有被"开除球籍"的危险。可是这一切也没有能妨碍和停止中国人在自己的土地上生生不息，并且早已经从"四万万同胞"生长成了"十二亿炎黄子孙"。

　　之所以在谈论韩少功的《马桥词典》的时候，不厌其烦地谈论"眼光"和"尺度"，是想提醒诸位注意我们作为中国人的生命处境，是想提醒诸位注意作为马桥人的生命处境，和落在那些"眼光"与"尺度"所组成的"历史"之外的生命的存在和生生不息。

　　我想，一切真正的文学和艺术所要做的事情，就是去打捞和表达这所有的被"历史"所遗漏的东西，这所有的被遗落在"历史"之外的人的生命体验。当我们把这些刻骨铭心的生

命的体验打捞上来表达出来的时候,我们又会在不期然之中在那些生命的深处看到这样或者那样的"眼光"与"尺度"所留下的烙印。

当回过头来打量历史的时候,凡有些文学史常识的人都知道,以"狂人日记"为题而发端的中国的新文学运动,在它的第一天就打上了外来文化的烙印。这篇被鲁迅先生从俄罗斯作家果戈理手上"全盘袭用"了题目和文体的小说,竟然从此成了中国文学和中国文化不可逃避的世纪性的命题的标志。对此,鲁迅先生曾经有过一句殉道式的悲情自白:

从别国里窃得火来,本意却在煮自己的肉。

这是一场旷日持久的煎熬。这是历史给中国人给中国文化留下来的唯一的再生之路。这是中国现代文学悲怆欲绝旷世孤独的主调挥之不去的根源。在中国现代文学立起的石碑上,一面刻下的是生者前进的里程,一面刻下的是给死者的诔文。

七八十年的岁月倏忽而过。我们在本世纪末所遇到的是更为无助的两难处境——自己的腐肉尚未煮完,那团窃得来的别国的火种却已经出了问题。当"德先生"生出法西斯的怪胎,"赛先生"造出核武器的灾难来的时候,我们不得不反躬自省。当现代和后现代的艺术浪潮席卷世界的时候,当结构主义、解构主义、后殖民主义的种种理论把那窃得的火种变得扑朔迷离的时候,当东欧剧变、前苏联解体之后,我们不得不重新体察自己这世纪性的煎熬。当西方人在那些当初被他们认定后来也被我们所认定的真理的尸体上哀歌不已的时候,我们突然发现自己所陷入的将是一种更可悲哀的无语的叙述和无字的书写。当年,我们从"文革"浩劫的废墟中走出来的时候,一种"得救"的激动掩盖了我们这个无比尴尬的处境。但那种控诉式的"伤痕",并不能作为当代中国人的新的精神的立足点,也不能作为中国新文学赖以生根的坚实的土壤。作为一名在"新时期文学"的大潮中成长起来的作家,我自己曾经也在一次又一次"轰动"的空响中激动不已。我们得承认,新时期文学的起点很低。也就是在新时期文学走到第一个十年前后,以韩少功等人为首的几位年轻作家,却打出了一面看上去很老的叫作"寻根"的旗帜。如果说韩少功当初的寻根,更多的是为了逃离政治话语的狭窄的阴影,那么韩少功也从此开始了自己面向世界,更为开阔、更为清醒、更为独立的精神和情感的追求。在扬弃了简单的东西文化优劣论之后,在放弃了那种线性的非此即彼的对于世界的把握方法之后,在经过了旷日持久的知识结构的转变之后,在翻译了昆德拉的《生命中不可承受之轻》之后,在经过了从《爸爸爸》《女女女》到《谋杀》《鞋癣》《暗香》等一系列的新的形式和文体的尝试之后,在经过了又一个十年之后,锲而不舍的韩少功终于写出了他的《马桥词典》!

在这第二个十年当中,我们又经历了"现代派""先锋"和一切关于"后"的新名词的轰炸和轰动。在这第二轮的轰动之中,我们所常常看到的还是那样一种"获得真理"的满意,还是那样一种"宣布真理"的自豪。但是如果"从别国里窃得火来"本意却只在于一时的炫耀,本意却只在于夺一时的话语时髦,甚至本意却在于用"后现代的神话"来遮盖中国的鲜血和苦难,用"后现代的神话"来取消知识分子的责任和理性承担,那么我们将会永远被淹没在历史的阴影之中。中国文坛上"先锋小说"迅速的兴起和衰落,其症结也正在于仅仅"从别国里窃得火来",却又并不真心地"煮自己的肉",并不认真地回答自己作为中国人的生命处境,并不认真地回答中国文化传统带给我们的挑战。于是"先锋"在我们这里很快地丧失了前进

的动力,很快地蜕变为一种封闭的自我循环,在"先锋"作为一种时髦的价值消退之后,并没有给我们留下多少新的文学空间。在一场又一场的"副本"游戏之中衰落了的不仅仅是文学,还有玩文学游戏的人。

我这样不厌其烦地谈论过去和背景,似乎有些离题太远,但是,如果不把谈论问题的前因后果讲清楚,不把谈论问题的语境讲清楚,也就无法讲清《马桥词典》的意义和贡献。如今,中国知识界流行的"中国式的后现代"理论的种种版本,对"经济奇迹"和"后现代"属于历史进步的单一性肯定的价值判断,正在剪除着中国知识分子任何怀疑和批判的合法性与可能性。所有时髦的"游戏"都大受喝彩,而所有认真的思考,所有严肃的追问,都被嘲笑和冷落,被大泼污水。事实上,不管承认还是不承认,我们中国人的精神坐标,都无法摆脱世界性的"后现代主义"思潮。可悲的是,"后现代主义"的千丝万缕在别人那儿都是刻骨铭心的真实处境;但在我们这儿,千变万化却常常是一种时髦的标签。

令人稍感慰藉的是,在这一派喧天的狂欢节的喜剧中,一些执着的追问者和承担者,终于渐渐地露出了他们诚实、朴素而又坚定不移的面容。

其实,当韩少功彻底地放弃了那种"主导性人物,主导性情节,主导性情绪,一手遮天"的传统小说的叙述原则之后,当韩少功把马桥的历史、地理、气候、社会、文化、人物、习俗、情感、命运、故事、气味、温度、幻想、现实,等等,解构分散成一百一十一个词汇呈现给我们的时候,当韩少功把考据、政论、语言比较、思想随笔、笔记小说、抒情散文、方言考察、民俗记录、神话、寓言等这一系列不相干的文体通通汇集在一部长篇当中的时候,当韩少功在以一种"反小说"的方法来写小说的时候,他所采取的恰恰是一种后现代主义的开放式的文化立场,他所具有的恰恰是一种冲决一切传统束缚的先锋性的品质。如果从韩少功以《我们的"根"》作为宣言的"寻根"开始,到他创作《马桥词典》的时间算起来整整十年。十年寻根,十年追问,十年对自己和对时髦的不断否定与突破,十年的集大成,韩少功终于有了他的《马桥词典》。

以我自己的苛刻的划分,在《马桥词典》之前,韩少功的一切文字都只能算做是一种准备,在《马桥词典》之后,韩少功将可以被称作是一位杰出的小说家。

一部《马桥词典》从头至尾充满了怀疑和驳问,既有对西方话语霸权的驳问,也有对汉文化话语霸权的驳问,既有对科学至上的驳问,也有对现代神话对人异化的驳问,既有对历史进步的驳问,也更有对语言符号本身对人遮蔽的驳问。可是立在这一切的怀疑和驳问之下的,并非是一个浪漫而理想的"桃花源"。读过《马桥词典》之后,在被韩少功那些或机敏或深沉,或抒情或冷锐的文字引出了笑声和眼泪之后,心头拂之不去的,是那样一种深深的悲凉。在这个叫作马桥的世界里,那一些可以被称作是美好的人和事,在一种麻木、阴冷、压抑的气氛中,或突然或渐渐地死去。那个肯为任何人卖力气,却又在人们共同的压迫下最终变成了哑巴的盐早;那个既殉情于自己的发歌艺术又殉情于女人们,却又最终被人发现没有龙根的万玉;那两棵曾经温暖了人们不知几百几千年,温暖了不知几代几十代人,却又最终被砍倒变成了板凳的老枫树;那个美丽夺人,却死了儿子离了丈夫最终变成了梦婆的水水;那个闯遍广州、上海一心要发财一心要想当个现世英雄,却又最终被关进牢房病死狱中的魁元;那头叫作三毛的桀骜不驯、气贯长虹、力大无穷、却又最终死于人们刑法的斧头之下的黄牛……无不叫人肝肠寸断。这是怎样的叫人牵肠挂肚,却又令人阴冷窒息呵。而当这一切被撤去了"史诗"的可能,当这一切被撤去了"理想"的可能,当这一切被撤去了成为"历

史"的可能,最终飘散成为一百一十一个孤独的语词呈现在我们的面前的时候,你会不由得惊然想起马桥人对于死亡、衰败、消失所专用的那个词——散发。世纪之初,在东西文化的对撞中,被新文化运动的前辈们所选定的那个世纪性的悲壮的命题,在世纪之末,在对马桥人一百一十一个词的注释中,再一次沉重地浮现在眼前,所不同的是,这一次的煎熬,是一次对于"肉"和"火"的双向的追问和煎熬。马桥人何其不幸,竟要落入这样一种无人可懂的两难处境?一个在暗夜中的前行者,当连他手中的最后一点火光也消失了的时候,那将是怎样的一种境地?也许这样问,这样想,太让人绝望。也许为了给这绝望再加上一把煎熬的烈火,历史所能给予我们的只有置之死地而后生。

我知道,当我因为《马桥词典》而谈论中国人的历史和精神处境的时候,会遇上一道"文化冒险主义"的篱笆。事实上对于中国人的历史和精神处境基本估量的巨大差异,已经成为中国文化界,自"坚持人文精神"的争论以来许多分歧的症结所在。由于这个问题太大也太复杂,不是在这篇文章里可以谈清的。但是,我想说的只有一点:撇开别的姑且不提,只要我们还稍稍的记得一点"文化大革命",对苦难还稍稍的有一点承担的精神,我们就该明白,我们中国人的文化和价值重建,离1911年的辛亥革命实在没有多远!不错,世界上没有也不应该有任何一个人生来就是为了吃苦和受难活着的。一切对于苦难的承担,也正是为了人的幸福。可是如果午睡后的一只"红富士",晚饭前点起来的一根白蜡烛,银行里的一点存款,手上的几本文集,搞了几个电视连续剧,间或有那么几次出国"文化观光",动不动可以闹上一两次文化名人的脾气,这一切都成了心满意足的理由,都成了点缀历史进步的花瓣,都成了跟上"后现代的时代"的标志,都成了"保卫进步""保卫文化"的赤胆忠心和铮铮铁骨的支撑点,那么我们就真的可以闭上嘴,闭上眼,也闭上心,在对世俗也对自己的关怀中享尽"幸福"。

于是在这片被现世的幸福所板结了的土地上将难以留下任何新文化的种子;于是在被"中国式的后现代"理论所矮化了人格的肩膀上,你也难以看见任何承担的愿望。所谓"从别国里窃得火来,本意却在煮自己的肉"的历史使命,就在中国知识分子精神板结的土地上,蜕化成一次又一次的"学术期货"交易,蜕化成一遍又一遍的"学术奔跑",蜕化成姿势优美唱腔准确的"文化表演"。在这样一场新版的"兄妹开荒"的演出中,我们甚至着急得顾不上把翻土、撒种、除草、施肥的动作做完,就已经赶紧做出满脸夸张的庆丰收的表情来,就赶紧鼓掌庆祝自己演出的成功和轰动。这些年来,在这块精神板结的土地上,这一类的文化空转的表演愈演愈烈。我们只关心自己是否轰动,并不关心是否真的撒下了种子,更不关心种子是否真的生了根。历史所给予的一场精神历程的双向的煎熬,在我们这里却变成了双向的误会和讽刺。

在这一片"有福不会享"的讥笑声中,在这一片"有福不让享"的指责声中,韩少功却在中国最能享上福的经济特区海南岛上,弄出这么一个远在湘西的偏僻穷困的马桥村来,而且如此隆重地为这个最没有文化、最落后、最不现代化的地方,编创了一本后现代的词典,叫我们这些"有文化"的人来受感动和受启发;弄出这么一百多个语词的谜语来叫我们猜。这时候你就不由得会在韩少功叼着香烟的笑脸的后面,看出几分令人心惊的"黑色"来。

出于对语言篡改的警惕,出于对语言蜕变的警惕,出于对在被叙述中语言耗散的警惕,也更出于对语言符号给人自身所带来的遮蔽的警惕,韩少功在后记中把《马桥词典》界定为是"我个人的一部词典",甚至希望"人们一旦下课就可以把它忘记"。在这个小心的界定和

提醒的背后，我们又一次地看到了怀疑。这次的怀疑，是韩少功对自己的怀疑，是韩少功对自己的怀疑的怀疑。韩少功自己也不能确定，在这世纪末的纷乱的激流中，他所找到的这些语词的踏石能否帮助他自己涉过所有的洪水和险滩。

在把《哈扎尔辞典》仔细读过，并把人物分类编号，对照前后左右，我发现，帕维奇先生打了一场精彩绝伦的桥牌。在这场游戏中一切都是经过精心计算的，花色要分清，点力要算好，将牌和副牌绝不能混同，每一次叫牌都意味着一种欺骗和呼应，每一次出牌都意味着一种堵塞和沟通，在花色变幻的纸牌看似随意撒落的时候，那每一张牌，都是一次分毫不差的法则和约定的执行。作为典型的后现代主义小说的范本，帕维奇以那部据说是记载了哈扎尔民族全部历史和文化的《哈扎尔辞典》为中心道具，以基督教、伊斯兰教、犹太教这三种不同宗教不同文化的民族，对《哈扎尔辞典》——也即是对历史、对文化、对宗教截然相反又相互叠印的记忆和叙述，展开了一场时空错转，人鬼互换，似真非真，似假非假，似梦非梦，复杂无比，又精彩纷呈的叙述游戏。在这个游戏之中，意义在消解，"所指"在滑动，所有对本质的追问都不可确定，所有对生命的承诺都无法落实，所有对宗教的信仰都无处安放，所有对历史的书写都不可流传，所有的理性都在下意识的寒风中纷纷凋零，所有的形而上都在语言的坍塌中落进尘埃。在这场游戏的末尾，随着轰然一声枪响，随着那个四岁的男孩把一颗子弹打进一个空洞的大嘴，对于《哈扎尔辞典》的所有考查和追问的可能，变成一具尸体颓然倒地。与此同时，这个精心搭建、虚实相间、彼此呼应、环环紧扣、迷幻神奇，铺张了十万字的叙述之塔也哗啦啦地坍塌成满地的碎砖乱瓦，倒在那一行谶语般的算式上——1689+293=1982。这时候你才发现毁了这场追问毁了这个好游戏的那三口之家，却原来是从二百九十三年前，从三个水火不相容的宗教和民族转生变化而来的。这本词典并非像作者在卷头所声称的那样，可以随便打开一页读起来，可以随便从一个词条读起来。那不过是作者在他采取的解构主义的叙述策略中，给读者故意留下的玄虚。你不把他精心编织的那一套结构和关系搞清楚，你也就根本无从去体会那最后一枪的"解构"和"颠覆"的震撼。何况，帕维奇并没有把《哈扎尔辞典》的叙述真正的词典化，在他开列出来的二十个单词中有十七个是人名，这些所有的人名解释都是有关此人围绕"中心道具"的叙述的展开，由于叙述关系过分的复杂，帕维奇最后不得不放弃词典方式而借助于十一封信的书信体的自述，和一段法庭审讯记录，才最终结束了自己的故事。帕维奇也正是依靠"不可卒读"拉开了与读者的距离，从而改变了阅读的旧习，把读者强拉进他的书写之中。其实，词典体并非是帕维奇的独创。在《哈扎尔辞典》于1984年发表的前七年，法国的那位学术大师罗兰·巴特就已经发表了他那本按照字母顺序排列的奇书《一个解构主义的文本》。当然1977年的罗兰·巴特还远远轰动不到中国来，那时的我们正等着轰动于一场《于无声处》的政治惊雷。

但是有了解构主义，有了意义和主体的消解，有了理性和形而上的塌陷，都并不能停止人的活动。在《哈扎尔辞典》发表数年之后，就在帕维奇教授的眼睛前面，一点也不虚假的子弹满天横飞，绝对不会消解的坦克、飞机和大炮覆盖大地，真实得不能再真实的鲜血和肢体随着爆炸的硝烟四下迸溅，塌陷了的只有平静的村庄和美丽的萨拉热窝，竖立起来的只有一眼望不到边的墓碑和断垣残壁。数万人死于战火，二百一十多万人背井离乡。不过你要是去问问交战的各方，他们保证都有真实得不能再真实、神圣得不能再神圣、正确得不能再正确的各种理由。一场战争结束了，一张地图重画了。若干年后，几个以东正教、伊斯兰教和基督教为各自主要教派的国家会加入到世界中来，那时候，他们肯定会隆重地编撰各自的代

表国家尊严和民族文化的各种词典或百科全书,可那时的人们已经不大会注意,印刷这些词典和"全书"的油墨里早就渗透了人的鲜血。面对此景,不知帕维奇教授再写词典体的小说的时候,将能使用什么样的新方法。面对此情此景,我们也真的不必为马桥的阴冷、麻木、贫困、落后和马桥的"散发",产生一种专门的独属于"落后民族""低等文化"的羞愧和耻辱。就像世界上不同民族不同文化的向善向爱之心有着同样的重量一样,属于人类的、属于人这种物种的残忍和贪婪也是没有红、黄、白、黑的肤色之分的。

在罗兰·巴特写了《一个解构主义的文本》之后,在昆德拉用"七十一个词"为题在《小说的艺术》中写了他的第六章之后,在帕维奇教授用半部词典体写了他的《哈扎尔辞典》之后,韩少功用全部词典的方式,写出了他的《马桥词典》。这没有什么奇怪的。就好像在福克纳的作品中可以看见乔伊斯,在《哈扎尔辞典》中可以看见罗兰·巴特、可以看见拉丁美洲的魔幻现实主义一样,在如今这个世界上你中有我,我中有你,已经成为一种普遍现象。

但是当韩少功把他的一百一十一个用中国的象形的方块字、用马桥的方言所组成的语词开列出来,放在纸上的时候,他的叙述策略和游戏规则所让你看到的,显然是一盘最自由无居又出神入化的围棋。在这种由中国人发明创造出来的游戏中没有主牌副牌,没有那么多繁复细致到令人生畏的规定,棋子只有黑白两种,棋盘只有纵横相交的十九道直线,三百六十一个交叉点,每一个棋子在棋盘上都是平等的、不分主次的;力量的较量是在黑白错杂,阴阳吐纳之间完成的。

看《马桥词典》,你会发现韩少功在他的叙述策略中把自己放在了一个针锋相对的巨大的矛盾之中:从总体上看他采取了解构主义的立场,把一个活生生的马桥世界,解构成为一个一个的单独的词,并且他在行文当中不时流露和反复表现了这样的立场;但是在他对每一个词条的具体叙述时,他却使用了全知全觉的、"本质主义"式的陈述,看他言之凿凿地论证或陈述,你会觉得他一点也不想解构自己。这是一对极其富于张力和摧毁力的矛盾。面对这个矛盾的不仅仅是韩少功,还有所有采取后现代主义立场的人们。

韩少功把洋洋二十八万中国人的象形的方块字,撒在这个巨大的张力场中。他从容不迫地看着它们黑白错杂,阴阳吐纳。

韩少功的贡献正在于,他把中国人的象形的方块字,他把中国人的某一种方言,带进了这样一个后现代主义的巨大的思维和体验的空间之中——

如果没有象形的方块字,没有那些对马桥方言的注解,韩少功这样一场对于后现代主义的突进,将丧失它巨大而深远的中国人的文化背景。

如果没有韩少功对于马桥世界的叙述,这一份独属于中国人的,独属于韩少功自己的万千生命体验,将无从被放置于世界性的后现代主义的火光烛照之下。

任何人,不管他是中国的还是外国的,他如果想进入马桥的世界,他就必须翻越这一道有着悠久的历史、包含了绝然不同智慧的象形的方块字的高山和由象形的方块字所组成的中国人的语词的崇山峻岭。否则,他将与这场游戏无关。否则,他将与这所有的历史和文化无关。否则,他将与这全部的刻骨铭心的生命的体验无关。

在韩少功用二十八万字走出来的这一盘精彩的围棋的盘面上,单个独立的以单音节发音的以象形性为根基的方块字,显示了一种无比自由的组合,和无比丰富的表意能力。它们每一个字也就是一个棋子,它们所组成的每一个词,又是一个新的开拓和变化。韩少功带着自己所加给它们的各种各样社会的、历史的、文化的、民俗的、政治的、小说的、诗歌的、寓言

的、神话的种种意义,参加到这样一场后现代主义的游戏当中来的时候,竟然是如此的舒展自如,游刃有余。它们并没有因为马桥的偏僻穷困和落后,而在这场后现代主义的游戏中,也显得穷困和落后,也显得像是一个身无分文的乡下人。相反地,它们竟是如此的生动感人,竟是如此的朝气蓬勃,如此的充满着不可压抑的生命的力量。在一场后现代式的文学游戏中竟然有如此不可思议的审美潜能。为此,我们应当感谢韩少功!

现在,我们也许可以回到文章的开头了。

不错,在有了这么多的主义,这么多的眼光,这么多的尺度,这么多的被不同的人所记忆的不同的历史之后,文学还能做些什么呢?文学存在的理由是什么呢?

因为在有了这么多的主义,这么多的眼光,这么多的尺度,这么多的被不同的人所记忆的不同的历史之后,还有人类的存在,还有人的存在。只要有生命存在一天,就会有不可停息的对于生命的体验和表达的渴望。尽管我们这颗星球已经不知被多少种真理涂染过多少回了,尽管我们知道当下这一次的涂染叫作"后现代主义",可我们也知道,这一次的涂染之后,生命之根还是要顽强地露出地面,它还要遇到另外的不知什么主义的涂染。不管有过多少次有过多少种"真理"企图把生命整齐划一,但是它们最终都没有能够做到。所有属于生命的最深刻的体验都是不可临摹和互换的。正是在这个意义上中国人不是欧洲人、欧洲人不是美国人,非洲人不是美洲人,马桥人不是北京人或者广州人,帕维奇不是韩少功。正是在这个意义上,有限的眼光和尺度,将永远不能覆盖无数的作家和作品。正是在这个意义上,艺术和文学获得了永存的源泉和滋养。也正是在这五十亿生生不息的生命的厚土里,最终生长了又掩埋了一茬又一茬的"真理",最终生长了又传唱了一首又一首的咏叹的诗歌。

近几十年来,在欧美发端、壮大并又最终影响波及全世界的后现代主义潮流,使我们再一次看到别人对于世界深刻的影响和对于人类难以估量的贡献。越是理解了别人在方法论和价值观意义上,深刻、全面而又巨大的颠覆和重建,也就越是感到自己的贫乏和困顿。这是所有虚无或自大的盾牌都不能掩饰的,这是我们焦灼不安的真实的生命体验。我们不得不再一次地接受那个旷日持久的煎熬。我们不得不一而再,再而三地去接受"从别国里窃得火来,本意却在煮自己的肉"的命运。尽管这一次的明显煎熬,是一次双向的煎熬,可除了接受而外我们并无别的选择。

只是这一个半世纪以来的,一次又一次的战乱,一次又一次的流血,一次又一次的自毁自戕,使这场煎熬变得惨绝人寰般的酷烈。一百五十年,对于历史太短,对于生命却又是何其漫漫!当希望一次次地变成绝望,当绝望一次次地变成虚妄,我们又拿什么来慰藉生命?拿什么来慰藉一代又一代悲绝的心灵?每想到此,我就反复想起那个中国人的古老的神话,这神话很短,它只有三十七个字:

> 夸父与日逐走,入日。渴欲得饮,饮于河渭,河渭不足,北饮大泽,未至,道渴而死。弃其杖,化为邓林。

这三十七个字,越过千年悠悠岁月朝我们走过来的时候,我们就会想起一个长长的没有走到"大泽"的"道渴而死"者的名单:康有为、梁启超、谭嗣同们死了,孙中山、黄兴、秋瑾们死了,李大钊、陈独秀、瞿秋白们死了,王国维、陈寅恪们死了,鲁迅们死了,胡适们死了,胡风、老舍、傅雷们死了,离我们最近的顾准也死了……总有一天,会轮到我们道渴而死的。

是的,还是"道渴而死"。我们不能欺骗自己,我们心里都知道去"大泽"的路正遥遥无期。在我们之后,还会有不知多少"道渴而死"者倒在这去往"大泽"的路上。我们该把这三十七个字刻到石碑上,把这三十七个字刻在石碑的两面,把这石碑放在我们的心里——以悼念死者,以昭示来者。

是的,"未至,道渴而死"。这是我们的宿命。

1997 年 1 月 7 日下午 3 时完稿,9 日改,11 日再增写,
2 月 4 日再改,于太原寓所。

(载《读书》,1997 年第 5 期)

沉默的马桥

邓晓芒

　　中国文化的失语问题,有些作家早就注意到了,尤其是有寻根倾向的作家们。当他们试图回溯我们民族的起源和文化心理中的真相时,总是会发现失语现象,包括人物的匿名、无名现象。一些小说的主人公越来越没有名字,除了"我""他"或"她""我奶奶""我爷爷"之类以外,就是随便什么阿猫阿狗,只是个代号,甚至一个声音、一股气流而已。80年代以"寻根"而在文坛声名鹊起的韩少功,在其代表作《爸爸爸》中即描写了一个天生失语的丙崽,他除了会叫"爸爸爸"之外,再不能说出别的语言。然而,进入90年代,韩少功力图作一次"获生的跳跃",即借用某些现代西方语言哲学的概念和视角,重新透视我们民族那沉默的根。这就是他近年来苦心经营的作品《马桥词典》的一个理想目标。在这里,他一反过去将失语现象引向神秘和混沌的致思方向,而试图在不言不语、少言寡语、闲言碎语、疯言疯语甚至胡言乱语中,重新发现语言自身内在的逻辑和力量,来建立我们民族的一门自下(方言)而上(普通话)的语言学或"超语言学"。他说:"从严格的意义上来说,我们并不能认识世界,我们只能认识在语言中呈现的世界。我们造就了语言,语言也造就了我们。《马桥词典》无非是力图在语言这个层面撕开一些小小的裂口,与读者们一道,清查我们这个民族和人类处境的某些真相。"(《语言的节日》,载《新创作》,1997年第2期)显然,与他前期崇尚失语的内在体验相反,韩少功在这里强调的正是语言"造就了我们"的先在性,这种说法与海德格尔和伽达默尔的观点如出一辙。但从文化寻根的意向来说,韩少功却是首尾一贯的。

　　我不想讨论《马桥词典》是否对别的什么"词典"的"拙劣的模仿"这个本属无聊、但却被炒得沸沸扬扬的问题,它与该书的文学价值和思想价值无半点关系。我只想指出,《马桥词典》作为韩少功寻根意识的一种新型体现,与他前期的寻根意向处于严重的背反之中,而这种背反最集中地体现在该《词典》本身里面。韩少功敏锐地抓住了"语言"问题,这是一个我们民族文化最根本的问题:然而,他并不想去创造语言,而只想凭借自己学富五车的渊博学识去寻找和发现现成的语言。他竟想避开他在《爸爸爸》中凭直觉所领悟到的民族文化失语的痼疾,而将一切"爸爸爸""妈妈妈"和各种言(语)有尽而意无穷的声音气流都诠注为一个有序的语言系统、一部"词典",这确实太勉为其难了。读《马桥词典》,我除了读到一个个富有象征意味的故事之外,实在没有读出多少"语言学"的味道。那些词条词目的形式其实完全可以删去,或代之以简单的编号(1,2,3……),丝毫也不损害小说的艺术风格和思想性。毋宁说,这种多余的形式只不过表明韩少功在紧紧追随西方现代和后现代回归意识,尤其是语言学寻根倾向(如海德格尔对古希腊语的追寻)的热情和关注中走岔了路。但幸好,由于他并未完全背离自己的艺术直觉,他在这种有问题的理论引导下仍然作出了一些相当深

人的挖掘,其中最有意义的挖掘是:中国人(以马桥为代表)数千年来赖以生活的其实并不是什么语言,而恰好是那些操纵语言、扭曲语言、蹂躏语言、解构语言的东西,这些东西有时躲藏在语言底下,但往往也凌驾于语言之上,它们可以是极其原始、鄙陋、强横、不容"商量"的东西(痞),也可以是极其温存、神秘、高雅和脉脉含情的东西(纯情),总之是只可意会、不可言传、意在言外、言去意留的东西。

　　其实,《马桥词典》一开始就表明了这一点。书中写道,对于官方用"大跃进"来标示的某个时代,马桥人却有自己的俗称和代指,即"办食堂"那一年。"他们总是用胃来回忆以往的,使往事变得有真切的口感和味觉。正像他们用'吃粮'代指当兵,用'吃国家粮'代指进城当干部或当工人,用'上回吃狗肉'代指村里的某次干部会议……"(《韩少功自选集·马桥词典》,作家出版社,1996 年版,第 13 页,下引此书只注页码)。甚至国际通用的公元纪年如"1948",他们也有自己在外人看来似是而非的表示方式(第 110 页)。作者从这里体会出,"在某种物质的时间之外,对于人更有意义的是心智的时间"(第 127 页),"时间只是感知力的猎物","人的时间只存在于感知中"(第 128 页)。在这里,"统一的时间"是不存在的。当"光复力图使自己与儿子仍然生活在统一的时间里"(第 131 页)、想用自己的"忆苦思甜"来教训儿子时,他是犯了个原则性的错误,因为对同一段时间的感觉是每一代人、甚至每个人都截然不同的,正如马桥人把同一个人按其在场或不在场分别称之为"渠"和"他"一样(第 161 页)。然而,作者没有看出,统一时间、统一空间、统一指示代词的空缺恰好是导向语言本身的空缺的。因为语言,如果不只是一阵风、一口气的话,它的功能首先就是统一性,凭借这统一性,它能使各个不同的人达到共同的理解与交流,使这里和那里、这时和那时得到沟通,使记忆可靠地保持、目标被持续地追求。没有统一性的语言根本不能被理解,它不是语言;统一性受限制的语言(方言、俚语、黑话等)如果不能走向越来越大的统一性的话,则是不成熟或受阻滞的、消亡着的语言。当韩少功强调马桥方言的特殊性以架空统一语言的普遍规范性("公共化")时,他实际上已走上了一条中国传统否定语言、贬低语言的道路,而他自己却以为他正在高扬语言的魔力,岂不怪哉?

　　由此我们也就可以明白韩少功种种自相矛盾的说法的来历了。一方面,他对语言本身及其"魔力"推崇备至(这正是他之所以要编一部"词典"的初衷),认为"人类一旦成为语言的生类,就有了其他动物完全不具备的可能,就可以用语言的魔力,一语成谶,众口烁金,无中生有,造出一个又一个的事实奇迹",因而"一本词典差不多就是可能放出十万神魔的盒子"(第 166 页);他从"话份"(说话的资格)这个词中看出的不是语言的权利品格,而是权利的语言品格(第 175 页);他甚至问自己:"到底是人说话,还是话说人?"(第 93 页)预设的答案当然是后者,因为他反复强调,只要一个命名没有取消或改变,人们要走出偏见的阴影是相当困难的。但另一方面,他似乎又处处要否认语言对人的这种束缚力量,要证明语言本身是受人的观念和种种无可名状的情绪、要求、兴趣和场境所决定的。他发现:"语言看来并不是绝对客观的、中性的,语言空间在某种观念的引力之下,总是要发生扭曲"(第 30 页);人们可以为政治需要、道德伦常或任何临时的个人方便而任意取消、讳避、禁绝语言,剥夺人的命名权,或是转化、歪曲、颠倒语言的含义。他为马桥人对"醒"和"觉"的颠倒用法辩护说:"马桥人完全有权利从自己的经验出发,在语言中独出一格地运用苏醒和睡觉的隐喻"(第 46 页),甚至主张"每个人都需要一本自己特有的词典"(第 401 页)。继而他指出,有些语言完全是地道的废话,是应该由听者听而不闻、随时予以删除的。"仔细的清查将会发现,语言

的分布和生长并不均匀。有事无言,有言无事,如此无序失衡的情况一直存在"(第260页)。不过,他在列举这些"不可认真对待"的废话、如打招呼用的"你老人家"、开会用的"全国形势大好"等之后,认为粗痞话作为"语言的肛门"倒有一种扫荡废话的作用(也许他在此想到了毛主席的一句诗词),认为"只有在充斥虚假的世界里,肛门才成了通向真实的最后出路,成了集聚和存留生命活力的叛营"(第262页)。他把这仍算作对语言的一种褒扬(而不是糟蹋)。但他忘记了,粗痞话也是可以成为套话、废话甚至打招呼的话的(如我们举世闻名的"国骂")。一旦人们认可了"人性本痞",公认了肛门是"通向真实的最后出路",立刻就会"咸与维痞"起来。时下小说里靠糟践语言来表现"真实"和"生命活力"正是时髦,但我总怀疑那是装出来的。

所以毫不奇怪,当作者在80年代与马桥的后生们接触时,他"发现了词义的蜕变,一场语言的重新定义运动早已开始而我还蒙在鼓里"。不仅是他所憎恶的"懒"字在这些人的新词典里获得了夺目的光辉,而且"欺骗、剥削、强霸、凶恶、奸诈、无赖、贪污、偷盗、投机、媚俗、腐败、下流、拍马屁等等,都可能或者已经成了男人最新词典里的赞辞和奖辞"(第334页)。但这说明了什么呢?说明的不正好是在中国,其实从来都是"人说语言",而没有什么"语言说人"么?韩少功对于一个人因违法乱纪而受到惩罚的事注解道:"整个事情不过是一次语言事件,是一次词义错接和词义短路的荒唐作业。违法者最终使自己丢掉了饭碗,为一个或几个极普通的词付出了代价"(第337页),这种解释给人一种莫名其妙、故弄玄虚的印象。……很明显,韩少功在语言对人类生活究竟起着什么样的作用这个问题上陷入了惊人的混乱,这种混乱在他把中、西历史事件加以混同时就更加剧了。

从中国来看,他指出在"文革"中,"除了'红司''革司'一类少有几个词的区别,当初武斗的双方在思想、理论、做派、趣味、表情、着装、语言方面完全没有什么不同","那么一场场红着眼睛的相互厮杀是怎么发生的?"(第366页)无论问题的答案是什么,肯定不会是他所说的,"语言的力量,已经深深介入了我们的生命"(第278页),正相反,应是人们对语言的共同性,乃至对语言本身的蔑视。人们关注的其实是语言底下那不可言说的"心",即各人不同的内心情感体验。"文化大革命"是一场在统一语言旗帜下各人凭自己的情感体验"表忠心""献忠心"的运动,那本来是要使全国人民步调一致的统一语言便成了亿万自我膨胀的"心"的体验的工具和面具。每当胜利一方踏着溃败一方委弃的旗帜乘胜前进(追穷寇)时,他们所呼喊的同一语言就遭到一次毫不留情的践踏和洗劫。

西方的情况则有所不同。韩少功读过《圣经》和《古兰经》,认为除了"上帝"和"真主"一类用语的差别外,"两种宗教在强化道德律令方面,在警告人们不得杀生、不得偷盗、不得淫乱、不得说谎等方面,却是惊人的一致,几乎是一本书的两个译本"(第366页)。那么为什么会有一次次血流漂杵的"圣战"呢?韩少功的解释是奇怪的:语言虽很重要,但一当它上升为神圣,它就不再重要(失重),而成为"无谓的包装"。其实,他从两部"圣书"在内容上的一致判断它们语言上一致,这一开始就是误入歧途。从内容上说,世界各大宗教乃至各种伦理说教都可说是大同小异,绝没有一位先知教导人们要偷盗等等,更何况基督教和伊斯兰教有同源性。但问题在于,这两部圣书是用相互陌生的两种文字写成的,并且对同一教义内容的表述方式、对同一戒律的解释和执行仪式,等等都有差别:这种差别不仅仅是对一件事的内心体验的差别,而且是两大语言体系的差别,而这两大语言体系蕴含着两大民族文化的整个生活方式、思维方式、信仰方式和文化心理的深刻分歧,"十字架"和"新月"只是其最集中

的象征符号(广义的语言)而已。所以西方的情况的确可以用《圣经·创世记》中有关巴比伦塔的故事来说明,即上帝有意变乱人们的语言,使他们相互分散,造不成通天高塔。韩少功表述为:"世界上自从有了语言,就一次次引发了从争辩直至战争的人际冲突,不断造就着语言的血案。"(第366页)

然而,韩少功没有看到,虽然西方的人际冲突来自于对同一些事情的不同语言表达,但中国的冲突通常却来自对同一语言的不同体验。中国历来没有仅因语言、说法、表达方式的不同而导致大规模流血冲突的(历代"文字狱"正因为不是诉诸文字本身,而是诉诸个人体验,才显得那么凶险叵测)。因为人们早已看透了,任何"名"都只有附着于"实"之上才有意义,绝没有离开"实"而独立的意义。孔子虽有"正名"一说,但历史上"名不正言不顺"而大行其实的比比皆是、几成惯例,是一切"名正言顺"的前提。任何名言规范在中国人眼里其实并没有什么神圣性,即使是对"嘴煞"的恐惧(见"嘴煞"条)也不是对语言本身的魔力的恐惧,而只是许多其他禁忌中的一种,且只是对某几个词语的特殊作用的迷信。所以中国从来没有过西方那样大规模的宗教战争,尽管有以宗教为旗帜的造反,也有政府从政治考虑出发的灭教,但早熟的中国人犯不着为教义上的词句之争大动干戈。相反,西方人把语言视为上帝的"道"(logos),便滋生出一种为了语言(道)狂热献身的精神。语言,特别是具有普遍性和逻辑规范性的语言(概念语言、数学语言和法律语言)在西方人看来是一个凌驾于现实生活和一切个人体验之上的超验世界。所以他们可以潜心从事于纯学术和纯科学,发展逻辑、形而上学和思辨神学,也可以为彼岸世界的信仰而无视此岸世界的流血牺牲。

韩少功没有区分这两种截然不同的情况。当他对现代的语言疯长和语言爆炸表示担心:"谁能担保这些语言中的一部分不会触发新的战争"(第367页)时,他忽视了两个事实。第一,中国从来不曾因语言的膨胀而触发什么战争,同样,中国历来的战争也从不因为语言的贫乏(如焚书坑儒)而能避免。今天,新的语言和词句满天飞虽然可厌,但并不可怕,它导致的只是国民财产的浪费和思想的麻木,而不是流血的战争;第二,西方的信息爆炸尽管有种种弊端,但最不必担心的恰好就是由此引发战争。西方人终于认识到,除了他们的《圣经》的语言统一性之外,全人类应当通过对话谋求一种更大的语言统一性,这种对话越是迅速、广泛、开诚布公,便越是能将冲突消灭在萌芽之中。所以当今世界,战争总是在那些相对沉默的民族(如两伊、波黑、非洲国家)之间持久地进行,而在比较开放(语言开放)的国家,语言不仅是"寻求真理的工具"(对话),而且的确被当作"真理本身"(条约、协定)那样严格遵守。韩少功把"脸上露出自我独尊自我独宠的劲头"的"言语者"称之为"无情讨伐异类的语言迷狂"(第367页),完全是用错了词(即混淆了"言语"和"语言")。唯我独尊的言语者恰好是对语言的践踏(而非迷狂),他只相信自己的言语,而无视普遍的、与他人共同和共通的语言。韩少功既然"更愿意强调语言与事实存在的密切关系,感受语言中的生命内蕴","较之语言,笔者更重视言语,较之概括义,笔者更重视具体义"(序,第1页),那么他将如何避免这种言语的"生命内蕴"及其"具体义"变得"唯我独尊唯我独宠"起来呢?

总之,当韩少功不加区别地用西方语言理论来套中国只重行动、体验、言语而不重语言的现实时,他到处都显得力不从心、牵强附会。他有时强调"一块语言的空白,就是人类认识自身的一次放弃","语言是人与世界的联结,中断或失去了这个联结,人就几乎失去了对世界的控制"(第237页),有时却又认为"所有的语言也不过是语言,不过是一些描述事实的符号",其作用"也不应该过于夸大"(第392—393页)。这只能表明,他的知识结构(多半来

自书本)和他的现实感发生了冲突。当他忠于自己的现实感受时,《马桥词典》的那些部分是写得比较成功的(笔者将另文专论);然而,一旦他想要作些理论上的发挥,他便常常乱了方寸,变得不知所云了。

(载《书屋》,1997 年第 6 期)

查时间先后　说形式模仿

李少君

　　韩少功的长篇小说《马桥词典》(以下简称《马》,《哈扎尔辞典》亦简称《哈》)曾被一些人指认为"剽窃""抄袭"之作,后来张颐武先生说这些说法出于误解,他的"完全照搬"说其实只是"模仿"的意思,并且在今年1月30日《文艺报》发表文章就此摆出了八条依据。张的"模仿"说平缓了一些,也获得了很多人的赞同,其理由是:既然《马》书与《哈》书都是采用"辞典体",而且《马》书在后,《哈》书在前,那就不能说两者之间没有构成模仿关系。还有人说,只要不能裁判《马》书发表在《哈》书之前,韩少功不可能逃脱"模仿"的干系。说自己在写作前没有读过《哈》书,这种表白有谁能证实? 如果不能被证实,那又有谁愿意相信?

　　这种看法其实还有可以商榷之处。因为持这种看法的人忘记了重要的一条:韩少功不是从《马》书才开始创作的。既然要查一查先后,要算一算时间,那就不能把韩以前的作品撇在一边不谈。出于对"马桥纷争"的关心,笔者只好顺着有些人特别热心的时间尺度来提出一些另外的事实。

　　比如张先生认为《马》书模仿了《哈》书"现实与神话结合"的整体风格。然而韩少功这种风格最早见于《归去来》《爸爸爸》等作品,被评论家们指认为"楚文化的神话系统"(凌宇语)、"寓言"(季红真语)、"虚实相同、扑朔迷离"(李庆西语)、"魔幻""神秘主义"(鲁枢元语)、"现实与幻想的交融"(王蒙语),等等,均是80年代的事,远在《哈》书在中国译介之前,如何模仿?

　　比如张先生认为《马》书中"罗人的消失"模仿了《哈》书中"哈扎尔人的消失",罗人留下的"一些青铜器"模仿了哈扎尔人留下的"一堆钥匙"。然而韩少功最早写到"罗人""罗地""罗家蛮"战败后的消失以及他们遗留下来的"铜矛铜链",见于小说《史遗三录》序言部分,是1985年的事,比《哈》书在中国出版整整早了九年,如何模仿?

　　又比如,张先生认为《马》书模仿了《哈》书"语言不可交流的观念"。然而韩少功并非由《马》书第一次表达类似的观念。他在《夜行者梦语》文集序中说:"语言符号是与真实或多或少地疏离","语言使人们的真知与误解形影相随",等等,这是1992年的事,比《哈》书在中国出版也早了两年,如何模仿?

　　再比如,张先生认为《马》书模仿了《哈》书关于时间倒置、错叠、循环的"时间观"。然而评论家吴亮早在1987年就对韩少功的作品作出过有关评论,认为"对于时间观念的理解和表达,是韩少功小说中引人注目的一项理性内容"。"一种本质上并无先后的时间顺序,通过扑朔迷离的叙述被召唤与复制了出来"(见吴亮论集中《韩少功的理性范畴》一文)。这种评论以及所评作品比《哈》书在中国出版早了至少七年,如何模仿?

　　还比如,张先生认为《马》书中的方言词"醒"(愚蠢义)是模仿《哈》书中"从醒态中彻底

觉醒过来"一说,这两种意思如何扯到了一起,本已让人有点奇怪;而且"醒"是湖南方言中广泛使用的一个词,至少已经使用了数百年乃至上千年,并且在包括韩少功在内的湖南很多作家的作品中多次出现过,怎么可能与《哈》书发生关系?

…………

除了以上几条,张颐武先生的"八条"中最为牵强奇怪的一条是关于"铁香的爱情"模仿了什么人的爱情云云,最不值得一谈。当然,"模仿"说最要害的两条却是关于所谓"辞典体"。但凡是真正读过《哈》书的人知道,这本书之所以同《马》书显得毫无可比之处,是因为它完全缺乏《马》书中关于语言学的主题、材料以及知识背景,与语言学毫无关系。这本书的体例一部分是寻常的"书信体",而"辞典体"部分除了一个词条之外的所有词条都是人物名称,准确的说,是"人名辞典体"。故张颐武先生总结性地说:"在形式上,《马桥词典》模仿了《哈扎尔辞典》独特的以词条引出故事而不是仅仅对词进行释义的方式。"不错,韩少功的《马》书也大量运用了这种手法,除了释义性词条以外也有大量人物性词条。但如果真要计较一下谁最先使用这种方式,如果把韩少功在此之前的作品也平实而公正地纳入我们的视野,其结论可能就与张颐武先生的看法恰恰相反。

笔者试举几例:

(1)韩少功早在1985年写作过小说《史遗三录》(见人民文学出版社《韩少功》书第129页),以"猎户""秘书""棋霸"三个人物称号作为题目,引出乡村里三个人物及其故事,已经具备了"人名辞典体"的特征和风貌。将这个作品与《哈》书作体例比较,可以说有规模大小的区别,却没有本质上的差异。但这个作品出现在《哈》书介绍到中国来的九年以前,不可能是对《哈》书的"模仿"。

(2)更早以前,韩少功1981年还写过反映农垦生活的小说《同志交响曲》(见湖南文艺出版社1983年《飞过蓝天》书第1页),以人名"张八斗"为条目,引出一个炊事员的故事;以人名"潘大年"为条目,引出一个基层干部的故事;以人名"吴达人"为条目,引出一个知识分子的故事。三个故事互相勾连穿插又融为一体,同样是标准的"人名辞典体",与《哈》书手法完全一样,却比《哈》书介绍到中国来早了十三年,也不可能是"模仿"《哈》书的产物。

(3)韩少功还在1984年写作过《前进中12-376》(见《主人翁》,1984年第7期第10页),表现公共汽车公司员工的生活,以人名"张毅程""伍斌""杨万灼""何涛"为章目,分别引出四个青年工人的故事,是不折不扣地"以词条引出故事"。我们不能因为这些人名不是"何德曼斯基"或者是"玛丽伍"一类洋名,不能因为这个作品中的"人名辞典体"比《哈》书的中文版早十年面世,就说这种方式要低贱一等或者不值一提。

80年代在90年代之前,这个时间常识本来不必说,现在却不得不说。我不知道坚持"模仿"说的一些评家是否读过韩少功的这些作品,又如何来面对这些作品的"形式"。这些作品的体例与《哈》书是如此相似或相同,然而有的不但出现在《哈》书的中文版之前,而且出现在《哈》书用作者母语写作之前。这同样是不可否认和不可更改的事实。一般的读者可能不知道也无法记住这一切,但专门的文学研究者给一个作家下重大结论,需要全面地、历史地考察这个作家的文学表现,才能避免以偏概全,才能避免混乱。对于批评家来说,这恐怕不是什么苛求。可以看出,倘若一定要以作品发表时间先后来确定谁是"模仿"者,我们岂不是要一口咬定帕维奇先生反而涉嫌"模仿"了韩少功"以词条引出故事"的方式?如果说帕维奇先生不可能懂中文,如果说他在写作《哈》书之前一定没有读过也没听人说起过中国

80年代的文学,这些说法谁能证实?倘若不能被证实,那么我们是不是也要哈哈大笑一番:谁愿意相信?

如果"无论形式和内容""完全照搬"可以定义为"照搬",而"照搬"可以定义为"模仿",而"模仿"又可以等于"形式上没有首创性",那么按照这个逻辑是不是可以反过来推论:同样在形式上(无论是"辞典体"还是"书信体")不能称之为"首创者"的帕维奇先生,还有在形式上没有或者较少首创性的中外绝大多数作家都是"模仿者"?评论家们因此就可以用"照搬""无论形式或内容""完全照搬"这些话来描述从鲁迅到王朔、从王蒙到马原的任何一部作品?

"人名辞典体"作为一种格式本来不值得大谈特谈,而且也不是韩少功的首创。在我有限的了解之下,至少在韩之前,就有赵树理、浩然等很多作家也用过"人名辞典体"来写过小说。严格地说,这种格式甚至可以追溯到中国古代大量的笔记小说。但我同样不认为帕维奇先生是中国现代文学或古典文学作品的模仿者和照搬者。我相信《哈》书是帕维奇先生长期以来思考和感受的自然发展结果,就像《马》书是韩少功长期以来思考和感受的自然发展结果。感谢有些人的特别热心,把《马》书研究和检查得十分详细,但长篇小说常常是一个作家阶段总结性的表现,不考察作家的整个创作历程,有些结论尽管可以哗众于一时,但终究会变得荒唐并且把自己给套进去,把几乎所有的作家和作品都套到污名之中去。文学的创造,文学的"独一无二""别开生面",其实离不开正常的继承和借鉴,甚至有时候也可以容许不大过分的"模仿",但正如一位评论家所指出的,90年代的韩少功无需忘记自己80年代以来的固有一切而去"模仿"一个外国作家"人名辞典体",还有"现实与神话结合"一类东西。

这实在是一个多翻几本书就能澄清的问题。

(载《文学自由谈》,1997年第6期)

诗意之源

——以韩少功 20 世纪 90 年代的散文为中心

南　帆

许多迹象表明,"思想"正在韩少功的文学生涯之中占据愈来愈大的比重。如何描述韩少功的文学风格?激烈和冷峻、冲动和分析、抒情和批判、浪漫和犀利、诗意和理性……如果援引这一套相对的美学词汇表,韩少功赢得的多半是后者。"思想"首先表明了韩少功的理论嗜好。尼采、萨特以及福柯、德里达这些理论家的名字不时出现于他的笔下。韩少功曾经引为自豪的数学能力至少部分地转入理论的逻辑辨析。另一方面,韩少功始终对于民族、国家、社会、族群、公共空间保持不懈的注视。这使他的思想规模远远地超出了"内心""自我",或者语言、文本和形式。当然,这些"思想"的活跃并没有撑破文学的范畴——我并不是在谈论一个理论家的韩少功。我所涉及的问题毋宁说是,韩少功的思想如何形成一种"感性的洞明"。众所周知,抵达感性末梢的思想才是文学意义上的思想。

一

考察思想、理性、理论与文学风格之间关系的时候,人们首先回到了韩少功的小说。

韩少功不存在张承志式的激动、愤怒和义无反顾的气概。在韩少功那里,虔诚的面容时常被怀疑的目光所破坏。1985 年之后,也就是韩少功沉默了一段复出之后,人们几乎无法在他的小说之中找到正经的抒情性言辞。可以提到我发表于 1994 年的一篇论文《诗意的中断》。这篇论文曾经谈到韩少功小说的某种修辞策略:

> 人们很快就会在韩少功的小说之中察觉一种特殊的口吻:一些俏皮的形容词,一种冷冷的嘲讽,几句硌人的挖苦之辞。这种特殊的口吻尤其经常出现于人物描写之中。在我看来,这是一个意味深长的修辞策略。俏皮、嘲讽或者挖苦将有效地阻止滥情的倾向,阻止读者对于这些人物产生过分的亲密感和崇拜感。[①]

当然,这些修辞不能不追溯至韩少功的理性以及犀利的分析。同时,这篇论文还提到了韩少功的某种令人不安的想象力。"阴险、可疑、警觉、含糊、惊恐、慌慌这些不怀好意的形容词异常频繁地出现在韩少功的小说中"[②]。诡异的比喻、异样气氛的制造或者引诱、种种惊惧忐忑之情,均是韩少功的拿手好戏。这种想象力显然与某种根深蒂固的怀疑精神有关。理性

---

① 南帆:《诗意的中断》,见《敞开与囚禁》,山东教育出版社,1999 年版,第 238 页。

② 南帆:《诗意的中断》,见《敞开与囚禁》,山东教育出版社,1999 年版,第 243 页。

总是及时地导致警觉。于是,慷慨悲歌、气宇轩昂的英雄形象销声匿迹。冷峻的洞察逐一拆穿了有意无意的矫饰。这一切无疑败坏了韩少功曾经拥有的不无浅薄的浪漫诗意。

可以看出,韩少功愈来愈多地转向了可能容纳思想表述的文学形式。对于昆德拉《生命中不能承受之轻》和佩索阿《惶然录》的翻译无疑包含了这种兴趣。《马桥词典》是一个成功的实验。词条的形式可以自如地穿插种种考证、征引、解释、感慨以及某些理论片断。也可以说,这个文学实验是理性、思想对于小说形式的一个开垦。

尽管如此,小说形式仍然无法给韩少功的思想提供足够的空间。这是韩少功转向了另一种文体的主要理由——韩少功挑中了散文。韩少功的一大批散文纷至沓来,一时甚至有喧宾夺主之势。韩少功曾经申明,"小说有许多边角余料用不上去的,就写一些散文,而散文就需要一些思想去组织它,去保护它,这就需要思想"[1]。所以韩少功的对策是:"想得清楚的写散文,想不清楚的写小说……小说与散文之间存在着一种对抗、紧张的关系,tension 的关系。""大体上说,散文是我的思考,是理性的认识活动。"[2]无拘无束的散文应合了韩少功的活跃思想,自由而且及时。这多少令人联想到鲁迅后期热衷于杂文的原因。

20 世纪 90 年代是盛产散文的季节。然而,韩少功的散文风格独异。没有明人小品式的优雅、从容;也没有旁征博引,谈天说地,琐碎、闲适而且冲淡,从服装到菜肴,从古代的皇陵到歌舞厅里的卡拉 OK。韩少功的散文是一种紧张的思想探索。韩少功始终意识到周围的一系列重大问题,并且不懈地与这些问题搏斗。韩少功曾经如此解释过:"我有时候放下小说,用散文随笔的方式谈一些自己对某些现实问题的看法,甚至偶尔打一下理论上的'遭遇战',是履行一个人的文化责任,是不得已而为之。我们正在进入以市场经济为主要特征的现代化进程,在这一进程中,有些旧的问题还没有完全消失,比如几千年官僚政治和极权主义的问题;有些问题正在产生,比如消费主义和技术意识形态的问题;有些问题是中国式的,比如传统文化资源的现代转换和运用问题;有些问题则是全球性的,比如经济一体化和文化多元性的问题,等等。"[3]用韩少功自己的话说,这些散文可以称之为"问题追逼的文学"[4]。可以看出,韩少功的不少散文篇幅庞大,这多少暗示了上述问题内部的种种曲折。在这个意义上,韩少功散文之中的理论含量远远超出了调侃、俏皮、幽默,或者说,调侃、俏皮、幽默的背后隐藏了一种内在的尖锐和严肃。韩少功以富于个性的言辞表述了他如何遭遇这些问题,亲历这些问题,或者如何从一些生动的生活片断之中察觉这些问题。这有效地保持了这一批散文的文学品质——它们并非堆砌了一大批概念和理论术语的学术论文。

人们很快就察觉到韩少功的散文之中灼亮的批判锋刃。对于韩少功而言,周围的世界存有许多不该存在的暗影;某些时候,这些暗影甚至赢得了时尚或者意识形态的青睐。韩少功时常毫不客气地剔开种种伪装,他的犀利远远超出了表面性的义愤而后者往往是一般的作家所擅长的。锋芒所向,韩少功甚至比许多理论家更为尖锐透彻。这时,我想转向问题的另一个方面:哪些信念充任韩少功思想之中的第一大前提;这些信念衡量出周围的种种匮乏,以至于成为批判所依据的标高?

---

① 韩少功:《反思八十年代》,见《在小说的后台》,山东文艺出版社,2001 年版,第 181 页。
② 韩少功:《精神的白天与夜晚——与王雪瑛的对话》,见《在小说的后台》,山东文艺出版社,2001 年版,第 149 页。
③ 韩少功:《超主义的追问与修养》,见《在小说的后台》,山东文艺出版社,2001 年版,第 175 页。
④ 韩少功:《超主义的追问与修养》,见《在小说的后台》,山东文艺出版社,2001 年版,第 178 页。

二

对我说来，这是一个由来已久的问题。我想再度提到《诗意的中断》这篇论文。当时，我曾经隐约地发现，韩少功的捍卫似乎不如批判强烈：

> ……从种种嘲讽、怀疑、抨击、贬抑、拒绝、攻讦之中，读者逐渐看到了韩少功所否定的一切。许多场合，韩少功锋芒毕露，这使他成为一个批判型作家。
>
> 可是，韩少功想肯定什么？这远不如他的否定对象明晰。当然，我指的是那种生存能够赖以支撑的肯定。这种肯定凝聚了人们的信仰和崇拜，并且以第一大前提的名义派生一系列信念。质言之，只有这种肯定才是抒情和诗意的最终根源。尽管否定同时也反衬出了肯定，但反衬出来的肯定往往闪烁不定、隐约其词，甚至彼此矛盾。它缺少一种正面的强烈之感。第一大前提的模糊使韩少功无法成为一个捍卫型的作家。韩少功偶尔也喜欢"圣战"这个字眼，但他的"圣战"更多的是出击，而不是坚守。①

当时，我已经意识到这个问题的难度。在尼采的"上帝已死"或者"重估一切价值"之后，在萨特的"存在先于本质"之后，特别是在德里达们精巧地袭击了西方的形而上学传统之后，第一大前提的谈论常常无法甩下尾随而来的怀疑和解构。当然，20世纪的80年代中期，韩少功还信心十足。他似乎发现了文学的"根"。在《文学的"根"》这篇引起了轩然大波的短文之中，韩少功慨然宣布："文学有'根'，文学之'根'应深植于民族传统文化的土壤里，根不深，则叶难茂。"②尽管"根"的重返是一种历史的回望，但是，这种理论姿态更像是真理在握——"根"无疑是一种强大的肯定。

然而，90年代之后，韩少功的表述已经增添了许多限定。韩少功意识到了"知识有效性的范围"问题③。他"不许诺任何可靠的终极结论，不设置任何停泊思维的港湾"④。这并不是向彻底的解构或者彻底的相对主义撤退。相反，韩少功试图在这些限定之中发现真理的所在。这可能包含了历史的辩证法。所以韩少功开始重视"相对来说"这种表述——"相对来说，是有真理可言的。这就是防止虚无主义。认为所有的模式都是有限的，这并不意味着所有的东西都没有意义，而意义常常表现为：相对来说，这个模型比那个模型更有效"⑤。《诗意的中断》这篇论文发表之后，更多的资料证实，韩少功是在一种复杂的思想结构之中抵抗"价值真空"，持续地思索第一大前提。用他自己的话说，这是"一个文化大国的灵魂之声"。韩少功甚至因此盛赞张承志与史铁生，尽管他与这两位作家如此的不同⑥。的确，上帝死了。然而，萨特们还要制造出种种上帝的替代品，无论这些替代品拥有哪些哲学名称。"人类似乎不能没有依恃，没有寄托。上帝之光熄灭了以后，萨特们这支口哨吹出来的小曲子，也能

---

①　南帆：《诗意的中断》，见《敞开与囚禁》，山东教育出版社，1999年版，第239页。

②　韩少功：《文学的"根"》，见《文学的根》，山东文艺出版社，2001年版，第77页。

③　韩少功：《超主义的追问与修养》，见《在小说的后台》，山东文艺出版社，2001年版，第177页。

④　韩少功：《精神的白天与夜晚——与王雪瑛的对话》，见《在小说的后台》，山东文艺出版社，2001年版，第145页。

⑤　韩少功：《反思八十年代》，见《在小说的后台》，山东文艺出版社，2001年版，第185页。

⑥　韩少功：《灵魂的声音》，见《文学的根》，山东文艺出版社，2001年版，第122页。

凑合着来给夜行者壮壮胆子。"①

这时的批判不再是一种临时性的牢骚或者刻薄。这是有所捍卫之后的积极性批判。批判不仅依靠锐利的锋刃,同时还凝注了斧头的全部重量。于是,韩少功冒着不合时宜的危险重新提起了"理想"。《完美的假定》之中,韩少功用"完美的假定"这个命题回击人们对于"理想"的种种挑剔特别是实利主义者正在盗用历史的名义大规模地嘲笑"理想"的时候。的确,许多人的理想破灭了,他们发现一度信奉的理想是一个不可能实现的乌托邦。所以他们否定一切,不再相信所有高于生活的口号。可是,韩少功坚信,无法实现的理想仍然是必要的理想:"理想从来没有高纯度的范本。它只是一种完美的假定——有点像数学中的虚数,比如,这个数没有实际的外物可以对应,而且完全违反常理,但它常常成为运算长链中不可或缺的重要支撑和重要引导。它的出现,是心智对物界和实证的超越,是数学之镜中一次美丽的日出。"②

理想与轻飘飘的空想具有哪些区别?空想多半是个人情趣的产物,理想感知到了历史的重力。真正的理想总是和特定阶段的历史发生了千丝万缕的联系。所以韩少功考虑理想的同时也在考虑周围的历史环境。或许可以说,这种理想只能在历史提供的平台上起跳。在这个意义上,理想并没有使韩少功成为一个浮夸的空想主义者,相反,他也许多号称现实主义的作家更为专注地注视历史的动向。至少,他对于中国当代历史的描述决不是人云亦云的陈词滥调:

> 我们清算革命时代的悲剧和罪恶,甚至可以反思革命手段本身,但这并不意味着可以无视当年革命的真实原因。答案不对或不全对,不意味着答案所针对的问题从来不存在。
>
> ……因为人口、资源、缺乏资本和国际冷战封锁等严重问题和特定历史处境,革命、政治以及理想道德才成为这种国家成本最低而收益最大的社会改造工具,才成为最重要的资源替代。我们没有条件靠高薪支农,靠巨奖采油,靠专利制度搞"两弹一星",靠国外超额利润来缓解国内矛盾并培养一个中产阶级,所以枪杆子里出政权,政权出生产关系和生产力,这是中国经验和毛泽东思想中最有意义之处。如果说第三世界的小国还有可能有依附性发展,像中国这样的大国就只可能走与欧日美不同的发展道路,而有些官僚与知识分子都无这种眼光,这是中国发展多次发生内部冲突的原因之一。革命后期尤其是"文革"中极权与人权的冲突构成另一方面的真相,但常常被用来掩盖了前一种冲突。这两种乃至更多种冲突才构成了历史的丰富性和复杂性。③

这显然是 20 世纪 90 年代形成的认识。这种认识之中无疑包含了与自由主义意识形态或者"历史已经终结"的争辩。没有全力以赴地称颂"市场""资本"和"个人主义",竟然以开脱的甚至不无赞成的口吻谈论上述历史,这些都是韩少功得到"新左派"之称的理由。韩少功没有因为这个称谓而气急败坏地四处申辩,他在《我与〈天涯〉》一文之中详细地陈述了思想转折的来临。他形象地指出了 20 世纪 80 年代形成的历史想象如何丧失了效力。"从80

① 韩少功:《夜行者梦语》,见《性而上的迷失》,山东文艺出版社,2001 年版,第 26 页。
② 韩少功:《完美的假定》,见《性而上的迷失》,山东文艺出版社,2001 年版,第 15 页。
③ 韩少功:《中国的人民的现代化》,见《在小说的后台》,山东文艺出版社,2001 年版,第 211、206 页。

年代过来的读书人,都比较容易把'现代'等同'西方'再等同'市场'再等同'资本主义'再等同'美国幸福生活',等等,剩下的事情似乎也很简单,那就是把'传统'等同'中国'再等同'国家'再等同'社会主义'再等同'文革'灾难,等等,所谓思想解放,所谓改革开放,无非就是把后一个等式链删除干净,如此而已。"①韩少功承认,相当长的时间里,他自己也是这种启蒙主义公式的执行者。然而,复杂的现实经验逐渐摧毁了诊断生活的一大批对立的概念。"在印度、越南、韩国、新加坡等周边国家之旅,更使我的一些启蒙公式出现了断裂。'私有制'似乎不再自动等于'市场经济'了,因为休克疗法以后的俄国正在以实物充工资,正在各自开荒种土豆,恰恰是退向自然经济。而'多党制'也似乎不再自动等于'廉洁政府'了,因为在世界上最大的民主国家印度,官员索贿之普遍连我这个中国人也得瞠目结舌。"②无论韩少功的认识是否公允,人们至少承认,韩少功的批判、韩少功的理想是一个思想者投入历史之后真正的激动——这比他在 80 年代中期倡导的"文学的根"深刻得多,也尖锐得多。

三

对于韩少功来说,20 世纪 80 年代至 90 年代的历史隐含了一系列深刻的矛盾和冲突——他的思想似乎也遭受到"启蒙辩证法"的冲击。这时,无论批判还是捍卫,一个简单乃至夸张的理论姿态解决不了什么问题。韩少功开始清理自己的思想,涉猎一系列重要的理论观点,企图发现新的精神资源。可以从大批散文之中看到,韩少功的搜索半径甚至远远超出了许多理论家。他以特有的文学话语表述了 90 年代历史给予的种种触动,并且就社会体制问题、意识形态以及各种价值观念进行了论辩性的交锋。这是一个遴选、权衡、辩难、阐发、取舍的复杂过程。人们看到,许多学说、观念、命题都曾经盘桓于韩少功的思想之中,某种程度地成为他思考第一大前提的素材。

或许我还可以提一提"文学表现真实"这个通俗的口号。许多作家的理论水准仅仅到这个口号为止。他们甚至无法再跨出一小步:什么称作真实?感官经验或者记忆是否确认真实的尺度?意识形态会不会制造某种真实?大众传播媒介正在如何改变人们认识真实的方式?不同文化圈的人究竟可能在多大程度上对于真实达成共识?如此等等。我相信韩少功不再把"真实"当成作家的深刻使命。这当然不是动员作家弄虚作假;而是必须质询真实是在哪些条件下制作出来的。《归去来》《谋杀》《鞋癖》《梦案》《很久以前》《红苹果例外》这些小说之中均出现了似真似幻的故事。与其说这是魔幻现实主义的余韵,不如说这是韩少功对于所谓"真实"的深刻怀疑。思念、记忆、梦、大众传播媒介,这一切都无不干扰了真实的认定,同时又无不组成了真实。

所以韩少功宁可将"真实"缩小到更为具体的方面,例如"自然",或者"身体"乃至"生理"。饲养宠物,侍候草坪,赞颂田园风光的诗或哲学,进入画框或者阳台上盆景的山水……人们多么怀念自然。按照韩少功在《遥远的自然》之中的分析,人们可能在自然之中找寻个异,找寻永恒,找寻万物与我一体的阔大生命境界,找寻文明的终极价值。这是人们不断地回望自然的原因。他在《心想》之中表述得更为明晰:"自然是文化的重力,没有重力的跳高

① 韩少功:《我与〈天涯〉》,见《然后》,山东文艺出版社,2001 年版,第 221—222 页。
② 韩少功:《我与〈天涯〉》,见《然后》,山东文艺出版社,2001 年版,第 221—222 页。

毫无意义。自然是文化永随其后的昨天,永贯其身的母血,是拉着自己的头发怎么也脱离不去的土地。"①然而,具有讽刺意味的是,自然却在种种找寻之中变得更加遥远——特别是"找寻"正在变成另一种别开生面的消费活动之际。韩少功发现,号称投入自然的旅游已经成为一场悄然进行的文化征讨。它将使自然遥不可及和再会无期——消失的自然还能多大程度地成为新的精神资源呢?

自然大面积地失真,身体——自然的一部分——却是一个坚固的防线。韩少功相信,身体是一个值得信任的准绳:"有些西方人曾经嘲笑中国的语言,用'心'想而不是用'脑'想,不符合解剖学的常识。这当然不无道理,也曾经被我赞同。但细细一想,真正燃烧着情感和瞬间价值终决的想法,总是能激动人的血液、呼吸和心跳,关涉大脑之外的更多体位,关涉到整个生命。"②这至少包含了一种潜台词:遴选也罢,取舍也罢,热血沸腾、心律加速至少是辨认真理的原则之一。那些冷冰冰的概念操练多半是一些伪真理,或者是一些与生存无关的智力保健操。韩少功也曾经从反面阐述了生理的界限——"饿他三天以后"。在他看来,饿了三天之后,形形色色的文化差异将迅速消失。"文化差异只是温饱者的事,与饥寒者没有多少关系。它可以被吃饱喝足了的人真实地感受、品味、思考、辩论乃至学术起来,可以生发出车载斗量的巨著和四分五裂的流派,但一旦碰上饥饿,就不得不大打折扣。这也就是说,人吃饱了就活得很文化,饿慌了就活得很自然;吃饱了就活得很差异,饿慌了就活得很共同,是不能一概而论的。"③总而言之,生理激动可以相当程度地鉴定出某种文化观念的价值。在引申的意义上,设定社会秩序的"不是上帝,而是生存的需要,是肉体"④。天花乱坠的文化符号远比器官、肌肉和血液更具欺骗性。一个生活在亚热带的人是否真正需要持有貂皮大衣,一个丰衣足食的人是否陷入经济贫困,这些问题不必繁杂的理论——问一问生理感觉就一清二楚了。

可是韩少功有没有可能高估了生理的意义,低估了文化的能耐——特别是在现今的历史之中?一方面,欲望不是也能叫许多人面赤心跳吗?高官厚禄,声色犬马,这些都会导致某些人的身体亢奋。另一方面,文化也可能深刻地训练人的生理感觉。人们的舌苔、皮肤、耳朵尤其是眼睛无一不是文明历史的产物。换言之,文化与生理之间的界限正在日益模糊。文明已经介入许多生理感觉的图式,另一些桀骜不驯的生理感觉遭到了文明的强大压抑。的确,正如韩少功所言,强烈的饥饿可能使人们得到最大限度的共识。但是不得不承认,文明历史的一个重要后果即是,被迫退到生存界限边缘的情况愈来愈少。某些方面,生存界限也可能被文化所改写。例如,一个贵族不得不因为某种轻微的侮辱而舍命决斗——荣誉高于生命无疑是一种文化决定的生存界限。

令人惊奇的是,韩少功还曾经某种程度地涉入佛学,试图从另一种洞悟之中握住人生的真谛。韩少功十分轻蔑那些透出"股票味"的佛学——那些信徒多半是祈求神明保佑他们的荣华富贵。耐人寻味的是,韩少功向往的是佛的"大我品格"。这是对于人类整体的一种关怀。显而易见,这种向往与韩少功对于"个人主义"的怀疑一脉相承。佛学能否显示人类整体与个体之间的良性关系?虽然韩少功仅仅在《佛魔一念间》一文之中匆匆掠过这个主题,但

---

① 韩少功:《心想》,见《性而上的迷失》,山东文艺出版社,2001年版,第85—86页。

② 韩少功:《心想》,见《性而上的迷失》,山东文艺出版社,2001年版,第89页。

③ 韩少功:《饿他三天以后》,见《性而上的迷失》,山东文艺出版社,2001年版,第246页。

④ 韩少功:《夜行者梦语》,见《性而上的迷失》,山东文艺出版社,2001年版,第31页。

是人们可以看到,韩少功短暂地驻足佛学的动机仍然是企图找到一个思想的支撑点。《佛魔一念间》之中出现了许多佛学术语,论证方式别具一格。如果说,"自然"或者"生理"这些概念无法挡住解构主义的逻辑钻头,那么佛学一念之间的洞悟还包含了一种破除的意味——破除无穷的能指嬉戏所制造的理论幻象。

四

许多人从佛学之中悟到的是"空",韩少功的目光却转向了普度众生的悲悯情怀,转向了所谓的"大我品格"。所以韩少功又在他的另一些散文里反复地涉入民族国家的主题,这丝毫不奇怪。无论如何,民族国家是历史形成的一个至关重要的类别概念。这是人类组织的一个最为强大的单元。对于众多的理论家说来,民族国家是一个脉络复杂的问题。冷战结束之后,这个主题正在另一种历史气候之中分蘖出更多的枝杈。对于强势意识形态、天真的诗人和一些哗众取宠之徒说来,民族国家的主题几乎被简化为一个单纯的口号或者意象。他们或者无条件的放声赞颂,或者赌气般地恶狠狠诅咒。然而,这个不无抽象的概念不断地叫韩少功浮想联翩。

《世界》一文记录了韩少功的纷杂感想。韩少功并不倾向于夸张的高调——他只是期待人们对自己的民族国家给予必要的尊重。可是,他还是常常失望。一个日本的伤兵吓跑了全村的男女老少;一群作家不敢在国际交流之中说中文;为了访问的机会和些许的美元不惜编造一些迎合西方口味的谎言——"我很不情愿地明白,这个民族自清末以来一次次成为失败者,除了缺少工业,还缺少另外一些东西。"[1]当然,韩少功同时看穿了民族国家名义下另一些慷慨激昂的言辞。一些高擎民族大旗的人真正关心的是经济利益。不论是中国的新富阶层还是美国的亨廷顿,他们都在用哲学炸弹武装经济战车。韩少功多少有些迷茫:民族存在于哪里?全球正在一体化。他常常无法从民族这个概念背后找到独一无二的形象。那种带有"泥土气息的倔头倔脑的火辣辣的方言"或许是民族"最后的指纹"。可是人们完全可以把方言保存于录音盒里带到全世界。另一方面,"民族"或者"民族主义"这个概念又可能被令人不安地滥用。虽然民族主义可以成为弱小者的精神盾牌,但是"在我看来,这张盾牌也可以遮掩弱者的腐朽,强者的霸道,遮掩弱者还没有得手的霸道,强者已经初露端倪的腐朽"[2]。

《国境的这边和那边》之中,韩少功的疑惑更加强烈——民族国家这个概念会不会在某些时刻成为另一种遮蔽物?他痛苦地发现:"一旦跨越国界,以求生存、求发展、求昌盛为主题的民族现代化追求就常常有排他品格和霸权品格的显影。国界那一边的启蒙和解放(如欧洲的自由主义体制),常常同时成为对国界这一边的歧视和压迫(如当年欧洲的殖民主义扩张),这就是民族国家曾经扮演过的双重角色。"[3]例如,近现代一些精英人物——梁启超、胡适、梁漱溟、孙中山——表述他们强国梦的时候,眼里通常没有同样落后甚至更加落后的亚洲邻国。如今,这种视觉盲区恰恰被东南亚地区邻国的另一些精英人物所察觉。他们积极呼吁中国必须与这些国家共同意识到"东亚"或者"亚洲"的身份——这篇散文即是韩少功

① 韩少功:《世界》,见《性而上的迷失》,山东文艺出版社,2001 年版,第 92 页。
② 韩少功:《世界》,见《性而上的迷失》,山东文艺出版社,2001 年版,第 104 页。
③ 韩少功:《国境的这边和那边》,见《性而上的迷失》,山东文艺出版社,2001 年版,第 265 页。

参加一个名为"寻找东亚身份"学术会议之后的感想。然而,既然国界可能是一个引起质变的分水岭,韩少功就不会中止他的怀疑:"东亚"或者"亚洲"为什么不会成为另一个排他的共同体呢?正是在这种疑惑之中,韩少功的矛头指向了自由主义的核心观念——"个人利益最大化":"如果这一现代经典信条已不可动摇,那么接下去'本国利益优先'或'本洲利益优先'的配套逻辑只能顺理成章。在这种情况下,我们凭什么来防止各种政治构架(无论是国家的、地区的还是全球的)不再成为利己伤人之器?"①

所以韩少功宁愿从民族国家的宏大叙事返回一个远为朴素的观念:"你是否同情人,是否热爱土地——当然包括远方的土地,首先要包括了脚下的土地。……这里到处隐伏和流动着你的母语,你的心灵之血,如果你曾经用这种语言说过最动情的心事,最欢乐和最辛酸的体验,最聪明和最荒唐的见解,你就再也不可能与它分离。"②也许,这些文学语言无法负担民族国家问题的全部内涵——也许,这仅仅是韩少功想象民族国家的个人方式,但是,可以肯定,韩少功已经不会简单地将这个组织单元视为一切论断的唯一起点。

<h1 style="text-align:center">五</h1>

民族国家是一个高高在上的抽象概念。人们可以用种种不同的意象和细节复活这个概念,补充这个概念,例如国旗、不同肤色的人群、领袖的身姿、名山大川,等等。韩少功的视域之中,胼手胝足地劳作于泥土之中的民众占据了很大的篇幅。这是民族国家的实体。从《月兰》《爸爸爸》到《马桥词典》,这些土头土脑的小人物始终是韩少功的主角。的确,韩少功的小说几乎没有给那些西装革履的绅士以及伪绅士提供表演的舞台。

这并非偶然。韩少功对于 20 世纪 90 年代开始兴盛的名流美女拼凑出来的"成功者"神话深恶痛绝,同时对于那些推波助澜地帮腔的批评家嗤之以鼻:

> ……曾经被两个多世纪以来作家们牵挂、敬重并从中发现生命之美的贫贱者,似乎已经淡出文学,即便出场也只能充当不光彩的降级生,常常需要向救世的某一投资商叩谢主恩。在这个时候,当有些作家在中国大地上坚持寻访最底层的人性和文明的时候,竟然有些时髦的批评家们斥之为"民粹主义",斥之为"回避现实""拒绝世俗"。这里的逻辑显然是:人民既然不应该被神化那就应该删除。黑压压的底层生命已经被这些批评家理所当然地排除在"现实"和"世俗"之外,只有那些朱门应酬、大腕谋略、名车迎送以及由这些图景暗示的社会等级体制,才是他们心目中一个民主和人道主义时代的堂皇全景。③

作为一种回应,韩少功不无激烈地宣称——他愿意要的是"中国的(不是一厢情愿照搬欧美日的)人民的(不是属于少数巨富和官僚的)现代化"④。从这个意义上,韩少功发现,许

---

① 韩少功:《国境的这边和那边》,见《性而上的迷失》,山东文艺出版社,2001 年版,第 272 页。
② 韩少功:《世界》,见《性而上的迷失》,山东文艺出版社,2001 年版,第 116 页。
③ 韩少功:《感觉跟着什么走》,见《文学的根》,山东文艺出版社,2001 年版,第 201 页。
④ 韩少功:《中国的人民的现代化》,见《在小说的后台》,山东文艺出版社,2001 年版,第 207 页。

多拥戴"个人主义"的自由主义者并没有考虑到这些小人物也是一个个活生生的"个人":

> ……H先生在指责革命时激动地说:每一个人都是很宝贵的。这很对。问题是为何很多个人被资本扩张进程抛进饥寒、屈辱、疾病、绝望乃至伤亡之时,这些个人就不宝贵了?就变成了"落后了就该挨打"的垃圾?就被H先生们视而不见了呢?这是什么样的"个人主义"?很显然,如果提倡这种冷血逻辑,就会为斯大林主义提供隐形的辩护,就可能抹去中国"两弹一星"后面的冤狱和贫困。因为你玩得"代价",我也玩得"代价"。资本扩张牺牲部分个人如果是合理的,那么革命斗争牺牲部分个人也就无可指责了。很多自由主义者就是在这一点上成了斯大林主义最好的革命接班人。①

可是韩少功不仅没有自诩为小人物队伍之中的一员,而且他也不愿意圣化小人物。韩少功并没有不假思索地续上20世纪二三十年代以来革命文学的传统,狂热地将底层大众作为不可冒犯的符号。他清醒地意识到,圣化小人物与关注小人物貌合神离。圣化将制造一个空洞的偶像——底层大众的真正疾苦将消失于这个偶像背后。许多时候,不负责任地称颂底层大众更像是某些反叛贵族的知识分子道德自救——18、19世纪欧洲的文学大师时常从贫民区得到灵感:"小说家们因此也一直顶着社会良知的桂冠。"②"那是一种根植于锦衣玉食、深宅大院里的道德自省的精神反叛,是贵族逆子们在平民土壤里的新生。对于这一些不安的灵魂来说,大众是他们自救的导向和目标,并且在他们的深切的同情和殷切的向往中,闪耀出神圣的光芒。'劳工神圣''大众化''到民间去'等观念也就是在这个时候成了知识界的潮流,并且长远地影响了后来的历史。"③这时,底层大众是知识分子设立的一个"他者"形象。这种"他者"形象有助于搅动知识分子日渐枯涩的思想,破除叠床架屋的烦琐理论,反省能言善辩掩盖的自私,并且在叛逆之中产生某种道德上的圣洁感。尽管如此,这种"他者"形象很大程度上仍然是知识分子的想象物,在知识分子的思想框架内部得到建构。这时,真正的底层大众并未到场。

韩少功清楚地看到,真正的底层大众并没有一个伟岸壮烈的形象。他的多数小说之中,底层大众多半是质朴、宽厚与猥琐、呆滞、可笑而又固执的混杂;某些时候,韩少功也曾经亲历底层大众的出卖和陷害④。虽然底层大众曾经制造出某些难忘的闪光时刻,然而,更多的时候,他们的性格和言辞并没有显示出领路人的高风亮节或者高瞻远瞩。深入涉足民间的知识分子常常会感到尴尬——就是要把灵魂寄寓给他们吗?韩少功的《爸爸爸》和《女女女》甚至产生了某种难堪——鸡头寨的丙崽、仁宝还是仲裁缝算得上毛泽东称赞的"真正的英雄"?东方礼教把幺姑训练为一个善良而克己的妇女。可是中风致瘫之后,她心中的怨恨肆无忌惮地倾泻出来,轻而易举地摧毁了周围的同情心,迫使人们报以厌恶和同等的怨恨。这时,罩在底层大众头顶上的政治光环彻底消失了。

更为有趣的是,韩少功发现大众正在发生历史性的变化,以至于不得不追问一句——哪一种"大众"?《哪一种"大众"》开宗明义地说:"说到'大众',很容易把它抽象化。其实,再

---

① 韩少功:《中国的人民的现代化》,见《在小说的后台》,山东文艺出版社,2001年版,第236页。
② 韩少功:《说小人物》,见《在小说的后台》,山东文艺出版社,2001年版,第40页。
③ 韩少功:《哪一种"大众"?》,见《文学的根》,山东文艺出版社,2001年版,第132页。
④ 韩少功:《鸟的传人》,见《在小说的后台》,山东文艺出版社,2001年版,第116页。

大再众也没有自我神化和逃避具体解析的特权……在不同的时间与空间，与不同的政治、经济、文化等条件相联系，所谓大众可以显现出不同的形态、品质以及性能。单是着眼于人口统计中的多数，并不能给大众赋予多少意义。"①例如，现今的大众似乎与贫困——大众革命性的主要依据——逐渐脱离了联系。白领阶层的社会面积不断扩大。相形之下，人文学科的知识分子反而显出了寒酸味。另一方面，发达的大众传播媒介正在将大众训练为他们的忠实拥戴者——现在轮到他们为知识分子启蒙了："任何一个愿意保护自己精神个性的哲学家、作家、艺术家，都可能比一个最普通的餐馆女招待，更缺乏有关流行歌星和新款家具的知识。他们是一群落伍者，一些差不多有自闭症嫌疑的人，对很多社会风向茫然无知。"②这时，精英与大众的对立范畴是否依然有效？这些对立范畴的历史意义是否依然如故？至少，韩少功再也不会轻易地将消费时代的大众与革命混为一谈。他深刻地意识到了现今知识分子进退维谷的处境："他们是拒绝他们一直心神向往的大众呢，还是应该在大众那里停止他们一直矢志不移的反叛？"③

六

韩少功的思想搜索扇形地展开。然而令人惊奇的是，他时常自觉不自觉地返回圆心——人性的质量。我想用一个生造的概念表述我的论断："好人主义"正在愈来愈明晰地充当了韩少功的首席问题。人们对于这个问题的视而不见甚至引起了韩少功的非议：

> 每一次社会变革的潮汐冲刷过去，总有一些对人性的诘问沉淀下来，像零零星星的海贝，在寂寞沙滩的暗夜里闪光。一位作家说过，他更愿意关注人的性情，在他看来，一个刚愎自用的共产主义者，最容易成为一个刚愎自用的反共产主义者。这种政见易改而本性难移的感想，也许就是很多人文观察者不愿意轻易许诺和轻易欢呼的原因。当然，必定是出于这同一个原因，一切急功近利的社会变革者，便更愿意用"阶级""民族"等群类概念来描述人，更愿意谈一谈好制度和好主义的问题，而不愿意谈好人的问题，力图把人的"性情"一类东西当作无谓小节给随意打发掉。翻翻手边各种词典、教材以及百科全书，无论其编撰者是中国的党史专家还是英国牛津的教授，他们给历史人物词条的注释大多是这样一些话：叛徒、总统、公爵、福特公司的首创者、第八届中央委员、1964年普利策奖得主、指挥过北非战役、著名的工联主义活动家，如此等等。在这样的历史文本里，人只是政治和经济的符号，伟业的工具，他或者她是否"刚愎自用"的问题，几乎就像一个人是否牙痛和便秘的闲话，必须被"历史"视而不见。④

在韩少功看来，此起彼伏的左翼文化或者右翼文化，轮流登场的这个主义或者那个主义，它们似乎并不关心人的性情或者良知。"政治、革命不能解决人性问题"⑤。狄更斯、雨果、

① 韩少功：《哪一种"大众"？》，见《文学的根》，山东文艺出版社，2001年版，第131页。
② 韩少功：《哪一种"大众"？》，见《文学的根》，山东文艺出版社，2001年版，第135页。
③ 韩少功：《哪一种"大众"？》，见《文学的根》，山东文艺出版社，2001年版，第135页。
④ 韩少功：《熟悉的陌生人》，见《性而上的迷失》，山东文艺出版社，2001年版，第234页。
⑤ 韩少功：《熟悉的陌生人》，见《性而上的迷失》，山东文艺出版社，2001年版，第226页。

托尔斯泰、鲁迅、萨特、佩索阿等"众多人文观察者总是在维新、造反、政变以及革命之中看到肮脏和暗影"①。所以韩少功反复主张"主义向人的还原"②。"把一个个主义投入检疫和消毒的流水线,是重要而必要的";韩少功在《完美的假定》之中说,"但任何主义都是人的主义,辨析主义坐标下的人生状态,辨析思想赖以发育和生长的精神基质和智慧含量,常常是更重要的批判,也是更有现实性的批判,是理论返回生命和世界的入口"③。

韩少功无疑将自己置身于上述人文观察者之列。他耐心地考察众多人物的为人处世,兴趣爱好,同情心或者责任感,对待权贵者的面容或者面向失意者的神情。他终于发现人们可能在相异的意识形态背后拥有共同的情怀。激进主义、保守主义、权威主义、民主主义、暴力主义、和平主义、悲观主义、乐观主义——这些势不两立的范畴可能拥有血质相同的拥戴者。嚣张的左派和嚣张的右派都是嚣张,正直的保守与正直的激进都是正直;景仰优美的敌手,厌恶平庸的同道,把人性的质量视为第一要素——这显然是文学家而不是政治家的目光。的确,韩少功直言不讳:他所坚持的是"美的选择。"④他对"左"如格瓦拉和"右"如吉拉斯这些前辈抱有同等的钦佩。他深知中国的"文化大革命"所包含的全部荒谬,然而,他无法嘲笑一个美国姑娘对于"文化大革命"的遥远向往:"任何深夜寒风中哆嗦着的理想,大概都是不应该嘲笑的——即便它们太值得嘲笑。"⑤他更愿意因为某种人性而不是某种"主义"而动情。这种文学癖好甚至可以延伸到一个更大范围划分——"就是把人分成诗人与非诗人。"这当然不是斤斤计较地计算一个人出版了几部诗集,这里的诗意味了"一种精神方向","一种生存的方式和态度"⑥。可以说,这种目光即是韩少功凝聚思想的前提。

当然,并非所有的人都赞许文学家的目光。根据韩少功的回忆,汪晖就有所保留⑦。的确,人物的品鉴无法代替历史、社会的判断。韩少功的小说《西望茅草地》之中的张种田即是一个例子。这是一个让人受不了的"好人"。不少时候,恰恰是某些"好人"给另一些"好人"制造了巨大的灾难。进入现代社会,种种复杂的社会体制可能把无数善良的愿望收集起来,制作成另一些"主义",而后产生种种意想不到的效果。在这种机制之中,个人性格的意义相当有限。毫无疑问,韩少功洞悉这种机制的运作程序——他期待的是,感性、热血、激动人心的一念尽可能削弱这种机制之中的非人性成分。制度和主义的意义不可抗拒,但是,人性质量的考察亦不可或缺。韩少功对于"有些理论越来越多文字的空转和语言的迷宫"——这是某些学术体制必然的副产品——深感厌倦⑧。他在《公因数、临时建筑以及兔子》一文之中举了一个例子:一个智者认为兔子永远追不上乌龟,即使前者速度是后者速度的五倍。兔子每追上一部分路程,乌龟也会前进一点点;兔子赶到乌龟的位置上,乌龟又会前进一点。总之,兔子与乌龟的距离不论怎么小,都不会变成无。考虑到这个小数可以无限切分,那么兔子只能无限接近却不可能赶上乌龟。至少在逻辑上,这个推理无懈可击。然而,现实之中的兔子眨

①　韩少功:《鸟的传人》,见《在小说的后台》,山东文艺出版社,2001 年版,第 120 页。

②　韩少功:《主义向人的还原》,见《性而上的迷失》,山东文艺出版社,2001 年版,第 173 页。

③　韩少功:《完美的假定》,见《性而上的迷失》,山东文艺出版社,2001 年版,第 155 页。

④　韩少功:《完美的假定》,见《性而上的迷失》,山东文艺出版社,2001 年版,第 155 页。

⑤　韩少功:《仍有人仰望星空》,见《然后》,山东文艺出版社,2001 年版,第 47 页。

⑥　韩少功:《我为什么还要写作》,见《在小说的后台》,山东文艺出版社,2001 年版,第 62—63 页。

⑦　韩少功:《我与〈天涯〉》,见《然后》,山东文艺出版社,2001 年版,第 228 页。

⑧　韩少功:《知识危机的突围者》,见《东方》,2002 年 5 期。

眼之间就超过了乌龟。"与智者技术主义的严密推论相反,将'无限小'化约为'零',尽管在一般逻辑上不大说得通,但这一非理之理可以描述兔子的胜出结局,更具有知识的合法性"。韩少功总结说:"兔子的胜利,是生命实践的胜利。"①一度热衷于数学的韩少功当然明白理论、逻辑以及思辨形成的构想模式,但是,韩少功仍然认为,学术的活力来自"生命实践"的介入。"直指人心"是韩少功十分喜爱的一个短语。他的确看不上那些"真理永远在别人的嘴上,在流行和强势的话语那里"的理论家。在他看来,下一步人类思想的增长点可能出现在中国、印度、非洲这些沉默之地,而不是在案头那些精装的译本里②。当然,这种思想绝不是鹦鹉学舌式地引经据典,而是用自己的生命接触历史的体温和脉搏。或许,韩少功的《人情超级大国》即是一个尝试。相当长的时间里,中国的人情关系已经遭到了反复的抨击,尤其是市场经济正在呼吁完善的法律体系之际。然而,韩少功提出了一种可能——能否正面地将庞大的人情资源用于制度建设?"我们能否从现实出发,找到一种既避人情之短又能用人情之长的新型社会组织方案?"③尽管这种设想仍然语焉不详,但是,人们显然可以发现一抹新的思想曙光。

或许,"好人主义"仍然不是一个恰切的表述——韩少功时常不信任种种炫目的"主义"。所以,我更愿意借用一个无名烈士的形象隐喻韩少功理想之中的人性质量。根据韩少功《熟悉的陌生人》之中的记载:这是一个有钱人,因为新派儿子的影响和社会危机的触动,他决意向自己所属的阶级挑战。他将所有的家产和财富分配给穷人,或者捐给革命军,成了自己熟悉的陌生人。然而,一些造反的农民仍然把他当成地主,并且给了他一颗子弹。大革命时代,这种事故无法完全避免。令人感慨的是,他的临终遗言还是嘱咐儿子继续站在穷人一边。"他是一个果断消灭自己既得利益的富翁,是一个决然背弃了另一些自我的自我,完全违反着某些社会常理和常规……他完全摆脱了人在利益格局中的惯性和定势,成了一个带血的异数。他的生和死,证明了个人的自由选择权利。"韩少功不无曲折地从这个人物身上看出了社会的自我修复功能——这是舍弃个人而保全大局的典范。这是一个高于各种"主义"的原则。于是,"牺牲"这个字眼又开始熠熠发光。这时,韩少功难得地发出了由衷的赞叹:"在这一刻,物质生命体的低级法则瓦解了,社会这个庞然大物也真是黯然失色了——谁还能阻挡这样的人?"④紧张的思想探索之中,韩少功重新从历史传说的深处发现了这种人物——这个无名烈士意味了英雄形象的复出。对于韩少功说来,这或许同时是抒情与诗意的恢复。

可以相信,这种人将久久地在韩少功的思想之中占据一个至高的位置。这是韩少功一系列思想的缘起,也是他寄寓情怀的象征。

(载《当代作家评论》,2002 年第 5 期)

---

① 韩少功:《公因数、临时建筑以及兔子》,见《文学的根》,山东文艺出版社,2001 年版,第 184 页。
② 韩少功:《知识危机的突围者》,见《东方》,2002 年 5 期。
③ 韩少功:《人情超级大国》,见《读书》,2001 年 12 期、2002 年 1 期。
④ 韩少功:《熟悉的陌生人》,见《性而上的迷失》,山东文艺出版社,2001 年版,第240 页。

文明的悖论

南　帆

作家是一批以语言为生的人，同时，作家又时常沉醉于经验和意象之中。换言之，文学往往是语言符号与经验具象的交汇场域。然而，韩少功的《暗示》流露了一种焦虑甚至恐惧：人们深陷语言以及各种符号体系犹如深陷某种神秘的迷魂阵；人们甚至无法回到实在世界。山、水、石头、阳光、草木或者虫吟虎啸正在一步步离我们远去，人类仅仅悬空地徘徊在一系列词语或者虚拟的影像之中。这时，人们还能信赖自己的欢悦、悲伤、愤怒或者虔诚吗？如果四周的一切无非是种种符号修辞的空转，社会或者历史的判断又有什么意义？在更为深刻的意义上，什么构成了社会或者历史？

或许，这并非现代文明的好兆头——或许，这表明某些现代知识正在走向反面。相当长的时间里，进化论已经很大程度地控制了人们观察历史的方式，物竞天择仿佛保证了一个持续的历史进步。现代知识无疑被视为文明的助产婆。然而，《暗示》之中的《残忍》一节"残忍"地打破了进步主义沾沾自喜的幻觉。正如韩少功所言，人们习惯于用"兽性"发作形容残忍的屠杀。《残忍》是《暗示》这部著作发出的一声令人惊悚的尖叫。

人类是否可能破除符号的蛊惑而返回本原的真实？这是一个令人困惑的问题。实践经验，身体的到场，让自己的眼睛甚至手掌的触摸作证，这是矫正符号异化的有力手段。烧红的烙铁烫伤了脚掌，剧烈的疼痛并不是符号所能掩盖或者释除的。任何符号都代替不了饥民的粮食，"画饼充饥"仅仅是一个笑话。然而，身体的实践只能局限于一个狭小的范围。生动的表情、动作、氛围仅仅是即时的，只有语言符号才可能长存不灭。现代社会的公共空间必须依赖符号的组织和建构。人类之所以可能辩论何谓幸福，何谓理想，何谓不道德，人类之所以能够在北京谈论美国或者非洲正在发生的事情——人类之所以可能产生公共关怀，语言符号无疑是不可或缺的。这种辩论和谈论突破了个人生存的物理空间。许多时候，现代人生存于语言符号的空间之中。现实、主体、意识形态，一切都在语言符号之中成型。的确，如同韩少功所言，语言符号对于现实的再现必须是小康社会之后的现象。这时的人们已经不必为基本的生理需要谋求不可或缺的物质，符号形成的种种观念开始从各个方面主宰人们的生活。然而，无论如何，小康社会的面积正在扩大，基本的生理需要在社会生产之中占据的比重愈来愈小。语言符号所建构的空间正在愈来愈大范围地成为人类所置身的现实。时至如今，全球化时代同时可以视为一个语言符号的杰作。如果没有语言符号的远程传送，一个人穷毕生之力也无法走完地球的一个小小角落。语言符号出现之后，人类得到的更多还是失去了更多？——如果追问这个问题，答复无疑是肯定的。韩少功当然明白，人类不可能废除所有的语言符号，退回小国寡民、鸡犬之声相闻的初级生活之中。其实，语言符号早已成为人类的历史宿命。

大众传播媒介如此发达、语言符号如此丰富的时代，一批人运用语言符号压迫另一批人的条件已经完全成熟。在种种语言符号体系之中，某一个阶层或者某一个族群的形象可能大幅度扩张，他们的声音回响于整个社会；相形之下，另一些阶层或者族群可能销声匿迹，既定的语言符号配置之中根本没有他们的位置。尽管他们人数众多，然而，语言符号的空间察觉不到他们踪迹。可以说，这是继经济压迫、政治压迫之后的语言符号压迫。在我看来，这是《暗示》之中另一个更为重要的主题。

《暗示》之中的"地图"形象地描述了经济、政治和语言符号联合产生的种种复杂的分割、封闭、监禁，并且在这个基础上制定穷人、富人的不同生活等级。财富的拥有规定了配套的住宅区与出行之际的交通工具以及星级宾馆；这不仅是舒适和享受，同时还是身份的品位——这意味了一种社会地位派生的符号学。这种隐形地图业已深刻地改变了传统的空间观念。对于富人说来，远和近的观念很大程度上与波音飞机以及高速公路能否抵达联系在一起。否则，近在咫尺的渔村、林区或者需要爬进去的小煤矿开采面变得遥不可及。在这种隐形地图的安置之下，他们无法像昔日的精英人物那样自由地接触底层大众，他们只能依据主流传媒了解社会。主流传媒上失踪的大众也将在他们的视野之中失踪。于是他们的社会决策或者公共性言论就会理所当然地将大众的利益删除——谁叫他们丧失了自己的形象？在这个意义上，韩少功看到了另一种反抗的必要——语言符号的反抗。他以一个著名历史人物——墨子——的失败为反面例证说明了这一点。墨子的人品和才华绝不在同代人之下，但是墨家无法与儒家分庭抗礼而迅速地退出知识的主流。

当然，如何争夺语言符号资源可能是另一个复杂的命题。德里达或者罗兰·巴特们的解构主义是一种策略。他们颠覆了语言结构和作者的权威，一个文本因为种种奇特的阐释而闪烁出无数的意义。解构主义推崇一种放纵性的阐释抗拒独断论。没有人有权垄断文本的意义——无论是权威的批评家还是作者本人。语言符号的意义必须还给每一个读者。葛兰西的文化霸权思想或许是另一种策略。葛兰西认为，统治阶级如果想维持文化领导权，它们就必须某种程度地容纳被统治阶级的文化与价值。这显然为后者争夺语言符号资源提供了一定的空间。尽管韩少功鞭辟入里地分析了墨家的命运，但是他面对这个命题的时候仍然有些犹豫。"争夺"这个字眼或许并不是韩少功所喜欢的。对于语言符号与实在世界之间关系的焦虑有意无意地驱使韩少功返回一个想象：一个简单的、纯净的、没有种种繁杂的语言符号污染的世界。他总是不知不觉同时又顽强地指向经验，指向真实，尽管韩少功明白经验或者真实很大程度上属于语言符号建构的产物。《暗示》的最后一节《乡下》可能某种程度地包含了韩少功的理想。狗、鸟以及大自然之中的万物没有语言，它们仅仅拥有一种单纯的感恩方式，例如目光的久久注视。然而，哪怕人类也仅仅拥有这种单纯的感恩，一个和谐的自然秩序和政治秩序就会如期而至。这没有必要诉诸多么复杂的语言，动用成堆成堆的理论术语。

相对于传统的小说文体，《暗示》显然更为松散、更为日常化了。这里没有紧张的悬念、生动的故事和固定的主人公。零散的细节和议论集合更接近于人们的日常经验和记忆。然而，传统小说的文体成规已经如此权威，以至于返回日常即是一种颠覆性的解构。当然，如今的颠覆性解构或者种种小说实验不再是勇气或者叛逆精神的伟大证明；形式革命不再是一个空洞的姿态。换言之，许多作家的形式独创都包含了深刻的动机：他们想破除什么，再造什么？

从《爸爸爸》到《马桥词典》，韩少功始终对于传统的小说文体心怀戒意。谈到现代知识危机的时候，韩少功甚至有意将传统的小说文体视为这种危机的组成部分："在我看来，克服危机将也许需要偶尔打破某种文体习惯——比方总是将具象感觉当作文艺的素材，把它们做成图画、音乐、小说、诗歌以及电视连续剧，做成某种爽口的娱乐饮品顺溜溜地喝入口腹。这也许正是意识形态危险驯化的一部分。一个个意识隐疾就是在这种文体统治里形成。"《暗示》是一个没有重心的文本。《暗示》之中的一百多节没有形成一个叙事的整体结构。《暗示》摊开了生活的诸多片断。这些片断是零散的、独立的，它们分别是历史、记忆、分析性言论、小故事、想象、比较、考证、引经据典、人物速写，等等。韩少功至少证明，这些片断都在生活之中熠熠发光、耐人寻味。的确，《暗示》没有一个叙事的整体，但是这部著作却全面地挑起了人们分析日常生活的莫大兴趣。

（载《文艺争鸣》，2003 年第 1 期）

《暗示》台湾版序

李　陀

　　我以为读《暗示》这本书可以有两种读法，一种是随意翻阅，如林间漫步，欲行则行，欲止则止，喜欢轻松文字的人，这样读会感觉非常舒服。另一个法子，就得有些耐心，从头到尾，一篇篇依次读下来，那就很像登山了，一步一个台阶，直达峰顶。这两种读法效果很不一样。我自己读此书，两种读法就都试过，虽然不是有意的。第一遍是乱翻，碰上哪篇就读哪篇，第二遍正襟危坐，一行行仔细读来，结果感觉是读了两本完全不同的书——不是我们平时读书那种常有的经验：同一本书，认真读第二次，我们会对它有不同的或是更深的理解，不是这样，而是确实感觉自己读了两本完全不同的书。

　　此书的两种读法，我想是韩少功有意为之，不但是有意为之，而且可以看成是他的一个深思熟虑的预谋，甚至是为读者设下的一个圈套。在日常言说里，"圈套"这个词常常和某种心机、某种不怀好意相联系，那么说这书里有圈套，是说韩少功对读者不怀好意吗？我的感觉是，即使不能说不怀好意，但也不能说里面没有一点恶意：仔细读了这部书的人一定可以感受到作家对当代人和当代文明之间的荒诞关系的冷嘲热讽，以及在冷嘲热讽后面的脸色铁青的冷峻。我们似乎看到韩少功在努力微笑，但那微笑总是一瞬间之后就冻结在眉宇嘴角之间，而且每当我们出于礼貌，或是出于本能，想回他一个微笑的时候，会在那瞬间感到一股从字里行间袭出的寒意，冰凉拂面，让你的笑意半道停住、进退不得。或许有的读者并不这样敏感，但是至少会感觉到在阅读中，自己和作家之间有一种一下说不清的紧张。我以为这种紧张是韩少功有意经营的结果，是他预期的效果：给你一个轻松读书的机会，但是你不能轻轻松松读我的书。

　　我自己第一次的阅读《暗示》的经验就是如此。刚刚拿到书的时候，由于有酷爱读笔记小说的习惯，我是以一种相当轻松的心情对待它的，为自己在现代写作的荆林里终于有机会碰上一片落花满地的草坪而高兴，觉得终于可以在读一本书的时候，不必犹如进入一座城堡，需经过重重暗卡和守卫，也不如进入一个迷阵，不得不在逻辑的层叠中经受曲径通幽的折磨。所以不顾目录中的暗示——全书分四卷，各卷的题目显示卷与卷之间有内在的逻辑联系——我随手乱翻起来。开始感觉还不错，每看一篇，都有不同感受。读《抽烟》，全篇不足六百字，很像当前非常流行的报纸副刊上闲话闲说的小专栏文章（所谓报屁股文字）；读《粗痞话》，赞美乡野语言的粗鄙生动，不由得想起作家的那本在大陆文坛引起一场轩然大波的小说《马桥词典》；读《精英》，忍不住哈哈大笑，不能不佩服韩少功对海外 bobo 们的刻画是那样传神，可谓入木三分；读《麻将》，那是一篇苦涩的小小说；读《月光》，那是一篇文字如月光一样透明清洁的散文；读《劳动》，感动之余，不能不对"玩泥弄木的美文家"们由衷赞赏，心向往之。但是读到后来，读到《仪式》《语言》《真实》诸篇，我开始端坐，在心里和少功辩

论(你说的有道理,但是——),再后来,读《极端年代》《言、象、意之辩》《残忍》,那种初读时的轻松感忽然消失,并且似乎看到作家正在一个模糊的暗处讪笑自己。我一下明白,《暗示》不是一本轻松地可以用消闲的方式对待的书。此书之所以用小说的名义出版,之所以采取一种类似随笔的文体和形式,并不是为了讨好读者,更不是因为韩少功本人特别喜欢随笔这类写作形式,而是另有图谋。与读者初识它的印象相反,《暗示》其实是本很复杂的书。

我想从它的附录说起。

一部书有附录,以理论和学术著作为多,小说就比较少见,常见的一般是以"后记"煞尾,有余音绕梁的意思。但是《暗示》很特别。首先,韩少功这部书是以小说的名义出版的,可是有附录,而且有三篇,其中最后一篇还是一个一本正经的"主要外国人译名对照表",表中共列人名六十七人,其中文学家艺术家十三人,其余五十四名都是哲学家、科学家和各类学者。如果事先不知道这是部文学作品,只看这附录,很容易觉得你手里是一部学术或理论著作,绝不会想到它是一本小说。韩少功为什么这么做?是给那些喜欢寻根究底的人查对起来方便?当然有这个作用,但是对于习惯阅读文学作品的读者来说,很少有人会有兴趣去做这类事,从约定俗成的阅读惯例来说,读者对非理论和学术著作也没这个要求。作家对此心里不可能不清楚。何况,就此书所涉及的"外国人名"来说,这个对照表并不完全,例如在《夷》篇里,说及巴赫和马奈等西方音乐家和画家共十一名,就全不见于对照表,还有,在《疯子》一节里,俄国精神病专家哈吉克·纳兹洛扬的"雕塑疗法"对支持作家"言"与"象"这二者"互为目录、索引、摘要以及注解"的观点有重要作用,但此人的名字也不见于表。那么,附这样一个表的用意究竟是什么?在我看来,这明显是对学术著作的有意模仿,或者是戏仿(热爱后现代理念的人会说这是一种后现代的态度)。说戏仿,如果读者把这书是从头到尾细读一遍,寻觅在各篇小文里时明时暗的诸多思想线索,摸索其中在表面上显得破碎零乱实际却贯穿全书的主题,你又会觉得此仿非彼仿,戏不全是戏,而是某种暗示:《暗示》只不过是"像"文学作品,作家通过此书思考和表达的,远非"文学"的视野所能涵盖。书中的大量短文虽然都不过是随笔、札记、短评、小散文和半虚构的回忆文字,文学味道很足,可是它所讨论的许多问题却有很强的理论性和学术性,其中不少问题还是当前理论界正在研究和讨论的热门话题,例如对"电视政治""进步主义""商业媒体""潜意识"等题目的讨论,都是如此。韩少功在此书的"序"中更直接坦白,在这次写作中他真正关心并试图深入讨论的,是当代人类所面临的知识危机,是当代的知识活动在今日的战争、贫困、冷漠、集权等灾难面前如何无力,并且为便于作这样的讨论,"需要来一点文体置换:把文学写成理论,把理论写成文学"。把文学写成理论?还把理论写成文学?这可能吗?这是认真的吗?这是不是一种文学的修辞,一种机智的说法?在《暗示》出版后,不少批评家都撰文讨论这本书的"文体破坏"和文体试验问题,有说成功的,有说不成功的,众说纷纭。但是我以为他们都没有认真对待作家"把文学写成理论,把理论写成文学"这个声明,更没有认真对待此书的"附录三"。其实,它是对声明的又一次声明:《暗示》要做的,就是要把文学写成理论,把理论写成文学(这可不是什么文体问题)。韩少功这么说绝不是一种修辞,他是认真的。

那么就算我们暂时接受把文学写成理论,把理论写成文学这种荒唐的说法,暂时认可这么做是可能的,我们还可以向作家提出这样的问题:你为什么要做这事情?这样做的必要性是什么?韩少功似乎料定会有读者提出这样的问题,所以写下了"附录二:索引"。这个索引更耐人琢磨,首先,作为"索引"它一点不规范,实际上是含有作家自传的一篇短文,并且

声明这个自传才是此书真正的索引;其次,这索引不但批评当代理论和学术著作对"索引"的规范,而且进一步批评过分重视文献索引就使知识的生产变成"从书本到书本的合法旅行",成为"文献的自我繁殖"。不仅如此,韩少功还在这索引里发表如下十分尖锐的意见:"正如科技知识需要大量第一手的实验作为依据,人文知识也许更需要作者的切身体验,确保言说的原生型和有效信息含量,确保这本书是作者对这个世界真实的体会,而不是来自其他人的大脑,来自其他人大脑中其他人的大脑。作者的体会可以正确,也可以不正确,这不要紧,但至少不能是纸上的学舌。"我想,很多人对韩少功这些看法是很难接受的。因为在今天,新闻援引其他的新闻,理论派生其他的理论,谣言演绎更多的谣言,意见繁衍更多的意见,都离不开"纸上学舌",这是当代文明里,信息传播和知识生产的一个基本和必要的前提。甚至还会有人批评说,这种看法一点不新鲜,不过是传统哲学中经验主义的老调重弹罢了。

但是我希望读者注意韩少功在《暗示》中反复进行的一个异常固执的追问:如果人和社会都须臾不能离开语言,那么在言说之外又发生了什么?如果人要靠语言才能交流,才能认识世界,那么在言说之外人与人之间有没有交流?在言说之外人有没有认识活动?以这个追问作线索来阅读这书里种种议论和故事,我相信读者即使不完全同意书中贯彻的思想,但也决不会认为作家对"纸上学舌"的质疑和忧虑是荒唐,或是老调重弹。

20世纪人类进入了信息时代,社会也变成了"信息社会"(或者叫作后工业社会,后现代社会),在这样的时代和社会里,人的认识活动有什么特点?发生了什么变化?由这样的认识活动所决定的现代知识又对人的生活发生什么样的影响?它们增进了人和人之间的交流和理解吗?有益于减缓和消除人对人的压迫吗?尤其是,对认识和解决今天世界面临的种种巨大危险,如伴随大规模屠杀的战争、全球范围的穷富分化、人类生存环境的灾难性的破坏,当代人文领域的知识发展在总体上究竟是有益还是有害?实际上,这些问题也正困扰着当代的思想家和知识人,20世纪以来很多新的知识探索和理论发展,也都在试图直接或间接对它们作出回答,并且对当代知识的状况做出评估。例如福柯的话语实践的理论,鲍德里亚对符号的政治经济学的分析,哈贝马斯对现代性的反省和试图建立新的哲学范式的努力,都应该说与此有关。现在,韩少功以《暗示》的写作加入了这个讨论,而且切入的角度非常特殊:全书的一个基本理论兴趣是讨论"具象符号"在人的认识活动中的重要作用,认为在以语言符号为主要媒介的言说活动之外,还存在着以具象符号为媒介的认识活动,书中的很多故事、旅行随笔、抒情散文可以说都是对这种认识活动的描述、分析和讨论。只不过,作家的这些思考并不是出于纯粹的理论兴趣,相反,恰恰是对当代理论认识活动追求纯粹性倾向的质疑,并由此对当代知识的这种状况提出尖锐的批判。在《暗示》里,这批判主要集中于现代的知识发展越来越疏离、漠视具象符号对认识活动的重要性,越来越依赖语言特别是文字符号这一现象(近半个世纪视觉文化的发达,似乎对此是个反证,但如果考虑到与鲍德里亚有关simulacra的论述,实际上现代视觉文化更加剧了此种疏离),反复指出正是这种倾向使得大量理论、学说都是脱离实际生活、脱离实际问题的七宝楼台,无论多么瑰丽光明,实际上不过是从书本到书本,从大脑到大脑的合法旅行。在韩少功看来"从这一角度来理解现代知识的危机"有着特殊的意义,因为"知识危机是基础性的危机之一,战争、贫困、冷漠、仇恨、集权等都只是这个危机外显的症状。这些灾难如果从来不可能彻底根除,至少不应该在人们的心智活动中失控,不应在一种知识危机中被可悲地放大"。说当代的知识

发展有如飞机在航行中"失控",这自然是个比喻,但却反映了作家对此忧虑之深,《暗示》可以看作是对这种"失控"的严重的警告。只不过,由于当世的知识精英们,或者对如此严重的危机熟视无睹,甚至把这危机看作在知识名利场上投机的机会,得意扬扬地大变名利魔术,或者由于沉溺于语言的抽象所带来的快感,把危机的讨论当作测试智商的一场比赛,高论迭出却都脚不沾地,这警告里还夹杂着冷冷的激愤和嘲讽——像一声声音量不高却清晰异常的冷笑,我相信它们会是使很多敏感的读者感到不安,或者不快。

那么为什么既然韩少功对理论问题有这样浓厚的兴趣,其关心和分析的问题又是涉及符号学这样前沿理论的讨论,作家不直接把自己的思考写成学术或理论文章呢?为什么非要采取"把文学写成理论,把理论写成文学"这样别扭的办法呢?一个现成的解释就是,韩少功毕竟是个作家,而不是理论家。但是这至多是一部分原因,因为作家即使不愿意以一个理论家的姿态出现,它也可以把这些想法写成杂文或文章,不一定非要把文学和理论掺和在一块儿。我以为,要回答这个疑问,读者要特别注意此书的附录一。

这个附录是个人物说明。《暗示》中有不少人物,其中老木、大头、大川、小雁、鲁少爷几个人还贯穿全书。从小说眼光看,这些性格鲜明的人物本来都可以成为一本正儿八经的小说的主人公,包括书中那几个着墨不多可是活灵活现的次要人物,像绰号"呼保义"的流氓江哥,迷恋做生意但永远赚不了钱的老党员周家瑞,为了吃到一顿肉就可以把朋友告发的"良种河马"陶姓知青,如果作家愿意,他们每个人的故事都可以铺排成精彩的短篇小说。韩少功没有这样做,而是把他们当作实现把"理论写成文学"的文学成分融于叙事和议论之中,对此,作家虽然在附录一中有如下的自嘲:"这本书中若隐若现地出现了一些人物,是因为叙事举证的需要,也是因为作者一时摆脱不了旧的写作习惯,写着写着就跑了野马。"但是我以为附录中的如下说明更为重要:"出现人物也许有一定好处,比如能够标记作者思考的具体对象和具体情景,为思考自我设限。"设限?设什么限?为什么设限?解释并不难:《暗示》的主题既然是批评当代的认识和知识活动由于忽视具象认识、忽视实践而形成严重的知识危机,那么它自己的写作——包括它的批评——就不能仍然走"从书本到书本"的路线,就得首先自己"确保言说的原生型和有效信息含量,确保这本书是作者对这个世界真实的体会,而不是来自其他人的大脑",正是为此,叙述人"我"以及书中的具有一定小说性的人物不仅保持了写作的文学性,更重要的是,他们的讲述、回忆、抒发、分析、说理虽然也要依赖语言和文字,但却源自活生生的生活实践,而不是立足于别人的写作,别人的思想。或许有人会质问:毕竟这些人物都是文学性的虚构,怎么保证他们在书中的思考和言说不是"纸上的学舌"?作家似乎也预料到了这样的问题,并且在这附录里预先作了这样的回答:"需要说明的是,这些人物都出于虚构和假托,如果说有其原型的话,原型其实只有一个,即作者自己。书中人物是作者的分身术,自己与自己比试和较真,其故事如果不说全部,至少大部分,都曾发生在作者自己身上,或者差一点发生在自己身上。"

说实在的,我不知道韩少功这样的说明是否真能说服有类似疑问的读者,因为作家在《暗示》的写作里是出了一个自己给自己为难的题目,就是把文学写成理论,把理论写成文学。这个写作是否成功,既不能由书的发行量,也不能以到底拥有多少读者的赞成来决定。历史上所有大胆探索者的命运都难免吉凶难料,只有把自己交给茫茫的未来。

最后我想说的是,韩少功如此为难自己,绝不是一时兴起,还在《马桥词典》刚出版之后,他就说过:"我一直觉得,文史哲分离肯定不是天经地义的,应该是很晚才出现的。我想

可以尝试将文史哲全部打通,不仅仅散文、随笔,各种文体皆可为我所用,合而为一。当然,不是为打通而打通,而是像我前面所说的,目的是把马桥和世界打通。这样可以找到一种比较自由的天地。"我很赞成他这个想法。因为这些年来,我一直在想一个问题:作为一个批评家,我到底在今天应该赞成和支持什么样的写作?但是没想到找一个答案是这么艰难,因为这不仅涉及对当今中国作家的写作从整体上如何评价,还涉及对 20 世纪文学在整体上又该如何评价的大问题,不能不使我常常思而生畏。不过,一个看法在我的眼前似乎正在逐渐清晰,那就是随着中产阶级社会的逐渐成熟,近几十年的写作发展的历史应该是中产阶级一步步争取领导权,并且成功地取得了领导权的历史;这形成了一种可以叫作"中产阶级写作"的潮流,不管这潮流中的具体表现怎样花样百出(无论是畅销书写作,还是所谓后现代小说,都是这潮流里的不同浪花),它在总体上还是形成了一套影响着全世界的写作的趣味和标准。问题是,这套趣味和标准完全不适合非中产阶级社会特别是第三世界(还有第一世界里面的第三世界),不仅不适合,在我看来,还根本上与他们状况和利益相悖,但是这些东西却在影响、控制着他们的思考和写作。这在近些年来的中国大陆的文学发展中表现得十分明显,我很熟悉的一些非常有才华的作家也在日益向中产阶级写作靠拢,使我更加着急不安,也让我更加期待有一种新的写作出现。正在这时,《马桥词典》出现了,给我带来一阵兴奋,它不是一般的"另类写作",简直可以说是专门针对中产阶级趣味的另类写作。这正是我期望的东西。但是新的忧虑也随之而来:韩少功往下还会怎么写?他还会沿着这条路走下去吗? 他能走多远? 带着这些疑问我一直注意着韩少功的动静。

还是两年前的夏天,我和刘禾曾到韩少功的乡下家里去住了些天。他家有两点给我印象很深,一个是家门大开,常常有村里的农民来访,来访者通常都径直走进堂屋坐下,然后大口吸烟,大声说话,一聊就半天,据说乡里乡外、国际国内,无所不包(甚至还有中美撞机问题),可惜全是当地土话,我们根本听不懂。另一个是院子很大,其实是一片菜地,种的有茄子、西红柿、豆角、南瓜、黄瓜,当然还有湖南人最爱吃的辣椒等等,甚至还有不少玉米。在那些天里,我们看到了作为一个普通农民的韩少功,他赤着脚,穿着一件尽是破洞的和尚领汗衫,一条很旧的短裤,担着盛满粪水的两个铁桶在菜畦间穿行,用一柄长把铁勺把粪水一下下浇到菜地里。湖南的夏天是真正的骄阳似火,他的头上、肩上、胳膊上的汗珠一粒粒都在不断鼓动膨胀,闪闪发亮,像是一颗颗透明的玉米粒,但是会突然破裂,竞相顺着同样亮闪闪的黝黑皮肤滚滚而下,把汗衫和短裤浸泡得如同水洗。当时我就想,这样一个作家,不可能在写作上循规蹈矩。

现在我看到了《暗示》,不禁眼前总是浮起韩少功那汗如雨下、挥勺浇粪的背影。

我不知道别的读者会怎样看待这本书。我想,会有人不尽同意此书所表达的主旨,甚至不悦,还会有人对作家在有关理论和学术上发表的意见有异议,在很多细节上要同他争论,但我相信这是一本会使人激动的书,一本读过后你不能不思考的书。

(载《暗示》(繁体),中国台湾联合文学出版社,2003 年版)

日常生活：退守还是重新出发

——有关韩少功《暗示》的阅读笔记

蔡 翔

一

《暗示》的出版似乎意味着一个"事件"已经或者即将构成,对于文学批评来说,潜伏已久的观念和立场的分歧,因为这部著作的讨论而渐次浮出水面(此前已有关于"纯文学"的小规模论争),而某种已经形成的类似于萨义德所说的"权威说法"(包括支持这些"权威说法"的知识谱系)亦将面对新的质疑和挑战。同时,我们还可以隐约感觉到,自上一世纪90年代开始的所谓"自由主义"和"新左翼"的论战,亦有向文学批评悄悄转移的迹象。当一些学者经由《暗示》来讨论"颠覆"新的"控制形式"的可能性时[①],另一些则干脆指证这部作品"折射出来"的不过是"一个疲惫不堪的、思想和身体一起失去活力的中年人的形象"[②]。

不过,在一些"场合",这些潜在或公开的分歧还是更多地转化为一种"文质彬彬"的"文体"的争论。在诸多的意见中,作家陈村的看法显得睿智和通达,他说:"小说的形式需要深入和拓展,至少需要改换。所谓的先锋文学们被招安之后,小说变得十分良家妇女。……什么小说不小说的是一种无奈的分类,是为偷懒而找的归属"[③]。然而,仍有论者言辞激烈地指称这是"一次失败的文体实验"[④]。在文体分类的背后,隐藏着非常复杂的现代知识的权力机制(比如与"专业/分工"的隐晦而曲折的联系),因此,即使在"文体"这一问题上,同样可以辩证出对现代性"召唤"的认同或者拒绝的不同态度。

尽管如此,我仍然愿意先从"文体"这一问题上暂时撤离,而经由另一言路,进入文本。我将从作品"说什么"着手,然后讨论它为什么要"这样说",最后我仍将回到"文体"或者"形式",来寻找一种新的写作可能是否存在。

二

《暗示》有关"言"与"像"的辩证,已有不少精辟的论述[⑤],因此,我将沿着我的讨论思路,

① 董之林:《逃离"语言"的魔障——读长篇小说〈暗示〉》,《视界》第十辑,河北教育出版社,2003年版。
② 余杰:《拼贴的印象 疲惫的中年》,《文艺争鸣》,2003年第1期。
③ 陈村:《印象点击·〈暗示〉》,《当代作家评论》,2003年第1期。
④ 杨扬:《〈暗示〉:一次失败的文体实验》,《文汇报》,2002年12月21日。
⑤ 比如南帆《文明的悖论》、汪政《语言内外》等,《文艺争鸣》,2003年第1期。

暂时绕开这些问题,而直接"再现"小说的叙事内涵。

尽管《暗示》是一个没有重心的文本。《暗示》之中的一百多节没有形成一个叙事的整体结构。《暗示》摊开了生活的诸多片断。这些片断是零散的,独立的,它们分别是历史、记忆、分析性言论、小故事、想象、比较、考证、引经据典、人物速写,等等",并由此构成了一个纷繁复杂的文本世界①,但是韩少功仍然依靠小说的某些传统的叙事手段——比如人物——来串联这些片断。而在这些人物中,首先引起我兴趣的是老木。

在《暗示》的许多片断中,老木都曾出现,尽管在某种意义上,老木也许只是一个"符号",或者干脆说是一种"道具",在空间的移动中,引发出"片断"的图像、议论或者思考……即使这样我们仍然能够给出这个人物一个大致的轮廓:比如说,老木是一个知青(《鸡血酒》);90年代,发了财,成了一个"比他父亲更大的资本家"(《军装》);偶尔慷慨,不乏真情的流露(《麻将》);但是在歌厅里,却"把陈女士泡了","放倒了母亲还放倒了女儿,放倒了女儿还放倒了女儿的表姐。都是刚成年的学生"(《卡拉OK》);就是这样一个人物,在他"逛遍了世界上最繁华的都市,可以穿遍世界各种最昂贵的名牌时装"时,"还是经常身着深色呢子军上衣"(《军装》),"最爱唱的卡拉OK就是俄国的《三套车》、美国的《老人河》还有《红太阳》里那些革命歌曲,诸如《革命人永远是年轻》或者《铁道兵战士志在四方》",当"三陪小姐不会唱这些歌,也不觉得这些歌有什么意思"时,老木竟会"勃然大怒","他踢翻了茶几,把几张钞票狠狠摔向对方的面孔,'叫你唱你就唱,都给老子唱十遍《大海航行靠舵手》'",连作者都要疑惑,"他是在怀念革命的时代吗?他提起自己十七岁下乡插队的经历就咬牙切齿。他是在配合共产主义的意识形态吗?他怀里揣着好几个国家的护照,随时准备在房地产骗局败露之后就逃之夭夭。那么他是一个什么样的人?"(《红太阳》)等等。如果仅仅把这些材料经由"老木"这个人物组织成一篇小说,那么我们的阅读感觉,并不会由此而引起震动——我们只是会说,这是一篇有关人的性格的复杂性或者丰富性的作品。

有关人的丰富性或者复杂性的观念,曾经在80年代帮助"纯文学"有效地挣脱了某种同一性的机械控制,进而解放了文学的想象力并且增强了小说的叙事功能。在一种粗疏的意义上,我们可以说,它导致了当代小说两种不同的叙事走向:一种是伦理的,善/恶在一个人的身上更为复杂地纠合在一起(比如路遥的《人生》),某种程度上为传统的现实主义注入了一种新的叙事活力;一种是心理的,人的意识乃至潜意识在叙述中渐次被"呈现"出来(比如王蒙的《杂色》),进而确立了一种"内心叙事"的叙述模式。这两种叙事走向都使小说在主题"指认"上,具有了一种"模糊性"的美学特征,并且帮助确立了人的个体价值观念的立场。这种有关人的丰富性或者复杂性的观念,显然来自于某种知识谱系的支持,也就是有关人的自律性、独立性和自足性的学说支持,其本身就是"现代性"的一个相当重要的构成部分。我仍然倾向于认为,在80年代,这种知识观念具有极大的历史合理性。问题在于,当这种知识观念走向它的极端时,尤其是形成了所谓"内部/外部"截然对立的学术神话,人与其存在语境的所有联系无形中也就被自然切断。这时候,善/恶的伦理性,再次顽强地阻击着人对存在的进一步追问(社会的、阶级的、经济的、政治的、意识形态的,等等)。而所谓的"内心叙事",也开始演化为一种自恋式的文字倾诉。人与其存在语境的联系中断,结果必然是人的抽象化程度加剧,个体性上升为一种新的普遍性。在这新的普遍性的观念控制中,人的丰

---

① 南帆:《文明的悖论》,《文艺争鸣》,2003年第1期。

富性或者复杂性实际上已经不复存在,"镜子里的自我一个个不是越来越丰富,相反却是越来越趋同划一"①,这就是历史的辩证法。

恰恰相反,《暗示》充斥着对这种知识谱系的怀疑,乃至挑战,个体的复杂性或者丰富性不再被固定在性格描写或者内心叙述上,也就是说,个人不再成为在某种知识观念控制下而渐渐形成的"固体"形态,而是开放的、流动的,人和他的存在语境(社会的、历史的、政治的、经济的、文化的、意识形态的,等等)的联系被再次有机的恢复,正是在这种联系中,人的复杂性或者丰富性才可能"呈现"或者"再现"。

这样,"场景"或者"情景"被引入《暗示》的叙述中,比如《场景》写"我"到书记家里,"请求他在我的招工推荐表上签名盖章":"平时总是黑着一张脸的书记,在家里要和善得多",为什么呢?"我相信书记并没有丧失他的阶级斗争觉悟,也仍然保留着以往对我的戒意,但这种戒意似乎只能在公共场合而很难在他家里活跃起来。由火光、油灯、女人、姜茶、邻居、柴烟等组成的家居气氛,似乎锁定了一种家庭的亲切感,似乎给所有来客都涂抹了一层金黄色的暖暖亲情。书记不得不微展笑纹,不得不给我递茶,他的老婆也不得不给我拍打雪花,而有了这一切,主人当然最可能说一声'好吧'"。再比如《家乡》写一个"贪官"的复杂性:"人皆有复杂的品性,这并不奇怪。……我只是疑惑贪官的友善和朴实为何只能存在家乡,而不能搬到任上去。也许,家乡有他的童年和少年,有一个融合了他童年和少年的规定情境。特定的一道门槛、一棵老树、一个长者的面孔、一缕炊烟的气息,都可能苏醒一个人的某些感觉而暂时压抑这个人的另一些感觉,使他在特定的舞台背景下面回到特定的台词和动作,比方使他到山上去找牛或者到小土屋里去喝酒。"有时候,是一个规定的角色,比如《座位》,写小王"平时说话和办事都小心翼翼","但就是这样一个人,当上了司机以后,一坐到那个司机座上就脾气大了好几倍"。可是这"并不意味着他的性格已经全面改变,不意味着他会带着粗暴下车,事实上,只要一离开汽车上的那个座位,他就又变成了一个不声不响的影子"。有时候,某个动作也会改变人的性格,比如易眼镜"是一个文弱书生",可是在一次争执中却用手中的钢条把警察打成了重伤,起因仅仅是警察向他喷了一口烟,"而且这一口烟雾中还夹着痰沫子"(《情绪化》)。

至此,我想,已经非常清楚,随着"内部/外部"截然对立或者截然隔绝的坚冰的打破,个体在某种知识观念的控制下而渐渐形成的"固体"状态也会因之瓦解。"边界"消失,个体恢复了和其存在语境的充满活力的自然的联系之后,人的全部的复杂性或者丰富性,也将因之在这种联系中渐次"呈现"或"再现"。当然,这种联系并不是一一对应的,这也是《暗示》反复辩证的"言"和"像"的关系,有时候,甚至就是一种"错误的联系",比如老木和革命歌曲,根本无法和"左翼"或者"右翼"等同起来联系。文学文本所呈现出来的复杂状态将在相当程度上改变文化研究的简约化或者简单化趋向。在个体和其存在语境之间,我想,《暗示》企图建构的可能是一种"交往/互动"的关系,在这种关系中,恢复人的全部的复杂性和丰富性,这样,必然要求文本呈现出一种开放的状态(即使在有关人的复杂性或者丰富性这一点上,我们也有权要求文学"对外开放")。当然,在某种意义上,我并不完全同意韩少功在《暗示》中反复使用的"苏醒""唤醒""沉睡"这样一些语词,在一定程度上,人的复杂性或者丰富性还有可能是在这种"交往/互动"中不断地被"生产"或者"生成"出来。

---

①　韩少功:《好"自我"而知其恶》,《上海文学》,2001 年第 6 期。

可是,这样却为叙述带来了相应的困难。人在其复杂的存在语境中的不断移动,必然会使叙述难以保持相对的统一性,从而无法构成一个完整的"故事"。同时,在这种"交往/互动"的关系中,叙事焦点也难以始终集中在"人物"身上,因此,"人物"极有可能被"模糊化",甚至"符号化"。当然,这是在传统的小说叙事模式中的讨论。如果跳出这一模式,我们也可以认为,这种"片断"的形式恰恰是为了对抗那种业已高度一体化、模式化的观念控制①。

三

个体被置身于这样一种"交往/互动"的关系之中,或者说,置身于其存在的全部的语境之中,不仅个体自身,即使文本本身的叙述,也会相应呈现出一种复杂的状态。而将这种个体的复杂性楔入历史,那么历史必然有可能呈现出另一种"话语"方式。

《暗示》中有不少"记忆"都指涉"文革"这一敏感的话题领域(比如《忏悔》,等等),本来,"一个历史事件到底是什么,需要各种看法相互交流、相互补充以及相互砥砺,以便尽可能接近真理"。问题在于,"文化革命"结束以后,"谁要提到激进行为动机中还有合理和不合理的相对区别,就是为红卫兵辩护,就是为罪恶的历史辩护,就是可耻的'不忏悔'。公共舆论已经准备好了太多的理论、逻辑、修辞来伏击这种异端,直到我们这一代的任何人都怯于开口,直到任何人都得用公共化文字来修剪记忆,让不顺嘴的某些个人故事彻底湮灭,以求得思想安全"。这是我迄今为止,所见到的要求对历史再解读的最为有力的文字之一。在我看来,所有的历史都只是一种"叙述"②。"叙述"会有效地控制人的记忆,"记忆中就有些实象合法而有些实象不合法了,就有些故事可说而有些故事不可说了。对于有些人来说,以文字清洗实象成了一种至高无上的道德责任,在'文化革命'中标举着,在对'文化革命'的批判中也标举着。一个历史事件的复杂性和丰富性,包括一种激进甚至荒谬的思潮如何获得社会基础和大众参与的深层原因,一种社会结构和文化谱系综合性的隐疾所在,都在这种单向度的清洗中消失。'文化革命'仅仅被理解成一段坏人斗好人的历史,一出偶然的道德悲剧"。因此,当《暗示》把一个个"个人故事"强行楔入这种"独断的"并且已经成为"公共化"的历史叙述中,其目的无非是企图恢复历史存在的全部的复杂状态,进而揭示更深层的历史存因。也许,这些"个人故事"强调的是"事物的个别性",可是当它们与"各种不同的事物"联合在一起的时候,或者说是"各种根本不同的观念的联系",实际上包蕴了许多的"母题"③,这使《暗示》在总体上呈现出一种"寓言化"的叙事特征,隐喻着复杂的思想内涵。

当事物的复杂性或者丰富性从那些简单的观念控制中被再度解放出来,并使文本呈现出它的开放状态,那么事物自身的规定性(包括文体的规定性)有否可能也会因之被无意消解?对此,我仍然愿意冒着反"本质主义"的风险,沿着《暗示》的地图继续旅行,这是因为,合理的思想遗产是一回事,"本质"成为一种新的普遍主义和绝对主义是另外一回事,比如,"欲望"。

在近年的文学批评中,"欲望"(包括与之相联的人的身体)被处理成人的"本质"的一个相当重要的组成部分,有时候,它甚至就是"人的本身"。显然,在某种知识观念的支持下,它

---

① 也就是所谓的"形式的意识形态"。
② 蔡翔、费振钟、王尧:《文革与叙事》,《当代作家评论》,2002 年第 4 期。
③ 〔美〕韦勒克、〔美〕沃伦:《文学理论》,刘象愚等译,生活·读书·新知三联书店,1984 年版,第 202、244 页。

成了"人性"一面高高飘扬的旗帜,从而鼓励并控制了相当一部分的文学写作。倪伟在《论"70年代后"的城市"另类"写作》一文中,对此作了相当精辟的分析:即使在这些"人的本身"的叙述中,"身体"也不是那样"纯粹",而是印满了各种各样的意识形态的符号,"身体的'抽象化'只被用来拒斥一切社会性意义",换句话说,它同样是某种意识形态"驯化"的结果,这种"驯化"使得"欲望"的"解辖域化"的能力逐渐丧失,因此,"这样的个体正是消费主义意识形态所召唤的'消费者'……构成了消费社会时代的主流"①。严格地说,所谓"内部/外部"只是一种批评理论叙述的"幻象",从来就没有一种"纯粹"的"人的本身"的写作,"叙述"总是根植在历史和文化之中,是一种特定的社会历史中的建构,并且与权力、阶级、种族、国家等种种社会因素纠结在一起,本身就是一个复杂的政治场域。因此,所谓"纯粹",所谓"内部/外部",永远都只是一个文化政治的"借口",而且永远和对不同的"外部"的"拒绝/认同"纠结在一起。

在《暗示》中,有一个相当经典的案例,比如《时装》,也许,它能告诉我们,"欲望"是怎样被历史和文化"建构",或者说,是怎样被"生产"和"复制"出来的。

"我重返太平墟的时候",发现"乡村首先在服装上现代化了,在服装、建筑等一切日光可及的地方现代化了,而不是化在看不见的抽屉里、蚊帐后以及偏房后房中。他们在那些地方仍然很穷,仍然暗藏着穷困生活中所必需的粪桶、扁担、锄头、草绳以及半袋饲料什么的",但是"穿上现代化的衣装之后,他们对我的落伍行为大为困惑,听说我愿意吃本地米,有人便大惊:'这种米如何咽得下口,我买了二十斤硬是吃不完',听说我的小狗吃米饭,有人也大惊,说他们家那只小洋犬只吃鸡蛋拌白糖,吃肉都十分勉强,对不入流的米饭更是嗅都不嗅。在这个时候,如果你想从他们嘴里知道他们的父辈如何种粮、如何养猪……从而使他们能穿上时装,你肯定一无所获。他们……不愿意说道那些与时装格格不入的陈谷子烂芝麻"。在这里,我们可以感觉到,"时装"已经成为一种符号,隐喻着与"现代化"相关的种种新的生活方式,同时建构起"一种幻象",是"个体与其真实存在条件的想象性关系的一种'表证'",按照阿尔都塞的定义,这就是意识形态("意识形态=幻想/暗指")②。正是在这种意识形态的"召唤"之下("总体意识形态将具体的个体当作属民招呼或质询"),对新的生活方式的占有的"欲望"开始被"生产"或"复制"出来。早在《爸爸爸》中,韩少功已经注意到这种"欲望——生产关系",比如仁宝,"从山下回来,他总能带回一些新鲜玩艺儿,一个玻璃瓶子,一盏破马灯,一条能长能短的松紧带,一张旧报纸或一张不知是什么人的小照片。他踏着一双很不合脚的大皮鞋壳子,在石板上嘎嘎咯咯地响,更有新派人物的气象"。正是这些"新鲜玩意儿",建构起一种新的"幻想/暗指"。

我之所以强调这种"欲望—生产关系",不仅因为意识形态的对个体的渗透、控制和召唤,还因为现代性在根本上已经时间化(按照鲍曼的说法,是一种"流动的液体")③,这种流动性和扩张性要求取消"边界",有效地改变了空间的"固体"状态,当一切都在被"生产/复制",继续固执于那种"本质论"的立场,继续认为"欲望"(或者"身体""人性",等等)是不变的、永恒的、静止的,这能说明什么?当实际的写作已经不再"纯粹"的时候,"纯粹"的理论倒

---

① 倪伟:《论"七十年代后"的城市"另类"写作》,《文学评论》,2003年第2期。

② 〔法〕路易·阿尔都塞:《意识形态与意识形态国家机器》,《图绘意识形态》,方杰译,南京大学出版社,2002年版,第161页。

③ 〔英〕齐格蒙特·鲍曼:《流动的现代性》,欧阳景根译,上海三联书店,2002年版,第3页。

往往有可能沦落为某种"新意识形态"的"文学侍卫"(倪伟语),而且,我相信,是在无意中,会为这种"新意识形态"向文学的渗透打开一条顺利的通道①。

四

"形式"在《暗示》中是一个非常活跃的概念,有时候,更像"一个移动的能指"(杰姆逊语),比如在《军装》和《红太阳》中,通过"军装"和"红太阳"这些意象组织叙述,指涉"形式"和"内容"的非对称关系。而在《颜色》《场景》这样一些"片断"中,"形式"又转化成某种存在语境,苏醒或者召唤着某种"义涵"的呈现或再现。不过,在相当一部分的章节里,"形式"还同时或者干脆就是一种隐喻,比如《墨子》。

在韩少功对"墨子"的叙述中,我们可以感觉到某种"革命"记忆温暖的复活,同时也蕴含着一种"失败者"的苦涩。的确,墨子的失败,尤其是其学说不能进入"中国知识的主流"②,似乎隐含了历史上革命者的悲剧命运。这种悲剧命运不仅仅是墨子"无可行的替代方案,只能流于一般的勇敢攻击",还深刻地呈现了墨子的某种悖论语境;一方面,"反抗"只有转化为"统治",也就是说意识形态只有转化为政治的形式,才可能组织和管理公共生活,这就是"'仪礼—权威—赏罚—国家统治'这个由象到义的具体转换过程";但是另一方面,由于墨家的意识形态的规定性,又必须否定"仪礼",这样,政治的转换不仅不可能完成,同时其学说还直接威胁了"大众内心不可实现但永难消失的贵族梦"。所以墨子以及深刻地影响了所有革命者的平等理想"最容易被大众所欢呼也最容易被人所抛弃"。或许,在此呈现的,正是韩少功意识深处的一种"深刻的悲观"③。

尽管如此,在《暗示》中,韩少功仍然给予"政治—形式"一种极大的关注热情。

比如《仪礼》讨论中国古代如何"把所有社会关系固定成相应的外在仪礼",这就是一种政治的形式。再如,在《学潮》中,写一次无意(或者有意)的"拉闸断电","造成球场上一片灯光漆黑"。可是学生们却"纷纷点起了蜡烛、火柴、打火机,或者打开了手电筒,一时间灯火如海,闪闪烁烁,与天上的星空交相辉映,集会更有了无限温柔和无限浪漫的诗意图景,让人流连忘返心醉神迷,烛光舞会的美妙也不过如此"。这时候,学生的民主想象获得了一种政治的美学形式,可是"随着学潮规模的扩大,组织混乱令人恼火,不能不强化领导,民主美学也就不容易贯彻到底了",所以学潮领袖大川就"不能不开会,不能不下文件,还学会了设定了干部的级别和制定管理的纪律",但是到了这一地步,大川们要"反对的形式几乎成了大川正在恢复的形式,事情离结束也就不会太远",以至于大川最后"住进医院的时候,没有多少同学去看他"。在这里,韩少功通过一个虚拟的案例分析,已经涉及类似于丹尼尔·贝尔的"革命的第二天"的问题,贝尔这样解释"革命的第二天":"真正的问题都出现在'革命的第二天'。那时,世俗世界将重新侵犯人的意识。人们将发现道德理想无法革除倔强的物质欲望和特权的遗传。人们将发现革命的社会本身日趋官僚化,或被不断革命的动乱搅得一塌

---

① 倪伟的《论"七十年代后"的城市"另类"写作》已经令人信服地证明了这一点。

② 尽管钱穆说"后起儒家"有"转引墨义来广大儒义"的现象,比如"大同"说就是"后起儒家言礼又有主张大同者,则在儒家思想中又渗进了墨家义"(《现代中国学说论衡》,岳麓出版社,1996年版,第197页),但是墨子未能成为"中国知识的主流",的确也是事实。

③ 张承志:《北方的河》,《北方的河》,春风文艺出版社,2002年版。

糊涂。"①韩少功的意义在于，他突出了"政治—形式"的重要性，也许，这只是一种政治理想主义。不过，在更多的时候，《暗示》的政治理想主义还是隐含在对作为一种控制形式的分析和批判之中。

有一种说法已为人们普遍默认，这就是我们不应该再用设想的社会(政治)理念来控制、影响、干预甚至制造文学。如果有一种"纯粹"的文学存在的话，这当然是对的。可是问题是，文学并不"纯粹"，在所有文学的背后，实际上都潜藏着某种社会(政治)理念。区别只在于：一种文学默认并接受了现存秩序的合法性，而另一种文学则在反抗和批判中寻求新的社会理想。正像洪子诚所说："文学理论、文学史，这些与人的意义、价值、语言、感情、经验有关的论述，必然要和更深广的信念密切相连，这些信念涉及个体和社会的本质，个体和社会的关系，权力的问题，等等。它们怎么能保持'纯粹性'呢？所以不是"文学史，政治的替代物"，而是意味着，"我们已考察的文学史具有政治性"。套用这一句式，我们也可以说，不是"文学，政治的替代物"，而是意味着，"我们已考察的文学具有政治性"②。当然，这里涉及对"政治"这个概念的如何理解。

在一般的意义上，我们把政治理解为对国家和社会公共事务的管理和组织形式，"政治所要处理的主要是国家生活中的各种关系，包括阶级内部的关系、阶级之间的关系、民族关系以及国际关系等，并表现为代表一定阶级的政党、社会集团、社会势力在国家生活和国际关系方面的政策和活动。统治阶级的政治主要运用国家权力维护本阶级根本利益"③。而在更广的意义上，"我们用政治一词所指的仅仅是我们组织自己的社会生活的方式，及其所包括的权力关系④。鲍曼用"政治"和"生活政治"分别指涉其中的相关性和相异性，同时指出，现代性作为一种"'液化'的力量已经从'制度'转移到了'社会'，从政治转移到了'生活政治'——或者说，已经从社会共处的宏观层次转移到了微观层次"。正是政治向日常生活的转移，使得政治(包括与其相关的各种权力机制)产生了极其复杂的形态和意义的变化。在这个意义上，市场经济——以及它所确立的"一种个体化的、私人化的观点"⑤——不仅没有消解政治对人的控制，恰恰相反，它使得政治更加"无所不在"。就像萨义德所说："到处都是政治，我们无法循入纯粹的艺术和思想的领域。"

在上一世纪的80年代，在我们的一般理解中，某种关于"民间"的叙述话语得到许多人的默认。应该指出的是，在这后面(或者是某种无意识)，显然存在着一种"市场"(以及"市民社会")神话的支持，也就是说，在当时，人们(包括我)普遍相信，一种"真正"的市场经济，将会使个体获得"真正"的自由和解放。而在90年代，原有的"国家/个人"的二元对立的概念开始受到质疑，就像韩少功曾经调侃的那样"各种资源正在往'民间'转移"⑥，资本家也成了"民间"。在今天，资本的力量不容小觑。就像《广告》，老木"不惜重金给自己洗刷名声，从日常生活中走进电视台——不是一般的电视台，是国家电视台；不是一般的播出时段，是黄金时段，是黄金时段辉煌的聚光灯下——那是国内外政要、社会名流、大牌明星出没的地方"。尽管"我"没有"把他当作政要，没把他当作名流或明星，但我再次见到他的时候，却没法完

① 〔美〕丹尼尔·贝尔：《资本主义文化矛盾》，赵一凡、蒲隆、任晓晋译，三联书店，1992年版，第75页。
② 洪子诚：《问题与方法》，生活·读书·新知三联书店，2002年版，第41页。
③ 《辞海》下卷，上海辞书出版社，1999年版，第4164页。
④ 洪子诚：《问题与方法》，生活·读书·新知三联书店，2002年版，第41页。
⑤ 〔英〕齐格蒙特·鲍曼：《流动的现代性》，欧阳景根译，上海三联书店，2002年版，第11页。
⑥ 韩少功：《后革命的中国》，《上海文学》，2001年第6期。

全恢复到以前的目光,好像自己长期以来投入屏幕的全神贯注,悄悄移植到了他的身上,使他很是成了一回事。以至我忘记了他的放浪丑闻,在他抽出烟找打火机的时候,情不自禁地凑过去给他点燃了烟"。这就是"形象"如何"悄悄进击人们重要的感觉区位并且在那里攻城略地,力图最终操纵和改造我们"。而在这种控制之中,我们的生活被重新"组织"起来。正是在这个意义上,我们说,政治无所不在。也正是在这个意义上,我们说,意识形态无所不在。

<h1 style="text-align:center">五</h1>

可是我们的幻觉,一种新的自由的解放的幻觉,并不完全是现实的复杂性所致,恰恰相反,生活所呈现出来的表面形态,已经越来越趋于简单化,尤其是经过"形象"(图像)的感官化的处理,似乎已经明朗到不再需要动用我们的任何思想,这可能也是近年来的小说在叙事上越来越"明朗"的原因之一。《暗示》所要做的工作,有相当一部分,都在于揭穿这种"明朗"的表象。

在《卡拉 OK》中,我们读到的是那些"中国革命歌曲"的碟片怎样"重组了人们传统意识中歌词与画面的关系"(比如"革命"不再与战场硝烟而与摩天大楼相联系,"人民"不再与衰老父母而与酷男靓女相联系,"理想"不再与荒原篝火而与"波音""空客"等巨机腾飞相联系,等等),这种"重组"实际意味着"画面"对"歌词"的反讽和消解,也意味着在这种反讽和消解中,一种新的意识形态被重新建构。关键在于,这种新意识形态的"召唤",不是经由文字(文字已被感官过滤),而是通过声音、色彩和画面直接进入人的感官系统。因此,在这种不知不觉的"召唤"中,人并没有感觉到他已经是阿尔都塞意义上的"主体"(屈从者或属民)。

这就是图像的意识形态功能,而且是隐蔽的。

在我们与文字的对峙中,我们即是看者,又时时能察觉到自己是被看者,但图像——尤其是电视图像的出现——极大地改变并且模糊了"看/被看"的关系,文字的隐匿,使我们解除了戒意,并且相应产生了意识形态已经终结的幻觉。而当我们掌握着电视调控板的时候,我们已经不是阿尔都塞"屈从者"意义上的主体,而是真正的看者,包括自由地选择所要看的频道——尽管这同样只是一种幻象。这种"看/被看"意识上的倒置,同时来自于"消费"的支持。经过图像的转换,战争也开始成为我们的消费对象——俯冲的飞机、隆隆疾驰的坦克、礼花般盛开的夜空、流星一样的弹道是那样摇曳多姿……一种类似于波德莱尔"晕旋"的现代性感觉[1],再度复活。而战争本身的残酷以及战争背后国家—阶级利益和意识形态的支持,已被画面、色彩和声音过滤,我们只是战争的消费者。权力——不知道在哪儿——像真正的"在外地主"那样,向我们"收租";事实上,我们已经被隐蔽在战争(画面)背后的意识形态以及由此激发的强大的政治—文化想象所"召唤",并且不知不觉地像霍尔所说的采用了主导—霸权符码来进行解码,也就是说,在这种情况下,编码和解码使用的符码是一致的[2]。

---

① 〔法〕米歇尔·福柯:《什么是启蒙》,汪晖、陈燕谷主编:《文化与公共性》,生活·读书·新知三联书店,1998 年版,第 430 页。

② 〔英〕斯图亚特·霍尔:《编码、解码》,罗钢、刘象愚主编:《文化研究读本》,中国社会科学出版社,2002 年版,第 358 页。

如果说 80 年代末的"新写实小说",是一种对当时的现实日常生活的无奈地接受和认同①,那么近年来的相当一部分的写作,却是另一种接受和认同。正是权力的"不在场"的控制,使我们产生了意识形态已经终结的幻象或者幻觉,正像南帆所说:"如果现代社会的文学丧失了尖锐的意义从而与现实达成和解,甚至销声匿迹,这并不是表明那个古老的同质世界又重新降临。很大程度上可以说,这是文学与意识形态的默契。"②

在某种意义上,我们也可以说,《暗示》之所以如此着重于"象"的解析,正是为了揭示其中"隐秘的信息",以此打破文学与现实那种过于"甜蜜"的关系,或者在不知不觉中形成的"与意识形态的默契"。

六

《暗示》蕴含着许多可以延伸并加以讨论的话题,其指涉面之广、涉及程度之深,我以为,在当代小说中,是极其罕见的。

在这里,我使用了"小说"这个概念,这是否意味着,我在文体的意义上,仍然把《暗示》定位在小说这一文体范畴?我想,是的。尽管,我对任何一种文体的边界都不十分在意,而且,从内心深处来说,我极其同意陈村的说法,"什么小说不小说的是一种无奈的分类,是为偷懒而找的归属",不过,我也愿意和陈村一样,持一种后退一步的立场:"小说的形式需要深入和拓展,至少需要改换。"

不过,在我们讨论什么是小说之前,我想指出的是,至少在十年以前,我们对小说的文体实验还持有相当宽容的态度,大多数人都持有和陈村相同的看法:"小说的形式需要深入和拓展,至少需要改换。"那么是什么原因,导致了我们今天对文体的苛刻态度?如果我们承认,形式意味着和我们身边历史的对话能力,那么自 80 年代开始的小说的文体探索和实验,正意味着这种对话能力的逐渐增强和拓展,同时也意味着,我们对现实的复杂性的深刻把握。坦率地说,近年来的小说,鲜见有形式的继续探索和实验,在某种意义上,也可以说,这正是我们和现实建立的过于"甜蜜"的关系的结果。正是在这种"甜蜜"的关系中,我们渐渐放弃了对日常存在的进一步追问,从而满足于事物的表象的叙述,尖锐的思想和批判性的丧失,也导致了我们提出问题的能力的渐渐丧失,并重新形成小说形式的模式化倾向。

可是我仍然愿意继续后退,退回到《暗示》作为一部小说的论述上。

我想,大多数的人都会同意,小说的核心要素之一,是它提供了一个故事,而这个故事应该是叙述者的"个人故事",也就是说,它往往来自于叙述者隐秘的个人经验。在这个意义上,《暗示》不会引起太多的歧义,在它一百多个小节中,我们仍然可以辨别出诸多的小说元素,几乎每一个小节,都能发展出一个相对完整的短篇小说——如果韩少功愿意的话。尽管韩少功说《暗示》"写着写着就有点像理论了"③,但是不会有多少人会把《暗示》作为一部理论书来读。因为在这部书中,充斥了太多的个人记忆、经验、细节、具象,等等。"文学总是喜欢注意小节,注意生活中琐屑的具象,就像一个虚拟的在场者,注意现场中一切可看、可听、

① 蔡翔:《日常生活的诗情消解》,上海学林出版社,1994 年版。

② 南帆:《四重奏:文学、革命、知识分子与大众》,《文学评论》,2003 年第 2 期。

③ 韩少功:《暗示》前言第 2 页,人民文学出版社,2002 年版。

可嗅、可尝、可触的事物,因此与其说文学在关切着人们在'做什么',不如说更关切人们在'怎么做',即'做什么'之下隐秘地还在'做什么'"(《性格》)——我认为,宽泛一点地理解,这就是所谓的文学性的解释之一,而文学性正是在根本上决定了文学/非文学的区别所在。

《暗示》的"片断化"的叙述方式,可能会引起一些文体(主要是长篇小说)上的纠纷,但是这种纠纷可能会在如下两个方面被渐渐化解:"形式的意识形态"这个概念已经渐渐被人们所接受,即使坚持"现代文学中的'纯文学'概念是自由主义文艺思潮的一个核心范畴"的论者,同样强调"形式的意识形态""标示出文学作为意识形态生产的一种方式的特性",如果我们同意形式代表着社会关系,那么形式的解放也就表明一种社会解放的意志,"被人们称为纯文学的现代主义正是以其破碎的断片的不完整形式,生产出反抗资本主义那种高度组织化一体化统治的意识形态"。因此,"纯文学同样可以干预现实"[1]——尽管这种干预的意义或价值被过于夸大。但是"形式的意识形态"的确坚定地为《暗示》的"片断化"的叙述方式提供了合法性的依据。即使我们不从"形式的意识形态"这一角度,那么中国古代小说的叙述实践,也为这种"片断化"的叙述方式提供了另一种实践性支持。小说固然是一种时间的艺术,尤其是长篇小说,更是建立在一定的时间跨度上,但是这种时间的叙述又往往在一定的空间中展开。尤其是中国的古代小说,更常见的正是一种空间性的单元结构——无论是《水浒》,还是《三国演义》,或者《镜花缘》。而这种单元结构,在某种意义上,也可以说,正是"片断"的扩大。

重要的分歧还是在于《暗示》的理论化和随笔化倾向,尤其是议论性文字的大量使用。

我想,坚执于应不应该这样写,并无多大的意义,而我们要讨论的是,它为什么要"这样写"——尤其是对韩少功这样训练有素的小说家而言。

如果我们把小说理解为一种"叙述",那么在任何一种叙述背后,都隐藏着观念,叙述依托观念而组织各种材料,并结构成故事,从而产生意义——只是有的明显,有的深藏不露而已。因此,形式的冲突,常常意味着观念的冲突。绝对的终极的真理并不存在,叙事的再现只是率领我们不断向真理逼近。因此,在某种意义上,小说和小说的斗争,叙述和叙述的斗争,也就是如何"再现"的斗争,并相应构成了文学史主要的发展线索。

从某种意义上,我们有点像阿尔都塞所说的,"永远—已经"是主体,也就是说,我们实际上生活在一种"互文性"之中,在我们的意识深处,刻满了叙述的"痕迹"。新的叙事形式的产生,其革命性的意义,就在于如何打破陈旧的叙事"幻象",并使主体从意识形态的控制中再度解放出来。

在80年代的小说中,我们常常可以看见一种"陌生化"的叙事方式,也就是说,经过叙述,我们和对象重新拉开距离,审视替代了原有的"甜蜜"关系。比如说,在阿城的《棋王》中,呈现出两种观念形态:"棋道"和"生道"。其中任何一项观念,都可以组织成一个完整的故事——如果阿城愿意在原有的小说观念中继续旅行的话。相反,《棋王》的叙述建立在这两种观念的相互的质询、辩驳、认同而又不断的搏斗之中,从而形成了一种相对复杂的叙事方式。在这一点上,马原似乎走得更远,《冈底斯的诱惑》所讲述的每一个故事,都是"不在场"的叙述,因为"不在场",我们就无法对故事证实或者证伪,甚至难以"命名"。正是在这种叙述中,我们对生活(包括后面的知识谱系的支持)产生了一种"陌生化"的感觉,并陷入某种

---

① 刘小新:《"纯文学"概念及其不满》,《东南学术》,2002年第1期。

"沉思"的状态。黄子平曾经用"沉思的老树的精灵"来概括林斤澜的创作①,我认为,它可以同样用来形容 80 年代小说的某些美学特征。

《暗示》在某种意义上,正是延续了 80 年代小说的这一"陌生化"的叙事传统,只是要比他们走得更远。这样,我们或许能够理解,《暗示》为什么"写着写着就有点像理论了"。正是某种小说(包括支持它的知识谱系),帮助我们建立了和现实过于"甜蜜"的关系,而在这种"甜蜜"的叙述中,到处充满了假象和陷阱。因此"片断"和"理论"的叙事形式的强行介入,迫使我们对历史和现实重新"陌生化",并重新思考"具象"背后的全部的义涵和隐秘的信息。

小说语言一直存在着某种断裂现象。比如说,当叙事语言以第三人称的陈述方式出现的时候,大都会具有一种"证实权威":某时某地某人某事如何如何……经过这样的"证实"陈述,一个似乎客观化的经验世界也就随之产生。然而问题是,这个世界真的是客观的吗?我们"经验"到的,就一定是真实的?"叙述"有没有可能遮蔽我们更加"真实"的存在?等等。在中国的古代小说中,比如《红楼梦》,一方面是对人情物象的成功模拟(四大家族、大观园、宝黛爱情,等等),而另一方面,则是诗歌语言的介入(十二金钗正、副册,《好了歌》,等等),以此引申出一个更加真实的存在(太虚幻境)②。至于在现代小说中,议论性文字更是大量涌现。其目的,在某种意义上,正是为了突破在叙述中产生的生活"表象"的控制。

一种过于精致的语言,常常只是经验的重复或累积,而语言的真正的力量,却往往来自于它的"生涩性"。正是新的思想和经验的加入,使语言变得生涩起来,从而也使它变得更加强大,拥有更多的信息。当《暗示》的小说语言开始向理论倾斜的时候,它的生涩性制造了一种更加强烈的陌生化效果,同时指向一种更加真实的存在语境。

尽管我们可以举出和《暗示》相近的作品——比如米兰·昆德拉的《被遗忘的遗嘱》,可是在小说中,它还是显得那么格格不入。那么我们就承认它是小说的一个"另类文本",那又怎么样?借着这一"另类文本",我们"竭尽一己之力尝试说真话"。

这种激烈的文体实验,我们已经久违。文学风平浪静,似乎也已真正的"纯粹"。《暗示》在形式上的探索和实验,哪怕再过于极端,也标明了有一种力量将再度风生云起。

七

《暗示》究竟是不是小说,纠缠于这样的讨论,实际上并无多大的意义。我还是愿意暂时把它搁置起来,留待文体考据学者去详加论证。

我感兴趣的,仍然是,作为一个"另类文本",《暗示》会给我们这个时代的写作,提供什么样的启迪或者可能性。

我仍然愿意坚持这样一种立场:文学应该积极地向"公众事务"发言,这仅仅只是因为,"知识分子是社会中具有特定公共角色的个人,不能只化约为面孔模糊的专业人士",而且,"无疑属于弱者、无人代表者的一边"③。任何一种"甜蜜"的叙述,都有可能提供这个世界的假象、谎言和陷阱。因此,"必须先发展出一种知识分子的抗拒意识,才能成为艺术家"④。

① 黄子平:《沉思的老树的精灵》,浙江文艺出版社,1986 年版。
② 蔡翔:《日常生活的诗情消解》,上海学林出版社,1994 年版。
③ 〔美〕萨义德:《知识分子论》,单德兴译,陆建德校,生活·读书·新知三联书店,2002 年版,第 16、25 页。
④ 〔美〕萨义德:《知识分子论》,单德兴译,陆建德校,生活·读书·新知三联书店,2002 年版,第 21 页。

当然，我们不能简单地把文学化约为"宣传"，在文学中，充斥着太多的人的偶然性、不可知性、甚至超自然的神秘性，当然，还有孤独、悲怆、无奈、世事无常，等等。这似乎是一个雷蒙·阿隆所说的"神秘的余数"，也有点类似"文化研究"中的"感觉结构"，是文学性的一个相当重要的构成因素，也是很难以社会、政治、经济等去穷尽其义的。可是，这并不能成为文学自我封闭的借口。文学只有与不同的"他者"发生关系，才会对存在有更加复杂而丰富的认识，也只有在这样的不断的解释中，才可能重新产生所谓"神秘的余数"①。而这个"余数"，已经刻满了解释的痕迹，并继续产生解释的诱惑。实际上，《暗示》充满了这样的"余数"，那些"隐秘的信息"诱发着我们强烈的解释欲望。

索绪尔让词重新回到它的语境中去，而《暗示》所有的片断都根植在历史和文化的土壤中，这也意味着，所谓"内部/外部"的神话终将被打破——在这个神话的控制下，文学不再呈现出它的开放姿态。而在一种互动的叙述中，就像张旭东所说的那样："这种历史性活动不仅仅关乎知识生产的'外部条件'，它本身就是知识生产的内部规律的组成部分。它揭示给人们的，是种种社会性冲动、意识形态幻觉、政治大气候，以及物质经济环境的变化如何凝聚为符号和文本，而这些不纯的'符号'和'文本'的碎片又如何在历史地表运动的巨大压力之下形成和结晶为所谓的'作品'"②。这里固然指的是理论叙事，但我们同样可以把它移用到对文学叙事的认识之中。

我很同意南帆的说法："重提'以文学独有的方式对正在进行的巨大社会变革进行干预'，这种表述必须在承认'纯文学'的全部合理性之后。换言之，'纯文学'概念的出现并不是一次徒劳无益的误会。否弃'纯文学'庇护的美学个人主义并不是把文学驱赶回粗糙的社会学文献；抗议或者批判不是再度以牺牲文学形式或人物内心的丰富性为代价。相反，'形式的意识形态'表明，文学与身边历史的对话恰恰要诉诸深刻的文学形式。"③这种"深刻的形式"显然只有在不断的实验和与历史的对话中才能获得。《暗示》所蕴含的丰富性和复杂性以及"另类文本"的特性，都有可能推动文学在形式上的再次创新，而文体的边界也可能会再次模糊，而推动我们的，正是"和身边历史的对话"要求。

我们所处的这个世界，已经越来越被专业性的分工割裂成无数个"碎片"。当"宏大叙事被具有地方特色和语言游戏所取代"的时候，萨义德却直斥"利奥塔和他的追随者是在承认自己的怠惰无能，甚至可能是冷漠"④。我们的确可以感觉到，在《暗示》中，有一种重新结构人的日常生活的欲望，很难说这是一种"宏大叙事"，但却是一种艰难的"再现"努力。可是我们可以看到，起码在目前，这种努力，还缺少一种明确的支持，因此，它不仅无法结构成一个完整的故事，同时也无法相应地生产出一种强大的政治—文化的想象。

也许在目前，我们只能像《暗示》那样，退回到"片断"，以"揭穿"为己任，揭穿由某种知识构成的假象、陷阱和谎言，在叙事的再现努力中，不断地向一个真实的世界逼近——这也正是《暗示》全部的叙事特征所在。

那么美和诗意呢？有人会这样善意地质询。同样，我们也可以进一步追问：美和诗意如何产生，又在何处产生？当韩少功说："美永远和非权谋、非利欲、非技术的正义和同情相连

---

① 蔡翔：《一个理想主义者的精神漫游》，浙江文艺出版社，1987年版，第254页。

② 张旭东：《詹明信再解读》，《读书》，2002年第12期。

③ 南帆：《四重奏：文学、革命、知识分子与大众》，《文学评论》，2003年第2期。

④ 〔美〕萨义德：《知识分子论》，单德兴译，陆建德校，生活·读书·新知三联书店，2002年版，第22页。

……历史中一切有沉沉分量的美,从来离不开受压迫和受剥削的人民,从来离不开无法在耀眼位置上哗众的多数。这决定了美的沉默地位,美的边缘地位。"(《包装》)美的这种特性决定了美的反抗和批判的品质,美和诗意正是在批判和反抗中呈现。当然,它的形式会呈现出多样性——"我似乎更愿意自己走入一个我不可接受的时代,比方走入青铜岁月的边关驿道,在一次失败的战役之后,在马背上看苍山如海残阳如血"(《默契》),这是在对现在的拒绝中产生的美。"你流泪了,抬起头来眺望群山,目光随着驮马铃声在大山那里消失。你看到起伏的山脊线那边,有无数的蜻蜓从霞光的深处飞来,在你的逆光的视野里颤抖出万片霞光,突然间撒满了寂静天空"(《乡下》),这是一种美的希冀,在绝望的反抗中诞生。

当我们回到我们的日常生活,一个真实的世界将在叙事中再现,而我们,就在这里重新出发。然而,我们却会因之承担风险,如果我们继续在人性、爱、欲望、身体……这样一些语词中旅行,我们会显得非常安全——起码,在知识的意义上。可是仍然有一种力量在推动我们,80 年代的伟大传统也将在这里被重新链接。

(载《文学评论》,2003 年第 4 期)

《山南水北》:新寻根文学

王　尧

　　在我认识韩少功时,他已经在八溪峒筑巢而居。少功移居乡村,曾经是媒体一大新闻,坊间也有种种传说和猜测。——在少功的新作《山南水北》面世之后,可能许多人会发现,当年的一些推测显然小瞧了韩少功的迁居之举。这些年我们已经司空见惯了作为消费主义文化符号的"怀乡病"之类的东西以及这类符号背后空洞的或者扭曲的灵魂,90年代以来,文学与思想文化界累积了众多这种文化符号的读本。《山南水北》对积贫积弱的思想和写作方式无疑是沉重的一击。我在图文之间,重逢了当下汉语写作中久违的田野之气,重逢了我所熟悉的那个既"仁"又"智"的韩少功。我不想描述少功的思想状况,印象特别深刻的是,当他说到他在八溪峒的居所及乡亲时,他是忘怀的,仿佛在农家聊天,卷着裤管、袖子,手指夹着烟吞云吐雾。

　　90年代以来,我们生活在一个巨大而又杂乱的符号体系中。韩少功说这是一个庞然大物,他面对日益逼近的庞然大物有着不安感。选择一种什么样的方式来对抗这样的庞然大物,并不是一个业已解决了的问题。以"沉潜"的方式来保持自己的特立独行,是知识分子长期不变的选择。而沉潜者是选择"书斋"还是选择"田野",又分出两条路径来。

　　读过《暗示》的人可能大多会认为韩少功是个博览群书的作家,而且不是那种掉书袋式的作家。发现在既有知识体系中被掩盖的问题,从而在基础性知识原理上做出清理和探讨,重新确立知识分子与现实的关系以及知识分子的思想路向,是韩少功这些年来的"大势"。早年,少功就被批评界视为兼备"感性"与"知性"的作家。在知识界分化和重组时,少功觉得"时刻抗拒某些潮流中的谬见和欺骗是十分必要的",正是在抗拒某些不义而且无知的文化潮流中,少功凸显了他作为思想家的品格。韩少功结集在《夜行者梦语》《小说的背后》《文学的根》中的随笔以及散见于《读书》《天涯》等杂志上的文章,清晰地反映了他从80到90年代再到新世纪,关注与解释中国问题的思想能力与轨迹。我们都知道,韩少功是较早反思80年代的知识分子之一,他对现代化、启蒙、文化寻根,对权力、资本、媒介,对科技、人文以及西方的一些重要思想家等,都有自己独到的批判性的见解。可以说,就思想的敏感和深度而言,90年代以来的作家中,无出其右者。

　　但是正如少功自己曾经坦白地说过的那样,他并不特别关心理论,只是关心理论对现实的解释。从《马桥词典》到《山南水北》,《暗示》是个重要的过渡。《暗示》附录二的索引,不仅是韩少功思想的自叙传,也表明了知识分子的一种思想方法和生存方式。这份索引犹如《山南水北》的引言,少功在一个"微点"上让自己的思想与美学在乡村中找到了本原并深深扎根。正是在这个转换中,韩少功把"书斋"搬迁到了"田野",这才有了顶天立地的可能:亲近大地,仰望星空。回到"原来"已经不可能,但在那里重新出发仍然充满诱惑力。

在这个意义上,《山南水北》可以称为"新寻根文学"。对山野自然和民间底层的观察与描述,使本书生气勃勃。《山南水北》是一本有关大地的美学,也有关劳动的美学的书。它所呈现的场景和与之相关的世相,是书斋之外的"象",也是书卷的字里行间消失了的"象"。少功的文字因此和大地的血脉相连,而我们也因此听到了他的呼吸,闻到了他的汗水,见到了他的两腿泥。而且我特别想指出的是,那些带有原生态的细节构成了这本书的肌理,这已经是无数作家丧失了的能力。这些构成了韩少功作为一个思想者的质感,但《山南水北》并不琐碎。从《马桥词典》到《暗示》再到《山南水北》,韩少功的重点已经不在结构故事,从这一点上说,他似乎是放弃了所谓的"宏大叙事";问题是,在创作中并不纠缠技术与文体界限的韩少功,其笔下的"小插曲",都有"大背景"。我们在对谈时,韩少功曾经说过,放弃宏大叙事,只是放弃普遍主义和绝对主义的思想方法,并不意味着人们不再想大事,不再关注大问题。想大事,关注大问题正是韩少功的《暗示》与《山南水北》这两个文本的"大背景"。

《山南水北》的"新寻根"的话,和80年代的"寻根"有大的不同。当年在寻找中国传统文化和审美的优势时,虽然也深入民间,但作家书写历史的观点并未形成。几年前,我在与少功的对话中,他曾经批评我们的史学,认为史学基本上是帝王史、文献史、政治史,但缺少了生态史、生活史;换句话说,只有上层史,缺少底层史,对大多数人在自然与社会互动关系中的生存状态,缺少了解和把握。我想,《山南水北》在今天的语境中其重要意义或许就在这里。如果我们在生态史、生活史,或者底层史的视角里阅读《山南水北》,大概不至于把少功看成为一个在城乡的对立中考察人性的作家。究竟是选择城市还是乡村,其实在韩少功那里并不是个问题。《山南水北》不时有对比着谈到城市与人的话题,但在我看来,韩少功始终没有在城与乡的对立中来寻找他安身立命的所在。他只是把被城市压迫了的"人"挪到了乡村的空地上。在生态史和底层史的构架中,城乡的结构并不是最重要的问题。

少功盘腿坐在农家的小院子里,我和我的许多同类在阳台上仰望天空。以创作而言,众多的作家和学者已经处于无根的状态,甚至早已被拔根而起。我们心中可有自己的南山北水?

2006年11月18日

（收入《错落的时空》一书,河南大学出版社,2007年版）

遗弃在尘土里的货币

——《山南水北》的价值发现

孔 见

一

2000 年 5 月，韩少功和妻子，以及一条名叫作三毛的狮毛狗，迁入了汨罗江边的八景峒，成为这里一个兼职的新农户，在智峰山下过起了半耕半读的田园生活。虽说这次下乡与他三十年前的上山下乡同一方水土，但是时代氛围已经完全不同了，脚下的现实也发生了很大的变化。当年的下乡裹挟在全国性的政治浪潮中，是顺时代潮流而动，此次下乡却是在人们潮水般涌向城市的形势下采取的个人行为，是逆历史潮流的举动。与全球化相伴随的中国市场化进程，使城市成为提供锦绣前景、发展机会和生活享受的福地，为越来越多的人所向往和投奔，乡村成了人们急于逃离的沦陷之地、不堪回首的伤心之地。在这样的时刻，逆着熙熙攘攘的人群走向被遗弃的、日益萧条冷落的乡村，走向不断遭到迫害摧残的大自然，直接面对土地上的草根人群，面对一座大山和一棵小树。让韩少功看到了被无数目光忽略和蔑视的事物，以及被作为发展代价在酒桌上痛快地支付出去的价值。

虽然相对于农民和乡村，他是一个闯入者、一个外来户，但与走马观花的旅游客不同，他像乌龟一样背来了自己的家并且安住下来，成为农民的邻居，在尘埃中与他们混为一流，成为一个赤足的田间劳动者。亲历亲为的农业生产让他再度接近土地，接触人类之外的其他生命的形态，加入大自然从容不迫、循环往复的日常生活。外来人目光和本地人生活的交叉，使他有了许多新奇的发现。这些发现对于乡下人而言是熟视无睹、司空见惯的，对于城里人来说却又是非常陌生和怪异的，但却给他带来了新的生活乐趣，并且滋养了他的写作灵感。2006 年出版的《山南水北》，是一本直接源于生活经验的书，是从土地里生长出来的植物，散发着湿润而又芬芳的田园气息。《山南水北》还是一部发现之作，它出示了韩少功在人们纷纷逃离的尘埃里捡到的几枚闪闪发光的硬币。

二

从机器一样轰鸣运转着的城市来到寂静的乡野，韩少功感受最深的是感官的复活。城市生活对感官夜以继日的骚扰，无异于美国对南联盟的轮番轰炸，其结果是感觉的严重伤害、麻木乃至失灵，特别是那些在水泥地板上和机械撞击声中成长起来的可怜的孩子，他们已经在很大程度上丧失了对大自然最美好、最微妙部分的感受能力和敬畏之情，心灵里充满了喧嚣和躁动。由于感官深受蒙蔽，导致心智的昏沉和散乱，他们的灵府很难开显宁静致远、感而遂通的玄机。他们在很大程度上是一些盲人和聋子，只能以一种颜色来识别另一种

颜色,以一种声音来倾听另一种声音,以一种观念来辩驳另一种观念,无法以空灵的心境来承接造物主隐秘的恩典。由于得不到自然的感化,他们很容易养成一种冷酷的铁石心肠。相反,乡野清静的生活能够为人的感官去蔽,使之突破原来的盲区,重新觉醒,恢复对天籁之音的感应,因而显示出一种疗救的意义。

感官中最最灵邃的是耳根。在《耳醒之地》一节,韩少功描述了感知启蒙过程及其带来的康复的愉悦:"寂静使任何声音都突然膨胀了好多倍。外来人低语一声,或咳嗽一声,也许会被自己的声音所惊吓。他们不知是谁的大嗓门在替自己说话,不知是何种声音竟敢冒天下之大不韪,闯下这一惊天大祸。很多虫声和草声也都从寂静中升浮出来。一双从城市喧嚣中抽出来的耳朵,是一双苏醒的耳朵,再生的耳朵,失而复得的耳朵,突然发现了耳穴里的巨大空洞与辽阔,还有各种天籁之声的纤细、脆弱、精微以及丰富。只要停止说话,只要压下呼吸,遥远之处墙根下的一声虫鸣也可洪亮如雷,急切如鼓,延绵如潮,其音头和音尾所组成的漫长弧线,其清音声部和浊音声部的两相呼应,都朝着我的耳膜全线展开扑打而来。"在耳根如此清静的地方,灵性得到充分的生长。生存在这里的动物也有着常人所不及的灵感。荷塘里的青蛙,居然可以从纷至沓来的脚步中辨认出以抓蛤蟆为业的老五,并且在他到来之时"迅速互通信息然后做出了紧急反应,各自潜伏一声不吭"。在这清幽的地方住下之后,人的感知也自然有了变化:"每天早上我都是醒在鸟声中。我躺在床上静听,大约可辨出七八种鸟。有一种鸟叫像冷笑。有一种鸟叫像凄嚎。还有一种鸟叫像小女子斗嘴,叽叽喳喳,鸡毛蒜皮,家长里短,似乎它们都把自己当作公主,把对手当作臭丫鬟。"凭着一双耳朵,人就可以读出鸟群中发生的事情,甚至读出它们的"闺房隐私"。

不仅耳根、眼睛的感觉也渐渐复苏,显得神情清明,尤其是对月光的感受。就像从权谋勾斗的官场返回田园的陶渊明在南山下发现菊花,从城市归来的韩少功也在水面上发现了飞流的月色。城市不仅充塞着声的噪音,也充塞着光的噪音,光与光互相撞击、互相刺杀、互相砍劈。在缭乱迷离的灯火中,月亮其实已经陨落,成为一个隐者,成为所有灯火中最暗淡苍白的一盏。退出城市,背向混杂的灯火的韩少功"又融入这一片让人哆嗦的月光了,窗前人有一种被月光滋润、哺育以及救活过来的感觉"(《暗示·月光》)。可以说,他是为了与月亮的重逢才回到久违的乡村的。

月亮是别在乡村的一枚徽章。

城里人能够看到什么月亮?即使偶尔看到远远天空上一九灰白,但暗淡于无数路灯之中,磨损于各种噪音之中,稍纵即逝在丛林般的水泥高楼之间,不过像死鱼眼睛一只,丢弃在五光十色的垃圾里。

……城里人是没有月光的人,因此几乎没有真正的夜晚,已经把夜晚做成了黑暗的白天,只有无眠白天与有眠白天的交替,工作白天和睡觉白天的交替。我就是在三十多年的漫长白天之后来到了一个真正的夜晚,看月亮从树荫里筛下的满地光斑,明灭闪烁,聚散相续;听月光在树林里叮叮当当地飘落,在草坡上和湖面上哗啦哗啦地拥挤。我熬过了漫长而严重的缺月症,因此把家里的凉台设计得特别大,像一只巨大的托盘,把一片片月光贪婪地收揽和积蓄,然后供我有一下没一下地扑打着蒲扇,躺在竹床上随着光浪浮游。就像我有一本书里说过的,我伸出双手,看见每一道静脉里月光的流动……

山谷里一声长啸，大概是一只鸟被月光惊飞了。

《山南水北·月夜》

月光是大自然飘扬的魂魄，是最具禅意的无言开示，是存在物的无，是来自天国没有声音的辉煌乐章，是超越是非善恶分别的了义之经，是灭度一切阴私之念、消融一切心灵芥蒂的大化之境，是人类苦难和良知最美好的慰藉之物。当不同个体在竞争和对抗中彼此分离远去的时候，是清凉的月光使它们走到一起并且融为一体。月光是为无邪的心灵准备的泉饮，是来自浩瀚天国的恩泽，心中块垒太多或者城府太深的人，可以去阅读江河大海、高山壑谷，但他很难进入月光不立一物也不遗一物的透脱境界。没有读懂月光的人，不可能理解自然的终极意义。月亮千古同心，不增不减，曾经照耀过张若虚、李白、王维、苏东坡、寒山等诗人的襟怀，在寂寥之夜抚慰他们难以入眠的心灵。早在上山下乡时代，韩少功就惊愕于月光的超尘出界的意境。作为作家，他的文字最美的部分一直都属于月亮。出手于1994年的《山上的声音》描写了月光的煞人之美——

……月光是夜晚发生的最大的事件。月光也是夜晚一切声音最大的原因。我相信，月光可以使人心慌，使人无措或者失常。如果有女人在这个夜里突然尖叫，肯定没有什么别的原因，就是因为月光。如果有人在这个夜晚一刀结果了另一个人的性命，那同样不会有什么别的原因，还是因为月光。

即便是在理性十分致密的《暗示》里，仍然有如水的月光缓缓流行——

月光灌进窗内，流淌到房间的每一个角落。月夜竟如白日一般大亮，远处的树叶竟清晰得历历在目。湖水是月光的冰封，山峦是月光的垒积，云雾是月光的浮游，蛙鸣是月光的喧闹。月光让窗前人通体透明，感觉到月光在每一条血管里熠熠发光。

似乎是一棵树吭当一声倒了，惊得远村发出声声狗吠。其实树不是风吹倒的，也不会有人深夜光顾这个地方，也许只是某个角落积蓄月光过多以后的一次爆炸。这一类爆炸在月夜里寻常无奇。

这些想象奇特的文字，把纯净的月光描绘得无比丰富，让人回味起被剥夺多时的感官的福祉，并意识到作为一个城市生物的狼狈和不幸。城市其实是离造物主最远的边疆之地，是大自然的沦陷之地，那些傲慢乡土的城里人其实是一些聋聩之人、壅塞之人、残疾之人，他们早就没有了耳清目明的感觉。他们的生命已经不能溶解于水，他们的身体已经不能为月光所穿透。他们生活在巨大的噪音之中，并习惯于制造新的噪音来证明自己的存在，他们从一浪高出一浪的喧嚣和嘈杂中滋生出来的贡高的姿态，纯粹是一种精神荒芜的症候，是一种源于蒙昧、隔离和禁闭的狂躁。

三

随着人感官的痊愈，大自然自然而然地呈现出一派诗意盎然的气象和一种难以言表的

慰藉力。它给予人的归宿感是所有城市都没有的，也是任何工业制品所不能比拟的，人在它面前永远都是一个需要原谅的孩子。是故，与作为心灵窗户的感官同时苏醒的，还有一颗对自然生命充满好奇的孩子气的心，一种摆脱工于计较贵贱分别的平等亲和的态度，一种庄子哲学里反复颂扬的齐物论。在与园子里的植物和动物朝夕相处的过程中，韩少功与这种人类以外的生命结下了不解的缘分，成为它们的知心人。他惊奇地发现，不仅动物，就连植物都有着敏感的灵性，有内心的情感活动。在《蠢树》一节中，有这样的描写——

　　我家的葡萄就是小姐身子丫鬟命，脾气大得很，心眼小得很。有一天，一枝葡萄突然叶子全部脱落，只剩下光光的枝杆，在葡萄群体中一枝独裸和一枝独疯。我想了好一会，才记起来前一天给它修剪过三四片叶子，意在清除一些带虫眼的破叶，让它更为靓丽。肯定是我那一剪子惹恼了它，让它怒从心头起，恶向胆边生，来了个英勇地以死抗争。你小子剪什么剪？老娘躲不起，但死得起，不活了！

　　其他各株葡萄也是不好惹的家伙，不容我随意造次。又一次，我见另一株葡萄被风雨吹得歪歪斜斜，好心让它转了个身子，攀上新搭的棚架。我的手脚已经轻得不能再轻，态度已经和善得不能再和善，但还是再次逼出了惊天动地的自杀案，又是一次绿叶呼啦啦尽落，剩下光杆一根，就像被大火烧过了一般。直到两个多月后，自杀者出足了气，耍足了性子，枯干上才绽出一芽新绿，算是气色缓和，心回意转。

他注意到，草木的心性不尽相同，它们对光亮、土壤、气温都有各自的敏感，它们与太阳的运行、与季节的变换都有着神秘的默契，与天地精神相往来，甚至它们彼此之间也似乎有着特殊的约定。它们的社会仿佛存在着与人类全然不同的另一种文明，在《再说艺术》一节中，韩少功描写道：

　　牵牛花对光亮最敏感，每天早上速开速谢，只在朝霞过墙的那一刻爆出宝石蓝的礼花，相当于植物的鸡鸣，或者是色彩的早操。桂花最守团队纪律，金黄或银白的花粒，说有，就全树都有，说无，就全树都无，变化只在瞬间，似有共同行动的准确时机和及时联系的局域网络，谁都不得擅自进退。

　　阳转藤自然是最缺德的了。一棵乔木或一棵灌木的突然枯死，往往就是这种草藤围剿的恶果。它的叶子略近薯叶，看似忠厚。这就是它的虚伪。它对其他植物先攀附，后寄生，继之以绞杀，具有势利小人的全套手段。它放出的游走长藤是一条条不动声色的青色飞蛇，探头探脑，伺机而动，对辽阔田野充满着统治称霸的勃勃野心。幸好它终不成大器，否则它完全可能猛扑过来，把行人当作大号的肥美猎物。

　　当一棵树开花的时候，谁说它就不是在微笑——甚至在阳光颤动的一刻笑如成熟女郎，笑得性感而色情？当一片红叶飘落在地的时候，谁说那不是一口哀怨的咯血？当瓜叶转为枯黄甚至枯黑的时候，难道你没有听到它们咳嗽或呻吟？有一些黄色的或紫色的小野花突然在院墙里满地开放，如同一些吵吵闹闹的来客，在目中无人地喧宾夺主。它们在随后的一两年里突然不见踪影，不知去了哪里，留下满园的静寂无声。我只能把这事看作是客人的愤然而去和断然绝交——但不知我在什么事上得罪了它们。

因此，做一个农民除了勤恳耕作，还必须学会用心与作物交流，学会尊重它们娇贵和淘气，给它们更多的赞美、鼓励和抚慰。有过小农生产经验的人知道，有时候，同样的种苗，同样的肥力，两个人家的庄稼长势却有不小的差异；同一块地由不同的人家轮换耕作，尽管种苗肥力相当，还是有某个人家种出来的庄稼要好些。这都跟人的用心及其与作物的隐秘交流有关。在动物的饲养中，这种情况就更加明显，有的人家养狗可以，就是养不成猪。同一群猪里，得到抚摩最多的猪也会比其他猪要长得快些。因此，农民在生产过程中有许多特殊的讲究和禁忌，听起来像是迷信，其实有他们的道理。工业化的大农业中，人与作物不可能有如此细致微妙的情感交流和经验观察，因此自然也就祛魅了。但不能以此来否定小农经营中某些现象存在的合理性。《再说草木》一节还提供了许多有趣的相关经验——

> 有一位农妇曾对我说：你要对它们多讲讲话么。你尤其不能分亲疏厚薄，要一碗水端平么——你对它们没好脸色，它们就活得更没有劲头了。
>
> 这位农妇还警告，对瓜果的花蕾切不可指指点点，否则它们就会烂心（妻子从此常常对我大声呵斥，防止我在巡视家园时犯禁，对瓜果的动作过于粗鲁无礼）。发现了植物受孕了也不能明说，只能远远地低声告人，否则它们就会气死（妻子从此就要我严守菜园隐私，哪怕回到餐桌前和书房里也只能交换暗语，把"授粉""挂果"一类农事说得鬼鬼祟祟）。
>
> 我对这些建议半信半疑：几棵草木也有这等心思和如此耳目？
>
> 后来才知道，山里的草木似乎都有超强的侦测能力。据说油菜结籽的时候，主人切不可轻言赞美猪油和茶油，否则油菜就会气得空壳率大增。楠竹冒笋的时候，主人也切不可轻言破篾编席一类竹艺，否则竹笋一害怕，就会呆死过去，即使已经冒出泥土，也会黑心烂根。关键时刻，大家都得管住自己的臭嘴。

植物尚且有如此的灵知，更何况那些动物了。人们通常以为动物只是无情诸物的一种，它们只有简单的感知能力，没有人类高贵的智慧和德行，因此人类拥有超出所有物种的优先生存权，人类千万年来对动物的驱逐、囚禁和屠杀有着天经地义的理由。事实上，只要与动物有过亲密交往的人，都会对这种独断产生怀疑。八景峒的生活，在深入地窥视动物的心理行为之后，韩少功发现，即使是鸡犬这样的家养动物，都有相当丰富的内心生活和感人至深的情感故事。

《山南水北·养鸡》写到一只漂亮的公鸡，"全身羽毛五彩纷呈油光水亮，尤其是尾上那几条高高扬起的长羽，使它活脱脱戏台上的当红武生一个，华冠彩袍，金翎玉带，若操上一杆丈八蛇矛或方天画戟，唱出一段《定风波》《长坂坡》什么的，一定不会使人惊讶"。这只威风凛凛的雄鸡是圈里唯一的男种，不仅圈里的雌鸡都成了它的妻妾，还时常被邻居借回家去配种。但它从不怠慢保卫异性的神圣职责，"遇到狗或者猫前来觊觎，总是一鸡当先冲在最前，怒目裂眦，翎毛奋张，炸成一个巨大毛球，吓得来敌不敢造次。如果主人往鸡场里丢进一条肉虫，它身高力大健步如飞，肯定是第一个啄到目标。但它一旦尝出嘴里的是美食，立刻吐了出来，礼让给随后跟来的母鸡。自己无论怎样馋得难受，也强忍着站到一旁去，绅士风度让人敬佩"。

《山中异犬》一节中还写到一些被当地人称为"呵子"的狗的行为表现，其身上洋溢的道

义情怀让人都觉得惭愧。一个名叫贤爹的人家，把一只小狗送给女儿带往婆家。一天狗娘逮住了一只兔子，想到分离的骨肉，它自己舍不得咬上一口，就连夜赶十来里路，翻过两座大山，叼去给那只狗仔吃。让人百思不得其解的是，"女儿把狗仔抱来婆家的时候，狗娘并没有跟着来呵。它如何识得路？如何找到了这一家？如何知道自己的骨肉就在这里？"另一个叫有福家的"呵子"在地里冒着倾盆大雨为主人守望一张犁，在有福遇上车祸的那天冲上公路，见到车就狂吠，直到被碾成一摊血淋淋的肉泥。书里还详细记录了与他们生活多年的狮毛狗三毛的身世，以及他们之间催人泪下的感情。这种感情，无异于与人与人之间最亲密的关系。按韩少功的说法，三毛除了不讲人话，什么意思都能心领神会，谁对它好歹心里都十分明白。

在叙述这些深受人类歧视的动物的行为举止之后，韩少功对"衣冠禽兽""兽性大发""人面兽心"一类语词提出了质疑。许多时候，一个男人的道德表现并不如一只公鸡，一个女人的道德表现还不如一只母狗，人与动物的情义甚至比人与人之间还要深厚，人与动物的交往比与自己的一些同类交往要愉快和安全得多，人与某个动物之间无言的承诺比人与人之间签订并且经过公证的协议还要可靠。亚当·斯密关于人类总是追求个人利益最大化的设定，在动物界都难以成立，但在市场社会几乎成了一条铁律。人们无端地在智力和德行上将动物妖魔化叙事，类似于19世纪以前白人对印第安人和黑人的描述，也近似于纳粹党人对犹太人的描述，都是在为自身的暴力和屠戮寻找口实，使伤天害理的行为变得理直气壮，是人道主义体制对自然界暴力统治的延伸。在潜意识深处，人需要编制这套妖魔化的语言，是以一种自欺欺人的方式来销赃、减轻自己的罪孽感，让自己夜里能够睡得着觉。对语言学饶有兴趣的韩少功做出这样的假设："禽兽如果有语言的话，说不定经常会以人喻恶。诸如'兽面人心''狗模人样''人性大发''坏得跟人一样'……它们暗地里完全可能这样窃窃私语。"

人生而平等，卢梭的理念曾经让人激动了几个世纪，但在卢梭之前的数千年前，佛陀的教诲里就有六道众生平等的观念，这之间文明到底是进步还是后退？与人类之外的其他生命的交往，让韩少功看到动物身上的灵性和德行的闪光，加深了他对人类的原罪的反省。但这种反省会让人左右为难，只要人以动物的身体为粮食，人道与六道的平等兼顾就难得圆满，人也无法将所有的生命揽入自己怀抱，因此也无法安抚自己的良知。《小红点的故事》记述一只它是新来的、无亲无故的小鸡，受到既得利益群体的驱啄，总爱跟人亲近，以至于邻居说它前世很可能就是个人。半年之后，它已经长大成为一只丰满的肉鸡，一盘没有端上桌面的菜肴，"但我不知道怎么对待这只孤独的鸡。假如它哪一天要终结在人类的刀下，它会不会突然像人一样说话，清清晰晰地大喊一声'哥们儿你怎么这样狠心？'"悲惨的事情几乎每天都在发生，《忆飞飞》记录了韩家试图救助一只失去母爱的小鸟，他们给它一个可爱的名字"飞飞"，喂养几天后把它送到树上的鸟舍里，以为它会飞回到母亲身边。但后来却在水池里发现了它漂浮的尸体。

人只要有一口气活着，就很难赎清自己的原罪，而且还阻止不了自己犯罪，于是，韩少功想到了死亡，死亡是所有罪行的自然终止，是一生业障的结账买单，是一个极好的赎罪机会。如果在这个时候，人对自己所造的一切罪恶没有丝毫的反省和忏悔，他就不是一个善良的物种，他就是一个彻头彻尾的混蛋。《感激》是《山南水北》最好的篇目之一，在一节里，韩少功想到将来有一天，在生命的弥留之际他要说出的感激之言——

我首先会感谢那些猪——作为一个中国南方人，我这一辈子吃猪肉太多了，为了保证自己身体所需要的脂肪和蛋白质，我享受了人们对猪群的屠杀，忍看它们血淋淋地陈尸千万，悬挂在肉类加工厂里或者碎裂在菜市场的摊档上。

　　我还得深深地感谢那些牛——在农业机械化实现以前，它们一直承受着人类粮食生产中最沉重的一份辛劳，在泥水里累得四肢颤抖，口吐白沫，目光凄凉，但仍在鞭影飞舞之下埋头拉犁向前。

　　我还会想起很多我伤害过的生命，包括一只老鼠，一条蛀虫，一只蚊子。它们就没有活下去的权利么？如果人类有权吞食其他动物和植物，为什么它们就命中注定地没有？是谁粗暴而横蛮地制定了这种不平等规则，然后还要把它们毫不过分的需求描写成一种阴险、恶毒、卑劣的行径，说得人们心惊肉跳？为了自己的生存，为了自己一种富足、舒适、安全的生存，我与我的同类一直像冷血暴君，用毒药或者利器消灭着它们，并且用谎言使自己心安理得。换句话说，它们因为弱小就被迫把生命空间让给了我们。

　　现在好了，有一个偿还欠债的机会了——如果我们以前错过了很多机会的话。大自然是公正的，最终赐给我们以死亡，让我们能够完全终止索取和侵夺，能够把心中的无限感激多少变成一些回报世界的实际行动。这样，我们将会变成腐泥，肥沃我们广袤的大地。我们将会变成蒸汽，滋润我们辽阔的天空。我们将偷偷潜入某一条根系、某一片绿叶，某一颗果实，尽量长得饱满肥壮和味道可口，让一切曾经为我们做出过牺牲的物种有机会大吃大喝，让它们在阳光下健康和快乐。哪怕是一只老鼠、一条蛀虫、一只蚊子，也将乐滋滋享受我们的骨血皮肉，咀嚼出吱吱嘎嘎的声响。

　　死亡是另一个过程的开始，是另一个光荣而高贵的过程的开始。想想看吧，如果没有死，在这个世界上，我们的生将是一次多么不光彩的欠债不还。

　　几百年来一路凯歌的人道主义，已经充分暴露了它邪恶的一面，作为"万物的灵长"，以自然界统治者自居的人类，不能不为生命世界一派狼藉的状况引咎。高踞食物链金字塔尖顶上的地位，不仅是人可以肆意滥用的权利，而且是人不容推卸的责任；不仅可能成为人的荣光，更可能成为人的羞耻。过去，人总是企图把自身的尊严建立在扩大与物的差别、加强对物的践踏之上，建立在对天命的叛逆和反抗之上，似乎不如此，人的尊严就不知安放何处。现在倒是应该反躬自问：人是否需要超出其生命形态的至尊地位？与众生平等，与天地浑然合一的存在姿态和遍及有情众生的普世关怀，是否更能增进这个世界的美好，更能够提升人类心灵品质的内涵？

　　放下高昂的姿态，弯下挺拔的身段，韩少功在备受人类蔑视和践踏的事物中，细心探索我们有所不知或故作不知的内心世界，发现其中存在的美好品质和诗性故事，他的文字透露出一种对其他生命形态兄长般的关爱和呵护，还有已经久违多时的对天命的敬畏。这些流淌在纸上的超出人道主义范畴的情怀，一样令人深受感染。于是，我们有更加足够的理由相信，蔑视、践踏和叛逆使人的内心产生粗俗、褊狭、邪恶和暴力，而关爱、呵护和敬畏能够净化人的心灵，使心地变得温柔、安详和浩瀚，使人性高贵和优雅。也许，为了自身精神的进化，人应该由大自然的主宰变成它的守夜人。

四

在感官得到启蒙的同时,韩少功也意识到感官感觉的极限并非存在的极限。在人的感知之外,尚有我们未能听到的声音,未能看见的影像,未能触摸的形态,未能探知的隐秘事物。这些"无中之有"并非与我们的存在没有关系,它们暗中影响着我们的生活。对于感官之外隐伏的现象,韩少功保持着一种开放的态度,并且存有敬畏之心。《山南水北》有许多篇章涉及对形而上存在线索的询问和想象。《瞬间白日》记下了一天深夜异常的景象:"东山放亮但月亮还没有出山,天上倒是繁星灿烂,偶尔还有三两流星划过。一件奇怪的事在这一刻发生:就像夜晚突然切换成白天,世界万物从黑暗中冒出来,变得一览无余甚至炽白刺目。近处的人面,远处的房屋和山水,刹那间千姿百态五颜六色地一齐凝结和曝光,让我与家人面面相觑,不知发生了什么事情。但这个短暂的白天只持续了两三秒就突然消失了,眼前的一切重新沦入黑暗。"《无形来客》写他家那条名叫三毛的狗突然狂吠不已,主人赶过去,"什么也没发现。院门外既没有人影或脚步声,也没有任何风吹草动。狗的目击之处,只有寻常的围墙和老树"。于是他感到疑惑:"这条狗看见了什么?什么事使它惶惶不安?"也许,这只狗看到了主人看不到的不速之客、不祥之物。

感官知觉之外,是一个无边无际的神秘领域,人们可以展开无限的遐想。在《村口疯树》《寻找船的主人》《神医续传》等篇目中,韩少功还写到了一些子不语的怪力乱神的事情。《村口疯树》描写围绕着被雷火击死的两棵枫树,发生的许许多多鬼怪的事情。砍树的人或者病死,或者疯掉,或者伤得不轻,让人隐隐感到枯树背后隐藏着某种凶险的力量在作祟。在《寻找船的主人》中,船的主人胜夫子被蛇咬死后,葬在湖边上。他遗下的一条船有时在无人驾驶的情况下,竟然脱锚而起,在水面上滑行如风。以至于新主人惶恐不安,把它一把火烧了,"好歹收回了几斤铁钉"。这些事情都有民间的传说来源,但也可以看出其中间杂着一个小说家异想天开的成分。他的想象力难以节制。

超越感官现量感觉的想象驰骋,是韩少功作品的重要成分,也是他想象力发挥得最充分的地方。从《爸爸爸》到《马桥词典》到《山南水北》,都有形而上的内容。并非韩少功本人有意要装神弄鬼,把魔幻悬疑当作与性和暴力相同的写作调料来刺激读者的神经,为自己的文字争得一些看客。在他看来,生活是已知与未知夹杂的一种状况,在描写已知事情时,要给未知的东西留下余地,并给予一定的表现,这才是真正理性的态度。想想吧,在这个无限的世界上,也只有创造世界的上帝才可以全知,才没有了神秘和魔幻,对于常人而言,不知道的总是比知道的要辽阔和深邃得多。人不应当拒绝面对浩瀚的神秘,自欺欺人地取缔自己知觉之外的这个领域存在的合法性,而应该去探索、窥探,并作一些虚拟的构建,以增进自身的理解力。当然,通过对神秘领域的想象,还能够唤醒人们对天命的敬畏之情,让人少一些狂妄的情绪。当今世界上许多罪大恶极的行为,都是那些把生命当作一次性消费品的绝望之徒干下的。

五

韩少功通过《山南水北》出示的另一枚货币,是在人们普遍以劳作为苦,以消费为乐,以

奢侈为高贵的时代,发现简单劳动和农业文明的审美意义。农业文明是亚洲对人类最大的贡献,正是这种文明使人类结束漫长的流浪生涯,进入定居社会。直到两百多年前,农业文明才渐渐被工业文明所覆盖,并成为落后、愚昧和贫困的代名词。工业文明的规模化、制约化、标准化,对于社会生产力的提高和商业经济的鼎盛起了不可估量的作用,但它在隔离人与自然的亲密关系和消磨人的天性方面的不良表现,也给人类带来了困扰和病患。集中营似的劳动,使人成为庞大机器的一个部件,服从于强大的外力。在远离工业化和商业中心的偏僻的山间去种植作物的古老经验,让韩少功发现工业文明摈弃的美好生活的意涵。

青年时期下放乡村的艰苦岁月,没有让韩少功厌恶体力劳动,相反,对于在青山绿水间挥汗如雨的豪情壮举心存怀念。在《开荒第一天》中,他说:"坦白地说:我看不起不劳动的人,那些在工地上刚干上三分钟就鼻斜嘴歪、屎尿横流的小白脸。我对白领和金领不存偏见,对天才的大脑更是满心崇拜,但一个脱离了体力劳动的人,会不会有一种被连根拔起没着没落的心慌?会不会在物产供养链条的最末端一不小心就枯萎?会不会成为生命实践的局外人和游离者?他认为融入山水、亲近土地和五谷的劳动生活,是一种最接近本源的生活,一种最自由卫生的生活。农业劳动不仅像体育运动那样能够锻炼人的筋骨,使血管里的血液如山涧的溪流保持清纯洁净,还可以让人亲近造物主,成为他的好帮手,享受创造生命的快乐,获得一种甘美的欣慰。把劳动做得像艺术的农人是真正的行为艺术家,是劳动审美意义的最好诠释者。在不同的著作里,韩少功都曾赞美过他们。《马桥词典》的"三毛"词条里,有一个叫志煌的人,农活干得十分漂亮,他"鞭子从不着牛身,一天犁田下来,身上也可以干干净净,泥巴点子都没有一个,不像是从田里上来的,倒像是衣冠楚楚走亲戚回来。他犁过的田,翻卷的黑泥就如一页页的书,光滑发亮、细腻柔润、均匀整齐、温气蒸腾,给人一气呵成、行云流水、收放自如、形神兼备的感觉,不忍触动、不忍破坏的感觉。如果细看,可发现他的犁路几乎没有任何败笔,无论水田的形状如何不规则,让犁者有布局犁路的为难,他仍然走得既不跳埂,也极少犁路的交叉或重复,简直是一位丹青高手惜墨如金,决不留下赘墨。有一次我看见他犁到最后一圈了,前面仍有一个小小的死角,眼看只能遗憾地舍弃。我没料到他突然柳鞭爆甩,大喝一声,手抄犁把偏斜一抖,死角眨眼之间居然乖乖地也翻了过来。……我只能相信,他已经具备了一种神力,一种无形的气势通过他的手掌灌注整个铁犁,从雪亮的犁尖向前迸发,在深深的泥土里跃跃勃动和扩散"。志煌可以说是一个劳动大师,一个以田园为纸、犁耙为笔的翰墨高手,他的艺术已经进入大化之境。在乡间,身怀绝活的人并不少见,于外人看来又脏又累的辛苦劳作,在他们那里成为美妙的舞蹈,流动着音乐的气韵。而能把劳动描绘得如此优美的文字,在文学作品中也不多见。

《暗示》里也有"劳动"一节,在那里,劳动还是一种奇妙的魔术——

伙房被风刮倒了,武妹子带着两个后生和一个老汉来帮我们重建。他们腰间插一把砌刀,除此之外两手空空,像是来玩耍而不是来施工的,但一旦动手就变起了魔术。木板顺手取来就顶成了支架,砖块顺手取来就当成了锤子,橡皮管注入水就成了水平仪,结几根茅草再拴上块石头就成了垂直仪……任何物件在武林高手那里都可成为杀人利器,眼下的任何废物也都不废,都能一物多用,都精神抖擞、生龙活虎、大闹乾坤,成为施工最需要和最合适的工具。他们就地取材,点石成金,左右逢源,真的是可以空手而来。

他们并没有分工的合计，一声不响地各行其是，这里敲敲，那里戳戳，这里咣当巨响，那里灰雾突起，让外人觉得简直混乱如麻。但砖块刚摆入位置，灰浆就送到了；灰浆刚抹完，木梁就架上了；木梁刚架完，檩条不知何时已经无中生有；檩条刚钉好，茅草不知何时已经蓄势待发。一点时间都没有浪费，任何工序都不曾耽搁。他们好像是在用脚步声和砖木的声音相互联络，一直是用双肩、背脊、屁股来相互关照然后及时呼应，顶多笑出两声，就算偷偷议定了一个个难题。一切都表现出内在的丝丝入扣、珠联璧合、水到渠成、势如破竹，完全是一篇一气呵成、有声有色的精彩美文。

农业劳动的美，不仅体现在劳动者劳动行为之上，还体现在这种生产性的劳动蕴涵着的人天关系。通过泥土里的耕作，人参与了自然的过程，发生了一种水乳般关系。他的生活与一粒种子的发芽，一朵花的结果，一群鸡的吵闹，乃至一阵风的吹刮，一场雨的降落，一条溪流的涨起交汇到一起，并随着季节跌宕起伏、循环变化，成为一个诗意的流程。他的生命于是成了大自然有机的部分，成了汪汪大河的一条支脉。他能够清楚地看到灿烂的阳光、山涧的泉水和泥土里收藏多年的精华，是怎样在一株植物的花果里集聚，然后进入他生命的内部。他会为一片菜花的开放，一条葡萄藤的挂果感到高兴；也会为虫情的发现和天空里云影的变化忧心忡忡。当他的庄稼有了收获，当他种植的番薯热气腾腾地端上了黄昏的饭桌，内心的欣慰都是坐享其成的城市人难以体会得到的。他们往往要到劳动之外去寻找快乐，生活之外去寻找生活。《CULTURE》一节，韩少功记下了自己对农业劳动的心得——

什么时候下的种，什么时候发的芽，什么时候开的花……往事历历在目。虫子差点吃掉了新芽，曾让你着急。一场大雨及时解除了旱情，曾让你欣喜。转眼间，几个瓜突然膨胀了好几圈，胖娃娃一般藏在绿叶深处，不知天高地厚地大乱家规，大哭大笑又大喊大叫，必定让你惊诧莫名。

你想象根系在黑暗的土地下嗞嗞嗞地伸长，真正侧耳去听，它们就屏住呼吸一声不响了。你想象枝叶在悄悄地伸腰踢腿、挤眉弄眼，猛回头看，它们便各就各位、一本正经、若无其事了。你从不敢手指瓜果，怕它们真像邻居农妇说的那样一指就谢，怕它们害羞和胆怯。总之，它们是有表情的，有语言的，是你生活的一部分，最后来到餐桌上，进入你的口腔，成为你身体的一部分。这几乎不是吃饭，而是游子归家，是你与你自己久别后的团聚，也是你与土地一次交流的结束。

你会突然想起以前在都市菜市场里买来的那些瓜菜，干净、整齐、呆板而且陌生，就像兑换它们的钞票一样陌生。它们也是瓜菜，但它们对于享用者来说是一些没有过程的结果，就像没有爱情的婚姻，没有学习的毕业，于是能塞饱你的肚子却不能进入你的大脑，无法填注你心中的空空荡荡。什么是生命呢？什么是人呢？人不能吃钢铁和水泥，更不能吃钞票，而只能通过植物和动物构成的食品，只能通过土地上的种植与养殖，与大自然进行能量的交流和置换。这就是最基本的生存，就是农业的意义，是人们在任何时候都只能以土地为母的原因。英文中 culture 指文化与文明，也指种植和养殖，显示出农业在往日的至尊身份和核心地位。那时候的人其实比我们洞明。

农业劳动是人在大地上栖居的一种诗意的方式，也是人接近生命源头的一条抄近的蹊

径。不论将来人类的技术如何发达，社会进步到何种地步，人与土地的关系都是生命最基本的关系，土地永远是人类的生身母亲。通过田间地头的劳动，人不再是自然的静观者，他能够融入了自然的流程，参赞天地的运化。当工业集中营般的生产隔绝了人与自然的天然联系，使人变得枯燥和冷漠；当商业的企划和政治的权谋滋长了人的机心，使之变得深沉、诡秘和叵测；当文化技术的发展使生活的游戏不断升级，使所有的行为都变得繁复和煞费苦心，我们的确需要一种单纯的方式回到幼稚和素朴的状态，回到《诗经》"思无邪"的境地。

六

韩少功在《山南水北》中所做的事情，往小里说可以无限小，小至忽略不计；往大里说也可以无穷大，大至上纲上线。不论大小，都是一个作家对他所处时代的一种回应。

21世纪是一个价值解构的时代，现代主义的过度祛魅使这个世界变得无比荒凉，成为一望无尽的塔克拉玛干；后现代主义的过度解构更是使人们面对无边无际、无着无落的空虚。精神的殿堂于是空空荡荡，只留下几声滑稽的嬉笑；价值的银行则早已透支，只剩下一些通胀的纸钞。人需要像一只饥渴的骆驼越过沙漠寻找水源那样去寻找生存的意义。然而，就在人们四处寻找的过程中，他们已经丢弃了许多身上原有的无价之物。如今，在人生活的精神领域，充塞着五花八门不能通兑的伪币，不时还有人出来装神弄鬼、呼风唤雨，人的内心中了邪似的时而狂热时而迷茫，他们太容易接受暗示。所有这一切，都是从人掐断自己心灵与自然最原始的水乳关系开始的。在丧失了在天地怀抱中栖息的诗意之后，人只能在一些空洞和枯竭的概念中寻找慰藉了，但被意识构造出来的悖谬的逻辑概念，反而给心灵戴套上新的枷锁。

技术领域最需要的制造，在价值领域恰恰是最忌讳的。现在，也许是还原和回归的时候。已经走得太远太远的我们，看来还得原路返回自己的家乡，跪在母亲的膝下，结束背井离乡的"盲流"日子。

作为一种精神的职业，文学主要不是生产货物，而是提供周转各种沉重货物的价值。在这个意义上，可以说，韩少功的《山南水北》给已经透支的账户存入了几枚硬币。它们看起来十分古老，像是一种出土文物。实际的情况也是如此。

当然，《山南水北》的价值发现，还不止是以上列举的这些。书中还有作者对八景社会世态和民风习俗的观察记录，算是对中国国情和人文水土的调查，会成为关心这方面内容的人的随喜功德。读过这本书的可以看出，韩少功对自然和乡村生活的价值发现，是以现代城市生活为参照背景的，对这些价值的赞美隐含着对城市现状的一种批判。在今日的中国，乡村已经完全屈服于城市的威严，在鼻孔朝天的城里人面前，农民也丧失了对自己身份的自信和对家园的骄傲，乡野生活和农业劳动被视为一种苦役和惩罚，为众多的人所忌避。而那些涌进城里的农民，在水泥、塑料、钢铁组装起来的世界里并没有找到家的归宿感，无根的生存状态使虚无和颓废的病毒得以传播和蔓延，成为一种精神的瘟疫。韩少功一把锄头从泥土里挖掘出来的硬币，还是黏附着贫困落后和愚昧的斑驳锈迹。它们只有在磨去锈蚀之后，才能闪发出金质的光芒，为更多的人所珍惜和收藏。

从文体上看，《山南水北》写得轻松自如、不修不整、野趣横生，是韩少功作品中写意成分最少的一部，但它决非漫不经心的草率之作。作者在文字中其实设有埋伏，谋篇布局也有

些暗地里的讲究,只是少露痕迹罢了。《待宰的马冲着我流泪》一节标题下一片空白,完全没有内容文字,这和《暗示》里《电视剧》一节也只写了简短的一句话就收笔一样,都是作者故意为之。韩少功是一个有故意的作家的情况,在这本书中仍然没有根本的改变。在已经被解构得只剩下荒谬和虚无的世界,他称得上是一个执拗的意义探寻者。

参考文献

[1] 韩少功:《暗示》,人民文学出版社,2002 年版。

[2] 韩少功:《山南水北》,作家出版社,2006 年版。

(载《北京联合大学学报》,2008 年第 2 期)

从《山南水北》看韩少功的人生取向与艺术追求

龚政文

2001年4月,韩少功季节性迁居湖南汨罗八景峒(韩在书中称为八溪峒)水库。此后几年,以乡居生活为题材的随笔陆续见于报纸杂志。2006年12月,这些随笔结集为《山南水北》,由作家出版社出版。2007年4月,韩少功凭此书获《南方都市报》与《南都周刊》联合举办的第五届华语文学传媒"2006年度杰出作家奖",10月,获中国作协主办的第四届鲁迅文学奖。《山南水北》是韩少功第一本直接以新的栖居地为题材的作品,在他的创作中具有重要意义,从中我们可以一窥他的人生取向与艺术追求。

人生取向:一个理性主义者的归依

韩少功的移居汨罗,标志着一个都市人对乡村的回归,一个异乡人对家乡的回归,一个知识分子对民间的回归,这是确凿无疑的。《山南水北》写出了他这种回归的清醒意识、详细过程及巨大喜悦。从《扑进画框》《回到从前》《耳醒之地》《窗前一轴山水》这些文章的标题,即可感受到他这种回归的含义及由此产生的急切冲动。

吸引他的,是这里如同水墨画一般的清幽美丽:推开一扇窗子,"一方清润的山水扑面而来,刹那间把观望者呛得有点发晕,灌得有点半醉,定有五脏六腑融化之感。清墨是最远的山,淡墨是次远的山,重墨是较远的山,浓墨和焦墨则是更近的山。它们构成了层次重叠和妖娆曲线,在即将下雨的这一刻,晕化在阴冷烟波里。天地难分,有无莫辨,浓云薄雾的汹涌和流走,形成了水墨相破之势和藏露相济之态。一行白鹭在山腰横切而过,没有留下任何声音。再往下看,一列陡岩应是画笔下的提按和顿挫。一叶扁舟,一位静静的钓翁,不知是何人轻笔点染"(《窗前一轴山水》)。这种如国画般的真实图景,让久居闹市的韩少功喜不自胜,"于是扑通一声扑进画框里来了"。

韩少功选择汨罗,因为他在这里当过六年的插队知青。他从一个青涩少年到激情青年的青春岁月都在这里度过,这里是他的精神故乡,是他的心灵家园,是他魂牵梦绕的地方,是他宿命的归宿之地。在那场返城和高考的浪潮中,他急匆匆地逃离了这里。但即使是刚刚进城的20世纪80年代,他和妻子就把将来返乡的打算作为一个秘密埋在心间(《回到从前》)。而所居城市中的理想泯灭、利益至上和人际交往的庸俗无聊、言不及义,使他返乡的冲动日趋强烈。因此,韩少功的回归,不仅是对乡村的自然依恋,还是一个知识分子对都市文化圈的逃离和对民间社会的融入。他"讨厌太多所谓上等人的没心没肺或多愁善感,受不了频繁交往中越来越常见的无话可说"(《回到从前》)。"更多的工人在失业,更多的农民在失地,更多的垃圾村和卖血村在高楼的影子里繁殖,这也是成功人士圈子以外的事情,而且从来不会中断圈子里的戏谑,甚至不能在宴会上造成哪怕一秒钟的面色沉重"(《回到从

前》)。聚会无非是打牌,交往有着太多做作,这使他胸口发紧,头脑发闷。相反,与贤爹、何爹、庆爹、贺乡长、莫求、有根、荷香等乡民的交往却让他如鱼得水、神清气爽。

从韩少功的卜居乡里及其文学表述中,我们很容易想到中国古代的陶渊明或19世纪美国的梭罗。的确,韩少功与陶渊明有着很多相似之处。陶也是因厌恶官场纷扰,不愿为五斗米折腰,而归于田园,隐于民间。他的"眷然有归与之情",乃是"质性自然,非矫励所得",(《归去来兮辞并序》);韩少功的回归汨罗,也因为"我生性好人少而不是人多,好静而不是好闹"。陶渊明是"少无适俗韵,性本爱丘山……羁鸟恋旧林,池鱼思故渊……久在樊笼里,复得返自然"(《归田园居》)。韩少功则"喜爱远方,喜欢天空和土地",认为"融入山水的生活,经常流汗劳动的生活,难道不是一种最自由和最清洁的生活?接近土地和五谷的生活,难道不是一种最可靠和最本真的生活?"(《扑进画框》)。他们对田野、对自然的喜爱如此一致且发自内心,两人回归的欣悦急切之情都完全一致:陶渊明是回家时"乃瞻衡宇,载欣载奔"(《归去来兮辞》),韩少功则急不可耐地"扑进画框"。居于乡间后,两人的生活方式也惊人相似。陶渊明的居住环境是"狗吠深巷中,鸡鸣桑树颠"(《归田园居》),韩少功也在乡间养鸡豢狗喂猫(见《养鸡》《小红点的故事》《诗猫》《三毛的来去》《猫狗之缘》诸篇)。陶渊明大量的时间是躬耕垄亩,参加劳动,所谓"晨兴理荒秽,带月荷锄归"(《归田园居》),韩少功也花了大量时间莳弄园艺和投入农事(见《开荒第一天》《治虫要点》《红头文件》《太阳神》《蠢树》《再说草木》《CULTURE》诸篇)。在长期的田园生活中,陶渊明与农民结下了深厚的情谊,认识到他们许多美好的品德。他与农夫"时复墟曲中,披草共来往。相见无杂言,但道桑麻长"(《归田园居》)。而韩少功也结交了许多农民朋友,并非常自然地与他们打成一片。在乡居之地,两人也的确表现出同样的悠然闲适的心境,在陶渊明,那是"采菊东篱下,悠然见南山";在韩少功,则是"藏身入山"的神秘和月夜下的沉醉与狂欢。

这样看来,韩少功是不是一位21世纪的陶渊明呢?他是不是一位道家的信徒或现代的隐者呢?不是。韩少功的归依汨罗,绝不是对陶渊明的简单模仿,而是打上了鲜明的韩式风格,表现出清醒的务实的理性选择。这体现在以下几个方面。

批判都市,但并不拒绝文明。韩少功对都市的怀疑乃至厌恶是很强烈的。"城市不知什么时候开始已越来越陌生,在我的急匆匆上下班的线路两旁与我越来越没有关系,很难被我细看一眼,在媒体的罪案新闻和八卦新闻中与我也格格不入,哪怕看一眼也会心生厌倦。我一直不愿被城市的高楼所挤压,不愿被城市的噪声所烧灼,不愿被城市的电梯和沙发一次次拘押"(《扑进画框》)。这是对都市的物质与生活方式的疏离和厌倦。都市给他的感觉是陌生的、外在的、异化的,他无法融入其中。都市的假模假式和千篇一律更让他感到乏味和无聊:

> 都市里的笑容已经平均化了,具有某种近似性和趋同性。尤其是在流行文化规训之下,电视、校园、街道、杂志封面、社交场所都成了表情制造模具。哪怕是在一些中小城镇,女生们的飞波流盼都可能有好莱坞的尺寸和风格,总是让人觉得似曾相识。男生们可能咧咧嘴,把拇指和食指往下巴一卡,模拟某个港台明星的代笑动作……
>
> ——《笑脸》

在都市化浪潮席卷中国大地,几乎每一个乡下人都梦想着变为城市居民的今天,韩少

功对城市病的观察与反思可谓慧眼独具、振聋发聩。但这并不意味着他对都市文明的矫情指控和断然拒绝。在这里，韩少功再次显示了他作为一个理性主义者的冷静与务实。他坦承："我被城市接纳和滋养了三十年，如果不故作矫情，当心怀感激和长存思念。我的很多亲人和朋友都在城市，我的工作也离不开城市"（《扑进画框》）。所以韩少功并非一年365天全在汨罗，相反，他像候鸟似的秋去春来：秋冬在海口，春夏在汨罗。因为他在海口还有一份工作，还有一个家。在汨罗，尽管他希望过一种自然原初的生活，但他家里装了卫星电视，可以上网，有电话、传真，出远门有汽车代步，现代文明所能给予人们生活的种种便利，他一样都不缺少，而且使用得娴熟自如。这表明，韩少功对都市的批判并没有走向中国古代道家的绝圣弃智，或宗教激进主义般反现代文明。一切从性情出发，以理性为标准，融入自然但不闭目塞听，享受文明而不为文明所役，这就是韩少功的选择。

回归自然，但绝非成为隐者。这是上一个选择的另一种解读。韩少功在八景峒过着赏月数星游大泳、养鸡种菜写小说的生活，似乎是一个现代隐士，一个超然于尘俗之外的出世者。其实不然。他有着积极入世的心态、开放的生活和为乡民排忧解难的古道热肠，这在一般的古代隐者身上是看不到的。对于生活，韩少功往往有独特的观察，因而对一些流行的观念有独到的解读。例如入世与出世。在他看来，中国有近70%的人民生活在乡村，因而居住于乡村并不是什么"出世"，恰恰相反，这是走近生活、亲近底层、关心百姓疾苦的表现，是真正的入世精神和有社会热情、社会责任的突出表现。在都市里的老死不相往来，或成天在文化圈子里好吃好喝和高谈阔论，并非真正关心社会问题（李静：《韩少功：养鸡种菜写小说》，《北京娱乐信报》，2002年9月19日）。

在乡下，韩少功的生活是开放的，与当地农民打成一片。经常有各式各样的"爹"（湖南农民对老年男性的尊称）们到他家里串门，谈论上至国际风云下至家长里短的各种话题，有的劝他皈依基督教（《一师教》），有的向他吐露心中的苦闷与疑难。晴耕雨读之余，他经常走出家门，到茶盘砚、梅峒、秀峰村、普同村、粟木峒、长乐镇等周边各地走动，到农家火塘边聊天，以一种并非刻意的方式了解民间疾苦，收集民风民俗特别是流传于民间的神异传说。另一方面，则在力所能及的范围内为他们奔走呼吁、排忧解难。尽管他对自己做的公益事业缄口不言或轻描淡写，但我们还是可以通过他的偶尔叙述略知一二。在《气死屈原》一文中，他写道："我曾建议他们发展竹业加工，还从城里带来杭州竹器博览会的资料，带来竹篮、竹盘、竹炊具一类样品"；"我曾建议他们建立绿色瓜菜基地，还联络城里一些手中略有职权的朋友，试图建立基地与单位'点对点'的直销"；"我在城里找到报社或者银行，要来一些淘汰退役的电脑……"；"最后，我看着八溪峒的青山绿水，不得不想到旅游开发。乡干部们也觉得这是个好主意，为此请我到全乡干部会上做报告，介绍外地'农家乐'的经验。"韩少功这种真诚替农民着想、尽心为农民服务的举动，既是中国传统知识分子入世精神的体现，又表现了一个当代作家难得的社会责任感，恐怕是很多贵族气十足或自诩清高的作家所做不到的。

置身民间，但并不认同愚昧。韩少功的迁居汨罗八景峒，无疑是一竿子插到底的置身民间。这不是一种"谈笑有鸿儒，往来无白丁"的生活，尽管经常有作家朋友、地方官员、国际知名学者去乡下看望他和与之晤谈；反而主要是与"白丁"们往来。经常在他笔下出现的人物是谁呢？乡政府的贺麻子（贺乡长）、船老板有根、塌鼻子郎中、老地主吴县长（国民党县长）、"意见领袖"绪非爹、学校女教师、买码者庆爹、经常借钱的谷爹及其盲女"满姨"、叫花子"笑

大爷"及其父亲"垃圾户"雨秋、农痴余老板、信基督教的雪娥嫂、剃头匠何爹、连老虫都能克死的庙婆婆、点炮专家华子、开挖土机的老应、蛇贩子黑皮、对联高手贤爹……还有许多不知名的人物。与这些人交往时,韩少功总以一种平等的姿态、宽厚的温情出现,对他们的帮助心存感激,对他们的缺点付之一笑,并没有知识分子的清高或救世主式的居高临下。但这不意味着韩在精神上把自己混同为一个乡民,或对他们的迷信、愚昧、乡愿、自私完全认同。在一些篇章中,他以或直接或含蓄的方式,对他们的种种可笑复可叹的方面表现出"哀其不幸,怒其不争"的态度。这同样是一种理性主义的态度。如垃圾户雨秋,是村里的特困户,住在深山老林,得了扶贫款就去打牌,受了扶贫衣物堆在地上生霉发臭,宁愿屋顶的油毛毡风雨飘摇也不盖瓦,固守着永远的特困户身份(《垃圾户》)。在《面子》一文中,韩少功对中国传统乡村作为一种熟人社会的爱面子,明明看见不合理的甚至荒唐的现象也不愿揭穿和抗争的"乡愿"文化作了典型剖析:省里某部门下乡暗访,乡政府紧急部署,"派出各种伪装成农民的游动哨和瞭望哨,互相用手机密切联络",以对付暗访组。农民对此心知肚明,但一说要他们反映真实情况,就"吓得面色发白,连连摇头,说使不得,使不得的"。韩由此发出感叹:"我能痛恨他们的懦弱吗?我是个局外人,没有进入他们恒久的利益网络,可能有点站着说话不腰痛。但如果他们的懦弱不被痛恨,不加扫荡,这个穷山窝哪还有希望?"可谓沉痛!还有盲目模仿城里建筑的格局,把农居修成"花拳绣腿最大化"的"豪华仓库":第一间房里关了一辆独轮车、两个破轮胎和几卷篾晒垫,第二间房里关了小山似的谷堆,第三间房里关了粪桶、水车、禾桶、打谷机之类的农具,还有几麻袋粗糠和尿素,而人反而住在偏棚里(《豪华仓库》);等等。

从这些作品中可以看出,韩少功没有将乡村生活理想化、浪漫化。相反,他秉持着现实主义、理性主义的姿态,对中国乡村由于传统的因袭和现代文明的挤压所造成的双重困境,有着清醒的认识与适度的揭示。这也是韩少功一直拥有的、远远高于同时代某些作家的宝贵气质。在精神根脉上,韩少功可谓鲁迅的真正传人,无论是在《爸爸爸》《马桥词典》等小说中,还是在大量的随笔散文中,从韩身上都可看出鲁迅的影子,即一种对国民性的清醒意识与深刻批判,尽管他外表上要比鲁迅温和得多,宽厚得多。

艺术追求:笔记体散文的新开拓

在韩少功的文学创作中,小说之外,散文是他经营既久、用力殊深、成就极大的一个领域,从20世纪90年代初的《世界》《心想》《佛魔一念间》等一系列思辨散文,到进行语词解析的《暗示》,再到《山南水北》,有一条绵延不断的散文命脉,近年甚至有取代小说,成为他的主攻方向的趋向。这既源于韩在散文方面的非凡禀赋,也源于他对散文创作的文体自觉。人们公认,韩少功是有着深刻的思辨能力、清醒的理性眼光的作家,在这方面他远远超乎于同时代中国作家之上,在某些时候甚至达到了世界级思想大师的高度,这是他在散文——特别是思辨随笔方面取得重大成就的根本原因。另一方面,他也有着对散文创作的强烈自觉。他在多篇文章和访谈中都谈到散文是这个时代比小说更有力的文体,他甚至说过,人在想得清楚的时候写散文,在想不清楚的时候写小说。在他看来,张炜、张承志、史铁生、李锐等一流中国作家纷纷转向散文领域,更验证了他对散文的价值判断。

《山南水北》在韩少功的散文创作中具有重要地位,应被看作韩氏散文也是中国当代散

文创作的新收获。在我看来,《山南水北》有着与韩氏以前散文的不同特点,也不同于大多数当下散文,值得我们高度注意并加以研究。

1.理性观照下的感性呈现

韩少功长于思辨,这既成就了他也制约了他。没有强大的思辨能力,就写不出《世界》《心想》《佛魔一念间》《性而上的迷失》这些振聋发聩的散文力作。然而过于活跃的理性思维和对形象、情节的某种轻视,使他的一些作品走向了哲学或语言学、文化学论文,不太具有文学的特质,使一般读者望而生畏。例如《暗示》就是如此。与其说这是一部长篇小说(一些评论家这么认为,他本人不置可否),倒不如说这是一部语言学论集。当然不是说不能写哲学或语言学论文,但不能打着小说的旗号来写,这会造成某种困惑和迷误。在某些时候,韩少功可能走入了一种误区。例如他在一篇文章中质疑小说为什么非得要有人物和情节?为什么语词不能替代人物成为小说的基本要素?所幸的是,韩少功到底是一个有着正确判断力的优秀作家。在《山南水北》中,他从对语词的过度迷恋、对思辨的过度发挥中走出来,很好地处理了理性与感性的关系,走向了哲思与形象、理智与情感的完美统一,达到了散文创作的新高度。

在《山南水北》中,我们仍然能读到韩少功的独特观察与锐利思想,他对都市、工业、时尚、劳动、人与自然、乡村礼仪与道德、生与死有着许多精辟的见解。这是他作为一个思想型作家的本色。但与他那些专事思想表达的随笔不同,《山南水北》中的思想,基本上是他对乡村生活实地感受、观察、总结以后的思想,带有相当的现实性、鲜活性、个人性、独特性。例如他注意到乡下人被现代文明的时尚所控制,远离实际需要和生活舒适,盲目着西装、穿皮鞋、盖楼房。"哪怕是一位老农,出门也经常踏一双皮鞋——尽管皮鞋蒙有尘灰甚至猪粪,破旧得像一只咸鱼"。西装成衣"已经普及到绝大多数青壮年男人",成了一种乡村准制服;"不过,穿准制服挑粪或者打柴,撒网或者喂猪,衣型与体型总是别扭,裁线与动作总是冲突";"如果频频用袖口来擦汗,用衣角来擦拭烟筒,再在西装下加一束腰的围裙,或者在西装上加一遮阴的斗笠,事情就更加有点无厘头了"(《准制服》)。不消说,这里表达的思想是很深刻的,然而这段文字吸引我们的,首先是具象的生动性与语言的俏皮化,令人过目难忘、忍俊不禁。至于随处可见的乡村楼房,根据韩少功的观察,更只是一种形象工程似的豪华仓库。这些被一般人视为中国乡村富裕进步象征的东西,在韩少功那里都成了自我迷失的表征,这的确是与众不同又十分有见地的结论。这充分反映了韩少功作为一个思想家的独立不倚与实话实说。这一切恰恰是从个人的感觉出发而不是从流行的观念出发。如同《皇帝的新衣》里的小男孩,无论众人怎么人云亦云地看到了新衣,他只看到了一丝不挂的真相。这样的例子在韩少功那里比比皆是。例如人们一般认为都市五彩缤纷而乡村生活单调贫乏,可是韩少功恰恰认为,都市的笑容是平均化的,具有某种近似性和趋同性,而山民的笑却乱象迭出,有一种野生的恣意妄为和原生的桀骜不驯(《笑脸》)。又如人们一般认为都市喧闹而乡村寂静,都市人际纷扰而乡村鸡犬之声相闻,民至老死不相往来。实际上,在韩少功看来,都市有一份互为隐者的轻松,而乡村人口稀少,交通不便,但少量的目标必是被过多关注的目标,互相熟悉的程度使人们的生活处于长久曝光状态,人们无法隐名更无法逃脱(《隐者之城》)。

《山南水北》中的这些风骨高标、不同流俗的思想,既来自于韩少功的长期观察与个人体验,又以一种感性的、鲜活的、即时的方式呈现出来,通过一篇篇散文中的故事和人物凸

现出来,通过文中流露的忧郁的、怅惘的、欣喜的、平和的情绪流露出来。在一些时候、一些篇什中,韩少功仍然喜欢跳出来议论,但这种议论并非凭空发生,而是叙事之后的自然引申;并非喋喋不休,而是恰到好处,点到为止。这显示出韩少功对理性与感性、思想与感觉的关系处理已从《暗示》等作品中回调,重新走上文学的常识之路。

文学之不同于哲学,在于文学主要用形象思维,用比兴之法,而哲学可直接进行逻辑推理和语词演绎。在2002年于苏州大学与王尧的对谈中,韩少功曾谈到思想与感觉于文学的重要性及其相关关系。他认为,"对于人的精神来说,思想与感觉是两条腿,有时左腿走在前面,有时右腿走在前面……思想僵化的时候,需要用感觉来激活。感觉毒化的时候,需要思想来疗救"(《大题小作》,湖南文艺出版社,2000年5月版,第222页)。他痛感当前从现实到文学感觉的流行化、格式化、贫乏化、麻木化,决心"操起思想的快刀",杀开一条感觉通道,也就是要"通过思想来拯救与解放感觉"(《大题小作》,湖南文艺出版社,2000年5月版,第222页)。这当然是精辟的,也是令人肃然起敬的。但是,用纯思想来拯救感觉,不如用有感觉的思想来拯救感觉。事实上,韩少功是一个在思想和感觉两方面都十分杰出的作家,他的思想自不待言,他的感觉也极为敏锐、独特,他表达感觉的本领更是极为出色,因而在这个基础上释放的思想就是读者在愉快的阅读体验中接受的思想,而非硬着头皮被灌输的思想。《扑进画框》《回到从前》《笑脸》《CULTURE》《月色》《开荒第一天》等均从乡村的自然风光和陈年记忆中引申出对都市、时尚、劳动、生命的思考。尤其《开荒第一天》对当年劳动之辛苦和如今劳动之珍贵的描述,让人体会到极为真实的体验和极为沉郁的情感。《太阳神》从所有花草树木竞争阳光谈到太阳神的起源。《每步见药》从草药的妙用联想到现在对中药的漠视和对西药的滥用,由此发出这样的疑问:"我们是更文明了,还是更野蛮无知了?"《卫星佬》通过电视台技术人员和农村土专家安装卫星天线不同方式的对比,暗含着对草根智慧与务实作风的赞叹。总之,阅读《山南水北》既是一场感觉的盛宴,又是一次思想的旅行,既有杂花生树之景象,又有洗心涤肺之快感。

2.真实世界中的神性想象

考察韩少功的所有创作,人们会发现,韩少功虽然是一个清醒的理性主义者,但他也对某种超自然的、异常的、神秘的、荒诞的东西具有特殊的偏好,他也是一个万物有灵论者、一个自然崇拜者,甚至是一个神秘主义者。无论是《爸爸爸》《女女女》《蓝盖子》,还是《马桥辞典》《暗示》都是如此。可以说,韩少功以马桥为基地、以民间传说和个人体验为依凭,建构了一个一以贯之的神性世界。这一神性世界也活跃于《山南水北》中八景峒的山山水水、一草一木、猫狗鸡牛和异禀之人身上。这一神性世界,根据状态和性质的不同,可分为万物有灵论和灵异主义两个方面。下面我们试分别申述之。

万物有灵论。万物有灵是弥漫在《山南水北》几乎所有篇什中的核心思想。从《智蛙》中那些听到抓蛤蟆的老五临近就噤声不语的青蛙、《诗猫》中那些聪明得可以识破人类所有阴谋的老鼠,到可以翻过两座山,趟过三条溪,跑到十几里路外从没去过的人家为狗仔送去一只兔子的狗娘(《山中异犬》),自去自来决不吃邻家的禾与菜的神牛(《邻家有女》),从稍加修剪就叶子尽落如同自杀的葡萄树(《蠢树》),到无人自漂每次都停在湖岸几捆杂柴边的船(《寻找主人的船》),在韩少功的笔下,八景峒的动物植物、老屋小船,无一不有生命、有感觉、有灵魂,可以和人开展某种神秘的信息交流。而且这并非作家个人的文学想象,而是居住在此地的所有人的共同体验与认识。《夜半歌声》中的贤爹对韩少功说:"你晓得么?唱歌

也是养禾。尤其是唱情歌,跟下粪一样。你不唱,田里的谷米就不甜。"万物有灵和泛神论,这一在现代社会和文明世界中日见式微的自然观与世界观,在八景峒这样的乡野依然有强大的影响与控制力。

灵异主义。从泛神论和万物有灵论再往前一步,就走向了灵异主义。在八景峒,灵异现象似乎层出不穷。《村口疯树》中的疯树会哭会吼,被砍伐时"四处冒烟,树体内发出吱吱嘎嘎巨响,放鞭炮一般,足足炸了个把时辰,把众人都惊呆了"。《当年的镜子》中写一个诬告美丽女教师为汉奸者的下场:

> 诬告者不久就患下大病,肚子胀得像面鼓。家人请来师爷抄写佛经,以图还愿消灾。没料到第一个师爷刚提笔,手里叭拉一声巨响,毛笔从中破裂,成了一把篾条,没法用来往下写。第二个师爷倒是有所准备,带来一支结结实实的铜笔。这支笔破倒是没有破,但刚刚蘸的是墨,一落纸上就变成了红色,如源源鲜血自毫端涌出,吓得执笔者当场跌倒,话都说不出来,得由脚夫抬回家去。诬告者几个月后终于一命呜呼。

这些已经够灵异的了,还有那些在庆爹、莫求、荷香、有福家的火塘边的"十八扯",扯的都是令人心惊肉跳的怪事。还有如同神人的塌鼻子神医,用把病人打倒在地再拖入水塘反复按入水中的方式治高烧病人,求医者事先悄悄藏了几个鸡蛋在草丛中居然也被他说破(《塌鼻子》《神医续传》)。对这些神异之人和神异之事的津津乐道和反复渲染,可以看出魔幻现实主义对韩少功的深刻影响,可以看出从早年的《爸爸爸》到后来的《马桥词典》,韩少功的寻根小说和魔幻风格并非简单模仿,而是有着深厚的、真实的生活基础。正如他在《窗前一轴山水》中转引李陀的话:"你到了布拉格,就会明白卡夫卡了,就明白什么是荒诞了。"我们完全可以说,你到了八景峒,就会明白《爸爸爸》,就能读懂韩少功。

3.兴笔所至后的精心营构

在与王尧的对谈中,韩少功谈到了他的散文观:"我同意散文是'最自由'和'最朴实'的说法,我在一篇文章里说过:散文像散步,是日常的、朴素的,甚至是赤裸裸的,小说和戏剧像芭蕾步和太空步,相对来说要技术化一些。"(见《大题小作》中《文体开放》篇,湖南文艺出版社,2005年版)《山南水北》即是他进行这种散文写作的主要收获。在散文艺术上,《山南水北》广泛吸收《世说新语》《太平广记》《聊斋志异》等古代笔记和笔记体小说的精华,糅和韩氏特有的夹叙夹议、叙议自由切换的写作风格,达到了很高的境界,其中许多篇什,堪称妙品、精品、神品。

从结构上说,《山南水北》中的许多散文,均遵循着这样一种路子:先从某人、某事、某景、某现象开笔,即所谓比兴手法;中间引发一段议论和思考;最后回到某人、某事、某景、某现象上,用极简约笔法收煞。常常是文不知所起,兴笔所至,如羚羊挂角,无迹可寻;议论则风生精警,收笔则妙不可言,余味无穷。文章呈现出似随意实精心,虽用力而不斧凿的特色,具有强烈的韩氏特色。

试举两例。《回到从前》从当插队知青的经历写起,叙及当时的热血冲动,议及现在都市人的言不及义和人情冷漠,最后这样结尾:"在葬别父母和带大孩子以后,也许是时候了。我与妻子带着一条狗,走上了多年以前走过的路。"这样的文字心情沉郁、韵律优美,堪称神来之笔。《守灵人》写的是乡村鬼节的风俗习惯,慨叹城里人如今在传统节日吃喝日多而缅怀

渐少,最后又回到一座荒坟:"我曾在这里坐着抽了一支烟,如同找错了坟地的一位守灵人,想象着荒草下可能有过的故事,包括前辈从幼到老的某些容颜姿态——直到夜幕在眼前缓缓降落。"我认为,对这些散文来说,叙事、议论都是不错的,但最见功力、最为精妙的是这些结尾的段落和句子,充分体现了韩少功作为一个优秀作家的出色感觉和文字功夫,令人百读不厌。

从文体上说,《山南水北》中的散文,极为灵活自由,不拘一格。《扑进画框》《地图上的微点》《月夜》《瞬间白日》《窗前一轴山水》《空山》等以写景为主;《残碑》《开荒第一天》《开会》《天上的爱情》《气死屈原》《兵荒马乱》《卫星佬》等以叙事为主;《船老板》《塌鼻子》《神医续传》《老地主》《意见领袖》《墙那边的前苏联》《邻家有女》《笑大爷》《垃圾户》《最后的战士》《青龙偃月刀》《老逃同志》《疑似脚印》《农痴》《庙婆婆》《野人》《蛮师傅》《蛇贩子黑皮》等着重写人;《小红点的故事》《忆飞飞》《诗猫》《猫狗之缘》《山中异犬》《三毛的来去》等,以动物为主人公;《拍眼珠及其他》《特务》《村口疯树》《船老板》《塌鼻子》《神医续传》《当年的镜子》《野人》《野人另一说》《十八扯》等类似于志怪小说;《雨读》《守秋》《夜半歌声》等为生活随笔;更有《治虫要点》《红头文件》《很多人》这样的说明文、表格、家谱;还有只有标题没有正文的《待宰的马冲着我流泪》。一本二十余万字的散文集,有如此多的文体类型、如此不同的写法,可见韩少功是一个具有强烈探索精神和求新求变意识的作家,是深通散文个中三昧的散文家,是一个有着从心所欲不逾矩的自由心灵和艺术法则的大家。

(载《中国文学研究》,2008 年第 2 期)

公民写作与叙事伦理

——由韩少功的一个主张说起

单正平

"公民写作",是韩少功在答记者问时的一个提法:

> 我也有兴趣参与一些基层的生产创收和制度改革的活动,近年还顺手写过一些有关社会经济事务的文章、一篇在乡镇干部座谈会上关于全球化的文章,还引起过一些经济学专家的讨论。有个记者问这是不是"知识分子的写作",我说这是"公民写作",因为公民都有参与公共事务的权利。
>
> (《中国文化报》,2002 年 10 月 18 日)

这个说法就我所知,此前似乎没有人提及,少功提出后也没有引起文学界的关注。我觉得这个提法很有意思,具有比较大的解释空间,而且与当代中国文学与文学批评的现状有某些深层关联,值得进一步探讨。

从韩少功的本意看,他所谓"公民写作",是指文学创作以外的写作;在他看来,这些写作本身显然不是严格意义上的文学写作。那么我们可以提出的问题是:

如果说他的非文学写作是"公民写作",那是否意味着,他的文学写作就是非公民写作?

如果"公民写作"与非公民写作是内容与形式均有根本不同特征的两类文体,那么其实质性区别是什么?

假如作家写一篇有关全球化问题的文章,是以公民身份参与一项公共事务,表面上看当然与文学无关,但这文章是否能和一般意义上的文学作品彻底区别开来?也就是说,一篇谈论社会政治经济思想文化问题的文章,是否没有任何文学性?

同样的逻辑,作家在写小说或诗歌时,我们是否可以说,其身份肯定不是公民,其心态思维与公民意识无关,其作品之意义与价值,也绝对与公共事务无关?换言之,从事文学创作时的作家,可以没有公民的身份和公民的意识,他只是一个超离于公民社会之上,或存在于公民社会之外的一个另类、异数?文学理论的常识告诉我们,并非如此。

本文不打算对上述问题逐一作思辨讨论。为了简明,我只从对韩少功的理解出发,对当代中国部分作家在社会中的自我定位和角色意识略作考察,进而谈谈我对批评家喜欢谈论的所谓叙事伦理的看法。

一、韩少功的公民意识与"公民写作"

根据我对韩少功本人和他创作的理解,我认为,韩少功有非常明确而强烈的公民意识,

自从成年以后,他始终都把自己定位为一个现代的公民:遵纪守法,敬业乐群,具有高度道德自觉意识,在文学创作以外,不断为社会做力所能及的奉献,尽己所能帮助一切可能帮助的贫困弱者。韩少功是一个相当低调的人,他在这方面的德行善举一般当然不为人知,只有极少数接近他日常工作和生活圈子,了解他行事准则和为人风格的朋友,才略知一二。其中又只有很少能见于文字记载,孔见所著《韩少功评传》、廖述务著《仍有人仰望星空——韩少功创作研究》、廖述务编《韩少功研究资料》这三本书中,约略可见一点这方面的记载。

把韩少功定位为公共知识分子是比较确切的,虽然他本人未必认可。道理很简单,他在创作之外,对社会始终保持高度关注与批判性思考。且不论他早期对社会政治文化活动的关注与参与(他所作《文革为何结束》一文最能看出这方面的蛛丝马迹),20 世纪 90 年代以来,在诸如人文精神讨论、亚洲金融危机、中国加入世界贸易组织、环境与生态问题、"三农"问题、现代性、发展主义、恐怖主义、全球化与民族主义等当代世界和中国的这些重大问题上,韩少功都有自己的思考。他通过演讲、对话、接受媒体采访、策划选题编组文章、主持召开学术会议、组织系列读书讨论活动、出席国内外各种会议等方式,鲜明表达了自己的立场和态度,对思想文化界乃至全社会都产生了相当大的影响。韩少功曾经领导创办了当代中国最具社会影响的综合性新闻杂志《海南纪实》,该杂志在 1988—1989 年短暂存活期间创造的社会影响与发行量两项纪录,迄今国内同类杂志未有超越者。他曾经主持的新版《天涯》,是 20 世纪 90 年代后半期中国思想界一面灿烂夺目的旗帜,后起效仿者不乏其人,同样未有超越者。他这些创作外的"事功",足以媲美中国当代任何公共知识分子。

从韩少功的写作看,他的绝大多数作品,都有强烈的现实关怀,从早期的小说到近些年的散文随笔,都能体现他作为一个现代公民,对世界与中国的政治现状、经济问题、社会文化、世风人心的强烈关注和严肃思考。这是积极介入的一面。他还有保守、传统的一面,那就是,他在创作中始终坚守文学的纯洁境界、高尚理想,我们在他的作品中看不到暴力叙事、色情描写,看不到对丑恶世相的津津乐道,他拒绝粗鄙的语言、下流的文风。而这种坚守,在当代中国作家中,已经很罕见了。他的立场和原则很鲜明,那就是,文学不能给读者以假、丑、恶的不良影响。他对那些以流氓加才子自居的当代走红作家相当蔑视,鄙而远之。在我看来,这乃是一个有良知作家所应有的职业道德,是公民意识和公民责任在文学专业领域的具体体现。而这种职业道德与文学界流行的所谓叙事伦理之说,截然不同。

简单说,我认为,韩少功提出的公民写作主张,体现了作家与社会最为合理之关系定位。他既不自外于、孤立于社会,又不完全认同、融化于社会,他与社会保持可贴近观察体验而又超然物外的微妙距离。他既是有坚定人生信念、具普世情怀与全球视野之"世界人",又是蕴涵强烈民族情感与国家意识之中国人;他是怀疑人类终极价值之虚无主义者,又是珍重个体道德品质之理想主义者;他是从内心深处超越了世俗羁绊,蔑视人生功利目标与物质实惠的彻底的自由主义者,又是循规蹈矩、遵纪守法,尽其所应尽、所能尽义务之优秀公民。

二、当代作家的角色意识

我首先要设定,现在的中国社会是一个公民社会;即使它还不是西方意义上的比较纯粹的公民社会,也已经具有了公民社会的基本雏形;至少中国的部分人群,已经具备了比较

成熟的公民意识,韩少功所言所行,就是证明。

但总体上看,中国作家们对自己的作家身份可能相当在意乃至敏感,而对自己的公民身份则可能未必有自觉认同。他们中很多人是把两者对立起来看的,他们当然喜欢前者而漠视乃至鄙视后者,甚至于,他们可以声称以当作家为耻,可以真假难辨地、矫情地以反文化、反文学的流氓自居,但很少人乐意做一个普通公民。因为公民与平民百姓实在相差无几,而平民百姓的身份大致就是平凡平庸的同义语,故这样的定位,是极难为他们接受的。

近三十年来的中国作家,其自我角色意识的发展演变有迹可循。70年代末那些"重放的鲜花"们(50年代右派作家如王蒙、张贤亮、从维熙等),其中很多人把自己定位为苦难承受者,他们的作品(所谓大墙文学)是苦难的结晶。这种意识与他们所接受的中国苦难诗学理念(司马迁:诗文乃贤圣历尽苦难而发愤所为作)、俄罗斯文学中的承受苦难和忏悔救赎精神高度契合:诗人作家既是不幸的时代受难者,更是替全民族承担苦难的悲情英雄。他们曾经的文学地位确实与此有关。80年代中期,年轻一代作家受19世纪以来欧洲浪漫主义、现代主义的深刻影响,以张扬个性,反叛传统,探索尖端形式的文化先锋、艺术精英自居。这些中国的艺术精英在心理上与平民社会的距离,大体约等于纽约、巴黎到中国内地那些中小城市的距离。20世纪90年代开始,作家开始从社会文化的中心位置逐渐退居边缘,先锋精英"堕落"为普通人,作家成为被嘲讽的对象(如王朔),从正面意义上,则有人(如王蒙)特别强调文学应当回归自我,他们在反对将文学地位神圣化、文学属性政治化、文学作用夸大化的同时,也一并反对文学当中的英雄情结和理想主义,从而开启了文学世俗化直至低俗化的时代潮流。最为极端的情形是,部分人以反体制的姿态倡导文学的流氓化,我是流氓我怕谁、下半身写作之类肆无忌惮的宣言,把作家的神圣光环彻底摧毁,流氓诗人、流氓作家的说法因此而被合法化,堂而皇之地招摇于文学世界。90年代中期以后,市场经济的狂潮再一次对文坛进行全面清洗,流氓化文学被冲刷殆尽的同时,市场化巨浪又催生了新一代靠"码字"致富的作家,他们成了商业意义上的文化英雄,近年作家富豪榜的推出,表明写作这一行当成功的价值标准已经转化为金钱的数额。诚然,没有几个作家站出来表示以富豪为荣,但也没有谁站出来表示不屑或反对。在传统中国,君子固穷,文人潦倒本是常态,蔑视金钱利禄更是传统文人的基本价值准则,但这一切,在商业化大潮中彻底改变了。潦倒的文人肯定不是成功的文人,而成功的标志不是文章的水准而是稿酬的标准。郭敬明、于丹们成为千万富翁的同时,也成了著名的作家、学者。

早期的悲情英雄、中期的先锋精英、稍晚的流氓作家、最近的文学富豪,不同时期的这四类作家,有一个共同点,那就是,他们没有一般意义上的公民意识或平民意识,他们似乎是有权超越道德禁忌,不负社会责任,具有绝对思想自由和行为自由的独特群体。张贤亮透过章永璘等人物表达的落难者高高在上的心态,不过是作家本人自我意识的文学表达罢了。先锋派的诗人和作家在世俗生活中的各种反常规、超常规行为,常常会得到反常、超常的理解和宽容,顾城杀妻之举当年获得很多人的同情与理解,其中一些人为顾城辩护的理由是,因为他是一个有才华的诗人,所以应该拥有超越人伦法律行事的特权。至于王朔走红时代一些人对流氓合法化的辩护,就更为普遍,他们的理由是,流氓行径可以成为瓦解压抑人性的陈旧体制、颠覆不合时宜的迂腐道德的有效力量。顺着这个进程看下来,我们就不会奇怪,何以郭敬明明目张胆地抄袭而且敢于拒不认错,却能得到王蒙的推荐加入中国作家协会。王蒙著名的辩护词是:加入作协又不是选举道德模范!在王蒙看来,写作者只要才华

足矣,道德?干他何事!这种立场和主张并不新鲜,翻阅 19 世纪以降的欧洲文学史,类似主张乃至更为极端的见解触目皆是。

三、公民道德与叙事伦理

可以设问:一个普通公民有杀人的正当权利吗?有做贼而不受惩罚反受奖赏的权利吗?如果答案是否定的,那么作家是否可以无视公民社会的法律和基本道德准则,成为不受任何约束的无法无天之徒?

诚然,真正杀人做贼的诗人作家毕竟是极个别人,绝大多数作家仍然循规蹈矩生活在世俗社会中,仍然接受这个社会的法律和基本道德的约束。但这不等于,在他们内心深处,没有杀人做贼的冲动和欲望。当他们把这种冲动和欲望通过作品宣泄出来时,他们的意识就被合法化了,而且经常会得到赞扬和鼓励,因为他们表达了人类意识深处的黑暗和邪恶。而这,正是一些批评家所强调的应该给予肯定与支持的作家的"叙事伦理"。

中国自古就有"文人无行","一为文人,便不足观"的说法,小说家从一开始,就与街头巷尾的流言家,与宫廷的弄臣戏子,联系在一起。到了清末,大力提倡新小说企图刷新国民精神的梁启超,没多久就对新小说家给社会造成的危害大加挞伐了:"近十年来,社会风气一落千丈,何一非所谓新小说者阶之厉?循此横流,更阅数年,中国殆不陆沉焉不止也。"他愤怒地诅咒道:"公等若犹是好作为妖言以迎合社会,直接阬陷全国青年子弟使堕无间地狱,而间接戕贼吾国性使万劫不复,则天地无私,其必将有以报公等:不报诸其身,必报诸其子孙;不报诸今世,必报诸来世。"(《告小说家》)百年前的小说家在相当开明的梁启超看来竟然如此不堪。不知那些毫无道德意识的当代写手看到这些陈旧议论会做何感想。从接受西方影响一面看,19 世纪以来,特别是浪漫主义以降的西方文艺思想,一直有如此主张:要求艺术家道德,等于砸他们的饭碗(歌德),诗人就是这个世界的匿名立法者(雪莱),超越世俗社会的伦常道德,乃是诗人作家的最高道德。"作家唯一该做的,就是对他们的艺术负责。只要是好作家,就会胆大妄为……为了写作,荣耀、自尊、体面、安全、快乐等都可以牺牲,就算他必须去抢劫自己的母亲也要毫无不犹豫,一篇传世之作抵得上千千万万个老妇。"(福克纳)当代批评家谢有顺的观点最具代表性:

> 作家要把文学驱赶到俗常的道德之外,才能获得新的发现——惟有发现,才能够帮助文学建立起不同于世俗价值的、属于它自己的叙事伦理和话语道德。用米兰·昆德拉的话说,"发现惟有小说才能发现的东西,乃是小说惟一的存在理由。一部小说,若不发现一点在它当时还未知的存在,那它就是一部不道德的小说。知识是小说的惟一道德"。

(《中国作家的道德陷阱》,载《南方都市报》,2005 年 12 月 20 日)

这里涉及一个对小说功能的认识与定位。小说的社会作用究竟是什么?是用来发现人内心世界的未知领域的吗?如果是,那么发现的最终目的又是什么?是了解人性之恶以学习模仿之,还是警醒教化之?很显然,没有谁愿意承认,文学展示人性之恶是为了大家学习效仿,虽然实际效果常常如此;几乎所有表现人心黑暗道德沦丧的作家,都和《金瓶梅》作者一

样,声称表现邪恶就是为了警醒读者,因此他们的动机是纯洁高尚的。但我们看看欧洲19世纪以来那些著名乃至伟大作家的生活形迹,就知道这样的表态是不可信的,倒是那些赤裸裸肯定、赞美人性的邪恶,肯定作家一切放浪形骸为合法光荣的人,反倒更可爱一点。当他们站在社会通行道德对立面,主张另一种彻底自由、解放的个人道德时,其实客观上也在肯定他们反对的东西,因为这些人毕竟是另类、少数,多数人必须按照世俗社会的庸常标准来生活,否则这个世界早就被人欲彻底毁灭了。而多数人的社会必须有自己的道德标准,这就是为什么欧洲浪漫主义新风尚与所谓维多利亚时代"虚伪道德"同时存在的根本原因。现在看来,19世纪的浪漫主义后来固然日益占了上风,但20世纪初期欧美新人文主义的兴起,最近几十年基督教保守势力的复兴,包括伊斯兰教的复兴和中国当代文化保守主义的抬头,正说明,被近两百年来的现代性艺术理论奉为永恒正确的那些反伦常道德也就是反世俗社会价值标准的叛逆姿态和极端主张,已经受到了最强有力的挑战。

四、还我一个干净的公民社会

没有教育功能的小说是不存在的,差别只在教育的内容和方式。从古代的柏拉图、孔子到今天的美国和中国,人类社会对文学艺术的负面教育功能有基本共识:过度渲染的色情和暴力对少年儿童的身心健康极为有害,因此必须对文艺作品的相关内容给予限制直到禁止。面对这个铁一般的事实,无限制的否定任何道德前提的所谓叙事伦理能够成立吗?

如果事情仅仅如此,那倒也罢了。因为叙事伦理毕竟也是一个"学术问题",倡导尊重叙事伦理的批评家,当然不是在鼓吹社会的道德败坏。但问题在于,不少人把无所约束的"叙事伦理"贯彻到实际生活中来,为了成为作家,不妨先做流氓;创作是否成功尚未可知,流氓行径已然先行,而且美其名曰体验生活!所以在客观上,肯定作家的无限制的叙事伦理特权,实际上给一些人抛弃内心的道德约束提供了理论依据。假如这种体验的后果和效应仅仅局限于作家个人或小团体范围内,那倒也罢了,因为初看起来,这也是所谓个人的自由,他人无权干涉,无法干涉,也不必干涉。但问题在于,这样的体验常常演变为社会化的行为,具有相当的社会影响。经典性的现象莫过于20世纪后半叶以来盛行于西方,近几十年传播到中国的行为艺术。美国当代作家哈里·克罗斯认为,为了成为天才艺术家,必须先达到疯狂境界,或者干脆成为疯子;而要达到这种境界,必须借助于酒精、大麻、性爱、鸦片。他放浪形骸,纵欲狂欢直到以自杀结束三十岁的年轻生命,难道仅仅是他个人的选择、个人的利害得失而与社会无关吗?梁启超当年对小说家的诅咒,我看也可以移赠给哈里·克罗斯及其在中国的追随者和信徒。

因此,我认为在当代社会,应该提出一个主张:一个人首先是公民,其次才是作家。作家应该有高尚的道德,而不是相反。历史上特别是文艺复兴以来的西方文学历史上,无视道德乃至生活颓靡到彻底腐败程度的诗人作家确实大有人在,他们确实写出了伟大的作品。但我们不能接受这样的逻辑:为了创造伟大作品,我们应当鼓励、至少要容忍作家的道德沦丧,如克罗斯那样。作家个人出于自己的考虑,要按照克罗斯的逻辑选择自己的人生道路,那是他的自由,文明社会也很难干预。

问题还在于批评家。批评家们是站在培养作家的立场上,以作家导师自居,给他们出主意,指方向,寻找成名捷径,还是站在维护公社会大众根本利益的立场上,要求作家必须承

担他们应该承担的社会责任？现在的批评家更多是与作家结成同盟,相关的难听一点说就是沆瀣一气,以"阬陷"国民,尤其青年一代为能事。很少有批评家站在社会良知和大众读者立场上说话,这正是文学批评日益堕落的根本原因之一。

写作何为？如果我们承认作家无法自外于社会而存在,无法否认作品总要成为社会文化产品之一类而对读者发生影响,那就不得不正视这个问题:你可以不是英雄,你可以坦然做平民,可以自封为流氓,可以坦然做富豪、成明星,但你不可以不对自己的社会身份有一个基本的定位与认识:你是不是这个国家的公民？假如你承认这个身份,那就意味着这是你发表作品所应该坚守的身份"底线"——公民要遵纪守法,公民要有基本的社会责任和义务,公民的写作自然也应该如此。

以摧毁人类基本伦理为无上光荣的后浪漫主义世纪应该结束了。我们在持续性的是非混乱、人性肮脏、行为邪恶、文化丑陋的世界里已经待得太久了,我们渴望一个平静、祥和、理性、干净的公民社会。作家艺术家,请你们理解并掌握人类那些最基本的词汇吧:

天道、菩萨、性命、良心、良知、德行、善恶、美丑、诚伪、真假、敬畏、同情、怜悯、悲怆、自省、忏悔……

（载《扬子江评论》,2009 年第 1 期）

《瓦尔登湖》与韩少功生态散文

赵树勤　龙其林

作为"寻根文学"最早的发起人,韩少功对于传统乡土世界的探寻自然引人瞩目,同时,"潜心研究西方文学也是他每天生活的重要内容。昆德拉的小说一度畅销,而很多人并不知道,其实,昆德拉的小说《生命不能承受之轻》就是韩少功翻译的。……我忽然想起梭罗——那个蓝眼睛的美国青年借了一把斧头,孤身一人在无人居住的瓦尔登湖畔建造了一个小木屋,并在那里住了两年多。后来,他把自己那段时间的思考融入那本名著《瓦尔登湖》中。而韩少功在汨罗八溪峒生活了八年,除了收获五谷、瓜菜和禽蛋等农副产品外,还收获了《山南水北》这本大书。梭罗因贫困和寂寞最后不得不返回城里,而韩少功却留了下来"①。因此,从生态散文的异同角度比较梭罗《瓦尔登湖》与韩少功生态散文之间的关系,不仅有助于我们了解中西散文创作的共性与特点,而且更能帮助我们认识二者相互交流的精神途径与本土化表现形态。

聚焦:一份账单引发的关注

韩少功的《山南水北》于 2006 年 10 月出版,首次亮相即好评如潮,荣获了第四届鲁迅文学奖和第五届"华语文学传媒大奖"。当然,也有持批评意见者。最典型的,如韩少功在散文中将自己栽种的果蔬一一列举的内容,黄波先生立即联想到梭罗的《瓦尔登湖》:"韩少功此举并非首创,美国'隐士'梭罗的名著《瓦尔登湖》就是其蓝本。梭罗在《瓦尔登湖》中有一份账单,其中不厌其烦地罗列了他在瓦尔登湖旁建房的开支表,甚至没有漏掉一支粉笔。梭罗排列这份账单意在表白他生活的简朴。……现在韩少功先生将这样细致的产量表弄进他的大著中,又准备表白什么呢?"②不管这种观点恰当与否,它却向我们昭示一个重要的信息:《山南水北》与《瓦尔登湖》的精神关联。

比较同样洋溢着生态气息和自然精神的两部著作,《瓦尔登湖》和韩少功生态散文确实有着内容、旨趣和细节的相似之处。在《瓦尔登湖》中,梭罗讲述了自己在瓦尔登湖畔两年多的隐居生活,尤其记录了自己种豆时的支出费用及收入情况;而在回归自然的二十六个月里,作者重新体验到了人与自然和谐的原初状态,意识到人在与自然的沟通中所具有的自觉意识和责任。我们在韩少功的《山南水北》似乎看到了这种借鉴的痕迹,他也详列了两张表格,概括了 2004、2005 年春夏两季家中的农产品收成情况。并且不仅《瓦尔登湖》和韩少功的作品都有表格进入的现象,就作品中的内容而言,也有着诸多的相似之处。比如,对于

---

①　李青松:《戴草帽的韩少功》,《绿叶》,2007 年第 4 期。
②　黄波:《梭罗的阴影》,《扬子晚报》,2006 年 12 月 30 日。

劳动的认知,梭罗如此讲:"……它们把我和土地联结在一起,这一来使我获得了像安泰所拥有的力量。"①劳动,成了沟通人与大地的连线。韩少功也有着类似的劳动之于自然生态的意义阐发:"一个脱离了体力劳动的人,会不会有一种被连根拔起没着没落的心慌? 会不会在物产供养链条的最末端一不小心就枯萎? 会不会成为生命实践的局外人和游离者?"②比如,对于大自然的聆听和融入,梭罗在《声音》一章绘声绘色地描绘瓦尔登湖畔的自然之声:"我喜欢听它们的哀诉,它们阴惨惨的你问我答,这声音沿着森林边缘发出颤抖的音响,有时令我想起了音乐与鸣禽,仿佛这是音乐中阴郁、催人泪下的一面,是不得不去歌唱的悔恨与叹息之情。……"③这种对隐藏于自然之中的声音的发现,在韩少功的《耳醒之地》中也有着出色的表达:"一双从城市喧嚣中抽出来的耳朵,是一双苏醒的耳朵,再生的耳朵,失而复得的耳朵,突然发现了耳穴里的巨大空洞与辽阔,还有各种天籁之声的纤细、脆弱、精微以及丰富。只要停止说话,只要压下呼吸,遥远之处墙根下的一声虫鸣也可洪亮如雷,急切如鼓,绵延如潮,其音头和音尾所组成的漫长弧线,其清音声部和浊音声部的两相呼应,都朝着我的耳膜全线展开扑打而来。"④

在《更高的规律》一章中,梭罗反思了人类中心主义立场对于自然界其他生命的忽略和伤害,在对生命价值的思考中激发出万物平等的生态观念:"近年来,我一再发现,我每钓一次鱼便不能不使自尊心有所下降。……这是一个微弱的暗示,可是它却像黎明的丝丝微光。毫无疑问,我有这种属于造物中低级一类的天性,然而随着一年年的时光逝去,我也越来越不捕鱼,尽管人类意识或智慧并未增进。"⑤对于人类残食动物的行为,梭罗表示深恶痛绝:"说人是一种食肉动物难道不是一种谴责吗?""不管我自己实践得如何,我毫不怀疑这是人类命运的一部分,人类在逐步前进中会把吃动物的习惯抛弃掉,正如那些野蛮部落与更加文明的部落有了接触之后,便把相互残食的习惯抛弃掉一样。"⑥而在《感激》一文中,韩少功也充满了万物平等的观念和对于动物们的感激以及愧疚:"将来有一天,我在弥留之际回想起这一辈子,会有一些感激的话涌在喉头","我还会想起很多我伤害过的生命,包括一只老鼠、一条蛀虫、一只蚊子。它们就没有活下去的权利么? 如果人类有权吞食其他动物和植物,为什么它们就命中注定没有? 是谁粗暴而横蛮地制定了这种不平等规则,然后还要把它们毫不过分的需求描写成一种阴险、恶毒、卑劣的行径然后说得人们心惊肉跳?"⑦等。

由上不难发现,韩少功的生态散文无疑与梭罗的《瓦尔登湖》有着很多的共通之处。而在这共通的后面,一方面,我们看到一部世界经典著作的长久影响力和它在中国激起的"遥远的绝响";另一方面,也向人们揭示出人与自然关系的普范性、生态危机的世界性以及文学经典的永恒性。

① 〔美〕梭罗:《瓦尔登湖》,许崇信、林本椿译,译林出版社,2009年版,第126页。
② 韩少功:《山川入梦》,中国青年出版社,2009年版,第183页。
③ 〔美〕梭罗:《瓦尔登湖》,许崇信、林本椿译,译林出版社,2009年版,第101页。
④ 韩少功:《山南水北》,人民文学出版社,2008版,第16页。
⑤ 〔美〕梭罗:《瓦尔登湖》,许崇信、林本椿译,译林出版社,2009年版,第174页。
⑥ 〔美〕梭罗:《瓦尔登湖》,许崇信、林本椿译,译林出版社,2009年版,第175—176页。
⑦ 韩少功:《山南水北》,人民文学出版社,2008版,第123页。

隐居:一种原生态的生活方式

与工业文明业已开始的城市化对自然的遮蔽不同,极具叛逆气质的梭罗在瓦尔登湖畔鲜明地竖起了返归自然的旗帜。他以自己二十六个多月的实践,证明了人不仅可以过着一种自食其力、所需有限的简朴生活,而且可以在与自然的交流中寻回失落已久的健康和慰藉。梭罗在湖边的经历为《瓦尔登湖》赋予了一种超越时代限制的永恒光辉,代表了一种追求人与自然和谐相处的原生态生活方式,也在工业时代向我们指明了一个寄托精神和召回健康心灵的渠道。这种与文明社会相弃绝的极端方式,颠覆了人们认为返回自然即是保守、愚昧的观念,并对当下吞食自然生态和人类资源的发展方式提出了尖锐的质疑。梭罗树立的生态典范对面临全球生态危机的我们而言,无疑具有极为重要的启示价值和示范作用,因此,瓦尔登湖"代表了一种追求完美的原生态生活方式,表达了一个对我们当代人很有吸引力、也很实用的理想","正是这一切使得瓦尔登湖成为文学和生态学发展史上的一座纪念碑,而梭罗在那里的短暂停留也成为一个现代神话"。[1]

与梭罗相仿,厌倦了城市钢筋水泥环境的韩少功,于2000年将家建在了汨罗八溪峒,过起了一种"半隐居"的生活——每年的一半时间在此居住,另一半时间返回城市工作。对于城市与乡村、文化与生态之间的隐秘关系,韩少功有着自己的独特发现:"现代都市文化的复制化、潮流化、泡沫化、快餐化,并不总是使人满意,正在引起各种各样的抵制和反抗。在这个时候,人们不难发现,这种多样性和原生性的减退,与全球性都市生态单一化是同一个过程,与高楼、高速路、立交桥等人工环境千篇一律密切相关。生态与文化的有机关系,在这里也许恰恰可得到一个反向的证明。"[2]在作家的精神深处,"我一直不愿被城市的高楼所挤压,不愿被城市的噪音所灼伤,不愿被城市的电梯和沙发一次次拘押。大街上汽车交织如梭的钢铁鼠流,还有楼墙上布满空调机盒子的钢铁肉斑,如同现代的鼠疫和麻风,更让我一次次惊悚,差点以为古代灾疫又一次入城……张牙舞爪扑向了我的窗口"[3]。这种对于现代都市文明的恐惧和对于自然山水的热爱,使韩少功做出了淡出城市、归隐田园的决定。作家通过在乡村居住生活的实践,再一次证明了回归自然、重建人与自然和谐状态的可能性,它以一种对现代工业文明和城市文化的抵抗姿态,宣告了现代化神话的破产。也许,这种隐居生活的实践范围并不宽广,但它却向人们昭示了一种简单劳动、重回大地的生活方式,以及保护自然、平等看待一切自然生命的生态思维的构建途径。

在瓦尔登湖畔,梭罗通过躬身劳动、耕种作物,以实践证明了个人生活所需的有限和尽量降低生活标准的可能性,从而倡导一种减少消耗、维护生态的简朴生活方式。《经济篇》便以此证明奢侈生活并非必要:"大多数的奢侈品以及许多所谓使生活过得舒适的东西,不但不是必不可少的,而且是确确实实有碍于人类的进步。"[4]梭罗竭力倡导有限索取、限度消费的生活态度,反对为了追求过度的物质享受而迷失自我:"农夫占有了他的房屋,并不因此

---

① 程爱民:《论瓦尔登湖的生态学意义——纪念〈瓦尔登湖〉发表152周年》,《外语研究》,2007年第4期。

② 韩少功:《一个人本主义者的生态观》,《天涯》,2007年第1期。

③ 韩少功:《山南水北》,人民文学出版社,2008版,第3页。

④ 〔美〕梭罗:《瓦尔登湖》,许崇信、林本椿译,译林出版社,2009年版,第11页。

418

更富,反而是更穷了,因为房屋占有了他"①;那些过分追求房屋的人反而被自己的欲望束缚,"我们的房屋是如此笨重的财产,我们不是住进去而是被关进去"②。在梭罗看来,"即使多数人最后终于拥有或租赁一幢现代的房屋,里面有更臻于完美的装修,可是文明虽使我们的住房得到改进,却未曾使居住者也同样得到改进。文明创造了宫殿,可要创造出贵族和国王就不那么容易。要是文明人所追求的不比野蛮人更有价值,要是他把一生的大半时间仅用于求得粗俗的必需品和享受,那他为什么非得比野蛮人住得更好呢?"③

在韩少功那里,他对人们物欲的过分膨胀亦始终抱有相当的警惕:"人类中心的世界观,正鼓励人们弱化对自然的珍重和敬畏,充其量只把自然当作一种开发和征服的目标。功利至上的人生观,正鼓励人们削减对弱者的关怀和亲近,充其量只把弱者当作一种教训和怜悯的对象。"④基于此,韩少功直抵生态危机的社会根源——人类自身的精神缺陷和欲望膨胀。在他看来,"如果大家都少一些愚昧和虚荣,少一些贪欲,这些非必需的产业就不攻自破,不限自消。从这个意义上看,我们建设绿色的生态环境,实现一种绿色的消费,首先要有绿色的心理,尽可能克服我们人类自身的某些精神弱点"⑤。所以在八溪峒的隐居生活中,被自然气质感染的韩少功不断反思当代都市的迅速扩张带来的不良影响:"都市里的钢铁、水泥、塑料,等等全是无机物,由人工发明和生产,没有奇迹和神秘可言……人是那个人造世界的新任上帝,不再需要其他上帝。"⑥在这种情况下,人们逐渐丧失了对于自然的敬畏,代之以工具、技术的态度,而对于那些亲近大地、热爱农事的人们却报以冷嘲热讽:"在这个时代,人们可以理解财迷、酒迷、舞迷、棋迷、钓迷、牌迷乃至白粉迷,就是很难理解一个农迷。人们看见健身的大汗淋漓,会说那是酷;看见探险的九死一生,会说那是爽;但看见一个人高高兴兴地务农,肯定一口咬定那是蠢。"⑦这种偏见不足以令人沉思和反省吗?

作为一种回归自然和反抗物欲的生活方式,隐居在梭罗和韩少功的作品中具有了丰富的精神能指,它超越了日常生活的范畴,而成为了人与自然关系的一种象征。他们对于隐居岁月的描写,人和自然是共生共存的,二者相互尊重,人以恬淡的心态看待世间万物,获得了一种感悟自然的契机。这里,隐居作为一种原生态的生活方式,散发着理想主义的光芒。在自然界不断遭受工业文明蚕食、生态危机日益严峻的今天,重新在自然的怀抱中聆听天地的昭示,这对矫正现代人的虚妄和工具理性至上的文化观念,无疑具有重要的现实意义。

反省:感受自然的魅惑

余谋昌先生曾这样概括牛顿—笛卡尔的机械论哲学的特点:它在存在论上是二元论的,"强调了人与自然的本质区别,人独立于自然界,而不是自然界的一部分"⑧。在价值论上,这种世界观只承认人的价值,不承认自然界的价值,所以过分强调了人的主体性,将人

---

① 〔美〕梭罗:《瓦尔登湖》,许崇信、林本椿译,译林出版社,2009 年版,第 26 页。
② 〔美〕梭罗:《瓦尔登湖》,许崇信、林本椿译,译林出版社,2009 年版,第 26 页。
③ 〔美〕梭罗:《瓦尔登湖》,许崇信、林本椿译,译林出版社,2009 年版,第 26 页。
④ 韩少功:《山川入梦》,中国青年出版社,2009 年版,第 221 页。
⑤ 韩少功:《一个人本主义者的生态观》,《天涯》,2007 年第 1 期。
⑥ 韩少功:《山南水北》,人民文学出版社,2008 版,第 88 页。
⑦ 韩少功:《山南水北》,人民文学出版社,2008 版,第 163 页。
⑧ 余谋昌:《生态哲学》,陕西人民教育出版社,2000 年版,第 93—94 页。

类控制、支配自然的行为合法化。于是，自欧洲启蒙运动以来，人类的理性精神得到弘扬，科学思想彻底地统摄到社会、自然和文化的各个角落，由此而来自然的神秘性不复存在，人类的天人合一信仰逐渐解体，人在面对自然生态时的敬畏心理也消失殆尽。"面对现代社会病，西方哲学家企图通过强调敬畏感与恐惧感的方式，使人类摆脱功利主义的桎梏，最终达到根治的目的。因此，德国哲学家海德格尔把敬畏提升到世界本体的高度：'畏之所畏就是世界本身。'法国哲学家保罗·里克尔则把敬畏看作伦理的根本：'经由害怕而不是经由爱，人类才进入伦理世界。'哲人们褒扬敬畏感，并不是要宣传愚昧与迷信、抹杀人的主体能动性，而是主张人的主体性加以适度限制，找寻回失落的道德伦理。"[①]"'世界的复魅'是一个完全不同的要求，它并不是号召把世界重新神秘化。事实上，它要求打破人与自然的人为界限，使人们认识到，两者都是通过时间之箭而构筑起来的单一宇宙的一部分。'世界的复魅'意在更进一步地解放人的思想。"[②]

综观人类文明史，优秀的作家大多与自然有着密切的联系，他们在山水之间发现有机存在的万象，并从中吸收创作的灵感。作为对自然祛魅的反驳，一些具有生态意识的作家通过对作品中自然神秘力量的描写和对现代科技的批判，重新审视人与自然的关系，在生态整体利益的系统中定位人类的合适位置，期望疏远自然的人类能够迷途而返，弥合人类中心主义带来的人对自然的疯狂掠夺。由梭罗的《瓦尔登湖》我们看到，在一个工业文明大幕已经拉起的时代里，具有前瞻意识的作家是如何坚守自然的立场，在周遭一片追赶现代化、崇拜科学技术的氛围中孤独地维护自然的尊严。于此坚守，梭罗在瓦尔登湖畔隐居时会在夜晚情不自禁地对月遥想："星星是一个个多么奇异的三角形的顶点！在宇宙各种各样的星宿中，有着多么遥远而又不同的生命在同一时间里凝望着同一颗星星！大自然和人生正如我们不同的体制那样各不相同。谁说得准，生活会给别人提供个什么样的前途？还有什么比我们彼此的目光一瞬间的对视更伟大的奇迹吗？"[③]即便是瓦尔登湖本身，也是造物主赏赐予康科德最宝贵的礼物，她充满着传奇与神秘色彩。在隐居的宁静的环境中，梭罗逐渐接近了大自然中最本质的力量，他心中隐藏的敬畏之情得到了高度散发："最接近万物的是那创造万物的力量。在我们近旁是那些最崇高的法则在不断起作用。在我们近旁并不是我们所雇用的工人，而是创造了我们本身的那位工匠。"[④]

在韩少功笔下，八溪峒同样是一个充满了魅惑色彩的地方。逃离了城市、隐居于此的韩少功，在宁静的自然山水间发现此处成了自己的"耳醒之地"、目醒之地，之前一直被科学、理性压抑的感官终于获得了解放，充分体验到了自然的雄伟神奇。这里，还有树高接天、成精为怪的"村口疯树"，"有人怀疑这两棵树已经成精为怪，要动手把它们砍伐。但他们拿着斧锯一旦逼近，老树就突然訇訇雷吼，震得枯叶飘落地面发抖，吓得人们不敢动手"。[⑤]也许正因为山村中的人们"长久厮守着一切无法由人工来制作和掌控的日月星辰、四季寒暑、山川大地、风雨雷电、水涝干旱以及瘴病邪毒，没法摆脱人们相对的无知感、无力感、无常

① 周新民：《构筑精神理想国——陈应松小说论》，《文学评论》，2009年第4期。
② 〔美〕华勒斯坦：《开放社会科学：重建社会科学报告书》，生活·读书·新知三联书店，1997年版，第5—6页。
③ 〔美〕梭罗：《瓦尔登湖》，许崇信、林本椿译，译林出版社，2009年版，第7页。
④ 〔美〕梭罗：《瓦尔登湖》，许崇信、林本椿译，译林出版社，2009年版，第109页。
⑤ 韩少功：《山南水北》，人民文学出版社，2008版，第39页。

感"①,所以自然地萌生了万物有灵的观念,并且一直延续下来。八溪峒所具备的这种敬畏自然的文化氛围,使得人们始终保持着对于自然界的尊敬和畏惧:砍伐疯树害怕遭受树神报复,捕蛇需提防被群蛇围攻,进山捕取猎物之前甚至还有着"和山"的仪式。恰恰是这种传统的对于自然界的敬畏,才保持了八溪峒的生态秩序,让生活在其间的万物生生不息、循环不止。

虽然韩少功的生态散文包括《山南水北》与《瓦尔登湖》相似之处颇多,但无疑依然具有他自己浓厚的写作特色。汲取巫楚文化、成长于湖湘之畔的韩少功,在《山南水北》处,古老的巫楚文化已通过现代转化,形成了崇尚自然、敬仰生命、推崇自然本性和营造人与自然和谐统一的诗意生存的精神家园与自然家园的现代生态意识"②。巫楚文化、湖湘文化与生态文化等交织在一起,共同构成了韩少功散文中的生态意识和魅惑之美。他隐居于山清水秀的八溪峒旁、劳作于万物有灵的天地之间,在与天地的亲近之中重新发现了自然生态的诗意和魅力,以自己对于自然山水的热爱,在山南水北之地实践了他寻归自然的生态理想,向人们昭示了建构人与自然原初和谐关系的希望。可以毫不夸张地说,韩少功让我们重新领略了大自然的美好与神奇,在他充满诗意而又醇厚的文字中,《瓦尔登湖》的生态精神与东方文化融为一体,我们看到了东西方社会的共同反省和执着于生态回归的理想追求,也感受到了原生态生活的魅力和现实实践的可能性。

(载《理论学刊》,2010 年第 5 期)

---

① 韩少功:《山南水北》,人民文学出版社,2008 版,第 88 页。
② 彭文忠:《论韩少功〈山南水北〉的生态意识》,《云梦学刊》,2008 年第 5 期。

传统乡村文化孤魂的祭奠与礼赞

——评韩少功的《怒目金刚》

毕光明

在当代作家里,像韩少功这样始终关切乡村文化命运,着意从民间寻找传统道德人格来救赎时弊的并不多见。因此《怒目金刚》这篇思想者的小说出现在 2009 年,就显得弥足珍贵。

《怒目金刚》讲述的是乡村文化人吴玉和想要讨还个人尊严的故事。在乡村里备受尊重的玉和,一次开会迟到,遭到乡书记老邱当众骂娘,人格受到十分严重的侮辱与伤害,会后就要求书记道歉,书记发窘地逃开,自此以后,较真的玉和开始了漫长的等待,但到死也没有等到。后来仕途沉浮,由乡书记当上了副县长的老邱的一句当面认错赔礼的话,竟然死不瞑目,令人震骇,终于赢得了加害者连夜赶来在灵前推金山倒玉柱的一跪。由一句当权者的行伍京骂,引起一场人格保卫战,受害的一方不惜以生命为代价,直至在死后取得胜利,不仅让人惊叹,也催人觉悟,原来即使一介平民,自我的人格尊严也至为神圣,不然,一个温文尔雅的乡村文化人,何以变成了死不罢休的怒目金刚!小说的形象刻画与思想表达卓然不凡,非大家不能为。玉和与老邱这一对冤家,个性鲜明,跃然纸上,给人留下十分深刻的印象。《怒目金刚》的确是一篇思想与艺术价值相当高的短篇小说精品。

一篇好小说,它的思想意蕴不会浮现在故事情节和形象描绘的表层,《怒目金刚》也不例外。玉和与老邱的纠葛,因人格受伤而起,导致一句话成为玉和的心结,也成了故事的纽结,由于那句话迟迟不来,故事的推进也就一再延宕,在延宕中尊严二字变得越来越有分量,弱者的人格也越来越兀然。但是这篇作品的思想意向似乎没有停留在对失去的个人尊严的讨要上,而是在遥望玉和这个人物象征的一种正在远去的文化。玉和这个性格,其实是一种文化性格,一个今天已经失传的中国传统乡村文化性格。玉和是个农村人,但他绝不是普通的农民,而是乡村士人。小说写他"读过两三年私塾,他能够办文书,写对联,唱丧歌,算是知书识礼之士,有时候还被尊为'吴先生',吃酒席总是入上座,祭先人总是跪前排,遇到左邻右舍有事便得出头拿主意",并且他"在同姓宗亲辈分居高,被好几位白发老人前一个'叔'后一个'伯'地叫着,一直享受着破格的尊荣"。知书识礼而又辈分高,在讲究礼义和尊卑的中国传统乡村里,玉和自然会享受到一般人没有的尊荣。从玉和的年龄看,他是从旧中国过来的人,在传统的乡村文化还没有被革命的社会主义文化取代的时代里,玉和已经形成了自己的文化人格和身份认同,在进入新的文化场景以后,仍然以乡村士人自居,自觉承担着维护乡村文化秩序和价值观的责任。他心目中的文化秩序和价值观就是讲规矩,遵礼教;尊贤敬长,以孝为先;既讲公道又爱私德;君子固穷,有人格尊严,不受嗟来之食,富贵不能淫,威武不能屈……我们所看到的玉和的所作所为,无不遵循这一整套乡村文化规则,它是农业中国千年存续的稳固基础,是千年中华文明官方与民间奇妙交合的精神地带。只要把玉和还原为这样的文化角色,他在同权力发生冲突后的反应——近乎迂执的等待与纠

缠,他在待人处世上的不合时宜,就不会不好理解。"活阎王"邱书记,不问情由,在大年初六"当着上下百多号人指着鼻子骂娘",使有身份的乡村文化人玉和斯文扫地,丢尽面子,觉得无法做人,但同时使他获得道德优势的是骂人的书记触犯了乡村传统道德的大忌。《孝经》曰:"夫孝者,天之经也,地之义也,人之本也。""孝"在传统道德中的地位决定了骂娘是不可容忍的行为,对骂人者的清算也就天经地义。玉和被骂娘,受伤害之深,莫此为甚,所以当场要书记道歉,这既是讨回自己的尊严,因为"士可杀不可辱",同时也为了维护孝道这一做人之本,没有商量的余地,伤害他的是骂人的话,话要话还,老邱必须说出那句认错的话。玉和从头到尾,从生到死,始终坚持着他所认同的文化规则,不因任何困难或诱惑所动摇。对这种规则,他丝毫不马虎。仇人落难,他出于大义,上门抚慰;但对方升官为副县长后,他反而避而远之,且拒绝接受主动示好,不肯勾销对方欠下的道德债务,公道与私德分得清清楚楚。再大的利益诱惑都不能让他放弃做人的原则,例如儿子烧伤住院要钱救治,他宁愿卖血也不接受权势的施舍,以致后来为还债吃尽苦头,甚至丢掉了性命。玉和不愧是一个用生命来践履中国文化道德准则的乡村士人。

可见,《怒目金刚》的确"是韩少功'乡村'思考之延续。它承续的是自《爸爸爸》《马桥词典》《山南水北》一路而来的主题,即'乡村'和它所代表的传统文化在当代中国的意义"①。饶有新意的是,《怒目金刚》通过一个传统文化人格形象的塑造,展现了乡村传统文化被强暴而走向溃败的命运。文化人玉和与书记老邱之间的冲突,并不是因私人恩怨而起。玉和是为了做好事赶牛而在政治学习会上无端受辱,而老邱是由于主持马克思主义哲学的学习受挫而借机发火的。但看似偶然,却又是必然。到故事发生的六七十年代,中国的乡村早已更换了文化场景。已经集体化的新农村,不仅生产方式改变了,人与人之间的权力关系改变了,文化形态与道德体系也都被置换。阳刚的革命文化取代了阴性的传统文化。玉和与老邱,就是这两种文化的代表人物。玉和善良文雅,外柔内刚,老邱威猛雄壮,简单粗暴。老邱行伍出身,口白粗俗,说话动辄砸粪团,缺文少墨,连批个条子都错别字连篇,一家人都不懂礼数,他之能够当官掌权,靠的不是文化,而是强力。他身手不凡,因而专制霸道,如小说写到的:"这位书记霸气太大,门框都容不下;也太重,椅子也顶不住,全乡的门框和椅子都遭了殃。"这一寓言化的描写,象征性地揭示了社会主义时代乡村文化的本质,这是一种由本土强力和外来话语生硬结合起来政治文化,它是20世纪暴力革命的产物。在这样的文化强权下,玉和所代表的阴性文化难免会遭到强暴。事实是,原先在乡村里享受尊荣的堂堂君子吴先生,到了革命政治说一不二的年代,在邱书记的脚下,他就"成了茅厕板子说踩就踩","成了床下夜壶说尿就尿",人格尊严遭到随意践踏。玉和在受辱后坚持要讨得一句话,无异于弱者被施暴后需要得到精神上的补偿。这就是传统文化在当代乡村中国的命运与处境。唯其如此,作为个体文化人格,玉和的孤独反抗、以文峙野就显得可悲而壮烈。玉和是跨在两个乡村中国上的,一个是以礼义廉耻忠信孝悌为核心价值的传统文化主导人生的乡村中国,一个是以马克思主义为基本话语的现代政治主宰的乡村中国,这样的文化错位决定了他与权力发生冲突的悲剧性质,但是它的悲壮也就在这里。玉和是延伸了的"寻根文学"为我们奉献的又一个具有典型意义的"最后一个"形象。这是传统乡村文化溃败时代的最后一个文化斗士。他的等待,既是守护,又是抵抗。他的虽死犹战,战之能胜,正说明了坚持是有意义的

---

① 季亚娅:《这一声迟来的道歉——韩少功新作〈怒目金刚〉的一种读法》,《北京文学》,2009年第11期。

和传统文化是有感召力的。玉和死后得到的仇人那感天动地的一跪,未尝不是作家韩少功对这个寄托着他的文化理想的传统乡村文化孤魂的深情祭奠与由衷礼赞。

(载《小说评论》,2010 年第 6 期)

韩少功的"突围"①

李云雷

一

韩少功的重要性不只在于他是一个重要的作家,而且在于他总是能够不断超越自己与同代人,对流行的观念进行批判与"突围",而他正是在这样的突围中,走在时代思潮与文学思潮的最前沿,引领一代风气之先。他的"突围"可以分为如下五个层面:

对自我的超越。韩少功从"文革"后期开始写作,新时期之后以《月兰》《西望茅草地》等作品超越了此前的作品;而在 1985 年前后则以《文学的根》《爸爸爸》《女女女》等"寻根文学"的重要作品超越了此前"伤痕文学""反思文学"的创作模式;而 90 年代以后的《马桥词典》《暗示》《山南水北》等作品,则超越了"寻根文学",在一个更加开阔的视野之中探索着文学的可能性,并取得了重大成就。

对同代人的突围。20 世纪 80 年代成名的作家,大多囿于 20 世纪 80 年代的文学观念,一方面无法创作出重要作品,另一方面却在文学界形成了垄断性的影响,"代表"着中国文学,二者之间形成了一种鲜明的反差,对当代文学的发展形成了一种阻碍性的力量。但是以韩少功、张承志为代表的少数作家,却与他们相反,张承志以远离文坛的精神姿态继续着自己的流浪、思考与探索,而韩少功则以他的思想随笔以及《马桥词典》等重要作品,在文学界成为独树一帜的"异数"。

对"文学"的反思。在 20 世纪 90 年代以后,韩少功之所以仍然是一位重要作家,在于他突破了 20 世纪 80 年代的文学观念,以及工匠式的创作态度,他也并不以反对旧有的意识形态来博取当下的位置与合理性,而是将自己置身于一个更加复杂的现实之中,以"文学"的方式探索着这个时代的精神症候,寻找着未来的出路。而在这一过程中,他的"文学"也突破了 20 世纪 80 年代对"文学"的理解。他的"文学"汲取了传统文学中"文史哲合一"的观念,以及笔记体的形式,也汲取了西方理论"语言学转向"后对"语言"的深刻认识与思考,他以此来面对中国与世界在"全球化"中纷纭复杂的现实与精神现实,提出了自己的观点,发出了自己的声音,也表达了自己的困惑,他的作品是与时代联系在一起的,也是与个人的内心联系在一起的,是一种"真的声音",而他在这一过程中创造出的"文学",也是一种有生命力的文学,是与那些华丽而苍白的文学不一样的"文学"。

---

① 本文是作者在 2011 年 12 月 7 日由海南省作家协会、《天涯》杂志社以及海南大学人文传播学院联合主办的"韩少功文学写作与当代思想"学术研讨会上的发言稿,后有增补。

对思想的自觉。韩少功经历过知青下乡的过程与"文革"时期，对传统社会主义及其意识形态的弊端有着创伤性的记忆，但在20世纪80年代以后，他并不是站在新意识形态立场上反抗旧意识形态(这是一种"安全"的反抗"姿态")，而是对新旧意识形态都持一种批判与反思的态度，他正是在这样的立场上确定了思想者的独立位置，同时他也不断提出新的思想命题，比如他的《灵魂的声音》《夜行者梦语》《性而上的迷失》《文革为什么结束》等思想随笔，以及《天涯》杂志所引起的新左派论争，以及组织《南山纪要：我们为什么要谈生态与环境？》等，都为当代思想界提供了重要的命题，可以说这些问题的提出本身就具有重要的价值，是知识范式转型的重要标志。

对"知识"的突破。韩少功对文学与知识界的贡献众所周知，但是另一方面，他却并不"迷恋"知识，并不将知识作为唯一重要的事情，在他看来，知行合一是一种更值得践行的方式，在知识领域，他创办《海南纪事》、改版《天涯》都是重要的实践；而在生活领域，他辞去《天涯》主编，辞去海南作协与文联的重要职务，回归乡下生活，也可以说是一种重要的实践，是一种生活态度的表现，也是一种理想追求的践行。

韩少功之所以能够实现上述"突围"，不断超越自我，是与他的思想与思想方法紧密联系在一起的，我想至少以下三个方面，值得我们关注。

首先，是他开阔的视野与不断探索的精神，在他眼中，文学并不是孤立于社会之外的"纯文学"，思想也不是封闭在学院里的"知识"，文学与思想都应该在与社会思潮的激荡之中产生，并在其中发挥作用，一个作家与知识分子的价值也体现在这里。而一个知识分子不仅应该批判社会，而且应该对自我有着清醒的认识与严格的解剖，在一个社会变动如此激烈的社会，知识分子只有不断对既有的知识与美学进行反思与调整，才能够敏感，才能够发现新的现实与新的问题，而不是抱残守缺，或被动地适应。

其次，是作家与知识分子双重身份的融合。作家长于感性，长于经验，而知识分子则长于理性与思辨，韩少功很好地将二者的长处融合在一起，并且相得益彰，他的经验可以弥补理论概括所无法达到的角落，从而加以补充、反驳，或提出新的问题，而他的思辨则将他的感性加以引申、升华，使之成为具有普遍意义的命题。

再次，是为文与为人的统一。韩少功有着清醒的意识，他的文学与人生道路正是他自我选择的结果，正是在一次次重要关头的选择，才铸就了今日的韩少功，而他的文学则正是他的人生追求的表现形式，他的文学智慧与人生智慧融合在一起，他的文学理想也与生活理想融合在一起，在这个意义上，我们可以说，韩少功不断的"突围"，正是为了回到内心，回到他所理想的文学与生活方式。

二

韩少功的探索既与时代密切联系在一起，也成了我们这个时代文学最具光彩的一部分。从"新时期"开始到今天三十年，中国社会发生了天翻地覆的变化，我们的世界图景与世界想象也发生了巨大的变化，置身于这一剧变中的每一个人，无论是日常生活还是精神生活，也都发生了剧烈的变化。面对这一巨变，一个作家该如何表述？如何才能表述出如此丰富复杂的中国经验，如何才能表达出具体而微的个人体验，如何才能对世界发出我们最为真切的声音？这是摆在每一个作家面前的问题，同时这也是中国作家的幸运。相对于欧美中

产阶级稳定而庸常的生活,中国社会三十年的飞速发展与剧烈变化,使得每一个人都具有非同寻常的经历,每一个人都是当代史的缩影,每一个人都充满了"故事"。这可以说为当代作家提供了最为丰富的写作资源,但是大多中国作家却对这一变化熟视无睹或漠然置之,他们或者在房间中想象与臆测,或者满足于叙述方式的炫技,或者以旧的思想框架来简单地理解现实。但韩少功却与之不同,他以他的作品向我们展示了他对现实的敏锐捕捉,为我们呈现了一个变化中的中国与世界,以及变化中的韩少功。之所以能够如此,在于韩少功是一位具有思想能力的作家。

在当代中国作家中,真正具有思想能力的作家并不多,而韩少功便是其中的一位。在20世纪80年代,"感性"解放成为一种美学潮流,相对于"文革"文学的僵化,这样的潮流有其合理性,但是另一方面,在不少推崇者那里,却将之绝对化与极端化了,不仅以"感性"否定"理性",甚至以没有思想为荣。这样的后果是,很多作家只沉溺于"感性"之中,却缺乏对社会变化的理性思考能力,因而他们所表达的只能是最流行的常识或者新意识形态,尽管可能会有艺术上的探索,但缺少了对现实的敏感与思想上的照耀,即使能够写出华丽的作品,也是苍白无力的。韩少功与之相反,他在感性与理性方面保持了一种均衡,并能以新的思想照耀现实,发现新的社会现象,做出独立的思考、分析与判断,这不仅表现在他的一系列思想随笔之中,也表现在他的小说之中,在《马桥词典》《暗示》中,他对"语言"问题的思考不仅让他发现了被普通话遮蔽的方言世界,而且他也在探索着历史之外的历史、语言之外的语言、世界之外的世界,让世界呈现出了一种新的面貌。

具有思想能力的一个标志,是能够将所把握的题材对象化与陌生化,而不是日常化,在日常化的熟视无睹中,我们不会发现新的问题,也不会具有发现的敏感。只有在"陌生化"的过程中,我们才能够具有历史感与现实感,或者反过来说,我们只有在历史流变与社会结构中去把握某种现象时,才能将之陌生化,才不会认为它是"自然而然"的,才有思考的动力与可能性。韩少功的思想能力正是来自于他对"变化"的敏感,他对"伪小人"的精彩分析,他对"性而上的迷失"的批判,他对"扁平时代"的反思,他对"重建道德"问题的关注等,都来自于他并不认为"存在的都是合理的",或者并不认为这些是与他毫不相关的。韩少功的思考能穿透表面的现象,抓住最为核心的精神症候,在层层递进中逐步深入,让我们从不同侧面对某一命题有一个深刻的认识,发人深省,引人深思。

但是另一方面,韩少功的思想不是抽象的演绎,而是与他个人的生命体验密切联系在一起,他有他自己的"根",有他思考的出发点与归宿。在《马桥词典》《暗示》等小说中,我们可以看到韩少功总是回到他作为知青下乡的岁月,从具体的经验与细节出发,去谈论他的感受与思考,他思考的可能是十分宏大的命题,或者非常复杂的理论问题,但是他在论述的过程中,总是会一再地回到具体的生活经验,如他关于"话份"的描述,既有马桥人的经验,也有他关于话语权利、现代主义艺术命运等问题的思考,两者紧密地结合在一起,既具体又抽象,既特殊又有普遍意义,显示了韩少功思维方式的特点。正是由于如此,《暗示》虽然具有一部学术著作的形式,但在本质上却是各种经验碎片的整合,更接近于小说的性质。而《山南水北》更是通过他在乡下居住的具体经验,提炼出了他对当下各种社会现象的观察与思考。即使在他的思想随笔中,我们也可以看到他对生活经验的思考,他描述某一现象的笔法,其生动形象也会让人想到小说。

我们可以发现,韩少功是从个人的生活体验出发去触摸理论命题的,他不止于生活经

验的描述,也不止于理论命题的抽象思考,而是在二者之间建立起有机的关系,以自己的方式将之融合在一起,探索一种独特的思想以及独到的表达方式。正是这一特点,使韩少功既与社会生活保持着密切的联系,也与理论界的思想命题保持着有机的互动,或许我们可以说,这是韩少功保持思想活力的独特方式,也是他能够不断"突围"的原因。

三

值得思考的一个问题是:韩少功为什么要"突围"? 对于韩少功这样 20 世纪 80 年代成名的作家来说,最安稳的方式莫过于在文学界占据一个位置,名利双收。但这显然不是韩少功的选择,也不是他所理想的文学与文学方式,对于他来说,文学显然与一个更宏大的追求联系在一起,这样的追求是什么?我们无法把握,只能从他的文学作品与文学探索中加以描述:从小的方面来说,他需要寻找到一种能够描述他的个人体验与社会经验的文学方式,而这样的经验无法在既有的文学成规中得到充分表达,这便促使他不断尝试与创新,不断突破文学成规,不断突破自我,永远走在一条探索的道路上;从大的方面来说,文学只是韩少功探索世界的一种方式,或者说是他追求"真理"或者表达困惑的一种方式,是他思考与发言的一种方式,在他的眼中,文学虽然具有独立的审美价值,但并不是绝对独立的,而只是我们这个社会精神现象的一部分,是与我们这个时代密切相关的,面对这个社会,他可以用文学的方式发言,也可以用其他的方式发言,相对于文学来说,对这个世界做出自己的观察、思考与判断或许是更重要的,当"文学"无法容纳他的思考时,他必然要突破"文学"的限制,创造出能够充分表达出他的体验与思考的新的文学形式。

这也是"五四"以来中国"新文学"的重要传统,对于鲁迅来说,晚年不写小说固然是极大的遗憾,但是他的追求显然不仅仅在于小说,他最终所要达到的并不是成为一个优秀的小说家,而是以自己的全部生命与精力致力于中国与"国民性"的改造,也正是在这个意义上,鲁迅可以被当之无愧地称为"民族魂"——即他改造乃至创造了现代中国人的语言、思维以及最重要的精神命题。巴金也是如此,从一开始写作,巴金就宣称自己"不是作家",这样的宣称几乎贯穿了巴金漫长写作生涯的不同时期,这当然并不是说巴金不认同自己的作家身份,而是说在作家的角色之外,巴金具有一种更大的理想与抱负,而文学只是实现这一抱负的方式。

在海口召开的"韩少功文学写作与当代思想研讨会"上,有论者指出,韩少功是当代作家中"最像"现代作家的一位,这指的是韩少功不仅写作小说、随笔等不同体裁,而且从事翻译,还编辑杂志,是一位"全能型"的作家,这样的说法是有道理的,但需要补充的是,韩少功之所以从事上述不同的工作,恰恰在于他并不将自己仅仅定位于"作家",如鲁迅、巴金一样,他也拥有一个更开阔的视野和一个更宏伟的抱负,正是在这样的意义上,我们可以说韩少功是鲁迅传统的当代继承者。他所继承的正是中国现代知识分子以天下为己任的承担精神,与时代和民众血肉相连的情感关系,以及"吾将上下而求索"的进取精神。正是这样的精神,将韩少功与其他作家区别了开来,也让他不断突破旧日之我,不断创造出新的自我与新的文学。

我们可以说,这样的精神正是中国知识分子的精神,也是中国文学的精神,从古到今,无数优秀的知识分子正是以这样的精神关注民族与民生,创造出了无数奇迹和灿烂的文

化，如鲁迅所说，他们正是"民族的脊梁"。而在传统中国到现代中国的艰难转型过程中，以"戊戌"一代和"新青年"一代为代表，中国的"士"转变为现代知识分子，面对国家凋敝与民生多艰，他们不断探索着中国与世界的出路。在这一过程中诞生的中国"新文学"，正是他们探索的一种方式，也是他们进行社会启蒙、社会动员、社会组织的一种方式。经过几代人艰苦竭蹶的奋斗，终于迎来了中国的独立与富强，而在这一过程中，中国的"新文学"发挥了重要的作用。也正是因此，"五四"以来，"新文学"不仅在文化领域中占据核心位置，也是整个社会领域关注的焦点，这样的状态一直持续到 20 世纪 80 年代。

三十年后的今天，文学已经发生了天翻地覆的变化。在整个社会领域，文学已经越来越不重要，关注的人已经越来越少；在广义的文学领域，以畅销书和网络小说为代表的通俗文学占据了文学市场的大部分份额，"新文学"传统之内的"纯文学"或"严肃文学"（以文学期刊为代表），也越来越为人们所忽视，读者在逐渐减少；而在"纯文学"或"严肃文学"内部，则存在着严重的问题：20 世纪 80 年代成名的作家占据了文学界的中心位置，但他们的思想与艺术观念仍停留在 20 世纪 80 年代，无法以艺术的方式面对变化了的世界；而新一代作家的成长则受到了严重的阻碍。

不少人认为文学的边缘化是一种"常态"，他们简单地将中国与西方某些国家中文学的位置加以比附，认为那是一种"趋势"，但是他们却忽视了一个重要的事实，那就是中国文学在中国社会中的重要作用，从"经国之大业，不朽之盛事"到"改造国民性"，无论是传统文学还是"新文学"，中国文学都在中国文化乃至中国社会中占据核心位置，这可以说是中国文学的一种"传统"，我们固然不必迷恋传统，但似也不必简单地比附西方，中国文学的位置与重要性需要中国作家去创造。

在这样的情势下，韩少功的"突围"便具有重要的意义，他让我们看到"新文学"传统在今天的延续，也让我们看到"严肃文学"在今天所可能具有的影响力。相对于通俗文学的娱乐消遣功能，韩少功的文学是一种精神与美学上的事业，是一种对世界发言的方式；而相对于僵化的"文学界"内部，韩少功则让我们看到，文学不是自我重复，不是工匠式的技巧演练，也不是以反抗旧意识形态姿态出现的新意识形态，而是一种探索，是在一个变动了的世界之中努力发出声音的美学尝试。如果我们需要恢复文学的尊严，需要恢复文学对世界的影响力，那么我们必须重视韩少功及其"突围"。

韩少功小说论

旷新年

韩少功是新时期重要的作家,是当代文学的一个重要坐标与参照。他的作品往往成为文坛注目的焦点。他不断更新和自我超越,他的创作不断地带给我们惊异。一般我们将韩少功的创作分为三个阶段,即"伤痕文学"阶段、"寻根文学"阶段和跨文体写作的长篇小说创作的阶段。20世纪70年代末,韩少功与"伤痕文学"一道正式登上文坛和进入文学主流。1985年,文学转向,他发表《文学的"根"》和《爸爸爸》轰动文坛,并且被视为"寻根文学"的旗帜。1996年,《马桥词典》以新颖的形式再一次震动文坛。他是当代中国作家中不懈地追求形式创新的作家,并且不断地以形式的探索引人瞩目。长篇小说《马桥词典》和《暗示》都以富于形式意味和引起有关文体上的争论而成为重要的文学事件。

一

韩少功和新时期崛起的许多作家一样一开始被卷入了"伤痕文学"的潮流。80年代的思想主题也渗透进了他早期的作品。"伤痕文学"属于批判现实主义范畴,借助人道主义的思想资源,控诉当代政治斗争和错误观念对人的摧残。《月兰》是极"左"路线造成的一个悲剧。"我"单纯而热情地执行上面的政策,而对农村生活状况缺乏真实了解,造成了月兰自杀的悲剧。"我"是一个刚从中专毕业到机关参加工作不久的城里伢子,参加了农村工作队。"我"满腔改造农民的热情,但仅仅只会下达"禁止放猪和鸡鸭下田,保护绿肥草籽生长"的命令,却不知道鸡鸭是农民的"油盐罐子"。农村妇女月兰迫于生活的压力,一再放鸡下田觅食,她家的四只鸡被工作队施放的农药毒死。而接下来发生的一系列事件,写检讨的恐吓,婆婆的嫌弃,尤其是一直恩爱的丈夫对她的埋怨和打骂,还有儿子读书交不起学费的内疚,使她不堪忍受而投水自杀。在这篇小说中,作者向读者展示了月兰善良美好的心灵,她孝敬婆婆、心疼丈夫、疼爱孩子,她艰难持家、任劳任怨。她曾经是一个优秀社员,爱社如家,有一年春插,队上的牛乏了力睡在田里,她一口气拿出十几个鸡蛋、两斤甜酒给牛吃,还硬不要钱。但是,由于执行错误的路线,农村经济状况一年不如一年,月兰家的生活也陷入了困境。那个柔顺善良、曾经无私奉献的月兰,现在却一意孤行,一再违反禁令放鸡下田。她的自杀是对"左倾"错误路线无声的控诉和谴责。月兰心地善良,并不因为"我"的作为而怨恨,当她看到"我"遗留在她家的那件灰上衣,临死前还主动帮"我"把衣服洗净了、叠好了,"肩上一个破洞也被补好了,针脚细密,补丁也很合色"。"我"为月兰的自杀所震撼和充满了自责。然而,作者并不以月兰的死来丑化"我"的行为,而是引人发生对生活的思考。

《西望茅草地》属于通常所谓的"反思文学"的范畴,写的是一个乌托邦破灭的故事。在

"大跃进"运动中,昔日在战场上出生入死的上校张种田成了一个农场的场长,他忠诚、热情、有干劲,拥有革命信念和献身精神,"扶犁掌耙有一手",相信"锄头底下出黄金"。他率领一批人,满怀激情,决意要在三年内把一片荒凉的茅草地建成"共产主义的根据地"。然而,由于他家长制的独裁作风,独断专行,一味蛮干,缺乏科学的管理,最终失败了,苦心经营的农场因亏损被迫解散。对"这个茅草地王国辛勤的酋长"的批判诉诸人性的力量。张种田也推行禁欲主义,扼杀了养女小雨和小马的爱情,造成了小雨生活的悲剧。然而,张种田却是一位品质高尚的理想主义者,是一位具有理想和气魄的失败的英雄,是革命现实主义叙事中经常出现的正面人物,他大公无私,具有对革命事业的忠诚和高度责任感,由他为"我"买鞋的情节,表现了他对于下属的关心和爱。作者写了一个具有立体感和具有复杂性格的人物。张种田的各种致命弱点使人惋叹和痛惜,他身上的理想主义精神和高贵品质又令人肃然起敬。

《月兰》尤其是《西望茅草地》写出了生活的复杂和人物的多面性,突破了当时流行的把生活和人物简单化的倾向。这正是《月兰》和《西望茅草地》较之一般"伤痕文学"作品深刻的地方。韩少功在《西望茅草地》的创作谈中说:"难道对笔下的人物非'歌颂'就要'暴露'?伟大和可悲,虎气和猴气,勋章和污点,就不能统一到一个人身上?我对自己原来的观念怀疑了。我想,人物的复杂性是应该受重视的。何况我们是在回顾一段复杂的历史。"①《月兰》和《西望茅草地》是古典意义上的悲剧,它们不同于当时"伤痕文学"和"反思文学"的作品把历史的悲剧归结为个人道德上的原因,归结为人物的品德缺失。"一段历史出现了昏暗,人们就把责任归结于这段历史的直接主导者,归结于他们的个人品质德行,似乎只要他们的心肠好一点,人们就可以免除一场浩劫。"②作者对造成悲剧的人物并不是简单地更不是单纯道德化地予以批判和谴责。《月兰》和《西望茅草地》等韩少功的早期作品体现了一种哀而不伤、怨而不怒的美学风格。

二

1985 年,韩少功的文学世界出现了"诗意的中断"。韩少功的"寻根"小说一改前期小说清新明朗的特点,构筑了一个神秘诡异的世界,也使他的创作进入到一个新的阶段。

经历了 80 年代初"伤痕文学"的潮流之后,韩少功不满写作过分黏滞于现实政治层面,他返回传统文化,去寻求文学永久的魅力。"中国作家们写过住房问题和冤案问题,写过很多牢骚和激动,目光开始投向更深层次,希望在立足现实的同时,对现实进行超越,去揭示一些决定民族发展和人类生存的谜"③。1985 年,他发表了著名的《文学的"根"》一文。《文学的"根"》被看作"寻根派宣言"。"寻根文学"是新时期文学"向内转"的一个重要标志。韩少功的《文学的"根"》、李杭育的《理一理我们的根》、郑万隆《我的根》都不约而同地提到了"根"这个关键词,表达了对于传统的焦虑。他们将文学的根指向传统的哲学、历史、文化、风俗习惯。韩少功在《文学的"根"》中说:"文学有'根',文学之'根'应深植于民族文化民族传统的

---

① 韩少功:《留给"茅草地"的思索》,《在后台的后台》,人民文学出版社,2008 年版,第 248 页。

② 韩少功:《留给"茅草地"的思索》,《在后台的后台》,人民文学出版社,2008 年版,第 247 页。

③ 韩少功:《文学的"根"》,《在后台的后台》,人民文学出版社,2008 年版,第 276 页。

土壤里,根不深,则叶难茂。"韩少功列举了贾平凹和李杭育等人的小说与地域文化的关系:"他们都在寻'根',都开始找到了自己的文化根基和文化依托。这大概不是出于一种廉价的怀旧情绪和地方观念,不是对方言歇后语之类浅薄的爱好;而是一种对民族的重新认识,一种审美意识中潜在历史因素的觉醒,一种追求和把握人世无限感和永恒感的对象化表现。"①

《归去来》是韩少功的第一篇"寻根"小说。韩少功说:"《归去来》写人的相对性,到底黄治先是我还是别人,像庄周梦蝶,感到自我的丧失、自我的怀疑,这些意识像雾一样迷蒙,比较符合我当时创作的理想。"②小说一开始极力渲染环境气氛:"路边小潭里冒出几团一动不动的黑影,不在意就以为是石头,细看才发现是小牛的头,鬼头鬼脑地盯着我。它们都有皱纹,有胡须,生下来就苍老了,有苍老的遗传。前面的蕉林后面,冒出一座四四方方的炮楼,冷冷的炮眼,墙壁特别黑暗,像被烟熏火燎过,像凝结了很多夜晚。"《归去来》的标题脱胎于陶渊明《归去来兮辞》,小说开头"我"闯入一个山村,和陶渊明《桃花源记》开始叙述武陵渔人"缘溪行,忘路之远近,忽逢桃花林"类似。这短暂的经历有如梦境。在闭塞的山村里,主人公产生了异样的感觉:"穿鞋之前,我望着这个蓝色的我,突然有种异样的感觉,好像这身体很陌生,很怪。这里没有服饰,没有外人,就没有掩盖和作态的对象,也没有条件,只有赤裸裸的自己,自己的真实。有手脚,可以干点什么;有肠胃,要吃点什么;生殖器可以繁殖后代。世界被暂时关在门外了,走到哪里就忙忙碌碌,无暇来打量和思量这一切。由于很久以前一个精子和一个卵子的巧合,才有了一位祖先;这位祖先与另一位祖先的再巧合,才有了另一个受精卵子,才有了一个世世代代以后可能存在的我。我也是无数偶然的一个蓝色受精卵子。"

《归去来》的神秘感令人想起卡夫卡的《乡村医生》。小说的主人公是名叫黄治先的知青,在返城多年以后,偶然来到了一个陌生的山村,一个很像他曾经插队的地方。他被村里人误认为是曾经在那里插队的"马眼镜"。"我"一开始拒绝山民错误地把他指认为"马眼镜",但后来慢慢又接受了这种指认。到后来,甚至"我"擦拭着小腿上的伤痕——本来是足球场上被一只钉鞋刺伤的,也疑惑是不是山民们所说的被他杀死的阳矮子咬的,怀疑自己手上是否有股血腥味。"我"在这样的误认中感觉到山村里的人事既陌生又熟悉,具体化的个人历史在这荒诞的时空中消逝。因为"我"和"马眼镜"并非一人,所以两人的经历并不一致,但又因为都是知青,可能会有一些相似的经历,所以"我"和"山民"的记忆时而矛盾,时而重合。于是,"我"在"黄治先"和"马眼镜"的角色中奔忙穿梭。在小说结尾,"我"对自己的身份产生了怀疑:"这个黄治先就是我么?"在小说的最后,"我"做了个梦,重复了自己最初进入山村的山路的情景。"梦见我还在皱巴巴的山路上走着走着,土路被山水冲洗得像剜去了皮肉,留下一束束筋骨和一块块干枯了的内脏,来承受山民们的草鞋。这条路总也走不到头。""我"没法摆脱这个梦魇,山民们强加的记忆成了"我"个人的历史:"我累了,永远也走不出那个巨大的我了。"

中篇小说《爸爸爸》是"寻根文学"的代表作品。《爸爸爸》的故事发生在一个与世隔绝、时间凝固和停滞、充满原始蛮荒气氛、不知现代文明为何物的山寨——鸡头寨。鸡头寨人不

---

① 韩少功:《文学的"根"》,《在后台的后台》,人民文学出版社,2008 年版,第 274—275 页。

② 韩少功、施叔青:《鸟的传人》,廖述务编:《韩少功研究资料》,天津人民出版社,2008 年版。

知来自何处,也与外面的世界没有联系和交流。《爸爸爸》展现了鸡头寨蒙昧、迷信、保守、原始、落后的风俗习惯。他们迷信巫术,保存着祭谷神和打冤家等古老野蛮的习俗。要不是石仁从山下带回来玻璃瓶子、马灯、松紧带、旧报纸、小照片之类新鲜玩意儿,以及他口中"公历""形势""白话""报告"之类新名词,我们不会想到鸡头寨已经进入了 20 世纪中期。石仁说:"这鬼地方,太保守了。"作品的主人公是冥顽不化、丑陋不堪的白痴小老头丙崽。丙崽只会说"爸爸"和"×妈妈"两句话。鸡头寨本来要杀了丙崽这个无用的废物祭谷神,不料正要动手,天上响了一声雷,他们便认为这是上天的旨意,不要这个祭品。他们觉得丙崽神秘,他只会说"爸爸"和"×妈妈"两句话,莫非就是阴阳二卦? 于是拜倒在丙崽面前,他们尊称丙崽为"丙相公""丙大爷""丙仙"。尤其神奇的是,仲裁缝给老小残弱灌了剧毒的雀芋,却唯有丙崽没有被毒死。韩少功在《答美洲〈华侨日报〉记者问》中说:"《爸爸爸》的着眼点是社会历史,是透视巫楚文化背景下一个种族的衰落,理性和非理性都成了荒诞,新党和旧党都无力救世。"①

《爸爸爸》是一部寓言作品,模糊了时代背景,象征超稳定的古中国文明,揭示中国文化在时空上的停滞。李庆西将《爸爸爸》称为"新时期的经典作品"。他说:"从某种意义上说,丙崽不啻是一具历史的活化石。"②《爸爸爸》既是"寻根文学"的代表作品,也是 80 年代新时期文学和新启蒙主义的一个重要总结。它继承了"五四"以来启蒙主义和国民性批判的传统。当时对《爸爸爸》的解释中,也是把《爸爸爸》放到新启蒙主义的解释框架中,把它读解为国民性批判的一个经典作品。严文井在致韩少功的信中说:"《爸爸爸》分量很大,可以说它是神话或史诗。""你这个丙崽和阿 Q 似乎有某种血缘关系。"③刘再复在《论丙崽》中指出:"人们将会发现,韩少功发现了丙崽,是一个很重要的艺术发现。""丙崽的思维方式,乃是一种畸形的、病态的思维方式"。"丙崽的思维病态,不能说只是生理病态,它根本上是一种文化病态,一种文化上的原始愚昧状态"。④

程光炜认为,丙崽这个人物形象面对的是现代文学史上由鲁迅和沈从文所代表的"现代"和"寻根"两种不同的文学传统,一个对传统文化是批判和否定的,一个对传统文化是欣赏和认同的。由于作品始终传达和纠缠着鲁迅精神世界深处的焦虑,致使它未能抵达沈从文小说那种和谐、宁静、完美的艺术境界。⑤有人指出过"寻根文学"与"沈从文热",与沈从文等人在 80 年代初被文学史重新发现的关系。韩少功笔下的鸡头寨和沈从文笔下的边城一样是一个没有时间和空间概念的凝固、宁静的时空孤岛。沈从文以挽歌的笔调描写原始、遥远、宁静的湘西世界。沈从文笔下是一个和谐理想的乌托邦,而韩少功抒写的则是一个充满焦虑的文化批判的寓言。韩少功与沈从文对于时间表现出不同的看法。这也体现出韩少功与沈从文对于现代性的不同态度。沈从文在 30 年代对于现代和城市文明是一种批判的姿态和对宁静的乡村的歌颂的反现代态度。而韩少功 80 年代是在新启蒙主义和现代化以及反传统的大潮的激荡之下。韩少功对时间停滞的焦虑使人联想到金观涛在批判中国封建社

① 韩少功、夏云:《答美洲〈华侨日报〉记者问》,《钟山》,1987 年第 5 期。
② 李庆西:《说〈爸爸爸〉》,廖述务编:《韩少功研究资料》,天津人民出版社,2008 年版,第 515 页。
③ 严文井:《我是不是个上了年纪的丙崽?》,廖述务编:《韩少功研究资料》,天津人民出版社,2008 年版,第 511—512 页。
④ 刘再复:《论丙崽》,李莉、胡健玲编:《韩少功研究资料》,山东文艺出版社,2006 年版,第 134—135 页。
⑤ 程光炜:《如何"现代",怎样"寻根"》,《文学讲稿:"八十年代"作为方法》,北京大学出版社,2009 年版,第 349、368 页。

会长期停滞而提出的"中国封建社会的超稳定结构"的概念。

"寻根"和80年代中期的"文化热"有关,在某种意义上,"文化热"是政治讨论的隐喻,以文化批判来表达政治激情。"寻根文学"有两种倾向,一种是对于传统文化的选择和认同,如阿城的《棋王》。用甘阳的说法:"从目前看来,海内外的许多论者似乎都有一种相当普遍的所谓'反"反传统"'的态度。"①韩少功一直不同意人们加于"寻根文学""文化保守主义"的帽子。韩少功代表了"寻根文学"的另一流向。它仍然沿袭80年代启蒙主义和现代化以及反传统的主题,对传统文化的批判被视为这一主题的深化。李泽厚在1979年出版的《批判哲学的批判》中提出了"文化—心理结构"的概念。在80年代的文化讨论中,启蒙主义对传统的批判指向深层的民族的"文化—心理结构"。从"文化—心理结构"的角度,寻找中国落后的根源。由于80年代强大的反传统思潮,即使向传统文化寻根的作家,认同的也不是传统的主流和正统,而是异端的、非正统的传统,是传统中边缘的、非规范的内容。李杭育说:"我以为我们民族文化之精华,更多地保留在中原规范之外。规范的、传统的'根',大都枯死了。'五四'以来我们不断地在清除着这些枯根,决不让它复活。规范之外的,才是我们需要的'根',因为它们分布在广阔的大地,深植于民间的沃土。""理一理我们的'根',也选一选人家的'枝',将西方现代文明的苗壮新芽,嫁接在我们的古老、健康、深植于沃土的活根上,倒是有希望开出奇异的花,结出肥硕的果。"②韩少功自己在《文学的"根"》中也强调:"更重要的是,乡土中所凝结的传统文化,更多属于不规范之列。"③

韩少功"寻根文学"的另一篇重要作品是《女女女》。韩少功说:"《女女女》的着眼点则是个人行为,是善与恶互为表里,是禁锢与自由的双变质,对人类的生存威胁。"④在《女女女》中,幺姑前后判若两人,呈现善和恶的两种不同方式。早年的幺姑善解人意,与世无争,克己利人。她因为没有生育并且是"坏分子的家属",受到歧视和疏远。她压抑自己的一切正常的需求和欲望。她"学焦裕禄",同事借了她的钱也不要求还。她连给自己买的助听器也舍不得用。她大口吃着"臭蛋"和发馊的剩饭菜。她哪怕一个墨水瓶也舍不得丢出去,收集起"一个瓶子的森林,瓶子的百年家族"。她收集纸,无数的废纸使"那个平平的垫被已经隆起了这里那里好些突出的丘峦,使她的床垫和生活充实了不少"。然而,这一切都在不断销蚀她作为人的存在和感觉。她在近乎自闭的生存空间与精神孤独中,酝酿了内心深处连她自己也不了解的仇恨与怪僻。在一次洗澡中风瘫痪以后,幺姑变了,"从那团团蒸汽中出来以后就只是形似幺姑的另外一个人了,连目光也常常透出一种陌生的凶狠"。长期禁锢的自然本性以畸变的形态释放出来。她提出各种索求,故意把粪尿拉在床上。幺姑在病中讨账式的恣肆和磨人,无疑是她长期自我压抑的集中决堤,将压抑在人性深处的病态意识暴露无遗。同时,她的折磨也成为反映周围的人的同情心的一面镜子。她的干女儿老黑希望幺姑死掉。甚至很快"我"也觉得幺姑在蒸汽中死去就好了。《女女女》显示了人性的脆弱。和幺姑的禁欲相反,幺姑的干女儿老黑是一个纵欲主义者和享乐主义者。老黑似乎对什么都不在乎,摒弃一切责任和义务,享有绝对自由,是一个"活得真实的人"。与幺姑的不能正常生育不同,老黑因为个人享乐而拒绝生育。"她能生,这是她自己当众宣布的,生他一窝一窝的也不在话下。

① 甘阳:《八十年代文化讨论的几个问题》,《文化:中国与世界》第1辑,生活·读书·新知三联书店,1987年版。

② 李杭育:《理一理我们的根》,《作家》,1985年第9期。

③ 韩少功:《文学的"根"》,《在后台的后台》,人民文学出版社,2008年版,第276页。

④ 韩少功、夏云:《答美洲〈华侨日报〉记者问》,《钟山》,1987年第5期。

为了向她婆婆证明这一点,她去年就毫不在乎地一举怀上一个,然后去医院一个小小的手术'拿掉啦',像玩似的。"老黑"早把一切都看透了","她玩得很痛快,玩过革命和旧军装,又玩离婚和结婚,玩录像带和迪斯科,玩化妆品和老烟老酒。身上全洋玩意儿,没有国货"。在死前,幺姑变得像猴,又变得像鱼。老黑也人到中年,"我"发现"她也像条鱼"。作者以此暗喻了人的生命形态的退化。

韩少功"寻根"时期的作品,无论是《归去来》里的黄治先、《爸爸爸》中的丙崽,还是《女女女》中的幺姑,都是精神病态的人。韩少功"寻根"寻找到的是一片压抑沉闷而又丑陋不堪的精神荒原。在韩少功的"寻根"小说中,大量使用丑陋、龌龊、令人恶心的意象,给传统的审美观念带来了挑战。南帆在《历史的警觉——读韩少功》中说:"至少在某一段时间内,作家与批评家有意无意地将诗意视为小说的至高之境。……但是,这一切突然在1985年前后遭到了有力的拒绝。一阵粗鄙之风耀武扬威地席卷而来。""韩少功小说中的秽物骤然增多了。蚯蚓、蛇、蝙蝠、拳头大的蜘蛛、鸡粪、粪凼、鼻涕、尿桶、体臭、汗味、月经、阴沟、大肠里面混浊的泡沫和腐臭的渣滓,如此等等"。①韩少功的"寻根"小说的神秘化倾向和审丑现象,与他接受西方现代主义文学的影响有关。韩少功的"寻根"小说受到福克纳等现代主义文学和拉美魔幻现实主义的影响。在福克纳《喧哗与骚动》中的班吉的影响下,在中国新时期文学中产下了一批白痴的人物形象,而丙崽则是他们中的第一个。韩少功说:"拉美的魔幻现实主义,与光怪陆离的神话、寓言、传统、占卜迷信等文化现象是否有关?"②拉美魔幻现实主义作家加西亚·马尔克斯获得诺贝尔文学奖鼓励了中国作家反观传统文化,韩少功对浪漫神秘的楚文化的追寻与拉美魔幻现实主义的影响正好契合。

三

长篇小说《马桥词典》和《暗示》标志着韩少功小说创作的又一个高峰和创作的第三个阶段。韩少功在《灵魂的声音》中说:"惊讶是小说的内动力。"③《马桥词典》和《暗示》对形式的探索给人们带来了巨大的惊异和强大的冲击。

《马桥词典》以词条展开的叙事方式将小说的形式探索推向了极致,它是对传统以情节和人物为中心的小说的颠覆和消解。《马桥词典》是语言、文化、历史、人物的碎片,是一个后现代的文本,是非中心的、开放的、反宏大叙事的。《马桥词典》糅合了语言学、社会学、文化人类学、思想随笔和经典小说等多种写作方式,令人耳目一新。《马桥词典》以词典的形式,收集了马桥通行的115个词条,每个词条或写人,或状物,或叙事,用生动、鲜活的民间语言,以词条串联起引人入胜的故事,以词典的形式构造了马桥的历史和文化,汇编成了一部乡土词典,营造了一个隐秘的马桥世界,展示了马桥人悲欢离合的故事。

朱向前说:"虽然我不能说韩少功是词典形式结构小说的始作俑者,但是这并不重要。重要的是,韩少功运用释条的表述方式实现了对某些的定词语的人生和文体底蕴的挖掘与清理,并借此传达了作者独特的对世界的触摸与叩问。内容和形式在这里表现出了高度的

① 南帆:《历史的警觉——读韩少功》,廖述务编:《韩少功研究资料》第282页,天津人民出版社,2008年版。
② 韩少功:《文学的"根"》,《在后台的后台》,人民文学出版社,2008年版,第277页。
③ 韩少功:《灵魂的声音》,《在后台的后台》,人民文学出版社,2008年版,第302页。

默契,试问,对语言问题的强调还有比'词典'更恰切的方式吗?而且还不仅止于此,它另一方面的意义还在于,词典的形式本身轻而易举地就把中国长篇小说的传统结构打破了。加上作家的蓄意为之,它对传统小说的经典定义譬如线性叙述、时间顺序、因果关系、典型人物、故事化、情节性等诸多方面都进行了程度不同的颠覆和消解。理性的光芒和形式的艳丽照亮了《马桥词典》,《马桥词典》的出现,对当前长篇小说创作中忽视理性精神和形式意识的平庸化趋向进行了一次无声的狙击。"①在"马桥风波"之前,作者注意到了在《马桥词典》之前有一部名叫《哈扎尔词典》的小说的存在,但是朱向前仍然充分肯定了《马桥词典》在形式上创新的意义和作品本身的价值。

米兰·昆德拉《生命中不能承受之轻》第三章"误解的词",采用了词条的叙事形式,探讨了"女人""忠诚与背叛""音乐""光明与黑暗"四个词或词组。但是在昆德拉那里,词典仅仅是作为小说叙事的一个组成部分,而韩少功则是用词典的形式构成一部小说。

韩少功选择词典的形式,是为了打破传统小说的结构。他消解了主导性人物、主导性情节、主导性情绪,由完整的大叙事转向了破碎的、细微的小叙事。韩少功在《马桥词典·枫鬼》中说:"动笔写这本书之前,我野心勃勃地企图给马桥的每一件东西立传。我写了十多年的小说,但越来越不爱读小说,不爱编写小说——当然是指那种情节性很强的传统小说。那种小说里,主导性人物,主导性情节,主导性情绪,一手遮天地独霸了作者和读者的视野,让人们无法旁顾。"

韩少功说:"采用词典体首先出于我对语言的兴趣。""我把语言当作了我这部小说的主角……在这本仿词典的小说里,每一个词条就是一扇门、一个入口,通向生活与历史、通向隐蔽在每一个词语后面的故事"。②韩少功用方言构造了一个马桥世界,来与"普通话"的"一体化"相对抗。在《马桥词典》后记中,韩少功说:"从严格的意义上来说,所谓'共同的语言',永远是人类一个遥远的目标。如果我们不希望交流成为一种互相抵销,互相磨灭,我们就必须对交流保持警觉和抗拒,在妥协中守护自己某种顽强的表达——这正是一种良性交流的前提。这就意味着,人们在说话的时候,如果可能的话,每个人都需要一本自己特有的词典。"普通话即民族共同语伴随着现代民族国家的建构而兴起,它以一种普遍化、同质化的认识模式来抹杀现实的异质性。韩少功提出了个人词典的要求,使语言的异质性突现出来。在现代民族国家的规划和建设之中,使一种方言上升到普通话的地位。而《马桥词典》则是去寻绎那些被压抑的、"普通话"所无法涵盖的"方言"的复杂隐秘的含义,揭示"普通话"后面的语言、思维和生存方式与价值图景。正如"白话"一条所诠释的:"白话"是一种闲谈,它往往是"无意义的""非道德的""怪异的""骇人听闻的"。"我的小说尝试,我青年时代最重要的语言记忆,就是从他们白话的哺育下蜷缩着身子,乐滋滋地交流一些胡说八道。因为这个无法更改的出身,我的小说肯定被他们付之一笑,只能当作对世道人心毫无益处的一篇篇废话"。马桥的方言后面蕴含了马桥人独特的世界观。马桥"醒""科学""模范"等词有着他们自己不同的含义。在马桥的方言里,漂亮就是"不和气"。"不和气"的铁香有着与众不同的性格和命运。马桥人认为,漂亮的女人有一种芬芳但有害的气味。铁香来到马桥,马桥的黄花就全死了。铁香的气味也使六畜躁动不安。复查家的一条狗,自从看见铁香以后就变成了一

① 朱向前:《理性的张扬与遮蔽——我读〈马桥词典〉》,廖述务编:《韩少功研究资料》,天津人民出版社,2008年版,第566页。

② 韩少功:《语言的表情与生命》,廖述务编:《韩少功研究资料》,天津人民出版社,2008年版,第186—187页。

条疯狗，只得用枪打死。仲琪家的一头种猪，自从铁香来了以后就怎么也不上架了。还有一些人家闹鸡瘟了、鸭瘟了。连志煌手里叫三毛的那头牛，也朝铁香发起野。铁香最后和地位低贱的三耳朵私奔，惨死异乡。在《马桥词典》中，有一个重要的词"话份"，是指语言权力。话份的大小说明地位的高低。在马桥，一般来说，女人、年轻人、贫困户没有话份。其实，早在《爸爸爸》中就已经出现了"话份"这个词："话份也是一个很含糊的概念，初到这里来的人许久还弄不明白。似乎有钱，有一门技术，有一把胡须，有一个很出息的儿子或女婿，就有了话份。后生们都以毕生精力来争取有话份。"被长期剥夺了话语权的盐早竟然真的成了哑巴。

在韩少功前面"伤痕文学"与"寻根文学"这两个时期，都有强烈的精英知识分子批判性格和启蒙主义精神。到《马桥词典》，则是一种民间的还原。在《马桥词典》中也有盐早、马鸣这样的人物，但韩少功由对于乡土的批判转变为一种以平等的眼光和尊重、同情的态度看待他们。茅草地和鸡头寨那种愚昧的气氛也转变成了《马桥词典》中从容、浑然的叙述。

中国现代新文学运动不仅是一个由白话文代替文言文的过程，同时也是一个文体发生了重要变化和调整的过程，原来居于文学边缘甚至居于文学视野之外的小说上升到文学正宗和中心的地位，原来居于中心地位的传统的诗文逐渐边缘化。小说由边缘上升到中心、由"小说"变为"大说"的过程，也是一个小说政治化和正统化的过程。与此同时，传统"文以载道"的散文则逐渐趋向于以抒情、叙事的小品文为中心，转变成为"个人笔调"。相对而言，在现代，散文比小说变得更加个人化。在当代，散文化往往成为作家打破小说的模式化和寻求变革的一种出路。

2002年，韩少功出版了第二部长篇小说《暗示》。南帆说："暗示是一个没有重心的文本。《暗示》之中的一百多节没有形成一个叙事的整体结构。《暗示》摊开了生活的诸多片断。这些片断是零散的、独立的，它们分别是历史、记忆、分析性言论、小故事、想象、比较、考证、引经据典、人物速写，等等"，并由此构成了一个纷繁复杂的文本世界[1]。同《马桥词典》一样，《暗示》再一次引起了文坛重大的争议。在许多人对《暗示》在文体上的实验加以鼓励和赞誉的同时，也有人对《暗示》进行了严厉的非难。余杰说：《暗示》中的大部分文字，都像是漫不经心的专栏文章。""我只能发现一堆漫不经心拼贴的印象"。[2]李建军说《暗示》"具有反体裁写作的典型症候，是迄今为止最任性、最大胆的反小说写作"[3]杨扬则认为《暗示》是"一次失败的文体试验"："倒不是文体的破坏，而是文体的误置，将本该是杂论和随想录之类的东西披上了小说的外衣。"[4]《暗示》中包含了老木、大川、小雁、大头、多多、鲁平、武妹子、易眼镜、吴达雄等众多人物的故事，按照蔡翔的说法，《暗示》的每一节都能发展成为一个相对完整的短篇小说。蔡翔对《暗示》的文体实验给予了充分的肯定："这种激烈的文体实验，我们已经久违。……《暗示》在形式上的探索和实验，哪怕再过于极端，也标明了有一种力量将再度风生云起。"针对人们的责难，蔡翔怀念起80年代对小说文体实验的宽容态度。他追问："那么是什么原因，导致了我们今天对文体的苛刻态度？"他认为这是因为思想的惰性和同现实的妥协："如果我们承认，形式意味着和我们身边历史的对话能力，那么自80年代开始的小说的文体探索和实验，正意味着这种对话能力的逐渐增强和拓展，同时也意味着，我们

---

① 南帆：《文明的悖论》，《文艺争鸣》，2003年第1期。

② 余杰：《拼贴的印象，疲惫的中年》，廖述务编：《韩少功研究资料》，天津人民出版社，2008年版，第613页。

③ 李建军：《自由的边界》，廖述务编：《韩少功研究资料》，天津人民出版社，2008年版，第628—629页。

④ 杨扬：《〈暗示〉：一次失败的文体试验》，廖述务编：《韩少功研究资料》，天津人民出版社，2008年版，第610页。

对现实的复杂性的深刻把握。坦率地说,近年来的小说,鲜见有形式的继续探索和实验,在某种意义上,也可以说,这正是我们和现实建立的过于'甜蜜'的关系的结果。正是在这种'甜蜜'的关系中,我们逐渐放弃了对日常存在的进一步追问,从而满足于事物的表象的叙述,尖锐的思想和批判性的丧失,也导致了我们提出问题的能力的渐渐丧失,并重新形成小说形式的模式化倾向。"①对韩少功的《暗示》,李陀在《暗示》台湾版序中做了这样的阐发:在近几十年,在全世界形成了一种"中产阶级写作"的潮流,这种潮流在总体上,形成了一套影响着全世界的写作趣味和标准,这套趣味和标准完全不适合非中产阶级社会特别是第三世界,但是却影响和控制着他们的思考和写作。中国作家也在日益向中产阶级写作靠拢。"正在这时,《马桥词典》出现了,给我带来一阵兴奋,它不是一般的'另类写作',简直可以说是专门针对中产阶级趣味的另类写作。"②

韩少功说:"小说也是创造知识,只是这种知识与我们平时理解的知识不大一样。小说的功能之一就是挑战我们从小学、中学开始接受的很多知识规范,要叛离或超越这些所谓科学的规范。"③《暗示》分开来往往是精彩的思想随笔,是与当代思想、知识的交锋。比如《地图》中写道:"地图是人类一面稍嫌粗糙和模糊的镜子,映射出文明的面容。"农业时代有农业时代的地图,工业时代有工业时代的地图,消费时代则重新绘制了自己的地图。"根据交通工具的不同,从上海到郊县的渔村,可能比从上海到香港更慢。从北京到洛杉矶,可能比从北京到大兴安岭林区的某个乡镇更快。"韩少功说:"现代社会里传媒发达,人们很容易知道这个世界发生了什么事,因此,一个文学写作者描述这些事可能是不重要的,而描述这些事如何被感受和如何被思考可能是更重要的。这就是我有时会放弃传统叙事模式的原因。我想尝试一下被笔墨聚焦于感受方式和思考方式的办法,于是就想到了前人的笔记体或者片断体。"④

韩少功采用长篇笔记小说的形式,把现代长篇小说的结构重新打碎,是一次大胆的探索。王蒙在《道是词典还小说》中曾经评论《马桥词典》说:"韩书的结构令我想起《儒林外史》。它把许多个各自独立却又味道一致的故事编到一起。"⑤胡适在"五四"时期批评中国没有长篇小说,批评中国的小说作家不懂结构。他在《论短篇小说》中:"做小说的人往往把许多短篇略加组织,合成长篇。如《儒林外史》和《品花宝鉴》名为长篇'章回小说',其实都是许多短篇凑拢来的。"⑥他在《五十年来之中国文学》中说:"《儒林外史》没有布局,全是一段一段的短篇小品连缀起来的;拆开来,每段自成一篇;斗拢来,可长至无穷。"⑦他将近代的小说称作是"没有结构的杂凑小说"⑧。因此,在某种意义上,韩少功在长篇小说上的实验既是一种大胆的探索,也是一种大步的后退。

韩少功说:"古代笔记小说都是这样的,一段趣事、一个人物、一则风俗的记录、一个词

① 蔡翔:《日常生活:退守还是重新出发》,《文学评论》,2003 年第 4 期。

② 李陀:《〈暗示〉:令人不能不思考的书》,廖述务编:《韩少功研究资料》,天津人民出版社,2008 年版,第 660—661 页。

③ 韩少功、崔卫平:《关于〈马桥词典〉的对话》,《作家》,2000 年第 4 期。

④ 韩少功:《我喜欢冒险的写作状态》,《南方日报》,2002 年 12 月 13 日。

⑤ 王蒙:《道是词典还小说》,廖述务编:《韩少功研究资料》,天津人民出版社,2008 年版,第 580 页。

⑥ 胡适:《论短篇小说》,《新青年》4 卷 5 号(5,1918)。

⑦ 胡适:《五十年来之中国文学》,申报馆,1924 年,第 64 页。

⑧ 胡适:《五十年来之中国文学》,申报馆,1924 年,第 68 页。

语的考究,可长可短,东拼西凑,有点像《清明上河图》的散点透视,没有西方小说那种焦点透视,没有主导性的情节和严密的因果逻辑关系。我从80年代起就渐渐对现有的小说形式不能满意,总觉得模式化,不自由,情节的起承转合玩下来,作者只能跟着跑,很多感受和想象不能放进去。我一直想把小说因素与非小说因素做一点搅和,把小说写得不像小说。"①小说是一种现代文类,在形式上,小说具有很强的寄生性,小说采用过日记、书信等多种形式,多斯·帕索斯的小说结合了新闻报道等文体。西方一般认为小说是开放的,没有文体规定。马丁·华莱士在《当代叙事学》中说:"'小说'无法加以定义,因为其规定性特征就是不像小说。""那些定义小说为一种似是而非的形式的理论中包含某种颠倒:在文类系统中,小说的反常性被作为它的正常存在方式而接受。结果,小说就被设想为一种'没有自然的或确定的存在'的实体,'它在不同时代的不同区域文化中一而再,再而三地出现',它不是一种具有连续历史的独立类型,而是'具有类似的家庭特征'的作品的'前后相续'。"②中国,引进西方19世纪现实主义小说还只有不到一百年的时间。韩少功在《语言的表情与命运》中说:"如果我们稍稍回顾历史,就可以看到小说的形式五花八门。巴尔扎克笔下有一种小说。乔伊斯笔下有另一种小说。在中国古代很多作家的笔下,小说与散文常常混为一体,甚至文、史、哲之间的区别界线难以辨认。显然,人类的生活总是变化不定丰富多样的,那么作为对生活的反映与表现,文学及其形式其实从来也无法定于一格。"③他认为,西方的小说与戏剧的关系密切,而中国的小说则与散文的关系更密切。"小说的概念本来就不曾统一。如果说欧洲传统小说是'后戏剧',那么中国传统小说是'后散文'的,两者来路不一,概念也不一"④。

韩少功说:"散文化常常能提供一种方便,使小说传达更多的信息。"⑤张承志为了更自由地表达自己的思想感情,放弃了小说创作,而选择了散文这一文体。与张承志干脆放弃小说这种文学体裁不同,韩少功则是努力扩展小说这一文体的可能性。张承志和韩少功写作的一个重要方面是针对90年代越来越自恋,已经高度僵化、狭窄和疲惫的"纯文学"观念及其写作。

韩少功《暗示》的文体实验受到米兰·昆德拉、罗兰·巴特和费尔南多·佩索阿等人的写作的影响和启示。1987年,他翻译米兰·昆德拉的《生命中不能承受之轻》,并在米兰·昆德拉《生命中不能承受之轻》的译本序言中说:"不难看出,昆德拉继承发展了散文笔法,似乎也化用了罗兰·巴特解析文化的'片断体',把小说写得又像散文又像理论随笔。整部小说像小品连缀。""为什么不能把狭义的 fiction(文学)扩展为广义的 literature(读物)呢?《生命中不能承受之轻》显然是一种很难严格分类的读物"⑥。1998年,他翻译了佩索阿的《惶然录》。这是佩索阿晚期的随笔作品,"都是一些'仿日记'的片断体"⑦。由此可见韩少功对"片断体"的偏爱和突破传统文类的欲望。

韩少功的长篇小说《马桥词典》和《暗示》是他个人记忆的一种释放,其中一个重要内容

①　韩少功、崔卫平:《关于〈马桥词典〉的对话》,《作家》,2000年第4期。

②　〔美〕马丁·华莱士:《当代叙事学》,伍晓明译,北京大学出版社,1990年版,第41—52页。

③　韩少功:《语言的表情与生命》,廖述务编:《韩少功研究资料》,天津人民出版社,2008年版,第186页。

④　《韩少功王尧对话录》,苏州大学出版社,2003年版,第221页。

⑤　韩少功、崔卫平:《关于〈马桥词典〉的对话》,《作家》,2000年第4期。

⑥　韩少功:《米兰·昆德拉之轻》,《在后台的后台》,人民文学出版社,2008年版,第297页。

⑦　韩少功:《佩索阿的圣经》,《阅读的年轮》,九州出版社,2004年版,第215页。

就是有关知青生活的回忆。很多人都注意到韩少功的创作与他的知青经历、知青身份的关系。许子东指出：“韩少功骨子里是个‘知青作家’。不仅因为他有两篇作品直接影响知青文学发展，还由于他几乎全部的重要作品里，都有一个知青人物作为‘视角’存在。”①李庆西在《他在寻找什么》中说：“出现在韩少功笔下的，一直就是湖南的一小块地方，大约是潇、湘、沅、藏（搞不清是哪条河流）流经的那些田野和村落；他的人物，除了农民，便是知青。这些颇能使人联想到福克纳的世界：密西西比河畔的一个县，黑人和穷白人。”“知青和农民，这两类人物精神世界不同，却是并肩走在乡间的崎岖小路上”，“所以在韩少功的另一些作品中，便有意识地将这两类人物摆到一块来写”。②不论是马桥，还是太平墟，韩少功反复描写的是他曾经插队的那片地方。他的小说反复描写的主要是两类人物：知青和农民。曾镇南在《韩少功论》中说：“独特就独特在，韩少功一般说并不独立地描写知青的命运（《远方的树》大概是个例外）。他笔下的知青形象，当然也参与生活，但更多的时候是作为生活的观察者、解释者和沉思者出现。这些知青形象组成了一个既独立又与农民世界相通的特殊世界。”③

　　在韩少功三十多年的创作历程中，尝试过传统现实主义叙事、现代主义形式实验、融入散文随笔等因素的跨文体写作等诸种形式和方法。他的《爸爸爸》和《马桥词典》等作品已经确立了文学经典的地位。他是一位富于理性色彩的作家，他的写作深深地植根于当代思想潮流和深刻地介入了当代思想论争。他的写作构成了对当代知识的批判和对当代文学的反思。他的写作使文学的边界不断拓展。他以想象为中介，与时代和现实处于一种持续的对话关系之中。他不断地挑战时代，也不断地超越自我。在《马桥词典》和《暗示》之后，在2005年出版的中短篇小说集《报告政府》中，《801室故事》继续形式的实验，而《报告政府》《月下桨声》《空院残月》等篇则回归现实主义写作。在经历了《马桥词典》和《暗示》这种激进的甚至是极端的文体实验之后，韩少功的创作何去何从，我们拭目以待。

　　① 许子东：《〈爸爸爸〉与〈小鲍庄〉》，《当代小说阅读笔记》，华东师范大学出版社，1997年版，第113页。
　　② 李庆西：《他在寻找什么》，《小说评论》，1987年第1期。
　　③ 曾镇南：《韩少功论》，廖述务编：《韩少功研究资料》，天津人民出版社，2008年版，第231页。

丙崽生长记

——韩少功《爸爸爸》的阅读和修改

洪子诚

一、丙崽的"生长"

写这篇文章的念头,来自今年读到的日本学者加藤三由纪题为《〈爸爸爸〉——赠送给外界的礼物:"爸爸"》的文章①。当时给我的触动是两点。一个是《爸爸爸》的修改。文章指出,1985 年《人民文学》第 6 期的本子,在收入小说集《诱惑》(湖南文艺出版社,1986 年 7 月版)的时候,作者"稍微有些修订",但差别不大,大的修订是 2006 年②;修改本收入"中国当代作家·韩少功系列"③的《归去来》卷中。鉴于修改幅度很大,加藤三由纪有这样的判断:"新版本与其说是旧版本的修订,还不如说是重新创作","新版本《爸爸爸》包含着 21 世纪的眼光。"在此之前,我虽然也知道《爸爸爸》有过修订,却没有想到有这样的改动。而国内的批评家、研究者这些年在谈论这篇小说的时候,也大多没有注意到版本的这一情况,并不说明他们征引的是哪一个版本。加藤教授告诉我,日本的盐田伸一郎早就对《爸爸爸》的修改写过文章,文章中译也已在中国发表。④很惭愧,我却不知道。触动我的另一点,是"赠送给外界的礼物"这样的说法。"作为一个读者我对鸡头寨山民的'想象力'(一般叫作'迷信')感到惊讶,对丙崽也感到钦佩。"亲切、钦佩这些词用到丙崽身上,我还是第一次碰到;自然感到突然和诧异,这跟我读过的不少评论文章的观点,与我以前阅读的印象,构成很大的反差。

由这两个方面,我想到"生长"这个词。文学作品,包括里面人物,它们的诞生,不是固化、稳定下来了;如果还有生命力,还继续被阅读、阐释,那就是在"活着",意味着在生长。或许是增添了皱纹,或许是返老还童;或许不再那么可爱,但也许变得让人亲近,让人怜惜也说不定。"生长"由两种因素促成。文本内部进行着的,是作家(或他人)对作品的修订、改写

---

① 这是作者为中国人民大学文艺思潮研究所和哈佛大学东亚系联合召开的"小说的读法"国际学术研讨会(2012 年 7 月)提交的论文。加藤三由纪任职于日本和光大学,她也是《爸爸爸》日文译者。这篇文章也受到北京大学中国当代文学研究生季亚娅未公开发表的学位论文《"心身之学":韩少功和他的九十年代》(1988—2002)的启发。文章的写作,在资料搜集和引述上,得益于吴义勤主编的《韩少功研究资料》(山东文艺出版社,2006 年版)、廖述务编的《韩少功研究资料》(天津人民出版社,2008 年版)。这里,谨向加藤三由纪、季亚娅、吴义勤、廖述务等先生衷心致谢。

② 由作者主编的《中国当代文学史作品选》(北京大学出版社版)选入《爸爸爸》时,第一版第一次印刷(2008 年 11 月)采用 1985 年《人民文学》版本。随后,韩少功提出应该采用他 2006 年修订的,编入人民文学出版社"中国作家系列"的本子。"作品选"从第二次印刷开始改用修改本。

③ "中国当代作家·韩少功系列"由人民文学出版社 2008 年出版。"中国当代作家·韩少功系列"由人民文学出版社 2008 年出版。

④ 〔日〕盐田伸一郎:《寻不完的根》,张志忠主编:《在曲折中开拓广阔的道路》,武汉出版社,2010 年版。

(改编)。文本外的因素,则是变化着的情景所导致的解读、阐释重点的偏移和变异。后面这个方面,对韩少功来说也许有特殊意义。正如有的批评家所言,他的小说世界里,留有读者的活动、参与的空间,读者是里面的具有"实质性的要素","读者似乎被邀请去作一种心智旅行……或者被邀请去搜集和破译出遍布在小说中的线索、密码"。①

二、80 年代的解读倾向

《爸爸爸》诞生后的二十多年里,各个时期、不同批评家有许多相近或相反的解读。如果按照阐释倾向发生重要变化的情况划分,在时间上可以分为两个阶段。一个是作品发表到80 年代末,另一个是 90 年代后期到 21 世纪初的这些年。

在 80 年代,对《爸爸爸》,对丙崽,最主要并得到普遍认可的观点,是在现代性的启蒙语境中,将它概括为对"国民劣根性",对民族文化弊端的揭发、批判。这样的理解,典型地体现在严文井、刘再复两位先生的文章中②;他们的论述,也长时间作为"定论""共识"被广泛征引。他们指出,鸡头寨是个保守、停滞社会的象征;村民是自我封闭的,"文明圈"外的"化外之民"。对丙崽这个人物的概括,则使用了"毒不死的废物""畸形儿""蒙昧原始",和具有"极其简单,极其粗鄙,极其丑陋的"畸形、病态的思维方式的"白痴"等说法。严文井、刘再复的解读在"文明与愚昧冲突"的新启蒙框架下进行,这是80 年代知识界的普遍性视野。在这样的眼光下,所有的人物及其活动,都在对立性质的两极中加以区分。因此,刘再复认为,鸡头寨的村民都具有"用无知去杀掉有知,用野蛮去杀掉文明"的共同心态。而"父亲德龙"和丙崽娘也被判为分属对"苟活"的山寨传统有所怀疑的有知者和"鸡头寨文化顽固的维护者"的对立阵线的两边。这一解读方式的共通点是:强烈的"文革"批判的指向性;在文学史"血缘"关系上把丙崽和阿 Q 连接;与当年诚实、怀抱理想的作家、知识人一样,把批判引向自我的反思。③

80 年代对《爸爸爸》其实也存在另外的论述。它们或与上述主流观点相左,或是关注的方面不全相同。但这些不同的零碎论述,因为难以为思想、审美主潮容纳,它们被忽略、被遗漏。比如,一般人对"猥琐和畸形"的丙崽和丙崽娘感到嫌恶,而曾镇南倒是对他们有同情和理解。他说,要说阿 Q 的话,那也不是丙崽,而是仁宝;丙崽娘和仲裁缝"他们的内里,却是人性的善和勇"。④

在 80 年代的评论中,当时没有得到注意,李庆西的一些意见,也是因为他有着某些逸出"共识"的发现。他指出,作品在美感风格上并不单一,它集合着调侃、嘲讽与悲壮、凝重的诸种因素,它们构成一种复杂的关系。他并不否定这个故事有着"文明与愚昧冲突"的含义,"诚然是一些愚昧的山民,做出一些悖谬的事情",但"其中精神的东西"却并不能在愚昧的层面上做轻易地否定。他说,在祭神、打冤、殉古等场面中,也能看到"充满义无反顾的好汉

---

① 〔法〕安妮·克琳:《诘问和想象在韩少功小说中》,肖晓宇译,《上海文学》,1991 年第 4 期。

② 严文井:《我是不是个上了年纪的丙崽?——致韩少功》,《文艺报》,1985 年 8 月 24 日。刘再复:《论丙崽》,《光明日报》,1988 年 11 月 4 日。

③ 严文井说,"我是不是个上了年纪的丙崽?"刘再复说,"读了《爸爸爸》,老是要想到自己……我发觉自己曾经是丙崽"。

④ 曾镇南:《韩少功论》,《芙蓉》,1986 年第 5 期。

气概"。谈到小说最后的鸡头寨迁徙,说那并不是意味着失败,这是"寻找新的世界"的"何等庄严的时刻"①。李庆西发现这是一个"开放性"文本;在主旨、情感、态度上存在多种互相矛盾的因素。

另外的偏离 80 年代主流倾向的解读,表现在一些外国批评家的评论中。法国的安妮·克琳用"诘问"来指认韩少功《爸爸爸》的美学品格:"他想证实除了被描述过的或被发觉过的可能性外还存在着其他的可能性,以及对一些定论仍然可以提出疑问",他的表达方式"与封闭性无缘"。这和李庆西的说法有相通之处。与此相关的论述,也表现在《韩少功小说选集》英译者玛莎·琼的论述中。她说这是"一个对中国的命运提出严肃警告的寓言":"山村及其芸芸众生可被看作象征性地代表了这个国家及其人民:他们的眼光是向后或向内的,被传统和过去文明的荣耀拖住了脚步",不过,作品又不仅写的是失败,写的也是胜利,"人类灵魂的胜利";"人们的确失败了,但他们却以尊严和坚毅接受它。如果失败中没有恢弘,那么也就没有令人痛惜的悲哀……"②

三、忽略部分的彰显

到了 20 世纪 90 年代末和 21 世纪初,对《爸爸爸》和丙崽的评述,虽然大多仍沿袭着80 年代那种批判"国民性"的认识,但在一些重读的论著里,也发生了重要的变化。这种变化,是为 80 年代已经露出端倪却未被注意的观点的延伸。特别是对文本的开放性、复杂性的重视、强调。这种变化虽然有解读者各不相同的原因(人生体验、"知识配置"、审美取向),但可以看出他们也共享着 90 年代后反思西方中心的现代化话语的时代思潮。其核心点是,从不同角度质疑将《爸爸爸》看成是单一的"国民性"批判叙事,而在文本内部多元性的基础上,挖掘其中隐含的某些"反向"的因素。

下面是两个例子。例一是贺桂梅在《"新启蒙"知识档案——80 年代中国文化研究》中讨论"寻根"的部分。③她认为,像《小鲍庄》《爸爸爸》等,尽管可以当成批判"国民性"或中国文化"封闭性"的文学叙事,"但文本本身的话语构成的复杂性在不断的游离或质询这种化约性的指认";"在一个看似统一的故事的叙述过程中涌动着两种以上的话语",它们构成"彼此冲突或自我消解的喧哗之声"。她指出,《爸爸爸》文本的复杂性,或多种话语构成的冲突、消解关系,体现在两个方面。一是人物与空间"同时具有神话和反讽两种关系"。以庄重、特殊的笔调来写丙崽的出生这种"神话"性质叙事,却没有让丙崽成为具有救赎众生的英雄

---

① 李庆西:《说〈爸爸爸〉》,《读书》,1986 年第 3 期。

② 玛莎·琼:《论韩少功的探索型小说》,田中阳译,《当代作家评论》,1993 年第 3 期。在张佩瑶的《从自言自语到众声沸腾——韩少功小说中的文化反思精神的呈现》(《当代作家评论》,1994 年第 4 期)中,也有与玛莎·琼相近的观点;或者就是对玛莎·琼观点的借鉴:《爸爸爸》"是一则发人深省的寓言,对中国这国家的前途,发出严厉的警告","鸡头寨和鸡头寨的村民就是中国这国家和她的人民的缩影";"不过,由于在小说中屡次出现的图腾——凤凰——突出了民族性里面那种久经忧患而精神不屈的特征,而叙述者又多次引用开天辟地的上古神话传说,以及有关民族迁徙、孕育繁衍的民间故事和古歌,所以这就把愚昧、失败和挫折置于时间的长河和历史巨轮的轮转这个广阔的视野范畴。……使小说洋溢着一股生生不息的民族文化精神,使人感到民族本身那种坚韧的生命力和面对困境时那种不屈的斗志。"(经廖述务先生告知,马莎·琼就是张佩瑶。当初田中阳先生在翻译这个文稿时,误以为马莎·琼是英国人。特此更正,并感谢廖述务先生的提醒。——2014 年 12 月洪子诚付记)

③ 贺桂梅:《"新启蒙"知识档案——80 年代中国文化研究》,北京大学出版社,2010 年版,第 205—211 页。

人物,相反,始终是只会说两句话且形象丑陋的傻子;但这个"白痴"又是唯一能"看见"鸡头寨"鸟"的图腾的人,而赋予他某种"神启"的色彩。这种含混性还体现在空间意涵上面:鸡头寨具有空间封闭性,却并不表现为与世隔绝,而表现为"内部"与"外部"界限的存在。这让这部作品"既不是一个'文明与愚昧的冲突'的故事,也不是一个找到了'植根于民族传统文化的土壤'中的'根'的故事"。这一解读虽然延续 80 年代李庆西的思路,却不是简单的重复和扩充。论述的重要进展在两个方面。次要方面是感受性的印象,由叙事学等的理论分析加以落实;主要方面则是将这一分析,纳入时代人文思潮观察的视野。她要说明的是,尽管西方中心的现代化意识形态支配了 80 年代中国知识界的历史想象和文化实践,但那个时候,也存在质询、反抗此种意识形态和历史想象的力量。韩少功创作的意义就体现在这里。

例二是刘岩的《华夏边缘叙述与新时期文化》[①]。他也在改变着 80 年代对《爸爸爸》的单一化理解。他认为,作品的含混与反讽,体现了当年"寻根"者遭遇的文化困境。丙崽自幼将表示象征秩序的词汇挂在嘴边,却始终没有获得指物表意的正常语言能力;不断重复"父亲"之名,却生而无父[②]。他整日喊着的"爸爸"一词,是人们从外面的千家坪带进山里来的。他对丙崽形象的分析,不是把他看作"封闭和蒙昧所孕育"的畸形儿,而认为他的形态行为,体现着"不同的文化即权力/话语相碰撞"的文化症候:丙崽的浑浑噩噩是困境的显现,但也是抗拒性书写的投射。作家承认旧的再现系统已经失效,却拒绝沉湎、膜拜新的现代化的乌托邦话语。刘岩认为,这一以丙崽形象所做的"抗拒"是双重的,即从"边缘"同时指向西方中心主义,也指向中国民族主义。这个分析,呼应了韩少功一次谈话中的这一观点:"《爸爸爸》的着眼点是社会历史,是透视巫楚文化背景下一个种族的衰落,理性和非理性都成了荒诞,新党和旧党都无力救世……但这些主题不是一些定论,是一些因是因非的悖论,因此不仅是读者,我自己也觉得难以把握。"这些话讲在 1987 年,在当时也没有得到注意。它被刘岩等研究者重新发现和重视,也只有待到 90 年代末以后这个时机。在这样的时刻,才能认识到"悖论是逻辑和知识的终结,却是精神和直觉的解放"[③]。

在解析《爸爸爸》的复杂、多元性中,程光炜则将它与中国现代小说传统链接。[④]他指出,这个文本存在两个冲突着的叙述框架,一个是鲁迅式的"现代""入世"的"对传统文化批判和否定"的框架,另一个是沈从文式的"寻根""避世"的"对传统文化欣赏和认同"的框架。作品矛盾性由是表现为:究竟是要"找回'改造国民性'的主题,还是那个原始性的'湘西世界'"? 而丙崽这个人物,也承载了事实上他无法承载的"两种不同的"、冲突着的文化传统。由于作品为鲁迅精神世界深处的焦虑所控制,它未能抵达沈从文小说那种和谐、宁静、完美的艺术境界;导致在两个文学创作和精神向度上的预定目标都不到位,"顾此失彼"。

不管是否明确,上面这些透视《爸爸爸》文本复杂性的思路,基本上是在中国现代小说两个"传统"(两种叙事模式)的框架内进行的。1986 年,黄子平等三人在《论"二十世纪中国文学"》的文章中,将中国现代文学的美感特征概括为"悲凉"。那时李庆西说,"他们写那篇

① 刘岩:《华夏边缘叙述与新时期文化》,知识产权出版社,2011 年版,第 42—52 页。
② 关于那个离家远走渺无音讯的丙崽"父亲",《爸爸爸》(1985 年版)说"这当然与他没太大关系"。2008 版在这之后增写一段:"叫爹爹也好,叫叔叔也罢,丙崽反正从未见过那人。就像山寨里有些孩子一样,丙崽无须认识父亲,甚至不必从父姓。"看来,在鸡头寨的"逻辑"中,"生而无父"并不一定像刘岩所分析的是个严重问题。
③ 《答美洲〈华侨日报〉记者问》(代创作谈),《钟山》,1987 年第 5 期。
④ 参见程光炜:《文学讲稿:"八十年代"作为方法》,北京大学出版社,2008 年版,第 345—370 页。

文章时未必读过《爸爸爸》"。他暗示着像《爸爸爸》这样的作品(或者还有其他作家作品),已经显现出超越这一"传统"的可能性,已经在开创新的美感形态。当时以及后来一些作家的探索,是否突破现代叙事"传统"的这些模式,或者说,用这样的"叙事模式"是否能有效解读这些作品,这是当时留下的,现在也尚未得到更好讨论的问题。

四、修订本的趋向

2004 年,在说到文学作品"诗意"的时候,韩少功质疑那种将《爸爸爸》解释为"揭露性漫画"的说法,质疑将作品主旨完全归结为揭露"民族文化弊端"。

他说,里面有"对山民顽强生存力的同情和赞美","最后写到老人们的自杀,写到白茫茫的云海中山民们唱着歌谣的迁徙,其实有一种高音美声颂歌的劲头";它"也许是一种有些哀伤的颂歌"。他为法国批评家从《爸爸爸》中读到"温暖"感到欣慰。[①]这些感受,在两年后他对《爸爸爸》所做的修订中显然得到加强。

说到丙崽的"生长"史,2006 年对作品的修订,是个重要事件。作者加进了某些新的东西:也不是全新的,是对某些存在因素的增减;但这些增减和某些语词的更动,可能会导致实质性的效果。对作品的修订,韩少功说有三个方面。一是"恢复性"的,即因当年出版审查制度删改的"原貌"恢复;二是"解释性"的,针对特定时期产生、现在理解存在障碍的俗称、政治用语;三是修补性的,"针对某些刺眼的缺失做一些适当的修补";"有时写得顺手,写得兴起,使个别旧作出现局部的较大变化"。[②]所谓"刺眼的缺失",有对词语细微含义色彩的把握,有对叙述语调节奏上的考虑,而"写得兴起"增加的部分,许多是与鸡头寨的风俗有关。

拿《爸爸爸》新旧版本比较,感觉是原来某些抽象、生硬的词语被替换,语调更顺畅。段落划分也有值得称道的改变。这在我看来是在趋向"完善"。不过加藤三由纪不这么认为。她说,"生硬的文字,刺眼的缺失也是构成《爸爸爸》文本的重要因素,因为《爸爸爸》是要打破规范式书写"。据加藤三由纪论文提供的材料,日本学者盐旗伸一郎曾对《爸爸爸》新旧版本做了细致考校,称《人民文学》本是 22708 字,修改本是 28798 字,也就是增加了六千多字;如果以新旧版本不同的字数计,则有 10725 字之多。我比较两个本子,发现修改本增加的部分,一是有关丙崽、丙崽娘的描述,一是加重仁宝和仲裁缝的分量,还有就是打冤前吃肉仪式和交手杀戮的具体情景。对于后者,加藤三由纪颇有微词,说这些活生生的描述"是不是恢复原貌的地方,无法确定",但"让人毛骨悚然"。我也有这样的感觉。但我又想,这种感觉的产生,也许是我们还未能"从鸡头寨人看"的结果。

因为修订范围很大,全面、细致比对两者异同,颇不容易。这里,仅就有关丙崽和丙崽娘的几处和最后迁徙的部分为例,来讨论这里提出的丙崽"生长"的问题。

例一:仁宝欺负丙崽,逼着他给自己磕头。

1985 版:他哭起来,哭没有用。等那婆娘来了,他半个哑巴,说不清是谁打的。仁宝就这样报复了一次又一次,婆娘欠下的债让小崽又一笔笔领回去,从无其他后果。

丙崽娘从果园子里回来,见丙崽哭,以为他被什么咬伤或刺伤了,没发现什么伤痕,便

① 韩少功、张均:《用语言挑战语言——韩少功访谈录》,《小说评论》,2004 年第 6 期。
② 《中国当代作家·韩少功系列·自序》,人民文学出版社,2008 年版。

咬牙切齿："哭,哭死!走不稳,要出来野,摔痛了,怪哪个?"

碰到这种情况,丙崽会特别恼怒,眼睛翻成全白,额上青筋一根根暴,咬自己的手,揪自己的头发,疯了一样。旁人都说:"唉,真是死了好。"

2008版:他哇哇哭起来。但哭没有用,等那婆娘来了,他一张嘴巴说不清谁是凶手,只能眼睛翻成全白,额上青筋一根根暴出来,愤怒地揪自己的头发,咬自己的手指朝着天大喊大叫,疯了一样。丙崽娘在他身上找了找,没发现什么伤痕,"哭,哭死啊?走不稳,要出来野,摔痛了,怪哪个?"

丙崽气绝,把自己的指头咬出血来。

就这样,仁宝报复了一次又一次,婆娘欠下的债,让小崽子加倍偿还,他自己躲在远处暗笑。不过,丙崽后来也多了心眼。有一次再次惨遭欺凌,待母亲赶来,他居然止住哭泣,手指地上的一个脚印:"×妈妈"。那是一个皮鞋底印迹,让丙崽娘一看就真相大白。"好你个仁宝臭肠子哎,你鼻子里长蛆,你耳朵里流脓,你眼睛里生霉长毛啊?你欺侮我不成,就来欺侮一个蠢崽,你枯脑心毒脑心不得好死呀——"她一把鼻涕一把泪,拉着丙崽去找凶手,"贼娘养的你出来,你出来!老娘今天把丙崽带来了,你不拿刀子杀了他,老娘就同你没完!你不拿锤子锤瘪他,老娘就一头撞死在你面前……"

这一夜,据说仁宝吓得没敢回家。

例二:摇签确定丙崽祭谷神。

1985版:本来要拿丙崽的头祭谷神,杀个没有用的废物,也算成全了他。活着挨耳光,而且省得折磨他那位娘。不料正要动刀,天上响了一声雷,大家又犹豫起来,莫非神圣对这个瘦瘪瘪的祭品还不满意?

天意难测,于是备了一桌肉饭,请来一位巫师……

2008版:有些寨子祭谷神,喜欢杀其他寨子的人,或者去路上劫杀过往的陌生商客,但鸡头寨似乎民风朴实,从不对神明弄虚作假,要杀就杀本寨人。抽签是确定对象的公道办法,从此以后每年对死者亲属补三担公田稻谷,算是补偿和抚恤。这一次,一签摇出来,摇到了丙崽的名下,让很多男人松了口气,一致认为丙崽真是幸运:这就对了,一个活活受罪的废物,天天受嘲笑和挨耳光,死了不就是脱离苦海?今后不再折磨他娘,还能每年给他娘赚回几担口粮,岂不是无本万利的好事?

听到消息,丙崽娘两眼翻白,当场晕了过去。几个汉子不由分说,照例放一挂鞭炮以示祝贺,把昏昏入睡的丙崽塞入一只麻袋,抬着往祠堂而去。不料走到半道,天上劈下一个炸雷,打得几个汉子脚底发麻,晕头转向,齐刷刷倒在泥水里。他们好半天才醒过来,吓得赶快对天叩拜,及时反省自己的罪过;莫非谷神大仙嫌丙崽肉少,对这个祭品很不满意,怒冲冲给出一个警告?

这样,丙崽娘哭着闹着赶上来,把麻袋打开,把咕咕噜噜的丙崽抱回家去,汉子们也就没怎么阻拦。

例三:写帖子告官。

1985版:接下来,又发生一些问题。老班子要用文言写,他(指仁宝)主张要用白话;老班子主张用农历,他主张用什么公历……

"仁麻拐,你耳朵里好多毛!"竹意家的大寨突然冒出一句。

仁宝自我嘲地摆摆头,嘿嘿一笑,眼睛更眯了。他意会到不能太脱离群众,便把几皮

黄烟叶掏出来,一皮皮分送给男人们,自己一点末屑也没剩。加上这点慷慨,今天的表现就十分完满了。

他摩拳擦掌,去给父亲寻草药。没留神,差点被坐在地上的丙崽绊倒。

丙崽是来看热闹的,没意思,就玩鸡粪,不时搔一搔头上的一个脓疮。整整半天,他很不高兴,没有喊一声"爸爸"。

2008版:接下来又发生一些问题。老班子要用文言写,他主张用什么白话;老班子主张用农历,他主张用什么公历……

"仁麻拐,你耳朵里好多毛!"丙崽娘忍无可忍,突然大喊了一声,"你哪来这么多弯弯肠子?四处打锣,到处都有你,都有你这一坨狗屎!"

"婶娘……"仁宝嘿嘿一笑。

"哪个是你婶娘,呸呸呸……"丙崽娘抽了自己嘴巴一掌,眼眶一红,眼泪就流出来,"你晓得的,老娘的剪刀等着你!"

说完拉着丙崽就走。

人们不知道丙崽娘为何这样悲愤,不免悄声议论起来。仁宝急了,说她是个神经病,从来就不说人话。然后忙掏出几皮烟叶,一皮皮分送给男人们,自己一点也不剩。加上一个劲地讨好,他鸡啄米似的点头哈腰,到处拍肩膀送笑脸,慷慨英雄之态荡然无存……

例四:迁徙时唱"简"。

1985版:作为仪式,他们在一座座新坟前磕了头,抓起一把土包入衣襟,接着齐声"嘿哟喂"——开始唱"简"。

…………

男女们都认真地唱,或者说是卖力地喊。声音不太整齐,很干,很直,很尖厉,没有颤音,一直喊得引颈塌腰,气绝了才留下一个向下的小小滑音,落下音来,再接下一句。这种歌能使你联想到山中险壁林间大竹还有毫无必要那样粗重的门槛。这种水土才会渗出这种声音。

还加花,还加"嘿哟嘿"。当然是一首明亮灿烂的歌,像他们的眼睛,像女人的耳环和赤脚,像赤脚边笑眯眯的小花。毫无对战争和灾害的记叙,一丝血腥气也没有。

2008版:作为临别仪式,他们在后山脚下的一排排新坟前磕头三拜,各自抓一把故土,用一块布包上,揣入自己的襟怀。

在泪水一涌而出之际,他们齐声大喊"嘿哟喂"——开始唱"简":

…………

男女都认真地唱着,或者说是卖力地喊着。尤其是外嫁归来的女人们,更是喊得泪流满面。声音不太整齐,很干,很直,很尖利,没有颤音和滑音,一句句粗重无比,喊得歌唱者们闭上眼,引颈塌腰,气绝了才留一个向下的小小转音,落下尾声,再连接下一句。他们喊出了满山回音,喊得巨石绝壁和茂密竹木都发出嗡嗡嗡的声响,连鸡尾寨的人也在声浪中不无惊愕,只能一动不动。

一行白鹭被这种呐喊惊吓,飞出了树林,朝天边掠去。

抬头望西方兮万重山,

越走路越远兮哪是头?

还加花音,还加"嘿哟嘿"。仍然是一首描写金水河、银水河以及稻米江的歌,毫无对战

争和灾害的记叙,一丝血腥气也没有。

上面举的是有比较大改动的部分。其实,个别语词的替换修改,或许更能体现作家细微的情感意向和分量。从上面的引例,也许能做出这样的判断:在庄重与调侃、悲壮与嘲讽的错杂之间,可以看到向着前者的明显倾斜,加重了温暖的色调,批判更多让位于敬重。最重要的是,写到的人物,丙崽也好,丙崽娘也好,仁宝也好,仲裁缝也好,这些怪异、卑微、固执,甚至冥顽、畸形的人物,他们有了更多的"自主性",作家给予他们更多的发言机会。即使不能发声(如丙崽),也有了更多的表达愤怒、委屈、亲情①的空间。叙述者在降低着自己观察和道德的高度,限制着干预的权力。我们因此感受着更多的温情和谦卑。

五、脱去象征之衣的可能

80年代,吴亮曾经写过两篇文章,分析韩少功1985年前后的创作。②对《爸爸爸》,他说"对这一虚构村落和氏族"作家表现了明确的理性批判立场;这一批判,是"经过一系列似乎是荒诞不经的描述","经过一番粗鄙民俗和陋习的伪装隐匿起来的"。他认为,那里面的民间故事、寓言、族谱、传说等,是在构成一种修辞性的间距;丙崽是个"无所不包的傀儡形象",是"符号化的面具化人物",鸡头寨也只是一个"布景",本身并没有自足的独立存在的价值。③

这个看法,相信并非吴亮一人所有。④在80年代,《爸爸爸》确实被普遍看成一个寓言故事,里面的人物、具体情境,被当作布景、符号看待,从"文类"的角度说,也是合乎情理的。不过,90年代后期以来,一些解读朝着"去寓言化"的方向偏移。韩少功的修订就表现了这种趋向。程光炜在他的阅读中,也把丙崽受到仁宝和寨里孩子欺负凌辱的场面,直接与他"文革"期间在湖北新县农村插队的生活经验联系,说"凡是有过同样'阅历'的读者,读到这一'细节',他们心灵深处的震撼,和持久难平的精神痛感,恐怕要远远大于伤痕文学所提供的东西"。⑤

但问题是,在"去象征化"阅读中,《爸爸爸》是否仍具有艺术魅力和思想深度?季亚娅在一篇文章里涉及这个问题⑥。她认为《爸爸爸》是个象征文本,甚至在沈从文那里,"乡土"也是作为"中国形象的隐喻存在"。而到了《马桥词典》,"乡村'马桥'第一次不再必然是'中国'的象征。它是特殊,是个别,是全球资本权力和国家权力之外的一块'飞地'"。结论是,《马桥词典》的叙述呈现了与《爸爸爸》叙事逻辑相反的逃逸过程:从"隐喻"中逃逸。

自从杰姆逊第三世界国家文本的"民族寓言"性质的著名论断传入中国之后,它既打开

---

① "亲情"一次来自作家本人。《爸爸爸》第一章末尾,1985年版:"丙崽娘笑了,眼小脖子粗。对于她来说,这种关起门来的模仿,是一种谁也无权夺去的享受。"2008年版:"丙崽娘笑了,笑得眼小脖子粗。对于她来说,这种关起门来的对话,是一种谁也无权夺去的亲情享受。"

② 分别是《韩少功的感性视域》和《韩少功的理性范畴》,见廖述务编:《韩少功研究资料》。

③ 《韩少功的理性范畴》。另外,寓言分析,也是刘再复(《论丙崽》)、李振声(《韩少功笔下的"非常人"》,《文艺研究》,1989年第1期)的基本分析方式。

④ 例外的是李庆西。参见《他在寻找什么?——关于韩少功的论文提纲》,《小说评论》,1987年第1期。

⑤ 程光炜:《文学讲稿:"八十年代"作为方法》,北京大学出版社,2009年版,第354页。

⑥ 季亚娅:《"心身之学":韩少功和他的九十年代》(1988—2002),北京大学图书馆学位论文文库。

人们的眼界,成为批评的"福音",也转化为禁锢,成为难以驱除的"梦魇"。他所说的"寓言",有时候仅被从"文类"意义理解,而最让人郁闷的是,中国现代众多叙事文本,便在若干"寓言""隐喻"模式下站队;20世纪中国有关"乡土"的书写,不是属于"国民性批判"系列,就是属于"文化守成主义"模式。季亚娅认为,"马桥"的意义,就是"它是'特殊',是'个别'";它因此构成对《爸爸爸》的反向逃逸。其实,"逃逸"与否不仅由文本自身决定,也受到阅读状况的制约。因此,"逃逸"并不一定就成功。那种竭力删削事物具体性、丰富性的"寓言"阅读方式,如果还是作为"定律"控制着我们,那么"马桥"很快就会成为"国民性批判""文化守成主义"之外的,名为"个别""特殊"的"第三种隐喻";人们对其价值高度肯定的"方言",很快就会成为全球化的"普通话"。

回过头来,我们来看加藤三由纪的解读。在谈她的感受之前,加藤介绍了一些日本批评家对《爸爸爸》的看法。近藤直子认为,"人类是组织群体而生存,这种生存方式里潜藏着残酷性,为了超越这一人类宿命,人类苦苦挣扎努力奋斗,反而却加深黑暗。如此痛苦的记忆,不只是中国的而是我们共同的"①。这当是"努力理解社会文化语境的差异",又超越差异以"共享普遍意义的人类经验"的阅读方式。加藤也把丙崽等同于阿Q,但她这种连接出人意料。她说,他们都是"集体"中的异类,当"一个集体面临危机就把异类奉献给外面世界或排除到集体之外"。对于这些因面临危机所"造出"并加以"歧视"的"异类",加藤却给予同情,对他们怀有好感。在细致列举了丙崽在什么样的情境下叫"爸爸"的九个细节之后(她采用的是1985年版),她写道:

> 丙崽活得非常艰苦,走路调头都很费力。但他喜欢到门外跟陌生人打招呼,向外界表示友好和亲切,他这个角色使我感到钦佩。②

这让我想到韩少功2004年访谈说到丙崽"原型"的那段话:"我在乡下时,有一个邻居的孩子就叫丙崽,我只是把他的形象搬到虚构的背景,但他的一些细节和行为逻辑又来自写实。我对他有一种复杂的态度,觉得可叹又可怜。他在村子里是一个永远受人欺辱受人蔑视的孩子,使我一想起就感到同情和绝望。我没有让他去死,可能是出于我的同情,也可能是出于我的绝望。我不知道类似的人类悲剧会不会有结束的一天,不知道丙崽是不是我们永远要背负的一个劫数。"又说,他的不死是很自然的,"他是我们需要时时面对的东西"。

我想,这就是加藤说的新版本里的"21世纪的眼光"。

这里,加藤三由纪有和韩少功感受相通的地方。当然,也不是说这就是对《爸爸爸》的唯一或全部解释。不过,这种感受,比起从里面发掘"民族""国民性""现代/传统"等隐喻、象征来,也不见得一定就浅薄,就缺乏"深度"和价值,就缺乏撼人心魂的力量。对这个侧面的强调,理由在于,他们都明白人离不开政治、经济,但也不愿意人成为政治、经济的符号,消失在这些符号的后面,"被'历史'视而不见"。③

---

① 〔日〕近藤直子:《韩少功的中篇小说〈爸爸爸〉》,日本《中国语》,1986年5月。转引自加藤三由纪论文。

② 加藤三由纪在来信中,进一步说明她这样的感受的由来,我把信的摘录附在这篇文章的后面。另外,她说,日本研究中国当代文学的学者有这样感受的,并不只是她一个。田井みす《韩少功〈爸爸爸〉》(《日本中国当代文学研究会会报》第23号,2009年),也表达了这样的意思。

③ 韩少功:《熟悉的陌生人》,《阅读的年轮》,九州出版社,2004年版。

附：加藤三由纪来信（摘录）

……1998年我翻译过《爸爸爸》。从校对版本开始，一句一句地翻译，有什么不懂的地方就向韩少功先生请教，当时还没有电子邮件，连发传真也不那么方便，我给他写信，他马上就给我回信，来往几次。

翻译就是细读的过程，也是转换语境的过程。丙崽的"爸爸"和"妈妈"并不是阴阳两卦，鸡头寨的山民才是把这两句解释为阴阳两卦的，而且解释权是鸡头寨的有"话份"的人在握。叙述人讲得很清楚。小说开头就说，丙崽"摇摇晃晃地四处访问，见人不分男女老幼，亲切地喊一声'爸爸'"，他也喜欢到外面走走，他这位异形者显然对外界很友好的，我也就对他感到亲切。因为这篇小说世界很抽象（神话式），所以读起来比较容易离开"中国的特定的地点和时间"（这种感受本身可能有问题的吧？），可以把小说世界拉近自己的语境来感受。再加上翻译过程中小说世界好像获得更高层次的普遍性似的，容易引起我个人的种种记忆。

我小时候邻居有个小女孩，她四肢瘫痪，不能说话，也不能站起来，到外面去总得要坐轮椅，当时我对她很刻薄，几乎不理她，她却每次见到我就很友好地挥挥手。她幸而有机会受教育，用各种方法和各种机器（工具？）表现自己，喜欢作诗。

1987年或1988年我第一次看《爸爸爸》的时候，没有想起她，但对丙崽和丙崽妈妈很同情，同时，对于他们的生命力很受感动。1998年翻译时忽然想起她，很怀念，也很惭愧我对她的刻薄。今年，我带着一个男生。因病视力弱、视角狭窄，他只有15分钟的短期记忆。他怎么能上大学呢，因为他母亲全心全意支援他，每天回家帮他复习功课，他长期记忆力很好，把短期记忆换成长期记忆，可以作复杂的思考。他现在很喜欢学习汉语，上学期得了一百分。准备发言稿（指加藤为研讨会准备论文）时，我很可能把这位很了不起的同学投射在丙崽身上……

再说，我作为一个外国人，不能拿《爸爸爸》解释为中国传统的劣根，如果这么解释，我读这篇小说有什么意义？一个外国人批评中国"劣根"有什么意义？

2012 年 8 月 7 日，立秋

（载《中国现代文学研究丛刊》，2012 年第 12 期）

记忆的抗议

南　帆

　　这更像记忆,而非历史———韩少功的《日夜书》又一次驱使我考虑二者的差别。记忆显示了更多的个人风格,包括记忆的保存和剪辑;相对地说,历史的叙述遵循谨严的程序和逻辑,诸多段落依据某种内在的链条编织为一个有机整体。由于文学依附历史的悠久传统,"虚构"的特权并没有打消许多作家再现历史的雄心。保持史诗式的开阔视野,勾画完整的历史事件,故事情节大开大阖,人物命运与历史的运行此呼彼应———这是文学追随历史叙事的通常策略。《日夜书》放弃这些策略而更多地倾向于记忆形式。片断,纷杂零散,联想式的跳跃,突如其来的沉思,与理论假想敌辩论,这一切无不显示为记忆的表征。

　　尽管文学批评热衷于引用"历史"一词褒奖文学,但是必须承认,文学擅长处理的是记忆。记忆卸下了宏大叙事而栖息于独异的个人风格。当然,《日夜书》回避历史的再现或许别有隐情———文学似乎陷入一个历史的不明地带。在许多人心目中,20世纪下半叶的知青运动意义阙如,这个异质的段落无法与现今的历史叙事熨帖地相互衔接———即使对于作为当事人的知青:"他们一口咬定自己只有悔恨,一不留神却又偷偷自豪;或情不自禁地抖一抖自豪,稍加思索却又痛加悔恨。"无论是资深的革命功臣还是20世纪下半叶复出的知识分子,他们的前仆后继以及种种痛苦、反抗无不遗留下内涵明确的历史回音。现今的历史叙事清晰地认定了他们的是非功过。相形之下,知青运动的历史评价暧昧模糊。尽管《日夜书》之中的陶小布或者马涛终于脱胎换骨,跻身于不同类型的社会精英之列,但是郭又军的命运显然是大多数知青的缩影。当学位证书、资本和权贵势力逐一瓜分了社会空间之后,众多的郭又军们成为一个尴尬的存在。他们的青春年华没有为后半生提供足够的生活积累。抛到社会的边缘,落落寡合,失业和病痛的折磨,这是多数知青的境遇。时至如今,历史叙事尚且不清楚如何妥善地安顿这一代人。

　　尽管查阅不到正式的文本,当年的舆论对于下乡插队的初衷存在两种倾向相异的表述:第一,接受贫下中农的再教育,下乡插队有助于驱除城市和学校灌输的资产阶级文化;第二,奔赴广阔天地,城市和学校输送的文化知识将在乡村赢得广泛的用武之地。虽然两种表述不无矛盾,但是没有哪一种初衷真正获得了乡村生活的认可。《日夜书》之中的知青很快发现,从梁队长、吴天保、杨场长到众多采茶的农妇,多数农民并未表现出可供效仿的高尚道德情操。另一方面,知青拥有的文化知识以及种种时髦的政治兴趣———譬如,伟大领袖的"重上井冈山"意味着什么,或者第三国际的教训在哪里———与乡村的环境格格不入。双重打击制造了莫大的失望,多数知青迅速丧失了最初的激情。"操一口外地腔的,步态富有弹性的,领口缀有小花边但一脸晒得最黑的,或脚穿白球鞋但身上棉袄最破的,肯定就是知青崽了。"遭受城市的抛弃,同时又不想混迹于鄙俗的农民———这种知青形象混杂了颓废、

不甘和悲愤之情。当初,陶小布主动放弃驻守城市的机会下乡插队;数年之后,他不得不开始谋划装病返城。显然,生计的窘迫仅仅是次要原因,无所作为是知青的最大苦恼。

从世界观改造、乡村建设到就业问题的解决,下乡插队乏善可陈。这些大约是社会中止这一场运动的主要原因。有趣的是,文学首先从这一场运动的残烬之中察觉到某种余温。如果说,20世纪70年代末的"伤痕文学"通常将下乡插队叙述为可悲的境遇,那么80年代的"知青文学"出现了一个令人惊讶的转向:土地和农民开始作为一种暖人的意象重返文学。当然,必须承认"知青文学"的全部复杂性。没有哪一个作家主张重启这一场社会运动,他们的文学怀念叙述的是某种隐秘的情感收获。"知青文学"不再将土地和农民设计为异己的对立因素,相反,作家开始设身处地地体察农民的疾苦,包括同情地接受农民的各种猥琐、小气、吝啬和粗鄙。显然,这种情感收获无法简明地转换为某种堂皇的口号;我宁可认为,这种情感收获的意义之一恰恰是——抵制各种华而不实的口号。

《日夜书》曾经描述了一批知青"栏杆拍遍"和"拔剑四顾"的英雄情怀:关注东南亚革命形势,考察北约和华约的隐患,充当格瓦拉与甘地的崇拜者,研究可能发生的街垒战斗,某些朋友已经打入革命委员会,另一些朋友正在进入新闻界和哲学界,某某部队看来很有希望,他们想象可以凭借一首《国际歌》在世界的任何一个角落找到同志,彼此相见的时候行礼如仪:一个人举起右拳:"消灭法西斯!"另一些人举起右拳回应:"自由属于人民!"如果说,"文化大革命"点燃的政治激情主宰了知青的早期想象,那么对乡村生活的逐渐熟悉意味着衡量出这种政治激情与农民疾苦之间的距离。相对于黯淡的乡村景象,如此书生意气近乎笑料。没有口号的青春是乏味的,只有口号的青春是幼稚的。对于多数知青说来,历史无法提供二者之间的平衡。可以预料,炽烈的政治激情受挫之后,冰冷的虚无主义尾随而至。二者的共同形式是夸张。时过境迁,当知青出身的作家启用文学形式抚今追昔的时候,农民的质朴言辞以及田野之中的辛苦劳作构成了无声的反衬。现今看来"知青文学"开始了一个转折:放弃"文艺腔"的人生姿态,正视农民形象隐含的饮食起居或者人情世故。作为生活内容的基本承担,这一切缓缓地从种种漂亮的辞藻背后浮现出来。

通常,文学是记忆的整理、挖掘、调集和补充。什么力量开启了记忆的闸门?许多场合,对现状的不满往往隐秘地转换为回忆的动力。韩少功的《日夜书》显然是一个例证。"多少年后,大甲在我家落下手机,却把我家的电视遥控器揣走,使我相信人的性格几乎同指纹一样难以改变。当年我与他同居一室……"《日夜书》的第一句话已经确立了"不满""记忆"相互转换的内在结构。不过,相对于白马湖茶场的岁月,现在还有什么可抱怨的?物质如此丰盛,各种话语体系竞相粉墨登场,形形色色的人生志向正在展示无限的可能……尽管如此,叙述者陶小布——当然相当程度地代表了韩少功——仍然时常感到了不适。小说的后半部分愈来愈清晰地显示,作家的批判锋芒凝聚于当代文化的一个突出的表征:虚伪。《日夜书》之中冒出一个漫画式的人物陆学文。除了逢迎拍马,编织人事关系网络,此公几乎一无所长。然而,这种人物进入仕途左右逢源。作为他的上司兼对手,陶小布几度铩羽而归。当浮夸、恭维和利益交换成为普遍的文化生态之后,坦率和正直就会成为硌人的异类性格。

但是《日夜书》所涉及的虚伪远远不限于职场或者客厅的口是心非,而是痛感人生舞台的许多表演与日常生活的中轴线相距太远。从浮夸的革命口号、义正词严的民间思想家到年轻一代风格矫饰的颓废,不实之感始终如影随形地存在。何谓"日常生活的中轴线"?知青生活的历练肯定有助于认识的形成。很难证明那些革命口号或者乖戾的行为多么悖谬,然

而,对于土地和农民来说,这一切无非是某种遥远的传说。现今,当房地产动态、金融精英、高科技前沿或者明星绯闻占据了大众传媒的大部分版面时,当代文化还能腾出多少兴趣眷顾那些仍然依赖土地解决温饱的农民? 令人欣慰的是,此刻的知青记忆往往不合时宜地出动,某种程度地抵制时尚的覆盖。拥有知青记忆的人倾向于认为,干旱煎熬之后的丰收喜庆与一场足球赛获胜的激动眼泪不可同日而语;解决青黄不接时的饥肠辘辘与教授们国际学术会议上种种社会制度的争论不可同日而语。尽管最为时髦的那一部分当代文化无视如此"低级"的诉求,但是知青记忆顽强地证明这些诉求的真实存在。

这个意义上,马涛的形象远比陆学文耐人寻味。经历了种种磨难和成功,马涛十分熟悉这个时代的文化秘密。他的自私之所以具有更为"高级"的形式,理论术语的娴熟包装产生了巨大的效用。从内地的监狱到美国的大学讲坛,"民间思想家"逐渐成为他的护身符和获益资本。叛逆者形象始终掩护着他抛弃女儿和母亲,并且巧妙地从感情上勒索妹妹、情人和周围的朋友。马涛自美国返回探亲,一方面声色俱厉地训斥周边的庸俗,另一方面心照不宣地慷慨消费中国官员——他理所当然地想象支付的是公款。郭又军无望地自缢于狭小的卫生间时,他正兴致勃勃地在太平洋彼岸与美国教授切磋理论问题。相对于马涛的各种头衔,郭又军的确微不足道。但是《日夜书》的感情天平无疑倾向于后者。陶小布不仅始终感念郭又军的真诚,而且将他的琐碎、懦弱和没有出息逐渐凝定为难以忘怀的片断。相反,马涛逐渐在陶小布心目中丧失了魅力。所谓的"民间"业已沦为马涛自我塑造的一个徒有其表的修辞。陶小布清晰地察觉到马涛身上庸俗的市侩哲学,尽管他貌似远离郭又军这些庸众。陶小布之所以对各种理论表演存在精神抗体,知青的记忆功不可没。显而易见,他的思想再也不可能甩下土地、农民这些平凡无奇同时又分量庞大的生活景象而轻松地飞翔。

因此,可以明显地察觉到韩少功对于当代文化轻佻风格的厌恶。这种风格是虚伪的根源。然而,《日夜书》似乎没有花费多少精力追溯这种轻佻风格的来源。革命大口号的遗风? 左派幼稚病的征兆? 市场与生俱来的投机与哗众取宠? 后现代过度的理论游戏不可遏制地繁殖出各种理论家本人也不相信的论点? 韩少功并未企图解释,理论为什么甩下了日常景象而独自遨游。他始终抱有浓厚的理论兴趣。《日夜书》的某些片断直接介入了理论漩涡——例如,"泄点"与"醉点"力图与现今流行的性话语对话,还有生与死的独白。《日夜书》避开了韶华易逝、早生华发之类老调,直接谈论"生与死"。"你将回到父亲和母亲那里,回到祖父母和外祖父母那里,回到已故的所有亲人那里,与他们团聚,不再分离。你是不是有一种归家的欢欣?"这是理性对于死亡的无畏逼视。的确,生亦何欢,死亦何惧? 然而,某种程度上,这或许可以视为理论对于生命的僭越。上帝将对死亡的恐惧植入动物的基因,这是生命自我保护机制的重要组成部分。许多不惧死亡因而无视危害的物种大约业已湮灭多时。然而,现今的人类理性轻易地识破了上帝的伎俩——那些有识之士不再因为物种保存的责任而忍受死亡恐惧的折磨,犹如避孕技术盗出了性快感而卸下了生殖的重任。这种状况通常被视为理性精神对于肉体之躯的超越。然而,我想指出的是,这种超越同时开启了理论的自我繁殖逻辑。

多数理论发源于人们遭遇的问题或者困惑。电闪雷鸣之后为什么下雨? 水温不断地升高为什么形成蒸汽? 苹果为什么会从树枝上落下来? 如此等等。但是当理论拥有足够的积累之后,隐藏在概念与命题内部的思辨引擎开始启动。这时诱发理论的初始动因逐渐退隐,支持理论持续飞翔的动力可能是智慧、学识、争辩的激情、学科逻辑、荣誉或者道德使命;理

论与现实之间的联系逐渐模糊,术语、公式、特殊的知识背景构成了愈来愈强烈的专业风格。或许很难简单地评估,这是理论的飞跃,还是理论的空转?可悲的是,土地和农民时常在这个阶段成为理论的累赘遭到抛弃。

作为理论的局外人,韩少功没有义务循规蹈矩地恪守理论的演变路线。《日夜书》仅仅在理论轨道上稍作滑行,人情世故的记忆就会及时地截断理论逻辑的延伸。企图在《日夜书》之中找到知青运动历史评价的读者可能很快被马楠与陶小布相爱的动人段落夺走视线。一对情侣如何涉过苦难远比枯燥的论断吸引人。相同的理由,《日夜书》不再复述当年的马涛提出何种惊世骇俗的观点,重要的是告密、跟踪、报警、出逃等种种惊险情节以及随之而来的情感周折。这再度表明,知青运动的理论遗产微不足道,真正存留的是那一片土地带来的情感成熟。不过,这种情感时常出其不意地遭受当代文化轻佻风格的嘲弄。贺亦民是《日夜书》之中一个特殊角色。作为一个街头窃贼出身的技术怪杰,一个敢恨敢骂的爱国主义者,他与陶小布相识于白马湖茶场,并且始终意气相投。然而,这种人最终只能被这个充满了外语单词、学位头衔、行政职务、名目繁多的奖金和各种管理条例的社会吞噬。"我久久说不出话来。我一次次面对他手机、座机、博客、微博、电子信箱里的缄默或空白说不出话来。"无语即是一种抗议——知青记忆酿成的抗议。当然,这时的记忆不再仅仅属于过去。

(载《南方文坛》,2013年第6期)

掘开知青经验的冻土

——评韩少功的长篇小说新作《日夜书》

刘复生

　　知青一代人曾经创造了自己的文学辉煌，从 20 世纪 70 年代末到 20 世纪 90 年代中期，以"伤痕""反思"文学思潮为发端，知青文学以创伤性的生命经验和在场式证明，进行了对旧时代的批判和面向"现代"的新启蒙；继而，又以"寻根"的超越姿态，将"上山下乡"的经历拓展、升华到民族文化的高度。在市场时代，知青文学又将革命时代的"悲壮青春"转化为人生成功的起源神话和"劫后辉煌"的光荣履历，从而完成了又一轮历史主体性的合法化论证。知青文学经过对原初的知青记忆或群体经验的层层筛选和过滤，逐渐被知青精英所垄断和改写，他们以全体知青之名完成了对知青生活的命名。与此同时，知青文学以及由它所塑造的知青生活想象不断地被主流化。与新兴的主流意识形态联手，知青作家们以美学和历史的唯一合法讲叙者的主体身份，通过对民间记忆的不断排斥、整合与收编(如各种"沙龙"或地下创作，非知青作家的知青书写)，创造出一种关于知青的记忆以及以知青为中心的关于当代史的超级记忆，直到他们自己创造的知青记忆被全社会，包括他们自己信以为真，成为唯一的关于历史的解释。在此过程中，知青记忆自身的丰富性以及知青一代最初的反抗性或批判性能量也逐渐窄化，改造历史的创造性能量也慢慢耗尽。而这也是知青文学迅速模式化，并在 20 世纪 90 年代中后期急剧衰落的原因。

　　但是从另一方面来看，知青的经验其实远没有被真正广泛、深入地全面检视，其中所蕴含的矿藏也并没有得到耐心细致的开掘。知青的经验作为中国历史的独特产物，既是不可多得的结晶，也是创造新历史的可贵源泉。但遗憾的是，总体而言，知青作家并没有创造出与这份沉重的历史遗产相称的文学。不可否认，知青文学在 20 世纪 80 年代曾经起到了巨大的历史能动作用，产生了非凡的冲破旧体制的思想与美学能量。但是在 20 世纪 90 年代中期以来的历史中，一般意义上的知青文学或知青话语已经蜕变为覆盖在知青经验之上的厚厚的冻土层，成为阻止人们，也包括曾创造了它的知青作家们进入历史的障碍。而最大的问题在于，众多知青作家们根本没有意识到这种障碍的存在。

　　韩少功显然发现了这种障碍。事实上，在这个时代，知青经验的历史能量并未耗尽，相反，它隐含的秘密在当下的历史中又重新具有了新的意义。只不过，这种被知青文学的话语魔咒锁住的宝藏要在解码后才能重新打开。《日夜书》就是一部解码之书。韩少功的《日夜书》开启了一个重新记忆的旅程。这是一个双向的辩证过程，一方面，它要疏离于甚至对抗逐渐庸俗化了的、权力化了的知青记忆——它由既往的知青文学(包括回忆录、访谈、口述史、纪录片等)建构起来，重新唤醒被这个超级记忆所遮蔽的个体记忆，拂掉年深日久的灰尘，恢复其生动性和切身性；同时，逃离记忆的黑洞，重新选择那些被刻意遗忘的差异性内

容。另一方面,这种新的记忆带领我们重新返回当下的现实。因为所谓现实其实已经是被原来的集体记忆所塑造的现实,携带着另类的记忆,以此为批判性的新支点,韩少功得以用新的视野观照当下现实。在这个意义上,《日夜书》作为知青写作是一次反知青写作,包括反抗作者自己曾经创作过的知青小说。

记忆从来都不是自然的生理过程,它往往是权力运作的结果,同时也是自觉的文化实践。另外,记忆本身就是遗忘,就是一种记忆反对另一种记忆。这是记忆的辩证法。从这个意义上说,对于知青生活的记忆从一开始就是一场遗忘与反遗忘的斗争。早期的知青文学正是以反遗忘的名义,以个人化的诉苦、悲悼与忏悔,达成了它最初的解放功能。但与此同时,它也建构了一种关于知青的历史形象和集体话语。强迫性的选择性记忆使整个记忆运动变成了以个人名义进行的集体情感抒发仪式和观念实践。于是,知青记忆慢慢地蜕化为一种主流常识、一种公共化的意识形态、一种抽象的政治结论。关于知青的记忆与新型的社会体制合流,被各种新型的意识形态叙述所征用。与此同时,那些主导知青记忆的知青精英们,作为记忆主体,已经成为分享新型社会权力的社会精英,于是,维护定型化的知青记忆已经转化为现实秩序合法性的潜在基础。这导致了知青记忆的板结化。对此,对其进行外部批判并不能有效地完成意识形态批判的任务,因为它们可能暗中分享了其共同的意识形态前提——20世纪90年代中期,更年轻的一代作家故意解构知青神话,意义其实有限,因为他们并没有能够深入到知青记忆的内里。而只有拯救或重构知青记忆,才能真正瓦解陈旧的意识形态化的知青话语。

新的记忆之门必须被重新打开,它不仅意味着重新深入到知青生活的最初情境中,去复活那些被意识形态抽象化的具体的鲜活记忆,同时意味着重新建造进入记忆的另外的门户和门后的路径。这必须是对记忆的重构或者说重新组织,它既需要发现新的记忆内容,还需要打碎旧的记忆逻辑和记忆模式,挣脱既定的意识形态叙事的征用,让旧的记忆内容闪现新的光泽,显露新的意义。因而记忆并不是恢复过去,也不是简单地、无约束地重构过去,而是一个批判性的生产过程,为了使记忆摆脱各种复杂的权力关系的纠缠,记忆在某种程度上的碎片化是有效的策略。而这也正是《日夜书》的一个表面特征,它没有一以贯之的情节线索,更多地具有串珠式的结构形态。

《日夜书》从各种意识形态的叙述下面解放出来,呈现了以前的知青文学所不曾呈现的知青生活场景、事件,以及"奇特"的各色知青人物。摆脱既往固定化的意识形态的压制,知青生活的复杂面相显露出来,它的多样性和含混性无法被某种主流的意识形态所收纳、化约和解释。知青生活重新被"还原"为一个个活生生、具体化的情境与细节。生活本身的暧昧性和质感显现出来,饥饿感、痛感、"看秋"的孤独感已与旧有的知青叙述中的社会性迫害模式脱钩。既往在社会意义框架中理解的知青人物显示出各不相同的,不似以往知青形象的个体性特征,或许,旧有的知青叙述过分强调了知青经历对人物性格的塑造作用——显然,这是"伤痕文学""反思"小说控诉政治、社会迫害的内在需要。《日夜书》中,知青的群体社会性特征淡化了,所谓知青生活只不过是人们生活的具体情境罢了(其中不只包括一般意义上的知青,还包括当地的农民及干部),尽管知青生活对青年人有着巨大的影响,但它毕竟只是影响人格的部分因素,甚至都不能说是很重要的因素。既往被表述为一个整体的知青生活,那种具有某种内在本质的知青经验,即负载了特定社会政治意涵的知青想象瓦解了。小说以对知青生活的复调性叙述代替了单声的叙述,在重新回忆中,它内部复杂的多元性

和矛盾性、多重的张力出现了。如果我们进行一点知青文学的互文式联想的话，不难发现，整部小说的回忆叙述暗含着一种对旧有知青记忆机制的反讽意味。在某种意义上，呈现丰富性和差异性本身不可避免地就带有对知青叙述的批判性审视。

既往的知青文学一般总是具有悲剧性或荒诞性的调子，常见压抑性的灰暗，间或夸张的崇高。《日夜书》不再为一种主导性的情绪和叙述风格所宰制，力求呈现知青生活的多色调和丰富性。

但是知青生活的多样性、丰富性和矛盾性却被知青群体自己所遗忘，并日渐被偏执地窄化。其实，知青经验只是表象，从根本的意义上说，无论是红卫兵、知青，还是革命的挑战者，他们都是不折不扣的革命之子。知青群体为红色革命所催生，而后又逐渐将革命的激情导向革命自身。在那个特定的历史年代，在从压抑性的旧的革命体制脱身而出时，他们恰恰以否定性的方式真正延续了革命的精神，并在此过程中迸发出巨大的生命潜能，这才是所谓知青群体作为一代人更为本质的方面。只有明白了这一点，我们才能真正理解不起眼的贺亦民、姚大甲、安燕等人为何具有那么大的经折腾的生命能量和不可思议的创造力。同样，我们才能明白知青中的精英们在乡下何以进行自我启蒙。正如《日夜书》中所讲述的，他们读书、思考，身居乡土却关心世界，并以少年人的意气互相标榜、斗气，乐此不疲，在此过程中，他们以求异的姿态挑战着平庸的现实生活，在思想的领域里寻找着理想生活，马涛等人的"反革命集团"事件只不过是这种不安分的极端表现罢了。然而，他们在真诚地追求个体自由、否定旧有的革命秩序时，恰恰忽略了他们是在继续革命。在随后的开放年代，知青一代的革命性和批判性能量很快耗尽，在一种虚假的自我意识中，在对所谓现代目标的坚持中，他们的精英分子落入了历史的狡计预备的陷阱。

在某种意义上，马涛、贺亦民、安燕等人以不乏悲喜剧的方式保持了所谓知青的本色，马涛更是一如既往地停留在天真状态中，他的悲剧在于，他那些政治姿态在既经改变的历史中已经变味了，他仍然以一种自命不凡的骄傲支撑着，不过，尽管偏执，尽管显得可笑，他自己倒是一以贯之。正如他所说：

> "我真的不在乎监狱，不在乎死。唤醒这个国家是我活下去的唯一意义。你们不知道，我病得一头栽在地上时也没灰过心，哪怕吃饭时嚼砂子吞蛆虫也没灰过心，哪怕被五花大绑拉到刑场上陪斩也决不灰心。我被他们的耳光抽得嘴里流血，被他们的皮鞋踩得骨头作响，但我一直在咬紧牙关提醒自己，要忍住，要忍住，要忍住。我就是盼望这一天，就是相信有这一天……"
>
> 他哽咽了一下，蹲下去捧住头呜呜地哭了。

由于没能对自己的知青经验作充分的反省，知青精英们逐渐走向了他们渴望扮演的历史角色的反面，而知青经验自身所蕴藏的巨大的创造历史的能量和多重可能性却被不知不觉地浪费掉了。

马涛们的这种自我意识或自我幻觉往往使他们习惯于自我英雄化，滋生出一种对历史和社会的索债心态。这导致了他们的自私性和狭隘性，这种封闭性鲜明地体现在他们自我封闭、拒绝倾听上，永远像才女蔡海伦一样自说自话，不断重复，从来不关心别人在想什么，即使是母亲。

对马涛们来说,知青生活的苦难——它来自体制性的迫害,保证了他们本身的正当性和崇高性,仿佛是一张累计利息的有价证券或欠条,给了他们向历史、社会索取债务的权力,更何况还有坐牢这样的神圣履历。即使普通的知青也分享了这种身份意识,在重返插队农村的旅游中,不是大家都认为有权利吃饭不付账吗?

这种自我中心使知青这一代人显现出某种青春性格固化的精神病特征。马涛表现出了让人难以容忍的自私编狭,从不体谅他人。如果说社会、历史伤害了他们,就是让他们形成了这种性格和自我意识,那么直接来源于对知青生活的选择性记忆,未经充分反思的知青经验被马涛们滥用和挥霍了。这才是真正的人生悲剧。此种心智结构一旦固化再难改变,马涛在国外的尴尬处境非但没能让他有所改变,反而使他更加偏执。这种青春期人格的固置造成了知青精英们无法处理与下一代的关系,因为他们自身还仍然停留在下一代的心智水平上,马涛的女儿笑月、安燕的女儿丹丹,基本上都属于问题少女,这不仅仅归罪于家庭教育的缺失或失败,更应归因于父母的不成熟状态。"我"(陶小布)在小说结尾遭受笑月的质问不仅仅是针对陶小布个人,更代表了来自下一代对知青一代的历史审判,这也可以视作是来自被知青葬送了现实与未来一代的审判。

> "你要我说人话?你和我那个爹,都是这个世界上的大骗子,几十年来你们可曾说过什么人话?又是自由,又是道德,又是科学和艺术,多好听呵。你们这些家伙先下手为强,抢占了所有的位置,永远是高高在上,就像站在昆仑山上呼风唤雨,就像站在喜马拉雅山玩杂技,还一次次满脸笑容来关心下一代,让我们在你们的阴影里自惭形秽,没有活下去的理由。"

于是,我们发现,知青虐待了历史,因为他们总以为他们被历史所虐待。一个奇妙的辩证法出现了,正是在对政治专制等外在压抑的刻意、夸张的反抗中,知青们使他们努力反抗的权力成为建构自我的内在构成部分,在施虐与受虐的关系中,对抗的激情转化为快感,一种对历史撒娇的姿态由此产生。马涛等启蒙一代一直生活在表演中,一直和权力默契地玩着虐待与受虐的游戏,它甚至在肉体感觉比如性快感上打上了深深的烙印,安燕在性行为上的变态道出了他们与所谓政治暴力的真实关系。他们需要它,没有就要虚构出来。马涛从政治英雄到思想英雄的狂想,正代表了典型的启蒙心态,他所得的癌症更像是一种历史的绝症。叙述人对马涛是充满同情的,其中有对这一代人的同情,这是他们的原罪。

> 我突然有一点鼻酸……我庆幸自己能送上马涛一程,哪怕这一程永无终点和归期,哪怕这一秒延绵成万年。我真想悄悄伸出一只手,放在他的手上。我真想汽车来一个急转弯,于是自己不由自主地身体倾斜,能呼吸到他更多的气息——嗅到我的多年以前。

《日夜书》由此具有了对知青一代深刻的自我反省和批判,尽管未必是小说的重点所在,却给我以深刻印象。韩少功作为曾经参与过知青文学史的知青作家,对知青,也对知青文学史进行了质疑。知青文学具有一种普遍的索债和撒娇的心态,习惯于对自己的历史形象进行自我美化,喜欢推诿历史责任,即使20世纪90年代以来个别知青题材的小说进行

了一些假模假式的抽象忏悔,对于权力化的知青进行了超然的外部揭露,也只是以另一种方式回避了最核心的问题。而韩少功以巨大的体谅看待包括自己在内的一代人,也对它进行了严苛的批判。事实上,他对自己一代人提出了更高的要求,知青一代人不应辜负了历史,枉历了一番丰富的苦难的馈赠与教诲。这是真正的自我批判,它没有站在道德制高点上对知青进行道德主义的审判,而是充满了犹疑,他更多地是以丰富复杂的现场化的、历史化的"生活本身"来呈现知青一代人的精神症状的来源,同时,他以关于知青的另类叙述粉碎了陈旧的压抑性的知青叙述,打开了重新理解现实的可能性空间。

人们总是太习惯把自己的堕落、随波逐流看作外在压力所致或受迫害的结果,很多知青总喜欢这么给自己辩解。相比之下,外号"秀鸭婆"的梁队长,或许因为不是知青吧,具有完全不同的心态,以巨大的道德力量承担起在世的责任。这是真正的伟大。不知道韩少功这一笔是不是信手的闲墨,《日夜书》采取了复调的叙述,打破了以往知青叙述单声的意识形态化叙事。为了写出知青生活内部的差异性和复杂性,韩少功必须找到一种具有充分张力和包容性的叙述方式。在小说中,叙事人穿越于回忆与现实之间,叙述与沉思相互交叉使叙事人不断跳离,而不是沉浸在记忆中,也使他避免过久地以某一个或几个人物组织整体性故事。叙事人不断地讲述互相没有直接联系、形态各异的故事,而这些看似零散的故事又由一个统一的叙事人串联起来。"我"并不总是一个故事角色,有时更像一个故事的见证者或转述人,尽管在某些段落中"我"是一个主要的人物,体现着重要的叙事功能,但从整部小说看起来,与其说"我"是一个故事中的主要角色,不如说更像一个见证者。通过这种方式,"我"保持着一个反思主体的冷静,不时脱身而出,进行颇为理性化的思辨与讨论。这种叙事策略既保持了叙述的整体性,又避免了总体化的压抑性结构,从而很好地保持了叙述空间内部的差异性和张力,也制造了反思性的间离效果。

韩少功自己的知青写作也经历过"伤痕"与"反思"等阶段,尽管他总是疏离于文学潮流,别有怀抱,却也与主流知青文学分享了一些共同的观念。但此后,他与意识形态化的知青叙述拉开了越来越大的距离。对于他们这一代来说,知青经验是一所炼狱,只有真正的穿越它才能获得心灵的解放,而这种解放只能靠知青自己。知青经验,如经过认真清理和反省,就能代表经过真正的现实人生的历练和消毒的理想主义,它既不同于那种抛弃理想、犬儒化的虚无主义,也不同于缺乏底层生活历练的简单化的理想主义。

只能真正消化了知青经验,才能获得眺望未来的新视野,知青记忆由是才能得到超度与升华。20世纪90年代以来,韩少功一直没有在真正意义上正面涉足知青题材,这或许也是他多年来想写而又不愿写、不敢写的领域。阅读这部小说,我似乎隐约感受到他在写作过程中所遭遇到的不停歇的、狂暴的内心风雨,飘摇不定的情感激荡,其中有一代人的沉重命运和一代人隐秘的内心路程。

《日夜书》是让人记住那些既经流逝又永远活在当下的日日夜夜吗?日夜书,不只是知青,每一代人都要进行这样的功课吧,或早或晚。

(载《文艺争鸣》,2013年第8期)

德性生存:韩少功新世纪创作的重要面向

廖述务

一

早在 1986 年,韩少功夫人在《诱惑》一书的跋中就提到,他们两口子最大的希望就是回到鸡鸣狗吠的乡土中去。回归乡土,意味着过一种与世无争、宁静平和的生活。彼时的乡土没有遭受城市的合围与挤压,也就相对纯粹自足。但到新世纪初《暗示》面世之时,境况已发生了根本性变化。这部小说中有大量篇幅涉及现代性进程中的乱"象"与谵妄之"言"。言象之辩成为揭示现代性病灶的便捷路径。相比《马桥词典》之乡土言说,《暗示》已将关注点集中到了现代城市生活的诸多病象。《暗示》成为韩少功进入新世纪创作的一个转折点,不仅仅因为前述之缘由,还在于它隐含了一个回归自然的梦。这个长篇底色是阴沉晦暗的,唯有"月光"一节充满温情与光亮。叙述者在这里甚至有了抒情意愿,"月光下的银色草坡,插着一个废犁头的草坡,将永远成为他的梦醒之地。月光下的池塘,收积着秋虫鸣叫的此起彼伏,将永远成为他的梦中之声"[1]。

在月光的蛊惑下,韩少功自然要急切地"扑入画框"[2]。因为融入山水的生活、经常流汗劳动的生活是最自由、清洁的生活。接近土地和五谷的生活,是最可靠、本真的生活。[3]显然,这并非一些评论家所谓的再"寻根"。在《文化寻根与文化苏醒》这一演讲中,韩少功就认为,从农村到城市,完成了知青作家的蜕变。寻根是从城市的视野反观曾经的农村,时空横亘其间。而《暗示》以来的德性生存则充满在地性,且以对城市生活的厌倦与逃离为前提。韩少功引海德格尔为同道。海氏就认为,"静观"只能产生较为可疑的知识,与土地为伍的"操劳"才是了解事物最恰当的方式,才能进入存在之谜。[4]在这个意义上,今天的"文化"更多的是纸面的能指符号,已经干枯失血,少有生命气息。总有一天,在工业化和商品化的大潮激荡之处,人们终究会猛醒过来,终究会明白绿遍天涯的大地仍是我们的生命之源,比任何东西都重要得多。那才是人类 culture 又一次伟大的复活。[5]

接近自然就是接近上帝,就是在拥抱纯粹与明净。这种德性生活具有很强的私人性,是韩少功自我道德完善的一种实践形式。或者,作为隐者的政治,在一种诗性规避中获得灵魂的安置。同代人的政治激情已经淡漠,时代大变。市场化潮流只是把知识迅速转换成利益,

---

① 韩少功:《暗示》,人民文学出版社,2008 年版,第 280 页。
② 韩少功:《山南水北》,人民文学出版社,2008 年版,第 1 页。
③ 韩少功:《山南水北》,人民文学出版社,2008 年版,第 3 页。
④ 韩少功:《山南水北》,人民文学出版社,2008 年版,第 33 页。
⑤ 韩少功:《山南水北》,人民文学出版社,2008 年版,第 57 页。

转换成好收入、大房子、美国绿卡，还有大家相忘于江湖后的日渐疏远，包括见面时的言不及义。成功人士圈子以外的事，即现代性进程中的诸多乱象，不能引起成功者哪怕一秒的面色沉重。问题是，沉重又能怎样，"及时的道德表情有利于心理护肤，但不会给世界增加或减少点什么"①。因此，韩少功选择逃离。这种诗性规避正是建构道德自我的重要前提。在《日夜书》中，陶小布曾这样劝谕马楠——"有人欺骗我们，我们不欺骗。有人侮辱我们，我们不侮辱。有人伤害我们，我们不伤害"②。这类否定词汇，恰恰是道德自我建构的一种基本预设，正合乎阿伦特对道德人的基本看法。在她看来，所谓"平庸的恶"源自于人的不能思想。而"思想"意味着"通过言词交谈"，是"我和自我之间无声的对话"。不能思想者，就是不能与"自我"良性相处的人。在极权时代，只有极少数人能成为"不参与者"。这些人会反思，"在已犯下某种罪行后，在何种程度上仍能够与自己和睦相处；而他们决定，什么都不做要好些，并非因为这样世界就会变得好些，而只是因为，只有在这种条件下他们才能继续与自己和睦相处"③。显然，这正是对苏格拉底（作为道德人的典范）式命题——"遭受不义比行不义要好"——的完美诠释。

阿伦特发现，在极权时代，那些受尊敬阶层出现了道德的全面崩溃。在那种境况下，反倒是那些珍惜价值并坚持道德规范和标准的人们是不可靠的。可靠的恰恰是那些怀疑者，因为他们习惯检审事物并且自己做出决定。④在20世纪90年代，"二张一韩"就曾被一些批评家认定为道德理想主义的代名词。这一评价对韩少功而言并不妥帖。理想主义最忌惮"怀疑者"的出现，后者的冷静、多疑总与道德激情格格不入。"二张"以笔为旗，发出灵魂之声，以坚决捍卫精神尊严，容不下任何犹疑与退却。而韩少功则有一种与自我质询相关的理性怀疑精神。在他这里，没有任何先天的立场可以为主体提供永恒的精神庇护。正因此，南帆认为，韩少功肯定什么远不如他的否定对象明晰。他也偶尔使用"圣战"这样的字眼，但这样的"'圣战'更多的是出击，而不是坚守"⑤。难怪张承志批评韩少功思想"灰色"，滥用宽容，恨不得在他屁股上踢上一脚从而让他冲到更前面一些。⑥

二

韩少功这种以诗性规避为前提的德性生存，需要内心自律与灵魂的强大，有点精神贵族的气息。但现世情怀又会阻断他躲入纯粹自我的精神空间——逃离与后撤不过是为了重新出发。在追寻个体道德完善的同时，他一直在触探时代脉搏，对芸芸众生抱持一种宽厚的德性关怀。也可以说，社会病变催逼他提出一种超越个体的底线伦理学，召唤一种普世救赎的德性生存。这主要体现为两个层面的努力。

首先，大力倡扬传统"礼俗社会"蕴含的德性因子。这是韩少功着墨最多的方面。《赶马的老三》中的何老三，在应对国少爷敲诈、庆呆子婚姻危机、皮道士讹钱等棘手事件时游刃

① 韩少功：《山南水北》，人民文学出版社，2008年版，第9页。
② 韩少功：《日夜书》，上海文艺出版社，2013年版，第143页。
③ 阿伦特：《责任与判断》，上海人民出版社，2011年版，第34—35页。
④ 阿伦特：《责任与判断》，上海人民出版社，2011年版，第35页。
⑤ 南帆：《诗意的中断》，见《敞开与囚禁》，山东教育出版社，1999年版，第239页。
⑥ 韩少功：《我与〈天涯〉》，《然后》，山东文艺出版社，2001年版。

有余。这些"事功"既是才智,也是德行。而另一些言行更侧重于展现他独特的生存伦理观。何老三一次对着土地公公撒了泡尿,不料几天后阴处开始生疔,痛得他满头大汗,呼天喊地好几天。自此以后,他的世界观发生变化,有点相信八字、风水以及报应,对非同一般的巨石和老树都比较恭敬。村里改建土地庙的时候,他还偷偷捐了一份钱,不觉得这与机器时代有什么抵触。参加何子善老娘的丧礼时,老三觉得唱夜歌好,不像城里人只是鞠个躬,献枝花,丧事太冷清,让后人没想头。《怒目金刚》中的吴玉和虽尖嘴猴腮苦瓜脸,但在同姓宗亲中辈分居高,一直享受着破格的尊荣。因驱赶偷吃庄稼的耕牛耽搁了开会,乡书记老邱于是污言秽语满天飞,尤其还"株连"了他母亲,这让他一辈子耿耿于怀,以致死不瞑目。老邱最终被其感化。吴玉和对自己的丧礼亦有独特要求,虽一切从简,但有些规矩不得马虎:儿孙晚辈一定要跪着守灵;白豆腐和白粉条一定要上丧席;香烛一定要买花桥镇刘家的;祭文一定要出自桃子湾彭先生的手笔;出殡的队伍一定要绕行以前的两个老屋旧址,以向熟悉的土地和各类生灵最后一别。

传统德性因子在当下乡土社会依旧微弱而顽强地延续着。乡村的道德监控往往来自人世彼岸:家中的牌位、路口的坟墓、不时传阅和续写的族谱,大大扩充了一个多元化的监控联盟。先人在一系列祭祀仪式中虽死犹生,是一种冥冥之中无处不在的威权。小说《白麂子》中李长子的一段话意味深长,"这科学好是好,就是不分忠奸善恶,这一条不好。以前有雷公当家,儿女们一听打雷,就还知道要给爹娘老子砍点肉吃,现在可好,戳了根什么避雷针,好多老家伙连肉都吃不上了"。俗谚"做人要对得起祖宗"有点近似于欧美人的"以上帝的名义……"欧美人传统的道德监控,更多来自上帝;中国人传统的道德监控,更多来自祖先和历史。各种乡间的祭祀仪规,不过是一些中国式的教堂礼拜,一种本土化的道德功课。①

敬鬼神、重祭祀有深厚的传统做支撑。慎终追远,方民德归厚。《礼记·中庸》云:"鬼神之为德盛矣乎,视之而弗见,听之而弗闻,体物而不可遗。使天下之人齐盟盛服以承祭祀,洋洋乎如在其上,如在其左右。"《礼记·礼运》云:"……故礼义者……所以养生送死,事鬼神之大端也……故圣人参与天地,并于鬼神,以治政也。"由是观之,儒家素有敬鬼神的传统。鬼神信仰通过祭祀以实现。《礼记》大部分内容都涉及丧事、祭仪。《论语·八佾》云:"祭如在,祭神如神在。"墨家鬼神观所包含的伦理意义尤其值得注意。墨子叹道:"今若使天下之人偕若信鬼神之能赏贤而罚暴也,则夫天下岂乱哉!"②在墨子这里,鬼神几乎就是道德神,而且有非常有效的道德约束功能,"……鬼神之所赏,无小必赏之;鬼神之所罚,无大必罚之"③。即便鬼神不存在,祭祀"犹可以合欢聚众,取亲于乡里"④。

其次,着力于发掘革命年代可能的德性资源。《第四十三页》就较多地在情感层面为那个年代辩护。虽然女乘务态度略显粗暴,但在把一堆果皮纸屑扫走以后,给阿贝拉上厚布窗帘,还摔来一条防寒棉毯。后来,乘务还取他的湿衣去锅炉间烘烤;车长专门过来给一位旅客测体温,并询问有哪位旅客掉了钱包。列车碰到灾民,为防更大洪峰,车长当即同意搭乘请求,大手一挥全都免票。尽管阿贝在车上被误认作"特务",遭受过"虐待",但在经历了车上一幕幕温情之后,他显然有点在情感上认同这一土得掉渣的群体。尤其是"跃入"现实之

---

① 韩少功:《山南水北》,人民文学出版社,2008年版,第79—80页。

② 墨子:《墨子·明鬼下》。

③ 墨子:《墨子·明鬼下》。

④ 墨子:《墨子·明鬼下》。

后连遭暗算与欺诈,更反衬出那个时代的单纯与高尚。让阿贝愤怒的是,那些因疏散乘客而牺牲的乘务员们的墓地,在"现实"中早就无人问津,一片荒芜。后革命年代对革命德性的遗忘在此显露无遗。《赶马的老三》表达了类似的诉求。何老三工作出色,村支部要犒劳。他红包不要,只求了一个心愿,就是去韶山看一下毛主席祖坟。他认为,虽然人们说过老人家一些坏话,但乡政府这次发还的茶园,还有其他田土山林,不都是老人家给穷人们争来的?这个恩德还不大上了天?

为革命德性张本,显然掺杂了韩少功自身复杂的情绪。他们那一代人将青春、汗水,甚至生命奉献给了那段激情燃烧的岁月。人们在告别革命的同时,往往轻易否定一切,包括曾经的奉献、奋斗与无私。《日夜书》中的一些知青,虽遭逢苦难,却从书中找到了灵魂的慰藉:"书是一个好东西,至少能通向一个另外的世界、更大的世界、更多欢乐依据的世界,足以补偿物质的匮乏。当一个人在历史中隐身遨游,在哲学中亲历探险,在乡村一盏油灯下为作家们笔下的冉·阿让或玛丝洛娃伤心流泪,他就有了充实感,有了更多价值的收益,如同一个穷人另有隐秘的金矿、隐秘的提款权、隐秘的财产保险单,不会过于心慌。"①无论曾经境况如何,只要过的是一种与知识/美德为伍的德性生活,就足以让一些亲历者耸然动容,追忆再三。除了求知,他们还将青春奉献给了大地。在韩少功眼中,艰辛的劳作,贴近本能的挣扎,虽苦心志、劳筋骨、饿体肤,但于一个人的精神成人来说分外重要。比如《日夜书》中的老场长吴天保虽文化有限,但他与泥土、肉欲相关的生命激情就给"我"深刻启发,促使"我"在星夜久久思索人生之意义。至于吴天保本人,则是粗鄙与美德诙谐性共存,有一种新道德人气象。②

三

召唤普世救赎的德性生存,显然以对当下生存状态的不满与批判为前提。《日夜书》中,无论官场、学界、商界,还是日常生活领域,均显露出了诸多病象,表征了文化德性的普遍丧失。在寻求建设性的道德资源时,韩少功不仅回归传统,而且还将革命德性当成了重要的话语来源。道德层面的这种历史可续性,有点近似于甘阳的"通三统",尽管后者在内容上意在维系中国历史文明之连续统。这种道德"通三统"在涉及革命德性时最有可能两头不讨好:"左"派认为他不够彻底,在道德层面兜圈子;偏自由主义者则认为他太"左",竟为那段不光鲜的历史曲意辩护。其实,韩少功的自我德性对意识形态有一定的免疫力。他看重的是人性质量,而非先验立场。《完美的假定》中言及的人格"理想"典型竟是两个在具体政治选择上南辕北辙的人:一个是激进的"左"派格瓦拉,一个是决绝的"右"派吉拉斯。立场的不同并不妨碍他们呈现出同一种血质,组成同一个族类,拥有同一个姓名:理想者。

尽管如此,仍有必要追问:在纷扰的当下,奢谈德性是不是有点"独善其身"?或者,德性生存对于社会进步又能有怎样的良性促动?

值得注意的是,《第四十三页》还为我们呈现了革命年代存在的一些问题。列车工作人员怀疑阿贝是"特务",对其进行突袭搜查,期间还曾拳脚相向。阿贝认为他们没有搜查证,

① 韩少功:《日夜书》,上海文艺出版社,2013年版,第93页。
② 廖述务:《时代情绪的诗性书写——以韩少功〈日夜书〉为中心》,《创作与评论》,2013年第1期。

是对人权的粗暴侵犯，于是大叫要去法院控告他们，要媒体曝光他们。显然，此类反抗纯属徒劳。最后，在泥石流灾难面前，阿贝畏怯，选择跳车，回到了并不令人满意的"现实"。这样的结局似乎表明，我们只能苟且偷安，最多在德性生存中寻求一点点精神慰藉。不过，倾巢之下安有完卵。人类有些最基本的自然义务不受制度影响，在任何社会中都应履行，比如与廉耻相关的一些道德要求。但更多的与社会相关的义务则对制度有要求。何怀宏认为，原则上社会义务都是要求人们各安其分，各尽其职，但这"分"是不是安得得公正合理，又在很大程度上决定了个人的职责是否合理，是否能够顺利履行。因此，在这方面，社会制度的正义将优先于个人的道德义务。康德在《道德形而上学》中把权利论与德性论视为不可分割的两部分，并且优先讨论权利论。这无疑发人深省。①

在韩少功看来，确保制度正义的前提就是对权力进行有效约束。他提出管理量、支配度系数、危权量等概念，来阐述防范权力失控的可能性。社会主义与资本主义都有管理量激增以后如何制度性消化的难题。相对来说，越是发展快，越有增量消化之难。支配度系数则指当权人的个人权重。系数最高设为 1，是一种无制约状态。系数最低设为 0，是一种全制约和强制约的状态，当权者如同一台柜员机。于是可以得出一个公式：管理量×支配度系数=危险权力。邓小平新政有两个意义：一是推行法制，分解和降低当权者的支配度，尽可能把威权压缩成微权。第二是放开市场，减少、转让当权者的管理量，一定程度上实现"小政府、大社会"。这样，支配度降低了，管理量也压缩了，双管齐下，全社会的危权量自然减仓。那么德性生存在这里又能扮演怎样的角色？在考虑正义与德性生存之关系时，他更强调后者对前者的监督、促成作用。因而，前面的公式还可以扩展，加上一个新系数——道德。系数0 表示最高道德水准，可以完全化约危权量。系数 1 表示道德水准的中位值，既不化约也不放大。1以下的 0.1、0.2……则表示不同程度的良知善德，对权力形成了安全网和防火墙，有相应的制约力道。②社会精英更有可能涉及权力，在道德责任方面也应当有更多担当。③

将德性生存与权力制约统一起来，可防道德愿景沦为不切实际的乌托邦理想。不过，韩少功讨论更多的是制约权力的具体方案。对宏观体制的变革，他持相对消极的态度。这与认可体制先验的合法性无关，而与前述的怀疑论有关。比如《日夜书》中的马涛，在异域遭受不公正待遇时，其愤懑的言辞如同官方言论，着实让国外友人吃惊。民间思想家尚且陷入这一悖论，遑论一般人。因此，韩少功更愿意相信人性质量，而不是制度力量。道德通三统实以"人格优先于制度"为前提。问题是，在制度不义的前提下，造就的更多的是奴性人格，德性人格之塑造反倒难上加难。当然，这不过是诡异时代在思想层面的一个投影。相比其他思想者的执念，韩少功起码可以在怀疑论的前提下获得一种有关自我的德性满足，其他人可能一无所获。

（载《文艺争鸣》，2013 年 11 月号）

---

① 何怀宏：《一种普遍主义的底线伦理学》，《读书》，1997 年第 4 期。
② 相关内容来自笔者与韩少功的通信。
③ 韩少功：《重说道德》，《天涯》，2010 年第 6 期。

叙事结构下的潜在文本

——韩少功《日夜书》的深层意义

卓　今

虽然知青素材只是一个借口,但采用这样一个借口是要冒风险的。知青素材本身所具有的传奇性和极端性,似乎不必过多地考虑形式。但这样一来表现力问题也即诗学问题成为作家面临的难题,小说家要追求非故事的诗歌境界,在这里他将面临两种困境,一是艺术与生活两者之间界限的困境,二是知青题材广泛应用后所带来的平庸性和模式化的困境。韩少功的大部分作品在形式上是非常用心的,而且表现非常出色。它的以某种姿态(叙事)出现一定是内在的,逻辑一致的,并与其意识形态和作品主题是密切相关的。《马桥词典》的方言本质与词条形式形成完美的互动,《暗示》的言、意、象关系与文本本身存在着隐喻和暗示。《日夜书》在他的长篇小说中算起来是一部最像小说的小说,也是他的长篇小说里最不讲求叙事技巧的小说。但它的形式仍然是独特的,当知青题材变得越来越平庸越来越日常化后,我以为只有以某种独特的方式,才能看清那个时代的灵魂结构。韩少功似乎掌握着一台庞大的球磨机,他把思想立场、意识形态、创作手法、流派、主义、解构、后现代、黑色幽默等一股脑打烂揉碎,最后又变成好看的故事,不管什么类型的读者都能找到各自的最爱,甚至得到各种意见不同流派的赞赏。小说家为了影响和控制读者会使出各种技巧手段,其实也暗藏着一种心机,把批评家或者读者引向表层的社会道德意义以外的领域。在《日夜书》这部小说里,可以看出韩少功高难度系数的叙事本领,复调艺术作为表层结构,通过情感结构输出价值观和阐释各个时段的社会文化心理构成,真实作者、隐含作者[①]("第二自我")与读者互动,编码者与解码者身份置换,在这个庞大复杂的后经典叙事结构模式下,还隐藏着一个潜在的文本,作者曲折地表达出来的深层意蕴便隐藏于这个文本之中。我相信形式本身是有趣味的,关注形式并不是忽略思想内容和意识形态批评,恰恰相反,某种主题、价值观正好通过结构来呈现。

一、复调艺术及情感结构

复调本是一个音乐术语,巴赫金把它从音乐理论移植到文学理论。在文学理论中,复调是指小说结构上的一种特征,文学家在创作时并不一定套用这一理论,但客观上从艺术关照的角度形成这样一种视界。对于《日夜书》的解读,就叙事结构来说,复调艺术是一个显形

---

① 北京大学学者申丹将隐含作者做了一个简化的叙事交流图:作者(编码)—文本(产品)—读者(解码)。就编码而言,"隐含作者"就是处于某种创作状态、以某种方式写作的作者(即作者的"第二自我");就解码而言,"隐含作者"则是文本"隐含"的供读者推导的写作者的形象。

结构。巴赫金说,是俄国的社会形态影响了陀思妥耶夫斯基看问题的方式,形成了他的复调艺术。那么在《日夜书》里,是不是人物命运决定了这样一个叙事结构?复调理论具有极大的思想容量和极强的理论辐射力。韩少功在社会科学诸多领域几乎是全知全能者,他在哲学、经济学、社会学、人类学等诸学科轻松游走,因此他采用这样的一个结构使作品的方方面面构成一种隐喻。《日夜书》与《暗示》其实有些近似的地方,所不同的是,《日夜书》是以讲故事为主,用鲜活的语言场景构造人物形象,还不时采用方言俗语、插科打诨,使各式不同意识形态人群并置在一个拥挤嘈杂的空间里。其中也夹杂一些不多的理论成分,作为钢架或者筋骨支撑着表面看起来并不连贯的故事,使之构成一种互文性之下的内文本关系。一个重要的因素,可能是出于《日夜书》叙事的时空特征:时间和空间交叉、叠加。"多少年后,大甲在我家落下手机。"接下来就是"当年我与他同居一室",再加上作者写作的当下,就已经展开三个时间层次,"多少年后"这个时间是个不确定的点,指知青后每一个可能的时间点,而"当年"(指知青插队的年月)和正在写作的"当下"是固定点。故事的场景在这三重时间里来回切换,形成一个立体的多重结构,人物在这三重时间里处于一种多变状态。每个人在单元格都是主角,知青姚大甲、郭又军、贺亦民、安燕、马楠、马涛等,农民吴天保、秀鸭婆、武妹子、杨场长,甚至还有一只毛茸茸的猴子也专门列了一个章节。这种带有散点透视和立体主义拼贴味道的结构,在显形文本和隐形文本之间形成一个隐喻层,即表层意蕴和深层意蕴的无限可阐释性。从每一种视角切入都能构成一个完整的图像,这就是为什么读者很容易从阅读中得到满足。而批评家如果不用力,也容易造成"批评的遗憾"。卡农式①的行文节奏,刻意地回避中心人物的叙述倾向,需要一个执行力很强的叙述者。叙述者陶小布贯穿始终,但他不能太抢风头,否则就变成单一的线性结构,他有时站在前台,有时隐藏在幕后,引导小说人物有次序的入场(看似无序,其实有内在的规律),有时交替出现,重叠、穿插,郭又军在第三章的时候就交代了结局,他是上吊自杀的,后面若干章节又从头说起。有时候作为配角出场也是非常有必要的。为了某个情节的需要,两小节或多小节合围一个中心,轰的一下造势,间隔、停顿、单线延续,造成一种起跑的姿势,然后又隆重地再来一下,主调降为伴奏、和声(主角又出场当配角或者跑龙套),人物和故事走向不是单向的,常常转位、逆行、反向、循环。前后节奏咬得很紧,一个章节的内在逻辑自始至终追随着另一个章节,数个章节的相同节奏依次出现,作者不会让这种小泡泡无休止地重复,最后聚合起来,鼓成一个大泡:在它们互相追逐和缠绕,往上盘旋,升到一定的高度时,做一个小结,以专题讲座的形式出现,在某个方面表现非常突出人或物会被拿来当作示范。第十一章"泄点"和"醉点"专门讲性,安燕、姚大甲、吴天保、贺亦民被作为示例,形形色色的性,他们无疑在这方面都有过非同寻常的体验,每种类型几乎都代表着某种意识形态或政治倾向。安燕的性趣味模拟暴力革命获得心理补偿。姚大甲显然讨厌严整的程序和密不透风的逻辑,不规则、随意性和灵感迸发才是艺术家的本性。吴天保这个满口脏话,女知青眼中的"流氓",在万哥与采茶女的事件上,他扮演了一回封建卫道士,进行了一场道德绑架。第二十五章"准精神病"专题讲座,蔡海伦、马楠、万哥、马涛这些轻度人格分裂者,都被拿来解剖。女权主义者蔡海伦仅在这一章出现,其形象塑造十分突出,女权主义者一不留神矫枉过正,向美好初衷的反方向越滑越远,成为被讽刺、挪揄的对象。第四十三章"身体器官"专题,山东小伙廖哥是在人类学——

---

① 卡农是一种音乐谱曲技法。

考古人类学和体质人类学论证的前提下出场的,论证了廖哥之所以高,贺疤子之所以矮,是跟历史与地理有关的。

以往知青文学的知青大都是以受害者的形象出现,是政治高压下的牺牲品,一切恶果都可毫无心理障碍的推给社会和制度,即便有一些自我批判或者忏悔,实际上也是从反面证明自己的高大。《日夜书》的聚光灯不仅仅打在白马湖的众知青身上,还有知青后有漫长人生、当地农民、知青后代等。出于人类学、精神分析学的考虑,必然涉及多层级的情感结构。情感结构是当代英国文化理论批评家雷蒙·威廉斯(Raymond williams)提出的,最初描述某一特定时期的人们对现实生活的普遍感受,即一个时期的情感结构,就是这个时期的文化。"情感结构"颇似中国禅宗的"无住性",即人们用感官可以体察到的客观世界的不断变化性。也有学者理解为,隐匿在"情感结构"中的是活生生的、紧张不安的、尚未成形、尚未露面的"感受中的思想"和"思想中的情感"[1]。由此看来,我们可能理解为:①作家在某一作品中动用情感结构是可以缩小由时空距离带来的文化隔膜感;②要完整的认识一个时期的文化,个人的亲身体验尤其重要。每个人对生活感知或体验存在着明显的差异,这可以被当作一个常识,但个体本身之间的差异常常被简化,同一阶级、民族、宗教之间也有太多的不确定,怎样才能尽可能地还原真实?即使要描述一个现场发生的故事,也会出现多重视角,多种结论。那么要再现和还原时隔四十多年的知青生活已然不可能。随着时间的推移,后人对当时的文化隔膜程度显然越来越深,加之近几十年来各种思潮、流派对"文革"十年的描述,几成一场文化围剿。亲历、现场,其实也不可靠,知青文学的书写者绝大多数都是有着知青经历的人,如果说这一题材被后来愈演愈烈的娱乐化所挟持,模式化倾向越来越明显:色情消费指挥棒下的女知青,从"铁姑娘"到被欺侮的对象,为了争夺进城指标献身(贞操)或者被迫献身;男知青从"硬汉"形象到受性压抑、身体饥饿、精神上的无根漂浮的可怜虫。接管知青这一阶段人生的重要角色——农民形象:"土皇帝"、粗人、流氓(当然其中也不乏温情和善良)。知青书写者为了索取时代、社会对知青这一代人欠下的孽债,常常不惜让农民扮演坏人、反面角色。《日夜书》作者不是要揭穿种种历史假象,而是站在一种客观的、不偏执的情感立场,抓住"特定时期的人们对现实生活的普遍感受"。《日夜书》的叙述跨度很大,并不只盯住一个确定点,知青后岁月、知青的下一代,作者作为亲历者,也有成长成熟的过程,其世界观、感情倾向会发生变化。由于作者采用了这样一个结构,角色转换频率加快,像做高等函数题一样,等号两边因子不停地置换、代入——为了某种逼真的现场感,必须代入不同时期的情感,这种交错、置换给读者展现了一个丰富的精神场域和无限的思考空间,与众多知青题材不一样的是,《日夜书》重新引入了对于"人"的思考——某种非常规制度下的人,极端环境下的"真实的人"。作家的高明之处是真实作者与隐含作者、作者与叙述者之间虚虚实实的关系,作家将个人经历和文化背景有选择的放小说里,如知青经历、厅级官员经历,以及许多真真假假的事件。连同亲人、朋友、同学,还有一起下放的"插友"的亲身体验。每个人物不一定找得出一个完整的原型,他给他们加了水,和成泥,重新捏合出新的形象。分配在不同时间段上的情感结构形成对比,对知青,包括农民,道德要求被降到最低。知青搞点顺手牵羊或者恶作剧反而显得可爱,农民也不是一律面目可憎,就像吴天保这个活阎王,"把我们当牲口使,对下雨和下雪视而不见,天塌了也不忘吹出工哨,两米竿在他手里翻

---

[1] 张德明:《英国旅行文学与现代"情感结构"的形成》,《浙江大学学报》,2011 年第 3 期。

一筋斗,配上他故意疾行的步伐,实际上一竿翻出两米多甚至三米的距离"。但他对知青万哥的处理又让人觉得他也同情弱者,"我"中了邪(这一章是神来之笔),跌落悬崖摔坏了身子骨,挑担子不行了,踩水车也不行了,吴天保给"我"安排"守秋"的轻松活。即便是像杨场长这样的"大恶人",最后也因为发痴、梦魇,以及惊世骇俗的鼾声,作者也不惜给予他同情怜悯的笔墨。人起码的生理需求都要成问题的时候,会丧失自省的能力,道德高悬于云端,宽恕是最靠得住的。在饿得两眼发绿的时候,与肚子里稍有一点油水的时候,情感结构发生变动和转换。郭又军的庸俗、姚大甲的现实、万哥的龌龊、马楠的神经质,等等,小说结尾笑月对姑丈的批判算是一次集中爆发。

> 你要我说人话? 你和我那个爹,都是这个世界上的大骗子,几十年来你们可曾说过什么人话? 又是自由,又是道德,又是科学和艺术,多好听呵。你们这些家伙先下手为强,抢占了所有的位置,永远是高高在上,就像站在昆仑山上呼风唤雨,就像站在喜马拉雅山上玩杂技,还一次次满脸笑容来关心下一代,让我们在你们的阴影里自惭形秽,没有活下去的理由。

知青马涛宏大的志向,一呼百应的号召力,秘密建党的冒险和刺激。"他是第一个划火柴的人,点燃了茫茫暗夜里我窗口的油灯,照亮了我的整个少年时代"。但这位知青导师面对受伤流血的队友不闻不问,扬长而去,对亲人兄弟姐妹的冷漠等行为又夹杂在这些伟大事业当中,客观上持一种批评的态度。一个时期是这样一种观点,叙述者沉溺于当时的价值观,作者并没有刻意又跳出来进行分辩。第十一、二十五、四十三章作为某一时段的情感结构,包含了写作都"当下"的意识形态,这种"独白式"文体可能被看作写作者思想感情的直接流露,因为它无法容纳众多人物语言的异质性和多样性。但这种"全知性叙述"会使作品观点有一个基本的尾音(情感倾向)。

在《日夜书》里,作者动用的情感结构可以用"冷眼深情"来形容,作者在处事、观察外部世界时是冷静客观的,但是"看似无情"的背后却是关心世道人心,热爱生活。可在表露情感时,又透出一股近乎漠然不动的"局外人"的"客观"冷静的神态。"以出世之心做入世之事,不那么看重结果的得失。"[1]这种既当表演者又当观众,既"超脱人生"又"入世情深"的情感结构,编织了一个层次复杂富有象征意义的叙述网络,通过真实作者和隐含作者互相置换、重叠形成文本的张力,展现一人多维视角的可能。

二、隐含作者

作为表层结构的复调艺术将叙事导入了深层,到了这一层次后已经由"情感结构"和作者的两种状态("隐含作者""真实作者")来接管。哪些部分是作者的真实感受,哪些部分是"扮演""戴着面具",或者干脆说,那些是作者真实的观点,而哪一些又不是。作者在写作时通常有一种态度,会表达真实生活中不尽相同的立场观点。中国读者相信"文如其人",容易将作家立场同文本画等号,这里必须涉及一个重要概念"隐含作者",依照韦恩·布思理论,

---

[1] 出自韩少功新浪网实名认证微博。

隐含作者既包含在文本之内，同时也隐含在文本之外，文本之外的隐含作者是由读者建构起来的作者。美国叙事学家内尔斯(Nelles)说："在某些特殊的情况下，一个作品可能会有一个以上的隐含作者。"①西摩·查特曼(Seymour Chatman)则认为"不同历史时期的读者可能会从同一作品中推导出不同的隐含作者"②。一方面，"隐含作者"是作者处心积虑地创造的文本深层含义或者某些不便表达的意义，与之相对应的是，真实作者创造的某种看起来含混复杂的意义可能是在无意识状态下进行的，常常也有言不由衷，词不达意的可能。另一方面，读者推导出来的隐含作者与作者建构起来的隐含作者必然不对等，被解读之后的文本含义(变体)常常是真实作者创作文本时根本不曾想到的。经常有这种情况出现，一部作品中的隐含作者比历史上真实作者更进步更伟大。莎士比亚在《威尼斯商人》中对那个唯利是图、冷酷无情的高利贷者夏洛克显然是持批判态度的，他自己竟也像夏洛克一样放起了高利贷，沦为了金钱的"奴隶"，还常常将那些还不起债的人告上法庭。被认为德国当代最伟大的作家君特·格拉斯，他的小说、诗歌、公开信和批判性反思给德国和世人展现出崇高的"德国道德良心"的形象，他的"但泽三部曲"《铁皮鼓》《猫与鼠》《狗年月》被认为是德国战后文学重要的里程碑。令人意想不到的是早年他曾经为臭名昭著的纳粹德国党卫队效力。到底是自愿还是被迫？这个问题成为君特有生之年永远也解释不清的话题。反之亦然，有些历史上的真实作者尽管道德自律，人格高洁，但在作品中为了人物和情节的需要有必要做一些牺牲和妥协。贾平凹在《废都》出版之前被文坛说成是最干净的人之一，《废都》畅销之后，就成了流氓作家、反动作家、颓废作家。中国传统阅读方式不容易接受这一点，总以为日常生活中的那个真实作者与处于特定创作状态下的隐含作者是同一个人，甚至于也容易把真实作者、叙述者、隐含作者混为一谈。

韩少功作为新时期以来的一位重要作家，他的文学创作从某种意义上说浓缩了中国新时期文学发展的全过程，并成为中国当代文学的一个重要的坐标系。他作品中的隐含作者在不同时期也有不同的呈现，作品与作品之间的意识形态立场有时候大相径庭，他的"伤痕文学"表现为清新现实主义文风，重点放在启蒙与困惑；而"寻根"小说以独到的艺术手法构筑了一个神秘诡异的世界，致力于对传统意识、民族文化心理的挖掘，探讨本土经验与世界性的问题；随着全球化、现代性转型、政治体制改革等重大社会事件的发生，他近些年来创作的小说以及其他文体的创作，不可避免地对上述宏大命题进行研究和反思，他作品中的情节、人物也总是在乡村文化与现代理性两种文化的纠结冲突中形成一种矛盾美学，从而构成文学世界的内在紧张。时局动荡、经历坎坷也导致了他的创作历程连贯而又裂变的特征。看得出，早期作品中真实作者自己在作品中建构起来的"第二个自我"在形象上也是有所保留的。在《日夜书》中我们看到了一个大胆、放肆，甚至是豁出去了的一个隐含作者，之前从未涉及过的爱情、性欲在《日夜书》里占据很大篇幅，与之前的几乎形成对立。作者出于一种小说叙事艺术的考虑，同时也因为意识形态立场的需要，《日夜书》的真实作者与隐含作者交替出现，互相纠缠，对抗、妥协、共谋。形成几种紧张关系拉升、对撞，像好莱坞大片一样有时候不惜通过两极对立而达成和谐。有一点是一致的，真实作者建构了这样一个隐含作者和读者推导出来的隐含作者，都是从故事堆里爬出来的，一方面从单纯的故事角度，这

① 转引自申丹：《何为"隐含作者"》，《北京大学学报》(哲学社会科学版)，2003 年第 3 期。

② 转引自 Seymour Chatman，*Story and Discourse*，Ithaca：Cornell Univ.Press，1978，p.151。

个隐含作者是一位讨厌抽象和宏大叙事的"实在人",会讲笑话,会煽情,在《日夜书》里,语言的表现力十分突出。同时,又在一些章节直接站出来叙述,这个隐含作者又是一位睿智的哲人,冷静、理性,把生死、荣誉、人性看得透彻。隐含作者一会儿"进去",一会又"出来"。只有采用这样的结构,才有足够的力量控制住那些被他召唤出来的灵魂。

三、《日夜书》之潜在文本

实际上,采用结构主义叙事方法对《日夜书》进行阐释有些显得力不从心,用"结构"的钥匙打开"主题"的大门算是一种偷懒的办法。从某意义上说,《日夜书》是反叙事的,或者是将叙事艺术用得不露痕迹,让人产生一种错觉,看上去很随意,甚至像聊天。《日夜书》在形式上无疑已经达到了"陌生化"效果。由于知青小说题材的泛滥和主题的模式化,作者有必要采取"另类"视角突破以往的模式,采用结构主义叙事方法的另一个好处是,一层一层地拨开文本,或许更清晰地看到真相,或者是看到的也不一定是真相,但离真相更近一些。

真正让文本产生多义性的是由意象并置造成的隐含意蕴的平行结构。前文用结构主义叙事方法解读文本,如果"怀旧""反思"成为大家公认的基本主题,《日夜书》如果真像有些评论家所说的是一部"反知青"小说的话,逃离既往的叙述模式和意识形态,那么,它的"反"便不成立。"怀旧"和"反思"是绝大多数知青小说的主题,更何况,《日夜书》不仅仅表现知青,而是把知青作为原点,时间跨度经历了近半个世纪,社会形态发生了惊人的变化。作家建构如此庞大的体系,重心落在哪里?意义被深埋在语言文字里,被好看的故事所淹没,《日夜书》的潜在文本即是这部小说的重心。对一个文本的解读有时候是对一个艺术客体进行重建。在大的叙事结构前提下,各式各样的人物的生命体验构成了小说的潜在文本。小说里众多鲜活的人物,他们的命运几乎都以悲剧形式收场,这还不够,结尾用一个年轻的生命消逝来谢幕,种太阳的寓言算是一种无奈的叹息,最后(第五十一章)只能对生命本身进行追问。时至今日,尽管大多数精英知识分子认为启蒙现代性已经基本完成,但理性和谐的政治传统并未形成,自然、天真、美好的东西依然在不同程度地被摧毁,各种问题贯穿整个生命实践,到底该怎么办?作者并没给出答案。正如作者自己所说,这个潜在文本其实有一个清晰的框架,这个框架就是作者那个对象化了的意识结构。对象化了的艺术、对象化了的情感,这大概就是审美意蕴。作品中有大量的隐喻和暗示,一切意象、事件、事实都是它丰满的肌体,它们都附着其上。陶小布与马涛形成对立和互补,马涛的理想高蹈于世俗之上,而陶小布却不同,他的目光下降到地面,探视到人群内部,体验到每个生命个体。在马涛大谈维特根斯坦的时候,陶小布在挖塘泥、担粪桶,当马涛在国外混得不如意,理想破灭时,作为厅级官员的陶小布正与以陆学文为样本的体制毒瘤对着干,尽管结局两败俱伤。知青的后遗症、英雄主义问题,《日夜书》以英雄"反英雄",将英雄主义概念无情地进行拆解。小说中的英雄人物最后都英雄气短,"挥刀自宫"。马涛的英雄主义被自己的虚伪解构,成名后变成一个庸俗的学者,对于排座次、级别、待遇斤斤计较。陶小布是另一种英雄主义,机关公车制度改革惨遭失败,被副厅长陆学文的官场黑势力逼得最后走麦城。公正廉明、勤政亲民,那又怎样?一个理想主义现代公仆最后既得不到上司的支持,也得不到群众的声援,种下善因,收得恶果,直接导致侄女笑月的堕落和丧命。安燕、姚大甲这些二逼青年看似荒诞不经的行为,其实也是另一种英雄主义,游戏人生,疏远亲情,形成精神人格上病态。有两个值得注意

的人物,那是作者倾注了笔墨的真英雄:秀鸭婆(梁队长)、贺亦民。秀鸭婆失去了男性功能,却是一个顶天立地的男子汉,他的道德承担让人感叹。贺亦民,一个让读者心痛的角色,他经历了惨无人道的童年,从流浪儿、流氓阿飞、小偷到电工、工程师、董事长、大专家,他反讽和戏谑,他游戏人生,他压根儿就不想当英雄,他拥有大油田设备的知识产权,一心为公,却报国无门,一腔悲愤,最后还银铛入狱。书中所展现的人文环境和历史机遇显然很难长出光鲜亮丽、高大威猛的英雄,作者没有把他们俩置于"两种同等合理的伦理力量的对立之中"(黑格尔),秀鸭婆、贺亦民的"牺牲"也被隐藏在暗处,几乎被人忽略,这恰恰构成了潜在文本之中的一种不断升腾的悲剧的力量。

(载《求索》,2014 年第 9 期)

第三辑

海外暨港台地区韩少功研究论文选

论韩少功的中篇小说《爸爸爸》《女女女》《火宅》

蔡源煌[1]

韩少功近期的三部中篇小说《爸爸爸》(1985)、《女女女》及《火宅》(1986)无疑奠定了他在当代中国大陆文坛的地位。历来,他和郑义、李杭育、郑万隆、李锐等人被归类为"寻根"派作家;按刘再复的说法,这派作家往往"选择某个文明潮波及不到的地域文化作为作品的背景,然后把这种特殊环境下的超稳态的文化心态(甚至很古老、很愚昧、很原始的文化心态)表现出来。他们只管展示,只管描述,并不作善恶判断"[2]。刘再复并表示,这些作家以他们自己的理解和看法,使传统披上独特的意义和色彩,"有时显得非常怪异,以致需要评论家去'破译'它们的谜一般的意义"[3]。本文的主要目的正是要设法"破译"韩少功三部中篇小说的意义。

有关韩少功中篇小说的背景资料并不多,但是有趣的是资料的缺乏并不构成研究上的困扰,倒是评论意见的南辕北辙教人叹为观止。举例子说,1987 年 5 月,成都的《当代文坛》登出了两篇文章,对韩少功的作品提出截然不同的两种评价。陈达专在《殊途同归的"南北二功"——韩少功与陈建功比较谈》一文中指出:"令人欣慰的是,韩、陈二人都能很快地从'伤痕'文学行列里迈出来,将他们看取人生的朴素的情感倾向迅速地升华到辩证、理性地反思人生的新的阶段,从而进入了他们各自创作道路上领域更加开阔的转折期。"[4]陈达专文中以《爸爸爸》及《女女女》说明了韩少功的"创作实绩"。相反地,李东晨及祁述裕合著的《缪斯的失落与我们的寻找——兼评〈爸爸爸〉和〈棋王〉》,却对《爸爸爸》颇不恭维。李、祁二人纯粹是从"修辞"批评的观点来立论,他们的主要论点是:"语言是文学的生命,是文学生存的世界。对语言的重视是作家的共同趋向。"[5]他们接着说:"我们以为语言对于作家有三个层次:第一个层次是随心所欲地表情达意;第二个层次是发展与他人不同的语言风格;第三个层次是发明新的用词方式,新的句型、段式,在能被理解的前提下,创造性地运用语言。我们的当代作家绝大多数只能迈上第二个层次,致使我们的文学语言除了大量的仿旧、仿欧外没有什么重大突破。"

李、祁二人的修辞批评是针对丙崽咒人的那句"×妈妈"(按:林白版《空城》中短篇集里作口字旁的"吗"字)而发;他们说,"×妈妈"里的"×"是"肏"字的省略,使人有"跌入粪坑一般的龌龊感"!他们更进一步表示,《爸爸爸》是"后台语言"式的作品,因为它不像"前台语

① 蔡源煌,中国台湾学者。

② 刘再复:《近十年的中国文学精神和文学道路》,《人民文学》月刊,1988 年 2 月,第 128 页。

③ 刘再复:《近十年的中国文学精神和文学道路》,《人民文学》月刊,1988 年 2 月,第 128 页。

④ 陈达专:《殊途同归的"南北二功"——韩少功与陈建功比较谈》,《当代文坛》,1987 年 5 月,第 16—19 页。

⑤ 李东晨、祁述裕:《缪斯的失落与我们的寻找——兼评〈爸爸爸〉和〈棋王〉》,《当代文坛》,1987 年 5 月,第 20—24 页。

言"那么干净。因此,他们也把这种修辞伦理学的关切注入审美趣味上:"审丑的冒险必须首先注意适度感……而在《爸爸爸》中,这种丑陋的描写,既无有效的艺术处理,又无描写的适度。"

除了语言的顾虑之外,李、祁二人所揭橥的审美标杆则是过时的"新批评"规范。譬如说,他们认为《爸爸爸》的人物、情节"没有成为一个完整的统一体",接着又强作解人说:"由于(韩少功)没有把生活材料熔铸成一个统一的艺术整体,艺术感觉被分割成了许多意向交错的片断,而且极难由想象弥合成一个有机整一的世界。"

我花了这么多笔墨引述李、祁二人的论点,用意是在说明评论的局限。唯有正确的批评策略(我宁可用法文的 dispositif 这个字,因为它除了作"策略"解,亦可作 grip 用)才能精确地掌握住作品的意义,而批评之策略多元化,一方面暴露出各家理论都只是片面之见,难免碰到捉襟见肘的时候;另一方面则是应因作品"属性"上的差异。有些策略在碰上属性奇难的作品时,简直就束手无策。李、祁二人却一味地以"新批评"的规范去强迫《爸爸爸》这样的作品。事实上,熟悉"新批评"所谓"有机统一"(organicunity)那套概念的人就不难理解为什么在李、祁二人的评估下《爸爸爸》的经典价值要被糟蹋了!

现在我先就韩少功三部中篇小说的属性以及评论上所应采取的策略提出几点基本看法。

第一,我们得先确定韩少功要寻找的什么根。韩少功在《文学的"根"》一文中引述丹纳的《艺术哲学》及澳大利亚作家怀特作例子。他指出,丹纳认为人的特征有很多层次,在浮面上的第一层是一般的生活习惯与思想感情,这些习性及思维经常在变,往往用不着几年工夫就全部汰旧换新。第二层特征是整个社会中较牢固的思想情感选择,这些倾向则可能持续几十年。至于第三层则是具有历史渊源的特征,可以历久不衰,例如人们对宗教、爱情、家庭、甚至政治、哲学等等根深蒂固的见解。不过,严格说,连这些见解也未必不可磨灭;据丹纳称,真正难以撼动更改的是一个民族的某些本能和才具,例如人们对哲学和人生倾向的抉择,对某些道德的看法,以及表达思想的方式,尤其是他们对自然的了解。除非是异族入侵征服了这个民族,或是透过种族的杂交融合,或水土环境的变换(如迁移他乡),否则这些固有的本能不会改变。

韩少功称丹纳是个"地理环境决定论者";他认为,要探讨人性的根源,这只能获得"某一侧面",而无法认识到"另一侧面"。因此,他在文后补记了一段重要的按语:

> 我与一位朋友还谈到另一类文学,比方说澳大利亚怀特的某些小说……我们在那里看不到文化纵深感,也找不到什么民族传统的背景。作者表现了带着人类共性的一些矛盾,而人物所处的国度、年代、自然和文化的环境都是模糊不清的或无关紧要的。也许相对于那些对人的心灵作纵向的历史追索的作者来说,怀特是在对人的心灵作横向的时代概括。这大概向作家们提供了另一种有意义的范例。对这一类作家的文学的"根",我们还可另作讨论。[①]

陈达专的文中指出:"韩少功在这里强调可'另作讨论'的文学的'根',表明他在认定文化对人的制约外,还考虑和关注着人自身的制约。"这个说法是很有见地的:不仅仅文化在制约着人类,而且人自身也在制约人。这也说明了为什么韩少功在另一篇文章《好作品主

[①] 引自陈达专:《殊途同归的"南北二功"——韩少功与陈建功比较谈》,第17页。

义》中写道:"我力图写出人物的典型性,并向字里行间渗入我的理性思考——或是关于人类社会历史的思考,如《爸爸爸》,或是关于个人生存状态的思考,如《女女女》。"①这里,我们还可以接着句尾补充道:"或是关于语言囚牢和官僚机制的思考,如《火宅》。"

第二,"在对人的心灵作横向的时代概括"时,韩氏所借助的是"现象学派文化人类学"的做法,一方面将一个民族的生活世界与精神世界视为不可分割的整体现象来呈现,一方面则不避讳以个人主观的观察来作为叙述的基础②。基本上这就涉及"现象约化"(phenomenological reduction)及作家主观世界的完成两个问题。"现象约化"指的是在探讨现象时必须将个人先行预设的执见搁下——胡塞尔(Edmund Husserl)称此为 epoche 或 bracketing,也就是说,将先行的假定"存而不论"。然而,这并没有将主观性废置;相反地,将先行的假定存而不论是达到真正"理解"的必要步骤,否则对所探讨的现象只是"略知",而不是确实的理解。另一方面,作家在下笔创作时便重新经历过先前的经验,而借着叙述的完成,一个主观的世界也告完成,而韩氏所称的"理性思考"也唯此方能够推出。

第三,小说的"修辞"批评不宜从语言问题着手,而该从叙事的模式(narrative modes)着手。每一种叙事模式有它本身特有的认知基础(cognitive basis),而一般来说,最基本的三种叙事模式是:虚构、历史与神话。

虚构,顾名思义,免不了有所杜撰;历史则注重描述性——所以对文学的虚构而言,最重要的关切在于它所呈现的世界是否逼真,而历史的首要考虑则在于对事实描述的准确性、可辨识性。至于神话,因为它与仪式不可分割,而它的主要目的或功用不在于解释发生在一个民族里的宗教的事情,而是在整理这些事情,保存民族对它们的记忆,因此神话志的作者多半采取较开放的态度,而他们的叙述也多半倾向于广纳博议(bricolage)的做法。

这三种叙事模式不同的认知基础完全系乎叙述者立场的抉择以及叙述效用的界定。小说家、史家、神话志的作者均有其特定的职司,但是这并不表示他们就只能墨守各自的叙事模式,绝不交流——例如说,谁敢担保史家如椽之笔要写得生动就不需要靠想象来填补一些细节?至于神话志的作者更不用说了——他要斡旋于人神之间,赋予神各种具体和抽象的人性,就非得在神身上倾注入人的特性和习癖——即使他不写神明,只写人的祭拜仪式行为,他也必须像巫师一般能够了解神的旨意或熟悉仪式的种种细节。

广纳博议的做法,向来就不只是神话志作者的专利③;一个作家若刻意展露他的博识而将叙述写得像百科全书一般的巨细靡遗,本来就无可厚非。同时,作家也可以模仿或谐拟史家的笔触去发挥描述的准确,而写实主义的基础也是由此引发的。总之,在文学作品中,三种叙事模式夹杂并用,并没有违背文学创作的义理;平常,作家采用单一叙事模式,主要的顾虑不在于叙述语言的统一或作品世界的统一,而是在于一种模式是否足以胜任,若无法胜任,则动用其他模式也无妨。

20世纪50年代法国"新小说"问世以来,作家开始把注意力集中在叙述问题上,而且也以"言说"(discourse)这个名词来概括小说中不求一贯或大一统的语言(或文体)。由于当

① 见西西编:《红高粱》,洪范书店,1987年版,第139页。

② 庄锡昌、孙志民编著:《文化人类学的理论构架》,浙江人民出版社,1988年版,第267—279页。

③ 详见 Levi-Strauss,*The Savage Mind*,芝加哥大学出版社,1966年版;及 Northrop Frye,*Anatomy of Criticism*,普林斯顿大学出版社,1957年版,第309—312页,关于 bricoleur 及 menippeansatire 的讨论。

代欧洲哲学的倡导,晚近学者们关心的焦点是不同的言说形式、成规如何共存于一部作品之中,进而扩大语言系统的功用①。因此,李、祁二人以"描写的适度"及"有机统一"来作为审美观点的基础恐怕是稍稍过时了。

《爸爸爸》②不单单是写一个天生的白痴丙崽,也不单单是鲁迅式的谴责小说。它是一部深具文化人类学意义的小说——它探讨了地理环境决定生存的问题,也触及祭祀、诅咒和暴力的问题。

第二节描写鸡头寨的地理环境时,作者有意地使这个村寨显得既实在又模糊。作者写道:

> 寨子落在大山里、白云上,常常出门就一脚踏进云里。你一走,前面的云就退,后面的云就跟,白茫茫的云海总是不远不近地团团围着你,留给你脚下一块永远也走不完的小小孤岛,托你浮游。小岛上并不寂寞,有时可见树上一些铁甲子鸟,黑如焦炭,小如拇指,叫得特别清脆洪亮,有金属的共鸣。它们好像从远古一直活到现在,从未变什么样。有时还可能见白云上飘来一片硕大的黑影,像打开了的两页书,粗看是鹰,细看是蝶;粗看是黑灰色的,细看才发现黑翅上有绿色、黄色、橘红色的纹路斑点,隐隐约约,似有非有,如同不能理解的文字。(第135—136页)

这段文字与韩氏对怀特的赞许彼此呼应,显示作者一方面对鸡头寨的地理位置作个交代,一方面则设法使这个代表着生存小局面的孤岛提升为全人类处境的写照。就这里的局部文字运用来看(不涉及其他部分),多少有点魔幻写实的色彩。这座云中孤岛给人一种迷幻的印象——作者不断地使出"有如""好像"等的比喻,甚至连彩蝶阵凌空飞过时,也"似有非有"。作者也影射这个模棱的环境从远古到现在一直没变,然后又说,彩蝶飞在空中的黑暗里,如同不能理解的文字,似乎又在暗示人类惯于以文明的眼光去看自然,却无从精确地了解它。

地理环境决定论及文化制约的课题则进一步反映于鸡头寨民对历史背景的漠不在乎上。历史上的陈迹旧事如今只是外来人的传说,而寨民关注的也莫过于他们的生计问题。

> 点点滴滴一泡热尿,落入白云中去了。云下面发生了一些什么事情,似与寨里的人没有多大关系。秦时设过"黔中郡",汉时设过"武陵郡",后来"改土归流"……这都是听一些进山来的牛皮商和鸦片贩子说的。说就说了,吃饭还是靠自己种粮。(第136页)

因此,这个民族虽然不像大漠中的游牧者那样逐水草而居,但是他们的确曾大举迁移过:"他们以凤凰为前导……最后才找到了青幽幽的稻米江。稻米江,稻米江,有稻米才能养育子孙。"在这个故事的结尾,鸡头寨的人为了生计,不得不又迁村。迁村前为了把粮食留给青壮的族人,老弱幼小还在仲裁缝的率引下毅然喝了雀芋毒汁,以殉古道。

---

① 关于这个论点其实已经普遍周知,不必赘注。兹举一例供参考:Dominick La Capra, "Rethinking Intellectual History and Reading Texts",见 La Capra 及 Kaplan 编《现代欧洲思想史》,康乃尔大学出版社,1982 年版,尤其请注意该书第74—75页。

② 本文中《爸爸爸》及《女女女》的引文页码指林白出版社 1988 年出版的《空城》。

寨里已无三日粮了，几头牛和青壮男女，要留下来作阳春，繁衍子孙，传接香火，老弱就不用留了罢。族谱上白纸黑字，列祖列宗们不也是这样干过吗？仲裁缝想起自己生不逢时，愧对先人，今日却总算殉了古道，也算是稍稍有了点安慰。（第176页）

裁缝先给丙崽灌了半碗毒汁，其他家里的老小残弱也一一喝下。

我觉得，我们没有必要说这殉古道是迷信，最好还是着点笔墨来探究祭祀、诅咒、暴力的神话和仪式意义。祭祀时，不论以人或牲畜来当祭品供献宗祠或神明，都是想以"牺牲"的血来换取族人的平安。可是杀人供祭或杀牲畜，本质上并没有太大的不同：两者同样是暴力。从祭祀仪式的研究来看，杀牲和杀人乃是冀望以祭祀的牺牲来做"替罪羔羊"，化消自然和神鬼的诅咒，或是防止族人内部的自相残杀倾向发生。当然，杀人供祭和杀牲畜在现代社会的眼光看来，两者之间的暴力一定有程度上的差别，但是以暴力来消除诅咒，祭祷神鬼，在人类学上是有论据的[①]；再说从英文"神圣"（sacred）这个字的拉丁文字源 sacer（杀）也可以看出祭祀仪式所蕴含的暴力。

《爸爸爸》这部小说中有很多关于诅咒的"传说"：例如丙崽的母亲在灶房里码柴弄死了一只蜘蛛〔"蜘蛛绿眼赤身，有瓦罐大，织的网如一匹布，拿到火塘里一烧，臭满一山，三日不绝。那当然是蜘蛛精了，冒犯神明，现世报应，有什么奇怪的呢？"（第132页）〕，才发了一场疯病，才生下丙崽这么一个白痴。

关于诅咒的传说也往往和神圣的传说并行共存。例如烧窑的古仪式，传说是三国时诸葛亮南征时路过此地，教给山民的，"所以现在窑匠来，先要挂一太极图，顶礼膜拜，点火也极讲究，有阴火与阳火之分，用鹅毛扇轻轻扇起来"，而女人和小孩不能上窑坑去，担泥坯的人则禁"恶言秽语"，亵渎神圣（第142页）。

鸡头寨和鸡尾寨两村的宿怨也是因亵渎神圣而引起。鸡尾寨寨前有一口水井、一棵大樟树，人们一直把它们当作"男女生殖器的象征"，常常敬以香火，祈望寨子里发人。有一年寨子里一连几胎都生的女崽，还生了个什么葡萄胎，弄得空气十分紧张。察究了一段，有人说"鸡头寨的一个什么后生路过这里时，曾上树摸鸟蛋，弄断了一根枝丫"（第155页）。现在鸡头寨的人面临饥荒缺粮，则说是鸡精在作怪，村民决议要炸掉鸡头峰，偏偏鸡尾寨的人认为"他们的田地肥沃，就是靠鸡屁股拉屎"，所以不能任由头寨的人炸山，于是两村村民集体械斗，拼个你死我活，死者横尸山郊，喂饱了村子里的每一只狗。打冤以前，要效法马伏波南征时事，在战斗前砍牛头以卜胜负，如果牛头坠地，牛身向前扑倒则预示胜利，否则是失败。到头来头寨还是打输了，证实这个方法不灵，便干脆把白痴丙崽当神仙来拱拜，活像台湾的大家乐迷、六合彩迷一样，把他每一个不自主的痉挛当巫师的占卜来乱解一通，结果双方还是两败俱伤。

以现代人的眼光来看，这些都是迷信；可是，在初民社会里，人们可正襟以待，丝毫没有所谓迷信的感觉。丙崽嘴里咕哝的不外乎"爸爸爸""×妈妈"两句不成人语的话，事实上这两句也形成神圣与诅咒的对照：前者在寻父认祖归宗，后者在咒人。引申之，丙崽身上也兼具神圣与诅咒两种因素，就像以前西方在猎杀女巫的时候，将女巫焚烧，借而消除女巫的诅

---

① 请参考 Rene Girard 的系列著作，尤其是 *Violence and Sacred*，约翰·霍普金斯大学出版社，1977年版。

咒,同时又希望女巫的牺牲能消除神明降灾于人的顾虑。同样的道理,丙崽平时任人逗耍诅咒,当人家的出气筒。在祭谷神的仪式中,他被挑中当牺牲来祭,显然是希望这个平日就蒙受诅咒的小老头把饥荒和其他所有的灾厄诅咒一并带走。

　　然而问题是:这样一个白痴神明偏偏也看不起眼。"本来要拿丙崽的头祭谷神,杀个没有用的废物,也算成全了他。活着挨耳光,而且省得折磨他那位娘。不料正要动刀,天上响起了一声雷,大家又犹豫起来:莫非神圣对这个瘦瘪瘪的祭品还不满意?"(第154页)而关键就在这里:明明要有个适当的祭品来化消危机,解除灾厄,可是这个不适当的祭品连神明都不要。鸡头寨的人终于再度走上迁移他乡的命运,而原有的文明的痕迹也化为乌有:"当草木把这一片废墟覆盖之后,野物也会常来这里嚎叫。路经这里的猎手或客商,会发现这个山坳和别处的没有什么不同"(第180页)。在这片废墟当中,丙崽又冒出来了。他没有死。他还是继续他那教人费解的狂喧呓语,好似卜出了世世代代人类命运——他们或许像基督教圣经"传道书"上所说的:"一切的劳碌……都将无益。……已过的世代,无人纪念,将来的世代,后来的人也不纪念。"他们面对"虚空的虚空"不停地挣扎,到头还是虚空,"地却永远长存",日出日落,江河从何处流,仍归何处。尽管如此,人类世世代代为"克服"虚空所做的挣扎,其意义不在于这个挣扎过程得到了什么,而在于对这个过程的必然性,对历史必然性的体会和实践。这种体会算是大智慧,但是"这也是捕风,"传道者说,"因为多有智慧,就多有愁烦,加增知识的就加增忧伤。"或许这也说明了为什么韩少功在《女女女》以及《文学与宗教》[1]文中提出禅宗的"无无"这个说法,劝人要"把看透也看透"!

　　《女女女》中,仍然有诅咒和仪式的痕迹。譬如说,淑婆中风以后被送回家乡,由一位结拜的妹妹珍婆照顾。寨子里的人便开始议论道,她患了这种恶疾,"莫非是无后必遭天惩?莫非是前世造孽必得恶报?……又有人说,寨子里一连有两头牛婆坏了胎,一定是这个绝后的淑婆回乡,带回了晦气,得把她赶走,或偷偷烧了她"(第229页)。淑婆是在家道没落后遭胡匪抢婚而成的亲事,生育时难产,虽然用菜刀切开了腹取出婴儿,但已胎死腹中。小说中,叙述者记述说:不能怀孕的妇女常赤身裸体去山岭上睡卧承接南风,"据说南风可以使她们受孕";另外,叙述者又说,有一种古怪的偏方,"蜂窝与苍蝇熬出来的汤汁,大概人们认定大量繁殖的昆虫,也能赐福与不孕的妇女"(第189页)。

　　小说中又指出,淑婆晚年被囚在牢笼里,身子甚至退化萎缩成猴子,成了一条鱼。这些转变固然写得有点神话的韵味,可是却交代了一个典型的"反进化"的过程——如果说人类的祖先是从鱼类或猿猴进化过来,那么淑婆的变形是回复到原始的生存状态。

　　如果说《爸爸爸》探讨了地理环境决定论的问题或文化制约的问题,在《女女女》里面,人对自身的制约也已显现出一个雏形。珍婆对神志渐渐不清的义姊,最后也不得不以竹片服侍,"碰上幺姑不愿拉屎尿,不愿吃饭,只要竹片扬一扬,对方就立即规规矩矩"(第230页)。反正,许许多多的惩罚措施也可以冠上"善意"之名义,而在人类文明发展过程中,法律、制度的颁订或设立,虽然免不了人为的强迫因素,但终究还是要利用"善"的名义来做。简单地说,这是所谓"善意的残暴"。小说中,对幺姑最后是怎么死的也以同样吊诡的见解来交代。叙述者说,她进珍姑家门时,堂屋里没有人,但却听见"不知从何处传来咣当一下金属的巨响,像是钢刀碰在岩石上",片刻之后,她和一个黑脸汉子嘀咕着从里面走出来,那汉子

---

　　①　西西编:《第六部门》,洪范书店,1988年版,第167—172页。

瞥了他一眼,莫名地笑了笑,便匆匆跨出门槛。小说中写着:

> 当时,我觉得自己完全明白了,明白幺姑到底是怎么死的了——难道不是因为珍姑看见幺姑脸上叮着几只蟑螂,于是顺手一刀结果了她吗?(第 235 页)

既然是以如此吊诡的辩证来交代,那么珍姑的暴力是善是恶,顶多也只是个人先行假定不同观念的争议,永无休止。依我看,韩少功也不鼓励读者在这一个问题上白费力气。

然而,韩少功究竟要传达什么讯息呢?我觉得,《女女女》在写幺姑的一生,以及社会对女人角色的要求(如生育);同时也在写她的侄儿毛它——也就是这部小说中的叙述者——的微妙心理。小说以毛它的第一人称观点来叙述,便已注定要如此。叙述者的意识启迪又朝着两个方向发展:(1)人类对他人(即使是亲人)的仁慈和耐性究竟有多大的极限?在无法发挥这两项感情的最大极限时,人如何去面对自己内心的亏欠和自疚?(2)幺姑的死究竟带给叙述者什么启示?我们假设:这个故事的始末,叙述者是在幺姑去世的两年后才加以追忆的,而当他在记忆里重新去回顾整个事情的经过时,他终于明白人没有理由长期活在死亡的阴影底下。唯有接受死亡的必然性,才能够更扎实地存活着。小说的第一节便明明白白写着:

> 幺伯就是幺姑,就是小姑。家乡的女人用男人的称谓,我不知道这究竟是出于尊敬还是轻蔑……正如我不知道幺姑现在不在我身边这件事对我将有什么意义。已经有无边无际的两年了,世界该平静了。(第 182—183 页)

因此,这部小说是叙述者探索死亡的意义的心路历程。但是我们别忽略了这一段文字中有男女称谓的错置,也提到这种被家乡的人视为常态的错置到底是尊敬或轻蔑。这种错置情况的正常化,不正是《道德经》所称物极必反的道理吗?错置情况的正常化是通往价值超越之路。佛家劝人要看破红尘色相,也正是通过对这个情况的大彻大悟才办得到。《庄子·齐物论》也说:“方生方死,方死方生,方可方不可,方不可方可,因是因非,因非因是。”在随生随灭,随灭随生的循环中,只好随缘了。

叙述者与幺姑的关系显示出人对他人关照的极限。起初是由于关心,他老是为幻觉所扰,担心幺姑伤了自己。原来就耳聋的幺姑中风以后,叙述者和他的妻子必须付出更多的时间和精神去照顾她,但幺姑偏偏爱挑剔,又对外人不信任,更难伺候。这时候,叙述者的耐性开始遭到考验,就连他描写幺姑瘫痪在浴缸里的身子,语调也出奇的“中性化”,甚至多少有点不敬。幺姑的干女儿老黑虽然对他说,没钱用可以找她,但他写道:

> 可我不需要钱。我需要什么呢?当然是时间。需要一小时一分一秒的时间,来读书,来争吵,来奔走,来干那些干了又不想干而不干了又想干然而非干不可的事,来实现我对这个城市众多的问号和惊叹号,但幺姑躺在家里,又咚咚地开始捶打着床边的小桌了。(第 209 页)

一方面迫切感到负担的累赘,一方面则专注于个人的事情,使他陷于两难。接着,他更明白地表示:“我感到这个阴谋(按:指幺姑变得陌生、凶狠)笼罩天地,把我死死地纠缠,使

我无法动弹。"(第210页)最后,他终于变得像他父亲以前一样,不由自主地歇斯底里起来,喜欢戳老鼠洞。乃至珍姑从乡下回信,来了人带走幺姑,他的心情一度变得"拍拍实实的淡漠"(第217页)。

幺姑中风以后成了叙述者心理上、实质上的一个负担,如今他好不容易将这个负担传递给珍姑。一时之间,他觉得如释重负;这种心情也充分反映在小说里。他快乐地把削好的苹果给路过他门前的邻家小孩吃,还说:"我不知道他们父母的眼中为什么会透出一种诧异,是不是我慷慨得有点突兀?"(第217页)问题就在这里:人是多么模棱两可而矛盾的动物,当人际间的承诺应允与要求成了某种长期的负担时,即使近如亲人,也难保应有的耐性。可是叙述者对路过的邻家的小孩慷慨,因为那只是一时的,并不意味着经常性的要求与负担。

幺姑去世,他才难得请假回家乡一趟。但是相隔日久,幺姑早已成了珍姑和她两个儿子的负担。对叙述者来说,顶多他只是按月寄点"辛苦钱"给珍姑而已。在幺姑的丧礼上,叙述者表示:"我努力使自己的鼻子酸起来,可是无法做到,一点也想不起幺姑那些能使我动情的往事。"(第240页)

尽管表面上他透过理智去佯装哀伤,却办不到,只觉得"体内完全干涩和僵硬,也无话可说",能做的事只是感谢人们的泪水,感谢送葬的人"义重如山"(第239页)。丧事一办完,翌日大清早,在幽暗的晨霭中,他感受到一股压力。表面上的镇定自若,只能说是将亏欠和内疚留诸潜意识;他觉得"应该早一点,走走月光泼湿的小路,第一个看到太阳"(第236页)。才走出珍姑家门,四处见不着灯光,听不见鸡鸣狗吠或人们咳嗽、开门的声音,他忖思着:"莫非现在还是深夜而我的手表欺骗了我?"(第236页)然而,就在这节骨眼上,他一脚踩上了一连串软软的东西——老鼠。他觉得,莫非是老鼠预感到地震的来临,不然为什么有这么多老鼠闯到街上来?

小说中的第七节整节便是在呈现叙述者这一场充满愧疚的梦魇。他发现,他"在鼠河上踏浪而行","鼠流……沙沙一直向河里倾泻而去,不知它们受到什么召唤一定要奔向彼岸"?(第239—240页)河中的一条篷船"立时驻满老鼠,全然成了一座鼠岛"。可是,叙述者立刻补充道:"那不是鼠岛,不是。我看清了,那是我家门角那个装满炭屑的草编提篮,幺姑的提篮。"(第240页)那是一只八宝篮,他小时候幺姑总是用那只篮子提着各种东西给他吃;此刻,那篮子提醒他,幺姑在他身上总有点恩或情的。第七节几乎全是这种"寓言"的笔触,也勾勒出叙述者潜意识里的不安。

除了心里潜在的不安之外,整部小说最重要的意义在于叙述者对生死的认识和接受。直到临终前的最后一刹那,幺姑还嚷着要吃一碗芋头或什么的。生命不就是如此吗?人的一生中所求的也不多,但是却充满了一些小小的渴求和欲望,不过话说回来,又有哪几个小小的愿望是完全顺遂的?对生死的认同,使叙述者终能体会"一次次死亡结成人类的永生"(第241页),而"一切播种都是收获不是收获一切开始都是重复不是重复真正的死亡从来存在不存在"(第242页)。

在幺姑身上我们看到的是一个女人的悲苦命运,但是社会对女子的要求——如家庭、婚姻等制度——又何尝不是人为的束缚?幺姑曾是抢婚、夺婚的牺牲者;她一度难产后,不能生育,无情地注定了她晚年的命运。这些以文明之名制定的制度习俗,难道就没有暴力和诅咒的意味吗?这一切不看透,成吗?

幺姑的干女儿老黑就真看透了吗？她不结婚,成天在男人中间周游,怀了孕便去堕胎;她可以骑摩托车兜风寻开心,可以连跳四十九小时迪斯科。幺姑一生的"禁锢"和老黑的"放纵"形成强烈的对照。老黑是新女性的表率,可是她真的是完全免于束缚吗？也不尽然。

回到城市以后,叙述者接到老黑的电话要他去她住处,叙述者称:"大概想让我填补她周围愈来愈大的空白。"(第243页)叙述者并没有顺着她的意留下来陪她;从他们的对话中,我们获悉,近来老黑也开始有点歇斯底里了。夜里她不能入睡,需要安眠药帮助,但是依然解决不了问题,老觉得床下有声音嘛嘛地响。事实是:老黑固然不屈从于婚姻和家庭的体制,但是仍然需要男人来填补她的空白,甚至于让男人"好心或恶意地摆脱她"。所以她还是有她一些小小的欲望, 而当她说早把一切都看透了, 叙述者回答说:"你没有把看透也看透。"(第244页)然而,在"无无"之悟性中,韩少功也怀疑不能承当责任和意义根本就是逃避主义。

离开老黑住处,叙述者顿时感到仿佛是逃离了一座黑暗的坟冢,"室外的阳光如此强烈,使我微微眯合眼睑"。这时候,他觉得"她苍白的皮肤和松松的眼泡有点异样——她也像条鱼"(第245页)。对他来说,这一场未完成的外遇经验,只是一个短暂的诱惑;老黑的"身影缩成一个黑点,如同正在水中消融的一颗糖"。

回家的途中,他碰到一个年轻的小伙子蹬着一车水果。他写道:

> 小伙子上身那铜浇铁铸般的肌肉,鼓起一轮轮一块块的,令我忍不住羡慕地回头盯一盯他的脸。我觉得这一身生气勃勃的肌肉是个好兆头,也许能使我在下午的谈话中口齿灵活起来;或许能使我在前面的路口拐弯之后,遇见一个什么人——我没见过的但等待着的人。(第245页)

这一段话除了交代那小伙子身上勃勃的生机所带给他的顿悟, 也蕴含着无限的禅机。经过这场死亡的梦魇回忆,叙述者已能够迎向新生命,而更重要的是,他将接受并履行任何新的因缘际会。他晓得,回家后,他还是势必要重复一些生命中的琐碎循环,吃了饭就洗碗…… "日子只能这样过, 应该这样过"——而他也宣称 "现在我总算豁然彻悟"(第246页)。生命就这样:吃了饭,就去洗碗。就这样。在看似乏善可陈的琐碎中,却露出万般玄机。

《爸爸爸》处理环境制约,而《女女女》当中已可以看到文化制约人,人制约人的情形;《火宅》则更具体而微地探讨官僚机制和语言对人的制约。

《火宅》[①]第一节劈头就将人为制度或机构的诡谲暴露出来:商店里开始出售塑胶玩具手铐,唯恐这种玩具被不当地滥用,势必要成立玩具局。为了种种冠冕堂皇的理由,"当然得重视玩具制造的管理,也当然得有一个局"(第77页)。有了一个局,就当然有各种官僚和冗员;而且倡议要成立一个官僚机制的人很容易就可以为他们的想法找到"升华性的论证"。

当然,语言管理局也如法炮制,成立的理由是:"现代社会已经是信息社会啦,而语言是一种最基本最重要的信息载体。……党政军民和东西南北中,谁的存在和发展可以离得开语言？……进而我们可作升华性的论证:乙市欲达到城市管理之最高水准,能不全面强化语言管理吗？"(第77页)

---

① 《火宅》的引文系采用搜集于西西编《红高粱》的版本。

在本文所讨论的三部中篇小说中,显然以《火宅》的写法最隽。韩少功几乎把人为机制——包括官僚主义和语言的支配性——的丑陋百态写得一览无遗,甚至于在叙述的文体上也不时来个现身说法,展示了一个发人深省的课题:人们自以为可以驾驭语言,"规范"语言,其实大部分的人都在饶舌或在开会的场合上胡诌一通高谈阔论,完全没有察觉到他们已成了语言的奴隶。

语管局当局设定的口头禅是这样的:"语言——社会的神经,时代的经纬,斗争的工具!"(第80页)依我看,前面的两个词全是空话,只是徒托修辞上的对仗形式,并无实质意义可言。至于最后一个词说语言是一"斗争的工具",就《火宅》所叙述的事件来看,倒是一针见血。

来语管局参观的访客照例要看一段资料片。片子里,芝麻蒜皮般的小事也被夸大成堂皇的论证,访客们听到解说员沉痛地说:"一言致祸的现实教训,可谓触目惊心,发人深省!"(第81页)看在参观会后有午餐招待的份儿上,访客们也虚应一番,陪着解说员沉痛起来。共进午餐的时候,大家不是比年龄,便是论菜肴,天南地北地胡诌。当然言语交谈也是一种仪式,大伙儿总不能只顾埋头抢菜吃吧,但是我们却发现"言不及义"者比比皆是。最讽刺的是,人们为了表现自己深具出口成章的雄厚潜力,不开口还好,一说话尽是引用陈词套语,最好是用成语,那样方显得出自己有学问。

语管局的标语则尽是充斥着一些"八股"——诸如全民动员,大打一场语言管理的突击仗,横下一条心……开会的时候,一个个官僚则尽是讲些冠冕堂皇的废话,不是无聊的意识形态语言,便是顺从长官意志,陪着放放马后炮。到头来,只看到言语像一只多产的牝狗,一胎一胎地生个不停。上司一丢出什么字眼,属下就像鹦鹉般地复诵,作些无意义的引申,而这就是开会的艺术!语管局号称是要净化语言,管理语言,却只是一味地在使语言僵毙。一个个官僚不但没有创意或独到的见解,还要徒托一切形式来荡尽语言所应有的实质内涵。

于是,管理条例和各行各业的人所应遵行的"语言通则"便一一诞生。接着还要扩大成立语言监察总署,不但配备精良,有"禁语膏",一贴上嘴就难以去掉,非语监署特制的脱膏药莫能奏效;有喷喉枪,管教你一个月内声带不能发声;有电子定向声波遥测仪,可遥测三百米内任何方向的一切悄声碎语,"包括官话闲话情话黑话笑话昏话真话假话私房话"(第92页)。可想而知的,有了机关就有管理条例、制度。最讽刺的则莫过于制度之成立往往说是为了要建立秩序,实则徒增种种扰民措施。

《火宅》中,除了长篇大论的现身说法暴露语言的荒谬及官僚机制的繁文缛节外,只有第三节及第五节有较显著的节奏律动。第三节的情节交代一位老人从乡下进城来,发现自己的荷包被扒手偷了,身上的钱不翼而飞,当下一喊"贼",语言警察却只管他自己的"规定",要老人学一遍"规定",结果他气愤地拿起手上的竹烟管把语警敲昏。语监总署接到报告,立即下令封锁整个街区,全力搜捕逃犯。车辆都被迫停开,行人一一对音频检测仪骂一句"偷你大爷的钱去给你娘老子买棺材啊"——只有当仪器鉴别出这声音与原来记录下来的声音确实不同时才能够放行(第95—96页)。顿时整个街区的交通陷于瘫痪,交通警察指挥不动,还遭语警警告要注意"警务人员用语通则"。

韩少功以闹剧的语调写了这一出荒谬剧,但是他也指出,尽管你官僚机制制造了多少扰民、不便民的措施,百姓还是要为生计忙。出事的街区现场顿时便成了一座临时市集,和

现场的混乱交织成一幅不可思议的生活写照。人们发现交通堵塞并未纾解,一个个开始咒骂,"后来传说,他们这一片骂声太猛烈太粗野太密集,当时使电子语测仪都紧张运转,最后叭的一声几乎全部失灵"(第97页)。好不容易最后还是出动直升机及大批"镇暴语警",同时从空中及地面夹抄,混乱一直持续到第二天才结束。

从以上的说明,我们不难发现韩少功多少是受了西方荒谬剧场以及美国小说家海勒(Joseph Heller)的《第22条军规》(Catch-22)的影响。人们尽管可以制定多少条例及管理规则,到头来只是自缚缚人。韩少功似乎也暗示,在文明社会,一旦官僚机制趋于腐败,很多人为的制度只是干预生命,徒扰人们的清静秩序,而其实这也是文明人自作孽的一部分。

可想而知的,即使这些规则和条例成了一套大家共同行使的游戏规则,情况也未必较好。譬如说,声称要降职,实际上反指要调升;说一个人很冲,就将语言巧饰一番说他"魅力太大";明明是控诉人家待你太苛,也只能说"我早就知道你对我十分关心爱护";等等(第134页)。诸如此类,例子不胜枚举,反正是在鼓励人们尽情地去扭曲语言,睁开眼睛说瞎话——言不由衷,自欺而也欺人。其实,在日常生活的周遭,这也已经是一个常态,但是敢于去反省它的作家并不多见。韩少功攫住这个现象来处理,在幽默笔调中并未忘记要人们对这个现象"沉痛"一番。

第五节的情节则写到语言管理学会的首届年会及理事会。在经过一次"暴动"考验后,局长便提议要整顿,同时,"语言工作还得加强科学性"。于是,语管局大楼门前便多了两块招牌:"语言管理学会"和《语言管理》学术丛刊编辑部"(第109页)。

年会会址选在海滨宾馆,而且为了强调各方面的代表性,除了学者之外,还邀请一些"来自基层街道的业余语监员"。韩少功笔下,众学者——老的少的——的风采,比起于梨华写的《会场现形记》一点儿也不逊色。会场上,一位年轻学者发言时,不但熟谙"比兴手法",先言他物再及本意,而且擅长社交长才,把"老化的学者"马屁拍得嘟嘟响,个个服服帖帖。言谈中,对语言的"准确性明晰性生动性俭省性",对它的"时代感民族感历史感真实感文化感流动感升华感空间感辐射感宏观感先锋感"扯了一通。我们姑且不问这些"性""感"究竟是何物,但是这一类语言除了唬人以外还能做什么?

理事会上,理事们在乎的不是什么鸟学会的事,而是他们的身份权位问题。有一位理事质问局长,学会到底算什么级别?局长斩钉截铁说:"局级,当然是局级!"对方立即触类旁通,自以为理事至少也是副局长级吧。局长觉得不好回答,支吾了半天,"对方恳求:如果相当的话,最好由你们下个文件,明确规定一下,免得下面含糊"(第117页)。另一个理事则抗议名字被印错,M成了W……

语管局扩大编制,原来的"局"改为"总局"。原局长住进医院才一阵子,出院后已人事全非。语管局这座"巴贝塔"(Tower of Babel)已升上去二三十层了。原来的局长沦为"科研语言局长",没事做只管打苍蝇。总局里面,一个个是高干,原先的"语警都少不了弄个副主任当当",这一来也发现主席台不够用。可是当每个人都到了台上以后,台下只剩一个秘书,于是干脆让秘书坐到台上,而下面变成主席台(第128—129页)。最后,一切事情干脆也唯秘书的旨意是从,秘书专用车、秘书专用别墅……一切稀罕的高级设施都归秘书一人使用。官僚主义的恶性循环于焉形成。

《火宅》的一场无名大火毁去了这座"巴贝塔"。那是清净之火,祛除了语管局每个人对语言的沉溺。事实证明,在解除了对语言的倚赖之后,每个人都会活得较好。

韩少功的作品在国内尚未见过具体的评介,但是我这篇文章是以论文的性质和方式来呈现,我无意写成一篇书评或评论文章。我想,论文和书评(或评论文章)还是有差别的。既然是论文,则需侧重研究,而且更需要将作品的存在视为不可更改的事实——这样做已等于是对韩少功作品的肯定。如果要将一些批评硬塞进来——譬如说,《女女女》当中,叙述者和老黑的关系写得太含糊、暧昧这一类的评语——只是画蛇添足罢了。而事实是,韩少功作品中关于文化制约的铺陈,的确言之成理,因此,我也借用文化人类学、仪式的观点去"破译"了他三部中篇小说的意义,如此而已。言语之为物,也是随灭随生,随生随灭,随言随扫——韩少功这种体会,在华语作家中并不多见。

(载《中外文学》,1989 第 17 卷第 8 期)

诘问和想象在韩少功小说中

〔法〕安妮·克琳 撰　肖晓宇 译

本文准备着重从美学方面①探讨中国湖南一位年轻作家韩少功的作品的主题内容及体裁风格。

韩少功的大多数作品,不论是在主题内容还是在体裁风格的表达方式上,都贯穿着背反。对人的模糊的描写与对动物或大自然的生动细致的描写形成背反。其小说既是地方性的,又是世界性的:一方面韩少功的小说背景是中国的,甚至是地方性的,以这个为背景带出大量的民风俚俗和方言土语;另一方面他的主题如生与死、无人性、探寻真实等又会使全世界每一个可能的读者感到共鸣。

正是基于这种背反,韩少功小说中出现了一种越来越强烈的诘问,似乎他想证实际已被描述过的或被发觉过的可能性外还存在着其他的可能性,以及对一些定论仍然可以提出疑问。韩少功简洁而激烈的表达方式与封闭性无缘。它会促使读者自己去思考,并有时对自己的理解提出疑问。

在评论韩少功的作品之前,我想引用他自己关于文艺创作的见解。1987 年他在接受记者采访时②,指出:"哲学、科学、文学,最终总是发现自己面对着一个个奇诡难测的悖论。悖论是逻辑和知识的终结,却是情绪和直觉的解放,通向新的逻辑和知识。康德是这样,玻尔是这样,曹雪芹和昆德拉也是这样。"

我并非想探讨韩少功所有的丰富的主题内容;其明晰的和含义丰富的内容值得另写一篇论文详尽论述。这里我愿意研究一下他的作品主题间的相互影响。

在他的小说中,人由于有意识而处于中心位置。为了探索人的意识,韩少功采用了几种方式的冲突:与大自然,与动物,与社会……所有这几种方式最终都回到人和人的思想上来:主观表现在韩少功小说中是最实质性的。

围绕一个吸引中心(人)的这样一个结构确与中国书法的结构的向背原理有很多相似之处:而向背原理是中国书法构成中最基本的原动力。下面是姜夔在《续书谱》中对"向背"所下的定义:"向背者,如人之顾眄指画。相揖相背。发于左者,应于右。起于上者伏于下。大要点画之间施设各有情理。"

很多时候,韩少功的小说情节都是有意地不按直线发展的;韩少功并不是仅感兴趣于主人公的心理,他们并不视某种道德训诚为己任。韩少功于 1986 年发表的一篇题为《寻找

---

①　韩少功早期的一些政治小说不在本文的研究范围里。

②　见《答美洲〈华侨日报〉问》,《钟山》,1987 年第 5 期。

东方文化的思维和审美优势》[1]的文章对他创造性的观点提供了深刻的见解。作者说,直到最近,现代中国小说一直与东方的美学传统隔断得太深,表现为重情节而轻意绪。他指出,在东方的传统美学里,美感由主观表现所支配,以直觉而不是以理性分析和逻辑抽象为基础,理性分析和逻辑抽象是西方文化思维方式的特点。他也引用了东方传统哲学中的辩证法,在那儿阴和阳两个概念是世界的本原。

现在让我们走进韩少功的世界中。因这一部分只研究主题内容起见,我将主要按时间顺序,着重探讨作品中向背的两极。

在《飞过蓝天》里,主人公是一个知青,他的伙伴们都返城了,而他却孤零零地留在他的"流放地",甚至连他的爱鸟也要远走高飞了。它腾空而去,飞向自己的故乡,飞过蓝天时遇到了鹰,又在浓雾中迷了路。当它最后飞回来时,知青居然没有认出它来,一枪把它毙了。

这篇小说讲述了人和一个小动物之间交流的愿望。主人公实质上是孤单的;他不得不转向一个非人类朋友来表达他的感情。他与鸟的对话就像与他自己的对话。在小说里,人鸟的双重表达共同发出了强烈的诘问:分离好吗?友谊可能吗?自然环境似乎是形成这种混浊气氛的原因:在浓雾中飞翔,鸟无法区分日夜,听不到人声或兽声。

人、鸟关系的寓言早被屈原用过。屈原在他的《离骚》里借此寓言帮助人促进其思维。《离骚》是屈原被解除职务后离开他正常的生活环境后——像韩少功笔下的知青和韩少功自己一样——创作的。这两种情况下寓言的运用都可看作一种对完美的追求,也是对一种固有价值观的诘问。

另一篇小说《晨笛》通过一个人(男孩)和动物(一头牛)的友谊,描述了人间与天国之间传奇性的相互影响。这头牛并非普通的牛,她曾为天上的神仙,被玉帝派下凡来帮助农民耕作。她曾经什么都是正确的,但因为她有一次犯了一个错就变成了一头牛。最后,由于"大跃进",她被宰了。

这里价值又互换位置了:动物比人更有人情味(整体地),小男孩禁不住想发问:人要吃人吗?他真实的家庭象征性地属于动物和植物的世界:他哥哥是一块石头,他姐姐是一束石榴花,他叔叔是一头牛,主人公与大自然的亲密关系令人震惊。就像在《飞过蓝天》里一样,天空成为一个强大的——这里是传说的——吸引极。

这篇小说包含了几个基本主题——孤独、诘问、寻求对话、大自然、动物、永恒感、野性……这是韩少功从开始就一直发挥着的主题。他创作的这第一步笔端就蘸满了感情,特别地表达了一种纤细的天真的敏感。

在 1985—1987 年的小说中,主人公个人较以前多变一些了——例如他常被描述成在走路。他的思绪较少地转向天空了,从本义上和从比喻意义上讲,他更多地在尘世(人间)。仍然强调个人意识(思绪)的诘问现在更多地表达了与文化和社会的冲突。同时这时的诘问也更抽象化、更哲学化:它是关于人的自我,甚至于对真实性的认识。其范围现在扩大了:强调文化和增加抽象是一致的。然而环境几乎没变:主人公并没被安排在现代的中国城市里;他们仍在乡村,与大自然有着紧密的联系;他们所处的社会充满着传统和传说。

在很多小说里,主人公显得与环境格格不入,他是一个知青或一名探险队员。这种位置使他能观察注意到一个本地人不能观察到的文化习俗和事件,同时也导致了一种在陌生的

---

① 见《文学月报》,1986 年第 6 期,第 53—54 页。

环境里的缺乏理解的局面。在某种或多或少的隐喻意义上讲——几个字就足够了——两个世界:乡下世界和城里世界在冲突着。四季不变的乡村生活通过城里来的受过教育的人的眼睛得到了逼真的再现。中国的农村几个世纪以来没有什么变化。主人公对此作了激烈的反思。

韩少功成功地表达了主人公于自己也成了陌路人的奇怪的感觉。同时,他也使得读者分享主人公的感情。

小说《爸爸爸》(1985)描述的是一个叫丙崽的连话也讲不清的男孩,其心理年龄只有一个婴儿那么大,他曾被村民们计划当作奉献给谷神的祭品。逃过这一难后,在他身后留下的是他的村子与邻村之间的长时间的仇恨。这个男孩会去寻找他爸爸吗?——但是他是谁?他在哪儿?——去杀掉他吗?他妈妈叫他这样做,但读者不知道,他仅知道他妈妈也永远地失踪了。她遭蛇咬了吗?她从悬崖上掉下去了吗?

在这篇小说里,迷信和社会压力的分量加重了——也许这可以解释《爸爸爸》在本文中比其他小说引用得要长一些这一事实。跟着这个男孩,《爸爸爸》的读者被引回到远古时代,被抛到一种永恒和静止的气氛中,抛到人类的野蛮行为中。其描述的确很深刻,正像M.杜克最近评述的一样,在《爸爸爸》里看到的是"一种对传统文化的彻底批判"。在这篇小说里,没有外面来的主人公。相反的是,小说里的主人公反而要在没有解释的处境中离开他的家乡,但其决裂效果是相近的。

韩少功讲了一些《爸爸爸》的详细情况。他说他有意使故事的时间和地点模糊不清,有意把不同的几个少数民族的成分混在一起。地区性的成分给他的作品增色不少,但他说他另有目标:打破时空可以使浪漫主义的情感或主观性得以表达。他相信创作可以充满美、神秘、自由和幽默,正像在古代的楚文化里一样。

《诱惑》的气氛则没有那么令人压抑。这是一个表现人和自然冲突的故事。故事叙述者是一个知青,同他的伙伴们要在遍布悬崖和瀑布的地形中找一条出路,叙事者似乎到了远古时代的世界的边缘。知识青年小组住在村外,生活条件非常差:一片黑暗,没有亮光。后来这帮人找到了路。叙事者说通过这次寻路他终于明白了山的意义。这就是说,他认识了自己的局限。

这篇寻路小说的结局把整个的经历摆在一个崭新的开始位置上,与道家的对立的位置可以互换的思想相符。甚至在结尾前,韩少功就乐于对故事本身提出质疑了,并提出了几个新的展开方向,似乎他不愿意就此收尾。

故事是以年轻的探险者想在一块石头上刻下几个字以证明他们来过开始的。在这里韩少功已经暗示着怀疑的因素了。首先他们发现已经有了一些碑文,标明是1954年:这是一个与永恒的深刻的印迹多么突然的冲突!其次,这个发现使得叙事者萌生出他的朋友们都与他形同陌路的感情,好像这种永恒感的失落立即被陌生感的一个新的方面所取代。最后一点,这一点并不重要,即那刻过的碑文很清楚地表明了在达到山顶之前仍然有某条路可寻。一种强烈的相对主义感和诘问感在《诱惑》中得到了表达。

短篇小说《人迹》着重表现的是人的行为——这个主题是通过将人和动物相比较来处理的。一个小男孩因偷了一个手电筒而遭到父亲一顿打。由于害怕,男孩逃亡到森林中。有一次在稻田附近,村民们短时间地看到过他,他的身上现在长满了毛,看起来他像一头熊。到最后结尾时,叙事者,探险队的一员,听说有人杀掉一头熊举行盛宴。那么谁是牺牲品?这

时突然他听到一阵响应的笑声。这笑声又是从哪里来的?

除了兽——人的主题以外,《人迹》的全过程引导着读者对被当作一个整体的某些主人公的野蛮行为产生怀疑。小说听起来像一次打猎。它是以描述猎熊的技巧开始的。最野蛮的主人公是人,而其牺牲品兽却没有那么凶残,反而害怕人。传说让人们去怀疑人的善良。最后的结局虽显得相当黑暗却不令人感到绝望,这是由于幽默在这里传递了一种强调想象和陌生感的开放的氛围。

小说《女女女》(1986)继续沿着城市和乡村的两极的主题展开。它讲的是一个妇女离开乡村的故事——她由于不能生育而被乡里的人们排斥在外——然后又叙述了她在城里的生活以及她的重返乡村。一次医疗事故使得她成了亲人们都不忍再见的人。他们并非有意想要抛弃她,但最后他们都造成了她的死。

这部中篇叙述了一位妇女的整个生活轨迹。她的命运决定了一位更年轻的城里女人的命运。城里潜在的区别并不以乡下的一成不变作为背景。谁能够征服惰性?即使是叙事者,一名年轻的城市知识分子,也害怕被染上污点。作者在较小的程度上揭示出每一个人都是造成这种悲惨的境况的原因。《女女女》采用的是一种慢节奏,但触及了生活最实质的地方。

上面分析过的一些小说都是按照向背原则而展开情节的,并且都把人同自然、动物,过去以及乡下遥远的地方相比较。在这种由不可把握的、凶暴的和不可理解的力量控制的环境下,主人公以一种诘问(质疑)的方式做出反应。下面我要提到的几篇小说里,韩少功把着重点更多地放在主人公纯粹的精神过程上,诘问的效果因而更直接,更个人化。主人公们可能会分裂成两个部分,就像人们在不断变化着的镜子中看自己一样。

《归去来》(1985)是一篇通过回忆写出的关于自我质疑的小说。一个黄姓男子来到一个他不熟悉的村庄。村庄却显得熟悉他,每个人好像都认识他,但都叫他另外一个名字。主人公以前到过这儿吗?他杀过这里的什么人吗?有人跟他提起这事。在主人公一开始就对这些决然否认以后,疑团在他脑子中越聚越大。然而,他自己对村民们行为活动的观察又表明他只能是第一次到这儿。在小说的结尾主人公梦见他走在一条长长的路上,而对路本身的描写几乎跟小说的开始的描写一样。读者在这儿会记起《庄子》中那位做梦的人。他再也无法辨清到底哪一个有更大的真实性——他自己还是他梦中的蝴蝶。

对想象的偏重在韩少功最近的作品中得到了反映。诘问似乎不停地在主人公的脑子里出现,因为他总是显得在现实和想象中摇摆不定,其方式是轻柔的、连续的,显得接近自然。而把想象成分更突出了的小说的体裁显得更轻快和纯净;以前的小说中已经出现过的幽默现在又大大增强了;农村的文化和社会生活更多地放在背景中去了。韩少功最近的作品带有某种解脱,至少在体裁的表达上。

以一个男子的死亡结尾的短篇小说《谋杀》(1988)揭示出理解现实的两条平行线——理性的和想象中的——的存在。故事的主要事件是小镇上的一妇女去参加一次葬礼,解释了她碰到的很多人的行为——特别是一个男人的行为——她理解为对她穷追不舍。有天晚上她想象那男人跑到她房间来了,这更加深了她的痛苦;她已经准备好一把小刀来对付他。第二天早上,这妇女去赶公共汽车时,看到那男的躺倒在地,汽车司机扭曲着脸站在他旁边。上车前,她不知道该干什么好:她该去警察局去投案自首吗?她把一条毛巾塞在嘴里以防自己出声。

小说的气氛跟侦探小说有相似之处:两个节奏不断交叉。一方面我们看到了像侦探小

说中那样快的节奏,这依赖于一系列的事件和读者对情节的疑问;另一方面我们又可以看到这位妇女的思想的较为缓慢、沉重和重复的节奏。

从内容的角度出发,我们可以把《谋杀》看成是一出生死搏斗的戏,一种阴阳之间的变体,这里阴的成分更强一些。小说以参加葬礼开始,以死结束。故事情节安排在7月份,正是人们买蜡烛和纸张来祭祀死人的时候。这个女人是死神的代理人吗?这个问题的答案是隐藏着的、不明显的,亦是阴性的;绝对的真实并不存在。

这篇小说的力量在想象的力量上:它能使得某人至少在心理上变成一个谋杀犯。这个让人意料不到的结局反过来可以引导读者对《谋杀》以外的世界也持诘问态度。真实是什么?谁能肯定他已知道了真实?

短篇小说《鼻血》(1989)叙述了在一个乡下人的脑子里一个妇女形象一点一点地形成。有一套现在已经荒弃了的房子,以前曾住过一户富人。一个男子来到这儿居住,他对这套闹过鬼的房子的过去很感兴趣,想查个究竟。他发现了一张这个家中的一个女人的照片,据说这女人现居国外,而他又不小心把相片撕破了。照片上的女人看着他,她似乎在哭泣。男人把撕破的那部分补上了。他不禁老是想起这个女人。后来,他因与这个"资本主义世界"的人有关联而受到批判。在他的公开批斗大会上,鲜血突然从他的鼻子里喷出,洒满了主席台。很多年以后,他认识了一位老妇人,他看到她手臂上一处伤疤正好与那张旧照片被撕破后又粘过的部分相吻合,他终于碰上了他以前想着的那个她,然而其架势就像多年前判决她去劳改的官员们一般。这是环境的互换吗?这也许是小说暗示的一点。

我们不用花太长的篇幅去谈《鼻血》所包含的主题内容,因为它们大多都在前面提及的作品中出现过。我只是想指出《鼻血》里幻想成分的增强。妇人在照片中的羞赧一笑,俨然她在真的看着主人公一样。跟《谋杀》一样,含有阴的成分的这篇小说是按照红的主色调展开的,特别是批斗会上知知的鼻血喷出,更强调了这一点。

在《鼻血》里,韩少功像一个走钢索的演员一样,既进一步表达了他关于想象的力量的观点,又表现了那些仅凭一个人所做的梦就去谴责他的官员们的荒唐现实!

上面的分析中,我已经多处提到过韩少功作品的体裁形式。现在我将排出几点代表性的要素来。在我看来,这几点结合起来,就构成韩氏小说体裁表达方式的几个主要特色。

把主题展开一点,我想强调一下韩少功作品的体裁和风格的多样性。其体裁丰富多变,体现了浪漫主义,现实主义和幻想的结合。似乎他前期作品里有更多的浪漫主义,而现实主义和幻想在他的近期作品里更得到强调。同时,随着内容的发展,其体裁风格大致是从初期(1980—1981)的简朴又返回到他近期的简朴(1988—1989),但是这并非简单的重复,而是经历了第二阶段(1985—1986)的一个复杂的阶段后才达到的,而且带有越来越大的距离感和抽象感。

形成韩少功的体裁表达方式的要素中,首先我们可以在其叙述中找到寓言的成分。从神话或传说的角度看,《晨笛》这篇小说把情节穿插于牛神(牛——女神)的传说中。这个传说不断暗示着一种概括性的结论。而这又能给读者提供思考的材料。通过选择一些全球性的主题和运用一种恰当的风格(正如我们下面将要看到的),韩少功发动每一读者都关心起来。在很多作品中,哲学成分的出现、故事事件的相对空缺,以及上述各阶段的模糊性更突出了寓言(感)这一特色。

主人公的模糊感也在韩少功的体裁表达方式中起了很大的作用。作者创造他的主人公

的方法,从80年代初期直至现在可谓是沿着一条惊人的不曾间断的直线行走的。

让我首先观察一下他是怎样给小说中的人物命名的。在《飞过蓝天》里,除了外号外,主人公被简化成一个代词:他。《谋杀》中的主人公也一样,没有名字,没有亲戚,亦无丈夫和孩子,除了在她记忆中某处有个父亲。这个妇女是这类主人公的十分典型的范例。在其他作品里,叙述都是由第一人称完成的,这样就不用从外面去描述叙述者了。

代词的运用淡化了对主人公的详述,同时也增强了叙述概括性的一面。而且它还是一种表达自我失落感的方式,就像我们在一些小说中看到的一样。短篇小说《归去来》似乎提供了一个对照——小说里主人公被给予了两个名字(同时也是"第一人称"的叙述者)——但"我"的思绪在主人公两个可能的名字间波动。读者可能会把韩少功作品中的这种自我诘问或失去自我的表达同中国以外的现代作家如皮兰德娄或卡夫卡相比较。然而,韩少功创作的背景同时也显得非常的中国化。当代中国发生的一系列事件给这种自我失落提供了背景条件:被送到乡下待了几年的韩少功被摆到了表达一种深深的迷失感的位置。同时,在感到迷茫时,韩少功笔下的主人公找到了替代的东西,有时甚至在他们所在的大自然的意义中寻到了宁静。

韩少功不仅仅给予作品中的主人公以含糊的名字,对他们的描述也强调了他们的系统化。让我来观察一下《爸爸爸》中的那个小男孩。小说的第一句就这样地描述了他:

> 他生下来时,闭着眼睛睡了两天两夜,不吃不喝,一个死人相,把亲人吓坏了,直到第三天才哇地哭出一声来。

后来又有这样的描写:

> 母亲总说他只有"十三岁",说了好几年,但他的相明显地老了,额上隐隐有了皱纹。

这幅主人公的画像让人联想到的更多的不是一个小男孩,而是一幅雕刻品或一块石头。

在进一步地创作这些失去人性的画像时,韩少功表现出在人和动物间作比较的趋向,人和动物到后来会变得难解难分,正像我们在《飞过蓝天》里看到的一样。在《人迹》里,韩少功通过微妙细致的用词,试图把熊和人混合,这样一来,在小说的结尾,熊和人的身份无法分辨了:

> 突然对歌台那边的人堆里爆发出大笑,大概一曲山歌正唱到了乐处。笑声一浪浪烙过来,使我暗暗心惊。熊黑爱笑,熊黑的笑声是从人的血肉而来,还是人吃了熊黑,以后才有这洪亮狂烈的笑声?抑或这统统只是山的笑?
> 我盯着那一张张脸。确实是人的脸,不是熊黑的脸。有人眼,有人鼻,有人嘴,有红扑扑的生气,有头上清洁漂亮的头巾和斗笠,是油腻腻的日子煎出来的一张张笑脸。

韩少功赖以缩小人和动物的区别的含糊不清的轮廓间的相互作用,有时也适用于动物

和植物间的比较。当小说《归去来》的主人公一到达那个村庄,开始在记忆里搜寻某人时,他看到路边这么一幅景象:

> 路边小水潭里冒出几团一动不动的黑影,不在意就以为是石头,细看才发现是小牛的头,鬼头鬼脑地盯着我。它们都有皱纹,有胡须,生下来就苍老了,有苍老的遗传。

因此,在小说的开始,这些奇怪的阴影就已经包含了小说后来展开部分将要出现的诘问的情绪。

韩少功小说中人、动物和植物几个成分的相互作用看起来像舞蹈,给人一种缓慢和柔软的印象。

韩少功创作的另一个主要特色是他对细节的兴趣,特别是对自然和客观事物的描述上,或者在对一系列想象中的事件的描述上。读者会兴趣盎然地注意到韩少功在有意忽视对主人公作具体描述的同时,在对环境的细节描述时又俨然一个专家。他的小说乃是通过一种非常敏感的途径接触其他成分的一幅幅图画。其细节是由感官的感觉来表现的。为了生动地再现大自然和表现想象,作家必须让主人公感觉和接触事物。

提到再现大自然,让我们再回到小说《诱惑》:由于感官,主人公的进展才得以顺利:

> 我们脚下有疏疏落叶,发出细微的声响,像是一种疲倦的喘息。渐渐地,感到有凉气袭来,是来自喑喑的溪水。

另外还有大自然直接作用于主人公的时候。有了耳朵的帮助才寻到了瀑布,有了对河水减轻冲击植物和石头的位置的观察才找到了路。后来,对树林的湿度也被表现出来,好像大自然也有了人的属性。

人和大自然间的这种密不可分的关系以及人类在自然中留下的印记在《爸爸爸》的这句话里也得到了印证:

> 寨子落在大山里,常常出门就一脚踏进云里。你一走,前面的云就退,后面的云就跟。

更概括地说,作者对人和自然之间相互作用的动力的强调与他对空气、云、水等成分的易动性的强调是一致的。

韩少功也依赖于细节,特别是十分敏感的细节来表达想象的力量。小说《鼻血》和《谋杀》正是通过对事实和姿势(即使是想象中的)的细致的描写来展开情节的。这在某种方式上,取代了他以前小说中某些对植物和动物的细致的描写。然而,其描写的精确性却一如既往。《鼻血》由不同气味所伴随和强调。主人公知知一到那套老房子时,有一种味道给了他强烈的拂之不去的印象,这种味道使得他产生了一种想调查调查的愿望。在小说的结尾,当知知见到他常梦到的那位妇人后回到家中,家里的一股怪味又严重地刺激了他:他不得不改变他的生活方式!作者也很强调视觉。借着外面的亮光观察妇人的照片产生了这样一段文字:

他现在似乎更清楚了,那眼里确实有泪光。想必是痛?是病?是有说不清的心事?知知找来几颗冷饭,把照片的另一角粘接上去,把胳膊还给了她。又取来半碗酒,给杨家小姐灌了几口。奇怪的是,他觉得灌得多,酒落在地的少,她真的把酒喝下去了。借着窗外一抹霞光看去,杨家小姐有了点醉意,脸上泛起一层红润,嘴角似藏蓄着感激的微笑。

韩少功的世界里还有一个最实质性的要素读者。在他的小说中,很大一部分角色给了读者,读者似乎被邀请去作一种心智旅行。读者会沉思于他作品中着力体现的具有普遍意义的主题内容(《归去来》),或者被邀请去搜集和破译出遍布在小说中的线索、密码,解开他们自己发现的谜(《谋杀》)。

在韩少功开拓的广阔的领地里,我还要提到读者能参入到他的创造性的过程中的另一条途径。它存在于主人公——读者对美景所产生的中国古典式的喜悦中,它构成了韩少功诗一般的表达中重要的一章。正如 F.朱利恩所注意到的一样,传统意义上一个中国学者的阅读休养依赖于品味:

> 在我们的文化传统里,读者与他所读到的东西保持一段距离(所谓的批评式"距离"),而中国学者则相反。他们在读书时则趋向于尽量减少他的主观性与损耗掉的原文之间的不一致("介入")。

韩少功置身于中国传统哲学思维和现代思维之间,前者强调思维的二元运动,后者强调感受性,两者都涉及中国现在的环境和 20 世纪主流的自我诘问。他描述的东西可能有些阴冷,但他罕见的破旧立新的能力引导着读者自己去探寻。

(载《上海文学》,1991 年第 4 期)

论韩少功的探索型小说①

〔英〕玛莎·琼 著 田中阳 译

这本集子中的作品——两个短篇和两个中篇——是韩少功写作生涯中一个重要阶段的代表作。这些作品创作于1985—1986年间,显现了韩少功从一个社会现实主义作家向探索型作家发展的历程。作为一个社会现实主义作家,他热衷于描绘农民的生活;而作为一个探索型作家,他则更加被那种对历史、对过去和当今时代、对传统,尤其是对文化的积极的、几乎是沉迷的关注和思考所推动。这种变化主要是一种观念上的变化。如果说在1985年以前,韩少功认为文学和现实之间主要是一种模仿的关系,文学只是作为一面镜子来反映生活,那么在他1985年以后的作品里,他则悟到两者之间是一种对话式的关系,文学是现实的一种中介,是把现实改变成为从一种不同的角度进行审视的东西。

韩少功所审视的现实生活的一个主要内容是"文化大革命"对中国人所产生的冲击,这也为许多其他中国作家所关注。然而,韩少功的作品和"文化大革命"之后立即问世的"伤痕文学"迥然不同,那些作品用强烈情绪化的、别人很难承受的苦涩的词句来表现作家们在那10年间的艰难岁月里的痛苦经历。在韩少功的作品里,"文化大革命"投下了一个长长的黑暗的影子,但却没有那种粗浅的感情释放和焦躁的宣泄。在那令人痛楚的事件中的经历被转化成了思索的原料,他的作品也成了应时而生的,对作为得以产生如此事件的根源的中国文化的寻根溯踪。

《归去来》和《蓝盖子》②是集子中的头两篇,它们可以被当作试图揭示、描绘、审视"文革"给人的意识所带来的剧变的作品一起读解。韩少功对这一主题的处理是细腻入微的。"文化大革命"只是作为背景出现,而非直接呈现的场景。政治上的含义是含蓄、模糊的,而不是直陈给读者。《归去来》讲述了知识青年黄治先的故事。他在去一个偏远山村的旅途中,被途经的一个村庄的农民误认叫作"马眼镜"的人。他为澄清这个错误,因而陷入了一场恶魔般的可怕的经历——他失掉自我的意识,被一种无以名状的罪恶感所缠绕,最终,不得不像个逃犯一样逃离了山村。韩少功仅在故事时间和地点的安排上,使之与"文化大革命"产生丝缕般的联系,而赋予一种超现实的品质,使之成为一部可作多层蕴含进行阅读的作品。他作品中这个主人公的遭遇无疑会在内地的读者中产生深刻的情感上的共鸣,因为这是无数人在"文化大革命"中所必定要经历的遭遇——被指责,通常是在没有任何原因的情况下犯下罪行,而实际上他们是无辜的。从这个意义上说,这篇小说可以被看作是对"文化大革

---

① 玛莎·琼(MarthaCheung)女士是英国比较文学博士,现在中国香港翻译中心任职,该文是她为她的译作、英文版的《韩少功小说选集》撰写的序,题目由译者所加。译文删去了原文开头对韩少功生平创作的介绍和收尾时关于译作出版的答谢之词,为原文的主体部分。

② 这些作品选自韩少功小说集《诱惑》(湖南文艺出版社,1986年版),译文即根据这一版本。

命"给人类心灵所施的故意戕害的谴责。

　　然而更为重要的是,黄治先的灾难主要是由他自己一手酿成的。在这个把人认错的戏剧性的怪诞故事的每一阶段,黄治先本可以将他从这种情形中解脱出来,但他却从未这样做,为什么?这一问题迫切地需要解答,却未被解答,这样就又提出了另外一个问题:作者是否欲使读者去归咎于他的主人公?抑或从延伸的意义上说,作者在敦促读者从比单纯指责更宽广的视角去审视"文化大革命"?

　　从这样一个角度来看,故事情节的发生,也许旨在归因于人们放任"文化大革命"发生并使之发展成为一个灾难性的事件。因为,当人们被指责为一种并非他们所有的某种东西的时候,人们也许并非进行足够的抗争以保存自己的本来面目。而且也许在中国文化中有一种什么东西来阻止人们充分发展对自身特点的认识,这样就促使人们悲惨地逆来顺受。

　　"也许"在这里是一个关键词。因为虽然在小说中有暗示主人公的悲剧应由他自己负责的意向,但作者并未明确地指出这一点,韩少功让主人公作为第一人称的叙述者,在先就已使之成为不可能。与之相似,作者对中国文化中阻碍人们充分发展"自我意识"的因素也未一针见血地指明。在小说的最末一行,主人公说:"我累了,永远也走不出那个巨大的我了。"这句话是一个发人深省的比喻。人们不禁要问,那个"巨大的我"是否是指"群体的我"?在这个"群体"面前,个体的"我"被训谕,被期望而卑躬屈膝,弯腰折服。人们还不禁发问,是不是由于这个"群体"在儒家的道德体系中占据统治地位而阻碍了个体的人严肃地对待"我是谁"这样的问题,或对个人在社会中的位置的回答就简单到这样——我是一个中国人,我是一个共产党员,我是我的家族中的一员,凡此等等,不一而足。

　　尽管人们发问,但在小说中却找不到答案。这就是当它第一次在中国刊出的时候便引起如此多的争论的原因。读者和评论家们一样,均视之为摆脱了占领中国文坛几十年的那种宣扬道德说教的、政治宣传式的写作方式的一部力作。他们对作品中的梦一般地将过去和现在加以混合的手法颇有反应,也对通篇叙述中所笼罩的使人不安的罪恶感反应强烈,尤其是对迷漫于全篇的质疑的精神有着非同一般的反应。因为很少有几个中国人在读罢全篇之后能不掩卷自问:"我"是谁?"我"是什么?当我说"我"时,究竟指何意?我归属于谁?我和谁同类?我如何能"走出那个巨大的我"?我如何摆脱别人可能强加于我的"非我"?

　　同样,在《蓝盖子》中也充满了这种质疑的精神,但与考究有别。这也是一篇探讨罪恶与责任问题的作品。它由两层故事构成。内层的故事是关于一个叫陈梦桃的人,如何被送进苦役场("文化大革命"又一次模糊地呈现)、如何屈从于压力并"平静而随和地"变疯的经历。外层的故事是关于"我"——故事的讲述者的,写"我"如何遇到这个疯人并得知他的故事,以及这个故事对"我"产生的冲击。像《归去来》一样,《蓝盖子》也为读者提供了不同理解的可能性。我们可以说作者采取了一种超然的、不动声色的叙述方法,通过陈梦桃的故事,来描绘历史上某一阶段所给予人的精神上与心理上的压力,因此这部小说是对"文化大革命"强有力的谴责,尽管还算是有所克制的。我们也可以说陈梦桃的故事,像《归去来》一样,实际上是关于责任的,关于陈梦桃如何因为软弱而丧失理智的。或者我们也可以说它两者兼而有之:历史既对个人的命运负有责任,个人也必须对自己的命运负责;两方面互相关联,归咎于哪一方从来不是一件简单的事。

　　如果我们也把外层的故事加以考虑的话,我们也许又可以做出另一种解释。外层的故事并不仅是一个框架,而是内层故事的一种令人不可思议的重演。上文已说过,陈梦桃"平

静而随和地"变疯,并且"除了寻盖子外",他显得"十分正常"。能不能说《蓝盖子》的最后几段(这几段结束了外层故事),实际上是写"我"这个叙述者如何平静而友好地变疯的？他的紧捏瓶盖和陈梦桃的紧捏瓶盖难道不是有一种惊人的相似之处吗？

如果确实是如此的话,那么《蓝盖子》和《归去来》一样,表达了对"文化大革命"的一种超越了单纯的感情层面的反应方式。愤怒与谴责之所以被激起是为了被排除掉。小说提出了罪的问题——无法说得清的罪——并且试图以一种在 E.M.福斯特的《印度之行》中得到最好的表达的方法去解释它。福斯特说:"任何事情都不会在孤立状态中发生,当有人做了一件善事,大家都会做善事;当有人做了一件恶事,大家都会做恶事。"①

韩少功在他的小说中也以一种相似的方式看待罪的问题。在邪恶面前,没人能无动于衷。即使并不是你做了错事,你也将自己承担起责任并感觉到多少有些负担,甚至在你发觉之前。没人指责你,但是这样的"承担责任"却自然而然地发生。这不是人类的软弱,而是人类的天性。小说的内层故事写陈梦桃怎样意识到(即使仅仅是隐约地意识到)苦役场中一位同室伙伴的死不仅仅是死了一个人,而且是一种邪恶的显现。小说表现了"承担责任"是如何发生的,这种无法说清的罪恶感是如何把陈逼疯的。与之相同,外层故事写"我"这个叙述者怎样意识到(假设仅是隐约地意识到)陈梦桃的故事不仅仅是一个饭后的谈资,可以说过即忘,而是表现了一种邪恶。他也突然之间感到一种说不清的罪恶感。他和陈梦桃一样,奇怪地走向了同一个归宿。

"既知如此,宽恕何益？(Aftersuch knowledge,what for giveness？)"T.S.艾略特的诗句总结了这样的现象给读者造成的影响。在明白无人能对历史的恐怖弃绝任何责任之后,宽恕的确显得无关宏旨。这样的认识虽无助于愈合历史的伤痕,却使之变得更能承受。如果《归去来》为我们突出地展示了一种将历史视为一个"永远无法醒来的噩梦"的观点的话,那么《蓝盖子》则代表着作者通过与历史妥协来摆脱噩梦的努力。按韩少功的话说,《归去来》所探讨的是"制约人的文化因素",《蓝盖子》则试图提供一种更为全面的看法,来说明在文化中也有一些东西有助于人的解放。韩少功明显地受到禅学宗师们逸事的启发,他们以富有启发性的语言回答弟子们的提问,所以当听者明晓事物真理的时候,会感到直觉的洞悉,这称之为顿悟②。《蓝盖子》则不懈地主张人们有更开化的历史观。

但韩少功批判的眼光不仅仅停留在过去的历史上,而且也在现在,在中国正在发展的历史上。他敏锐地意识到在现在的中国有一个精神真空——这种真空在 W.B.济慈的诗句中得到最好的概括:"旧的死去了,而新的尚未出生。(The old is dead,the new is yet to be born.)"死去或失去的是人民绝对的、无条件的信仰的能力——不管这种信仰是马克思主义,或共产主义,或毛的主义,或传统的儒家价值观与理想,人们对信仰的渴望和能力仍在,但新的焦点却尚未找到。有许多相互竞争的力量想来填补这个真空,许多强有力的手都在奋力想左右历史的车轮。韩少功的《爸爸爸》和《女女女》捕捉到了这一转变过程,并且实际上切入了进去。

---

① E.M.福斯特:《印度之行》,企鹅出版社,1985 年版,第 169 页。

② 禅是中国大乘佛教的一支,由菩提达摩创建于公元 6 世纪的印度,它强调沉思与默祷为达到彻悟的途径。韩少功在这本集子的另一个作品——《女女女》的结尾,把关于禅师诲人的一件逸事化在其中。故事是这样的:一天一个和尚问禅师佛教徒的真正本质应该是什么。禅师没有回答而是反问:"你吃饭了吗？"和尚回答说已经吃了。禅师说:"那么洗碗去吧。"

《爸爸爸》是在发现历史的同时观察历史的。故事发生的地点现在已广为人知——一个似乎是存在于时间之外，广泛的社会变动对之无所影响的小山村。它讲述的是一个山村的部族衰落的故事，是一部和现在或历史上任何特定时期无任何表面关系的部族史。然而，正是因为这个故事在时间上是不确定的，因此它表现出来的意义获得一种谜一般的性质。内地的中国批评家们很快便接受了这种挑战。一些人发现这是一篇讽刺性的作品，这类作品过去以鲁迅为代表。它描写了野蛮的祭祀仪式、图腾崇拜、村庄部族之间的械斗以及其他原始的活动。所有这些无情地揭露了那些阻碍中国现代化进程的东西：无知、狭隘、迷信、地方主义、保守思想、自满，等等。一些人则把这篇小说视为文化批评和对中国文化深层结构的描绘。这种文化通过小说中人物的习惯、风俗、传统、信仰、仪式、歌曲、传说、语言和行为表现出来。而另一些人则将其视作一种情绪化的诗歌，其中最主要的情绪是怀旧，因为作者似乎在写作中试图保留一种濒于消失的生活方式。也有一些人对它嗤之以鼻，认为它不过是作者沉湎于外国口味的结果。小说中民间的风俗和对偏远山村生活的生动描写只不过是作者想给他的作品增加一点新奇感罢了，至多不过是卖弄技巧，是魔幻现实主义的中国翻版，不会经受住时间考验的花里胡哨的东西。

　　《爸爸爸》的确怎样理解都可以。人们也许还能说它是一个对中国的命运做出严肃警告的寓言。当然，山村及其芸芸众生可被看作象征性地代表了这个国家及其人民：他们的眼光是向后或向内的，被传统和过去文明的荣耀拖住了脚步。还有，因为前进的努力明显地不很奏效，那个山村，以引申的意义上说即整个国家，正处于一种深切的危机之中，悲惨的结果是年轻力壮的人必须离去，只有愚昧迟钝的人才能幸存下来。对丙崽来说，他是个痴呆，只会说两句话，一是"爸爸"，二是"×妈妈"，却幸存下来了。

　　这的确是一个严重的警告，同时又令人沮丧。但这篇小说，不管从哪一个角度去看，都不只是写的失败，同时也写的是胜利——人类灵魂的胜利。人们的确失败了，但他们却以尊严和坚毅接受它。如果失败中没有恢宏，那么也就没有令人痛惜的悲哀。作品的基调是凝重的，但却不是令人无法承受的。痴傻愚顽仍苟存于世，作品对此也予以深刻的控诉。但小说却常常提到创世的传说和中国神话中关于迁徙和幸存的故事，这样就置失败和堕落于一个长长的历史视角之中——它们不是以几十年甚或几世纪来衡量，而是以百万年来衡量——所以中国人的生命力和令人惊异的复苏能力便得以显现。

　　像《爸爸爸》一样，《女女女》也以极富色彩的细节描绘了一个偏僻山村的生活。然而这一篇的视野却更为广阔，因为韩少功也描述了城市生活，并将两者加以鲜明的对比。而且，小说的背景是中国的80年代，虽然叙述仍在过去与现在之间自由地移动，并不断地跨越现实与非现实之间的界限。小说讲述叙述者"我"和三个女人之间的关系。这三个女人是：他的幺姑；幺姑的结拜姊妹珍姑，还有幺姑的干女儿老黑。幺姑是工厂里的工人，生活极为节俭，十分克己，但她却慷慨地帮助"我"和"我"的家庭度过"文化大革命"那段最艰难的岁月。她性格率直，但她随口说出的话，别人不以为意，却常包含着深刻的智慧。珍姑住在农村，在幺姑中风并成为"我"和"我"的家庭无法承担的负担之后，她担负起了照料幺姑的责任。这是一件很折磨人的事，但珍姑却顺从地接受了它，说这是天意。老黑和这两个女人截然不同，她同一个西化的年轻女性，过着自我放纵的生活，全然不顾当时的道德准则和行为规范。她的极端个人主义经常使得"我"不安地觉得自己的价值观和信仰的不足。三个女人对生活的态度如此不同，所持的价值观如此迥异，显然是被当作不同类型的人的代表，她们是可作许

多读解的类型。"我"对她们混杂的、常常相互矛盾的反应——厌恶、愤怒或赞赏——集中地突出表现了当今中国人思想上的混乱状态和个人想从这种状态中挣脱出去的努力,尤其表现在知识分子中间。

从许多方面说,《女女女》是韩少功创作的一个总结,不仅是因为罪过、责任、自私这样的问题得到了进一步的探讨,而且因为这些总是已给以解决,如果不是在理智的高度的话,至少也是在感情的高度。它不仅描述了过去的历史和正在形成的历史,过去的文化和正在酝酿中的文化,而且也抒发了作者对他的国家的历史和文化的最深厚的感情。

的确,前面的三篇小说似乎都导向这一篇,好像作者的感情在前几篇里是被控制、淡化了的,而在这一篇里则不可再被压抑而必须释放,使之喷发。

确实是喷发,像湍急的溪流,像洪水,像地震——这些都是小说中十分突出的意象。它们来了,不是低声的呜咽,而是大声的咆哮——其中的一段,作为一个如何处理情感的独具一格的例子,必然会在文学中占据当然的一席。

这一段的描写是:当幺姑的葬礼正在进行之时地震袭击了村子;实际上却是写感情骚动对主人公和作者的撞击。它所表达的情绪范围之广令人惊异。这里有悲哀和丧亲之痛,有对生与死的意义的迷惑不解,有对了解时间意义的渴求,有对神秘宇宙的惊叹,有对中国历史文明和它的芸芸众生的迷恋,有对生长于这样一个国度的感激和对其前途的关切。引证和暗讽与历史文化的片断纷然杂陈。从中国古代诗词、宗教和哲学文章摘出的人们熟悉的词句引语造成了一种回音室的效果,在这个回音室中,文明那丰富多样的声音在齐声同唱。段落中的句子常以问句结束,或被问句打断,所以整个段落带着一种急切的渴望不断向前推进——渴望获得启示。一组组的意象使人仿佛看到天意的辉煌与灿烂,同时,地球在震颤,在塌陷,成为一片废墟瓦砾。标点让位于最强烈的感情喷发形成的抑扬顿挫的节奏。

一位作者在一段文字中能包含如此多的内容,使故事如此复杂,真是令人吃惊。故事表达的广度、深度,感情的强度、其含义的丰富性,诗一般的美、写作的气势与能量、主题的范围之广和它所提供的供人们诠释的巨大空间,都使其成为韩少功迄今为止最好的作品。它也可能是"文化大革命"之后中国出现的给人印象最深和最好的作品之一。

韩少功无疑是当今中国内地最杰出的作家之一,说他杰出,是因为他的作品常常领风骚而由其他作家追随效法。1985 年,当许多知识分子和作家都漠视中国传统文化而去寻找西方文学的模式时,韩少功提出了这样一个问题引起了热烈的争论:中国的作家该到何处去寻求支撑?他正告不要完全拒绝传统文化,并认为中华文明与文化中的某些成分出人意料的美,可用来重振中国古老的文坛。

一首颂歌——这就是韩少功的作品。而且这是一支有时达到狂喜的高潮的颂歌,比如:从深重痛苦中脱胎的巨大欢乐和发端于强烈悲哀的无上欢欣。无可置疑,因为他的作品沉浸于深深的痛苦和悲哀以及衰朽和磨难之中。

然而这也许就是韩少功的作品为什么不仅吸引中国的读者,而且也吸引中国以外的读者的原因。写作的忘我之境是富于感染力的,读者会认识到自己结识了一位对他自己的人民、国家和文化有着深深情感的作家,一个能以清醒的目光、同情的态度和爱,是的,以爱——以这个字最崇高的意义,来看其长短优劣的作家。

(载《当代作家评论》,1993 年第 5 期)

自传的诱惑

[法]安妮·居里安 著　施康强 译

近年来,中国作家对小说创作中的自传途径有所探索。在写作中出现个人化的维度,可以认为是中国十几年来的文学解放运动的具体成果。这以前,作家必须谈论社会;更早一些时候,他们必须为阶级斗争服务。现在有些作者明确表示对个人感兴趣,而且看重他们的自身经历,这一事实足以使我们测定演变的程度。从这个意义来说,自传性叙事以及第一人称叙述在当今中国出现便有其社会与政治价值:个人努力将处境和现实拉开距离。

本文试图考察两位当代作家:韩少功和史铁生作品中的自传性写作的某些机制。

在西方,有些人认为自传是一种地道的西方形式,它与犹太—基督教传统的国家里有关个人的观念相关联,而且此一类型的文学表达世界其他地区并不常见。

为什么中国有些作家采用了自传体写作呢?这个国家的自传性文学探索在哪些方面与更古老的表达方式保持联系?为什么韩少功和史铁生需要写他们自身,把传记性成分纳入叙事之中?在叙事中怎样表达人、主题、主人公等概念?我必须把包含自传成分的作品置于被研究的作者的作品整体之中,进而把握自传性作品以何种方式体现主题和形势的新颖独到之处。我还必须研究采用自传途径对于文学形式和内容产生的影响。

不过,在谈论中国文学之前,似有必要先对"自传"这一术语从一般的而非中国特有角度略作探讨。

我们期待的自传性文本是什么呢?首先,我们怎么知道某一文本是自传性的呢?研究自传性写作的专家 Philippe Lejeune 使用"自传协定"①这个说法描述作家在作品序言或正文中作特定表述以便读者明白其自传意图的手段。可是我以为,尽管有这些提示,仍然很难根据自传性词句或参照的数量来测量某一作品中的自传成分;何况文本包含的自传成分的多寡无关紧要。重要的,如 Jean Starobinski②所说的那样,是文本提供执笔者的"本真"形象。这一本真性尤其通过风格而显现。

美国学者 James Olney③对自传体作品素有研究,他通过分析"自传"一词的组成阐明了在文学写作语境中遇到的这个问题。他提问:"'我'(αυTOσ)指的是什么?'人生'(βIoσ)指的是什么?我们赋予写作行为(Ypαφη)什么意义?把人生,或者一个人的一生转化为文本,其意义与影响又是什么?"他解释说,从前 αυTOσ 被认为是完全中性的,把它和"传记"这个

---

① Philippe Lejeune 甚至用这个标题做一部著作的书名:LePacteautobiographique,1975,Ed.A.Couin,Paris.

② Jean Starobinski,The Style of Autobiography,p.75,in James Olney,Autobiography:*Essays Theoritical and Critical*,Princeton University Press,1980.

③ James Olney,Autobiography and the Cultural Moment:a Thematic,Historical and Bibliographical Introduction,p.6,p.20,见 JamesOlney 编辑的同一书。

词连在一起不增添任何新的内容。但是到 20 世纪,认识自我的问题在西方占据越来越重要的位置,"同一关注促使许多批评家差不多在同一时代,在自传中找到对于哲学家、心理学家、文学理论家和文学史家至关重要的话题。一部自传的 βIoσ 无非是'我'用它做成的东西;如同批评家经常指出的那样,在完成的作品里,无论 αυTOσ 还是 βIoσ 一开始都没有作为完整的实体,定性的、已知的自我,或者事先给定的故事而存在。正是在这里,写作行为,Υραφη——'自传'的第三个因素——获得它的全部重要性:通过这一行为,自我与生活水乳交融,取得共形态。……此时间的自我与生活一样是虚构的"。

自传文本可以而且应该看作是虚构作品。从这个很有见地的想法我以为可以导出另一个想法:对于作家而言,不存在确立关于自我的客观的,非时间性真理的可能性。不可能有个"自我"今天俯下身子去客观地观察过去的自我,不管是较远的还是很近的过去。可是存在一种传统看法,即只要真实叙述生活经历便排除了叙事的虚构维度。如果我们今天认为自传性叙事提供的本真性是在写作过程中形成的,我们就懂得,作品涉及作者生活面的大小相对来说并不重要, 自传中的真实有待到别的地方去寻找。就我个人而言, 我在 Starobinski 所说的本真性里看到这种真实;韩少功和史铁生都要求达到这一本真性。

以上看法强调传记和自传之间的根本差别。而在古代中国,这两种体裁之间的联系甚为密切。吴佩义(译音)写了一部研究传统中国的自传写作的专著,他指出:"自传应否不同于传记? 20 世纪之前,中国从未有人提出这个问题。这一点自然与着重主观性的现代倾向相背。"[1]按照吴佩义的说法,传记在中国不只是"生活的表现,它是向后代传达生活中某些值得传达的方面的手段"。这就要求采用一种不带个人感情的语调——主体意识和个人感情更适用于诗歌。这也要求使用一种简洁明了的语言。

今天,受到诱惑写作自传的中国作家应用的当然是现代语言。何况我们在这里研究的两位作者都在各自的作品里发扬了个人风格,带着他们独有的节奏和表达方法。

我使用"诱惑"这个词是为了强调今天中国一些青年作家投入的这一写作途径的部分性——相对于他们的创作历程的整体而言——和实验性。尽管他们有若干相同之处,还是应该指出,韩少功和史铁生的自传诱惑并非表现为同一方式。两者都采用自传性写作,其演变却各行其道,犹如他们的作品各有千秋。自传性叙事没有任何理由在作家的非自传性创作世界之外别树一帜,何况自传维度拥有以隐蔽方式显现的无限自由,不过两位作家有一个基本共同点:在他们的自传性作品中我们看到有个"我"充当导演,牵动叙事的各种线索。

韩少功在其带明显自传成分的作品中与他的文学创作整体中一样, 熔想象、记忆、臆测、回忆于一炉。主体借助思索与感受组织文学材料。

如果我们特别想知道在什么时候自传诱惑昭然若揭——我已经说过, 此种操练很难,而且往往劳而无功——知道它在作家创作中所占的数量,至少在我谈到的他们的作品中所占的数量,我们可以注意以下几点。我们首先看到,韩少功的作品主要是短篇小说、中篇小说和散文。在某些场合难以确定某一叙事属于何种体裁。就自传性写作而言,还需要提到游记,主要是用第一人称写的印象札记,用于向中国读者介绍作者访问的外国。这些游记承袭传统。Yves Hervouet 在其研究中国传统的自传写作的综合论文中正是把游记看作自传的各

---

① Wupeiyi,The *Confucian's Progress:Autobiographical Writings in Traditional China*,Princeton University Press,序言第 4 页和正文第 4 页。

种体裁之一。①

我的第二个看法与第一人称写作有关。韩少功在其带明显自传成分的叙事中经常使用第一人称叙述,我们可以拿另外一些用第一人称为依据的小说与此类文本相比较。作者让我们看到"我"正在伏案写作,或在采集一个故事,这个故事就是小说的内容。或者"我"在体验某些感情,这些感情与其他因素相结合,便成了韩少功探索的核心。试举二例。在小说《归去来》(1985)里,"我"发现自己与自身格格不入:自传成分在这里不很明显,但是分裂的"我"——作者世界的一个重要组成部分——作为问题已经就位了。《诱惑》(1985)的主人公是与韩少功一样的下乡知识青年,在这篇小说里弥漫着我们在作者的主要作品中常见的询问气氛:主人公在这里意识到时空辽阔无限。

我的第三个看法涉及自传诱惑与第一人称叙述手法在韩少功创作历程整体中出现的时间。韩少功在 70 年代末开始发表文学作品,第一人称叙述出现很早,如小说《风吹唢呐声》(1981)。1985—1987 年间的创作包括许多第一人称叙事,更明显地倾向于自传性表达。最后,从 1991 年起,自传维度似乎变得更具规律性,更加显露。

如果采用自传性写作并不意味在他的整体创作历程中产生断裂,那么作者认为这种类型的写作会带来什么好处呢?韩少功解释说②,认识自己很难,想了解其他人更非易事。所以他的叙事有时带有自传成分。不过自传性组成部分并非一切,虚构占了很大比重。这一点值得强调,因为中国小说的某一传统要求小说讲真事;传统上散文不给想象留出很大的地盘,要求真实。采用自传形式可以避免编造逼真的故事,便不必去杜撰不自然的情节。最后,使用第一人称叙述利于读者进入作品。认识自身,情节的真实性,利于读者进入:韩少功提及的这些文学要求是相互联系的;他个人的经历则是他的灵感的源泉。

韩少功认为,从探索自我出发,人们可以对各种现象产生兴趣。这里指的不是个人中心主义的或心理上的向自我退缩。返回自我既是感知广阔的内心世界,也是感知我们周围的外部世界的条件。若有必要拿这一观点与其他思潮相比较,我们就得转向古老的中国哲学思想,特别是禅宗,后者强调自我完成以便个人能用彻悟的目光观照世界。这一见解与西方某种自传性内省相距甚远。此种西方式的内省从前肯定比在 20 世纪更流行,它要求我们认为作者写作自传的根本动机是希望发现一个人的人格,而且往往是一个卓越的才智的成长过程。Yves Hervouet 在其著作《法国的自传写作》中强调自传与作者的人格之间的联系。他在明确自传这个概念从 18 世纪中期起在欧洲的含义时——自传即讲述并发表自身人格的成长故事——提出如下定义:"我们称之为自传的东西是某人用散文回顾自己的经历,他以自己的个人生活,特别是他的人格的形成故事为主要重点。"③这样一种全面的、画出一个人一生轨迹的自传企划,与韩少功的自传诱惑相距甚远,后者只是在叙事中这里那里插入个人成分。

现在让我们较详细地察看韩少功带明显自传色彩的文学作品。我主要讨论中篇小说《女女女》(1986)和短篇小说《鞋癖》(1991),后者的材料足以写一部小说。两个文本都用第一人称写成。《女女女》从一个男子,"我"的视角来描述,分析他姑妈的一生。这是位驯顺的

---

① Yves Hervouet:L'autobiographied ansla Chine traditionnelle,收入集体著作 *Etudesd'histoireetde litterature Chinoises*,高等汉学研究所图书馆系列丛刊第 24 册,巴黎,1976 年。

② 1992 年 10 月与本文作者的谈话。

③ Philippe Lejeune,*L'autobiographieon France*,Ed.A.Collin,Paris,1971,p.10,p.14.

老妇人,既因其出身不好,又因为她独身无子女,遭受社会的排挤;她在穷乡僻壤悲惨地终其一生,多多少少被亲人遗弃。通过一连串的回忆,小说写出姑妈怎样被她的弟弟,即叙述者的父亲排斥。姑妈死得很惨,其原因也未完全搞清,而她的弟弟在"文革"初期失踪,先她而死。叙述者已经成人,不过他的童年生活的片断在叙事中有所提及;他本人也没有逃脱劫难。某一时期,他收留姑妈住在自己家里,后来她半身不遂,需要亲人更多的照顾;叙述者于是建议她住到乡下一个远房姑妈家里去,不久她就去世。

《鞋癖》显然与《女女女》一脉相承。文本以"父亲理发去了"开始,这句话即取自《女女女》,一下子就把叙事引向可能是其关键所在:父亲的失踪。下文还有一句话与《女女女》相呼应:"我曾经在小说《女女女》中提到过,我很懂事地把妈妈的脚抱得紧紧的。"短篇小说《鞋癖》描写叙述者的母亲在其丈夫失踪后的心情:她有很重的家庭负担,面临各式各样的问题,逐渐染上为自己和家人做鞋的怪癖(小说的标题由此而来)。路漫漫其修远,她知道必须走很长时间才能澄清丈夫失踪的秘密,克服她的困难。随着叙事的展开,叙述者一会儿是孩子,一会儿是成人,他透过一些细微的迹象怀疑父亲以隐蔽方式依然存在,并努力使他复活,至少在他心里复活。

《女女女》的自传成分不引人注目,必须掌握作者家世的某些情况才能感知它。在《鞋癖》里,自传成分比较明显,首先有对此前发表的小说《女女女》的提示,这一点反过来也有助于确认后者的自传脉络。文中还提到1989年作者从湖南迁到海南岛居住。

不过,这些足以证实作品自传性的成分相当薄弱。就是说,把自传性维度——一个确实的维度——作为小说创作的一个明显已知数,此一需要在这里对于作者并不重要。在别的小说里,自传维度更明显可见,如用第一人称写的《会心一笑》(1991)。这篇小说写作家"我"与中国文学界几个人物的关系,并挪揄了这个圈子里的某些风气。这篇作品里对随风转舵的文学家的批评背后,隐藏着对作家"我"掌握的"工具"之一:梦的询问。我之所以选中《女女女》和《鞋癖》,是因为我觉得在这两个文本中人物之间的关系特别有意思,能说明韩少功处理主体的独特手法。下面我分析这一主体观念。

首先让我们考察用第一人称表达的主体。在《女女女》中,"我"扮演中心角色。他构成人物之间的联系,由他的思索任意安排小说的不同场景、地点和时间。他去寻找自己的过去。他实际上是一种处于定动中的意识和思想。直到叙事结束,读者仍未觉得他对这个"我"的人格轮廓有进一步的了解。叙事的作用,毋宁是把读者引进一个过程:既是心智过程,以便他更好地感知境遇的复杂性,也是对一部文学作品的审美过程,这部作品把表达一个处于行动中的思想作为它本身演进的目标。

在《鞋癖》里,"我"作为心里实体也没有扩张其存在。不过,在那里也一样,整个叙事系于"我"的思想那根线。文本不求阐明"我"的人格;它表达一个纯心智过程,此一过程以追索回忆和为支撑这一追索而必需的想象为基点。

在这两个文本中,"我"是一个实体,它诚然是各创作成分的组织者,但也特别灵活、含蓄,虽然无所不在。我们若从时间上后退,便能把有关"我"的这一观念,把"我"的这一含糊的出场方式,与中国文学中的自我表达相对照。Roberthegel 编了一本关于中国文学中的自我表现的书①,他强调文学与佛教的联系,他写道:"在中国,自我由若干临时性的、始终处于

① 见 Robert Hegel & Richard Hessney,*Expression of self in Chinese Literature*,Columbia University Press,New York,1985,p.9.

流动状态的因素集合而成;因此个人绝不能视作一个永久的实体。自我是转瞬即逝的,与其说是绝对存在,不如说是相对存在的实体,一个变化的实体——且不说它的本性首先是精神的。"如果真是这样,我们就可以在韩少功的作品里感知某些中国哲学影响,同时也听到一些很现代化的思想的回响,特别是他写了主体的分裂和解散。

当我们转向"我"的亲人时,从叙述角度我们也能发现表述上有很大的灵活性。在《鞋癖》里,即便仅从标题所示来看,一开始"我"似乎想谈论他的母亲。可是事情越来越清楚,他讲得更多的是他父亲,而且他提到的父亲是他在自己心里使之复活的那个人。随着叙事的推进,父子俩玩起令人惊奇的捉迷藏游戏,以致我们最后想问,小说中的叙述者与父亲到底谁在寻找谁。父亲的存在经深度内化后几乎成为真实,这一虚构佳例很好地说明了我在上文说过的把自传写作当作一个正在进行的过程的观念。主人公的亲友似被"我"的思考的力量激活,受这一力量的吸引如铁遇上磁石。在这里,主体移动、演进,在叙述中使他周围的人活起来或者相反,疏远他们。

现在我们暂且离开亲人的圈子,转而观察韩少功常用的模糊人物特征的手法,如在《面孔》里,作者使用"面孔"一词来描绘彼此相似,没有个性的人物;这一点与他努力回忆主人公家庭成员的做法形成对比。又如在小说《谋杀》(1988)里——这篇作品并非明显的自传性叙事——对"面孔"一词又添了"无名无姓"的概念,于是就成了无法描述的、不具个性的、人们无从回忆的面容。这样做,是为了把人平常化。必须指出,人的雷同性虽被视作消极品质,"我"和他的亲人也受其影响。在《女女女》中,"我"尽管是个讲义气的、思想开放的人,也有两次写到他的想法与其他人物根本不同。这一点是不太客气的,好像时间和生活中的痛苦抹掉了任何希望和任何差异的可能性。

其实,由于文本中设置若干疑问,人物所占的场比表面上看到的大得多。在这两个文本中,"我"都对自己提出有关他的祖先的询问;他去寻觅自己的故乡。寻根是韩少功作品中常见的主题,如在《女女女》中:有人拿出一张照片让叙述者辨认他的父亲,韩少功写道:

> 那是他么?不知为什么,我永远也记不清他的面目了,大概是那最后一眼看得太匆忙,太慌乱、太带有一种应付性。印象模糊到极处的时候,甚至怀疑——他是否存在过。其实这也没什么,叫祖父的那个人,我甚至见也没有见过哩。那么祖父的父亲呢?祖父的父亲的父亲呢?……他们是些什么人?与我有什么关系?

在作者许多叙事中表达了这一思想:对于往事的回忆难以久存,回忆很可能磨灭。在出现解体情况时,"我"面对有缺漏的过去提供了思想的统一性:他是探索有关这一过去的各种假设的出发点。询问过去起到音乐动机的作用,它用于理解,做出反应和分析。在这样做的同时,询问便成为审美对象。现时是思索和写作的重要时刻,它以千疮百孔的过去为依据,而过去正因其有缺漏,也对"我"提出询问。

韩少功本人也强调现时与写作行为的不可分离性。他在给一个中国友人的信[①]中写道:"《女女女》写过这么久了,尽管我现在能尽力回忆当时写作的心境,但时过境迁,当时的心境是绝对不可能再完整准确地重现了。""人不可能把脚两次伸进同一流水里。任何心理活

---

① 韩少功:《致骆晓戈的信》,《作家》,1986 年第 11 期,第 61—63 页。

动,任何创作,也许都具有'一次性'。"

采用自传性写作对于文学形式会产生什么影响呢？在韩少功那里,自传途径似乎有利于文学表达形式的最大自由。作为思想的探索活动并以"我"为主角,自传写作不受任何限制,可以随心所欲,在它愿意的地方,在它想达到的程度上尽情发挥。韩少功要求的正是拒绝情节,排斥僵硬的、人为的结构。这是在表达内心时寻求自然而然,是要求本真。作者在1992年发表的一篇文章中写道:"今天小说的难点是真情实感的问题,是小说能否重新获得灵魂的问题。"①

几年前,此一偏重主观感受的倾向已经明确提出,他在1986年写过:"要对东方的文化进行重造,在重造中寻找优势。""东方的思维是综合,是整体把握,是直接面对客体的感觉经验。""这不同于西方式的条理分割和逻辑抽象。""中国的现代小说,基本是从西方舶来。很长一段与中国这个审美传统还有'隔',重情节,轻意绪;重物象、轻心态;重客观题材多样化,轻主观风格多样化。"②

史铁生在其文学叙事里经常在询问存在的意义时融合他的个人经历、创作关注和境遇。

这位作者的许多篇小说采用第一人称写法,我们可以在其中找到若干自传资料。他有几篇散文也包含自传成分。在他那里,和在韩少功那里一样,有时候——而且现在越来越常见——小说和散文融为一体,情节大大淡化。史铁生的作品里早就出现第一人称叙述,而且这个第一人称叙述者具有作者本人的某些特点。他的第一篇作品发表于1979年,而到1980年,短篇小说《我们的角落》里已展开一个典型的自传性处境。叙述者说:"这是我们的角落,墙上不开窗,屋顶低矮,我们喜欢它,我们努力让我们的小车走得更快。""小车"指轮椅。

叙述者与作者的共同之点是同患残疾,因下肢瘫痪而必须使用轮椅。史铁生有此经历,至今仍依靠轮椅行走。

残疾主题见于史铁生第一阶段创作的众多小说,我们在其中遇到下肢瘫痪、满怀焦虑的人物。至少有四篇小说:《午餐半小时》(1980)、《我们的角落》(1980)、《我之舞》(1986)和《宿命》(1988)明显提到某一事故彻底打乱主人公的生活秩序。其中三篇小说里,是"我"遭此不幸。残疾也以其他形式,而且不必借助第一人称叙述,出现在史铁生别的作品里:在《命若琴弦》(1985)里是失明,在《一个冬天的晚上》(1982)和《来到人间》(1985)里是侏儒症。

在史铁生的作品里,伴随着残疾主题而逐渐出现对生命的思考。

如果说,描写残疾对主人公日常生活的影响是史铁生80年代前期许多小说的核心,从80年代中期起,他更着重写生命的循环,偶然的作用,生与死的交替。我以为有两篇小说标志这一阶段的创作特色。其中一篇是自传性的,另一篇没有明显的自传成分。所以使用自传性写作这个概念来评论史铁生,需要十分慎重。因为他的创作中也有非自传性作品,而且两者甚为接近,两种体裁显然在主题、感受性和表现手法上都有一致性。

以《命若琴弦》为例,这篇至少不带明显自传性的小说描写两个盲人如何强烈感到失望。这两个人都是在山区为农民演出的弹唱艺人,故事的结局对他们两个都很悲惨。年长的盲人相信他拨断了第一千根琴弦后,双目就能复明,因此急于达到这一天。他最后未能如

---

① 韩少功:《灵魂的声音》,《小说界》,1992年第1期。

② 韩少功:《寻找东方文化的思维和审美优势》,《文学月报》,1986年第6期。

愿,但却悟出了一个道理:把生命趋向一个目标是徒劳无益的,重要的是顺时随化,弹好自己的琴。史铁生自己说,这篇小说标志他的创作的一个转折,他放弃残疾人主题,转而探讨人类固有的弱点,以便表达某种根本的东西。我们还注意到,史铁生在这篇叙事里更强调生命的过程,而不是人们为自己指定的目标。

第二篇小说《宿命》有明显的自传性。尽管作品的主题很严肃,但作者成功地使用了一种相当轻松的笔调。全篇用第一人称叙述。主人公头脑里重现他从自行车上掉下来那一秒钟之前经历的若干细小琐碎的事件,这一事故使他终生残疾。小说结尾,主人公说他被迫卧床两年后,开始写作。写作对于他是比做梦更自由的活动。除了以命运和人生的偶然因素为主题,我想指出这篇小说中有关写作的议论是在叙述一个本身有自传色彩的故事时做出的。从此以后,这位作者在叙事中加入越来越多的关于写作的思考。与第一阶段创作相比更为明显的,是作者把重点放在一系列假设上,主人公"我"设想可以发生的各种情况经常成为叙事的材料。

同时,写作趋向某种抽象。在这方面,必须指出史铁生在其他多篇小说中仅用"男人""女人"称呼其人物,有时人物被写成像是在排演人生这部喜剧的演员。作品的意图一般化了:涉及的不是"我"的命运,而是某一主人公的命运。

由此可见,史铁生一贯受到自传写作的诱惑。我们也看到这一诱惑与作者在演变、在孕育中的创造关注一样,发生转向。史铁生不讳言他广泛利用自己的人生经历来写小说,而且很早就这样做了。他认为在作品中谈论自己是明智的;[①]这样做为他提供了寻找本真,充分发挥潜在的想象力的机会,因为探索"我"是绝对没有止境的。在这一点上,他强调他的思想与中国的文化传统——老子、庄子、禅宗哲学的联系。

在 1988 年与施叔青的交谈中,史铁生追述他的个人经历以及使他变成残疾的那个事故;他分析那个事故,把它看作促成他集中精神的冲动力。他解释说:我不能行走这一事实必然促使我探求自己的内心世界,我在医院里住了一年半,没有轮椅,无处可去;我明白只有反躬自省能给我幸福,于是我开始写作。[②]

现在我想着重探讨史铁生两篇有重要自传成分的小说《我之舞》和《我与地坛》(1991)。前者属于小说范畴,后者介乎小说与散文之间。如这两篇作品的标题所示,它们都用第一人称叙述。

《我之舞》以残疾和人与人之间的差异为主题。它提出一个问题:死是否比生更温柔甜蜜?"我"受到残疾与孤独的折磨,把一座公园当作庇护所和作自省的场所。别人都去上班时,坐在轮椅里的"我"在安静的公园里待下来。他读书、思考,同时世界在变化。人们在成长,太阳在天空运行。自然界在阳光映照下呈现一幅又一幅画面。

第二篇作品《我与地坛》显然与第一篇一脉相承。其中写道:"我在好几篇小说中都提到过一座废弃的古园,实际就是地坛。"作者披露说:地坛离我家不远。我在一篇小说中曾提到——文本中没有点明小说的题目,但他指的是《我之舞》——我到那里去像别人去上班一样。我经常思索我为何出生人世。三个问题纠缠我的头脑,应不应该去死?为什么应该活下去?为什么写作?

---

① 1992 年 10 月与本文作者的谈话。

② 施叔青:《从绝望中走出来——与大陆作家史铁生对谈》,《北京文学》,1988 年第 10 期。

在这一作品中,首先引起我们注意的是作者声称他讲述的都是真事。其中许多文句甚至取自前一篇小说,还加上说明:"这都是真实的记录……"

关于写作的议论也带有自传成分,我们已在《宿命》里看到这种有关写作的思考初露端倪。此一思考若隐若现,与小说的其他主要组成部分联成一体,至此已臻于成熟,形成真正的文学主题。

在《我与地坛》里也能发现"我"无时不在。史铁生的"我"犹如上帝,他组织小说素材如安排一场游戏,一场能激发各种猜测和思辨推论的赌博。为了表达虚构或智力假设,史铁生的作品常由连续的画面组成。这种对假设的偏重和这一带赌博色彩的创作活动与作者对写作,最终对人生的看法不无联系。在 1988 年发表的一篇自问自答的文章里①,史铁生发挥了他在那篇写盲人的小说里已在文学领域探索过的想法:"对于必死的人来说,一切目的都是空的,他从重视目的转而重视过程。唯有过程才是实在……人生主要是心路的历程。"

现在我们回到《我与地坛》研究"我"怎样被描绘,其他人物又是怎样写成的。

"我"借助他的思想的力量,他想象的对话——其中有些是他与自己对话——贯穿叙事的各个镜头。作者并不提供对"我"的心理分析,也不转述"我"遇到的一连串事件,他更多的只是展示个人回忆,而且回忆被切割成断片,有点像一系列的快镜照片。

在《我与地坛》里,随着章节的展开,人与物一一走来,然后又随着场景的变换逐一隐去。一切,包括其他人物在内,都通过"我"被感知。与其说"我"在努力刻画人物的肖像,不如说他只想在自己的思索里给他们一个不点儿大的位置。只有一个成分似乎免遭粉碎化:公园。它是"我"唯一的持久的对话者,它通过作品取得一个真正的人物的立体性。它为"我"的思考提供一个安静的、适宜的环境,"我"可以对它倾诉衷肠,而这个非同寻常的对话者可以对他附耳细语,与他对谈。自然甚至让作者感受到某些抒情的瞬间。话说回来,如果说公园似一个人物一般凸现,它同时纯粹是作者思想的投射。

史铁生强调主观视觉在他作品中的重要性。他在 1992 年发表的一篇文章中写道:"我想,每个人都是生存于别人的关系中,世界由这种关系构成,意义呢,借此关系显现。但是有客观的关系,却没有客观的意义。反过来说也成,意义是主观的建造。"②

1992 年,他在另一篇文章中引用一个例子再次强调我们对事物的感知的主观性:"有一回我发烧到 40.3 摄氏度,周围的一切景物都蒙上了一层暗绿的颜色。几天后,烧退了,那层沉暗的绿色随之消失,世界又恢复了正常的色彩。那时我想,要是有一种动物它的正常体温就是 40.3 摄氏度,那么它所相信的真实世界,会不会就多一层沉暗的绿色?"然后他总结说:其他感觉如视觉,听觉等也是这个道理:我们依据什么理论相信自己发现了一个纯客观的世界?

现在让我们研究史铁生作品的文学形式,以及采用自传性写作会以何种方式影响他作品的文学形式。从早期作品的残疾主题,作家逐渐转向展示一个"我",表述他的回忆、思想和想象。这个"我"的基本特征似乎是编排他掌握的材料,用这些成分构建脚本。在史铁生的叙事里常见进行臆测或杜撰一个脚本的做法。"我"作为创作的安排者和无名人物的召唤者,任意做出臆测。"我"建造的场面的数量或多或少。史铁生 80 年代初期的小说有完整的

---

① 史铁生:《答自己问》,《作家》,1988 年第 1 期。

② 史铁生:《谢幕》,《小说月报》,1992 年第 4 期。

情节并使用传统的叙述手法,这以后的作品则围绕各种假设做游戏,"我"随心所欲地操作。他现在采用的写作形式自由灵活,其中假定与疑问占了很大的位置。为表达此种疑问心态,由于各个镜头至少在表面上互不关联,叙述便有意变得不连贯,包含许多理论性的。尤其是关于写作本身的离题的文字,更多使用对话而不是描写。人物都是抽象的,纯属叙述者的想象的产品。史铁生搅拌各项主题,然后使人物出现,至少他显示人物的某些剖面、某些部分。在他那里,重点放在对生活和写作的戏剧性处理,他肯定生活是演出,而写作则是构图。我们看到文学劳动造成的变化。在这个意义上,如果回到本文开头讨论的 James Olney 的定义,我们不妨说"自传"一词中的 Ypαφη 支配着其他构词成分。极而言之,不妨说在各种各样的 Ypαφη 中,有一种 Ypαφη 是由关于 Ypαφη 本身的思考构成的。

作为结论,我首先想说,在着重探讨韩少功或史铁生偏爱的主题场景和关注时,我仅仅举出他们作品中的自传表现的几个例子。自传表现不限于此;我所揭示的,肯定仅是其中最明显的。尽管如此,我们能看到在这两位作者那里自传诱惑带给他们演变的机会和加深各自的审美追求的手段。还须指出,他们从事的探索今天有助于丰富并更新中国的小说创作。仅举一例,我在两位作者那里都发现,从一篇作品到另一篇作品的自我引用和自我参照手法,这一手法有时甚至诱使我们把所有这些文学作品当作一个整体的组成部分来看待。总的来说,这些作品相互联系的程度不亚于它们彼此分离的程度,因此可以看作一个整体的呼吸节奏,于是这个以此种方式构成的整体就有了一部自由的、开放的长篇小说的气度。

〔载《海南师范学院学报》(人文社会科学版),1994 年第 4 期〕

一百个出自乡村孤独的中国词条

〔美〕罗格·盖德曼 著　崔　婷 译

　　本年度最佳长篇小说,不是描述在今春"非典"时期爆发的德里罗事件,不是法国边缘化的少年犯发表的反伊斯兰的污言秽语, 也不是琼·斯米丽对房地产商欺诈行为的调查报道,而是一部以坐落在中国南部群山中的小村寨为写作背景的方言词典。韩少功以一名人类语言学家的身份创作出这部小说,把他的观察与思考一点点地展示给读者。马桥在他的笔下更具文学性、历史性与现实性,而这些在美国任何一个州都不多见。

　　韩少功的写作手法是实验性的。他走得如此之远,不再给我们单个人物的传奇,也不再将自己局限于现实主义的拟真手法。这个故事以马桥地区一百个方言词汇的定义形式呈现出来。据我计算,作者大约用了三十个相关的事件来描述村寨里形形色色的人物。韩少功总是置身其中:他开始是下放知青中的一员,慢慢地成长为观察者、参与者,最后演变成一名怀旧者。

　　如同 W.G.辛巴德一样,韩少功喜欢在小说中插入真实的个人经历。他运用修辞手段使这部小说既有纪实性又有文学性。

　　韩在"文革"中就是一名知青,与成千上万的下乡青年一道,下乡宣传毛泽东思想。这意味着他必须投入开荒,耕地,伐树等高强度体力劳动,在业余时间里还得到处张贴宣传毛泽东思想的标语。乡村岁月与现代生活隔绝,曾让作者筋疲力尽,但激发了他的创作欲望。他的困难在于如何用独特的方式来描述这段经历。对此,韩少功是这样解释的:"在动笔写这部小说之前,我野心勃勃地企图给马桥的每一个东西立传。我写了十多年的小说,但越来越不爱读小说,不爱编写小说——当然是指那种情节性很强的传统小说。那种小说里,主导性人物、主导性情节、主导性情绪,一手遮天地独霸了作者和读者的视野,让人们无法旁顾。即使有一些偶作的闲笔,也不过是对主线的零星点缀,是主线专制下的一点点君恩。"

　　一个不熟悉中国文学的读者,对这本书的前十五页可能感到畏怯。作者在小说的开始处引用了《春秋》和《左传》中关于罗人的叙述,以便追溯罗人的由来,然而作者很快笔锋一转,向我们讲述了一个个异彩纷呈的故事:其中有住在废弃的房屋中以逃避生产劳动的"四大金刚",如何靠吃蚯蚓和青草为生;还有村里的唱歌能手万玉,看似有唐璜式的放荡,但死后才暴露出他是个没有"龙"的阉人;还有乞丐头子九袋、大土匪马文杰,以及九女儿铁香的故事。这些故事中都渗透着韩少功深邃的思想。例如,韩是这样描写土匪马家帮在一个冤案中被机枪射杀的场面:

　　　　隐在房顶上的机关枪突然咚咚咚地响了——一种乍听起来十分陌生的声音,十分遥远的声音。弹雨卷起一道旋风,呼啸而来。没有感觉到子弹穿过肉体,但身后的泥坡

尘雾飞扬,沙粒四溅,明明是有什么东西在他们肉体的那一边爆响同时又在他们肉体的这一边绽开一连串尘雾的花朵。他们也许明白,金属是怎么回事,速度是怎么回事,金属的子弹穿过肉体是一个多么顺畅多么迅速以及多么难以察觉的瞬间。

人们也许很想知道,"文革"以后中国小说能够在本土得以繁荣,为什么却未能在美国引起回响? 70 年代,加西亚·马尔克斯、略萨以及其他拉美作家在美国得以相继扬名,一方面是因为在美国有愿意看外国作品的读者群体,另一方面也是因为有出版商来推广这些作品。同样,出版商在 80 年代还推出了如米兰·昆德拉、米罗兰德·帕维克这样的中欧作家。然而,近年来,美国出版商开始对于把外国作品介绍给读者已经缩手缩脚。也许,这是全国范围内流行性封闭症的另一迹象:我们正在与境外的世界疏离,不仅是很难看到国外电影。显而易见的事实是:商业出版机构已经缺位和失职。

这部由朱丽娅·拉芙尔妙手翻译的《马桥词典》将使他们羞愧不已。

(原载《旧金山书评年鉴》,2003 年 8 月 10 日,译文载《当代作家评论》,2004 年第 4 期)

词与物：《马桥词典》①

〔荷兰〕林　恪 著　廖述务 译

出版于 1996 年的《马桥词典》是韩少功的第一部长篇小说，可以看作是他 1985 年来新的创作路数上的一次临时创获。②这部词典形式的小说将韩少功的文体实验推上一个更高阶段，与此同时，他之前创作中的许多主题也汇聚于此。在他 1985 年至 1995 年间的中短篇小说中，韩少功从不同的主题角度征用了 1985 年前的作品中的素材。在《马桥词典》中，他又一次回归 1985 年至 1995 年这一时段小说文本中的诸多素材与主题。显然，这次他接近的主要角度是语言。

《马桥词典》与一个叫"马桥"的虚构的村庄有关，正如文本所说，它坐落在现今湖南的东北部。这一地域设置对于熟悉韩少功作品的读者来说一点都不觉得奇怪。特别是 1985 年以来，他很显然受到这一地域文化的启发，并力图借此恢复与中国文学传统的联系。诚如第一章所述：韩少功知青时期下乡的这一地域邻近汨罗江，传奇诗人屈原自沉于此，韩少功认为在这里楚文化依旧继续存活着，它保存在少数民族文化中，较少受到革命与现代化之影响。在他看来，在直觉思维占统治地位、理性混杂着非理性的南方，其半原始、混沌一体的文化精神，相比重理性、实用的北方儒家文化，更有益于艺术创造。当然，这更因它与老庄传统密切相关。③对楚文化的宽泛定义，包括对屈原《楚辞》重要性的强调（屈原并非楚地人，而且他的著作身份也常被现代学者所质疑），都合乎通常的传统观念。本书第一章表明，韩少功的主要目的不在于历史的真实可靠性，而在于表达个人的审美观。经由下面的论述，这一点将变得清楚明了。

从题材来看，自 1985 年以迄《马桥词典》，这期间的韩少功主要对湖南东北地带的民间习俗、传说以及民众信仰等兴趣甚浓，而他首次探查到楚文化的踪迹却是在语言中。他的《文学的"根"》开篇就声称某些方言词汇"能与《楚辞》挂上钩"④。在这部词典之前，韩少功在小说创作中也间或使用方言词汇和典型的表达方式，但十年之后他最终集中于这些方言词汇本身。正如在词典后记中所确认的，这部书实际上是作者多年来致力于搜集该地域方言词汇的结果。⑤通过关注语词本身而非其所指事物，词典形式使得韩少功可以更强烈地展示

---

① 本部分内容节选自荷兰汉学家林恪的英文专著《以出世的状态而入世：韩少功与中国寻根文学》(Leiden,CNWS Publications,2005)第四章"词与物：《马桥词典》"。

② 《马桥词典》最初发表于《小说界》，1996 年第 2 期。除非另有说明，所有随后的引用（林恪译）均来自作家出版社出版的第一个单行本（韩少功：《马桥词典》，作家出版社，1996 年版）。

③ 韩少功、夏云：《答美洲〈华侨日报〉记者问》，《钟山》，1987 年第 5 期。

④ 韩少功：《文学的"根"》，《作家》，1985 年第 4 期。

⑤ 韩少功：《马桥词典》后记，作家出版社，1996 年版。

庄子式的语言相对性与含混性,这一特征也渗透在了他的短篇与中篇小说中(见本书第二、三章)。在韩少功看来,一方面,许多方言词汇本身展示了楚文化中典型的理性与非理性的混杂状态;另一方面,他对语词如何从社会或历史语境中接收意义也感兴趣。韩少功是通过词典与小说、虚构与散文的有趣融合来贯彻其理念的。

词典抑或小说

因其明显的主观叙事和线性的故事情节,《马桥词典》能够而且应该被称作一部词典形式的长篇小说。①它首先是一部个人的词典:从头到尾都有一个第一人称叙述者。叙述者不仅对词汇本身进行简单界定,还描述他遭遇这一陌生语言与群体的困惑。通过这样的方式,他与马桥的人物、环境相互作用,有了关联。读者逐渐了解到,第一人称叙述者是一个被下放到僻远而闭锁乡村的知青。这不仅表现为"我们知青"之类直截了当的短语,而且也通过描述知青与村民间的具体交往来呈现。在文本末尾的两段对话中,我们了解到第一人称叙述者的名字:在第 342 页,一个人物称呼他为"少功叔";在第 384 页,他被称作"韩同志"。这些汉字确实与小说封面上的作者名相对应。作者韩少功与叙述者韩少功间的关系并非反语性的,作者韩少功在"后记"中就宣称"这当然只是我个人的一部词典"②,叙述者很明确,他自身就是词典作者。叙述者一再申明,在词典中,他对词语提供的是他个人的理解;对一些理解,他也表达了自身的怀疑。而且如果必要,他还会引用其他词典或参考书。其他情形下,他清楚地表明词条对他个人而言意味着什么,这经常导致相当诗意词条的产生。或者,他甚至会告知读者他特别喜欢某一表达。③一次访谈中,韩少功谈起一桩趣事(它表明,小说与词典的边界确乎被打破了):他曾收到人类学家与语言学家的来信,信中他们感佩他新的洞察与发现。然而,他必须提醒他们,考虑到他曾在一个相当的范围内允许个人想象的参与,因此他们不要以学术态度来看待书中的一切。另外,词典中有些词语甚至来自韩少功个人的创造。④

乍一看,这部书看起来像一本真正的词典:它由单个的词条组成,有一个词语索引并按汉字笔画数编排而成。不过,正文中词条本身的次序不是任意的,它显露出小说的结构。不仅几乎每个词条本身包含了一个解释该词的故事,而且在许多情形下几个词条共同形成一个故事。有时,连续的几个词条围绕某一个人物讲述具有承接性的故事,其在分量上堪比一部内容充实的中篇小说。⑤还有其他情形,围绕某一(社会)语言主题形成的词语联合也将词条关联在一起,比如语言和权力的主题,⑥或一系列的诅咒、誓言、咒骂等。⑦作为一个整体来说,小说没有一个支配性的情节,它实际上由许多故事组成,并通过其他方式结合在一起。

---

① 文学杂志《小说界》和《韩少功自选集》(作家出版社,1996 年版),都将《马桥词典》归类为长篇小说。

② 韩少功:《马桥词典》,作家出版社,1996 年版,第 401 页。"后记"也曾作为单篇散文以更明确的标题《我的词典》发表(见韩少功:《韩少功散文》上,中国广播电视出版社,1998 年版,第 273—277 页)。

③ 例如,词条"散发"中有如下一句话"这是《马桥词典》中我比较喜欢的几个词之一"。见韩少功:《马桥词典》,作家出版社,1996 年版,第 105 页。

④ 与韩少功的个人访谈(荷兰布雷达,1996 年 6 月)。

⑤ 比如关于人物铁香的故事。见韩少功:《马桥词典》,作家出版社,1996 年版,第 215-240 页。

⑥ 见韩少功:《马桥词典》,作家出版社,1996 年版,第 174—192 页。

⑦ 见韩少功:《马桥词典》,作家出版社,1996 年版,第 276—296 页。

随后我们将对此有所分析。

所有故事都围绕马桥一定数量的人物、地点、事件而展开,而且在介绍之后,它们还会于整部书中复现。因此,不能把《马桥词典》当作一部真正的词典来使用。你若仅仅查阅某个特定的词语并开始阅读,将很可能缺乏必要的信息去完全领会它的意义,比如对前面词条介绍过的某个人物的理解就是如此。另外,你将遭遇不熟悉的方言词汇(它们在前面的词条中被阐释过)。这部书是一个错综复杂的整体,它需要一种线性的阅读。韩少功曾说,他有一个初衷,希望能够按首字笔画索引来排列正文词条的次序,这将使读者可依据笔画查阅词条首字并因此决定阅读的起始。然而,考虑到手头材料,以此方式组构小说,其故事情节及发展将变得太碎片化,于是他放弃了"那一高远的想法"[①]。这部书甚至包含一些相对传统的小说要素,比如,在书的开头部分,一些词条涉及马桥村与罗地的历史与地理信息,这好比传统小说中对行动之环境的一个介绍。不过,作者也会有意误导线性阅读者,有时候一个具体的马桥方言词汇尚未介绍就已经出现了,在这种情形下,他会在文本中以括号的形式插入一个参考文献:"(参见某某词条)",由此有趣地强化了文本的内在连贯性。

最初的杂志版包含另一个有趣的因素,它涉及文本的属性问题:是词典还是小说?这一问题在随后出版社出版的单行本中被隐去。在杂志的"编辑者序"中,编辑者解释了他们接受编撰者来稿的缘由:

> 编撰者韩少功为著名文学家,写过《归去来》《爸爸爸》《女女女》等很有影响的作品,笔下多有小说笔法和散文笔法,行文不那么符合辞书的传统体例。考虑到这本词典的特定内容,考虑到辞书的形式也有探索发展的空间,我们鼓励他大胆试验,保留自己的撰述风格。[②]

这一番话有些异常,对一个词典编辑来说,它看起来似乎不完全贴切。这让我们产生一个疑问:它的写作者不是别人正是韩少功自己。这随后得到了事实的应验。在作家出版社出版的单行本中,"编辑者序"被改换成了"编撰者序",除了上引内容被去掉以及将编辑者的"我们"变成编撰者的"我"以外,其他内容完全相同。最初的版本表明,这是韩少功有意反讽地将有关小说形式实验的观念转变为有关词典的形式实验,而且这一有趣的修饰手法揭示了弥漫全书的颇具代表性的相对主义精神。

相 对 性

韩少功有关语言相对性的主题通过两种方式得到呈现,一种是通过马桥方言中的代表性词汇,它们表现了某种含混性或将相反的意思结合在一起;还有一些词语,它们在马桥的意义与实际正统词典中的意义不同甚至相反。词条"栀子花,茉莉花"[③]是第一种方式的很好例证;同时它表征了小说与词典是如何融为一体的。第一人称叙述者告诉我们,马桥人习惯于用模棱两可的方式进行表达,比如:"吃饱了,吃饱了,还想吃一碗就是";"我看汽车是不

---

① 与韩少功的个人访谈(海口,1998 年 6 月)。

② 韩少功:《马桥词典》,《小说界》,1996 年第 2 期。

③ 韩少功:《马桥词典》,作家出版社,1996 年版,第 362—364 页。

会来了,你最好还是等着"。来自马桥以外的人,包括第一人称叙述者,都很难适应这种语言的模棱两可,在他们看来,这不切实际,令人大伤脑筋。在马桥方言中,"栀子花、茉莉花"式的表述让人产生这样的感觉,某人或某事既可以是这样也可以是那样。在该词条中,叙述者随后转入到对一个事例的描述,它有关马仲琪的死。由于村民们歧义纷纭的议论,叙述者始终没能搞明白马仲琪究竟是怎么死的。此类的议论如:"仲琪一直思想很进步,就是鬼名堂多一些","仲琪从来没有吃过什么亏,只是运气不好",等等。在叙述者看来,事实本身似乎很简单:仲琪日子过得很艰难,忍不住偷了一块肉。他被抓,强迫写了份检讨书。之后觉得无脸做人,自杀了。不过,当叙述者从仲琪的人生与性格寻求更深层原因的时候,他又发现难以真正解释仲琪自杀的必然性。最终,"一种栀子花、茉莉花式的恍惚不可阻挡地"向他袭来。

许多词条有着近似的结构:一开始,它们都有一个出乎意料且常常意趣横生的界定。这还须通过一个具体的事例(人物故事)来解释。在"栀子花、茉莉花"这一词条中,关于仲琪的一长串歧义百出的议论是导致迷惑性和喜剧性的要素,同时,它使这种含混的思考方式更令人信服:不管这些表述如何的歧义百出,它确实逐步地为我们提供了一个有关仲琪死因的戏剧性片段。自此,事情变得更加麻烦了。为试图搞清楚模棱两可的意思,叙述者必须依赖于他自身对人物的了解。他加入了涉及自身的故事:在这个词条中,他试图去想象在那个不幸的日子仲琪的所思所想。人物与第一人称叙述者愈加靠近,正如词条最后一句话所表征的:"如果他还在我的*面前并问我*〔要改变命运,他还有别的选择吗〕〔……〕一种栀子花、茉莉花式的恍惚不可阻挡地向我袭来。"①至少在那个时候,叙述者不再是马桥的局外人;他已经接触到了这一地域文化中非逻辑的逻辑。同时,第一人称叙述的视角让读者也有了一定的体验,对于"栀子花、茉莉花"式的感受,毕竟人同此心。因此,韩少功由一个特殊的词诱导着去对人类生活的某个方面进行普遍性的观察。更为重要的,词典显示出小说的特征:通过主观化的叙事,词语不再被束缚在一个固定的定义上,而是被体验,并随之鲜活起来。

词条"科学"采用了类似的结构方式,与《马桥词典》中许多词条一样,它还带有随笔的因子。它也产生了类似的诱导性。首先,它通过具体的逸闻趣事来给词义奇异的阐释。作为知青的叙述者试图说服村民去接受一些科学上的改良,他们的拒绝让他诧异。在叙述者建议下,虽然村长认可担岭上晒干的柴要比担刚砍下的湿柴轻便得多,但他依旧坚持他的老办法,担着湿柴往岭下走。他认为,如果柴都不想担了,这生活也就没什么意义了。叙述者反驳道:"不是不担,是要担得科学一点。""科学?"村长回应道,"这不就是学懒!"他补充说:"科学来科学去,看吧,大家都要变马鸣!"

我们随后要谈到的马鸣,是词典中前面词条介绍过的一个人物。他是将"科学"一词引入马桥的人。没有"神仙府(以及烂杆子)"②这一词条,读者很难获得有关"科学"一词新的或别样的意义。其实,这个词条包含了一个指向词条"科学"的参考文献,有意令人焦灼地悬置意义的阐释。在村民眼中,马鸣是一个懒骨头。他不与其他村民在地里一起劳动,也不参与任何集体活动,比如一起打一口公用的井。还有,他不吃嗟来之食,不用他人的水,因为据他的原则:他没有为村子做过事,所以无功不受禄。为满足基本需要,他乞讨或者有时候去偷窃。马鸣有他自己的逻辑:规避所有社会责任是获取自由的唯一路径,就好比一个隐居的道

---

① 韩少功:《马桥词典》,作家出版社,1996 年版,第 364 页。斜体为论者所加。

② 韩少功:《马桥词典》,作家出版社,1996 年版,第 32—39 页。

士一样。他与类似的其他四个人一起住在一幢废弃的老屋里。村民们戏称他们的住所为"神仙府",马鸣的同伙为"四大金刚"。他们五人整日游荡在山水间,享受良辰美景,因此未免要低看那些"吃了为了做,做了为了吃"的村民们。马鸣喜好引经据典,鄙弃简化汉字,钓鱼上也有讲究——醉翁之意不在鱼而在道……当然,还会谈论各种各样的科学方法。比如,他不将食物煮熟,选择生吃。人们认为他懒得架一口锅,他却说这样健康,科学。从他的住处到小溪有个坡,他按科学方法走"之"字路,挑回一担水要半个时辰,而村民们五分钟就够了。村民认为那样做是荒谬的,他却认为可以节省力气,这就是科学。

鉴于这个词条,马桥人为何对"科学"一词有负面看法就变得更清楚明了。"科学"词条末尾致力于在理论上详尽阐释如下问题:与词语在心理或情感上的关联能对人们的生活产生什么作用。尽管如此,文末叙述者并不相信他的理论能够简单地解释为何马桥人对科学避之唯恐不及:"我只能说,应该负责的,可能不仅仅是马鸣。"这里进一步表明,在科学与懒惰间画等号,乍一听颇有趣味,不过经过对人物故事的处理,它导向了一个有关人类总体性反思的结论。一个类似的例子是词条"甜"。[①]马桥人将他们吃的任何好味道的东西一言以蔽之:甜。(叙述者反讽地说,在饮食文化颇为发达的中国,这是多么奇怪的事!)是味觉的粗糙,造成了味觉词汇的缺乏?还是味觉词汇的缺乏影响了味觉的区分能力?语词与物象,孰先孰后?进一步的观察显示,他们将所有初次接触的外来食品都叫作"糖"。叙述者分析道,这也许并不令人奇怪,很多年后,他接触到一些西方人,把所有中国人能区分的刺激性味道都叫作"hot(热味)"。另外,绝大多数中国人不是也把所有外国人都叫"老外",正如西方人难以区分上海人和广东人一样?将陌生的对象笼而统之似乎是一个普遍现象。内容层面,词条"科学""甜"的结论或许不算特别新颖;然而,在形式层面,它们的开放性或含混性确实合乎语言相对性的主题。

词条"神仙府(以及烂杆子)"也适合相同的主题:就其本身而言,它试图在同一个体身上将神仙与游手好闲者的观念结合起来。正如我们所看到的,首先是村民们与马鸣在观念上的分歧对立:前者认为马鸣是个废人并且戏称其为"神仙",而显示了道家隐士诸多特征的马鸣,倒真渴求成为一个神仙。有关这一矛盾对立观念的表现有时趋向于滑稽可笑:当叙述者站在村民的立场与他们一起取笑马鸣时,韩少功作为老练讽刺艺术家的一面就会间或浮现出来。这表现在如下句子中:"更可笑的是,他……"在此,叙述者的视角与村民的相吻合。然而,通过随后的叙事技法——叙述者将自身放在了人物的位置,这一态度就受到了平衡与抑制。村民越来越多的嘲讽,使得马鸣愈加远离公众,最终他不再是所有官方统计与人口普查的对象(作为知青,叙述者曾协助村里做过一些统计方面的工作)。"他不再是社会的一部分",叙述者沉思道,"既然社会是人的组合",马鸣就"已经不成其为人"。"他终于做到了这一点,因为在我的猜想中,他从来就想成仙。"在叙述者眼中,马鸣已经成为一个真正的"仙",因此反讽地印证了村民们的嘲笑行为。此外,叙述者偶然提及他曾协助做过人口普查员,这表明他甚至实际上促成了马鸣成"仙"。这一方式令人回想起词条"栀子花,茉莉花",通过诗学转换,即坚持一种主观的叙事视角,起初有关语言含混性的有趣事例演化为叙述者与读者共同的引人注目的经验。

词条"甜"中谈到的语词与物象的关系,是一个贯穿全书的不断重现的主题。在一次访

---

① 韩少功:《马桥词典》,作家出版社,1996年版,第16—19页。

谈中,韩少功谈到这部小说,他说,有时候很难找到词语去描述一个确乎存在的对象,也有这样的情形,即词语并没有指称任何东西。①第一种情形的例子就是词条"甜",而一个可对比的例子是词条"下",它代表了所有与性相关的东西。既然那个词有着如此普遍性的力量——崇高的总是与"上"相关,不道德的总是与"下"相关——韩少功怀疑,只要这个词语没有取消或改变,人们的偏见、对性的保守成见就难以消失。进一步讲,每个人掌握一些词语,借此来了解、把握世界,正因此韩少功自问:"到底是人说话,还是话说人?"②《马桥词典》中也包含一些与此相反的词条,它们不涉及具体事物。在一个词条中,韩少功对"罗"字进行了追根溯源,它指称马桥人的祖先及其居住地域。他发现现今没有一个名以"罗"字的村镇,也很少有罗姓人家,因此它已经"有名无实"。③类似的,韩少功在另一处写道,马桥人对"1948年"有许多指称,但他们从来不用数字本身,而是用"某某事发生那一年"来言说。滑稽的是,韩少功随后发现,所有这些事情可能并没有确切地发生在1948年,这使得标题词"1948"成为"空无"。④上述词条中,往往直抒胸臆的散文性段落要比叙事性段落要多,书中的相对主义精神常常通过"有名无实""到底是人说话,还是话说人"等凝练打趣的话得到渲染。虽然这些观察本身并不总是创造性的洞察,但它们确实反映了小说主题上的整一性。

楚 文 化

在上述词条"神仙府(以及烂杆子)中,复查说,马鸣和他的同伙"根本不醒"。叙述者还在括号中特别提示参考词条"醒"。⑤读者在这里会感到迷惑,因为"不醒"与它的反义词"聪明"关联在一起。当读者依据索引翻到相关页时,他会发现,和"科学"词条一样,"醒"是一个表面看起来寻常而在马桥却有不同意义的词汇。这是一个特别有意思的词条:首先,在马桥,"醒"意义完全相反,意味着愚昧无知。其次,这一意义更独特地与马桥和楚地的地域文化、历史有关,而对"科学"的特殊理解或许更多地与农村、城市间更普遍的二元对立有关。更确切地说,这实际上似乎是"能与《楚辞》挂上钩"(见韩少功《文学的"根"》)的词语之一。最后,值得注意的是,将"醒"解释为愚昧无知显然出自作者的推测,这再次让我们注意到词典与小说形式的混合。

词条一开始就说,"醒"在《辞源》中释以"聪慧""清明""理性"等,并引屈原《渔父》中的诗句:"举世皆浊我独清,众人皆醉我独醒。"叙述者然后思忖:马桥人对"醒"字的不同理解是否与他们的先人遭遇屈原有关。毕竟,屈原在汨罗江自沉之处就在马桥附近。叙述者认为,在马桥人看来,屈原受贬放逐罗地是令人费解的不当之举,因为罗人曾遭楚国无情驱杀,他们或许满心怨恨。但作者没有停留于简单的观念分歧上。与其他词条一样,他努力在"醒"与愚蠢无知间寻求一种诗意的调和。叙述者又一次试图进入人物的内心世界:当屈原

---

① 与韩少功的个人访谈(海口,1998年6月)。

② 韩少功:《马桥词典》,作家出版社,1996年版,第93页。

③ 韩少功:《马桥词典》,作家出版社,1996年版,第7页。

④ 韩少功:《马桥词典》,作家出版社,1996年版,第108—114页。另一个例子是一个叫"荆"的地方,曾热热闹闹、人气很旺,但现在已成为一块"荒地",以至于韩评价道,荆已经成为"一个没有实际意义的名字"。(参见韩少功:《马桥词典》,作家出版社,1996年版,第125页。)

⑤ 韩少功:《马桥词典》,作家出版社,1996年版,第43—45页。

来到汨罗江边并见到罗人，"〔屈原〕心里有何感想"？因"历史没有记载这一切,疏漏了这一切",对此,叙述者只能自我想象。也许,屈原选择罗地作为他的长眠之地,是因为这里是一面镜子,可以让他一窥政治雄心与挫败、(对楚国的)忠诚与怨恨、愉悦与痛苦间的荒诞。于是,他的精神发生了某种根本性的动摇,使他对生命之外的生命感到惊恐,"感到无可解脱的迷惘,只能一脚踩空"。在楚地时,出于抗议和失望,屈原披头散发,展示出典型的"楚狂"姿态:"他是醒了(他自己以及后来《辞源》之类的看法),也确确实实是醒了(马桥人的看法)。""他以自己的临江一跃,沟通了醒字的两种含义:愚昧和明智……"

最终,叙述者推测每年纪念屈原的端午节源自于一个事实,罗人对败落的敌手的命运,不知道怎的有了同样的悲怜。他认为,这么多年来,越来越隆重的纪念(如赛龙舟,实乃南方早有的祀神活动)是历代文人对屈原殉难的一种赞颂。这既为屈原,也在为文人自己可能的殉难寻求慰藉。然而,马桥人对这样的政治动机"冷眼"以对。叙述者得出结论,"醒"字的歧义是"不同历史定位"之间的必然结果。"以'醒'字代用'愚'字和'蠢'字,是罗地人独特历史和思维的一脉化石。"这一词条中,小说与散文的交融更进一步,因为叙述者意图论证的明显出自于他想象性的假设。从这些例子可以回溯到韩少功在《文学的"根"》中的观念:他以地域文化和《楚辞》(特别在词条"醒"中)为主题,去复活中国传统中的语言相对性以及道德与价值观念等因子。

小说形式

关于形式,韩少功认为,只有小说能够处理含混性、歧义性这类问题。在他看来,学术性散文或一部词典局限于阐释说明,而小说可以探索超乎解释层面的东西,比如人物形象的含混多义性。小说可以做到这点,恰恰是因为它依赖于主观性的叙事。[1]在《马桥词典》中,韩少功有意将主观性的叙述者放在突出的位置:这不仅表现为作为人物的叙述者,是马桥文化与语言的外来者;而且作为书写者,在更诗化与散文性的沉思中,叙述者也显示了与主题涉及的语词、人物、情境一样的含混多义性。在开始与结尾的词条中,韩少功都特别强调了这些。

第一个词条通过讲述一个短小的故事涵括了双重的主题:因马桥方言在"江"字发音上的问题,刚到马桥的叙述者陷入迷误之中。[2]通过将这一特别的词条置放首页,作者为小说在主题上打开了一个豁口。另外,词条也微妙地指涉《庄子》。这里谈到的语言上的困惑涉及一个事实:当马桥人使用词语"江"的时候不区分水流大小。叙述者将其与北方人的"海"比较。在北方人那里,"海"包括湖泊池塘。《马桥词典》起首几行使人想起《庄子》的开头部分,那里提到"北冥"的大鱼"鲲"。既然"鲲"也指"鱼苗",最大的鱼同时也是最小的。[3]因此,《庄子》在起始部分就已经包含了它典型的矛盾性与相对主义,这当然也是《马桥词典》中的情形。

这在《马桥词典》最后一个词条得到进一步强调。此处又有一形式上的处理,最后的这个词条实际上描述了叙述者第一次到马桥的情形,这好像显示了一种轮回的时间观。叙述者与公社会计走在邻近马桥的"官路"(《马桥词典》中词条名)上。当被告知村寨就在前方

---

[1] 与韩少功的个人访谈(海口,1998年6月)。

[2] 韩少功:《马桥词典》,作家出版社,1996年版,第1页。

[3] 《庄子》,〔美〕伯顿·华兹生译,哥伦比亚大学出版社,1964年版,第29页。

时,叙述者看到一树灿烂的桃花。书的最后几行是如下对话,叙述者问:

> "那就是马桥？"
> "那就是马桥。"
> "为什么叫这个名字？"
> "不知道"
> 我心里一沉,一步步走进陌生。①

通过显示轮回时间观和非常偶然地间接提及《桃花源记》,作者好像暗示了局外人视角的恒久性以及随之而来的含混性。这被"江"与"路"(两者都有旅行、过程的含义)的符号意义所强化。②(倒数第二个词条,好像也在强调轮回性,韩讨论了马桥方言中的"元"字和"完"字的同音现象,这使得"归元"的表述(通常指的就是"归于初始")充满含混性。③同时,这有助于小说在内部空间形成一个连贯的整体。韩少功有关小说探讨道德观念之工具的观点与昆德拉的相吻合。昆德拉补充道,为了那个目的,在小说的范围内,所有的道德判断应该被悬置。④这意味着,小说的世界应理想地具有充分的连贯整一性并具有令人信服的自足性。这种连贯性可借由多种方式来达成。正如我们看到的,在《马桥词典》中,这不仅通过将词条组织成故事,而且通过有趣味的参考文献的连接来达成这种整一性,还有,马桥语言相对性的主题以故事的形式被第一人称叙述者所体验,他同时意识到自身语言的相对性:形式与内容事实上已经合一。⑤

《马桥词典》与以往创作

《马桥词典》的不同层面让我们想起韩少功之前的一些作品。首先是作品《归去来》,含混的局外人视角实际上表征了作品的主题。对村庄大量地方习俗的描绘(偶然涉及方言词)似乎都是为小说主题服务的:第一人称叙述营造了一个妄想狂式的梦的世界,这当中,所有的主题不只是为了异域风情式的效果,更为了强化陌生与熟悉间的含混性。另外,正如《马桥词典》一样,有关《楚辞》和陶潜的因子,在这里得到了有意且令人信服的体现。事实上,《归去来》中的第一人称与《马桥词典》中的有着类似的功能——试图去探索异质的陌生环

---

① 韩少功:《马桥词典》,作家出版社,1996 年版,第 396—397 页。

② 在《马桥词典》最初的杂志版本中,这一对话的第三和第四行是这样的:"我们以后就在这里落户？""就在这里。"(第 152 页)随后出版的单行本对此有修改,更有力和诗化地强调"陌生"的主题。在书的开篇部分谈到马桥名称的非确定性,汉字"马"曾一度被写成"妈"。在同一词条中,通过考察不同历史时期(从清代一直到当代)马桥名称的变迁,该名称的相对性被进一步强化。此外,韩对现在的名称"马桥弓"也有疑惑。"弓"指村寨,一弓意味着村寨大小有一矢之地。但韩怀疑有人能弯弓射出这么大的一段距离。(韩少功:《马桥词典》,作家出版社,1996 年版,第 9 页。)所有这些观察增添了马桥的神秘性。

③ 参见词条"归元(归完)",《马桥词典》,作家出版社,1996 年版,第 389—390 页。

④ 〔捷克〕米兰·昆德拉:《被背叛的遗嘱》,伽利玛尔出版社,1993 年版,第 29 页。

⑤ Vivian Lee 认为,《马桥词典》结尾部分轮回性的层面是一个隐喻,它意指作者理解现实的非确定性。这不仅体现在《马桥词典》种,也体现在其他作品中。Vivian Lee:《文化词典学:韩少功的马桥词典》,《现代中国文学和文化》,2002 年(春季)第 14 卷第 1 期。

境。《归去来》中的叙述者的困惑不限于奇异的风俗，更涉及一些奇特的方言词汇。有些词汇在《马桥词典》中再次出现。这并不是一种巧合。①

《爸爸爸》在描述一个村庄的地方风俗、信仰和传说等方面，与《马桥词典》有许多近似之处。《爸爸爸》主要讲述了山寨的衰落，韩少功对这部小说如是评说，"理性和非理性都成了荒诞，新党和旧党都无力救世"②。然而，正如本书第二章所述，因为叙述者的视角依旧是外在的，地域文化主题以片面的而非相对的方式来呈现，实际上是对隐含的当代理性价值的讽刺性陌生化。《马桥词典》中叙事声音的嬉戏色彩和主观性排除了道德判断（按昆德拉的理解），这也体现在《爸爸爸》当中。它们也减弱了夏志清所谓的"感时忧国的精神"③：正如我们所见，《马桥词典》确实呈现了一种相对性，它来自现代科学与本土传统或东方与西方的典型对立冲突。不过，据此认为 1985 年（《归去来》与《爸爸爸》均发表于这一年）后的韩少功已经从一个批判性作家演化为形式实验者将是不公正的。毕竟，韩少功还在继续写作讽刺性的篇章，以及有关不同主题的散文随笔，这当中不少文章都带有很明确的社会介入性。

除开一些基本的不同面，《爸爸爸》与《马桥词典》在主题上的相似性是显著的。不少主要人物显示了值得注意的相似性，而且因《马桥词典》明显具有更多自传色彩，这样一种猜测就会增强，即《爸爸爸》中一些人物是以后来《马桥词典》中出现的现实人物为基础的。④更为重要的，这一层面以及某些风俗和信仰，都从不同角度（以语言为主题）在《马桥词典》中重新出现。一个例子是语言和权力的主题，《爸爸爸》中有简要的涉及。如本书第二章所述，作者介绍了一个本地概念"有话份"，它意味着诸如此类的含义——"可做出最后决定"或"某人的语言有分量"。一个主要人物仁宝，痴迷于现代和进步，试图说服村寨里的长者采用他从外面村庄得来的新观念。为了削弱他们的话份，他使用从外面学来的新词和逻辑。韩少功采用夸张的形式，让仁宝的慷慨陈词显得乖谬荒唐。不过借助炫耀"既然""因为""所以"等新派连词，仁宝依旧说服了寨子里的老者。结果显然是反讽性的，这切合了小说中有关"传统"与"现代"的主题。在《马桥词典》中，"话份"是一个词条，韩少功考察这个词时有些细微差别，它以一种典型的相对主义精神来展开，把小说和散文关联起来。事实上，有关语言和权力的社会语言学主题在好几个词条中都有重现，它们涉及性别和意识形态等主题。⑤

其他短篇小说与《马桥词典》也有类似的可比之处。比如，在本书第三章我们提到，在不同文本中出现的诅咒与预言主题，在《马桥词典》中也有重现。几个词条从语言的角度来面对这一问题，它们反思诅咒与预言的本质，因词语对现实有实际的影响，这就与语言和权力的主题相关。一方面，这再次表明韩少功作品中相关主题的连续性，并建构起整体性；而另一方面，它表明韩少功继续从新的角度深化这些主题。如前述，1985 年左右，韩少功开始以不同的方式使用旧的主题，在《马桥词典》中，他再一次以新的方式处理之前用过的素材。这在韩少功怎样继续用一个民间习俗的例子上体现出来：这是一种中国南方粗野的婚礼仪式，宴会上所有的男客人可以相当粗暴地将新娘推来搡去。他的早期小说《风吹唢呐声》

---

① 比如，用"视"字代替"看"字。这也出现在《爸爸爸》中。

② 韩少功、夏云：《答美洲〈华侨日报〉记者问》，《钟山》，1987 年第 5 期。

③ 夏志清：《现代中国文学感时忧国的精神》，《中国现代小说史》，耶鲁大学出版社，1971 年版，第 533—544 页。

④ 比如，《马桥词典》中的人物万玉与《爸爸爸》中的德龙就有这种相似性。

⑤ 比如词条"格"，有格的人就是有身份的人，也就更有话份。再比如词条"小哥"表现了这样的意涵，马桥的妇女从来不被称作妹妹或姑姑，大多只是在男性称谓的前面冠以一个"小"字。

(1981)，将其描述为社会陋习的一种形式，并对其进行控诉。在《史遗三录》中，正如我们在本书第三章中谈到的，已经与《马桥词典》在民间故事形态及所涉地域上相类似，其中，韩少功粗略地以调侃的人类学方式提到类似的婚礼仪式。有趣的是，它只是作为对一系列奇异、虚构的民间趣闻的一个反讽性的引言，并与之形成戏仿。

最终，在《马桥词典》中，此类仪式在词条《放锅》中得到复现。[①]"放锅"是结婚的同义词：新娘必须把一口新锅放在夫家的灶上，表示她已经是夫家的人了。在一个故事中，韩说起他亲眼见过的一次结婚仪式。客人们没吃好，出于对新郎家小里小气的不满，拒绝对新娘动一根指头，这让新娘十分不快，这意味着她不被新郎这边的人接受。她娘家的人决定拿回才放在灶台上的锅。新娘见灶台上的锅没了，无须解释，就知道只能回娘家了。韩少功呈现了语言是如何影响人生的，一些特定的词语甚至比现实更强大有力。这与小说中的相对主义精神相吻合。由此可见，同一主题在三个意义阶段的三次重现，再次表明韩少功对民俗的兴趣不单是人类学式的，而是将其放置在一个更宽泛的框架中——虽然维持着对相对性的强调，但没有一成不变。在本书第三章中，我们已经看到韩少功有关社会介入和身份的主题是怎样通过现实与想象层面发展到元小说形态的。在这个意义上，《马桥词典》表征了更进一步的发展，显示了一种更高层面的写作元意识：词与物之间的相对主义关系。

实验与传统

就形式而言，《马桥词典》具有争议性。它在批评家中间引发了讨论，一些批评家认为《马桥词典》的形式实验无论在韩少功的创作历史中还是在中国当代文学史上，都具有空前意义；有些则质疑其原创性。批评家南帆是捍卫韩少功文体实验创新价值的最早也最有雄辩力的批评家之一。而北京大学张颐武副教授则质疑其创新性，认为其完全模仿自《哈扎尔辞典》。米洛拉德·帕维奇的辞典小说出版于1984年，1994年在中国翻译出版。[②]张颐武的论断并没有具体的证据作支撑，但它很快引发了文学圈有关抄袭、剽窃（在张颐武的原文中没有这样的词汇）的火热争论。韩少功认为，张颐武无理据的论断是不公正的批评与不负责任的攻击。他将张颐武告上法庭并最终胜诉。这成为自1993年贾平凹《废都》事件之后90年代最大的文学事件之一。[③]

然而，比形式实验独特性、创新性更重要的是它的实际效用。词典形式被证明非常适合于探究语言的相对性问题。这一问题在他讨论文学的根的时期就已经让他着迷了，但那时他没有将其表现在文学作品中。[④]同时，词典形式也适合韩少功的写作风格。作为小说家

---

① 韩少功：《马桥词典》，作家出版社，1996年版，第28—29页。

② 〔塞尔维亚〕米洛拉德·帕维奇：《哈扎尔辞典》，《花城》，1997年第2期。

③ "马桥事件"也被称作"马桥风波"。可参见南帆的《〈马桥词典〉：敞开和囚禁》（《当代作家评论》，1996年第5期）、张颐武的《精神的匮乏》（《为您服务报》，1996年12月5日）与《我为什么批评〈马桥词典〉》（〈马桥词典〉争议双方正面交锋》（《羊城晚报》，1997年1月13日）、韩少功的《答记者问〈马桥词典〉争议双方正面交锋》（《羊城晚报》，1997年1月13日）、田原的《〈马桥词典〉纷争要览》（《天涯》，1997年第3期）、陈晴的《〈马桥词典〉事件真相》（杨志今、刘新风编《新时期文坛风云录(1978—1998)》（下），吉林人民出版社，1999年版）等文章。

④ 一个批评家认为，《马桥词典》标志着韩少功从文化层面的"寻根"转向语言层面。见萌萌：《语言的寻根》，《当代作家评论》，1996年第5期。

的韩少功与作为思想性散文家的韩少功结合在一起,使得他能打通散文与小说的边界,做到"从鸟瞰到近观"(用他自己的话说)。"为获得这一自由",他就必须"坚持词典体的形式"。①对韩少功自身而言,词典与小说的结合也差不多就是散文与小说的结合。如前所述,他认为散文更具解释性,是用来解释事物的,而小说则超越解释本身。韩认为:

> 一个小说作者可以用所有他想用或必须用的思想理论,但最终他将到达一个状态,到那时他会说:现在我再也不能解释它了。比如涉及人物本性或性格的时候。以《马桥词典》中的人物马鸣为例:你如何界定他的性格呢?我恰恰对不确定的、不可命名的东西感兴趣。这是词典和小说很自然地一致的地方。或许那是我这本小说的灵魂。②

当问及他为何继续小说、散文两类文体的写作时,他回答道:

> 在散文中,我谈论我已经想清楚的事情,在小说中主要涉及我尚未想清楚的事情。而这两者间有一种对抗、争论以及不信任的关系。我用散文挑战小说,反之亦然。③

韩少功补充说,有关散文与小说这种关系的一个例子是现代性问题。在散文当中,他常常力倡:中国应实现现代化,应向贫困、愚昧与不公正宣战。但在他的小说中,他常写到传统乡民对现代化的否定性态度。在散文中,他做出选择。而在小说中,他能够从不同的角度看取问题,比如通过一个中国农民的眼睛,就可以对进步的价值观提出质疑。他说,他常因反现代化被人批评,其实,这些批评者并没有看到他散文与小说间的张力关系。

正是在这样的背景下,才能够理解本书第三章提及的韩少功的相关表述。也就是说,就他创作的发展状况而言,他倾向于用"写作"来代替"小说"。并提及古代的概念"文",它包括文史哲,就好比《庄子》中的情形。④对韩少功而言,他试图摆脱20世纪小说的某些层面,比如统制性的情节、散文与小说的区分等。在《马桥词典》的词条"枫鬼"中,他表达了自己对主线情节的拒斥,乐意去写马桥的每一件东西。随后,他用整个词条去叙写两棵枫树。韩少功甚至把《马桥词典》称作是"长篇写作"而非"长篇小说"(与西方概念有关的一个现代词汇),后者从来就不真正是中国散文传统的一部分。可以肯定的是,韩少功对20世纪小说的批判主要针对主流的现实主义小说,正如现代主义小说(如果考察一下它20世纪初在西方的起源的话)一样,它也挑战现实主义叙事,特别是其传统的开头与结尾以及事件的时序性,并对散文小说的区分深为不满。这之后,文学文本中人物的碎片化通常被看作是现代主义"在可能描绘世界完整性上面缺乏信心"的产物。⑤尽管有着诸种鲜明的现代主义特质,《马桥词典》在许多方面依旧可以看作是传统的中国小说。与传统的这种相似性引人注目,是不应被忽略的。

韩少功所认可的主干线性情节空缺,是中国传统小说典型的特征。事实上,就此而言,

---

① 与韩少功的个人访谈(海口,1998年6月)。

② 与韩少功的个人访谈(海口,1998年6月)。

③ 与韩少功的个人访谈(海口,1998年6月)。

④ 与韩少功的个人访谈(海口,1998年6月)。

⑤ 〔荷兰〕佛克马、〔德〕蚁布思:《现代主义臆想:1910—1940》,赫斯特公司,1987年版,第38—40页。

汉学家毕晓普认为,在西方现代的阅读大众眼中,这是"中国小说的局限"。①他认为中国传统长篇小说是一种"黏附式说",它们不过是"短篇的连缀"(不管是否划分为"回"),并强调"情节的异质性与插话式特性"。②浦安迪有类似的界定,他认为,与西方相比,中国传统小说有鲜明的"百科全书倾向"。③韩少功"百科全书式的"词典形式因此可以被看作是长篇与短篇叙事的一个折中。有趣的是,作家李锐在《马桥词典》中看到中国传统笔记(也将短小的散文组织成连贯的叙事)的影子,它的随意性与随笔属性确实适合韩少功的小说。④在其他当代小说那里,也可以看到笔记形式的复现,比如贾平凹的《商州说不尽的故事》(1995)和史铁生的《务虚笔记》(1996)。而据安妮·居里安的评论,韩少功对词典词条的具体应用,是对中国重要的百科全书传统的继承。⑤

《马桥词典》也包含中国传统小说的其他因素,毕晓普将这些看作是西方读者理解中国小说的障碍,比如阵容庞大的主要人物群,对表层现实和对话的强调,随之而来的问题就是——中国小说家很少进入人物的精神领域,他们努力复现宏观的社会而甚少关注微观的人。这或多或少体现在韩少功的小说中,但主要不同在于叙述者的角色。基本上,韩少功笔下的非全知叙述者,"怀疑自身,对他的观点和陈述的暂时性、假定性本质有清醒认知",并"经常诉诸讽刺"。因此,是典型的现代主义者。⑥在传统的小说中,叙述者可以自由闯入,并乐于宣传教化,但这不是像韩少功第一人称叙述者那样的真正的主观性的声音。韩少功的作品可以与传统文人收集的民间趣闻逸事进行比较,而且韩少功也有点道德主义的倾向,但他与人物中的乡民们有互动,而不是将自己放置在更高的位置,这给予他作品鲜明的现代主义特质。另外,韩少功清醒地意识到他是传统的一部分。他通常的嬉戏性的反讽有时导致对历史学界或人类学家的一种戏仿。意味深长的是,在倒数第二个词条"白话"中,韩少功明确地提及他受惠于文学传统。他说,在马桥,"白话"意指传统的村民间讲故事,通常是一些图闲散娱乐的道听途说,因此也可以把它译成"空谈"("白"即是"无意义、无实效")。随后,韩少功论述道,《搜神记》《聊斋志异》等神魔、奇幻的传统文学是中国现代白话小说的源脉,它们是为娱乐而非教化的,正如小说最初被看作"街谈巷议道听途说"。韩少功自己最初尝试小说创作,也是在马桥村民夜晚的闲谈("白话")的哺育下开始的。因此,他谦逊地总结道,他的作品正可被叫作"小说",即传统意义上的街谈巷议。⑦顺便说一句,韩少功的自我陈

① 毕晓普:《中国小说的一些局限》,见毕晓普编:《中国文学研究》,哈佛大学出版社,1965年版,第239页。可以肯定地说,小说情节松散并不是中国独有的现象,它也体现在西方小说中(从《堂吉诃德》到现代、后现代小说)。然而,直到20世纪,它在中国传统中更为普遍。中西文学特征之比较并非一种严格的对立,而是各有侧重点的不同。

② 毕晓普:《中国小说的一些局限》,见毕晓普编:《中国文学研究》,哈佛大学出版社,1965年版,第242页。

③ 浦安迪:《中西长篇小说类型再考》,见郑树森编:《中国和西方:比较文学研究》,中文大学出版社,1980年版,第174页。

④ 参见李锐发表于法国的文章:《网络时代的方言》,收入安妮·居里安、金丝燕主编:《中国文学:当代写作与过去》,人文科学之家出版社,2001年版。

⑤ 〔法〕安妮·居里安:《〈马桥词典〉或语言体裁小说》,《语词的形式下:另一种中国——九十年代的诗人和作家》(意大利文杂志),1999年第1期,第326页。这一论点没有具体的文本依据。然而在《马桥词典·后记》当中,韩少功确实提及,即便是收有最多词条的《康熙词典》有时也不能有助于不同地域人们的交流,连普通话也是如此。这正是韩少功写作个人的《马桥词典》的动机之一。韩少功:《马桥词典》,作家出版社,1996年版,第398—399页。

⑥ 〔荷兰〕佛克马、〔德〕蚁布思:《现代主义臆想:1910—1940》,赫斯特公司,1987年版,第34—35页。

⑦ 韩少功:《马桥词典》,作家出版社,1996年版,第391—393页。

述正与我们的发现相吻合,在本书第一、三章中,我们已对寻根文学与中国传统志怪小说的关系作过论述。

寻 根

《马桥词典》具有如此多的传统元素,但依旧被作者和中国读者看作是一部反传统的形式实验之作。这表明,自19世纪末叶以来西方文学对中国影响甚深。这使得现代中国读者将西方文学当成了文学判断标准,尽管西方文学在中国的传统如此短暂。在这个意义上,《马桥词典》回归传统小说形式,确实应该被看作是文学寻根的产物。就是说,寻根是在按韩少功最初陈述的方式在进行:它要尽力突破政治化和西方化的现代中国小说的浅层地表,去寻找被压抑的可供选择的中国本土的丰富资源。对中国传统的极为热情的强调,可以理解为是对20世纪西方文学观念在中国广为流布的一个反动。

在他富含创意的《文学的"根"》一文中,韩少功也谈到宽泛的文化观念,表现出对中国传统的稍稍迷恋,而这个在他大多数作品中察觉不到。正如我们在本章中所看到的,韩少功自己指明了他散文与小说间普遍存在的紧张状态,一种相互争论和对立的关系。在《马桥词典》的正文和"后记"中也可以辨识出散文和小说的类似矛盾。在他的《文学的"根"》中,韩少功关注中国地域文化的价值,以此来抵拒中原正统的、政治的以及西化文化的统制性力量。类似的,在《马桥词典》"后记"中,韩少功承认,他之所以写作个人化词典基于这样的认识:在普通话的滤洗之下,故土的方言将逐渐枯萎。他有关故土或语言的写作,背后隐含的这种有偏向的文化与政治动机,并没有体现在词典自身中,相对性精神统辖了这样一些观念。

我们的讨论表明,韩少功并没有打算反身传统或拒斥西方现代性,而是需要中国与西方特征的创造性融合。正如韩少功总是反对对西方现代文学的浅薄模仿一样,他也不赞同对中国传统的简单照搬。相反,他总在寻求自己的写作风格。在他那里,不仅1985年至1995年的短篇小说主题演进并汇聚于《马桥词典》,而且对短小故事及沉思与叙事混合型散文的偏好,在长短篇小说结合的词典形式中得到了明确具体的表现。同时,韩少功自身的当代风格类同于甚至植根于本土的"文"的概念,它比西方"文学"的概念出现在中国早得多。因此,韩少功的"长篇写作"并非对西方现代长篇小说的挪用,而是中国传统"文"的现代转换形式。它所具有的明显的现代主义特征,有着20世纪上半叶以来中西相互影响的痕迹,正是在这个节点上,韩少功脱离出来再去重新追溯传统。这使得韩少功与当代其他寻根文学作家区分开来,在其他作家那里,与传统的关联常常模仿性多于创造性,或者更多地停留于主题层面而忽略了形式因素。这些我们将在下一章谈到。

寻不完的根^①

——今看韩少功的一九八五

〔日〕盐旗伸一郎

一

1985 年是中国当代文学特别丰收的一年,也是在当代文学史上值得纪念的一年。在这一年里,韩少功发表了《爸爸爸》②《归去来》③《文学的"根"》④等代表性著作。有一个较普遍的看法,是《文学的"根"》给风靡一时的"寻根文学"打造了理论依据,《爸爸爸》是其实践上一个杰出的成果。当时李庆西就预言道:"若干年以后,我们回顾 1985 年,也许会认为这是新时期小说发生转折的重要时刻。"他从《爸爸爸》里看出了"20 世纪中国文学"中很难找到的"崇高"。⑤

到了 1988 年,离《爸爸爸》问世时隔三年多,刘再复发表了《论丙崽》⑥。他说:"丙崽的名声还会愈来愈大,人们将会认识到,韩少功发现了丙崽,是一个很重要的艺术发现。"他把丙崽以及全村村民的畸形的思维方式概括为"非此即彼"的"二值判断",道破此乃长期以来阻碍中国进步,甚至造成惨痛悲剧的内在原因。他最后强调:"既然我们能发现阿 Q 和丙崽,我们就会有杜绝阿 Q 与丙崽的能力。只要我们愿意反省,不再以阿 Q 的思维模式和丙崽的思维模式为荣,而是正视其简陋,正视其粗鄙,总是有希望的。"今天看"反省"二字有些刺眼。可是当时,改革开放十年,多数人认为时代变了,悲剧已经结束,明天会更好。他不能那样乐观,不得不提醒人们造成悲剧的原因不止于"四人帮"。

不过,他强调的只是《爸爸爸》的一面。尽管其意义重大,还有很多值得一提的方面他没有谈及,难免有偏颇之嫌。原因可能在于他渴望救国的危机意识。急于探索阻拦中国人从骨子里变化的原因,自然看重和期待"寻根文学"剖出自己民族的病根。

也许有一种误解,即"文化寻根"重视挖掘中国各地域民族文化,发扬中华民族优良传统,跟指向"全盘西化"的"先锋派"构成对立。刘再复起码跟这双重误解无关,而韩少功也在

---

① 本文系盐旗伸一郎在"中国当代文学六十年国际学术研讨会"上提交的参会论文。该会由首都师范大学文学院、中国当代文学研究会和《文艺争鸣》杂志社共同举办,于 2009 年 9 月 19 日在北京举行。后收入张志忠主编《在曲折中开拓广阔的道路》(武汉出版社,2010 年版)一书。

② 《人民文学》,1985 年第 6 期。

③ 《上海文学》,1985 年 6 月号。

④ 《作家》,1985 年第 6 期。

⑤ 《说〈爸爸爸〉》,《读书》,1986 年第 3 期。

⑥ 《光明日报》,1988 年 11 月 4 日。

《文学的"根"》里直言不讳地拒绝继承"伤痕文学"①,可见两者对当时中国文学现状的认识在深处有着共鸣。但刘再复似乎不太重视,《文学的"根"》的独特之处就在于期待中国文化从各民族"血淋淋的历史"包括战败、流亡等以及跟外界文化的交汇中涅槃再生。照韩少功的观点,面临萎缩和毁灭的危机并非需要悲观的。

在《爸爸爸》里,作者对古怪愚昧的文化劣根加以批判的同时,对丙崽、他娘及其他非英雄人物偶尔闪出的人性,对村人们包括牛马羊狗从容接受命运的场景,从山谷那边轻轻飘来的远行队伍的幸福歌唱以及女人们长期捣衣所致、将来会藏着秘密的几块平整光滑的石头,一一写得充满同情和爱惜。

丙崽的"阴阳二卦"有时候也十分敏锐。这里分别举阴阳两个例子:小说最后一章(第八章)由他叫一声"爸爸"开始。

> 丙崽指着祠堂的檐角傻笑。
> 檐角确实没有什么奇怪,像伤痕累累的一只欲飞老凤。(中略)也许一片片羽毛太沉重,它就飞不起来了,只能静听山里的斑鸠、鹧鸪、画眉以及乌鸦,静听一个个早晨和夜晚,于是听出了苍苍老态。但它还是昂着头,盯住一颗星星或一朵云。它肯定还想拖起整个屋顶腾空而去,像当年引导鸡头寨的祖先们一样,飞向一个美好的地方。

若不具备如此超凡的观察力和想象力,一般人不会给一个祠堂檐角奉上像他那样百分之百的赞语。

再举一个"×妈妈"的例子。仁宝和丙崽娘发生什么关系,作者说"不知是真是假"。但丙崽很清楚,一口浓痰吐到仁宝身上。妇女们大笑,羞得仁宝一脸涨红夺路而逃。受到笑声的鼓舞,丙崽把自己屙的屎抓了个满手,继续追击仁宝,一路"×妈妈×妈妈×妈妈"地喊,竟把一条汉子追得满山跑,最后赶出山去,让他无脸见人半个多月。这是别人不会做到的壮举,也是他一生中所取得的唯一一次胜利。

后来韩少功写了《马桥词典》②《暗示》③《山南水北》④等长篇小说。其中《暗示》若可视为《马桥词典》的续篇的话,他差不多每十年在作品中回归一次他曾经待过的汨罗农村。看了每次回归里产生的作品以后再读《爸爸爸》,我们会觉得更好懂,也懂得更深。反过来说,作家二十多年来追求的很多东西可追溯到《爸爸爸》等1985年的文学追求。

二

2008年,《中国当代作家·韩少功系列》出版了。这套新版本跟既往的所有版本差异很大。作者在"自序"中阐明,主要做了三种修订:一是恢复原貌,二是解释过时用语,三是修补缺失。

其中第一种数量可能最多,意义也最大。其他两者的必要性也可承认,但应该分开处理

---

① 据新版本《中国当代作家·韩少功系列》,人民文学出版社,2008年版。

② 《小说界》,1996年第2期。

③ 《钟山》,2002年第5期。

④ 韩少功:《山南水北》,作家出版社,2006年版。

才对。如果看得出跟作者后来著作的互动关系来，也是有意思的事。现在三种放在一块，读者每一次发现差异，还无法搞清属于哪一种修订，自然会觉得很不方便。这一点不得不说是美中不足。

《爸爸爸》新版本有如下几个特点。一是暴露丙崽娘和仁宝之间暧昧关系的发生到决裂。二是更贴近丙崽娘儿俩，把他们写得更有人性，给他们寄予了更大的同情。这例子甚多，此举最后一例：丙崽要报复的对象不是"那个人"（父亲）而是"蚊子"了。让"那个人"更明确地成为他"爸爸"（友好、善意的符号）了。他头上的脓疮褪了红，净了脓，葫芦脑袋摇得特别灵活。三是对仁宝的批判更为彻底。比如，幺姐问："不是说不打了吗？"说明寨子里有一定舆论主张言和，至少有人不希望打仗。仁宝本打算回来劝他们别打了。但回家后发现父亲重伤在床，众人悄悄说他不孝，他就要抓住机会重建形象。结果，一开腔竟完全忘了自己回寨子来的初衷。四是偶然的因素决定命运。到底是舌道还是牙道，寨子里分成两派，无法统一的情况下，才想起丙崽的神秘。约定他叫"爸爸"就意味着舌道，继续打官司，他叫"×妈妈"则意味着牙道。这个时候，丙崽发了话："爸爸。"八章小说到了第七章，只差没达成言和。但主张牙道的一派不服，争论不休。就在这一天，鸡尾寨的人主动杀上山来，形势就不可逆转了。旧版本很简单。"连连失利，连连赔头，大家慌了，就乱想了"，就想出拜丙崽为神仙的主意。而且他说"爸爸"是"胜卦"，人们又打了一仗是很自然的结果。五是战斗、祭神等残酷场面的描写更加入微、逼真。

以上几个特点很难判断哪个属于哪一种改变。总的来讲，新版本写得更成熟，动人，更有安慰和人情味。相比之下，旧版本显得生硬，有点概念化的感觉。如果这些改变中的多数属于恢复原貌性的话，当时有些评论过于抽象，应该说也是难免的事。

上述的部分特征跟作者后来的创作有很大程度的共同点。这些如果是恢复原貌的，说明《爸爸爸》在作者创作生涯中的分量很重。如果是后改的，亦可证明《爸爸爸》和后来作品的互动性很强。

三

1985 年以后的韩少功作品中尤为显著的特点是"世界的多层次性"。

他追求这方向的第一篇小说是《归去来》。主人公黄治先到陌生的山村进行一次"回归"，突然发现自己对自己乃至世界的把握根本不可靠，被迫意识到自己不知道的自己或他者乃至世界的存在，并接受这些"隐形事实"。

《爸爸爸》里，裁缝仲满认丙崽为儿子。丙崽也认"那个人"为爸爸。仲裁缝本来是最恨丙崽娘乱了辈分，毁了伦常的。丙崽又从未见过"爸爸"，连"爸爸""妈妈"的概念都不见得有。似乎很奇怪。其实，仲满认儿子之前，丙崽娘已弃儿出走。他看到侄儿孤苦伶仃，想起自己给寨里寨外的人做过的衣服一件件都向他飘来，他一生中费的心血又已化为泡影。丙崽认"爸爸"，也在寨子里死的死，走的走，一个熟人都没有了以后。值得注意的是，他们俩都走到绝境之前，丙崽"颠覆了一个世界"。一个世界可以颠覆，说明作品后面还存在着另一个世界的

---

① 《香港文学》，2008 年第 8 期。又载《小说选刊》，2008 年第 9 期。

可能。作者在《马桥词典》里颠覆了普通话一统天下的小说话语,《暗示》里再次颠覆了"人只能生活在语言之中"的马桥世界。直到短篇近作《第四十三页》[①],他一次次推翻作品世界的单一性和直线性。推翻单一世界后对隐形世界存在形式的探寻是他后来的小说创作的取向。

《爸爸爸》里,世界的多层次表现于叙述人跟丙崽的距离。

其实"丙崽"的名字并非他一生下来就有,而是他至少活了七八年后,为了上红帖或墓碑的需要,周围才给他起的。小说的开头,叙述人这样讲起他的故事:"他生下来时,闭着眼睛睡了两天两夜,不吃不喝,一个死人相。"代词"他"就是丙崽第一次出现在读者眼前时的名称。叙述人始终从丙崽的外面观察"他",讲述"他"的故事。所以叙述其行动背景时,都用"似乎""大概"等语气副词。唯一的例外是他跟妈妈关起门来的对话。可是,妈妈走后,叙述人却进入丙崽心中,直接讲述起他的心理和感觉。

叙述人的越境是让一些按常理不可能发生的事情在作品里能够实现的动力。是这个力量让丙崽发现前面躺着一个很像妈妈的女人,在那"感觉十分舒服"的腹部上靠着乳房睡觉,也让他毒不死,饿不死,听得懂妈妈的话。同样是这个力量没让他去杀"那个人",而是叫一声"爸爸",令新来的小娃崽们十分惊奇和崇拜。

"隐形事实"是《马桥词典》提出来的概念。承认"隐形事实",等于承认我们的存在和我们所看到的世界只是偶然显在化的,并不比另外一个可能的人生、可能的世界正当合理。因此,好多马桥词语包含着誓不两立的意思。它们不主张词义背后的世界是单一的。比如,马桥语的"归完"和"归元"是一个音,都是"归 yuán"。"完"是结束,"元"是初始,对立的两义统一于相同的声音。马桥村在两棵大枫树下面,而那两棵枫树就在"我"的稿纸上。小说的末尾,"我"一步步走进陌生去了。

长篇随笔小说[①]《山南水北》则表达出他爱劳动、爱农业、农村和农民、爱静思的哲学。同时对离开土地、身体和劳动,只图效率和金钱的潮流满怀警惕和反感。比如"在都市菜市场里买来的瓜菜""对于享用者来说是一些没有过程的结果,就像没有爱情的婚姻,没有学习的毕业"。[②]他指出:"人不能吃钢铁和水泥,更不能吃钞票,而只能通过植物和动物构成的食品,只能通过土地上的种植与养殖,与大自然进行能量的交流和置换。这就是最基本的生存,就是农业的意义,是人们在任何时候都只能以土地为母的原因。英文中 culture 指文化与文明,也指种植和养殖,显示出农业在往日的至尊身份和核心地位。"这令人想到早在《爸爸爸》里,他对"以脑袋自居"的畸形文明敲起警钟。

他半年回山地务农兼避暑,半年在海南工作兼避寒,听起来很幽雅,看似半个隐居,或奢侈的享受。其实不然。此举对他追求人的全方位思考和感官功能的全面发挥、其文学的全方向发展,都是无可代替的条件。

对常识的怀疑是其基本态度。不管是什么东西、什么动植物、什么现象、什么感觉,都由他那么一换位思考,马上陆续呈现出完全不同的面貌。比如"农家三宝",即鸡、狗、猫。作者拟人化的语言十分生动,看得有时捧腹大笑,有时不禁落泪。爱犬三毛死了,他写:我总觉得它的尾巴又快活地摇动起来——在相框之外。我相信,我将来到另一个世界去的时候,这家

① 也有说法称它为"长篇散文"。我想应该把它放在作家小说创作的探求历程中理解才对。如果《暗示》能划分为小说,《山南水北》更应该算是"小说"。

② 《CULTURE》第 21 章。

伙也会摇着尾巴,在那个世界的门口迎接我,结束我们短暂的分手。想到这一点,我就觉得那一天没什么可怕。

他有理由相信三毛的尾巴在"相框之外"还能活动起来,因为他自己也就从"画框之外"扑通一声扑进八溪峒里来的(《扑进画框》)。他猜想,命运召唤他去一个未知之地(《回到从前》)。不管回过多少次,那里永远是"未知之地"。对这样的人来说,世界是想得开的。任何事情只要通过观察、认清和思考,会有另外一个结果,会使人找到另外一个世界。记得《爸爸爸》的鸡头寨在什么地方? 它 "落在大山里和白云上";"白茫茫云海总是不远不近地团团围着你,留给你脚下一块永远也走不完的小孤岛,托你浮游"。就像这块"永远也走不完的小孤岛",他的"寻根"永远也寻不完的。

韩少功对世界的多层次性的持久性探索,现在已成为他认识世界、考虑问题的基本态势。而作为这个探索的起点,1985 年的意义是尚待重新研究的。

解读新版《爸爸爸》(附:新旧版本校勘表)①

〔日〕盐旗伸一郎

一

《爸爸爸》②是韩少功的中篇代表作,也是作者最喜爱的作品之一。③2008 年,韩少功在出版《中国当代作家·韩少功系列》(人民文学出版社)时,对其文本做了大量的修改。④

据"自序",修改主要有三种性质:一是恢复性的。作品发表时有些报刊编辑出于某种顾忌,经常强求作者甚至直接动手大删大改。他说这些并非作者所愿,在今天看来更属历史遗憾,理应得到可能的原貌恢复。二是解释性的。随着公共语境的频繁更易,有些过去的常用语现在已让很多人费解。为避免造成后人的阅读障碍,对某些过时用语给予了适当的变更或者略加解释性文字。三是修补性的。他对自己的旧作常有重写一遍的冲动,但同时认为篡改历史轨迹是否正当和必要也是一个疑问。因此他选择大体保持旧作原貌,只是针对某些刺眼的缺失做一些适当修补。

就《爸爸爸》而言,旧版本 22708 字中有 4555 字(约 20%)在新版本里不见了,新版本 28797 字中有 10725 字(约 37%)是新出现的。再加上双版本中位置不同的 611 字,旧版本中有所变动的字数为 5166(约 23%),新版本则为 11336 字(约 39%),不像"大体保持旧作原貌,只是针对某些刺眼的缺失做一些适当修补"⑤。

一种合理的解释是:作品里出现的大量变更基本上都属于第一种,即恢复性的。⑥

不过,作者又在《自序》里接着说:"有时写得顺手,写得兴起,使个别旧作出现局部的较大变化,也不是不可能的。"这样一来,很难判断新版本中修改的地方哪个属于第一种,哪个属于第二、第三种。此工作对作家和作品研究很重要,若能得到作者的配合进行核对,固然

---

① 盐旗伸一郎的《怎么读新版〈爸爸爸〉》一文最初发表于《日本中国当代文学研究会会报》,2011 年第 25 号。后在本书编者请求下,他将本文译为中文,并做了一定的修改补充。他所做的《〈爸爸爸〉新旧版本校勘表》,全文近四万六千字,已在学界产生反响。本想全文收录,但考虑到资料集整体结构,只能割爱节选部分内容。

② 《人民文学》,1985 年第 6 期。

③ 他曾经回答过自己作品里最喜欢的是《爸爸爸》。(〔日〕加藤三由纪:《韩少功的手——1999 年 1 月于海口》,《日本中国当代文学研究会会报》第 13 号,1999 年 8 月)

④ 对旧作版本的修改并非《中国当代作家系列》的特征。其他作家的《系列》版本似乎没有很多的变动。

⑤ 数字包括标点符号的不同,不包括改行的不同,都反映在附表上。"611 字"很难数清,算是暂定值。

⑥ 〔日〕田井みず:《重读八十年代文学〈爸爸爸〉——"丑陋"与"崇高"》(《日本中国当代文学研究会会报》第 23 号,2009 年 11 月)推论三种修改的重点在第一种,新版更接近于原貌,并指出新版中能看出来作者要在中国活下去的觉悟。

有历史意义。但是我更愿意重视作者一方面怀疑"篡改历史轨迹"的正当和必要,同时又敢"写得顺手,写得兴起,使个别旧作出现局部的较大变化"的事实。他的"武断"从何而来?应该和他作品的文本有密切关系。

二

首先关注丙崽的"爸爸"和"×妈妈"。丙崽嘴里能发出来的只有这两句话。凡是遇到舒心事和友善的人,他会喊"爸爸";凡是感到不痛快和愤怒,他会咕噜"×妈妈"。两句话看上去"正反"对称,其实不然。他见人不分男女老幼都喊"爸爸"。有人会当真,生他的气;有人还会欺负他,这时他才用"×妈妈"和轮眼皮来进行被动的反击。所以他对待外界的基本态度是"爸爸"。这一点很重要,因为它是一个开放、包容、友善的符号。

全篇中有一个人始终没被喊"爸爸",即丙崽的堂兄石仁(仁宝)。他爱偷看女崽们洗澡和小女崽屙尿,还对母狗、母猪、母牛的某个部位感兴趣。有一次,他用木棍对一头母牛进行探究,被丙崽娘看见,又被到处散布消息。仁宝从此恨起丙崽娘,还不敢对她发作,只好在丙崽身上狠狠地出气,丙崽半个哑巴,说不清是谁打的。仁宝就这样报复了一次又一次,婆娘欠下的债,让小崽又一笔笔领回去。但这恐怕还不是丙崽从不喊他"爸爸"的首要原因。

新版中,有一次丙崽又惨遭欺凌,待母亲赶过来,手指地上的一个皮鞋底印迹:"×妈妈"。寨子里只有仁宝穿皮鞋,丙崽娘一看就真相大白,一把鼻涕一把泪,拉着丙崽去寻找凶手,吓得仁宝一夜没敢回家。

不过,后来他们并没有结仇。有人传闻:他们打过一架,打着打着就搂到一起去了,搂着搂着就撕裤子了。当时丙崽"×妈妈×妈妈"地骑到仁宝的头上揪打,反而被他娘一巴掌扇开,被赶到一边去。从那时起,丙崽对仁宝的态度坚定不移,绝不妥协。仁宝有时给丙崽一把杨梅或者红薯片,丙崽并不领情,一把掷回仁宝,"×妈妈"。"我×妈妈呢!"仁宝还一句,却遭丙崽一口浓痰吐到身上。妇女们大笑,羞得仁宝一脸涨红夺路而逃。丙崽更加猖狂起来,把自己屙的屎抓了个满手,继续追击,一路"×妈妈×妈妈×妈妈",竟把一条汉子追得满山跑。仁宝吓得跑下山去,半个多月没出现在人们眼前。这是仁宝因"×妈妈"第二次遭难。

虽然有些情节"不知是真是假",说得模棱两可,但丙崽很清楚,他绝不对仁宝叫"爸爸",说明他的敏锐和坚决。

是"×妈妈"的冲击力曾经两次给丙崽带来了"胜利"。旧版里,两个插话都没有记载,仁宝没被丙崽揭露是他下的手,也没跟他娘打架,只是"不知为什么,仁宝同她又亲亲热热起来"。"×妈妈"给予丙崽的力量只有在新版里得以充分发挥。

三

丙崽不按其常规喊"爸爸"的前后还有:祠堂的檐角、丙崽娘、像妈妈的女人、仲满(仲裁缝)、雀芋汤(只在新版)、没见过的父亲德龙。值得注意的是,他(她/它)们都集中在最后两章,可见这个核心话语在故事末尾阶段越发重要。

下面分别考察丙崽喊"爸爸"的理由和新旧两版之间的差异。

〔丙崽娘〕第7章以前,娘一手养活着丙崽已够难过日子了,顾不上给孩子看一张能让

他开心的脸。丙崽也只会给娘一句"×妈妈"。到了第7章,丙崽见娘伤心地号啕大哭,试探着敲了一下小铜锣,想使她高兴。她望着儿子,慈祥地点头:"来,坐到娘面前来。""爸爸。"儿子稳稳地坐下了。作品中丙崽叫娘"爸爸",这还是第一次,也是最后一次。接着娘吩咐丙崽去找他爸爸德龙,他天天被人打,他娘天天被人欺,要一五一十告诉"那个畜生"。娘说一句,丙崽就应一句"×妈妈",连续"×妈妈"了四次,娘最后下令:"你要杀了他!"丙崽不吭声了。

新版里娘让丙崽坐到面前来,一开口吩咐"你一定不能死,你一定要活下去";还有旧版里娘说的:"其实死了还是福,比死还不如啊!"在新版换成:"要不是娘不要脸,把一张脸皮任人踩,吾娘崽也早就死了。"新版中丙崽娘要让儿子活下去,把希望寄托给他的意志更为鲜明,尽管她的"希望"还是儿子去杀了她丈夫。应该说第一句就是她的"希望",接下来越诉苦越记恨,最后升级到报仇。

至于丙崽不吭声的理由,在新旧两版里有不同的解释可以成立:旧版中要看他没再叫"×妈妈",就是没拒绝妈妈的话;新版则要注意他也没喊"爸爸",就是没答应。一样的反应为什么要两样读?理由将在下面〔德龙〕里详述。

〔德龙〕鸡头寨的老弱病残一个不留地喝了毒药汤,面对东方而坐。青壮男女带着牲口就要"过山",开始唱"简"。他们认真地唱,卖力地喊,新版写:"喊出了满山回音,喊得巨石绝壁和茂密竹木都发出嗡嗡嗡声响,连鸡尾寨的人也在声浪中不无惊愕,只能一动不动。"写得很凄惨,但足以表现人们要接受一切后果的从容和尊重命运的严肃。至于媾和仪式,新版是"鸡尾寨作为胜利的一方操办'洗心酒',带来两只烤羊和两坛谷酒,让胜败两方都喝得脸红红的,互相交清人头,一起折刀为誓,表示永不报怨"。旧版是"昨天已办过赔礼酒席了……"说"赔礼"当然要由败方出钱,新版更合乎老规矩的 noside 精神。

丙崽不知从什么地方冒出来了——他居然没有死,而且头上的脓疮也褪了红,结了壳。新版让丙崽得到了多两点救济:"(头上)净了脓";"葫芦脑袋在脖子上摇得特别灵活"。他听着远方的歌声,方位不准地拍了一下巴掌,用很轻很轻的声音,咕哝着他从来不知道是什么模样的那个人:"爸爸。"

旧版中他也一样咕哝着那个人。但是,丙崽心目中的"那个人"已在新版第7章发生了重大变化。妈妈出走了,丙崽一个人守在家,蚊子咬得他全身麻麻地直炸,他使劲地搔着,搔出了血,愤怒起来。旧版写:"他要报复那个人。走到家里去,把椅子推倒,把茶水泼在床上,又把柴灰灌到吊壶里。一块石头砸过去,铁锅也叭的一声裂开。他颠覆了一个世界。"新版里,"那个人"变成"蚊子",这跟"他颠覆了一个世界"显得不般配。作者的用意倒是不难看出:那就是丙崽宽恕了"那个人"。前提是他颠覆了一个世界。能够假想另一个世界,才可以存疑人生的一次性,才有可能接受失去一个人。妈妈让他去杀那个人,他不吭声了。旧版里"那个人"也是他的报复对象,所以他没"×妈妈"。新版中,丙崽惊慌得不敢再"×妈妈"了,但也没"爸爸",并没有去报复"那个人"。他的方向是,陆续接受一个很像妈妈的女人、祠堂的檐角、伯父仲满和"那个人"为"爸爸"。跟他既往的用法一样,那是一个开放、包容、友善的符号。

〔像妈妈的女人〕丙崽醒来后觉得饿,走出寨子去找他妈妈。他在月光下走着,踢到了一个斗笠和盾牌时发现前面躺着一个没见过的女人。新版里丙崽把盾牌狠踩了一脚,多了一个动作说明他痛恨战争。

旧版以丙崽的视角写："前面躺着一个人影""手触到了乳房,那肥大的东西似乎是可以吃的""但这个人的肢体很柔软";新版里分别是"他发现前面躺着一个人""他手摸女人的乳房,知道这肥大的东西可以吃""他发现这个女人的腹部很柔软",都从外部观察、想象和描写丙崽的动作与心理,并没有介入丙崽的视角。①

丙崽骑在女人尸体的腹上喊一声"爸爸"。这个女人有如下几个特征:腹部柔软,有弹性,感觉十分舒服;乳房肥大(新版里还有散乱的长发);很像妈妈;他又从没见过。除了他亲妈排除外,恐怕很多女人符合这条件。他喊"爸爸"的不是世界上独一无二的妈妈,而是其特征很普遍的一个"女人"。旧版第7章最后一句"那也是一个孩子的妈妈"。在新版里删掉,可能也是为了让这个女人普遍化吧。

〔仲裁缝〕旧版没具体写丙崽娘与仁宝的暧昧关系,仲满还是恨他弟媳,尽管理由不充分。但他是寨子里颇有话份的长者,从来不对丙崽做手脚。

在第8章,看见有两个后生欺负丙崽,他立刻喝止,轰走了他们。然后发现丙崽的手太冷、太瘦、太小,不觉全身颤了一下。他帮丙崽抹了抹脸,赶走对方头上几只苍蝇,扣好对方两个衣扣。他想到自己从来没给亲侄儿做过衣,说:"跟吾走。"丙崽此时叫声"爸爸"。开始仲满不接受丙崽叫他"爸爸",但突然想起自己做过的很多很多衣一件一件向他飘来,像一个个无头鬼,在眼前摇来晃去,包括那天他看见鸡尾寨的一具尸体,上面的衣也是出自他一双手,他认得那针脚,认得那裁片。他把丙崽的小爪子抓得更紧,"不要怕,吾就是你爸。你跟吾走。"

这一段跟旧版没有太大的变化。可是,新版中他眼里的丙崽娘是勾引仁宝,乱了辈分,毁了伦常的。他本来最不愿意给当爸爸的,应该就是丙崽。可在这种情况下他看到了丙崽的遭遇和自己的绝境,主动给丙崽称"爸爸",此时他要当的"爸爸"和丙崽所喊的"爸爸"已离得不远了。

〔雀芋汤〕鸡头寨的老弱病残都要喝药汤,仲满先给丙崽灌了半碗。"爸爸。"大概觉得味道还不错,丙崽笑了。仲满拍拍丙崽的肩,也舒心地笑了,带着他走向其他人家。以上是新版的记载。在旧版,仲满给丙崽灌完了,一人走出门去送药汁。丙崽留下了,也没喊"爸爸"。毕竟是"鸟触即死,兽遇则僵"的毒药,新版猜"味道还不错"猜得对不对?据介绍,雀芋"味甘,却很毒",就应该猜对了。但丙崽喊"爸爸"恐怕不只因为是药汤味道不错。他不仅喊了一声"爸爸",还"笑了"。丙崽很少笑,作品中,他连喊带笑的"爸爸"除了药汤外,还只有祠堂的檐角。这次他的会心一笑可能表示对新任"爸爸"的接受、信赖和放心。他跟着"爸爸"什么都不可怕,什么都积极接受。上文说过,"爸爸"是丙崽对待外界的基本态度,自然胜任把药汤送到每户从容接受命运的人家。

〔祠堂的檐角〕在第8章开头,丙崽指着祠堂的檐角傻笑:"爸爸。"

这是丙崽第二次对檐角喊的"爸爸"。檐角的特征就是"没有什么奇怪","像伤痕累累的一只老凤"。只有叙述人能想象它"还想拖起整个屋顶腾空而去,像当年引导鸡头寨的祖先

---

① 笔者曾在《考察韩少功〈马桥词典〉的形成》(《季刊中国》第61号,2000年6月)里根据旧版本说:"叙述人后来不见了。"新版出来后,在《寻不完的根——今看韩少功的一九八五》(张志忠主编:《在曲折中开拓广阔的道路》,武汉出版社,2010年版)里又说:"妈妈走后,叙述人却进入丙崽心中,直接讲述起他的心理和感觉。"应该认清,这不符合新版文本中的重要更改。

们一样,飞向一个美好的地方。"丙崽喊它"爸爸",还傻笑,说明他观察和想象的非凡。

"没有什么奇怪"才是他喊"爸爸"的理由。我们已经看到:"爸爸"不是独一无二的、无可替代的人。无可替代的人当然有,当然不能失去。但是人又不能永远和他相随。失去了他(或者像"那个人"根本就没拥有过),怎么才能活下去?什么都没有的人只能从什么都拥有开始。

丙崽最后一次出场之前,旧版如下写:

> 溪边有很多石头,其中有几块比较特别,晶莹、平整、光滑,是女人们捣衣用过的。像几面暗暗的镜子,摄入万相光影却永远不再吐露出来。也许,当草木把这一片废墟覆盖之后,野物也会常来这里嚎叫。路经这里的猎手或客商,会发现这个山坳和别处的没有什么不同,只是溪边那几块青石有点奇异,似有些来历,藏着什么秘密的。

第一句里"其中有几块"的谓语"比较特别,晶莹,平整,光滑"在新版改为"特别平整和光滑,简直晶莹如镜"。"特别"由形容词变成副词,石头的主要特色就在"平整和光滑",不在"特别"了。比旧版更"没有什么不同"的山坳里藏着什么秘密?一般人不会去计较。好比德龙出山后他是否存在,成了个"不太重要的谜";丙崽娘再也没有回来"都无关紧要。寨子里已经减少很多人,再减少一个,不是什么大不了的事"。

人无法超越人生的一次性。只有在文学世界里,可以想象一生中每个环节上都有另外选择的可能,一个普通人的一生还可以有很多种活法,那将是一个开放的人生。同样的道理,韩少功的文本也是开放的。这个特点当初写作时不一定完全清楚地追求,经过后来的《马桥词典》①《山南水北》②等作品的实验,韩少功作品的框架逐渐成形。《中国当代作家·韩少功系列》中的大量修改只要从文本最终完整的角度来看,似乎超出正常范围。但是韩少功的文本本来就可容纳随时更新和发展,"开放的文本"已成为他作品的特征。《系列》本的出版才让我们能够看清这一点。

---

① 《小说界》,1996 年第 2 期。

② 韩少功:《山南水北》,作家出版社,2006 年版。

附：

《爸爸爸》新旧版本校勘表（节选）

〔日〕盐旗伸一郎

_____为只在一方的部分。斜体字为双方都有而位置不同的部分。没出入的部分省略了。

《归去来》(中国当代作家韩少功系列2008年人民文学版)	《人民文学》1985年第6期(初出)
一	
他生下来时，闭着眼睛睡了两天两夜，不吃不喝，一个死人相，把亲人们吓坏了，直到第三天才哇地哭出一声来。 　　能在地上爬来爬去的时候，他就被寨子里的人逗来逗去，学着怎样做人。很快学会了两句话，一是"爸爸"，二是"×妈妈"。后一句粗野，但出自儿童，并无实在意义，完全可以把它当作一个符号，比方当作"×妈妈"也是可以的。 　　三五年过去了，七八年也过去了，他还是只能说这两句话，而且目且无神，行动呆滞，畸形的脑袋倒很大，像个倒竖的青皮葫芦，以脑袋自居，装着些古怪的物质。吃饱了的时候，他嘴角粘着一两颗残饭，胸前油水光光一片，摇摇晃晃地四处访问，见人不分男女老幼，亲切地喊一声"爸爸"。要是你大笑，他也很开心。要是你生气，冲他瞪一眼，他也深谙其意，朝你头顶上的某个位置眼皮一轮，翻上一个慢腾腾的白眼，咕噜一声"×妈妈"，掉头颠颠地跑开去。 　　他轮眼皮是很费力的，似乎要靠胸腹和颈脖的充分准备，运上一口长气，才能翻上一个白眼。掉头也是很费力的，软软的颈脖上，脑袋像个胡椒碾锤摇来晃去，须甩出一个很大的弧度，才能稳稳地旋到位。他跑起来更费力，深一脚浅一脚找不到重心，靠整个上身尽量前倾，才能划开步子，靠目光扛着眉毛尽往上顶，才能看清方向。他一步步跨度很大，像赛跑冲线的动作在屏幕上慢速放映。 　　都需要一个名字，上红帖或墓碑，于是他就成了"丙崽"。 　　丙崽有很多"爸爸"，却没见过真正的爸爸。据说父亲不满意婆娘的丑陋，不满意她生下了这个孽障，觉得自己很没面子，很早就贩鸦片出山，再也没有回来。有人说他已经被土匪裁了，有人说他还在岳州开豆腐坊，有人则说他拈花惹草，把几个钱都嫖光了，某某曾亲眼看见他在辰州街上讨饭。 　　常有些妇女上来，在她耳边叽叽咕咕一阵，对着木头人或泥巴人磕头，还是没有使儿子学会第三句话。有人悄悄传说，多年前她在灶房里码柴，曾打死一只蜘蛛。那蜘蛛绿眼赤身，有瓦罐大，织的网如一匹布，拿到火塘里一烧，气味臭满一山三日不绝。那当然是蜘蛛精了，冒犯神明，现世报应，被人灌了一嘴大粪，病好了，还胖了些，胖得	他生下来时，闭着眼睛睡了两天两夜，不吃不喝，一个死人相，把亲人们吓坏了，直到第三天才哇地哭出一声来。 　　能在地上爬来爬去的时候，就被寨子里的人逗来逗去，学着怎样做人。很快学会了两句话，一是"爸爸"，二是"×妈妈"。后一句粗野，但出自儿童，并无实在意义，完全可以把它当作一个符号，比方当作"×妈妈"也是可以的。三、五年过去了，七、八年也过去了，他还是只能说这两句话，而且眼目无神，行动呆滞，畸形的脑袋倒很大，像个倒竖的青皮葫芦，以脑袋自居，装着些古怪的物质。吃饱了的时候，他嘴角粘着一两颗残饭，胸前油水光光的一片，摇摇晃晃地四处访问，见人不分男女老幼，亲切地喊一声"爸爸"。要是你冲他瞪一眼，他也懂，朝你头顶上的某个位置眼皮一轮，翻上一个慢腾腾的白眼，咕噜一声"×妈妈"，调头颠颠地跑开去。他轮眼皮是很费力的，似乎要靠胸腹和颈脖的充分准备，才能翻上一个白眼。调头也很费力，软软的颈脖上，脑袋像个胡椒碾锤晃来晃去，须沿着一个大大的弧度，才能成功地把头稳稳地旋过去。跑起来更费力，深一脚浅一脚找不到重心，靠头和上身尽量前倾才能划开步子，目光扛着眉毛尽往上顶，才能看清方向。一步步跨度很大，像在赛跑中慢慢地作最后冲线。 　　都需要一个名字，上红帖或墓碑。于是他就成了"丙崽"。 　　丙崽有很多"爸爸"，却没见过真实的爸爸。据说父亲不满意婆娘的丑陋，不满意她生下了这个孽障，很早就贩鸦片出山，再也没有回来。有人说他已经被土匪"裁"掉了，有人说他在岳州开了个豆腐坊，有人则说他拈花惹草，把几个钱都嫖光了，曾看见他在辰州街上讨饭。 　　常有些妇女上门来，叽叽咕咕一阵，对着木人或泥人磕头，还是没有使儿子学会第三句话。有人悄悄传说，多年前，有一次她在灶房里码柴，弄死了一只蜘蛛。蜘蛛绿眼赤身，有瓦罐大，织的网如一匹布，拿到火塘里一烧，臭满一山，三日不绝。那当然是蜘蛛精了，冒犯神明，现世报应，被人灌了一嘴大粪。病好了，还胖了些，胖得像个禾场磙

534

像个禾场碌子，腰间一轮轮肉往下垂。只是像儿子一样，间或也翻一个白眼。

母子住在寨口边一栋木屋里，同别的人家一样，木屋在雨打日晒之下微微发黑，木柱木梁都毫无必要地粗大厚重——这里的树反正不值钱。门前有引水竹管，有猪屎狗粪，有经常晾晒着的红红绿绿的小孩衣裤以及被褥，上面荷叶般的尿痕当然是丙崽的成果。丙崽呢，在门前戳蚯蚓，搓鸡粪，抓泥巴，玩腻了，就挂着鼻涕打望人影。碰到一些后生倒树归来或上山去"赶肉"——就是去打野猪，他被那些红扑扑的脸所感动，会友好地喊一声"爸爸——"

哄然大笑。

被他眼睛盯住了的后生，往往会红着脸气呼呼地上来，骂几句粗话，对他晃一晃拳头。要不，干脆在他的葫芦脑袋上敲一丁公。

有时，后生们也互相逗耍。某个后生笑嘻嘻地拉住他，指着另一位开始教唆："喊爸爸，快喊爸爸。"见他犹疑，或许还会塞一把红薯片子或炒板栗。当他照办之后，照例会有一阵旁人的大笑，照例会有丁公或耳光落在他头上。如果他愤怒地回敬一句"×妈妈"，昏天黑地中，头上就火辣辣的更痛了。

他会哭，哇的一声哭出来。

妈妈赶过来，横眉瞪眼地把他拉走，有时还拍着巴掌，拍着大腿，蓬头散发地破口大骂。如果骂一句，在胯里抹一下，据说就更能增强语言的恶毒。"黑天良的，遭瘟病的，要砍脑壳的！渠是一个宝崽，你们欺侮一个宝崽，几多毒辣呀。老天爷你长眼呀，你视呀，要不是吾，这些家伙何事会从娘肚子里拱出来？他们吃谷米，还没长成个人样，就烂肝烂肺，欺侮吾娘崽呀……"

"视"是看的意思。"渠"是他的意思。"吾"是我的意思。"宝崽"是"呆子"的意思。她是山外嫁进来的，口音古怪，有点好笑和费解。但只要她不咒"背时鸟"——据说这是绝后的意思，后生们一般不会怎么计较，笑一阵，散开去。

骂着，哭着，哭着又骂着，日子还热闹，似乎还值得边抱怨边过下去。后生们在门前来来往往，一个个冒出胡桩和皱纹，背也慢慢弯了，直到又一批挂着鼻涕的奶崽长成门长树大的后生。只有丙崽凝固不动，长来长去还是只有背篓高，永远穿着开裆的红花裤。母亲说他只有"十三岁"，说了好几年，但他的脸相明显见老，额上叠着不少抬头纹。

夜晚，母亲常常关起门来，把他稳在火塘边，坐在自己的膝下，膝抵膝地对他喃喃说话。说的词语，说的腔调，说话时悠悠然摇晃着竹椅的模样，都像其他母亲对待自己的孩子："你这个奶崽，往后有什么用啊？你不听话，你教不变，吃饭吃得多，穿衣最费布，又学不好样。养你还不如养条狗，狗还可以守屋。养你还不如养头猪，猪还可以杀肉呢。啊啊啊，你这个奶崽，有什么用啊，眯眯大的用也没有，长了个鸡鸡，往后哪个媳妇愿意上门？……"

子，腰间一轮轮肉往下垂。只是像儿子一样，间或也翻一个白眼。

母子住在寨口边一栋孤零零的木屋里，同别的人家一样，木柱木板都毫无必要地粗大厚重——这里的树很不值钱。门前常晾晒一些红红绿绿的小孩衣裤及被褥，上面有荷叶般的尿痕，当然是丙崽的成果了。丙崽在门前戳蚯蚓，搓鸡粪，玩腻了，就挂着鼻涕打望人影。碰到一些后生倒树归来或上山去"赶肉"，被那些红扑扑的脸所感动，就会友好地喊一声"爸爸——"

哄然大笑。被他眼睛盯住了的后生，往往会红着脸，气呼呼地上前来，骂几句粗话，对他晃拳头。要不然，干脆在他的葫芦脑袋上敲一丁公。

有时，后生们也互相逗耍。某个后生上来笑嘻嘻地拉住他，指着另一位，哄着说："喊爸爸，快喊爸爸。"见他犹疑，或许还会塞一把红薯片子或炒板栗。当他照办之后，照例会有一阵开心的大笑，照例要挨丁公或耳光。如果愤怒地回敬一句"×妈妈"，昏天黑地中，头上和脸上就火辣辣的更痛了。

他会哭，哭起来了。

妈妈赶来，横眉横眼地把他拉走，有时还拍着巴掌，拍着大腿，蓬头散发地破口大骂。骂一句，在大腿弯子里抹一下，据说这样就能增强语言的恶毒。"黑天良的，遭瘟病的，要砍脑壳的！渠是一个宝（蠢）崽，你们欺侮一个宝崽，几多毒辣呀！老天爷你长眼呀，你视呀，要不是吾，这些家伙何事会从娘肚子里拱出来？他们吃谷米，还没长成个人样，就烂肝烂肺，欺侮吾娘崽呀！……"

她是山外嫁进来的，口音古怪，有点好笑。只要她不咒"背时鸟"——据说这是绝后的意思，后生们一般不会怎么计较，笑一阵，散开。

骂着，哭着，哭着又骂着，日子还热闹，似乎还值得边发牢骚边过下去。后生们一个个冒胡桩了，背也慢慢弯了，又一批挂鼻涕的奶崽长成后生了。丙崽还是只有背篓高，仍然穿着开裆的红花裤。母亲总说他只有"十三岁"，说了好几年，但他的相明显地老了，额上隐隐有了皱纹。

夜晚，她常常关起门来，把他稳在火塘边，坐在自己的膝下，膝抵膝地对他喃喃说话。说的词语，说的腔调，甚至说话时悠悠然摇晃着竹椅的模样，都像其他母亲对待自己的孩子："你这个奶崽，往后有什么用啊？你不听话啰，你教不变啰，吃饭吃得多，又学不好样啰。养你还不如养条狗，狗还可以守屋。养你还不如养头猪，猪还可以杀肉咧。呵呵呵，你这个奶崽，有什么用啊，眯眯大的用也没有，长了个鸡鸡，往后哪个媳妇愿意上门啰？……"

<table>
<tr>
<td>

丙崽望着这个颇像妈妈的妈妈,望着那死鱼般眼睛里的光辉,觉得这些嗡嗡的声音一点也不新鲜,*舔舔嘴唇*,兴冲冲地顶撞:"×妈妈。"

母亲也习惯了,不计较,还是悠悠然地前后摇着身子,*把竹椅摇得吱呀呀的响*。

"你当了官*发了财*,会把娘当狗屎嫌吧?"

丙崽娘笑了,*笑得眼小脖子粗*。对于她来说,这种关起门来的*对话*,是一种谁也无权夺去的*亲情*享受。

</td>
<td>

丙崽望着这个颇像妈妈的妈妈,望着那死鱼般眼睛里的光辉,*舔舔嘴唇*,觉得这些嗡嗡的声音一点也不新鲜,兴冲冲地顶撞:"×妈妈。"

母亲也习惯了,不计较,还是悠悠然地前后摇着身子,竹椅*吱吱*呀呀地呻吟。

"你当了官*以后*,会把娘当狗屎嫌吧?"

丙崽娘笑了,眼小脖子粗。对于她来说,这种关起门来的*模仿*,是一种谁也无权夺去的享受。

</td>
</tr>
</table>

二

<table>
<tr>
<td>

寨子落在大山里<u>和</u>白云上,<u>人们</u>常常出门就一脚踏进云里。你一走,前面的云就退,后面的云就跟,白茫茫云海总是不远不近地团团围着你,留给你脚下一块永远也走不完的小孤岛,托你浮游。

小岛上并不寂寞,有时可见树上一些铁甲子鸟,黑如焦炭,小如拇指,叫得特别<u>焦脆和</u>洪亮,有金属的共鸣声。它们好像从远古一直活到现在,从没变什么样。有时还可见白云上飘来一片硕大的黑影,<u>像</u>打开了的两页书,粗看是鹰,细看是蝶,粗看是黑灰色的,细看才发现黑翅上有绿色、黄色、橘红色<u>等复杂</u>的纹络斑点,隐隐约约,似有非有,如同不能理解的文字。

行人对这些看也不看,毫无兴趣,只是认真地赶路。要是觉得迷路了,赶紧屙尿,赶紧骂娘,秦时设过郡,汉时<u>也</u>设过郡,<u>到明代</u>"改土归流"……这都是听一些进山来的牛皮商和鸦片贩子说的。说就说了,<u>山里却一切依旧,</u>吃饭还是靠自己种粮。<u>官家人连千家坪都不常涉足,从没到山里来过。</u>

种粮是实在的,蛇虫瘴疟也是实在的。山中多蛇,<u>蛇粗如水桶,蛇细如竹筷</u>,常在路边草丛<u>嗖</u>地一闪,对某个牛皮商的满心喜悦抽上黑黑的一鞭。据说蛇好淫,即便被装<u>入</u>笼子里,见<u>到</u>妖娆妇女,<u>还</u>会在笼中上下顿跌,<u>躁动不已,</u>几近气绝。取蛇胆也不易,<u>据说</u>击蛇头则胆入尾,击蛇尾则胆入头,耽搁久了,蛇胆化水,也就没用了。人们的办法是把草扎成妇人形,涂饰彩粉,引<u>淫</u>蛇抱缠游戏之,再割其胸取胆,<u>那色胆包天的家伙在这一</u>过程中竟陶陶然毫无感觉。还有一种挑生虫,<u>春夏两季多见</u>,人<u>一旦染上虫毒,</u>就会眼珠青黄,十指发黑,嚼生豆不腥,含黄连不苦,吃鱼会腹生活鱼,吃鸡会腹生活鸡。<u>在这种情况下</u>,解毒办法就是赶快杀一头白牛,<u>让患者喝<u>下生牛血,对满盆牛血学三声公鸡叫。

至于满山密密的林木,同大家当然更有关系了。大雪封山时,寄命一塘火。大木无须砍<u>断</u>,从门外直接插入火塘,一截截烧完<u>便算完事</u>。<u>以致这里的火塘都直接对着大门,可减少劈柴</u>的劳累。有一种楠木,<u>长得很直,质地紧密,却虫防蚁,有微香</u>,长至几丈或十儿丈才撑开枝叶。古代常有采官进山,催调徭役倒伐这种树,去给州府做<u>宫室</u>的楹栋,支撑官僚们生前的威风。山民们则喜欢用它<u>打造舟船</u>,

</td>
<td>

寨子落在大山里<u>,</u>白云上,常常出门就一脚踏进云里。你一走,前面的云就退,后面的云就跟,白茫茫<u>的</u>云海总是不远不近地团团围着你,留给你脚下一块永远也走不完的<u>小小孤岛,托你浮游。小岛上并不寂寞</u>,有时可见树上一些铁甲子鸟,黑如焦炭,小如拇指,叫得特别<u>干脆</u>洪亮,有金属的共鸣。它们好像从远古一直活到现在,<u>从未</u>变什么样。有时还<u>可能</u>见白云上飘来一片硕大的黑影,像打开了的两页书,粗看是鹰,细看是蝶,粗看是黑灰色的,细看才发现黑翅上有绿色、黄色、橘红色的纹络斑点,隐隐约约,似有非有,如同不能理解的文字。行人对这些看也不看,毫无兴趣,只是认真地赶路。要是觉得迷路了,赶紧撒尿,赶紧骂娘,秦时设过<u>"黔中郡"</u>,汉时设过<u>"武陵郡"</u>,后来<u>"改土归流"</u>……这都是听一些进山来的牛皮商和鸦片贩子说的。说就说了,吃饭还是靠自己种粮。

种粮是实在的,蛇虫瘴疟也是实在的。山中多蛇,粗如水桶,细如竹筷,常在路边草丛<u>嗖嗖</u>地一闪,对某个牛皮商的满心喜悦抽上黑黑的一鞭。据说蛇好淫,<u>把它装在</u>笼子里,<u>遇见</u>妇女,它就会在笼中上下顿跌,几乎气绝。取蛇胆也不易,击蛇头则胆入尾,击蛇尾则胆入头,耽搁久了,蛇胆化水也就没有<u>用了。人们的办法是把草扎成妇人形,涂饰彩粉,引蛇抱缠游戏之,再割其胸,取胆,<u>蛇陶陶然竟毫无感觉。还有一种挑生虫,人染虫毒就会眼珠青黄,十指发黑,嚼生豆不腥,含黄连不苦,吃鱼会腹生活鱼,吃鸡会腹生活鸡。解毒<u>的</u>办法是赶快杀一头白牛,喝生牛血,<u>还得</u>对牛血学三声公鸡叫。至于满山<u>蒙蒙</u>密密的林木,同大家当然更有关系了。大雪封山时,寄命一塘火。大木无须砍<u>劈</u>,从门外<u>直</u>接插入火塘,一截截烧完<u>为止</u>。有一种楠木,很<u>直</u>,<u>直</u>到几丈或十几丈<u>的树巅才散布</u>枝叶。古代常有采官进山,催调徭役倒伐这种树,去给州府做<u>殿廷</u>的楹栋,支撑官僚们生前的威风。山民们则喜欢用它造船板,远远<u>送下</u>辰州、岳州,那些<u>"下边人"</u>拆<u>散船板</u>移作<u>他用</u>,琢磨成花窗或妆匣,叫它香樗。<u>但出山有些危险。碰上祭谷的,可能取了你的人头;碰上剪径的,钩了你的船,<u>抄了你的腰</u>包。还有些人,用公鸡血<u>引</u>各种毒虫,掺和干制成粉,藏于指甲

</td>
</tr>
</table>

远远行至辰州、岳州,乃至江浙,由那些"下边人"拆船取材,移作他用,琢磨成花窗或妆匣。下边人把这种树木称为香楠。

人们出山当然有危险。木船或木排循溪水下行,遇到急流险滩,稍不留神就会船毁排散,尸骨不存。这是第一条。碰上祭谷神的,可能取了你的人头。碰上剪径的,可能钩了你的车船,剃了你的钱财。这是第二条。还有些妇人,用公鸡血掺和几种毒虫,干制成粉,藏于指甲缝中,趁你不留意时往你茶杯中轻轻一弹,令你饮茶之后暴死于途。这叫"放蛊"。据说放蛊者由此而益寿延年,至少也要攒下一些留给来世的阴寿。当然是害怕蛊祸,此地的青壮后生一般不会轻易远行,远行也不敢随便饮水,实在干渴难忍,视潭中或井中有活鱼游动,才敢前去捧喝两口。

有一次,两个汉子身上衣单,去一个石洞避风雨,摸索到洞里,发现那里有一大堆骷髅,石壁上还有刀砍出来的一些花纹,如鸟兽,如地图,似蝌蚪文,全不可解。谁知道这是怎么回事?谁知道这是不是一次放蛊的后果?

加上大岭深坑,山路崎岖,大树实在不易外运,于是长了也是白长,派不上多大用场,雄姿英发地长起来,又在阳光雨露下默默老死山中。枝叶腐烂,年年厚积,若有人软软地踏上去,腐积层就冒出几注黑汁和一些水泡,冒出阴湿浓烈的酸臭,浸染着一代代山猪和野豹的嚎叫。这些叫声总是凄厉而悠长。

村村寨寨所以都变黑了。

这些村寨不知来自何处。有的说来自陕西,有的说来自广西,说不太清楚。他们的语言和山下的千家坪的就很不相同。比如把"说"说成"话",把"站立"说成"倚",把"睡觉"说成"卧",把近指的"他"与远指的"渠"严格区分,颇有点古风。人际称呼也特别古怪,好像是很讲究大团结,故意混淆远近和亲疏,于是父亲被称为"叔叔",叔叔被叫作"爹爹",姐姐成了"哥哥",嫂嫂成了"姐姐",如此等等。"爸爸"一词,还是人们从千家坪带进山来的,暂时算不上流行。所以,按照这里的老规矩,丙崽家那个离家远走杳无音信的人,应该是丙崽的"叔叔"。

这当然与他没太大关系。叫爹爹也好,叫叔叔也罢,丙崽反正从未见过那人。就像山寨里有些孩子一样,丙崽无须认识父亲,甚至不必从父姓。如果不是母亲吐露往事,他们可能永远不知自己的骨血与哪一个汉子有关。

但人们还是有认祖归宗的强烈冲动。对祖先较为详细的解释,是古歌里唱的。山里太阳落得早,夜晚长得无聊,大家就懒懒散散地串门、唱歌、摆古,有时人们还往铁丝编成的灯篮里添块松膏,待松膏烧得噼啪一炸,铜色火光煌煌一闪,灯篮就睡意浓浓地抽搐几下。火塘里的青烟冒出来,冬天可用来取暖,夏天可用来驱蚊。栋梁壁顶都被烟火熏得黑如焦炭,浑然黑色中看不清什么线条和界限,只有一股清冽的烟味戳鼻。要是火烧得太旺,气流上冲,梁上

缝中,趁你不留意时往你茶杯中轻轻一弹,可叫你暴死。这叫"放蛊",据说放蛊者由此而益寿延年。故青壮后生不敢轻易外出,外出也不敢随便饮水,视潭中有活鱼游动,才敢去捧上几口。有一次,两个汉子身上衣单,去一个石洞避风寒,摸索进去,发现洞底有一堆人的白骨,石壁上还有刀砍出来的一些花纹,如鸟兽,如地图,如蝌蚪文,全不可解。谁知道这是怎么回事呢?

加上大岭深坑,长树干不易运送,于是大部分树木都用不上,雄姿英发地长起来,争夺阳光雨雾,又默默老死山中。枝叶腐烂,年年厚积,软软地踏上去,冒出几注黑汁和几个水泡泡,用阴湿浓烈的腐臭,浸染着一代代山猪的号叫。

也浸染着村村寨寨,所以它们变黑了。

这些村寨不知来自何处。有的说来自陕西,有的说来自广东,说不太清楚。他们的语言和山下的千家坪的就很不相同。比如把"看"说成"视",把"说"说成"话",把"站立"说成"倚",把"睡觉"说成"卧",把指代近处的"他"换作"渠",颇有点古风。人际称呼也有些特别的习惯,好像是很讲究大团结,故意混淆远近和亲疏,把父亲称为"叔叔",把叔叔称为"爹爹",把姐姐称为"哥哥",把嫂嫂则称为"姐姐",等等。爸爸一词,是人们从千家坪带进山来的,还并不怎么流行。所以照旧规矩,丙崽家那个跑到山外去杳无音信的人,应该是他的"叔叔"。

这与他没什么关系。

对祖先较为详细和权威的解释,是古歌里唱的。山里太阳落得早,夜晚长得无聊,大家就悠悠然坐人家,唱歌,摆古,有时则在铁丝的灯篮里烧松膏块,洒下赤铜色的光。碰到噼啪一炸,火光惶惶然一闪,灯篮就睡意浓浓地抽搐几下。火塘里总有烟火,冬天用火取暖,夏天用烟驱蚊。栋梁壁顶都被烟火熏得黑如墨炭,浑然一色中看不清什么线条和界限,散发出清冽戳鼻的烟味。还悬挂着一根根灰线子,火气一冲,就不时落下点点烟屑,上下飞舞,最后飘到

根根灰线子不断摇晃,点点烟屑从天而降,翻舞飞腾,最后飘到人们的头上、肩上、或者膝头上,不被人们注意。

德龙最会唱歌,包括唱古歌。他没有胡子,眉毛也淡,平时极风流,妇女们一提起他就含笑切齿咒骂。他天生的娘娘腔,嗓音尖而细,憋住鼻腔一起调,一句句像刀子在你脑门顶里剜着、刮着、挤着,让你一身皮肉紧绷。大家紧惯了,还紧出了满心的佩服:德龙的喉咙真是个喉咙啊!

他揣着一条敲掉了毒牙的青蛇,跨进门来,嬉皮笑脸,被大家取笑一番以后,不劳多劝就会盯住木梁,捏捏喉头,认真地开唱:

这类"十八扯"相当于开场白或定场诗,是些不打紧的铺垫。唱得气顺了,身子热了,眼里有邪邪的光亮进出,风流情歌就开始登场:

　　　　睡也思郎留半床。

德龙风流,最愿意唱风流歌,每次都唱得女人们面红耳赤地躲避,唱得主妇用棒槌打他出门。当然,如果寨里有红白喜事,或是逢年过节祈神祭祖,那么照老规矩,大家就得表情严肃地唱"简",即唱历史,唱死去的人。歌手一个个展开接力唱,可以一唱数日不停,从祖父唱到曾祖父,从曾祖父唱到太祖父,一直唱到远古的姜凉。

也许就是晋人陶潜诗中那个"猛志固常在"的刑天吧?刑天刚生下来的时候,天像白泥,地像黑泥,叠在一起,连老鼠也住不下。他举起斧头奋力大砍,天地才得以分开。可是他用劲用得太猛啦,把自己的头也砍掉了,于是以后成了个无头鬼,只能以乳头为眼,以肚脐为嘴,长得很难看的。但幸亏有了这个无头鬼,他挥舞着大斧,向上敲了三年,天才升上去;向下敲了三年,地才降下来。这才有了世界。

刑天的后代怎么来到这里呢?——那是很早以前,很早很早以前,很早很早很早以前,五支奶和六支祖住在东海边上,发现子孙渐渐多了,家族渐渐大了,到处都住满了人,没有晒席大一块空地。怎么办呢?五家嫂共一个春房,六家姑共一担水桶,这怎么活下去呢?于是,在凤凰的提议下,大家带上犁耙,坐上枫木船和楠木船,向西山迁移。他们以凤凰为前导,找到了黄浟浟的金水河,金子再贵也是淘得尽的。他们找到了白花花的银水河,银子再贵也是挖得完的。他们最后才找到了青幽幽的稻米江。

越走路越远兮哪是头?

据说曾经有个史官到过千家坪,说他们唱的根本不是事实。那人说,刑天是争夺帝位时被黄帝砍头的。

奇怪的是,这些难民居然忘记了战争,古歌里没有一点战争逼迫的影子。

鸡头寨的人不相信史官,更相信他们的德龙——尽管对德龙的淡眉看不上眼。眉淡如水,完全是孤贫之相。

人们的头上或肩上、膝头上,不被人们注意。

德龙最会唱歌了。他没有胡子,眉毛也淡,平时极风流,妇女们一提起他就笑切齿咒骂。天生的娘娘腔,嗓音尖而细,憋住鼻孔一起调,一句句像刀子在你脑门顶里剜着、刮着,使你一身皮肉发紧,大家对他十分佩服:德龙的喉咙就真是个喉咙啊!

他玩着一条敲掉了毒牙的青蛇,进门来,嬉皮笑脸地被大家取笑,不须多劝,就会盯住木梁,捏捏喉头,认真地唱起来:

这类"十八扯"之外,最能博取笑声的是大胆的情歌,他也最愿意唱(这里不便引大胆的):

　　　　睡也思郎留半床唻。

如果寨里有红白喜事,或是逢年过节,那么照规矩,大家就得唱"简",即唱古,唱死去的人。从父亲唱到祖父,从祖父唱到曾祖父,一直唱到姜凉。

也许就是陶潜诗中那个"猛志固常在"的刑天吧。刑天刚生下来时天像白泥,地像黑泥,叠在一起,连老鼠也住不下。他举斧猛一砍,天地才分开。可是他用劲用得太猛了,把自己的头也砍掉了,于是以后以乳头为眼,以肚脐为嘴。他笑得地动山摇,还是舞着大斧,向上敲了三年,天才升上去;向下敲了三年,地才降下来。

刑天的后代是怎么到这里来的呢?——那是很早以前,五支奶和六支祖住在东海边上,子孙渐渐多了,家族渐渐大了,到处都住满了人,没有晒席大一块空地。五家嫂共一个春房,六家姑共一担水桶,这怎么活下去呢?于是在凤凰的提议下,大家带上犁耙,坐上枫木船和楠木船,向西山迁移。他们以凤凰为前导,找到了黄浟浟的金水河,金子再贵也是淘得尽的;他们找到了白花花的银水河,银子再贵也是挖得完的;最后才找到了青幽幽的稻米江。

越走路越远兮哪是头?

……………

据说,曾经有个史官到过千家坪,说他们唱的根本不是事实。那人说,刑天的头是争夺帝位时被黄帝砍掉的。

奇怪的是,古歌里居然没有一点战争逼迫的影子。

鸡头寨的人不相信史官,更相信德龙——尽管对德龙的淡眉毛是看不上眼的。眉淡如水,是孤贫之相。

三	
丙崽对陌生人最感兴趣。碰上匠人或商贩进寨，他都会迎上去大喊一声“爸爸”，吓得对方惊慌不已。 碰到这种情况，丙崽娘半是害羞，半是得意，对儿子又原谅又责怪地呵斥：“你乱喊什么？要死啊？”	丙崽喜欢看人，尤其对陌生的人感兴趣。碰上匠人进寨来了，他都会迎上去喊“爸爸”。要是对方不计较，丙崽娘就会*眉开眼笑*，半是害羞，半是得意，还有对儿子又原谅又责怪地呵斥：“你乱喊什么？”
呵斥完了，她*眉开眼笑*。	呵斥完了，她也笑。
窑匠来了，丙崽也要跟着上窑去看，但窑匠说老规矩不容。传说烧窑是三国时的诸葛亮南征时路过这里教给山民们的，所以现在窑匠动土，先要挂一太极图顶礼膜拜。点火也极有讲究，须焚香燃炮在先，南北两处点火在后，窑匠念念有词地轻摇鹅毛扇——诸葛亮不就是用的鹅毛扇吗？女人和小孩不能上窑，后生去担泥坯也得禁恶言秽语。这些规矩，使大家对窑匠颇感神秘。歇工时，后生就围着他，请他抽烟，恭敬地讨教技艺，顺便也打听点山外的事。这其中，最为客气的可能要数石仁，他一见窑匠就喊“哥”喊“叔”，第二句就热情问候“我嫂”“我婶”——指窑匠的女人。有时候对方反应不过来，不知道他是扯上了谁。三言两语说亲热了，石仁还会盛情邀请窑匠到他家去吃肉饭，吃粑粑，去“卧夜”。	窑匠来了，丙崽也要跟着上窑去看，但窑匠不让，因为有老规矩在。传说烧窑是三国时的诸葛亮南征时，路过这里，教给山民们的。所以现在窑匠来，先要挂一太极图，顶礼膜拜。点火也极有讲究，有阴火与阳火之分，用鹅毛扇轻轻扇起来——诸葛亮不就是用的鹅毛扇吗？ 女人和小孩不能上窑，后生去担泥坯，也得禁恶言秽语。这些规矩，使大家对窑匠颇感神秘。歇工时，后生就围着他，请他抽烟，恭敬地打听点山外的事。这其中，最为客气的可能要数石仁，他总会盛情邀请窑匠到他家去吃肉饭，去“卧夜”——当然是由于他在家里并不能做主。
石仁对窑匠最讨好，但一再讨好的同时也经常添乱，不是把堆码的窑坯撞垮了，就是把桶模踩烂了，把弓线拉断了，气得窑匠大骂他“圆手板”和“花脚乌龟”，后来干脆不准他上窑来——权当他是另一个丙崽。	
这使他多少有些沮丧和落寞。他外号仁宝，是个老后生，虽至今没有婚娶，但自认为是人才，常与外来的客人攀攀关系。无所事事的时候，他溜进林子里，偷看女崽们笑笑闹闹地在溪边洗澡，被那些白色影子弄得快快活活地心痛。但他眼睛不好，看不大清楚，作为补偿，就常常去看小女崽屙尿，看母狗母猪母牛的某个部位。有一次，他用木棍对一头母牛进行探究，被丙崽娘看见了。这婆娘爱拨弄是非，死鱼般的眼睛充满信心地往这边瞥一瞥，瞥得仁宝心里发毛。 仁宝没理由发作，骂了阵无名娘，还是不解恨，只好在丙崽身上出气，一见到他，注意到周围没什么旁人，就狠狠地在他脸上扇耳光。	石仁外号仁宝，算是老后生了，还没有婚娶。他常躲到林子里去，偷看女崽们笑笑闹闹地在溪边洗澡，被那些白色的影子弄得快快活活地心痛。但他眼睛不好，看不大清楚，作为补偿，就常常去看小女崽撒尿，看母狗和母牛的某个部位。有一次，他用木棍对一头母牛进行探究，被丙崽娘看见了。这婆娘爱好是非，死鱼般的眼睛充满信心地往这边瞥一瞥。仁宝冒着火，却没理由发作，骂了阵无名娘，还是不解恨，只好在丙崽身上出气。见到他，见他娘不在面前，也没什么旁人，就狠狠地在他脸上扇耳光。
石仁再来几下，直到手指有些痛。	他再来几下，手指有些痛。
逼着他给自己磕了几个响头，直到他额上有几颗陷进皮肉的沙砾。	让他给自己磕了几个响头。前额上有几颗陷进皮肉的沙砾。
他哇哇哭起来。但哭没有用，等那婆娘来了，他一张哑巴嘴说不清谁是凶手，只能*眼睛翻成全白，额上青筋一根根暴出来，愤怒地揪自己的头发，咬自己的手指，朝着天大喊大叫，疯了一样*。	他哭起来，哭没有用。等那婆娘来了，他半个哑巴，说不清是谁打的。*仁宝就这样报复了一次又一次，婆娘欠下的债，让小崽又一笔笔领回去，从无其他后果。*
丙崽娘在他身上找了找，没发现什么伤痕，“哭，哭死啊？走不稳，要出来野，摔痛了，怪哪个？”	丙崽娘从果园子里回来，见丙崽哭，以为他被什么咬伤或刺伤了，没发现什么伤痕，便咬牙切齿：“哭，哭死！走不稳，要出来野，摔痛了，怪哪个？”
丙崽气绝，把自己的指头咬出血来。 *就这样，仁宝报复了一次又一次，婆娘欠下的债，让*	碰到这种情况，丙崽会特别恼怒，*眼睛翻成全白，额上青筋一根根暴出来，咬自己的手，揪自己的头发，疯了*

小崽子加倍偿还，他自己躲在远处暗笑。不过，丙崽后来也多了心眼。有一次再次惨遭欺凌，待母亲赶过来，他居然止住哭泣，手指地上的一个脚印："×妈妈"。那是一个皮鞋底印迹，让丙崽娘一看就真相大白。"好你个仁宝臭肠子哎，你鼻子里长蛆，你耳朵里流脓，你眼睛里生霉长毛啊？你欺侮我不成，就来欺侮一个蠢崽，你枯脔心毒脔心不得好死呀——"她一把鼻涕一把泪，拉着丙崽去寻找凶手，"贼娘养的你出来，你出来！老娘今天把丙崽带来了，你不拿刀子杀了他，老娘就同你没完！你不拿锤子捶瘪他，老娘就一头撞死在你面前……"

这一夜，据说仁宝吓得没敢回家。

不过，后来仁宝同她并没有结仇，一见到她还"婶娘"前"婶娘"后的喊得特别甜。帮她家舂个米，修个桶，找窑匠讨点废砖瓦，都是挽起袖子轰轰烈烈地干。摘了几个南瓜或几个苞谷，也忙着给她家送去。有人说，他是同丙崽娘打过一架，但打着打着就搂到一起去了，搂着搂着就撕裤子了——这件事就发生在他们去千家坪告官的路上，就发生在林子里，不知是真是假。还有人说，当时丙崽"×妈妈×妈妈"地骑到仁宝的头上揿打，反而被他娘一巴掌扇开，被赶到一边去，也不知是真是假。

反正结果有点蹊跷。看见仁宝有时给呆子一把杨梅或者红薯片，妇女们免不了更多指指点点：真的吗？不会吧？诸如此类。

丙崽对红薯片并不领情，一把掷回仁宝，"×妈妈。"

"你疯啊？好吃的。"

"×妈妈！"

"我×你妈妈呢！"

丙崽一口浓痰吐到仁宝的身上。

妇女们大笑：仁宝伢子，这下知道了吧？要×妈妈还不容易啊……她们没说完，差点笑得气岔，羞得仁宝一脸涨红夺路而逃。大概是受到笑声的鼓舞，丙崽左右看看，更加猖狂起来，把自己屙的屎抓了个满手，偏斜着脑袋，轮出一个白眼，继续追击仁宝，一路"×妈妈×妈妈×妈妈"，竟把一条汉子追得满山跑。

仁宝跑下山去了。直到半个多月以后，他才重新出现在人们眼前。他头发剪短了，胡桩刮光了，还带回了一些新鲜玩意儿：一个玻璃瓶子、一盏破马灯、一条能长能短的松紧带子、一张旧报纸或一张不知是何人的小照片。他踏着一双更不合脚的旧皮鞋壳子，在石板路上嘎嘎咯咯地响，很有新时代气象。"你好！"他逢人便招呼，招呼的方式很怪异，让大家听不大懂。你什么好呢？又没生病，能不好么？

仁宝的父亲仲满是个裁缝，看见菜园里杂草深得可以藏一头猪，气不打一处来，对儿子脚下的皮鞋最感到戳眼："畜生！死到哪里去了？有本事就莫回来！"

"你以为我想回来？我一进门就膈心冲。"

一样。旁人都说："唉，真是死了好。"

后来，不知为什么，仁宝同她又亲亲热热起来，开口"婶娘"，喊得特别甜，特别轻滑。帮她家舂个米，修个桶，都是挽起袖子，轰轰烈烈地干。对有关丙崽娘的闲言碎语，他也总是力表公允地去给以辩解和澄清。旁人自然有些疑惑。寡妇门前是非多，他们耳根不清静，被妇女们指指点点，也是难免的。

丙崽娘挤着笑眼看他，想为他说门亲。她常常出寨去接生，跑的地方多，同女人们熟，但说好几家，未见得人家送八字红帖来。也不奇怪，这几年鸡头寨败了，单身后生岂止仁宝一个？仁宝由此悲观了几年，渐渐有了老相。听说有一种"花咒"——后生看中了哪位女子，只要取她一根头发，系在门前一片树叶上，当微风轻拂的时候，口念咒语七十二遍，就能把那女子迷住。仁宝也试过，没有效果。

他眼睛有点眯，没看清人的时候，一脸戳戳的怒气。看清了，就可能迅速地堆出微笑，顺着对方的言语，惊讶、愤慨、惋惜，或者有悲天悯人的庄严。随着他一个劲地点头，后颈上一点黑壳也有张有弛。他尤其喜欢接近一些不凡的人物：窑匠、界（锯）匠、商贩、读书人、阴阳先生，等等。他同这些人说话，总是用官话。吹捧之后，巧妙地暗示自己也记得瓦岗寨的一条好汉乃至六条好汉。有时还从衣袋摸出一块纸片，出示上面的半边对联，谦虚谨慎地考一考外来人，看对方能否对得出下联，是否懂一点平仄。

自己也就有些地位了。

山下女崽多，他常下山，说是去会朋友，有时一连几天不见他的影子。不知他什么时候走的，什么时候回来的。菜园子都快荒了，草深得可以藏一头猪。从山下回来，他总带回一些新鲜玩意儿，一个玻璃瓶子，一盏破马灯，一条能长能短的松紧带子，一张旧报纸或一张不知什么人的小照片。他踏着一双很不合脚的大皮鞋壳子，在石板路上嘎嘎咯咯地响，更有新派人物的气象。

仁宝的父亲仲满，是个裁缝，也不会做菜园，不会喂猪，对他那皮鞋壳子最感到戳眼。"畜生！三天两头颠下山，老子剁了你的脚！"

"剁死也好，来世投胎到千家坪去。"

"你还想跑？看老子不剁了你的脚！"

"剁就要剁死，老子好投胎到千家坪去。"

"走起来当当地响，你视过？"

仲满没见过什么钉铁掌的皮鞋，不便吭声，"只有骡马才钉掌子，你不做人，想做畜生？"

仁宝觉得父亲侮辱了自己的同志，十分恼怒，狠狠地报复了一句："辣椒秧子都干死了，晓得么？"

啪——裁缝一只鞋摔过来，正打中仁宝的脑袋。他不允许儿子如此不遵孝道。

"哼！"

仁宝怕第二只鞋子，但坚强地不去摸脑袋，冲冲地走进楼上自己的房间，"这鬼地方，太保守了，太落后了，不是人活的地方。"

后生们不明白"保守"是什么意思，更不明白玻璃瓶子和马灯罩子有何用途，于是新名词就更有价值，能说新名词的仁宝也更可敬。人们常见他愤世嫉俗，对什么也看不顺眼，又见他忙忙碌碌，很有把握地在家里研究着什么。

黄泱泱的金子哩！

他真的提着山锄，在山里转了好几天。

"上面来人了，已经到了千家坪，真的。"

或者说："就要开始啦。"

这些话赫赫有威，使同伴们好奇和崇敬，但大家不解其中深意，仍是一头雾水。要开始，当然好，要开始什么呢？要怎么开始呢？是要开始烧石灰窑，还是要开始挖金子，还是像他曾经说过的那样——下山去做上门女婿？不过众人觉得他踏着皮鞋壳子，总有沉思的表情，想必有深谋远虑。邀伴去犁田、倒树，或者砍茅草，干这一类庸俗的事，不敢叫他了。

仁宝从此渐渐有了老相，人瘦毛长一脸黑。他两眼更加眯，没看清人的时候，一脸戳戳的怒气。看清了，就可能迅速地堆出微笑。尤其是对待一些不凡人士：窑匠、木匠、界（锯）匠、商贩、读书人、阴阳先生，等等，他总是顺着对方的言语，及时表示出惊讶、愤慨、惜惋、欢喜，乃至悲天悯人的庄严。随着他一个劲地点头，后颈上一点黑壳也有张有弛。当然，奉承一阵以后，他也会巧妙地暗示自己到过千家坪，见识过那里的官道和酒楼。有时他从衣袋摸出一块纸片，谦虚谨慎地考一考外来人，看对方能否记得瓦岗寨的一条好汉到六条好汉，能否懂一点对联的平仄。

这一天，寨子里照例祭谷神，男女老少都聚集在祠堂。仁宝大不以为然，不过受父亲鞋底的威胁，还是不得不去应付一下。只是他脸上一直充满冷笑。可笑啊，年年祭谷神，也没祭出个好年成，有什么意思？不就是落后么？他见过千家坪的人做阳春，那才叫真正的作家，所谓做田的专家。哪像这鬼地方，一年只一道犁，甚至不犁不耙，不开水圳也不铲田埂，更不打粪凼，只是见草就烧一把火，

"走起来当当地响，你视见过？"

仲满没见过什么钉铁掌的皮鞋，不敢吭声了。

"只有骡马才钉掌子，你不做人，想做个畜生？"

仁宝觉得父亲侮辱了自己的同志，十分恼怒，狠狠地报复了一句："辣椒秧子都干死了！晓得么？"

啪——裁缝一只鞋摔过来，正打仁宝的脑袋。他不允许儿子这样不遵孝道。

"哼！"

仁宝怕，但坚强地不去摸脑袋，冲冲地走进另一间屋，"这鬼地方，太保守了。"

后生们不明白，保守是什么意思，于是新名词就更有价值，他也更有价值。人们常见他忙忙碌碌，很有把握地窝在自家小楼上，研究着什么。

黄泱泱的金子哩！他真的提着山锄，在山里转了好几天。

"县里来了人，已经到了千家坪，真的。"或者说："就要开始啦。"

这些话赫赫有威，使同伴们崇敬，但大家弄不懂其中深意。要开始，当然好，要开始什么呢？是要开始烧石灰窑？还是要开始挖金子，还是像他曾经说过的那样——开始下山去做上门女婿？不过众人觉得他穿着皮鞋壳子，总有沉思的表情，想必有些名堂。邀伴去犁田、倒树，干这一类庸俗的事，不敢叫他了。

今天开祠堂门商议祭谷神，他不以为然。他见过千家坪的人做阳春，那才叫真正的做家。哪像这鬼地方，一年一道犁，不开水圳也不铲倒坜，还想田里结谷？再说田里谷多谷少，也与他的雄图没有关系。不过他还是去看了看。他看到父亲也在香火前下拜，就冷笑。这像什么话呢？为什么不行帽檐礼？他在千家坪见过的。

还想田里结谷？再说就算田里结了谷，与他的雄图大志有何关系？他看到大家在香火前翘起屁股下拜，更觉得气愤和鄙夷。为什么不行帽檐礼？什么年月了，怎么就不能文明和进步？他在千家坪见过帽檐礼的，那才叫振奋人心！

　　他自信地对身边一个后生说："会开始的。"

　　"开始？"后生不解地点点头。

　　"你要相信我的话。"

　　"相信，当然相信。"

　　侧边的裤缝胀开了，露出了里面的白肉。仁宝眯着眼睛，看不太清楚，不过这已经足够，可以让他发挥想象，似乎目光已像一条蛇，从那窄窄的缝里钻了进去，曲曲折折转了好几个弯，上下奔窜，恢恢乎游刃有余。他在脑子里已经开始亲热那位女人的肩膀、膝盖，乃至脚上每个趾头，甚至舌尖有了点酸味和咸味……直到"啪"的一声，他感觉脑门顶遭到重重一击才猛醒过来。回头一看，是丙崽娘两只冒火的大圆眼，"你娘的×，借走老娘的板凳，还不还回来？"

　　"我……什么时候借过板凳？"

　　"你还装蒜？就不记得了？"丙崽娘又一只鞋子举起来了。

　　他自信地对身边一个后生说："会开始的。"

　　"开始。"后生不解地点点头。

　　侧边的裤缝张开了，露出了里面的白肉。仁宝眯着眼睛，看不太清楚，不过已经足够了，可以发挥想象了，似乎目光已像一条蛇，从那窄窄的缝里钻了进去，曲曲折折转了好几个弯，上下奔窜，恢恢乎游刃有余。他在脑子里已经开始亲那位女人的肩膀、膝盖，乃至脚上每个趾头，甚至舌尖有了点酸味和咸味……

　　他想，他一定要去同那位媳妇谈一谈帽檐礼。

编辑后记：傻子的话[1]

彭明伟

我念大学的时候，《生命中不能承受的轻》这部小说曾在台北的咖啡店和大学校园里流行一阵子，许多文艺青年都听说过这是捷克作家米兰·昆德拉的小说，但多半不会记得翻译者是韩少功。提起韩少功(1953—)这个名字，大多数的台湾读者应该还很陌生。早先在台湾曾出版韩少功的长篇《马桥词典》，我身旁友人读过《生命中不能承受的轻》的，还不一定读过《马桥词典》，至于读过他其他中短篇小说作品的就更少了。这次在台湾出版韩少功的随笔集可说还是初次，在这文学出版业大萧条的年头，散文、随笔之类的书籍商品更是缺乏卖相，除了中学老师热情推荐的余秋雨之外，大家还真不知道当代中国大陆还有谁在写散文——其实能写好散文的人还不少。就这样，韩少功是个小说家，搞点翻译，也写了不少随笔、散文，此外他还是个重要的刊物主编，远在海南的《天涯》杂志上个世纪末经他接手经营之后在中国思想界曾有过重大影响，引发自由派和新左派论争。总之，韩少功不是个泛泛之辈，尽管他很低调谦逊，他在当代文学界、思想界都占有一席之地。

韩少功诞生于近代中国的革命圣地湖南长沙，随共和国一道长大，从"文革"结束后步入文坛迄今已有三十多年。他在 20 世纪 80 年代主要创作"知青"题材的中短篇小说，曾与阿城等被视为"寻根"文学的看板作家，20 世纪 90 年代起随笔创作的比重明显增加，1995年发表的《马桥词典》虽是个人的第一部长篇，却在传统人物故事间大量穿插杂感、评论，形成叙述与议论交织的独特风格，日后的两部长篇小说《暗示》《山南水北》题材或有差别，但大体延续同样的笔记体裁。《马桥词典》发表后迄今，韩少功仅在《暗示》《山南水北》之间零星发表一些中短篇小说，随笔作品则成为大宗。也就是说，随笔是韩少功近二十年来主要的作品类型。

这次我们引介韩少功的随笔到台湾来，想介绍给读者的不只是一部随笔集，而是一种新视野，另一种看世界的方式。透过韩少功这些作品，读者可看到当代中国的文化情境——人民币、黑心货、二奶之外的中国；透过韩少功的眼睛，读者可看到当代世界——自由、民主、平等的美国之外的世界。韩少功的随笔不赶时髦、不搞怀旧情调，不那么政治正确，甚至不太合时宜，然而亲切有味，他像是朋友或是稍稍年长的大叔，向你诉说这三十多年来他个人的经历、他的文化观察和他的历史批评。你知道这三十多年于他个人不仅恍如隔世，整个世界也有了翻天覆地的变化。如同一般忧国忧民的知识分子，韩少功直视当代、批判现实，但他凭借作家敏锐观察能力，尤其看重个人的体验感受，在看问题时有清晰的历史纵深感，因而在他笔下当代历史是复杂的、有生命的历史，中国是多层次矛盾统一的中国，亚洲、世

---

① 本文为中国台湾学者彭明伟编《韩少功随笔集》(中国台湾社会研究杂志社,2011 年 8 月)一书后记。

界的既定疆界和图像也逐渐变得模糊。这些不需要我在此论证阐释，读者诸君只要翻阅这些随笔即可明了，特别不要略过《"文革"为何结束》《我与〈天涯〉》等篇。

韩少功坚持随笔创作，看重的是以随笔的形式介入当下，使自己与现实世界保持更为紧密的联系、更为灵敏反映世局的变化。从这些随笔，我们大致可看到韩少功关注焦点变化的轨迹：20世纪80年代中后期从政治意识形态转移到民间的文化、传统，20世纪90年代市场经济的冲击与虚无主义的蔓延，经过这段价值怀疑与重建过程，2000年后农村中心主义逐渐成形，肯定自然生态、农村生活的价值，重新思索人与土地的关系。自步入文坛开始，韩少功总是面对现实困境，勇于承担社会责任，他的作品反映当代中国社会的急遽变迁，尖锐批评时弊、揭露潜藏的文化危机。他首先是个知识分子，其次才是个文学家，最能彰显他议论社会、批评文化的作品当属随笔。

然而在近百年来确立的小说诗歌正统面前，随笔向来不受文学评论家重视，简直可说受到冷落歧视。所谓随笔者，不就是随便写写皆可，小说英雄、诗歌壮夫所不为也。然而韩少功二十年来却坚持写作随笔，像这样的作家在当代中国相当罕见，要如何评价、给他恰当的定位其实让我烦恼好一阵子。我私心以为鲁迅是认识韩少功的重要参照，他与上个世纪初新文学的旗手鲁迅看似遥远，精神丝缕却是紧密联系着。如同鲁迅一样，韩少功是具有批判性格的知识分子、文学家，他早先以小说闻名，之后侧重随笔，从小说到随笔的创作发展历程冥冥之中也和鲁迅相应。鲁迅是韩少功这一代知青作家的精神导师，也是中国新文学史上写作杂文随感的祖师爷。

鲁迅在《呐喊》《彷徨》之后不写小说或写不出小说曾受到评论家的质疑、讥讽，厌恶鲁迅者以兹证明鲁迅并非伟大的文学家，所谓的杂感也并非永恒的文学。韩少功之后不写小说或写不出小说也曾受到评论家的质疑、讥讽，写作随笔正是文学创造力衰退的迹象。关于杂文，鲁迅曾说："我以为凡对于时弊的攻击，文字须与时弊同时灭亡，因为这正如白血轮之酿成疮疖一般，倘非自身也被排除，则当它的生命的存留中，也即证明着病菌尚在。"这是他为自己的第一部杂文集《热风》所特别说明的，他并不追求不朽的文字，也不渴望超时空的永恒之美。在写下这段话的同时，他刚接连完成《孤独者》与《伤逝》两篇小说，我以为这是他最成熟的两篇小说，借此总结他五四运动时期的经验与困惑。说来十分凑巧，我以为韩少功在《马桥词典》前后达到小说创作的高峰，他借此总结个人的知青经验和当代中国的历史问题，但同时也开始热衷创作随笔或鲁迅式的杂文。鲁迅、韩少功在将自己的小说创作推向高峰之际，或许都察觉小说的局限。他们碰触到文学的界限与现实之黑暗沉重，迫使自己不得不认真思考文学与现实的关联，他们迫切摸索文学应对现实的方法，杂感、随笔或许是眼前最适当的选择。

1994年大江健三郎获得诺贝尔文学奖，他是继川端康成之后第二位获此殊荣的日本作家，但他推崇的反倒是中国的鲁迅，特别肯定鲁迅杂文的价值。大江表示："多年来我也一直在试图创造一种全新的、日本前所未有的表现形式，就像鲁迅开拓出杂文这片土地一样，而且要以此向年轻人和孩子们，就日本、世界的问题发出自己的声音。最近的《在自己的树下》就是这样的东西，但是今后还得继续探索。"在此利用诺贝尔奖得主的光环来抬高杂文、随笔的身价，说来不免媚俗，但我从没想到鲁迅杂文传统居然也国际化了，也可证明写作随笔成为一种新趋势，作家实在不必为写不出小说而过度焦虑。譬如韩少功同辈的知青作家张承志近期出版《敬重与惜别——致日本》一书，里头有近代日本的历史考证，又混杂作家

个人的历史论述与感悟,还有借近代日本的教训对当前中国社会发展的反戈一击,实实虚虚、虚虚实实,实在复杂得难以归类。这本书出版后在中国大陆引起广大回响,我在此也郑重向读者诸君推荐。我个人向来也有个荒唐的想法:近百年中国文学的成就要属散文第一,中国作家看重现实,过于实际,不擅于虚构也并非说谎之能手。许多作家虽以小说闻名,其实他们的散文随笔更为圆熟,成就更高。

韩少功的随笔幽默中有沉重,热闹间有宁静,充满矛盾感,不易说清的。你知道他在嘲讽什么,可是随即笔锋一转他也挖苦起自己来着,之后可能又安插一则感人的亲身经历的故事,却又按捺住满怀起伏动荡的心绪,最后回眼看见自己在孤灯下对着密密麻麻的文字,该是悄然收束了。韩少功的随笔的批判嘲讽承继鲁迅的杂文,抒情怀想又似鲁迅的自传散文《朝花夕拾》。他的随笔带有沉重无奈的情调,这沉重来自当代历史之重、无奈则是对现实的坚持抵抗、知其不可而为之的无奈感,我想一个人若对过去的历史和眼前的社会不负什么责任感是不必将自己逼入这种情境,而韩少功却宁愿享受着傻子的孤独,尽说些聪明人和奴才不爱听的话。但说他是知识分子又不像学者先生们那么一本正经,他的随笔里头有种故意捣乱的坏脾气——很像鲁迅,老爱找碴儿,骚扰我们的常识,与习以为常的概念抬杠,读者看了不免有些警醒。韩少功老爱怀疑,他把常识的裂隙揭开,要给读者看个清楚。

容我再引述大江健三郎一段话:"鲁迅并非从一开始就是伟大的鲁迅,他饱尝痛苦和艰辛,时常觉得自己软弱无助,他是经过一生的时间,才不断成熟,最后使自己成为一个能够去战斗的文学家的。一个最初软弱、历经苦难,甚至受到压制的人,能不断革新自己、战胜自己,的确了不起。也许我成不了这样的人,但我想成为这样的人。作为一个为国家、为社会、为人类而奋斗的斗士终此一生,是我作为文学者的理想。"我想正是在不断怀疑、否定自己这一点上韩少功努力靠近鲁迅,他不爱证明自己的言论正确,他坚定沿着怀疑的道路,走向一个道德更加完善的世界。在他的随笔中有想清楚的议论也有尚未能说明白的个人体验,个人体验总是比明确的议论更加复杂、包含更丰富的细节,在这两者间的落差呈现了韩少功尚未想清楚的困惑。历史大论述崩解后,20世纪90年代起盛行的是个人写作,韩少功的随笔虽是个人的却不自私、不张扬,他勇于正视当代的道德困境,直接与现实碰撞,即便在碰撞过程中充满自我矛盾,但就在不断自我怀疑的同时思想也逐渐成熟。

从去年底着手编辑这部随笔作品集迄今已过了半年,这半年多的编辑工作时续时断不免有些拖沓,这拖沓的缘由,我仔细想想,主要是我个人心中对文学在当代的意义还存有怀疑,对现实还存有美丽的幻想。但最近渐渐感到迫切起来。2011年3月日本遭受毁灭性的震灾、海啸、核电辐射污染,在此大灾难当头,人们平常所竞相争逐的利益可在一夕间毁灭,平常所宝贵的突然显得渺小可笑,生命之终极意义虽虚无缥缈,终究是再次清晰浮现在许多人心里头。我也再次清楚感到文学之于当代世界仍有无可取代的价值。正当我又逐渐感到生活充实安逸之时,近来中国台湾社会的怪现状却越来越多且越来越离奇,原来四处充斥化学污染的黑心货,不知多少年以来大小黑心商人联手欺骗消费者,有的还自居是无辜的受害者,我想他们将来恐怕也还要继续欺骗下去。还有主体性问题,大闽南沙文主义的遗老遗少们与大中华中心主义的遗老遗少们在诉诸这一题时本是水火不容乃至视如寇仇的,但在大美国中心主义的国际化面前,两者则取得明确的共识,俯首臣服,我想彼此将来恐怕还是怀着仇恨追求这个共同的目标。看见台湾人嘲笑别人的模样特别可笑,但不免又感到特别可悲,我对未来怀着沉重的不安。

最后，我想就编辑工作略作说明。文集里的所有篇目都是韩少功先生亲身精心挑选的，我另外在附录收录蒋子丹、南帆两位精辟的评论，提供读者更全面、更具体的韩少功印象。在此一并感谢韩少功代为邀稿、两位评论者慷慨提供。文稿简体转繁体的后制处理、排版工作相当烦琐，为消弭两岸的文化隔阂增添一些必要的注解，这些全由洪嘉宁同学耐心仔细包办了。衷心希望这些编辑工作能为沟通两岸文化尽点心力，也希望当代中国能成为读者诸君的内在视野——我个人认为这是个十分迫切的课题。

主观性的虚构时空[①]

——韩少功作品初探

〔法〕安妮·居里安

我读韩少功小说的时候,经常感觉到疑惑状态与诗意视野弥漫着他的作品。我这里谈谈韩少功作品的这两个特点怎么从时间和空间(地方性)主题的描述中,以及在文学语言中表现出来。

先谈一谈空间的问题。

韩少功的一些小说善于描写主人公,或叙述者的理性的路。例如中篇小说《女女女》中的几位主人公,他们或住在城市,或住在乡村,或离开城市去乡村或离开乡村去城市。有时,像在短篇小说《谋杀》中,主人公活动的地理空间比较窄,而她精神上的空间使原来客观狭小的空间变为具有多种可能性的、想象丰富的空间。此外,在长篇小说《马桥词典》中,叙述路线不断让我们从特殊和小的地方即马桥寨移动,流动到更广阔的空间,而扩展的效应包括各层视野,省的、国家的或国际性的。在空间上分析这些作品的时候,值得强调的是韩少功提出了表示关于人与世界某种深深的疑问。探索空间就意味着探索人,也探索世界。

我这里提出一个比较参照:在这方面上,韩少功的想法让我再度思索一位马尔提尼作家 Edouard Glissant 所表达的看法。这位作者在一本题名很美的书, 即*Introduction àune poétiquedudivers*"多样化诗意序言"(Gallimard,1996)中,认为文学最高的目标是一种按他的说法"混沌—世界"。对他来说,现时的文学作品纵然产生于一个地方,然而如果能建立这个地方与整体世界之间的联系,作品就最会适当地表现这个地方。从而,他想由于有"混沌—世界",所以文学有非预测性。

简略谈了空间之后,我想探索一下时间问题。在韩少功的作品中,时间概念占相当重要的地位,并有时起动空间。他的时间概念也包括多层含义。比如有比较近时代的个人回忆,例如短篇小说《归去来》《领袖之死》等。在别的情况之下,更多的是某种文化活动,信仰或行动受了叙述者的关注。作品所揭露的时间长度,历史性的知识与空白,人记忆的弱点都让读者领会文化价值在某种程度上是相对的,逐渐地使读者暗自发挥疑惑状态。在《马桥词典》中,这种创作思想的例子很多。

另外,在探索时间主题的过程中,这部长篇小说的重点似乎是当代:主人公当代的思考,叙述的现在时等。阅读作品时,我们发现的确切状况是一个主体、一个叙述者的疑问精神和他在时间和空间上的思想旅程。关于这一点,我想提到另外一位用中文写作的作家,即

---

① 本文系安妮·居里安在"韩少功文学写作与当代思想研讨会"上的发言稿。该研讨会由海南省作家协会、《天涯》杂志社以及海南大学人文传播学院联合举办,于 2011 年 12 月 7—8 日在海南海口举行。后收入孔见主编的《对一个人的阅读——韩少功与他的时代》(江苏文艺出版社,2013 年版)。

中国台湾作家舞鹤。在他长篇小说《余生》中（1999，谈 Les Evénementsde Musha,Musha 事件），描写20世纪30年代在中国台湾中部的山区本土人民反对日本人占领台湾的起义，作家同时描写了叙述者对于过去的研究和现在人生活方式。在我看来，舞鹤的这部小说和《马桥词典》有共同的一点，即好像写作时间成为最重要的成分。

这里我们接触到文学写作的核心问题。

在韩少功作品中，我已经强调过的创新以并不专横的状态明显地出现在语言上。小说的叙述者对语言的地位与权威进行过思考。这方面上当然应该说作品的内容也有文化性、社会性，包括政治性的意义。举《马桥词典》的例子看看在一种语言中某些词的含义和用法多少表达统治与被统治的地位，肯定能给读者提供很多启发。

关于这一点，我很愿意提到一位瑞士作家，C.F.Ramuz（1878—1947），他长期住在法国地区洛桑（Lausanne）城附近的山上。上大学的时候去巴黎住过几年。在一篇很有意思的文章中〔*Deuxlettres*（《两封信》）（1992）；*édition L'Aged'homme*（写作于1920年后期）〕，他说在他居住的瑞士山区，人，尤其山上的人，说的是法语，不过它与法国文学中优雅法文区别很大。在写小说的过程中，Ramuz 故意排除文雅风格。他希望自己使用的词能表达山区农民的动作。在我看来，这是非常有活力的语言和非常有见地的想法。

回到韩少功的作品，也回到《马桥词典》，可看到作者一方面常常给一个字多层的含义，包括方言的丰富含义。另外一方面，他使用中文汉字语言的特征来构思整个长篇小说的结构。语言几乎成为小说的最重要的主人公，这独特的现象也影响了写作的方式：一半小说一半散文的叙述，虚实交叉的情节进展。

作为结论，我想说到葡萄牙作家 Fernando Pessoa（1888—1935），在《不安静的书》（*Lelivredel'intranquillité*），一部日记体的作品中，写下的这句话："既然我们不能将美从生活中提纯，那就至少试一试从生活中提纯无能，从无能中提纯美。"韩少功的艺术思想无疑是提纯了美。

寻找语言之外的语言①
——重读《爸爸爸》

〔韩〕白池云

一、二律背反的计划

20 世纪 80 年代中期起头的"寻根文学"在中国当代文学史占据着重要一页,是众所周知的事实。然而,对于该具体的含义至今还是众说纷纭。有的把它看成基于启蒙主义的现代化叙事,有的主张寻根文学属于呈现符号无限增殖的后现代叙事;有的说寻根文学是强调文化潜力的民族叙事,有的说寻根文学的主要目的在于对落后民族文化的批判;有的说寻根文学是暴露"文革"时期意识形态的反政府叙事,有的批评寻根文化隐匿着个人和国家之间的隐秘共谋关系。如此,韩少功的"寻根叙事"至今不断产生广泛的解释棱镜。

关于如此全方位解释半径的原因,首先要数韩少功作品的晦涩性。尤其他提出"寻根"之前后所写的一些中短篇具有显著的试验性:神化的因素,令人唤起魔幻现实主义以及"意识流"的现代主义技法等,韩少功展开了广阔的实验试图。不仅在时间次序,并且在内容方面,寻根文学置于伤痕/反思文学和先锋文学的中间地带。与伤痕/反思文学表面上批评国家对个人施加的痛苦却事实上仍然维护"共同记忆"的启蒙意识形态不同,韩少功小说中潜伏的晦涩性使得作家对"文革"的发言还原不了简单的意识形态。同时,他在作品中不断试图的形式试验不像先锋文学那样到达要求去历史的自然状态的地步。②

值得注目的是:这种形式上的难解性似乎与"寻根"计划蕴含着的困境密切相关。在可以称为"寻根宣言"的《文学的"根"》中,韩少功主张过,要用"现代观念的热能"重铸"在民族的深层精神和文化特质方面"的"民族自我"③。在此,"现代"和"寻根"看起来互相背离的两个指望,反映着后毛时代(post-Mao era)要建立文化主体的课题所呈现的窘境:在一方面,新时代的文化主体要倒塌旧时代打下的城墙;另一方面,他/她要从该陈旧的城垒底找出建设新时代的力量。这也与"文革"的双重性有关。韩少功曾说过,终结"文革"的主体与推动"文革"的主体是一回事的。④他的更大的困惑是,自身也是充斥着如此矛盾的历史之一部分。这

---

① 本文系白池云在"韩少功文学写作与当代思想研讨会"上的发言稿。该研讨会由海南省作家协会、《天涯》杂志社以及海南大学人文传播学院联合举办,于 2011 年 12 月 7—8 日在海南海口举行。收入本资料集时,作者做了进一步的修改。

② 关于"寻根文学""伤痕文学""先锋文学"的关系,值得参考蔡翔、倪文尖、罗岗的座谈《文学:无能的力量如何可能:"文学这 30 年"三人谈》http://www.culstudy.com,但座谈者们倾向于把"寻根文学"和"先锋文学"从某种连续性来看待。

③ 韩少功:《阅读的年轮》,九州出版社,2004 年版,第 24 页。

④ Han Shaogong,trans.by GaoJin,Why Did the Cultural Revolution End? ,*Boundary*2,35:2(2008),p.135.

才是韩少功文学的根源困惑并且"寻根"计划的立足点。

与企图全盘否定"文革"的伤痕文学不同,"文革"时期的下放经验才是韩少功文学的母胎。他主张"文革"不应该作为权力斗争或群体狂乱来看待,因为"文革"内面不能简单否定的崇高的革命理想与专制机制混在一起。这种矛盾的历史不能简单被置换为集体狂欢,其中闪耀的创意性和异端性,值得去挖掘,作为遗产。①面临历史的难题要被"全面否定'文革'"的政府方针所埋葬的情况下,韩少功提倡重新回到"文革"的废墟,找出新的文化主体的可能。在此,"寻根"这主体建设的任务遇到一个困境:要建构的主体等于解构的对象。韩少功早期小说的人物所经常呈现的自我分裂,否定与肯定的纠缠,都基因于这种窘境。因此,韩少功作品的难解性,在把"寻根"计划所面对的困境前景化的时候,才能摆明其历史意义和现实喻示。

在解释韩少功作品时,需要警惕的是寓言性接近。在 20 世纪 80 年代掀起中国大陆知识界的启蒙主义话语氛围下,韩少功的寻根作品往往被解释为对落后国民性的寓言(allegory)。可是,寓言性读法的最大的问题是,它无法充分交代韩少功小说的悖论性。解释韩少功的寻根作品的关键是主体的二律背反,即要建设的主体和要打倒的主体的一体性。只否定或批判韩少功小说中的人物,他/她们内面的复杂矛盾就没办法去理解。并且 20 世纪 90 年代开始兴旺的后现代主义同样挡住对韩少功寻根小说的恰当的读解。就《爸爸爸》而言,如果把丙崽赞扬为摆脱了一切政治意识形态的后现代主体,也会没有办法解释丙崽的黑暗面。

本稿以韩少功的《爸爸爸》(1985)语言问题为中心,要注目启蒙主义阅读和后现代阅读所置之不理的主体的二律背反,深入丙崽身体内部的隔阂:丙崽一方面是堕落的语言所生下的孽障,同时是太古原始语言的痕迹。在解破该悖论性符号的过程中,我们会进一步去了解后毛时代中国文化重构计划所面临的处境。

二、丙崽是否阿 Q?

《爸爸爸》是寻根文学代表著作之一。但要是直面作者在此要寻找的"根"到底是什么这一问,十之八九不免感到困惑。因为《爸爸爸》所描写的"乡土"充斥着阴森和悲观的气氛,与从历史和乡土找出自我的根这一建设性宣言,似乎离得太远。曾经在 20 世纪 80 年代启蒙主义讨论中主导过"主体性话语"的刘再复,将丙崽的悲观性逆转为启蒙的契机,恐怕是这种困境所产生的反讽结果。

出生第三天才哭出一声来的丙崽,是身体发育呆滞脑袋很大的畸形儿。再说,七八年过去了能说的话只有"爸爸"和"×妈妈"两句。对此,刘再复断言为"畸形儿人生的全部感情,全部态度就凝聚"的"病态思维"的寓言。据他所言,将世界两分为"爸爸"和"×妈妈"的丙崽的幼稚性,在作品中被扩展到鸡头寨和鸡尾寨之间的盲目憎恨和战斗。刘再复主张,丙崽畸形病态的思维方式表现着中国文化全体所积淀的,始终保持不变的文化症候;并且两个村

---

① HanShaogong,trans.by GaoJin,Why Did the Cultural Revolutio End?,*Boundary*2,35:2(2008),pp.93–99.

② 刘再复:《论丙崽》,吴义勤主编:《韩少功研究资料》,山东文艺出版社,2006 年版,第 135—137 页(《光明日报》1988 年 11 月 4 日版)。

寨的杀戮战不仅表示一种病态人性的社会化，还象征未进入文明阶段的中国历史的野蛮性。②值得注意的是，刘再复突然从野蛮性和落后性导出启蒙这未来性课题，用来将"寻根"上升为重建主体的建设性计划。

> 发现丙崽，是为了改造丙崽，正如发现阿Q，是为了改造阿Q。
>
> 发现丙崽的思维方式，是为了摈弃丙崽的思维方式。发现丙崽的哲学，自然也是为了否定丙崽的哲学。（中略）只要我们愿意反省，不再以阿Q的思维模式和丙崽的思维模式为荣，而是正视其简陋，总是有希望的。①

按照刘再复的寓言性读法，在身上刻印中国落后性这一点上，丙崽和阿Q是同样的。可是两者包含着明显的差异，因为丙崽的落后性具体内涵是对社会主义尤其是对"文革"的否定。刘再复一方面从丙崽的"非此即彼的二值判断"唤起"文革"时期政治暴力，另一方面要把它重构为启蒙的前兆。从乡土的蒙昧读出启蒙曙光的刘再复的矛盾阅读，若对20世纪80年代中国启蒙主义话语背景没有认识的话，恐怕不太容易理解。因为刘再复的逻辑中很难找到个机制能把笼罩丙崽的蒙昧寓言镣铐解除。刘再复不是从丙崽的形象发现主体，而是他的欲望要给丙崽注入主体的可能性。他对丙崽进行的矛盾颠覆所反映的是他对中国现代化的欲望。

刘再复的矛盾阅读，到了一些继承他的寓言性观点的后续研究，遇到更深刻的破裂。比如，美国学者约瑟夫（Joseph Lau）也将寻根运动视为继承"五四"以来"未完的启蒙计划"②。他也没法从韩少功的"根"找出未来的曙光。依约瑟夫的看法，韩少功的"根""都蕴含着某种心理外伤（trauma）"，小说中的人物都是为被因福音主义歇斯底里麻痹的国家记忆所捆绑的受害者；"寻根"就是一种驱逐身中盘踞的怨鬼的驱魔仪式（exorcism）。③结果，在约瑟夫的眼中，启蒙因对历史和文化的不祥预感而渐渐却步。

如此不安的视线，直到另外的美国学者Rong Cai，悲观性再次增强。与刘再复和约瑟夫同样，她把丙崽看作"中国文化缺点"的象征。并且，她主张韩少功的小说因为复制"有疵点的存在"，使"寻根"即主体建设的未来性任务受到严重的挫折。④据她所言，《爸爸爸》和《女女女》所暗示的是无法挽回的人性丧失，而韩少功的该反面性的人间像揭露寻根战略所隐藏着的某种进退两难：如何从具有瑕疵的历史中挖掘出历史苏醒的热能源泉？换句话说，试图以重建主体作为目标而寻找文化之根的寻根计划，却暴露身孕主体的母胎之缺点，终于背叛原来的计划。Rong Cai把这主体的先天性缺点叫作"主体的残废性"⑤。

---

① 刘再复：《论丙崽》，吴义勤主编：《韩少功研究资料》，山东文艺出版社，2006年版，第140页。

② Joseph S.M.Lau,Visitation of the Pastin Han Shaogong's Post-1985Fictions,Ellen Widmer & David Der-weiWanged., *From May Fourth to June Fourth:Fiction and Film in Twentieth-century China*,Cambridge,Massachusetts,London, England:Harvard University Press,1993,pp.19-26.

③ Joseph S.M.Lau,ibid.,pp.28-36.

④ Rong Cai,The Spoken Subject:HanShaogong's Cripples,*The Subject in Crisisin Contemporary Chinese Literature*,Honolulu:University of Hawai'i Press,2004,p.61.

⑤ Rong Cai,Ibid.,p.83,p.89.

从刘再复连续到 Rong Cai 的悲观主义，要是与后现代主义批评对于寻根文学的欢呼相比，显示着明显的对照。身为 20 世纪 90 年代中国后现代主义代表论客，陈晓明主张寻根文学是表征中国文化已经达到了现代性高峰的证据。[①]某种意义上，他是 80 年代启蒙主义的继承者；两者通过绕开新时代曙光里面蜷曲的不安才能占据了乐观的立脚点。但也有差距：前者的乐观主义是以启蒙的课题为前提，而后者是脱离了一切任务和责任的乐观和欢呼。陈晓明将刘再复的寓言提升为超于现实的"超级寓言"，将它净化为不需要指示任何历史或现实的纯粹符号。

对于韩少功来说，这一切如期而至且顺理成章，楚文化迅速从他的个人记忆中复活过来，这些荒诞杂乱而神奇的巨型代码，他们轻而易举就超越了知青这个令人尴尬的时空，而意指着一个无穷深远的过去，并喻示着一个暧昧的无法言说的现在。《爸爸爸》是一个超级的寓言性文本，他那大量的寓言性代码和寓言性叙事方式，却也只能意指着一个寓言性的历史/现实，一个关于隐喻的隐喻，一种关于寓言的寓言。那些古语古歌，那些仪式和杀戮，那些愚蠢的自虐和他虐、麻木和绝望，当然有某种隐喻（现实的）意义，但是，在纯粹理性的意义上，没有任何必要以如此乖戾的符号去行使他的意指功能；而在纯粹文学的意义上，它就只有叙事学的价值了。对于"寻根"怀有如此历史冲动和现实抱负的文学行为来说，它的经典之作只有形式主义的意义，这不能不说是具有反讽意味的事情。[②]

陈晓明的看法只具有一半的真实性。当他要从丙崽的寓言性剥夺意指义务，将它视为纯粹的符号的时候，陈晓明事实上放弃了寓言性读法。至少他的高度文学直觉能认识到《爸爸爸》的巨大的代码绝不会靠寓言性读法来解破。可是充溢 20 世纪 90 年代中国知识界的后现代主义的虚无/乐观主义，不让他深入其不可解破性的内面逻辑，反而让他走向"关于隐喻的隐喻，关于寓言的寓言"这夸张的赞成，放弃认真直面问题的路径。在另一方面，钻进寓言的窘境内部的 Rong Cai，终于无法找到出口。她找出的结论是：丙崽的身体的精神残疾是"主体缺乏（absence of subject）"的寓言，也是面临建立新时代文化主体这一课题的中国所遇到的"根本性伤脑筋的寓言"。[③]因此，她的结论只能陷于如下的反讽：韩少功的"寻根"计划，注定会被中国历史和未来的"根深蒂固的不安"所挫折。[④]从此，两种不同的寓言性读法向对中国文化的悲观与乐观两个极端驰骋，终于破裂。

三、说话的主体在分裂

所谓"主体重建的不能性"这一 Rong Cai 的悲观性结论，相当部分依靠着拉康

---

① 陈晓明：《个人记忆与历史布景——关于韩少功和寻根的断想》，吴义勤主编：《韩少功研究资料》，山东文艺出版社，2006 年版，第 155 页。（《文艺争鸣》1994 年第 5 期）。

② 陈晓明：《个人记忆与历史布景——关于韩少功和寻根的断想》，吴义勤主编：《韩少功研究资料》，山东文艺出版社，2006 年版，第 157—158 页。

③ Rong Cai,op.cit.,p.62.

④ Rong Cai,Ibid.,pp.91.

(JacquesLacan)的语言理论。按照拉康，幼儿状态的主体通过连接语言的符号秩序能进入象征界，获得主体的身份。据此，Rong Cai 说明丙崽的语言障碍表示他无法进入象征界以及无法成为主体的表征。丙崽的古怪的(非)语言与村寨的语言秩序无法沟通，这显示他不属于象征界的证据。根据如此的理论框架，Rong Cai 对拉康的"说话的主体(a speaking subject)"施加变形，叫丙崽为"被说话的主体(the spoken subject)"。丙崽的残疾性使得他无法控制符号，只能自己做符号或象征。丙崽只能被语言使用，他永远做不了主体。①

然而，Rong Cai 借用拉康理论的逻辑程序，使得我们引发一些疑问：她似乎把语言、主体、象征界等同化。迪伦·埃文斯(Dylan Evans)说过，拉康没有简单地使语言与象征秩序相等，而使语言不仅连接象征界还连接想象的(imaginary)和实在的(real)层次。在此，语言的象征层次就是意符(signifier)，而组成象征层次的因素只能以因素之间的差异构成。与想象界由自我和他者(other)的双重关系而构成不同，象征界由三者关系构成，因为主体之间的关系总是被第三者即大他者(other)被媒介。②因此，象征界的言说通过某种歪曲才能达到主体。埃文斯又说，拉康的象征界的概念与弗洛伊德直接对立：如果说弗洛伊德的象征界相对接近于意味和形式之间固定的单义关系(bi-univocal relation)，精密地说，拉康的象征界是作为意符和意指之间固定关系的缺乏而存在。③从此可见，虽然表示某个意义的意符功能在象征界进行，由于意符——意指间的固定关系的缺乏，象征界是个缺乏完整性的体系。但是实在界透露同时遮蔽该缺乏性，使我们抱着语言具有固定意味的一种错觉。在此，所谓"固定意味"就是想象界。如此，象征界、想象界、实在界的三素组是，至于作为"说话的存在"的人的思维和语言，必不可少的最低线的前提条件。④

从象征界、想象界、实在界的三者关系我们需要看取的核心是主体/语言的不完整性。像 Rong Cai 说的那样，幼儿状态的主体进入了象征界，体会了象征界的语言秩序，能获得主体的身份。但是由于他/她所依靠的语言本身是被扭曲的，基于对指意功能的一种错觉的语言，主体不可避免自我分裂。按照拉康主体概念的一个重要核心轴"疏离(alienation)"，主体因为是个能说话的存在，他/她成为分裂的主体。这就是拉康所说的，象征界的主体所经历的"存在——缺乏"。另一个核心轴是"分离(separation)"。如果说疏离产生了分裂的主体的话，分离是分裂的主体在发现大他者的欲望的过程中发生的。主体要从大他者的欲望发现自己的欲望，要从大他者那里去找自己的认同。可是，因为该行为只在一个歪曲的前提——把不完整的大他者看成完全的存在——下进行，主体只能是个"幻想"的存在。⑤

以上面的叙述来看，Rong Cai 凭借拉康主张丙崽的语言障碍体现了中国主体的残疾性的说法，不完全符合拉康理论。她只看主体体会象征界的秩序而获得主体资格的程序，而未充分注意到象征界的不完整性以及主体的疏离和分离性。象征界的主体获得了语言，这倒意味着他/她被既有的语言秩序和价值体系所代表。由此，一个讽刺性逻辑成立："说话的主

---

① Rong Cai,op.cit.,p.65—68.

② Dylan Evans，*An Introductory Dictionary of Lacanian Psychoanalysis*，London & NewYork:Routledge，1996，pp. 201—202.

③ Dylan Evans,Ibid.,p.203.

④ 〔韩〕洪准基：《雅克·拉康，回归弗洛伊德》，〔韩〕金上焕、洪准基编：《拉康的复生》，《创作与批评》，2002 年，第 66—73 页。

⑤ 〔韩〕金上焕：《拉康与迪卡特》，〔韩〕金上焕、洪准基编：《拉康的复生》，《创作与批评》，2002 年版，第 158—167 页。

体"就是"被说话的主体。"因为丙崽没有获得语言能力这事情却包含另一个层面:丙崽不会被语言秩序所代表。丙崽不仅不会说话,并且不会被说话。由此可看,与其说丙崽因为没获得语言能力就无法成为主体,不如说丙崽拒绝了属于既有的语言秩序,能拒绝自己成为"被说话的主体?"再说,丙崽的所谓不成语言的语言,是否暗示他对于既有语言秩序的反抗?他的奇怪的语言,或许是超越语言秩序的,保存元语言(pre-verbal)状态的一个化石。

韩少功曾经说过丙崽的话完全可以当作没有任何意指作用的符号。①置于意味体系之外的语言,也与丙崽的"名字的不在"联系在一起。丙崽一开始从未有过名字,只是为了上红帖或墓碑,就成了丙崽。在指示孩子的"崽"字上加了等于"某"的"丙"字而组成的"丙崽",按字面来看,就是"某个孩子"的意思。这说明丙崽是无名的存在。他不是因语言障碍而无法进入象征界,而是命中注定不属于这个语言秩序。若要想起阿尔杜塞(L.Altusser)所说的"主体是被命名的"这句话的话,未被命名的丙崽不是个主体。丙崽从结构(structure)从象征界来说就无拘无束。

丙崽之语言和名字的缺乏溯到他父亲的缺乏。

> 丙崽有很多"爸爸",却没见过真实的爸爸。据说父亲不满意婆娘的丑陋,不满意她生下了这个孽障,很早就贩鸦片出山,再也没有回来。有人说他已经被土匪"裁"掉了,有人说他在岳州开了个豆腐坊,有人则说他拈花惹草,把几个钱都嫖光了,曾看见他在辰州街上讨饭。他是否存在,说不清楚,成了个不太重要的谜。②

尽管小说模糊地设定,丙崽的父亲似乎是村里最好的歌手德龙。德龙唱了村寨的创造及移民故事,受到众多村民的喜爱。有一天他突然带着青蛇消失不见。他不仅丢下丙崽还抛弃世界,变成了只在传闻和模糊的记忆中活着的秘密。父亲德龙的如此神秘的设定喻示他超越既有的世界秩序。虽然他是否是丙崽真正的父亲,作品模模糊糊地进行处理,可他们两个人的不寻常的声音就是连接他们为一体的绳子:德龙的神秘的歌颂和丙崽的不知所云的咕哝。

在此,问题更加明显了:丙崽和德龙是无法成为主体,还是本身就不是主体?Rong Cai把丙崽看作"在前语言阶段(preverbalstage)被挡住的""背着中国传统一切否定价值的集团主体的象征"。③她认为丙崽的语言残疾和主体性缺乏表示没进入文明阶段的中国的命运。然而,置于符号意味体系之外的主体,在与此完全不同的层次上,是《爸爸爸》的重要主题。就韩少功而言,所谓文明世界并不比前文明世界即"前语言阶段"占优势。恰恰相反,依他看来,符号和意味之间的联系僵固了,语言就失去原来的光环而变成迷狂。这是文明世界所显示的病症。④现代就是语言堕落的时代。那么兴许"前语言"才是韩少功写作的起点,进而他要寻找的文化之"根"吧?而且他以"根"为立足点来重建的主体,是否在钻进主体内面语言与存在间的分裂时才能摸索出来的?丙崽不是主体的缺乏而是对主体的拒绝。他的怪奇滑稽的(非)语言是对于主体正当性的一种寻问且嘲弄。《爸爸爸》的主体性建构/解构的叙事,

---

① 韩少功:《爸爸爸》,蔡翔主编:《韩少功代表作·蓝盖子》,春风文艺出版社,2002 年版,第 96 页。

② 韩少功:《爸爸爸》,蔡翔主编:《韩少功代表作·蓝盖子》,春风文艺出版社,2002 年版,第 97 页。

③ Rong Cai,op.cit.,p.70.

④ 韩少功:《马桥词典·亏元》,人民文学出版社,2004 年版,第 346—347 页。

就是寻求失去了的"前语言"的旅游。

四、寻找被驱逐的语言

对语言的怀疑是韩少功长久的话头。他对主流语言或公式语言的不信,虽然在比较晚期写的《马桥词典》(1996)中认真地开始,但在《爸爸爸》已有起头。像画框一样围绕小说情节的古歌是解释《爸爸爸》的重要头绪。首先,我们看一下通过歌颂传承的鸡头寨创造神话之一段。

> 刑天刚生下来时天像白泥,地像黑泥,叠在一起,连老鼠也住不下,他举斧猛一砍,天地才分开。可是他用劲用得太猛了,把自己的头也砍掉了,于是以后以乳头为眼,以肚脐为嘴。他笑得地动山摇,还是舞着大斧,向上敲了三年,天才升上去;向下敲了三年,地才降下来。刑天的后代是怎么到这里来的呢?——那时很早以前,五支奶和六支祖住在东海边上,子孙渐渐多了,家族渐渐大了,到处都住满了人,没有晒席大一块空地。五家嫂共一个春房,六家姑共一担水桶,这怎么活下去呢?于是在凤凰的提议下,大家带上犁耙,坐上枫木和楠木船,向西山迁移。①

有关刑天的记录源于《山海经》。②可是鸡头寨古歌中刑天的形象与《山海经》记载的有所不同。对于该差异,作者说道如下:

> 据说,曾经有个史官到过千家坪,说他们唱的根本不是事实。那人说,刑天的头是争夺帝位时被黄帝砍掉的。此地彭、李、麻、莫四大姓,原来住在云梦泽一带,也不是什么"东海边"。后因黄帝与炎帝大战,难民才沿着五溪向西南方上逃亡,进了夷蛮山地。奇怪的是,古歌里居然没有一点战争逼迫的影子。鸡头寨的人不相信史官,更相信德龙。③

这种对文字记录的怀疑,以及对于从正史找不出的"另一个历史"的憧憬和信赖,是与《文学的"根"》一文中的下一段密切相关的。

> 史料记载:在公元 3 世纪以前,苗族人民就已劳动生息在洞庭湖附近(即苗歌中传说的"东海"附近,为古之楚地也),后来,由于受天灾人祸所逼,才沿五溪而上,向西南迁移(苗族传说中是蚩尤为黄帝所败,蚩尤的子孙撤退到山中)。苗族迁徙史歌《爬山涉水》就隐约反映了这段西迁的悲壮历史。看来,一部分楚文化流入湘西一说,是不无根据的。④

---

① 韩少功:《爸爸爸》,蔡翔主编:《韩少功代表作·蓝盖子》,春风文艺出版社,2002 年版,第 104 页。

② "刑天与帝争神,帝断其首,葬之常羊之山,乃以乳为目,以脐为口,操干戚以舞。"《山海经》,鄘在书译注,民音社,1996 年版,第 237 页。

③ 韩少功:《爸爸爸》,蔡翔主编:《韩少功代表作·蓝盖子》,春风文艺出版社,2002 年版,第 105 页。

④ 韩少功:《文学的"根"》,《阅读的年轮》,九州出版社,2004 年版,第 19 页。

由此而看,作家要在湘西地方寻找的楚文化痕迹,与《爸爸爸》的主题密切相关。摆在小说首尾两端的移民歌颂,看来来自"苗族迁徙史歌《爬山涉水》"。在苗族的祖先蚩尤叠上了刑天的形象,勾勒了《爸爸爸》的结构。值得注意的是,这篇小说所隐含的南方源泉。蚩尤和刑天都是被黄帝放逐于南方的炎帝之臣,是苗族之祖先。他们都是和黄帝拼搏而死的悲剧英雄。像正史所描写的,没有能力控制手下的残暴臣下而被吞噬于黄帝统治的炎帝,[1]事实上为以北方为中心构成的中华文明所吞没的南方文明之祖。[2]为了复原在中国规范历史和主流文化中消失了的南方文明的痕迹,韩少功以自己的故乡和下放现场的湖南作为根据地。这与他对于"前语言"——语言规范体系完成之前的语言——的探索一脉相通。对于历史之外的历史,世界之外的世界的憧憬,使他对于语言之外的语言进行长期探索。韩少功对于符号—意味的关系还没僵硬起来之前的语言的探索,到《马桥词典》时产生了成果,但其萌芽在《爸爸爸》中。

德龙是对"前语言"的模糊的象征。在《爸爸爸》中作为鳞爪出现而又神秘消失了的德龙,到《马桥词典》又以相当亲热的形象回来。没有胡子,眉毛也淡,极风流爱戏弄妇女,鸡头寨歌手德龙的性格,与马桥歌手万玉相当类似。因为缺了男性化更滑稽古怪的面貌和行为,德龙和万玉常常引起了人家的轻蔑。可是,就唱歌而言,他们具有绝对的权威。因此,以缺乏男性性/父性为代表的他们的人物形象,远远超越喜剧性含义:他们实际上针对以北方为中心的中华文明进行解构,嘲弄,反抗。这通过万玉身子上的"龙的缺乏"明显地得到揭露。在《文学的"根"》,韩少功拿崇拜鸟的湘西文化与崇拜龙的黄河文化做过对照。[3]龙不仅是男性性的象征还代表中华文明。可是在马桥村,"龙"居然是个指示男根的"粗痞之词"。[4]在此对"龙"的第一次滑稽化发生。第二次滑稽在准备万玉的葬礼之时出现:"龙"竟然以"不在/缺乏"的方式把自己的滑稽性颠覆掉。在如此双重构的过程中,普通话中的"龙"所指代的男性,父权,中华等等所有严肃意味都破成了碎片。龙只不过是用"鹿角、鹰爪、蛇身、牛头、虾须、虎牙、马脸、鱼鳞"拼凑而成的"观念"而已。[5]

另外,如此滑稽与嘲弄的颠覆,与万玉等韩少功人物的反骨性格有关。万玉的喜剧性外貌蕴藏着一个悲剧的反抗者的形貌。万玉至少在唱歌方面绝不肯屈从任何权利。虽然在小说中模糊地处理,他的死亡似乎与压迫唱歌自由的教条主义有关。[6]还有,从他的死亡,我们发现在马桥村等于"死亡"的词汇就是"散发"。这令人想起《招魂》的"魂魄离散"一句以及悲剧的反抗诗人屈原。在《马桥词典》中,韩少功涉及过屈原:屈原是个被放逐之臣,他的死身安顿的汨罗江附近(罗地),也是被驱杀的人的落脚地:楚人被更强大的秦国逼着漂泊到罗地,罗人也被楚国所驱杀时流浪于此地,而屈原又选择了罗地为自己的死地。历史是弱者

---

① 司马迁:《完译史记本纪(1)》,Alma,2010 年版,第 201—203 页。

② 不知何时开始,在中国人的说法"黄炎之孙"取代了"黄帝之孙"。这似乎蕴含着一些政治含义:不仅中原之神黄帝,而且南方之神炎帝,都被认定中国之祖先,用来扩展民族单一性的范围,巩固国家的统一性。〔韩〕全寅初:《中国神话的理解》,阿卡内特,2002 年版,第 24 页。

③ 韩少功:《文学的"根"》,《阅读的年轮》,九州出版社,2004 年版,第 19 页。

④ 韩少功:《马桥词典·龙》,人民文学出版社,2004 年版,第 59 页。

⑤ 韩少功:《马桥词典·龙(续)》,人民文学出版社,2004 年版,第 63 页。

⑥ 万玉凡事都往任何部长理怨,表示莫名其妙的仇恨,即使自己也说不出个所以然。临死之时也是如此。参照《马桥词典》中《哩咯啷》和《龙》,人民文学出版社,2004 年版,第 58—61 页。

被强者所驱逐的重复。[①]在万玉(以及可以称作其原型的德龙)的面孔上,离中心被流放到边远的悲剧祖先蚩尤、刑天以及屈原的形象戏剧地变奏。

回到丙崽,如果说《马桥词典》的企图在于扰乱规范语言的符号体系,进而从规范语言的裂痕中抓住元语言的闪光,那么《爸爸爸》所隐含的是,在最初语言丧失光环的时代所承受的绝望以及对此记忆的渴望。德龙失踪后在村里爆发的一场杀戮战,喻示着语言堕落的时代所产生的灾难。未曾起过任何意指作用的"爸爸"和"×妈妈",在与鸡尾寨的连续战败中突然获得了意味,灾殃就开始。没有名字的丙崽也获得了"丙相公""丙大爷""丙仙"等权威的称呼。

> 他拍拍巴掌,听见了麻雀叫,仰头轮了个方向不准确的白眼。最后,手指定了一个方向,咕哝一句:"爸爸。"
>
> "胜卦!"
>
> 汉子们欢呼着一跃而起。不过,丙崽的手指是什么意思呢?顺着他指的方向看去,那是祠堂一个尖尖的檐角,向上弯地翘起。瓦上生了几根青草,檐板已经腐朽苍黑,像一只伤痕累累的老凤,拖着长长的大翼,凝视着天空。檐下有麻雀叽叽喳喳地叫。[②]

丙崽的手指指的是什么?汉子们争论它是"麻雀""檐",进而"檐"的同音字"言(言和)"和"炎(火攻)"。原来空虚的符号"爸爸"开始拥有无限增殖的意味。终于,当在村里具有最大"话份"的人把它定为"火攻"了以后,战争爆发,村寨的尸体开始堆积。鸡头寨灭亡的原因是语言。关于这种语言的迷狂,作者写道:

> 世界上自从有了语言,就一次次引发了从争辩直至战争的人际冲突,不断造就着语言的血案。(中略)如果说语言曾经是推动过文化演进以及积累的工具,那么正是神圣的光环使语言失重和蜕变,成为对人的伤害。(中略)一旦语言僵固下来,一旦语言不再成为寻求真理的工具而被当作了真理本身,一旦语言者脸上露出唯我独尊唯我独宠的劲头,表现出无情讨伐异敌的语言迷狂,我就只能想起一个故事。[③]

上文所指的"一个故事"可能是"文革"。然而,该文不应该以简单的反政府视角去阅读,不然我们会再陷于在前面批评的寓言的陷阱。借作家的说法而言,这是西方的政治味觉无法读出的"中国各种各样的反抗"之一。[④]在某一个采访他曾说过《爸爸爸》是"通过楚文化的棱镜观看的种的退步",[⑤]由此,把韩少功作品看作对中国文化的否定的种种解释接踵而来。但,这样的看法不完全是对的。依我看来,韩少功面临着语言变成灾殃的时代,要摸索退化之前的原始语言。他的企图在于恢复对于"隐遁于巫公的符咒,梦婆的呓语,隐遁于大自然

① 韩少功:《马桥词典·醒》,人民文学出版社,2004年版,第40—42页。

② 韩少功:《马桥词典·醒》,人民文学出版社,2004年版,第129页。

③ 韩少功:《马桥词典·醒》,人民文学出版社,2004年版,第346—347页。

④ 韩少功:《马桥词典·甜》,人民文学出版社,2004年版,第17页。

⑤ HanShaogong,Afterthe'Literature of the Wounded':Local Cultures,Roots,Maturity,and Fatigue,Helmut Martin & Jeffrey Kinkleyed.,*Modern Chinese Writers:Self-portrayals*,New York:M.E.Sharpe,Inc.,1992,p.151.

的雷声和雨声"的,凡人不可能懂的语言的已经模糊了的记忆。变成了化石,滚在废墟的丙崽,一方面是对退化了的语言的象征,也同时是"元语言"的隐秘证据。

也许,当草木把这一片废墟覆盖之后,野物也会常来这里嚎叫。路经这里的猎手或客商,会发现这个山坳和别处没有什么不同,只是溪边那几块青石有点奇异,似有些来历,藏着什么秘密的。丙崽不知从什么地方冒出来了——他居然没有死,而且头上的脓疮也褪了红,结了壳。他赤条条地坐在一条墙基上,用树枝搅着半个瓦坛子里的水,搅起了一道道旋转的太阳光流。他听着远方的歌,方位不准地拍了一下巴掌,用很轻很轻的声音,咕哝着他从来不知道是什么模样的那个人:"爸爸。"①

化石虽然是死的,但毕竟是生命的痕迹。丙崽像奇迹般的生命力和治愈力暗示着太古的脉动在干旱的大地深层绵绵不绝。在此,支配《爸爸爸》全篇的阴沉的色调上,一条太阳光流开始照进来。丙崽是留有语言的隐秘来历的活化石。在一切战祸横扫而过的地方,似乎历史告终的时候,躲在化石里面的原始语言隐约地发微光。这就是韩少功要寻找的,干涸了的文化所蕴含的深远的水脉,即文学之"根"。

---

① 韩少功:《爸爸爸》,蔡翔主编:《韩少功代表作·蓝盖子》,春风文艺出版社,2002年版,第140页。

韩少功《山南水北》的乡土世界

魏美玲[1]

　　1985 年韩少功发表的《文学的"根"》被视为寻根文学的宣言。寻根思潮的萌发正值西方文化思想、文学作品大量被引进中国之际,作家们急于向西方取经,倾向于横向移植与模仿,有志之士忧心因此丧失民族文化精神,失去文学的独创性,于是兴起文化寻根意识。韩少功强调"文学有'根',文学之'根'应深植于民族文化传统的土壤里,根不深,则叶难茂"[2]。必须扎根乡土,才能写出可与世界对话的作品。出生于湖南的韩少功探寻的文学之根指向绚丽的楚文化,以期将奇丽、神秘、狂放、幽默深广的文化因子融入创作之中[3]。认同寻根理念的作家各有不同的文化根基和艺术思维,形成多元的寻根面向[4]。韩少功"力图寻找一种东方文人的思维和审美优势",透过寻根重新认识民族文化精神,使积弱不振的民族振衰起敝,以期能"对东方文化进行重造,在重造中寻找优势","建树一种东方的新人格、新心态、新精神、新思维和审美体系"[5]。韩少功为寻根许下的宏愿,与"五四"文学的启蒙精神遥相呼应。因此其实践理念的《爸爸爸》《女女女》自然着重于传统文化的批判,接续鲁迅剖析民族劣根性的启蒙话语。

　　在《爸爸爸》《女女女》等作品中,呈现了一个闭塞、神秘、野蛮、荒诞的乡土世界,其间痴呆、愚昧、疯癫、丑怪的人物,打冤、放蛊、唱简、杀牛占卜、吹南风助孕等奇风异俗,营造出由人退化至非人、由文明退化至蛮荒的诡谲怪异气氛。有论者以为在这些"寻根文学"的经典作品中,"读到的不是韩少功所谓的'绚丽的楚文化',而恰恰是一个需要被改造的落后的丑陋的文化'异类'"[6]。考察韩少功的初衷,"改造"正是其寻根的根源之一,但辽远、荒诞的乡土世界确乎和"绚丽的楚文化"有所落差。在取材和主题上,亦引起"使创作纷纷潜入僻远、原始、蛮荒的地域和生活形态,而忽略对现实社会人生问题和矛盾的揭示"[7]的质疑。

　　韩少功 1996 年发表的《马桥词典》以其知青时代插队的农村为书写原型,采取诠释方

　　① 魏美玲,中国台湾学者。

　　② 韩少功:《文学的"根"》,《在后台的后台》,人民文学出版社,2008 年版,第 274 页。

　　③ 林伟平:《文学和人格——访作家韩少功》,《上海文学》,1986 年第 11 期。收录于廖述务:《韩少功研究资料》,天津人民出版社,2008 年版,第 48—64 页。

　　④ 陈思和分析"文化寻根"意识,大致包含了以下三个方面:一、在文学美学意义上对民族文化资料的重新认识与阐释,发掘其积极向上的文化内核(如阿城的《棋王》等);二、以现代人感受世界的方式去领略古代文化遗风,寻找激发生命能量的源泉(如张承志的《北方的河》);三、对当代社会生活中所存在的丑陋的文化因素的继续批判,但也渗透了现代意识的某些特征(如韩少功的《爸爸爸》)。见陈思和:《当代大陆文学史教程》,联合文学出版社,2001 年版,第 263 页。

　　⑤ 韩少功:《东方的寻找和重造》,《在后台的后台》,人民文学出版社,2008 年版,第 279、281 页。

　　⑥ 杨庆祥:《韩少功的文化焦虑和文化宿命——以〈山南水北〉为讨论起点》,《扬子江评论》,2009 年第 2 期。

　　⑦ 洪子诚:《中国当代文学史》,北京大学出版社,2010 年版,第 351 页。

言土语的词典方式,铺写当地历史、传说、地理、风俗、物产及各色人物故事,以叙事者插队下乡的年代为主体,向上追溯至明末,向下延伸到改革开放以后,着重描述 20 世纪 70 年代的马桥社会,建构一个具体的乡土世界,从而展示民间意识与民俗文化。《马桥词典》及《暗示》(2002)审视民间社会的目光较《爸爸爸》等寻根之作更为温厚,收起冷峻的笔锋,对底层人们的苦难有批判也有同情,有沉思也有欣赏。

2000 年,韩少功再度下乡,回到知青时代逃离的农村,在离当年插队的农村不远的汨罗市八景乡安家。他辞去了《天涯》杂志社社长一职,却辞不了海南文联主席的工作,有关单位特别给他安排了每年有半年的创作假①,于是他便如候鸟般,过着半年在汨罗农村、半年在海南海口大城的生活。2006 年出版的《山南水北》是其乡居六年的生活随笔,记录了"对乡村新生活的观察、倾听、感受、思考以及玄想幻觉"②,为数九十九篇的散文题材涉及山水、草木犬鸟、乡野传说、奇人异事、城乡对比、劳动感悟和个人的生命记忆。韩少功以"阶段性下乡"来界定自己的归田园居,他表示:"阶段性地住在乡下,能亲近山水,亲近动物和植物,……最重要的是,换个地方还能接触文学圈以外的生活,接触底层老百姓的生活,可以从他们那里获取一些原生性的智慧和情感。"③

《山南水北》是韩少功重新扎根乡土的作品,王尧称之为"新寻根文学",杨庆祥视之为"再寻根"。韩少功则认为此作是"向更大世界开放,是向生活中更多植物、动物、人物的接近和叩问"④。从逃离农村到回归乡土,《山南水北》确乎是一个重要的转折点。时隔三十年,韩少功体察的乡土世界呈现何种面貌?现代乡村蕴含哪些原生性智慧和情感?这些乡土思维于新时代有何特殊意义?《山南水北》与其过往的乡土书写又有何异同?本论文拟透过文本剖析及作家的书写历程探讨上述问题。

一、朴实中见才智

韩少功曾表示:"因为《爸爸爸》等作品,我被理解成一个批判者,但批判之外的同情或赞赏,可能就无法抵达读者那里。"⑤而在《山南水北》里,作者的理性思辨依然不减,但很显然其笔下乡土人物的亮度增加了,农村的色彩丰富了,对于田园的劳动生活更是充满赏爱

① 参见孔见:《韩少功评传》,河南文艺出版社,2008 年版,第 167 页。

② 韩少功:《山南水北·香港版序》,牛津大学出版社,2008 年版。

③ 韩少功:《穿行在海岛和山乡之间———答〈深圳商报〉记者、评论家王樽》,最初发表于 2004 年《深圳商报》和中国香港《文学世纪》,收录于韩少功《大题小作》,人民文学出版社,2008 年版,第 146 页。

④ 王尧认为《山南水北》可以称为"新寻根文学"。他引述韩少功所批评的"史学基本上是帝王史、文献史、政治史,但缺少了生态史、生活史;换句话说,只有上层史,缺少底层史,对大多数人在自然与社会互动关系中的生存状态,缺少了了解和把握",认为《山南水北》在今天的语境中其重要意义或许就在这里。参见王尧:《〈山南水北〉:新寻根文学》,《错落的时空》,河南大学出版社,2007 年版,第 28—31 页。杨庆祥《韩少功的文化焦虑和文化宿命———以〈山南水北〉为讨论起点》一文认为:"'寻根'本来是为了寻找一个足够强大的可以救赎整个民族的文化,最后却回到了'批判国民性'的老路子上了,这些寻根者对于这些文化的态度却停留在'五四'的水平上,文化的确认再一次成为文化的批判","因为'寻根'的这种'未完成性',实际上可以说'寻根文学'之后有一个'再寻根',而韩少功,无疑是这一个'再寻根'的身体力行的实践者。《山南水北》只有置于这样一个历史的链条中才凸显出其不一般的意义。"韩少功:《〈山南水北〉再版后记》,2007 年 11 月,《山南水北》,作家出版社,2009 年版,第 312 页。

⑤ 芳菲:《理想的、或非理想的生活———对话韩少功》,原载《南方周末》,2007 年。收录于《山南水北》,人民文学出版社,2008 年版,第 291 页。

之情,同情或赞赏超越了批判之声。

《山南水北》里的乡下人,较之韩少功以往所书写的农村人物,毋宁是可亲可爱得多了。例如剃匠何师傅是继承传统技艺的能人,一把剃刀宛如微型的"青龙偃月刀",在颈部、鼻梁、眼皮、耳窝或刮或弹或剔,"关公拖刀""张飞打鼓""双龙出水"等寓含历史传说的刀法名目,彰显技艺的精湛与神奇。一套刀法下来,顾客气脉贯通、精血涌跃,俨然有净化身心、康健养生之效。何剃匠不随流俗,拒绝染烫,即使门前冷落,依然笃守古道。他艺高且义重,一生只理光头的老顾客三明爹许久未上门,何剃匠便翻过两座山岭前去探望,发现三明爹仅存一息,于是返家取刀,为老友做最后的服务,使完了全部的绝活,三明爹舒服得长长呼出一口气:"贼娘养的好过呀。兄弟,我这一辈子抓泥捧土,脚吃了亏,手吃了亏,肚子也吃了亏咧。搭伴你,就是脑壳没有吃亏。我这个脑壳,来世……还是你的。"①顶上的舒坦使悲苦的人生有了些许的安慰,粗直的言语是出自肺腑的至高感谢,不但此生受用,还要许来生的脑袋,这无疑是对剃匠最真诚最深切的赞美。

传统技艺之外,新兴的行业更增添农村能人的现代光彩。《卫星佬》里的毛伢子在杀猪的本业之外兼营安装卫星电视天线,杀猪佬成了卫星佬,出入于传统与现代、原始与科技之间,由行业的转换道出乡下能人的识时通变与奇才异能。卫星佬没有监测器、钻孔机、定向仪、译码器、手提电脑等先进设备,也无专家、厂家可供咨询,一辆破旧摩托车载着铝皮锅,深入山乡小径。"他们既不需要定向仪,也不需要用量角器,只是抬抬头,看看太阳的位置,甚至是太阳在云中可能的位置,把一口铝皮锅左挪一下,右旋两下,再踹它三两脚"(第99页),很快就校准卫星方向;取用断砖废石砌底座,以可乐罐罩住高频头来防雨,可见纯朴本色与巧思;对于各种译码参数、卫星名目也烂熟于心,一双巧手让全国各地,以及东南亚的、中东的、欧美的节目迅速跃上农村的电视屏幕,效率犹胜城里的专业技师团队。科技时代下的草根智慧,着实令人赞叹。同样没有经过专业训练的炮手华子,只有小学学历,炸石修路,精准过人。"每次打炮眼,他事先围着目标走一走,抠块石头捏一捏,撒泡尿,挠挠脑袋,就能定出最刁的打眼角度,打出恰到好处的深度。……因此他用药少,炸掉的石方反而多,溅出去的石片还不怎么伤田和伤树。"(第229页)虽然不用仪器探测,没有精密的计算,却能以朴实的方式评估周围的地质水土,抓准角度,减少炸药,把对自然环境的伤害降到最低。

生活越贴近大地、贴近山林,越能体会自然的力量,挖土机师傅老应身上便显现对自然的谦卑态度。在紧临悬崖的坍塌山路赶工,只靠一边履带着地,另一边履带悬空,借挖瓢抓住坡上的树蔸,减轻车体重力,巧妙地保持平衡,宛如表演高空杂技般把挖土机开过险路。尽管艺高人胆大,老应深知自然变幻无常,风险难测,为了表示对山灵的虔敬,他不食山中动物,自觉因此得到感应,一有凶险,则胃痛示警。某次在山里修路,听到奇怪的鸟叫声,眼皮跳,胃也痛,觉得大事不好,示意众人快逃,不一会儿,土石崩落,山体垮塌,协助修路而置身其中的韩少功,以《也认识了老应》一文记叙这段带着神秘色彩的能人奇事,不可解的超自然现象,使人们对神灵产生更强烈的敬畏心理。

奇诡神秘的楚文化一向为韩少功所津津乐道。《山南水北》中的《村口疯树》和《马桥词典》中的《枫鬼》都描述了成精成怪的枫树。《枫鬼》传说树精喜欢恶作剧,把挂在低枝的竹笠移至树头;树瘤一遇狂风大雨便幻化为人形,暗长数尺;画过这两棵树的马鸣右手剧痛三日

---

① 韩少功:《山南水北》,人民文学出版社,2008年版,第173页。以下出于本书的引文页码标于行文中。

不敢再造次。《村口疯树》里，村中有丧事则"树哭"，有人拿斧锯逼近则"树吼"，杀猪的满四爹锯树而死，复员军人则因砍树发疯。二文的枫树最后都在官方破除迷信的指示下被砍伐。《枫鬼》里，被砍下的大树做成公社礼堂的排椅，于礼堂开过几次会后，附近十几个村寨流行起瘙痒症，传言是枫鬼发"枫癣"报复。《村口疯树》则在惊心动魄的人树大战中，一位民兵的右脚被砸成肉泥，"领头的庆长子倒是没事。他事后夸耀，他那天略施小计，穿了个半边衣，有一只空袖子吊来甩去，看上去像是有三只手。树神就算是记恨他，但往后到哪里去找有三只手的人？为了让树神放过他，从那以后，他每次出门还把蓑衣倒着穿，或者把帽子反着戴，让宿敌无法识别。得罪了老枫树的后生们也都学他，后来经常把蓑衣和草帽不按规矩穿戴，甚至把两只鞋子也故意穿反，把两只袜子故意套在手上，把妇女的花头巾故意缠在头上，给这个山村带来一些特殊景象"（第42页）。破除迷信的执行者，反成了迷信的代言人，无力违抗官威，又惧怕树神报复，于是搬演一出与神斗智的闹剧。相较于《枫鬼》，《村口疯树》深化了纯朴的民间思维与活泼的想象力，忧心树神降祸的庆长子，以原始思维观照神的世界，藉变装混淆树神的辨识[①]，成功的经验引来许多仿效者，各出创意表演滑稽的变装秀。村民们敬神畏神又欺神，在谐谑的气氛中展现素朴的民间心理，于笑闹中见天真，谐趣中见巧智，反常中见恒常的民间信仰。

二、蛮悍与义理

楚地古有荆蛮之称。《蛮师傅》里参与修路的工人自称"蛮电工、蛮木工、蛮砌匠、蛮司机"，进行工程既无测量也无设计，他们的"蛮"不是漠视科学，对工程设计一无所知，"只是手里少了钱，就没法去懂，只能装不懂"，与其空谈坐等，永远不能成事，不如勇往直前、尽力而为，看似"蛮干"的背后有着缺乏资源的无奈。集合众人的"蛮力"，终于开路有成，这群"蛮人"实亦彰显了强悍的生命力。

蛮气在权威面前则体现出勇于抗争的特性。《各种抗税理由》引出"不服周"一词说明楚地的民风："'不服周'，这是流行于湖南、湖北一带的俗语，意思是不服强，不服官，不服权威。'周'指周天子。当年战国列强当中，惟有楚国未得周天子赐封，也不要周天子赐封，属于自立旗号闹革命，是谓'不服周'。"违抗权威、抵拒官方的意念化为集体潜意识深入民间，源自祖先的生活经验和思维方式不着痕迹地留存于后人。所以猪婆没阉好要抗税；少分几口救灾矿泉水要抗税；路边茅草太长，野猪闯入猪圈，母猪生了一窝只会捣乱的杂种猪，都成为抗税的理由。面对农民千奇百怪的理由，地方干部大叹："八溪峒是出'粮子'的地方，不但出过红军的粮子，也出过白军和土匪的粮子。民性刁滑而且蛮横。不是吃铳药长大的，就是肚子里长了三个脔心，做事总是'不服周'。"（第252页）

《气死屈原》一文也以古证今。村干部发展观光，设路卡向游客收费，农民未蒙其利，认为干部假富民以利己，千方百计劝阻游客上门，抨击景点不足观者有之，以肉价衬托票价不合理者有之，还有人索性带游客走小路避收费，连乡干部骗钱的话也出笼了，你一言，我一

---

① 高丙中论及：人们砍伐成片树林和大树时尤其慎重。人们相信它们是树神之所在，砍伐它们，就有一个避免树神怪罪自己的问题。解决这个问题的仪式大致有三类。其一，通过祭祀讨好神，获得神的宽宥和许可。其二，用巫术对付神，使其不能加害于人。其三，通过转移责任而逃避责任，使树神没有加害伐木者的充分道理，有转移主谋人、造成受人指使的假象两种做法。参见氏著《中国民俗概论》，北京大学出版社，2009年版，第50—51页。

语,以狂欢的姿态对抗权威,众声喧哗的一幕充满嘉年华式的笑闹光影,嘲弄、戏谑的话语表现民间文化的反叛精神,颠覆高高在上的官方权威。外人视此地民风淳朴可爱,乡干部则对此气愤难平:"屈原为什么早不死晚不死,跑到了这个地方就死?""屈原是个湖北佬,怎么死在这里?他当大官走南闯北,哪里不能死?怎么偏偏在汨罗投江?事情太明白了,他肯定是被这里的老百姓气死的,把八辈子的血都吐光了。"(第202页)把民之刁蛮上溯到二千多年前,以同理心对屈原之死做出新解,足见蛮悍民风之源远流长。面对蛮悍民众向公权力挑战,领导的智慧往往是行政成败的关键。《开会》记叙贺乡长宣布禁止买码(一种类似六合彩的私彩)的政令,民众反弹声浪排山倒海而来,群起拍桌大骂贺麻子,场面失控之际,贺乡长怒气冲冲拍桌责问"哪个骂娘",由委屈、不平斥责辱亲取得道德形象,进而以正义凛然之姿推动政令,最后赢得群众鼓掌叹服。贺乡长反常而合道的奇智,切合乡人单纯的思考逻辑,孝亲、善道、正义连成一线,由情入理,获得民心的归向,于其中亦可见蛮悍雄强且重孝道义理的民间精神。

有情有义的民风亦见于《老逃同志》。一个战争年代留下来的失忆逃兵,忠厚本分地在村里住了四十年,中风瘫痪后,村长老杨找木匠做了可卧可坐可抬的床,立下全村轮流照顾的规矩,不知乡里、没有亲眷的无名逃兵吃了两年多的百家饭,在村人的服侍下得到善终。村长结合传统的"天道"思想和社会主义精神,带领村人以情义来实现"孤寡残疾都有所养"的大同世界。《非法法也》则由法律之外的"潜规则"呈显民间义理。一场职灾意外死了两名电工,村人咬定供电公司应负全责,实则明白另有肇事者,但追查真相,依法究责,对方无力赔偿,受害者家属得不到实质补偿,肇事者家庭也会陷于苦难。基于"死者与生者之间更关切生者"的信念,"村民不约而同不假思索胡言乱语,乡村干部也不约而同不假思索地两面三刀,反正是要逼供电公司掏银子——何况公司也不是完全没有责任"(第179页)。在蛮不讲理的作为中寻出理来,让村人立于义理的一方,理直气壮地在法律之外遵循"潜规则"以安顿民生,维持乡土秩序。

三、神巫信仰

《山南水北》的乡土社会是一个充满泛灵论的世界。仰赖农作维持生计的乡下人,将禾谷瓜菜视为"有情"物。想要谷米质量好,耕耨施肥之外还要唱歌养禾,"尤其是唱情歌,跟下粪一样。你不唱,田里的谷米就不甜"(第249页)。要使每棵橘树都能果实累累,农妇指点着对它们多讲讲话,尤其"要一碗水端平么——你对它们没好脸色,它们就活得没有劲头了"。关怀、赞美的语言化为果树的成长激素,若偏心不公,遭受不平等待遇的果树失去活力,便会降低生产力。还有"对瓜果的花蕾切不可指指点点,否则它们就会烂心;发现了植物受孕了也不能明说,只能远远地低声告人,否则它们就会气死"。孕育新生命的植物宛如娇羞刚烈的女子。另外,植物也会争风吃醋耍性子,"据说油菜结籽的时候,主人切不可轻言赞美猪油和茶油,否则油菜就会气得空壳率大增"。至于"楠竹冒笋的时候,主人也切不可轻言破篾编席一类竹艺,否则竹笋一害怕,就会呆死过去,即使已经冒出泥土,也会黑心烂根"(第52页)。草木皆兵的心理已至杯弓蛇影之境,丰富的联想力令人惊叹。这些来自农家的言说,将喜怒哀乐爱恶欲各种情绪投射到草木身上,坚信它们也是有情识的生命,赖其供养的人类必须善待植物,才能确保劳动过程平顺,获得期待中的好收成。根植于生活经验的生产信

念,是源于物我不分的原始思维,于神灵信仰中传达尊重生命的态度。

至于动物与人的互动更是神奇。有能辨明宿敌脚步声的聪明青蛙,听到善捕者靠近就噤声不语(《智蛙》);有比人还要知书达礼的牛,不吃邻家的庄稼,自行到远处觅食(《邻家有女》);有不满主人夸奖狗大哥,急于猎鼠表功的猫小弟(《猫狗之缘》)。狗更是富有灵性,在山村里被叫作"呵子"(《山中异犬》),贤爹家的狗娘翻过两座山到未曾去过的狗崽家送兔肉;茶盘砚的呵子们,见贼就开咬,看见客人则衔树枝表示友善;有福家的呵子不待吩咐,不畏风雨,看守主人的财物,有福在县城遭遇车祸时,家中呵子似有感应,"疯了似的大叫,冲到公路上去见汽车就吠……对一切流动的钢铁盒子大举进攻"而惨死车下,众人认为这只忠义的狗以死挡煞,被汽车撞飞一丈多远的有福之所以没死没落个终身残疾,是因为呵子拿自己的命换了主人的命。有福把呵子葬在山上,说自己以后也要葬在那里。人犬之间的情义,成为山乡的传奇。

万物有灵的信念也包含无生物,甚至人类感官难以辨识的无形生命。例如《寻找主人的船》里那艘老是自行脱锚的船,漂荡在湖心,仿佛在寻找已逝的旧主人;《无形来客》记叙狗儿对着空无一人的院门狂吠,令人思索无形生命的存在;《瞬间白日》则惊见夜晚突然切换成白天,虽然只持续两三秒就消失,难以解释的异常天象,激发人们对自然的敬畏之心。对于贴近大地的乡下人而言,风雨雷电、山林川泽、旱涝无常,处处有不测的凶险,时时存在生存的考验,许多民俗信仰与禁忌因应而生。

即使在现代社会,乡下人仍意识到"既然科学不能管理一切,他们当然就需要科学以外更多的什么"(第88页)。于是入山前要举行"和山"仪式,焚香向山神求恕和感恩。而上山打猎,伤生见血,得在三天前就开始"藏身","其具体做法是不照镜,不外出,不见人,不秽语,连放屁也得憋住,连厕屎撒尿也得蹑手蹑脚。遇到别人打招呼,必须视而不见听而不闻,决不应答回话。更严格的'藏身'之术还包括不行房事,不发言语,夜不点灯,餐不上桌……不一而足。其目的无非是暂时人间蒸发,逃过山神的耳目,有点像特种兵潜入伏击区的味道"(第89页)。《藏身入山》里为了避免被山神怪罪,举行特殊的仪式,获得隐身的魔力,这种躲避侦测的做法和《村口疯树》的变装欺瞒十分类近,反映了畏惧神灵降祸的心理及积极的因应作为。对自己施行巫术以得到神秘力量,是一种广泛存在于原始民族的思维①。

施行巫术的风俗在《船老板》中表现更为具体。李有根是个业余萨满,开船之外兼看风水,还懂一些小方术。为了帮农妇把受惊数日不归的鸡引进鸡窝,便取废纸点火,嘴里念念有词,原本四处奔逃的母鸡竟乖乖入埘。《山南水北》记叙的玄怪奇事多来自乡人的传说,但此段作者以现场记录呈现,并说:"如果我不是在现场目睹,如果这件事只是传说,我撞破脑袋也不会相信。但这的确是事实,完全超出了我的理解能力。"(第87页)对于种种巫术、风水、命理,李有根辩说:"你以为这是迷信?明明是科学,条条都是有书对的!"民间的巫术或超自然力量,是不是"传统科学所忽略的科学"(第85页),或许还需要人们虚心发掘其中的奥秘。

《山南水北》饱含民间魅力的自然传奇,揭示乡土社会万物有灵的原始思维,透过乡下人对动植物的观察、理解与互动,召唤现代人重建人与大地的亲密关系,怀着敬畏自然的谦

---

① 几乎在所有原始民族中,都有此类的巫术行动。猎人在临近出发狩猎的日子里必须戒房事,留意自己的梦,净身,持斋,或者只吃某些食物,以一定方式来装饰自己和给自己的身体涂色,为的是对所希望捕获的猎物产生神秘影响力。见列维-布留尔(Lucien Levy-Bruhl):《原始思维》,中国台湾商务印书馆,2001年版,第237—239页。

卑之心,学习与自然和谐共生之道。

四、现代文明冲击下的农村

以当前农村作为书写主体的《山南水北》,呈现新世纪农村及农民的新貌。在现代化的浪潮冲击下,许多人把西化等同于现代化,等同于进步、富裕的表征,于是有农民穿着西装挑粪、打柴、撒网、喂猪,无视于衣服的剪裁妨碍劳动的灵活度,西装"普及到绝大多数青壮年男人",成了一种乡村"准制服"。脚上穿的鞋也是如此,"哪怕是一位老农,出门也经常踏一双皮鞋——尽管皮鞋蒙有尘灰甚至猪粪,破旧得像一只只咸鱼"(第25页)。不仅衣着西化,一幢幢矗立在乡间的洋楼,仿佛成为富裕的标志。但是楼房无处烧柴取暖、养猪圈牛、堆放农具和谷物,于是在洋房旁搭个偏棚作为居室,洋房则成为豪华仓库。明知洋房不实用,乡民还是一边抱怨一边盖房,甚至为此背负巨债,因为"新楼至少有一条好处——主人从此做得起人了。按照八溪峒的潜规则,一旦过了温饱线,脸面的幸福就比皮肉的幸福更要紧"(第213页)。因为爱面子,背离实际生活需求与能力,盲目地在形式上追求现代化,产生许多荒诞、变形的怪现象。

自20世纪80年代改革开放以来,城乡贫富差距拉大,农民劳而少得,为了改善家境,农村劳动人口大量流向城市,许多青壮年外出打工,"去广东、浙江、福建等以前很少听说的地方,过年也不一定回家,留下的人影便日渐稀少。山里更显得寂静和冷落了。很多屋场只剩下几个闲坐的老人,还有在学校里周末才回家的孩子。更有些屋场家家闭户,野草封掩了道路,野藤爬上了木柱,忙碌的老鼠和兔子见人也不躲避"(第16页)。冷落荒凉的景象呈显乡村人口结构改变的严重问题。原本因气候宜人吸引外乡女子嫁入的山峒,也开始"变得白喜事(丧事)多而红喜事(婚事)少",不爱下田、恋慕繁华的女子纷纷离乡进城,性别失衡使峒里的后生人心浮动,于是一些已婚的江西女人来此找男人"寻副业",彼此"似婚非婚,似奸非奸,似娼非娼,似友非友"(第208页),甚至有"带着老公出嫁",二夫一妻的怪现象。此外,《天上的爱情》叙述侄儿到广东打工,叔叔与侄媳发生了不伦恋;《寻找主人的船》则是进城赚钱的妻子带野老馆回家,眼看着"那男人替他老婆挑指头里的刺,吹眼睛里的灰",不知如何是好的丈夫只好去抓鸡杀鸡。村人因此嘲笑他:"丈夫丈夫,起码要管一丈远吧,你如何一条门槛都没守住?"(第155页)城市的恶德渗入淳朴的乡下,尊严尽失的丈夫,在乡里间抬不起头来。而《口碑之疑》里的花花公子式的丈夫,"靠老婆在外打工,盖了全村第一豪宅,还把手机、MP3、数码相机什么的都玩遍了,只是从没摸过扁担和粪桶,从不知自家菜地在哪里"。洋房、手机等文明产物,让贪安好逸之徒乐于出卖妻子,无穷无尽的物质欲望造成人性异化、伦理崩解,在功利思想侵入下,乡下的淳朴之风也大受影响。

结　语

农村是韩少功文学的原乡,他在新世纪之初再度回归田园,有人把他比作陶渊明,有人

---

① 龚政文《从〈山南水北〉看韩少功的人生取向与艺术追求》(《中国文学研究》,2008年第2期)一文析论:韩少功批判都市,但不拒绝文明;回归自然,但绝非成为隐者;置身民间,但不认同愚昧。

联想到 19 世纪美国的梭罗,也有人视之为现代隐者①。虽然身居乡村,但韩少功并无隐居之念①。他曾比较陶渊明和梁漱溟:"陶渊明为官场不容,只好到农村待一待,但这种挫折也许成就了他。梁漱溟不是这样的。他更有担当,是主动关切多数人的命运。单就这一点而言,我觉得梁漱溟更可贵,更应成为我们的楷模。"②梁漱溟建设乡村的思想与作为,显然是韩少功所要追随的典范。所以在晴耕雨读之外,他参与乡里修路工程,协助地方发展竹业加工、建立绿色瓜菜基地、开发观光旅游,想为农村脱贫尽一己之力。对于半乡半城、阶段性下乡的生活,他在《〈山南水北〉再版后记》中表示:"与其说出世,不如说入世。与其说退避,不如说进发。"其"入世"与"进发",并不局限于参与农村的事务,最重要的天地当然还是在于创作。

韩少功在《山南水北·香港版序》中说,《山南水北》是他"时隔三十年后对乡村的一次重新补课,或者是以现代都市人的身份与土地的一次重新对话",既然是"补课",则显示过往对乡村的认知有所遮蔽或误解。从《山南水北》里,我们依然可以看到作者的理性沉思,也仍存在对现实的批判,但其审视农村的目光更为温厚可亲,批判中隐含理解与同情,以往常见的沉重笔调,也为山水之间的抒情与民间言说的谐趣所取代。其所呈现的乡土社会不再偏重于闭塞、狭隘、愚昧、无知、迷信、丑陋的一面,而是发扬民间朴实中见才智,野蛮中见雄强,狂放中有情义的民族性。此外,"以现代都市人的身份与土地的一次重新对话"的意念,揭示《山南水北》的另一个面向。透过向植物、动物、人物的亲近与叩问,引领读者进入存有原始思维的乡土世界。以"信奉科学的教徒"(第85页)自视的韩少功,意不在呼吁世人回归信神好巫的原始社会,而是由神神怪怪的民俗事象与民间信仰透视民族文化心理,思索人与自然的关系。

现代科技文明带动社会经济的发展,带来富裕便利的生活,却牺牲了人类赖以生存的自然环境。面对科技文明所带来的生存的危机,韩少功试图透过与土地的对话,探索原始思维背后的自然生态观,召唤现代人重修自然这门课。将《山南水北》诸多神神怪怪的故事,置于此一架构中,我们可以看出其现代意义:学习乡下人对自然的敬畏谦卑之心,对万物的尊重关爱之情,人与自然才能和谐共生。20世纪80年代中期阿城即曾以《树王》演绎自然伦理主题,然彼时中国大陆改革开放方兴,且砍伐山林改造自然仅为"文革"一时之狂举,人与大地的关系未有剧变,自然环境未蒙巨创。由20世纪末至新世纪初,已然见到工业科技、市场经济带来的功利之弊与自然生态危机,韩少功以《山南水北》探索原生态文化,既有所承,亦有其独特的时代意义。

寻根时期的韩少功,接续鲁迅剖析民族劣根性的启蒙话语,着重批判闭塞的乡土与传统文化,到了《山南水北》的新寻根,则趋向沈从文发扬乡土人性之美,探求原生态的智慧与情感。韩少功重新贴近大地,扎根民间,于乡土世界补上文明反思的一课,从启蒙批判到向民间学习,或许是全人类应反思的文化课题。

〔载《四川大学学报》(哲学社会科学版),2012 年第 1 期〕

---

① 韩少功在《〈山南水北〉再版后记》中对于"隐居""归隐""隐士"之类的评语提出响应,表示自己"只是阶段性下乡,而且有电话和宽带同世界相联,能'隐'到哪里去? 真正的隐士是无法被发现的,更不会出版作品自我暴露"。

② 芳菲:《理想的、或非理想的生活——对话韩少功》,《山南水北》,人民文学出版社,2008 年版,第 293 页。

论《爸爸爸》

——赠送给外界的礼物:"爸爸"

〔日〕加藤三由纪

读者语境中的文本

阅读海外文学首先需要努力理解社会文化语境的差异,然后超越差异共享普遍意义的人类经验。阅读西方文学时我们比较着重后者,而对于非西方文学的理解往往停留在表层的差异,要凸显出彼此之间的距离感。日本有一位阿拉伯文学研究者指责这种现象,叫作"知的双重标准"[1]。

在中国,解读《爸爸爸》,比较多的观点是对于民族文化的批判;鸡头寨是闭关自守的停滞社会的象征,丙崽是原始愚昧生活方式的象征,作品的主题是对于民族文化劣根的揭发和对于民族复苏的探索。

80 年代,日本有关中国当代文学的评论并不多,但《爸爸爸》发表后,很快就有两篇评论。近藤直子说:"人类是组成群体而生存,这种生存方式里潜藏着残酷性,为了超越这一人类宿命,人类苦苦挣扎努力奋斗,反而却加深黑暗。如此痛苦的记忆,不只是中国的,而是我们共同的。"[2]高岛俊男就说:"李庆西拿'崇高'一词来表现这篇小说的世界……所谓'崇高'就是艺术造出来的、纯粹的、严肃的'美'的意思。"[3]两篇文章都着重于人类普遍意义[4]。后来,日本对于《爸爸爸》的评论[5],就像高岛那样,比较接近于李庆西《说〈爸爸爸〉》[6],而刘再复《论丙崽》[7]式的解读不算多。

可见,阅读《爸爸爸》在中国总是跟中华民族传统文化连接在一起,而在日本比较倾向于它的普遍性,要超越差异共享普遍意义的人类经验。《爸爸爸》虽然富有非西方的地方色彩,但是在日本没有强调彼此之间的距离感,可以说是一个超出"知的双重标准"的文本。

---

① 〔日〕小野正嗣:《Humanities 文学》,岩波书店,2012 年版,第75—76 页。

② 〔日〕近藤直子:《韩少功的中篇小说〈爸爸爸〉》,《中国语》,1986 年 5 月。

③ 〔日〕高岛俊男:《丰饶的"唯美"世界——〈五个女子和一根绳子〉和〈爸爸爸〉》,《季刊中国》第 6 号,1986 年 9 月。

④ 后来,《爸爸爸》被选为《国文学——解释与教材的研究》推荐的海内外短篇小说五十篇之一。推荐文章指出,《爸爸爸》呼应世界文学硕果,但它不是模拟,很独特地表现一次性的荒诞故事和不可逆转的时间。(伊东贵之:《前卫:韩少功〈爸爸爸〉》,《国文学》——解释与教材的研究》,2007 年 10 月。《国文学——解释与教材的研究》是 1956 年创刊的日本文学研究期刊,2009 年休刊。)

⑤ 下面两篇文章也同意李庆西的看法。〔日〕田井みず:《韩少功〈爸爸爸〉——"丑陋"与"崇高"》,《日本中国当代文学研究会会报》第 23 号,2009 年。〔日〕盐旗伸一郎:《寻不完的根——今看韩少功的1985》,张志忠主编《在曲折中开拓广阔的道路》,武汉出版社,2010 年 5 月版。

⑥ 李庆西:《说〈爸爸爸〉》,《读书》,1986 年第 3 期。

⑦ 刘再复:《论丙崽》,《光明日报》,1988 年 11 月 4 日。

进入 21 世纪,中国年轻学者李建立和韩少功的交谈中说:"至少我在《爸爸爸》里读到的更多是对文化尤其是那种现代社会命名的边缘文化的敬畏,在小说里,一直可以感受到一个外来者的屏气凝神,而不是那些把'现代/传统'决然地对立之后的真理在握或引领前进。"①对他的感受,我很有同感。这种外来者的目光在 80 年代的中国语境里或许可以说是"一种'内部东方主义'式的理想他者的镜像"②,但是在 21 世纪可能另有一种意义。

　　《爸爸爸》本来是多义性的文本,而且受到时空的影响,其文本的阐释更复杂了。我们要关注不同解释背后的语境,在改造国民性脉络的解读方式背后有 80 年代中国的语境,那么,当下解读方式背后的语境是什么?

　　下面我要尝试通过分析文本结构来考察丙崽的意义。我作为一个读者对鸡头寨山民的"想象力"(一般叫作"迷信")感到惊讶,对丙崽本身也感到敬畏③,这种感受恐怕引起各位的诧异,是由于语境的差异而产生的,还是由于误读产生的? 希望各位多加指教。

《爸爸爸》新旧版本

　　《爸爸爸》发表于《人民文学》1985 年第 6 期,然后收在小说集《诱惑》(湖南文艺出版社,1986 年 7 月),两者之间稍微有些修订,但文字差异不大。后来《中国当代作家·韩少功系列》(人民文学出版社,2008 年)出版了,韩少功在此对旧作做了比较大的修订。他在"自序"里表明,修订目的共有三种:一是恢复原貌(恢复被编辑删改的部分),二是解释性的(为了方便代际沟通),三是修补性的(对某些刺眼的缺失做修补)。《爸爸爸》修订部分特别多,据盐旗伸一郎的校对工作,《人民文学》版的《爸爸爸》(叫作"旧版本")字数 22708 字,《中国当代作家·韩少功系列》版(叫作"新版本")则 28798 字,新旧版本之间的不同文字,竟然共有 10725 字④。

　　新版本比旧版本读起来比较容易理解,对于地方性强的方言和稀奇的地方风俗基本上都加上解释性的文字,前后不通的暧昧情节也有所梳理,读起来很顺。这些修订很可能是所谓解释性和修补性的。新版本大量地加进仁宝的描述,由于这个修订小说情节都受到影响,有很大的改动,对于丙崽的描写也有影响,加以丙崽的心理描写。除此之外,械斗和吃人仪式等场面有很大的差异,新版本插进活生生的描述,使人毛骨悚然。这种修订是不是恢复原貌的地方,无法确定。总的来说,两个版本给人的印象很不一样,新版本与其说是旧版本的修订,还不如说是重新创作,新版本《爸爸爸》包含着 21 世纪的眼光,具有独特的意趣。

　　生硬的文字、刺眼的缺失也是构成《爸爸爸》文本的重要因素,因为《爸爸爸》是要打破规范式书写。他这种写法给读者广阔的想象空间,在这个意义上,旧版本作为一篇文学作品

---

　　①　程光炜、王德领、李建立:《文学史中的寻根》,《南方文坛》,2007 年第 4 期。

　　②　贺桂梅:《"新启蒙"知识档案:80 年代中国文化研究》,北京大学出版社,2010 年版,第 218 页。她认为"这种文本并没有表达出受到冲击的民族纳入现代文明世界的可能性。在废墟上游荡的丙崽,与其说象征的是民族强健的生命力,不如说是对幽灵般的国民劣根性的绝望"(第 212 页),并把"寻根"叙事看作"80 年代历史语境重发露的民族主义话语在与新启蒙话语正面碰撞下的逃逸与陷落"(第218 页)。

　　③　拙文:《"困境"中的文学——韩少功〈爸爸爸〉》,《ユリイカ》,1991 年 7 月。用"钦佩"似乎太过分,但没找到合适的词汇,暂且用这词。

　　④　〔日〕盐旗伸一郎:《怎么读新版本〈爸爸爸〉》,《日本中国当代文学研究会会报》,第 25 号,2011 年。

不亚于新版本。读者可以从旧版本简练的表述阅读字里行间，然后看新版本，确认自己的阅读和作家的意思是否相符。

我在此用《人民文学》版，两种版本之间差异大的地方参照新版本作补充。

相补对立结构——作为异类的丙崽

1985 年李庆西对丙崽非常深入地进行分析，他认为丙崽和 80 年代韩少功小说里的弱者不一样，"通过象征直接上升到对整个人类命运的观照。确实，人的价值已在丙崽身上宣告毁灭，个人的一切不再引起我们的沉思。……丙崽首先是鸡头寨人们眼里的丙崽，离开了人们对他的种种摆弄(或鄙视，或崇拜)，便只剩下生理学的特征了。说到底，鸡头寨村民对丙崽的观照，乃是人的自我观照"[1]。这么说，在他心目里丙崽这个人物已不是"人"，而是符号化的"人类"象征了。

《爸爸爸》整个世界可以说是由相补对立的二元对位来构造的，丙崽娘(剪出生命的接生婆=自然)/仲满(做衣服的裁缝=文化)，"鸟语"(非规范)/官话(规范)，先进(千家坪·仁宝)/落后(鸡头寨·丙崽)，正常(人)/不正常(不成人样的丙崽)。这种对立结构不等于"非此即彼"，而是一个东西的表里两面。只有"非常人"(异类)，才有"常人"，如果消灭一方，另一方也随即消失。一个集体为了维系集体，都要划出异类，歧视异类或崇拜异类。丙崽就是鸡头寨的异类，而鸡头寨本身也是从山下世界划出来的异类：官家(官僚)>千家坪(下边人)>鸡头寨(山民)>丙崽娘(外来的)>丙崽(长不成个人样)。

一个群体日常生活上总得要有异类，一旦面临危机就把异类奉献给外面世界或排除到群体之外[2]。最后，丙崽成为处于生死之间的幽灵(=鬼)，在这个意义上丙崽确实是阿 Q。

这么说，造出异类或许是人类的宿命，但是，歧视异类、欺辱异类也是人类的宿命吗？可以说是，也可以说不是。因为异类常常有特殊能力，面临危机有可能打破困难，获得群体的承认。

那么丙崽有什么能力？下面要看丙崽的"爸爸"一词。

赠送给外界的礼物："爸爸。"

叙述人解释"×妈妈"说："后一句粗野，但出自儿童，并无实在意义，完全可以把它当作一个符号"，而对于"爸爸"，没有什么特别的解释，就说"爸爸一词，是人们从千家坪带进山来的，还并不怎么流行"。

丙崽什么时候叫"爸爸"，下面抽出几个例子来。(新旧版本上差异大的地方加＊号补充)

(1)吃饱了的时候，他嘴角粘着一两颗残饭，胸前油水光光的一片，摇摇晃晃地四处访问，见人不分男女老幼，亲切地喊一声"爸爸"。

(2)丙崽在门前戳蚯蚓，搓鸡粪，玩腻了，就挂着鼻涕打望人影。碰到一些后生倒树归来或上山去"赶肉"，被那些红扑扑的脸所感动，就会友好地喊一声"爸爸——"

(3)丙崽喜欢看人，尤其对陌生的人感兴趣。碰上匠人进寨来了，他都会迎上去喊

---

[1] 李庆西：《说〈爸爸爸〉》，《读书》，1986 年第 3 期。

[2] 参见〔日〕小松和彦：《异人论——民俗社会的心性》，青土社，1985 年版。

"爸爸"。

（4）丙崽朝他们敲了一下锣,舔舔鼻涕,兴奋地招呼:"爸爸——"

*新版本:丙崽倒是显得很兴奋。大概是把热闹当成了过年的景象。他到处喊"爸爸",摇摇摆摆地敲着一面小铜锣……丙崽朝着他们敲了一下锣,又舔舔鼻涕,兴奋地招呼:"爸爸爸——"

（5）他拍拍巴掌,听见了麻雀叫,迎头轮了个方向不够准确的白眼。最后,手指定了一个方向,咕哝一句:"爸爸。"

（6）她望着儿子,手心朝上地推了两把鼻涕,慈祥地点头:"来,坐到娘面前来"。"爸爸。"儿子稳稳地坐下了。

（7）"爸爸。"他累了,靠着乳头,靠着这个很像妈妈的女人睡了。两人的脸都被月光照得如同白纸。还有耳环一闪。那也是一个孩子的妈妈。

*新版本:"爸爸。"小老头累了,靠着肥大乳房,靠着这个很像妈妈的女人睡了。两人的脸都被月光照得如同白纸。还有耳环一闪。

（8）"爸爸。"丙崽指着祠堂的檐角傻笑。

（9）（仲裁缝对丙崽说）"跟吾走。""爸爸。""听话。""爸爸。"

*新版本:裁缝先把丙崽带到药锅前,摸了摸对方的头,给他灌了半碗药汤。"爸爸。"大概觉得味道还不错,丙崽笑了。

（10）他听着远方的歌,方位不准地拍了一下巴掌,用很轻很轻的声音,咕哝着他从来不知道是什么样的那个人:"爸爸。"

（11）他虽然瘦,肚脐眼倒足足有铜钱大,使旁边几个小娃崽很惊奇、很崇拜。他们瞥一瞥那个伟大的肚脐,友好地送给他几块石头,学着他的样,拍拍巴掌,纷纷喊起来:"爸爸爸爸爸!"

正如盐旗伸一郎说[1],丙崽对外界发出的第一声是"爸爸",对方让他不高兴或欺辱他的时候才叫"×妈妈"。对于婴儿来说,父亲就是第一个认识的外界、他者。小说里的"爸爸"虽然只不过是去掉意义的声音,但是看实际用法就明白它还保留着原意,"爸爸"是一个人向外界、他者发出的友好招呼[2]。丙崽被排除到"人"之外,活得非常艰苦,连走路调头都很费力。但他喜欢到门外跟陌生人打招呼,向外界表示友好和亲切,赠送给外界"爸爸"一词。虽然叙述人描述他的外貌描述得非常丑陋,叫他小老头,但在我（并不一定是所有的读者）的眼里,丙崽是使人感到敬佩的人物。

在（10）里,叙述人进入丙崽的内心说:"丙崽把那个人（父亲）叫'爸爸'。"丙崽他爸爸是个唱古歌的名手,很早以前离开鸡头寨。鸡头寨山民械斗打败,面临危机,鼓励山民迁徙寻找复苏之路的就是古歌的合唱。关于古歌,叙述人反复提到,在第二章说:"奇怪的是,古歌里居然没有一点战争逼迫的影子"[3],在最后一章说:"毫无对战争和灾害的记叙,一丝血腥气也没有。一丝也没有。"

古歌里为什么没有对战争的影子?

叙述人在第二章用的是问号,但在最后一章却用非常肯定的口气说:"一丝血腥气也没

---

① 李庆西:《说〈爸爸爸〉》,《读书》,1986年第3期。

② （11）的例子比较特殊,不是丙崽的声音,而是几个小娃崽喊的声音。

③ 新版本:"奇怪的是,这些难民居然忘记了战争,古歌里没有一点战争逼迫的影子。"

有。"在鸡头寨外面屏气凝神的叙述人好像求出答案来,我也感觉这情节是很自然的。这跟丙崽"爸爸"一词,是否有关?丙崽对外界的基本原则是友好,他赠送给外界"爸爸"一词。

扎根在现实的寓言

"他生下来时,闭着眼睛睡了两天两夜,不吃不喝,一副死人相,把亲人们吓坏了,直到第三天才哇地哭出一声来。"叙述人这样一开始就给读者提供一条阅读规则。在这虚构世界里什么事都会发生,后面还有歌颂部族起源的古歌,是一种神话性的寓言①。1989年李振声在《韩少功笔下的"非常人"》里,简明扼要地说明它的寓言结构功能,"寓言是表象层面与深在层面之间既矛盾,又在矛盾中达成协调的张力系统。(中略)省略掉表象层面上的偏离感,人们就难以放松身心地进入"②。显然是它的寓言形式使读者能够很轻松地走进虚构世界里面,看来80年代当地人也有类似感觉。

其实,《爸爸爸》的表象层面也并不是"一个与日常人生几乎无涉的虚拟场景"③。

韩少功说:"'文革'时,湖南道县的农民大开杀戒,杀了几万人,我把这一段也用到小说里,比如把人肉和猪肉混在一起,每个人都要吃。丙崽、道县杀人、古歌,使我产生了创作的欲念。"④

对于经历过"文革"的一代来说,丙崽受欺负的场面都是写实的,并非疏离现实的寓言。程光炜指出说:"我相信凡是有同样'阅历'的读者,读到这一'细节'(丙崽被受辱的场面),它们心灵深处的震撼,和持久难平的精神痛感,恐怕要远远大于伤痕文学所提出的东西。"⑤这就是只有扎根在现实,才能引起的反应。

现在要看作家怎么样塑造丙崽。

丙崽这个人物是有生活原型的。我在乡下时有一个邻居的孩子就叫丙崽。我只是把他的形象搬到虚构的背景,但他的一些细节和行为逻辑又来自写实。我对他有一种复杂的态度,觉得可叹又可怜。他在村子里是一个永远受人欺辱受人蔑视的孩子,使我一想起就感到同情和绝望。我没有让他去死,可能是出于我的同情,也可能是出于我的绝望。我不知道类似的人类悲剧会不会有结束的一天,不知道丙崽是不是我们永远要背负的一个劫数。你可能注意到了,我写这个小说的时候,尽力抹去了时间与空间的痕迹,因此我的主人公不死是很自然的。他是我们需要时时面对的东西⑥。

新版本的丙崽没有旧版本那么符号化,作家在新版本里给丙崽更多的"人"性,这可能是让我感到21世纪目光的原因之一。我以为,生活原型的丙崽通过作家写实笔调在虚构空

---

① 作家韩少功尽量去掉现实的印记,1986年收入作品选《诱惑》时,他把"武陵"等地名去掉了。

② 李振声:《韩少功笔下的"非常人"》,《文艺研究》,1989年第1期。

③ 李振声:《韩少功笔下的"非常人"》,《文艺研究》,1989年第1期。

④ 韩少功:《鸟的传人——与台湾作家施叔青谈话要点》(1995年5月),引自《韩少功读本》,花山文艺出版社,2002年版,第338页。

⑤ 程光炜:《文学讲稿:"八十年代"作为方法》,北京大学出版社,2009年版,第354页。

⑥ 张均、韩少功:《用语言挑战语言——韩少功访谈录》,原载《小说评论》,2004年第6期,引自《中国现代、当代文学研究》,2005年第2期。洪子诚指出,韩少功这一段话更多地表现在21世纪的修订中。

间里发出他自己的声音。在小说这个虚构世界里,他的声音有时候会超越作家的同情与绝望,向外界赠送友好的招呼。

(初稿于 2012 年 7 月①,二稿于 2012 年 8 月②,2014 年 12 月补充。)

---

① 拙文受到(日本)中国当代文学研究会的讨论(2009 年 5 月)、田井论文和盐旗论文的启发。初稿是 2012 年 7 月在中国人民大学文艺思潮研究所和哈佛大学东亚系联合召开的"小说的读法"国际学术研讨会上的报告,会上得到了宝贵意见,这里表示感谢。

② 二稿发表于"中国当代文学与陕西文学创作——中日学术研讨会"(西北大学文学院,日本中国当代文学研究会主办,2012 年 9 月在西北大学召开)。

第四辑

韩少功研究论文、论著索引

期刊论文

《一个发人深省的悲剧——评韩少功的〈月兰〉》，蒋静，《湖南师范学院学报》（哲学社会科学版），1979年第4期

《是该笑的时候了——〈西望茅草地〉读后》，罗建南，《湘图通讯》，1981年第2期

《新的主题，新的形象——读短篇小说〈西望茅草地〉》，周颂喜，《湖南日报》，1981年5月10日

《一个农场场长的悲剧——谈〈西望茅草地〉》，罗守让，《湘江文艺》，1981年第6期

《韩少功及其创作》，蒋守谦，《文艺报》，1981年第19期

《生活·思考·创作——谈韩少功小说的主题和结构》，长灿、启程，《湖南师范学院学报》（哲学社会科学版），1982年第1期

《新颖别致的艺术境界——读韩少功的短篇小说〈飞过蓝天〉》，马贤兴，《湘潭师专学报》（社会科学版），1982年第2期

《也谈韩少功笔下的刘根满——兼与蒋守谦同志商榷》，李晓峰，《湘潭师专学报》（社会科学版），1982年第2期

《生活·思考·追求——评韩少功近几年的小说创作》，王福湘，《湘江文学》，1982年第3期

《寓庄于谐——读韩少功新作〈近邻〉》，冯一粟，《洞庭湖》，1982年第3—4期

《沉郁而激越的追求之歌——〈飞过蓝天〉简评》，何志云，《写作》，1982年第4期

《文学创作中"二律背反"的出路——谈韩少功的文学沉思》，钱念孙，《上海文学》，1983年第2期

《略谈韩少功的中篇小说〈远方的树〉中田家驹的性格》，王青梅，《牡丹江师院学报》，1983年第3期

《我所熟悉的韩少功》，田舒强，《青年作家》，1983年第3期

《谈谈〈飞过蓝天〉的表现艺术》，沈端民，《湖南教育学院院刊》（社会科学版），1983年第3期

《广中求深——与贺寒星书》，郭踪，《四川文学》，1983年第11期

《文学现象的复杂性与理论认识的科学性——再谈文学创作中"二律背反"的出路》，钱念孙，《上海文学》，1983年第11期

《读〈远方的树〉致韩少功》，陈达专，《光明日报》，1984年2月23日第3版

《人生的解剖与历史的解剖——韩少功小说漫评》，南帆，《上海文学》，1984年12月号

《黄治先形象臆想——读〈归去来〉》，冯立三，《文学自由谈》，1985年第1期

《在眼熟与陌生的背后——〈归去来〉探谈》，邑弓，《文学自由谈》，1985年第1期

《我是不是个上了年纪的丙崽？——致韩少功》，严文井，《文艺报》，1985 年 8 月 24 日

《黑色的魂与蓝色的梦——读韩少功的三篇近作》，曾镇南，《文艺报》，1985 年 9 月 21 日第 2 版

《严峻深沉的文化反思——浅谈韩少功的中篇〈爸爸爸〉及当前的"文化热"流》，基亮，《当代文坛》，1985 年第 10 期

《浅论韩少功小说的哲理探索》，胡宗健，《文学月报》，1985 年第 10 期

《新时期文学面临危机》，刘晓波，《深圳青年报》，1985 年 11 月 15 日

《韩少功创作论》，吴秉杰，《湖南日报》，1985 年 12 月 11 日

《变化无穷：读韩少功两篇新作札记》，陈达专，《文论报》，1986 年 1 月 11 日

《韩少功其人其文》，易校成，《高校图书馆工作》，1986 年第 1 期

《关于寻"根"的思考——致韩少功同志的信》，潘仁山，《文学评论家》，1986 年第 1 期

《"反思文学"的深化——读韩少功的中篇小说〈爸爸爸〉》，吴慧颖，《云梦学刊》，1986 年第 1 期

《关于〈爸爸爸〉的对话》，何思丝、耿丽莉，《作品与争鸣》，1986 年第 2 期

《绘生活之古态 寻文化之宿根——谈〈爸爸爸〉的创作方法与评论中的歧见》，吴慧颖，《中国文学研究》，1986 年第 2 期

《寻"根"还是"西化"——关于我国文学发展方向问题的辩难》，官晋东，《云南民族大学学报》（哲学社会科学版），1986 年第 2 期

《八十年代审美意识的变异》，毛崇杰，《文艺理论与批评》，1986 年第 2 期

《韩少功小说艺术琐记》，胡宗健，《当代作家评论》，1986 年第 3 期

《反思之钻向远古愚昧的沉积层掘进——读韩少功的中篇〈爸爸爸〉》，吴慧颖，《当代作家评论》，1986 年第 3 期

《说〈爸爸爸〉》，李庆西，《读书》，1986 年第 3 期

《当代寻根文学与魔幻现实主义》，袁铁坚，《湘潭大学学报》（哲学社会科学版），1986 年第 3 期

《小说文化意识的觉醒》，滕云，《文艺争鸣》，1986 年第 3 期

《韩少功近作和拉美魔幻技巧》，陈达专，《文学评论》，1986 年第 4 期

《空白的艺术》，吴秉杰，《青年文学》，1986 年第 4 期

《归去来析——论新时期文学从"现代化"到"寻根"的转变》，钟秋，《云南社会科学》，1986 年第 5 期

《阿 Q 和丙崽：原始心态的重塑》，方克强，《文艺理论研究》，1986 年第 5 期

《韩少功论》，曾镇南，《芙蓉》，1986 年第 5 期

《韩少功印象》，骆晓戈，《芙蓉》，1986 年第 5 期

《寻根意识与全球意识的融汇——评韩少功的文学主张和近期创作》，肖强，《文学自由谈》，1986 年第 5 期

《他在寻找什么？——关于韩少功的论文提纲》，李庆西，《小说评论》，1987 年第 1 期

《读〈爸爸爸〉笔记三则》，俞巴立，《文学自由谈》，1987 年第 1 期

《韩少功近作三思》，胡宗健，《文学评论》，1987 年第 2 期

《"寻根"的反思——评韩少功近作》，基亮，《当代文坛》，1987 年第 3 期

《从〈爸爸爸〉看韩少功的探索》，樊篱，《湖南文学》，1987 年第 3 期

《寻根文学：从亢奋到虚脱》，王东明，《文艺评论》，1987 年第 3 期

《〈爸爸爸〉给象征性小说带来什么》，蓝天，《南充师院学报》（哲学社会科学版），1987 年第 3 期

《评"寻根意识"》，吴重庆，《当代文坛报》，1987 年第 3 期

《象征—虚实之间——评〈小鲍庄〉〈透明的红萝卜〉〈爸爸爸〉》，南帆，《福建论坛》（文史哲版），1987 年第 5 期

《缪斯的失落与我们的寻找——兼评〈爸爸爸〉和〈棋王〉》，李晨东、祁述裕，《当代文坛》，1987 年第 5 期

《韩少功小说创作探向》，吴秉杰，《钟山》，1987 年第 5 期

《殊途同归的"南北二功"——韩少功与陈建功比较谈》，陈达专，《当代文坛》，1987 年第 5 期

《"诱惑"和困惑——评韩少功的短篇小说集〈诱惑〉》，田中阳，《图书馆》，1987 年第 5 期

《论韩少功近作的嬗变》，田中阳，《求索》，1988 年第 1 期

《悲剧故事——读韩少功〈短篇二题〉》，刘小荣，《小说评论》，1988 年第 1 期

《〈故人〉的叙述艺术》，蒋原伦，《文学自由谈》，1988 年第 1 期

《柳暗花明：知青文学又辟新途》，陈达专，《理论与创作》，1988 年第 2 期

《神话·梦幻·楚文化——韩少功创作断想》，汪政、晓华，《萌芽》，1988 年第 2 期

《韩少功印象》，蒋子丹，《文学角》，1988 年第 2 期

《韩少功〈诱惑〉的独特性》，叶培昌，《理论与创作》，1988 年第 3 期

《两种艺术世界的渗合：〈边城〉与〈爸爸爸〉互参观照》，李仕中，《中国文学研究》，1988 年第 4 期

《不相信的和不愿意相信的——关于三位"寻根"派作家的创作》，王晓明，《文学评论》，1988 年第 4 期

《追求形而上的境界——读〈爸爸爸〉和〈女女女〉》，韩抗，《中国文学研究》，1988 年第 4 期

《文学：审美与审丑》，南帆，《文艺评论》，1988 年第 5 期

《论丙崽》，刘再复，《光明日报》，1988 年 11 月 4 日

《微型作家论：张承志、韩少功、梁晓声、郑义》，吴亮，《文学自由谈》，1989 年第 1 期

《韩少功近期小说创作评论综述》，邹健，《湘潭大学学报》（哲学社会科学版），1989 年第 1 期

《韩少功笔下的"非常人"》，李振声，《文艺研究》，1989 年第 1 期

《"丙崽——鸡头寨"模式的象征意义》，王建刚，《理论与创作》，1989 年第 1 期

《试论韩少功的蜕变意识》，徐兆淮，《百家》，1989 年第 1 期

《文化"寻根"与当代文学》，季红真，《文艺研究》，1989 年第 2 期

《"逆向反差"与"同向衬比"——兼谈韩少功〈故人〉的艺术特色》，刘荣林，《写作》，1989 年第 2 期

《图式·客体·反讽——〈谋杀〉的三面缺陷》，舒文治，《当代作家评论》，1989 年第 3 期

《论新现实主义文学的兴起》，聂雄前，《理论与创作》，1990 年第 3 期

《难言的痛苦和思想的荒原——韩少功创作心态和哲学思维散论》,舒文治,《小说评论》,1990 年第 5 期

《短评两则》,王蒙,《读书》,1991 年第 1 期

《札记:关于"寻根文学"》,南帆,《小说评论》,1991 年第 3 期

《寻根文学在哪里迷失?——从知青心态看寻根文学的发生及取向》,赵歌东,《当代文坛》,1991 年第 4 期

《"重读"两题》,赵园,《当代作家评论》,1991 年第 5 期

《读〈鞋癖〉》,沙书,《上海文学》,1992 年第 1 期

《丙崽:文化与时代发展不同步的产物——简谈韩少功小说〈爸爸爸〉中丙崽的形象内涵》,崔妍,《东疆学刊》,1992 年第 4 期

《也谈"湘军"》(两篇),张扬,《理论与创作》,1992 年第 4 期

《发现的时刻——读〈鞋癖〉致作者韩少功》,彭志明,《作家报》,1993 年 1 月 23 日第 2 版

《当代小说的挑战者》,刘建,《当代作家评论》,1993 年第 3 期

《末世情结的寓言——读〈爸爸爸〉》,季红真,《香港文学》,1993 年 8 月号

《追踪神秘——近期小说审美动向》,洪治纲,《当代作家评论》,1993 年第 6 期

《诘问和怀疑》,蔡翔,《当代作家评论》,1993 年第 6 期

《寻找:弱者的不屈与抗争——读韩少功〈鞋癖〉》,李念,《上海文学》,1993 年第 9 期

《短论二题——重读〈冈底斯的诱惑〉和〈爸爸爸〉》,季红真,《上海文学》,1993 年第 12 期

《再生原型主题的现代阐释——小说〈爸爸爸〉〈女女女〉的二元意象探寻》,岳建景,《蒲峪学刊》,1994 年第 2 期

《寻根文学的神话品格》,应其,《文学评论》,1994 年第 4 期

《个人记忆与历史布景——关于韩少功和寻根的断想》,陈晓明,《文艺争鸣》,1994 年第 5 期

《庸常年代的思想风暴——韩少功九十年代论要》,孟繁华,《文艺争鸣》,1994 年第 5 期

《镜子与调色板——重读〈女女女〉》,董之林,《文艺争鸣》,1994 年第 5 期

《性与精神生态》,鲁枢元,《读书》,1994 年第 5 期

《智慧的独语——关于韩少功随笔的札记》,陈剑晖,《当代作家评论》,1994 年第 6 期

《〈韩少功印象〉及其延时的注解》,蒋子丹,《当代作家评论》,1994 年第 6 期

《从自言自语到众声沸腾:韩少功小说中的文化反思精神的呈现》,张佩瑶,《当代作家评论》,1994 年第 6 期

《历史的警觉——读韩少功 1985 年之后的作品》,南帆,《当代作家评论》,1994 年第 6 期

《韩少功小说的精神性存在》,鲁枢元、王春煜,《文学评论》,1994 年第 6 期

《韩少功〈诱惑〉的独特性》,计培昌,《当代作家评论》,1994 年第 6 期

《思想的分量——评韩少功的随笔》,李少君,《文学自由谈》,1995 年第 1 期

《醒时复混沌——解读韩少功及其我们共同面对的世界》,刘舰平,《书屋》,1995 年第 2 期

《关于精神的对话》,韩少功、鲁枢元,《东方艺术》,1995 年第 3 期

《寻根文学:更新的开始(1984—1985)》,李洁非,《当代作家评论》,1995 年第 4 期

《思父·寻根·问路——试论韩少功小说中的思父意识》,潘雁飞,《零陵师专学报》,1995 年第 4 期

《"心想"诚可贵,"呐喊"价更高》,刘武俊,《读书》,1995 年第 4 期

《韩少功现象》,旷新年,《中华读书报》,1995 年 9 月 27 日

《末世的孤愤》,参见《众神的肖像》,季红真,人民文学出版社,1996 年版

《由奇峰突起到平落沉寂的寻根文学》,李阳春,《中国文学研究》,1996 年第 1 期

《世纪之梦:灵魂的拯救与重塑——鲁迅、韩少功对传统文化的矛盾判断》,赵小琪,《广州师院学报》(社会科学版),1996 年第 1 期

《读韩少功〈即此即彼〉》,王化珏,《海南师范学院学报》(人文社会科学版),1996 年第 2 期

《书写文明与话语重复》,贺志刚,《南方文坛》,1996 年第 4 期

《语言的追问——长篇小说〈马桥词典〉座谈纪要》(座谈由海南大学社会科学研究中心举办),赵欣,《文学报》,1996 年 8 月 29 日

《〈马桥词典〉的语言世界同语言学旨趣的偏离》,墨哲兰,《当代作家评论》,1996 年第 5 期

《转向"语词"的小说》,张三夕,《当代作家评论》,1996 年第 5 期

《语言与记忆》,陈家琪,《当代作家评论》,1996 年第 5 期

《语言的寻根》,萌萌,《当代作家评论》,1996 年第 5 期

《用小说写语言》,鲁枢元,《当代作家评论》,1996 年第 5 期

《倾听言语的深渊——读〈马桥词典〉》,鲁枢元,《小说评论》,1996 年第 5 期

《自彰偏有自彰之效——韩少功〈马桥词典〉的间离艺术谈》,邹言九,《湘潭师范学院学报》,1996 年第 5 期

《〈马桥词典〉:敞开和囚禁》,南帆,《当代作家评论》,1996 年第 5 期

《"怀疑论"者的收获——读〈马桥词典〉》,朱珩青,《小说评论》,1996 年第 5 期

《〈马桥词典〉随笔》,张新颖,《当代作家评论》,1996 年第 5 期

《亦说〈马桥词典〉》,陈瑞元,《文艺茶座》,1996 年 10 月 16 日

《理性的张扬与遮蔽——读韩少功〈马桥词典〉》,朱向前,《小说选刊》,1996 年第 11 期

《精神的匮乏》,张颐武,《为您服务报》,1996 年 12 月 5 日

《先锋的尝试:漫谈韩少功〈马桥词典〉的写作创新》,何东,《中国妇女报》,1996 年 12 月 6 日

《如何面对〈马桥词典〉》,银云,《深圳商报》,1996 年 12 月 12 日

《翻〈马桥词典〉查抄袭条目》,俞果,《劳动报》,1996 年 12 月 20 日

《评论也浮躁?》,肖铁,《羊城晚报》,1997 年 1 月 9 日

《先锋的模仿——韩少功〈马桥词典〉读后随谈》,何东,《中国青年报》,1997 年 1 月 10 日

《〈马桥〉风波意味着什么》,单小海,《粤港周末》,1997 年 1 月 11 日

《〈马桥词典〉和〈哈扎尔辞典〉之比较》,李少君,《中华读书报》,1997 年 1 月 13 日

《真的是"粗陋的模仿"吗》,吴跃农,《中华读书报》,1997 年 1 月 13 日

《我为什么批评〈马桥词典〉？》，张颐武，《羊城晚报》，1997 年 1 月 13 日

《批评界也有"车匪路霸"现象》，罗勇，《南方都市报》，1997 年 1 月 17 日

《谁从马桥事件中得益？》，陈言，《粤港周末》，1997 年 1 月 18 日

《注意"马桥事件"之外》，陈子甘，《作家报》，1997 年 1 月 18 日

《新奇的〈马桥词典〉》，周政保，《文汇报》，1997 年 1 月 19 日

《化为血肉化为灵魂》，朱珩青，《中华工商时报》，1997 年 1 月 22 日

《关于〈马桥词典〉》，刘绪源，《文汇读书周报》，1997 年 1 月 25 日

《令人失望的答辩——兼答张颐武先生》，南帆，《羊城晚报》，1997 年 1 月 26 日

《模仿、借鉴、影响的焦虑》，蜀光，《黑龙江日报》，1997 年 1 月 27 日

《"马桥事件"与学风问题》，阎晶明，《文学自由谈》，1997 年第 1 期

《〈马桥词典〉的意义》，周政保，《当代作家评论》，1997 年第 1 期

《道是词典还是小说》，王蒙，《读书》，1997 年第 1 期

《关于〈马桥词典〉的若干词条》，柳建伟，《小说评论》，1997 年第 1 期

《超越修辞学》，郜元宝，《小说评论》，1997 年第 1 期

《独特的〈马桥词典〉》，朱珩青，《文学自由谈》，1997 年第 1 期

《我读〈马桥词典〉》，王春煜，《海南师范学院学报》(社会科学版)，1997 年第 1 期

《语言的魔力》，陈剑晖，《海南师范学院学报》(社会科学版)，1997 年第 1 期

《一部独创性的作品》，蓝田玉，《海南师范学院学报》(社会科学版)，1997 年第 1 期

《独创的语言故事》，喻大翔，《海南师范学院学报》(社会科学版)，1997 年第 1 期

《词典式批评：关于〈马桥词典〉》，刘绪源，《南方周末》，1997 年 2 月 7 日

《过于脆弱的著名作家》，磊子，《平顶山日报》，1997 年 2 月 12 日

《有感于张颐武批评〈马桥词典〉》，木弓，《文艺报》，1997 年 2 月 13 日

《再谈"马桥事件"》，李少君，《文论报》，1997 年 2 月 15 日

《说〈马桥〉》，赵耕，《长江周末》，1997 年 2 月 21 日

《〈马〉〈哈〉文本与寻根文学及昆德拉——兼同张颐武先生商榷》，宋丹，《文艺报》，1997
年 3 月 18 日第 2 版

《"词典"之争话"模仿"》，彭放，《文艺报》，1997 年 3 月 18 日

《方言及方言的流变——韩少功启示录》，敬文东，《当代作家评论》，1997 年第 2 期

《〈马桥词典〉：中国当代文学的世界性因素之一例》，陈思和，《当代作家评论》，1997 年
第 2 期

《批评界的"盲视"》，姚申，《中国比较文学》，1997 年第 2 期

《从〈马桥词典〉之争谈创新与模仿》，何满子，《文学自由谈》，1997 年第 2 期

《"克隆"与文学》，刘安海，《粤港周末》，1997 年 4 月 8 日

《用批评和反批评的办法解决文坛的论争》(《作家报》记者陈子甘就"马桥诉讼"发表的
访谈录)，《作家报》，1997 年 5 月 22 日

《语言的命运与人的命运——〈马桥词典〉释读》，杨春时，《文艺评论》，1997 年第 3 期

《近期长篇小说阅读札记》，林为进，《文学世界》，1997 年第 3 期

《记忆：重建世界的一种方法——〈马桥词典〉解读》，陈剑辉，《文艺评论》，1997 年第
3 期

《特定语境中的文化阐释》，宋剑华，《文学评论》，1997 年第 3 期

《马桥小天地 天地大马桥——释放〈马桥词典〉的语言/文化底蕴》，昌切，《大家》，1997 年第 3 期

《〈马桥词典〉的独创性》，盲童，《书屋》，1997 年第 3 期

《〈马桥词典〉纷争要览》，田原（整理），《天涯》，1997 年第 3 期

《只要模仿得好》，李国涛，《文艺评论》，1997 年第 4 期

《让我们一道仰望星空——读史铁生、张承志、韩少功散文集》，应为众，《中国图书评论》，1997 年第 5 期

《旷日持久的煎熬》，李锐，《读书》，1997 年第 5 期

《抄袭之种类》，董小英，《外国文学动态》，1997 年第 5 期

《文学与人类学相遇——后现代文化研究与〈马桥词典〉的认知价值》，叶舒宪，《文艺研究》，1997 年第 5 期

《民间社会及〈马桥词典〉》，朱珩青，《小说评论》，1997 年第 6 期

《寻根文学的深化和升华——〈长恨歌〉〈马桥词典〉论纲》，张志忠，《南方文坛》，1997 年第 6 期

《禅不是学来的——读〈马桥词典〉有感》，郑茜，《佛教文化》，1997 年第 6 期

《沉默的马桥》，邓晓芒，《书屋》，1997 年第 6 期

《查时间先后 说形式模仿》，李少君，《文学自由谈》，1997 年第 6 期

《最后的说法》，海德，《法律与生活》，1997 年第 8 期

《再谈〈马桥词典〉》，黄镕坚，《北京政协》，1997 年第 8 期

《论词典体小说》，宋丹，《写作》，1997 年第 8 期

《从笔墨论战到侵权诉讼——"马桥事件"纪实》，邬萍萍，《新闻记者》，1997 年第 9 期

《文人的断桥》，金钟，《博览群书》，1997 年第 12 期

《当代寻根文学人物透视》，韦永恒，《广西师范大学学报》，1998 年第 1 期

《马桥事件：批评的尴尬》，宋丹，《艺术广角》，1998 年第 1 期

《〈马桥词典〉中的存在哲学》，武跃速，《晋东南师专学报》，1998 年第 1 期

《〈马桥词典〉的人类学解读》，田青，《民俗研究》，1998 年第 2 期

《不确定性：对韩少功文化心态的追踪》，王建刚，《理论与创作》，1998 年第 2 期

《〈马桥词典〉余波未息》，张颐武，《上海戏剧》，1998 年第 3 期

《文学的追问与修养——韩少功访谈录》，蓝白、黄丹，《东方艺术》，1998 年第 5 期

《马桥事件——一个文学时代的终结》，韩石山，《文学自由谈》，1998 年第 6 期

《我看"马桥之役"（外一章）》，韩石山，《文学自由谈》，1998 年第 6 期

《〈马桥词典〉：文人的断桥？——"马桥诉讼"的前前后后》，俞果，《新闻记者》，1998 年第 8 期

《区域文化与乡土文学——以湖南乡土文学为例》，刘洪涛，《中国比较文学》，1999 年第1期

《九十年代作家对知识分子特质的高扬》，杨家慧，《福建论坛》（文史哲版），1999 年第 1 期

《信口雌黄韩石山》，单正平，《文学自由谈》，1999 年第 2 期

《跳出小天地 走向大世界——我观〈天涯〉》，单正平，《当代作家评论》，1999 年第 2 期

《国民性：一个挥之不去的话题——〈芙蓉镇〉〈古船〉〈爸爸爸〉的国民性分析》，耿庆伟，《江西广播电视大学学报》，1999 年第 3 期

《个人姿态与对话》，南帆，《学问》，1999 年第 3 期

《〈马桥词典〉阅读札记》，黄辛力，《语文教学与研究》，1999 年第 3 期

《论文学批评与名誉权的问题》，程宗璋，《北京航空航天大学学报》（社会科学版），1999 年第 3 期

《文学批评与名誉权》，张者，《文学自由谈》，1999 年第 3 期

《消解"词典"式书面语的找寻——由〈马桥词典〉兼论小说语言口语化》，王炜烨，《宁夏社会科学》，1999 年第 5 期

《〈归去来〉的困惑与彷徨——论八十年代知青作家的情感与文化困境》，贺仲明，《文学评论》，1999 年第 6 期

《思想者的迷惘和怀疑》，金汝平，《文艺报》，1999 年 12 月 21 日

《思想的声音——韩少功谈话录》，何羽、郑菁华、陈博夫，《当代作家评论》，2000 年第 1 期

《寻根小说：一次理论与创作并举的小说潮》，张景忠，《延边大学学报》（社会科学版），2000 年第 1 期

《语言·意识·时空的扭结——重读韩少功的〈马桥词典〉》，薛峰，《徐州师范大学学报》（哲学社会科学版），2000 年第 1 期

《"寻根文学"与"文化寻根"新论》，李运抟，《当代文坛》，2000 年第 2 期

《〈马桥词典〉和个人词典》，陈乐，《当代文坛》，2000 年第 4 期

《再论韩少功的寻根理念》，张木荣，《当代文坛》，2000 年第 4 期

《抄袭与模仿的历史纷争》，孙绍振，《中华读书报》，2000 年 8 月 16 日

《寻根文学的多重方向》，张法，《江汉论坛》，2000 年第 6 期

《有关"杭州会议"的前后》，蔡翔，《当代作家评论》，2000 年第 6 期

《试析"寻根文学"对现代主义小说精神的汲取》，董小玉，《宜宾学院学报》，2001 年第 1 期

《论新时期湖南小说的含魅叙事》，谭桂林，《湘潭大学社会科学学报》，2001 年第 2 期

《启蒙母题叙事的双声对话》，谭桂林，《海南师范学院学报》（人文社会科学版），2001 年第 3 期

《马桥人语言的透视》，孙德喜，《湘潭工学院学报》（社会科学版），2001 年第 3 期

《试论韩少功小说中的思父意识》，潘雁飞，《理论与创作》，2001 年第 3 期

《文学里的文化什么样》，柳万，《文艺理论与批评》，2001 年第 4 期

《民族与后现代主义的结合——评九十年代寻根派作品语言特征》，伍依兰，《语文学刊》，2001 年第 4 期

《寻根的小说与小说的寻根》，刘保昌、游燕凌，《中州学刊》，2001 年第 4 期

《寻根小说：精英文化的巨型想象》，刘保昌，《中州学刊》，2001 年第 4 期

《农裔城籍心态对中国新时期小说创作的影响》，龚军辉，《益阳师专学报》，2001 年第 4 期

《走进马桥深处——论〈马桥词典〉对"人"的多重性探索》,黄灯,《江汉大学学报》,2001年第4期

《时空叙述与韩少功的小说文本》,郑坚,《湛江师范学院学报》,2001年第5期

《〈马桥词典〉:打开细细看,合上慢慢说》,王虎森,《语文世界》(初中版),2001年第10期

《文字深处的寂寞和理想》,赵敏,《人民日报海外版》,2002年1月29日

《韩少功的智者之思》,张立国,《北京日报》,2002年2月3日

《散点透视的对抗策略——评〈马桥词典〉的词典叙述方式》,李蕾,《延边大学学报》(社会科学版),2002年第2期

《韩少功:从"文化寻根"到"精神寻根"》,陈仲庚,《文艺理论与批评》,2002年第2期

《合一人神:楚文化思维模式与韩少功之演绎》,陈仲庚,《福建论坛》(人文社会科学版),2002年第2期

《"寻根文学"的时代性局限》,李保民,《河南教育学院学报》(哲学社会科学版),2002年第3期

《对语言现代性的反思——韩少功的〈马桥词典〉新论》,方长安,《理论与创作》,2002年第3期

《〈马桥词典〉:话语与存在的沉思》,文贵良,《中国文学研究》,2002年第4期

《民间文化形态与八十年代小说》,王光东,《文学评论》,2002年第4期

《从残雪、韩少功、史铁生的创作看文学的现实性对抗》,柏定国,《武汉科技大学学报》(社会科学版),2002年第4期

《马桥方言与文化寻根》,刘学明,《渝西学院学报》(社会科学版),2002年第4期

《"寻根文学"与民间、地域文化》,冷耀军、高松,《广西社会科学》,2002年第4期

《湖湘文化精神与韩少功的文学姿态——读韩少功的部分散文随笔》,陈润兰,《船山学刊》,2002年第4期

《清醒的迷失者——韩少功小说集〈领袖之死〉印象》,王春林、贾捷,《新闻出版交流》,2002年第4期

《清醒与绝望 批判与坚守——论韩少功的散文创作》,何长年,《湖北大学成人教育学院学报》,2002年第5期

《诗意之源——以韩少功二十世纪九十年代的散文为中心》,南帆,《当代作家评论》,2002年第5期

《〈暗示〉究竟"暗示"了什么》,王永改,《中华读书报》,2002年12月5日

《〈暗示〉:一次失败的文体试验》,杨扬,《文汇报》,2002年12月21日

《关注文艺的"新工具革命"——也说小说文体的变化》,邹平,《文汇报》,2002年12月21日

《与民间的对话及意义的发现——韩少功论》,王光东、李雪林,载《北门口预言》,韩少功著,王光东选编,江苏文艺出版社,2003年1月第1版

《文明的悖论》,南帆,《文艺争鸣》,2003年第1期

《从新视角看"傻子"人物——〈喧哗与骚动〉和〈爸爸爸〉中傻子主人公比较研究》,胡泽球,《理论与创作》,2003年第1期

《公民写作者韩少功》,舒晋瑜,《中国图书评论》,2003 年第 1 期

《拼贴的印象 疲惫的中年》,余杰,《文艺争鸣》,2003 年第 1 期

《温暖的思想》,贾梦玮,《文艺争鸣》,2003 年第 1 期

《语言内外》,汪政,《文艺争鸣》,2003 年第 1 期

《韩少功小说叙事转型的文化思考》,曹霞,《广州广播电视大学学报》,2003 年第 1 期

《小说病象观察之八 自由的边界》,李建军,《小说评论》,2003 年第 2 期

《印象点击:〈暗示〉》,刘恩波,《当代作家评论》,2003 年第 2 期

《乡土文学》,余岱宗,《东南学术》,2003 年第 2 期

《穿越当代经典——文化寻根文学及热点作品局限评述之一》,吴炫,《南方文坛》,2003 年第 3 期

《〈暗示〉的文体意识形态》,吴俊,《当代作家评论》,2003 年第 3 期

《让血性冲破牢笼》,徐葆耕,《读书》,2003 年第 3 期

《具象:秘密交流或永恒的悖论——论长篇小说〈暗示〉》,洪治纲,《当代作家评论》,2003 年第 3 期

《一次健康精神运动的肇始——读韩少功的〈暗示〉》,芳菲,《当代作家评论》,2003 年第 3 期

《地域方言与〈马桥词典〉》,黄怀玉,《语文学刊》,2003 年第 3 期

《论〈马桥词典〉的语言之维》,衡桂珍,《滁州师专学报》,2003 年第 3 期

《湖湘文化精神对湖南文学之影响——以江湖与庙堂为线索的分析与思考》,刘绪义,《求索》,2003 年第 3 期

《乡土性与写作——以韩少功小说为例》,杨万欢,《长沙大学学报》,2003 年第 3 期

《是渴望"血性"还是缅怀"血腥"》,程戈,《克山师专学报》,2003 年第 4 期

《日常生活:退守还是重新出发——有关韩少功〈暗示〉的阅读笔记》,蔡翔,《文学评论》,2003 年第 4 期

《小说的精神——读韩少功的〈暗示〉》,旷新年,《文学评论》,2003 年第 4 期

《笔记小说的发扬与小说观念的归根——论〈马桥词典〉的文体》,忠顺,《荆州师范学院学报》(社会科学版),2003 年第 4 期

《语言的反叛者与词的亡命徒——论〈暗示〉》,李丹梦,《小说评论》,2003 年第 4 期

《民族语言与精神的追寻者——韩少功》,杨春燕,《岳阳职业技术学院学报》,2003 年第 4 期

《超越虚无主义的尝试》,樊星,《华中科技大学学报》(社会科学版),2003 年第 5 期

《知青作家的创作与寻根文学的发生》,张瑞英,《山东社会科学》,2003 年第 5 期

《〈马桥词典〉"主流话语"的文化解读》,陈润兰,《学术交流》,2003 年第 5 期

《〈暗示〉何必是小说》,李万武,《文艺理论与批评》,2003 年第 5 期

《〈暗示〉:文体与意蕴》,杨杰琼、余小红、纪先宁,《海南师范学院学报》(社会科学版),2003 年第 5 期

《试论"寻根文学"的文化保守主义表现》,李光龙、饶晓明,《湖北省社会主义学院学报》,2003 年第 6 期

《〈马桥词典〉的文化解读》,刘学明,《西南民族大学学报》(人文社科版),2003 年第 8 期

《说说汉字——与少功先生商榷》,张巨龄,《大学时代》,2003年第9期

《〈马桥词典〉是部怎样的小说》,黄忠顺,《语文建设》,2003年第10期

《从"小说"到"非小说"——韩少功长篇小说文体创新探析》,任蓝,《学术交流》,2003年第10期

《寻根文学式微途中的自我调适——对〈马桥词典〉的换位阐释》,胡俊飞、李倩,《南阳师范学院学报》(社会科学版),2003年第10期

《心中的大自然——著名作家韩少功的"绿色生涯"》,李文波,《森林与人类》,2003年第10期

《"大文"无体——韩少功新作〈暗示〉略说》,晓华、汪政,《名作欣赏》,2003年第11期

《"渠"和"伦敦"》,江秉福,《咬文嚼字》,2003年第11期

《论〈马桥词典〉》,陈思和,载《不可一世论文学》,人民文学出版社,2003年版

《〈暗示〉台湾版序》,李陀,载《暗示》(繁体),中国台湾联合文学出版社,2003年版

《颠覆·守望·追寻——〈暗示〉的叙事技巧与写作理想》,张艳宁,《海南师范学院学报》(社会科学版),2004年第1期

《坚守与超越——评陈润兰〈韩少功创作论稿〉》,胡军,《株洲师范高等专科学校学报》,2004年第1期

《论"寻根文学"——以韩少功、郑义和阿城为例》,王晓明,载《思想与文学之间》,人民文学出版社,2004年2月第1版

《西方人眼中的〈马桥词典〉》,兰守亭,《中华读书报》,2004年2月25日

《寻根文学再寻思》,张厉冰,《西华大学学报》(哲学社会科学版),2004年第2期

《〈爸爸爸〉美学特征新探》,刘虹利、张巍、刘丙全,《沈阳农业大学学报》(社会科学版),2004年第3期

《〈暗示〉暗示了什么?——对当代文学批评的一种思考》,黄灯,《文艺评论》,2004年第3期

《心灵在时间之外延伸——评韩少功的〈暗示〉》,匡小红,《经济与社会发展》,2004年第2卷第3期

《湖湘文化濡染的韩少功》,杨春燕,《湖湘论坛》,2004年第3期

《闪回在人文理想与诗意体悟之间——读陈润兰的〈韩少功创作论稿〉》,郑坚,《株洲师范高等专科学校学报》,2004年第4期

《韩少功〈暗示〉的隐秘信息》,罗关德,《江淮论坛》,2004年第4期

《共同的忧患 不同的构筑——韩少功与孙健忠、蔡测海笔下的湘西世界》,彭继媛,《中国文学研究》,2004年第4期

《韩少功小说创作研究述评》,彭继媛,《理论与创作》,2004年第4期

《论〈马桥词典〉的"中心"问题》,崔云伟、魏丽,《理论与创作》,2004年第4期

《但开风气不为师——对韩少功及其创作的一种解读》,段大明,《文艺争鸣》,2004年第5期

《韩少功乡土小说的视角迁移》,罗关德,《文艺理论与批评》,2004年第5期

《当代小说中的"鞋"——当代文学的意象研究之一》,樊星,《襄樊学院学报》,2004年第6期

《韩少功小说的精神取向管窥》,郑坚,《株洲师范高等专科学校学报》,2004年第6期

《一个充满问题的年代》,刘莉,《当代作家评论》,2004年第6期

《仍有人仰望星空——韩少功的1992—2002》,张均,《小说评论》,2004年第6期

《"补救自己的精神内伤"——读韩少功散文〈遥远的自然〉》,钱虹,《名作欣赏》,2004年第9期

《在探求"可能性"的路途中——读韩少功〈801室故事〉〈是吗?〉》,周立民,《上海文学》,2004年第9期

《喧哗背后的落寞与匮乏——韩少功小说研究综述》,沈杏培、姜瑜,《文教资料》(初中版),2004年第20期

《揭开语言的面纱 还原生活的真相——韩少功〈马桥词典〉〈暗示〉解》,王玉林,《邵阳学院学报》,2005年第1期

《反思"跨文体"》,赵勇,《文艺争鸣》,2005年第1期

《重返"孤独的个人"》,谢有顺,《天津师范大学学报》,2005年第1期

《"道"的隐遁与显现——重读〈爸爸爸〉和〈树王〉》,刘小平,《阜阳师范学院学报》(社会科学版),2005年第1期

《论寻根文学的美学追求》,邓楠,《理论与创作》,2005年第1期

《〈马桥词典〉的语言文化学视角》,何家荣,《池州师专学报》,2005年第1期

《从词典到"象典"——评韩少功的两部长篇小说》,吴励生,《山花》,2005年第1期

《韩少功的寻根小说与巫楚文化》,龚敏律,《中国文学研究》,2005年第2期

《语言天空下的〈马桥词典〉——对〈马桥词典〉的语言哲学阐释》,王淙,《沧州师范专科学校学报》,2005年第2期

《乡土小说的新视角》,焦雅萍,《承德民族师专学报》,2005年第3期

《对抗重复:2004年期刊中的韩少功小说》,邓菡彬,《文艺理论与批评》,2005年第3期。

《禅宗与当代文学》,樊星,《当代作家评论》,2005年第3期

《〈马桥词典〉的叙事声音》,陈润兰,《学术界》(双月刊),2005年第4期

《何去何从——读〈山歌天上来〉》,李向明,《长沙民政职业技术学院学报》,2005年第4期

《论新时期文学中的道家话语发生问题——以寻根文学为发生中介物》,刘小平,《暨南学报》(哲学社会科学版),2005年第5期

《寻根文学:"文革"思维的超越与残留——〈棋王〉〈爸爸爸〉的叙事学分析》,刘可可,《齐鲁学刊》,2005年第5期

《韩少功知青述说的精神轨迹与精神围城》,陈润兰,《云南社会科学》,2005年第5期

《跋涉于解构与建构的艰难之旅——韩少功〈801室故事〉解读》,李莉,《当代文坛》,2005年第5期

《韩少功的精神世界》,黄灯,《江汉论坛》,2005年第5期

《思辨艺术与感性想象的完美融合》,陈润兰,《求索》,2005年第6期

《"寻根文学"的指向》,旷新年,《文艺研究》,2005年第6期

《从〈马桥词典〉看韩少功的语言风格》,张玉玲、董育宁,《湖北师范学院学报》(哲学社会科学版),2005年第6期

《二十世纪九十年代以来的方言小说》,王春林,《文艺研究》,2005年第8期

《变迁社会中的语言与人——重读〈马桥词典〉》,唐玉环,《长沙大学学报》,2006年第1期

《〈报告政府〉:对小说可能性的再次探寻》,徐志伟,《上海文学》,2006年第1期

《"独特"的形式 "独特"的世界——从〈马桥词典〉〈上塘书〉〈水乳大地〉看当下乡土小说的形式探索》,许玉庆,《宜春学院学报》,2006年第1期

《走向暗示的文学道路——论韩少功的小说创作(1979—1996)》,宋如珊,《人文杂志》,2006年第1期

《拷问灵魂:韩少功小说的一个主题》,王玉林,《邵阳学院学报》,2006年第1期

《韩少功的寻根小说与巫诗传统》,苏忠钊,《南京师范大学文学院学报》,2006年第1期

《被侵占的感情——浅谈韩少功〈我心归去〉中语言的侵略性》,韩雁冰,《现代语文》,2006年第1期

《差异:〈马桥词典〉的诗学和政治学》,张柱林,《南方文坛》,2006年第2期

《〈马桥词典〉和〈暗示〉的文体变革与小说新范式》,王舒,《扬州大学学报》(人文社会科学版),2006年第2期

《为野生词语立传》,东西,《南方文坛》,2006年第2期

《湘楚文化视野下的〈爸爸爸〉读解》,杨汉云、刘敏,《船山学刊》,2006年第3期

《故乡的"美"与"悲"——读韩少功〈我心归去〉》,赵洁,《新语文学习》,2006年第3期

《论小说叙事结构与作家思维方式——以〈冈底斯的诱惑〉〈马桥词典〉〈檀香刑〉为例》,李莉,《河海大学学报》(哲学社会学版),2006年第3期

《怀疑与警觉:两代知识分子的精神脐带——论韩少功与鲁迅的现代性探索,陈润兰,《西南民族大学学报》(人文社科版),2006年第4期

《论韩少功小说"陌生化"的语言技巧》,张志清,《现代语文》,2006年第4期

《韩少功寻根小说中对民族文化的反思》,陈放,《长春师范学院学报》,2006年第5期

《重新发现乡村——读韩少功的〈山居心情〉》,周展安,《当代作家评论》,2006年第5期

《从立言到立象——韩少功〈暗示〉中的语言观》,梁小娟,《湘潭师范学院学报》(社科版),2006年第5期

《韩少功的寻根情结》,张秀莲,《甘肃农业》,2006年第9期

《虚构与还原:〈马桥词典〉的文体动机与叙事策略》,高山,《名作欣赏》,2006年第22期

《理论与实践:寻根的悖论——以〈爸爸爸〉为例》,刘东玲,《南方文坛》,2007年第1期

《鲁迅与韩少功》,王吉鹏、霍虹,《浙江万里学院学报》,2007年第1期

《寻根文学与新时期小说艺术观念的转型——以韩少功20世纪80年代创作为中心》,胡军,《中国文学研究》,2007年第1期

《乡村阅读与精神"寻根"——读韩少功〈山南水北〉》,吴锡平,《社会观察》,2007年第1期

《在巨人肩上的写作:重读〈爸爸爸〉的一种方式》,任南南、张守海,《江西科技师范学院学报》,2007年第2期

《回望故乡的巫风楚雨——论韩少功创作与楚文化的关系》,张世岩,《时代文学》,2007年第2期

《论韩少功寻根小说的楚文化底蕴》,张晓燕,《和田师范专科学校》,2007年第2期

《拒绝对立项选择:文学写作的另一种可能性——兼谈鲁迅、韩少功写作立场的坚守与包容》,陈润兰,《中国文学研究》,2007年第2期

《巫楚文化的诗意镜像——韩少功创作片论》,雷鸣,《山东文学》,2007年第2期

《书写历史与历史书写:〈马桥词典〉与新历史小说之异同》,陈乐,《中国文学研究》,2007年第3期

《失落的再寻根之旅——读韩少功的〈山南水北〉》,石迪,《新西部》,2007年第3期

《还原人类童年的生活画卷——论韩少功小说〈爸爸爸〉的原始思维》,周沙,《喀什师范学院学报》,2007年第4期

《语言天空下的别样风景——关于〈马桥词典〉的语言哲学解读》,赵晓芳,《保定师范专科学校学报》,2007年第4期

《思想的方式和质感——读韩少功的〈山南水北〉》,陈剑晖,《南方文坛》,2007年第4期

《返归山野自然　彰显乡村意义——评韩少功的〈山南水北〉》,陈家洋,《当代文坛》,2007年第4期

《湖湘文化与韩少功人格塑造》,李莉,《理论与创作》,2007年第4期

《韩少功小说散文创作综论》,廖述务,《海南师范大学学报》(社会科学版),2007年第5期

《小说结构与人物意蕴:〈马桥词典〉的创新机制》,杨杰琼,《海南师范大学学报》(社会科学版),2007年第5期

《底层:道义的关怀——浅论韩少功残障人物的书写根源》,陈超文,《云梦学刊》,2007年第6期

《看,那些有尊严的文字——关于韩少功散文随笔的话题》,张宗刚,《南方文坛》,2007年第6期

《人的重造:从沈从文到韩少功——沈从文、韩少功湘西小说比较研究》,王玉林、周睿,《牡丹江大学学报》,2007年第6期

《时间匆匆　岁月悠悠——朱自清的〈匆匆〉与韩少功的〈时间〉对照赏读》,张春艳,《名作欣赏》,2007年第9期

《韩少功与外国文学》,赵丹、智咏梅,《安徽文学》,2007年第10期

《乡村文明的守望者——读韩少功的〈山南水北〉》,史剑红,《名作欣赏》,2007年第15期

《语词的命运——重读〈马桥词典〉》,孔见,《海南师范大学学报》(社会科学版),2008年第1期

《乡村的逻辑与现代性冲动——评韩少功〈山南水北〉》,蔡福军,《理论与创作》,2008年第1期

《灵魂之旅与语言之光——论韩少功散文》,王念灿,《毕节学院学报》。2008年第1期

《试论新时期小说的民俗描写——以贾平凹、陈忠实、韩少功的小说为例》,曾利君,《现代中国文化与文学》,2008年第1期

《忽然想起韩少功》,何立伟,《时代文学》,2008年第1期

《韩少功》,聂鑫森,《时代文学》,2008年第1期

《蓄势待发的韩少功》,石方能,《时代文学》,2008 年第 1 期

《远看韩少功》,何镇邦,《时代文学》,2008 年第 1 期

《历史遗忘症与暧昧的个人记忆——韩少功〈第四十三页〉解读》刘复生,《北京文学》,2008 年 Z1 期

《对民间的探索和追问——从创作主体与表现客体的关系解读韩少功的创作》,边远,《学术交流》,2008 年第 2 期

《从〈山南水北〉看韩少功的人生取向与艺术追求》,龚政文,《中国文学研究》,2008 年第 2 期

《试论〈马桥词典〉的文体实验与米兰·昆德拉之关系》,姜洪伟,《江西师范大学学报》(哲学社会科学版),2008 年第 3 期

《从〈马桥词典〉看韩少功与米兰·昆德拉》,曾少美,《安徽文学》,2008 年第 3 期

《民俗文化与韩少功的文学叙事》,张吕,《吉首大学学报》,2008 年第 3 期

《乡土中国的一个缩影——论韩少功的"马桥世界"》,阎雪,《成都理工大学学报》(社会科学版),2008 年第 3 期

《互文性:〈山南水北〉与〈马桥词典〉的显在特征》,唐芳,《柳州师专学报》,2008 年第 4 期

《人类生存的终极思考——论韩少功〈山居心情〉的生态美学意蕴》,周进珍,《安康学院学报》,2008 年第 4 期

《传统与现代的交锋——浅析〈爸爸爸〉》,郭大章,《现代语文》(文学研究版),2008 年第 5 期

《试论新时期小说的民俗描写——以贾平凹、陈忠实、韩少功的小说为例》,曾利君,《当代文坛》,2008 年第 5 期

《韩少功创作的生态意识——以跨文体长篇作品〈山南水北〉为例》,陈涵平,《兰州学刊》,2008 年第 5 期

《论韩少功〈山南水北〉的生态意识》,彭文忠,《云梦学刊》,2008 年第 5 期

《乡村,一面反观的镜子——读韩少功的散文集〈山南水北〉》,张正顺,《教育文汇》,2008 年第 5 期

《论韩少功小说中的二律背反——以〈月兰〉〈西望茅草地〉〈飞过蓝天〉为例》,王蓉,《现代语文》,2008 年第 7 期

《承担苦难的沉默力量——韩少功中篇小说〈兄弟〉赏析》,潘进听,《现代语文》(文学研究版),2008 年第 8 期

《从文化寻根到皈依自然——以韩少功的创作转型为例》,潘华琴,《文艺争鸣》,2008 年第 9 期

《乡村的个人想象与记忆——读韩少功的〈山南水北〉》,王蓉,《山东文学》,2008 年第 9 期

《直面人类的精神难点——访著名作家韩少功》,张振金,《海燕》,2008 年第 10 期

《韩少功和他的〈山南水北〉》,孔见,《海燕》,2008 年第 10 期

《〈爸爸爸〉:活的水》,张悦然,《人民文学》,2008 年第 11 期

《浅谈韩少功中长篇随笔体小说》,赵志军,《文艺争鸣》,2008 年第 12 期

《韩少功乡土小说的"根"味》，白德高，《文学教育》，2008年第12期

《评韩少功的〈书事〉》，金立群，《文学教育》，2008年第12期

《苍穹中的冥想——论韩少功小说形式创新与思想特质》，潘奔，《消费导刊》，2008年第13期

《丰富的启蒙言说——对韩少功1985年中篇小说的解读》，黄灯，《电影文学》，2008年第14期

《乡土文化的知青述说——韩少功乡土小说评述》，石红梅，《中国集体经济》，2008年第18期

《身份认同与与自我的重构——重读韩少功〈归去来〉》，张光芒，《名作欣赏》，2008年第19期

《"意守世间的精神难点"——韩少功新世纪中短篇小说简论》，翟永明，《南京师范大学文学院学报》，2009年第1期

《〈马桥词典〉与昆德拉式的反讽精神》，龚敏律，《现代中国文化与文学》，2009年第1期

《〈马桥词典〉与〈暗示〉文体论》，侯桂新、王畅，《理论与创作》，2009年第1期

《论〈爸爸爸〉的巫楚民间文化特征》，叶向党，《钦州学院学报》，2009年第1期

《乡村"写意"：韵味的延留及残损——〈山南水北〉阅读笔记》，廖述务，《理论与创作》，2009年第1期

《反讽的失落与张力的耗散——韩少功〈报告政府〉细读兼谈新批评的局限》，李钧，《山东农业大学学报》（社会科学版），2009年第1期

《公民写作与叙事伦理——由韩少功的一个主张说起》，单正平，《扬子江评论》，2009年第1期

《想象一个新世界——韩少功随笔中的政治智慧》，刘复生，《南京师范大学文学院学报》，2009年第1期

《当代中国自我形象的未完成与碎片化——评韩少功的〈暗示〉》，罗益民，《漳州师范学院学报》（哲学社会科学版），2009年第1期

《论韩少功的还乡文学——以〈山南水北〉为例》，尹晓慧、孙登高，《集宁师专学报》，2009年第1期

《对社会公正公平的一种诉求——评韩少功短篇小说〈西江月〉》，焦会生，《文艺理论与批评》，2009年第2期

《论〈爸爸爸〉陌生化的艺术手法》，胡燕燕，《现代语文》（文学研究版），2009年第2期

《〈马桥词典〉——20世纪90年代文化寻根的升华》，张爱华，《开封大学学报》，2009年第2期

《论〈爸爸爸〉所蕴含的历史文化积淀》，王雪荣，《科教文汇》（上旬刊），2009年第3期

《符号具象：韩少功〈暗示〉中的人性解构与重塑工具》，伍芙蓉、唐桦，《枣庄学院学报》，2009年第3期

《试论〈马桥词典〉中的"原始思维"》，唐明丽，《宜宾学院学报》，2009年第4期

《试论韩少功小说创作中的神秘色彩》，秦登超，《山东广播电视大学学报》，2009年第4期

《文化纠结中的深入与迷茫——论韩少功的创作精神及其文学意义》，贺仲明，《文学评

论》,2009 年第 5 期

《论韩少功长篇小说创作的叙事策略》,李游、胡俊飞,《理论与创作》,2009 年第 6 期

《论韩少功〈山南水北〉的和谐美》,丁仕原,《文艺争鸣》,2009 年第 6 期

《论韩少功新世纪中短篇小说叙事的世界性因素》,胡俊飞,《湖南工业大学学报》(社会科学版),2009 年第 6 期

《韩少功的文化焦虑和文化宿命——以〈山南水北〉为讨论起点》,杨庆祥,《扬子江评论》,2009 年第 6 期

《韩少功印象》,卓今,《扬子江评论》,2009 年第 6 期

《个人记忆映射下的乡土世界——评韩少功的〈山南水北〉》,张颖,《宜宾学院学报》,2009 年第 9 期

《理性之根的寻找——解读韩少功小说〈蓝盖子〉》,马炜、许秋立,《山东文学》,2009 年第 9 期

《论韩少功创作与巫楚文化的关系》,马景文,《作家》,2009 年第 10 期

《一声迟来的道歉——韩少功新作〈怒目金刚〉的一种读法》,季亚娅,《北京文学》,2009 年第 11 期

《〈马桥词典〉——充满魔力的语言王国》,张艺芬,《怀化学院学报》,2009 年第 12 期

《"偏执"的艺术——读韩少功的短篇〈生气〉》,程德培,《上海文学》,2009 年第 12 期

《批判灵魂痼疾 寻找民族精魂——鲁迅与韩少功比较谈》,杨志芳,《名作欣赏》,2009 年第 17 期

《〈西望茅草地〉:凝重的知青印记》,翟红,《名作欣赏》,2009 年第 18 期

《对美好人性的深切呼唤——评韩少功的短篇小说〈第四十三页〉》,焦会生,《名作欣赏》,2009 年第 21 期

《"外来者":文化的困境与突围——论韩少功乡土抒写的姿态》,苏沙丽,《大众文艺》,2009 年第 23 期

《"根"的寻求与重建——解读韩少功的〈爸爸爸〉》,刘蕊,《青年文学家》,2009 年第 24 期

《抵达"无名"的批判:重读韩少功的〈马桥词典〉》,王再兴,《名作欣赏》,2009 年第 30 期

《从〈西望茅草地〉到〈飞过蓝天〉——韩少功小说对启蒙主义的关照》,陈东海,《学理论》,2009 年第 30 期

《热血岁月与分化失落的人生——韩少功新世纪以来的知青叙事》,龚政文,《求索》,2010 年第 1 期

《当代文学监狱叙事的伦理嬗变——以〈红岩〉〈男人的一半是女人〉〈报告政府〉为样本》,李显鸿,《昆明理工大学学报》(社会科学版),2010 年第 1 期

《对〈马桥词典〉的文学人类学解读》,王馨曼,《昆明学院学报》,2010 年第 1 期

《从改写理论看韩少功译本〈生命中不能承受之轻〉的翻译》,刘慧娟,《安阳师范学院学报》,2010 年第 1 期

《从小说诗学维度评韩少功新世纪中短篇小说的意义》,胡俊飞,《南京师范大学文学院学报》,2010 年第 2 期

《韩少功〈山南水北〉的乡村情结》,张富翠,《飞天》,2010 年第 2 期

《公道公正是底层百姓的正义底线——评韩少功的短篇小说〈怒目金刚〉》，焦会生，《文艺理论与批评》，2010年第3期

《言与象的魅惑——论韩少功小说的语言哲学》，叶立文，《文学评论》，2010年第3期

《"根"的失落——浅析韩少功小说创作对"根"的背反》，王文龙，《丝绸之路》，2010年第4期

《从乡土小说谈新时期文学真实性的嬗变——以韩少功的〈爸爸爸〉和张炜的〈古船〉为例》，王岩岩，《丝绸之路》，2010年第4期

《〈瓦尔登湖〉与韩少功生态散文》，赵树勤、龙其林，《理论学刊》，2010年第5期

《抵抗现代性的寓言——重读韩少功的〈马桥词典〉》，张伯存，《文艺评论》，2010年第6期

《试析韩少功思想随笔的思维方法》，龚政文，《理论与创作》，2010年第6期

《从〈山南水北〉透视韩少功对文化全球化的警觉》，李险峰，《作家》，2010年第6期

《论韩少功小说创作的叙事结构》，曾冠霖，《文史博览》（理论），2010年第7期

《〈马桥词典〉的后现代意味》，叶潇、尚丹，《长春理工大学学报》，2010年第7期

《韩少功语言自觉意识——〈马桥词典〉探析》，曾冠霖，《湘潮》（下半月），2010年第7期

《韩少功小说〈爸爸爸〉的神秘性浅探》，吴梅，《安庆师范学院学报》（社会科学版），2010年第8期

《韩少功〈山南水北〉的开放与叩问》，张军德，《求索》，2010年第9期

《试论韩少功作品的启蒙境界》，刘旭，《南阳师范学院学报》，2010年第10期

《韩少功〈马桥词典〉的叙事技巧》，伍婷婷，《文学教育》，2010年第11期

《暗示的背后——浅析韩少功〈暗示〉与外国文学的关系》，乐佳，《安徽文学》，2010年第11期

《韩少功："公民写作"的伟大实践》，刘川鄂，《中国作家》，2010年第17期

《传统乡村文化孤魂的祭奠与礼赞——评韩少功的〈怒目金刚〉》，毕光明，《名作欣赏》，2010年第28期

《〈马桥词典〉：重新定义"小说"的努力》，朱周斌，《名作欣赏》，2010年第33期

《韩少功小说中的女性形象分析》，胡丽娜，《兰州教育学院学报》，2011年第1期

《韩少功散文随笔的艺术魅力》，林尤超，《新东方》，2011年第1期

《探索生命的真实形态——韩少功〈马桥词典〉》，张洵，《安徽文学》，2011年第2期

《韩少功"寻根话语"矛盾现象的理性思考》，马金科、彭超，《延边大学学报》（社会科学版），2011年第2期

《城市化时代中国诗意的构建——韩少功〈山南水北〉批评》，罗瑞宁，《文学评论丛刊》，2011年第2期

《〈马桥词典〉中的生态意识》，常如瑜，《扬子江评论》，2011年第3期

《重建乡土中国的文学践行——从韩少功的〈马桥词典〉和〈山南水北〉说起》，相宜，《小说评论》，2011年第3期

《抽打时代的思想皮鞭——韩少功散文意义维度简论》，廖述务，《现代语文》，2011年第3期

《苍穹中的守望——论韩少功小说阶段书写的轨迹》，蒋晓雪，《文学界》，2011年第4期

《“寻根文学”的得失——以韩少功〈爸爸爸〉为例》,方嘉婕,《广东技术师范学院学报》,2011 年第 4 期

《词典体:延展更大的信息空间——以韩少功的〈马桥词典〉为例》,浩洁,《太原大学教育学院学报》,2011 年第 4 期

《论韩少功小说的创作道路》,张立群、于丽萍,《河北科技大学学报》,2011 年第 4 期

《从地方性词语进入村寨生存哲学与历史文化的深处——〈马桥词典〉与〈名堂经〉比较》,褚连波,《理论与创作》,2011 年第 4 期

《从文化寻根到“现代性”批判——〈暗示〉与韩少功文学精神的蜕变》,刘学明,《当代文坛》,2011 年第 5 期

《思想、文体驱动下的“先锋”写作——韩少功小说论》,段崇轩,《创作与评论》,2011 年第 5 期

《创新后的回归——由〈马桥词典〉反观韩少功的创作道路》,张艺芬,《鸡西大学学报》,2011 年第 7 期

《表层的文化保守主义与深层保守的现代性诉求——透过隐含作者看〈马桥词典〉的现代性》,耿菊萍,《长春理工大学学报》,2011 年第 7 期

《〈马桥词典〉:关于集体传记的元小说》,孔英,《文艺研究》,2011 年第 8 期

《向杂文学传统致敬——韩少功〈山南水北〉文类文体透视》,邱文辉,《文艺评论》,2011 年第 11 期

《暂定的支点:韩少功的乡土世界与其价值重构》,陈舒劼,《社会科学论坛》,2011 年第 11 期

《回归乡土:沈从文、韩少功湘西小说比较研究》,张晓平,《韶关学院学报》,2011 年第 11 期

《“词汇”里的人生——从现代语言学视角解读韩少功的〈马桥词典〉》,陈道谆,《名作欣赏》,2011 年第 13 期

《“五四”精神回归与心灵辩证法——我读〈西望茅草地〉》,王锦宝,《大众文艺》,2011 年第 21 期

《论〈爸爸爸〉之主体精神》,徐敏君,《四川教育学院学报》,2012 年第 1 期

《自发、自觉、自为(自然):文学寻根的三重变奏曲——综论韩少功文学“寻根”的历时衍变》,金大伟,《阜阳师范学院学报》,2012 年第 1 期

《文化、人性、乡村:寻根的永恒追求——综论韩少功“寻根”之旅及其内涵》,金大伟,《淮北师范大学学报》,2012 年第 1 期

《庄禅智慧对韩少功后期小说的影响》,陈润兰,《湖南工业大学学报》(社会科学版),2012 年第 1 期

《从线性叙事到片断表达——20 世纪 90 年代以来韩少功的文体探索》,龚政文,《湖南工业大学学报》(社会科学版),2012 年第 1 期

《在昆德拉与韩少功之间——兼与陈思和先生商榷》,胡俊飞,《湖南工业大学学报》(社会科学版),2012 年第 1 期

《韩少功文学写作与当代思想研讨会综述》,张佩,《海南师范大学学报》(社会科学版),2012 年第 2 期

《走进乡土　叩问人性——鲁迅、韩少功乡土小说之"人性观"比较探究》,彭超、马金科,《白城师范学院学报》,2012 年第 2 期

《浅谈〈爸爸爸〉中的人物形象》,浩洁,《太原大学教育学院学报》,2012 年第 2 期

《对寻根文学中文学性批判之不足的反思——以〈爸爸爸〉〈小鲍庄〉为例》,刘淮南,《中国文学研究》,2012 年第 2 期

《韩少功小说论》,旷新年,《文学评论》,2012 年第 2 期

《公共正义的诗意构想——以韩少功新世纪创作为中心》,廖述务,《文艺理论与批评》,2012 年第 3 期

《直面丰富而复杂的世界——韩少功与米兰·昆德拉的文学观》,石晓岩,《内蒙古大学学报》(哲学社会科学版),2012 年第 3 期

《韩少功与鲁迅小说叙事功能之比较》,邹志远,《延边大学学报》(社会科学版),2012 年第 3 期

《韩少功文学年谱》,廖述务,《东吴学术》,2012 年第 4 期

《格与话份:民间中国的等级意识——韩少功〈马桥词典〉选评》,焦会生,《殷都学刊》,2012 年第 4 期

《梦呓和实语的归去来——浅论韩少功小说〈归去来〉的微妙心理》,吴娇,《文学界》(理论版),2012 年第 5 期

《论韩少功小说的文体选择与写作困境——以〈马桥词典〉〈暗示〉〈山南水北〉为例》,姜欣,《郑州大学学报》(哲学社会科学版),2012 年第 5 期

《论〈马桥词典〉的"思想"与叙事之裂痕》,徐仲佳,《中国现代文学研究丛刊》,2012 年第 6 期

《浅论韩少功小说中知青的悲剧命运》,郑练淳,《北方文学》,2012 年第 6 期

《韩少功小说的文体探求》,李谋冠,《甘肃联合大学学报》(社会科学版),2012 年第 6 期

《文化与人——读韩少功的〈马桥词典〉》,李思琪,《南昌教育学院学报》,2012 年第 7 期

《追寻变化的轨迹——浅析韩少功小说风格的转变》,冯万红,《文学界》(理论版),2012 年第 7 期

《文化审美的现代性突破——论韩少功寻根作品》,梁焱,《名作欣赏》,2012 年第 9 期

《以另一种方式与"世界"相遇——韩少功〈山南水北〉中的精神姿态》,黄灯,《江汉论坛》,2012 年第 9 期

《理性地回归乡村——评韩少功〈山南水北〉》,原欣荣,《黑龙江教育学院学报》,2012 年第 10 期

《丙崽生长记——韩少功〈爸爸爸〉的阅读和修改》,洪子诚,《中国现代文学研究丛刊》,2012 年第 12 期

《寻根文学的叙事时间:——以〈爸爸爸〉为例》,李阳,《海南广播电视大学学报》,2013 年第 1 期

《话说韩少功》,聂鑫森,《创作与评论》,2013 年第 1 期

《重新打开记忆之门——韩少功〈日夜书〉对知青经验的反省,刘复生,《创作与评论》,2013 年第 1 期

《在仰观深察的叙事里展开诸多纵深探究——韩少功长篇新作〈日夜书〉阅读札记》,舒

文治,《创作与评论》,2013年第1期

《时代情绪的诗性书写——以韩少功〈日夜书〉为中心》,廖述务,《创作与评论》,2013年第1期

《小说如何重新介入现实——以韩少功的〈报告政府〉为例》,徐志伟,《文艺理论与批评》,2013年第1期

《思想与文学的辩证法——评〈另类视野与文学实践——韩少功文学创作研究〉》,戴哲,《文艺理论与批评》,2013年第1期

《韩少功散文〈山南水北〉的和谐之道》,牛殿庆,《浙江万里学院学报》,2013年第3期

《在"部分"中发现"整体"——从西方哲学认知视角解读韩少功的〈马桥词典〉》,陈晓红,《当代文坛》,2013年第4期

《论韩少功小说中的神秘倾向》,王蓉,《湖南科技学院学报》,2013年第5期

《面向回忆的敞开——评韩少功的长篇新作〈日夜书〉》,徐勇,《南方文坛》,2013年第5期

《〈对一个人的阅读:韩少功与他的时代〉简介》,鲁涛,《云梦学刊》,2013年第5期

《〈爸爸爸〉中丙崽与刑天的形象意义解读》,孔令俐,《现代语文》(学术综合版),2013年第6期

《论韩少功〈女女女〉与拉美魔幻现实主义的关系》,李珂玮,《辽宁师范大学学报》(社会科学版),2013年第6期

《历史·想象·时间——论韩少功创作中的记忆》,陈鹭,《当代文坛》,2013年第6期

《准列传体叙事中的整体性重构——韩少功〈日夜书〉评析》,张翔,《文学评论》,2013年第6期

《非此非彼　韩少功〈日夜书〉的双重面孔》,黄德海,《上海文化》,2013年第7期

《艺术家韩少功》,卓今,《文艺争鸣》,2013年第8期

《作为编辑家的韩少功》,黄灯,《文艺争鸣》,2013年第8期

《掘开知青经验的冻土——评韩少功的长篇小说新作〈日夜书〉》,刘复生,《文艺争鸣》,2013年第8期

《"警觉主义":对韩少功的思想特质的一种描述》,王文初,《文艺争鸣》,2013年第8期

《更接地气的文体持守——新世纪韩少功中短篇小说论》,罗麟,《文艺争鸣》,2013年第8期

《韩少功年表》,廖述务,《文艺争鸣》,2013年第8期

《打碎,如何重新组合　评长篇小说〈日夜书〉兼论韩少功的小说修辞》,程德培,《上海文化》,2013年第11期

《德性生存:韩少功新世纪创作的重要面向》,廖述务,《文艺争鸣》,2013年第12期

《韩少功的"寻根"文学观》,张枫,《名作欣赏》,2013年第18期

《时代、人生与艺术的思辨张力——评韩少功长篇小说〈日夜书〉》,胡良桂,《创作与评论》,2013年第24期

《论〈马桥词典〉中韩少功包容的文化心态》,姜碧佳,《名作欣赏》,2013年第29期

《韩少功:重写"人民的主体性"——细读〈赶马的老三〉》,张莉,《名作欣赏》,2013年第31期

《韩少功：一代人充满悖论的思考》，张艳梅，《名作欣赏》，2013年第31期

《民族文学的世界之路——〈马桥词典〉的英译与接受》，吴赟，《小说评论》，2014年第2期

《"弃老"风俗在中日文学中的表现及成因——以〈爸爸爸〉与〈楢山节考〉为例》，李珂玮，《日本问题研究》，2014年第3期

《思与感伤：韩少功小说论》，梅兰，《中国现代文学研究丛刊》，2014年第4期

《感性体悟、理性批判与鬼魅书写——评韩少功的〈山南水北〉》，李玲，《湖北职业技术学院学报》，2014年第4期

《韩少功对米兰·昆德拉的文学接受与创化——从〈生命中不能承受之轻〉到〈日夜书〉》，李遇春，《外国文学研究》，2014年第5期

《具象能拯救知识危机吗？——重评韩少功的〈暗示〉》，敬文东，《当代作家评论》，2014年第5期

《韩少功〈革命后记〉读札》，韩亮，《小说评论》，2014年第5期

《"进步"与"进步的回退"——韩少功小说创作流变论》，李遇春，《文学评论》，2014年第5期

《叙事结构下的潜在文本——韩少功〈日夜书〉的深层意义》，卓今，《求索》，2014年第9期

《从湖南到海南——论韩少功的"90年代文学"轨迹》，原帅，《文艺争鸣》，2014年第10期

《〈韩少功研究资料〉作品年表勘误》，原帅，《文艺争鸣》，2014年第10期

《当代小说国际工作坊——韩少功作品讨论会》，董丝雨，《文艺争鸣》，2014年第10期

《论新时期生态散文的空间叙事——以韩少功、张炜和阿来等作家为例》，林岚，《海南师范大学学报》（社会科学版），2014年第11期

《形式也是内容——韩少功〈日夜书〉（中国）大陆台湾版本比较》，相宜，《中国现代文学研究丛刊》，2014年第12期

《精神无"根"的茫然——论韩少功"后知青"小说的精神叙事》，王辉、郭名华，《名作欣赏》，2014年第31期

《浅析韩少功〈日夜书〉的结构方式》，姜雪岩，《名作欣赏》，2014年第32期

《〈爸爸爸〉的巫楚民俗探析》，李琼女，《顺德职业技术学院学报》，2015年第1期

《论韩少功散文的精神守望——以〈山南水北〉为例》，丁纯，《中国文学研究》，2015年第1期

《论韩少功短篇小说的道德修辞立场》，姚金凤、隋海涛，《绵阳师范学院学报》，2015年第1期

《诗意的突围与根性的找寻——韩少功乡土散文的艺术诉求》，涂慧，《哈尔滨工业大学学报》（社会科学版），2015年第2期

《动物之情与人性之惑——探析韩少功的动物书写》，岳凌，《重庆第二师范学院学报》，2015年第2期

《试论韩少功小说创作中的悲剧意识》，杨凯，《梧州学院学报》，2015年第2期

《左手"主义"，右手"问题"——"天涯"体与韩少功创作关系初探》，廖述务、单正平，《名

作欣赏》,2015 年第 4 期

《生命之中不能遗忘之痛——评韩少功长篇小说〈日夜书〉》,郭茂全,《温州大学学报》(社会科学版),2015 年第 3 期

《小说与历史的搏斗——读韩少功的〈日夜书〉》,郭春林,《现代中文学刊》,2015 年第 3 期

《韩少功小说中农村写作态度的转变》,朱越,《南昌教育学院学报》,2015 年第 3 期

《韩少功的现代主体建构及其精神寻根——以长篇小说〈日夜书〉为例》,马新亚,《湖南科技大学学报》(社会科学版),2015 年第 4 期

《〈暗示〉:承续与转折》,廖述务,《现代语文》,2015 年第 4 期

《他者·自我·群体——论韩少功小说中的"失语者"形象》,程利盼,《牡丹江大学学报》,2015 年第 6 期

《双层夹缝中的现代都市——韩少功〈801 室故事〉给我的启示》,李婷,《椰城》,2015 年第 6 期

《论韩少功小说的文化意蕴》,刘倩,《内江师范学院学报》,2015 年第 7 期

《韩少功的小说文体革新与精神主体生成》,黄灯,《中国现代文学研究丛刊》,2015 年第 8 期

《新世纪知青小说叙事伦理——以韩少功〈日夜书〉为例》,高晨,《山花》,2015 年第 12 期

《日有所思,夜有所书——关于韩少功〈日夜书〉的研究综述》,沈闪,《名作欣赏》,2015 年第 20 期

学位论文

《〈马桥词典〉的文体实验》,姜洪伟,苏州大学硕士学位论文,2001 年

《论〈马桥词典〉的语言之维》,衡桂珍,安徽大学硕士学位论文,2004 年

《从立言到立象——〈马桥词典〉〈暗示〉中语言观的比较》,梁小娟,武汉大学硕士学位论文,2005 年

《寻根与先锋的张力——评韩少功的小说创作》,金大伟,安徽大学硕士学位论文,2006 年

《韩少功创作叙论》,廖述务,海南师范大学硕士学位论文,2007 年

《知青作家的城市视角》,彭勋,兰州大学硕士学位论文,2007 年

《论当代作家的"文革"叙述》,邓志云,西北大学硕士学位论文,2007 年

《论西方现代文论转向对韩少功创作理论的影响》,刘源,暨南大学硕士学位论文,2008 年

《韩少功小说的创作渐变》,陈东海,苏州大学硕士学位论文,2008 年

《无根的漂泊与家园的守候——韩少功小说世界中的人及其存在》,唐桦,中南大学硕士学位论文,2008 年

《难以摆脱的思想之惑——韩少功新论》,邱宏光,武汉大学博士学位论文,2008 年

《论韩少功小说风格的转变》,冯万红,华中师范大学硕士学位论文,2008 年

《浅论韩少功的小说诗学观——以〈马桥词典〉〈暗示〉为例》,邓宇,重庆师范大学硕士学位论文,2008 年

《隐秘的阐释:韩少功小说生命观综论》,王旬,湖南大学硕士学位论文,2009 年

《韩少功与米兰·昆德拉——以〈马桥词典〉〈暗示〉为中心的考察》,刘瑞华,湖南师范大学硕士学位论文,2009 年

《〈马桥词典〉的修辞世界》,林华红,福建师范大学硕士学位论文,2009 年

《韩少功小说的梦叙事》,王洋,河北师范大学硕士学位论文,2009 年

《论"寻根文学"的后现代性》,刘云艳,浙江师范大学硕士学位论文,2009 年

《土地和心灵的召唤——韩少功作品中的"归乡"主题研究》,蔡丽琼,浙江大学硕士学位论文,2010 年

《从〈马桥词典〉到〈山南水北〉——90 年代以来韩少功的文学世界》,龚政文,湖南师范大学博士学位论文,2010 年

《乡村与城市书写的变奏曲——论韩少功及其作品》,周飞霞,云南大学硕士学位论文,2011 年

《翻译文学文本杂合的必然性及影响要素研究——以〈马桥词典〉的英译为例》,夏莉萍,四川外语学院硕士学位论文,2011 年

《〈马桥词典〉与〈哈扎尔词典〉比较研究》，包敏，延边大学硕士学位论文，2011年

《生态批评视域下的韩少功乡土写作研究》，汪伟，四川师范大学硕士学位论文，2011年

《论福克纳和韩少功的坚守与反思——以〈喧哗与骚动〉和〈马桥词典〉为例》，睢晶晶，中南大学硕士学位论文，2011年

《〈马桥词典〉中语言风格变异在翻译中的艺术再现研究》，肖双金，湖南大学硕士学位论文，2012年

《二十世纪中国文学中的寻根意识研究——以鲁迅、沈从文、韩少功为例》，史玉丰，山东师范大学博士学位论文，2012年

《论韩少功短篇小说叙事的流变》，贺欢，山西师范大学硕士学位论文，2013年

《论韩少功作品中的人物原型》，吴祥金，广西师范大学硕士学位论文，2013年

《论韩少功小说的"文革"书写》，郑练淳，重庆师范大学硕士学位论文，2013年

《归去来——韩少功小说研究》，陈芬，中央民族大学硕士学位论文，2013年

《寻根的根——浅析韩少功及其寻根文学的文化根底》，孙健男，广西师范大学硕士学位论文，2013年

《论新时期小说中的民间宗教现象》，马清华，湖南师范大学硕士学位论文，2014年

《韩少功小说中的方言现象研究》，洪美香，湖南师范大学硕士学位论文，2014年

《执着于文化的探寻与反思——韩少功小说创作论》，李宝帅，沈阳师范大学硕士学位论文，2014年

《论韩少功小说创作中的身份意识》，陈燕，湖南师范大学硕士学位论文，2014年

《新时期小说中的仪式书写及其意义——以韩少功、莫言为例》，陈红，西南大学硕士学位论文，2014年

《论韩少功对小说可能性的探索》，姬宪甜，河北师范大学硕士学位论文，2014年

《"神话"与"志怪"：韩少功的两类书写》，呼文文，扬州大学硕士学位论文，2014年

《韩少功小说中的感官世界》，陆嘉佳，华东师范大学硕士学位论文，2014年

《超越语言——韩少功文学思想研究》，文馨，西北师范大学硕士学位论文，2014年

《多元文化状态下的百态人生——论韩少功〈日夜书〉》，赵晓彤，吉林大学硕士学位论文，2015年

研究专著与论文集

《韩少功创作论稿》,陈润兰,延边人民出版社,2003 年版

《坚持与抵抗:韩少功》,何言宏、杨霞,上海人民出版社,2005 年版

《仍有人仰望星空——韩少功创作研究》,廖述务,新星出版社,2008 年版

《现代性的文学叙事——韩少功的小说与"文革"后中国的现代性》,陈乐,浙江大学出版社,2008 年版

《另类视野与文学实践》,刘复生等,北京大学出版社,2012 年版

《对一个人的阅读:韩少功与他的时代》,孔见主编,江苏文艺出版社,2013 年版

《解读韩少功的〈日夜书〉》,卓今等主编,上海文艺出版社,2014 年版

研究资料汇编

《韩少功主要作品目录》,《文艺争鸣》,1994 年第 5 期

《作者主要著作目录》,载《北门口预言》(韩少功著,王光东选编),江苏文艺出版社,2003 年 1 月第 1 版

《韩少功主要著作目录》,《小说评论》,2004 年第 6 期

《韩少功主要作品目录》《韩少功作品评论篇目索引》,载《马桥词典》,春风文艺出版社,2006 年 1 月第 1 版

《韩少功研究资料》,廖述务,天津人民出版社,2008 年版

《韩少功文学年谱》,廖述务,《东吴学术》,2012 年第 4 期

《韩少功年表》,廖述务,《文艺争鸣》,2013 年第 8 期

海外暨港台地区韩少功研究

《韩少功的中篇小说〈爸爸爸〉》,〔日〕近藤直子,《中国语》,1986 年 5 月

《丰饶的"唯美"世界——〈五个女子和一根绳子〉和〈爸爸爸〉》,〔日〕高岛俊男,《季刊中国》第 6 号(1986 年 9 月)

《评〈1985 小说在中国〉》,陈辉扬(中国香港),《大公报》,1987 年 3 月 26 日第 16 版

《韩少功的〈归去来〉〈蓝盖子〉》,〔日〕高岛俊男,《中国文艺研究会会报》,1987 年 8 月

《十年生死两茫茫——总评十四篇(中国)大陆小说》,叶洪生(中国台湾),《联合文学》,1987 年第 6 期

《论韩少功的中篇小说〈爸爸爸〉〈女女女〉〈火宅〉》,蔡源煌(中国台湾),《中外文学》,1989 年第 17 卷第 8 期

《中国农村小说的变相——寻根文学》,〔日〕加藤三由纪,《ユリイカ》,1991 年 6 月

《"困境"中的文学——韩少功〈爸爸爸〉》,〔日〕加藤三由纪,《ユリイカ》,1991 年 7 月

《诘问和想象在韩少功小说中》,〔法〕安妮·克琳著,肖晓宇译,《上海文学》,1991 年第 4 期

《探访过去:韩少功的 1985 后小说》,刘绍铭(中国香港)(收入魏爱莲、王德威编《从"五四"到"六四":二十世纪中国小说和电影》,哈佛大学出版社 1993 年版)

《论韩少功的探索型小说》,〔英〕玛莎·琼著,田中阳译,《当代作家评论》,1993 年第 5 期

《韩少功——先于时代的作家》,〔日〕加藤三由纪,《中国语》,1994 年 1 月

《自传的诱惑》,〔法〕安妮·居里安著,施康强译,《海南师范学院学报》(人文社会科学版),1994 年第 4 期

《传统与革命之间 中国作家韩少功的作品》,〔荷〕梅耶尔(Jan A.M.De Meyer),(比利时)《晨报》,1996 年 7 月 5 日版

《词典型小说的风波——韩少功〈马桥词典〉》,〔日〕加藤三由纪,《ユリイカ》,1998 年 4 月

《〈马桥词典〉或语言体裁小说》,〔法〕安妮·居里安,《语词的形式下:另一种中国)——九十年代的诗人和作家》(意大利文杂志),1999 年第 1 期

《韩少功的手——1999 年 1 月 于海口》,〔日〕加藤三由纪,《日本中国当代文学研究会会报》第 13 号,1999 年 8 月

《从海南岛的发言——文艺刊物〈天涯〉》,〔日〕加藤三由纪,《ユリイカ》,1999 年 9 月

《考察韩少功〈马桥词典〉的形成》,〔日〕盐旗伸一郎,《季刊中国》第 61 号,2000 年 6 月

《当代中国小说的历史再现:韩少功、莫言、苏童》,李佩然(中国香港),博士论文(英属哥伦比亚大学),2001 年

《韩少功的新作〈暗示〉——作为时代证言的启示录》，〔日〕岸阳子，《东京新闻》，2002年2月8日

《文化词典学:韩少功的马桥词典》，李佩然(中国香港)，《现代中国文学和文化》，2002年(春季)第14卷第1期

《被言说的主体：韩少功笔下的残障人物》，〔美〕Rong Cai，《中国当代文学中的主体性危机》，夏威夷大学出版社，2004年版

《绕口令》，《南华早报》，2004年2月23日版

《一百个出自乡村孤独的中国词条》，〔美〕罗格·盖德曼著，崔婷译，《当代作家评论》，2004年第4期

《以出世的状态而入世：韩少功与中国寻根文学》，〔荷兰〕林恪，CNWS Publications，2005年

《关于韩少功〈暗示〉》，〔日〕盐旗伸一郎，《日本中国当代文学研究会会报》第19号，2005年11月

《韩少功的文学——以〈马桥词典〉为中心》，〔日〕岸阳子，《亚洲游学》第94号，2006年12月

《前卫:韩少功〈爸爸爸〉》，〔日〕伊东贵之，《国文学——解释与教材的研究》，2007年10月

《关于韩少功〈"文革"为何结束?〉》，〔日〕盐旗伸一郎，《日本中国当代文学研究会会报》第21号，2007年12月

《韩少功的信》，古剑(中国香港)，《城市文艺》，2008年第4期

《韩少功的田园生活与文化思考》，李洛霞(中国香港)，《城市文艺》，2008年第4期

《派人去汨罗江寻找隐士韩少功》，野莽(中国香港)，《城市文艺》，2008年第4期

《实践者的精神地平线——韩少功散文集〈山南水北〉阅读札记》，牛耕(中国香港)，《城市文艺》，2008年第4期

《寻不完的根——今看韩少功的一九八五》，〔日〕盐旗伸一郎〔"中国当代文学六十年国际学术研讨会"参会论文。该会由首都师范大学文学院、中国当代文学研究会和《文艺争鸣》杂志社共同举办，于2009年9月19日在北京举行。后收入张志忠主编《在曲折中开拓广阔的道路》(武汉出版社，2010年版)一书〕

《关于韩少功〈第四十三页〉》，〔日〕盐旗伸一郎，《日本中国当代文学研究会会报》第23号，2009年11月

《重读八十年代文学〈爸爸爸〉——"丑陋"与"崇高"》，〔日〕田井みず，《日本中国当代文学研究会会报》第23号，2009年11月

《编辑后记:傻子的话》，彭明伟(中国台湾)〔为彭明伟编《韩少功随笔集》(中国台湾社会研究杂志社，2011年8月)一书后记〕

《怎么读新版本〈爸爸爸〉》，〔日〕盐旗伸一郎，《日本中国当代文学研究会会报》，2011年第25号

《韩少功〈山南水北〉的乡土世界》，魏美玲(中国台湾)，《四川大学学报》(哲学社会科学版)，2012年第1期

《论〈爸爸爸〉——赠送给外界的礼物:"爸爸"》，〔日〕加藤三由纪〔"中国当代文学与陕

西文学创作——中日学术研讨会"(西北大学文学院、日本中国当代文学研究会主办,2012年9月在西北大学召开)会议论文〕

《主观性的虚构时空——韩少功作品初探》,〔法〕安妮·居里安,收入孔见主编的《对一个人的阅读——韩少功与他的时代》(江苏文艺出版社,2013年版)

《革命的农村与人情的农村——韩少功〈山南水北〉读后》,彭明伟(中国台湾),《名作欣赏》,2015年第13期

第五辑

韩少功作品篇目

作品集

《月兰》(中篇小说集),广东人民出版社,1981年5月第1版

《飞过蓝天》(中篇小说集),湖南人民出版社,1983年版

《诱惑》(中短篇小说集),湖南文艺出版社,1986年版

《面对神秘而空阔的世界》(随笔集),浙江文艺出版社,1986年版

《空城》(中短篇小说集),中国台湾林白出版社,1988年版

《谋杀》(中短篇小说集),中国台湾远景出版公司,1989年版

《生命中不能承受之轻》(长篇翻译小说),中国台湾时报文化出版企业股份有限公司,
1989年版

《归去来》(英文),中国香港 RESEARCH CENTRE FOR TRANSLATION,1992年版

《爸爸爸》(中篇小说集),作家出版社,1993年版

《夜行者梦语》(散文随笔集),知识出版社,1994年版

《鞋癖》(中短篇小说兼随笔集),长江文艺出版社,1994年8月第1版

《韩少功》(中短篇小说集),人民文学出版社,1994年版

《圣战与游戏》(随笔集),中国香港牛津大学出版公司,1994年版

《北门口预言》(短篇小说集),南海出版公司,1994年版

《海念》(随笔集),海南出版社,1994年版

《空屋》(法文),中国文学出版社,1994年版

《真要出事》(中短篇小说与散文集),中共中央党校出版社,1995年2月第1版

《北门口预言》(中短篇小说集),南海出版公司,1995年4月第1版

《韩少功散文》,海南出版社,1995年版

《韩少功》(中短篇小说集),漓江出版社,1995年版

《韩少功》(中短篇小说集),太白文艺出版社,1995年版

《灵魂的声音》(散文集),吉林人民出版社,1996年版

《韩少功自选集》(四卷),作家出版社,1996年版

《韩少功小说精选》,太白文艺出版社,1996年版

《心想》(散文集),天津人民出版社,1996年版

《海念》(散文集),海南出版社,1996年版

《世界》(散文集),湖南文艺出版社,1996年版

《佛魔一念间》,北岳文艺出版社,1996年版

《韩少功作品自选集》,漓江出版社,1997年版

《余烬》,山东友谊出版社,1997年版

《韩少功散文》(两卷),中国广播电视出版社,1998年版

《真要出事》,中共中央党校出版社,1998年版

《故人》,湖南师范大学出版社,1998年版

《精神的白天与黑夜》(散文、小说、译文集),泰山出版社,1998年版

《韩少功》(中短篇小说集)(繁体),中国香港明报出版公司,1999年版

《心想》,西苑出版社,2000年版

《爸爸爸》,时代文艺出版社,2001年版

《领袖之死》(中短篇小说集),北岳文艺出版社,2001年版

《韩少功小说精选》,太白文艺出版社,2001年版

《韩少功文库》(十卷),山东文艺出版社,2001年版

《进步的回退》(演讲集),春风文艺出版社,2002年版

《韩少功读本》(中短篇小说集),花山文艺出版社,2002年版

《蓝盖子:韩少功代表作》,春风文艺出版社,2002年版

《北门口预言》(中短篇小说集),江苏文艺出版社,2003年版

《完美的假定》(随笔集),昆仑出版社,2003年版

《韩少功王尧对话录》,苏州大学出版社,2003年版

《阅读的年轮:〈米兰·昆德拉之轻〉及其他》(散文兼对话集),九州出版社,2004年版

《韩少功自选集》,海南出版社,2004年版

《韩少功中篇小说选》,上海社会科学院出版社,2004年版

《爸爸爸——韩少功作品精选集》,中国台湾正中书局,2005年1月第1版

《空院残月》(中短篇小说集),云南人民出版社,2005年版

《报告政府》(中短篇小说集),作家出版社,2005年版

《大题小作》,湖南文艺出版社,2005年版

《暗香》(中短篇小说集),中国社会出版社,2005年版

《归去来》(短篇小说集),春风文艺出版社,2006年版

《韩少功作品精选》,长江文艺出版社,2006年版

《韩少功精选集》,北京燕山出版社,2006年版

《爸爸爸》,人民文学出版社,2006年版

《然后》,中国社会出版社,2006年版

《归去来》,中国香港明报月刊出版社,2008年版

《韩少功散文》,人民文学出版社,2008年版

《山南水北》,作家出版社,2008年版

《中国当代作家·韩少功系列》,人民文学出版社,2008年版

《重现:韩少功的读史笔记》,江苏文艺出版社,2009年版

《爸爸爸》,作家出版社,2009年版

《山川入梦》,中国青年出版社,2009年版

《韩少功散文》,浙江文艺出版社,2010年版

《历史现场:韩少功读史笔记》,三联书店(中国香港)有限公司,2010年版

《西望茅草地》,新华出版社,2010年版

《当代名家·韩少功作品集》,中国台湾联经出版事业股份有限公司,2011年版

《韩少功随笔集》,中国台湾社会研究杂志社出版,2011 年版

《韩少功作品系列》(十卷),上海文艺出版社,2012 年版

《赶马的老三》,海豚出版社,2012 年版

《想不明白》(上下),四川文艺出版社,2012 年版

《想明白》,四川文艺出版社,2012 年版

《爸爸爸》,中国盲文出版社,2013 年版

《很久以前》,武汉大学出版社,2014 年版

《空院残月》,安徽文艺出版社,2014 年版

《韩少功作品精选》,长江文艺出版社,2014 年版

《怒目金刚》,安徽文艺出版社,2014 年版

短篇小说

《路》,创作于 1972 年,未公开发表

《红炉上山》,《湘江文艺》,1974 年第 2 期

《一条胖鲤鱼》,《湘江文艺》,1974 年第 3 期

《稻草问题》,《湘江文艺》,1975 年第 4 期

《对台戏》,《湘江文艺》,1976 年第 4 期

《开刀》,《湘江文艺》,1976 年第 5 期

《笋妹》,《少年文艺》,1978 年第 2 期

《七月洪峰》,《人民文学》,1978 年第 2 期

《夜宿青江铺》,《人民文学》,1978 年第 12 期

《战俘》,《湘江文艺》,1979 年第 1—2 期合刊

《月兰》,《人民文学》,1979 年第 4 期

《起诉》,《芙蓉》,1980 年第 2 期

《吴四老倌》,《湘江文艺》,1980 年第 2 期

《火花亮在夜空》,《上海文学》,1980 年 6 月号

《西望茅草地》,《人民文学》,1980 年第 10 期(获 1980 年全国优秀短篇小说奖)

《癌》,《湘江文艺》,1980 年第 11 期

《晨笛》,《芳草》,1981 年第 1 期

《同志交响曲》,《芙蓉》,1981 年第 2 期

《道上人匆匆》,《青春》,1981 年第 2 期

《风吹唢呐声》,《人民文学》,1981 年第 9 期

《谷雨茶》,《北京文学》,1981 年第 12 期

《飞过蓝天》,《中国青年》,1981 年第 13 期(当年《小说选刊》第 9 期转载,获 1981 年中国"五四"青年文学奖和同年全国优秀短篇小说奖)

《反光镜里》,《青年文学》,1982 年第 2 期

《那晨风,那柳岸》,《芙蓉》,1982 年第 6 期

《命运的五公分》,《文学月报》,1984 年第 7 期

《前进中 12—376》,《主人翁》,1984 年第 7 期

《归去来》,《上海文学》,1985 年 6 月号总第 93 期

《蓝盖子》,《上海文学》,1985 年 6 月号总第 93 期

《空城》,《文学月报》,1985 年第 11 期

《雷祸》,《文学月报》,1985 年第 11 期

《诱惑(之一)》,《文学月报》,1986 年第 1 期

《史遗三录》(包括《猎户》《秘书》《棋霸》),《青年文学》,1986 年第 4 期

《申诉状》,《新创作》,1986 年 5—6 月号总第 24 期

《老梦》,《天津文学》,1986 年第 5 期

《棋霸》《猎户》,《新创作》,1987 年 2—3 月号

《故人》《人迹》,《钟山》,1987 年第 5 期

《谋杀》,《作家》,1988 年第 2 期

《无学历档案》,《湖南文学》,1988 年第 4 期

《会心一笑》,《收获》,1991 年第 5 期。

《真要出事》,《作家》,1993 年 2 月号

《山上的声音》,《作家》,1995 年第 1 期

《暗香》,《作家》,1995 年第 3 期

《老李醉酒》,《民间故事选刊》,2000 年第 9 期

《兄弟》,《山花》,2001 年第 3 期

《月下桨声》,《文汇报》,2004 年 7 月 14 日第 8 版

《月光两题》,《天涯》,2004 年第 5 期

《是吗？》,《上海文学》,2004 年第 9 期

《801 室故事》,《上海文学》,2004 年第 9 期

《白麂子》,《山花》,2005 年第 1 期

《土地》,《文学界》,2005 年第 5 期

《末日》,《山花》,2007 年第 10 期

《张家与李家的故事》,《天涯》,2009 年第 4 期

《怒目金刚》,《北京文学》,2009 年第 11 期

《赶马的老三》,《人民文学》,2009 年第 11 期

《生气》,《山花》,2009 年第 15 期

《能不忆边关》,《中国作家》,2009 年第 17 期

中篇小说

《回声》,《小说季刊》,1980 年第 2 期

《远方的树》,《人民文学》,1983 年第 5 期

《爸爸爸》,《人民文学》,1985 年第 6 期

《女女女》,《上海文学》,1986 年第 5 期

《暂行条例》(发表时原题为"火宅"),《芙蓉》,1986 年第 5 期

《鞋癖》,《上海文学》,1991 年 10 月号总第 169 期(获 1992 年上海文学奖)

《昨天再会》,《小说界》,1993 年第 5 期

《红苹果例外》,《芙蓉》,1995 年第 1 期总第 90 期

《山歌天上来》,《人民文学》,2004 年第 10 期

《报告政府》,《当代》,2005 年第 4 期

长篇(小说、传记、随笔)

《任弼时》(与甘征文合作),湖南人民出版社,1979 年版

《马桥词典》,《小说界》,1996 年第 2 期

《马桥词典》,作家出版社,1996 年版

《马桥词典》,上海文艺出版社,1997 年版

《马桥词典》,中国台湾中国时报出版公司,1997 年版

《马桥词典》,三联书店(中国香港)有限公司,1997 年版

《暗示》,《钟山》(中国香港)2002 年第 5 期

《暗示》(长篇小说),人民文学出版社,2002 年版

《暗示》(繁体),中国台湾联合文学出版社,2003 年版

《马桥词典》,人民文学出版社,2004 年版

《马桥词典》(长篇小说),春风文艺出版社,2006 年版

《山南水北》,作家出版社,2006 年版

《山南水北》,中国香港牛津大学出版公司,2008 年版

《马桥词典》,作家出版社,2009 年版

《山南水北》,作家出版社,2009 年版

《马桥词典》,作家出版社,2011 年版

《马桥词典》,上海文艺出版社,2012 年版

《山南水北》,上海文艺出版社,2012 年版

《日夜书》,上海文艺出版社,2013 年版

《暗示》,安徽文艺出版社,2013 年版

《马桥词典》,安徽文艺出版社,2013 年版

《日夜书》,中国台湾联经出版事业股份有限公司,2013 年版

《马桥词典》,中国盲文出版社,2013 年版

《山南水北》,湖南文艺出版社,2013 年版

《马桥词典》,湖南文艺出版社,2014 年版

《日夜书》,《收获》,2013 年第 2 期

《革命后记》,《钟山》,2014 年第 2 期

散　文

《"天马""独往"》,《湘江文艺》(批林批孔增刊),1974 年 3 月号

《从三次排位看宋江投降主义的组织路线》,《湘江文艺》,1975 年第 5 期

《斥"雷同化的根源"》(与刘勇合作),《湘江文艺》,1976 年第 2 期

《山路》,《广东文艺》,1978 年第 4 期

《宝塔山下正气篇——记任弼时同志在 "抢救" 运动中与康生的斗争》,《湘江文艺》,
1978 年第 4 期

《志愿军指挥员》,《湖南日报》,1979 年 5 月 20 日

《人人都有记忆》,《湖南群众文艺》,1980 年第 2 期

《留给"茅草地"的思索》,《小说选刊》,1981 年第 6 期

《用思想的光芒照亮生活》,《中国青年》,1981 年第 18 期

《难在不诱于时利》,《湘江文学》,1982 年第 4 期

《文学创作的"二律背反"》,《上海文学》,1982 年第 11 期

《学生腔》(发表时原题为《克服小说语言中的"学生腔"》),《北方文学》,1983 年第 1 期

《谈作家的功底》,《文艺研究》,1983 年第 1 期

《从创作论到认识方法》,《上海文学》,1983 年 8 月号

《欢迎爽直而有见地的批评——韩少功给陈达专的信》,《光明日报》,1984 年 2 月 23
日第 3 版

《文学创作中的一般规律和特殊规律》,《求索》,1984 年第 6 期

《面对空阔和神秘的世界——致友人书简》,《当代文艺探索》,1985 年第 3 期

《文学的"根"》,《作家》,1985 年第 4 期(曾获《作家》理论奖)

《〈文学的"根"〉补记》,《作家》,1985 年第 6 期

《东方的寻找和重造》(发表时原题为 "寻找东方文化的思维和审美优势"),《文学月
报》,1986 年第 6 期

《好作品主义》,《小说选刊》,1986 年第 9 期

《祝贺〈作家〉创刊三十周年》,《作家》,1986 年第 10 期

《致骆晓戈的信》,《作家》,1986 年第 11 期

《美国佬彼尔》,《湖南文学》,1987 年 9 月号

《文学散步(三篇)》,《天津文学》,1987 年第 11 期

《老同学梁恒》,《湖南文学》,1988 年 1 月号

《美不可译时的烦恼》,《文学角》,1988 年第 1 期

《艰难旅程》,《特区文学》,1988 年第 1 期

《不谈文学——访美手记〈彼岸〉之六》,《钟山》,1988 年第 2 期

《自由路上的摇滚——访美手记》,《小说界》,1988 年第 2 期

《记曹进》,《湖南文学》,1988 年 4 月号

《全球性、信息革命、综合化与文化之再造》,《海南师范学院学报》(哲学社会科学版),1990 年第 2 期

《比喻的传说》,《文学自由谈》,1991 年第 1 期

《然后》,《湖南文学》,1991 年 1 月号

《灵魂的声音》,《海南日报》,1991 年 11 月 23 日

《作与协的希望》,《海南日报》,1991 年 12 月 9 日

《灵魂的声音》,《小说界》,1992 年第 1 期

《无价之人》,《海南日报》,1992 年 6 月 19 日

《笑的遗产》,《中国作家》,1992 年第 5 期

《小说似乎在逐渐死亡》,《四川文学》,1992 年第 10 期

《语言的流浪》,《文学自由谈》,1993 年第 1 期

《无价之人》,《文学评论》,1993 年第 3 期

《人的逃避》,《小说家》,1993 年第 3 期

《访法散记》,《湖南文学》,1993 年第 3 期

《旧笺拾零》,《作家》,1993 年 6 月号

《夜行者梦语》,《读书》,1993 年第 5 期

《作揖的好处》,《青年文学》,1993 年第 8 期

《那年的高墙》,《光明日报》,1993 年 8 月 7 日

《关于〈超越语言〉的通信》,《作家》,1993 年 11 月号

《走亲戚》,《福建文学》,1993 年第 12 期

《性而上的迷失》,《读书》,1994 年第 1 期

《即此即彼》,《海南师范学院学报》(人文社会科学版),1994 年第 1 期

《个狗主义》,《钟山》,1994 年第 2 期

《阳台上的遗憾》,《海南日报》,1994 年 4 月 23 日

《致友人书》,《文艺争鸣》,1994 年第 5 期

《佛魔一念间》,《读书》,1994 年第 5 期

《世界》,《花城》,1994 年第 6 期

《从人身上可以读出书,从书里也可以读出人》,《中国青年报》,1994 年 12 月 16 日

《心想》,《读书》,1995 年第 1 期

《余烬》,《上海文学》,1995 年第 1 期

《为什么写作》,《书屋》,1995 年第 1 期

《圣战与游戏》,《书屋》,1995 年第 1 期

《远行者的回望》,《书屋》,1995 年第 1 期

《什么是自由?》,《文学自由谈》,1995 年第 4 期

《听舒伯特的歌》,《作家》,1995 年第 7 期

《第一本书之后——致友人书简》,《扬子晚报》,1995 年 10 月 29 日

《完美的假定》,《天涯》,1996 年第 1 期

《中西各有其"甜"》,《天涯》,1996 年第 2 期

《我们还没有今天的孔子和庄子》,《陕西社会主义学院学报》,1996 年第 3 期

《我的词典》,韩少功,《中华读书报》,1996 年 5 月 8 日

《批评者的"本土"》,《上海文学》,1997 年元月号

《哪一种"大众"》,《读书》,1997 年第 2 期

《语言的节日》,《新创作》,1997 年第 2 期

《岁末恒河》,《作家》,1997 年第 4 期

《遥远的自然》,《天涯》,1997 年第 4 期

《阳台上的遗憾》,《美术观察》,1997 年第 9 期

《强奸的学术》,《青年文学》,1997 年第 11 期

《亚洲经济泡沫的破灭》,《天涯》,1998 年第 1 期

《第二级历史："酷"的文化现代之一》,《读书》,1998 年第 2 期

《第二级历史："酷"的文化现代之二》,《读书》,1998 年第 3 期

《熟悉的陌生人》,《天涯》,1998 年第 3 期

《工具,有时也是价值》,《琼州大学学报》,1998 年第 4 期

《译后记》,《书屋》,1998 年第 5 期

《公因数、临时建筑以及兔子》,《读书》,1998 年第 6 期

《祝〈小说界〉百期》,《小说界》,1998 年第 6 期

《作者的性格型智障》,《湘江文学》,1998 年第 12 期

《大题小作——韩少功散文新作三则》(包括《饿他三天以后》《乏味的真理》《自我机会高估》),《芙蓉》,1999 年第 2 期

《韩少功致本刊的一封信》,《芙蓉》,1999 年第 3 期

《国境的这边和那边》,《天涯》,1999 年第 6 期

《感觉跟着什么走?》,《读书》,1999 年第 6 期

《依附与独立》,《中国新闻周刊》,2000 年第 27 期

《你好,加藤》,《天涯》,2001 年第 2 期

《杭州会议前后》,《上海文学》,2001 年第 2 期

《镜头的许诺》,《天涯》,2001 年第 5 期

《好"自我"而知其恶》,《上海文学》,2001 年第 5 期

《后革命的中国》,《上海文学》,2001 年第 6 期

《经济全球化:国家化的放大?》,《金融经济》,2001 年第 10 期

《人情超级大国(一)》,《读书》,2001 年第 12 期

《人情超级大国(二)》,《读书》,2002 年第 1 期

《农民当网民》,《湖南农业》,2002 年第 2 期

《性而上的迷失》,《东方艺术》,2002 年第 2 期

《山之想(三题)》,《天涯》,2002 年第 5 期

《从幻想到理想——看电视剧〈没有冬天的海岛〉》,《人民日报》,2002 年 8 月 4 日

《政治家的行为艺术》,《领导文萃》,2002 年第 9 期

《数据掩盖了什么》,《金融经济》,2002 年第 9 期

《草原长调》,《天涯》,2002 年第 6 期

《面容》,《中国文化报》,2002 年 12 月 18 日

《草原长调》,《中国民族》,2003 年第 1 期

《货殖两题》,《当代》,2003 年第 1 期

《岁月》,《遵义晚报》,2003 年 5 月 15 日

《重说南洋》,《新东方》,2003 年第 3 期

《论白开水》,《南风窗》,2003 年第 3 期

《万泉河雨季》,《当代》,2003 年第 3 期

《文体与精神分裂主义》,《天涯》,2003 年第 3 期

《民主的高烧与冷冻》,《南风窗》,2003 年第 4 期

《文化的游击战或游乐场》,《天涯》,2003 年第 5 期

《个性》,《小说选刊》,2004 年第 1 期

《个性》,《当代作家评论》,2004 年第 2 期

《技术》,《小说选刊》,2004 年第 3 期

《生态的压力》,《羊城晚报》,2004 年 9 月 7 日

《浑身有戏》,《山花》,2005 年第 1 期

《小说中的诗眼》,《天涯》,2005 年第 4 期

《关于文学》《生活选择了我》《土地》,《文学界》,2005 年第 5 期

《"文革"为何结束?》,《开放时代》,2006 年第 1 期

《山居心情》,《天涯》,2006 年第 1 期

《我们傻故我们在》,《天涯》,2006 年第 2 期

《一个人本主义者的生态观》,《天涯》,2007 年第 1 期

《多"我"之界》,《南方文坛》,2007 年第 3 期

《文学的四个旧梦》,《上海采风》,2007 年第 5 期

《道的无名与专名》,《广东技术师范学院学报》,2007 年第 6 期

《石太瑞与湘西神话》,《文学自由谈》,2007 年第 6 期

《民主:抒情诗与施工图》,《天涯》,2008 年第 1 期

《葛亮的感觉》,《天涯》,2008 年第 2 期

《笛鸣香港》,《天涯》,2008 年第 5 期

《寻根群体的条件》,《上海文化》,2009 年第 5 期

《扁平时代的写作》,《扬子江评论》,2009 年第 6 期

《重访旧楼》,《新闻天地》,2009 年第 9 期

《天数使然,可遇而不可求》,《山花》,2009 年第 15 期

《心灵之门》,《海南日报》,2009 年 11 月 9 日

《文学何为》,《人民日报》,2009 年 12 月 3 日

《寻找语言的灵魂》,《人民日报》,2010 年 1 月 12 日

《"扁平世界"呼唤精神高度——关于当前读书、写作的思考》,《人民日报》,2010 年 2 月 2 日

《慎用洋词好说事》,《天涯》,2010 年第 2 期

《上帝之死与人民之死》,《上海文化》,2010 年第 5 期

《他是中国文学的幸运》,《天涯》,2011 年第 2 期

《"小感觉"与"大体检"》,《文艺报》,2012 年 12 月 31 日

《牛桥故事》,《读书》,2013 年第 11 期

《关于经典的加减法》,《名作欣赏》,2014 年第 1 期

《刘舰平的诗歌修辞法》,《文艺报》,2014 年 2 月 26 日

《镜头够不着的地方》,《文艺报》,2014 年 10 月 15 日

《在幽怨与愤怒之外——读孔见新作〈谁来承担我们的不幸〉》,《文艺报》,2014 年 11 月 28 日

《对于电视剧的"两喜一忧"》,《文艺理论与批评》,2015 年第 1 期

《萤火虫的故事》,《名作欣赏》,2015 年第 1 期

《想象一种批评》,《文艺报》,2015 年 5 月 6 日

《落花时节读旧笺》,《上海文学》,2015 年第 7 期

序跋、对话与演讲

《学步回顾》,代跋小说集《月兰》,广东人民出版社,1981 年版

《文学和人格——访作家韩少功》,韩少功、林伟平,《上海文学》,1986 年第 11 期

《答美州〈华侨日报〉记者问》,《钟山》,1987 年第 5 期

《男性与无性的文学之后》序,蒋子丹小说集《昨天已经古老》,作家出版社,1987 年版

《生命中不能承受之轻·前言》(后改名《米兰·昆德拉之轻》),载《生命中不能承受之轻》,作家出版社,1989 年版

《记忆的价值·序》,《知青回忆录选》,湖南文艺出版社,1989 年版

《记忆的价值》,《文学自由谈》,1990 年第 3 期

《阳光的文学——长篇小说〈十八园人家〉代序》,《海南日报》,1991 年 1 月 16 日

《比喻的传统》(法文版《女女女》自序),《文学自由谈》,1991 年第 1 期

《朋友与情人·序》(喻大翔散文集《朋友与情人》序),《海南日报》,1993 年 4 月 30 日

《文化复兴的共同使命——兼序〈访台掠影〉》,《海南日报》,1993 年 11 月 14 日

《平常心,平常文学》(黄茵散文集《咸淡人生》序言),《海南日报》,1994 年 4 月 14 日

《在小说的后台》(林建法所编《作家编辑印象记选集》序言),《海南师范学院学报》(人文社会科学版),1994 年第 2 期

《平常心,平常文学》(黄茵散文集《咸淡人生》序言),《文学自由谈》,1994 年第 3 期

《"我"者文之魂——〈豪屋——访泰闲笔〉序》,《海南日报》,1994 年 4 月 21 日

《无我之我》(为方方英文版小说集序言),《新民晚报》,1994 年 9 月 4 日

《远行者的回望》(为韩少功主编散文集《吾土吾根散文精品丛书·湘鄂卷》序言),《书屋》,1995 年第 1 期

《多义的欧洲——答法国〈世界报辩论〉杂志编者问》,《文学自由谈》,1995 年第 2 期

《关于精神的对话》,韩少功、鲁枢元,《东方艺术》,1995 年第 3 期

《说小人物》序,张浩文小说集《狼祸》,南海出版公司,1995 年版

《词语与世界——关于〈马桥词典〉的谈话及其他》,韩少功、李少君,《小说选刊》,1996 年第 7 期

《九十年代的文化追寻》,萧元、韩少功,《书屋》,1997 年第 3 期

《风流铁骑·序》,载植展鹏散文集《风流铁骑》,南海出版公司,1997 年版

《译后记》(译著《惶然录》),《书屋》,1998 年第 5 期

《读梦者——序〈黑狼笔记〉》,《书屋》,1998 年第 5 期

《文学的追问与修养——韩少功访谈录》,韩少功、蓝白、黄丹,《东方艺术》,1998 年第 5 期

《关于〈马桥词典〉的对话》,韩少功、崔卫平,《作家》,2000 年第 4 期

《韩少功访谈录》,韩少功、许风海,《博览群书》,2000 年第 6 期

《返归乡村坚守自己——韩少功近况访谈录》,韩少功、黄灯,《理论与创作》,2001 年

第 1 期

《进步的回退》(在法国国家图书馆的演讲),《天涯》,2002 年第 1 期

《知识危机的突围者——〈穷人与富人的经济学〉代序》,《中国经济时报》,2002 年 4 月 11 日

《我的写作是"公民写作"》,《南方周末》,2002 年 10 月 24 日

《韩少功:不愿拘泥一法》,韩少功、萧文,《中国青年报》,2002 年 11 月 6 日

《韩少功:我喜欢冒险的写作状态》,主持人舒晋瑜,《南方日报》,2002 年 12 月 31 日

《〈进步的回退〉自序》,《当代作家评论》,2003 年第 1 期

《〈暗示〉前言》,《青海日报》,2003 年 3 月 28 日

《冷战后:文学写作新的处境——在苏州大学"小说家讲坛"上的讲演》,韩少功,《当代作家评论》,2003 年第 3 期

《在妖化与美化之外的历史》,韩少功、王尧,《当代作家评论》,2003 年第 3 期

《坚持公民写作》,韩少功、杨柳,《中国国土资源报》,2003 年 6 月 4 日

《文化的游击战或游乐场》,韩少功、王尧,《天涯》,2003 年第 5 期

《八十年代:个人的解放与茫然》,韩少功、王尧,《当代》,2003 年第 6 期

《心灵的再生和永生——序王厚宏〈感悟集〉》,《海南日报》,2003 年 12 月 28 日

《历史:现在与过去的双向激活》,韩少功、王尧,《小说界》,2004 年第 1 期

《再启蒙:社会的破碎与重建》,韩少功、王尧,《当代》,2004 年第 1 期

《语言:展开工具性与文化性的双翼》,韩少功、王尧,《钟山》,2004 年第 1 期

《文学:文体开放的远望与近观》,韩少功、王尧,《当代》,2004 年第 2 期

《廿年前的刺,廿年后的根》,韩少功、鲁意,《中国图书商报》,2004 年 6 月 25 日

《小说,太多的叙事空转与失禁》,韩少功、王尧,《解放日报》,2004 年 8 月 9 日

《用语言挑战语言——韩少功访谈录》,张均、韩少功,《小说评论》,2004 年第 6 期

《自述》(此文是韩少功先生 2000 年 3 月在法国举办的"中国文学周"上的发言,原题为"文学传统的现代再生",此处略有删节),《小说评论》,2004 年第 6 期

《一个作家眼中的全球化——韩少功在汨罗市乡镇干部会上的演讲》,《新民周刊》,2004 年第 9 期

《中国当代作家面面观——灵魂与灵魂的对话·序》,载《中国当代作家面面观——灵魂与灵魂的对话》,浙江文艺出版社,2004 年版

《思想的声音——韩少功谈话录》,韩少功、何羽、郑菁华、陈博夫,《新作文》(高中版),2005 年第 Z1 期

《现代汉语再认识》(在清华大学的演讲,演讲时题为"现代汉语的写作"),《天涯》,2005 年第 2 期

《展望一片明丽辽阔的水域》(为海南出版社出版的《海岸文丛》所作总序),《海南日报》,2006 年 2 月 19 日

《语言的表情与命运》,《南方文坛》2006 年第 2 期

《"有一种身份是不能忘记的,那就是公民身份"》,韩少功、夏榆、马宁宁,《南方周末》,2006 年 5 月 25 日

《情感的飞行》,《天涯》,2006 年第 6 期

《文学史中的寻根》，韩少功、李建立，《南方文坛》，2007 年第 4 期

《关于〈山南水北〉》，何志云、韩少功，《西部》，2007 年第 5 期

《穿行在海岛和山乡之间——答记者、评论家王樽》，韩少功、王樽，《时代文学》，2008 年第 1 期

《穷溯其远 仰止其山——在〈庄子奥义〉研讨会上的发言》，《社会科学论坛》，2008 年第 2 期

《一个棋盘，多种棋子——关于中国文学与文化的对话》，韩少功、罗莎，《花城》，2009 年第 3 期

《重建乡土中国的文学践行者》，韩少功、相宜，《上海文学》，2011 年第 5 期

《要捣乱，要狂飙，必是情理所逼》，韩少功、李晓虹、和歌，《黄河文学》，2012 年第 3 期

《再冷的时候也不必绝望——访中国作家韩少功》，韩少功、张曦娜，《联合早报》，2012 年 4 月 3 日

《中国文学及东亚文学的可能性》，韩少功、〔韩〕白池云，《文学报》，2012 年 4 月 19 日

《文学寻根与文化苏醒——在华中师范大学的演讲》，《新文学评论》，2013 年第 1 期

《数字化时代的文化生态与精神重构》，韩少功、龚曙光，《芙蓉》，2013 年第 3 期

《好小说都是"放血"之作》，韩少功、胡妍妍，《人民日报》，2013 年 3 月 29 日

《韩少功：从"文革"时代到改革时代》，韩少功、木叶，《中华读书报》，2013 年 9 月 25 日

《几个 50 后的中国故事——关于〈日夜书〉的对话》，韩少功、刘复生，《南方文坛》，2013 年第 6 期

《一代人的安魂曲——韩少功长篇小说〈日夜书〉访谈录》，韩少功、吴越，《朔方》，2013 年第 9 期

《时代与文学》，韩少功、荒林，《创作与评论》，2013 年第 12 期

《革命与游戏——2012 秋讲·韩少功 格非卷》，长江文艺出版社，2013 年版

《顺变守恒，再造文学》，《文汇报》，2014 年 12 月 30 日

翻译作品

《命运五部曲》(短篇小说集),韩刚、韩少功译,上海文化出版社,1987年版
《生命中不能承受之轻》,韩少功、韩刚译,作家出版社,1987年第1版
《生命中不能承受之轻》,中国台湾中国时报出版公司,1989年版
《惶然录》,费尔南多·佩索阿著,韩少功译,《天涯》,1996年第6期
《惶然录》,费尔南多·佩索阿著,韩少功译,上海文艺出版社,1999年版
《惶然录》,费尔南多·佩索阿著,韩少功译,中国台湾中国时报出版公司,2001年版
《惶然录》,费尔南多·佩索阿著,韩少功译,上海文艺出版社,2004年版
《惶然录》,费尔南多·佩索阿著,韩少功译,上海文艺出版社,2008年版
《惶然录》,费尔南多·佩索阿著,韩少功译,上海文艺出版社,2012年版

作品境外译介情况

《空城》(日文),〔日〕井口晃译,《季刊中国现代小说》第19号,苍苍社,1991年10月

《诱惑》(法文),法国PHILIPPE PICQUIRR,1991年版

《女女女》(法文),法国PHILIPPE PICQUIRR,1991年版

《爸爸爸》(法文),法国ALINEA,1991年版

《雷祸》(日文),〔日〕井口晃译,《季刊中国现代小说》第21号,苍苍社,1992年4月

《鞋癖》(日文),〔日〕井口晃译,《季刊中国现代小说》第23号,苍苍社,1992年10月

《鞋癖》(法文),法国ARCANE,1992年版

《爸爸爸》(意文),意大利EDIZIONE THEORIA,1992年版

《昨天再会》(日文),〔日〕井口晃译,《季刊中国现代小说》第32号,苍苍社,1995年1月

《爸爸爸》(荷文),荷兰DE GEUS,1996年版

《爸爸爸》(日文),〔日〕加藤三由纪译,藤井省三编《现代中国短编集》,平凡社,1998年3月

《山上的声音》(法文),法国GALLIMARD,2000年版

《你好,加藤》(日文),〔日〕古川典代译,《蓝·BLUE》第6号,2002年4月

《马桥词典》(荷文),荷兰DE GEUS,2002年版

《归去来》(日文),〔日〕山本佳子译,《螺旋》第9号,螺旋社,2003年8月

《马桥词典》(英文),美国COLUMBIA UNIVERSITY PRESS,2003年版

《暗香》(法文),法国GIBERT JOSEPH,2004年版

《马桥词典》(英文),澳大利亚HARPER COLLINS,2004年版

《马桥词典》(英文),美国BANTAM DELL,2005年版

《暗香》(日文),〔日〕加藤三由纪译,《ミステリー?イン?チャイナ——同时代的中国文学》,东方书店,2006年3月版

《月光两题》(日文),〔日〕加藤三由纪译,《火锅子》第67号,翠书房,2006年5月版

《爸爸爸》(越南文),越南NHA NAM PCJC,2007年版

《马桥词典》(韩文),韩国MINUMSA,2007年版

《阅读的年轮》(韩文),韩国CHUNGARAM MEDIA,2008年版

《马桥词典》(越文),越南NHA NAM PCJC,2008年版

《爸爸爸》(西班牙文),西班牙Kailas Editorial,2008年版

《第四十三页》(日文),〔日〕盐旗伸一郎译,《民主文学》第519号,2009年1月

《报告政府》(越文),越南NHA NAM PCJC,2009年版

《山南水北》(韩文),韩国IRE PUBLISHING CO,2009年版

《马桥词典》(瑞典文)瑞典ALBERT BONNIERS FORLAG,2009年版

《马桥词典》(波兰文),波兰BERTELSMANN MEDIA,2009年版

影视文学剧本

《风吹唢呐声》,潇湘电影制片厂摄制,1982 年

后　记

　　近年来,我一直有编纂韩少功研究资料增补本的意愿。一者,距上次编纂的资料集已有近十年光阴,许多新的材料值得收录,并可借此次机会更正一些错漏之处。二者,海外以及中国港台中国当代文学研究越来越受到学界关注,对有关韩少功这方面的研究迫切需要做一个补录。当然,增补不意味着替换,增补本中依旧有半数内容来自2008年版《韩少功研究资料》。

　　离开师友、同行的帮助,这个增补本不可能顺利面世:

　　单正平先生的提点,为增补本编纂意愿的萌发播下了种子。

　　为资料的完备,除图书馆、网上书店、期刊网外,还必须将搜索的边界扩展至韩少功先生的书橱,精细的翻检工作耗去他不少宝贵时间。

　　海外与港台地区一些学者的慷慨相助令人难忘。我意图翻译荷兰汉学家林恪先生专著中的一章时,他慨然应允,并为翻译版权问题多方联络。他还当起了翻译顾问,为我解决意、法文方面的难题。日本学者加藤三由纪校务繁忙,依旧在百忙中修改论文,并做了一份日本韩少功翻译与研究索引。盐旗伸一郎先生不仅把所有相关研究成果转发与我,还亲自动手将《如何读新版〈爸爸爸〉》译成中文。韩国学者白池云、中国台湾学者彭明伟也都曾邮寄资料,并耐心解答我的繁复提问。

　　岳勇先生是2008年版《韩少功研究资料》的责任编辑,他一贯的出色工作定能让增补本走得更远。

　　另外还要感谢那些善意的批评者。多亏他们的较真儿,不少错漏幸得修正。